KB001754

교주 완월회맹연 1

교주 완월회맹연 1

玩月會盟宴

완월회맹연 번역연구모임

《완월회맹연》 교주본과 현대역본을 내면서

조선시대 최장편 국문소설 《완월회맹연》

완월회맹연(玩月會盟宴, 달구경을 하면서 굳은 약속을 하는 모임 혹은 잔치). 이는 18세기 조선의 장편소설 제목이다. 달밤의 약속이라니, 낭만적이다. 무슨 이야기일까? 《완월회맹연》은 고전문학 연구자들에게는 익숙한 작품일 터인데, 일반 독서 대중들에게는 낯선 소설일 수도 있겠다. 《완월회맹연》의 교주본과 현대역본 출판을 앞두고 쓰는 서문은 각별하다. 궁금한 작품이었고 또 널리 알리고 싶은 작품이었지만 너무나도 방대한 분량에 압도되어 오늘날의 독서물로 번역할 엄두를 내기 어려운 작품이었기 때문이다. 번역을 하기 위해서는 원문 교주본이 필요하다. 제대로 된 번역을 하기 위해서는 원문에 대한 정확한 이해가 확보되어야 하는데, 이 긴 분량을 교감 작업을 하면서 주석하는 일 역시 엄두가 나지 않기는 마찬가지였다. 그런데 지금 그 1차 교주본과 현대역본의 출간을 앞두고 서문을 쓰고 있다. 1976년 창덕궁 낙선재에서 《완월회맹연》이 발견된 이후 첫 번째 교주 및 현대역 작업의 결과물이 이제 첫선을 보이는 것이다.

창덕궁 안에 있는 낙선재에 소장되어 있었던 장서각본《완월회맹연》의 독자는 비빈과 상궁, 궁녀 등 궁중에 거처하는 여성들이었을 것이다. 조선시대에는 소설을 읽기도 했지만 남이 읽어주는 것을 듣는 방식으로 즐기기도 했다. 그렇기 때문에 '독자'라는 단어를 사용하기가 조심스러운 부분이 있는데, 180권이나 되는 작품을 듣는 방식으로 즐긴다는 것은 엄두가 나지 않을 것으로 보이기에 이 같은 국문장편소설의 경우는 독자라는 단어가 적합할 것으로 보인다.

이 최장편 국문장편소설의 작가는 안겸제의 어머니로 알려진 여성이다. 이를 뒷받침하는 것은 조재삼(1808-1866)이 쓴《송남잡지(松南雜識)》의 기록이다.

> 또 완월은 안겸제의 어머니가 지은 바로, 궁궐에 흘려 들여보내 이름과 명예를 넓히고자 했다(又玩月 安兼濟母所著 欲流入宮禁 廣聲譽也).

안겸제의 어머니가《완월》을 지었는데, 궁중에 들여보내 자기 이름이 알려지고 명예가 더해지기를 바라서 이 소설을 지었다는 내용이다. 조선시대 소설은 작가가 밝혀진 경우가 드문데, 이 장편 거질은 작가가 거론되고 창작 이유까지 언급되어 있다. 더구나 작가가 여성이라니 더더욱 눈길이 가지 않을 수 없다.《완월》은《완월회맹연》을 가리키는 것으로 보인다. 조재삼의 기록은 신뢰할 만한 근거가 있다. 조재삼 집안과 안겸제의 모친 전주 이씨는 외가이자 사돈지간으로, 조재삼의 외고조부가 안겸제 모친과 재종지간이며 조재삼의 큰며느리도 전주 이씨이다. 이런 경로로 조재삼은 집안끼리의 왕래를 통해 안겸제 모친에 대한 소식을 들었을 수 있다. 안겸제의 모친 전주 이씨는 1694년에 아버지 이언경과 어머니 정부인 안동 권씨 사이에서 태어나 20세 무렵 안개(1693-1769)와 혼인했으며, 안겸제는 그녀의 셋째 아들이다. 지금도 파주에 가면 전주 이씨가 남편인 안개와 함께 묻힌 묘소가 있다. 무덤 앞의 비석에 새겨진 비문을 보면 전주 이씨는 부덕을 갖췄으며 여사(女史)의 풍모가 있는 여성이었음을 알 수 있다. 이런 자질은《완월회맹연》의 작가로서 잘 어울리는 요소이다. 그뿐만 아니라 안겸제 모친 전주 이씨의 친정 가문 여성들에게 소설을 즐기는 문화가 있었다는 연구 결과도 보고되어 있다. 다만 소설 분량이 너무 방대하고 후반부에 약간 결이 다른 서술들이 발견된다는 점을 염두에 두고 볼 때《완월회맹연》을 지은 작가가 전주 이씨 한 명만이 아닐 가능성은 있다. 중국의 장편소설인 탄사소설《재생연(再生緣)》도 공동 창작 작품으로, 원래 작가였던 진단생이 마무리를 못 하고 죽자 후에 양덕승이라는 여성이 그 뒤를 채워 결말을 맺었다.

《완월회맹연》은 180권으로 이루어진, 단일 작품으로는 가장 긴 서사 분량을 지닌 한글소설이다. 지금 우리가 보기에 180권이나 되는 소설 작품은 돌출적인 작품인 것처럼 보일 수도 있다. 그러나 17세기 중후반부터 조선에서는 이 같은 길이의 국문장편소설을 창작하고 즐기는 여가 문화가 펼쳐졌을 것으로 보인다. 17세기 작품인《소현성록》연작이 그 효시가 되는 작품이며, 소위 삼대록계 국문장편소설로 불리는 다수의 작품이 있고, 이 같은 장편대하소설들은 18, 19세기까지 지속적으로 창작되고 독자들을 확보했다. 세책가라고 불리는 책 대여점에서도 국문장편소설은 중요한 비중을 차지했다. 이런 소설들은 가문

소설이라고 불리기도 하는데, 그 까닭은 이런 소설에서는 대개 두세 가문이 등장하여 혼인 관계로 사건이 얽히고 삼대에 걸쳐 가문의 흥망성쇠를 보여주는 서사가 펼쳐지기 때문이다.

'완월회맹연'이라는 제목처럼 이 작품은 아름다운 달밤에 자식들의 혼인 약속을 정하는 것이 서사의 근간을 이룬다. 그 이야기의 세계는 우아하고 유장하고 섬세하고 구체적이며 때로는 격렬하며 역동적이고 선악의 길항이나 인간 내면의 여러 겹 층위를 다양하게 드러내어 보여주고 있다.《완월회맹연》서사 세계의 정교함과 풍부함 그리고 문제적 징후를 포착해 내는 시선은 중국의《홍루몽》에 비견할 만하다. 또《완월회맹연》서사의 방대함이란 여느 연의소설에 견주어도 못지않은 장강 같은 흐름을 보여준다. 이 작품에는 조선시대의 상층 문화가 상세하게 재현되어 있다. 배경은 중국이지만 이 작품이 다루고 있는 내용은 조선시대 상층 양반들의 이야기이자 그들의 생활문화이다. 180권에 달하는 서사 분량 속에 당대 문화의 규범과 일상의 디테일들이 풍부하고도 섬세하게 담겨 있는 것이다. 그러나 그렇다고 하여 이 작품이 상층의 인물만을 재현하는 것은 아니다.《완월회맹연》은 하층 인물들 또한 구체적으로 실감나게 재현하고 있으며 하층 인물의 경우에도 인물마다 이야기를 만들어주고 있다. 이 교주와 번역 작업을 통해《완월회맹연》의 서사 세계와 그 가치가 드러날 수 있기를 기대한다.

《완월회맹연》 교주 및 현대역 작업 과정

《완월회맹연》 교주 및 번역 작업은 이화여자대학교 고전소설 전공자들이 진행하고 있다. 박사 논문을 쓴 선배부터 석사과정 학생에 이르기까지 이화여대에서 고전소설을 전공하는 이들이 모여 매주 열너덧 명의 인원이 강독 스터디에 참여하고 있으며, 그중 국문장편소설을 번역할 역량을 갖춘 구성원들이 주축이 되어 교주 및 번역 작업을 담당하고 있다. 《완월회맹연》 강독은 2016년 무렵부터 시작하여 그 이후 매주 토요일에 각자 입력하고 주석한 원문과 번역문을 가지고 와서 안 풀리는 부분을 함께 풀어가고 있다. 이 모임에는 이미 삼대록계 국문장편소설을 번역·출판한 경험을 비롯하여 다수의 한문소설을 번역한 경험을 지닌 연구자들 여럿이 함께하고 있는데, 《완월회맹연》 번역은 기존에 했던 어떤 국문장편소설들보다도 난도가 높은 것으로 보인다. 방학 동안에는 조금 더 집중적으로 작업을 해왔으며 코로나 이후로는 토요일마다 계속 줌(zoom)을 통해 같은 작업을 이어가고 있다. 혼자서는 도저히 안 풀리던 구절이 여럿이 함께 의논하면 신기하게도 풀리곤 하는 경험을 반복하고 있다. 여럿의 입이 난공불락의 글자들을 녹여 뜻을 드러내는 듯하다. 이렇듯 노력을 기울이고 있지만 그 과정에서 툭툭 오류들이 발견되고 수정될 때마다 아차 싶고 교차 검토에서도 오류가 바로잡히는 것을 보게 된다. 첫 번 시도하는 《완월회맹연》 교주 및 번역 작업에 만전을 기하고자 노력하지만 여전히 발견하지 못한 부분들이 남아 있을 수도 있다. 이어지는 또 다른 작업에서 오류가 시정되기를 바라면서 《완월회맹연》의 첫 번 교주본과 현대역본을 세상에 내보낸다.

《완월회맹연》은 180권으로 이루어진, 단일 작품으로는 가장 긴 서사 분량을 지닌 한글소설이다. 이 작품은 현재 두 개의 완질본이 있는데, 하나는 한국학중앙연구원 장서각본(180권 180책)이고 다른 하나는 서울대학교 규장각본(180권 93책)이다. 장서각본은 원래 창덕궁 낙선재에 소장되어 있었다. 이 두 이본은 책수가 다르고 필사 과정에서 약간의 차이를 보이는 부분들이 있으나 전체적인 내용과 분량은 서로 유사하다. 이 두 이본 중에는 장서각본이 전체적으로 더 보관 상태가 깨끗하며, 상대적으로 구개음화나 단모음화가 일어나지 않은 표기가 빈번하므로 필사 시기도 앞설 가능성이 높을 것으로 논의되고 있다. 그러므로《완월회맹연》의 교주 작업 역시 장서각본을 대상으로 했으며, 규장각본으로 교감 작업을 병행하여 장서각본의 원문이 불확실한 부분을 보완했다. 이 작업을 마친 후에는 본격적으로 규장각본을 함께 검토하고 교열하면서 교주 및 번역 작업을 해오고 있다.

《완월회맹연》은 한글소설이지만 한자 어휘 및 용사나 전고 등의 한문 교양이 대거 사용되고 있다. 교주본 작업을 하면서 각주를 통해 용사나 전고 등의 전거를 최대한 정확하게 밝히고자 했다. 미진한 경우에는 맥락에 따라 추정을 하고 그 추정 근거를 밝히는 방식으로 작업했다. 각자 교열 및 주석 작업을 한 후에는 수차례에 걸쳐 서로의 교주본 파일을 교차 검토하면서 교주본의 완성도를 높이기 위해 노력했으며 오류가 발견되는 경우 강독 모임을 통해 그 경우의 수들을 공유하면서 각자 수정을 하여 교주 및 번역의 일관성을 유지할 수 있도록 했다.

국문장편소설에는 길이가 긴 문장들이 자주 보이는데《완월회맹연》도 한 문장의 길이가 매우 긴 경우들이 빈번하게 등장하며 그 안에서 초점화자가 바뀌는 경우들이 있기에 주술 관계나 수식 관계를 파악할 때 각별한 주의를 기울였다. 긴 문장 속에서 자칫하면 서술어의 주체를 놓치기 쉽고, 경우에 따라서는 인물들의 호칭도 헷갈릴 수 있기에 조심스럽다. 남성 인물들은 대개 성씨에 관직명을 더해 부르는데 두세 가문의 인물들이 주로 나오므로 같은 성씨가 반복되는 데다가 여러 인물들이 같은 벼슬을 할 수도 있고 같은 인물이라 해도 승진이나 부서 이동에 따른 호칭 변동이 있을 수 있다. 여성 인물의 경우에도 용례는 다르나 비슷한 어려움에 처할 경우가 생긴다. 친정의 맥락에서는 남편 성씨에 따라 부르기도 하기 때문이다. 예를 들어 서씨 성을 가진 여성이 정씨 집안으로 시집을 가면 시집 맥락에서는 계속 서부인으로 불리다가 친정의 맥락에서는 정부인으로 불리는 식이다. 더군다나 친족 관계 호칭도 상황에 따라 변할 수 있기에 인물들 간의 관계를 잘 따져가면서 확인할 필요도 있다.

《완월회맹연》 번역은 특히 이런저런 신경을 늘 쓰고 있어야 맥락이 풀리는 경우가 많다. 매주 하는 강독 모임에서 발견하는 즐거움이 있다면 그것은 이런 문제 해결에서 온다. 혼자서는 맥락이 잘 안 잡히던 부분이 여럿의 공동 고민을 경유하면 툭 하고 풀리는 시원함을 경험한다. 이러니 힘들지만 우리는 서로에게 책임을 느끼며 모이는 데 열심을 낼 수밖에 없다.《완월회맹연》 교주와 번역은 이화여대 《완월회맹연》 번역팀의 열너덧 명이 한마음으로 진행하고 있다. 이렇게 작업할 수 있음에 감사하고 또 묵묵하게 힘든 작업을 해내는 구성원들 모두에게 존경을 보낸다. 보다 구체적인 번역 원칙은 교주본의 일러두기에 적어놓았다.《완월회맹연》 작품 자체에 대해서는 이 팀의 공동 저서인 《달밤의 약속, 완월회맹연 읽기》에 미룬다.

우리 팀은 우선 교주와 번역을 시작했는데 막상 이런 장편 거질을, 그것도 원문 입력과 주석까지 더한 학술적 성격의 초역을 출판해 줄 출판사를 만나는 것이 또 하나의 숙제였다. 이처럼 방대한 작업의 출판을 기꺼이 결정해 주신 휴머니스트 출판사에 마음 깊은 곳에서 우러나는 감사를 드린다.

이야기는 인류의 유산이자 자산이다. 지금도 새로운 이야기들이 만들어지고 있다.《완월회맹연》은 18세기 조선에서 만들어진 유례없는 장편소설이다. 이 작품이 지니는 여러 매력적인 지점들과 의미 있는 부분들로 인해《완월회맹연》에 대해서는 지속적으로 연구들이 쌓이고 있다. 이런《완월회맹연》의 첫 교주본을 낼 수 있게 되다니 감개가 무량하다.《완월회맹연》 교주본과 현대역본 출판은 학문적 연구의 활성화는 물론이며 다양한 문화콘텐츠의 원천으로도 충분히 활용 가능할 것이다.

2021년 투명한 가을 공기 속에서

조혜란 씀

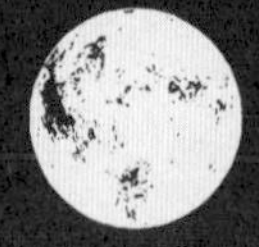

일러두기

- 교주본은 장서각본을 중심으로 규장각본을 대교하며, 교감 내용은 각주로 제시함.
- 띄어쓰기가 되어 있지 않은 원문의 가독성을 높이기 위해 현대어 문법에 따라 띄어쓰기를 하고(단, 호칭과 관직은 붙여 씀), 대화문이나 이야기가 전환되는 장면에서는 줄 바꾸기를 함.
- 장서각본의 면수를 표시하고 새로운 면이 시작되는 글자 위에 ● 표시를 하였음.
- 문장부호의 경우 대화는 큰따옴표(" "), 강조는 작은따옴표(' '), 병렬은 가운뎃점(·), 의문형은 물음표(?), 그 외 느낌표, 마침표, 쉼표만 사용함.
- 순한글 고어로 표기되어 있는 원문의 문해성을 높이기 위해 한자어의 경우 한자를 병기함. 원문에 각주 형식으로 전고 및 어휘의 의미를 보충함.
- 동일 한자어의 한자 병기는 원문 1면에 1회를 기준으로 하고, 빈도에 따라 조정함.
- 각주 형식은 '표제어: 기본형 혹은 원형, 의미, 출전' 순으로 제시하고, 표제어는 원문에 병기된 한자를 포함하며, 출전은 필요한 경우에만 제시함.
- 한자와 각주는 고어대사전, 한자어사전, 국어사전, 한국고전번역원DB 등을 참고하여 작성함.
- 원문의 세주는 【 】로 표시함.

차례

정잠과 정삼 집안

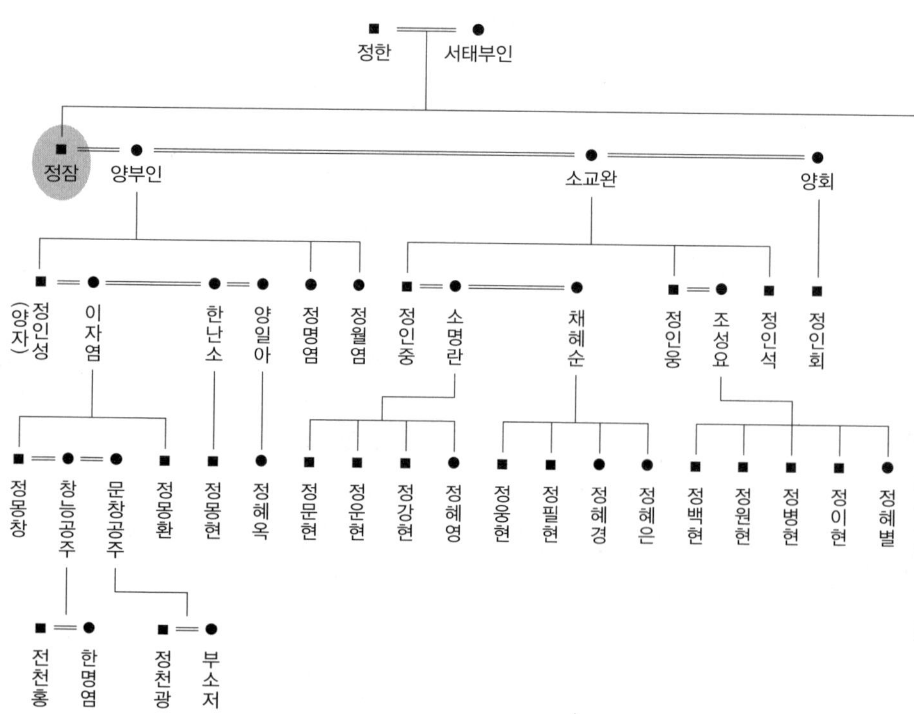
정한
서태부인
정잠
양부인
소교완
양회
정인성 (양자)
이자염
한난소
양일아
정명염
정월염
정인중
소명란
채혜순
정인웅
조성요
정인석
정인회
정몽창
창능공주
문창공주
정몽환
정몽현
정혜옥
정문현
정운현
정강현
정혜영
정웅현
정필현
정혜경
정혜은
정백현
정원현
정병현
정이현
정혜별
전천홍
한명염
정천광
부소저

인물 관계도

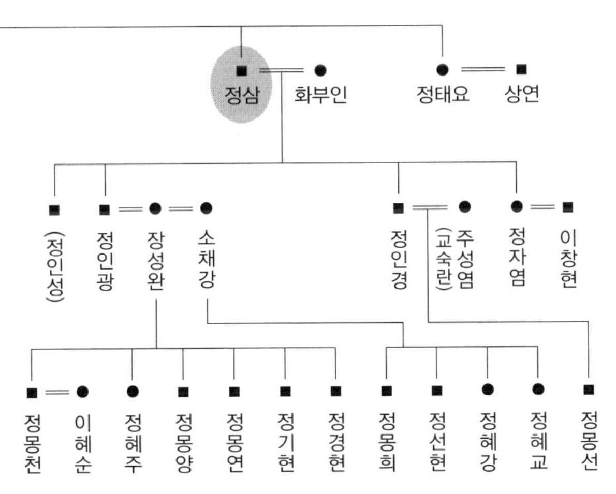
■ 남자
● 여자
정삼
화부인
정태요
상연
(정인성)
정인광
장성완
소채강
정인경
주성염
(교숙란)
정자염
이창현
정몽천
이혜순
정혜주
정몽양
정몽연
정기현
정경현
정몽희
정선현
정혜강
정혜교
정몽선

정흠과 정염 집안

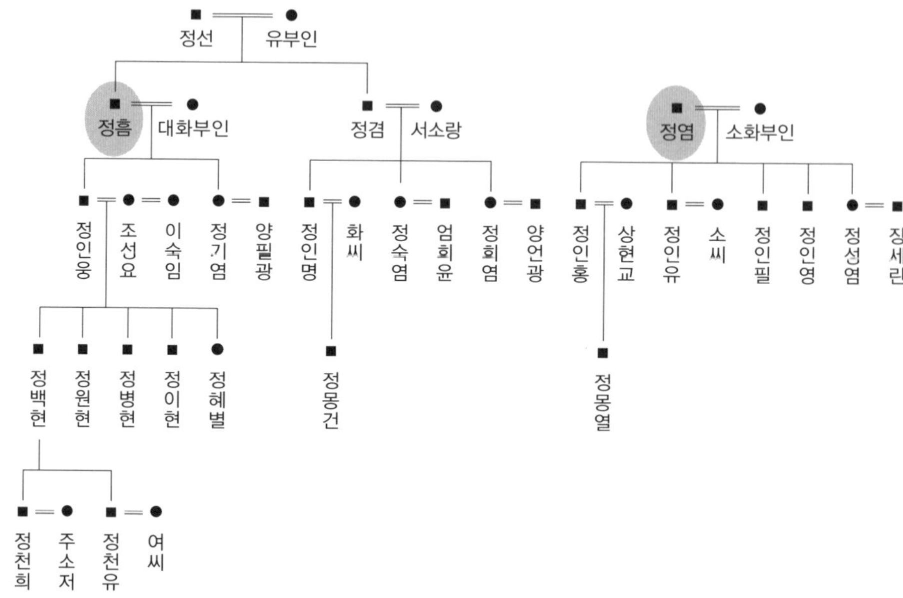

조세창 집안

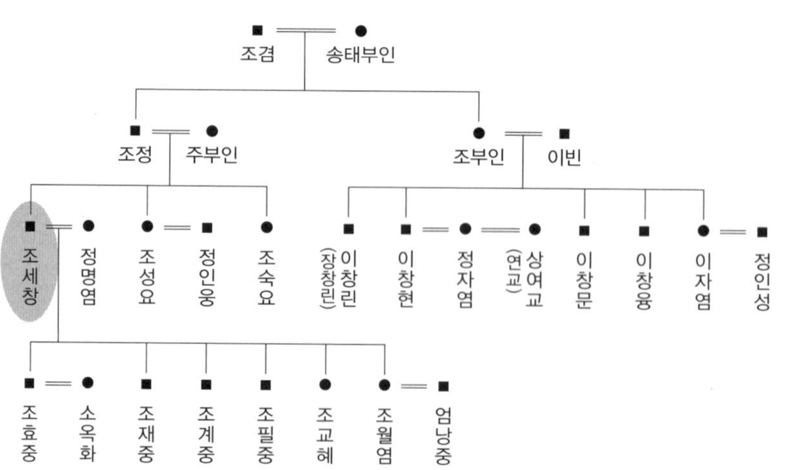

장헌 집안

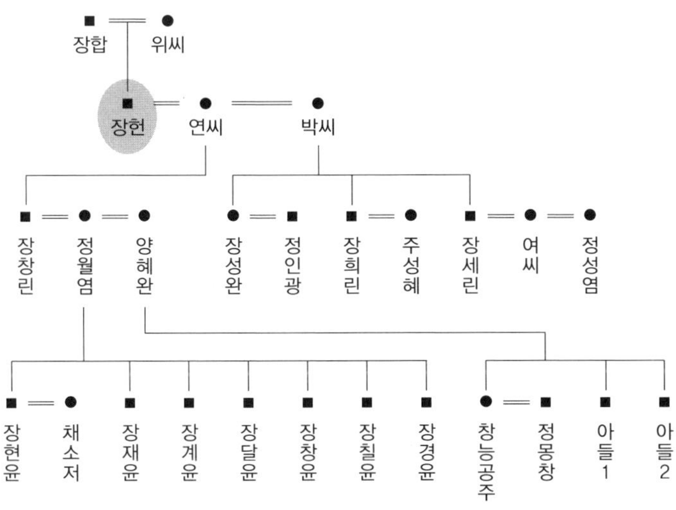
장합
위씨
장헌
연씨
박씨
장창린
정월염
양혜완
장성완
정인광
장희린
주성혜
장세린
여씨
정성염
장현윤
채소저
장재윤
장계윤
장달윤
장창윤
장칠윤
장경윤
창능공주
정몽창
아들1
아들2

소교완 집안

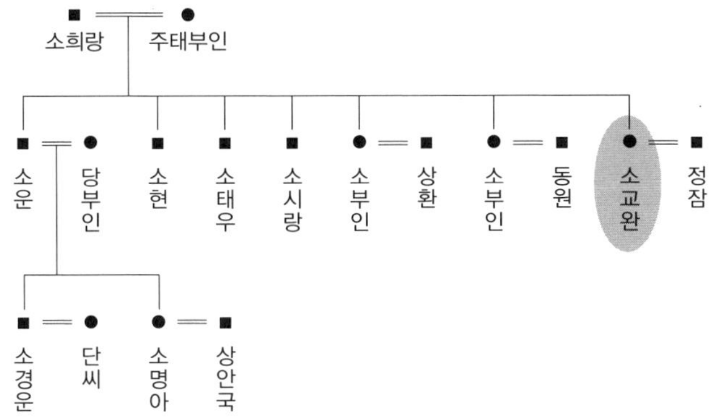
소희량
주태부인
소운
당부인
소현
소태우
소시랑
소부인
상환
소부인
동원
소교완
정잠
소경운
단씨
소명아
상안국

상연-정태요 집안

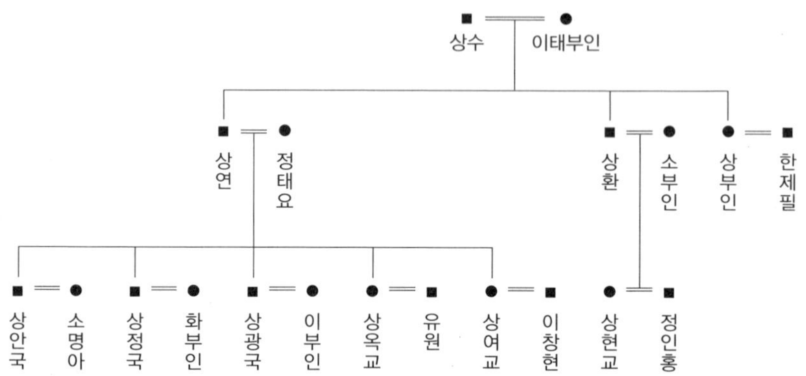

주성염(교숙란) 집안-정인경 처가

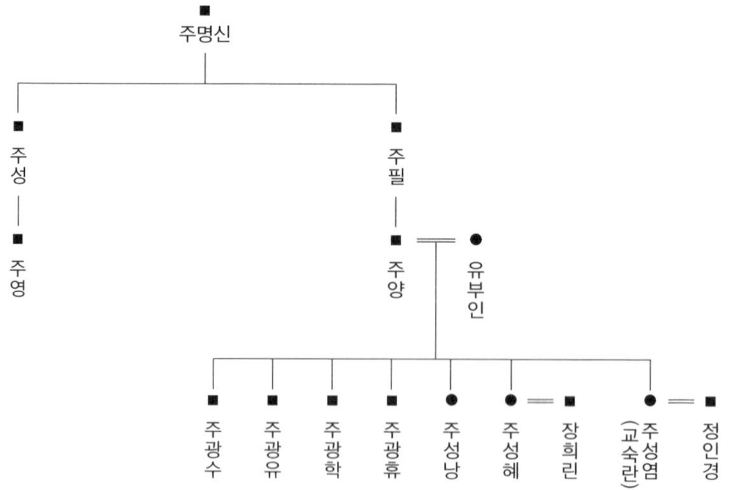

완월회맹연 玩月會盟宴

권디일 卷之一

대명(大明) 영종(英宗)[1] 년간의 황태부(皇太傅)[2] 슈각노(首閣老)[3] 딘 1면
국공 졍한의 ᄌᆞ(字)ᄂᆞᆫ 계원이오 호(號)ᄂᆞᆫ 문쳥이니 숑현(宋賢) 명도
션싱(明道先生)[4] 후예(後裔)라. 셩문여풍(聖門餘風)이 원ᄃᆡ후손(遠
代後孫)의 니ᄅᆞ히 츌어범뉴(出於凡類)[5]ᄒᆞ여 호학독셔(好學讀書)ᄒᆞ
며 인현효우(仁賢孝友)ᄒᆞ여 도덕셩ᄒᆡᆼ(道德性行)이 탁셰(濁世)의 므
드지 아니ᄒᆞᄃᆡ 문달(聞達)을 구치 아냐 ᄉᆞ방의 비린 ᄯᅳᆺ글이 스러디
고 태조황뎨(太祖皇帝)[6] 일통(一統)ᄒᆞ샤 ᄲᅡᆯ왕(八荒)이 광활ᄒᆞ나 심산
벽쳐(深山僻處)ᄅᆞᆯ ᄯᅥ나지 아니ᄒᆞ며 부귀ᄅᆞᆯ 초ᄀᆡ(草芥)ᄀᆞᆺ치 넉이더
니 셩조(聖祖) 문황뎨(文皇帝)[7] 즉위ᄒᆞ샤 냥신(良臣)을 구ᄒᆞ시미 문왕
(文王)이 여상(呂尙)을 마ᄌᆞ심 ᄀᆞᆺ고[8] 소렬(昭烈)의 삼고초려(三顧草
廬)[9]ᄅᆞᆯ 효측(效則)ᄒᆞ샤 문쳥공을 닐위시고[10] 녜경(禮敬)ᄒᆞ시미 고금의
ᄃᆡ두(對頭)ᄒᆞ리 업고 공의 ᄉᆞ군지튱(事君之忠)과 ᄇᆡᆨᄒᆡᆼᄌᆡ덕(百行才

---

1 영종(英宗): 정통제(1427-1464). 명나라 6대 황제. 선덕제의 장남이며 경태제의 이복형.

2 황태부(皇太傅): 태부(太傅)는 천자의 사부가 되는 관직으로, 태사(太史), 태보(太保)와 더불어 삼사(三師)의 하나.

3 슈각노(首閣老): 수각로. 내각의 원로.

4 명도션싱(明道先生): 명도선생. 정호(1032-1085). 송나라 도학의 대표적인 학자.

5 츌어범뉴(出於凡類): 출어범류. 평범한 부류보다 뛰어남.

6 태조황뎨(太祖皇帝): 태조황제. 명나라 태조 주원장(1368-1398). 홍무제.

7 문황뎨(文皇帝): 문황제. 명나라 3대 황제인 성조(1360-1424). 영락제.

8 문왕(文王)이 여상(呂尙)을 마ᄌᆞ심 ᄀᆞᆺ고: 여상은 문왕을 도와 주나라를 건국한 일등공신. 하루는 문왕이 사냥을 갔다가 허름한 차림으로 낚시하던 노인을 만나 그의 높은 식견에 탄복하여 그를 등용했는데 그가 바로 태공망 여상, 강태공이었음.

9 소렬(昭烈)의 삼고초려(三顧草廬): 소열의 삼고초려. 한나라 유비가 제갈공명을 자기 신하로 부르기 위해 그가 지내던 초가집을 세 번이나 찾아갔다는 고사로, 소열은 유비의 시호임.

10 닐위시고: 닐위다. 이루어지게 하다, 이르게 하다, 만들다.

德)이 세ᄃᆡ(世代)의 독보ᄒᆞ더니 영종의 니ᄅᆞ러 황고(皇考)의 툥우(寵遇)ᄒᆞ시던 뜻을 니으시니 원ᄂᆡ 셩조황뎨 님븡(臨崩)의 문쳥의게 유됴

2면 (遺詔)ᄒᆞ샤 태ᄌᆞ(太子)ᄅᆞᆯ 도으라 ᄒᆞ시니 태ᄌᆡ 집녜과도(執禮過度)ᄒᆞ시고 문쳥공이 디극 보호ᄒᆞ여 대위(大位)예 즉ᄒᆞ시ᄆᆡ 공이 션뎨유탁(先帝遺託)을 폐부(肺腑)의 삭여 관일뎡튱(貫一精忠)이 날노 ᄉᆡ로오니 이윤(伊尹)이 태갑(太甲)을 훈(訓)ᄒᆞᆷ과[11] 쥬공(周公)의 왕실(王室)을 근노(勤勞)ᄒᆞ미[12] 이에셔 더으지 못ᄒᆞᆯ너라. 샹(上)이 ᄉᆞ됴(四朝) 노신(老臣)이라 ᄒᆞ샤 녜경(禮敬)ᄒᆞ실 ᄲᅮᆫ 아냐 국가 대쇼ᄉᆞ(大小事)ᄅᆞᆯ 문쳥공이 아니면 결(決)치 아니시고 참덕블미디ᄉᆞ(慙德不美之事)ᄂᆞᆫ 힝혀 문쳥이 알가 니ᄅᆞ디 못ᄒᆞ시니 긔 ᄃᆡᄒᆞ샤미 여ᄎᆞᄒᆞ더라. 일즉 그 일홈을 브ᄅᆞ지 아냐 졍상뷔(程相父)[13]라 ᄒᆞ시고 됴회의 칼 ᄎᆞ고 신 신고 단니게 ᄒᆞ시며 태ᄌᆞ로 졍부(程府)의 왕ᄂᆡᄒᆞ여 그 학ᄒᆡᆼ(學行)을 본밧게 ᄒᆞ시니 공이 닙됴(立朝) 삼십 년의 위국티졍(爲國治定)과 ᄀᆡ관지ᄉᆡ(機關之事) 슉연쳥고(肅然淸高)ᄒᆞ여 만ᄉᆡ(萬事) 츌뉴(出類)ᄒᆞ니 당(唐) 승상(丞相) 위증(魏徵)[14]의 풍녁(風力)과 한(漢) 어ᄉᆞ(御使) 급

---

11 이윤(伊尹)이 태갑(太甲)을 훈(訓)ᄒᆞᆷ: 이윤은 은나라 재상으로, 왕위에 오른 태갑을 바로잡기 위해 동궁으로 추방했다가 태갑이 개과천선하자 다시 황제로 맞아들임.

12 쥬공(周公)의 왕실(王室)을 근노(勤勞)ᄒᆞ미: 주공은 주(周)나라 문공(文公)을 가리킴. 형인 무왕이 죽고 어린 성왕이 즉위하자 성왕을 도와 선정을 베풀었음.

13 졍상뷔(程相父): 정상부. 상부는 황제가 전대 왕조 때부터 계속 재상을 역임했던 신하를 공경하는 뜻으로 부르는 칭호로, 정상부는 황제가 선대 임금을 섬긴 정한을 공경하여 부르는 칭호.

14 위증(魏徵): 위징(580-643). 당나라의 정치가로 당 태종에게 가감 없는 간언을 했고, 태종은 위징의 간언을 거의 다 받아들였다고 함. 이는 나중에 태종이 소위 '정관(貞觀)의 치(治)'를 이루는 근간이 되었음.

암(汲黯)[15]의 ᄃᆡᆨ절(直節)노 의논ᄒᆞ리오? 만됴ᄇᆡᆨ뇌(滿朝百僚) 복복앙ᄉᆞ(僕僕仰事)ᄒᆞ여 산두듕망(山頭重望)과 위덕현ᄒᆡᆼ(威德賢行)이 ᄒᆡᄂᆡ(海內)ᄅᆞᆯ 드레ᄂᆞᆫ디라.[16] 션ᄉᆡᆼ이 작위 일존(一尊)ᄒᆞ고 셩통(聖寵)이 늉늉(隆隆)ᄒᆞ샤므로뼈 더옥 겸퇴ᄒᆞ여 절ᄎᆞ(切磋)ᄒᆞ기ᄅᆞᆯ 위쥬(爲主) 3면 ᄒᆞ고 ᄉᆞ치ᄅᆞᆯ 구슈(仇讎)ᄀᆞᆺ치 ᄒᆞ여 남문 밧 태운산 취현항의 복거지디(卜居之地)[17]ᄅᆞᆯ 뎡ᄒᆞ고 도셩(都城) 삼십 니ᄅᆞᆯ 격ᄒᆞ여 심슈벽쳐(深水僻處)의 풍경이 셜승ᄒᆞ고 산슈(山水) 명녀(明麗)ᄒᆞ여 일좌(一座) 청산이 뒤ᄒᆞᆯ 등지고 잔잔ᄒᆞᆫ 시ᄂᆡᄅᆞᆯ 압ᄒᆞᆯ 님ᄒᆞ여 먼니 셔호(西湖)[18]ᄅᆞᆯ 바라며 갓가이 님조[19]ᄅᆞᆯ 안ᄒᆞ여 오초형승(吳楚形勝)을 다ᄒᆞ엿ᄂᆞᆫ지라. 층만쳡장(層巒疊嶂)은 아미긔절(峨眉奇絶)을 묘시(貓視)ᄒᆞ고 ᄇᆡᆨ쳑은하(百尺銀河)ᄂᆞᆫ 녀산폭포(廬山瀑布)[20]ᄅᆞᆯ 압두ᄒᆞ니 운슈 난학의 취벽(翠壁)이 무산 십이봉을 옴겨시며 경ᄉᆡᆼ 긔슈ᄒᆞ미 영주(瀛州)·방장(方丈)을 칭호ᄒᆞ니 동학(洞壑)이 심슈(深邃)ᄒᆞ고 계산(溪山)이 뇨됴(窈窕)한ᄃᆡ 좌ᄂᆞᆫ 와룡탄이오 우ᄂᆞᆫ 완월ᄃᆡ(玩月臺)라. 쳔암만학(千岩萬壑)이 년봉쳡장(連峰疊嶂)ᄒᆞ여 완연이 도관이며 디셰 평탄ᄒᆞ여 뉴리로 밀친 ᄃᆞᆺ 딘실노 유ᄌᆞ(儒者)의 은거(隱居)ᄒᆞ며 연명(淵明)[21]이 숨

15 급암(汲黯): 전한(前漢)의 관료로, 자는 장유(長儒). 한 무제의 간관이었으나 자신의 견해가 무제에게 받아들여지지 않자 회양 태수를 마지막으로 관직에서 물러났다고 함.

16 드레ᄂᆞᆫ디라: 드레다. '들레다'의 고어. 야단스럽게 떠들다.

17 복거지디(卜居之地): 복거지지. 오래 머물러 살 만한 곳을 가려 정한 곳.

18 셔호(西湖): 서호. 항주 서쪽에 있는 호수.

19 님조: '임조(臨洮)'로 추정. 양주 농서군에 속하며, 그 성터는 지금의 감숙성 민현에 있음.

20 녀산폭포(廬山瀑布): 여산폭포. 중국 강서성에 있는 명산인 여산에 있는 유명한 폭포.

을 곳이라. 과연 텬디 조판(肇判)홀 제 별유건곤(別有乾坤)을 ᄂᆡ샤 긔
4면 특ᄒᆞᆫ 곳을 삼겨 졍각노의 복거지디를 위ᄒᆞ시미라. 쳔튁(川澤)을 창개
(創開)ᄒᆞ미 구문(九門)이 방졍ᄒᆞ고 팔창(八窓)이 유소(猶小)ᄒᆞ여 고
루(高樓)를 베프디 아니코 댱녀(壯麗)치 아니ᄒᆞ여 ᄂᆡ외 당ᄉᆡ(堂舍)
계오 일가졔인(一家諸人)이 용납홀 만ᄒᆞᆫ디라. 샤듕(舍中)의 현필(賢
匹)은 개국(開國) 원훈(元勳) 위국공 셔달의 손녜니 유한졍뎡(幽閑靜
貞)ᄒᆞ고 단댱뎡일(端莊靜逸)ᄒᆞ며 인화ᄒᆞᆫ ᄆᆞ음이 부도(婦道)의 합당
홀 ᄲᅳᆫ 아니라 텬연단듕(天然端重)ᄒᆞ며 온냥공검(溫良恭儉)ᄒᆞ미 유유
(悠悠) 도ᄌᆞ(道者)의 풍이 이시니 공이 셩인(聖人)의 젼뎐반측(輾轉
反側)ᄒᆞ미[22] 업시 하쥬(河州) 슉녀를 만나니 금슬의 낙이 관져(關雎)
의 노ᄅᆡ를 화ᄒᆞ여[23] 공경듕ᄃᆡ(恭敬重對)ᄒᆞ미 여산약ᄒᆡ(如山若海)ᄒᆞᄃᆡ
셔로 츌입(出入)의 긔이영숑(起而迎送)ᄒᆞ여 피ᄎᆞ 존경ᄒᆞ미 비쇽(非
俗)ᄒᆞ니 낙이블음(樂而不淫)ᄒᆞ고 ᄋᆡ이경듕(愛而敬重)ᄒᆞ여 슉연뎡대
(肅然正大)ᄒᆞ니 친쳑닌니(親戚隣里)며 디어비복(至於婢僕)이라도 그
부부의 어딘 덕과 놉흔 ᄒᆡᆼ실을 흠앙치 아니리 업더라. 공의 부뷔 동쥬

---

21 연명(淵明): 도연명(365-427). 동진·유송 때의 유명한 시인으로, 이름은 잠(潛), 호는 오류선생. 동진의 하급관리로 지내다가 평생 은둔했으며 술과 국화를 사랑했다고 함. 은둔에 대한 지향을 노래한 〈귀거래사〉가 유명함.

22 셩인(聖人)의 젼뎐반측(輾轉反側)ᄒᆞ미: 규장각본에는 '셩인의 풍으로 젼뎐반측ᄒᆞ미'로 되어 있음.

23 공이 셩인(聖人)의 ~ 노ᄅᆡ를 화ᄒᆞ여: 이 부분은《시경》〈주남(周南)〉'관저(關雎)'에 사용된 시구와 내용을 인용하여 문청공 정한의 부부 금슬을 표현한 것임. "구구하며 울어대는 저 물수리새여, 강가 모래톱에 있도다. 아름다운 아가씨여 군자의 좋은 짝이로다. …… 구해도 얻지 못하면서 자나 깨나 그리고 있네. 그리는 마음 가이없어 이리 뒤척 저리 뒤척 잠 못 이루네(關關雎鳩 在河之洲 窈窕淑女 君子好求 …… 求之不得 寤寐思服 悠哉悠哉 輾轉反側)."

(同住) 삼십여 년의 이남일녀ᄅᆞᆯ 두어시니 댱ᄌᆞ(長子) 졍잠의 ᄌᆞ(字) ᄂᆞᆫ 운ᄇᆡᆨ이오 호(號)ᄂᆞᆫ 쳥계라. 용뫼 슈려ᄒᆞ여 옥을 ᄢᅵ셔시며 풍ᄎᆡ 쇄연(灑然)ᄒᆞ여 츄텬(秋天)의 계슈(溪水) ᄀᆞᆺᄐᆞ니 표표(表表)히 학우션 5면
ᄀᆡᆨ(鶴友仙客)이라. 문댱이 유여(有餘)ᄒᆞ여 ᄌᆞ건(子建)의 칠보시(七步詩)[24]와 니ᄇᆡᆨ(李白)의 쳥평ᄉᆞ(清平詞)[25]ᄅᆞᆯ 묘시(藐視)ᄒᆞ니 니ᄅᆞᆫ바 필낙(筆落)의 경풍운이오 시셩(詩成)의 읍귀인[26]이라. 임의 셩됴(聖祖)의 등양(登揚)ᄒᆞ여 보과습유(補過拾遺)[27]ᄒᆞ여 면졀졍징(面折廷爭)[28]의 딕신(直臣)이 되엿더니 금듕이 즉위ᄒᆞ시ᄆᆡ 승품(陞品)ᄒᆞ샤 문연각(文淵閣) 태학ᄉᆞ(太學士)ᄅᆞᆯ ᄒᆞ이시니 쳥계 샤이브득(辭而不得)ᄒᆞ고 쇼년영풍(少年英風)의 엄연ᄒᆞᆫ ᄌᆡ상이 되여 녜우(禮遇)의 쳥고(清高)ᄒᆞᆫ 작위ᄅᆞᆯ 밧ᄌᆞ완 디 셰월이 오ᄅᆡ도록 근신겸퇴(謹愼謙退)ᄒᆞ미 힝혀 ᄌᆞ듕교우(自重驕傲)ᄒᆞ미 업고 슝검졀ᄎᆞ(崇儉切磋)ᄒᆞ여 닙됴샤군(立朝

---

24 ᄌᆞ건(子建)의 칠보시(七步詩): 자건의 〈칠보시〉. 자건은 조조의 셋째 아들 조식(192-232)의 자(字). 조식은 문장가로 이름이 높았는데, 그의 형 조비가 동생을 견제하여 일곱 걸음 안에 시를 짓지 못하면 죽이겠다고 하여 짓게 된 시. 형제간 갈등을 그린 이 시는 형 조비의 마음을 움직였다고 함.

25 니ᄇᆡᆨ(李白)의 쳥평ᄉᆞ(清平詞): 이백의 〈청평사〉. 당 현종이 침향정 앞에 모란을 심고 그 꽃이 만개했을 때 양귀비와 함께 노닐며 잔치를 베풀었는데, 그 광경을 당시의 궁중시인이었던 이백에게 시로 노래하라고 명하여 짓게 된 시.

26 필낙(筆落)의 경풍운이오 시셩(詩成)의 읍귀인: 두보가 귀양 가는 이백에게 준 시 〈기이백(寄李白)〉의 구절에서 인용한 것으로, 원래는 '筆落驚風雨 詩成泣鬼神'임. "붓을 드리워 글씨 쓰면 비바람 놀라게 하고, 시를 지으면 귀신을 울렸네(筆落驚風雨 詩成泣鬼神)."

27 보과습유(補過拾遺): 내직의 신하가 황제의 부족한 점을 보충하고 수습하는 것을 말함. 《사기》〈급암열전〉.

28 면졀졍징(面折廷爭): 면절정쟁. 최고 통치자의 앞에서 의리에 입각하여 적극적으로 직간(直諫)을 하며 자기 의견을 고집하여 다툼.

事君)의 만ᄉᆡ(萬事) 슉연(肅然)ᄒᆞ며 듕효로 위본(爲本)ᄒᆞ고 쳥검으로 위심(爲心)ᄒᆞ니 상통(上寵)이 태부(太傅)의 버금이오 만되(滿朝) 긔경(起敬)ᄒᆞ여 믈망ᄌᆡ덕(物望才德)이 일셰ᄅᆞᆯ 드레ᄂᆞᆫ디라. 년긔(年紀) 이뉵(二六)의 츄밀ᄉᆞ(樞密使) 양교의 녀ᄅᆞᆯ 취ᄒᆞ니 명인디녜(名人之女)며 덕가디츌(德家之出)노 셩덕이 요〃(耀耀)ᄒᆞ고 유한정뎡(幽閑靜貞)ᄒᆞ니 녜뷔(禮部)[29] 쇼년(少年) 결발(結髮)노 공경듕ᄃᆡ(恭敬重大)ᄒᆞᄂᆞᆫ ᄇᆡ로ᄃᆡ 양시 ᄉᆡᆼ산이 드므러 계오 이녀ᄅᆞᆯ 두고 ᄋᆞᄃᆞᆯ이 업더라. ᄎᆞᄌᆞ(次子) 졍ᄉᆞᆷ의 ᄌᆞ(字)ᄂᆞᆫ 녀ᄇᆡᆨ이오 호(號)ᄂᆞᆫ 운계니 명셩디ᄉᆡᆼ(名聲

6면 之生)이 ᄉᆡᆼ어대ᄋᆔ(生於大儒)라. 문쳥공과 셔부인이 니구(尼丘)[30]의 빌미 업시 일ᄀᆡ 옥골셩ᄌᆞ(玉骨聖者)ᄅᆞᆯ ᄉᆡᆼᄒᆞ니 유시(幼時)로브터 학이시습(學而時習)ᄒᆞ여 일이디십(一而知十)ᄒᆞ고 십이디ᄇᆡᆨ(十而知百)ᄒᆞᄂᆞᆫ 춍명이 이실 ᄲᅮᆫ 아니라 도덕이 빈빈(彬彬)ᄒᆞ고 ᄒᆡᆼ실이 슉슉(肅肅)ᄒᆞ여 언ᄒᆡᆼ동졍(言行動靜)이 셩교(聖教) 밧 일이 업ᄂᆞᆫ디라. 평ᄉᆡᆼ 희로(喜怒)ᄅᆞᆯ 블현(不現)ᄒᆞ고 언쇼(言笑)ᄅᆞᆯ 경츌(輕出)치 아니ᄒᆞ며 공검인ᄌᆞ(恭儉仁慈)ᄒᆞ고 강명녈슉(剛明烈肅)ᄒᆞ미 셔ᄃᆡ(犀帶)의 독보ᄒᆞᆫ 군ᄌᆡ라. 그 외모풍신(外貌風神)이 탁쇽(濁俗)의 므드미 업셔 흉듕(胸中)의 ᄇᆡᆨ일(白日)이 빗최고 ᄒᆡᆼ실이 쳥슈옥결(清水玉潔) 갓ᄐᆞ여 동빈(洞賓)[31]과 젹션(謫仙)[32]을 ᄯᆞ라 남화(南華)[33]ᄅᆞᆯ 벗ᄒᆞᄂᆞᆫ ᄃᆞᆺ 농미봉안(龍尾鳳眼)의 텬

29 녜뷔(禮部): 예부. 정잠의 관직명. 예부상서.

30 니구(尼丘): 니구산. 공자의 아버지 숙량흘과 어머니 안씨는 공자를 낳기 전 니구산에서 치성을 드려 낳았다고 함.

31 동빈(洞賓): 여동빈. 당나라 때의 신선.

디정화(天地精華)ᄅᆞᆯ 모도와 교교앙앙(矯矯昻昻)ᄒᆞᆫ 격죄 오히려 네부의 우히라. 엄엄(嚴嚴)한 도힝(道行)이 안밍(顔孟)[34]을 상우(尙友)[35]ᄒᆞ고 츌텬대효(出天大孝)ᄂᆞᆫ 증ᄌᆞ(曾子)·왕상(王祥)[36]을 효측(效則)ᄒᆞ며 화우돈목(和友敦睦)ᄒᆞ미 디극ᄒᆞᆫ디라. 일ᄌᆞᆨ 공명부귀ᄅᆞᆯ 부운(浮雲)갓치 녁여 블구문달(不求聞達)ᄒᆞ믈 부젼(父前)의 고ᄒᆞ여 과업(科業)을 아조 ᄭᅳᆫ코 댱일댱야(長日長夜)의 셩경현젼(聖經賢傳)을 ᄃᆡᄒᆞ여 셩니 7면
(性理)ᄅᆞᆯ ᄇᆞᆰ히고 도힝을 슈련ᄒᆞᄃᆡ 스ᄉᆞ로 고절ᄒᆞ믈 ᄌᆞ랑치 이냐 긔산영슈(箕山穎水)의 놉흔 ᄠᅳᆺ[37]과 념계(濂溪)[38]의 폐월(蔽月) 갓ᄐᆞᆫ 긔상이 흡ᄉᆞᄒᆞ니 부뫼 슈쇼(數小) ᄌᆞ녀(子女)로ᄡᅧ ᄎᆞᄌᆞ(次子)의 위인이 여ᄎᆞ 긔이ᄒᆞ믈 ᄋᆡ듕ᄒᆞ여 텬뉸(天倫) 밧 ᄌᆞ별ᄒᆞ미 잇ᄂᆞᆫ디라. 운계 삼오(三五)의 좌각노 화쳠의 녀ᄅᆞᆯ 취ᄒᆞ니 국초(國初) 젼망공신(戰亡功臣)

---

32 젹션(謫仙): 적선. 당나라 때의 시인 이태백의 호. 자신을 천상 세계에서 귀양 온 신선이라고 여겨 호를 적선(謫仙)이라 함.

33 남화(南華): 남화자(南華子) 장주. 전국시대 중기 도가의 대표적 사상가로, 《장자》를 남김. 당 현종이 장주를 존경하여 '남화진인(南華眞人)'이라는 호를 주었음.

34 안밍(顔孟): 안맹. 안회(顔回)와 맹자(孟子). 안회는 공자의 제자 중 한 명이고, 맹자는 공자의 유학을 계승하여 아성(亞聖)이라고 불림.

35 상우(尙友): 책을 통하여 옛사람을 벗으로 삼는 일.

36 증ᄌᆞ(曾子)·왕상(王祥): 증자·왕상. 증자(B.C. 505-436?)의 이름은 삼(參)으로, 공자의 문하생이며 《대학》의 저자. 효를 재확립하는 데 특히 힘을 쓴 인물임. 왕상(184-268)은 중국 삼국시대의 관료로, 효성이 지극하여 계모 주씨가 자신을 사랑하지 않았는데도 극진히 모심.

37 긔산영슈(箕山穎水)의 놉흔 ᄠᅳᆺ: 기산영수의 높은 뜻. 중국 요임금이 기산으로 거처를 옮긴 후 왕위를 물려줄 사람을 찾다가 허유를 찾아가 그 제안을 했는데 허유는 거절 후 영수에서 이런 말을 들은 자신의 귀를 씻었고, 마침 지나가던 소부가 그 말을 듣고 자신의 소에게 그 귀 씻은 물을 마시게 할 수 없다면서 더 상수로 올라갔다는 고사에서 나온 말.

38 념계(濂溪): 염계. 주돈이(1017-1073)의 호. 송나라 대의 성리학자로, 주자(周子)로 불림.

화운의 후예라. 대가고문(大家高門)의 ᄉᆡᆼ댱ᄒᆞ여 덕ᄒᆡᆼ이 뇨됴유한(窈
窕幽閑)ᄒᆞ고 ᄉᆡᆨ뫼(色貌) 찬연쇄락(燦然灑落)ᄒᆞ여 화월(花月)이 됴
요(照耀)ᄒᆞ니 구괴(舅姑) ᄎᆞ부(次婦)의 ᄉᆞ덕(四德)이 츌뉴ᄒᆞ고 셩ᄒᆡᆼ
이 슉뇨(淑窈)ᄒᆞ미 툥부(冢婦)의 나리디 아니믈 크게 ᄉᆞ랑ᄒᆞ여 친ᄉᆡᆼ
녀의 감(減)치 아니코 운계 비록 셩문의 학교롤 슈련ᄒᆞ여 소ᄋᆞ(小兒)
의 ᄆᆞᄋᆞᆷ을 옴기디 아니ᄒᆞ고 텬ᄉᆡᆼ대효(天生大孝)로 실가(室家)의 ᄋᆡ
모ᄒᆞ미 업ᄉᆞ나 ᄇᆡ항(裵航)의 ᄀᆡ특ᄒᆞ미 남교(南郊)의 슉완(淑婉)이라.[39]
엇디 산비ᄒᆡ박ᄒᆞᆫ 은졍이 업ᄉᆞ리오? 부뷔 십여ᄌᆡ(十餘載)의 공경듕ᄃᆡ
(恭敬重對)ᄒᆞ여 일ᄌᆞᆨ 부박(浮薄)ᄒᆞᆫ 희쇠(喜笑) 업고 부화쳐슌(夫和
8면 妻順)ᄒᆞᄂᆞᆫ 도롤 다ᄒᆞᆯ 쓴 아니라 가법의 엄뎡ᄒᆞᆷ과 셔부인 법교롤 본
바다 녀뷔(女婦) 다 쇼텬(所天)을 셤기미 신ᄒᆡ 님군 밧듬 갓ᄐᆞ니 일
문ᄃᆡᄂᆡ(一門之內) 은은(隱隱)이 됴졍(朝廷) 갓ᄐᆞ여 미말쳔비(微末賤
婢)라도 녜의롤 숑상ᄒᆞ미 잇더라. 일녀(一女) 태요ᄂᆞᆫ 방년 십ᄉᆞ의 개
국공신 상우츈의 증손 상연을 마ᄌᆞ니 상연이 문댱필이[40] 니두죵왕(李
杜鍾王)[41]을 묘시ᄒᆞ고 안뫼(顔貌) 미려ᄒᆞ여 쥬랑(周郎)·반악(潘岳)[42]이
ᄌᆡᄉᆡᆼᄒᆞᆫ ᄃᆞᆺ 던짓 일ᄃᆡ 옥인걸ᄉᆡ(玉人傑士)라. 쇼년등과ᄒᆞ여 작위 경

---

39 ᄇᆡ항(裵航)의 ᄀᆡ특ᄒᆞ미 남교(南郊)의 슉완(淑婉)이라: 당나라 전기(傳奇) 〈배항〉에 나오는 남녀의 사랑 이야기를 인용한 것으로, 배항은 남교에서 운영을 만나 사랑을 이루었다고 함.

40 문댱필이: '문댱필법이'일 것으로 보임. 규장각본에는 '문댱필법'으로 되어 있음.

41 니두죵왕(李杜鍾王): 이두종왕. 문장 필법으로 유명한 이백(701-762), 두보(712-770), 종요(151-239), 왕희지(307-365)를 아울러 이르는 말.

42 쥬랑(周郎)·반악(潘岳): 주랑·반악. 주랑은 미남으로 유명했던 삼국시대 오나라 주유(175-210). 반악(247-300)은 서진의 문장가로 반안(潘安)이라고도 불렸으며, 그 또한 문을 나서면 여인들이 던진 귤로 수레가 가득 찰 정도의 미남으로 유명했음.

상(卿相)의 니ᄅᆞ고 션조의 업을 니어 부귀 혁혁ᄒᆞ니 졍부인의 오복이 완비ᄒᆞ미오. ᄒᆞ믈며 녜의디가(禮義之家)의 싱당ᄒᆞ여 모부인 어디ᄅᆞ믈 닛고 텬픔(天稟)의 긔특ᄒᆞ믈 아올나 풍용긔질(風容氣質)이 탈쇽비범(脫俗非凡)ᄒᆞ니 상공의 츌뉴(出類)ᄒᆞ미라도 부인의게ᄂᆞᆫ 두어 층 나리미 잇더라. 부뷔 동쥬(同住) 십여 년의 삼ᄌᆞ삼녀ᄅᆞᆯ 두어시니 개ᄀᆡ히 닌아봉취(麟兒鳳雛)라. 상공의 듕ᄃᆡ홈과 부모의 깃거ᄒᆞ미 셰월노 더으더라.

ᄎᆞ셜. 졍운계의 학힝도덕(學行道德)이 일셰의 독보ᄒᆞ믈 태ᄉᆞ(太師) 됴겸과 니부툥ᄌᆡ(吏部冢宰) 소극 등이 텬졍(天庭)의 쥬달(奏達)ᄒᆞᄃᆡ 졍삼 갓튼 대현(大賢)을 툐용(招用)ᄒᆞ샤 사딕(社稷)의 간셩(干城) 삼 9면 으시믈 쳥ᄒᆞ온ᄃᆡ 샹(上)이 임의 졍삼의 덕힝을 닉이 드르신 ᄇᆡ라. 이에 태ᄌᆞᄉᆞ부(太子師傅) 듕셔(中書) 태학ᄉᆞᄅᆞᆯ ᄒᆞ이샤 안거ᄉᆞᄆᆞ(安車駟馬)로 징소(徵召)ᄒᆞ시미 여ᄉᆞᆺ 번의 밋ᄎᆞᄃᆡ 운계 죽기로 나지 아니ᄒᆞ고 샤(使)[43]ᄅᆞᆯ ᄃᆡᄒᆞ여 ᄀᆞᆯ오ᄃᆡ

"당외(唐堯) 디셩(至聖)이샤ᄃᆡ 소헤(巢許) 이시니[44] 이졔 졍삼이 긔산영슈(箕山潁水)의 고의(高義)ᄅᆞᆯ ᄯᆞ로고져 ᄒᆞ미 아니오 셩듀(聖主)의 은덕이 브죡ᄒᆞ시미 아니로ᄃᆡ 실노 ᄌᆡ죄 업고 덕이 박ᄒᆞ여 ᄉᆞ군보국(事君報國)ᄒᆞᆯ 덕냥(德量)을 아디 못ᄒᆞ니 무ᄉᆞᆷ 거ᄉᆞᆯ 일ᄏᆞ라 고관쳥딕(高官淸職)의 나아가리오? 위인이 우암ᄒᆞ고 혼용(昏庸)ᄒᆞ여 무일가

43 샤(使): 사. 중사(中使). 왕의 명령을 전하던 내시.

44 당외(唐堯) 디셩(至聖)이샤ᄃᆡ 소헤(巢許) 이시니: 요임금이 지극한 성인이었지만 허유는 양위하겠다는 요임금의 뜻을 거절하고 소부는 이에 동조함.

취(無一可取)니 딘졍으로 셰상의 나믈 붓그려 ᄒᆞᄂᆞᆫ ᄇᆡ라. 삼의 머리ᄂᆞᆫ 뎐폐(殿陛)의 헌(獻)ᄒᆞ여도 몸인ᄌᆞᆨ 봉작(封爵)의 나아가지 못ᄒᆞ리니 원컨ᄃᆡ 샤ᄂᆞᆫ 도라가 ᄎᆞᄉᆞ(此事)ᄅᆞᆯ 주(奏)ᄒᆞ고 삼이 븍궐(北闕)을 우러〃 역명디죄(逆命之罪)ᄅᆞᆯ 기다리므로ᄡᅧ 알외라."

ᄒᆞ니 ᄉᆡ(使) 홀일업셔 탄식고 도라가 텬졍(天庭)의 쥬ᄒᆞ온ᄃᆡ 샹이 맛참ᄂᆡ 나지 아닐 줄 아ᄅᆞ시고 졔신(諸臣)을 ᄃᆡᄒᆞ샤 탄왈(嘆曰)

10면 "딤(朕)이 박덕ᄒᆞ여 졍삼 갓튼 대현을 닐위지 못ᄒᆞ니 엇디 한흡디 아니리오?"

ᄒᆞ신ᄃᆡ 병부상셔 관화와 됴현·니빈 등이 쥬왈(奏曰)

"졍삼의 위인을 신등(臣等)이 아옵ᄂᆞ니 셩듀의 은ᄐᆡᆨ을 감격디 아니미 아니오 튱의 업ᄉᆞ미 아니로ᄃᆡ 념결(廉潔)ᄒᆞᆫ ᄆᆞ음이 소허(巢許)의 쳥졀(淸節)을 효측ᄒᆞ여 부귀문달(富貴聞達)을 원치 아니ᄒᆞ옵ᄂᆞ니 엇디 여러 번 징소(徵召)ᄒᆞ시ᄂᆞᆫ 셩은을 아디 못ᄒᆞ리잇가?"

샹이 탄식ᄒᆞ시고 금ᄌᆞ어필(金字御筆)노 팔복(八幅) 병풍ᄎᆞ(屛風遮)와 문방ᄉᆞ우(文房四友)ᄅᆞᆯ 샤급(賜給)ᄒᆞ샤 그 쳥심고의(淸心高義)ᄅᆞᆯ 찬양ᄒᆞ시고 다시 작위로 브ᄅᆞ디 아니시니 만승디위(萬乘之位)로도 블탈운계디고졀ᄒᆞ신디라. 일노조ᄎᆞ ᄉᆞ방현ᄉᆡ(四方賢士) 다 운계션ᄉᆡᆼ 앙모ᄒᆞ미 칠십ᄌᆞ(七十子)[45]의 공부ᄌᆞ(孔夫子)[46] 바람 ᄀᆞᆺᄐᆞ여 ᄒᆞᆫ번 나아가 교도(交道) ᄆᆡᄌᆞ믈 만금의 비기디 못ᄒᆞ여 운계션ᄉᆡᆼ을 ᄎᆞᄌᆞ 니

45 칠십ᄌᆞ(七十子): 칠십자. 육경(六經)에 능한 공자의 제자 70명을 가리키는 말로, 걸출한 문하생을 뜻함.

46 공부ᄌᆞ(孔夫子): 공부자. 공자를 높여 부르는 말.

ᄅᆞᄂᆞᆫ ᄌᆡ 브디기쉬로ᄃᆡ 운계 문졍(門庭)이 번요(煩擾)ᄒᆞ믈[47] 블열(不悅)ᄒᆞ고 ᄌᆞ긔 도덕이 공ᄆᆡᆼ(孔孟)의 비기믈 외람ᄒᆞ여 사ᄅᆞᆷ을 ᄃᆡ치 말고ᄌᆞ ᄒᆞᄃᆡ 텬셩이 본시 관홍(寬弘)ᄒᆞᆫ디라. 비록 우암ᄒᆞᆫ ᄌᆞᄅᆞᆯ 보아도 극딘 훈계ᄒᆞ여 영명ᄒᆞᆫ 곳의 니ᄅᆞ게 ᄒᆞ니 ᄉᆞ환(仕宦)의 분쥬ᄒᆞ미 업ᄉᆞ나 그 ᄆᆞ옴인즉 한가ᄒᆞᆫ ᄊᆡ 업더라. ᄇᆡᆨᄒᆡᆼ도덕(百行道德)이 발호기췌(拔 11면
乎其萃)ᄒᆞ고 츌호기뉴(出乎其類)ᄒᆞ니 엇디 공ᄆᆡᆼ디도(孔孟之道)ᄅᆞᆯ ᄂᆡᆺ디 못ᄒᆞᆯ가 ᄇᆞᆺ그러오리오? ᄒᆞ믈며 하ᄂᆞᆯᄋᆡ 졍문(程門)을 위ᄒᆞ샤 운계와 화부인의 ᄉᆡᆼ디휵디(生之畜之)ᄒᆞ믈 조ᄎᆞ 블셰(不世)의 긔린이오 옥남긔 구ᄉᆞᆯ꼿치라. 삼ᄌᆞ 일녜 다 유하(乳下)ᄅᆞᆯ 면치 못ᄒᆞ여시ᄃᆡ ᄉᆡᆼ이디지(生而知之)ᄒᆞᄂᆞᆫ 셩인이오 뎨곡(帝嚳)[48]의 ᄌᆞ언기명(自言其名)ᄒᆞᄂᆞᆫ 신긔ᄅᆞᆯ 아올나 긔린디어쥬슈(麒麟至於走獸)와 봉황디어비되(鳳凰至於飛鳥)[49]라. 졍시의 문ᄆᆡᆨ을 온젼이 거둘 ᄲᅳᆫ 아니라 텬ᄉᆡᆼ 작인(作人)이 만고무비(萬古無比)ᄒᆞ여 조부모의 ᄋᆡ듕ᄒᆞ심과 견시ᄌᆞ(見視者)의 칭션흠ᄋᆡ(稱善欽愛)ᄒᆞ미 갈ᄎᆡᄒᆞ기의 ᄆᆡᆺ쳣더라. 졍각뇌(程閣老) 평안ᄒᆞᆫ 셰계의 한가ᄒᆞᆫ ᄌᆡ상으로 샹좌텬ᄌᆞ(上佐天子)ᄒᆞ여 니음양슌ᄉᆞ시(理陰陽順四時)[50]ᄒᆞᄂᆞᆫ 덕이 쥬공(周公)으로 병칭(竝稱)ᄒᆞ고 텬ᄌᆞ의 녜우ᄒᆞ시미 셰월노 더으샤 디극ᄒᆞᆫ 은영(恩榮)이 만ᄃᆡ의 희한ᄒᆞ니 태뷔믈셩이쇠(物盛而衰)ᄅᆞᆯ 쥬야(晝夜) 두리고 보국ᄒᆞᆯ ᄆᆞ옴이 듕니(中

47 번요(煩擾)ᄒᆞ믈: 번요하다. 번거롭고 요란스럽다.

48 뎨곡(帝嚳): 제곡. 중국의 신화적 인물로, 상나라 탕의 조상이자 전욱의 뒤를 이어 제위에 오른 인물. 《사기》에 의하면 태어나면서 자기 이름을 말할 정도로 총명했다고 함.

49 긔린디어쥬슈(麒麟至於走獸)와 봉황디어비되(鳳凰至於飛鳥): 짐승 가운데 기린이나 새 중에 봉황처럼 일반 사람 가운데 성인이 매우 빼어남을 의미함. 《맹자》 〈공손추 상〉.

裏)의 결을치 못ᄒᆞ여 일목(一沐)의 삼악발(三握髮)ᄒᆞ고 일반(一飯)의 삼토포(三吐哺)[51]하여 텬하현ᄉᆞ(天下賢士)ᄅᆞᆯ ᄃᆡ졉ᄒᆞ고 군덕(君德)
12면 을 빗ᄂᆡᄂᆞᆫ 여가의 젹션음공(積善陰功)을 ᄌᆞ유로 극딘히 ᄒᆞ여 장원(牆垣) 밧긔 동셔로 집을 일워 호왈(呼曰) 구빈관(救貧館)이라 ᄒᆞ고 뉴리힝걸(流離行乞)ᄒᆞᄂᆞᆫ ᄌᆞ와 환과고독(鰥寡孤獨)이며 반ᄇᆡᆨ(頒白) 빈곤ᄌᆞ(貧困者)ᄅᆞᆯ 의식을 공급ᄒᆞ여 긔갈(飢渴)을 면케 ᄒᆞ니 남녀노유(男女老幼) 업시 셔로 닛그러 태운산 졍부ᄅᆞᆯ ᄎᆞᄌᆞ오ᄂᆞᆫ ᄌᆡ 젹ᄌᆡ(赤子) ᄌᆞ모(慈母)ᄅᆞᆯ 우럼 갓더라. 남녀ᄅᆞᆯ 갈ᄒᆡ여 남ᄌᆞᄂᆞᆫ 동누(東樓)의 거ᄒᆞ고 녀ᄌᆞᄂᆞᆫ 셔루(西樓)의 거ᄒᆞ고 기듕(其中) 쳔인은 하실(下室)의 잇게 ᄒᆞ여 그 의식공궤(衣食供饋)ᄅᆞᆯ ᄒᆞᆫ갈ᄀᆞᆺ치 ᄒᆞ니 녜부(禮部)와 운계 그 부공(父公)의 노췌(老悴)ᄒᆞ시믈 근심ᄒᆞ나 쏘 감히 부귀ᄅᆞᆯ 일ᄏᆞᆺ지 못ᄒᆞ고 각각 그 부인 등을 당부ᄒᆞ여 모부인의 근노ᄒᆞ시믈 ᄃᆡ신ᄒᆞ라 ᄒᆞ더라. 상공의 부인이 ᄌᆞ로 귀령(歸寧)ᄒᆞ여 양·화 냥형(兩兄)으로 더브러 모친의 근노ᄒᆞ시믈 더ᄅᆞ시게 ᄒᆞ오며 남ᄆᆡ 냥친을 뫼셔 노ᄅᆡᄌᆞ(老萊子)[52]의 열의ᄅᆞᆯ 읏듬ᄒᆞ니 ᄎᆞ시 녜부ᄂᆞᆫ 삼십 츈광(春光)이 되고 상

50 니음양슌ᄉᆞ시(理陰陽順四時): 이음양순사시. 한(漢)나라 선제 때 공신이자 재상인 병길이 한 말. 병길은 항상 대의예양(大義禮讓)을 중히 여겨, 길에서 불량배들이 싸우는 것을 단속하는 일은 시장(市長)의 직분이므로 재상이 관여할 바가 아니지만, 수레를 끄는 소가 숨을 헐떡이는 것은 계절의 변조 탓일지도 모르므로 "음양을 다스리고 사시를 순조롭게 하는 것(理陰陽順四時)"은 재상의 직분이라고 함.

51 일목(一沐)의 삼악발(三握髮)ᄒᆞ고 일반(一飯)의 삼토포(三吐哺): 주나라 주공이 식사하거나 머리를 감을 때 손님이 찾아오면 감던 머리도 잡아 쥐고 먹던 밥도 뱉으며 급히 나가 손님을 대접했다는 고사에서 유래한 말로, 잠시도 쉴 틈 없이 정사를 돌보며 어진 인물을 얻기 위해 애쓰는 것을 의미함.

부인은 이십팔 셰오 운계ᄂᆞᆫ 이십오 셰니 화부인이 년긔(年紀) 이십ᄉᆞ 셰의 톄디(體肢)와 규뫼 극딘ᄒᆞ여 셩힝이 관유(寬柔)ᄒᆞ고 디식이 통쳘(通徹)ᄒᆞ니 운계ᄂᆞᆫ 일단쳥힝(一端淸行)으로 안빈낙도(安貧樂道)ᄒᆞ여 초당한실(草堂閑室)의 와쥰(瓦樽) 박ᄃᆡ[53]로 거후ᄅᆞ고[54] 갈건포의(葛巾布衣)로 후젼(後田)의 ᄆᆡᆨ쇽(麥粟)을 거두고 젼계(前溪)의 솔을 심거 ᄊᆡ로 거ᄅᆡᄒᆞ며 낙ᄃᆡᄅᆞᆯ 동계(東溪)의 드리워 십 년 일관(一貫)의 폐포(弊袍)ᄅᆞᆯ 븟그리디 아니ᄒᆞ고 산천을 유람(遊覽)ᄒᆞ고 도라오ᄆᆡ 셩니(性理)ᄅᆞᆯ 슈련ᄒᆞ여 황향(潢香)의 션침(扇枕)[55]을 슈고로이 아냐 셩회(誠孝) 동동쵹쵹(洞洞屬屬)[56]ᄒᆞ고 도학(道學)을 강습ᄒᆞ여 큰 덕이 의의(猗猗)[57]히 태극을 그리고 동셔ᄅᆞᆯ 디으ᄆᆡ 남은 ᄯᅳᆺ이 무궁ᄒᆞ나 텬ᄌᆡ 감히 브ᄅᆞ디 못ᄒᆞ시고 졔휘(諸候) 표ᄇᆡᆨ(表白)디 못ᄒᆞ니 고듁쳥풍(高竹淸風)이 탁락(卓犖)ᄒᆞ고 긔산영슈(箕山潁水)의 쳥심(淸心)이 ᄆᆡᄆᆡ(浼浼)[58]ᄒᆞᆷ을 보건ᄃᆡ 이 니ᄅᆞᆫ 필부(匹夫)로ᄡᅧ 텬ᄌᆞᄅᆞᆯ 벗ᄒᆞ디 못ᄒᆞᄂᆞᆫ디라. ᄉᆞᄉᆞ로 딘셰(塵世)의 더러온 욕화(慾火)ᄅᆞᆯ 가져 가부(家父)의 쳥덕을 더러일가 근심ᄒᆞ고 혹 눈의 허믈을 뵈일가 두려[59] 아명의 부인이

13면

---

52 노ᄅᆡᄌᆞ(老萊子): 노래자. 춘추시대 초나라의 지극한 효자로, 일흔 살에도 항상 색동옷을 입고 어린아이처럼 걷다가 일부러 넘어져 우는 놀이를 하여 부모를 기쁘게 해드렸다고 함.

53 박ᄃᆡ: 맥락상 '박채(薄菜)'로 추정. 박채는 나물 반찬 혹은 소박한 안주를 가리킴.

54 거후ᄅᆞ고: 거후르다. 기울이다, 들이켜다, 마시다.

55 황향(潢香)의 션침(扇枕): 황향의 선침. 부모님을 모시는 정성을 의미함. 옛날 동한(東漢) 때 황향이란 사람이 홀로된 아버지를 위해 여름에는 부채를 부쳐드리고, 겨울에는 이부자리에 먼저 들어가 체온으로 요를 따뜻하게 해드렸다는 고사에서 나온 말.

56 동동쵹쵹(洞洞屬屬): 동동촉촉. 공경하고 삼가며 매우 조심스러움.

57 의의(猗猗)히: 의의하다. 아름답다고 성하다.

58 ᄆᆡᄆᆡ(浼浼)ᄒᆞᆷ을: 매매하다. 쌀쌀맞은 태도로 거절하다.

낫ᄌᆡ 옷 버ᄉᆞ믈 인ᄒᆞ여 츌뷔(出膚) 되믈 삼가니[60] 엇디 왕공(王公)의
14면 후비와 ᄌᆡ상의 부인 영귀(榮貴)ᄅᆞᆯ 블워ᄒᆞ리오? 겸손ᄒᆞ미 날노 더으
고 시로 ᄉᆡ로온 ᄃᆞᆺ 텬연안샹(天然安詳)ᄒᆞ여 ᄇᆡᆨ힝이 초츌(超出)ᄒᆞ니
구고(舅姑)의 ᄉᆞ랑과 일가(一家)의 츄앙ᄒᆞ미 양부인 아ᄅᆡ 잇디 아니
ᄒᆞ더라. 태뷔 문댱을 ᄌᆞ허(自許)ᄒᆞ미 업고 뎨ᄌᆞᄅᆞᆯ 모호고져 ᄒᆞᆫ ᄇᆡ 아
니로ᄃᆡ 친우의 ᄌᆞ딜(子姪)과 공ᄆᆡᆼ(孔孟) 학ᄒᆡᆼᄒᆞᄂᆞᆫ 무리 태부의 문댱
을 흠앙ᄒᆞ여 각각 ᄋᆞ들과 손ᄌᆞᄅᆞᆯ 교학ᄒᆞ믈 쳥ᄒᆞ여 간졀ᄒᆞ면 능히 믈
니치 못ᄒᆞ여 교학ᄒᆞᆫ ᄇᆡ 되여 문ᄉᆡᆼ(門生)이 ᄇᆡᆨ여 인의 밋ᄎᆞᄃᆡ 다 공문
(孔門) 칠십ᄌᆞ(七十子) 갓ᄐᆞ여 문댱이 탁월ᄒᆞ고 ᄉᆞᄒᆡᆼ(四行)[61]이 뎡슉
ᄒᆞ니 셤궁(蟾宮)의 월계(月桂)ᄅᆞᆯ ᄉᆡᆨ거 농방(龍榜)[62]의 봉익(鳳翼)을 븟
들고 위ᄎᆡ(位差) ᄌᆡ렬(宰列)ᄒᆞᆫ ᄌᆡ(者) 칠십여 인이오 운계의 도학을
흠션(欽羨)ᄒᆞ여 블구문달(不求聞達)ᄒᆞ고 쳥평셰계(淸平世界)의 한가
ᄒᆞᆫ 유ᄉᆡ(儒士) 되기ᄅᆞᆯ 즐기ᄂᆞᆫ ᄌᆡ 삼십여 인이니 개개히 ᄉᆞ부(師傅)의
훈학을 명심ᄒᆞ여 도학이 초셰(超世)ᄒᆞ니 기듕(其中)의 태학ᄉᆞ 니빈이
15면 ᄉᆞ부의 문덕학ᄒᆡᆼ(文德學行)을 ᄯᆞ라 위인이 튱효겸젼(忠孝兼全)ᄒᆞ며
박학호셔(博學好書)ᄒᆞ고 ᄉᆞᄒᆡᆼ(四行)이 뎡슉ᄒᆞ며 셩질이 팀믁ᄒᆞ여 도

---

59 두려: 규장각본에는 '근심ᄒᆞ여'로 되어 있음.

60 아명의 부인이 ~ 되믈 삼가니: 아명은 아성(亞聖)의 오기일 것으로 보임. 규장각본에는 '그 부인이 나ᄌᆡ 옷 버스물 인ᄒᆞ여 츌뷔 되물 삼가니'로 되어 있음. 아성맹자(亞聖孟子)는 맹자의 시호. 맹자가 장가든 뒤 방에 들어갔는데 부인이 윗옷을 벗고 있었고 맹자는 이를 불쾌하게 여겼던 일이 있음. 《열녀전》〈추맹가모(鄒孟軻母)〉.

61 ᄉᆞᄒᆡᆼ(四行): 사행. 사덕(四德). 《주역》에서 말하는 천지자연의 네 가지 덕인 원(元)·형(亨)·이(利)·정(貞).

62 농방(龍榜): 용방. 관용방. 하나라 걸왕 때의 충신으로 직간하다 죽임을 당함.

량이 굉원(宏遠)ᄒᆞ며 밧그로 츈풍화긔(春風和氣)ᄅᆞᆯ 씌여시며 ᄂᆡ심의ᄂᆞᆫ 댱강(長江) 헌원(軒轅)[63]의 슬긔ᄅᆞᆯ 흉격의 픔어 일셰 대댱뷔오 쳔츄의 긔군ᄌᆡ라 태쥐인이니 ᄌᆞᄂᆞᆫ 셕뵈오 호ᄂᆞᆫ 창계니 태ᄉᆞ 됴겸의 녀셰(女婿)라. 년긔(年紀) 뉵 셰의 문쳥공의게 슈학ᄒᆞ여 뎨ᄌᆞ ᄇᆡᆨ여 인 듕 웃듬이 되니 학ᄉᆞ 소졍과 상셔 광ᄉᆞ 등이 다 문쳥공의 뎨ᄌᆡ라. ᄒᆞᆫ갓 문한(文翰)들이 ᄂᆡ빈을 ᄯᆞ로디 못ᄒᆞᆯ 쁜 아니라 맛ᄎᆞᆷᄂᆡ 단쳐(短處) 업지 못ᄒᆞ더라.

각셜. 영쳔인 댱헌의 ᄌᆞ(字)ᄂᆞᆫ 후ᄇᆡᆨ이니 기부(其父)ᄂᆞᆫ 유ᄉᆡᆼ(儒生) 댱합이라. 셕년(昔年)의 영천이 누년(累年) 긔황(饑荒)을 당ᄒᆞ여 합이 기쳐(其妻) 위시로 더브러 약간 뎐ᄐᆡᆨ(田宅)을 다 파라먹은 후 속슈무칙ᄒᆞ여 ᄉᆡᆼ계망단(生計望斷)ᄒᆞ니 오딕 좌이ᄃᆡᄉᆞ(坐而待死)ᄒᆞ던 ᄎᆞ 젼언(傳言)을 드ᄅᆞ니 경샤(京師) 태운산 졍부의셔 젹션음공(積善陰功)을 일삼ᄂᆞᆫ다 ᄒᆞ거ᄂᆞᆯ 합이 ᄎᆞ마 아ᄉᆞ(餓死)치 못ᄒᆞ여 기쳐 위시로 더브러 경샤의 올나와 졍부 구빈관(救貧館)을 ᄎᆞᄌᆞ 부뷔 동셔루(東西樓)의 각거(各居)ᄒᆞ니 의식은 아딕 근심 업ᄉᆞ나 친쳑을 니별ᄒᆞ고 분묘ᄅᆞᆯ ᄯᅥ나믈 슬허ᄒᆞ더니 일일은 태뷔 구빈관의 잇ᄂᆞᆫ 남ᄌᆞᄅᆞᆯ 다 블너 긔한곤경(飢寒困境)을 티위(致慰)ᄒᆞ다가 댱합의 톄용(體容)이 쳔인(賤人)이 아니믈 보고 근본을 므ᄅᆞᆫ즉 기션(其先)은 형부낭듕(刑部郞中) 댱위니 일즉 죽어시나 ᄉᆞ문(士門) 일ᄆᆡᆨ(一脈)이오 졍션공 ᄌᆡ시(在時)의 붕우로 ᄃᆡ졉ᄒᆞ던 ᄇᆡ라. 태뷔 합의 위인이 브족ᄒᆞ믈 알오ᄃᆡ 16면

63 댱강(長江) 헌원(軒轅): 장강 헌원. 중국 고대 전설상의 제왕. 삼황(三皇)의 한 사람으로 장강 유역을 다스렸다고 함.

부집(父執)[64]의 ᄌᆞ뎨라. 흔연이 셰교(世交)ᄅᆞᆯ 니어 졍의ᄅᆞᆯ 상통ᄒᆞᄆᆡ 그
솔권(率眷) 상ᄂᆡ(上來)ᄒᆞ믈 듯고 별당을 서ᄅᆞ 져 위시ᄅᆞᆯ 안둔(安頓)
케 ᄒᆞᆫ 후 슈삼 개 비복으로 ᄉᆞ후(伺候)[65]케 ᄒᆞ고 의식을 ᄌᆞ뢰(自賴)ᄒᆞ
며 션낭듕(先郎中) 신위ᄅᆞᆯ 뫼셔 올녀 다시 하향(下鄕)치 말고 과업(科
業)을 힘ᄡᅳ라 ᄒᆞ니 합의 부쳬 십ᄉᆡᆼ구ᄉᆞ(十生九死)ᄒᆞ나 이 갓기ᄅᆞᆯ ᄇᆞ
17면 라리오? 고향의셔 뉴리홀 졔 부쳬 셔로 손을 닛그러 동가(東家)의 밥
을 비나 그ᄅᆞ시 ᄎᆞ디 못ᄒᆞ고 셔가(西家)의 더ᄉᆡ기ᄅᆞᆯ 비나 쥬인이 고
ᄉᆡᆨ(苦色)을 ᄯᅴ여 잘 ᄃᆡ 업다 구박ᄒᆞ여 머믈 곳이 바히 업셔 이리져리
ᄲᅮᆺ치여 단니다가 쳔만 몽ᄆᆡ지외(夢寐之外)의 명텬(明天)이 도으신가
신령이 디시(指示)ᄒᆞ샤 쳔 니 원졍(遠程)의 니ᄅᆞ러 여ᄎᆞ 호부(豪富)
ᄒᆞ여시니 졍태부 은혜ᄅᆞᆯ 각골 감심(感心)ᄒᆞ여 ᄉᆡᆼ의 다 못 갑흘디라.
구쳔(九泉) 타일(他日)의 슈호의 구ᄉᆞᆯ[66]을 먹음고 화산의 결초(結草)ᄒᆞ
기ᄅᆞᆯ ᄉᆡᆼ각ᄒᆞ여 세세(世世) ᄉᆡᆼᄉᆡᆼ(生生)의 졍태부 ᄆᆞᆯ(馬) 뒤흘 ᄯᆞ로ᄂᆞᆫ
노ᄌᆡ(奴子) 되여 은덕을 갑고져 ᄒᆞᄃᆡ 감히 태부ᄅᆞᆯ 우러러 산고ᄒᆡ활디
덕(山高海濶之德)을 ᄒᆞᆫ 번도 샤례치 못ᄒᆞ믄 태부의 셩졍(性情)이 사
ᄅᆞᆷ의 칭은숑덕(稱恩頌德)을 깃거 아니 ᄒᆞᄂᆞᆫ 연괴라. 댱ᄉᆡᆼ 부쳬 안거
ᄒᆞ연 지 슈ᄌᆡ(數載)의 위시 잉ᄐᆡ 십 삭이러니 일일은 슌산 ᄉᆡᆼ남ᄒᆞ고
산후병 듕ᄒᆞ여 삼칠일(三七日)이 못 ᄒᆞ여 죽으니 댱ᄉᆡᆼ이 단현(斷絃)

---

64 부집(父執): 부집존장(父執尊長). 아버지의 친구로 아버지와 나이가 비슷한 사람을 높여 부르는 말.

65 ᄉᆞ후(伺候): 사후. '시중듦, 돌봄'의 뜻.

66 슈호의 구ᄉᆞᆯ: 수호의 구슬. 수후지주(隋侯之珠). 수나라의 임금인 수후가 뱀을 도와준 데 대한 보답으로 얻은 보배로운 구슬로, 화씨지벽(和氏之璧)과 함께 천하의 귀중한 보배로 꼽힘.

의 통(痛)을 만나 과쳑(過慽)ᄒᆞᆯ 쁜 아니라 디궁쳔박(奇窮淺薄)ᄒᆞᆫ 명 18면 도(命途)로 슈삼 년 안과(安過)ᄒᆞ다가 열운 복이 넘치이고 셰연(世緣)이 딘(盡)ᄒᆞ여시므로 졍부 은틱을 져바리고 일신이 외로이 되여시니 비희교집(悲喜交集)ᄒᆞ나 십분 관억(寬抑)ᄒᆞ고 위시를 념습(殮襲)ᄒᆞ여 입관ᄒᆞᆫ 후 유되(乳道) 풍죡ᄒᆞᆫ 비ᄌᆞ(婢子)를 어더 신ᄋᆞ(新兒)를 보호ᄒᆞ라 ᄒᆞ고 심ᄉᆞ를 딘뎡치 못ᄒᆞ더니 홀연 침식이 블편ᄒᆞ고 ᄌᆞ로 구노ᄒᆞ여 고통 슈일의 다시 ᄉᆞ디 못ᄒᆞᆯ 술 알고 태부를 쳥ᄒᆞ여 병소(病所)의 니ᄅᆞᄆᆡ 합이 계오 븟들녀 니러 안ᄌᆞ 탄식뉴쳬(嘆息流涕) 왈

"쇼ᄉᆡᆼ이 향곡(鄕曲)의 뉴리개걸(遊離丐乞)ᄒᆞ와 우마(牛馬)의 붊히미 되을너니 합하 대인 은덕을 목욕(沐浴)ᄒᆞ와 호의호식으로 안과 슈삼 년의 부쳬 ᄆᆡ양 존부(尊府) ᄒᆡ활디덕(海闊之德)을 몰신경디(沒身敬止)키를 긔약ᄒᆞ옵더니 ᄉᆡᆼ의 열운 복이 손(損)ᄒᆞ와 폐쳬(敝妻) 산후 망ᄒᆞ고 ᄉᆡᆼ이 쏘ᄒᆞᆫ 셰샹이 오날쁜이라. ᄉᆡᆼ(生)은 긔야(寄也)오 ᄉᆞ(死)ᄂᆞᆫ 귀애(歸也)니 엇디 죽기를 셜워ᄒᆞ리잇고마ᄂᆞᆫ 명목(瞑目)디 못ᄒᆞᆯ 한이 19면 잇ᄉᆞᆸᄂᆞᆫ디라. 뎨일(第一)은 존부 ᄒᆡ활디은을 만분 일을 갑ᄉᆞᆸ디 못ᄒᆞ고 이졔 삼칠일(三七日) 못 되온 유치(幼稚)를 두고 부뫼(父母) 일시의 더디오니 엇디 도라가ᄂᆞᆫ ᄆᆞ음이 슬프디 아니리잇고? 복망 합하ᄂᆞᆫ 져 고고유치(孤孤幼稚)를 고렴(顧念)하샤 댱시(張氏)의 후ᄉᆞ(後嗣)를 니어 주실딘ᄃᆡ 쇼ᄉᆡᆼ이 디하의 도라가오나 후셰의 존부 견ᄆᆡ(犬馬) 되여 갑ᄉᆞᆸ기를 원ᄒᆞᄂᆞ이다."

태뷔 댱ᄉᆡᆼ의 위위(萎萎)ᄒᆞᆫ 형식을 보고 인인군ᄌᆞ(仁人君子)의 현심(賢心)이 블승츄연(不勝惆然)ᄒᆞ여 호언위로(好言慰勞) 왈

"군이 디금 방강지년(方强之年)의 죽을 념녀(念慮) 이시리오? 유

ᄋᆞ(乳兒) 부탁은 오슈블민(吾雖不敏)ᄒᆞ나 사ᄅᆞᆷ을 구활(救活)ᄒᆞᄆᆡ 시죵(始終)이 업ᄉᆞ리오? 그ᄃᆡ의 후ᄉᆞᄅᆞᆯ 닛게 ᄒᆞ리니 믈념(勿念)ᄒᆞ고 병심(病心)을 됴호(調護)ᄒᆞ라."

당ᄉᆡᆼ이 쳥파의 머리 조아 다시곰 사례ᄒᆞ고 슬픈 눈믈이 니음ᄎᆞ거ᄂᆞᆯ[67] 태뷔 의약으로 극딘 구호ᄒᆞ나 촌회(寸効) 업셔 니어 망ᄒᆞ니 태뷔 블
20면 승참연ᄒᆞ여 의금관곽(衣衾棺槨)을 갓초아 부쳐(夫妻)ᄅᆞᆯ 홈긔 그 션형(先塋) 하의 당(葬)ᄒᆞ고 됴셕(朝夕) 증상(蒸嘗)[68]을 ᄉᆞ후(伺候)ᄒᆞ던 비복으로 밧들나 ᄒᆞ고 당ᄋᆞ(張兒)ᄅᆞᆯ 무ᄋᆡ(撫愛)ᄒᆞ여 슈히 ᄌᆞ라믈 기ᄃᆞ리더라. 쳥계 당헌으로 더브러 동년ᄉᆡᆼ(同年生)인 고로 셔부인이 ᄯᅩᄒᆞᆫ 가군(家君)의 의긔 현심을 도아 헌의 의식(衣食) 념녀ᄒᆞ미 친ᄌᆞ(親子)의 감치 아니터라. 당헌이 태부와 셔부인 무ᄋᆡ지휼(撫愛之恤)을 닙어 무ᄉᆞ히 댱셩ᄒᆞᄆᆡ 태뷔 디셩(至誠) 교학(教學)ᄒᆞ니 슈고로오믈 피치 아니코 ᄉᆞ부(師傅)의 가ᄅᆞ치ᄂᆞᆫ ᄃᆡ로 날이 ᄇᆞᆰ으면 어둡기ᄅᆞᆯ 긔약ᄒᆞ고 블을 ᄇᆞᆰ히면 야심토록 독셔ᄒᆞ여 타인이 십독(十讀)ᄒᆞ면 헌은 ᄇᆡᆨ 번 닑고 타인이 ᄇᆡᆨ 번 닑으면 헌은 쳔독ᄒᆞ여 용둔(庸鈍)ᄒᆞᆫ 거ᄉᆞᆯ 크게 통ᄒᆞᄆᆡ 상활(爽闊)ᄒᆞᆫ 문ᄉᆡ(文士) 되여 시쇽ᄌᆡᄉᆞ(時俗才士)의 시귀ᄅᆞᆯ 묘시(藐視)ᄒᆞ며 셔ᄉᆞ고젹(書史古籍)을 모ᄅᆞᆯ 거시 업셔 문필(文筆)이 유여(有餘)ᄒᆞᆯ 쁜 아니라 풍신형뫼(風身形貌) 화려ᄒᆞ여 삼츈유화(三春柳花) 갓ᄐᆞ니 태뷔 각별 ᄉᆞ랑ᄒᆞ며 슉셩(夙成)ᄒᆞ믈 깃거ᄒᆞᄃᆡ 다
21면 만 니빈 등과 인믈이 ᄂᆡ도ᄒᆞ여[69] 듕무소듀(中無所主)ᄒᆞ고 뎡슉히 인도

67 니음ᄎᆞ거ᄂᆞᆯ: 니음ᄎᆞ다. 잇따르다, 이어지다. 여기에서는 눈물이 계속해서 흐른 것을 가리킴.

68 증상(蒸嘗): 제사. 겨울 제사는 증(蒸), 가을 제사는 상(嘗)이라고 함.

ᄒᆞᆯ진ᄃᆡ 현인댱뷔(賢人丈夫) 될 거시오 그러치 못ᄒᆞᆯ딘ᄃᆡ 망측ᄒᆡ괴(罔測駭怪)ᄒᆞ여 허랑무신(虛浪無信)키의 ᄀᆞᆺ가오니 태뷔 ᄆᆡ양 뎡대졀딕(正大節直)기로 경계ᄒᆞᄃᆡ 맛ᄎᆞᆷᄂᆡ 엄듕치 못ᄒᆞ고 부귀의 탐욕이 이시니 태뷔 더옥 민망이 넉이더라. 나히 십ᄉᆞ 셰의 태부의 친우(親友) 태ᄉᆞ 연침의 녀(女)ᄅᆞᆯ 취ᄒᆞ니 연시 용모긔딜(容貌氣質)과 셩ᄒᆡᆼᄉᆞ덕(性行四德)[70]이 초군특이(超群特異)ᄒᆞ여 쳐음으로 긔린을 어드니 텬뉸의 ᄉᆞ랑이 과혹ᄒᆞ고 신ᄋᆞ(新兒)ᄅᆞᆯ 보ᄂᆞ니마다 칭찬ᄒᆞ여 쇽ᄋᆡ(俗兒) 아니라 ᄒᆞ니 헌이 더옥 즐겨 아ᄒᆡᄅᆞᆯ ᄌᆞ셔히 ᄉᆞᆯ피건ᄃᆡ 좌슈(左手) 장심(掌心)의 쳔승(千乘)[71] 두 ᄌᆞ(字) 잇고 우슈(右手) 장심의 신군(臣君) 두 ᄌᆞ 은연이 금을 일워시니 헌이 이ᄅᆞᆯ 보ᄆᆡ 목젼(目前)의 쳔승위의(千乘威儀) 큰 ᄋᆞᄃᆞᆯ 둠갓치 요두양비(搖頭攘臂)ᄒᆞ며 블승쾌열(不勝快悅)ᄒᆞ여 거디(擧止) 녜답디 아니니 연시 그 위인을 져ᄅᆞ게 넉여 팀믁뎡대(沈默正大)ᄒᆞ믈 간(諫)ᄒᆞ더라. ᄋᆞᄒᆡ 난 디 오ᄅᆡ지 아냐 텬ᄌᆡ(天子) 당헌으로 소쥬ᄌᆞᄉᆞ(蘇州刺使)ᄅᆞᆯ ᄒᆞ이시니 티ᄒᆡᆼ(治行)ᄒᆞ여 임소(任所)로 나 22면
아갈ᄉᆡ ᄌᆡ취(再娶) 박시ᄂᆞᆫ 인믈이 초셰(超世)ᄒᆞ여 팀어낙안지태(沈魚落雁之態)요 폐월슈화지용(閉月羞花之容)[72]이 이시나 셩되(性度)[73]

---

69 ᄂᆡ도ᄒᆞ여: ᄂᆡ도ᄒᆞ다. 어긋나다, 어그러지다, 판이하다.

70 셩ᄒᆡᆼᄉᆞ덕(性行四德): 성품과 자질과 사덕. 여기에서의 사덕은 여자가 갖추어야 할 네 가지 덕. 부덕(婦德, 마음씨), 부언(婦言, 말씨), 부용(婦容, 맵시), 부공(婦功, 솜씨).

71 쳔승(千乘): 천승. '천 대의 수레, 천 대의 병거'라는 뜻으로, 제후를 가리킴.

72 팀어낙안지태(沈魚落雁之態)요 폐월슈화지용(閉月羞花之容): 침어낙안지태요 폐월수화지용. 물고기가 미모를 보고 놀라 물속으로 들어가고, 기러기가 날갯짓을 멈춰 떨어지고, 달이 움츠려 구름 뒤로 숨고, 꽃이 부끄러워 잎을 말아 올린다는 말로, 빼어난 미인을 가리킴.

73 셩되(性度): 성도. 성품과 도량.

댱헌으로 일슈싱금(一水生金)[74] ᄀᆞᆺᄐᆞ니 헌이 그 ᄌᆞ식을 과혹(過惑)ᄒᆞ여 슈유블니(須臾不離)ᄒᆞᆯ ᄯᅳᆺ이 잇더라. 발힝ᄒᆞ여 듕노(中路)의 니ᄅᆞ러 녀졈(旅店)의 드러 쉬더니 야반(夜半)의 도젹이 힝니(行李)ᄅᆞᆯ 슈탐(搜探)ᄒᆞ고 유ᄋᆞᄅᆞᆯ 도젹ᄒᆞ여 가니 ᄌᆞ시(刺使) 연·박 이 부인으로 더브러 님듕(林中)의 숨엇다가 이 거동을 보고 참통비졀(慘痛悲絶)ᄒᆞ미 목젼의 죽엄을 노흠만 ᄀᆞᆺ디 못ᄒᆞ여 실셩댱통(失聲長痛)의 누쉬(淚水) 여우(如雨)ᄒᆞ여 왈

"내 텬디긔 죄 어드미 듕ᄒᆞ여 몸이 셰샹의 난 디 일삭의 부모ᄅᆞᆯ 여ᄒᆡ와 친안(親顔)을 아지 못ᄒᆞᄂᆞᆫ 통(痛)이 뉵아(蓼莪)[75]의 밋쳐실 ᄲᅮᆫ 아니라 ᄒᆞᆫ낫 동긔 업셔 그림ᄌᆡ 외롭고 표문(表門) 동셩(同姓)의 친(親)이 업셔 혈혈(孑孑) 일신(一身)이 ᄉᆞ부의 여텬대은(如天大恩)과 활ᄒᆡ지은으로 무ᄉᆞ히 ᄌᆞ라믈 엇고 당시(當是)ᄒᆞ여 몸이 영귀ᄒᆞ나 도라 깃브믈 고ᄒᆞᆯ 곳이 업ᄉᆞ니 붕텬(崩天)[76]의 통(痛)이 ᄉᆡᆼ젼의 플닐 ᄇᆡ 업거ᄂᆞᆯ

23면 하날이 나의 블인(不仁)을 벌ᄒᆞ샤 오늑 삭(朔) 된 ᄋᆞᄒᆡᄅᆞᆯ 일흐니 죽으미 반ᄃᆞᆺᄒᆞ고 살미 어려온디라. 이 심ᄉᆞᄅᆞᆯ 엇디ᄒᆞ리오?"

언파(言罷)의 긔운이 엄ᄋᆡ(晻靄)ᄒᆞᆯ ᄃᆞᆺᄒᆞ니 박시 굿ᄐᆞ여 참달(慘怛)치 아니나 것ᄎᆞ로 슬허ᄒᆞᄂᆞᆫ 쳬ᄒᆞ여 일변 연부인을 위로ᄒᆞ고 ᄌᆞᄉᆞᄅᆞᆯ 구호ᄒᆞ니 헌이 실노 살고져 ᄯᅳᆺ이 업ᄉᆞ나 박시의 위로ᄒᆞᄂᆞᆫ 말이 빗나믈

---

74 일슈싱금(一水生金): 일수생금. 같은 하천에서 나온 금이라는 뜻으로, 이 맥락에서는 둘째 부인 박씨의 성품이 장헌과 거의 같다는 뜻으로 사용됨.

75 뉵아(蓼莪): 육아. 육아지통(蓼莪之痛). 부모를 잃은 슬픔.

76 붕텬(崩天): 붕천. 붕천지통(崩天之痛). 하늘이 무너지는 슬픔으로, 아버지가 돌아가심을 가리킴.

보고 위회(慰懷)ᄒᆞ여 술을 마시고 참통ᄒᆞᆫ ᄆᆞ음을 억졔ᄒᆞ여 연부인을
위로ᄒᆞ며 일변 항쥐ᄌᆞᄉᆞ(抗州刺使)의게 통ᄒᆞ여 도젹을 구식(求索)ᄒᆞ
여 유ᄌᆞ(幼子)의 ᄉᆞ싱을 아라달나 ᄒᆞ고 ᄇᆞ득이 소쥐 임소로 나아갈ᄉᆡ
연부인은 쥬야 통도비읍(痛悼悲泣)ᄒᆞ여 식음을 믈니치고 만ᄉᆞᄅᆞᆯ 아
ᄅᆞᆫ 쳬ᄒᆞ미 업ᄉᆞ니 박시 더옥 흔흔(欣欣)ᄒᆞ여 가지록 ᄆᆞ음을 맛치고
통(寵)을 낫고니 ᄌᆞᄉᆡ ᄋᆡ듕ᄒᆞ미 날노 더으고 시(時)로 ᄉᆡ로와 슈유블
니(須臾不離)ᄒᆞ니 박시 가디록 양양ᄒᆞ더니 옥으로 무으고 ᄭᅩᆺᄎᆞ로 삭
인 일개 녀ᄋᆞᄅᆞᆯ ᄉᆡᆼᄒᆞ니 산실(産室)의 향운이 취집(驟集)ᄒᆞ고 셔광(瑞 24면
光)이 됴요(照耀)ᄒᆞ여 연부인 ᄋᆞᄌᆞ 나흘 졔 갓ᄐᆞ니 헌이 슬프믈 니긔
디 못ᄒᆞ고 녀ᄋᆞ의 작셩긔딜(作性氣質)이 특츌ᄒᆞ여 입으로 형언키 어
렵고 모ᄉᆞ(模寫)치 못ᄒᆞᆯ ᄇᆡ니 부뫼 ᄉᆞ랑ᄒᆞ여 일홈을 ᄋᆡ쥐라 ᄒᆞ고 스
ᄉᆞ로 일ᄏᆞ라 왈
"작인(作人)을 이갓치 ᄒᆞᆫ 후ᄂᆞᆫ 타인의 십ᄌᆞ(十子)ᄅᆞᆯ 블워 아닐디라.
내 므ᄉᆞᆷ 복으로 이 갓ᄐᆞᆫ 보ᄇᆡᄅᆞᆯ 어든고?"
ᄒᆞ여 날이 오ᄅᆡ고 술의 잠기이ᄆᆡ 일흔 ᄋᆞᄌᆞᄅᆞᆯ 젼연이 니졋더니 박시
명년의 년ᄉᆡᆼ이ᄌᆞ(連生二子)ᄒᆞ니 앙앙(昻昻)ᄒᆞᆫ 긔상이 뇽닌(龍麟)의
삿기며 난봉(鸞鳳)의 긔이ᄒᆞ미라. ᄌᆞᄉᆡ 긔이과망(奇異過望)ᄒᆞ여 박
시ᄅᆞᆯ 더옥 듕ᄃᆡᄒᆞ고 ᄌᆞ녀ᄅᆞᆯ 무ᄋᆡᄒᆞ여 그으이 연시의 원위(元位)ᄅᆞᆯ 옴
기고져 ᄒᆞᄃᆡ ᄌᆞ져(趑趄)ᄒᆞᄂᆞᆫ 바ᄂᆞᆫ 연시 ᄋᆞᄌᆞᄅᆞᆯ 일코 과상셩병(過傷
成病)ᄒᆞ엿고 당당ᄒᆞᆫ 상문귀녀(相門貴女)로 ᄉᆞ부의 쥬혼(主婚)ᄒᆞ신
ᄇᆡ라 감히 발셜치 못ᄒᆞ나 졈졈 은졍이 소ᄒᆞ여 부부디되(夫婦之道) 아
조 ᄭᅳᆺ치이니 박시의 요양(擾攘)ᄒᆞ믄 블가형언이러라. 경ᄉᆞ(京師)의셔 25면
학ᄉᆞ 니빈 등이 당헌의 오ᄅᆡ 외딕(外職)으로 이시믈 결연(缺然)ᄒᆞ여

비록 관포디의(管鮑之誼) 아니나 동뉴고구(同類故舊)의 졍이 깁흐므로 ᄂᆡ딕(內職)을 도모ᄒᆞ여 간의태우[77]ᄅᆞᆯ ᄒᆞ이여 상경ᄒᆞ게 ᄒᆞ니 당헌이 고ᄉᆞ(高士)의 풍이 업ᄉᆞ나 ᄉᆞ부의 교학을 밧드러 ᄃᆡ임의 그ᄅᆞᆫ 일이 업고 소쥬 ᄀᆞᆺᄐᆞᆫ 웅쥐(雄州)의 뉵 년을 디ᄂᆡᄃᆡ 블의(不義)ᄅᆞᆯ 범치 아니ᄒᆞ고 인민을 거ᄂᆞ리ᄆᆡ 인덕(仁德)의 ᄀᆞᆺ가오니 인민이 원언(怨言)이 업던 고로 그 도라가믈 당ᄒᆞ여 눈믈을 흘니고 앗기더라. 헌이 상경 후 ᄉᆞ부긔 ᄇᆡ알ᄒᆞ고 졔우(諸友)ᄅᆞᆯ 반기ᄃᆡ 굿ᄐᆞ여 도듕 젹화(賊禍)와 ᄋᆞᄌᆞ 실산(失散)ᄒᆞ믈 일ᄏᆞᆺ디 아니니 졔우ᄂᆞᆫ 아디 못ᄒᆞ고 태부ᄂᆞᆫ 셔간을 보아 아랏ᄂᆞᆫ 고로 맛ᄎᆞᆷᄂᆡ ᄎᆞᆺ디 못ᄒᆞ믈 ᄎᆞ셕(嗟惜)ᄒᆞ니 헌이 츄연(惆然)이 고왈(告曰)

"항쥐(杭州) 츄관(推官)과 ᄌᆞᄉᆡ 도젹을 누년(累年) 구ᄉᆡᆨ(求索)ᄒᆞᄃᆡ ᄎᆞᆺ디 못ᄒᆞ엿ᄉᆞ오니 엇디 유ᄌᆞ의 ᄉᆞᄉᆡᆼ을 알니잇고?"

태뷔 댱탄왈(長嘆曰)

26면 "이 다 너의 팔ᄌᆡ라. 태평셩ᄃᆡ의 도젹을 맛나 ᄌᆞ식을 일흐니 희한ᄒᆞᆫ 변괴오 엇지 기시(其時)의 그 거쳐(居處)ᄅᆞᆯ ᄌᆞ셔히 츄심(推尋)치 못ᄒᆞ뇨? 너의 쳐ᄉᆡ(處事) 우몽(愚蒙)ᄒᆞ도다."

헌이 츄연탄식(惆然嘆息) 고왈(告曰)

"쇼ᄌᆡ ᄉᆞ오 년을 니어 셰낫 ᄌᆞ녀ᄅᆞᆯ 엇ᄉᆞ오ᄆᆡ 작용(作容)이 용쇽(庸俗)디 아닌지라. 연시 병이 잇셔 다시 ᄉᆡᆼ손ᄒᆞᆯ 가망이 업ᄉᆞ오니 박시의 소ᄉᆡᆼ으로 누ᄃᆡ봉ᄉᆞ(累代奉祀)ᄅᆞᆯ 녕(令)ᄒᆞᆯ가 ᄒᆞᄂᆞ이다."

77 간의태우: '간의대부(諫議大夫)'를 말함.

태뷔 문파(聞罷)의 뎡ᄉᆡᆨ왈(正色曰)

"시하언야(是何言也)오? 일쳐이쳡(一妻二妾)은 잇거니와 두 안ᄒᆡ란 말은 녜(禮) 밧기니 ᄒᆞ믈며 조강(糟糠)과 부빈(副嬪)이 존비(尊卑) 현격(懸隔)ᄒᆞ고 이후 슈십 년을 기다려 연시 다시 ᄉᆡᆼ산치 못ᄒᆞ고 일흔 ᄋᆞ돌을 ᄎᆞᆺ디 못ᄒᆞ거든 마디못ᄒᆞ여 박시의 ᄋᆞ돌을 올녀 종댱(宗長)을 뎡ᄒᆞᄃᆡ 표문(表門)을 연가로 뎡ᄒᆞ여 박시의 ᄎᆞᄌᆞ로 엇게ᄅᆞᆯ 가ᄌᆞᆨ이 못 ᄒᆞ게 ᄒᆞ며 가법(家法)을 엄이[78] 못 ᄒᆞ리니 이ᄃᆡ 경셜(輕說)치 말나."

헌이 다시 고치 못ᄒᆞ고 유유히 퇴(退)러라. 경녜부 부인 양시 년긔(年紀) 삼십이 넘디 못ᄒᆞ여 츈광(春光)이 쇠(衰)치 아냐시ᄃᆡ 긔픔이 허약 ᄒᆞ고 다병쳥슈(多病淸秀)ᄒᆞ여 이녀(二女)ᄅᆞᆯ ᄉᆡᆼᄒᆞᆫ 후 시시로 딜양(疾 27면
恙)이 침고(沈痼)ᄒᆞ여 의형(儀形)이 초췌(憔悴)ᄒᆞ며 톄되(體度) 슈쳑(瘦瘠)ᄒᆞ여 의ᄃᆡ ᄒᆡ완(懈緩)ᄒᆞ니 녜부의 우려홈과 구고(舅姑) 친당의 념녜 비길 ᄃᆡ 업더라. 양부인이 이녀ᄅᆞᆯ ᄉᆡᆼᄒᆞ고 다시 산휵(産畜)디 못 ᄒᆞᆯ 징죄(徵兆) 잇고 스ᄉᆞ로 댱원(長遠)치 못ᄒᆞᆯ 줄 혜아려 화부인 ᄉᆡᆼ남 ᄒᆞ믈 보고 유모ᄅᆞᆯ ᄌᆞ긔 유뎨(乳姐)로 뎡ᄒᆞ고 ᄃᆡᆯᄋᆞ 등 무ᄋᆡᄒᆞ믈 친ᄉᆡᆼ(親生)의 감치 아니ᄒᆞ더니 일일은 존고(尊姑)긔 회포ᄅᆞᆯ 고ᄒᆞᆯᄉᆡ ᄌᆞ긔 긔ᄃᆡᆯ이 맛ᄎᆞᆷᄂᆡ 위ᄐᆡᄒᆞ고 다시 ᄉᆡᆼ산치 못ᄒᆞᆯ디니 엄구(嚴舅)긔 쥬(奏) ᄒᆞ샤 ᄃᆡᆯᄋᆞ로ᄡᅧ 계후(繼後)ᄅᆞᆯ 뎡ᄒᆞ게 ᄒᆞ시믈 쳥ᄒᆞ오ᄆᆡ 언ᄉᆡ(言辭) 비도(悲悼)ᄒᆞ고 안홰(顔華) 쳐초(悽憔)ᄒᆞ니 셔부인이 양시 졍문(程門)의 쇽현(續絃) 십팔ᄌᆡ(十八載)의 대ᄉᆞᄅᆞᆯ 쳐음으로 언두(言頭)의 거들

78 엄이: 미상. 맥락상 '애먼(일의 결과가 다른 데로 돌아가 엉뚱하게 느껴지는)'의 뜻으로 추정.

믈 듯고 병상(病狀)이 십분 위름(危懍)ᄒᆞ여 ᄎᆞ셩(差盛)ᄒᆞ믈 밋디 못ᄒᆞ니 심니(心裏)의 슬프고 잔잉ᄒᆞ여 손을 잡고 탄왈(嘆曰)

"현뷔(賢婦) 일병(一病)이 침고(沈痼)ᄒᆞ여 누년을 신음ᄒᆞᄆᆡ 긔뷔(肌膚) 슈쳑ᄒᆞ며 의형이 환탈(換脫)ᄒᆞ여시나 년긔 져모디 아녓ᄂᆞᆫ디라.
28면 필경 ᄉᆡᆼᄌᆞᄒᆞ믈 어들 거시오 현부의 현심 혜덕으로뼈 무ᄌᆞᄒᆞᆯ 니 만무ᄒᆞ니 비록 텬되 무심ᄒᆞ시나 현부의 슈복(壽福)이 하원(遐遠)치 못ᄒᆞᆯ 념녀ᄂᆞᆫ 업ᄂᆞ니 모로미[79] 안심믈우(安心勿憂)ᄒᆞ라."

양시 ᄌᆡᄇᆡ계슈(再拜稽首) 왈

"셩괴(聖敎) 여ᄎᆞᄒᆞ시나 쇼쳡(小妾)이 블민박덕(不敏薄德)으로 슈복을 누리디 못ᄒᆞᆯ ᄇᆡ오 화뎨의 ᄌᆞ식이 곳 쳡의 ᄌᆞ식이오니 계후ᄒᆞ오ᄆᆡ 긔츌(己出)과 다ᄅᆞ리잇고. 복원 존고ᄂᆞᆫ 대인긔 고ᄒᆞ샤 일죽 대ᄉᆞᄅᆞᆯ 뎡ᄒᆞ옵쇼셔."

부인이 심니(心裏)의 더옥 쳑연(惕然)ᄒᆞ나 ᄉᆞ식(辭色)디 아니코 호언위로(好言慰勞)ᄒᆞ며 쳥계 이녀와 상부인 삼녀와 운계의 일녀ᄅᆞᆯ 어로만져 ᄋᆡ듕(愛重)ᄒᆞ더니 태뷔 이ᄌᆞ(二子)ᄅᆞᆯ 거ᄂᆞ려 드러오ᄆᆡ 부인이 긔이영디(起而迎之)ᄒᆞ고 양시 하당영디(下堂迎之)ᄒᆞ여 공이 좌뎡ᄒᆞᄆᆡ 운계의 당ᄌᆞ(長子) 닌셩과 ᄎᆞᄌᆞ 닌광이 범ᄋᆞ로 니르던ᄃᆡ 어믜 가ᄉᆞᆷ을 어로만질 거시로ᄃᆡ 당ᄋᆡ 뉵 셰의 슉셩긔이ᄒᆞ여 신당이 십 셰ᄅᆞᆯ 넘은 ᄃᆞᆺᄒᆞ고 동용톄디(動容體肢) 대군ᄌᆞ의 풍이 이시니 닌셩의 셩현
29면 디풍과 닌광의 영쥰디상(英俊之像)이 뇽닌봉츄(龍鱗鳳雛) 갓ᄐᆞ여 미

---

79 모로미: 모르미. 모름지기.

려(美麗)ᄒᆞ미 비ᄒᆞᆯ ᄃᆡ 업ᄉᆞ니 태부의 침듕(沈重)ᄒᆞ므로도 손ᄋᆞ(孫兒) 등을 ᄃᆡᄒᆞ면 웃ᄂᆞᆫ 입을 쥬리디 못ᄒᆞ여 이에 냥ᄋᆞ(兩兒)ᄅᆞᆯ 나호여 어로만져 두굿겨[80] 왈

"오가(吾家) 쳔니귀(千里駒)라. 삼의 일도ᄅᆞᆯ ᄃᆡᆨ희ᄂᆞᆫ 잔암ᄒᆞ므로 엇디 이 ᄀᆞᄐᆞᆫ 긔ᄌᆞ(奇子)ᄅᆞᆯ 나흘 줄 ᄯᅳᆺᄒᆞ여시리오? 이ᄂᆞᆫ 반ᄃᆞ시 화현부의 태교(胎教)ᄅᆞᆯ 닙으미라. 태임(太姙)이 태교ᄒᆞ샤 문왕(文王)이 셩인(聖人)이 되시니 내 ᄋᆞ히 왕계(王季)[81]의 덕이 업ᄉᆞ나 현뷔 슉녀디풍(淑女之風)이 가ᄌᆞᆨᄒᆞ여[82] 법태교어태임(法胎教於太姙)ᄒᆞᆫ가 ᄒᆞ노라."

상부인이 우음을 ᄯᅴ여 ᄃᆡ왈(對曰)

"화뎨의 담연미려(淡然美麗)ᄒᆞ미 세ᄐᆡ 머므디 아녓ᄉᆞᆸ거니와 삼뎨 아니면 ᄎᆞᄋᆡ 갓초 긔특ᄒᆞ리잇고? 대인이 삼뎨로뻐 잔암타 니ᄅᆞ시나 쇼녀ᄂᆞᆫ ᄉᆞ뎨(舍弟) 알기ᄅᆞᆯ ᄆᆡᆼ연(懜然)[83]ᄒᆞᆫ가 ᄒᆞ옵ᄂᆞ니 비록 슈샹(手上)의 화슌유열(和順愉悅)ᄒᆞ나 슈하(手下)의ᄂᆞᆫ 가장 엄녈(嚴烈)ᄒᆞᆫ가 ᄒᆞᄂᆞ이다."

공이 쇼왈(笑曰)

"녀ᄋᆡ(女兒) 승긔ᄌᆞ(勝己子)ᄅᆞᆯ 염(厭)ᄒᆞ여 노뷔(老父) 화현부ᄅᆞᆯ 일ᄏᆞᄅᆞᄆᆡ 새리ᄂᆞ냐? 손ᄋᆞ 등의 긔특ᄒᆞ미 졔 어믜 공이 아니라 ᄒᆞᄂᆞ냐?"

상부인이 쇼이ᄃᆡ왈(笑而對曰) 30면

---

80 두굿겨: 두굿기다. 기뻐하다.

81 왕계(王季): 주(周) 문왕의 아버지이자 태임(太姙)의 남편.

82 가ᄌᆞᆨᄒᆞ여: 가ᄌᆞᆨᄒᆞ다. 가득하다, 갖추어지다.

83 ᄆᆡᆼ연(懜然): 맹연. 무지한 모양.

"대인이 화뎨만 칭찬ᄒᆞ시고 삼뎨의 긔특ᄒᆞ믈 니ᄅᆞ지 아니실ᄉᆡ 쇼녜 샤뎨의 위인(爲人)도 화뎨의 아ᄅᆡ 아니믈 알외미로소이다."

공이 대쇼(大笑)ᄒᆞ고 부인을 도라보아 왈

"양현뷔 만일 닌셩 갓튼 ᄋᆞ돌을 나흘딘ᄃᆡ 우리 ᄉᆞ무여한(死無餘恨)일가 ᄒᆞᄂᆞ이다."

부인이 ᄃᆡ왈(對曰)

"양현뷔 비록 병이 깁흐나 나히 만치 아니니 필경 ᄉᆡᆼ산ᄒᆞᄂᆞᆫ 경ᄉᆡ(慶事) 이시리이다."

공이 탄왈(嘆曰)

"양현뷔 다병(多病)ᄒᆞ고 노뷔 ᄯᅩ 인간 팔십을 ᄇᆞ라디 못ᄒᆞᆯ 바로 셰연(世緣)이 다ᄒᆞ엿ᄂᆞᆫ가 ᄒᆞᄂᆞ니 양현뷔 만일 ᄉᆡᆼ남이 더딜딘ᄃᆡ 우리 종손(宗孫)을 보디 못ᄒᆞᄂᆞᆫ 한(恨)이 구원(九原)의 ᄆᆡᆺ칠가 ᄒᆞᄂᆞ이다."

공이 이런 말ᄉᆞᆷ이 쳐음이라 부인이 놀나고 ᄌᆞ녜(子女) 경황(驚惶)ᄒᆞ여 낫빗출 곳치니 태부 도로혀 웃고 ᄌᆞ녀를 개유(開諭)ᄒᆞ니 녜부 등이 화긔(和氣)를 작위(作爲)ᄒᆞ나 운계ᄂᆞᆫ 더옥 신셩ᄒᆞ여 야야(爺爺)의 딘연(塵緣)이 다ᄒᆞ여시믈 ᄉᆡᆼ각ᄒᆞ니 십분 감열(感咽)ᄒᆞ여 츌텬셩효
31면 (出天誠孝)로 황황졀민(遑遑絶憫)ᄒᆞ여 큰 우환(憂患)을 당ᄒᆞᆷ 갓ᄐᆞᄃᆡ 화긔를 변치 아냐 열의(悅意)를 요구ᄒᆞ니 이러ᄒᆞ므로 부뫼 비록 근심이 잇셔도 ᄌᆞ녀의 황황ᄒᆞ믈 보디 아니랴 경이히 우ᄉᆡᆨ(憂色)을 아니 뵈더라. 녜뷔 닌셩을 본 젹마다 과듕년ᄋᆡ(過重戀愛)ᄒᆞ여 쳬쳬ᄒᆞᆫ 졍이 아모 곳으로 나ᄂᆞᆫ 줄 ᄭᆡ닷치 못ᄒᆞ거ᄂᆞᆯ 상부인이 쇼왈(笑曰)

"거거(哥哥)ᄂᆞᆫ 딜ᄋᆞ ᄉᆞ랑ᄒᆞ시ᄂᆞᆫ 졍이 과도키의 밋ᄎᆞ시니 옥동을 ᄉᆡᆼᄒᆞ시ᄂᆞᆫ 날이면 젼혀 인ᄉᆞ를 니ᄌᆞᆯ소이다."

녜뷔 쇼왈(笑曰)

"양시 월염을 ᄉᆡᆼᄒᆞᆫ 디 팔 년의 다시 슈ᄐᆡ(受胎)ᄒᆞ미 업ᄉᆞ니 이ᄂᆞᆫ 결단ᄒᆞ여 산육을 ᄭᅳᆺᄎᆞᆫ 연괴(緣故)라. 우형(愚兄)이 ᄯᅳᆺ을 결ᄒᆞ여 ᄂᆡ셩을 계후ᄒᆞ려 ᄒᆞ나니 슉딜(叔姪)의 졍으로ᄡᅧ 부ᄌᆞ의 인눈(人倫)을 ᄆᆡᄌᆞ리라 ᄒᆞ여 더 귀듕(貴重)ᄒᆞ미 아니라 ᄎᆞᄋᆡ(此兒) 위인이 셰ᄃᆡ의 독보ᄒᆞ니 오문을 챵대(昌大)ᄒᆞ믄 니ᄅᆞ도 말고 타일 국가룰 보좌ᄒᆞ며 만고ᄉᆞ문(斯文)의 스ᄉᆡᆼ이 되고 텬하의 되(道) 셔며 우셰의 션ᄒᆞ미 ᄎᆞᄋᆞ 밧긔 나지 아니리니 ᄇᆡᆨᄃᆡ(百代) 이후의 ᄒᆞᆫ 사ᄅᆞᆷ이 되디 아니랴?"

상부인이 낭연쇼왈(琅然笑曰)

"거거의 단믁ᄒᆞ시므로도 ᄂᆡ셩을 칭션ᄒᆞ시미 여ᄎᆞᄒᆞ시니 셩딜의 긔특 32면
ᄒᆞ믄 알 ᄇᆡ어니와 거거의 댱년이 져므실 날이 머럿고 양형이 ᄉᆡᆼ산의 망단(望斷)ᄒᆞᆷ과 ᄂᆡ도ᄒᆞ니 긴긴 셰월의 몃 낫 ᄋᆞᄃᆞᆯ을 나흐실디 모로거ᄂᆞᆯ 엇디 계후ᄒᆞᆯ 의논을 ᄂᆡ시ᄂᆞ뇨?"

녜뷔 츄연왈(惆然曰)

"사ᄅᆞᆷ의 팔ᄌᆡ 상모(相貌)의 버셔나미 업ᄂᆞ니 우형이 당거[84]의 관상과 츄졈운슈(推占運數)ᄒᆞ여 일ᄉᆡᆼ 길흉을 아ᄂᆞᆫ 법이 업ᄉᆞ나 양시 원간[85] 슈복(壽福) 다남ᄌᆞ상(多男子相)이 아니오 샤뎨의 디현디덕(至賢至德)과 화슈의 ᄐᆡ교 신긔로오시미 우형의 우암(愚暗)ᄒᆞᆷ과 양시의 용쇽(庸俗)ᄒᆞ므로ᄡᅧ 비록 ᄋᆞᄃᆞᆯ을 ᄉᆡᆼᄒᆞᆫ다 ᄒᆞ여도 종댱(宗長)[86]의 그ᄅᆞ시라 ᄒᆞ미

---

84 당거(唐擧): 당거. 중국 전국시대 위(魏)나라 사람으로, 관상을 잘 보는 것으로 이름이 있던 사람. 《사기》 〈범저채택열전(范雎蔡澤列傳)〉.

85 원간: 워낙. 원래.

욕된디라. 이러므로 엄명(嚴命)을 엇ᄌᆞ오면 대ᄉᆞ를 뎡ᄒᆞ여 닌셩으로
누ᄃᆡ종사(累代宗嗣)를 녕코져 ᄒᆞ노라."

운계 형당(兄丈)의 뜻이 닌셩의게 기우린 지 오ᄅᆡ믈 아ᄂᆞᆫ디라. 비록
ᄌᆞ식을 앗겨 막을 의ᄉᆡ(意思) 업ᄉᆞ나 대ᄉᆞ를 미리 결ᄒᆞ엿다가 타일
33면 난연디ᄉᆡ(赧然之事) 이실가 ᄒᆞ여 이에 고왈(告曰)

"닌셩은 뉵 셰 치ᄋᆞ(稚兒)로 아딕 구상유취(口尙乳臭)라. 긔상이 댱
밍(壯猛)치 못ᄒᆞ고 골격이 쳥슈ᄒᆞ여 딘연이 브죡ᄒᆞᆫ ᄃᆞᆺᄒᆞ오니 ᄒᆞᆫ낫 비
약ᄒᆞᆫ ᄋᆞᄒᆡ로 하슈를 못 ᄒᆞ올디라. 비록 일시 희담(戲談)이나 종댱(宗
長)의 듕ᄒᆞᆫ 거ᄉᆞᆯ 가져 닌셩의게 의논ᄒᆞ시미 블가ᄒᆞ니이다."

녜뷔 쳥흘(聽訖)의 개연왈(慨然曰)

"우리 곤계(昆季) 평ᄉᆡᆼ의 심ᄉᆞ를 은닉(隱匿)ᄒᆞ미 업더니 금일 닌셩
을 가져 우형의 계후ᄒᆞ기의 다ᄃᆞ라ᄂᆞᆫ 현뎨(賢弟) 믄득 닌ᄋᆞ를 미약
(微弱)다 ᄒᆞ고 하슈를 못 ᄒᆞ리라 닐너 우형의 바라ᄂᆞᆫ 바를 ᄭᅳᆫ코 다시
의논홀 말을 무쥬리니 ᄌᆞ식을 앗기ᄂᆞᆫ ᄆᆞ음이 젼일(前日) 셩우(誠佑)
를 상ᄒᆡ오ᄂᆞᆫ디라. 이 실노 나의 너를 밋던 ᄇᆡ 아니라. 그윽이 ᄉᆡᆼ각건
ᄃᆡ 우형이 태ᄇᆡᆨ(泰伯)·우듕(虞仲)[87]의 겸퇴(謙退)ᄒᆞ던 뜻이 업ᄉᆞ믈 븟
그려 ᄒᆞᄂᆞ니 일노조ᄎᆞ 계후ᄂᆞᆫ 다시 니ᄅᆞ디 말고 우형은 셰샹 기인(奇
人)으로 ᄌᆞ쳐(自處)ᄒᆞ여 타일 누ᄃᆡ봉ᄉᆞ(累代奉祀)를 너의게 도라보
34면 ᄂᆡ리니 현뎨ᄂᆞᆫ 왕계(王季)의 어디ᄅᆞ미 이시믈 혜아려 ᄉᆞ양치 말디어

---

86 종댱(宗長): 종장. 집안의 어른, 우두머리.

87 태ᄇᆡᆨ(泰伯)·우듕(虞仲): 태백과 우중. 고공단보의 아들로, 막내 왕계(王季)를 위해 스스로 물러났던 인물들. 《논어》 〈태백〉.

다. 블효(不孝) 삼쳔(三千)의 무후위대(無後爲大)니 우형이 ᄌᆞ식을 두디 못ᄒᆞ미 조션(祖先)의 죄인이라. 유죄ᄌᆞ(有罪者) ᄌᆞ리를 피ᄒᆞ고 유덕ᄌᆞ(有德者)로 샤를 니으미 올치 아니랴?"

운계 문파(聞罷)의 년망(連忙)이[88] 면관샤죄(免冠謝罪) 왈

"쇼뎨(小弟) 슈(雖) 블초무상(不肖無狀)ᄒᆞ오나 엇디 ᄌᆞ식을 앗겨 형댱의 뜻을 밧드디 아니리잇고마ᄂᆞᆫ 슈싊(嫂嫂) 아딕 단산(斷產)ᄒᆞ실 ᄊᆡ 아니오 닌셩이 십 셰 머럿고 위인이 종냥을 낭치 못ᄒᆞᆯ 빌ᄉᆡ 블가ᄒᆞ오믈 고ᄒᆞ미러니 미안디괴(未安之敎) 여ᄎᆞᄒᆞ시니 쇼뎨의 블초디죄(不肖之罪) 슈ᄉᆞ난쇽(雖死難贖)이로소이다. 붉히 다ᄉᆞ리시믈 쳥ᄒᆞᄂᆞ이다."

쳥계 블열왈(不悅曰)

"굿ᄐᆞ여 현뎨 쳥죄(請罪)ᄒᆞᆯ ᄉᆞ단(事端)이 아니라. 모로미 평신(平身)ᄒᆞ라."

태뷔 날호여[89] 운계의 관을 주어 언즈라 ᄒᆞ고 왈

"노뷔 여등(汝等)의 말을 드ᄅᆞ니 빅ᄋᆞ(伯兒)ᄂᆞᆫ 원녀(遠慮)를 두ᄂᆞᆫ 일이고 닌셩으로 계후코져 ᄒᆞ미 당연ᄒᆞ고 양식뷔 단산디경이 아니나 혹ᄌᆞ(或者) 블여ᄉᆡ(不如事) 이실가 ᄒᆞ미니 ᄉᆞ졍(私情)을 두미리오? 삼이 ᄒᆞᄃᆡ 닌셩이 단슈(短壽)ᄒᆞᄆᆡ 종당을 당치 못ᄒᆞ리라 ᄒᆞ거니와 닌ᄋᆡ 35면
됴요(早夭) 박복(薄福)ᄒᆞᆯ 상(相)이 아니오 다남ᄌᆞ(多男子) 귀복디상(貴福之相)이니 아뷔(阿父) 셕은 션ᄇᆡ로 님하(林下)의 울젹ᄒᆞ믈 괴이히 넉이리니 하고(何故)로 블감당(不堪當) 종댱(宗長)이리오?"

88 년망(連忙)이: 연망이. 연신 어쩔 줄 몰라 하며.

89 날호여: 천천히, 서서히, 느리게, 뒤이어.

녜뷔 대인 뜻이 이 갓ᄐᆞ시믈 만분힝열ᄒᆞ니 태뷔 춍명달식(聰明達識)이 다ᄃᆞᆺ디 아닌 일이라도 혜아리미 신명ᄒᆞᆫ 고로 양부인 슈한(壽限)이 단츅(短縮)ᄒᆞ고 ᄉᆡᆼ남을 긔필치 못ᄒᆞ니 블인(不仁)ᄒᆞᆫ 녀ᄌᆡ(女子) 드러와 아름답디 아닌 ᄡᅵᄅᆞᆯ 퍼지워 블초ᄒᆞᆯ딘ᄃᆡ 문호(門戶)의 블힝과 조션의 욕을 깃치미니 긔여 니ᄅᆞ디 못ᄒᆞᆯ 거시므로 양시의 깁히 ᄇᆞ람과 ᄋᆞᄌᆞ의 원ᄒᆞᄂᆞᆫ 뜻을 맛쳐 결ᄒᆞ여 닌셩으로뼈 종댱(宗長)을 뎡ᄒᆞ여 종샤로뼈 그ᄅᆞᆫ 곳의 도라보ᄂᆡ디 아니려 ᄒᆞᆯᄉᆡ 녜부ᄅᆞᆯ 고시왈(顧視曰)

“내 일족 이친(二親)을 여ᄒᆡ온 디통(至痛)이 간혈(肝血)의 쇽결(束結)ᄒᆞ여 영화의 즐거오믈 아디 못ᄒᆞ고 ᄒᆞᆫ낫 안항(雁行)[90]이 업셔 그림ᄌᆡ 외로오믈 슬허ᄒᆞᄆᆡ ᄒᆞᆫ 잔 술을 가져 목을 넘기디 못ᄒᆞ미 여등의 민울

36면 (憫鬱)ᄒᆞᄂᆞᆫ 졍니(情裏)도 모로미 아니로ᄃᆡ 비쳑ᄒᆞᆫ 심회ᄅᆞᆯ 금억(禁抑)지 못ᄒᆞ미러니 금년의 다ᄃᆞ라 여등의 민연ᄒᆞᆫ ᄆᆞ음을 혜아리ᄆᆡ 노부의 ᄉᆡᆼ젼의 ᄒᆞᆫ번 잔을 드려 인ᄌᆞ의 졍을 펴디 못ᄒᆞ면 죵신(終身)의 한이 될 거시오 그날 대ᄉᆞᄅᆞᆯ 뎡ᄒᆞ여 닌셩으로뼈 너의 계후ᄅᆞᆯ ᄒᆞ믈 조종(祖宗) 신위에 고ᄒᆞ고 일가 졔족이 다 알게 ᄒᆞ미 맛당ᄒᆞ니 금월(今月) 긔망(旣望)의 돗글 여러 친우붕당(親友朋黨)과 친족(親族)을 취회(聚會)ᄒᆞ라.”

녜뷔 블감쳥(不敢請)이언졍 고소원(固所願)이라. 만분환열ᄒᆞ여 만금(萬金)으로 구ᄒᆞ여 엇디 못ᄒᆞᆯ 경ᄉᆞ로 아라 ᄇᆡ샤슈명(拜謝受命)ᄒᆞ나 그 ᄉᆞ이 부공의 딘연(塵緣)이 브족ᄒᆞ시므로뼈 가ᄂᆡ(家內) 무고ᄒᆞᆫ ᄶᆡ

90 안항(雁行): 기러기의 행렬. 남의 형제를 높여 이르는 말.

의 셜연(設宴)ᄒᆞ여 ᄌᆞ긔 등 유한을 덜고져 ᄒᆞ시믈 디긔(知機)ᄒᆞᄆᆡ 구
곡(九曲)이 여졀(如絕)ᄒᆞ고 오ᄂᆡ(五內)[91] 붕삭ᄒᆞ나 밧그로 화긔ᄅᆞᆯ 작
위ᄒᆞ니 태뷔 ᄋᆞᄌᆞ의 ᄆᆞ옴을 디긔ᄒᆞᄃᆡ 굿ᄐᆞ여 말을 아니 ᄒᆞ더라. 녜뷔
부명(父命)을 어드ᄆᆡ 인ᄉᆡᆼ 영욕(榮辱)이 이의 더으미 업셔 듕츈(仲春)
긔망의 대연(大宴)을 딘셜(陳設)ᄒᆞ고 일가친쳑을 모호고 졔우붕당(諸 37면
友朋黨)을 쳥ᄒᆞ여 즐길ᄉᆡ 태부의 뎨ᄌᆞ(弟子) 칠십여 인의 슈십여 인
은 외딕(外職)으로 슈쳔 니 밧긔 이시나 남은 뎨ᄌᆞ 등은 환심희열(歡
心喜悅)ᄒᆞ미 녜부 등의 버금이라. ᄉᆞ십여 인이 금포옥ᄃᆡ(錦袍玉帶)로
튝슈(祝壽) 정셩(精誠)을 베플고져 ᄒᆞ고 도학을 닷가 공ᄆᆡᆼ을 ᄯᆞ로고
져 ᄒᆞᄂᆞᆫ 대유현ᄉᆡ(大儒賢士) 명공의 ᄌᆡ렬(宰列)의 못고디ᄅᆞᆯ 피ᄒᆞ나
ᄉᆞ부의 연셕(宴席)을 아니 참예치 못ᄒᆞ여 갈포야의(葛布野衣)로 졔졔
(齊齊)히 니ᄅᆞᄂᆞᆫ디라. 졍녜부의 겸퇴(謙退)홈과 운계의 졀ᄎᆞ(切磋)ᄒᆞ
ᄂᆞᆫ ᄆᆞ옴이나 평ᄉᆡᆼ 쳐음으로 위친연셕(爲親宴席)을 열ᄆᆡ 텬ᄌᆡ(天子)
ᄉᆞ됴노신(四朝老臣)으로 녜우ᄒᆞ시ᄂᆞᆫ 은영(恩榮)이 디극ᄒᆞ시고 공이
쇼년시로브터 구쥬(九州)ᄅᆞᆯ 평뎡ᄒᆞᆫ 공(功)이 듕여산(重如山)이오 심
여ᄒᆡ(深如海)로ᄃᆡ 텬ᄌᆡ 금ᄇᆡᆨ(錦帛)으로 상치 못ᄒᆞ샤 ᄒᆞᆫ갓 ᄉᆞ뎨(師弟)
의 도(道)로 공경ᄒᆞ실 ᄯᆞᄅᆞᆷ이니 ᄆᆡ양 그 공노ᄅᆞᆯ 못 갑흐시믈 탄셕(嘆
惜)ᄒᆞ시더니 광양 등이 졍부(程府) 연회ᄒᆞ믈 알왼 고로 삼 일을 샤연 38면
샤악(賜宴賜樂)ᄒᆞ시ᄃᆡ 태ᄌᆞ(太子)로 헌ᄇᆡᄉᆞ(獻杯使)ᄂᆞᆫ 미리 니ᄅᆞ지
아니ᄒᆞ시더라. 연셕디일의 외당(外堂)과 계취뎐 문윤각을 통ᄒᆞ고 금

91 오ᄂᆡ(五內): 오내. 오장(五臟).

슈포진(錦繡鋪陳)을 뎡졔ᄒᆞ고 ᄂᆡ외 태원뎐과 영일졍과 봉일졍의 금
화ᄎᆡ셕(金華彩席)을 베플ᄉᆡ 금슈ᄎᆞ일(錦繡遮日)이 반공의 님니(淋
灕)ᄒᆞ니 운뮈(雲霧) 어린 ᄃᆞᆺ 긔구의 픙화(豊華)ᄒᆞ미 만승(萬乘)의 샤
연(賜宴)을 보ᄂᆡ시믈 알더라. ᄎᆞ일 졍상셔 쳥계공이 부명으로 닌셩을
계후ᄒᆞ므로 녜부의 고ᄒᆞ며 대ᄉᆞᄅᆞᆯ 뎡ᄒᆞᆯᄉᆡ ᄂᆡ외 빈긱이 모드ᄆᆡ 화거
쥬륜(華車朱輪)이 곡듕의 메엿더니 딘말ᄉᆞ초(辰末巳初)[92]의 졔휘(諸
侯) 취셕(聚席)ᄒᆞ니 금옥이 취셕ᄒᆞ니 금옥이 휘황ᄒᆞ고 쥬홰(朱花) 여
옥(如玉)ᄒᆞ니 졍태부 문쳥공이 보블(黼黻)[93] 일월포롤 가(加)ᄒᆞ고 ᄌᆞ금
관을 삽(揷)ᄒᆞ여 쥬벽(主壁)[94]의 좌ᄒᆞᄆᆡ 긔상이 엄듕ᄒᆞ여 됴둔[95]의 하일
디위(夏日之威) 이시니 이윤(伊尹)[96]의 픙과 부열(傅說)[97]의 냥을 아오
39면 른디라. 졉빈(接賓) 츄양(推讓)ᄒᆞ여 쇼심(小心) 익익(翊翊)ᄒᆞ미 쟉위
일존(一尊)ᄒᆞᄃᆡ 일호(一毫) 교우(驕傲) ᄌᆞ듕(自重)ᄒᆞ미 업ᄉᆞᄆᆡ 비록
투현질능(妬賢嫉能)ᄒᆞᄂᆞᆫ ᄌᆡ나 문쳥의 허믈은 업다 할디라. 졍상셔 쳥

92 딘말ᄉᆞ초(辰末巳初): 진말사초. 진시(辰時)는 아침 7시에서 9시 사이고, 사시(巳時)는 아침 9시에서 11시 사이를 가리키므로, 진말사초는 그 접점인 아침 9시 정도를 가리킴.

93 보블(黼黻): 보불. 임금이 예복으로 입던 하의인 곤상(袞裳)에 놓은 도끼와 '아(亞)' 자 모양의 수.

94 쥬벽(主壁): 주벽. 사람을 양쪽에 앉히고 가운데 앉는 주가 되는 자리.

95 됴둔: 조둔(趙盾). '조돈' 혹은 '조순'이라고도 읽으며, 조선자(趙宣子)라고도 함. 조둔은 춘추시대 진(晉)나라의 인물로, 그 아버지 조최와 더불어 유명한 재상이었음. 당시 풍서라는 인물이 가계에게 진나라의 조최와 조둔 중 누가 더 어진가를 물었더니, 가계는 조최는 겨울의 해(冬日之日)이고 조둔은 여름날의 해(夏日之日)라고 답했다고 함. 《춘추좌씨전》 〈문공 7년〉.

96 이윤(伊尹): 원래 종이었는데 훗날 은나라 탕왕에게 불려가 재상이 되었고, 하나라 걸왕을 토벌하여 은이 천하를 평정하는 데 공을 세운 인물.

97 부열(傅說): 은나라 재상으로, 정사를 바로잡고 은나라의 중흥에 공을 세운 인물.

계공이 가졍을 뫼셔 졔킥을 샤례홀시 ᄌ포오ᄉ(紫袍烏紗)와 지상(宰相)의 관ᄌ(貫子)ᄂ 빅년(白蓮) 빈샹(鬢上)의 두렷ᄒ고 고은 양ᄌ(樣子)ᄂ 쥬랑(周郞)[98]을 우으며 딘평(陳平)[99]을 나모라니 츈양(春陽)의 훈화(薰和)홈과 동일디이(冬日之靄)롤 아올나 디셩디회(至誠至孝) 흡흡(洽洽)히 증션싱[100]을 쫄올 거시오 쳐ᄉ 운계ᄂ 갈건야복(葛巾野服)으로 좌롤 일워시니 션풍도골(仙風道骨)의 고슈(高秀)ᄒ 격됴(格調)ᄂ 쇼〃(昭昭)이 놉하시며 쳥개(淸介)ᄒ 뜻은 한상(寒霜)이 식식ᄒ니 만당빈긱(滿堂賓客)이 쳐연습복(悽然慴服)[101]ᄒ여 념기의관(斂其衣冠)ᄒ고 개용위신(改容爲新)ᄒ여 쳔의여신ᄒ 니학과 념계(濂溪)의 졔월(霽月) 갓ᄐ 긔상이 이 부ᄌ(父子) 삼인(三人)의 다 ᄒ여시니 듕좌(衆座) 복복칭션(僕僕稱善)ᄒ고 문싱(門生) 칠십여 인의 옥당지렬(玉堂宰列)과 공안(孔顔)[102]의 도학(道學)을 법바다[103] 갈건야디[104]로 빈빈호호(彬彬浩浩)ᄒ 문딜이 낫타나 공시(孔氏)의 뎨ᄌ 갓더라. 태뷔 좌의 나

---

98 쥬랑(周郞): 주랑. 중국 삼국시대 오나라 장군이었던 주유(175-210)를 가리킴. 주유는 미남으로도 유명했음.

99 딘평(陳平): 진평(? - B.C. 178). 한(漢)나라의 건국 공신. 서초패왕 항우의 책사였으나 후에 유방을 도와 한나라를 건국하는 데 크게 기여한 인물.

100 증션싱: 증선생. 공자의 제자 중 한 명이며 《효경》의 편찬자로 알려진 증자를 가리킴. 증자는 효성으로 유명한 인물로, 하늘이 내린 효성을 지닌 인물로 일컬어짐.

101 쳐연습복(悽然慴服): 처연습복. '처연'의 사전적 의미는 '기운이 차고 쓸쓸함'이고, '습복'은 '두려워서 굴복함, 황송하여 엎드림'이다. 문맥상 그 어감이 너무 강한 듯해 여기에서는 '절로 고개가 숙여짐'으로 풀이함.

102 공안(孔顔): 공자와 안회.

103 법바다: 법받다. 본받다.

104 갈건야디: 갈건야대. 갈건야복(葛巾野服). 처사의 복식.

40면 친쳑 제우ᄅᆞᆯ ᄃᆡᄒᆞ여 왈
“한은 박덕브ᄌᆡ(薄德不才)로 무용필뷔(無用匹夫)어ᄂᆞᆯ 외람이 ᄉᆞ됴셩
은(四朝聖恩)을 닙ᄉᆞ와 작위 일존ᄒᆞ니 갑ᄉᆞ올 근심이 듕ᄒᆞᄃᆡ 만일을
갑습디 못ᄒᆞ고 부ᄌᆡ(父子) 작녹(爵祿)을 도젹을 도젹ᄒᆞᆯ[105] ᄯᆞ름이라. 쥬
야 믈셩이쇠(物盛而衰)ᄅᆞᆯ 두리며 우흐로 훤초(萱草)ᄅᆞᆯ 밧드러 딜츄
(疾趨)의 노ᄅᆞᆷ과 아ᄅᆡ로 슈족의 경을 니을 곳이 업ᄉᆞᆫ 박명 인ᄉᆡᆼ이라.
비록 블초ᄌᆡ 아뷔 ᄉᆡᆼ일이라 ᄒᆞ여 즐기고져 ᄒᆞ나 한의 ᄆᆞᄋᆞᆷ이 딘일(盡
日)의 더옥 비상(悲傷)ᄒᆞ니 어ᄂᆞ 결을의 술을 마셔 취ᄒᆞ리오? ᄒᆞᆫ번 연
셕을 열미 업더니 금년의 다ᄃᆞ라ᄂᆞᆫ 나히 오십이 머디 아냣고 미돈(迷
豚) 등이 경을 펴지 못ᄒᆞ여 ᄒᆞ니 마디못ᄒᆞ여 제우 친쳑을 쳥ᄒᆞ고 술을
난호고ᄌᆞ ᄒᆞ미오. ᄯᅩ ᄇᆡᆨᄋᆞ 잠이 두 ᄯᆞᆯ을 두고 ᄋᆞᄃᆞᆯ이 업ᄉᆞ니 져의 부쳬
(夫妻) 삼십 츈광(春光)의 ᄉᆡᆼ산이 망단(望斷)ᄒᆞ미 아니로ᄃᆡ 나의 종손
ᄇᆞ라ᄂᆞᆫ ᄆᆞᄋᆞᆷ이 급ᄒᆞᆫ 고로 브득이 계ᄋᆞ(季兒) 삼의 댱ᄌᆞ(長子) 닌셩으로
41면 뼈 승종(承宗)ᄒᆞᄂᆞᆫ 줄 녜부의 고ᄒᆞ고 조종 신위의 현알(見謁)ᄒᆞ며 잠의
계후ᄅᆞᆯ 뎡코져 ᄒᆞᄂᆞ니 녈위 븡당 제족은 나의 손ᄋᆞᄅᆞᆯ 보쇼셔.”
언필(言畢)의 닌셩을 브ᄅᆞ라 ᄒᆞ니 슈유(須臾)의 닌셩공ᄌᆡ 의ᄃᆡ(衣帶)
ᄅᆞᆯ 뎡히 ᄒᆞ고 승당(昇堂) 현알ᄒᆞ니 신댱이 언건(偃蹇)ᄒᆞ여 범ᄋᆞ의 십
셰 당ᄒᆞᆷ 갓고 용뫼 탁월ᄒᆞ며 풍ᄎᆡ 슈이(殊異)ᄒᆞ니 ᄇᆡᆨ셜 갓ᄐᆞᆫ 안ᄉᆡᆨ이
화시벽(和氏璧)[106]을 묘시ᄒᆞ고 제왕의 딘쥐(眞珠)[107] 고으며 빗나믈 샤양
ᄒᆞᆯ디니 완연이 대인 긔상이라. 만좨(滿座) ᄃᆡ경 칭찬ᄒᆞᆯᄉᆡ 태뷔 명ᄒᆞ

105 도젹을 도젹ᄒᆞᆯ: 중복 필사의 오류. 규장각본에는 ‘도젹ᄒᆞᆯ’로 되어 있음.
106 화시벽(和氏璧): 화씨벽. 춘추시대 초나라 변화(卞和)라는 사람이 발견한 귀한 보옥.

여 ᄎᆞ례로 ᄇᆡ현(拜見)ᄒᆞ라 ᄒᆞ니 공ᄌᆡ 응명 ᄇᆡ례ᄒᆞ거ᄂᆞᆯ 츄밀ᄉᆞ 양공[108]이 그 손을 ᄌᆞᆸ아 슬상(膝上)의 안으며 화각노[109]ᄅᆞᆯ ᄃᆡᄒᆞ여 쇼왈(笑曰)

“문약[110]아, 젼일은 너의 손ᄋᆡ라도 금일은 나의 외손이 된다라. 이후ᄂᆞᆫ 문약이 외죈(外祖) 쳬ᄒᆞ지 말나.”

ᄒᆞ고 이에 태부ᄅᆞᆯ 향ᄒᆞ여 치하왈(致賀曰)

“형이 종ᄉᆢ(宗嗣)의 디듕(至重)ᄒᆞ믈 ᄉᆡᆼ각ᄒᆞ여 일ᄌᆞᆨ이 운ᄇᆡᆨ[111]의 계후ᄅᆞᆯ 뎡ᄒᆞ니 ᄎᆞᄂᆞᆫ 형의 가ᄉᆡ(家事)라. 쇼데 간셥ᄒᆞ여 칭사ᄒᆞᆯ ᄇᆡ 아니로ᄃᆡ 녀식(女息)의 디원(至願)을 일우미 만ᄒᆡᆼ이오 ᄎᆞᄋᆡ 남의 십ᄌᆞ(十子)ᄅᆞᆯ 블워 아니리니 아녜(我女) 좀ᄋᆞᄃᆞᆯ[112]을 나치 아니ᄒᆞ미 도로혀 ᄒᆡᆼ이라. 연이나 형의 쳐ᄉᆡ 다 홍원쾌활(弘遠快闊)ᄒᆞ믈 칭복(稱腹)ᄒᆞᄂᆞ니 일노좃ᄎᆞ 형의 종ᄉᆡ 승승(繩繩)ᄒᆞ리로다.”

42면

만좨 니어 칭션블이(稱善不已)ᄒᆞ더니 화각뇌 삼각미염(三角美髥)[113]을

---

107 졔왕의 딘쥐(眞珠): 제왕의 진주. 제나라 혜왕 24년에 제나라 위왕과 위나라 혜왕이 만나 보배에 대한 이야기를 나누는데, 위 혜왕이 위나라에 있는 무엇보다 빛나는 12개의 진주를 자랑하자 제나라 위왕은 자신에게 보물은 진주가 아니라 인재라고 하면서 인재가 진주 같은 보물보다 더 중하다고 함. 《사기》 〈전경중완세가(田敬仲完世家)〉.

108 츄밀ᄉᆞ 양공: 추밀사 양공. 정잠의 장인.

109 화각노: 화각로. 각로 화첨으로, 화부인의 아버지이자 정삼의 장인. 정잠이 정삼의 아들 인성으로 계후를 삼자 정잠의 장인 양공 역시 자연스레 인성의 외할아버지가 되면서, 양공이 원래 인성의 외할아버지인 각로 화첨에게 이 사실을 가지고 나누는 대화임.

110 문약: 각로 화첨의 자(字).

111 운ᄇᆡᆨ: 운백. 정잠의 자(字).

112 좀ᄋᆞᄃᆞᆯ: 좀아들. 규장각본에는 ‘아ᄃᆞᆯ’로 되어 있음.

113 삼각미염(三角美髥): 명장 관우는 길고 아름다운 수염으로 유명했음. 후한(後漢)의 마지막 황제인 헌제가 관우의 수염을 싸기 위한 수놓은 비단 주머니를 선물하면서 미염공(美髥公)이라는 칭호를 내려주었다고 함.

어로만져 흔흔쇼디(欣欣笑之) 왈

“양형은 일녀의 ᄉᆡᆼ산ᄒᆞᄂᆞᆫ 경ᄉᆞ를 보디 못ᄒᆞ엿다가 이제 닌셩으로 운빅의 계후를 뎡ᄒᆞᄆᆡ 인졍(人情)의 ᄌᆞ연 ᄉᆞ랑ᄒᆞ미어니와 쇼뎨ᄂᆞᆫ 오녀(五女)를 두어 손ᄋᆡ 이십의 갓가오니 닌ᄋᆞ를 형의게 보ᄂᆡ여 표문(表門)을 양가로 ᄒᆞᆫ들 현마[114] 엇디리오마ᄂᆞᆫ 녕ᄋᆡ(令愛) 쳥계 부인이 쇠년(衰年)이 아니어ᄂᆞᆯ 형은 계원[115]의 ᄒᆡᆼᄉᆡ 홍원쾌활타 ᄒᆞ거니와 쇼뎨ᄂᆞᆫ 그 ᄒᆡᆼᄉᆡ 소리(率爾)키를 면치 못ᄒᆞᆫ가 ᄒᆞᄂᆞ이다.”

양공이 미급답(未及答)의 졍문 졔죡이 일시의 ᄃᆡ왈(對曰)

“양부인이 딜환(疾患)이 계후를 일죽이 뎡ᄒᆞ여 두시미 맛당ᄒᆞᆫ디라.
43면 블힝ᄒᆞ여 양부인이 ᄉᆡᆼᄌᆞ치 못ᄒᆞ시나 하날이 졍문을 흥긔(興起)코져 ᄒᆞ샤 화부인이 니구산(尼丘山)의 빌미 업시셔 여ᄎᆞ 긔ᄌᆞ를 어드시니 양부인 환희ᄒᆞ시미 ᄉᆡᆼ남(生男)의 더으시고 태부의 ᄉᆡᆼ각ᄒᆞ여 결ᄒᆞ시미 엇디 소리ᄒᆞ리잇고? 아등은 종당 그ᄅᆞ시 여ᄎᆞ 비범ᄒᆞ믈 블승경ᄒᆡᆼ(不勝慶幸)이로소이다.”

학ᄉᆞ 니빈 등 모든 문인이 일시의 좌를 써나 닌셩의 특이ᄒᆞ믈 치하ᄒᆞ니 태ᄉᆞ 됴공이 쇼왈(笑曰)

“내 계원으로 더브러 교계(交契) 심후(甚厚)ᄒᆞ고 운빅 등을 ᄌᆞ딜갓치 넉이ᄃᆡ ᄎᆞᄋᆞ를 ᄒᆞᆫ번 보미 업더니 이제 보건ᄃᆡ 나의 돈견(豚犬) 갓ᄐᆞᆫ 손ᄋᆞ를 셰간의 무비(無比)ᄒᆞᆫ가 ᄒᆞ미 도로혀 우읍도다.”

인ᄒᆞ여 집슈무ᄋᆡ(執手撫愛)ᄒᆞ미 넘ᄶᅵ이니 양공이 쇼왈

114 현마: 차마. 설마.

115 계원: 정한의 자(字).

"형이 셕보의 ᄌᆞ녀로뻐 내 외손의 더은가 넉이거니와 닌셩디뎨 닌광이 동ᄐᆡ싱이라 신신뇨뇨(申申夭夭)[116]ᄒᆞ미 닌셩만 못ᄒᆞ미 업ᄉᆞᆯ가 ᄒᆞ노라."

만좌 제공이 ᄎᆞ공을 듯고 ᄒᆞᆫ번 보기ᄅᆞᆯ 청ᄒᆞᆫᄃᆡ 태뷔 마디못ᄒᆞ여 닌광을 명소(命召)ᄒᆞ니 ᄎᆞ공ᄌᆡ 슈명딘젼(受命進前)ᄒᆞ여 제좌의 ᄇᆡ알ᄒᆞᄆᆡ 셩현디풍과 유ᄌᆞ디학(儒者之學)을 일윗ᄂᆞᆫ ᄃᆞᆺ ᄃᆞᆯ 갓ᄐᆞᆫ 니마와 활 갓ᄐᆞᆫ 눈셥이 만믈 슈긔(秀氣)ᄅᆞᆯ 씌엿고 텬디긔ᄆᆡᆨ(天地奇脈)이 화ᄒᆞ여시며 신냥이 언건ᄒᆞ고 위의 엄듕ᄒᆞ여 ᄂᆞᆨ 세 쇼ᄋᆞ로 보디 못ᄒᆞᆯ디리. 듕인(衆人)이 쳠망일견(瞻望一見)의 대경흠ᄋᆡ(大驚欽愛)ᄒᆞ여 칙칙칭션(嘖嘖稱善) 왈 44면

"태부의 텬양경일디풍(天壤傾日之風)과 톄텬규지디덕(體天揆地之德)이며 운계의 유유대도(悠悠大道)로뻐 ᄌᆞ손을 두ᄆᆡ 닌ᄋᆞ 봉츄의 긔이ᄒᆞ믄 알녀니와 이ᄃᆡ도록 딘ᄋᆡ(塵埃)의 쒸여나 긔이ᄒᆞ미 부슉(父叔)의 승(勝)ᄒᆞ믄 몰낫던 ᄇᆡ라."

ᄒᆞ고 만구갈치(萬口喝采)ᄒᆞ니 그 찬양(讚揚)ᄒᆞᄂᆞᆫ 말을 니로 긔록디 못ᄒᆞᆯ너라. 태뷔 만만 블감당(不堪當)이므로 ᄉᆞ샤ᄒᆞ고 이의 ᄌᆞ딜(子姪)과 일문족당(一門族黨)이며 닌셩을 거ᄂᆞ려 문묘(門廟)의 올나 닌셩으로 승종ᄒᆞ믈 고튝(告祝)ᄒᆞᆫ 후 믈너 ᄌᆞ셔딜(子婿姪)[117]을 거ᄂᆞ려 입ᄂᆡ(入內)ᄒᆞ니 ᄂᆡ연(內宴)의 셩(盛)ᄒᆞ미 외연과 일반이러라. 양·상·화 삼 부인이 셔태부인을 뫼셔 졉빈(接賓)ᄒᆞᆯᄉᆡ 태부의 삼죵뎨(三

116 신신뇨뇨(申申夭夭): 신신요요. '신신'은 온화한 상태이고, '요요'는 생기가 있고 부드럽고 아름다운 상태를 가리키는 말.

117 ᄌᆞ셔딜(子婿姪): 규장각본에는 'ᄌᆞ셔제딜'로 되어 있음.

45면 從弟)[118] 슈인(數人)과 죵딜(從姪)[119] 일인이 이시니 태부의 일뎨 한님(翰林) 션이 셕년(昔年)의 한왕(漢王) 고구(高煦)[120]의 모함을 닙어 삼십 젼(前) 원ᄉᆞ(寃死)ᄒᆞ고 기ᄌᆞ 흠과 겸이 잇셔 디원(至怨)을 신셜(伸雪)ᄒᆞᆫ 후 고구를 죽여 원슈를 갑흐나 디통(至痛)이 흉격의 얽ᄆᆡ이여 미ᄉᆞ디젼(未死之前) 닛디 못ᄒᆞᆯ 바ᄂᆞᆫ 모친 뉴시 셩의ᄇᆡᆨ 뉴긔의 손녜라. 텬붕디탁(天崩地柝)ᄒᆞᄂᆞᆫ 변을 당ᄒᆞ여 유하(乳下)의 냥고(兩孤)를 두고 ᄌᆞ경이ᄉᆞ(自剄而死)ᄒᆞ여 한님의 뒤흘 ᄯᆞ로니 겸과 흠이 부모를 여희고 ᄇᆡᆨ부모 은양(恩養)으로뼈 댱셩ᄒᆞ나 한왕이 망ᄒᆞᆯ ᄡᅵ의 나히 어려 능히 버히디 못ᄒᆞᆫ 고로 스ᄉᆞ로 ᄌᆞ최를 셰샹의 븟치디 말고ᄌᆞ ᄒᆞᄃᆡ ᄇᆡᆨ부모의 은ᄋᆡ로 댱셩 취실(娶室)ᄒᆞ니 흠의 부인은 화시니 운계 부인의 죵형이오 겸의 부인은 셔시니 셔부인 딜녜라. 용모셩힝(容貌性行)이 특이ᄒᆞ니 태부 부뷔 ᄉᆞ랑ᄒᆞ미 친ᄌᆞ부의 더으고 냥인 부뷔 태부 냥위 밧

46면 드ᄂᆞᆫ 졍셩이 친부와 일쳬라. ᄎᆞ일 연셕의 뫼셔시ᄆᆡ 화시ᄂᆞᆫ 일녀를 두고 셔시ᄂᆞᆫ 일ᄌᆞ 이녀를 두엇더라. 이날 연셕이 우흐로 셩듀(聖主)의 샤연ᄒᆞ신 ᄇᆡ오 아ᄅᆡ로 녜부 곤계(昆季) 위친슈셕(爲親壽席)이라. 황친국쳑(皇親國戚)이 다 모다시니 샹운셔뮈(祥雲瑞霧) 니러나고 쥬취(珠翠) 눈의 현난ᄒᆞ며 쥬옥(珠玉)이 ᄉᆞ셕(沙石) 갓고 홍분(紅粉)이 니

---

118 삼죵뎨(三從弟): 삼종제. 팔촌이 되는 동생.

119 죵딜(從姪): 종질. 당질. 사촌형제의 아들.

120 한왕(漢王) 고구(高煦): 한왕 고후. 명나라 3대 성조 영락제(문황제)의 둘째 아들. 4대 홍희제가 즉위한 지 1년도 안 되어 죽고 그 장자 주첨기가 선덕제(宣德帝)가 되자 1426년에 삼촌인 한왕 고후가 반란을 일으켰음. 그러나 반란은 실패로 돌아가고 한왕 고후는 결국 선덕제에 의해 죽임을 당함.

토(泥土) 갓ᄐᆞ니 기듕의 쳥한뇨됴(淸閑窈窕)ᄒᆞᆫ 부인도 잇고 온슌비약(溫順卑弱)ᄒᆞᆫ 부인도 잇셔 풍영아ᄐᆡ(風英雅態)와 덕ᄒᆡᆼ셩질(德行聖質)이 졔졔특츌(齊齊特出)ᄒᆞ니 안개 갓ᄐᆞᆫ 의상의 옥결(玉玦)이 ᄌᆡᆼᄌᆡᆼ(錚錚)ᄒᆞ고 구름 갓ᄐᆞᆫ 풍ᄎᆡ의 녜의슉슉(禮義肅肅)ᄒᆞᄃᆡ 셔부인 모녀고부(母女姑婦)의 단일셩장(端一盛粧)[121]홈과 유덕(有德)ᄒᆞᆫ 긔질을 바랄 ᄇᆡ 드므니 듕인이 셔부인 놉흔 풍의와 양부인 어지롬과 상부인 상낭홈과 화부인 딕딜(德質)을 우러러 흠ᄋᆡᄒᆞ여 눈을 옴기지 못ᄒᆞ너니 밋 태뷔 입ᄂᆡᄒᆞᄆᆡ 연인(緣姻) 부인ᄂᆡᄂᆞᆫ 댱ᄂᆡ(牆內)로 피ᄒᆞ고 모다 긔이영지(起而迎之)ᄒᆞ여 좌룰 일운 후 태부의 죵딜 한님 시독 졍염이 몬져 닌셩을 식여 태부 냥위긔 ᄇᆡ례ᄒᆞᆫ 후 상셔 냥위긔 부ᄌᆞ디녜(父子 47면
之禮)룰 ᄒᆡᆼᄒᆞ고 도라 ᄉᆡᆼ부모긔 ᄇᆡ례ᄒᆞᆫ 후 녜부의 냥녀(兩女)룰 블너 동긔지녜(同氣之禮)룰 일우고 믈너 좌의 드니 상셔 부뷔 닌셩의 ᄇᆡ례룰 바드ᄆᆡ 부ᄌᆞ 모ᄌᆞ 되지 아닌 젹과 친ᄉᆡᆼ이며 아니믈 모로ᄂᆞᆫ디라. 탐혹ᄋᆡ듕(耽惑愛重)ᄒᆞ미 비록 친ᄉᆡᆼ이나 유유(悠悠)ᄒᆞᆫ 텬눈 밧긔 디난 타별(他別)ᄒᆞᆫ 은졍이 엇디 이의셔 더 디나미 이시리오? 졍상셰 팔ᄎᆡ빵궁미(八彩雙弓眉)의 혜일(慧日)ᄒᆞᆫ 츈풍화긔(春風和氣)룰 띄여 단슌호치(丹脣皓齒) 현츌(現出)ᄒᆞ믈 면치 못ᄒᆞ고 양부인 누년고딜(累年痼疾)의 신음ᄒᆞ던 슈미(愁眉)룰 일시의 딘탕(盡蕩)ᄒᆞ여 녕녕(玲玲)ᄒᆞᆫ 화긔 ᄉᆞ월(四月) 아황(兒鶊)[122]의 ᄉᆡ로이 명낭ᄒᆞ여 텬디의 탈쇽ᄒᆞ고

---

121 단일셩장(端一誠莊): 단일성장. 단정하고 한결같고 성실하고 장중함. 한(漢)나라 유향이 찬(撰)한 《고열녀전》 〈주실삼모(周室三母)〉에서 태임의 성품을 묘사한 말.

122 ᄉᆞ월(四月) 아황(兒鶊): 사월 아황. 사월의 꾀꼬리.

셔연(瑞然)ᄒᆞᆫ 옥안(玉顔)이 교교(皎皎)ᄒᆞ여 셜듕ᄆᆡ홰(雪中梅花) 향긔ᄅᆞᆯ 토ᄒᆞ며 츄튁(秋澤)의 부용(芙蓉)이 쳥엽(靑葉)의 소삿ᄂᆞᆫ ᄃᆞᆺ 도화(桃花) 냥협(兩頰)의 우음이 가득ᄒᆞ여 공ᄌᆞ의 손을 잡고 왈

"향일(向日) 슉딜의 졍이 친모(親母)의 감ᄒᆞ미 업셔 ᄋᆞ히 ᄆᆡ양 날을
48면 ᄯᆞᆯ오미 화뎨의게 더ᄒᆞ더니 오날ᄂᆞᆯ 모ᄌᆞ(母子)의 명호(名號)ᄅᆞᆯ 뎡ᄒᆞᄆᆡ 깃브미 친싱으로 다ᄅᆞ리오?"

환열ᄒᆞ미 넘쳐 홀연(忽然) 슬허 츄연함누(惆然含淚)ᄒᆞ니 이ᄂᆞᆫ 무틔(無他)라. 몸의 딜양(疾痒)이 잇셔 이 갓ᄐᆞᆫ ᄋᆞᄃᆞᆯ의 댱셩ᄒᆞ믈 보디 못ᄒᆞᆯ가 슬허ᄒᆞ미니 부부의 션션쇄용(鮮鮮灑容)과 션연염풍(嬋娟艶風)이 삼오(三五) 홍옥(紅玉)을 압두ᄒᆞᆯ디라. 상부인이 쇼왈(笑曰)

"대인이 굿게 뎡ᄒᆞ시고 거거와 져졔 원ᄒᆞ여 닌ᄋᆞᄅᆞᆯ 계후ᄒᆞ거니와 쇼ᄆᆡ 보건ᄃᆡ 거거와 져져의 년광이 다 쳥츈이라. 무병(無病)ᄒᆞ고 화안옥모(花顔玉貌)의 쇼년 빗치 족ᄒᆞ니 거거의 슈염이 나디 아냐시면 셕년(昔年) 냥(兩) 신인(新人)이 합환교셕(合歡交席)의 ᄇᆡ례ᄅᆞᆯ 파ᄒᆞ고 공작션(孔雀扇)을 기우려 동방화쵹(洞房花燭)을 인(引)ᄒᆞ시던 바로 다ᄅᆞ지 아냐시니 져 냥(兩) 쇼년(小年)이 금슬(琴瑟)의 낙이 극딘ᄒᆞ거ᄂᆞᆯ 하고로 댱옥(璋玉)이 션션(詵詵)[123]치 못ᄒᆞᆯ가 겁ᄒᆞ여 계ᄌᆞ(繼子)ᄅᆞᆯ 어드시니잇고?"

상셰 호호(浩浩)히 우어 왈

49면 "우형이 여져(汝姐)로 상봉ᄒᆞ미 하마[124] 십팔 년이라. 신인을 면ᄒᆞ연 지

---

123 션션(詵詵): 선선. 메뚜기가 의좋게 날아 모여드는 모양. 부부가 화합하여 자손이 많음을 비유하여 이르는 말.

오ᄅᆡ고 긔혈(氣血)이 쇠ᄒᆞᄆᆡ 다시 산휵(產畜)을 ᄇᆞ라디 못ᄒᆞᆯ 거시오. 닌ᄋᆞ를 계후ᄒᆞ엿거니와 실노 현ᄆᆡ의 웃ᄂᆞᆫ 말이 덕담(德談)이 되여 형인이 ᄉᆡᆼ남ᄒᆞ여도 닌셩으로 더브러 안항(雁行)이 가ᄌᆞᆨᄒᆞ리니 깃블 ᄲᅳᆫ이니 일이 경솔ᄒᆞᆫ가 뉘웃브미 업ᄉᆞ리니 타인의 만흔 ᄋᆞ돌이 엇디 닌ᄋᆞ를 ᄯᆞ로며 너의 셰낫 돈견이 엇디 내 ᄋᆞ돌을 우럴니오. 우형이 두 ᄯᆞᆯ을 두어 용쇽(庸俗)디 아니믈 볼 젹마다 무ᄌᆞᄒᆞ믈 탄ᄒᆞ더니 금일 대ᄉᆞ를 명ᄒᆞ여 딜(姪)로ᄡᅥ ᄌᆞ(子)를 삼으니 듕니(中裏)의 근심이 금일노좇ᄎᆞ 스러디리로다."

부인이 낭쇼왈(朗笑曰)

"거거와 져제 금일 닌셩을 어더 남이 기리기 젼의 스ᄉᆞ로 칭션ᄒᆞ시고 쇼ᄆᆡ의 옥슈닌봉(玉樹麟鳳) 갓ᄐᆞᆫ ᄋᆞ돌을 나모라 돈견으로 밀위시니[125] 아모커나 거거의 두 ᄯᆞᆯ을 블너오쇼셔. 쇼ᄆᆡ의 셰 ᄯᆞᆯ노 거거의 쇼교(小嬌)만 ᄒᆞᆫ가 뉘 나은가 보ᄉᆞ이다."

상셰 잠쇼왈(潛笑曰)

"양시의 우암혼용(愚暗昏庸)ᄒᆞ믄 텬ᄉᆡᆼ 긔질이니 이졔 젼과 더 나으며 50면
못ᄒᆞᆯ ᄇᆡ 업ᄂᆞ니 ᄌᆞ연 고딜(痼疾)의 침면(沈眠)ᄒᆞ여 오히려 젼만 못ᄒᆞ거니와 오지이녀(吾之二女)ᄂᆞᆫ 니론바 옥듕의 ᄇᆡᆨ옥이오 화듕왕(花中王)이라. 너의 쇼교 엇디 내 냥교(兩嬌)를 당ᄒᆞ리오?"

경시독이 쇼왈(笑曰)

"형댱이 냥교만 ᄌᆞ랑ᄒᆞ시고 브ᄅᆞ디 아니시믄 엇던 일이니잇고?"

---

124 하마: 벌써.

125 밀위시니: 밀위다. 미루다, 빗대다, 넘기다, 미루어 헤아리다.

상셰 답쇼왈(答笑曰)

“어린 ᄯᆞᆯ이 규법(閨法)을 딕희여 ᄇᆡᆨ희(伯姬)의 블하당(不下堂)을 효측고져 ᄒᆞ며 사ᄅᆞᆷ을 ᄃᆡ코ᄌᆞ 아니니 브ᄅᆞ기 어렵도다. 그러나 나오미 무방토다.”

이의 ᄌᆡ쵹ᄒᆞ니 상셔의 냥녀와 상부인 삼녀와 운계의 일녜 참치(參差)이 나아오니 이 본ᄃᆡ 봉황의 샷기며 교룡(蛟龍)의 ᄡᅵ로 옥으로 일운 긔질이라. 년보(蓮步)ᄅᆞᆯ 가바야이ᄒᆞ여 당젼(堂前)의 다ᄃᆞᄅᆞ니 존당이 밧비 오ᄅᆞ기ᄅᆞᆯ ᄌᆡ쵹ᄒᆞ니 모다 승당시립(昇堂侍立)ᄒᆞ니 태부와 셔부인이 두굿겨 좌상(座上)의 ᄎᆞ례로 ᄇᆡ알ᄒᆞ라 ᄒᆞ니 명염이 슈명(受命)ᄒᆞ여 ᄇᆡ례(拜禮)ᄒᆞᄆᆡ 슉슉(肅肅)ᄒᆞᆫ 녜뫼(體貌) ᄌᆞ라니와 어리니

51면

다 군ᄌᆞ의 ᄉᆡᆼ휵과 셩녀(聖女)의 ᄐᆡ교로 법가(法家)의 훈휵(訓畜)ᄒᆞ믈 블문가디라. 시(時)의 상셔의 댱녀 명염의 방년(芳年) 십이 셰의 옥안(玉顔)이 소쇄(瀟灑)ᄒᆞ여 츄공(秋空) 명월이 초순을 당ᄒᆞ여 보ᄅᆞᆷ을 만나고ᄌᆞ ᄒᆞᄆᆡ 광ᄎᆡ 휘요(輝耀)ᄒᆞ야 셔일(瑞日)이 쇄쇄(灑灑)ᄒᆞᆫ ᄃᆞᆺ 톄원이 유묘ᄒᆞ여 비길 곳이 업거ᄂᆞᆯ ᄎᆞ녀(次女) 월염이 방년 초팔(初八)이라. 의장이 청결ᄒᆞ여 긔딜이 소쇄탁연(瀟灑濯然)ᄒᆞ믈 픔슈(稟受)ᄒᆞ여시니 아황(蛾黃)[126] 소월(素月)이 산쳔 슈긔ᄅᆞᆯ 아오로고 ᄋᆡᆼ슌면모(鶯脣面貌)의 텬디 됴화ᄅᆞᆯ 탈슈ᄒᆞ며 팔ᄎᆡ(八彩) 녕농ᄒᆞ여 ᄌᆞ봉(紫峰)의 상운(祥雲)이 빗최니 부상(扶桑)의 됴일(朝日)이 등고(等高)ᄒᆞ고 소상빙호(瀟湘氷湖)의 츄월이 ᄇᆞᆰ앗ᄂᆞᆫ ᄃᆞᆺ 신ᄎᆡ헌앙ᄒᆞ며 긔상이 늠

---

126 아황(蛾黃): 옛날 여성들이 쓰던 화장품으로 주로 이마에 발랐다고 함. 여기에서는 분 바른 아름다운 이마를 지칭하는 것으로 보임.

연ᄒᆞ여 녀와시[127] 환셰ᄒᆞᆫ ᄃᆞᆺ 만균디듕(萬鈞之重)과 구정디심(九鼎之心)은 승어형(勝於兄)이러라. 상부인 삼녀ᄂᆞᆫ 당녀 현교ᄂᆞᆫ 구 셰오 ᄎᆞ녀 옥교ᄂᆞᆫ 오 셰오 필녀(畢女) 연교ᄂᆞᆫ 오 셰라. 신월(新月)이 두렷디 못ᄒᆞ여 빙ᄌᆞ아질(氷姿雅質)이 교염특이(嬌艶特異)ᄒᆞ미 명염 등으로 ᄎᆞ등이 업더라. 딘퇴ᄇᆡ례(進退拜禮)의 긔긔묘묘ᄒᆞ여 단혈(丹穴)[128]의 유봉(幼鳳)이 나븟기고 명월쥐(明月珠) 보광(寶光)을 먹음어 ᄒᆡ샹의 소ᄉᆞᆫ ᄃᆞᆺ ᄌᆞ군(紫裙)을 ᄭᅳ을고 취슈ᄅᆞᆯ 나븟고겨 운ᄋᆡᆼ(雲影)이 취니(聚地)ᄒᆞ니 조부뫼 황홀ᄒᆞᆫ 졍을 ᄎᆞᆷ디 못ᄒᆞ여 태뷔 좌슈로 ᄌᆞ염을 닛글고 우슈로 연교ᄅᆞᆯ 붓드러 슬샹의 안ᄌᆞ라 ᄒᆞ니 연교ᄂᆞᆫ 교교히 옷고 슬샹의 올나 셤슈(纖手)로 ᄇᆡᆨ슈(白鬚)ᄅᆞᆯ ᄡᅳ다듬으며 빵빈(雙鬢)을 어로만져 교틔ᄒᆞ나 ᄌᆞ염은 슬샹의 오ᄅᆞ기ᄅᆞᆯ 즐겨 아냐 나ᄌᆞᆨ이 슬하의 나아가 안ᄌᆞ니 태뷔 쇼왈(笑曰)

"연교ᄂᆞᆫ 나의 슬샹의 안기ᄅᆞᆯ 다ᄒᆡᆼ이 녁이거ᄂᆞᆯ 너ᄂᆞᆫ 엇디 먼니 안ᄌᆞ 한아비 ᄉᆞ랑ᄒᆞ믈 아디 못ᄒᆞᄂᆞ뇨?"

쇼제 ᄃᆡ왈(對曰)

"쇼녜 비록 나히 어리오나 태야의 ᄉᆞ랑ᄒᆞ시믈 모로리잇고마ᄂᆞᆫ ᄋᆞᄒᆡ 부모의 말ᄉᆞᆷ을 드ᄅᆞᄆᆡ 태야의 근녁(筋力)이 젼만 못ᄒᆞ시다 근심ᄒᆞ시니 쇼녜 엇디 슬샹의 올나 셩톄ᄅᆞᆯ 닛브시게 ᄒᆞ리잇고?"

공과 부인이 못ᄂᆡ 두굿겨 쇼이문왈(笑而問曰)

52면

127 녀와시: 여와씨. 여와(女媧)는 중국 신화에서 인간을 창조한 여신으로, 복희(伏羲)와 남매지간.

128 단혈(丹穴): 중국에서 남쪽의 바로 밑이라고 여겨지던 곳을 이르는 말.

"우리 쇠로(衰老)ᄒᆞ믈 네 부뫼 므어시라 ᄒᆞ엿관ᄃᆡ 므ᄅᆞᆸᄒᆡ 오ᄅᆞ기ᄅᆞᆯ
53면 어려이 넉이며 네 부뫼 근심ᄒᆞ여든 너좃ᄎᆞ 념녀ᄒᆞ리오?"

쇼제 ᄃᆡ왈(對曰)

"져젹의 야애(爺爺) 모친을 ᄃᆡᄒᆞ여 근심ᄒᆞ샤 왈 '태ᄉᆞ 됴공은 태야(太爺)와 동년이시로ᄃᆡ 긔력이 강건ᄒᆞ고 슈미(鬚眉) 블ᄇᆡᆨ(不白)ᄒᆞ여 쇼년 군ᄌᆞᄅᆞᆯ 압두ᄒᆞ실너라.' ᄒᆞ시고, ᄂᆡ경이 ᄆᆡ양 조부모긔 안긴다 ᄒᆞ샤 슈고로으믈 근심ᄒᆞ시니 쇼녀좃ᄎᆞ 왕부모(王父母) 슬샹(膝上)의 올나 야야의 블낙(不樂)ᄒᆞ시믈 돕ᄉᆞ오며 왕부 셩톄ᄅᆞᆯ 닛브시게 ᄒᆞ리잇고?"

셜파(說罷)의 옥용(玉容)이 쳑연(慽然)ᄒᆞ니 완연이 결군ᄒᆞᆫ ᄂᆡ셩이라. 가월빵미(佳月雙眉)ᄂᆞᆫ 산쳔 뎡긔ᄅᆞᆯ 씌여 팔ᄎᆡ샹운(八彩祥雲)이 춍농(叢籠)ᄒᆞᆫᄃᆡ 안개 갓ᄐᆞᆫ 프ᄅᆞᆫ 털이 ᄇᆡᆨ셜 ᄀᆞᆺᄐᆞᆫ ᄂᆡ마의 가ᄌᆞᆨᄒᆞ고 빵안을 가느리 쎠 말ᄉᆞᆷᄒᆞᄂᆞᆫ 모양이 금외(金烏)[129] 상셔(祥瑞)ᄅᆞᆯ 씌여 츄슈(秋水)의 바ᄋᆡᄂᆞᆫ ᄃᆞᆺ 함담(菡萏)[130]이 교연(皎然)ᄒᆞ니 종족제인(宗族諸人)이 입이 밤븨여[131] 션ᄋᆞ(仙雅)ᄅᆞᆯ 구경ᄒᆞᆫ ᄃᆞᆺ 상셔 형뎨게 치하ᄒᆞ니 태뷔 칭션왈(稱善曰)

"화현뷔 ᄐᆡ교의 신이ᄒᆞ고 ᄋᆞ지 졍셩 결곡(潔曲)ᄒᆞ여 고듁쳥풍(孤竹
54면 清風)을 ᄯᆞ로고져 ᄒᆞᄆᆡ ᄌᆞ식이 나니마다 범ᄋᆞ와 ᄂᆡ도ᄒᆞ여 조셩특츌(早成特出)ᄒᆞ니 엇디 긔이치 아니리오?"

129 금외(金烏): 금오. 금오(金烏)는 해로, 해 속에 세 개의 발을 가진 까마귀(삼족오)가 있다는 전설에서 유래함.

130 함담(菡萏): 연꽃 봉오리.

131 밤븨여: 밤븨다. 멍해지다, 입이 동그랗게 되다.

인ᄒᆞ여 쇼져ᄅᆞᆯ 무ᄋᆡ왈(撫愛曰)

"여ᄎᆞ 긔딜노 뉘 집 종당이 되리오?"

셔부인이 구연탄왈(苟然嘆曰)

"사ᄅᆞᆷ이 텬디의 쒸여나 듕도(中途)의 어긔미라. ᄎᆞᄋᆞ 등이 긔셩ᄒᆞ미 너모 이상ᄒᆞ여 도로혀 깃거 아닛ᄂᆞ이다."

ᄎᆞ공ᄌᆞ 닌광이 쏘ᄒᆞᆫ 연교ᄅᆞᆯ 가ᄅᆞ쳐 봉졍(鳳精)을 빗기 흘녀 왈

"상슉이 셔거ᄉᆞᆯ ᄇᆡᆨ승셜(白勝雪)이라 ᄒᆞ샤 녕(名)을 연괴라 ᄒᆞ시며 ᄌᆞ(字)ᄅᆞᆯ 향셜(香雪)이라 ᄒᆞ시거니와 년보ᄉᆞ셰(年甫四歲)의 아모 쳘도 모로고 ᄒᆞᆫ갓 존당의 ᄌᆞᄋᆡ만 밧ᄌᆞ와 왕부슬샹(王父膝上)의 안기기ᄅᆞᆯ 심상이 ᄒᆞ니 져 버릇 되여 싀한아비[132] 므릅의도 좌셕을 삼을노다. 왕뫼(王母) 우리 등 남ᄆᆡᄅᆞᆯ 조셩ᄒᆞᆫ 고로 이상타 ᄒᆞ시거니와 상형의 남ᄆᆡ 갓ᄐᆞ리오?"

원ᄂᆡ 상부인 댱ᄌᆞ 안국은 십이 셰오 ᄎᆞᄌᆞ 졍국은 십 셰오 삼ᄌᆞ 광국은 팔 셰니 뉵 남ᄆᆡ 듕의 연괴 나히 최소ᄒᆞ니 왕부 ᄌᆞᄋᆡᄅᆞᆯ 밧ᄌᆞ와 슬샹의 올나 교ᄐᆡᄒᆞ다가 닌광의 져ᄅᆞᆯ 나모라 ᄒᆞᄆᆞᆯ 보니 크게 무안ᄒᆞ여 옥안을 븕히고 봉안을 흘녀 닌광을 보며 가ᄇᆡ야이 니러 그 부친 뎡국공 겻 55면 ᄐᆡ 나아가 광슈(廣袖)ᄅᆞᆯ 다릐여 왈

"우리 집 부귀 남을 블워 아니 ᄒᆞ렷마ᄂᆞᆫ 야얘 ᄆᆡ양 모친을 표문의 두샤 험악ᄒᆞᆫ 오라비게 호령을 듯게 ᄒᆞ시ᄂᆞ니잇가? 그 용심(用心)이 ᄉᆞ오나와 왕부뫼 우리 ᄉᆞ랑ᄒᆞ시ᄆᆞᆯ 아쳐히[133] 녁여 이러구ᄂᆞ이다."

---

132 싀한아비: 시한아비. 시할아버지.

133 아쳐히: 아쳐ᄒᆞ다. 싫어하다.

뎡국공이 연교 ᄉᆞ랑이 만금의 디난디라. 일졈 잉홍(櫻紅)이 찬연ᄒᆞᆫ 바의 ᄋᆡᆼ셩연어(鶯聲燕語)로 븟그려 ᄒᆞ믈 보니 블승ᄋᆡ듕ᄒᆞ여 날호여 왈
“이제ᄂᆞᆫ 네 모친을 일졀 표문(表門)의 오디 못ᄒᆞ게 ᄒᆞ리니 너도 오디 말나.”
ᄒᆞ고 안아 무ᄋᆡᄒᆞ미 텬늀의 쒸여난디라. 졍어ᄉᆡ ᄌᆡ좌(在座)타가 안국의 뉵 남ᄆᆡ 이러틋 번셩ᄒᆞᆷ과 상공의 과ᄋᆡᄒᆞ믈 보고 이에 농왈(弄曰)
“안국의 뉵 남ᄆᆡ 번셩ᄒᆞ믄 잡초(雜草)의 무셩ᄒᆞ믈 ᄯᆞ라 상가의 용이 ᄒᆞᆫ ᄢᅵᄅᆞᆯ 퍼지미오. 그 아ᄅᆞᆷ다오믄 표문의 쳥고ᄒᆞ믈 ᄯᆞ라 형산의 남은 졍ᄆᆡᆨ(正脈)과 벽ᄒᆡ(碧海)의 근원을 힘닙으미니 무슉이 엇디 안국 등
56면 의 표슉(表叔) 달므믈 나모라ᄂᆞ뇨? 삼괴 극딘히 미려ᄒᆞ나 오히려 녀ᄇᆡᆨ의 ᄌᆞ염만 못ᄒᆞ고 죵ᄇᆡᆨ(從伯)의 월염을 밋디 못ᄒᆞ며 안국 등이 닌셩 등을 밋디 못ᄒᆞ리니 공논으로 쉬ᄒᆞ여도 사ᄅᆞᆷ 보ᄂᆞ 구ᄉᆞᆯ이 병드디 아닌 바의 뉘 모로리오? 그러나 연교ᄂᆞᆫ 탁월ᄒᆞ고 슈미ᄒᆞ여 ᄌᆞ염으로 비ᄒᆞ건ᄃᆡ ᄉᆞ이 머디 아냐 부ᄌᆞ 좌셕의 안연이 뫼심 갓ᄐᆞ니 ᄌᆞ염이 도ᄅᆞᆯ 일우ᄆᆡ 연괴 앙복(仰伏)ᄒᆞ여 거의 ᄯᆞ올 ᄃᆞᆺᄒᆞ도다.”
닌광이 그 말ᄉᆞᆷ ᄀᆞᆺ치기ᄅᆞᆯ 기ᄃᆞ려 쇼이ᄃᆡ왈(笑而對曰)
“쇼딜이 연교ᄅᆞᆯ 나모라 ᄒᆞ여 용납디 아냐 ᄉᆞ디ᄌᆞ리잇고? 두로 교ᄋᆡ(嬌愛)ᄅᆞᆯ 씌여 졔 우ᄒᆡ 오ᄅᆞᆯ 사ᄅᆞᆷ이 업ᄂᆞᆫ가 녁이ᄋᆞᆸ기로 잠간 져ᄅᆞᆯ 블만(不滿)ᄒᆞ여도 요괴ᄒᆞᆫ 의ᄉᆡ 져ᄅᆞᆯ 믜워ᄒᆞᆫ다 ᄒᆞ오니 그ᄅᆞᆯ 통분ᄒᆞ여 ᄉᆞ디졋ᄉᆞᆸ더니 슉부의 여ᄎᆞ디교(如此之教)ᄅᆞᆯ 밧ᄌᆞ온 후ᄂᆞᆫ 다시 그리 아니 ᄒᆞ리이다. 그러나 슉뷔 연교로ᄡᅧ ᄌᆞ염만 못ᄒᆞ다 ᄒᆞ시나 ᄉᆞ이블원(辭而不願)ᄒᆞ오니 쇼딜의 ᄯᅳᆺ의ᄂᆞᆫ 쳔고(千古) 긔군ᄌᆞ(奇君子)ᄅᆞᆯ 구ᄒᆞ
57면 와 ᄌᆞ염으로ᄡᅧ 원군(原君)을 삼아 아황(娥皇)을 입ᄂᆡᄂᆡ고 연교로 ᄎᆞ

비(次妃)ᄅᆞᆯ 삼아 녀영(女英)의 고ᄉᆞ(故事)ᄅᆞᆯ 효측ᄒᆞ여 일ᄉᆡᆼ을 ᄯᅥ나지 아니ᄏᆡ 연교의 교긔(驕氣)ᄅᆞᆯ ᄭᅥᆨ그미 상쾌ᄒᆞᆯ가 ᄒᆞᄂᆞ이다."

시독과 시랑이 대쇼ᄒᆞ며 상공의 ᄉᆞᄆᆡᄅᆞᆯ 헷치고 연교ᄅᆞᆯ 보니 연괴 닌광의 말이 져의 죵신대ᄉᆞ(終身大事)ᄅᆞᆯ 의논ᄒᆞ믈 모로고 붓그러온 줄도 모로ᄃᆡ ᄆᆡ양 맛나면 보ᄎᆡ믈 증ᄂᆡ여 부친 가ᄉᆞᆷ의 낫ᄎᆞᆯ 다히고 낭낭ᄒᆞᆫ 소ᄅᆡ로 니ᄅᆞᄃᆡ

"내 야야의 안겨시ᄃᆡ 미친 오라비 이러ᄐᆞᆺ 보ᄎᆡ니 엇디 졀통(切痛)치 아니리오? 그러나 아황은 므어시완ᄃᆡ ᄌᆞ염 형으로 입ᄂᆡᄂᆡ고 날노ᄂᆞᆫ 녀영 ᄀᆞᆺᄐᆞ라 ᄒᆞᄂᆞ뇨? 져 오라비 범의 눈섭을 ᄧᅵᆼ긔면 살풍이 대긔ᄒᆞ고 ᄆᆡ양 긴 눈을 ᄡᅵ여디게 ᄯᅥ보니 므섭더이다."

닌광이 쇼왈(笑曰)

"규슈로셔ᄂᆞᆫ 하 먼 인ᄉᆡ로다. 네 무셔워ᄒᆞ여도 어ᄃᆡ 가 옥인(玉人) 긔군ᄌᆞ(奇君子)ᄅᆞᆯ 구ᄒᆞ여 내 특별이 듕ᄆᆡ 되여 네 일ᄉᆡᆼ을 빗ᄂᆡ리라."

연괴 왈

"긔군ᄌᆞ라 ᄒᆞᄂᆞᆫ 거시 므ᄉᆞᆷ 노리개완ᄃᆡ 날을 어더 주련다 ᄒᆞᄂᆞ뇨? 나 58면
ᄂᆞᆫ 욕심 업ᄉᆞ니 아모것도 가디기 슬희여라."

닌광이 연교의 언ᄉᆞ(言辭)ᄅᆞᆯ 크게 우으며 왈

"네 아모리 슬타 ᄒᆞ여도 ᄒᆞᆫ번 긔군ᄌᆞᄅᆞᆯ 만ᄂᆞᆯ 거시니 두고 보라."

연괴 증ᄂᆡ여 왈

"긔군ᄌᆞ가 므어신지 나ᄂᆞᆫ 슬코 다만 우리 야야ᄅᆞᆯ ᄯᆞ라 본부로 가리라."

닌광 왈

"네 아모리 긔군ᄌᆞᄅᆞᆯ 보고져 ᄒᆞ나 아딕 머럿도다. 타일 너의 가뷔 손을 닛글고 신방으로 드러갈 제 네 그 ᄯᆡ의도 나ᄅᆞᆯ 무섭다 ᄒᆞ랴? 나의

옥면을 무섭다 ᄒᆞ거니와 네 가부 구ᄒᆞᆯ 졔ᄂᆞᆫ 내 듯보아 나의셔 더 무셔온 댱부ᄅᆞᆯ 갈희리라."

연괴 노ᄒᆞ여 부친 ᄉᆞᄆᆡᄅᆞᆯ 다릐여 왈

"모딘 눈으로 흘긔이며 보ᄎᆡ오니 야야ᄂᆞᆫ ᄡᅮ디져 믈니치쇼셔."

상공이 쳬쳬ᄒᆞᆫ[134] ᄌᆞ랑이 일신이 으슭으슭 만면 우음으로 ᄋᆞ녀의 분용(粉容)을 ᄌᆞ긔 낫ᄎᆡ 다히며 ᄉᆞᄆᆡᄅᆞᆯ 드러 이리져리 가리오고

"닌광아, 그만ᄒᆞ여 긋쳐 내 ᄯᆞᆯ을 보ᄎᆡ디 말나."

닌광이 웃고 왈

59면 "네 날을 슬희여 ᄒᆞ나 옥인가랑(玉人佳郞)을 다려다가 네 침소로 드려보ᄂᆡ면 그 착ᄒᆞᆫ 오라비 ᄆᆡ양 보고 시브다 ᄒᆞ리라."

차시(此時) 좌샹(座上) 졔인이 져 냥ᄋᆞ의 거동을 두굿기며 졔쇼져(諸小姐)의 긔긔묘묘(奇奇妙妙)ᄒᆞ믈 못ᄂᆡ 칭찬ᄒᆞ고 닌셩을 쳠망(瞻望)컨ᄃᆡ 공ᄌᆡ 양부인 슬하의 궤슬단좌(跪膝端坐)ᄒᆞ여시니 경운(景雲)이 남풍의 흔흔ᄒᆞ고 혜일(惠日)이 츈양의 만믈을 부휵(扶畜)ᄒᆞᄂᆞᆫ 듯 닌광이 연교와 닷토ᄂᆞᆫᄃᆡ 당ᄒᆞ여ᄂᆞᆫ 간간이 호치(皓齒)ᄅᆞᆯ 희미히 빗쵤디언졍 쾌히 웃디 아냐 존젼(尊前)의 승안(承顔)ᄒᆞᄂᆞᆫ 빗ᄎᆞᆯ 잡으며 긔운을 낫초아 젼젼긍긍(戰戰兢兢)ᄒᆞ미 의희히 문왕이 왕계ᄅᆞᆯ 뫼시며 무왕(武王)이 문왕을 뫼심 갓고 동동쵹쵹(洞洞屬屬)ᄒᆞ여 여림박빙(如臨薄氷)ᄒᆞᆫ 듯 여린 옥을 잡앗ᄂᆞᆫ 듯 츄슈 갓튼 골격이 옥 ᄀᆞᆺ튼 면뫼 찬연ᄒᆞ여 황홀 요요(搖搖)ᄒᆞ고 신ᄎᆡ(神彩) 슈광(秀光)ᄒᆞ니 태산이 암암

134 쳬쳬ᄒᆞᆫ: 체체하다. 행동이나 몸가짐이 너절하지 아니하며 깨끗하고 트인 맛이 있다.

ᄒᆞ고 대ᄒᆡ 양양ᄒᆞ여 뉵 세 쇼동(小童)이 ᄇᆡᆨᄃᆡ이젼(百代以前)과 ᄇᆡᆨᄃᆡ 이후로 의논ᄒᆞ여 홀노 ᄒᆞᆫ 사ᄅᆞᆷ이라. 듕쟤 ᄉᆡ로이 칭ᄋᆡᄒᆞ고 조부뫼 등을 어로만져 웃ᄂᆞᆫ 입을 주리디 못ᄒᆞ더니 닌광이 형으로 더브러 엇게 60면
ᄅᆞᆯ 갈와 안ᄌᆞᄆᆡ 닌셩이 잠쇼왈(潛笑曰)

"어린 ᄋᆞᄒᆡ를 그ᄃᆡ도록 보ᄎᆡ여 슉부ᄅᆞᆯ 붓들고 ᄯᅥ지디 아닛ᄂᆞᆫ 디경의 ᄆᆡᆺ게 ᄒᆞᄂᆞ뇨?"

닌광이 쇼이ᄂᆡ왈(笑而對曰)

"어린 ᄋᆞᄒᆡ 아모 쳘을 모로ᄆᆡ 그 답언(答言)이 가쇼롭도소이다."

셔부인이 쇼왈(笑曰)

"네 ᄯᅩᄒᆞᆫ 연교의게 슈년당(數年長)이라. 므ᄉᆞᆷ 쳘을 아노라 ᄒᆞ고 교ᄋᆞ만 어리다 ᄒᆞᄂᆞ뇨?"

닌광이 쇼이ᄃᆡ왈(笑而對曰)

"왕모 말ᄉᆞᆷ이 맛당ᄒᆞ시나 소손은 삼 셰 젹의 교ᄆᆡ와 갓치 아냣ᄂᆞ이다."

상부인이 낭쇼왈(朗笑曰)

"어린 ᄋᆞᄒᆡ 열젹은ᄃᆡ 네 믜워 보ᄂᆞᆫ 눈ᄊᆞᆯ이 심상치 아니니 무셔워ᄒᆞ미 그저 괴이ᄒᆞ랴? 내 ᄌᆞ식이 용녈(庸劣)타 ᄒᆞ믄 거거(哥哥)와 졔죵(諸從)이 다 홈긔 그리ᄒᆞ거니와 내 ᄯᅩᄒᆞᆫ 여등 슉셩ᄒᆞᆫ 아기ᄂᆡᄅᆞᆯ 블워 아니 ᄒᆞ노라. 아모려나 내 연교 갓ᄐᆞᆫ 거시 ᄯᅩ 이시랴?"

닌광이 쇼이ᄃᆡ왈(笑而對曰)

"슉뫼 교ᄆᆡᄅᆞᆯ 쳔고의 다시 업ᄉᆞᆯ가 ᄒᆞ시나 공공디논(共共之論)이 다 61면
ᄌᆞ염을 다 낫다 ᄒᆞ시니 이 확논(確論)이시라. 도로혀 무안ᄒᆞ실가 ᄒᆞᄂᆞ이다."

상부인이 미급답의 상셰 함쇼왈(含笑曰)

“금일디연(今日之宴)의 졔붕(諸朋)이 써디니 업ᄉᆞ나 현ᄆᆡ ᄯᆞᆯ ᄌᆞ랑ᄒᆞ고 혼인ᄒᆞᆯ 날이 아니라. 그만ᄒᆞᆫ ᄯᆞᆯ은 우리도 이시니 칭션ᄒᆞ믈 그만 긋치라.”

뎡언간(定言間)의 외당(外堂) 졔ᄀᆡᆨ이 태부 부ᄌᆞ의 나오믈 쳥ᄒᆞ거ᄂᆞᆯ 상셔 형뎨와 졔인이 태부ᄅᆞᆯ 뫼셔 외당의 니ᄅᆞ니 어시의 양츄밀이 화각노 등 졔인으로 더브러 셔로 마ᄌᆞᄆᆡ 됴태ᄉᆡ 쇼왈(笑曰)

“쥬인이 손을 ᄇᆞ리고 드러가니 ᄀᆡᆨ심(客心)이 무류ᄒᆞᆯ ᄲᅮᆫ 아니라 쇼뎨의 다시 보고ᄌᆞ ᄒᆞᄂᆞᆫ 졍이 간졀ᄒᆞ믄 녕손(令孫) 냥인(兩人)의게 유의ᄒᆞ미오 계원의 늙고 살ᄶᅵᆫ 얼골을 긋ᄐᆞ여 보고ᄌᆞ ᄒᆞ미 아니로라.”

태뷔 쇼왈

“양슉이 어룬을 슬히 넉이고 ᄋᆞᄒᆡ로 브ᄃᆡ 써나디 말고ᄌᆞ ᄒᆞ여 오히려 쳥ᄆᆡ(靑梅)ᄅᆞᆯ 희롱ᄒᆞ던 ᄆᆞ음[135]이 늙지 아냐시니 사ᄅᆞᆷ이 져러ᄒᆞ고 능히 어룬인 쳬ᄒᆞ리오?”

됴공이 쇼왈

62면 “쇽담의 늙으니 변ᄒᆞ여 ᄋᆞᄒᆡ ᄆᆞ음 된다 ᄒᆞ니 내 계원의 졍강(精剛)ᄒᆞ믈 ᄯᆞ로디 못ᄒᆞ여 노혼(老昏)ᄒᆞ므로ᄡᅥ 녕손 냥인을 보고 벗이 되고ᄌᆞ ᄒᆞᄂᆞ니 괴이ᄒᆞ랴?”

ᄒᆞ고 냥인을 나호여 과듕 년ᄋᆡᄒᆞ미 냥·니 이공으로 다ᄅᆞ디 아니ᄒᆞ더

---

135 쳥ᄆᆡ(靑梅)를 희롱ᄒᆞ던 ᄆᆞ음: 이백의 〈장간행(長干行)〉에 나오는 구절. 작품 초반에 어린 시절 여자아이가 한마을에 자라 여자아이는 꽃을 꺾으며 놀고 남자아이는 죽마 타고 푸른 매화를 희롱하며 놀다가 그 둘이 훗날 결혼하게 된다는 내용에서 나온 구절임. “제 머리카락이 처음 이마를 덮었을 때 문 앞에서 꽃 꺾으며 놀았고, 신랑은 죽마 타고 와서 평상을 돌며 매화를 희롱했죠(妾髮初覆額 折花門前劇 郎騎竹馬來 遶床弄青梅).”

라. 날이 느ᄌᆞᄆᆡ 정상셰 믄득 츄이부젼(趨而父前)ᄒᆞ여 궤고왈(跪告曰) "대인이 젼일 창악(唱樂)을 ᄇᆡ쳑ᄒᆞ시던 바로 블최(不肖) 모로디 아니ᄒᆞ오ᄃᆡ 만셰 황은(皇恩)이 횡가(橫加)ᄒᆞ샤 삼 일 연셕의 어악(御樂)을 샤급(賜給)ᄒᆞ시니 기악(妓樂)이 다 ᄃᆡ후(待候)ᄒᆞ엿ᄉᆞᆸᄂᆞᆫ디라. 일ᄉᆡᆨ(日色)이 느졋ᄉᆞ오니 셜악(設樂)ᄒᆞ오미 엇더ᄒᆞ리잇고?"

정공 왈

"이악 빌니시믄 황은이 감골(感骨)ᄒᆞᆫ디라. 엇디 보기 슬타 ᄒᆞ고 믈니치리오? 우흐로 셩은을 밧들고 아ᄅᆡ로 여등의 즐기믈 다ᄒᆞ리니 풍악을 명ᄒᆞ라."

상셰 ᄇᆡ이슈명(拜而受命)ᄒᆞ고 이의 기녀(妓女) 악공(樂工)을 블너 분
부ᄒᆞ고 ᄂᆡ당 문을 통ᄀᆡ(通開)ᄒᆞ여 부인ᄂᆡ 구경ᄒᆞ게 ᄒᆞ니 이ᄣᆡ 악공이
ᄌᆡ조ᄅᆞᆯ 다ᄒᆞ고 기녜(妓女) ᄎᆡ슈(彩袖)ᄅᆞᆯ ᄠᅥᆯ치고 쳥가(淸歌)ᄅᆞᆯ 느리혀 63면
니 봉ᄉᆡᆼ농관(鳳笙龍管)이 텬디ᄅᆞᆯ 흔드ᄂᆞᆫ ᄃᆞᆺ 월녀(越女)[136]의 흰 낫ᄎᆞᆫ 니
화(梨花)의 ᄇᆡᆨ셜(白雪)이 ᄉᆡ롭고 초희(楚姬)[137]의 셰요(細腰)ᄂᆞᆫ 녹양(綠
楊)이 츈풍의 흣날니며 ᄎᆡ의(彩衣)ᄅᆞᆯ 딘진이 붓쳐 예상우의(霓裳羽
衣)ᄅᆞᆯ 춤추고 양츈ᄇᆡᆨ셜(陽春白雪)을 노ᄅᆡᄒᆞ니 오ᄉᆡᆨ 호졉(胡蝶)과 ᄇᆡᆨ
셜이 분분ᄒᆞᆫ ᄃᆞᆺ 교셩황ᄋᆡᆼ(嬌聲黃鶯)은 년니[138]의 결명(結鳴)ᄒᆞ니 시위
(侍衛) 찬난(燦爛)ᄒᆞ여 금황(禽凰)이 날ᄀᆡᄅᆞᆯ 닷쳣ᄂᆞᆫ 듯 향풍이 됴요

---

136 월녀(越女): 춘추전국시대 월왕(越王) 구천(句踐)을 도왔다는 여성 검객.

137 초희(楚姬): 초나라 조비연을 가리킴.

138 년니: 연니. 연리지(連理枝)로 추정. 연리지는 두 나무가 서로 맞닿아 있다는 나무를 가리키는 말.

ᄒᆞᆫᄃᆡ 고은 빗치 눈의 가득ᄒᆞ고 즐거오미 일신을 흔득이니 좌샹(座上)의 쇼년호ᄉᆞ(少年豪士)ᄂᆞᆫ 니ᄅᆞ도 말고 위ᄎᆡ(位差) 고듕(高重)ᄒᆞᆫ ᄌᆡ렬(宰列)이라도 기녀의 교용아ᄐᆡ(嬌容雅態)ᄅᆞᆯ ᄃᆡᄒᆞ여ᄂᆞᆫ 흡연(洽然)이 웃ᄂᆞᆫ 빗ᄎᆞᆯ 동ᄒᆞ여 눈을 ᄲᅩ아시ᄃᆡ 태뷔 일호도 유희ᄒᆞ미 업고 쳥계 승안(承顔) 이열(怡悅)ᄒᆞᄂᆞᆫ 희긔 ᄆᆞᄅᆞ녹으ᄃᆡ 눈을 힝혀도 보ᄂᆡ미 업거ᄂᆞᆯ 니빈 등 뎨ᄌᆡ 다 쇼년 문당과 셩문(聖門)의 승당입실(升堂入室)[139]ᄒᆞᄂᆞᆫ 군ᄌᆞ(君子) 고로 평ᄉᆡᆼ의 긍긍업업(兢兢業業)ᄒᆞ여 블욕기쳐(不欲其處)ᄒᆞ며 블체기신(不滯其身)을 삼가니 져마다 눈을 낫초고 무ᄅᆞᆸ흘
64면 ᄡᅳ러 늠연(凜然)한 녜모랄 잡으ᄃᆡ 홀노 당헌 ᄒᆞᆫ 사ᄅᆞᆷ이 졔창(諸倡)을 유희ᄒᆞ여 좌셕이 브졍ᄒᆞ니 어ᄉᆞ 신휘 쇼왈(笑曰)

"우리 동학 결교 ᄇᆡᆨ여 인의 져 ᄀᆞᆺᄐᆞᆫ 탕음ᄌᆡ(蕩淫者) 업ᄉᆞᄃᆡ 연셕의 열창 번음[140]을 ᄃᆡᄒᆞ엿도다."

학ᄉᆞ 니운이 쇼왈

"사ᄅᆞᆷ이 다 녕ᄆᆡ부(令妹夫) 당상최갓치 부인을 ᄃᆡᆨ희여 ᄉᆞ라셔 화락ᄒᆞ고 죽으ᄆᆡ 슈졀ᄒᆞ여 녀관[141]의 다시 유의치 아니키ᄂᆞᆫ 쉽디 아닌디라. 형이 엇디 사ᄅᆞᆷ마다 그러치 아니믈 ᄎᆡᆨᄒᆞᄂᆞ뇨?"

신휘 쇼왈

---

139 승당입실(升堂入室): 학문이 점점 깊어짐을 비유적으로 일컫는 표현.

140 열창 번음: 여기에서는 열창을 지명으로 간주하여 '열창(洌唱)의 어지러운 음악(繁音)'으로 보았음. 임명덕 편《구운몽》88회.

141 녀관: 여관(女官)은 궁궐에서 왕과 왕비를 모시던 궁인을 가리키고, 여관(女冠)은 도교의 여자 도사를 가리키나 이 문맥에는 다 맞지 않음. 여기에서의 뜻은 '부인 복', '여자 복' 정도로 사용되는 것으로 보임.

“셰상 사ᄅᆞᆷ을 다 상최 갓ᄐᆞ라 ᄒᆞ미 아니로ᄃᆡ 엇디 져갓치 음황(淫荒)[142] 경박히 굴니오? 만일 상최의 ᄒᆞ나만 우러러도 져러치 아니리라.”

니운이 쇼이무언(笑而無言)ᄒᆞ니 원ᄂᆡ 태부의 뎨ᄌᆞ 듕 니운과 신휘며 냥두[143]의 년긔ᄂᆞᆫ 니빈의게 십년댱(十年長)이라. 태뷔 조관ᄒᆞᆫ ᄯᆡ로브터 도학이 공ᄆᆡᆼ 갓ᄐᆞᆷ을 인ᄒᆞ여 댱두·니운·신휘·광애 칠팔 셰 동몽(童蒙)으로 슈학ᄒᆞ니 태뷔 그 나히 ᄌᆞ긔 십 년 아ᄅᆡ 되디 못ᄒᆞ므로 뎨ᄌᆞ 두 ᄉᆞᄅᆞᆷ ᄉᆞ양ᄒᆞ여 ᄉᆞ형(師兄)이라 칭ᄒᆞ라 ᄒᆞᄃᆡ 광아·소졍·서유졍[144] 등 65면
이 닷토아 ᄉᆞ부(師父)로 칭ᄒᆞ고 ᄇᆡᆨ여 인이 년치(年齒) 다쇼(多少)ᄅᆞᆯ 블계(不計)ᄒᆞ여 졍의(情誼) 골육 ᄀᆞᆺᄐᆞᄃᆡ 홀노 니운이 셩되(性度) 괴격ᄒᆞ여 동학제우(同學諸友)로 졍의 흡연치 못ᄒᆞ더라. 이윽고 ᄇᆡ반(杯盤)을 올닐ᄉᆡ 딘슈미찬(珍羞美饌)이 압압히 버러시ᄆᆡ 옥ᄋᆡᆨ의 져마다 대취ᄒᆞ니 ᄂᆡ외 샹하 믈논ᄒᆞ고 즐기디 아니리 업ᄉᆞᄃᆡ 쳥계 ᄌᆞ로 잔을 졉구(接口)치 아냐 안ᄉᆡᆨ이 평상ᄒᆞ고 동디(動止)[145] 갈ᄉᆞ록 녜듕뎡대ᄒᆞ니 인인이 탄복ᄒᆞ며 비록 ᄇᆡ호고져 ᄒᆞ나 져의 평ᄉᆡᆼ 됴ᄉᆞ디녜[146]ᄅᆞᆯ 닉인 바로 블의(不意)예 본받디 못ᄒᆞᆯ디라. ᄋᆞᄃᆞᆯ을 거ᄂᆞ려 온 ᄌᆡ 기ᄌᆞ(其子) 무ᄒᆡᆼ(無行)을 비로소 ᄭᆡ닷고 아비ᄅᆞᆯ 뫼신 ᄌᆡ ᄒᆡᆼ실이 비박(菲薄)ᄒᆞ믈 ᄌᆞ괴(自愧)ᄒᆞ나 술이 니ᄅᆞ면 능히 샤양치 못ᄒᆞ고 녀악(女樂)을 당ᄒᆞ여 ᄯᅩᄒᆞᆫ 능히 무심치 못ᄒᆞ여 션ᄌᆞ(扇子)ᄅᆞᆯ 쳐 제창의 가셩(歌聲)을 맛

---

142 음황(淫荒): 음란하고 행동이 거침.

143 양두: 양두 혹은 장두라고도 함. 장헌의 제자. 《완월회맹연》 권1 68면에서는 ‘장두’로 표기됨.

144 셔유졍: 규장각본에는 ‘셔유’로 되어 있음.

145 동디(動止): 동지. 행동거지.

146 됴ᄉᆞ디녜: 조사지례(造士之禮). 조사(造士)는 학문을 성취한 선비를 가리킴.

초고 황홀ᄒᆞ믈 마디 아니ᄒᆞ더니 믄득 경필(警蹕)[148] 소ᄅᆡ 구텬(九天)의 66면 딘동ᄒᆞ며 시ᄌᆡ(侍者) 급보(急報)ᄒᆞᄃᆡ "동궁(東宮)이 ᄂᆡ림(來臨)ᄒᆞ시ᄂᆞ이다." ᄒᆞ거ᄂᆞᆯ 태부와 만좌(滿座) 졔인이 대경ᄒᆞ여 급히 됴복을 닛그러 디영(祇迎)ᄒᆞ여 승뎐(昇殿)ᄒᆞ시ᄆᆡ 졔인이 ᄎᆞ례로 뎐폐(殿陛)의 국궁(鞠躬)ᄒᆞ온ᄃᆡ 태ᄌᆡ(太子) 젼유왈(傳喩曰)

"과인이 이의 힝ᄒᆞ믄 군신(君臣) 톄면이 이시미 아니라 셩디(聖旨)ᄅᆞᆯ 밧ᄌᆞ와 상부(相父)[149] 탄일(誕日)의 헌슈(獻壽)ᄅᆞᆯ 닐위미니 졔신은 녜ᄅᆞᆯ 날회라.[150]"

ᄒᆞ시고 셩교(聖敎)ᄅᆞᆯ 젼ᄒᆞ시니 대개 상부 탄일의 농게(龍駕) 친님(親臨)ᄒᆞ실 거시로ᄃᆡ 상부의 과겸졀ᄎᆞ(過謙切磋)ᄒᆞ므로뼈 블안ᄒᆞ미 우환(憂患)을 삼을 거시므로 태ᄌᆞᄅᆞᆯ 보ᄂᆡ여 헌슈(獻壽)케 ᄒᆞ믈 갓초 베프시고 태부ᄅᆞᆯ 쳥ᄒᆞ여 교위(僑位)의 좌ᄒᆞ게 ᄒᆞ시니 태뷔 고두뉴톄(叩頭流涕) 왈

"신은 박힝 무용디믈이라. 젼후 셩은을 닙ᄉᆞ오미 과도ᄒᆞ와 고관대작으로 국녹(國祿)을 허비ᄒᆞᄋᆞᆸ거ᄂᆞᆯ 금일 옥개(玉駕) 욕님ᄒᆞ시니 신이 므슴 공덕으로 텬은이 이의 밋쳣ᄉᆞᆸᄂᆞ니잇가? 신이 죽ᄉᆞ와도 언연(偃然)이 셩교ᄅᆞᆯ 밧ᄌᆞ와 범남한 신ᄌᆡ(臣子) 되디 못ᄒᆞᆯ소이다."

---

147 션ᄌᆞ(扇子): 선자. 부채.

148 경필(警蹕): 임금의 행차를 알리는 소리. 임금의 행차 시 경호를 위해 통행 금지를 알리는 소리. 벽제(辟除)라고도 함.

149 상부(相父): 황제가 전대 왕조 때부터 계속 재상을 역임했던 신하를 공경하는 뜻으로 부르는 칭호. 아버지처럼 섬긴다는 뜻.

150 날회라: 날회다. 느리게 하다, 천천히 하다, 멈추다.

ᄒᆞ고 계하(階下)의 브복(俯伏)ᄒᆞ여 니디 아니ᄒᆞ거ᄂᆞᆯ 태ᄌᆡ 친히 계 67면
(階)의 나리샤 태부ᄅᆞᆯ 븟드러 권유왈(勸諭曰)

“노션싱은 황야(皇爺)의 ᄉᆞ부로 공덕이 우쥬로 상칭(相稱)ᄒᆞ거ᄂᆞᆯ 과인이 셩교(聖敎)ᄅᆞᆯ 밧ᄌᆞ와 상부 탄일(誕日)의 ᄇᆡᆨ 셰 헌슈ᄅᆞᆯ 힝코ᄌᆞ ᄒᆞ미 텬의ᄅᆞᆯ ᄃᆡᄒᆞ여 션싱의 뎡튱늉덕(貞忠隆德)을 만일(萬一)이나 표ᄒᆞ고 셩샹이 ᄉᆞ뎨디도(師弟之道)ᄅᆞᆯ 가ᄌᆞᆨ이 ᄒᆞ시미니 이 곳 션왕(先王)의 몸소 힝ᄒᆞ신 ᄇᆡ어ᄂᆞᆯ 노션싱이 엇디 이갓치 과겸(過謙)ᄒᆞᄂᆞ뇨? 노션싱이 이리ᄒᆞ나 과인이 공반(空反)ᄒᆞ여 셩명을 져바리지 못ᄒᆞᆯ디니 노션싱은 고집지 말디어다.”

인ᄒᆞ여 듕계의 뫼셔 오ᄅᆞ디 아니시니 태뷔 황공민튝(惶恐憫縮)ᄒᆞ나 마디못ᄒᆞ여 감읍슈명(感泣受命)ᄒᆞ온ᄃᆡ 태ᄌᆡ 칭샤ᄒᆞ시고 갓치 뎐의 오ᄅᆞ샤 옥ᄇᆡ(玉杯)의 향온(香醞)을 가득 브어 ᄇᆡ례 헌슈ᄒᆞ시니 태뷔 황공 감읍ᄒᆞ여 주시ᄂᆞᆫ 옥ᄇᆡᄅᆞᆯ 빵슈로 밧ᄌᆞ와 업ᄃᆡ여 마신 후 믈너 고두쥬왈(叩頭奏曰)

“신이 일족 경악(經幄)[151]의 ᄃᆡ죄ᄒᆞ온 디 삼십 년의 텬디 갓ᄌᆞ온 셩은을 68면
밧ᄌᆞ오미 ᄉᆞ됴(四朝)의 만일(萬一)을 갑숩디 못ᄒᆞ옵고 쳑촌디공(尺寸之功)이 업시셔 여ᄎᆞ 망극ᄒᆞ온 늉은(隆恩)을 밧ᄌᆞ오니 쇄신분골(碎身粉骨)ᄒᆞ오나 엇디 텬은을 갑ᄉᆞ오리잇고? 복망(伏望) 셩명(聖明)은 샤딕(社稷)이 만셰강복(萬世降福)ᄒᆞ시면 블튱미신(不忠微臣)은 몰신근근(沒身勤勤)ᄒᆞ와 우리 셩군을 갑하 죽으미 되여도 졍ᄇᆡᆨ(精魄)이

151 경악(經幄): 임금이 학문이나 기술을 강론 혹은 연마하고 더불어 신하들과 국정을 논의하던 자리.

우리 폐하를 뫼시리이다."

쥬파(奏罷)의 감격ᄒᆞᆫ 눈믈이 ᄌᆞ리의 년낙(連落)ᄒᆞ니 태ᄌᆡ 옥음(玉音)이 화열ᄒᆞ샤 은근이 위로ᄒᆞ시며 죵용이 말솜ᄒᆞ시다가 이윽고 환궁ᄒᆞ시니 졔신이 문외의 ᄇᆡ숑(拜送)ᄒᆞ니라. 다시 연셕의 나아와 녜부상셔 졍계와 쳐ᄉᆞ 운계 옥ᄇᆡ 금상의 ᄌᆞ하쥬(紫霞酒)를 브어 태부긔 헌슈ᄒᆞ고 믈너 봉음(鳳音)을 놉혀 남산디강(南山之剛)과 븍히디슈(北海之水)를 튝(祝)ᄒᆞᆫ 후 믈너 좌의 드니 뎨ᄌᆞ 칠십 인이 ᄎᆞ례로 헌슈홀ᄉᆡ 니빈·신후·댱두 등이 일ᄃᆡ 명ᄉᆞ로 치ᄉᆞ(綵絲)[152]를 맛초아 딘젼 헌

69면 슈ᄒᆞ고 낭셩봉음(朗聲鳳音)[153]을 놉혀 튝슈가(祝壽歌)를 노ᄅᆡᄒᆞ고 믈너나니 ᄎᆞ례 댱헌의게 밋ᄎᆞᄆᆡ 옥ᄇᆡ의 쳔일쥬(千一酒)를 가득 브어 딘젼헌ᄇᆡ(進前獻杯)ᄒᆞᆫ 후 믈너 남산 븍두의 무량디슈를 브ᄅᆞ니 비록 군ᄌᆞ 좌셕의 동디(動止) 긔괴(奇怪)ᄒᆞ나 쏘ᄒᆞᆫ 무던ᄒᆞ더라. 헌이 믈너 좌의 나아가ᄆᆡ 태뷔 드ᄃᆡ여 ᄌᆞ딜을 거ᄂᆞ려 딕입ᄂᆡ당ᄒᆞ니 ᄎᆞ일 ᄂᆡ연과 외연이 일반이라. 셔부인이 양·상·화 삼 부인과 딜부(姪婦) 셔·화·화 삼 부인이며 연인(連姻)[154] 졉족(接族) 부인ᄂᆡ로 좌를 일워 졉빈(接賓)홀ᄉᆡ 셔부인의 유체 뎡슉홈과 양·상·화 삼 부인의 싀싀 쇄락ᄒᆞ미며 셔·화·화 삼 부인의 상낭 아담ᄒᆞ미 일셰의 득보ᄒᆞᆫ디라. 졔빈이 칙칙탄상(嘖嘖歎賞)ᄒᆞ여 딘찬(珍饌)의 맛ᄉᆞᆯ 아이더니[155] 밋 태뷔 졔ᄌᆞ딜(諸子姪)을

152 치ᄉᆞ(綵絲): 채사. 단옷날 악귀를 물리치기 위해 어깨나 팔에 묶었던 오색실을 가리키는데, 여기에서는 경사스러운 날 벽사의 의미로 사용했을 것으로 추정함.

153 낭셩봉음(朗聲鳳音): 낭성봉음. 아름다운 목소리를 비유적으로 이르는 말.

154 연인(連姻): 혼인으로 인하여 친척이 되는 것.

155 아이더니: 아이다. 빼앗기다, 잃어버리다.

거ᄂᆞ려 입ᄂᆡᄒᆞ미 연인(連姻) 빈킥(賓客)은 장ᄂᆡ(帳內)로 피ᄒᆞ고 졔부인이 마ᄌᆞ 녀부(女婦) 등이 빵빵(雙雙)이 딘헌이퇴(進獻而退)ᄒᆞ니라.

(책임교주 조혜란)

완월회맹연 玩月會盟宴

권디이 卷之二

화셜. 시ᄎᆞ(時此)의 태뷔 졔ᄌᆞ딜(諸子姪)을 거ᄂᆞ려 입ᄂᆡ(入內)ᄒᆞᄆᆡ 1면
연인(連姻) 빈ᄀᆡᆨ(賓客)은 댱ᄂᆡ(帳內)[1]로 피ᄒᆞ고 제부인이 마ᄌᆞ 녀부(女婦) 등이 빵빵이 딘헌이퇴(進獻而退)ᄒᆞ니 상셔와 운계 부모의 희열(喜悅)ᄒᆞ시믈 위ᄒᆞ여 ᄎᆡ무(彩舞)[2]의 노롬으로 시랑과 어ᄉᆞ로 더브러 빵빵이 ᄃᆡ무(對舞)ᄒᆞᄆᆡ 븕은 ᄉᆞᄆᆡ와 쳥푀(靑袍) 셧돌고 빗난 그림ᄌᆡ 합ᄒᆞ니 뉴디(柳枝)의 풍광이 편편(翩翩)ᄒᆞ고 경운(景雲)의 난봉(鸞鳳)이 ᄇᆡ회ᄒᆞᄂᆞᆫ ᄃᆞᆺ 녜부(禮部)의 고은 용화(容華)[3]ᄂᆞᆫ 이닐 더옥 빗난다라. 금ᄃᆡ(金帶) 낭낭(朗朗)ᄒᆞ고 ᄀᆞᆼ규(躬圭)[4] 상상(爽爽)ᄒᆞ여 비봉냥익(飛鳳兩翼)은 봉만(峰巒)이 소삿ᄂᆞᆫ ᄃᆞᆺ 일희[5] 허리ᄅᆞᆯ 굽닐ᄆᆡ[6] 미앙ᄀᆞᆼ(未央宮)[7] 봄버들이 광풍의 휘듯ᄂᆞᆫ ᄃᆞᆺ ᄌᆡᆫ납의 팔흘 늘닐 졔ᄂᆞᆫ ᄒᆞᆫ ᄌᆞ비단 ᄉᆞᄆᆡ 어ᄌᆞ러이 나븟겨 안개 니러나니 농(龍)이 반텬(半天)의 놀고 학이 ᄒᆡ안(海岸)의 ᄯᅥ러딘 ᄃᆞᆺ 쳐음으로 노ᄅᆡᄒᆞᄆᆡ 계샹(階上)의 농관(龍官)과 봉죄(鳳朝) 능히 ᄒᆡᆼ쥬(行酒)ᄒᆞᆯ 줄 니져시니 머리ᄅᆞᆯ 도로
혀 팔음(八音)[8]을 맛초와 두 곡됴ᄅᆞᆯ 놉히 츄ᄆᆡ 졀죄(絶調) 쳥고(淸高) 2면

1 댱ᄂᆡ(帳內): 장내. '휘장 안, 방 안'이라는 뜻. 권1 말미의 같은 구절에는 '쟝ᄂᆡ'라고 표기되어 있음.

2 ᄎᆡ무(彩舞): 채무. 채색옷을 입고 추는 춤이라는 뜻으로, 노래자가 나이 든 후에도 부모님을 기쁘게 해드리기 위해 늙으신 부모님 앞에서 아이처럼 색동옷을 입고 춤을 추었다는 고사에서 유래한 표현.

3 용화(容華): 예쁘게 생긴 얼굴.

4 ᄀᆞᆼ규(躬圭): 궁규. 백작(伯爵)이 잡는 홀.

5 일희: 이리. 갯과의 동물. 남자의 유연한 허리를 비유할 때 자주 사용함.

6 굽닐ᄆᆡ: 굽닐다. '굼닐다'의 고어. 몸을 굽혔다 폈다 하다.

7 미앙ᄀᆞᆼ(未央宮): 미앙궁. 한(漢)나라 고조 때 만든 궁전. 유방이 한나라를 세워 황제로 등극하자 승상 소하가 수도 장안(長安)에 건립한 왕궁.

동디졔졔(動止齊齊)ᄒᆞᆫ디 사ᄅᆞᆷ의 졍신이 어려 그 딘퇴(進退) 졀ᄎᆞ롤 모로더니 구장보은니[9]를 ᄒᆞᆫ번 뒤흐로 믈녀 구ᄅᆞ고 안흐로 나아오ᄆᆡ 살ᄃᆡ 갓튼 허리와 너른 ᄉᆞᄆᆡ롤 추혀드니 쳐ᄉᆞ와 죵뎨(從弟) 등으로 거슈장공(擧袖長空)ᄒᆞ고 ᄎᆡᄉᆞ(綵絲)롤 쥐ᄒᆞ여 빵친 슬하의 졀ᄒᆞ고 믈너 좌(座) 드니 태뷔 희연(喜然)이 두굿겨 왈

“오ᄋᆡ(吾兒) 삼오(三五) 초츈(初春)이 아니로ᄃᆡ ᄎᆡ의(彩衣)로 춤추ᄆᆡ 동ᄌᆞ 갓튼 긔상이 엇디 태좌(台座)[10]롤 거홀 ᄌᆡ상의 위의(威儀)리오? 계ᄋᆞ의 ᄉᆞᄆᆡ 버려 보믄 노뷔 쳐음 보ᄂᆞᆫ ᄇᆡ라. 반ᄃᆞ시 무쉬(舞袖) 소여(疎如)홀가 ᄒᆞ엿더니 평싱 닉인 ᄌᆞ의 승(勝)ᄒᆞ미 이시니 ᄌᆡ죄 업다 못ᄒᆞ리로다.”

쏘 츄연왈(惆然曰)

“여등(汝等)은 부뫼 빵존(雙存)ᄒᆞ여 오날날 즐기미 극딘ᄒᆞ거니와 노부ᄂᆞᆫ 부모 ᄌᆡ시의 미셩(微誠)을 펴디 못ᄒᆞ고 여희온 후 기리 송츄(松楸)[11]롤 딕희지 못ᄒᆞ여 연니(煙里)의 띄여시니[12] 블효와 디통유한(至痛

---

8 팔음(八音): 금속, 돌, 줄, 박, 대나무, 흙, 가죽, 나무 등의 여덟 가지 소재로 만든, 아악(雅樂)에 쓰이는 악기. 혹은 그 소리.

9 구장보은니: 신발의 종류일 듯. 구장(九章)은 중국 제후의 복식에 수놓는 무늬일 가능성이 있으며, 보은니(報恩履)는 ‘보은’이라는 글자가 수놓인 신발일 것으로 추정함.

10 태좌(台座): 삼공(三公)의 자리라는 뜻으로, 재상을 달리 이르는 말.

11 송츄(松楸): 송추. 산소 둘레에 심는 나무를 통틀어 일컫는 말로, 주로 소나무와 가래나무를 심음.

12 연니(煙里)의 띄여시니: 연(煙)은 강구연월(康衢煙月), 즉 태평한 시대의 평화로운 삶을 가리키는 경우에 사용됨. 또 ‘연니’는 송추, 즉 무덤과는 대를 이루는 단어로 추정하여 연리(煙里)로 보았음. ‘띄여시니’는 ‘뜨다(浮)’를 가리키는 ‘쓰다’의 활용형으로 보아 ‘연니(煙里)의 띄여시니’를 ‘세상에서 떠돌고 있음, 세상일에 따라 살아감’ 정도의 의미로 보았음.

遺恨)이 업ᄉᆞ리오?”

ᄒᆞ고 츄연블낙(惆然不樂)ᄒᆞ다가 도로 외당으로 나아오니 니빈 등 뎨ᄌᆡ 가무를 슌쥬(巡奏)ᄒᆞ고 쥬ᄇᆡ(酒杯)를 나아올ᄉᆡ 유유희희(愉愉嬉嬉)ᄒᆞᆫ 풍뉴(風流) 극딘ᄒᆞᆫ디라. 쳥아(清雅) ᄉᆞ장(詞章)을 노ᄅᆡᄒᆞ니 군악(群樂)이 소ᄅᆡ를 발ᄒᆞ미 군학(群鶴)이 무리를 브ᄅᆞᄂᆞᆫ ᄃᆞᆺ 딘나라 궁(弓)[13]은 삼ᅐᅩᆼ[14]을 맛초고 쵸나라 ᄉᆡᆼ(笙)은 봉됴[15]를 화ᄒᆞ니 스믈다ᄉᆞᆺ 줄을 농(弄)ᄒᆞ미 이비(二妃)[16]의 남은 넉ᄉᆞᆯ 됴문(弔問)ᄒᆞ고 열두 바ᄂᆡ 옥통소ᄂᆞᆫ 소ᄉᆞ(蕭史)와 농옥(弄玉)[17]이 도라오ᄂᆞᆫ ᄃᆞᆺ 심신이 훗터디며 쳥개(靑蓋)[18] ᄇᆡᆨ운의 알운(遏雲)[19]ᄒᆞ니 좌샹(座上)의 고흥(高興)이 긔긔쳡텹(奇奇疊疊)ᄒᆞᄃᆡ 샹셔(祥瑞)의 안ᄀᆡ 곤뉸(崑崙) 샹봉(上峰)의 니러좌(座)의 훗터디고 모연(暮煙)이 취산의 농ᄇᆡᆨ(濃白)ᄒᆞ니 일뉸(一輪) ᄇᆡᆨ월(白月)이 동졍(洞庭)의 올나 댱공(長空)의 빗촐 흘니ᄂᆞᆫ디라. 쳥풍이 건ᄃᆞᆺ 브러 졍듕숑듁(庭中松竹)을 붓치이니[20] 낙흥(樂興)이 딘치 아니

3면

---

13 궁(弓): 현악기. 진나라 칠현금을 나타내는 것으로 추정.

14 삼ᅐᅩᆼ: 삼종. 음계의 일종으로 추정.

15 봉됴: 봉조. 봉조(鳳調)일 가능성이 있음.

16 이비(二妃): 중국 고대 요임금의 두 딸 아황과 여영을 이름. 자매가 모두 순임금에게 시집갔는데, 순임금이 죽자 둘 다 강에 빠져 죽었음.

17 소ᄉᆞ(蕭史)와 농옥(弄玉): 소사와 농옥. 진(秦)나라 목공(穆公)의 딸 농옥은 옥으로 만든 생황을 잘 불었는데, 퉁소를 잘 부는 소사와 혼인을 했다. 어느 날 둘이 연주를 하다가 농옥은 봉황을 타고 소사는 용을 타고 하늘로 올라갔다고 함. 《열선전(列仙傳)》 〈소사(蕭史)〉.

18 쳥개(靑蓋): 청개. 궁중에서 의식 때 쓰던 대형 일산(日傘)으로, 청개(靑蓋)와 홍개(紅蓋) 두 가지가 있음.

19 알운(遏雲): 높아서 구름에 닿을 듯한 모습.

20 붓치이니: 붓치이다. 바람에 부치어지다.

ᄒᆞ고 가관(歌管)이 남은 소ᄅᆡ 이시ᄃᆡ 졔ᄌᆡᆨ이 취긔(醉氣) 방타(放酡)ᄒᆞᆫ 디라. 각귀기가(各歸其家)ᄒᆞ고 오ᄃᆡᆨ ᄌᆞ딜ᄇᆡ(子姪輩) 갓ᄐᆞᆫ 년쇼ᄇᆡ(年少輩) 좌(座)의 남아 잇거ᄂᆞᆯ 상셔와 운계 부젼(父前)의 고왈(告曰)

“셩톄(聖體) 죵일 근노(勤勞)ᄒᆞ시니 일ᄌᆞᆨ 안휴(安休)치 못ᄒᆞ시면 유ᄒᆡᄒᆞᆯ가 두리옵ᄂᆞ니 ᄇᆞ라옵건ᄃᆡ 편히 취침ᄒᆞ쇼셔.”

태뷔 쇼왈(笑曰)

4면 “죵일 음쥬 달난(團欒)ᄒᆞ미 므ᄉᆞᆷ 근심이 이시리오? 츈일(春日)이 온화ᄒᆞ고 ᄃᆡ하(臺下)의 모ᄆᆡᆨ(牟麥)이 ᄀᆡᆼᄉᆡᆼᄒᆞ여 봄빗ᄎᆞᆯ 띄여시리니 됴공과 니빈 등이며 여등으로 더브러 남은 쥬호(酒壺)ᄅᆞᆯ 닛글고 완월ᄃᆡ의 올나 월ᄉᆡᆨ을 앙관(仰觀)ᄒᆞ미 엇더ᄒᆞ뇨?”

상셔와 운계 ᄇᆡ이슈명ᄒᆞ고 잠간 ᄂᆡ루(內樓)의 드러와 혼졍(昏定)ᄒᆞᆫ 후 밧긔 나와 부공을 뫼셔 완월누로 향ᄒᆞᆯᄉᆡ 태ᄉᆞ 됴공이 양·화 이공(二公)으로 더브러 이에 이시ᄆᆡ 됴·양·화 삼부 쇼년이 각각 듁교(竹轎)[21]ᄅᆞᆯ ᄃᆡ령ᄒᆞ거ᄂᆞᆯ 졔공이 다 믈니치고 거러 완월누의 다ᄃᆞᄅᆞ니 일좌(一座) 쳥산이 삼츈(三春)을 당치 못ᄒᆞ여시나 긔화이최(奇花異草) 빗ᄎᆞᆯ 변ᄒᆞ미 업고 낙낙댱송(落落長松)과 홍함취ᄇᆡᆨ(紅梒翠栢)[22]의 신목(新木)이 무셩ᄒᆞ며 ᄆᆞᆰ은 시ᄂᆡᄂᆞᆫ 압ᄒᆞᆯ 님ᄒᆞ여 셔호(西湖)ᄅᆞᆯ 바라고 갓가이 님조(臨洮)ᄅᆞᆯ 안계(眼界)ᄒᆞ여 오쵸(吳楚) 형승(形勝)을 다ᄒᆞ여시니 층만쳡쟝(層巒疊嶂)은 아미(蛾眉) 긔려(奇麗)ᄅᆞᆯ 묘시ᄒᆞᆯ ᄃᆞᆺ ᄇᆡᆨ쳑 은하(百尺銀河)ᄂᆞᆫ 녀산폭포ᄅᆞᆯ 압두(壓頭)ᄒᆞ니 쥬산봉두(主山峯頭)

21 듁교(竹轎): 죽교. 대나무로 만든 가마.

22 홍함취ᄇᆡᆨ(紅梒翠栢): 홍함취백. 붉은 앵두나무와 푸른 잣나무.

의 동학(洞壑)이 심슈(深邃)ᄒᆞ고 계산(溪山)이 뇨됴(窈窕)ᄒᆞᆫᄃᆡ 좌의 와룡탄이 잇고 우흐로 완월ᄃᆡ 잇셔 쳔암만학(千岩萬壑)이 완연이 셩 5면 곽(城廓)을 일웟ᄂᆞᆫᄃᆡ 황ᄋᆡᆼ쳥됴(黃鶯青鳥)ᄂᆞᆫ 시ᄂᆡ의 깃드리고 현원ᄇᆡᆨ학(玄猿白鶴)은 사ᄅᆞᆷ을 ᄃᆡᄒᆞ여 딘퇴(進退)ᄒᆞᄂᆞᆫ ᄃᆞᆺ 님목간(林木間)의 오작(烏鵲)이 월광(月光)을 ᄯᅴ여 나라가기ᄅᆞᆯ 분분(紛紛)이 ᄒᆞ며 신금(信禽)[23]이 쉬 닷토아 셧도라[24] 태부 부ᄌᆞᄅᆞᆯ 반기ᄂᆞᆫ ᄃᆞᆺ 쳥풍은 소슬(蕭瑟)ᄒᆞ여 의슈(衣袖)ᄅᆞᆯ 나븟기고 향긔ᄂᆞᆫ 습습(習習)ᄒᆞ여 사ᄅᆞᆷ의게 픔기이니 이 니ᄅᆞᆫ바 별유셰계(別有世界)오 봉ᄂᆡ방댱(蓬萊方丈)이러라.

제공이 녈좌(列座)ᄒᆞᄆᆡ ᄌᆞ딜ᄇᆡ(子姪輩) 각각 부공을 뫼셔 말ᄉᆞᆷᄒᆞᆯᄉᆡ 이ᄯᆡ 닌셩·닌광 냥 공ᄌᆡ 부조(父祖)ᄅᆞᆯ 뫼셔 니ᄅᆞᆫ디라. 됴태ᄉᆡ 졍공ᄌᆞ 냥ᄋᆞ의 작셩긔딜(作性氣質)을 볼ᄉᆞ록 탐혹과ᄋᆡ(耽惑過愛)하여 왈

“여등을 보니 창ᄋᆞ 등을 블너 ᄎᆞᄋᆞ(此兒)와 ᄒᆞᆷ긔 안쳐 보고ᄌᆞ ᄒᆞ노라.”

ᄒᆞ니 학ᄉᆡ 웃고 브졀업ᄉᆞ믈 고ᄒᆞᆫᄃᆡ 졍공이 쇼왈(笑曰)

“네 ᄌᆞ녀ᄅᆞᆯ 디금 보디 못ᄒᆞ여시니 녀ᄋᆞᄂᆞᆫ 다려오디 못ᄒᆞ려니와 ᄋᆞᄌᆞᄅᆞᆯ 블너 날을 뵈라.”

니학ᄉᆡ ᄉᆞ부의 명을 니어 하리(下吏)ᄅᆞᆯ 명ᄒᆞ여 됴부의 가 공ᄌᆞᄅᆞᆯ 다 6면 려오라 ᄒᆞ니 원ᄂᆡ 니학ᄉᆞ 부듕(府中)은 셩ᄂᆡ(城內)로ᄃᆡ 됴태ᄉᆞ 집이 태운산 하의 이셔 졍부로 디근(至近)ᄒᆞ고 ᄯᆡ의 니학ᄉᆞ 부인이 ᄌᆞ녀ᄅᆞᆯ 거ᄂᆞ려 귀근(歸覲)[25]ᄒᆞ엿ᄂᆞᆫ디라. 됴태ᄉᆡ 그 외손 남ᄆᆡᄅᆞᆯ 쳔만고

23 신금(信禽): 기러기.

24 셧도라: 섯돌다. 섞여 돌다.

25 귀근(歸覲): 부모를 뵙기 위해 고향으로 돌아감.

(千萬古)의 업ᄂᆞᆫ 별츌작셩(別出作性)으로 아랏다가 오날ᄂᆞᆯ 닌셩 등을 보ᄆᆡ 굿ᄐᆞ여 톄형(體形) 긔딜(氣質)이 다 ᄀᆞᆺᄐᆞᆫ 줄이 아니로ᄃᆡ 작셩픔딜(作性稟質)[26]이 샹하(上下)키 어려오믈 보ᄆᆡ 황홀 긔이ᄒᆞ여 그윽이 깁흔 쥬의(主意) 잇셔 손ᄋᆞ 등을 브ᄅᆞ고ᄌᆞ ᄒᆞ미러라. 이윽고 하리(下吏) 니ᄋᆞ(二兒)ᄅᆞᆯ 다려 ᄃᆡ하(臺下)의 니ᄅᆞ거ᄂᆞᆯ 보니 ᄒᆞ나흔 신댱(身長)이 십 세 남은 ᄃᆞᆺᄒᆞ고 ᄒᆞ나흔 닌셩 등과 톄디(體肢) 방블ᄒᆞ니 원간 쇼ᄋᆞᄂᆞᆫ 니학ᄉᆞ의 친ᄉᆡᆼ이오 대ᄋᆞᄂᆞᆫ 타츌(他出)이니 어더 기ᄅᆞᆫ 셜화ᄂᆞᆫ 하회(下回)의 잇ᄂᆞ니라. 됴태ᄉᆡ 냥손을 보ᄆᆡ ᄋᆡ졍이 흡연(洽然)ᄒᆞ여 이의 손으로 ᄀᆞᄅᆞ쳐 ᄇᆡ례(拜禮)ᄒᆞ라 ᄒᆞ니 냥 공ᄌᆡ 슈명(受命)ᄒᆞ고 모든 ᄃᆡ 나아와 안셔(安舒)[27]히 ᄇᆡ알ᄒᆞ니 태부 이ᄒᆡ(以下) 일시의 ᄉᆞᆯ피건ᄃᆡ 니ᄋᆞ 등의 동디(動止) 슉연(肅然)ᄒᆞ고 녜뫼(禮貌) 딘공(盡恭)ᄒᆞᆯ 쁜 아니라 동탕(動蕩)[28]ᄒᆞᆫ 풍ᄎᆡ와 슈려(秀麗)ᄒᆞᆫ 골격이 츄텬(秋天)의 쇄쇄(灑灑)ᄒᆞᆫ ᄃᆞᆺ 옥쉬(玉樹)[29] 특닙(特立)ᄒᆞᆫ ᄃᆞᆺ 츄상(秋霜)이 늠늠ᄒᆞᆫᄃᆡ 송ᄇᆡᆨ이 창창(蒼蒼)ᄒᆞᆫ ᄃᆞᆺ 뉸ᄋᆡ(胤兒)의 뛰여난 긔딜과 딘쇽(塵俗)의 므드디 아닌 거동이 칠십ᄌᆞ의 후셕을 니을 ᄃᆞᆺᄒᆞ며 덕 되며 그ᄅᆞᆺ다오미 한됴 병길(丙吉)[30] 승상 곳 아니면 당됴 ᄌᆞ긔[31] 대인(大人)의 흡

7면

26 작셩픔딜(作性稟質): 작성품질. 성품과 타고난 기질.

27 안셔(安舒): 안서. 편안하고 조용함.

28 동탕(動蕩): 얼굴이 두툼하고 잘생김.

29 옥쉬(玉樹): 옥수. 아름다운 나무라는 뜻으로, 재주가 뛰어난 사람을 이르는 말.

30 병길(丙吉): 한(漢)나라 선제(宣帝) 때 이름난 재상으로 많은 사람들의 추앙을 받음. 곽광, 소무 등과 기린각에 상(像)이 걸림. 《한서》 〈소무전〉.

31 ᄌᆞ긔: 자기. 미상.

ᄉᆞ(恰似)ᄒᆞ니 너른 니마ᄂᆞᆫ 원옥(原玉)을 ᄡᅡᆨ가시며 모딘 턱은 ᄇᆡᆨ셜(白雪)이 어릐여시니 등원슈[32]의 텬원디방(天圓地方)[33]을 상(像)ᄒᆞ엿고 프른 눈섭은 의의(依依)ᄒᆞ여[34] 가월(佳月)이 셤낭(蟾朗)[35]ᄒᆞ고 ᄇᆞᆰ은 눈은 명경(明鏡)을 거럿ᄂᆞᆫ ᄃᆞᆺ ᄲᅢ혀난 긔운은 슈긔(秀氣)ᄅᆞᆯ 비등(比等)ᄒᆞ여 오악(五嶽)[36]이 어릐여시니 발월(發越)ᄒᆞᆫ 영ᄎᆡ(映彩) ᄂᆞᆺ치 ᄲᅩ이ᄂᆞᆫ디라. ᄒᆞ나흔 교룡(蛟龍) ᄀᆞᆺ고 ᄒᆞ나흔 기산(岐山)[37]의 ᄎᆡ봉(彩鳳) ᄀᆞᆺ거ᄂᆞᆯ 대ᄋᆞ(大兒)의 엄웅(嚴雄) 싀싀ᄒᆞᆫ[38] 노호(老虎) 풍운(風雲)을 니으ᄆᆡ ᄇᆡᆨ싊(百獸) 딘공(震恐)ᄒᆞᆯ 긔습이오 쇼ᄋᆞ(小兒)의 유일(愉逸)ᄒᆞᆫ 거동은 젼연(全然)이 셩ᄌᆞ(聖者)의 긔ᄆᆡᆨ(氣脈)을 타나 셩인디풍(聖人之風)이 가ᄌᆞᆨᄒᆞ거ᄂᆞᆯ 녕녕긔이(盈盈奇異)ᄒᆞ며 광휘(光輝) 휘요(輝耀)ᄒᆞ고 신ᄎᆡ 슈앙(秀仰)ᄒᆞ여 ᄃᆡ샹(臺上)의 빗쵠 ᄃᆞᆯ이 빗출 아이고 •금ᄃᆡ(金臺)의 쵹광(燭光)이 졍긔(精氣)ᄅᆞᆯ 아이니 냥인(兩人)의 ᄐᆞᆨ이ᄒᆞᆷ 곳 아니면 닌셩 등을 ᄃᆡ두(擡頭)ᄒᆞᆯ 지 업ᄂᆞᆫ디라. 태부의 고산(高山) ᄀᆞᆺᄐᆞᆫ 안견(眼見)으로도 ᄎᆞ(此) 냥ᄋᆞ(兩兒)ᄅᆞᆯ 보ᄆᆡ 할연(豁然)이 숨을 길게 쉬고 날호여 그 손을 잡으며 니학ᄉᆞᄅᆞᆯ 향ᄒᆞ여 왈 8면

32 등원슈: 미상.

33 텬원디방(天圓地方): 천원지방. 이마는 둥글고 턱은 네모남.

34 의의(依依)ᄒᆞ여: 의의하다. 풀이 무성하여 싱싱하게 푸르다. 여기의 눈썹의 숱이 많은 것을 형용한 것.

35 셤낭(蟾朗): 섬낭. 달빛이 밝음.

36 오악(五嶽): 사람의 얼굴에서 이마, 코, 턱, 좌우 광대뼈를 가리킴.

37 기산(岐山): 주(周) 문왕(文王)의 덕치로 나라가 잘 다스려지자 기산에 봉황새가 날아와 울었다고 함.

38 싀싀ᄒᆞᆫ: 싀싀ᄒᆞ다. 씩씩하다. 군세고 위엄스럽다.

"ᄎᆞ 냥ᄋᆡ ᄒᆞᆫ낫 문호(門戶)ᄅᆞᆯ 흥긔(興起)ᄒᆞᆯ 쁜 아니라 타일 반ᄃᆞ시 샤딕(社稷)의 간셩(干城)이오 암낭(巖廊)[39]의 태뵈(台輔)[40] 되리니 네 집 늉셩(隆盛)이 이의 더으미 업ᄉᆞ리로다."

니학ᄉᆡ 년망이 ᄇᆡ샤왈(拜謝曰)

"유ᄋᆞ(幼兒) 등의 작용(作用)이 용쇽(庸俗)기ᄅᆞᆯ 면ᄒᆞ엿ᄉᆞ오나 엇디 ᄉᆞ부의 여ᄎᆞ 과댱(誇張)ᄒᆞ시믈 당ᄒᆞ리잇고?"

태뷔 쇼왈(笑曰)

"내 본시 사ᄅᆞᆷ 과장키ᄅᆞᆯ 못 ᄒᆞᄂᆞ니 냥ᄋᆡ 만일 긔셩(旣成)키ᄅᆞᆯ 이ᄀᆞᆺ치 아냐시면 칭션(稱善)키ᄅᆞᆯ 아니리라."

학ᄉᆡ 슌슌(諄諄)이 블감(不堪)ᄒᆞ믈 일ᄏᆞᄅᆞ나 됴공은 쾌ᄒᆞ믈 니긔디 못ᄒᆞ여 태부ᄅᆞᆯ 향ᄒᆞ여 쇼왈

"계원아, 내 냥손의 작셩긔질(作性氣質)이 녕손(令孫) 냥닌(兩人)을 거의 우의 우러러 다 밋디 못ᄒᆞ나 십분의 칠팔은 ᄯᆞᆯ오미 될가 ᄒᆞ노라."

9면 태뷔 답쇼왈(答笑曰)

"양슉[41]의 말이 니의 가ᄌᆞᆨ디 못ᄒᆞ도다. 아손 냥인의 긔픔이 이빈디이ᄌᆞᄅᆞᆯ ᄯᆞᆯ오디 못ᄒᆞᆯ 바ᄂᆞᆫ 업다 ᄒᆞ려니와 실노 나은 곳은 업고 복녹(福祿)으로 의논ᄒᆞᄆᆡᄂᆞᆫ 빈ᄌᆡ[42] 아손 등의게 나으미 이실가 ᄒᆞᄂᆞ니 엇디 닌셩 등만 못ᄒᆞ미 이시리오?"

---

39 암낭(巖廊): 암랑. 행정부 최고 기관. 의정부.

40 태뵈(台輔): 태보. 임금을 돕고 백관을 다스리는 대신. 재상(宰相), 삼공(三公)을 이름.

41 양슉: 양숙. 태사 조겸의 자.

42 빈ᄌᆡ: 빈자. 이빈의 자식.

녜부와 운계ᄂᆞᆫ 젼일 니ᄋᆞ 등을 여러 번 보아시나 좌샹(座上) 졔인(諸人)은 쳐음 보ᄂᆞᆫ디라. 황홀ᄒᆞ여 듕목(衆目)이 분분(紛紛)이 니ᄋᆞ를 바라보며 닌셩 등을 ᄌᆞ셰히 ᄉᆞᆯ펴 고하(高下)를 뎡치 못ᄒᆞ고 그 명ᄌᆞ(名字)와 년치(年齒)를 므ᄅᆞᆫ죽 대ᄋᆞ(大兒)ᄂᆞᆫ 챵닌이니 금년 초팔이오 쇼ᄋᆞ(小兒)ᄂᆞᆫ 챵현이니 금년 오 셰로ᄃᆡ 긔질이 ᄉᆡᆼ이신령(生而神靈)ᄒᆞ여 만ᄉᆡ 탈쇽비범ᄒᆞ니 공안(孔顔)의 도덕을 니을 바ᄂᆞᆫ 챵현이 오히려 챵닌의 디나미 이시니 정ᄋᆞ 낭인으로 더브러 일목디회(一木之花) 갓ᄐᆞ여 톄형덕딜(體形德質)이 방블ᄒᆞᆫ디라. 화·양 이공이 할연(豁然) 칭션(稱善)ᄒᆞ며 니학ᄉᆞ를 향ᄒᆞ여 긔ᄌᆞ(奇子) 두믈 만구(萬口) 칭찬ᄒᆞ니 학ᄉᆡ 블감당이믈 샤ᄉᆞ(謝辭)ᄒᆞ거늘 됴공은 흔흔쾌열(欣欣快悅)ᄒᆞ여 10면
쳥슈미염(淸秀美髥)을 어로만디며 태부를 향ᄒᆞ여 쇼왈(笑曰)

"계원아, 타일의 녕손(令孫)을 취실(娶室)ᄒᆞ여 만일 아손[43] 챵현만 못ᄒᆞ면 엇덜가 시브뇨?"

태뷔 역쇼왈(亦笑曰)

"남녀의 긔셩픔질(氣性稟質)이 다ᄅᆞ거니와 손부(孫婦)를 만일 녕손 갓튼 셩인을 어들딘ᄃᆡ 쇼뎨의 집이 챵셩(昌盛)ᄒᆞ믈 보디 아냐 긔약(期約)ᄒᆞ리니 스ᄉᆞ로 손ᄋᆞ를 칭찬ᄒᆞ고 빈의 유ᄌᆞ(幼子)로뼈 셩ᄌᆞ로 니ᄅᆞ미 도로혀 헛되거니와 ᄋᆞ손과 빈디ᄎᆞᄌᆞ 챵현은 픔딜이 실노 승당입실(升堂入室)의 군ᄌᆞ 되미 브죡디 아니ᄒᆞ고 닌광과 챵닌은 풍ᄎᆡ 영웅의 넉넉ᄒᆞ니 말셰 탁쇽(濁俗)의 ᄎᆞᄋᆞ(此兒) ᄉᆞ인(四人) 이심도 괴이커놀

43 아손: 이창현은 조겸의 외손자.

녀ᄌᆞ(女子) 엇디 챵현 갓ᄐᆞ니 이시리오? 다만 쇼뎨의게 셰낫 손녜 잇셔 ᄇᆡᆨᄋᆞ(伯兒)의 댱녀(長女)[44]ᄂᆞᆫ 금년 이뉵(二六)이니 셩되(性度) 블예(不譽)키ᄅᆞᆯ 면ᄒᆞ여 덕요(德耀)[45]의 상 밧들기ᄅᆞᆯ 효측(效則)ᄒᆞᆯ ᄃᆞᆺᄒᆞ
11면 고 기뎨(其弟) 또 팔 세니 졔 부모의 ᄉᆞ오납디 아니믈 달마 아모 곳의 가도 패악블인(悖惡不仁)ᄒᆞ믈 면ᄒᆞᆯ 만ᄒᆞ고 계ᄋᆞ(季兒)의 일녜(一女)[46] 유하(乳下)ᄅᆞᆯ 면치 못ᄒᆞᆫ 나히로ᄃᆡ 가장 명혜(明慧)ᄒᆞ여 암용(暗庸)치 아닐 ᄃᆞᆺᄒᆞ고 외손녀 상ᄋᆞ 삼인이 다 온냥인ᄌᆞ(溫良仁慈)ᄒᆞ니 쇼뎨 어린 뜻의 손부(孫婦)ᄅᆞᆯ 어더 그 위인이 내 집 손녀들만이나 ᄒᆞᆯ딘ᄃᆡ 셩녀 긔상과 쳘부(哲婦)의 견식(見識)은 감히 구치 못ᄒᆞ노라."

됴공이 쳥필(聽畢)의 쾌열왈(快悅曰)

"형언(兄言)을 드ᄅᆞ니 녕손녀 등이 셰ᄃᆡ의 잇디 아닌 긔딜(貴質)인가 시브니 형이 만일 쇼뎨의 용우(庸愚)ᄒᆞᆷ과 문호(門戶)의 한미(寒微)ᄒᆞ믈 나모라디 아니커든 아손 셰챵으로ᄡᅧ 운ᄇᆡᆨ의 동상(東床)[47]을 모쳠(慕瞻)케 ᄒᆞ고 ᄎᆞ례로 뎡혼(定婚) ᄆᆡᆼ약(盟約)ᄒᆞ여 운ᄇᆡᆨ의 녀와 녀ᄇᆡᆨ의 일교(一嬌)로ᄡᅧ 챵닌과 챵현의 ᄇᆡ우(配偶)ᄅᆞᆯ 결ᄒᆞ여 냥가 ᄌᆞ네 ᄌᆞ라거든 쥬딘(朱陳)의 호연(好緣)[48]을 ᄎᆞ례로 일우미 엇더ᄒᆞ뇨? 창ᄋᆞ 형

44 댱녀(長女): 장녀. 정명염을 가리킴.

45 덕요(德耀): 후한 때 맹광의 자(字). 양홍의 아내. 항상 밥상을 눈썹 위로 들어 올려 남편에게 공손히 바침.

46 계ᄋᆞ(季兒)의 일녜(一女): 계아의 일녀. 정자염을 가리킴.

47 동상(東床): 동쪽 평상이라는 뜻으로, '사위'를 달리 이르는 말. 진(晉)나라의 극감(郄鑒)이 사위를 고르는데, 왕도(王導)의 아들 가운데 동쪽 평상 위에서 배를 드러내고 누워 있는 왕희지를 골랐다는 고사에서 유래함.

뎨ᄂᆞᆫ 형이 목금(目今)의 보ᄂᆞᆫ ᄇᆡ어니와 아손녀ᄂᆞᆫ 형이 보디 못ᄒᆞ여시니 바ᄅᆞᆫᄃᆡ로 고ᄒᆞ리라." 12면

니학ᄉᆞ의 댱녜(長女) 금년 뉵 셰의 ᄇᆡᆨᄉᆞ텬딜이 츌어탈쇽(出於脫俗)ᄒᆞᆷ과 셩ᄒᆡᆼ(性行) 녜뫼(禮貌) 완젼 특이ᄒᆞ믈 일ᄏᆞ라 챵현의게 나리미 업ᄉᆞ믈 ᄌᆞ랑ᄒᆞᆯ시 냥협의 희ᄉᆡᆨ이 녕농(玲瓏)ᄒᆞ고 빵미(雙眉) 춤추어 두굿겨 칭찬ᄒᆞᄂᆞᆫ 말ᄉᆞᆷ이 층쳡(層疊)ᄒᆞ여 존즁(尊重)ᄒᆞᆫ 테위(體位)ᄅᆞᆯ 일ᄂᆞᆫ디라. 태뷔 비록 니ᄒᆡᆨᄉᆞ의 녀ᄋᆞᄅᆞᆯ 보디 못ᄒᆞ여시나 ᄒᆡᆨᄉᆞ의 대현(大賢) 긔상(氣像)과 됴부인의 아ᄅᆞᆷ다오므로써 ᄌᆞ녀ᄅᆞᆯ 두ᄆᆡ 닌ᄋᆞ(麟兒)[49] 봉츄(鳳雛)[50] 갓ᄐᆞ여 범됴(凡鳥)의 삿기와 다ᄅᆞ믈 딤작ᄒᆞ나 십 셰 ᄎᆞ디 못ᄒᆞᆫ ᄌᆞ녀ᄅᆞᆯ 가져 혼인 뎡약ᄒᆞ미 타일 ᄉᆞ고(事故)ᄅᆞᆯ 측냥치 못ᄒᆞᆯ ᄇᆡ오 혹ᄌᆞ 피ᄎᆞ 쳣 뜻과 갓디 못ᄒᆞᆯ가 ᄒᆞ여 흔연(欣然) ᄉᆞ샤왈(謝辭曰)

"형이 쇼뎨의 나ᄌᆞᆫ 가문과 손ᄋᆞ 등의 용우(庸愚)ᄒᆞ믈 념치 아냐 쥬딘(朱陳)의 호연(好緣)을 일우고져 ᄒᆞ니 감샤치 아니리오마ᄂᆞᆫ 아ᄃᆡᆨ 십 셰도 못 된 유ᄌᆞ유녀(幼子幼女)ᄅᆞᆯ 가져 혼인을 뎡ᄒᆞ믄 일이 블가ᄒᆞᆫ디 13면 라. 빈과 가ᄋᆞ(家兒) 등이 이신일심(二身一心)으로 관포(管鮑)[51]의 디긔(知己)와 유종(兪鍾)[52]의 디음(知音)을 효측고져 ᄒᆞ니 ᄌᆞ녀혼취(子女

---

48 쥬딘(朱陳)의 호연(好緣): 주진의 호연. 중국 서주(徐州) 고풍현(古豊縣)의 한 마을에 주씨와 진씨 두 성씨만 살았는데 대대로 두 집안끼리 혼인하며 평화롭게 살았다는 전설에서 '주진지호(朱陳之好)'는 혼인의 인연을 뜻하게 됨. 당나라 시인 백거이가 쓴 5언시 〈주진촌〉으로 인해 널리 알려짐.

49 닌ᄋᆞ(麟兒): 인아. 기린아(麒麟兒). 지혜와 재주가 매우 뛰어난 사람.

50 봉츄(鳳雛): 봉추. 봉황의 새끼. 지략이 뛰어난 젊은이를 비유적으로 이르는 말.

51 관포(管鮑): 관중과 포숙아. 신분과 지위를 뛰어넘은 두 사람의 관계는 돈독한 친구 사이를 뜻하는 관용적 표현이 되었음.

婚娶)ᄅᆞᆯ 비록 뎡약(定約)디 아냐도 타일 냥가 ᄋᆞᄒᆡ ᄌᆞ라면 져희 셔로 의논ᄒᆞ여 녜ᄅᆞᆯ 일울 거시니 형과 쇼뎨 손ᄋᆞ의 셩당(成長)ᄒᆞ여ᄂᆞᆫ 각각 졔 아비 ᄌᆞ녀셩취(子女成娶)ᄅᆞᆯ 볼 ᄯᆞᄅᆞᆷ이니 아등의 의논ᄒᆞᆯ ᄇᆡ 아니라. 연이나 녕손 셰챵은 나히 이팔을 당ᄒᆞ여 대댱부의 틀을 일워실 ᄲᅳᆫ 아니라 거츄(去秋)의 댱원(壯元)으로 봉각(鳳閣)[53]의 관셴을 느리오고 난좌(鸞座)[54]의 붓ᄉᆞᆯ 잡아 ᄉᆞ긔(史記)ᄅᆞᆯ 초(草)ᄒᆞᄂᆞᆫ 명환(名宦)이 되여 튱회(忠孝) 가ᄌᆞᆨᄒᆞ니 맛당이 셩녀슉완(聖女淑婉)을 갈희여 문호(門戶)ᄅᆞᆯ 빗ᄂᆡ고 아손 갓ᄐᆞᆫ 유튱미약(幼沖微弱)을 취치 아냠 ᄌᆞᆨᄒᆞᆫ디라. 만일 녕손의 홍원관대(弘遠寬大)ᄒᆞ미 유튱(幼沖) ᄋᆞ녀(兒女)의 블민(不敏)ᄒᆞ믈 ᄎᆡᆨ망(責望)치 아닐딘ᄃᆡ 죵용(從容)이 ᄉᆡᆼ각ᄒᆞ여 각각 ᄌᆞ녀의 위인을 혜아려 결단ᄒᆞ고 그 한아비 된 ᄌᆡ 슈고로이 뎡친(定親)ᄒᆞ미 블가ᄒᆞ도다."

14면

됴공이 쳥흘(聽訖)의 블낙왈(不樂曰)

"쇼뎨 챵현 등의 외죄(外祖)오 형이 닌ᄋᆞ 등의 조뷔(祖父)니 각각 졔 아비 잇다 ᄒᆞ고 여ᄎᆞ 호연(好緣)을 뎡치 아니미 도로혀 답답ᄒᆞ도다. 쇼뎨 비록 상법(相法)은 모로나 그 위인의 쳔단(淺短) 박복(薄福)홈과

52 유종(兪鍾): 유백아와 종자기. 유백아는 거문고의 명수였으며, 종자기는 그의 음악을 누구보다도 잘 이해한 친구였음.

53 봉각(鳳閣): 당나라 측천무후 때 중서성(中書省)의 별칭. 당나라 성립 후 중서성은 조칙문을 기초하고 황제의 비답을 관장하는 업무를 했음. 중서성은 명 태조인 홍무제 13년(1380)에 폐지되었으므로 여기에서는 대궐의 문서를 맡아보는 기구를 의미하는 것으로 보임.

54 난좌(鸞座): 난좌은대(鸞座銀臺)의 줄임말로 보임. 임금이 앉는 자리와 임금의 출납이나 명령을 받아 문서를 꾸미는 일을 맡아보던 곳.

존귀(尊貴) 유복ᄌᆞ(有福者)를 거의 짐작ᄒᆞᄂᆞ니 챵현의 남ᄆᆡ 박복 요몰(夭沒)홀 ᄋᆞ희 아니오 녕손 등이 ᄯᅩᄒᆞᆫ 비상ᄒᆞᆫ 복녹이 낫타나니 슈화(水火)[55]의 드러도 위틔홀 념녀ᄂᆞᆫ 업술디라. 녕손녀 등이 반ᄃᆞ시 특이ᄒᆞᆫ 픔질(稟質)이 쇼데 보디 아냐 알므로 미리 호연(好緣)을 언약ᄒᆞ여 금일 완월ᄃᆡ의셔 여러 길ᄉᆞ(吉事)를 뎡코ᄌᆞ ᄒᆞ엿더니 형이 아손 등을 브죡히 넉이ᄂᆞᆫ가 쾌ᄒᆞᆫ 허락을 아니 ᄒᆞ고 ᄌᆞ라기를 기다려 그 부뫼 뎡혼케 ᄒᆞ니 기간 ᄉᆞ고를 엇디 알니오? 형은 군ᄌᆞ 대량(大量)이라 쾌허(快許)ᄒᆞ여 아모 ᄉᆞ괴 잇셔도 금일ᄉᆞ(今日事)를 실신(失信)치 말게 ᄒᆞ미 엇더ᄒᆞ뇨?"

태뷔 미급답(未及答)의 됴태우 뎡[56]이 피셕궤고(避席跪膀) 왈

"쇼ᄌᆡ 냥 대인 답논(答論)ᄒᆞ시ᄂᆞᆫ 바의 우의(愚意)를 딘달(進達)ᄒᆞ오미 황공ᄒᆞ오나 미돈(迷豚) 셰챵이 당부의 홍대(弘大)ᄒᆞ온 식견이 업ᄉᆞ오나 운빅 형의 쇼교(小嬌)를 구ᄒᆞ와 식부(息婦)를 삼고ᄌᆞ ᄒᆞ오미 그ᄌᆞ(其子)의 외람(猥濫)ᄒᆞ오나 년슉(緣叔)[57]이 각각 ᄌᆞ녀의 인믈을 혜아려 결ᄒᆞ라 ᄒᆞ시니 디ᄌᆞ(知子)ᄂᆞᆫ 막여뷔(莫如父)[58]라. 쇼딜(小姪)이 미렬(微劣)ᄒᆞ오나 셰챵의 위인을 아옵ᄂᆞ니 녀ᄌᆞ의게 죵요롭디ᄂᆞᆫ 못ᄒᆞ오ᄃᆡ 광패(狂悖)ᄒᆞ여 녀ᄌᆞ의 젼졍(前程)을 그ᄅᆞ게 ᄒᆞ든 아니 ᄒᆞ오리니[59] 년슉(緣叔)이 허ᄒᆞ시고 운빅 형이 나모라지 아니홀딘ᄃᆡ 결승 15면

---

55 슈화(水火): 수화. 물과 불. 재난.

56 됴태우 뎡: 조태우 정. 태사 조겸의 아들 조정.

57 년슉(緣叔): 연숙. 아저씨라고 부를 만한 친지.

58 디ᄌᆞ(知子)ᄂᆞᆫ 막여뷔(莫如父): 자식을 알아보는 데는 아비만 한 자가 없다는 뜻.

59 년슉(緣叔)이 각각 ~ 아니 ᄒᆞ오리니: 규장각본에는 이 부분이 누락됨.

(結繩)의 가연(佳緣)을 슈히 일우고ᄌᆞ ᄒᆞᄂᆞ이다."

태뷔 쇼왈(笑曰)

"셩방[60]은 닙신(立身)ᄒᆞᆫ ᄋᆞᄃᆞᆯ을 두어시니 혼취(婚娶)를 밧바 ᄒᆞ미 괴이치 아니ᄒᆞᄃᆡ 냥슉[61]은 어린 외손의 혼인을 뇌약(牢約)디 못ᄒᆞ여 굼거이[62] 넉이미 여ᄎᆞᄒᆞ니 엇디 이상치 아니리오? 혼취ᄂᆞᆫ 빈이 결ᄒᆞᆯ ᄇᆡ니 우리 간셥ᄒᆞᆯ ᄇᆡ 아니어니와 형의 답답이 넉이미 거의 ᄆᆞ음을 딘뎡치
16면 못ᄒᆞ기의 밋ᄎᆞ니 쇼뎨의 ᄆᆞ음인즉 타일 ᄉᆞ괴(事故) 잇셔도 닌ᄋᆞ 등으로 믈니치지 못ᄒᆞᆯ 줄 아ᄂᆞ니 냥슉은 그만 알고 셩방은 가돈(家豚)으로 의논ᄒᆞ여 결ᄒᆞ라."

됴공 부ᄌᆡ 미급답(未及答)의 양·화 이공이 쇼디왈(笑之曰)

"냥슉은 니ᄋᆞ[63] 등을 위ᄒᆞ여 결친(結親)코ᄌᆞ ᄒᆞ미니 아등도 닌ᄋᆞ의 외죄(外祖)라 엇디 참예(參預)치 못ᄒᆞ리오? 냥슉의 언ᄂᆡ의 셕보[64]의 녀로뼈 한아비만 못ᄒᆞ다 ᄒᆞ니 이ᄂᆞᆫ 닌셩의 ᄇᆡ우(配偶)를 빗ᄂᆡ려 ᄒᆞ미어니와 무졍(無情) 셰월이 약뉴패(若流波)라 그 언마 ᄒᆞ리오? 냥슉의 쇼쳥(所請)을 조ᄎᆞ 계원이 쾌허ᄒᆞ고 운빅 형뎨와 셕뵈 구든 언약을 두ᄂᆞᆫ 거시 맛당ᄒᆞ고 셩방은 닙신ᄒᆞᆫ ᄋᆞᄃᆞᆯ을 두고 며ᄂᆞ리 보미 밧블디라. ᄃᆞᆺ 우히셔 친ᄉᆞ(親事)[65]를 뇌뎡(牢定)ᄒᆞ여 슈히 길녜(吉禮)를 일우미

---

60 셩방: 성방. 조겸의 아들이자 조세창의 부친인 조정의 자.

61 냥슉: 양숙. 조겸의 자.

62 굼거이: 궁금하게. 굼거이는 궁금하다는 뜻인 '굼굼ᄒᆞ다'의 활용으로 보임.

63 니ᄋᆞ: 니아. 조겸의 외손들, 즉 이창현 등을 가리킴.

64 셕보: 석보. 이빈의 자.

65 친ᄉᆞ(親事): 친사. 혼담

올치 아니랴?"

됴태ᄉᆡ 냥공의 말이 디당ᄒᆞ다 ᄒᆞ고 쳥계 곤계와 니학ᄉᆞ를 ᄃᆡᄒᆞ여 뎡혼 ᄆᆡᆼ약ᄒᆞ라 ᄒᆞ니 태뷔 쇼왈(笑曰)

"이제 어린 ᄌᆞ녀ᄅᆞᆯ 가져 의혼(議婚)ᄒᆞ미 블ᄉᆞ(不似)ᄒᆞ나 냥가 문미(門楣)[66] 가벌(家閥)[67]과 ᄌᆞ녀의 위인이 셔로 겸손ᄒᆞᆯ ᄇᆡ 업ᄉᆞ니 냥슉의
압ᄒᆡ셔 ᄆᆡᆼ약ᄒᆞ여 후일 실신치 못ᄒᆞᆯ 줄노 결(決)ᄒᆞ라." 17면

쳥계 등이 공경문피(恭敬聞罷)의 ᄇᆡ이슈명(拜而受命)이어ᄂᆞᆯ 뎡국공 상연이 쇼왈(笑曰)

"금야의 악댱(岳丈)과 졔위(諸位) 존공(尊公)을 뫼셔 완월ᄃᆡ 샹(上)의셔 월ᄉᆡᆨ(月色)을 유완(遊玩)코져 ᄒᆞ엿ᄉᆞᆸ더니 ᄀᆡ약디 아닌 ᄋᆞ쇼(兒少)의 친ᄉᆞ(親事)ᄅᆞᆯ 뎡약(定約)게 되오니 아등(我等)은 졍·니·됴 회ᄆᆡᆼ(會盟)ᄒᆞᄂᆞᆫ 바의 증인이 되여 일후(日後) 셩친(成親)커든 하쥬(賀酒)ᄅᆞᆯ 만히 밧ᄉᆞᆸ고 만일 그 ᄉᆞ이의 ᄒᆞ나히나 ᄇᆡ약(背約)ᄒᆞᄂᆞᆫ ᄌᆡ 잇거든 금일을 닐러 무상(無狀)ᄒᆞ믈 ᄭᅮ짓고 인뉴(人類)의 튱슈(充數)치 못ᄒᆞ게 ᄒᆞ리이다."

졔공(諸公)이 칭쇼왈(稱笑曰)

"무슉의 말이 뎡논(正論)이니 좌샹(座上)이 ᄒᆞᆫ가디로 증인이 되리라."

니학ᄉᆡ 잠쇼왈(潛笑曰)

"증인이 잇디 아니타 군ᄌᆞ 일언(一言)이 쳔년블개(千年不改)라. 금야의 빈이 ᄉᆞ부의 명을 밧드러 운ᄇᆡᆨ·녀ᄇᆡᆨ과 어린 ᄌᆞ녀ᄅᆞᆯ 가져 위약혼인

66 문미(門楣): 가문.

67 가벌(家閥): 한 집안의 사회적 지위.

(爲約婚姻)ᄒᆞ니 피ᄎᆞ의 ᄉᆞ망디홰(死亡之禍) 잇셔도 엇디 실신ᄇᆡ약(失信背約)ᄒᆞ리오?"

청계 쇼왈

18면 "셕보ᄂᆞᆫ 이리 니ᄅᆞ디 말고 다만 닌ᄋᆞ로ᄡᅧ ᄉᆞ회로 알며 아녀와 딜녀(姪女)로ᄡᅧ 며ᄂᆞ리로 아라 길흉화복(吉凶禍福)과 우환비락(憂患悲樂)을 ᄒᆞᆫ가디로 ᄒᆞᆯ딘ᄃᆡ 엇디 금일 회ᄆᆡᆼ(會盟)이 헛되리오?"

운계 니어 ᄃᆡ왈(對曰)

"가군(家君)이 명ᄒᆞ시고 샤ᄇᆡᆨ(舍伯)이 니형으로 더브러 뎡ᄆᆡᆼ(定盟)ᄒᆞ시니 삼이 ᄯᅩᄒᆞᆫ 녕녀(令女)로ᄡᅧ 어든 며ᄂᆞ리로 알고 녕윤(令允)으로ᄡᅧ 어든 ᄉᆞ회로 아라 혹ᄌᆞ 기간(其間) 블여의(不如意)ᄒᆞᆫ 일이 잇셔도 맛ᄎᆞᆷᄂᆡ 브졀업ᄉᆞᆯ가 ᄒᆞ노라."

인ᄒᆞ여 각각 뎡혼ᄒᆞᆯᄉᆡ 청계 댱녀[68]로ᄡᅧ 셰챵과 결혼ᄒᆞ고 닌셩으로ᄡᅧ 니학ᄉᆞ 녀[69]로 뎡혼ᄒᆞ고 운계의 일녀[70]로ᄡᅧ 챵현과 뎡혼ᄒᆞ니 군ᄌᆞ의 언약이 쳔년블개(千年不改)오 길흉 간 밧괴디 아닐 거시어ᄂᆞᆯ 됴태ᄉᆞ의 깃거ᄒᆞ며 밧바ᄒᆞ미 슈일 ᄂᆡ로 못 되믈 한ᄒᆞ더라. 태부 부ᄌᆡ 챵닌이 니학ᄉᆞ의 친ᄉᆡᆼ이 아니믈 모로미 아니오 학ᄉᆡ ᄯᅩ ᄉᆞ부와 청계 곤계(昆
19면 季)의게 챵닌이 친ᄉᆡᆼᄌᆡ(親生子) 아니믈 분명이 고ᄒᆞ미 이시나 당ᄎᆞ시ᄒᆞ여 굿ᄐᆞ여 일캇디 아니믄 챵닌 대효(大孝)로ᄡᅧ ᄎᆞᄉᆞ롤 알딘ᄃᆡ 그 ᄉᆡᆼ부모롤 아디 못ᄒᆞᄂᆞᆫ 디통(至痛)이 딜병(疾病)을 닐윌디라 아딕 ᄎᆞᆷ

---

68 청계 댱녀: 청계 장녀. 청계공 정잠의 맏딸 명염.

69 니학ᄉᆞ 녀: 이학사 여. 이빈의 맏딸 자염.

70 운계의 일녀: 정삼의 딸 자염. 이창현의 부인이자 이빈의 며느리.

아 그 댱셩키ᄅᆞᆯ 기다려 죵용이 니ᄅᆞ고 ᄒᆞᆫ가디로 텬하ᄅᆞᆯ 두로 도라 그 부모ᄅᆞᆯ ᄎᆞᄌᆞ 챵닌으로 ᄒᆞ여곰 텬눈(天倫)을 온젼코져 쥬의(主意)ᄅᆞᆯ 뎡ᄒᆞ고 맛ᄎᆞᆷᄂᆡ 개구(開口)치 아니미오 태부 부ᄌᆡ(父子) 사ᄅᆞᆷ의 상모(相貌)와 어음(語音)으로좃ᄎᆞ 사ᄅᆞᆷ의 길흉화복을 디긔(知機)ᄒᆞᄂᆞᆫ ᄇᆡ라. 챵닌이 비록 부모ᄅᆞᆯ 실니(失離)ᄒᆞ고 니학ᄉᆞ의 슈양(收養)ᄒᆞ미 되여시나 박복명궁디인(薄福命窮之人)이 아니오 무궁ᄒᆞᆫ 복녹(福祿)과 슈한(壽限)이 댱원(長遠)ᄒᆞ며 부귀 극ᄒᆞᆯ 바ᄂᆞᆫ 오ᄒᆡ려 닌셩 등의 니ᄂᆞᆫ디라. 그 근본이 쳔누(賤陋)치 아니믈 ᄇᆞᆰ히 딤작ᄒᆞ더라. 니학ᄉᆞ의 녀ᄋᆞᄂᆞᆫ 상셰 년젼(年前)의 보앗던 고로 그 비상탈쇽(非常脫俗)ᄒᆞ미 피ᄎᆞ ᄌᆞ녀의 겸손(謙遜)ᄒᆞ미 업ᄉᆞ믈 흔열(欣悅)ᄒᆞ고 듁마동학디졍(竹馬同學之情)이며 관포(管鮑)의 디긔(知己)로ᄡᅧ 다시 ᄌᆞ녀로 겹겹 후의(厚誼)ᄅᆞᆯ 밋게 되믈 흔흔낙낙(欣欣樂樂)ᄒᆞ여 화담쇼에(和談笑語) 긋치지 아니터라. 됴태ᄉᆡ 숀ᄋᆞ 등의 결혼ᄒᆞ믈 블승쾌열(不勝快悅)ᄒᆞ 20면
여 만면(滿面) 우음으로 챵닌 형뎨와 닌셩으로 ᄒᆞ여곰 각각 다시 졀ᄒᆞ여 구싱디녜(舅甥之禮)[71]ᄅᆞᆯ 힝ᄒᆞ라 ᄒᆞ니 태뷔 쇼왈(笑曰)

"챵ᄋᆞ 등과 닌ᄋᆡ 각각 홍신(鴻信)을 젼ᄒᆞᄂᆞᆫ 날이면 구싱디의(舅甥之義)ᄅᆞᆯ 남이 젼ᄒᆞᆯ 나의[72] 업시 힝ᄒᆞ려니와 냥슉이 ᄋᆞᄒᆡ 노리ᄅᆞᆯ 됴화ᄒᆞ니 긔 므어시 어려오리오? 여등은 쾌히 졀ᄒᆞ여 금야 ᄆᆡᆼ약을 져ᄇᆞ리디 아

---

71 구싱디녜(舅甥之禮): 구생지례. 구생지의는 장인과 사위 혹은 외삼촌과 생질 사이인데, 여기에서 창린 형제와 인성은 두 경우 다 해당 사항이 없음. 인성이 창린, 창현 형제의 여동생 이자염과 혼인했으므로 창린 형제는 인성에게 처남 혹은 형님이 되는 사이. 여기에서는 이 경우에도 사용되었음.

72 나의: 나위.

니믈 븕히라."

삼공ᄌᆡ 슈명(受命)ᄒᆞ고 각각 ᄇᆡ례(拜禮)ᄒᆞᆯᄉᆡ 찬난ᄒᆞᆫ 춘광(春光)과 슈이(殊異)ᄒᆞᆫ 격죄(格調) 앙앙쇄락(仰仰灑落)ᄒᆞ여 볼ᄉᆞ록 뇽종닌츄(龍種麟雛) 갓ᄐᆞ니 쳥계의 단믁(端默)ᄒᆞᆷ과 니학ᄉᆞ의 침위ᄒᆞ므로도 희동안식(喜動顔色)ᄒᆞ여 각각 집슈ᄋᆡ듕(執手愛重)ᄒᆞ여 ᄋᆡ셔(愛婿)·쾌셔(快婿)라 ᄒᆞ고 운계의 졍숙ᄒᆞ므로도 챵현을 무ᄋᆡ왈(撫愛曰)

"나의 쇼교(小嬌)와 너 니ᄌᆡ(二子) 언졔 ᄌᆞ라 금야(今夜) ᄆᆡᆼ약(盟約)을 셩젼(成全)ᄒᆞᆯ고?"

ᄒᆞ니 태부와 됴·양·화 삼공이 못ᄂᆡ 두굿겨 삼ᄋᆞᄅᆞᆯ 명ᄒᆞ여 금야승회(今夜勝會)로 졔(題)ᄒᆞ고 글을 디으라 ᄒᆞ니 삼ᄋᆡ 슈명(受命)이어ᄂᆞᆯ

21면 이의 ᄇᆡ작(栢爵)을 날녀 즐길ᄉᆡ 됴태[73] 니광의 손을 잡고 쇼왈(笑曰)

"운계 ᄉᆞ 셰 녀ᄋᆞ의 결승(結繩)을 언약ᄒᆞᄃᆡ 뉵 셰 ᄋᆞᄌᆞ의 혼ᄉᆞᄂᆞᆫ 의논치 아니니 신낭 ᄌᆡ목(材木)이 닌셩만 못ᄒᆞ미냐? 내 보ᄆᆡᄂᆞᆫ 기형의 나리미 업ᄂᆞ니 셩방의 년치(年齒) 상젹(相敵)ᄒᆞᆫ[74] ᄯᆞᆯ이 업셔 문난(門欄)의 광ᄎᆡᄅᆞᆯ 닐위디 못ᄒᆞ믈 가탄가탄(可嘆可嘆)이로다. 어ᄃᆡ 가 셩녀숙완(聖女淑婉)을 듯보아 특별이 듕ᄆᆡ 되리라."

언미필(言未畢)의 태우 댱헌이 좌ᄅᆞᆯ 써나 태부 알패 나아가 졀ᄒᆞ여 왈

"뎨ᄌᆡ 미쳔ᄒᆞᆫ 문호(門戶)와 비루(鄙陋)ᄒᆞᆫ 위인으로ᄡᅧ 감히 운계 형의 옥윤(玉允)으로 동상(東床)을 삼고ᄌᆞ ᄒᆞ오미 외람ᄒᆞ오나 ᄉᆞ부의 늉산ᄒᆡ활디덕음(隆山海闊之德音)이 뎨ᄌᆞ의게 덥혓ᄉᆞᆸᄂᆞᆫ디라. 쇼녀ᄅᆞᆯ 됴

---

73 됴태: 조태사를 가리키는 것으로 보임. 규장각본에도 '조틔'로 되어 있음.

74 상젹(相敵)ᄒᆞᆫ: 상적하다. 양편의 처지나 실력이 서로 비슷하다.

셕(朝夕)으로 보시ᄂᆞᆫ ᄇᆡ오 그 용누(庸陋)치 아니믈 거의 ᄉᆞᆯ펴 아ᄅᆞ시ᄂᆞᆫ ᄇᆡ오니 닌광을 구ᄒᆞ와 뎡밍(定盟)코져 ᄒᆞ오ᄃᆡ ᄉᆞ부의 셩의(聖意)ᄅᆞᆯ 아디 못ᄒᆞ옵고 운계 형의 고의(高意)ᄅᆞᆯ 모로와 유예미발(猶豫未發)ᄒᆞ옵더니 됴연슉(緣叔)이 셩방의 ᄯᆞᆯ이 업ᄉᆞ믈 탄ᄒᆞ시고 슉녀ᄅᆞᆯ 구ᄒᆞ여 닌광을 가취(嫁娶)코져 ᄒᆞ실ᄉᆡ 감히 외람ᄒᆞ믈 닛고 알외옵ᄂᆞ니
쇼녀와 뎡밍(定盟)ᄒᆞ믈 운계 형의게 명ᄒᆞ옵쇼셔.” 22면

셜파(說罷)의 ᄉᆞ식(辭色)이 착급(着急)ᄒᆞ여 혹ᄌᆞ 허락디 아닐가 만분초조(萬分焦燥)ᄒᆞ고 그 일흔 ᄋᆞᄃᆞᆯ[75]이 목젼(目前)의 이시ᄃᆡ 아디 못ᄒᆞ니 이ᄂᆞᆫ 텬뉸(天倫)이 단합(團合)디 못ᄒᆞ여 아득 뇨연(窈然)ᄒᆞ미러라. 태뷔 댱헌디녀의 비상 특이ᄒᆞ믈 볼 젹마다 할연(豁然) 칭찬ᄒᆞ여 텬하ᄅᆞᆯ 널니 도라도 댱녀 월ᄋᆞ ᄀᆞᆺ튼 슉녀ᄅᆞᆯ ᄐᆡᆨᄒᆞ기 쉽디 아니리라 ᄒᆞ던 ᄇᆡ니 엇디 댱시 문미(門楣) 졍시ᄅᆞᆯ 당치 못ᄒᆞ며 헌의 위인이 니빈 등과 ᄂᆡ도ᄒᆞ므로ᄡᅧ 여ᄎᆞ 간졀ᄒᆞ믈 믈니치리오마ᄂᆞᆫ 헌의 셩졍(性情)이 ᄀᆞᆺ디 못홈과 부귀ᄅᆞᆯ 흠모ᄒᆞᄂᆞᆫ 픔도(稟度)ᄅᆞᆯ 혜아리ᄆᆡ 비록 이ᄊᆡ의 언약(言約)을 두나 타일 실신(失信)ᄒᆞ미 쉬울 줄 혜아려 한가히 웃고 왈 “너ᄂᆞᆫ 빈 등과 다ᄅᆞ미 잇셔 날과 ᄉᆞ뎨디의(師弟之義) 이실 쁜 아냐 집이 쟝원(牆垣)을 격ᄒᆞ고 협문(夾門)[76]을 두어 ᄂᆡ외(內外) 됴왕모ᄅᆡ(朝往暮來)ᄒᆞ니 네 아니면 잠 등의 안항(雁行)이 업ᄂᆞᆫ ᄃᆞᆺᄒᆞ고 내 아니면 너의 우럴 곳이 업ᄉᆞᆯ ᄃᆞᆺᄒᆞᆫ디라. 우환고락(憂患苦樂)이 일체니 어이 내 ᄆᆞ음이 너ᄅᆞᆯ 잠 등과 달니 알니오? 네 삼의 ᄋᆞᄃᆞᆯ을 구ᄒᆞ여 동상(東床)

75 일흔 ᄋᆞᄃᆞᆯ: 잃은 아들. 이빈이 기르고 있던 이창린.

76 협문(夾門): 좌우에 달린 작은 문.

23면 을 삼고ᄌᆞ ᄒᆞᄆᆡ 아모 딜족ᄌᆡ(疾足者) 잇셔도 아이디 아닐 ᄇᆡ오 네 ᄯᆞᆯ
노뼈 삼의 며ᄂᆞ리ᄅᆞᆯ 삼으려 ᄒᆞ면 미리 뎡약(定約)디 아냐도 연분(緣
分) 곳 이시면 버셔나디 못ᄒᆞ리니 너ᄂᆞᆫ 이ᄃᆡ도록 ᄎᆞᆨ급히 구디 말나.”
헌이 져슈문파(低首聞罷)의 블승초민(不勝焦悶)ᄒᆞ여 다시 졀ᄒᆞ며 쳥
코져 ᄒᆞ거ᄂᆞᆯ 태뷔 헌의 셩졍(性情)이 온듕(穩重)치 못ᄒᆞ여 아모 일이
라도 ᄯᅳᆺ을 일우디 못ᄒᆞ면 우환(憂患)을 삼ᄂᆞᆫ디라. 반ᄃᆞ시 쳥ᄒᆞ고 비
러 블ᄉᆞ(不思)ᄒᆞᆫ 거조(擧措)의 니ᄅᆞᆯ 줄 혜아리ᄆᆡ ᄎᆞᆯ하리 허ᄒᆞ여 사ᄅᆞᆷ
의 우은 거조ᄅᆞᆯ ᄂᆡ디 아니미 올타 ᄒᆞ고 이의 쇼왈(笑曰)
“너의 조급ᄒᆞ미 향ᄂᆡ(向來) 됴형과 ᄀᆞᆺᄐᆞᆫ디라. 내 엇디 허치 아냐 너의
답답히 넉이믈 보리오? 모로미 삼과 의논ᄒᆞ여 뎡약(定約)ᄒᆞ게 ᄒᆞ려니
와 여녀(汝女)의 녕농슈형(玲瓏秀炯)ᄒᆞ미 내 도로혀 외람이 넉이노라.”
헌이 ᄉᆞ부의 늉은대덕(隆恩大德)이 밋디 아닌 곳이 업셔 ᄌᆡᄇᆡ샤례(再
拜謝禮) 왈
“쇼ᄌᆞ의 나ᄌᆞᆫ 문호(門戶)와 더러온 위인을 허믈치 아니샤 쇼녀로뼈
놉히 닌광의 ᄇᆡ우(配偶)ᄅᆞᆯ 허ᄒᆞ시니 일마다 ᄉᆞ부의 은덕을 각골감심
24면 (刻骨感心)ᄒᆞᆯ ᄯᆞᄅᆞᆷ이라. 엇디 다언을 베플니잇고? 다만 운계 형이 쇼
ᄌᆞᄅᆞᆯ 비루(卑陋)히 넉여 친옹(親翁) 되믈 즐기디 아닐가 ᄒᆞᄂᆞ이다.”
쳐ᄉᆡ 미급답의 상공이 쇼왈(笑曰)
“후ᄇᆡᆨ은 브졀업ᄉᆞᆫ 칭은숑덕(稱恩頌德)을 날회고 언약을 굿게 ᄒᆞ라.
아등으로뼈 증인을 삼아 피ᄎᆞ ᄇᆡ약(背約)디 못ᄒᆞ게 ᄒᆞ고 녀ᄇᆡᆨ이 닌광
으로뼈 형의 동상(東床)을 삼디 못ᄒᆞᆯ가 겁ᄒᆞᆯ디언졍 형을 나모라믄 업
ᄉᆞ리라.”
당헌이 호호(浩浩)히 웃고 손을 드러 하날을 ᄀᆞᄅᆞ쳐 밍셰왈(盟誓曰)

“ᄒᆞᆫ갓 상무슉[77]이 증인이 될 쁜 아냐 댱후ᄇᆡᆨ[78]이 완월ᄃᆡ 샹의셔 쇼교(小嬌) 월ᄋᆞ와 졍ᄌᆞ 닌광으로 결승(結繩)을 언약(言約)ᄒᆞᄆᆡ 벽공(碧空)의 셩신(星辰)이 버럿고 명월(明月)이 여쥬(如晝)ᄒᆞ여 증인이 되시니 댱부(丈夫) 일언(一言)이 쳔년블개(千年不改)라. 여ᄎᆞ ᄆᆡᆼ약을 두고 실신ᄇᆡ약(失信背約)ᄒᆞᆯ딘ᄃᆡ 인면슈심(人面獸心)을 니ᄅᆞ디 말고 계원우마졔양디ᄂᆔ(鷄猿牛馬猪羊之類) 되리니 어이 사ᄅᆞᆷ이라 ᄎᆡᆨᄒᆞ리오?”

언파(言罷)의 눈섭을 줌추고 냥익(兩翼)을 으슭거려 슬겁고 쾌ᄒᆞ믈 니긔디 못ᄒᆞ거ᄂᆞᆯ 졍시랑 형뎨와 졍시독[79]이 쇼왈

“후ᄇᆡᆨ이 ᄋᆡ녀(愛女)의 쥬딘호연(朱陳好緣)을 뎡약(定約)ᄒᆞᄆᆡ 몬져 듕 25면
ᄆᆡᆼ(重盟)을 발ᄒᆞ여 아모 ᄉᆞ괴(事故) 잇셔도 변치 아닐 ᄃᆞ시 ᄒᆞ거니와
말이 과거ᄒᆞ여 맛ᄎᆞᆷᄂᆡ 헛되니 쳥컨ᄃᆡ 셕보로브터 후ᄇᆡᆨ이 다 ᄆᆡᆼ약(盟
約)ᄒᆞ므로뼈 글을 디어 다시 듕약(重約)을 두라.”

헌이 쇼왈(笑曰)

“형 등의 말이 맛당ᄒᆞ니 쇼뎨 교(敎)ᄅᆞᆯ 밧드러 글을 디어 밧치리라.”

쳐ᄉᆡ ᄌᆞ약(自若)히 우어 왈

“댱형이 닌광의 블초(不肖)ᄒᆞ믈 몰나 쳔금교옥(千金嬌玉)을 허ᄒᆞ니 블승감격(不勝感激)ᄒᆞᆫ디라. 엇디 브졀업시 문ᄌᆞᄅᆞᆯ 깃쳐 듕ᄆᆡᆼ(重盟)을 가ᄇᆡ야이 넉이미 올흐리오?”

---

77 상무슉: 상무숙. 무숙은 상연의 자. 상연은 정태요의 남편임.

78 댱후ᄇᆡᆨ: 장후백. 후백은 장헌의 자.

79 졍시독: 정시독. 이 형제 중 시독 벼슬을 한 이는 정염인데, 뒤에 ‘정시독 겸’이라는 표현이 나옴. 정겸은 한림 벼슬을 한 인물이므로 저자 혹은 필사자가 벼슬명을 착각했을 가능성이 있음.

태부의 삼죵뎨(三從弟) 헌의 위인을 우이 넉여 쇼왈

"일이란 거ᄉᆞᆫ 소활(疏闊)이 못 ᄒᆞᆯ 거시오 혼인은 인뉸대관(人倫大關)이라. 비록 말노뼈 ᄆᆡᆼ약(盟約)을 두나 맛츰ᄂᆡ 문ᄌᆞ만 못ᄒᆞ니 후ᄇᆡᆨ의 ᄆᆡᆼ셔(盟書)ᄅᆞᆯ 짓고ᄌᆞ ᄒᆞ믈 말니디 말나."

뎡국공이 니어 권ᄒᆞ고 태부의 표죵딜(表從姪)[80] 숑학ᄉᆞ 등이 권ᄒᆞ여 왈

"금일 슉부 탄신(誕辰)의 경ᄉᆡ 듕듕쳡쳡(重重疊疊)ᄒᆞ여 운ᄇᆡᆨ이 계후(繼後)ᄅᆞᆯ 뎡ᄒᆞ고 쏘 완월ᄃᆡ 샹의셔 ᄌᆞ녀의 젹승가연(赤繩佳緣)[81]을 ᄆᆡᆼ

26면 약(盟約)ᄒᆞ여 피ᄎᆞ의 구든 뜻을 두니 여ᄎᆞ 경ᄉᆡ 희한ᄒᆞᆫ디라. 사ᄅᆞᆷ이 ᄐᆡᆨ부ᄐᆡᆨ셔(擇婦擇婿)의 근노(勤勞)ᄒᆞ미 극ᄒᆞ여도 블여의(不如意)ᄒᆞ거ᄂᆞᆯ 운ᄇᆡᆨ 등이 유복(有福)ᄒᆞ여 슈고ᄅᆞᆯ 허비치 아니ᄃᆡ 셔랑(壻郞) ᄌᆡ목(材木)이 옥인현ᄉᆡ(玉人賢士)오 며ᄂᆞ리 되리 뇨됴슉녀(窈窕淑女)라 ᄒᆞ니 아등이 글을 디어 슉부긔 하례코ᄌᆞ ᄒᆞᄂᆞᆫ디라. 좌샹이 홈긔 위하(爲賀)ᄒᆞᄂᆞᆫ 글을 딧고 댱·니 냥형(兩兄)은 녀ᄇᆡᆨ으로 더브러 뎡혼ᄆᆡᆼ약(定婚盟約)ᄒᆞᄂᆞᆫ 글을 표(表)ᄒᆞ여 문ᄌᆞᄅᆞᆯ 깃치라."

뎡언(定言) 간의 창닌 형뎨와 닌셩 등이 글을 디어 태부 면젼(面前)의 나오니 좌위(左右) 그 신쇽ᄒᆞ믈 놀나고 그 문ᄎᆡ(文彩)ᄅᆞᆯ 구경코ᄌᆞ 일시의 음영(吟詠)ᄒᆞ니 닌셩의 시문(詩文)이 발양(發揚)ᄒᆞ여 산쳔슈긔(山川秀氣)ᄅᆞᆯ 탈취(奪取)ᄒᆞ고 의ᄉᆞ(意思) 긔긔(奇奇)ᄒᆞ여 됴화(造化)의 경긔(精氣)ᄅᆞᆯ 아ᄉᆞ시니 조격(調格)이 쳥고(淸高)ᄒᆞ여 창농(蒼

80 표죵딜(表從姪): 표종질. 외사촌 형제의 아들.

81 적승가연(赤繩佳緣): 적승가연. 혼인의 아름다운 인연. 월하노인이 부부가 될 남녀를 붉은 끈으로 이어준다는 고사에서 나온 말.

龍)이 반계(磻溪)[82]의 썰쳣ᄂᆞᆫ 돗 츄월(秋月)이 쇄연(灑然)ᄒᆞ여 녹슈(綠水)의 붉앗ᄂᆞᆫ 돗 군ᄌᆞ의 격죄(格調) 디샹(地上)의 버럿고 완완(婉婉)ᄒᆞᆫ 덕홰(德和) 시듕(詩中)의 완젼ᄒᆞ여 양츈(陽春)이 ᄌᆡ양(載陽)ᄒᆞ미 만믈이 ᄉᆡᆼ화(生化)홈 ᄀᆞᆺ거ᄂᆞᆯ ᄂᆡᆫ광의 문ᄉᆡ(文辭) 활낭(闊浪)[83]ᄒᆞ여 창히(滄海)의 교룡(蛟龍)이 츌몰(出沒)ᄒᆞᄂᆞᆫ 돗 졔월(霽月)이 광풍의 ᄡᅳ러디ᄂᆞᆫ 돗 의ᄉᆡ(意思) 고확(高確)ᄒᆞ여 태산이 암암(巖巖)ᄒᆞᆫ듸 풍운이 ᄉᆞ식(四塞)ᄒᆞ며 노회(老虎) ᄀᆡ운을 슈리현 돗 신긔(神氣) 발동ᄒᆞ여 농이 운(雲)으로 작화(作化)ᄒᆞᄂᆞᆫ 돗 변홰(變化) 블측(不測)ᄒᆞ여 혹문의 광박(廣博)ᄒᆞ미 무쌍(無雙)ᄒᆞ거ᄂᆞᆯ 창닌의 문ᄎᆡ(文彩) 앙장(昂壯)ᄒᆞ여 태산의 만ᄆᆡ(萬馬) ᄌᆡᆼ분(爭奔)ᄒᆞ고 창히노룡(滄海老龍)이 강파(江波)의 조으ᄂᆞᆫ 돗 창현의 글은 굉원(宏遠)ᄒᆞ여 ᄉᆞ양(斜陽)이 츄슈(秋水)의 빗쵠 돗 경운(景雲)이 샹셔(祥瑞)롤 응ᄒᆞᄂᆞᆫ 돗 신신(申申)ᄒᆞ여 봉황이 기산(岐山)의 나리며 이이(怡怡)ᄒᆞ여 긔린(麒麟)이 교야(郊野)의 나린 돗 샹셔로오미 디극ᄒᆞ니 엇디 십 세 젼 쇼ᄋᆞ의 글이라 ᄒᆞ리오? 듕좌(衆座) 개용칭션(改容稱善)ᄒᆞ여 도로혀 이상이 넉이고 태부의 침믁(沈默)ᄒᆞ므로도 ᄌᆡ삼 음영(吟詠)ᄒᆞ며 칭션왈(稱善曰)

“십 세 젼 ᄋᆞ쇼의 문톄(文體) 여ᄎᆞᄒᆞ니 그 댱ᄂᆡ(將來)롤 가히 알니로다.”

듕좌(衆座) 제셩갈치(諸聲喝彩)ᄒᆞ여 그 고하(高下) 업ᄉᆞ믈 칭찬ᄒᆞ니 학ᄉᆡ 블감당(不堪當)이믈 ᄉᆞ샤(謝辭)ᄒᆞ더라. 태뷔 붓ᄉᆞᆯ 드러 고하(高下)롤 뎡ᄒᆞ미 닌셩 챵현의 글과 방블(彷佛)ᄒᆞ고 챵닌 닌광의 글과 의 27면

82 반계(磻溪): 섬서성(산시성) 위수에 있는 강.

83 활낭(闊浪): 뜻이 활달함.

28면 희(依稀)ᄒᆞ여 ᄎᆞ(此) 소위 막상막ᄒᆡ러라. 이의 졔인(諸人)이 필연(筆硯)을 나와 글을 디을ᄉᆡ 일시의 휘필(揮筆)ᄒᆞ니 이 엇디 셩당(盛唐)의 톄(體)와 딘풍(秦風)의 쳥졍(淸淨)ᄒᆞᆫ 문ᄎᆡ(文彩) ᄯᆞᄅᆞᆷ이리오? 각각 소쟝(所長)이 잇셔 시격(詩格)이 ᄲᆡ혀나고 태부의 복녹(福祿)을 위하(爲賀)ᄒᆞ며 ᄌᆞ손의 영효(榮孝)ᄅᆞᆯ 흠션(欽羨)ᄒᆞ미 셔로 그ᄅᆞ미 업ᄉᆞ나 홀노 댱헌의 문ᄉᆡ(文辭) 부박(浮薄)ᄒᆞ여 쳠요(諂諛)[84]ᄒᆞ미 잇고 ᄯᅩ 듕ᄆᆡᆼ(重盟)을 발ᄒᆞ여 실신(失信)치 아니믈 닐너시니 태뷔 그 위인을 ᄋᆡ돌와 ᄒᆞ나 그 텬ᄉᆡᆼ(天生)을 홀일업셔 ᄒᆞ고 운계ᄂᆞᆫ 댱쇼져 월ᄋᆞ의 긔특ᄒᆞᆷ만 혜아려 친옹(親翁)의 블ᄉᆞ(不似)ᄒᆞ믈 거리ᄭᅵ디 아니ᄒᆞᄃᆡ 그 위인을 못ᄂᆡ 실쇼ᄒᆞ더라. 야심토록 즐기다가 효신(曉晨)이 머디 아녓ᄂᆞᆫ디라. 쳥계 곤계(昆季) 태부의 취침(就寢)ᄒᆞ시믈 고ᄒᆞ니 공이 마디못ᄒᆞ여 ᄌᆞ리의 나아갈ᄉᆡ 됴·양·화 삼공(三公)으로 년침(連枕)ᄒᆞ고 니학ᄉᆞᄂᆞᆫ 챵닌 등을 거ᄂᆞ려 됴부로 향ᄒᆞᆯᄉᆡ 태뷔 챵ᄋᆞ 등을 무ᄋᆡ(撫愛)ᄒᆞ여 ᄎᆞ후 왕ᄂᆡ(往來)ᄒᆞ라 ᄒᆞ니 챵닌 형뎨 ᄇᆡ이슈명(拜而受命) 하
29면 딕(下直)ᄒᆞ고 난함(欄檻)의 나와 닌셩과 작별ᄒᆞᆯᄉᆡ 그 ᄉᆞ이 ᄉᆞ긔미 흡흡(洽洽)ᄒᆞ여 피ᄎᆞ ᄯᅥ나믈 앗기더라. 댱태우 헌은 이의 머므러 쳥계 등과 밤을 디닐ᄉᆡ 닌광을 과히 ᄉᆞ랑ᄒᆞ여 밋칠 ᄃᆞᆺᄒᆞ고 ᄆᆡ양 업고 힐난(詰難)ᄒᆞ니 공ᄌᆡ ᄀᆞ장 괴로와ᄒᆞ더라. 명됴(明朝)의 태뷔 냥ᄌᆞ(兩子)와 졔족(諸族)을 거ᄂᆞ리고 뎡침헌의 도라와 년일(連日) 대연(大宴)ᄒᆞ다가 잔ᄎᆡᄅᆞᆯ 파ᄒᆞᆫ 후 기녀(妓女) 악공(樂工)을 상샤(賞賜)ᄒᆞ여 보

---

84 쳠요: 첨유(諂諛). 아첨하는 것.

ᄂᆡ고 궐하(闕下)의 나아가 됴회(朝會)ᄒᆞᆯᄉᆡ 태뷔 고두샤은(叩頭謝恩) ᄒᆞᄆᆡ 튱언(忠言)이 졀졀ᄒᆞ고 셩은(聖恩)을 망극(罔極)ᄒᆞ여 안쉬(眼水) 흘너 낫ᄎᆡ 니음ᄎᆞ니 샹의 뎐의 올녀 디극 위유ᄒᆞ샤 왈

“이 곳 션ᄉᆡᆼ의 공덕을 만의 일을 갑흐미라.”

ᄒᆞ시니 태뷔 더옥 황공감은(惶恐感恩)ᄒᆞ더라. 믈너 부듕(府中)의 도라와 ᄌᆞ딜(子姪)을 ᄃᆡᄒᆞ여 황은을 일ᄏᆞ라 튱뉘(忠淚) 흐ᄅᆞ더라. 됴부의셔 셩친(成親)ᄒᆞ믈 ᄉᆡ쵹ᄒᆞ니 태뷔 명엄의 년긔유튱(年紀幼冲)ᄒᆞ여 밧비 셩녜(成禮)ᄒᆞ미 블가ᄒᆞᆫ 줄 알오ᄃᆡ 양부인이 병셰 깁흐믈 념녀로 오미 업디 아닌디라. 이의 상셔를 명ᄒᆞ여 튁일(擇日) 셩녜(成禮)ᄒᆞᆯᄉᆡ 30면
됴한님 셰챵의 ᄌᆞᄂᆞᆫ ᄌᆞ뵈니 거츄(去秋)의 등과ᄒᆞ여 옥당(玉堂) 한원(翰苑)[85]의 명환(明宦)을 ᄌᆞ임(自任)ᄒᆞ여 시년(是年) 신십뉵이라. 긔졀쳥망(奇節淸望)이 노셩명공(老成名公)을 압두ᄒᆞ고 풍ᄎᆡ신광(風采身光)이 셔연쳑탕(瑞然滌蕩)ᄒᆞ여 니ᄅᆞᆫ바 관옥(冠玉)[86] 승상(丞相)이오 현아ᄉᆞ인(賢雅士人)이라. 문댱은 강하(江河)의 가음열미[87] 잇고 셩되(性度) 쳔균(千鈞)[88]의 무거오미 이시ᄃᆡ 강위태고(强威太高)ᄒᆞ여 칙언(責言)의 미과(微過)를 용샤치 아니ᄒᆞ고 초쥰녈일(峭峻熱日)ᄒᆞ여 긔운이 셰ᄎᆞ고 말ᄉᆞᆷ이 명빅ᄒᆞ여 질악(疾惡)을 여슈(如讐)ᄒᆞ니 온냥공검(溫良恭儉)[89]ᄒᆞᆫ 픔되(稟度) 브죡ᄒᆞᄃᆡ 문일녈ᄉᆞ(文逸烈士)의 풍이 가

85 한원(翰苑): 한림원과 예문관을 예스럽게 이르던 말.

86 관옥(冠玉): 옥으로 꾸민 관 혹은 아름답게 생긴 남자의 얼굴을 이르는 말.

87 가음열미: 가음열다. 넉넉하다.

88 쳔균(千鈞): 천균. 매우 무거운 무게 혹은 그런 물건을 이르는 말. ‘균’은 예전의 도량형으로, 1균은 30근에 해당함.

ᄌᆞᆨᄒᆞᆫ디라. 이의 ᄇᆡᆨ냥(百兩)으로 졍쇼져ᄅᆞᆯ 우귀(于歸)ᄒᆞᄆᆡ 츈일(春日)이 ᄌᆡ양(載陽)ᄒᆞ고 혜풍(惠風)이 한가ᄒᆞᄃᆡ 만믈이 희ᄉᆡᆼ(回生)ᄒᆞ고 ᄇᆡᆨ홰(百花) 만발(滿發)ᄒᆞ니 풍화(豊華)ᄒᆞᆫ 믈ᄉᆡᆨ(物色)을 돕ᄂᆞᆫ디라. 됴부의 다ᄃᆞ라 냥(兩) 신인(新人)이 합환교ᄇᆡ(合歡交拜)의 녜ᄅᆞᆯ 파ᄒᆞᆫ 후 동방화쵹(洞房華燭)을 니으니 ᄎᆞ 소위 군ᄌᆞ의 ᄉᆞ복(思服)ᄒᆞᄂᆞᆫ ᄇᆡ오 슉녀의 긔봉(奇逢)이라. 대아(大雅)[90]의 풍(風)과 금슬(琴瑟)의 낙이 쳔츄(千秋) 미홰(美話)러라. ᄂᆡᆨ일(翌日) 됴부의셔 대연(大宴)을 개장(開場)ᄒᆞ고 신부의 현구고디녜(見舅姑之禮)ᄅᆞᆯ 바들ᄉᆡ 친쳑 향당(鄕黨)이 대회(大會)ᄒᆞ여 놉흔 가문의 어딘 슉녀ᄅᆞᆯ 구경ᄒᆞ니 이 진실노 군ᄌᆞ의 ᄉᆡᆼ훈(生訓)이오 셩문(聖門)의 교휵(敎畜)으로 텬딜(天質)이 ᄲᆡ혀나고 덕셩이 유한(幽閑)ᄒᆞ여 반소(班昭)[91]의 ᄒᆡᆼ실과 나부(羅敷)[92]의 졀조(節操)ᄅᆞᆯ 겸ᄒᆞ여 긔려(奇麗)ᄒᆞᆫ ᄉᆡᆨ광(色光)이 비연(飛燕)[93]을 쳔히 넉이고 태딘(太眞)[94]을 나모라니 흡연(洽然)이 위후(衛后) 댱강(莊姜)[95]의

31면

89 온냥공검(溫良恭儉): 온량공검. 성품이 온화하고 무던하며 공손하고 검소함.

90 대아(大雅): 《시경》의 한 편. 큰 정치를 노래한 정악(正樂).

91 반소(班昭): 반고의 여동생. 조세숙이라는 남자에게 시집갔다가 남편이 일찍 죽자 황후의 눈에 들어 황후를 비롯해 외명부 부인들에게 정숙한 부녀상에 대해 가르쳤음.

92 나부(羅敷): 한단 사람 진씨의 딸로, 말단 관리 왕인의 처. 왕인의 상관인 조왕이 뽕잎을 따던 나부의 미모에 반하여 유혹하려 했으나 나부는 단호히 거절하여 정절을 지킴.

93 비연(飛燕): 조비연. 궁녀 출신으로 한(漢)나라 성제(成帝) 유오의 두 번째 황후가 됨. 허리가 매우 가늘었고 가무에 뛰어났음.

94 태딘(太眞): 태진. 양귀비의 호. 당나라 현종의 비(妃)로, 절세미인에 총명하여 현종의 마음을 사로잡아 황후 이상의 권세를 누렸음. 안사의 난이 일어나 도주하던 중 살해됨.

95 댱강(莊姜): 장강. 제나라 공녀였는데 위후(衛侯) 장공에게 시집갔음. 용모가 아름다웠으나 자식을 낳지 못해 위장공에게 냉대받았다고 함.

ᄉᆡᆨ덕(色德)이 가ᄌᆞᆨᄒᆞ믈 볼디라. 됴태ᄉᆞ 냥위(兩位)[96]와 됴태우[97] 부뷔 만심환열(滿心歡悅)ᄒᆞ여 듕빈(衆賓)의 하셩(賀聲)을 ᄉᆞ양치 아니〃 졍부의셔 쾌셔(快婿) 어더 깃거홈과 일반이러라. 졍쇼졔 인ᄒᆞ여 구가(舅家)의 머므러 슉흥야ᄆᆡ(夙興夜寐)ᄒᆞ고 효봉구고(孝奉舅姑)ᄒᆞ며 인슌군ᄌᆞ(仁順君子)ᄒᆞ미 ᄇᆡᆨᄒᆡᆼᄉᆞ덕(百行四德)이 가ᄌᆞᆨᄒᆞ더라.

어시의 졍샹셔 부뷔 댱녀(長女)ᄅᆞᆯ 셩인(成姻)ᄒᆞ미 됴한님[98] 갓튼 쾌셔(快婿)ᄅᆞᆯ 어드니 깃브고 아ᄅᆞᆷ다오미 넘ᄧᅵᄂᆞᆫ[99] 듕 닌셩 갓튼 ᄋᆞ돌을 어드ᄆᆡ 그 효우(孝友) 츌뉴(出類)ᄒᆞᆫ 위인이 만ᄉᆡ(萬事) 조셩긔이(早成奇異)ᄒᆞ여 ᄉᆞ위(四位) 부모와 존당(尊堂)[100]을 셤기ᄂᆞᆫ 녜모(禮貌)며 명염 ᄌᆞᄆᆡ로 우공(友恭)ᄒᆞᄂᆞᆫ 졍셩이 혈심(血心)의 비로셔 동복(同腹) 남ᄆᆡ 아니믈 ᄭᆡ닷디 못ᄒᆞᆯ ᄲᅳᆫ 아니라 양ᄌᆞ위[101] 딜환(疾患)이 누년(累年)을 침고(沈痼)[102]ᄒᆞ여 긔운이 위황(危荒)ᄒᆞ믈 초황민박(焦惶憫迫)ᄒᆞ고 시탕(侍湯)의 동쵹(洞屬)ᄒᆞᆫ 졍셩이 낫으로ᄡᅧ 밤을 니어 일시도 방하(放下)치 못ᄒᆞ니 병측(病側)을 ᄯᅥ나디 아냐 부인의 슈족(手足)을 쥐므ᄅᆞ며 머리ᄅᆞᆯ 집고 낫ᄎᆞᆯ 부인 면모의 다혀 왈

“ᄒᆡᄋᆞ(孩兒)ᄂᆞᆫ 일신(一身) ᄇᆡᆨ골(百骨)의 아모 ᄃᆡ도 알픈 곳이 업ᄉᆞᆸ거

32면

96 냥위(兩位): 양위. 부모나 부모처럼 섬기는 사람의 내외분을 가리킴.

97 됴태우: 조태우. 태우 조정.

98 됴한님: 조한림. 조세창을 가리킴.

99 넘ᄧᅵᄂᆞᆫ: 넘ᄧᅵ다. 넘치다.

100 존당(尊堂): 원래는 남의 어머니를 이르는 말인데, 여기에서는 조부모를 가리킴.

101 양ᄌᆞ위: 양자위. 양씨 어머니. 자위(慈闈)는 어머니라는 뜻.

102 침고(沈痼): 오랫동안 앓고 있어 고치기 어려운 병.

놀 ᄌᆞ위(慈闈)ᄂᆞᆫ 이러ᄐᆞᆺ 신음ᄒᆞ샤 톄휘(體候) 일일도 쾌ᄒᆞ실 ᄡᅵ 업ᄉᆞ시니 ᄒᆡᄋᆞ(孩兒)의 셩ᄒᆞᆫ 몸으로ᄡᅧ ᄌᆞ위의 질환을 옴기지 못ᄒᆞ오미 엇디 ᄋᆡ돏디 아니리잇고? ᄇᆞ라옵건ᄃᆡ 약음(藥飮)을 ᄌᆞ로 나오샤[103] 존당(尊堂)의 셩졍(省定)[104]을 잇다감 ᄒᆞ시고 안침(安寢)ᄒᆞ시믈 위쥬ᄒᆞ샤 팀식(寢食)을 구궐(久闕)치 말게 ᄒᆞ쇼셔.”

33면 ᄒᆞ며 듁음(粥飮)의 온닝(溫冷)을 맛보아 부인의 딘ᄒᆞ시믈 간걸(懇乞)ᄒᆞ며 ᄡᅵᄡᅵ 호담낭변(好談朗辯)으로 모친의 울억(鬱抑)ᄒᆞᆫ 심회(心懷)ᄅᆞᆯ 즐겁게 ᄒᆞ니 샹셔와 양부인의 한업ᄉᆞᆫ ᄉᆞ랑과 귀듕ᄒᆞ미 견줄 곳이 업ᄉᆞ나 그 어린 ᄋᆞᄒᆡ 만시 너모 특이ᄒᆞ여 노셩 군ᄌᆡ라도 밋디 못ᄒᆞᆯ ᄇᆡ 만흐니 도로혀 슈한(壽限)의 ᄒᆡ로올가 근심ᄒᆞᄆᆡ 양부인이 ᄋᆞᄌᆞ의 여ᄎᆞ 우민(憂憫)ᄒᆞ믈 덜고ᄌᆞ ᄒᆞ여 병을 강인(強忍)ᄒᆞ고 거ᄉᆞ리ᄂᆞᆫ 거술 삼켜 됴셕(朝夕) 식반(食飯)을 ᄒᆞᆫ 상의 노화 부인이 딘반(進盤)ᄒᆞᆫ 후 공ᄌᆡ 비로소 밥을 먹고 ᄋᆞᄌᆞ의 식음이 녜ᄉᆞ로온 후 부인이 ᄆᆞ음을 노화 념녀ᄅᆞᆯ 더니 모ᄌᆞ의 별눈디졍(別倫之情)이 여ᄎᆞ 디극ᄒᆞ더라. 부인이 공ᄌᆞ의 졍셩을 닙어 더옥 몸을 보젼ᄒᆞ여 병이 ᄎᆞ셩(差省)키ᄅᆞᆯ ᄇᆞ라ᄃᆡ ᄇᆡᆨ약(百藥)이 무효(無效)ᄒᆞ니 구고(舅姑)의 우려ᄒᆞ심과 상셔의 근심ᄒᆞ믈 또 엇디 니ᄅᆞ며 운계와 화부인은 ᄋᆞᄌᆞᄅᆞᆯ 상셔긔 도라보ᄂᆡ나 상셔 부부의 귀듕ᄒᆞ미 ᄌᆞ긔의셔 셰 번 더으니 므어시 거리ᄭᅵ미 이
34면 시리오마ᄂᆞᆫ 양부인 질환을 위ᄒᆞ여 침식(寢食)이 블안ᄒᆞ니 그 우공돈목(友恭敦睦)ᄒᆞ미 동포골육(同胞骨肉)의 지디 아니터라. ᄎᆞ회(嗟乎)

103 나오샤: 나오다[進]. 내어오다.

104 셩졍(省定): 성정. 이 부분은 맥락상 '혼정신성(昏定晨省)'을 줄여 표현한 것으로 보임.

라! 방실(邦室)이 블힝ᄒᆞ여 듕하(仲夏) 습슌(十旬)의 츄밀ᄉᆞ 양공이 졸ᄒᆞ니 닙됴(入朝) ᄉᆞ십 년의 관일디튱(貫一之忠)은 한ᄃᆡ(漢代) 졔갈(諸葛)[105]을 ᄯᆞ오고 어진 덕은 소조(蕭曹)[106]의 뒤흘 니을디라. 영명(榮名)이 ᄉᆞ히(四海)롤 드레고 얼골이 닌각(麟閣)[107]의 빗나며 텬툥(天寵)이 호호늉셩(浩浩隆盛)ᄒᆞ여 고종의 부열(傅說)[108]과 무왕의 녀상(呂尙)으로 흡샤ᄒᆞ니 산두(山斗) 듕망(重望)이 일셰(一世)의 드므더라. 샹이 그 기세(棄世)ᄒᆞ믈 드ᄅᆞ시고 깁히 통상(痛傷)ᄒᆞ샤 농뉘(龍淚) 어의(御衣)롤 젹시시고 디어ᄉᆞ민(至於士民)이 어진 ᄌᆡ상이 망ᄒᆞ믈 슬허ᄒᆞ니 그 친쳑붕당(親戚朋黨)의 비통ᄒᆞ믄 블가형언(不可形言)이러라. 그 ᄋᆞ돌이 다숫시오 손이 ᄉᆞ십여 인의 개개히 특이ᄒᆞᆫ디라. ᄉᆞ라셔 무량ᄒᆞᆫ 복녹(福祿)을 누리며 망ᄒᆞ미 셩샹(聖上)의 은영(恩榮)과 긔구(器具)의 댱녀(壯麗)ᄒᆞ믄 니ᄅᆞ도 말고 오ᄌᆡ(五子) 다 닙신(立身)ᄒᆞ여 공경ᄌᆡ렬(公卿宰列)이 아니면 병필학ᄉᆡ(秉筆學士)[109]라. 셩손(姓孫)[110]의 등과(登科)홈과 ᄌᆞ손의 긔특ᄒᆞᆫ 셜화ᄂᆞᆫ 양가 본젼(本傳)의 잇기로 이 35면

105 한ᄃᆡ(漢代) 졔갈(諸葛): 한대 제갈. 제갈량. 중국 삼국시대 촉한(蜀漢)의 정치가 겸 전략가. 명성이 높아 와룡선생(臥龍先生)이라 일컬어졌음.

106 소조(蕭曹): 소하(蕭何)와 조참(曹參). 소하는 한 고조 때 승상을 지냈고, 조참은 뒤이어 혜재 때 승상을 지냈음. 조참은 소하가 만들어놓은 국정 운영의 틀과 법규들을 그대로 유지하여 정치를 잘한 것으로 일컬어짐.

107 닌각(麟閣): 인각. 한 무제가 장안 궁중에 세운 전각으로, 기린각이라고도 함. 공신 11명의 초상을 걸어놓음.

108 부열(傅說): 은나라 고종 때 어진 재상. 고종이 꿈에 성인을 보고는 온 나라에서 찾도록 했는데 부암(傅巖)에서 담장을 쌓고 있는 그를 찾아냈다 함.

109 병필학ᄉᆡ(秉筆學士): 병필학사. 붓을 잡은 학사. 사관.

110 셩손(姓孫): 성손. 자신의 세대에서 여러 세대가 지난 뒤의 자녀를 통틀어 이르는 말.

의 긔록디 아니ᄒᆞ니라. 양부인이 ᄌᆞ부인(慈夫人)을 여흴 ᄊᆡ 상셰 양
쥬 ᄌᆞᄉᆞ로 이시ᄆᆡ 임소(任所)의 좃ᄎᆞ갓던 고로 면결(面決)치 못ᄒᆞᆫ 유
한(遺恨)이 미ᄉᆞ디젼(未死之前) 닛디 못ᄒᆞᆯ 바의 부공(父公)이 졸셰
(卒歲)ᄒᆞᆯ ᄊᆡ의 유언ᄒᆞ여 브ᄅᆞ지 아냐 왈
"내 ᄉᆞ오일 젼의 져ᄅᆞᆯ 보고 와시니 다시 브ᄅᆞ미 브졀업고 ᄯᅩ 황양(黃壤)[111]
의 셔로 보미 머디 아니리니 그 얼골을 못 보나 그 언마 니별 되리오?"
ᄒᆞ고 별셰(別世)ᄒᆞᆫ 고로 양부인이 ᄯᅩ 면결(面決)치 못ᄒᆞᆫ 유한(遺恨)
이 된디라. 흉음(凶音)이 ᄒᆞᆫ번 운산의 니ᄅᆞ니 ᄊᆡ의 양부인이 셔증(暑
症)이 쳠가(添加)ᄒᆞ여 신질(身疾)이 더옥 비경(非輕)ᄒᆞᆫ 듕 엄상(嚴喪)
의 망극ᄒᆞ믈 당ᄒᆞ여 낫ᄎᆞ로 영결(永訣)치 못ᄒᆞᆫ 디통(至痛)이 ᄌᆡ심(在
心)ᄒᆞ니 일셩호곡(一聲號哭)의 긔운이 최졀(摧折)ᄒᆞ여 혼혼(昏昏)이[112]
인ᄉᆞ(人事)ᄅᆞᆯ 모로ᄂᆞᆫ디라. ᄌᆞ녀의 황황망극(遑遑罔極)ᄒᆞᆷ과 구고슉
ᄆᆡ(舅姑叔妹)의 참연비졀(慘然悲絶)ᄒᆞ믈 엇디 형언(形言)ᄒᆞ리오? 계
오 부인을 구호(救護)ᄒᆞ니 양부인이 졍신을 ᄎᆞᆯ히ᄆᆡ 구고(舅姑)긔 ᄉᆞ
36면 졍을 ᄋᆡ고(哀告)ᄒᆞ여 상측(喪側)[113]의 나아가믈 쳥ᄒᆞ온ᄃᆡ 태뷔 그 병
듕(病中) 보ᄂᆡ믈 념녀ᄒᆞ나 아니 보ᄂᆡ기도 난연(難然)ᄒᆞᆫ디라. 마디못
ᄒᆞ여 셩복(成服)[114] 후 즉시 도라오라 ᄒᆞ니 양부인이 즉시 본부로 향ᄒᆞᆯ
ᄉᆡ 됴한님 부인 명염과 닌셩이 뫼셔 가니 부인의 ᄋᆡ통ᄒᆞ미 시시(時

111 황양(黃壤): 황천. 저승.
112 혼혼(昏昏)이: 정신이 가물하여 희미하게.
113 상측(喪側): 상례를 치르는 곳.
114 셩복(成服): 성복. 초상이 나고 처음으로 상복을 입는 일. 보통 초상난 지 나흘째 되는 날부터 상복을 입음.

時)의 더ᄒᆞ여 엄홀(奄忽)ᄒᆞ믈[115] ᄌᆞ로 ᄒᆞ고 혈뉘(血淚) 만면ᄒᆞ여 참참(慘慘)ᄒᆞᆫ 거동과 ᄋᆡᄋᆡ(哀哀)ᄒᆞᆫ 곡셩이 방인(傍人)을 늣길 ᄇᆡ어ᄂᆞᆯ ᄌᆞ녀의 초황(焦惶)ᄒᆞᆷ과 상셔의 우려ᄒᆞ믈 어이 측냥(測量)ᄒᆞ리오? 부인이 통곡ᄒᆞ면 닌셩이 역곡(亦哭)ᄒᆞ고 부인이 블음(不飮)ᄒᆞ면 닌셩이 역블식(亦不食)ᄒᆞ여 셔열(暑熱)의 어린 ᄋᆞ히 장ᄎᆞᆺ 병 닐기의 밋ᄎᆞ니 태뷔 더옥 경녀(驚慮)ᄒᆞ여 듁음(粥飮)을 가져 식부(息婦)ᄅᆞᆯ 간권(懇勸)ᄒᆞ며 디극(至極) 위로ᄒᆞ여 손을 잡고 보젼키ᄅᆞᆯ 당부ᄒᆞ니 녜듕(禮重)ᄒᆞ고 어딘 말ᄉᆞᆷ이 셕목(石木)을 감동ᄒᆞ며 ᄉᆡᆼ쳘(生鐵)을 녹일디라. 양부인이 비록 부모ᄅᆞᆯ ᄋᆡ훼(哀毁)ᄒᆞ여 망망(茫茫)이 ᄯᆞᆯ올 ᄃᆞᆺᄒᆞ나 존구(尊舅)의 디극ᄒᆞ신 은교(恩敎)ᄅᆞᆯ 감황(感惶)ᄒᆞ여 잠간 디통(至痛)을 관억(寬抑)ᄒᆞᄆᆡ 셩복을 디ᄂᆡ고 태뷔 명ᄒᆞ여 다시 운산의 도라와 37면
됴병(調病)ᄒᆞᆫ 후 상측(喪側)의 님ᄒᆞ라 ᄒᆞ니 양부인이 스ᄉᆞ로 병을 혜아려 빈젼(殯前)의 곡별(哭別)ᄒᆞ고 운산의 도라오ᄆᆡ 구문(九門) 친쳑이 ᄉᆡ로이 됴문(弔問)ᄒᆞ고 구괴 디극 보호ᄒᆞ니 엇디 텬디신기(天地神氣) 감동치 아니리오마ᄂᆞᆫ 양부인의 병이 슈(壽)ᄅᆞᆯ 다ᄒᆞ여시니 편작(扁鵲)[116]의 신슐(神術)과 화ᄐᆡ(華陀)[117]의 녕공(靈功)이라도 약효ᄅᆞᆯ 보디 못ᄒᆞ니 닌셩의 디셩대효(至誠大孝)라도 그 슈ᄅᆞᆯ 능히 닛디 못ᄒᆞᆯ디라. 병셰 졈졈 위듕ᄒᆞ여 구괴 님ᄒᆞ시나 아디 못ᄒᆞ고 혼혼(昏昏)이 상요

---

115 엄홀(奄忽)ᄒᆞ믈: 엄홀하다. 매우 갑작스럽다. 여기에서는 '갑자기 정신을 잃다'의 뜻으로 보임.

116 편작(扁鵲): 중국 고대의 전설적인 명의. 괵나라 태자의 급환을 고쳐 죽음에서 되살렸다는 이야기가 유명함.

117 화ᄐᆡ(華陀): 화타. 한(漢)나라 말기의 의사로, 편작과 더불어 명의를 상징하는 인물로 꼽힘.

(床褥)의 ᄇᆞ려 딘ᄒᆞᄂᆞᆫ 거동이 쇠잔(衰殘)ᄒᆞᆫ ᄭᅩᆺ치 광풍(狂風)의 날니고 느즌 난최(蘭草) 계샹(階上)의 쁠녓ᄂᆞᆫ ᄃᆞᆺ 일죵(一鍾)[118] 듁음(粥飮)이 후셜(喉舌)을 넘디 못ᄒᆞ연 디 슈일이라. 기리 늣기며[119] 슈셩댱탄(愁聲長嘆)의 혼절ᄒᆞ여 반일(半日)의 니ᄅᆞ도록 회소(回蘇)치 못ᄒᆞ니 닌셩공ᄌᆡ며 두 ᄯᆞᆯ의 망극(罔極)ᄒᆞ미 모친의 슈족을 븟들고 닌셩은 부인의 낫츨 다히고 가ᄉᆞᆷ을 어로만져 ᄋᆡ연(哀然)이 태태(太太)ᄅᆞᆯ 브ᄅᆞ니
38면 태부 ᄂᆡ외(內外) ᄎᆞ마 보디 못ᄒᆞ여 상셔ᄅᆞᆯ 블너 ᄒᆞᆯ일업ᄉᆞ믈 니ᄅᆞ고 삼ᄋᆞ(三兒)ᄅᆞᆯ 븟드러 ᄂᆡ라 ᄒᆞ니 삼인의 거동이 ᄒᆞᆷ긔 딘ᄒᆞᆯ 듯 ᄒᆞᆫ 몸이 되여시니 상셰 통절(痛切)ᄒᆞ믈 ᄎᆞᆷ고 삼ᄋᆞ(三兒)ᄅᆞᆯ 칙ᄒᆞᄃᆡ

"너희 어미ᄅᆞᆯ 알고 아비ᄅᆞᆯ 모로니 이 므ᄉᆞᆷ 도리오?"

됴한님 부인은 셜우미 막힐 듯ᄒᆞ니 야야(爺爺)의 말ᄉᆞᆷ을 ᄎᆞᆯ혀 듯디 못ᄒᆞ고 월염과 공ᄌᆞᄂᆞᆫ 니러 블초ᄒᆞ믈 샤죄(謝罪)ᄒᆞᆯᄉᆡ 닌셩이 급히 밧긔 나가 비도(匕刀)ᄅᆞᆯ ᄲᅢ혀 팔흘 디ᄅᆞ고 월염이 손을 삐여 공ᄌᆞ와 ᄒᆞᆷ긔 부인 입의 드리오니 상셰 ᄎᆞ경(此景)을 보니 혼ᄇᆡᆨ이 몸의 븟디 아냐 급히 닌셩의 팔흘 븟들고 상부인[120]이 월염의 손을 ᄌᆞᆸ고 우러 왈

"여등 남ᄆᆡ 팔 셰 유ᄋᆞ와 눅 셰 쇼ᄋᆡ라. 이 엇디 ᄎᆞ마 ᄒᆞᆯ ᄇᆡ리오? 챵텬(蒼天)이 너의 셩효(誠孝)ᄅᆞᆯ 감동치 아니시리오?"

공ᄌᆞ 남ᄆᆡ 텬디 망망ᄒᆞ여 흐ᄅᆞᄂᆞᆫ 피ᄅᆞᆯ 부인 입의 드리오니 믄득 양부

---

118 일죵(一鍾): 일종. 한 종지.

119 늣기며: 늣기다. 흐느끼다.

120 상부인: 태부 정한의 딸 정태요. 정태요는 상연에게 시집갔으므로 남편 성을 따라 상부인으로 부른 것임.

인이 혼미(昏迷)ᄒᆞᆫ 소ᄅᆡ로 ᄌᆞ녀ᄅᆞᆯ 다 브ᄅᆞ니 구고슉ᄆᆡ(舅姑叔妹)며 금장쇼괴[121] 블승경희(不勝驚喜)ᄒᆞ여 닌셩 남ᄆᆡ 모친을 브ᄅᆞ며 긔운을 39면
뭇ᄌᆞ오니 부인이 눈을 ᄯᅧ 구괴 ᄌᆡ좌(在座)ᄒᆞ시믈 보ᄆᆡ 츄연황감(惆然惶感)ᄒᆞ여 회두ᄋᆡ고(回頭哀告) 왈

"블초뷔(不肖婦) 튱년(沖年)[122]의 입승(入承)ᄒᆞ와 무ᄋᆡ(撫愛)ᄒᆞ시믈 밧ᄌᆞᆸ고 기리 뫼셔 여른 졍셩을 다ᄒᆞᆯ가 ᄒᆞ엿ᄉᆞᆸ더니 하날이 죄ᄅᆞᆯ 나리오샤 쵹명(促命)을 급히 ᄒᆞ시니 구괴긔 블효ᄅᆞᆯ 닐위ᄋᆞᆸ고 망친(亡親) 녕연(靈筵)[123]의 다시 곡ᄇᆡ(哭拜)[124]치 못ᄒᆞᄋᆞᆸ고 쳡쳡(疊疊)한 블회 여산(如山)ᄒᆞ온디라. 복망(伏望) 구고ᄂᆞᆫ 블초ᄋᆞ(不肖兒)ᄅᆞᆯ 셩념(聖念)의 거리ᄭᅵ디 마오시고 기리 셩테(聖體)ᄅᆞᆯ 안강(安康)ᄒᆞ쇼셔."

셩음(聲音)이 니으락 ᄭᅳᆺᄎᆞ락ᄒᆞ여 경ᄀᆡᆨ(頃刻)의 딘ᄒᆞᆯ ᄃᆞᆺᄒᆞᆫ디라. 셔부인이 그 운발(雲髮)을 어로만져 악슈(握手) 뉴체(流涕)ᄒᆞ여 흐ᄅᆞᄂᆞᆫ 누쉬(淚水) 양부인 침샹의 젹시고 태부의 쳘셕웅심(鐵石雄心)이나 칼흘 삼키고 돌을 먹은 ᄃᆞᆺ ᄇᆡᆨ슈미염(白鬚美髥)의 셔리 ᄆᆡᆺ치니 상셰 민망ᄒᆞ여 간왈(諫曰)

"화복(禍福)이 관슈(關數)ᄒᆞ고 슈외(壽夭) ᄌᆡ텬(在天)ᄒᆞ오니 인녁(人力)의 ᄆᆡᆺ촐 ᄇᆡ 아니라. 양시 본ᄃᆡ 슈단(壽短)ᄒᆞ믄 신ᄒᆡᆼ디일(新行之日)의 대인이 아ᄅᆞ신 ᄇᆡ라. 엇디 금일 황양(黃壤) 길흘 바야미[125] 괴이ᄒᆞ리 40면

121 금장쇼괴: 금장소고(錦帳小姑). 아름다운 휘장 속의 젊은 시누이와 동서를 가리키는 말.

122 튱년(沖年): 충년. 열 살 안팎의 어린 나이.

123 녕연(靈筵): 영연. 죽은 사람의 영궤(靈几)와 그에 딸린 모든 것을 차려놓은 곳.

124 곡ᄇᆡ(哭拜): 곡배. 곡하면서 절하는 일.

125 바야미: 바야다. 재촉하다.

잇가? 다만 부모긔 무한ᄒᆞᆫ 블효ᄅᆞᆯ 깃치오니 젼일 인효(仁孝)ᄒᆞ미 화병(化病) 갓도소이다. 슈연(雖然)이나 졔 년긔 삼십의 팔좌(八座)[126]의 존(尊)ᄒᆞ믈 누리고 비록 무ᄌᆞ(無子)ᄒᆞ오나 닌셩 갓ᄐᆞᆫ 계ᄌᆡ(繼子) 타인의 십ᄌᆞ(十子)ᄅᆞᆯ 블워 아닐 거시오 명쥬보벽(明珠寶璧) 갓ᄐᆞᆫ ᄉᆞ회 명환으로 풍ᄎᆡ 츌뉴ᄒᆞ고 위인이 탈쇽(脫俗)ᄒᆞ오니 셰간의 무ᄌᆞ곤궁(無子困窮)ᄒᆞ다가 쳥년요몰(靑年夭沒)ᄒᆞᄂᆞᆫ ᄌᆞ도 잇ᄉᆞ오니 져의 팔ᄌᆡ 유복(有福)다ᄂᆞᆫ 못 ᄒᆞ려니와 그리 박복(薄福)디 아니ᄒᆞ오니 이러ᄐᆞ시 과상(過傷)ᄒᆞ샤 셩톄(聖體)ᄅᆞᆯ 손상치 마ᄅᆞ시고 뎡침(正寢)[127]의 도라가샤 그 딘ᄒᆞᄂᆞᆫ 거ᄉᆞᆯ 보디 마ᄅᆞ쇼셔."

셔부인이 ᄋᆡ곡뉴체(哀哭流涕) 왈

"현부(賢婦)의 긔딜(氣質)이 쳥약(淸弱)ᄒᆞ나 인ᄌᆞᄒᆞᆫ 셩덕이 죡히 그 복을 바드며 슈ᄅᆞᆯ 누릴가 ᄒᆞ엿더니 현부의 현덕(賢德)으로 ᄋᆞᄃᆞᆯ을 두디 못ᄒᆞᄆᆡ 텬의(天意)ᄅᆞᆯ 알 길 업셔 ᄒᆞ다가 닌셩을 계후(繼後)ᄒᆞ니 다시 무ᄌᆞ(無子)ᄒᆞ믈 한치 아니코 명염을 셩인(成姻)ᄒᆞᄆᆡ 됴랑의 츌뉴
41면 (出類)ᄒᆞ미 셰간(世間)의 ᄲᆡ혀나니 ᄒᆡᆼ열(幸悅)ᄒᆞ미 극ᄒᆞ거ᄂᆞᆯ 흐ᄅᆞᄂᆞᆫ 셰월이 언마 ᄒᆞ여 완월ᄃᆡ 회ᄆᆡᆼ(會盟)이 셩젼ᄒᆞ여 쳔고미ᄉᆡ(千古美事) 될가 ᄇᆞ라더니 오날놀 현뷔 황양길흘 ᄇᆞ야니 슬프믈 엇디 능히 참으리오? 오회라! 져 창텬이 내 며ᄂᆞ리 아ᄉᆞ믈 이갓치 ᄲᆞᆯ니 ᄒᆞ시ᄂᆞᆫ고?"

ᄒᆞ며 말노조ᄎᆞ 슬프미 막힐 ᄃᆞᆺᄒᆞ니 태뷔 휘루쟝탄(揮淚長嘆) 왈

"ᄌᆞ고로 현인군ᄌᆞ(賢人君子)와 쳘부슉녜(哲婦淑女) 그 명이 궁ᄒᆞ고

---

126 팔좌(八座): 육상서(六尙書)와 좌우복야(左右僕射)를 통틀어 일컫는 말.

127 뎡침(正寢): 정침. 제사를 지내는 몸채의 방.

팔ᄌᆡ 박ᄒᆞᆫ ᄌᆡ ᄒᆞ나둘히 아니라. 현부의 질환이 회소치 못ᄒᆞ믄 오문(吾門)이 그ᄅᆞᆺ되ᄂᆞᆫ 증상이라. 우리 냥노(兩老)로뼈 현부의 명(命)을 밧고디 못ᄒᆞ미 엇디 한(恨)홉디 아니리오?”

양부인이 구고의 셩은(聖恩)을 샤례(謝禮)ᄒᆞ고 뎡침(正寢)으로 도라가시믈 ᄌᆡ삼 쳥ᄒᆞ니 운계 ᄯᅩ 야야ᄅᆞᆯ 븟드러

“슈슈의 병톄(病體) 평안키ᄅᆞᆯ 위ᄒᆞ여 뎡침으로 도라가쇼셔.”

ᄒᆞ며 상부인이 ᄯᅩ 모부인을 안아 니ᄅᆞ혀 느러가시믈 쳥ᄒᆞ니 셔부인이 양부인 손을 노흐며 통읍왈(痛泣曰)

“일노좃ᄎᆞ 고부(姑婦)의 영결(永訣)이라. 긴긴 셰월의 이 지통(至痛) 42면
을 어이 견ᄃᆡ리오?”

ᄒᆞ고 뎡침으로 도라가니 양부인이 구고의 과상(過傷)ᄒᆞ시믈 보오미 딘ᄒᆞᄂᆞᆫ 경신 아득ᄒᆞ여 옥뉘(玉淚) 쇠잔ᄒᆞᆫ 귀밋ᄐᆡ 년(連)ᄒᆞᆫ지라. 이의 화부인 옥슈(玉手)ᄅᆞᆯ 잡고 상부인을 쳥ᄒᆞ여 오열뉴톄(嗚咽流涕) 왈

“쳡이 냥 부인으로 더브러 명위(名位) 디은 동긔나 동포골육(同胞骨肉)의 다ᄅᆞ미 업더니 쳡이 박명험흔(薄命險釁)ᄒᆞ여 닌셩 갓튼 ᄋᆞᄌᆞ의 영효(榮孝)ᄅᆞᆯ 보디 못ᄒᆞ고 월염을 취가(娶嫁)치 못ᄒᆞ여 이졔 쳔양(泉壤) 길흘 ᄇᆞ야니 구고긔 한업순 블효ᄂᆞᆫ 니ᄅᆞ지 말고 삼ᄋᆞ의게 무ᄋᆡ지통(無涯之痛)을 씻치니 이 셜으믄 쳔ᄃᆡ(千代)의 플닐 날이 업ᄉᆞᆯ디라. ᄇᆞ라건ᄃᆡ 부인은 쳡의 명박(命薄)ᄒᆞ믈 효측디 마ᄅᆞ시고 기리 존당을 뫼셔 만슈(萬壽) 안낙(安樂)ᄒᆞ쇼셔. 월염·닌셩은 각별 부탁디 아니ᄒᆞᄂᆞ니 군ᄌᆡ(君子) 현문(賢門)의 슉녀ᄅᆞᆯ 마졸딘ᄃᆡ 져희 무모이유모(無母而有母)ᄒᆞ고 무의이유의(無依而有依)ᄒᆞᆯ 쁜 아니라 냥 부인이 냥
ᄋᆞᄅᆞᆯ 딜ᄋᆞ(姪兒) 등으로 달니 알오미 업ᄉᆞᆯ ᄇᆡ오. 피ᄎᆞ ᄆᆞ음을 안 후ᄂᆞᆫ 43면

슈다셜홰(數多說話) 무익(無益)ᄒᆞ리니 도라가ᄂᆞᆫ 넉시 춍춍(悤悤)ᄒᆞ니 가득ᄒᆞᆫ 말ᄉᆞᆷ을 다 못 ᄒᆞ나이다."

인ᄒᆞ여 셔·화 냥 부인과 구문(九門) 친쳑의게 낫낫치 말을 븟친 후 명염을 어로만져

"효셩구고(孝誠舅姑)ᄒᆞ고 이순군ᄌᆞ(怡順君子)ᄒᆞ여 부모의게 욕이 밋게 말나."

쏘 월염의 옥슈(玉手)를 잡고 왈

"여뫼(汝母) 비록 죽으나 듕모(仲母)와 고뫼(姑母) 긔츌갓치 ᄌᆞᄋᆡ(慈愛)ᄒᆞ실 ᄇᆡ오 ᄉᆞ뫼(嗣母)[128] 입계ᄒᆞᆫ즉 태산의 의디 될디라. ᄲᅧ곰 효슌디녜(孝順之禮)를 다ᄒᆞ라."

ᄒᆞ고 이의 닌셩을 안아 실셩통읍(失聲痛泣) 왈

"화뎨 너를 싱ᄒᆞ던 날노브터 내 침소의 옴겨 뉵 년을 양휵(養畜)ᄒᆞᄆᆡ 슉딜디졍(叔姪之情)이 모ᄌᆞ(母子)와 다ᄅᆞᆷ을 아지 못ᄒᆞ다가 칭모ᄌᆞ(稱母子) ᄒᆞᆫ 지 ᄉᆞ오 월의 네게 디통을 깃치니 나의 딘ᄒᆞᄂᆞᆫ 흉금(胸襟)이 엄격(掩擊)ᄒᆞᄂᆞᆫ디라. 타일의 ᄉᆞ뫼 입승(入承)ᄒᆞ여 혹 브ᄌᆞ(不慈)ᄒᆞ미 잇셔도 너를 죡히 당부홀 ᄇᆡ 아니나 대순(大舜)[129]이 우믈의 겻굼글 두시믈 효측ᄒᆞ려니와 텬ᄒᆞ(天下)의 무블시져부미(無不是底父母)[130]라.

---

128 ᄉᆞ뫼(嗣母): 사모. 계후자가 후사로 들어가 어머니로 섬길 사람.

129 대순(大舜): 대순. 고대 중국의 전설적인 제왕으로, 오제(五帝)의 한 사람. 성은 우(虞), 이름은 중화(重華). 효행이 뛰어나 요임금으로부터 천하를 물려받음. 아버지와 이복동생이 자신을 우물에 파묻어 죽이려고 했으나 그들을 원망하지 않고, 도리어 인(仁)으로 대함으로써 교화시켰음.

130 천하(天下)의 무블시져부미(無不是底父母): 세상에 악한 부모는 없다는 말. 《소학》 〈가언(嘉言)〉.

민ᄌᆞ(閔子)[131]의 치위ᄅᆞᆯ 슬허 말고 은은간간(隱隱侃侃)ᄒᆞ여 효셩을 다 44면
ᄒᆞᄂᆞᆫ 듯 쳔금디구(千金之軀)ᄅᆞᆯ 보듕(保重)ᄒᆞ여 대슌(大舜)을 효측ᄒᆞ
고 몸이 죵댱(宗長)의 듕홈과 양 부모의 만금(萬金) 소탁(所托)과 존
당의 귀중 년ᄋᆡ ᄒᆞ시믈 혜아려 과도히 훼상(毁傷)치 말고 남ᄆᆡ 셔로
보호ᄒᆞ여 삼 년을 맛고 어딘 안ᄒᆡᄅᆞᆯ 마ᄌᆞ 가도(家道)ᄅᆞᆯ 챵셩(昌盛)ᄒᆞ
며 동긔 우ᄋᆡ(友愛)ᄒᆞ여 구원(九原) 망녕(亡靈)을 위로ᄒᆞ라. 젼일 됴
부 연셕(宴席)의셔 니학ᄉᆞ ᄌᆞ녀ᄅᆞᆯ 보니 딘실노 만고의 드믄 옥녀긔
ᄌᆡ(玉女奇子)라. 깃븐 의ᄉᆡ(意思) 어든 ᄌᆞ부(子婦)의 감(減)치 아니ᄒᆞ
여 ᄒᆞ노라."

공ᄌᆞ 남ᄆᆡ 모부인 유교(遺敎)ᄅᆞᆯ 듯ᄌᆞ오ᄆᆡ 더옥 망극ᄒᆞ여 톄읍ᄋᆡ호(涕泣哀號) 왈

"태태(太太)[132] ᄒᆡᄋᆞ(孩兒) 등을 ᄇᆞ리시고 장ᄎᆞᆺ 어ᄃᆡ로 가려 ᄒᆞ시ᄂᆞ니잇고?"

부인이 좌우로 듁음(粥飮)을 가져오라 ᄒᆞ여 ᄌᆞ녀ᄅᆞᆯ 권ᄒᆞ여 왈

"모ᄌᆞ의 졍을 펴미 금일ᄲᅮᆫ이라. 여등(汝等)이 나의 권ᄒᆞᄂᆞᆫ 바ᄅᆞᆯ 이ᄯᅢ의 밧디 아니코 다시 어ᄃᆡ 가 권ᄒᆞ믈 보려 ᄒᆞᄂᆞ뇨?"

인ᄒᆞ여 팔흘 썰며 미듁(糜粥)[133]을 닌셩의 입의 다히고ᄌᆞ ᄒᆞ니 공ᄌᆡ 가
숨이 막히나 모명(母命)을 슌(順)ᄒᆞ려 밧비 바다먹ᄂᆞᆫ 톄ᄒᆞᆯ시 부인이 45면

---

131 민ᄌᆞ(閔子): 민자. 춘추시대 말기 노나라 사람. 이름은 손(損)이고, 자는 자건(子騫). 공자의 제자 중 한 명으로 효성과 덕행으로 유명함.

132 태태(太太): 어머니.

133 미듁(糜粥): 미죽. 미음이나 죽 따위를 통틀어 이르는 말.

그 팔흘 ᄡᆞ미엿고 다시 월염을 보니 손을 동혓ᄂᆞᆫ디라. 이ᄅᆞᆯ 보ᄆᆡ 앗기며 잔잉ᄒᆞ미[134] 칼흘 ᄉᆞᆷ키고 돌을 먹음은 ᄃᆞᆺ 냥ᄋᆞ(兩兒)의 손을 ᄌᆞᆸ고 우러 왈

"부인ᄂᆡ 엇디 ᄉᆞᆯ피디 못ᄒᆞ여 내 ᄌᆞ녀ᄅᆞᆯ 이ᄀᆞᆺ치 상케 ᄒᆞ시뇨?"

ᄒᆞ며 울기ᄅᆞᆯ 마디 아니커ᄂᆞᆯ 상셰 부인의 과상(過傷)ᄒᆞ미 더옥 유ᄒᆡ(有害)ᄒᆞ믈 민망ᄒᆞ여 친히 위로ᄒᆞ믈 간졀이 ᄒᆞᆫᄃᆡ 부인이 업ᄃᆡ여 유유브답(唯唯不答)이라가 이윽고 녀ᄋᆞ로 젼어왈(傳語曰)

"쳡이 감히 부ᄌᆞ(夫子)[135]의 ᄌᆞ최ᄅᆞᆯ 괴로와ᄒᆞ미 아니라 가친의 댱젼(葬前)의 부ᄌᆞ와 담화(談話)ᄒᆞ미 녜의 어긜 쁜 아니라 도라가ᄂᆞᆫ 졍신이 현난(眩亂)ᄒᆞ고 병측(病側)이 누츄(陋醜)ᄒᆞ니 군ᄌᆞ의 님(臨)ᄒᆞ시미 욕된디라. 쳥컨ᄃᆡ 셔ᄌᆡ(書齋)로 나가시고 쳡이 죽으므로ᄡᅧ 과상치 마ᄅᆞ샤 우ᄒᆞ로 구고(舅姑)의 셩심을 요동치 마ᄅᆞ시고 아ᄅᆡ로 ᄌᆞ녀의 고고(孤孤)ᄒᆞ믈 보호ᄒᆞ샤 구쳔(九泉)의 늣기고 바라ᄂᆞᆫ 바ᄅᆞᆯ 위로ᄒᆞ소셔."

ᄒᆞ고 다시 말을 아니니 상셰 슈루댱탄(垂淚長嘆) 왈

46면 "오회(嗚呼)라! 창텬이 나의 부인을 아ᄉᆞ시미 이갓치 ᄲᆞᄅᆞ신고? ᄉᆡᆼ(生)은 긔야(寄也)오 ᄉᆞ(死)ᄂᆞᆫ 귀애(歸也)라. 비록 션휘(先後) 이시나 거셰(去世)의 초초(焦憔)ᄒᆞ믈 슬허 ᄆᆞᄉᆞᆷ ᄒᆞ리오마ᄂᆞᆫ 이친(二親)의 과상(過傷)ᄒᆞ심과 삼ᄋᆞ(三兒)의 호모디셩(呼母之情)을 하이잉쳥(何而忍聽)이리오? 유명(幽明)을 격(隔)ᄒᆞ고 쳔고디별(千古之別)을 영결(永訣)치 아니치 못ᄒᆞ미러니 부인의 ᄯᅳᆺ이 여ᄎᆞᄒᆞᆫ즉 ᄉᆡᆼ(生)이 엇디 머

134 잔잉ᄒᆞ미: 잔잉하다. 애처롭고 불쌍하여 차마 보기 어렵다.

135 부ᄌᆞ(夫子): 부자. 남편의 높임말.

므러 그 심회를 난호리오? 삼ᄋᆞ를 보호ᄒᆞ믄 부인의 당부를 기다리지 아니려니와 아비 맛ᄎᆞᆷ니 범홀(泛忽)ᄒᆞ여 어믜 종요로오미 업ᄉᆞ나 만ᄉᆡ(萬事) 다 텬의(天意)라. 슬허 무익ᄒᆞ니 과상치 마ᄅᆞ쇼셔."

ᄒᆞ며 년녀ᄒᆞ다가 츌외(出外)어ᄂᆞᆯ 양부인이 기리 읍탄(泣嘆)ᄒᆞ고 닌셩의 손을 잡아 왈

"오ᄋᆡ(吾兒) 고셔(古書)를 박남(博覽)ᄒᆞ여시니 블승상(不勝喪)이 블효와[136] 경신(敬身)이 위ᄃᆡ(爲大)[137]ᄒᆞᄂᆞᆯ 모로디 아닐디라. 도라가ᄂᆞᆫ 어미로 ᄒᆞ여곰 졀박ᄒᆞᆫ 근심을 픔디 말과져 ᄒᆞ거든 뼈곰 보젼ᄒᆞᆯ 도리를 졍녕(丁寧)이 니ᄅᆞ라."

공ᄌᆡ 텬디 망망ᄒᆞ나 모친이 이갓치 니ᄅᆞ시ᄂᆞᆫ 말숨을 아니 ᄃᆡ치 못ᄒᆞᆯ디라. 니러 졀ᄒᆞ고 읍고왈(泣告曰)

"ᄋᆞ히 비록 일만 가디 못 견딜 경계(境界) 잇셔도 ᄌᆞ위(慈闈)의 이 갓ᄌᆞ오신 교령(教令)을 져바리읍디 못ᄒᆞ오려든 왕부(王父)의 ᄉᆞ랑ᄒᆞ심과 냥(兩) 대인(大人)의 ᄌᆞᄋᆡ(慈愛)를 밧ᄌᆞᆸ고 ᄉᆡᆼ뫼(生母) 디극ᄒᆞᆫ 졍을 다ᄒᆞ시니 ᄋᆞ히 몸이 실노 조곰도 념녜 업ᄉᆞ온디라. 복원 태ᄐᆡᄂᆞᆫ 블초를 위ᄒᆞ여 셩녀(聖慮)를 더으디 마ᄅᆞ시고 병후(病後)를 안보ᄒᆞ쇼셔." 47면

부인이 ᄌᆞ녀의 낫ᄎᆞᆯ 다히고 금장쇼고(錦帳小姑)의 손을 잡아 기리 늣겨 슈셩(數聲) 탄식의 긔운이 밋디 못ᄒᆞ여 다시 말을 못 ᄒᆞ고 쇽광(屬

136 블승상(不勝喪)이 블효(不孝): 《예기》에 나오는 구절로, 상을 견뎌내지 못하는 것은 부자(不慈)와 불효에 견준다는 뜻.

137 경신(敬身)이 위ᄃᆡ(爲大): 경신이 위대. 《소학》에 나오는 구절로, 자기의 몸가짐을 조심하는 것을 크게 여긴다는 뜻.

纊)ᄒᆞᆯᄉᆡ 향취(香臭) 부듕(府中)을 두로며 셔광(瑞光)이 팀뎐(寢殿)의 ᄋᆡᄋᆡ(靄靄)ᄒᆞ여 하날의 년(連)ᄒᆞ엿더니 밋 별세ᄒᆞᄆᆡ 셔광은 거두치고[138] 향취 오히려 딘울(津鬱)ᄒᆞ더라. 부인이 쳥고탁아(淸高卓雅)ᄒᆞᆫ 긔질이 너모 딘쇽(塵俗)의 버셔나므로 향슈(享壽)치 못ᄒᆞ여 계오 하슈(下壽)[139]의 반(半)을 누리니 공ᄌᆡ 모친으로 합연(溘然)[140]이 ᄒᆞᆫ 몸이 될 ᄃᆞᆺᄒᆞ고 ᄋᆡ호 일셩의 엄연(奄然)이 혼졀ᄒᆞ며 이 쇼져ᄂᆞᆫ 참참(慘慘)이 ᄋᆡ호(哀號)ᄒᆞ니 상·화 이 부인이 냥 쇼져ᄅᆞᆯ 븟드러 ᄂᆡ고 상셰 급히 드 48면 러와 부인 시신(屍身)을 ᄎᆡ ᄉᆞᆯ피디 못ᄒᆞ여 닌셩을 안아 약믈을 드리워 구호(救護)ᄒᆞ니 식경(食頃) 후 공ᄌᆡ 인ᄉᆞ(人事)ᄅᆞᆯ ᄎᆞᆯ혀 다시 호곡(號哭)ᄒᆞ니 상셰 참연(慘然) 통졀ᄒᆞ나 우흐로 부모의 통상(痛傷)ᄒᆞ시믈 돕디 못ᄒᆞ고 아ᄅᆡ로 ᄌᆞ녀ᄅᆞᆯ 디극 보호ᄒᆞ여 ᄉᆞᄌᆞ(死者)ᄂᆞᆫ 이의어니와 ᄋᆞᄌᆞᄅᆞᆯ 보젼치 못ᄒᆞᆯ디라 상부인을 당부ᄒᆞ여 ᄌᆞ녀ᄅᆞᆯ 과히 ᄋᆡ훼(哀毁)치 말게 ᄒᆞ라 ᄒᆞ고 인ᄒᆞ여 초혼(招魂)[141] 발상(發喪)[142]ᄒᆞ니 공ᄌᆞ 남ᄆᆡ 호텬통도(呼天痛悼)ᄒᆞ믄 니ᄅᆞ디 말고 태부와 셔부인의 과상ᄒᆞ미 ᄒᆞᆫ 번 통곡의 긔운을 슈습(收拾)디 못ᄒᆞ니 상셔의 쳐창(悽愴)ᄒᆞᆫ 곡셩이 산쳔이 슬허ᄒᆞᆯ 바의 일가 죡당(族黨)의 디어노ᄌᆞ비ᄇᆡ(至於奴子婢輩)의 니ᄅᆞ히 양부인 덕의(德義)ᄅᆞᆯ 각골 감동ᄒᆞ미 셔태부인 버금인 고로

138 거두치고: 거두치다. 거두어 치워버리다.

139 하슈(下壽): 하수. 60세의 나이. 또는 그 나이가 된 노인.

140 합연(溘然): 죽음이 뜻하지 않게 갑작스럽다는 뜻.

141 초혼(招魂): 사람이 죽었을 때 지붕에 올라가 그 혼을 소리쳐 부르는 것.

142 발상(發喪): 상례에서 죽은 사람의 혼을 부르고 나서 상인(喪人)이 머리를 풀고 슬피 울어 초상난 것을 알리는 절차.

금일을 당ᄒᆞ여 져마다 슬허ᄒᆞ믈 다 형언치 못ᄒᆞᆯ너라. 곡셩이 텬디롤 흔들고 인인(人人)의 이상ᄒᆞ믈 보ᄂᆞᆫ 쟈 뉘 아니 늣기리오?

화셜. 운계션싱과 화부인이 냥 딜녀와 닌셩의 피발곡용(被髮哭踊)ᄒᆞ여 호텬이혈(呼天哀血)ᄒᆞᄂᆞᆫ 거동을 보건ᄃᆡ ᄒᆞᆫ갓 ᄉᆞᄌᆞ(死者)롤 위ᄒᆞ여 통도ᄒᆞᆯ ᄲᅳᆫ 아냐 이 딜녀와 쳔금 ᄋᆞᄌᆞ(兒子)롤 위ᄒᆞᆫ 비통이 심붕담녈(心崩膽裂)[143]ᄒᆞ나 이친(二親)의 참통ᄒᆞ신 심회롤 돕디 못ᄒᆞ여 상셔롤 븟드러 ᄋᆞᄌᆞ롤 보호ᄒᆞ며 듁음(粥飮)을 권ᄒᆞ여 그 과훼이상(過毁哀傷)ᄒᆞ믈 ᄉᆞ리(事理)로 개유(開諭)ᄒᆞ나 공ᄌᆞ 남ᄆᆡ 디통(至痛)을 금억(禁抑)디 못ᄒᆞ여 기리 망망(茫茫)ᄒᆞ고 엄엄(奄奄)히 인ᄉᆞ롤 바려 혼졀키롤 ᄌᆞ로 ᄒᆞ니 상셰 도로혀 비회(悲懷)롤 닛고 부모롤 관위(款慰)ᄒᆞ며 ᄌᆞ녀롤 어로만져 ᄌᆞ모의 죵요로온[144] 졍과 엄부(嚴父)의 위의롤 겸ᄒᆞ여 그 이훼(哀毁)ᄒᆞ믈 칙ᄒᆞ고 보젼ᄒᆞᆯ 바롤 디극히 ᄒᆞ니 공ᄌᆡ 비록 뉵 셰 튱년(冲年)이나 셩인의 픔슈(稟受)와 츌텬셩회(出天誠孝) 슈삼셰(數三歲)로브터 쇽ᄌᆞ(俗者)와 닋도ᄒᆞᆫ 고로 의리롤 ᄉᆡᆼ각ᄒᆞ여 냥 대인 참졀(慘切)ᄒᆞ신 념녀롤 더으디 말고ᄌᆞ ᄒᆞᄆᆡ 여할여졀치통(如割如絶之痛)을 셔리담고[145] 비록 비황듕(悲荒中)이나 치상(治喪)의 졍셩을 다ᄒᆞ미 노셩 군ᄌᆞ(君子)의 밋디 못ᄒᆞᆯ 일이 만흐니 태부와 상셔 곤계 그 너모 조셩특이(早成特異)ᄒᆞ미 도로혀 슈한(壽限)의 유힉(有害)ᄒᆞᆯ가 념녀ᄒᆞ더라. 임의 셩복(成服)을 디닐ᄉᆡ 공ᄌᆞ 남ᄆᆡ 이훼골닙(哀毁 49면

143 심붕담녈(心崩膽裂): 심붕담렬. 마음이 무너지고 간담이 찢어짐.

144 죵요로온: 종요롭다. 없으면 안 될 만큼 요긴하다.

145 셔리담고: 서리담다. 어떤 생각을 마음속 깊이 간직하다.

50면 骨人)[146]ᄒᆞ여 ᄋᆡ통망극(哀痛罔極)ᄒᆞ믈 볼진ᄃᆡ 쇠간장 돌ᄆᆞᄋᆞᆷ이라도 코히[147] 싀고 눈믈이 ᄯᅥ러디거ᄂᆞᆯ 양부인의 셩심슉덕(誠心淑德)으로 그 명이 단(短)ᄒᆞ고 복이 ᄃᆞᆺ겁디 못ᄒᆞ믈 일가친쳑(一家親戚)과 ᄎᆞ환복부(叉鬟僕夫)의 니ᄅᆞ히 각골통할(刻骨痛割)ᄒᆞ거든 ᄒᆞ믈며 ᄉᆞ랑ᄒᆞ던 구고와 우ᄋᆡᄒᆞ던 동긔며 경듕(敬重)ᄒᆞ던 군ᄌᆞ의 비통ᄒᆞ믈 다 엇디 니ᄅᆞᆯ 것가? ᄋᆡ셩(哀聲)이 동구(洞口)ᄅᆞᆯ ᄃᆞ레고 근심ᄒᆞᄂᆞᆫ 하날이 침음(沈陰)ᄒᆞ여 비풍(悲風)이 소소(蕭蕭)ᄒᆞ며 셰위(細雨) ᄡᅳ리고ᄌᆞ ᄒᆞ니 초목금쉬(草木禽獸) 다 위ᄒᆞ여 쳑연(慽然)ᄒᆞ더라. ᄎᆞ일 됴학ᄉᆞ 셰챵이 복졔(服制)ᄅᆞᆯ 갓초고 반ᄌᆞ디의(半子之義)[148]ᄅᆞᆯ 다ᄒᆞ여 그 악모(岳母)의 은은슉혜(誾誾淑惠)ᄒᆞ므로ᄡᅧ 향슈치 못ᄒᆞ믈 슬허ᄒᆞᄂᆞᆫ 바의 닌셩의 거동을 ᄎᆞ마 보디 못ᄒᆞ여 ᄌᆞ로 권유ᄒᆞ고 됴태ᄉᆞ와 됴태위 졍쇼져의 미약ᄒᆞ믈 상히 념녀ᄒᆞ던 고 상ᄎᆞ(喪次)[149]의셔 ᄋᆡ훼ᄅᆞᆯ 임의(任意)로 ᄒᆞ여 상ᄒᆞ미 만흘 바ᄅᆞᆯ 근심ᄒᆞ여 죵용이 상셔ᄅᆞᆯ ᄃᆡᄒᆞ여 ᄋᆞ부(兒婦)ᄅᆞᆯ 다려가렷노라 ᄒᆞ니 상셰 탄왈(嘆曰)

51면 "녀식(女息)이 금일 어믜 셩복(成服)을 디ᄂᆡ고 구가(舅家)로 도라가믈 더옥 ᄋᆡ졀(哀切)ᄒᆞ려니와 쇼뎨(少弟) 역시 삼ᄋᆞ(三兒)의 ᄋᆡ통ᄒᆞᄂᆞᆫ 거동이 보기 슬흐니 형이 다려가고ᄌᆞ ᄒᆞᆯ딘ᄃᆡ 쇼뎨 굿ᄐᆞ여 막디 아니ᄒᆞ나이다."

---

146 ᄋᆡ훼골닙(哀毁骨人): 애훼골입. 부모의 죽음을 심히 슬퍼하여 몸이 쇠약해짐.

147 코히: 규장각본에는 '콰히'로 되어 있음.

148 반ᄌᆞ디의(半子之義): 반자지의. 반자(半子)는 아들이나 다름없이 여긴다는 뜻으로, 사위를 가리킴.

149 상ᄎᆞ(喪次): 상차. 상주가 있는 곳.

됴태위[150] 즉시 거장(車裝)을 ᄎᆞᆯ혀 쇼져의 도라가기ᄅᆞᆯ ᄌᆡ촉ᄒᆞ니 명염 쇼졔 상측(喪側)을 써나미 더옥 통결ᄒᆞ나 야애 머므지 아니시고 엄귀(嚴舅) ᄌᆡ촉ᄒᆞ시니 감히 ᄉᆞ졍(私情)을 빗최디 못ᄒᆞ여 울며 도라가니 셔부인이 더옥 비회ᄅᆞᆯ 측냥(測量)치 못ᄒᆞ여 월염을 픔고 누어 기리 감읍왈(感泣曰)

"여뫼(汝母) 인효셩힝(仁孝誠行)으로ᄡᅧ 우리 목젼(目前)의 이 갓ᄐᆞᆫ 셜우믈 닐윌 줄은 ᄉᆡᆼ각디 못ᄒᆞᆫ ᄇᆡ리. 여뷔(汝父) 이제 단현(斷絃)[151]의 통을 만나 비록 것ᄎᆞ로 과상ᄒᆞ미 업ᄉᆞ나 쇽으로 참졀ᄒᆞ미 간위(肝胃)ᄅᆞᆯ 상케 할디라. 네 ᄒᆞᆫ갓 죽은 어미ᄅᆞᆯ 위ᄒᆞ여 과훼(過毁)치 말고 ᄉᆞ랏ᄂᆞᆫ 아비 심ᄉᆞ(心事)ᄅᆞᆯ 헤아려 슬프믈 돕디 말나."

쇼졔 톄읍ᄃᆡ왈(涕泣對曰)

"하ᄀᆈ(下敎) 이러치 아니ᄒᆞ신들 쇼녜 엇디 무익디통(無益之痛)을 과히 ᄒᆞ여 왕모와 야야의 우려ᄅᆞᆯ 돕ᄉᆞ오리잇고마ᄂᆞᆫ ᄌᆞ모(慈母)의 덕셩 52면
이 죡히 슈복(壽福)을 누렴 즉ᄒᆞ오ᄃᆡ 쇼녀 등이 죄 듕ᄒᆞ와 이의 밋ᄎᆞ믈 ᄉᆡᆼ각ᄒᆞ오ᄆᆡ 통졀ᄒᆞ믈 니긔지 못ᄒᆞ리로소이다."

부인이 참통ᄋᆡ상(慘痛哀傷)ᄒᆞ믈 참디 못ᄒᆞ여 쇼져ᄅᆞᆯ 어로만져 보호ᄒᆞ여 교ᄋᆡ(嬌愛)ᄒᆞ미 여린 옥갓치 넉이고 상셰 쏘 부인이 망(亡)ᄒᆞ므로브터 닌셩을 더옥 귀듕ᄒᆞ고 ᄉᆞᄉᆞ(事事)의 닛디 못ᄒᆞ여 엄부(嚴父)의 위의로 ᄌᆞ모의 구구(區區)ᄒᆞ미 이시니 운계 형댱의 근노(勤勞)ᄒᆞ시믈 민망ᄒᆞ여 간왈(諫曰)

---

150 태위: 태우. 한자어 대부(大夫)의 우리말 표현.

151 단현(斷絃): 거문고 줄이 끊어졌다는 뜻으로, 아내의 죽음을 비유적으로 이르는 표현.

“닌셩이 슈슈(嫂嫂)ᄅᆞᆯ 여희와 디통이 간혈(肝血)의 얽혀시나 오히려 졔 ᄉᆡᆼ뫼 잇셔 의식디졀(衣食之節)이 셔어(齟齬)ᄒᆞ미 업고 존당(尊堂)이 과ᄋᆡ(過愛)ᄒᆞ시니 형댱(兄丈)이 부ᄌᆞ의 졍으로 귀듕ᄒᆞ실 밧 졔 몸을 념녀ᄒᆞ실 일이 업거ᄂᆞᆯ ᄆᆡ양 브졀업ᄉᆞᆫ 셩녀(聖慮)ᄅᆞᆯ 져의 좌와슉식(座臥宿食)을 무심히 보시ᄂᆞᆫ 일이 업셔 ᄋᆞᄒᆡ 침식(寢食)이 잠간 녜ᄉᆞ롭디 못ᄒᆞᆯ 만ᄒᆞ여도 놀나시기ᄅᆞᆯ 과히 ᄒᆞ시니 쇼뎨 그ᄋᆞᆨ이 민박(憫迫)
53면 ᄒᆞ여[152] ᄒᆞᄂᆞ이다. 디금의 졔 망극 듕 잇셔 호흥(豪興)이 이실 ᄯᆡ 아니어니와 졈졈 ᄌᆞ라ᄂᆞᆫ ᄋᆞᄒᆡ로 ᄒᆞ여곰 ᄇᆡᆨ만ᄉᆞ의 ᄯᅳᆺ 밧기ᄅᆞᆯ 못 밋ᄎᆞᆯ ᄃᆞ시 ᄒᆞ시면 방ᄌᆞ(放恣)ᄒᆞᆫ ᄆᆞ음을 길우미라. 원컨ᄃᆡ 형댱은 ᄌᆞᄋᆡ(慈愛)ᄅᆞᆯ 존졀(撙節)[153]이 ᄒᆞ시고 위의ᄅᆞᆯ 일치 마ᄅᆞ샤 ᄋᆞᄒᆡ로 ᄒᆞ여곰 방약(傍若)[154]게 마ᄅᆞ쇼셔.”

상셰 츄연탄왈(惆然嘆曰)

“현뎨(賢弟)의 명상ᄌᆞ인(明爽慈仁)ᄒᆞ므로뼈 엇디 이런 말을 ᄒᆞᄂᆞ뇨? ᄋᆞᄒᆡ 유시(幼時)의 디통(至痛)을 픔어 듁음을 나리오디 못ᄒᆞ고 혈뉘(血淚) 최복(衰服)[155]을 젹셔 ᄒᆞᆫ 번 거ᄅᆞᄆᆡ 두 번 업더디믈 보니 우형(愚兄)의 심장이 쌧거질 ᄃᆞᆺᄒᆞᆫ디라. 비록 무심코ᄌᆞ ᄒᆞ나 우형의 박덕젹앙(薄德積殃)으로뼈 닌셩 갓ᄐᆞᆫ 긔ᄌᆞ(奇子)ᄅᆞᆯ 보젼치 못ᄒᆞᆯ가 ᄒᆞᄂᆞ니 ᄌᆞ연 댱부의 웅심(雄心)이 소삭(消索)[156]ᄒᆞ여 부인의 인약(仁弱)[157]ᄒᆞ믈 효측

---

152 민박(憫迫)ᄒᆞ여: 민박하다. 애가 탈 정도로 걱정스럽다.

153 존절(撙節): 존절. 알맞게 절제함.

154 방약(傍若): 방약무인(傍若無人)의 준말. 곁에 아무도 없는 것처럼 함부로 하는 것을 가리킴.

155 최복(衰服): 아들이 부모, 조부모, 증조부모의 상중에 입는 상복.

156 소삭(消索)ᄒᆞ여: 소삭하다. 점점 줄어들어 다 없어지다.

(效則)ᄒᆞ거니와 아비 여ᄎᆞᄒᆞ믈 졔 업슈이 넉여 방약(傍若)ᄒᆞ미 이시리오? 현뎨 비록 명달(明達)ᄒᆞ나 닌셩 알기ᄂᆞᆫ 우형만 ᄀᆞᆺ디 못ᄒᆞ도다.”

운계 그 형당의 닌셩을 향ᄒᆞᆫ ᄆᆞᄋᆞᆷ이 간졀ᄒᆞ믈 보고 잠쇼왈(潛笑曰)

“슈슈의 별셰ᄒᆞ시미 늣겁고 통박(痛迫)ᄒᆞ온 듕 형당이 상부(喪夫)ᄒᆞᆫ 54면 녀ᄌᆞ갓치 엇디 박복디인(薄福之人)이라 ᄒᆞ시ᄂᆞ니잇고? ᄯᅩᄒᆞᆫ 닌셩이 잠간 용쇽(庸俗)기ᄅᆞᆯ 면ᄒᆞ여시나 니ᄅᆞ시ᄂᆞᆫ ᄇᆡ 만히 가(可)치 아니ᄒᆞ여이다.”

상셰 역시 미쇼왈(微笑曰)

“우형이 비록 용우(庸愚)ᄒᆞ나 엇디 샹실(喪室)ᄒᆞ믈 인ᄒᆞ여 과거(寡居)ᄒᆞᆫ 녀ᄌᆞ갓치 박복디인이믈 ᄌᆞ쳐(自處)ᄒᆞ리오마ᄂᆞᆫ 텬되(天道) 나의 블인(不仁)을 벌ᄒᆞ샤 형포(荊布)[158]ᄅᆞᆯ 아ᄉᆞ시니 ᄆᆞᄋᆞᆷ의 통박ᄒᆞ고 복이 열우믈 혜아려 ᄉᆡᆼ각건ᄃᆡ 슈삼 ᄀᆡ ᄌᆞ녀도 압ᄒᆡ 버러잇기도 밋디 못ᄒᆞ여 두리ᄂᆞᆫ ᄇᆡ 업디 아니니 기졍(其情)이 쳐의어ᄂᆞᆯ 현뎨ᄂᆞᆫ 어이 가쇼로이 넉이ᄂᆞ뇨?”

운계 샤왈(辭曰)

“쇼뎨 엇디 형당의 언ᄉᆞᄅᆞᆯ 가쇼로이 넉이리잇고마ᄂᆞᆫ 슈슈의 슈단(壽短)ᄒᆞ심도 형당의 탓시 아니라. 엇디 스ᄉᆞ로 ᄒᆡ(害)홈갓치 니ᄅᆞ시ᄂᆞ니잇고? 공ᄌᆡ(孔子) 대셩(大聖)이샤ᄃᆡ ᄇᆡᆨ 셰ᄅᆞᆯ 누리지 못ᄒᆞ시고 안회

157 인약(仁弱): 어질고 약함. 너무 순함.

158 형포(荊布): 형채포군(荊釵布裙)을 줄인 말. 형채(荊釵)는 가시나무로 만든 비녀, 포군(布裙)은 베로 만든 치마라는 뜻. 후한(後漢) 때 양홍의 아내 맹광이 가시나무 비녀를 꽂고 무명 치마를 입었다는 데서 유래한 표현으로, 남에게 자기 아내를 겸손하게 표현하는 말.

(顔回)[159] 디셩(至聖)이샤딕 곤궁(困窮)ᄒᆞ여 조강(糟糠)을 블염(不厭)ᄒᆞ다가 조셰(早世)ᄒᆞ여시니 ᄌᆞ고로 현인군ᄌᆞ(賢人君子)와 셩녀슉완(聖
55면 女淑婉)이 슈복(壽福)을 완젼이 누린 ᄌᆡ 드문디라. 슈싊 비록 향슈(享壽)치 못ᄒᆞ시나 팔좌(八座)의 귀(貴)를 누리샤 곤궁(困窮)ᄒᆞ믈 디닋지 아니시고 참난(慘亂)ᄒᆞᆫ 유한(遺恨)이 업ᄉᆞ며 슬허ᄒᆞ여 밋촐 길히 업ᄉᆞ니 형댱은 관억기를 위쥬ᄒᆞ쇼셔."

상셰 기리 탄식고 안싀이 쳑연왈(慽然曰)

"우형(愚兄)이 댱부(丈夫) 풍졍(風情)과 호걸(豪傑)의 쾌활(快活)ᄒᆞ미 업ᄉᆞ나 오히려 남ᄌᆞ의 ᄆᆞ옴이라. 어이 일(一) 녀ᄌᆞ의 망ᄒᆞ믈 구구히 슬허ᄒᆞ리오마는 심싀 ᄌᆞ연 요동ᄒᆞᄂᆞᆫ 바ᄂᆞᆫ 닌셩의 댱셩키를 기다리지 못ᄒᆞ여 져의로 ᄒᆞ여곰 늣겁고 내 삼십 츈광이 져므디 아냐시나 실노 녀관의 ᄠᅳᆺ이 부운(浮雲) 갓ᄐᆞ딕 부뫼 환거(鰥居)ᄒᆞ믈 허치 아니시리니 혹ᄌᆞ 브뎡(不正)ᄒᆞᆫ 녀ᄌᆞ롤 어더 나의 쳔금 교ᄋᆞ(嬌兒) 삼남ᄆᆡ의게 ᄒᆡ를 닐윌가 념네 업디 아니ᄒᆞ니 나의 박복ᄒᆞ미 ᄌᆞ연 한흡고 심싀 쳐졀ᄒᆞ니 슉식이 블안ᄒᆞ도다."

운계 그 형댱의 회푀 여ᄎᆞ비졀(如此悲切)ᄒᆞ믈 ᄯᅩᄒᆞᆫ 슬허ᄒᆞ나 ᄉᆞ식디
56면 아니코 호언(好言)으로 위로ᄒᆞ더라. 셰월이 여류ᄒᆞ여 뎡히 듕츄(仲秋)의 니ᄅᆞ러 장월(壯月)[160]이 되ᄆᆡ 경부 션산(先山)이 태쥐 잇셔 졍되(程道) 슈쳔 니라. 태뷔 닌셩의 누쳔니(累千里) 왕반(往返)ᄒᆞ믈 념녀ᄒᆞ여 녕연(靈筵)을 ᄯᆞ로디 말나 ᄒᆞ나 공지 더옥 망극ᄒᆞ여 이의 고두

159 안회(顔回): 춘추시대 노나라의 현인. 공자가 가장 신임했던 제자였으나 일찍 죽고 말았음.

160 장월(壯月): 음력 8월.

뉴톄(叩頭流涕) 왈

"인ᄌᆞ디되(人子之道) ᄎᆞ마 집의 편히 잇셔 망모(亡母)의 입디(入地)ᄒᆞ믈 모로리잇고?"

ᄒᆞ며 셩효의 동쵹(洞屬)홈과 녜의(禮義) 당연ᄒᆞ미 어룬으로 ᄒᆞ여곰 다시 막을 말이 업ᄉᆞᆫ디라. 그 거동이 양부인 님망디시(臨亡之時)와 일반지통(一般之痛)이어놀 니학ᄉᆡ 경공ᄌᆞ로 동상(東床)을 뎡ᄒᆞ고 냥ᄋᆞ의 댱셩(長成)키를 고ᄃᆡ(苦待)ᄒᆞ다가 쳔만 ᄉᆡᆼ각지 아닌 상변(喪變)이 나고 닌셩이 ᄋᆡ훼ᄒᆞ미 고인(故人)을 효측홀디라. 날마다 니ᄅᆞ러 위유(慰諭)ᄒᆞ더니 이날 공ᄌᆞ의 거동을 보고 잔잉ᄒᆞ믈 니긔디 못ᄒᆞ여 태부긔 고왈(告曰)

"닌셩이 비록 년유(年幼)ᄒᆞ오나 발셔 ᄉᆡᆼ디(生知)ᄒᆞᄂᆞᆫ 셩질과 현츌(顯出)ᄒᆞᆫ 효의(孝義) 뎨곡(帝嚳)의 나며 ᄌᆞ호기명(自號其名)[161]홈과 노ᄌᆞ(老子)의 삼 셰의 텬슈(天數)를 통ᄒᆞᄂᆞᆫ 신령ᄒᆞ믈 아오라 사ᄅᆞᆷ이 가ᄅᆞ치디 아니나 ᄒᆡᆼ동 쳐신이 ᄌᆞ유법되(自由法度)라. 노셩(老成) 댱ᄌᆞ(長者)의 디난 ᄆᆞ음을 가지고 나히 어리다 ᄒᆞ여 상녜(喪禮)를 폐케 되면 도로혀 질(疾)을 닐위리니 출하리 초교(草轎)[162]의 시러 녕궤(靈几)를 ᄯᆞ로게 ᄒᆞ쇼셔."

태뷔 실노 어려오나 셰브득이 허ᄒᆞ니 공ᄌᆡ 비로소 셜우믈 ᄎᆞᆷ고 반장(返葬)[163]의 브디(扶持)키를 ᄉᆡᆼ각ᄒᆞ더라. 댱일(葬日)이 갓가오ᄆᆡ 상셰 57면

---

161 뎨곡(帝嚳)의 나며 ᄌᆞ호기명(自號其名): 제곡은 상고시대의 부족장이자 제왕으로 황제(皇帝)의 증손. 제곡은 태어나면서부터 자신의 이름을 부르는 신령함이 있었다고 함.

162 초교(草轎): 초상(初喪) 중에 상제(喪制)가 타던 가마.

제문(祭文) 디어 티졔(致祭)ᄒᆞᆯᄉᆡ 만디(滿紙)의 댱셜(長說)이 다 부인의 은은슉혜(隱隱淑惠)ᄒᆞᆫ 덕과 쳥한뇨됴(淸閑窈窕)ᄒᆞᆫ 힝을 일ᄏᆞ라 슈복을 누리디 못ᄒᆞ미 텬니도상(天理倒傷)ᄒᆞ믈 통셕(痛惜)ᄒᆞ며 산ᄒᆡ(山海) 듕졍(中情)이 글 우ᄒᆡ 빗나고 ᄉᆞ의(辭意) ᄉᆡᆨᄉᆡᆨ 뎡슉(整肅)ᄒᆞ니 셩문(聖門) ᄌᆡ학(才學)이 시인ᄌᆡᄌᆞ(時人才子)의 부박(浮薄)ᄒᆞᆫ 문톄와 ᄂᆡ도ᄒᆞ믈 가히 알디라. 독파의 상셰 통곡ᄒᆞ여 누싊 쳔항(千行)이오 ᄌᆞ녀의 호곡(號哭) ᄋᆡ졀ᄒᆞ미 갈ᄉᆞ록 ᄉᆡ로온디라. 공ᄌᆡ 믄득 일셩

58면 ᄋᆡ호(哀呼)의 토혈혼졀(吐血昏絶)이어ᄂᆞᆯ 모다 울기ᄅᆞᆯ 긋치고 급히 구호ᄒᆞ니 공ᄌᆡ 계오 졍신을 ᄎᆞᆯ히미 졔(祭)ᄅᆞᆯ 파ᄒᆞᄆᆡ 상셰 장녜(葬禮) 범구(凡具)ᄅᆞᆯ 운계와 춍뎨로 가음알게[164] ᄒᆞᆫ 후 ᄋᆞᄌᆞᄅᆞᆯ 붓드러 누싊 쳠의(沾衣)ᄒᆞ여 왈

"뉵 셰 유ᄋᆡ 므ᄉᆞᆷ 상녜ᄅᆞᆯ 아노라 뉵시(六時) 곡읍(哭泣)의 긔운이 딘키ᄅᆞᆯ 그음ᄒᆞ고 ᄋᆡ통ᄒᆞ미 날노 더어[165] 스ᄉᆞ로 어미ᄅᆞᆯ 조ᄎᆞ 날노 ᄒᆞ여곰 실우디탄(失偶之嘆)의 셜우믄 여ᄉᆡ(餘事) 되고 상명지통(喪明之痛)[166]을 닐위고ᄌᆞ ᄒᆞ니 이 엇딘 도리뇨? ᄒᆞ믈며 훼블멸셩(毁不滅性)이 효[167]라 ᄒᆞ니 여뫼(汝母) 널노 더브러 모ᄌᆞ디의ᄅᆞᆯ 붉히믄 오뉵삭(五六朔)

---

163 반장(返葬): 타지에서 죽은 사람을 그가 살던 곳이나 고향으로 보내서 장사를 치러주는 일.

164 가음알게: 가음알다. 관장하다, 다스리다, 주관하다.

165 더어: 더으다. 더하다.

166 상명지통(喪明之痛): 눈이 멀 정도로 슬프다는 뜻으로, 아들이 죽은 슬픔을 비유적으로 이르는 말. 중국의 자하(子夏)가 아들을 잃고 슬피 운 끝에 눈이 멀었다는 데서 유래함.

167 훼블멸셩(毁不滅性)이 효(孝): 《효경》〈상친〉에 나오는 구절. "몸을 훼손 않게 하고 목숨을 잃지 않게 하는 것, 이것은 성인의 바른 도리니라(毁不滅性 此聖人之正也)."

의 더으디 아니나 너를 낫턴 날브터 휵양(畜養)ᄒᆞ여 졍이 듕ᄒᆞ믄 임
의 친ᄉᆡᆼ(親生)의 감(減)치 아니니 네 ᄃᆡ실노 어미 ᄉᆞ랑ᄒᆞ던 은혜를 ᄉᆡᆼ
각ᄒᆞ여 인ᄌᆞ의 도를 폐치 말고ᄌᆞ ᄒᆞ거든 과ᄋᆡ(過哀)ᄒᆞ여 멸셩키의 니
ᄅᆞ디 말나."

공ᄌᆡ 쳬루(涕淚)를 거두고 소ᄅᆡ를 화(和)히 ᄒᆞ여 ᄃᆡ왈(對曰)

"ᄒᆡᄋᆡ 태부모의 교ᄋᆡ(嬌愛)ᄒᆞ심과 대인의 여ᄎᆞ 과려(過慮)ᄒᆞ시믈 인 59면
ᄒᆞ여 실노 디통(至痛)이 망극(罔極)ᄒᆞᆫ 바를 모로ᄂᆞ니라. 엇디 훼상ᄒᆞ
와 몸을 죽이고져 ᄒᆞ리잇고? 복원(伏願) 야야(爺爺)ᄂᆞᆫ 블초ᄌᆞ(不肖
子)를 위ᄒᆞ여 무익지녀(無益之慮)를 마ᄅᆞ쇼셔."

셜파(說罷)의 ᄉᆡᆨ위(色威) 온유(溫柔)ᄒᆞ고 거지(擧止) 안셔(安舒)ᄒᆞ여
골슈의 ᄉᆞ못ᄎᆞᆫ 디통을 ᄉᆞ식(辭色)디 아니나 쇽으로 만복(滿腹)ᄒᆞᆫ 거
시 다 셜우미라. 의용(儀容)이 졈졈 참연(慘然)ᄒᆞ여 셜부(雪膚)의 빙
골(氷骨)만 남아 형ᄒᆡ(形骸) 걸녀실 ᄯᆞᆫ이라. 됴코 ᄆᆞᆰ으미 더옥 보기
위ᄐᆡᄒᆞ여 풍젼(風前)의 날닐 ᄃᆞᆺᄒᆞ니 상셰 이 거동을 ᄃᆡᄒᆞ여 가ᄉᆞᆷ이
막히ᄂᆞᆫ디라 도로혀 부인의 됴ᄉᆞ(早死)ᄒᆞ믈 한ᄒᆞ여 우흐로 친젼(親前)
의 블효를 깃치며 아ᄅᆡ로 ᄌᆞ녀의게 이갓치 못ᄒᆞᆯ 노ᄅᆞ술 ᄒᆞ여시믈 참
측통졀(慘惻痛切)ᄒᆞ더라. 댱일(葬日)의 태부며 졔인이 졔문(祭文) 디
어 곡별(哭別)ᄒᆞᄂᆞᆫ 글이 다 보암 즉ᄒᆞᄃᆡ 너모 번다ᄒᆞ기로 이의 긔록
디 못ᄒᆞ노라. 임의 양부인 관을 븟드러 태쥐로 향ᄒᆞᆯᄉᆡ 븕은 명졍(銘 60면
旌)은 의의(猗猗)ᄒᆞ여 운소(雲霄)의 다핫고 슈(數)업ᄉᆞᆫ 만ᄉᆞ(輓詞)ᄂᆞᆫ
부인의 셩덕(盛德)을 찬ᄒᆞ며 싊(壽) 단(短)ᄒᆞ여 복션디니(福善之理)
도상(倒喪)ᄒᆞ믈 ᄎᆞ셕(嗟惜)ᄒᆞ여 빵빵이 압흘 인도ᄒᆞ며 ᄂᆡ외 친쳑과
태부 부ᄌᆞ의 졔우붕당(諸友朋黨)이 어린 상인(喪人)의 여ᄎᆞ ᄋᆡ훼ᄒᆞ

믈 위ᄒᆞ여 슬허 뉘 아니 쳑연(慽然)이 칭찬ᄒᆞ리오? 졍상셰 슬프믈 믈
니치고 ᄆᆞ음을 관억(寬抑)ᄒᆞ여 됴흔 ᄃᆞ시 죵후(從厚)[168]ᄒᆞ나 공ᄌᆞ의 엄
엄(奄奄)한 일명(一命)이 초교의 실녀 호모디셩(呼母之聲)이 능히 닛
다히디 못ᄒᆞ믈 보ᄆᆡ 간위(肝胃) 날노 화ᄒᆞ여 ᄌᆡ 되고ᄌᆞ ᄒᆞ고 운계의
금옥 심장으로도 ᄋᆞᄌᆞ의 거동을 ᄎᆞ마 보디 못ᄒᆞ여 낫출 가리오더라.
여러 날 힝ᄒᆞ여 태쥐 션산의 니ᄅᆞ러 안장(安葬)ᄒᆞ고 목쥬(木主)[169]ᄅᆞᆯ 뫼
셔 도라올ᄉᆡ 공ᄌᆞ의 디통과 태부의 참비(慘悲)ᄒᆞ믄 니ᄅᆞ도 말고 상셔
의 비회ᄂᆞᆫ 가히 비길 ᄃᆡ 업난디라. ᄋᆞᄌᆞᄅᆞᆯ 힘뼈 고호(顧護)[170]ᄒᆞ여 본부
61면 의 다ᄃᆞᄅᆞᄆᆡ 허다 위의(威儀) 완연(宛然)이 부인 친영지일(親迎之日)
의 영요(榮耀) 휘황(輝煌)ᄒᆞ던 위의와 다ᄅᆞ디 아니ᄒᆞ나 임의 인ᄉᆡ(人
事) 변역(變易)ᄒᆞ고 믈ᄉᆡᆨ(物色)이 ᄂᆡ도ᄒᆞ여 대쇼(大小) 복부ᄎᆞ환(僕
夫叉鬟)의 슬픈 곡셩(哭聲)이 동구(洞口)ᄅᆞᆯ 드레고 부인의 빙ᄌᆞ미질
(氷姿美質)과 가려화용(佳麗花容)은 임의 유음(幽陰)의 가려 쳔ᄃᆡ(泉
臺) 하의 도라가시ᄆᆡ 가듕인(家中人)이 구원(九原) 상봉(相逢)을 긔
약ᄒᆞ나 인간의ᄂᆞᆫ 영결ᄒᆞ여 ᄌᆞ모갓치 ᄉᆞ랑ᄒᆞ던 존괴(尊姑) 브ᄅᆞ디져
통곡ᄒᆞ나 ᄒᆞᆫ 조각 목쥬(木主) 응(應)ᄒᆞ미 업고 동포골육(同胞骨肉)
갓튼 금장 쇼고며 쳔금교옥(千金嬌玉) 갓튼 냥 쇼졔 녕연(靈筵)을 향
ᄒᆞ여 실셩 통곡ᄒᆞ나 ᄒᆞᆫ 말 반기미 업ᄉᆞ니 졔젼(祭典)이 뫼 갓고 슬프
미 각골(刻骨)ᄒᆞ나 므ᄉᆞᆷ 유익ᄒᆞ미 이시리오? 임의 목쥬ᄅᆞᆯ 뎡침(正寢)

168 죵후(從厚): 종후. 어떤 일을 너무 박하지 않게 후한 쪽으로 좇아서 하는 것을 이름.
169 목쥬(木主): 목주. 죽은 사람의 이름을 적은 나무패. 위패.
170 고호(顧護)ᄒᆞ여: 고호하다. 마음을 써서 돌보아 주다.

의 봉안(奉安)ᄒᆞᆫ 후 공ᄌᆞ 남ᄆᆡ 셔로 븟드러 다시 목쥬ᄅᆞᆯ 우러러 참참(慘慘)이 호곡(號哭)ᄒᆞᄆᆡ ᄋᆡ셩(哀聲)이 니으락 슷ᄎᆞ락 긔운이 딘(盡)ᄒᆞ면 혼미ᄒᆞ여 소ᄅᆡ 긋치고 피ᄅᆞᆯ 토ᄒᆞ다가 나으면 다시 우러 긋치지 아니ᄒᆞ니 이 경상(景狀)은 토목(土木) 심장 ᄃᆡᄒᆞ여 ᄎᆞ마 바로 보디 못 62면
할디라. 상셰 부모의 비회ᄅᆞᆯ 돕디 못ᄒᆞ고 ᄌᆞ녀의 ᄋᆡ훼ᄒᆞ믈 더으지 아니려 이의 뎡ᄉᆡᆨ(正色)고 명염쇼졔 맛으로 이셔 냥뎨(兩弟)의 위ᄐᆡᄒᆞ믈 넘녀 아냐 그 과도ᄒᆞ믈 ᄎᆡᆨᄒᆞ며 그만 긋치고 도라가라 ᄒᆞ니 명염쇼졔 이뉵(二六) 튱년(沖年)의 도ᄉᆡᆼ[171]을 ᄇᆡ(配)ᄒᆞᄆᆡ 아ᄃᆡᆨ ᄒᆡᄅᆞᆯ 밧고디 못ᄒᆞᆫ 바의 도학ᄉᆞ의 엄위준녈(嚴威俊列)ᄒᆞ믈 깁히 두리고 딘졍(眞情)으로 슬히 넉여 비록 쳔만 가지 셜움과 ᄇᆡᆨ[172] 가디 괴로온 회푀 잇셔도 감히 도ᄉᆡᆼ의 압ᄒᆡ셔ᄂᆞᆫ 낫빗ᄎᆞᆯ 밧고지 못ᄒᆞᄂᆞᆫ 고로 구고(舅姑) 존당(尊堂)의 ᄌᆞᄋᆡ(慈愛)ᄅᆞᆯ 감골(感骨)ᄒᆞ나 도ᄉᆡᆼ을 심히 ᄭᅥ려 구가(舅家)의 도라가기ᄅᆞᆯ 졀박(切迫)히 넉이나 ᄯᅩ 감히 엄교(嚴敎)ᄅᆞᆯ 거역디 못ᄒᆞ여 셩복 후 즉시 도라갓다가 댱일(葬日) 밋쳐 왓ᄂᆞᆫ지라. 야애 ᄌᆞ긔 훼통(毁痛)ᄒᆞ믈 보지 말고ᄌᆞ ᄒᆞ샤 ᄯᅩ 가라 ᄒᆞ시믈 듯ᄌᆞ오ᄆᆡ 가장 놀나고 두려 디통(至痛)을 쳔만 관억(寬抑)ᄒᆞ여 나ᄌᆞᆨ이 샤죄ᄒᆞᆯ 쁜이언졍 63면
심곡(心曲) ᄉᆞ졍을 감히 고치 못ᄒᆞ니 샹셰 그 무모(無謀)ᄒᆞᆫ 졍ᄉᆞ(情思)[173]ᄅᆞᆯ 참담ᄒᆞ여 집슈무ᄋᆡ(執手撫愛) 왈

“여등(汝等) 삼 인이 팔ᄌᆡ(八字) 유복(有福)ᄒᆞ믄 실노 네 웃듬이라.

---

171 도ᄉᆡᆼ: 조생. 조세창.

172 ᄇᆡᆨ: 규장각본에는 ‘ᄇᆡᆨ만’으로 되어 있음.

173 졍ᄉᆞ(情思): 정사. 감정에 따라 일어나는 억누르기 힘든 생각. 정념.

여뫼(汝母) 월염을 셩인(成姻)ᄒᆞ며 닌셩을 입장(入丈)ᄒᆞ여 며ᄂᆞ리롤 보ᄂᆞᆫ 날이라도 죽어시면 내 족히 셟디 아니리니 오ᄋᆞᄂᆞᆫ 스ᄉᆞ로 인지(認知)ᄒᆞ여 존당의 비ᄋᆡ(悲哀)ᄒᆞ시믈 돕ᄉᆞᆸ디 말고 나의 심우(心憂)롤 더으디 마라. 일즉이 도라가 부도(婦道)롤 닥가 죽은 어미와 ᄉᆞ랏ᄂᆞᆫ 아븨게 ᄋᆡ이무교(愛而無教)ᄒᆞᆫ 시비롤 깃치지 말미 가워 희니라. ᄒᆞ믈며 됴ᄌᆞᄂᆞᆫ 항항쥰고(恒恒俊高)ᄒᆞᆫ 녈댱부(烈丈夫) ᄉᆞ군ᄌᆡ(士君子)[174]라. 져의 눈의 그룻 뵈지 말나."

상부인이 딜녀(姪女)의 년년약딜(軟軟弱質)노뼈 그 가부(家夫) 된 ᄌᆡ 너모 쥰녈고상(峻烈高尙)ᄒᆞ여 녀ᄌᆞ의 쇼쇼(小小) ᄉᆞ졍을 도라볼 ᄌᆡ 아니믈 미흡(未洽)ᄒᆞ고 딜녀롤 년ᄋᆡ(戀愛)ᄒᆞ여 상셔긔 고왈(告曰)

"딜ᄋᆞ의 셰류(細柳)갓치 셤약(纖弱)ᄒᆞ므로뼈 됴ᄌᆞ 갓튼 어위ᄎᆞ고[175] 죵

64면

요롭디 못ᄒᆞᆫ 가부의 위풍(威風)의 긔운을 펴지 못ᄒᆞ고 져져(姐姐)의 회리지ᄋᆡ(懷裡之愛)롤 ᄉᆡᆼ각ᄒᆞ미 엇디 죵텬비통(終天悲痛)[176]을 춤으리잇고? 거거(哥哥)ᄂᆞᆫ 기졍(其情)을 긍디ᄒᆞ샤 너모 급히 구가로 휘튝(回逐)디 마ᄅᆞ쇼셔."

정시독[177]이 쇼이언왈(笑而言曰)

"됴ᄌᆞ는 니론바 닙텬하디광거(立天下之廣居)ᄒᆞ고 힝텬ᄒᆞ디대도(行天下之大道)홀 군ᄌᆡ오 항항 쥰녈ᄒᆞ여 딕언졍논(直言正論)이 한ᄃᆡ

174 ᄉᆞ군ᄌᆡ(士君子): 사군자. 덕행이 높고 학문이 뛰어난 사람.

175 어위ᄎᆞ고: 어위ᄎᆞ다. 마음속 흥취가 가득한 상태를 일컫는 것으로 추정.

176 죵텬비통(終天悲痛): 종천비통. 세상이 끝날 것 같은 슬픔이나 비통함이 지속된다는 뜻으로, 부모의 초상이 난 것을 이르는 말. 여기에서는 양부인의 죽음을 가리킴.

177 정시독: 시독 벼슬을 했던 정염을 가리킴. 정염은 정한의 종질(사촌 형제).

급당유(漢之汲長孺)[178]와 상우(尙友)ᄒᆞ니 텬ᄌᆡ 녜경존툥(禮敬尊寵)ᄒᆞ샤 쇼년 딘신(搢紳)으로 보디 못ᄒᆞ시니 엇디 상무슉갓치 규방(閨房)의 머리ᄅᆞᆯ ᄂᆡ왓디[179] 못ᄒᆞ고 일ᄌᆞᆼ(一場) 호령을 승슌(承順)ᄒᆞᄂᆞᆫ 농란디ᄀᆡᆨ(弄亂之客) 갓ᄐᆞ리오?”

셔부인이 우연 탄왈(嘆曰)

“남ᄌᆡ 규방의 쥬졉(住接) 드러 ᄋᆡ쳐ᄀᆡᆨ(愛妻客)이 되믄 댱부의 위풍이 아니어니와 상경상화(相敬相和)ᄒᆞ미 ᄯᅩᄒᆞᆫ 티가(治家)의 녜일이니 슈하 쳐ᄌᆡ라 ᄒᆞ여 너모 싀싁 쥰녈ᄒᆞ여든 남ᄌᆞ의 풍ᄎᆡ라 니ᄅᆞ랴? 당종의 군신 낫빗 빌니ᄂᆞᆫ 관홍(寬弘)ᄒᆞᆫ 도량과 가옹(家翁)의 무언이화(無言而和)ᄒᆞ미 ᄯᅩᄒᆞᆫ 효측ᄒᆞᆯ ᄇᆡ니 녀ᄋᆞ와 상군의 옹용화목(雍容和睦)ᄒᆞ여 65면 부화쳐슌(夫和妻順)ᄒᆞᄂᆞᆫ 덕이 ᄯᅩᄒᆞᆫ 아ᄅᆞᆷ다오니 사ᄅᆞᆷ이 각각 소집(所執)이 다ᄅᆞ니 다 갓ᄐᆞᆯ 거ᄉᆞᆫ 아니로ᄃᆡ 그ᄅᆞ다 ᄒᆞ믄 가치 아닌가 ᄒᆞ노라.”

시독이 쇼이고왈(笑而告曰)

“ᄌᆞᆼᄆᆡ(從妹) 사ᄅᆞᆷ마다 상무슉 갓디 아니믈 한ᄒᆞ여 됴ᄌᆞᄅᆞᆯ 하ᄌᆞ(瑕疵)ᄒᆞᄂᆞᆫ ᄆᆞᄋᆞᆷ이 통ᄒᆡ(痛駭)ᄒᆞᆯᄉᆡ 그리 니ᄅᆞ미로소이다.”

상셔 남ᄆᆡ 탄이무언(嘆而無言)이러라. 화부인이 됴셕 증상(蒸嘗)을 디셩으로 밧드러 공ᄌᆞ 남ᄆᆡ의 츌텬디효(出天之孝)ᄅᆞᆯ 펴게 ᄒᆞ고 월ᄋᆞ[180]ᄅᆞᆯ 무ᄋᆡ(撫愛)ᄒᆞ미 조곰도 닌셩의 나리지 아니ᄒᆞ니 쇼져 등이 조

---

178 급댱유(汲長孺): 급장유. 급암. 장유(長孺)는 급암의 자. 서한 시대의 대신이며 강직함으로 유명함.

179 ᄂᆡ왓디: ᄂᆡ왓다. 내밀다.

180 월ᄋᆞ: 월아. 정월염. 정잠과 양부인 사이에 태어난 둘째 딸.

모와 슉모ᄅᆞᆯ 우러러 ᄌᆞ모ᄅᆞᆯ ᄃᆡ함 갓ᄐᆞ나 영모디통(永慕之痛)이 시시층가(時時層加)ᄒᆞ여 비록 비통을 쳔만 억제ᄒᆞ나 졈졈 쇄연골닙(衰然骨立)ᄒᆞ여 위ᄐᆡᄒᆞ미 극ᄒᆞ니 조부모와 상셔의 우려ᄒᆞ믈 어ᄃᆡ 비기리오? 셔부인은 가ᄉᆞ(家事)ᄅᆞᆯ 샤(賜)ᄒᆞ여 화부인을 맛디고 쥬야 닌셩남ᄆᆡᄅᆞᆯ 보호ᄒᆞ여 한가치 아니ᄒᆞ고 상셔ᄂᆞᆫ 국ᄉᆞ(國事)와 봉친디여(奉親之餘)의ᄂᆞᆫ 가ᄉᆞ의 아ᄅᆞᆫ 쳬ᄒᆞ미 업셔 닌셩의게 디졍(至情)을 쓰나 만ᄉᆞᄅᆞᆯ 파탈(擺脫)ᄒᆞ고 곡읍ᄋᆡ훼(哭泣哀毁)ᄒᆞ믈 ᄊᆡ업시 못 ᄒᆞ게 ᄒᆞ니 공ᄌᆡ 비록 디통이 오ᄂᆡ(五內) 분붕(分崩)ᄒᆞ나 쳔만 관억ᄒᆞ고 시셔(詩書)의 ᄆᆞᄋᆞᆷ을 븟쳐 비회(悲懷)ᄅᆞᆯ 딘뎡ᄒᆞ니 본ᄃᆡ ᄉᆡᆼ이디지셩(生而知之聖)이라. 문댱(文章) 대학(大學)이 ᄒᆞᆫ갓 경발(驚拔)[181] 신쇽(迅速) 쓴 아니라 웅문(雄文)[182] 대학이 셩현의 도통(道統)을 니을 ᄇᆡ니 왕부(王父)와 냥(兩) 대인(大人)의 두굿기미 비ᄒᆞᆯ ᄃᆡ 업더라. 이러구러 츄동(秋冬)이 다 디나고 삼츈(三春) 모시(某時)ᄅᆞᆯ 당ᄒᆞ니 만믈이 회ᄉᆡᆼ(回生)ᄒᆞ여 초목군ᄉᆡᆼ디믈(草木群生之物)이 개유이ᄌᆞ락(皆有以自樂)이라. 고시(古詩)의 츈초(春草)ᄂᆞᆫ 년년녹(年年錄)ᄒᆞᄃᆡ 왕손(王孫)은 귀블귀(歸不歸)[183]ᄅᆞᆯ 이 엇디 효ᄌᆞ디심(孝子之心)의 늣길 ᄇᆡ 아니리오? 상가(喪家) 일월(日月)이 쳠극(添極)ᄒᆞ여 듕하(仲夏)의 양츄밀[184] 초긔(初忌)[185]ᄅᆞᆯ 디ᄂᆡ고 ᄆᆡᆼ츄(孟秋)의 ᄯᅩ 양부인 초긔(初忌)ᄅᆞᆯ 디ᄂᆡ니 공

181 경발(驚拔): 착상 등이 매우 독특하고 뛰어남. 기발함.

182 웅문(雄文): 생각이 깊고 기개가 뛰어난 글.

183 춘초(春草)는 년년녹(年年錄)ᄒᆞ되 왕손(王孫)은 귀블귀(歸不歸): 당나라 왕유의 〈산중송별(山中送別)〉에서 온 표현. 원래는 '춘초명년록(春草明年綠) 왕손귀불귀(王孫歸不歸)'임.

184 양츄밀: 양추밀. 양교. 추밀사 벼슬을 지냈으며, 양부인의 아버지이자 정잠의 장인.

ᄌᆞ 남ᄆᆡ의 호텬(呼天) 무ᄋᆡ디통(無涯之痛)을 니긔여 긔록ᄒᆞᆯ 말이 업
고 태부 부부의 ᄉᆡ로이 통상(痛傷)ᄒᆞᆷ과 상셔의 슬허ᄒᆞ미 갈ᄉᆞ록 더은 67면
디라. 상·화 이 부인이며 운계의 슬허ᄒᆞ미 양시 졔공의 나리지 아니
니 엇디 동포골육(同胞骨肉)의 감ᄒᆞ미 이시리오? 임의 초긔를 디ᄂᆡ
ᄆᆡ 일가의 모든 의논이 상셔로뼈 환거(鰥居)치 못ᄒᆞ리니 후취(後娶)
를 녁권(力勸)ᄒᆞ나 상셰 신취(新娶)의 ᄯᅳᆺ이 딘월(盡月) 갓ᄐᆞ여 녀관
의 ᄉᆞ렴(思念)ᄒᆞᄂᆞᆫ 일이 업ᄉᆞ니 태뷔 탄왈(嘆曰)

"네 긋ᄐᆞ여 후취를 말고ᄌᆞ ᄒᆞᆯ딘ᄃᆡ 힘뼈 권ᄒᆞᆯ 바ᄂᆞᆫ 아니어니와 아ᄃᆡᆨ
닌셩이 댱셩ᄒᆞᆯ 날이 머럿고 네 아ᄃᆡᆨ ᄉᆞ슌(四旬)이 못 되여시니 남ᄌᆡ
공연(空然)이 환거ᄒᆞ미 괴려(乖戾)ᄒᆞᆯ 쁜 아냐 네 몸이 종댱(宗長)의
듕ᄒᆞᆷ을 가져시니 봉ᄉᆞ디졀(奉祀之節)과 ᄃᆡ긱디도(待客之道)를 ᄆᆡ양
화식부의게 밀위디 못ᄒᆞ리니 남ᄌᆡ 녀ᄌᆞ와 다ᄅᆞᆫ디라. ᄒᆞᆫ 안ᄒᆡ 비록 죽
으나 엇디 위ᄒᆞ여 환거하리오?"

상셰 공경 문파(聞罷)의 긔이ᄌᆡᄇᆡ(起而再拜) 왈

"블초(不肖) 무상ᄒᆞ와 봉친디졀(奉親之節)을 ᄉᆡᆼ각디 못ᄒᆞ옵고 신
취를 구치 아니ᄒᆞ오리잇고마ᄂᆞᆫ 혹ᄌᆞ 블현(不賢)ᄒᆞᆫ 녀ᄌᆞ를 만나 가란 68면
(家亂)을 디을가 근심ᄒᆞ오미오 긋ᄐᆞ여 양시를 위ᄒᆞ미 아니오니 엇디
셩교를 위월(違越)ᄒᆞ오리잇가?"

태뷔 졔과[186] 니빈 등을 도라보아 왈

"나의 며ᄂᆞ리 구ᄒᆞᆷ과 잠의 안ᄒᆡ를 구ᄒᆞᄂᆞᆫ ᄯᅳᆺ이 ᄒᆞᆫ낫 머리 누ᄅᆞ고 허

---

185 초긔(初忌): 초기. 사람이 죽은 지 일 년이 되는 날.

186 졔과: 맥락상 '졔인(諸人)과'에서 '인(人)'이 빠진 것으로 보임.

리 퍼진 박ᄉᆡᆨ(薄色) 유덕(有德)의 녀ᄌᆡ라. 원간 사ᄅᆞᆷ의 ᄉᆡᆨ덕(色德)이 츌뉴(出類)키ᄂᆞᆫ 드므나 일편심디(一片心地) 냥션(良善)ᄒᆞ여 춍오(聰悟)ᄒᆞᆫ ᄌᆡ질(才質)이 업고 완둔(頑鈍)ᄒᆞᆫ 긔픔의 텬연(天然)ᄒᆞᆫ 위인을 갈희미 어렵디 아닐 ᄃᆞᆺᄒᆞ니 여등이 혹ᄌᆞ 아ᄂᆞᆫ 곳이 잇거든 빈부(貧富)ᄅᆞᆯ 블계(不計)ᄒᆞ고 각별이 쳔거(薦擧)ᄒᆞ라.”

졔인이 ᄃᆡ왈(對曰)

“맛당이 광문(廣問)ᄒᆞ오려니와 운ᄇᆡᆨ이 오히려 츈광이 져므디 아녓고 위ᄌᆡ경상(位在卿相)ᄒᆞ여 쳥현아망(淸賢雅望)이 됴야(朝野)ᄅᆞᆯ 드레ᄂᆞᆫ ᄇᆡ오 존문(尊門) 종댱(宗長)이오. 가국(家國)의 무용디인(無用之人)이 아니오라 셩듀(聖主)의 듕ᄃᆡ(重待)ᄒᆞ심과 일가의 큰 그ᄅᆞᆺ시어ᄂᆞᆯ 그 ᄇᆡ
69면 톄(配妻)ᄅᆞᆯ 범범(凡凡)ᄒᆞᆫ 녀ᄌᆞ와 한미(寒微)ᄒᆞᆫ 문호(門戶)의 실노 블가ᄒᆞ온디라. 초취(初娶)의셔 더 각별이 갈희ᄂᆞᆫ 거시 올희여이다.”

태뷔 츄연블낙(惆然不樂) 왈

“슉녀미부(淑女美婦)ᄅᆞᆯ ᄉᆞ양ᄒᆞ리오마ᄂᆞᆫ 양식뷔 너모 쇄연미려(灑然美麗)ᄒᆞ여 진ᄐᆡ(塵態) 부족ᄒᆞ므로 슈ᄅᆞᆯ 누리지 못ᄒᆞ니 실노 미ᄉᆡᆨ(美色)이 긔특디 아닐 ᄲᅳᆫ 아니라 ᄉᆡᆨ덕이 겸ᄒᆞ기 어렵고 ᄌᆡ픙(才風)이 초군(超群)ᄒᆞᆫᄌᆞᆨ 슈복의 브족ᄒᆞᆫ디라. 졔 쳐궁(妻宮)[187]이 박ᄒᆞ여 뇨됴현쳐(窈窕賢妻)ᄅᆞᆯ 상(喪)ᄒᆞ여시니 이졔 어ᄃᆡ 가 만ᄉᆡ(萬事) 가ᄌᆞᆨᄒᆞᆫ 위인을 바라리오? ᄎᆞ고(此故)로 향촌(鄕村)의 한문디녀(寒門之女)라도 셩되 과악(過惡)디 아닌 ᄌᆞᄅᆞᆯ 구ᄒᆞ노라.”

187 쳐궁(妻宮): 처궁. 십이궁의 하나. 처첩에 대한 운수를 점치는 기본 자리.

졔인이 유유(唯唯)ᄒᆞ여 밋디 아니ᄒᆞ거ᄂᆞᆯ 쳥계 날호여 미쇼왈(微笑曰) “형등이 날노뼈 신낭(新郞)이라 ᄒᆞ여 ᄇᆡ체(配妻)ᄅᆞᆯ 특별이 갈희라 ᄒᆞ거니와 내 임의 ᄉᆞ회ᄅᆞᆯ 엇고 손ᄋᆞ(孫兒)ᄅᆞᆯ 볼 ᄊᆡ 되여시니 아모 ᄃᆡ셔라도 죵요로온 신낭으로 아디 아닐디라. 엄괴(嚴敎) 디당ᄒᆞ시고 쇼뎨 비록 와룡(臥龍)[188]을 ᄇᆞ라디 못ᄒᆞ나 어ᄃᆡ 황승언[189] 갓튼 ᄌᆡ 이셔 머리 누ᄅᆞᆫ ᄯᆞᆯ을 두고 날을 구ᄒᆞ여 동상을 삼을가 무러보라.” 70면

셩시독 겸[190]이 쇼왈(笑曰)

“신낭이 이러ᄐᆞᆺ 완호(頑毫)ᄒᆞ여 말ᄉᆞᆷ이 다 아름답디 못ᄒᆞ니 유녀ᄌᆡ(有女者) 결단코 동상을 삼디 아니리로다.”

ᄒᆞ더라.

(책임교주 조혜란)

---

188 와룡(臥龍): 촉나라 때 유비의 신하였던 제갈량의 별호. 자는 공명(孔明). 유비는 제갈량을 모시기 위해 삼고초려했다는 고사가 있음.

189 황승언(黃承彥): 중국 삼국시대 촉나라 사람으로, 제갈량의 장인. 외모는 추했으나 재주가 높은 딸을 제갈량과 혼인하게 하여 제갈량에게 도움을 주었음.

190 정시독 겸: 정시독 겸. 문맥상 시독 벼슬을 한 이는 정염으로 보아야 함.

완월회맹연 玩月會盟宴

권디삼 卷之三

어시의 졍시독 겸이 쇼왈(笑曰) 1면

"신낭이 이러ᄐᆞᆺ 완호(頑毫)ᄒᆞ여 말ᄉᆞᆷ이 다 아ᄅᆞᆷ답디 못ᄒᆞ니 유녀ᄌᆡ(有女者) 결단코 동상을 삼디 아니리로다."

졍시랑이 쇼왈

"신낭의 ᄌᆡ목 슈염이 셩ᄒᆞᆫ 긔 흠ᄉᆡ(欠事)니 죵ᄇᆡᆨ(從伯)[1]이 그 외의ᄂᆞᆫ 더 완증(頑憎)ᄒᆞᆫ 거시 업ᄂᆞ니라."

됴대위 쇼왈

"슈염의 셩ᄒᆞᆫ 거ᄉᆞᆫ 잠간 무주려[2] 아릿다오믈 낫타ᄂᆡ리니 범연(泛然)이 슈렴ᄒᆞ고 신낭 쇼임(所任)을 ᄒᆞᆯ가 시브냐?"

학ᄉᆞ 됴경이 쇼왈

"운ᄇᆡᆨ이 금일노조ᄎᆞ 난 그린 거울과 봉 그린 함을 ᄃᆡᄒᆞ여 염모(髥毛)ᄅᆞᆯ 고로고 용모ᄅᆞᆯ 치례ᄒᆞ여 니두(李杜)의 호풍이 형만 못ᄒᆞ믈 스ᄉᆞ로 봉인즉셜(逢人則說)ᄒᆞ고 쳔파만ᄆᆡ(千婆萬媒) 문젼의 들네게 ᄒᆞ라."

셜파(說罷)의 좌듕(座中)이 다 웃고 상셰 역쇼(亦笑)ᄒᆞ나 신취(新娶)의 의ᄉᆡ(意思) 부운(浮雲) 갓ᄐᆞ니 호리(毫釐)도 깃븐 ᄠᅳᆺ이 업더라.

각셜. 미산인 소희랑[3]의 ᄌᆞ(字)ᄂᆞᆫ 튱듕이니 숑됴(宋朝) 동파(東坡) 션
ᄉᆡᆼ 후예라. 사ᄅᆞᆷ 되오미 팀위쥰상(沈威俊爽)ᄒᆞ고 학문이 광박(廣博) 2면
ᄒᆞ여 통고금달ᄉᆞ리(通古今達事理)ᄒᆞᄂᆞᆫ디라. 영명(英明)이 ᄌᆞ연 낫타
나니 됴졍(朝廷)이 힘ᄡᅧ 닐위여 벼ᄉᆞᆯ이 호부원의(戶部員外)오 부인

---

1 죵ᄇᆡᆨ(從伯): 종백. 사촌 맏형을 남에게 이르는 말.

2 무주려: 무주리다. 끊다, 자르다.

3 소희랑: 자는 충중이며 벼슬은 호부원외를 지냄. 주태부인의 남편이자 소교완의 아버지.

쥬시ᄂᆞᆫ 숑현(宋賢) 념계(濂溪) 션ᄉᆡᆼ 후예오 참디졍ᄉᆞ(參知政事) 듀효의 녜니 관져(關雎)[4]의 ᄉᆞ덕(四德)이 슉아(淑雅)ᄒᆞᄆᆡ 소공이 공경듕ᄃᆡ(恭敬重待)ᄒᆞ여 ᄉᆞᄌᆞ삼녀(四子三女)를 ᄉᆡᆼᄒᆞ니 우흐로 ᄉᆞᄌᆞ와 이녀를 죵부취가(從父娶嫁)ᄒᆞ여 남풍녀ᄎᆡ(男風女彩)의 ᄲᆡ혀나미 셰ᄃᆡ의 희한ᄒᆞᆫ디라. 댱ᄌᆞ 소운과 ᄎᆞᄌᆞ 소현은 등양(登揚)ᄒᆞ여 당ᄃᆡᆨ(當職)의 ᄌᆡ렬(宰列)이라. ᄉᆞ부(詞賦) 명식(明識)으로 학문이 고인(古人)의 아ᄅᆡ 아니오 디개(志概) 쳥결(清潔)ᄒᆞ여 쳥명아망(清名雅望)이 일셰의 경앙(敬仰)ᄒᆞᄂᆞᆫ ᄇᆡ오. 댱셔(長婿) 상환은 뎡국공 상슈[5]의 ᄎᆞᄌᆡ니 발셔 조괘뇽문(早掛龍門)ᄒᆞ여 봉각(鳳閣)의 병필학ᄉᆡ(秉筆學士)오 ᄎᆞ셔 등원은 개국공신(開國功臣) 등욱의 후예오 위국공 등협[6]의 댱ᄌᆡ니 아ᄃᆡᆨ 유ᄉᆡᆼ(幼生)을 면치 못ᄒᆞ여시나 문댱 ᄌᆡ화 시졀의 일홈난디라. 필녀 교완의 년(年)이 삼오의 텬딜(天質)이 탁월ᄒᆞ여 ᄉᆡᆨ모광염(色貌光
3면 艶)이 쳔고(千古)를 기우려도 듯디 못ᄒᆞᆫ ᄇᆡ오 셩ᄒᆡᆼ(性行)이 춍명영달(聰明英達)ᄒᆞ여 ᄇᆡᆨ시 인뉴의 특이ᄒᆞ니 부뫼 과ᄋᆡᄒᆞᄂᆞᆫ 듕 소공의 ᄐᆡᆨ셔(擇婿)ᄒᆞ미 이상ᄒᆞ여 각별 긔위(氣宇)[7] 셰찬 댱부(丈夫)를 구ᄒᆞ며 그 가풍(家風)을 ᄇᆞᆰ히 안 연후의야 결승(結繩)을 일우려 ᄒᆞ므로 쇼져의 년광(年光)이 삼오의 니ᄅᆞ도록 의향(意向)ᄒᆞᆫ 곳이 업더라. 원ᄂᆡ 위국

---

4 관져(關雎): 관저. 《시경》 〈주남(周南)〉의 첫 번째 시로, 군자와 숙녀가 서로 어울리는 짝으로 등장하는 내용임. 맥락에서는 부인 주씨의 숙녀 됨을 설명하는 단어로 사용되었음.

5 상슈: 상수. 상연과 상환의 아버지이자 이태부인의 남편. 작품에서는 상수와 상연 모두 정국공으로 칭해짐.

6 등협: 위국공. 소희랑과 사돈이며, 소희랑의 딸 소교완을 며느리로 본 태부 정한의 이종형.

7 긔위(氣宇): 기우. 기개와 도량.

공 등협은 졍태부의 이죵(姨從)형이오 어ᄉᆞ 상환은 뎡국공 상연디 뎨니 등원 쳐 소시의 뇨됴유한(窈窕幽閑)[8]ᄒᆞ믈 태부 부뷔 친히 본 고로 아ᄂᆞᆫ ᄇᆡ오 상환 쳐 소시의 쳔연현슉(天然賢淑)ᄒᆞ믄 상부인 혜외[9] 골육동긔(骨肉同氣)갓치[10] ᄉᆞ랑ᄒᆞ여 금당의 셔어(齟齬)ᄒᆞ미 업더니 소부 남ᄌᆞ녀인(男子女人)의 셩도긔질(性度氣質)을 닉이 아ᄂᆞᆫ디라. 소원외의 필녜(畢女) 쳔만ᄃᆡ의 독보(獨步)ᄒᆞᆯ ᄉᆡᆨ모셩ᄒᆡᆼ(色貌性行)이믈 상부인이 부모긔 고ᄒᆞ여 구혼ᄒᆞ시믈 쳥ᄒᆞᆫᄃᆡ 태뷔 왈

"내 등형의 총부(冢婦)ᄅᆞᆯ 보ᄆᆡ 실노 긔특ᄒᆞᆯ ᄲᆞᆫ 아냐 소운현의 아ᄅᆞᆷ다오미 시졀의 밀위ᄂᆞᆫ[11] ᄇᆡ오 미산 소시의 ᄒᆞ나토 용쇽디쟈(庸俗之者) 업ᄉᆞ니 소튱듕[12]의 필녜 ᄯᅩᄒᆞᆫ 블초치 아닐 ᄇᆡ로ᄃᆡ 규슈ᄅᆞᆯ ᄒᆞᆫ갓 쇼문으 4면
로ᄂᆞᆫ 알 길 업고 소튱듕이 ᄌᆡ취(再娶)ᄅᆞᆯ 허치 아닐가 ᄒᆞᄂᆞ니 졸연이 쳥혼키 어려온디라. 죵용이 염으로 ᄒᆞ여곰 소운을 ᄎᆞᄌᆞ보고 의논ᄒᆞ라 ᄒᆞ리라."

원ᄂᆡ 졍염과 소운[13]이 문경지교(刎頸之交)러라. 상부인이 다시 고왈(告曰)

"심규(深閨) 쇼져ᄅᆞᆯ 부뫼 친견치 못ᄒᆞ신 젼 소문으로 다시 알기의 밋

---

8 뇨됴유한(窈窕幽閑): 요조유한. 여자의 인품이 그윽하고 조용함.

9 혜외: 혜요. 상부인. 상연의 부인 정태요를 가리키는 것으로 보임. 정태요는 정한의 딸이자 상연의 부인으로, 상환의 부인 소부인과는 동서지간임.

10 골육동긔(骨肉同氣)갓치: 규장각본에는 '골육갓치 동긔쳐로'로 되어 있음.

11 밀위ᄂᆞᆫ: '밀위다'는 '미루다, 미루어 헤아리다, 빗대다'의 뜻. 여기에서는 '미루어 헤아리다, 알아주다'의 의미.

12 소튱듕: 소충중. 충중은 소희랑의 자(字).

13 소운: 소희랑의 맏아들.

쳐ᄂᆞᆫ 소가ᄅᆞᆯ 밋ᄎᆞᆯ 곳이 업ᄉᆞ오리니 졔 허치 아닐가 근심되옵거니와 시독 형이 말ᄉᆞᆷ이 빗나 셰ᄀᆡᆨ(說客)의 풍이 잇고 듕ᄆᆡ 소임을 가장 잘 ᄒᆞᆯ ᄃᆞᆺᄒᆞ오니 소원외 낙죵(諾從)[14]ᄒᆞᆯ동 어이 알니잇고?"

뎡언(定言) 간의 시독이 드러오거ᄂᆞᆯ 태뷔 비록 즐겁지 아니나 타쳐(他處)의 구혼ᄒᆞ리 만흐ᄃᆡ 그 현부(賢否)ᄅᆞᆯ 아디 못ᄒᆞ여 쥬져ᄒᆞᄂᆞᆫ ᄇᆡ오 소가 규슈ᄂᆞᆫ 일홈 나시믈 인ᄒᆞ여 그 형들만이나 ᄒᆞᆯ가 미더 시독으로 ᄒᆞ여곰 듕ᄆᆡ 되라 ᄒᆞ니 시독이 슈명(受命)ᄒᆞ고 즉시 소원외 부ᄌᆞ
5면 (父子)ᄅᆞᆯ 보아 슉부(叔父)의 구혼ᄒᆞ시ᄂᆞᆫ 뜻을 젼ᄒᆞ니 소원외 평ᄉᆡᆼ 경태부ᄅᆞᆯ 흠복(欽服)ᄒᆞ고 경상셔ᄅᆞᆯ ᄉᆞ랑ᄒᆞ므로 후취ᄅᆞᆯ 혐의치 아냐 일언(一言)의 쾌허(快許)ᄒᆞ니 시독이 깃브믈 씌여 도라와 태부긔 고ᄒᆞ니 태부와 셔부인이 비록 무희이유비(無喜而有悲)ᄒᆞ나 소시의 어질기ᄅᆞᆯ ᄇᆞ라더라. 이의 ᄐᆡᆨ일 셩녜ᄒᆞᆯᄉᆡ 상셰 비록 통결ᄒᆞ미 더으나 마디못ᄒᆞ여 ᄇᆡᆨ냥우귀(百兩于歸)ᄒᆞ여 대례(大禮)ᄅᆞᆯ 파ᄒᆞᆫ 후 화쵹(華燭)을 니어 동방(洞房)의 나아가니 신뷔(新婦) ᄇᆡᆨ미쳔광(百美千光)이 만고졀츌(萬古絶出)ᄒᆞ여 셕목간장(石木肝臟)을 농쥰(弄蠢)ᄒᆞᆯ 빗치 이시ᄃᆡ ᄒᆞᆯ노 경상셰 희ᄉᆡᆨ이 업셔 ᄆᆡᆨᄆᆡᆨ[15] 무어(無語)타가 효신(曉晨)을 기다려 밧그로 나아가고 비록 즐겁지 아닌 가듕(家中)이나 종부(宗婦)ᄅᆞᆯ 보ᄂᆞᆫ 도리 너모 초초(草草)치 못ᄒᆞ여 익일(翌日) 듕당(中堂)의 돗글 여러 친쳑 향당(鄕黨)을 취회(聚會)ᄒᆞ고 신부의 현구고지녜(見舅姑之禮)ᄅᆞᆯ ᄎᆞᆯ힐ᄉᆡ 향풍(香風)은 슈장(繡帳)을 움ᄌᆞᆨ이고 보쵹(寶燭)

14 낙죵: 낙종(諾從). 마음으로 받아들여 진심으로 따라 좇음.

15 ᄆᆡᆨᄆᆡᆨ: 맥맥. 기운이 막히고 답답한 상태.

6면

은 진졈(珍簟)[16]의 인도ᄒᆞᄂᆞᆫ 가온ᄃᆡ 신부의 ᄌᆞ질의 특이ᄒᆞ미 바로 셤궁(蟾宮)[17] 묘셔(苗緖)[18]의 ᄯᅥ러진 ᄇᆡ오 그 힝동의 온화ᄒᆞ미 진실노 요지(瑤池)의 뎨일(第一) 션ᄋᆡ(仙嬡) 하강ᄒᆞ나 오히려 일두ᄅᆞᆯ ᄉᆞ양ᄒᆞᆯ 디라. 운환이 뇨라(裊娜)ᄒᆞ며 아미(蛾眉) 셤농(纖濃)ᄒᆞ고 낭셩(朗星)이 교교(皎皎)ᄒᆞ며 잉순(櫻脣)이 묘묘(妙妙)ᄒᆞ고 ᄐᆡ되 ᄌᆞ약(自若)ᄒᆞ니 눈을 옴기기 앗가온디라. 일쳑나요(一尺羅腰)의 ᄲᅧ혀난 시장이 농셩의 맛가좀[19]과 슈단의 힙도ᄒᆞ미[20] 숑옥(宋玉)[21]으로ᄡᅧ 모ᄉᆞ(模寫)ᄒᆞ라 ᄒᆞ여도 다 ᄒᆞ지 못ᄒᆞ고 ᄌᆞ건(子建)으로ᄡᅧ 디으라 ᄒᆞ여도 긔록디 못ᄒᆞᆯ 디라. 박고통금(博古通今)ᄒᆞᄂᆞᆫ 문식(文飾)과 능운제세(凌雲濟世)ᄒᆞᄂᆞᆫ ᄌᆡ학(才學)이 ᄉᆞ관의 영셜은둔(影雪隱遁)ᄒᆞ믈[22] 웃고 야란[23]의 회문은 공교ᄒᆞ믈 나므라니 만복(萬幅)[24] 금쉬(錦繡) ᄌᆞ연 미우(眉宇)의 낫타나고 문ᄎᆡ발양(文彩發揚)ᄒᆞ여 문명쇄락(文明灑落)ᄒᆞ미 셰ᄃᆡ의 무ᄡᅡᆼ이라. 좌셕의 관광ᄒᆞᄂᆞᆫ 눈이 아즐ᄒᆞ고 ᄒᆞ셩(賀聲)이 분분(紛紛)ᄒᆞ

---

16 진졈(珍簟): 진점. 진기한 대나무로 만든 자리.

17 셤궁(蟾宮): 섬궁. 항아가 살았던 달인 월궁(月宮)을 가리키는 말.

18 묘서(苗緖): 묘윤(苗胤), 먼 자손.

19 맛가좀: 맛갓다. 맞갖다. 맞다, 알맞다.

20 시장이 농셩의 맛가좀과 슈단의 합도ᄒᆞ미: 문맥을 고려하면 아름다운 모습을 묘사한 '시장(施藏)이 농셩(弄扇)의 맛가좀과 슈단(繡緞)의 합도ᄒᆞ미'로 추정.

21 숑옥(宋玉): 송옥. 기원전 3세기경 중국의 시인. 굴원의 후계자로 알려져 있으며, 〈고당부〉, 〈신녀부〉 등을 지음.

22 ᄉᆞ관의 영셜은둔(影雪隱遁)ᄒᆞ믈: 사관의 영설은둔함을. 사관은 손강(孫康)으로 보임. 진(晉)나라의 손강은 집안이 가난하여 항상 눈빛에 비추어 책을 읽었다는 고사가 있음. 《진서(晉書)》 〈손강전(孫康傳)〉.

23 야란: 소약란(蘇若蘭). 진(晉)나라의 열녀로, 남편을 그리며 지은 회문시(回文詩)로 유명함.

24 만복(萬幅): 만 폭. '복'은 '폭(幅)'의 옛말.

여 녜부(禮部)의 쳐복(妻福)을 치하ᄒᆞ미 ᄌᆞ못 요요ᄒᆞᄃᆡ 태부 부뷔 좌
7면 슈우응(左隨右應)의 오딕 화긔ᄅᆞᆯ 일치 아닐 ᄲᅮᆫ이오 각별 깃븐 빗치
업ᄉᆞ니 듕빈(衆賓)이 양부인을 ᄉᆡᆼ각고 슬허ᄒᆞᄂᆞᆫ가 녁여 도로혀 쳑연
(慽然)ᄒᆞ더라. 일모(日暮) ᄀᆡᆨ산(客散)ᄒᆞ고 됴학ᄉᆞ 부인 명염쇼졔 냥
뎨(兩弟)ᄅᆞᆯ 다리고 취일젼 소시 침소의 니ᄅᆞ러 혼뎡디녜(昏定之禮)
ᄅᆞᆯ 일우니 소시 만일 쇽셰 암용(暗庸)ᄒᆞᆫ 무리 갓ᄐᆞᆯ던ᄃᆡ 공ᄌᆞ 남ᄆᆡ의
호모칭ᄌᆞ(呼母稱子)ᄒᆞ여 영슌봉디(令順奉志)ᄒᆞ믈 일단 어려이 넉이
고 ᄭᅥ리미 이실 ᄃᆞᆺᄒᆞ고 냥 쇼져의 셩ᄌᆞ난질(盛姿蘭質)과 공ᄌᆞ의 텬양
경일디풍을 황홀경ᄋᆡ(恍惚敬愛)ᄒᆞᆯ 거시로ᄃᆡ 심디(心志) 견고ᄒᆞ미 쳘
옥(鐵獄)의 더은 고로 냥녀일ᄌᆞ(兩女一子)의 호모칭ᄌᆞᄒᆞᄆᆡᄂᆞᆫ 각별
슈괴(羞愧)ᄒᆞᆷ도 업고 괴로이 넉임도 업셔 옥ᄆᆡ(玉貌) ᄌᆞ약(自若)ᄒᆞ
고 츄패(秋波) 담담ᄒᆞ여 아ᄂᆞᆫ ᄃᆞᆺ 모로ᄂᆞᆫ ᄃᆞᆺ 말이 업ᄉᆞᆫ 가온ᄃᆡ ᄌᆞ연 강
녈ᄒᆞᆫ ᄀᆡ운이 이시니 그 위인작셩(爲人作性)인ᄌᆞᆨ 고왕금ᄂᆡ(古往今來)
의 희한ᄒᆞ나 다만 양부인의 은은겸공(誾誾謙恭)ᄒᆞ며 뇨됴유한(窈窕
8면 幽閑)ᄒᆞᆫ ᄌᆞ최ᄅᆞᆯ 니어 무위이화(無爲而化)ᄒᆞᄂᆞᆫ 태고디풍(太古之風)을
ᄯᆞᆯ오미 어려올 거시오 ᄌᆡ풍(才風)을 니를던ᄃᆡ 엇디 양부인긔 오ᄅᆞ지
못ᄒᆞ리오마ᄂᆞᆫ 만ᄉᆡ 텬진(天眞)을 가져시미 양부인을 우러디 못ᄒᆞᆯ너
라. 소시 인ᄒᆞ여 졍부의 머므러 효봉구고(孝奉舅姑)ᄒᆞ며 이슌군ᄌᆞ(怡
順君子)ᄒᆞ고 봉ᄉᆞ디졀(奉祀之節)과 ᄃᆡᄀᆡᆨ디도(待客之道)의 영오민쳡
(穎悟敏捷)ᄒᆞ여 일일(日日)의 쳔인(千人)을 ᄃᆡ졉ᄒᆞ며 만인(萬人)을
가음아나 일호(一毫) 구긔며 밀니미 업고 손을 놀니ᄂᆞᆫ 바의 션능긔묘
(善能奇妙)치 아닌 거시 업ᄉᆞ며 눈을 두로ᄂᆞᆫ 바의 영민춍오(英敏聰
悟)치 아닌 ᄇᆡ 업셔 가ᄉᆞ(家事)ᄅᆞᆯ 션치(善治)ᄒᆞ고 상벌(賞罰)이 ᄒᆡ비

(該備)ᄒᆞ며 숙ᄆᆡ(叔妹)ᄅᆞᆯ 화우(和友)ᄒᆞ고 친쳑을 돈목(敦睦)ᄒᆞ며 공ᄌᆞ 남ᄆᆡᄅᆞᆯ ᄋᆡ듕ᄒᆞ여 친ᄉᆡᆼ(親生)의 감(減)치 아니니 죵시(終始)의 여일(如一)ᄒᆞᆯ딘ᄃᆡ 엇디 목강(穆姜)[25]의 인ᄌᆞᄒᆞ믈 족히 귀(貴)타 ᄒᆞ리오? 안ᄌᆞᆫ 듯기 뎝디 아녀셔 예셩(譽聲)이 ᄌᆞᄌᆞ(藉藉)ᄒᆞ니 드ᄅᆞ며 보ᄂᆞᆫ ᄌᆡ 뉘 아니 칭찬ᄒᆞ리오마ᄂᆞᆫ 태부와 셔부인은 오딕 타연(泰然)ᄒᆞ며 편히 거ᄂᆞ리며 됴히 볼 쓴이러라. 9면

어시(於是)의 정상세 친영(親迎) 날 신방(新房)을 븨오디 아닐 쓴이오 힝혀도 ᄌᆞ최 취일년의 니ᄅᆞ미 업셔 셔ᄌᆡ(書齋)의셔 공ᄌᆞᄅᆞᆯ 픔고 부공(父公)을 시침(侍寢)치 아닌ᄌᆞᆨ 쳐ᄉᆞ와 시랑[26]으로 더브러 광금댱침(廣衾長枕)의 힐항(翓翃)[27]ᄒᆞᄂᆞᆫ 졍을 펼 쓴이오 ᄂᆡ경(內情)이 셔어(鉏鋙) ᄒᆞ여 고인의 현숙던 바와 ᄌᆞ녀의 고고(孤孤)ᄒᆞ믈 ᄉᆡᆼ각ᄒᆞᄆᆡᄂᆞᆫ 심회(心懷) ᄎᆞ아(嵯峨)ᄒᆞ여 환거(鰥居)의 괴로오믈 개회(介懷)치 아닛ᄂᆞᆫ디라. 태뷔 그 뜻을 모로미 아니로ᄃᆡ 스ᄉᆞ로 니ᄅᆞ믈 괴로와 부인다려 상셔ᄅᆞᆯ 경계ᄒᆞ여 음양(陰陽)이 블화(不和)의 만믈이 실셔(失序)ᄒᆞ믈 니ᄅᆞ쇼셔 ᄒᆞᆫᄃᆡ 셔부인이 마디못ᄒᆞ여 상셔ᄅᆞᆯ ᄃᆡᄒᆞ여 가되(家道) 슌편(順便)ᄒᆞᆯ 바와 무죄ᄒᆞᆫ 녀ᄌᆞᄅᆞᆯ 박졍(薄情)치 말나 ᄒᆞ니 상셰 믄득 낫빗ᄎᆞᆯ 곳치고 ᄃᆡ왈(對曰)

25 목강(穆姜): 진(晉)나라 정문거의 아내 이씨의 자(字). 전처 아들 넷과 친아들 둘을 자애로 대했는데 정문거가 죽자 전처 아들들은 이씨를 계모라고 하여 박대했음. 어느 날 전처의 큰아들이 병들었는데 지성으로 간호하자 그때야 이씨의 자애를 깨달은 큰아들이 동생 셋을 데리고 관아에 나아가 자신들의 죄를 스스로 고하고 개과천선했음. 《청장관전서》 〈사소절〉.

26 시랑: 정흠.

27 힐항(翓翃): 새가 날면서 오르락내리락하는 모양.

"ᄋᆞ히 본ᄃᆡ ᄂᆡ졍(內庭)의 게어ᄅᆞ던 바로 이졔 엇디 신봉미인(新逢美人)이라 ᄒᆞ여 뎡실(正室)을 잉쳡(媵妾)갓치 음일(淫佚)ᄒᆞᆫ ᄉᆞ졍(私情)
10면 으로뼈 ᄃᆡ졉ᄒᆞ리잇고? ᄌᆞ교(滋教)를 의아(疑訝)ᄒᆞ여 ᄭᆡ닷디 못ᄒᆞ리로소이다."

부인이 탄왈(嘆曰)

"내 굿ᄐᆞ여 널노뼈 이갓치 ᄒᆞ라 ᄒᆞ미 아냐 인심이 고금이 다ᄅᆞ니 네 셩졍을 모로ᄂᆞᆫ ᄌᆞᄂᆞᆫ 슈상히 넉이디 아니리 업ᄂᆞᆫ디라. 군ᄌᆞ의 ᄒᆡᆼᄉᆡ(行事) 화홍관대(和弘寬大)ᄒᆞ고 쳥텬ᄇᆡᆨ일(靑天白日) ᄀᆞᆺᄐᆞ여 사ᄅᆞᆷ이 의심되이 넉이믈 두디 아념 즉ᄒᆞ니 네 양시를 마졸 ᄭᆡ의ᄂᆞᆫ 블과 이뉵(二六)이라. 부부의 ᄉᆞ실(私室) 왕ᄂᆡ 잣지 아냐도 우리 굿ᄐᆞ여 권치 아니며 쏘 의심치 아니려니와 당시(當時)의ᄂᆞᆫ 너의 긔픔이 미약(微弱)지 아니니 엇디 브졀업ᄉᆞᆫ 괴거(怪擧)를 ᄒᆡᆼᄒᆞ며 무죄히 박ᄃᆡᄒᆞ리오? ᄒᆞ믈며 소시 덕ᄒᆡᆼ(德行)이 아딕 보기의 하ᄌᆞ(瑕疵)홀 거시 업셔 우리를 효봉(孝奉)홈과 ᄌᆞ녀를 무양(撫養)ᄒᆞ미 쇼년(少年) 녀ᄌᆞ의 ᄉᆡᆼ각디 못홀 ᄇᆡ 만흐니 어심(於心)의 감동치 아니랴?"

상셰 도로혀 찬연쇼왈(粲然笑曰)

"ᄌᆞ괴(滋教) 디당(至當)ᄒᆞ시니 봉승(奉承)ᄒᆞ오려니와 평ᄉᆡᆼ의 ᄂᆡ외(內外)를 달니 못 ᄒᆞ웁ᄂᆞ니 유허무실(有虛無實)ᄒᆞ온 예셩(譽聲)이 므어시 귀ᄒᆞ리잇고?"

부인 왈

11면 "사ᄅᆞᆷ을 디ᄂᆡ여 보디 아니코 엇디 유허무실(有虛無實)타 ᄒᆞ여 흔극(釁隙)을 니ᄅᆞᄂᆞ뇨? 모로미 브졀업ᄉᆞᆫ 말을 다시 말나."

상셰 슈명이퇴(受命而退)ᄒᆞ여 혼뎡지녜(昏定之禮)를 필(畢)ᄒᆞ고 셔지의 도라와 닌셩을 픔고 반야(半夜)ᄅᆞᆯ 누엇다가 마디못ᄒᆞ여 닌광을 옴겨 닌셩과 갓치 누이고 낫ᄎᆞᆯ 닌셩의게 다혀 츄연(惆然)이 즐겨 아냐 왈 “ᄇᆞᆯ이 돕디 아닛ᄂᆞᆫ 곳의 구슬프미 이리 괴로올 줄 알니오? 오ᄋᆡ 반ᄃᆞ시 잠을 ᄭᆡ여 아비 업ᄉᆞ믈 괴이히 넉이리로다.”

셜파(說罷)의 ᄌᆡ삼(再三) 년년(戀戀)ᄒᆞ다가 취일뎐으로 향ᄒᆞ니 공ᄌᆡ 아지 못ᄒᆞ믄 ᄋᆡ훼골닙(哀毁骨入)ᄒᆞ미 깁허 년일(連日) 잠을 일우지 못ᄒᆞ다가 금일 졉목(接目)ᄒᆞᄆᆡ ᄉᆞᆨ시 ᄭᆡ지 못ᄒᆞ미오 닌광은 ᄇᆡᆨ부(伯父)의 ᄒᆞ시ᄂᆞᆫ 말ᄉᆞᆷ을 다 드ᄅᆞᄃᆡ 응ᄃᆡ치 아니믄 드러가시ᄂᆞᆫ 길흘 더ᄃᆡ일가 ᄒᆞ여 짐즛 좀든 쳬ᄒᆞ더라. 상셰 부모의 침슈(寢睡)ᄅᆞᆯ ᄉᆞᆯ피고 비로소 죡용(足踊)을 두로혀[28] 취일뎐의 니ᄅᆞ니 소시 오히려 상요(床褥)의 나아가지 아니코 쵹하(燭下)의셔 침션(針線)을 다ᄉᆞ리다가 나ᄌᆞᆨ이 니러 마ᄌᆞ니 공교(工巧)ᄒᆞᆫ 안화(顔華)의 슈미(秀美)ᄒᆞᆫ 염광(艶光)이 볼ᄉᆞ록 졀츌(絶出)ᄒᆞ여 실듕(室中)의 찬난(燦爛)ᄒᆞ니 쵹광(燭光)이 빗ᄎᆞᆯ 아이고 츄월(秋月)이 ᄐᆡ(態) 업ᄉᆞ믈 붓그릴 ᄇᆡ라. 상셰 그 고은 빗ᄎᆞᆯ 더옥 블관(不關)이 넉이고 모교(母敎)ᄅᆞᆯ 위월(違越)치 못ᄒᆞ여 이의 드러오나 은졍(恩情)이 환흡(歡洽)디 못ᄒᆞᆫ 바의 엇디 ᄆᆞ음의 업ᄉᆞᆫ 셜화(說話)ᄅᆞᆯ ᄒᆞ리오? 신인(新人)의 ᄭᅩᆺ 갓ᄐᆞ믈 ᄃᆡᄒᆞᄆᆡ 고인(故人)의 옥 갓ᄐᆞ미 더옥 ᄉᆡᆼ각이 간졀ᄒᆞ고 이 당(堂)이 영일뎐으로 마ᄌᆞᆫ 당이라. 슉인(淑人)의 형영(形影)은 ᄉᆞ러지고 영일뎐 듕의 ᄒᆞᆫ 조각 목쉬탑(榻) 우희 말업시 이시믈 혜아리ᄆᆡ 통도(痛悼)ᄒᆞ미 무궁ᄒᆞ니 뇨됴 12면

28 두로혀: 두로혀다. 돌이키다.

현완(窈窕賢婉)을 상(喪)ᄒᆞ고 현난미ᄉᆡᆨ(絢爛美色)을 ᄃᆡᄒᆞ니 결단코 가되(家道) 난(亂)ᄒᆞᆯ 바ᄅᆞᆯ ᄉᆡᆼ각ᄒᆞᄆᆡ ᄒᆞᆫ낫 박면누질(薄面陋質)의 용둔(庸鈍)ᄒᆞᆫ 현인(賢人) 만나디 못ᄒᆞᆷ을 깁히 ᄋᆡ돏고 ᄎᆞ셕(嗟惜)ᄒᆞ나 ᄉᆞᄉᆡᆨ(辭色)ᄒᆞ여 무익(無益)ᄒᆞᆫ지라. 팀연믁ᄉᆡᆨ(沈然墨塞)의 냥구뎡좨(良久正坐)러니 날호여 상(床)의 오를ᄉᆡ 스ᄉᆞ로 혜오ᄃᆡ

13면 '나의 녀관이 부운(浮雲) 갓ᄐᆞ나 상봉ᄒᆞᆫ 디 거의 삼ᄉᆞ 삭의 운우(雲雨)ᄅᆞᆯ 합(合)디 아니면 ᄯᅩᄒᆞᆫ 박ᄃᆡ(薄待)라 원망을 닐월 ᄃᆺᄒᆞ고 오날 임의 드러와시니 슬흔 거ᄉᆞᆯ ᄎᆞᆷ고 잠간 ᄆᆞ옴을 굽히미 므어시 어려오리오?'

ᄒᆞ고 게얼니 원비(猿臂)ᄅᆞᆯ 느리혀 소시ᄅᆞᆯ 닛그러 쳔만브득이(千萬不得已) 동침ᄒᆞᄆᆡ ᄯᅩ ᄉᆡᆼ각디 아닌 비웅(非熊)[29]을 ᄭᅮᆷᄭᅮᄃᆡ 소시 회듕(懷中)으로 좃ᄎᆞ니 쳐음은 가장 놀나와 싀호ᄉᆞ갈(豺虎蛇蝎)인 줄은 아디 못ᄒᆞᄃᆡ 괴이ᄒᆞᆫ 모딘 즘ᄉᆡᆼ과 그 뒤희 모양이 긔이ᄒᆞ여 츈츄난셰(春秋亂世)의 공부ᄌᆞ(孔夫子)ᄅᆞᆯ 위ᄒᆞ여 낫던 닌(麟) 갓ᄐᆞᆫ 즘ᄉᆡᆼ이 ᄒᆞᆫ ᄡᅡᆼ으로 ᄂᆡᄃᆞ라 그 긔이ᄒᆞᆫ 즘ᄉᆡᆼ은 닌셩을 ᄯᆞ라 보호ᄒᆞᄂᆞᆫᄃᆡ 그 모딘 즘ᄉᆡᆼ은 ᄉᆡ리ᄅᆞᆯ 펼쩌리고 바로 닌셩의게 다라드러 ᄒᆡᄒᆞ려 ᄒᆞ니 그 닌이 공ᄌᆞ의 몸을 등으로 가리오며 ᄉᆞ면으로 가리와 온가지로 흉슈(凶獸)ᄅᆞᆯ 믈니치ᄃᆡ 흉싊 가디록 강용(强勇)을 발ᄒᆞ여 닌셩을 삼키려 ᄒᆞ니 닌셩이 거의 위ᄐᆡᄒᆞᆯ 즈음의 믄득 ᄒᆞᆫ ᄯᅦ 샹운(祥雲)이 닐며 허다 셩신(星辰)
14면 이 닌셩을 호위ᄒᆞ여 흉슈ᄅᆞᆯ 졔어ᄒᆞ니 흉싊 쳔만 가디로 닌셩을 죽이

29 비웅(非熊): 원뜻은 '곰이 아니다'인데, 훌륭한 인물을 만날 길조를 가리키는 말로 쓰임. 《사기》 〈제태공세가(齊太公世家)〉.

려 ᄒᆞ다가 능히 밋디 못ᄒᆞ여 나죵은 그 흉쉬 함졍(陷井)의 ᄲᅥ러져 죽게 되엿거ᄂᆞᆯ 닌셩이 놀나 그 흉슈ᄅᆞᆯ 붓드러 평디(平地)의 올니ᄂᆞᆫ ᄇᆡ의 소시 믄득 노안ᄆᆡᆼ셩(怒顔猛聲)으로 삼촌(三寸)[30] 셜인(雪刃)을 번득여 닌셩을 향ᄒᆞ여 디ᄅᆞ고ᄌᆞ ᄒᆞ니 그 닌이 막고 힐난(詰難)ᄒᆞ다가 그 가ᄉᆞᆷ을 마ᄌᆞ니 닌셩이 망극ᄒᆞ여 울며 부인과 그 닌을 붓드러 구호(救護)ᄒᆞ나 소시 오히려 발악(發惡)기ᄅᆞᆯ 마디 아냐 그 소ᄅᆡ 가장 강악(强惡)ᄒᆞ고 놀나온디라. 상셰 크게 경ᄒᆡᄒᆞ여 놀나 ᄭᆡ치니 팀샹일몽(枕上一夢)이라. 심니(心裡)의 더옥 블힝ᄒᆞ믈 니긔디 못ᄒᆞ고 소시 ᄯᅩᄒᆞᆫ 경각(警覺)ᄒᆞᄂᆞᆫ 거동이라. 이 반ᄃᆞ시 길(吉)치 아닌 몽되(夢兆)라 심심블낙(深深不樂)ᄒᆞᄂᆞᆫ 듕 그 닌의 거동과 닌셩의 위ᄐᆡᄒᆞ던 바ᄅᆞᆯ ᄉᆡᆼ각ᄒᆞᄆᆡ 십분ᄎᆞ악(十分嗟愕)ᄒᆞᆫ지라. 댱뷔(丈夫) 몽ᄉᆞ(夢事)ᄅᆞᆯ 취신(取信)ᄒᆞᆯ ᄇᆡ 아니나 혹ᄌᆞ 닌셩의게 ᄒᆡ로오미 이실가 크게 번민(煩悶)ᄒᆞ여 다시 졉목(椄目)디 못ᄒᆞ고 효신(曉晨)의 니러 나오ᄆᆡ 닌셩이 발셔 니러 관 15면
소(盥梳)ᄒᆞ고 모친 신위(神位)의 ᄇᆡ알(拜謁)ᄒᆞᆫ 후 신셩(晨省)[31]이 아ᄃᆡᆨ일은 고로 도로 셔ᄌᆡ로 향ᄒᆞᄂᆞᆫ디라. 상셰 볼 적마다 ᄉᆞ랑이 골졀(骨節)이 녹ᄂᆞᆫ ᄃᆞᆺ 귀듕ᄒᆞ믈 니긔지 못ᄒᆞ여 그 손을 ᄌᆞᆸ아 압ᄒᆡ 안치고 머리ᄅᆞᆯ ᄡᅳ다ᄃᆞᆷ아 왈

"일긔(日氣) 한ᄂᆡᆼ(寒冷)커ᄂᆞᆯ 엇디 이ᄃᆡ도록 일즉이 니러나 분쥬ᄒᆞᄂᆞ뇨? 밤의 혼ᄌᆞ ᄌᆞ니 셥셥더냐?"

---

30 삼촌(三寸): 촌(寸)은 길이를 가리키는 수량 단위 '치'에 해당함. 삼촌(三寸)은 10센티미터 정도임.

31 신셩(晨省): 신성. 새벽에 부모의 밤사이 안부를 살핌.

ᄒᆞ며 셔동을 명ᄒᆞ여 ᄒᆞᆫ 그릇 듁음(粥飮)을 가져다가 두어 번 마시고 공ᄌᆞᄅᆞᆯ 주어 먹이니 그 극딘(極盡)ᄒᆞᆫ ᄌᆞᄋᆡ와 무한ᄒᆞᆫ ᄉᆞ랑이 비록 운계와 화부인이라도 이의 밋디 못ᄒᆞᆯ디라 공ᄌᆡ 황공 감은ᄒᆞ더라.

화셜. 황태부 슈각노 문쳥션ᄉᆡᆼ 졍공[32]이 ᄉᆡᆼ셩디ᄐᆡᆨ(生成之澤)과 간셩디ᄌᆡᆯ(干城之才)[33]ᄲᅳᆫ 아니라 엄졍 싁싁ᄒᆞ고 슈도녜졔(修道禮齊)ᄒᆞ미 ᄋᆞ시(兒時)로브터 댱ᄌᆞ디풍(長者之風)과 군ᄌᆞ디질(君子之質)이 잇셔 언필칭요순(言必稱堯舜)ᄒᆞ여 부앙무괴(俯仰無愧)ᄒᆞ고 젹농션간(適弄仙間)ᄒᆞ며 안이농쳔(安而弄泉)ᄒᆞ고 뇌락샹쾌(磊落爽快)ᄒᆞᆫ 졍신이 탁셰(濁世)의 무드지 아냐 난좌(鸞座)의 븟ᄉᆞᆯ 두ᄅᆞ며 봉각(鳳閣)
16면 의 관ᄌᆡᆫ을 ᄯᅥᆯ치ᄆᆡ 만이(蠻夷)ᄂᆞᆫ 머리ᄅᆞᆯ 두다려[34] 뎨ᄐᆡᆨ(帝澤)을 목욕(沐浴)ᄒᆞ며 동호(東胡)[35]ᄂᆞᆫ 구ᄉᆞᆯ을 먹음어 황은(皇恩)을 감동ᄒᆞ니[36] 슈ᄅᆡᄅᆞᆯ 구쥬의 두로혀ᄆᆡ ᄉᆞᄒᆡ(四海)ᄅᆞᆯ 안찰(按察)ᄒᆞ며 형초(荊楚)[37]ᄅᆞᆯ 교유(敎諭)ᄒᆞ고 연위(燕魏)ᄅᆞᆯ 평뎡ᄒᆞ며 딘젹(秦敵)을 탕멸(湯滅)ᄒᆞ니 덕

---

32 황태부 슈각노 문쳥션ᄉᆡᆼ 졍공: 황태부 수각로 문청선생 정공. 정잠, 정삼, 정태요의 아버지 정한을 가리킴.

33 간셩디ᄌᆡᆯ(干城之才): 간성지재. 나라를 지키는 인재.

34 머리ᄅᆞᆯ 두다려: 머리를 두드려. 머리를 조아려 경의를 표하거나 혹은 땅에 머리를 두드려 감복 내지 항복의 뜻을 나타내는 고두(叩頭)의 뜻.

35 동호(東胡): 원래 동호는 중국 춘추시대에 내몽골 지역에 출현했다가 뒤에 흉노에 복속된 수렵 유목민들을 가리키나, 여기에서는 '만이(蠻夷)'에 대응하여 동쪽 오랑캐를 가리키는 것으로 보임.

36 구ᄉᆞᆯ을 먹음어 황은(皇恩)을 감동ᄒᆞ니: 수후지주(隨侯之珠)의 고사. 수후지주는 화씨지벽(和氏之璧)과 맞먹는 보물. 수나라의 군주가 놀이를 나가다가 상처 입고 죽어가는 뱀을 치료해 주었는데 훗날 그 뱀이 은혜를 갚고자 물고 온 구슬을 수후지주라 부름.

37 형초(荊楚): 초나라를 가리키는 다른 말.

이 팔황(八荒)의 덥히고 공(功)이 우듀의 드리워 얼골이 닌각(麟閣)의
빗나니 입각(入閣) 십오ᄌᆡ(十五載)의 ᄉᆞ시(四時) 실셔(失序)ᄒᆞ미 업
ᄉᆞ니 이ᄂᆞᆫ 위상(魏相)·병길(丙吉)[38]의 니음양슌ᄉᆞ시(理陰陽順四時)ᄒᆞ
미라 몸이 뎨ᄌᆞ의 스승으로 늉공위덕(戎功威德)이 ᄒᆡᄂᆡ(海內)ᄅᆞᆯ 드
레ᄂᆞᆫ디라. 힝텬하디대도(行天下之大道)며 닙텬하디광거(立天下之
廣居)ᄒᆞ니 윤공극양(允恭克讓)[39]ᄒᆞ여 광피ᄉᆞ표(光被四表)[40]ᄒᆞ고 윤집
궐듕(允執厥中)[41]ᄒᆞ여 극명슌덕(克明俊德)[42]을 ᄎᆞ인(此人)의 덕힝으로
의논홀진ᄃᆡ 덕힝이 완젼ᄒᆞ여 삼개(三個) ᄌᆞ녀ᄅᆞᆯ 두ᄆᆡ 현요초군(眩耀
超群)ᄒᆞ고 실듕(室中)의 부인 셔시 만복이 구젼(俱全)ᄒᆞ니 므ᄉᆞᆷ 흠ᄉᆡ
(欠事) 이시리오마ᄂᆞᆫ 태부의 슬허ᄒᆞ믄 ᄎᆞᆼ부(冢婦)의 죽으미 심곡의
ᄆᆡᆺ치이고 평ᄉᆡᆼ 절검(節儉)ᄒᆞᆫ 뜻이 갈ᄉᆞ록 더어 나아갈 곳이라도 것
칠[43] ᄃᆞ시 ᄒᆞ여 근심ᄒᆞᄂᆞᆫ 덕을 길우ᄃᆡ[44] 딘연(塵緣)이 너모 호연(浩然) 17면
ᄒᆞ여 딘ᄐᆡ(塵態) 낫 우ᄒᆡ 머므디 아냐 젼혀 텬디졍화(天地精華)와 됴

---

38 위상(魏相)·병길(丙吉): 한(漢)나라 선제 때의 이름난 재상들.

39 윤공극양(允恭克讓): 윤공(允恭)은 진실로 공손하다는 뜻이며, 극양(克讓)은 남을 공경하고 겸손한 태도로 사양한다는 뜻임. 이 표현은《서경》〈우서(虞書)〉'요전(堯典)'에 나옴.

40 광피ᄉᆞ표(光被四表): 광피사표. 사표(四表), 즉 온 세상에 빛이 널리 비친다는 뜻으로, 덕이 세상에 널리 퍼짐을 가리키는 말.《서경》〈우서〉'요전'에 나오는 표현으로, 정한을 요임금에 비겨 설명하는 효과가 있음.

41 윤집궐듕(允執厥中): 윤집궐중. 진실로 그 중도를 잡아야 한다는 뜻.《서경》〈우서〉'대우모(大禹謨)'.

42 극명준덕(克明俊德): 극명준덕. 크고 높은 덕을 밝힘. 요임금이 여러 훌륭한 자질 덕분에 사해 모든 백성들이 화평을 누리게 되었다는 내용 중에 '극명준덕(克明俊德)'이라는 표현이 나옴.《서경》〈우서〉'요전'.

43 것칠: 것치다. 걸리다, 막히다.

44 길우ᄃᆡ: 길우다. 기르다, 길게 하다.

화(造化)의 졍긔ᄅᆞᆯ 하날이 엇디 ᄆᆡ양 빌니고ᄌᆞ ᄒᆞ시며 명도(明道)[45]의 대현(大賢)이 ᄯᅩ 엇디 오ᄅᆡ 머믈니오? 홀연 침병(侵病)ᄒᆞ여 슌여(旬餘)의 밋ᄎᆞᄆᆡ 스ᄉᆞ로 텬명이 다ᄒᆞ믈 ᄭᆡ다라 슬허ᄒᆞ디 아니ᄒᆞ며 놀나디 아니ᄒᆞᄃᆡ 쳥계 형뎨 초황민박(焦遑悶迫)ᄒᆞ미야 엇디 형언ᄒᆞ리오? 쥬야(晝夜) 블탈의ᄃᆡ(不脫衣帶)ᄒᆞ고 시병(侍病)ᄒᆞᄂᆞᆫ 졍셩이 샹텬(上天)을 감동ᄒᆞᆯ ᄇᆡ로ᄃᆡ 공의 슈(壽) 딘(盡)ᄒᆞᆫ지라 엇디 능히 니ᄋᆞ리오? 일ᄆᆡᆼ디ᄂᆡ(一望之內)의 샹셔 곤계(昆季) 의형(儀形)이 환탈(換奪)ᄒᆞ여 몬져 위ᄐᆡ로오니 셔부인의 초젼망망(焦煎茫茫)ᄒᆞᆫ 심ᄉᆞ를 엇디 니ᄅᆞ리오마ᄂᆞᆫ 샹셔 형뎨의 위위(危危)ᄒᆞᆫ 거동을 더옥 념녀ᄒᆞ여 이의 듁음을 가져 권ᄒᆞ며 휘루탄식(揮淚嘆息) 왈

“부ᄌᆡ(夫子) 본ᄃᆡ 풍한셔열(風寒暑熱)을 당ᄒᆞ시나 젹은 미양(微痒)도 업ᄉᆞ시던 바로 이제 환휘(患候) 비경(非輕)ᄒᆞ시니 그 쳐ᄌᆞ디심(妻子之心)을 니를딘ᄃᆡ 엇디 음식을 먹고ᄌᆞ ᄒᆞ리오마ᄂᆞᆫ 여등이 져리 초
18면 황민박ᄒᆞ여 댱야(長夜)의 졉목(接目)디 못ᄒᆞ고 식음(食飮)을 젼폐(全廢)ᄒᆞ니 장ᄎᆞᆺ 위ᄐᆡᄒᆞᆯ디라. 노뫼(老母) 오히려 ᄉᆞᆫ치 못ᄒᆞ고 음식을 삼키니 너희 날을 위ᄒᆞᆯ진ᄃᆡ 져 갓ᄐᆞ미 블가치 아니랴?”

샹셔 곤계 모젼의 망극ᄒᆞᆫ ᄉᆡᆨ을 낫토미 블가ᄒᆞ여 작위화ᄉᆡᆨ(作爲和色)ᄒᆞ고 이셩ᄃᆡ왈(怡聲對曰)

“대인 셩휘(聖候) 여러 날 낫디 못ᄒᆞ시나 대단ᄒᆞᆫ 증휘(症候) 잇디 아니시니 깁히 념녀ᄒᆞ실 ᄇᆡ 아니오 히ᄋᆞ 등이 일시 초민(焦悶)ᄒᆞ온들

45 명도(明道): 송나라의 성리학자 정호(1032-1085)의 호.

엇디 폐식(廢食)ᄒᆞ도록 ᄒᆞ리잇고? ᄌᆞ위(慈闈) 그ᄅᆞᆺ 아ᄅᆞ시도소이다.”
부인이 기리 늣겨 왈
“다시 니ᄅᆞ지 말나. 환후의 위듕ᄒᆞ시믄 내 임의 짐작ᄒᆞ노라.”
상셔 형뎨 나ᄌᆞᆨ이 위로ᄒᆞ고 총총이 병침(病寢)으로 나오ᄆᆡ 공이 굿ᄐᆞ여 신음ᄒᆞᄂᆞᆫ ᄇᆡ 업ᄉᆞᄃᆡ 긔운을 슈습디 못ᄒᆞ고 정신이 요연(窈然)ᄒᆞ여 사ᄅᆞᆷ으로 더브러 언어ᄅᆞᆯ 괴로와ᄒᆞᄂᆞᆫ디라. ᄢᅵᄢᅵ 쳥슈(淸水)ᄅᆞᆯ 구ᄒᆞ여 마실 ᄯᆞᄅᆞᆷ이오 곡긔(穀氣)ᄅᆞᆯ ᄭᅳᆫ흐니 졈졈 일망이 디나 아조 인ᄉᆞ(人事)ᄅᆞᆯ 바림 갓ᄐᆞ니 상셔 형뎨 창황망극(蒼黃罔極)ᄒᆞ여 패도(佩刀)ᄅᆞᆯ ᄲᅢ혀 단디(斷指)코져 ᄒᆞ더니 공이 미미(微微)히 블너 왈 19면
“너희 브졀업ᄉᆞᆫ 일노ᄡᅧ 아비 도라가ᄂᆞᆫ 졍신을 놀납게 말고 잠간 븟드러 니ᄅᆞ혀라.”
상셔 형뎨 ᄲᆞᆯ니 나아가 밧드러 니ᄅᆞ혀ᄆᆡ 공이 디필(紙筆)을 구ᄒᆞ여 친히 유표(遺表)[46]ᄅᆞᆯ ᄡᅧ 죵딜(從姪) 시독 염을 주어 ᄌᆞ긔 운명(殞命)ᄒᆞᆫ 후 밧치라 ᄒᆞ고 이의 냥딜(兩姪)[47]의 손을 ᄌᆞᆸ아 비편왈(非便曰)
“여뷔(汝父)[48] 원ᄉᆞ(怨死)ᄒᆞ믄 셰월이 오ᄅᆡ고 신ᄇᆡᆨ(神魄)이 쾌ᄒᆞᆯᄉᆞ록 여등과 나의 각골디통(刻骨之痛)이라. ᄎᆞ딜(次姪)은 오히려 슈복을 타낫거니와 댱딜은 너모 고상격녈(高尙激烈)ᄒᆞ여 슈(壽) 브죡ᄒᆞ며 복(福)이 열우니[49] 내 깁히 념녀ᄒᆞᄂᆞᆫ ᄇᆡ라. 모로미 섭신슈ᄒᆡᆼ(攝身修行)의

---

46 유표(遺表): 신하가 죽을 즈음에 임금에게 올리는 글.

47 냥딜(兩姪): 양질. 여기에서의 두 조카는 정선의 두 아들인 맏이 정흠과 둘째 정겸을 가리키는 것으로 보임.

48 여뷔(汝父): 여부(汝父)는 ‘네 아버지’. 여기에서는 정한의 동생 정선을 가리킴. 정선은 한왕 고구의 모함을 입어 억울하게 죽었음.

디극히 조심ᄒᆞ여 금일 노부(老父)의 말을 닛디 말나. 네[50] ᄋᆞᄃᆞᆯ이 업ᄉᆞ니 ᄋᆞ의 종ᄉᆡ(宗嗣) 근심된디라. 닌ᄋᆞ 등을 보아 네 스ᄉᆞ로 갈ᄒᆡ여 종샤ᄅᆞᆯ 뎡ᄒᆞ라.”

시랑 곤계 ᄇᆡᆨ부의 유교(遺敎)ᄅᆞᆯ 듯ᄌᆞ오ᄆᆡ 흉금이 엄ᄉᆡᆨᄒᆞ여 능히 일언(一言)을 ᄃᆡ치 못ᄒᆞ고 ᄆᆞᆰ은 누쉬(淚水) ᄇᆡᆨ년용화(白蓮容華)ᄅᆞᆯ 젹실 쁜이라. 공이 잠간 외인을 츼우고 부인과 녀부(女婦)ᄅᆞᆯ 모다 블너 손
20면 녀 등의 손을 ᄌᆞᆸ고 부인을 향ᄒᆞ여 왈

“복(僕)이 댱원(長遠)치 못ᄒᆞᆯ 줄은 부인의 명달(明達)노 거의 짐작ᄒᆞ실 ᄇᆡ라. 임의 오십의 블칭외(不稱夭)라. 복이 박덕브ᄌᆡ(薄德不才)로 부귀 신상의 넘ᄧᅵ고 삼개 ᄌᆞ녜 ᄒᆡᆼ혀 블초(不肖)키ᄅᆞᆯ 면ᄒᆞ여실 쁜 아니라 닌ᄋᆞ 등은 오문(吾門)의 쳔니(千里) 긔린(麒麟)이오 손녀 등은 십이승(十二乘)을 빗최ᄂᆞᆫ 혜왕디쥐(惠王之珠)[51]라. 오십 년 셰샹이 늣거오미 업셔 영복(榮福)을 누려시니 므어ᄉᆞᆯ 슬허ᄒᆞ리오? 인ᄉᆡᆼ 일ᄉᆞ(一死)ᄂᆞᆫ 텬니(天理) 상ᄉᆡ(常事)라. 션휘(先後) 이시니 구원타일(久遠他日)의 부인으로 동혈(同穴) 뜻글이 되리니 부인은 복(僕)의 도라가믈 슬허 말고 ᄌᆞ녀ᄅᆞᆯ 보호ᄒᆞ여 삼상(三喪)을 맛게 ᄒᆞ고 텬녹(天祿)을 안향(安享)ᄒᆞᆫ 후 황양(黃壤)으로 도라오쇼셔.”

---

49 열우니: 열우다. 엷다. 여기에서는 ‘옅으니’로 보았음.

50 네: 정흠을 가리킴. 정흠은 아들이 없어 나중에 정잠과 소교완 사이에서 태어난 정인웅을 양자로 삼았음.

51 혜왕디쥐(惠王之珠): 혜왕지주. 전국시대 양(梁) 혜왕이 앞뒤로 각기 수레 12승을 비춰주는 보배로운 구슬이 열 개나 있다고 제(齊) 위왕에게 자랑한 고사가 있음. 《사기》 〈전경중완세가(田敬仲完世家)〉.

인ᄒᆞ여 딜부(姪婦) 냥인과 죵딜부(從姪婦) 시독 쳐와 녀ᄋᆡ며 냥부(兩婦)를 무ᄋᆡ(撫愛)ᄒᆞ여 각각 부귀복녹을 누리라 당부ᄒᆞ고 시랑 흠의 쳐 화시를 블너 왈

"그ᄃᆡ 인ᄒᆞ여 무ᄌᆞ(無子)홀딘ᄃᆡ 닌ᄋᆞ 형뎨 듕 그 ᄒᆞ나흘 갈히여 계후
(繼後)를 뎡ᄒᆞ라. 소현뷔 미우(眉宇)의 셔식(瑞色)이 이시니 반ᄃᆞ시 21면
ᄐᆡ휘(胎候) 이실디라. 소시 ᄉᆡᆼ남ᄒᆞ여 아름답거든 너의 계후를 ᄒᆞ라."

ᄌᆞ부녀ᄋᆡ(子婦女兒) 공의 유교(遺敎)를 듯ᄌᆞ오ᄆᆡ 밍극초황(罔極焦遑)ᄒᆞ고 셔부인이 통흉운졀(痛胸殞絶)ᄒᆞ여 능히 일언을 못 ᄒᆞ니 공이 또 부인을 향ᄒᆞ여 왈

"복이 부인을 미드미 이러치 아니ᄒᆞ거놀 엇디 여ᄎᆞ과상(如此過傷)ᄒᆞ여 나의 심신(心身)을 난(亂)ᄒᆞ고 ᄌᆞ녀의 통할(痛割)ᄒᆞ믈 돕ᄂᆞ뇨? 부인은 셰연(世緣)이 머럿ᄂᆞ니 복의 님ᄉᆞ(臨死) 부탁을 져바리디 말고 ᄌᆞ녀를 경계ᄒᆞ여 디통(至痛)을 존졀(撙節)ᄒᆞ고 가도(家道)를 온젼이 ᄒᆞ여 타일 쳔양(天壤)의 셔로 보ᄆᆡ 말이 빗나게 ᄒᆞ쇼셔."

부인이 계오 소ᄅᆡ를 일워 ᄃᆡ왈(對曰)

"쳡(妾) 슈토목디심(雖土木之心)이나 부ᄌᆞ(夫子)의 존톄(尊體) 이ᄃᆡ도록 엄엄(奄奄)ᄒᆞ시믈 ᄃᆡᄒᆞ여 촌장(寸腸)이 ᄉᆞᆺ쳐디믈 ᄎᆞᆷ으리잇가? 니ᄅᆞ시ᄂᆞᆫ 바ᄂᆞᆫ 쳡이 블민(不敏)ᄒᆞ오나 일뉘(一縷) 보젼ᄒᆞᆫ족 져ᄇᆞ리디 아니리이다."

공이 상셔를 명ᄒᆞ여 부인을 뫼셔 드러가라 ᄒᆞ니 부인이 머므디 못ᄒᆞ
여 니러날ᄉᆡ 공이 손ᄋᆞ 등을 각각 무ᄋᆡᄒᆞ여 됴히 댱셩(長成)ᄒᆞ라 당
부ᄒᆞ여 드려보ᄂᆡ고 ᄌᆞ딜(子姪) 등과 친쳑 제인을 블너 낫낫치 유언 22면
(遺言)ᄒᆞ고 당헌의 손을 잡고 이ᄌᆞ(二子)를 도라보아 왈

"나의 헌을 무ᄋᆡᄒᆞᄂᆞᆫ 뜻을 여등(汝等)이 모로디 아니리니 엇디 긴 셜화(說話)로 당부ᄒᆞ리오? 인심셰되(人心勢道) ᄒᆞᆫ갈갓지 못ᄒᆞ여도 여등은 죵시(終始)의 변치 말나."

또 니빈을 집슈왈(執手曰)

"너ᄂᆞᆫ 튱의예 후예(後裔)라【숑(宋) 휘흠됴(徽欽朝)[52]의 졀ᄉᆞᄒᆞᆫ 니약슈(李若水)[53]의 후예러라】. 안연(顏淵)·ᄌᆞ긔(子奇)[54]의 어짐과 미자(微子)·쥬공(周公)[55]의 덕이 가ᄌᆞᆨᄒᆞ여 ᄌᆞ유(子有)·ᄌᆞᄒᆞ(子夏)[56]의 학문이라. 튱회(忠孝) ᄇᆞᆰ히 낫타나 방가(邦家)의 동냥(棟樑)이 되고 ᄉᆞ류(士類)의 츄앙(推抑)ᄒᆞ미 되여 ᄒᆞᆫ갈갓치 힝실을 닷글딘ᄃᆡ 내 당당이 구원(九原)[57]의 우음을 먹음어 녕션(令先)긔 치하(致賀)ᄒᆞ리라."

니빈 등이 브복쳥교(俯伏聽教)의 항뉘(行淚) 쳠의(沾衣)라. ᄌᆡᄇᆡ슈명(再拜受命)ᄒᆞᄆᆡ 슬허ᄒᆞ미 친환(親患)의 감치 아니ᄒᆞ고 댱헌은 더옥 망극ᄒᆞ여 실셩비읍(失聲悲泣)ᄒᆞ니 공이 도로혀 위로ᄒᆞ고 이의 이ᄌᆞ(二子)ᄅᆞᆯ ᄃᆡᄒᆞ여 경계왈(警戒曰)

"좁은 국가의 몸을 허ᄒᆞᆫ ᄇᆡ니 내 굿ᄐᆡ여 ᄉᆞᄉᆞ로이 니ᄅᆞᆯ ᄇᆡ 아니니 모

---

52 휘흠됴(徽欽朝): 휘흠조. 송나라 휘종과 흠종 때를 가리킴.

53 니약슈(李若水): 이약수. 북송 휘종 때의 충신. 휘종과 흠종이 금나라 군대의 포로가 되었을 때, 금나라 태자가 이약수를 회유했으나 절개를 지켜 끝까지 저항하다가 참혹하게 죽음.

54 ᄌᆞ긔(子奇): 자기. 자기는 제나라 사람으로, 18세에 제나라 임금이 동아(東阿)를 다스리게 하여 그 현이 크게 교화되었다고 함. 《통감절요》 19권 〈후한기〉 참고.

55 미자(微子)·쥬공(周公): 미자·주공. 미자는 상나라가 망한 후 주나라에 귀순하여 상나라의 어른으로 주의 신임을 얻은 인물. 주공은 주나라 무왕을 이어 나라를 다스리면서 왕위에는 뜻을 두지 않고 왕을 보필하는 데 최선을 다한 사람.

56 ᄌᆞ유(子有)·ᄌᆞᄒᆞ(子夏): 자유·자하. 각기 공자의 제자들인 염구와 복상의 자(字).

57 구원(九原): 죽은 사람의 혼이 산다고 하는 곳.

로미 듕으로ᄡᅧ 몬져 ᄒᆞ고 효로ᄡᅧ 나죵 ᄒᆞ여 나의 삼 년을 맛ᄂᆞᆫ 날이라 23면
도 셩듀(聖主)ᄅᆞᆯ 븟드러 젹은 ᄉᆞ경을 일시 상니(相離)의 셜셜(屑屑)치[58] 말고 삼은 노모(老母)ᄅᆞᆯ 븟드러 ᄌᆞ최ᄅᆞᆯ 삼산의 븟쳐 스ᄉᆞ로 ᄉᆞ라시믈 셰샹의 고치 말기ᄅᆞᆯ 칠팔ᄌᆡ(七八載)만 ᄒᆞ면 ᄌᆞ연 십년디ᄂᆡ의 다시 모ᄌᆞ 형뎨 즐거이 만나 분니(分離)ᄒᆞ엿던 졍을 펴리니 믈너가며 나옴과 ᄯᅥ나며 모드믈 내 니ᄅᆞ디 아니ᄒᆞ나 즘이 스ᄉᆞ로 혜아리미 붉으리니 유셔 ᄉᆞ 장을 인봉(印封)ᄒᆞ여 협듕(篋中)의 김초왓ᄂᆞᆫ디라. 봉피(封皮)의 각각 볼 ᄊᆡᄅᆞᆯ ᄡᅧ시니 ᄊᆡ 다닷거든 인ᄒᆞ여[59] 닌셩 등을 어로만져 문호(門戶)ᄅᆞᆯ 흥긔(興起)ᄒᆞ며 조션(祖先)을 현양(顯揚)ᄒᆞ미 ᄎᆞᄋᆞ 등 밧긔 나지 아니리라 ᄒᆞ니 상셔 형뎨 야야(爺爺) 유교(遺敎)ᄅᆞᆯ 밧ᄌᆞ오ᄆᆡ 구곡(九曲)[60]이 여할(如割)ᄒᆞ며 오ᄂᆡ(五內) 분븡(分崩)ᄒᆞ여 실셩호읍(失聲號泣)의 톄뤼(涕淚) 죵횡(縱橫)ᄒᆞ니 공이 그 손을 어로만져 왈

"여등의 셜워ᄒᆞ믈 보ᄆᆡ 나의 명완(命頑)ᄒᆞ미 더옥 븟그러온디라. 션군(先君)과 션비(先妣)ᄅᆞᆯ 일시의 여희ᄃᆡ 능히 ᄯᆞ라 뫼시지 못ᄒᆞ고 망뎨(亡弟)와 상의위명(相依爲命)[61]ᄒᆞ여 삼 년 상졔(喪制)의 구로ᄉᆡᆼ디(劬勞生之)[62]ᄒᆞ신 호텬대은(昊天大恩)을 만의 일을 보(報)코ᄌᆞ ᄒᆞ나 득 24면

---

58 셜셜(屑屑)치: 설설치. 설설(屑屑)은 '자질구레함, 애쓰는 모양, 가늘게 떨어지는 모양, 마음에 두고 생각하는 모양' 등의 뜻으로 사용됨.

59 다닷거든 인ᄒᆞ여: '다닷거든'과 '인ᄒᆞ여' 사이에 '떼어 보아라'에 해당하는 단어가 누락된 것으로 보임.

60 구곡(九曲): 구곡간장(九曲肝腸).

61 상의위명(相依爲命): 서로 의지하여 목숨을 지킴.

디 못ᄒᆞ엿ᄂᆞ니 여등디심(汝等之心)이 엇더ᄒᆞᆫ디 모로거니와 ᄉᆡᆼ훌 ᄡᅴ ᄉᆞᄒᆞ미 블회믈 엇디 ᄉᆡᆼ각디 못ᄒᆞᄂᆞ뇨? ᄒᆞ믈며 너의 모친이 셰연(世緣)이 머럿ᄂᆞᆫ디라. 인ᄌᆞ디되(人子之道) 편모(偏母)의 디통(至痛)을 위로치 아니ᄒᆞ고 그 디통을 도으미 가ᄒᆞ냐? 모로미 관억(寬抑)기롤 위쥬ᄒᆞ라."

이ᄌᆡ(二子) 톄읍슈명(涕泣受命)ᄒᆞ믜 공이 편히 눕기롤 닐너 다시 벼개롤 놉혀 안와(安臥)ᄒᆞ니 상셔ᄂᆞᆫ 머리롤 집고 운계ᄂᆞᆫ 손을 밧들며 손ᄋᆞ 등은 좌우로 뫼셔 심븅담녈(心崩膽列)ᄒᆞ믈 니긔지 못ᄒᆞ더니 임의 션ᄉᆡᆼ이 쇽광(屬纊)[63]ᄒᆞ믜 큰 별이 동남각(東南角)으로조ᄎᆞ ᄯᅥ러지고 상운셔뮈(祥雲瑞霧) 병침(病寢)으로조ᄎᆞ 창합(閶闔)[64]의 ᄉᆞ뭇ᄎᆞ며 이향(異香)이 만실(滿室)ᄒᆞ니 가히 당시 셩유(聖儒)며 텬하 대현(大賢)이믈 알너라. 뎡통(正統) 십이년(十二年) 시셰(是歲) 졍묘(丁卯) 동십월(冬十月) 경ᄌᆞ삭(庚子朔) 십칠일(十七日) 병ᄌᆞ(丙子) 슐시(戌時)[65]의 귀텬(歸天)ᄒᆞ니 향년(享年)이 오십이라. 방가의 블ᄒᆡᆼ과 창ᄉᆡᆼ의 무복(無福)이 이의 더으미 업ᄂᆞᆫ디라. 됴태ᄉᆞ[66] 부ᄌᆡ 초혼발상(招魂

---

62 구로ᄉᆡᆼ디(劬勞生之): 구로생지. 구로(劬勞)는 자식을 낳아 기르느라 힘을 들이고 고생한다는 뜻.

63 쇽광(屬纊): 속광. 임종의 다른 말. 사람이 죽어갈 무렵에 고운 솜을 코나 입에 대어 호흡의 기운을 검사한 데서 유래함.

64 창합(閶闔): 대궐의 정문.

65 뎡통(正統) 십이년(十二年) ~ 병ᄌᆞ(丙子) 슐시(戌時): 정통 12년 정묘년(1447) 겨울 10월 경자 삭 17일 병자 술시. 명 영종 12년 음력 10월 17일 오후 7시에서 오후 9시. 이때 조선은 세종 29년임.

66 됴태ᄉᆞ: 조태사. 태사 조겸.

發喪)ᄒᆞ니 쳥계 형뎨의 호텬벽용(呼天擗踊)ᄒᆞ여 피발ᄋᆡ훼(被髮哀毀) 25면
ᄒᆞ믄 니ᄅᆞ디 말고 뎨ᄌᆞ ᄇᆡᆨ여 인이 이의 모다 통곡비졀(痛哭悲絶)ᄒᆞ
미 친상(親喪)으로 감(減)치 아니ᄒᆞ니 ᄂᆡ외의 곡셩이 텬디ᄅᆞᆯ 흔들고
동구(洞口)ᄅᆞᆯ 움즉이ᄂᆞᆫ디라. 긔운이 약ᄒᆞ고 졍신이 브죡ᄒᆞᆫ ᄌᆞᄂᆞᆫ 상가
(喪家)의 ᄒᆞᆫ번 니ᄅᆞᄆᆡ 현혼증(眩昏症)이 발ᄒᆞᆯ디라. 셔태부인이 텬디
븡탁(崩坼)ᄒᆞᄂᆞᆫ 화변(禍變)을 당ᄒᆞᄆᆡ ᄌᆞ녀ᄅᆞᆯ 위ᄒᆞ여 디통을 관억고
ᄌᆞ ᄒᆞ나 흉장(胸臟)의 만검(萬劍)이 결니고 오장(五臟)의 블이 니ᄂᆞᆫ
디라. ᄒᆞᆫ 소ᄅᆡᄅᆞᆯ '텬호텬호(天乎天乎)여! 나의 죄악이 엇디 이ᄃᆡ도록
앙화(殃禍)ᄅᆞᆯ 밧ᄂᆞ뇨?' 니ᄅᆞ기ᄅᆞᆯ 맛ᄎᆞᄆᆡ 엄홀(奄忽)ᄒᆞ여 인ᄉᆞᄅᆞᆯ 아디
못ᄒᆞ니 상부인이 밧비 두 거거(哥哥)ᄅᆞᆯ 쳥ᄒᆞ여 셔로 븟드러 통곡 ᄋᆡ
혈(哀血)의 실셩톄읍(失聲涕泣) 왈
"아등이 텬디의 죄 어드미 특듕(特重)ᄒᆞ여 이졔 망극ᄒᆞᆫ 변을 당ᄒᆞ니
엇디 ᄉᆞᆯ고ᄌᆞ ᄆᆞᄋᆞᆷ이 이시리오마ᄂᆞᆫ ᄌᆞ위(慈闈)ᄅᆞᆯ 아니 도라보옵디 못
ᄒᆞ리니 거거와 현뎨 디통을 관억ᄒᆞ고 ᄌᆞ위의 통할(痛割)ᄒᆞ시믈 위로
ᄒᆞ샤 삼상(三喪)의 대인 유교(遺敎)ᄅᆞᆯ 져바리지 마ᄅᆞ쇼셔." 26면
쳥계 곤계(昆季) 텬디 망망(茫茫)ᄒᆞ고 일월이 혼흑(昏黑)ᄒᆞ니 능히
상부인의 말을 답(答)디 못ᄒᆞ고 밧비 모부인을 구호ᄒᆞ여 식경(食頃)[67]
이나 된 후 부인이 비로소 졍신을 슈습ᄒᆞ여 이ᄌᆞᄅᆞᆯ 븟들고 호텬통곡
(呼天痛哭)ᄒᆞ니 냥ᄌᆡ(兩子) 읍혈간위(泣血懇慰) 왈
"블초 등의 죄악이 관텬(貫天)ᄒᆞ와 엄위(嚴闈)ᄅᆞᆯ 여희오니 우러옵ᄂᆞᆫ

67 식경(食頃): 밥을 먹을 동안이라는 뜻으로, 잠깐 동안의 시간을 가리킴.

밧ᄌᆡ[68] ᄌᆞ위(慈闈)의 통쳘관대(洞徹寬大)ᄒᆞ신 셩덕이 블초 등을 도라보실가 ᄒᆞ엿삽더니 엇디 이ᄃᆡ도록 ᄒᆞ샤 블초 등으로 ᄒᆞ여곰 디통 우희 다시 더으시ᄂᆞ니잇고? 복원 ᄌᆞ위ᄂᆞᆫ 관억ᄒᆞ샤 ᄒᆡᄋᆞ(孩兒) 등의 심ᄉᆞᄅᆞᆯ ᄉᆞᆯ피쇼셔."

부인이 좌슈로 쳥계ᄅᆞᆯ ᄌᆞᆸ고 우슈로 운계의 머리ᄅᆞᆯ 어로만져 ᄋᆡ호통읍(哀號痛泣) 왈

"여등의 디회(至孝) 호텬(昊天)이 엇디 감동치 아니리오마ᄂᆞᆫ 노모의 박덕흉완(薄德凶頑)ᄒᆞ미 이런 화변을 당ᄒᆞ니 내 임의 디통을 견ᄃᆡ여 칼·블의 몸을 더지디 아니키로 결ᄒᆞ엿ᄂᆞ니 여등도 노모ᄅᆞᆯ 위ᄒᆞ여 과
27면 훼(過毁) 멸셩(滅性)키의 니ᄅᆞ지 아닐 바ᄅᆞᆯ ᄇᆞᆰ히 니ᄅᆞ라."

이ᄌᆡ 년망ᄃᆡ왈(連忙對曰)

"ᄌᆞ위 의리ᄅᆞᆯ 관대히 ᄉᆡᆼ각ᄒᆞ샤 블초 등의 졍ᄉᆞ(情事)ᄅᆞᆯ 녀렴(慮念)ᄒᆞ실진ᄃᆡ 블초 등이 엇디 죽기ᄅᆞᆯ ᄌᆞ분(自奔)ᄒᆞ여 인간의 가업ᄉᆞᆫ 블효 죄인이 되리잇고? 복망(伏望) ᄌᆞ위ᄂᆞᆫ 쇼ᄌᆞ 등의 ᄉᆞᄉᆡᆼ은 셩녀(聖慮)의 거리ᄭᅵ디 마ᄅᆞ시고 셩톄(聖體)ᄅᆞᆯ 디안(至安)ᄒᆞ샤 엄위(嚴闈)[69]의 유언ᄒᆞ시믈 져바리디 마ᄅᆞ쇼셔."

부인이 구곡(九曲)이 촌단(寸斷)ᄒᆞ여 다시 긔운이 막힐 ᄃᆞᆺᄒᆞᄃᆡ 스ᄉᆞ로 딘뎡ᄒᆞ여 가ᄉᆞᆷ의 뭉긘 디통을 나리온 후 냥ᄌᆞᄅᆞᆯ 어로만져 죵용(從容)이 보젼ᄒᆞ믈 경계ᄒᆞ니 냥인이 ᄯᅩᄒᆞᆫ 디통을 금억(禁抑)ᄒᆞ여 슌슌슈명(順順受命)ᄒᆞ고 퇴ᄒᆞᄆᆡ 밋쳐ᄂᆞᆫ 엇디 오ᄅᆡ 참으리오? 고디규텬(叩

68 밧ᄌᆡ: '밝'은 '바깥'에 해당하며, '밧ᄌᆡ'는 '밝+이'.

69 엄위(嚴闈): 부친.

地叫天)ᄒᆞ여 혼졀키ᄅᆞᆯ ᄌᆞ로 ᄒᆞ고 작슈(酌水)ᄅᆞᆯ 갓가이 아니 ᄒᆞ니 시랑 등이 그 부모ᄅᆞᆯ 여흴 ᄡᆡᄂᆞᆫ 디통을 ᄭᆡ닷디 못ᄒᆞᆯ ᄡᆡ오 인ᄉᆞ(人事) 안후로 궁텬극디(窮天極地)[70]ᄒᆞᆫ 셜우미 이시나 ᄇᆡᆨ부(伯父)ᄅᆞᆯ 의앙(依仰)ᄒᆞ여 슬프믈 ᄎᆞᆷ더니 오날ᄂᆞᆯ ᄇᆡᆨ부ᄅᆞᆯ 마ᄌᆞ 여희오ᄆᆡ 통할(痛割)ᄒᆞᆫ 심ᄉᆡ 엇디 측냥ᄒᆞ리오마ᄂᆞᆫ 쳥계 형뎨의 이러ᄐᆞᆺ ᄇᆞ디(扶持)키 어려오믈 보ᄆᆡ 망극통도(罔極痛悼)ᄒᆞᄂᆞᆫ 듕 근심이 깁허 쥬야 븟드러 구호ᄒᆞ고 뎡국공[71]이 낫촘 미양(微恙)으로 츌입디 못ᄒᆞ여 누어 날을 셩부의 오디 못ᄒᆞ엿다가 악부(岳父)의 상(喪) 츌(出)ᄒᆞ믈 듯고 님망(臨亡)의 영결(永訣)치 못ᄒᆞ믈 통도(痛悼)ᄒᆞ여 알픈 거ᄉᆞᆯ 강인(强忍)ᄒᆞ여 상측(喪側)의 니ᄅᆞ러 쳥계 곤계ᄅᆞᆯ 구호ᄒᆞᆷ과 공의 망ᄒᆞ믈 슬허ᄒᆞ미 반ᄌᆞ(半子)의 도ᄅᆞᆯ 다ᄒᆞ더라. 명일의 유표(遺表)ᄅᆞᆯ 옥궐(玉闕)의 올니고 태부의 졸(卒)ᄒᆞ믈 쥬(奏)ᄒᆞᆫᄃᆡ 텬ᄌᆡ ᄎᆞ악발비(嗟愕發悲)ᄒᆞ샤 그 유표ᄅᆞᆯ ᄉᆞᆯ피시ᄆᆡ 만디(滿紙)의 베픈 말ᄉᆞᆷ이 다 관일졍튱(貫一貞忠)의 비로ᄉᆞ니 쳑ᄉᆞ쳑언(隻辭隻言)이 무비쥬옥(無比珠玉)이라. 기리 요슌탕무(堯舜湯武)[72]의 덕을 니으샤 ᄂᆡ셩ᄂᆡ신(乃聖乃神)[73]ᄒᆞ시고 극명쥰덕(克明俊德)ᄒᆞ샤 광피ᄉᆞ표(光被四表)ᄒᆞ시믈 갓초 쥬ᄒᆞ여 튱셩의 격달(激

28면

70 궁텬극디(窮天極地): 궁천극지. 하늘과 땅같이 끝이 없는 것을 가리킴.

71 뎡국공: 정국공. 상연이 한 벼슬 이름. 상연은 정한의 딸 정태요의 남편.

72 요슌탕무(堯舜湯武): 요순탕무. 요임금, 순임금, 탕임금, 주왕.

73 ᄂᆡ셩ᄂᆡ신(乃聖乃神): 내성내신. 성스럽고 신묘함. "아, 임금의 덕이 널리 운행되어 성스럽고 신령하고 무용이 있으시고 문을 갖추셨으니 황천이 돌보고 명하여 사해를 차지하고 천하의 임금이 되게 하였다(都帝德廣運 乃聖乃神 乃武乃文 皇天眷命 奄有四海 爲天下君)." 《서경》 〈우서〉 '대우모'.

達)ᄒᆞ믄 졔갈(諸葛)의 츌샤표(出師表)와 가의(賈誼)[74]의 만언소(萬言
29면 疏)의 디나고 말ᄉᆞᆷ이 화ᄒᆞ고 의ᄉᆡ(意思) 홍쾌(弘快)ᄒᆞ여 문니(文理) 셰쇽(世俗)으로 다ᄅᆞ믄 셩인(聖人)의 도통(道統)을 니을디라. 황샹(皇上)이 ᄂᆡ시(內侍)의 무리ᄅᆞᆯ 툥용(寵用)ᄒᆞ샤미 졍ᄉᆞ(政事)의 크게 유ᄒᆡ(有害)ᄒᆞ시믈 일ᄏᆞ라 샹(商)의 덕과 쥬(周)의 졍ᄉᆞᄅᆞᆯ ᄉᆡᆼ각ᄒᆞ샤 삼ᄃᆡ(三代)의 치(治)ᄅᆞᆯ 셰ᄋᆞ시고 조초미 신(臣)의 셰운 공(功)이 업ᄉᆞ오니 더러온 일홈이 ᄉᆞ칙(史冊)의 오ᄅᆞ게 마ᄅᆞ시믈 슬피 비러시니 도라가ᄂᆞᆫ 졍신이 요요(搖搖)ᄒᆞᄃᆡ 필법(筆法)의 긔이ᄒᆞᆷ과 소ᄉᆞ(疏辭)의 디극ᄒᆞ미 팔두(八斗)[75]ᄅᆞᆯ 기우릴 문댱이오 산악(山岳)을 것구로칠 필법이라. 셩심(聖心)이 크게 슬허ᄒᆞ샤 농뉘(龍淚) 어의(御衣)ᄅᆞᆯ 젹시고 소ᄉᆞ(疏辭)ᄅᆞᆯ 거두어 갓가이 두신 후 그 님죵의 영결치 못ᄒᆞ믈 더옥 유한(遺恨)을 삼으샤 옥톄(玉體)의 다히시던 두어 가디 옷ᄉᆞᆯ 보ᄂᆡ샤 션ᄉᆡᆼ의 몸의 갓가이 ᄡᅳ라 ᄒᆞ시고 부의(賻儀)ᄒᆞ시ᄂᆞᆫ 시ᄌᆞ(侍者)와 문후(問候)ᄒᆞ시ᄂᆞᆫ ᄂᆡ시(內侍) 도로의 니어 은영(恩榮)이 ᄉᆡᆼᄉᆞ의 유별ᄒᆞᆯ ᄲᅳᆫ 아니라 샹부디샹(相府之喪)[76]의 ᄉᆞ뎨디도(師弟之道)로ᄡᅧ 셩복(成服) 젼(前) 쇼션(素扇)[77]을 명ᄒᆞ시고 통도ᄒᆞ샤미 극ᄒᆞ샤 그 셩복날 어

74 가의(賈誼): 한(漢)나라의 시인이자 정치가.

75 팔두(八斗): '재고팔두(才高八斗)'에서 온 말. 이는 사령운이 세상 재주를 일석(一石)이라고 할 때, 그중 팔두는 조식의 것이고, 자신은 그중 일두(一斗)를 차지하며, 나머지 일두(一斗)는 세상 문인들의 재주를 합한 것이라 했다는 데서 유래한 표현. 문장 재주와 학식이 뛰어난 사람을 가리킴.

76 상부디상(相父之喪): 상부지상. 상부는 황제가 아버지처럼 공경하는 신하라는 뜻. 여기에서 상부는 정한을 가리키므로 '상부지상'은 정한의 장례를 이름.

77 쇼션(素扇): 소선. 국장(國葬)이나 천장(遷葬) 때 사용하던 흰 천을 씌운 부채.

개(御駕) 친님(親臨)ᄒᆞ려 ᄒᆞ시고 텬하 ᄉᆞ셔인(士庶人)이 문쳥션ᄉᆡᆼ의
졸셰(卒世)ᄒᆞ믈 듯고 셔로 니어 젼ᄒᆞ고 쳬루(涕流)ᄅᆞᆯ 드리워 왈 30면
"방개(邦家) 블힝ᄒᆞ고 창ᄉᆡᆼ(蒼生)이 복이 업ᄉᆞ니 비ᄌᆡ통의(悲哉痛矣)
라."

일노조ᄎᆞ 대명(大明)의 문한(文翰)이 쇠ᄒᆞ고 셩인의 ᄌᆞ최 더옥 머다
ᄒᆞ여 슬허ᄒᆞ믈 골육(骨肉)의 상ᄉᆞ(喪事)갓치 녁이더라. 졍상셔와 운
계 망극디통이 시시(時時) 층가(層加)ᄒᆞ나 태부인을 위ᄒᆞ여 죽을 뜻
을 두지 아니코 비록 비황(悲惶) 듕이나 티상(治喪)ᄒᆞ미 녜제(禮制)
의 극딘ᄒᆞ여 효ᄌᆞ 졍셩이 오히려 션훈(先訓)의 넘은 ᄇᆡ 만흔더라. 임
의 셩복을 디닐ᄉᆡ 샹(上)이 만됴(滿朝)ᄅᆞᆯ 거ᄂᆞ리시고 졍부의 님ᄒᆞ샤
공의 관(棺)을 어로만져 통도ᄒᆞ실ᄉᆡ 농뉘(龍淚) 어의ᄅᆞᆯ 잠으시니 공
의 녕ᄇᆡᆨ(靈魄)이 알오미 이실딘ᄃᆡ 엇디 감격ᄒᆞᆫ 눈믈을 먹음디 아니리
오? 이윽고 녕연(靈筵)의 곡별(哭別)ᄒᆞ시고 환궁ᄒᆞ시니 상인(喪人)[78]
형뎨 셩은의 황감(惶感)ᄒᆞ믈 각골 망극ᄒᆞ여 더옥 혈뉘(血淚) 최복(衰
服)을 젹시더라. ᄇᆡᆨ뇌(百僚) 호가(扈駕)[79]ᄒᆞ여 단봉(丹鳳)[80]을 향ᄒᆞ니 ᄉᆡᆼ 31면
ᄉᆞ의 가업ᄉᆞᆫ 영광과 무궁ᄒᆞᆫ 귀복(貴福)이 인신(人臣)의 극ᄒᆞ여 엇기
어려온 ᄇᆡ니 공의 졸홈과 상인의 ᄋᆡ훼골닙ᄒᆞ믈 드ᄅᆞᄆᆡ 눈믈 아니 나
리올 ᄌᆡ 업ᄉᆞ나 은영의 측냥업숨과 귀복의 당당ᄒᆞ믈 져마다 블워ᄒᆞ
더라. 상셔 형뎨 셩복을 디닉고 태부인을 위ᄒᆞ여 디통을 쳔만 관억ᄒᆞ

78 상인(喪人): 부모나 조부모가 세상을 떠나 거상 중에 있는 사람. 상제(喪制).

79 호가(扈駕): 임금이 탄 수레를 호위하며 뒤따르는 것.

80 단봉(丹鳳): 단봉성의 준말로, 황제의 도성을 가리킴.

나 ᄒᆞᆫ 술 듁(粥)이 나리디 못ᄒᆞ고 뉵시(六時)[81] 곡읍과 죵일 브졀(不絶) ᄒᆞ엿ᄂᆞᆫ 됴ᄀᆡᆨ슈됴(弔客受弔)의 호통ᄋᆡ혈(號痛哀血)ᄒᆞ미 혈육디신(血肉之身)인ᄌᆞᆨ 견ᄃᆡ디 못ᄒᆞᆯ디라. ᄒᆞ믈며 일한(日寒)이 졈졈 더으거ᄂᆞᆯ 녀막(廬幕)이 풍우(風雨)ᄅᆞᆯ 가리오디 못ᄒᆞ나 두 상인(喪人)이 쥬야로 상셜(霜雪)을 므릅뼈 능히 치우믈 ᄊᆡ돗디 못ᄒᆞ니 닌셩이 조부ᄅᆞᆯ 여희고 망극ᄒᆞᆫ 듕 냥 대인의 이 갓ᄐᆞ시믈 초민(焦悶)ᄒᆞ여 쥬야 뫼셔 그거(起居)의 보호ᄒᆞ미 노셩군ᄌᆞ(老成君子)의 밋디 못ᄒᆞᆯ ᄇᆡ라. 상셰 디통
32면 의 골돌ᄒᆞ미 븍당(北堂) 편친(偏親) 곳 아니시면 ᄉᆞᄉᆞ로 셰샹을 닛고ᄌᆞ ᄒᆞ나 닌셩·닌광의 이러ᄐᆞᆺ 긔이ᄒᆞ믈 보ᄆᆡ 아ᄅᆞᆷ다오믈 블승ᄒᆞ여 ᄒᆞ고 상부인을 ᄃᆡᄒᆞᆫᄌᆞᆨ 모친긔 시호(侍護)ᄒᆞ믈 당부ᄒᆞᆫ 후 닌셩의 의식지졀(衣食之節)을 못 닛ᄂᆞᆫ 말이라. 상부인이 탄왈(嘆曰)

"쇼ᄆᆡ(小妹) 비록 블초ᄒᆞ나 ᄌᆞ위ᄅᆞᆯ 시호ᄒᆞ믄 화뎨와 소형이 시호ᄒᆞ미 ᄐᆡ만치 아니ᄒᆞ니 쇼ᄆᆡ ᄌᆞ연 그 뒤흘 조출 ᄇᆡ오 닌셩의 의식디졀은 져의 냥 모친이 극딘히 념녀ᄒᆞᄆᆡ 쇼ᄆᆡ 근심ᄒᆞᆯ 나의 업고 거거(哥哥)의 누누계렴(累累系念)ᄒᆞ시미 도로혀 다ᄉᆞᄒᆞ신 연괴(緣故)라. 화뎨의 셩효덕힝(誠孝德行)은 ᄉᆡ로이 니ᄅᆞᆯ ᄇᆡ 아니어니와 소형의 효힝과 증상(烝嘗)을 밧드옵ᄂᆞᆫ 졍셩이 인심의 감격ᄒᆞ니 거게 이 갓ᄐᆞᆫ ᄂᆡ상(內相)을 두시고 ᄌᆞ녀 거ᄂᆞ리믈 념녀ᄒᆞ시미 블가ᄒᆞ니이다."

상셰 기리 탄식고 다시 말을 아니 ᄒᆞ니 상부인은 소시의 위인이 양부
33면 인과 ᄂᆡ도ᄒᆞ믈 모로ᄂᆞᆫ 줄이 아니나 가ᄉᆞᄅᆞᆯ 션티(善治)홈과 증상(蒸

81 뉵시(六時): 육시. 하루를 여섯 때로 나눈 것으로 신조(晨朝), 일중(日中), 일몰(日沒), 초야(初夜), 중야(中夜), 후야(後夜).

嘗)을 디셩으로 밧들믈 깃거 이리 니ᄅᆞ미러라. 훌훌ᄒᆞᆫ 염양(炎凉)이 살 갓ᄐᆞ여 삼동(三冬)이 다 가고 명년 신졍(新正)을 만나니 합샤(閤舍)의 층쳡(層疊)ᄒᆞᆫ 디통이 일월노조ᄎᆞ 더으고 태부의 쟝ᄉᆞ(葬事)ᄅᆞᆯ 졔후왕녜(諸侯王禮)로 오삭(五朔)의 디ᄂᆡ려 ᄒᆞᄆᆡ 듕츈(仲春)으로 쟝일(葬日)을 뎡ᄒᆞ고 쳥계 곤계의 ᄋᆡ호디통(哀號之痛)이 무궁 망극이라. ᄒᆞ믈며 태쥬의 쟝ᄉᆞᄅᆞᆯ 디ᄂᆡ고 인ᄒᆞ여 삼상(三喪)을 지ᄂᆡ기로 뎡ᄒᆞ니 합샤 샹ᄒᆡ(上下) 일시의 태쥐로 나리려 ᄒᆞ더니 천만의외예 화각노 부뷔[82] 일삭디ᄂᆡ(一朔之內)의 구몰(俱沒)ᄒᆞ니 화부인의 쳡쳡 무애지통을 어ᄃᆡ 비ᄒᆞᆯ 곳이 이시리오? 화가 션산(先山)이 의양의 잇고 화참졍 등이 의양 가 쟝ᄉᆞᄅᆞᆯ 디ᄂᆡ고 인ᄒᆞ여 가권(家眷)을 녕솔(領率)ᄒᆞ여 묘하(墓下)의셔 삼상을 맛ᄎᆞ려 ᄒᆞ니 의양이 태쥬로 도뢰(道路) 더옥 졀원(絶遠)ᄒᆞ여 셔로 일별분슈즉(一別分手則) 유명(幽明)이 격ᄒᆞ므로 다ᄅᆞ디 아니ᄒᆞ고 화각노의 셩복일이 졍태부의 녕궤(靈几)ᄅᆞᆯ 발 34면 ᄒᆞ여 션산의 반장(返葬)ᄒᆞᄂᆞᆫ 날이라. 화부인이 망극비황ᄒᆞ여 거취(去就)ᄅᆞᆯ 아모리 ᄒᆞᆯ 줄을 아디 못ᄒᆞ고 ᄒᆞᆫ갓 고디규텬(叩地叫天)ᄒᆞ여 쥬야ᄋᆡ혈훌훌[83] ᄯᆞ름이니 약딜(弱質)이 거의 딘케 되엿ᄂᆞᆫ디라. ᄂᆡ광 등이 외가로셔 도라온즉 ᄌᆞ모의 위위(委委)ᄒᆞ미 결단ᄒᆞ여 슈쳔 니 발셥(發涉)[84]을 못 ᄒᆞᆯ 바ᄅᆞᆯ 고(告)ᄒᆞ여 잠간 츄후(追後)ᄒᆞ여 나려가시믈 고

---

82 화각노 부뷔: 화각로 부부. 정삼의 부인인 화씨의 친정 부모. 화부인의 아버지 화첨은 좌각로 벼슬을 지냈기에 화각로라고 불림.

83 쥬야ᄋᆡ혈훌훌: 규장각본에는 '쥬야ᄋᆡ혈훌'로 되어 있음.

84 발셥(發涉): 발섭. 산을 넘고 물을 건너 길을 감.

ᄒᆞ여 잠간 쉬여 ᄒᆡᆼᄒᆞ시믈 고ᄒᆞ니 운계ᄂᆞᆫ 셰ᄉᆞ(世事)ᄅᆞᆯ 블뉴이쳥(不累而請)ᄒᆞ여 상녜디졔와 모친을 밧드옵ᄂᆞᆫ 회(孝) 아닌ᄌᆞᆨ 사ᄅᆞᆷ으로 더브러 ᄀᆡ구(開口)ᄒᆞ미 업ᄉᆞ므로 부인의 위ᄐᆡ홈과 거취ᄅᆞᆯ 뎡치 못ᄒᆞ여 난안(難安)ᄒᆞ믈 드ᄅᆞᄃᆡ 아ᄅᆞᆫ 양ᄒᆞᄂᆞᆫ ᄇᆡ 업고 청계ᄂᆞᆫ 비록 황비 듕이나 화부인을 듕히 넉이미 ᄒᆞᆫ갓 ᄌᆞ식으로ᄡᅧ 위ᄌᆞ(慰藉)ᄒᆞᆫ 뜻이 ᄌᆞ별(自別)ᄒᆞᆯ ᄲᅳᆫ 아니라 화부인이 아닌ᄌᆞᆨ 태부인을 밧들 니 업ᄉᆞᆯ가 넉이므로

35면 ᄡᅧ 화부인이 일월지ᄂᆡ의 쳡봉변고(疊逢變故)ᄒᆞ여 화부로 가ᄆᆡ 여러 가디 형셰 쳘쥬(掣肘)[85]ᄒᆞ미 만흔디라. 이의 쥬편(主便)ᄒᆞᆯ 도리ᄅᆞᆯ 의논ᄒᆞ여 상부인으로 ᄒᆞ여곰 태부인을 뫼셔 아ᄃᆡᆨ 경샤(京師)의 잇다가 장녜ᄅᆞᆯ 디닌 후 ᄌᆞ긔 형뎨 듕 ᄒᆞ나히 샹경ᄒᆞ여 태부인을 뫼셔 가기ᄅᆞᆯ 뎡ᄒᆞ고 발인(發靷)ᄒᆞᄂᆞᆫ ᄒᆡᆼ도(行途)의 션셰(先世) 목묘(木廟)ᄅᆞᆯ 다 뫼와 가기 어려오니 조초[86] 태부인 ᄒᆡᆼ거(行車)의 ᄒᆞᆫ가디로 뫼시기ᄅᆞᆯ 의논ᄒᆞ고 소시ᄂᆞᆫ ᄒᆞᆫ가디로 나려가 됴셕(朝夕) 증상(烝嘗)을 가음알게 ᄒᆞ미 맛당타 ᄒᆞ여 화부인은 아ᄃᆡᆨ 화부의 뉴(留)ᄒᆞ여 화공 ᄂᆡ외 발인이 의양으로 향ᄒᆞ믈 보고 도라와 태부인을 밧드러 태쥬로 나려오미 맛당타 ᄒᆞ니 시랑 등과 태부인이 쥬편ᄒᆞ믈 니ᄅᆞ고 이에 의논을 뎡ᄒᆞᄆᆡ 졍한님은 소시ᄅᆞᆯ ᄇᆡᄒᆡᆼ(倍行)ᄒᆞ여 션ᄒᆡᆼ(先行)케 ᄒᆞ니 소부인이 쳬루(涕淚)ᄅᆞᆯ 드리워 존고(尊姑)긔 하딕(下直)ᄒᆞᄆᆡ 상부인으로 분슈(分袖)ᄒᆞᆯ ᄉᆡ 태부인과 상부인 등이 슈쳔 니 ᄒᆡᆼ도의 무ᄉᆞ히 득달ᄒᆞ믈 쳔만 당부

36면 ᄒᆞ여 형셰 동ᄒᆡᆼ치 못ᄒᆞ나 블구(不久)의 모들 바ᄅᆞᆯ 닐너 디극히 무ᄋᆡ

85 철쥬(掣肘): 철주. 간섭하여 마음대로 하지 못하게 함. 남을 간섭하여 못 하게 제지함.

86 조초: 좇다. 따르다, 그대로 하다.

ᄒᆞ고 됴학ᄉᆞ 부인 명염과 ᄋᆞ쇼져(兒小姐) 월염이 공ᄌᆞ로 더브러 소부인을 ᄇᆡ별(拜別)ᄒᆞᄆᆡ 혈심으로 결울(結鬱)ᄒᆞ고 딘졍으로 슬허 원노ᄒᆡᆼ역(遠路行役)을 안강(安康)이 ᄒᆞ시믈 쳥ᄒᆞᄆᆡ 효도로온 말ᄉᆞᆷ과 온화ᄒᆞᆫ 셩음이 증ᄌᆞ(曾子)의 ᄯᅳᆺ과 왕상(王祥)의 인효(仁孝)ᄒᆞ미 가ᄌᆞᆨᄒᆞ니 이 모양과 이 거동은 삼ᄃᆡ원슈(三代怨讎)와 ᄇᆡᆨ년ᄃᆡ쳑(百年大隻)[87]이 ᄃᆡᄒᆞ여도 어엿브미 골졀(骨節)이 녹ᄂᆞᆫ ᄃᆞᆺᄒᆞ여 ᄆᆡ온 의ᄉᆡ 업ᄉᆞᆯ디라. 소부인이 좌슈로 됴학ᄉᆞ 부인의 옥비(玉臂)ᄅᆞᆯ 어ᄅᆞ만디며 우슈로 공ᄌᆞ의 머리ᄅᆞᆯ 쓰다ᄃᆞᆷ아 낫ᄎᆞ로뼈 월염쇼져의 얼골을 다혀 ᄎᆞ마 ᄯᅥ나디 못ᄒᆞᄂᆞᆫ 형상이 친모ᄌᆞ의 다ᄅᆞ미 업ᄉᆞ니 보ᄂᆞᆫ ᄌᆡ 칭복(稱服)디 아니리 업더라. 소부인이 임의 발ᄒᆡᆼᄒᆞᄆᆡ 장ᄎᆞᆺ 녕궤(靈几)ᄅᆞᆯ 밧드러 발인ᄒᆞ려 ᄒᆞᆯᄉᆡ 믄득 텬ᄌᆡ(天子) 친히 졔문(祭文) 디어 태ᄌᆞᄅᆞᆯ 보ᄂᆡ샤 치졔(致祭)[88]ᄒᆞ시니 그 어졔의 션ᄉᆡᆼ의 평ᄉᆡᆼ ᄉᆞ젹(事績)과 도덕셩ᄒᆡᆼ(道德性行)으로뼈 그 싊(壽) 덕(德)의 반(半)이 ᄎᆞ디 못ᄒᆞ믈 슬허ᄒᆞ시니 ᄉᆞ 37면
의 ᄌᆞ못 길고 디극히 졍셩을 기우리샤 통우(寵遇)ᄒᆞ시던 셩에(聖語) 고종(高宗)의 부열(傳說)과 무왕(武王)의 녀상(呂尙)[89]의 셰 번 더으시믈 베프시니 가히 ᄀᆡ록ᄒᆞ여 보암 ᄌᆞᆨᄒᆞᄃᆡ 임의 문쳥공 션ᄉᆡᆼ의 별셰(別世) 이셔 어졔로브터 친우븡당(親友朋黨)이 졔문을 ᄀᆡ록ᄒᆞ고 ᄒᆡᆼ장(行

87 ᄇᆡᆨ년ᄃᆡ쳑(百年大隻): 백년대척. 오랜 세월 동안 큰 척을 진 사람. '척(隻)'은 조선 시대 소송에서 피고를 이르던 말.

88 치졔(致祭): 치제. 임금이 제물과 제문을 보내어 죽은 신하를 제사 지내는 일.

89 고종(高宗)의 부열(傳說)과 무왕(武王)의 녀상(呂尙): 은나라 왕인 고종은 길을 닦던 부열을 발탁하여 성인으로 칭하며 그 자리에서 재상으로 임명했고, 태공망 여상은 주 문왕의 스승이었다가 그 아들 무왕을 도와 주나라를 세우는 데 공을 세운 인물.

狀)과 찬셔(讚書)ᄅᆞᆯ 올녀시므로 이의 ᄉᆡᆼ히니라. 태ᄌᆡ(太子) 쳥계 곤계
ᄅᆞᆯ 극진히 됴위(弔慰)ᄒᆞ시고 졔파(祭罷)의 환궁ᄒᆞ시니 셩샹(聖上)이
녜부 형뎨의 싀훼골닙(柴毀骨入)[90]ᄒᆞ미 보젼키 어렵던 바ᄅᆞᆯ 드ᄅᆞ시고
상부(相父)의 관(棺)을 다시 보지 못ᄒᆞ시믈 슬허ᄒᆞ시며 시호(諡號)ᄅᆞᆯ
튱혜공이라 ᄒᆞ시다. 졍녜부 곤계 모젼(母前)의 하딕ᄒᆞ여 셩톄 디안ᄒᆞ
시믈 쳔만 ᄋᆡ걸ᄒᆞ고 부친 녕궤ᄅᆞᆯ 밧드러 션산으로 향ᄒᆞᆯᄉᆡ 샹명(上命)
이 태부의 녕궤 발ᄒᆞᄆᆡ 황친국쳑(皇親國戚)과 만됴문무(滿朝文武)
로 ᄒᆞ여곰 곡별(哭別)ᄒᆞ라 ᄒᆞ실 ᄲᅳᆫ 아니라 션ᄉᆡᆼ이 닙됴 삼십 년의 왕
38면 좌지ᄌᆡ(王佐之才)와 셩니디도(性理之道)로 ᄉᆞ군보국(事君報國)ᄒᆞ
ᄆᆡ 딕셜(稷契)[91]의 광보(匡輔)[92]ᄒᆞᆷ과 고요(皐陶)[93]의 튱졍(忠正)ᄒᆞᄆᆡ 일
월단튱(日月丹忠)이 상셕(相席)의 보형(保衡)[94]이오 쥬가(周家)의 쥬
문공(周文公)[95]과 쇼강공(召康公)[96]이라도 이에 더으지 못ᄒᆞᆯ ᄇᆡ니 쳑동
쇼ᄌᆞ(尺童小子)와 녀항시민(閭巷市民)들이 졍문쳥의 녕연(靈筵)을
바라 ᄒᆞᆫ번 우러 영결코져 아니리오? ᄇᆡᆨ뇌(百僚) 일졔히 강두(江頭)의

---

90 싀훼골닙(柴毀骨入): 시훼골입. 상(喪)을 당해 지나치게 애통한 나머지 몸이 상하게 된 것 혹은 부모의 상에 너무 슬퍼한 나머지 몸이 야위는 것을 가리킴.

91 딕셜(稷契): 직설. 후직(后稷)과 설(契). 순임금 때의 어진 신하.

92 광보(匡輔): 잘못을 바로잡으며 도움.

93 고요(皐陶): 순임금의 신하로 형벌 집행을 담당했던 판관.

94 보형(保衡): 은나라의 명재상이었던 이윤의 이칭. 이윤은 보형 혹은 아형(阿衡)으로도 불리는데, 보형이나 아형은 관직명으로 보임.

95 쥬문공(周文公): 주 문공. 문공은 주공 단(旦)의 시호. 형인 무왕을 도왔고, 무왕 사후 그의 어린 아들인 성왕을 보좌함. 주의 창업 공신 중 한 사람.

96 쇼강공(召康公): 소공(召公). 성은 희(姬), 이름은 석(奭). 강(康)은 시호임. 주나라 성왕 때 주공과 함께 주(周)의 건국과 안정에 기여함.

숑귀(送歸)ᄒᆞ고 원근 친쳑이 닷토와 곡별ᄒᆞᄂᆞᆫ 바의 뎨ᄌᆞ(弟子) ᄇᆡᆨ여 인이 큰 변고ᄅᆞᆯ 당치 아닌 ᄌᆞᄂᆞᆫ 복뎨(服制)ᄅᆞᆯ 갓초니 뉵십여 인이 쳥현의 젹양ᄒᆞ여[97] 작위(爵位) ᄌᆡ렬(宰列)이 아니면 풍헌도당(風憲徒黨)[98]·옥당명환(玉堂名宦)[99]이라. 그 댱(壯)ᄒᆞ미 가장 보암ᄌᆞᆨ ᄒᆞ거ᄂᆞᆯ 공의 위ᄎᆡ(位差) 졔후왕(諸侯王)의게 머리 짓ᄂᆞᆫ 바로 녕귀(靈柩) 발ᄒᆞᄆᆡ 긔구(器具)의 댱녀(壯麗)ᄒᆞ미 국상(國喪) 버금이라. 인셩이 션요훤텬[100]ᄒᆞ고 도강(渡江)이 분납(紛沓)ᄒᆞ여 일쳔 ᄌᆞ로[101] 횃블과 일만 쵹농(燭籠)이 ᄇᆡᆨ 니의 ᄇᆞᆰ히고 츈풍의 날니ᄂᆞᆫ 만장(輓章)[102]은 본아(本衙)[103]로브터 강두(江頭)가디 벗쳐 션ᄉᆡᆼ의 광덕늉공(廣德隆功)과 튱의대회(忠義大孝)며 쳥검ᄃᆡᆨ졀(淸儉直節)을 ᄌᆞᄌᆞ 찬양ᄒᆞ며 ᄌᆡᄌᆡ(濟濟)[104] 칭숑ᄒᆞ여 빵빵 39면 분셜(分設)이 알플 인도ᄒᆞ고 븕은 명졍(銘旌)[105]은 운소(雲宵)의 다하시며 소ᄃᆡ(素帶) 소건ᄌᆞ(素巾子)ᄅᆞᆯ 챵졸(倉卒)의 헤디 못ᄒᆞ고 쳥계 곤계의 고디규텬ᄒᆞ여 호통ᄋᆡ혈ᄒᆞ믄 쳥문ᄌᆞ(聽聞者)로 ᄒᆞ여곰 슬허 낙누(落淚)ᄒᆞ믈 ᄭᆡ닷디 못ᄒᆞᆯ ᄇᆡ니 만됴 거경녈후(巨卿列侯)와 문ᄉᆡᆼ고리

---

97 젹양ᄒᆞ여: '젹양'은 '跡揚' 정도로 보아 여기에서는 '올라'로 보았음.

98 풍헌도당(風憲徒黨): 풍교(風敎)와 헌장(憲章)을 단속하던 관리.

99 옥당명환(玉堂名宦): 궁중의 문헌을 관리하고 왕에게 자문하던 관리.

100 션요훤텬: 훤텬은 '훤천(暄天, 따뜻한 날씨)'으로 추정.

101 ᄌᆞ로: 자루.

102 만장(輓章): 죽은 이를 슬퍼하여 적은 글을 종이나 비단에 적어 기처럼 만든 것으로, 주검을 산소로 옮길 때 상여 뒤에 들고 따라가게 됨.

103 본아(本衙): 본가.

104 ᄌᆡᄌᆡ(濟濟): 제제. 많고 성한 모양.

105 명졍(銘旌): 명정. 죽은 사람의 관직과 성씨 등을 적은 기로, 붉은색의 긴 천에 흰 글씨로 적은 후 상여 앞에서 들고 간 후 널 위에 펴서 묻게 됨.

(門生故吏) 쳥계 형뎨롤 븟드러 반호(攀號)[106] 통곡의 그 위ᄐᆡᄒᆞ믈 위ᄒᆞ여 념녀치 아니리 업ᄉᆞᆫ디라. 임의 강의 다ᄃᆞ라 녈후군공(列侯群公)이 상귀(喪具) 무ᄉᆞ히 월강(越江)ᄒᆞ믈 보고 도셩(都城)으로 드러오ᄃᆡ 뎨ᄌᆞ 등과 친쳑은 뒤흘 ᄯᆞ라 태쥐가지 가ᄂᆞ니 만터라. 힝ᄒᆞ여 태쥐 니ᄅᆞ러 션산의 장네롤 일울ᄉᆡ 은샤(恩賜)ᄒᆞ신 일픔(一品) 녜장(禮葬)이라 각군(各郡) 쥬현(州縣)의 졔젼(祭典)을 니로 긔록디 못ᄒᆞᆯ디라. 임의 양소(良霄)롤 일우ᄆᆡ 묘하(墓下) 구ᄐᆡᆨ(舊宅)의 녕연을 봉안ᄒᆞ고 쳥계 머므러 슈묘(守墓)ᄒᆞᆯᄉᆡ 한님이 소부인을 호힝(護行)ᄒᆞ여 몬져 니ᄅᆞ러 ᄐᆡᆨ듕(宅中)을 슈쇄(修灑)ᄒᆞ고 소시 됴셕(朝夕) 증상을 밧들ᄉᆡ
40면 동동(洞洞)ᄒᆞᆫ 경셩과 ᄎᆞᆨᄎᆞᆨ(屬屬)ᄒᆞᆫ 효심이 일시도 게어ᄅᆞ지 아니ᄒᆞ고 ᄊᆡ의 ᄐᆡ신(胎娠) 뉵삭(六朔)이로ᄃᆡ 스ᄉᆞ로 몸 가지기롤 긔특이 ᄒᆞ여 복ᄋᆞ(腹兒)롤 보호ᄒᆞ미 심치 아니ᄃᆡ 사ᄅᆞᆷ으로 ᄒᆞ여곰 능히 아디 못ᄒᆞ게 ᄒᆞ며 상셔 곤계 장후(葬後)로 더옥 듁음(粥飮)을 나리오디 못ᄒᆞ고 태부인 면젼(面前)을 ᄯᅥ나 훼쳑(毁瘠)ᄒᆞ믈 ᄆᆞ음ᄃᆡ로 ᄒᆞ니 혈뉘(血淚) 최복(衰服)을 잠가 상복(喪服)이 븕은 옷시 되고 텬일 갓ᄐᆞᆫ 의표(儀表)와 츄월(秋月) 갓ᄐᆞᆫ 광휘 졈졈 소삭ᄒᆞ여 일보(一步)의 두 번 젼패(顚沛)ᄒᆞ고 일 번 통곡의 두 번 피롤 토ᄒᆞ니 혼졀ᄒᆞ미 아니면 싀진ᄒᆞᆯ ᄃᆞᆺ 하날이 브ᄃᆡ ᄉᆞᆯ오려 아닌 후ᄂᆞᆫ 인녁으로 보젼키 어려오믈 그ᄋᆞᆨ이 ᄉᆞᆯ피고 근심ᄒᆞ고 슬허ᄒᆞ여 듁음을 반ᄃᆞ시 친집(親執)ᄒᆞ고 시녀만 맛지디 아니ᄒᆞ여 온가디로 딘음(進飮)케 ᄒᆞ여도 이공이 일일의 일종

---

106 반호(攀號): 원래는 임금의 상(喪)을 몹시 슬퍼한다는 뜻인데, 여기에서는 정한의 상에 사용되었음.

(一鍾)을 다 ᄒᆞ지 못ᄒᆞ고 쥬야 녀ᄎᆞ의 혈읍(血泣)ᄒᆞ니 소부인이 황황 초젼(遑遑焦煎)ᄒᆞ여 타ᄉᆞ를 결을치 못ᄒᆞᄃᆡ 복아(腹兒)를 깁히 밋거니 엇디 젼츌(前出)을 깃거ᄒᆞ며 더옥 닌셩을 용납고져 ᄒᆞ리오마ᄂᆞᆫ 사 41면
ᄅᆞᆷ 되오미 유여(有餘)ᄒᆞ고 ᄌᆡ뫼(才貌) 절뉸(絶倫)ᄒᆞ여 녀듕딘옥질(女中眞玉者) ᄡᅳᆫ 아니라 웅심대략(雄心大略)이 뉵쳑신(六尺身)의 쇼쇼ᄒᆞᆷ과 응지셜부(凝脂雪膚)의 년년(軟軟) 심약ᄒᆞᆫ 가온ᄃᆡ ᄉᆡᆼ각디 못ᄒᆞᆯ 간활(奸猾)ᄒᆞ미 이시니 뎡네뷔 비록 ᄉᆞ광(師曠)의 ᄎᆞᆼ(聰)[107]과 니루(離婁)의 명(明)[108]이라도 ᄉᆞ실(私室)의 두어 번 ᄃᆡᄒᆞ미 잇고 거상(居喪)ᄒᆞᄆᆡ ᄂᆡ외 격졀(隔絶)ᄒᆞ여 셔ᄉᆞ(書辭) 어음(語音)도 통ᄒᆞᆫ 일이 업ᄉᆞ니 다만 그 난화ᄌᆡ(難化者)믈 짐작ᄒᆞ나 흉모간계(凶謀奸計) 그ᄃᆡ도록 ᄡᅧᆯ나 만금 갓튼 소듕(所重)을 ᄉᆞ디(死地)의 너허 밀치고져 ᄒᆞ믈 ᄊᆡ치리오? 임의 쟝네를 디ᄂᆡ고 곤계 의논ᄒᆞ여 ᄒᆞ나히 샹경(上京)ᄒᆞ여 태부인을 뫼시고 졔ᄋᆞ(諸兒)를 녕솔(領率)코져 ᄒᆞ엿더니 훼통(毁痛)ᄒᆞ미 질(疾)을 닐위여 쳥계 슈월을 더옥 고통ᄒᆞ여 엄엄이 인ᄉᆞ를 모로고 듁음(粥飮)이 계오 구셜(口舌)을 넘은죽 구토(嘔吐)ᄒᆞ기를 마지 아니ᄒᆞ고 회구ᄒᆞ믈 시작ᄒᆞᆫ죽 피를 섯거 토ᄒᆞ여 병셰 비경(非輕)ᄒᆞ니 운계 ᄎᆞ마 형댱을 보ᄂᆡ디 못ᄒᆞ여 잠간 낫기를 기다릴ᄉᆡ 얼프시 슈월이 지
나ᄆᆡ 녀름을 당ᄒᆞ여 일긔 념녈(炎熱)ᄒᆞ여 뇨싊(潦水) 디리ᄒᆞ여 ᄉᆞ월 42면
노브터 오월의 니ᄅᆞ히 긋디 아니니 디우하쳔(至于下賤)이라도 노약(老弱)인죽 늉한셔우(隆寒暑雨)를 어려이 넉이거든 ᄒᆞ믈며 쳔금 존

---

107 ᄉᆞ광(師曠)의 ᄎᆞᆼ(聰): 사광의 총. 사광의 귀 밝음.

108 니루(離婁)의 명(明): 이루의 명. 이루의 눈 밝음.

뎨(尊體)의 태부인과 셜부귀딜(雪膚貴質)의 ᄋᆞ공ᄌᆞ(兒公子)와 ᄋᆞ쇼져(兒小姐)를 엇디 뇨슈 염녈(炎熱)의 ᄒᆡᆼ역(行役)ᄒᆞᄂᆞᆫ 괴로오미 잇게 ᄒᆞ리오? 이제ᄂᆞᆫ ᄉᆞ셰 마디못ᄒᆞ여 일긔 츄량(秋涼)ᄒᆞ믈 기다려 모친과 ᄉᆞ묘(四廟)를 뫼시며 졔ᄋᆞ를 다려오기를 결ᄒᆞᄃᆡ 니슬(離膝) ᄉᆞ오삭의 영모디졍(永慕之情)이 간졀ᄒᆞᆯ ᄲᅮᆫ 아니라 양부인 ᄌᆡ긔(再忌) 갓가오니 쳥계 운계다려 왈

"우형의 질셰(疾勢) 임의 ᄉᆡᆼ도(生途)를 어더시니 샹경ᄒᆞ여 가묘의 ᄇᆡ알ᄒᆞ고 인ᄒᆞ여 양시의 ᄃᆡ니고[109] 일긔(日氣) 잠간 ᄉᆡᆼ냥(生凉)ᄒᆞ믈 기다려 모친과 ᄉᆞ묘(四廟)[110]를 뫼시고 슈슈(嫂嫂)와 졔ᄋᆞ를 거ᄂᆞ려 오리니 현뎨 그 ᄉᆞ이 외로이 이시미 더옥 견ᄃᆡ지 못ᄒᆞᆯ ᄇᆡ라. 니셕뵈[111] ᄌᆞ로 왕ᄂᆡᄒᆞ고 죵뎨(從弟) 등이 ᄌᆞ로 나려오니 스ᄉᆞ로 ᄆᆞ음을 구지 ᄌᆞᆸ아 경신(敬愼)이 위대ᄒᆞ믈 ᄉᆡᆼ각ᄒᆞ라."

43면 원ᄂᆡ 학ᄉᆞ 니빈의 션산이 태원 고로 학ᄉᆡ 션셰(先世) 능침(陵寢)의 비셕을 갓초믈 인ᄒᆞ여 칠팔 삭 말미를 어더 태부 상ᄒᆡᆼ(喪行)의 ᄯᆞ라 니ᄅᆞ러 지금의 샹경치 못ᄒᆞ고 뉴(留)ᄒᆞᄂᆞᆫ 고로 운계 등을 ᄌᆞ로 와 보더라. 쳐ᄉᆡ ᄌᆞ안(慈顔)을 영모(永慕)ᄒᆞ미 극ᄒᆞ나 형뎨 일시의 녕하(靈下)를 ᄯᅥ나디 못ᄒᆞ여 브득이 모젼의 ᄇᆡ알ᄒᆞ믈 긋ᄎᆞᆯᄉᆡ 님별(臨別)의 ᄀᆞᆯ오ᄃᆡ

"쇼뎨 영모ᄒᆞᄋᆞᆸᄂᆞᆫ ᄆᆞ음이 착급ᄒᆞᆫ지라. 경향(京鄕)이 이러ᄐᆞᆺ 갈니여 나려오디 못ᄒᆞ니 화공 ᄂᆡ외 망ᄒᆞ믈 인ᄒᆞ여 형댱이 쥬편키를 위쥬ᄒᆞ

---

109 양시의 ᄃᆡ니고: 규장각본에는 '양시의 ᄌᆡ긔 ᄃᆡ니고'로 되어 있음.

110 ᄉᆞ묘(四廟): 사묘. 고조부모, 증조부모, 조부모, 부모 등 사대 조상의 신위를 모신 사당.

111 니셕뵈: 이석보. 이빈. 석보는 그의 자(字).

샤 남의 졍니ᄅᆞᆯ ᄉᆞᆯ피시다가 아등이 도로혀 ᄌᆞ뎐의 니측(離側)ᄒᆞ오미 오ᄅᆡ오니 엇디 한홉디 ᄋᆞ니리잇고? 금년 졀일(節日)이 ᄌᆞ못 일죽ᄒᆞ고 초하(初夏)로브터 염녈(炎熱)이 심ᄒᆞ니 반ᄃᆞ시 노렴(老炎)은 대단치 아니ᄒᆞᆯ ᄃᆞᆺᄒᆞ고 냥긔(凉氣) 초츄(初秋)면 퍽ᄒᆞᆯ 거시니 쇼년과 긔운이 발화ᄒᆞᆫ ᄋᆞᄒᆡ들은 칠월만 ᄒᆞ여도 ᄒᆡᆼ역이 어렵디 아니리니 형댱은 ᄋᆞ쇼ᄅᆞᆯ 몬져 거ᄂᆞ려 오시면 쇼뎨 밧비 올나가 ᄌᆞ졍을 뫼셔 오리이다."

상세 왈

"우형이 올나가 ᄉᆞ셰(事勢)ᄅᆞᆯ 보며 일긔(日氣)ᄅᆞᆯ 혜아려 초츄라도 노 44면
렴이 괴롭디 아니ᄒᆞ고 냥풍(凉風)이 ᄒᆡᆼ듕(行中) 번열(煩熱)[112]을 ᄲᅵᄉᆞᆯ ᄊᆡ여든 ᄌᆞ위ᄅᆞᆯ 봉시(奉侍)ᄒᆞ여 오리니 그 ᄉᆞ이 왕복의 다시 의논ᄒᆞ리라."

ᄒᆞ고 녕연의 ᄇᆡ곡(拜哭)ᄒᆞ며 형뎨 분슈ᄒᆞᄆᆡ ᄉᆡ로이 ᄆᆞ음이 ᄉᆡᆺ거질 ᄃᆞᆺ 의희통할(依稀痛割)ᄒᆞᆫ 회포ᄅᆞᆯ ᄎᆞ마 발ᄆᆞ(發馬)ᄒᆞ미 어려오나 ᄌᆞ뎐(慈殿)의 졀ᄒᆞᆯ 뜻이 착급ᄒᆞᆫ 고로 형은 아의 디보(支保)ᄒᆞᄆᆞᆯ 당부ᄒᆞ고 아은 형의 원노(遠路) ᄒᆡᆼ역(行役)을 무ᄉᆞ히 ᄒᆞ여 존톄 보듕ᄒᆞᄆᆞᆯ 쳥ᄒᆞᆯᄉᆡ 보ᄂᆡᄂᆞᆫ ᄆᆞ음과 가ᄂᆞᆫ 졍이 참연(慘然)ᄒᆞ여 샹하(上下)키 어렵더라.

어시의 셔부인이 공의 샹귀(喪具) 발ᄒᆞ고 ᄌᆞ딜(子姪)이 뒤ᄒᆞᆯ 조ᄎᆞ가 가듕 의관ᄌᆡ(衣冠者) 일인도 업ᄉᆞ니 뎨셩(齊城)을 문흐치ᄂᆞᆫ 우ᄅᆞᆷ[113]이

---

112 번열(煩熱): 몸에 열이 몹시 나고 가슴속이 답답하여 괴로운 증상.

113 뎨셩(齊城)을 문흐치ᄂᆞᆫ 우ᄅᆞᆷ: 제나라 성을 무너뜨리는 울음. 춘추전국시대 제나라 장공이 거(莒) 땅을 습격할 때 기량식이 앞장서서 싸우다 죽었는데 그의 처가 자식이나 친척이 없어서 남편의 시신을 성 아래 두고 통곡하니 열흘이 지나 성이 무너져 내렸다는 이야기가 《열녀전》 〈정순전(貞順傳)〉에 나옴. 여기서 붕성지통(崩城之痛), 즉 성(城)이 무너질 만큼 큰 슬픔이 남편이 죽은 슬픔을 이르는 말이 됨. 여기에서는 남편 정한을 잃은 서부인의 울음.

의디ᄒᆞᆯ ᄃᆡ 업ᄂᆞᆫ ᄃᆞᆺ 셜셜(屑屑)이 통할(痛割)ᄒᆞ믈 니긔지 못ᄒᆞ나 상부인이 여러 ᄌᆞ녀ᄅᆞᆯ 거ᄂᆞ려 됴학ᄉᆞ[114] 부인으로 더브러 ᄇᆡᆨᄉᆞ의 태부인 심ᄉᆞᄅᆞᆯ 관위(款慰)ᄒᆞ고 화부인이 셩복 후 즉시 도라와 봉변(逢變)ᄒᆞ미 희셰ᄒᆞ믈 통도ᄒᆞ나 이 본ᄃᆡ 텬ᄒᆡ의 대량(大良)이오 딘가부(陳寡婦)[115]의 효심이라. ᄌᆞ긔 디통으로ᄡᅧ 태부인 심회ᄅᆞᆯ 요동치 아니코 봉슌(奉順)

45면 영디[116]ᄒᆞᄂᆞᆫ 효ᄒᆡᆼ이 날노 ᄉᆡ로오니 태부인이 녀부(女婦)의 디효(至孝)ᄅᆞᆯ 의디ᄒᆞ여 날을 보닐 ᄲᆞᆫ 아니라 닌광의 풍ᄉᆡᆼ(風生)[117]ᄒᆞᆫ 의논과 화열(和悅)ᄒᆞᆫ 긔운으로 슬프던 ᄌᆞᄅᆞᆯ 즐겁게 ᄒᆞ고 근심ᄒᆞ던 ᄌᆞᄅᆞᆯ 깃브게 ᄒᆞ므로 태부인이 닌광을 알패 두어 ᄒᆞᆫ ᄢᆡᄅᆞᆯ ᄯᅥ나디 아니ᄒᆞ고 월염쇼계 녀ᄌᆡ로ᄃᆡ 셩픔이 광ᄋᆞ로 만히 방블ᄒᆞ여 뉵아(蓼莪)의 슬프믈[118] 셔리담고 왕모(王母)ᄅᆞᆯ 위안(慰安)ᄒᆞᄆᆡ 유열(愉悅)ᄒᆞᆫ 말ᄉᆞᆷ이 츈양화긔(春陽和氣)ᄅᆞᆯ 닛그러 총혜민달(聰慧敏達)ᄒᆞ니 조모(祖母)와 슉뫼 닌광과 월염의 담논ᄒᆞᄂᆞᆫ 즈음의ᄂᆞᆫ 그 입을 우러러 아ᄅᆞᆷ다오며 두굿기믈 니기디 못ᄒᆞ여 ᄌᆞ연 톄루ᄅᆞᆯ 거두고 닌셩을 도라본ᄌᆞᆨ 일공ᄌᆞᄂᆞᆫ 일월이 오ᄅᆡᆯᄉᆞ록 양모(兩母)의 음용(音容)이 아득ᄒᆞᆷ과 츈풍 하일의 만믈

---

114 됴학ᄉᆞ 부인: 조학사 부인. 학사 조세창의 부인 명염소저.

115 딘가부(陳寡婦): 진가부. '진과부'일 것으로 추정. 진(陳)나라의 젊은 부인이 국경 수비를 위해 떠나는 남편과 한 약속을 지키기 위해 친정의 개가 권유도 거절하고 시어머니가 돌아가실 때까지 28년간 봉양했는데 이 사실을 알게 된 효문황제가 그 신의를 높이 사며 효부(孝婦)라 칭했다고 함.《열녀전》〈정순전〉'진과효부(陳寡孝婦)'.

116 영디: 문맥상 '영지(迎之)'로 추정.

117 풍ᄉᆡᆼ(風生): 풍생. 논의나 재주 따위가 바람이 일어나듯 계속 나오는 것을 이름.

118 뉵아(蓼莪)의 슬프믈: 육아의 슬픔을. 육아지통(蓼莪之痛)은 부모에게 효도를 다하지 못한 자식의 슬픔을 가리킴.

이 다 회싱ᄒᆞ여 곤뇽이 다 싱긔롤 쩔치믈 보ᄆᆡ 죵텬(終天) 영모ᄒᆞᄂᆞᆫ 디통이 더옥 깁고 더옥 왕부롤 여희와 통졀ᄒᆞᆫ 비회 층가(層加)ᄒᆞ니 비록 태부인 면젼의 ᄋᆡ통ᄒᆞᄂᆞᆫ 바롤 낫토디 아니나 양부인이 망ᄒᆞ므로 브터ᄂᆞᆫ 힝혀도 미ᄒᆞᆫ 우음이 니롤 드러ᄂᆡ미 업고 ᄋᆞ쇼(兒小)의 희롱된 일이 잇디 아냐 집상거ᄋᆡ(執喪擧哀)ᄒᆞ미 고긔(古記)의 혈읍(血泣) 삼 년(三年)이라도 이에 더으지 못ᄒᆞ리니 이 굿ᄐᆞ여 그리코ᄌᆞ ᄒᆞ미 아니 오 남이 상네지도(喪禮之道)롤 닐너 그리홈도 아니라. 범ᄉᆡ(凡事) 슌 편(順便)ᄒᆞ며 ᄇᆡᆨ딕(白直)ᄒᆞ미 남다ᄅᆞ니 어이 사롬의 칭예(稱譽)ᄒᆞ믈 듯고ᄌᆞ 이리ᄒᆞ리오마ᄂᆞᆫ 셩인의 픔딜(品質)이 현연(顯然)이 진셰(塵 世) 쇼ᄋᆞ(小兒)와 다ᄅᆞᆫ지라. 양모롤 여희므로ᄂᆞᆫ 밤을 ᄌᆞ고 닐ᄆᆡ 침샹 의 혈흔(血痕)이 낭ᄌᆞ(狼藉)ᄒᆞ여 슈월만 된족 초침(草枕)[119]이 개젹ᄒᆞ 니 상셰 더옥 참잔ᄒᆞ고 통도ᄒᆞ며 혹ᄌᆞ 안졍(眼精)이 상홀가 ᄇᆡᆨ단 개 유(開諭)ᄒᆞ며 경계ᄒᆞ여 디통을 억졔ᄒᆞ라 ᄒᆞᄃᆡ 공ᄌᆡ 발셔 냥안(兩眼) 봉졍(鳳精)으로조ᄎᆞ ᄒᆞᄅᆞᄂᆞᆫ 피롤 엇디 업시ᄒᆞ리오? ᄉᆞᄉᆞ로 졀민(切 憫)ᄒᆞ여 눈의 다ᄅᆞᆫ 거술 다혀두어 벼개의 혈흔을 업시ᄒᆞᄂᆞᆫ디라. 혈긔 미뎡ᄒᆞᆫ 튱년(冲年) 쇼ᄋᆡ(小兒) 슬프믈 과히 픔어시ᄆᆡ 긔형 괴상의 아 모 졀도디ᄉᆡ(絶倒之士)라도 ᄒᆞᆫ갈갓치 쳑연(慽然)ᄒᆞᆫ 빗촐 곳치지 아 니코 아모 상측(牀側)의 우은 셜화롤 니ᄅᆞ리 잇셔도 쳥이블문(聽而不 聞)ᄒᆞ여 참예ᄒᆞ미 업ᄉᆞ니 옥 갓ᄐᆞᆫ 용뫼 ᄆᆡ양 수쳑(瘦瘠)ᄒᆞ고 샤일 갓 ᄐᆞᆫ 빵광(雙光)이 기리 나족ᄒᆞ여 녜모(禮貌)롤 슉엄(肅嚴)ᄒᆞ믄 졈졈

119 초침(草枕): 풀로 만든 베개.

더으니 태부인이 댱탄식(長嘆息)고 년셕ᄋᆡ디(憐惜愛之)ᄒᆞ여 왈

"노뫼 닌광의 풍ᄉᆡᆼ운집(風生雲集)ᄒᆞᆫ 담쇼와 월염의 번화ᄒᆞᆫ 말을 드ᄅᆞ면 져기 셜운 심ᄉᆡ 플녀 일시나 위회ᄒᆞᄂᆞᆫ ᄇᆡ 되다가도 네 거동을 보면 가ᄉᆞᆷ이 알프믈 블승(不勝)ᄒᆞᄂᆞ니 양현뷔 엇디 ᄎᆞ마 그ᄃᆡ도록 너의 못ᄒᆞᆯ 노로ᄉᆞᆯ ᄒᆞᆯ 줄 아라시리오? 네 비록 양현부의 무양(撫養)ᄒᆞ믈 두터이 바다시나 그 모ᄌᆞ(母子)의 대륜(大倫) 곳 아니면 이러ᄐᆞᆺ ᄋᆡ훼골닙(哀毁骨入)ᄒᆞᆯ 묘리(妙理) 업ᄉᆞ니 당금ᄎᆞ시(當今此時)ᄒᆞ여 부ᄌᆞ 모ᄌᆞ의 뉸(倫)을 뎡ᄒᆞ미 ᄒᆡ롭지 아니랴?"

공ᄌᆡ 복슈문파(伏首聞罷)의 ᄀᆡ용화긔(改容和氣)ᄒᆞ고 이셩ᄃᆡ왈(怡聲對曰)

"쇼손(小孫)의 블초ᄒᆞᆫ 위인이 본ᄃᆡ 닌광의 상활(爽活)ᄒᆞᆷ과 ᄆᆡ져(妹姐)의 유열(愉悅)ᄒᆞ믈 밋디 못ᄒᆞ올 쁜 아니라 셩회(誠孝) 쳔박ᄒᆞ와 태모(太母)의 관회(寬懷)ᄒᆞ옵실 바ᄅᆞᆯ ᄉᆡᆼ각지 못ᄒᆞ옵고 ᄆᆡ양 화긔ᄅᆞᆯ 일
48면 허 셩심의 비도(悲悼)ᄒᆞ시믈 돕ᄉᆞ오니 블민ᄒᆞ온 죄 크온지라. ᄎᆞ후나 개심명념(改心銘念)ᄒᆞ와 그러치 아니리이다."

태부인이 쳑연(慽然)이 탄식ᄒᆞ여 집슈(執手)ᄒᆞ고 다시 말이 업ᄉᆞ니 상·화 두 부인이 위로ᄒᆞ고 닌광이 만ᄉᆞ(萬事)의 열의ᄅᆞᆯ 요구ᄒᆞ여 날마다 태원뎐의셔 월염쇼져와 상쇼져 등으로 담화ᄒᆞ여 왕모(王母)의 디통(至痛)을 프더니 임의 공의 쟝녜ᄅᆞᆯ 디ᄂᆡ고 시랑 등이 도라와 뵈오니 합개(闔家) ᄉᆡ로이 호통ᄋᆡ곡(號痛哀哭)ᄒᆞ여 완연(宛然)ᄒᆞᆫ 고젹(孤寂)이 되믈 망극ᄒᆞ니 시랑 등이 태부인을 위로ᄒᆞ미 디극디효디셩(至極至孝之誠)으로뼈 ᄇᆡᆨᄉᆞ(百事)의 친ᄌᆡ(親子) 친모봉시(親母奉侍)ᄒᆞ므로 다ᄅᆞ미 업ᄉᆞ니 태부인이 본ᄃᆡ 딜ᄌᆞ(姪子) 등을 쳥계 형뎨

로 간격이 업ᄂᆞᆫ 고로 슉딜(叔姪)이 모ᄌᆞ지졍(母子之情)을 다ᄒᆞ나 쟝후(葬後) 시제(時祭)ᄅᆞᆯ 맛고 즉시 올가 넉인 ᄇᆡ요 ᄋᆞᄌᆡ(兒子) 누삭(累朔)이 되도록 샹경(上京)ᄒᆞ미 업고 그 ᄉᆞ이 시랑과 시독 염이 ᄒᆞᆫ 번식 단녀오ᄆᆡ 상셔 곤계 모젼(母前)의 샹셔(上書)ᄅᆞᆯ 올녀 가ᄐᆡᆨ(家宅)이 파훼(破毁)ᄒᆞ여시므로 블의예 여러 소솔(所率)이 머믈 곳이 업ᄉᆞᆯ 쁜 아니라 뎡당(正堂)을 일냥일ᄂᆡ(一兩日內)의 슈리(修理)치 못ᄒᆞ게 되여시니 ᄉᆞ셰(事勢) 츈간(春間)으로 뫼셔 오믈 고ᄒᆞ어 그 ᄉᆞ이 셩톄 디 49면
안(至安)ᄒᆞ시믈 ᄋᆡ걸ᄒᆞ여시니 부인이 쳥계의 병이 듕ᄒᆞᆫ 연괴(緣故)믄 아디 못ᄒᆞ나 모들 긔약(期約)이 츈하간(春夏間)은 쉽디 못ᄒᆞ믈 더옥 울울비상(鬱鬱悲傷)ᄒᆞ더니 뇨쉬(潦水) 디리ᄒᆞ여 통노(通路)ᄅᆞᆯ 오ᄅᆡ 못 ᄒᆞ고 부인이 이ᄌᆞ(二子)의 소식을 몰나 초젼(焦煎)ᄒᆞᆯ 즈음의 상셰 올나와 모젼의 봉ᄇᆡ(奉拜)ᄒᆞ고 슈ᄆᆡ(嫂媒)로 셔로 볼ᄉᆡ 피ᄎᆞ의 디통이 엄격ᄒᆞ니 실셩통읍(失聲痛泣)ᄒᆞᆯ 쁜이오 므ᄅᆞ며 니를[120] 말이 업ᄉᆞᄃᆡ 태부인 침슈(寢睡)와 공봉디졀(恭奉之節)을 밧비 므ᄅᆞ니 슈쳑엄엄ᄒᆞ시믈 더옥 비황망극ᄒᆞ니 부인이 ᄋᆞᄌᆞᄅᆞᆯ 집슈상부(執手相扶)ᄒᆞ여 실셩운졀(失性殞絶)ᄒᆞ며 그 ᄉᆞ이 브지(扶持)ᄒᆞ여시믈 다ᄒᆡᆼᄒᆞ니 형용이 여디(餘地)업시 고고쳑ᄒᆞ여[121] ᄎᆞᆨ뇌(髑髏) 되여시믈 슬허ᄒᆞ니 모ᄌᆞ의 셔로 위ᄐᆡᄒᆞ믈 셜워ᄒᆞ미 샹하(上下)키 어렵더라. 쳥계 관억(寬抑)ᄒᆞ여 모친을 위로ᄒᆞ며 ᄌᆞ녀 졔딜(諸姪)을 ᄒᆞᆫ가지로 나호여[122] 삼ᄉᆞ 삭

120 니를: 규장각본에는 '일를'로 되어 있음.

121 고고쳑ᄒᆞ여: 규장각본에는 '여디업고 고쳑ᄒᆞ여'로 되어 있음.

122 나호여: 나호다. 나오게 하다.

ᄂᆡ의 더옥 댱셩 슈미ᄒᆞ여시믈 늣기고 두굿겨 거목(擧目) 쵹쳐(觸處)의 통도ᄒᆞ미 더은 듕도 ᄌᆞ위(慈闈)ᄅᆞᆯ 봉시ᄒᆞ며 닌셩을 겻ᄐᆡ 두ᄆᆡ 태
50면 산의 앙앙(仰仰)과 만금의 의탁이 완젼ᄒᆞ여 일종 뉵음이라도 무ᄉᆞ히 나리믈 어더 회구ᄒᆞ믈 잠간 긋치고 토혈(吐血)ᄒᆞ미 일분 나으미 잇더라. 일월이 뉴ᄆᆡ(流洒)ᄒᆞ여 양부인 ᄌᆡ긔(再忌) 님박ᄒᆞ니 합문(闔門) 샹하의 비통ᄒᆞ미 거년(去年) 초긔(忌日)ᄅᆞᆯ 지ᄂᆡ던 바의 셰 번 더은디라. 긔일(忌日)의 일개(一家) 모다 향ᄉᆞ(享祀)ᄅᆞᆯ 맛ᄎᆞᄆᆡ 공ᄌᆞ 남ᄆᆡ 셔로 븟드러 왈

“아등이 화복(禍福)이 녯 모양이로ᄃᆡ 인ᄉᆞ의 변역(變易)ᄒᆞ믄 슈삼년디ᄂᆡ(數三年之內)의 다ᄅᆞᆫ 집이 되엿ᄂᆞ뇨?”

ᄒᆞ여 각골이 ᄋᆡ읍ᄒᆞ며 됴셕 증상(烝嘗)을 긋쳐 모친 목쥐 션세(先世) 문묘(文廟)의 드러 쳔츄고ᄉᆡ(千秋故事) 되믈 망극통할(罔極痛割)ᄒᆞ여 다시 일장ᄋᆡ호(一場哀號)의 통곡ᄒᆞ니 공ᄌᆡ 긔운이 혼혼(昏昏)ᄒᆞ여[123] 인ᄉᆞᄅᆞᆯ 모로니 모다 약을 드리워 구호(救護)ᄒᆞ야 반일(半日)이나 된 후 졍신을 슈습ᄒᆞ여 디극ᄒᆞ나 죵시디통(終始之痛)을 엇디 ᄆᆡ양 금억(禁抑)ᄒᆞ리오? 드ᄃᆡ여 유질(有疾)ᄒᆞ니 상셔의 무궁ᄒᆞᆫ 념녀ᄅᆞᆯ 엇디 니ᄅᆞᆯ 거시 이시리오? 온가지로 의치(醫治)ᄅᆞᆯ 힘쓰고 구호ᄒᆞ믈 극딘히 ᄒᆞ여 일망디후(一望之後)의 계오 대셰 나으니 그 실은 골졀의 박힌 슬프믈 비로ᄉᆞᆫ 딜괴(疾故)라. 가ᄇᆡ야온 증셰 아니니 엇디 소셩(蘇
51면 醒)ᄒᆞ믈 바라리오마ᄂᆞᆫ 양부(兩父)의 초조우려(焦燥憂慮)ᄒᆞ시미 알ᄂᆞᆫ

123 혼혼(昏昏)ᄒᆞ여: 혼혼하다. 정신이 가물가물하고 희미하다.

거ᄉᆞᆯ 난호지 못ᄒᆞ믈 ᄋᆡ돌나 ᄒᆞ시ᄂᆞᆫ 바ᄅᆞᆯ 절민(絶悶)ᄒᆞ여 식음(食飮)을 강인(强忍)ᄒᆞ여 나오고 알픈 거ᄉᆞᆯ 견ᄃᆡ여 니러나니 상세 그 증졍(症情)이 비경(非輕)ᄒᆞ믈 우려ᄒᆞ나 고통ᄒᆞ던 ᄇᆡ 나아 니러나믈 힝심(幸甚)ᄒᆞ여 ᄒᆞ더라.

화표(話表). 어시의 소부인이 잉ᄐᆡ(孕胎) 만월(滿月)ᄒᆞ여 계하(季夏)[124] 초슌(初旬)의 빵개(雙個) 옥동(玉童)을 ᄉᆡᆼᄒᆞ니 졍쳐ᄉᆞ 운계션ᄉᆡᆼ의 ᄋᆡ웨끌닙ᄒᆞ여 반ᄉᆡ 무념(無念)ᄒᆞᆫ 늉이나 슈슈(嫂嫂)의 슌산 빵ᄌᆞᄒᆞ믈 만분 힝심(幸甚)ᄒᆞ여 친히 ᄂᆡ졍(內庭)의 니ᄅᆞ러 소부인 유모ᄅᆞᆯ 당부ᄒᆞ여 ᄀᆡᆼ반(羹飯)이 ᄊᆡ의 밋게 ᄒᆞ여 어긔미 업게 ᄒᆞ라 ᄒᆞ고 부인의 ᄀᆡ운을 ᄌᆞ로 므러 약음(藥飮)을 친히 다ᄉᆞ려 드려보ᄂᆡ미 정셩을 다ᄒᆞ니 슈ᄉᆞᆨ(嫂叔)의 녜되(禮道) 엄ᄒᆞᆯ지언졍 우ᄌᆞ(友慈)의 돗타오미 동포남ᄆᆡ(同胞男妹)의 감(減)ᄒᆞᆫ 뜻이 업ᄂᆞᆫ디라. 희보(喜報)ᄅᆞᆯ 경샤(京師) 본부의 통ᄒᆞ고 일칠(日七)이 계오 디난 후 산실(産室)의 드러가 신ᄉᆡᆼ(新生) 냥딜(兩姪)을 볼ᄉᆡ 몬져 난 ᄋᆞᄒᆡᄂᆞᆫ 모풍(母風)을 젼습(傳襲)ᄒᆞ여 옥안 화모(華貌)의 냥셩(兩星)이 교교(皎皎)ᄒᆞ고 ᄋᆡᆼ홍(櫻紅)이 찬연(粲然)ᄒᆞ여 ᄎᆞᆼ오(聰悟)ᄒᆞᆫ 졍신을 먹음고 영발(英發)ᄒᆞᆫ ᄌᆡ긔(才氣)ᄅᆞᆯ 씌 52면 여 능히 디각(知覺)이 잇ᄂᆞᆫ 듯ᄒᆞ며 말을 ᄂᆡ쎠 ᄒᆞᆯ 듯ᄒᆞ고 나죵 난 ᄋᆞᄒᆡᄂᆞᆫ 신ᄎᆡ(神彩) 동탕(動蕩)ᄒᆞ고 안광이 됴요(照耀)ᄒᆞ여 오리(五里) 강한(江漢)[125]의 ᄒᆡᆺ불이 빗최ᄂᆞᆫ 듯 용뫼 곤산(崑山)[126]의 무하벽(無瑕壁)을

---

124 계하(季夏): 늦여름. 음력 6월을 가리킴.

125 강한(江漢): 양쯔강과 한수이강을 아울러 이르는 말.

126 곤산(崑山): 곤륜산. 중국 전설상의 산으로, 옥으로 유명함.

교탁(巧琢)ᄒᆞ고 ᄒᆡ져(海底)의 명쥬(明珠)를 거두엇ᄂᆞᆫ 듯 딘실노 젹시(適時)의 긔린이오 셩ᄃᆡ(聖代)의 봉황이니 엇디 학샹(鶴上)의 션동(仙童)이 하계(下界)의 나리며 왕이보(王夷甫)[127]의 들ᄒᆡ 나ᄂᆞᆫ 풍ᄎᆡ ᄯᆞ롬이리오? 얼프시 션태부의 풍의(風儀)를 우럴고져 ᄒᆞ며 닌셩 등으로 방블ᄒᆞᆫ 곳이 이시니 션ᄉᆡᆼ이 ᄒᆞᆫ번 보ᄆᆡ 깃브미 망외(望外)의 나고 슬프미 샛거디ᄂᆞᆫ 듯ᄒᆞ여 손으로 빵ᄋᆞ를 어로만디며 입으로 부인을 향ᄒᆞ여 칭하왈(稱賀曰)

"존슈(尊嫂)의 놉흔 복덕(福德)으로 이 갓ᄐᆞᆫ 긔린을 빵ᄉᆡᆼ(雙生)ᄒᆞ시니 문호의 ᄒᆡᆼ(幸)과 일가의 경ᄉᆞ(慶事)를 엇디 비ᄒᆞᆯ 곳이 이시리잇가마ᄂᆞᆫ 무궁ᄒᆞᆫ 깃브믈 션군(先君)[128]이 아디 못ᄒᆞ시니 쇼ᄉᆡᆼ이 심담(心膽)이 ᄉᆡ로이 숑뉼(悚慄)ᄒᆞ믈 니긔디 못ᄒᆞ리로소이다."

53면 셜파(說罷)의 혈뉘(血淚) 년낙(連落)ᄒᆞ여 최복(衰服)을 젹시니 비쳑(悲慽)ᄒᆞᄂᆞᆫ 얼골과 엄엄ᄒᆞᆫ 긔운이 됴셕의 위틔ᄒᆞᆯ디라. 소부인이 ᄯᅩᄒᆞᆫ 쳑연ᄋᆡ읍(慽然哀泣)ᄒᆞ여 쥬뤼(珠淚) 부용(芙蓉) 빵협(雙頰)을 젹시니 쳐ᄉᆡ 도로혀 위로ᄒᆞ여 산후 긔운이 허약ᄒᆞ신 바의 과도히 통상치 마ᄅᆞ시믈 쳥ᄒᆞ고 즉시 나가니 부인이 임의 ᄉᆞ디ᄇᆡᆨᄒᆡ(四肢百骸)의 ᄒᆞᆫ 곳도 알픈 곳이 업ᄉᆞ므로 삼 일 후 니러낫ᄂᆞᆫ디라. 일칠이 되ᄆᆡᄂᆞᆫ 긔운이 ᄉᆡᆨᄉᆡᆨᄒᆞ고 ᄆᆞ음이 소창(消暢)ᄒᆞᆯ 쁜 아니라 뎡히 긔흉[129]을 ᄇᆡ로 ᄒᆞ

127 왕이보(王夷甫): 이보는 서진(西晉) 사람 왕연의 자(字). 왕연은 죽림칠현 중 한 사람인 왕융의 친척으로, 청담에 몰두하여 돈과 권력을 멀리했다고 함. 《세설신어(世說新語)》 〈규잠(規箴)〉.

128 션군(先君): 선군. 죽은 남편.

129 긔흉: 기흉. 오늘날 기흉(氣胸)은 병명에 해당하나 흉은 가슴이라는 뜻이므로, 여기에서는 '가슴속, 배짱' 등의 뜻으로 풀었음.

여 대계ᄅᆞᆯ 도모ᄒᆞᄂᆞᆫ디라. 스ᄉᆞ로 빵ᄋᆞ(雙兒)의 작셩을 볼 젹마다 두굿기고 즐거오믈 니긔디 못ᄒᆞᄂᆞᆫ 바의 션후(先後)ᄅᆞᆯ 밧고디 못ᄒᆞ믈 탄ᄒᆞ여 왈

"몬져 난 ᄋᆞᄒᆡᄅᆞᆯ ᄯᆞ로셔 보ᄆᆡᄂᆞᆫ 극딘히 아ᄅᆞᆷ다와 하ᄌᆞ(瑕疵)ᄒᆞᆯ 거시 업ᄉᆞ나 후의 난 ᄋᆞᄒᆡ와 ᄒᆞᆫ가디로 누여두고 본즉 작픔기셩(作稟氣性)이 쳔블급만브당(千不及萬不當)이라. 엇디 두어 시ᄀᆞᆨ(時刻)을 못 그어 나죵 나미 되엿ᄂᆞ뇨?"

ᄒᆞᆫᄃᆡ 유모 뉵난이 쇼왈(笑曰)

"노쳡이 보ᄆᆡᄂᆞᆫ 냥 공ᄌᆞ의 아ᄅᆞᆷ다오미 고하(高下)ᄅᆞᆯ 뎡치 못ᄒᆞᆯ 쁜 아니라 황홀이 어엿브믄 몬져 난 공ᄌᆡ 더으거ᄂᆞᆯ 부인이 엇디 이리 니ᄅᆞ시ᄂᆞ니잇고?" 54면

소시 역쇼왈(亦笑曰)

"어믜 늙은 눈으로뼈 엇디 사ᄅᆞᆷ을 아라볼 니 이시리오? 사ᄅᆞᆷ이 얼프시 보ᄆᆡ 손 가온ᄃᆡ 노리개 갓ᄐᆞ여 죵요로이 어엿브믄 몬져 난 ᄋᆞᄒᆡ 더ᄒᆞᆫ ᄃᆞᆺᄒᆞ거니와 큰 그ᄅᆞᆺ과 놉흔 골상(骨相)으로 의논ᄒᆞᆫ즉 후의 난 ᄋᆞᄒᆡ 졔 형으로 만ᄇᆡ 승(勝)이라."

ᄒᆞ고 쥬야의 심ᄉᆡ 한가치 못ᄒᆞ여 심복(心腹) 시녀 녹빙·계월노 흉계ᄅᆞᆯ 도모ᄒᆞᆯᄉᆡ 만뇌(萬籟)[130] 구젹(俱寂)ᄒᆞᆫ 밤과 사ᄅᆞᆷ 업ᄂᆞᆫ ᄣᆡᄅᆞᆯ 타 눈믈을 흘니고 기리 탄식ᄒᆞ여 왈

"내 고ᄉᆞ(古事)ᄅᆞᆯ 녁상(歷想)ᄒᆞ니 계집이 투악(妬惡)이 나라흘 그ᄅᆞᆺ

130 만뇌(萬籟): 자연에서 나는 온갖 소리.

ᄆᆡᆫ들고 집을 업친 ᄌᆡ 왕왕 유지(有之)ᄒᆞ니 그 ᄉᆞ오나오미 실노 인심 이 아니라. 의모(義母)·의ᄌᆞ(義子) ᄉᆞ이ᄅᆞᆯ 닐너도 상모(象母)의 은 (嚚)ᄒᆞ미 대슌(大舜) 갓ᄐᆞᆫ 효ᄌᆞᄅᆞᆯ ᄒᆡ코ᄌᆞ[131] ᄒᆞ며 민모(閔母)의 ᄉᆞ오나 오미 민ᄌᆞ(閔子) 갓ᄐᆞᆫ 의ᄌᆞ(義子)로 ᄒᆞ여곰 ᄉᆡ픔(細品)을 닙혀 치우 믈 격게 ᄒᆞ니[132] 목강(穆姜)의 인ᄌᆞᄒᆞ므로 비ᄒᆞᆯ딘ᄃᆡ 실노 듕니(仲尼)와 양호(陽虎)[133] 갓거ᄂᆞᆯ 녀희(驪姬)의 신ᄉᆡᆼ(申生)을 죽임과[134] 녀후(呂后)
55면 의 됴왕(趙王)을 짐살(鴆殺)ᄒᆞ미[135] 더옥 ᄎᆞ마 니ᄅᆞᆯ ᄇᆡ 아니라. 그 밧 한 (悍)ᄒᆞᆫ 어미와 효(孝)ᄒᆞᆫ ᄌᆞ식이 무슈ᄒᆞ여 디금의 젼ᄒᆞ여 오ᄂᆞᆫ ᄇᆡ로ᄃᆡ 인심이 고금이 다ᄅᆞ고 당ᄎᆞ(當此)ᄒᆞ여ᄂᆞᆫ 텬하ᄅᆞᆯ 역소(歷遡)ᄒᆞ여도 대슌(大舜)과 증션ᄉᆡᆼ(曾先生)의 놉흔 회 잇디 잇디 아닐 ᄲᅳᆫ 아니라 민 ᄌᆞ(閔子)와 왕상(王祥)의 ᄂᆔ(類) 잇디 아니리니 뎡흥[136]의 ᄂᆔ 가득ᄒᆞᆯ딘

---

131 상모(象母)의 ~ ᄒᆡ코ᄌᆞ: 순임금의 아버지 고수(瞽瞍)는 부인이 죽자 새 부인을 맞았는데, 고수와 새 부인은 아들 상(象)과 더불어 순임금을 죽이려 했으나 번번이 이를 눈치챈 순임금이 살 방도를 마련하여 목숨을 보전했음.

132 민모(閔母)의 ~ 격게 ᄒᆞ니: 민자건은 공자의 열 제자 중 한 명으로 효성으로 일컬어지는 인물. 계모가 자신이 낳은 두 아들에게는 따뜻한 솜옷을 입히고 전처 자식인 자건에게는 홑옷을 입혔는데, 이를 안 아버지가 계모를 내쫓으려 하자 이를 만류했다는 고사가 있음.

133 듕니(仲尼)와 양호(陽虎): 중니와 양호. 중니는 공자의 자(字)이고, 양호는 패권으로 노나라의 정권을 잡은 양화(陽貨)를 가리킴. 권력을 잡은 양호는 공자를 영입하고자 했으나 공자는 이를 우회적으로 거절한 것으로 보임. 이 외에 공자가 양호와 관련되는 고사로는 둘의 용모가 비슷하여 공자를 양호로 착각한 광(匡) 땅의 백성들에게 공자가 봉변을 당할 뻔한 일이 있었으나, 이 두 고사 모두 소설의 맥락과는 거리가 있어 보임.《논어》〈양화〉, 〈자한〉.

134 녀희(驪姬)의 신ᄉᆡᆼ(申生)을 죽임: 진(晉)나라 헌공의 첩 여희는 자신이 낳은 아들 해제가 왕이 되기를 원해 태자 신생을 무함했고, 그 결과 신생은 자진하여 죽었음.

135 녀후(呂后)의 됴왕(趙王)을 짐살(鴆殺)ᄒᆞ미: 한(漢) 고조 유방의 비(妃)인 여후는 유방이 죽자 그의 애첩인 척부인의 아들 조왕 여의(如意)를 짐독을 넣은 술로 독살했음.

136 뎡흥: 미상.

ᄃᆡ 사ᄅᆞᆷ마다 목강(穆姜) 갓기 어려올디라. 내 평ᄉᆡᆼ 우후디탄(牛後之嘆)이 이실가 두리고 ᄎᆞᆯ하리 계구(鷄口) 되기롤 원ᄒᆞᄆᆡ 의ᄉᆡ 도로혀 ᄆᆞᄋᆞᆷ 가온ᄃᆡ ᄇᆡ쳑ᄒᆞ던 투악(妬惡)과 교특(巧慝)의 ᄆᆡᆺᄂᆞᆫ디라. 그러나 가군(家君)의 만금 듕탁(重託)으로 태산갓치 ᄆᆡᆺᄂᆞᆫ ᄇᆡ 션부인(先夫人) ᄉᆡᆼ애(生兒)오 상공의 ᄋᆞ돌이면 현마 엇지ᄒᆞ리오? 날을 홍모(鴻毛)갓치 녁일지라도 내 도리ᄂᆞᆫ ᄌᆞᄋᆡ디심(慈愛之心)을 극딘이 ᄒᆞ여 모ᄌᆞ디졍(母子之情)이 완젼케 ᄒᆞ려니와 이ᄂᆞᆫ 상공의 ᄋᆞ돌이 아니니 존구(尊舅)의 계후(繼後) 뎡ᄒᆞ시미 슉슉(叔叔) 부부긔 탁(托)ᄒᆞ시미라. 이졔 엇디 명녕(螟蛉)[137]을 위ᄒᆞ여 친ᄉᆡᆼ을 히롭게 ᄒᆞ리오? 가마니 너희 등으로 더브러 긔모(奇謨)롤 운동ᄒᆞᆯᄃᆡᆫᄃᆡ 현마 ᄯᅳᆺ을 일우디 못ᄒᆞ랴?" 56면

녹빙·계월이 년망이 니러 졀ᄒᆞ고 머리롤 두다려 왈

"쇼비 계월은 외람이 부인으로 더브러 유도(乳道)[138]롤 ᄒᆞᆫ가디로 ᄒᆞᆫ ᄇᆡ오 쇼비 녹빙은 쳔ᄒᆞᆫ 나히 오 셰롤 넘디 못ᄒᆞ여셔 부인 은ᄐᆡᆨ(恩澤)을 므릅ᄲᅧ 쟝ᄃᆡ[139] 하의 신임(信任)ᄒᆞᄆᆡ 노쥬(奴主)의 존비(尊卑)롤 의논치 아니시고 향규(香閨) 마역(馬役)으로 니ᄅᆞ샤 하쳔(下賤)의 어득ᄒᆞᆫ 심디롤 할연관통(割然貫通)케 ᄒᆞ시니 소렬(昭烈)의 와룡(臥龍)[140]과 당뎨

---

137 명녕(螟蛉): 명령. 나비나 나방의 애벌레. 나나니벌이 명령을 업어다가 자기의 새끼로 기른다는 《시경》 〈소아(小雅)〉 '소완(小宛)'에서 온 말로, 본디 이성양자(異姓養子)를 뜻하나 두루 양자(養子)를 뜻하는 말로도 쓰임.

138 유도(乳道): 궁중에서 '젖'을 가리키는 말.

139 쟝ᄃᆡ: 장대(將臺)로 추정. 장대는 장수가 명령을 지휘하던 대인데, 여기에서는 소부인과 시녀들의 관계를 그렇게 비유한 것으로 봄.

140 소렬(昭烈)의 와룡(臥龍): 소열의 와룡. 소열은 촉한의 건립자인 소열제 유비의 시호이고, 와룡은 제갈량을 가리킴. 유비는 제갈량을 얻기 위해 삼고초려를 했음.

(唐帝)의 위징(魏徵)[141]의 비(比)치 못ᄒᆞ올디라. 쳔비 등이 평ᄉᆡᆼ 튱의(忠義)ᄅᆞᆯ 갈녁(竭力)ᄒᆞ여 외람이 쥬공(周公)의 왕실을 근노(勤勞)ᄒᆞᆷ과 이윤(伊尹)의 태갑(太甲) 훈(訓)ᄒᆞ믈 효측(效則)고ᄌᆞ ᄒᆞ오ᄃᆡ 녀군(女君)이 태갑의 블명ᄒᆞ미 아니오 셩왕(成王)의 신참(新參)ᄒᆞ미[142] 업ᄉᆞ니 쇼비 등이 장ᄎᆞᆺ 미졍(微情)을 펼 길히 업ᄉᆞ믈 탄(嘆)ᄒᆞᄂᆞᆫ 바의 녀군이 춍명통달ᄒᆞ시나 원녀(遠慮)ᄅᆞᆯ 두디 아니시믈 민박(憫迫)ᄒᆞ여 어린 계
57면 교ᄅᆞᆯ 헌(獻)코져 ᄒᆞ오ᄃᆡ 용납ᄒᆞ실 바ᄅᆞᆯ 아디 못ᄒᆞ여 잠간 지디(遲遲)ᄒᆞᆸ더니 비로소 녀군이 발셜ᄒᆞ시니 쇼비 등이 쇼견(所見)을 알외리이다. 쥬군은 말쇽(末俗) 인픔이 아니시니 도로혀 담연(淡然)ᄒᆞ여 도듕션(圖中仙) 갓고 조화롭디 못ᄒᆞ여 화외년【연화 밧 사ᄅᆞᆷ이라】갓ᄐᆞ시니 믈욕(物慾)과 셰정(世情)을 가져 이변(耳邊)의 들니디 못ᄒᆞ올ᄇᆡ오 ᄎᆞ상공(次上公)은 안증(顏曾)[143]의 후(後)ᄅᆞᆯ 니으실 도학군ᄌᆡ(道學君子)시라. 것 얼골이 화(和)ᄒᆞ고 쳐신(處身)이 온냥(溫良)ᄒᆞᆫ ᄃᆞᆺᄒᆞ나 기듕(其中)은 예탁(豫度)기 어려오니 반ᄃᆞ시 두터워도 무왕(武王)이 쥬(紂)ᄅᆞᆯ 벌ᄒᆞᄂᆞᆫ ᄌᆡ략(才略)이 겸ᄒᆞ여실 거시오 ᄉᆞ오나온ᄌᆞᆨ 더옥 니ᄅᆞᆯ 거시 업ᄉᆞ리니 쳐ᄉᆞ의 일도ᄅᆞᆯ ᄃᆡᆨ힐 쁜 아닌지라. ᄒᆞ믈며 션노야

141 당뎨(唐帝)의 위징(魏徵): 당제의 위징. 당 태종과 위징. 당 태종은 위징의 인물됨을 높이 평가하여 나라를 다스리는 이치에 대해 항상 위징에게 자문을 구했으며, 위징의 간언은 '정관(貞觀)의 치'를 이루는 데 큰 기여를 했음.

142 셩왕(成王)의 신참(新參)ᄒᆞ미: 성왕은 주나라 2대 왕. 역성혁명에 성공한 후 2년 만에 사망한 아버지 무왕의 뒤를 이어 왕위에 올랐으나, 아직 상나라의 남은 세력들이 난을 일으켜 나라가 불안했음.

143 안증(顏曾): 공자의 제자인 안연과 증자.

(先老爺)와 태부인의 일편(一便)된 ᄌᆞᄋᆡ(慈愛)를 엇고 일가(一家)의 명예를 온젼이 모화 경부 원족(遠族) 친쳑으로브터 치하(治下) 장확(壯獲)이 머리를 두다려 화부인 셩덕을 칭복(稱服)ᄒᆞ니 인심이 도라디미 과연 믈이 동으로 흐롬 갓ᄐᆞᆫ디라. 션노애 쥬군의 츈취(春秋) 정셩(鼎盛)ᄒᆞ신 ᄣᅵ의 당치 아닌 계후를 명ᄒᆞ샤믄 녀군의 니ᄅᆞ시ᄂᆞᆫ 바와 갓ᄐᆞ여 쳐ᄉᆞ 부부의게 탁(托)ᄒᆞ시미어놀 우리 쥬군은 ᄒᆞᆫ낫 기인(奇人)이샤ᄃᆡ 쥬군의 믈욕(物慾) 업ᄉᆞ시미 태ᄇᆡᆨ(泰伯)·우듕(虞中)[144]을 효측고져 ᄒᆞ샤믈 관계히 아니 계시고 닌셩공ᄌᆞ의 풍치긔딜(風采氣質)을 과ᄋᆡ(過愛)ᄒᆞ실 ᄲᅮᆫ이니 이졔 부인이 빵틱(雙胎)의 냥닌(兩麟)을 ᄉᆡᆼᄒᆞ시나 닌셩공ᄌᆡ 이졔 종댱(宗長)의 듕홈과 쥬군의 ᄌᆞᄋᆡ 일신(一身)의 온젼ᄒᆞ니 신ᄉᆡᆼ 이(二) 공ᄌᆞ(公子)ᄂᆞᆫ 유뮈(有無) 블관(不關)ᄒᆞᆫ디라. 쳐ᄉᆞ 노애 것인ᄉᆞ로 사랑ᄒᆞᄂᆞᆫ 쳬ᄒᆞ여 깃브믈 니ᄅᆞᄂᆞᆫ 거시 ᄯᅩ 어이 딘졍(眞情)이리오? 이졔 닌셩공ᄌᆞ를 더디 아닌즉 후의 어려온디라. 부인의 긔계(奇計)를 니ᄅᆞ시믈 ᄇᆞ라ᄂᆞ니 쇼비 등이 견ᄆᆡ(犬馬)의 힘을 다ᄒᆞ여 큰 근심을 업시ᄒᆞ리이다."

소시 냥비(兩婢)의 손을 ᄌᆞᆸ고 몸을 낫초와 왈

"여등(汝等)의 말을 드ᄅᆞᆫ즉 여ᄎᆞ명달(如此明達)ᄒᆞ니 내 다시 니를 말이 업ᄉᆞ니 다만 ᄣᅵ를 당ᄒᆞ여 셜계(設計)ᄒᆞᆯ ᄯᆞᄅᆞᆷ이라. 화녜 아모리 긔모ᄌᆡ략(寄謀才略)이 츌뉴(出類)ᄒᆞ여도 나의 디모비계(智謀秘計)를

144 태ᄇᆡᆨ(泰伯)·우듕(虞中): 태백·우중. 태백과 우중은 주(周)나라 태왕 고공단보와 부인 태강 사이에서 태어난 첫째 아들과 둘째 아들. 그런데 셋째 아들 계력에게 장차 문왕(文王)이 될 아들 창(昌)이 있었기에 태백과 우중은 동생 계력을 위해 멀리 강남으로 몸을 피해 버렸음.

59면 ᄉᆞᄆᆞᆽ디 못ᄒᆞ리니 그 ᄒᆡᆼ도의 여ᄎᆞ여ᄎᆞ(如此如此) 변(變)을 디은ᄌᆞᆨ 힘힘히[145] 쇽을 ᄯᆞ롬이라. 계월은 ᄆᆡᆼ츄ᄅᆞᆯ 식여 여ᄎᆞ여ᄎᆞᄒᆞᄃᆡ 쥐파도 나의 ᄯᅳᆺ을 모로게 ᄒᆞ라. 녹빙은 왕술위ᄅᆞᆯ 식여 ᄯᅩ 여ᄎᆞ여ᄎᆞᄒᆞ면 가히 대쇼ᄋᆞ(大小兒) 등이 엇디 능히 버셔나믈 어드리오? 쇽졀업시 강(江)의 어복(魚腹)이 되디 아니면 화염듕(火炎中) 소신(燒身)ᄒᆞᆯ 거시오 월염은 왕궁(王宮)의 밧치면 ᄆᆡᆼ쥐 당당이 놉흔 관작(官爵)을 어드리니 일이 ᄯᅳᆺ 갓ᄐᆞᆯ던ᄃᆡ ᄀᆞᆺᄐᆞ여 심녁(心力)을 허비치 아냐셔 요종을[146] 종당이 되야 일가의 듕망(重望)과 졔 부친의 소탁(所託)을 온젼케 못ᄒᆞᆯ디라. 샤광(師曠)의 ᄎᆞᆼ(聰)과 니루(離婁)의 명(明)이라도 우리 ᄒᆡᆼ계(行計)ᄒᆞ믈 ᄭᆡ닷디 못ᄒᆞ리니 냥비(兩婢)ᄂᆞᆫ 대ᄉᆞ(大事)ᄅᆞᆯ 그ᄅᆞᆺ 말고 각각 디아비ᄅᆞᆯ 쳔만 당부ᄒᆞ여 셩공ᄒᆞ믈 니ᄅᆞ라."

냥비 ᄌᆡᄇᆡ슈명(再拜受命)ᄒᆞ고 날호여 퇴ᄒᆞ여 계월은 ᄆᆡᆼ츄ᄅᆞᆯ ᄃᆡᄒᆞ여 ᄀᆞ마니 계교ᄅᆞᆯ 니ᄅᆞᄃᆡ 소부인의 디휘(指揮) 아니오 졔 스ᄉᆞ로 쥬인
60면 모로게 ᄀᆡ계(奇計)ᄅᆞᆯ 발ᄒᆞ여 ᄆᆡᆼ츄의 관작을 도모코져 ᄒᆞᆷ 갓ᄐᆞ니 ᄆᆡᆼ쥐 본ᄃᆡ 참측(慘慽)ᄒᆞᆫ 쳔인(賤人)이 아니라 파셔 문양ᄉᆞ인디ᄌᆞ로 누셰ᄅᆞᆯ 피디 못ᄒᆞ고 츄의 다ᄃᆞ라ᄂᆞᆫ 용ᄆᆡᆼ이 졀눈(絶倫)ᄒᆞ고 만ᄉᆡ(萬事) 능녀(凌慮)[147]ᄒᆞ니 경샤의 올나와 무과(武科)ᄅᆞᆯ 응코져 ᄒᆞ다가 이제 경왕(景王)이 우연이 ᄆᆡᆼ츄의 용ᄆᆡᆼ과 ᄌᆡ릉(才能)이 과인(過人)ᄒᆞ믈 듯고 즉시 블너 군관(軍官)을 삼아 가장 통ᄋᆡᄒᆞ니 ᄆᆡᆼ쥐 ᄀᆞᆺᄐᆞ여 무과의 나아가디

---

145 힘힘히: 한가히, 심심히. 여기서는 '부질없이, 맥없이'의 뜻.

146 요종을: '요종(了終)을'로 추정.

147 능녀(凌慮): 능려. 뛰어나게 훌륭함.

아니코 향니(鄕里)로셔 올나와 소부 ᄒᆡᆼ각(行閣)의 쥬인ᄒᆞ엿다가 계월 이 금년 십뉵이라 발셔 유치(幼稚)ᄅᆞᆯ 두어 슈셰 되엿ᄂᆞᆫ디라. 취 년급 삼십(年及三十)의 ᄇᆡ쳬(配妻)의 졍을 알미 셰 ᄒᆡᄅᆞᆯ 넘디 못ᄒᆞ엿고 겸 ᄒᆞ여 ᄌᆞ식을 ᄉᆞ랑ᄒᆞ미 과도ᄒᆞᆫ 고로 다른 ᄃᆡ 졍을 옴기디 아니코 경왕 긔 말ᄆᆡᄅᆞᆯ 어더 이의 나려와 쳐ᄌᆞᄅᆞᆯ 반기ᄂᆞᆫ ᄊᆡ라. ᄎᆞ언을 듯고 ᄃᆡ열왈 (大悅曰)

"경왕 뎐ᄒᆡ(殿下) 날을 툥우(寵遇)ᄒᆞ시ᄂᆞᆫ 은혜 두터오ᄃᆡ 일분(一分) 갑ᄉᆞ오미 업더니 그ᄃᆡ 이런 묘계ᄅᆞᆯ ᄀᆞᄅᆞ치니 엇디 즐겨 ᄒᆡᆼ치 아니리 오마ᄂᆞᆫ 다만 그ᄃᆡ 쥬모(主母) 소부인이 그ᄃᆡᄅᆞᆯ 거ᄂᆞ리샤 노쥬의 존비 61면
ᄅᆞᆯ 닛고 동긔의 졍을 다ᄒᆞ신다 ᄒᆞ거ᄂᆞᆯ 그ᄃᆡ 쥬모의 ᄌᆞ녀ᄅᆞᆯ ᄒᆡᄒᆞ미 도리의 블가ᄒᆞᆯ가 ᄒᆞ노라."

계월이 쇼왈(笑曰)

"낭군은 이런 일난 믈녀(勿慮)ᄒᆞ라. 우리 녀군이 목강(穆姜)의 인ᄌᆞᄒᆞ믈 효측ᄒᆞ여 젼츌(前出)을 친ᄉᆡᆼ(親生)갓치 넉이시나 우리 소견(所見)의ᄂᆞᆫ 공ᄌᆞ와 쇼져의 이시미 업슴만 갓디 못ᄒᆞᆫ디라. 내 ᄒᆞᆫ갓 군(君)의 관작을 도모코ᄌᆞ ᄒᆞᆷ만 아니라 튱심(忠心)이 간졀ᄒᆞ여 노쥐(奴主) 여러 가지로 됴키ᄅᆞᆯ ᄉᆡᆼ각ᄒᆞ여 이리 니ᄅᆞᄂᆞ니 군은 의아치 말나. 다만 우리 쥬군이 경왕을 심히 ᄇᆡ쳑ᄒᆞ시ᄂᆞᆫ ᄇᆡ라. 군이 경왕궁 친신(親信)ᄒᆞᄂᆞᆫ 군관이믈 드ᄅᆞ시면 결단코 왕ᄂᆡ치 말나 ᄒᆞ시리니 일졍(一定) 쇼문을 ᄂᆡ디 말고 ᄲᆞᆯ니 도라가 셩ᄉᆞ(成事)ᄒᆞ라."

ᄆᆡᆼ취 계월의 말이 유리(有理)ᄒᆞ믈 칭디(稱之)ᄒᆞ여 계교ᄅᆞᆯ 뎡ᄒᆞ고 일슌(一旬)을 뉴(留)ᄒᆞ여 도라가고 녹빙은 왕술위ᄅᆞᆯ ᄃᆡᄒᆞ여 흉모(凶謀)ᄅᆞᆯ 의논ᄒᆞᆯᄉᆡ 원ᄂᆡ 왕술위라 ᄒᆞᆫ낫 흉패(凶悖)ᄒᆞᆫ 쳔젹(賤賊)이라. 초

62면 (初)의 관동 대고(大賈) 믈화(物貨)를 시러 ᄉᆞᄒᆡ(四海) 구쥬(九州)[148]를 두로 단녀 흥니(興利)ᄒᆞ기를 흉녕(凶佞)이 잘ᄒᆞ더니 나히 이십이 넘으ᄆᆡ 블측(不測)ᄒᆞᆫ 의ᄉᆡ(意思) 디흉(至凶)ᄒᆞ여 무뢰(無賴) 악당(惡黨)의 드러 블인디ᄉᆞ(不忍之事)를 못 ᄆᆡᆺ출 ᄃᆞ시 횡ᄒᆡᆼ(橫行)ᄒᆞ여 고촌(孤村)의 호부(豪富)ᄒᆞᆫ 집이 이신즉 의법(依法)히 결당(結黨)ᄒᆞ여 드러가 ᄌᆡ믈을 취ᄒᆞ며 사ᄅᆞᆷ을 플 쌔ᄃᆞᆺ 죽이더니 악심(惡心)이 일월노조ᄎᆞ 당금ᄎᆞ시(當今此時)ᄒᆞ여ᄂᆞᆫ 녕한(佞漢)ᄒᆞᆫ 적ᄌᆡ(賊者) 쳔여 인의 ᄆᆡᆺᄎᆞᄆᆡ 두릴 거시 업ᄉᆞᆫ ᄃᆞᆺ 강호(江湖)의 ᄇᆡ를 ᄯᅴ여 ᄉᆞᄒᆡ로 듕뉴(中流)ᄒᆞ여 민간(民間)의 노략질ᄒᆞ기를 능히 ᄒᆞ고 읍현(邑縣)이라도 피폐ᄒᆞᆫ즉 관샤(官舍)를 블 디ᄅᆞ고 ᄌᆡ믈(財物) 다쇼(多少)를 혜디 아냐 몰슈(沒數)히 탈취(奪取)ᄒᆞᆯ ᄲᅮᆫ 아냐 인ᄉᆞ 모로ᄂᆞᆫ 쇼ᄋᆞ(小兒)를 후려다가 모든 도적의 난화 길너 얼골이 미려(美麗)ᄒᆞᆫ즉 무론귀쳔(毋論貴賤)ᄒᆞ고 창누(娼樓)의 팔며 남ᄌᆡ(男子)면 블의지ᄉᆞ(不義之事)를 가ᄅᆞ쳐 동뉴(同類)를 삼고 위인(爲人)이 연약(軟弱)ᄒᆞ여 ᄎᆞ마 못ᄲᅳᆯ 일을
63면 힝치 못ᄒᆞᄂᆞᆫ 잔약(孱弱)ᄒᆞᆫ ᄋᆞᄒᆡᄂᆞᆫ 술병 들니ᄂᆞᆫ 동ᄌᆞ를 삼아 브리다가 호발(毫髮)이나 ᄯᅳᆺ의 맛갓디 못ᄒᆞ면 즉시 머리를 버혀 위엄(威嚴)을 셰오니 궁흉극악(窮凶極惡)ᄒᆞᆷ을 다 니ᄅᆞ리오? 당뉴(黨類) 쳔여 인이 뎡쳐(定處) 업시 단녀 ᄉᆞᄒᆡ로 집을 삼아 그 ᄌᆞ최 표홀(飄忽)ᄒᆞ여 사ᄅᆞᆷ이 ᄯᆞ라잡기 어려온디라. 왕술위 곳곳이 졀셰교용(絶世嬌容) 미쳐(美妻)를 두어 즐기믈 다ᄒᆞ니 녹빙을 뉴련(留戀)치 아닐 거시로ᄃᆡ 졍

148 구쥬(九州): 구주. 중국 전토를 아홉으로 구분하여 일컫는 것.

을 ᄆᆡᄌᆞ미 가장 일죽ᄒᆞ여 방년(芳年) 이십 세의 술위를 셤기니 당시 칠 년이 되엿고 술위 노모(老母)를 빙의게 탁(托)ᄒᆞ여 블의흉ᄉᆞ(不義凶事)를 ᄒᆞ라 나간 ᄉᆞ이 혹ᄌᆞ(或者) 어미 죽어도 의금(衣衾) 관곽(棺槨)을 구비(具備)ᄒᆞ여 영장(永葬)ᄒᆞ믈 당부ᄒᆞᆫ 고로 술위지뫼 젹ᄌᆞ(賊子)[149]를 ᄯᆞ라단니지 못ᄒᆞ여 빙이 가ᄂᆞᆫ ᄃᆡ로 조ᄎᆞ 태쥐가지 나려왓더라. 술위 녹빙의 말을 드ᄅᆞᄆᆡ 스ᄉᆞ로 용약(勇躍)ᄒᆞ여 므룹흘 치고 웃ᄂᆞᆫ 입을 버려 왈

"쾌ᄒᆞ고 즐겁다. ᄒᆡ샹(海上)의 ᄇᆡ를 ᄯᅴ여 졍상셔 일힝을 싀살(弒殺)ᄒᆞ고 ᄌᆡ믈을 취ᄒᆞ미 그 므어시 어려오리오? 그ᄃᆡᄂᆞᆫ 다시 니ᄅᆞ지 말나. 워 반ᄃᆞ시 이만 드러도 닛디 아니ᄒᆞ리라." 64면

빙이 뎡ᄉᆡᆨ왈(正色曰)

"군이 ᄒᆞᆫ갓 강용(强勇)만 ᄌᆞ랑ᄒᆞ고 일을 당ᄒᆞ여 원녀(遠慮)를 두디 아닛ᄂᆞᆫ디라. 혹ᄌᆞ 그ᄃᆡ 당뉴(黨類)의 못ᄡᅳᆯ 병좀기(兵仗器)[150] 우리 쥬군과 태부인을 상ᄒᆞ시게 ᄒᆞᄂᆞᆫ 일이 이시면 그ᄃᆡ로 더브러 졔인(諸人)이 하날 우희 오ᄅᆞ지 못ᄒᆞ리니 ᄯᅩ 우희 잇다가ᄂᆞᆫ 쥬륙(誅謬)을 면(免)치 못ᄒᆞᆯ 거시오. ᄎᆞᄉᆞ(此事)를 디휘(指揮)ᄒᆞᄂᆞᆫ 내 ᄇᆡᆨ골(白骨)이 남디 못ᄒᆞ리니 모로미 우패(愚悖)ᄒᆞᆫ 긔운을 나ᄂᆞᆫ ᄃᆡ로 말고 조심ᄒᆞ여 쥬밀(周密)ᄒᆞ기를 웃듬ᄒᆞ라. 닌셩공ᄌᆞᄂᆞᆫ 솔와두어ᄂᆞᆫ 후환(後患)이 비상(非常)ᄒᆞ리니 병잠기로 ᄒᆡ(害)치 못ᄒᆞᆯ 형셰어든 믈의 밀쳐 신톄(身體)

149 젹ᄌᆞ(賊子): 적자. 사전적 의미는 '큰 불효자, 부모를 죽인 자, 반역자' 등이나 여기에서는 맥락상 '도적'의 뜻.

150 병좀기(兵仗器): 규장각본에는 '병장기'로 되어 있음.

도 ᄎᆞᆺ디 못ᄒᆞ게 ᄒᆞ라.”

슐위 흔흔(欣欣)이 더러온 나ᄅᆞᆺᄉᆞᆯ ᄡᅳ다ᄃᆞᆷ아 왈

“댱부(丈夫)의 ᄒᆞᄂᆞᆫ 일을 ᄋᆞ녀ᄌᆞ(兒女子) 므어ᄉᆞᆯ 아노라 ᄒᆞ고 그리 말 만히 구ᄂᆞ뇨? 그만 닐너두면 내 의긔로 살와두고 시브니ᄂᆞᆫ ᄉᆞᆯ오고 죽이고 시븐 사ᄅᆞᆷ은 졍상셔 아냐 만승텬ᄌᆞ(萬乘天子)라도 혜지 못ᄒᆞ리니 조고만 힝도(行徒)ᄅᆞᆯ 범(犯)ᄒᆞ미 그리 대ᄉᆞ(大事)로오리오?”

65면 녹빙이 도로혀 근심되이 넉여 눈셥을 찡긔여 왈

“셩인도 초부(樵夫)의 말을 션용(善用)ᄒᆞ시고 ᄂᆡ조(內助)의 공을 일ᄏᆞ라 계시건마ᄂᆞᆫ 그ᄃᆡ쳐로 내 말을 용납디 아니며 녀ᄌᆞᄅᆞᆯ 심히 업슈히 넉이랴?”

슐위 흔연집슈(欣然執手)ᄒᆞ며 호호(浩浩)히 쇼왈(笑曰)

“그ᄃᆡ 고궤(固詭)ᄒᆞᆫ 말 듯기 슬타. 셩인이 므어시오? 내 ᄋᆞᄃᆞᆯ이냐? 초부가 그ᄃᆡ 아비냐? 아모리 그ᄃᆡ 말을 듯ᄌᆞ ᄒᆞ나 뉵쳑셰신(六尺細身)과 일쳑나요(一尺娜裊)의 므ᄉᆞᆫ 든 거시 이시리라 ᄒᆞ고 소견을 ᄎᆔᄒᆞ리오? 이 슐위ᄂᆞᆫ 팔ᄌᆞ(八字) ᄊᆡᄊᆡ 괴이ᄒᆞ여 졍가 힝각(行閣)의 구구(區區)ᄒᆞᆯ디언졍 ᄒᆞᆫ번 머리ᄅᆞᆯ 두로혀ᄆᆡ 부귀ᄒᆞ미 남 모로ᄂᆞᆫ 만호휘(萬戶侯)오 ᄒᆞᆫ번 ᄉᆞᄆᆡᄅᆞᆯ ᄯᅥᆯ치ᄆᆡ 우듀(宇宙)ᄅᆞᆯ 광보(光輔)ᄒᆞᆯ 긔틀이니 됴졍(朝廷)의 사ᄅᆞᆷ이 업고 님군이 귀가 어두어 왕슐위ᄅᆞᆯ 대댱군(大將軍)으로 녜폐(禮幣)[151]ᄒᆞ여 초모(招募)치 아님도 ᄎᆞ셕(嗟惜)ᄒᆞᆫ 곳이니라. 내 아모리 공명현달(功名顯達)치 못ᄒᆞ여신들 일녀ᄌᆞ(一女子)ᄅᆞᆯ 므엇

---

151 녜폐(禮幣): 예폐. 고마운 뜻을 표하기 위해 보내는 예물.

만 넉이리오? 그져 만나보면 남의녀졍(男意女情)이 합ᄒᆞ여 댱부(丈夫)의 풍뉴(風流)롤 도을 ᄲᅮᆫ이라."

ᄒᆞ니 빙은 궤샤간흉(詭詐奸凶)·교활샤특(狡猾邪慝)ᄒᆞ미 남다를지언 66면
졍 문ᄌᆞ(文字)롤 졍통ᄒᆞ고 언에(言語) ᄎᆞ셰(次序) 업디 아니므로 슐
위의 밋친 말과 어린 거동이 참특(慘慝)ᄒᆞᆫ 모양을 보건ᄃᆡ 댱탄식(長嘆息)ᄒᆞ여 져의 만난 ᄇᆡ 박(薄)ᄒᆞ믈 슬허ᄒᆞ고 대ᄉᆞ롤 탁(托)ᄒᆞ미 심히 위ᄐᆡ(危殆)ᄒᆞ여 념녀(念慮) 만터라. 임의 술위 도라가ᄆᆡ ᄉᆞ부인이 냥비(兩婢)롤 ᄃᆡᄒᆞ여 왕·밍 냥한(兩漢)다려 니ᄅᆞᆫ 말을 므른ᄃᆡ 계월은 밍츄로 죵용(從容)이 상의ᄒᆞ여 졍녕(丁寧) 부탁ᄒᆞ믈 고ᄒᆞ고 녹빙은 탄식쥬왈(嘆息奏曰)

"쇼비 술위롤 보고 여ᄎᆞ여ᄎᆞ 니ᄅᆞ온족 즐기[152] 무궁ᄒᆞ여 용약(踊躍)기롤 마디 아니ᄒᆞ오ᄃᆡ 술위의 위인이 밍츄도 밋디 못ᄒᆞ오니 대ᄉᆞ롤 쵹탁(囑託)ᄒᆞᄆᆡ 위ᄐᆡᄒᆞ미 극의(極矣)라. 일을 일우ᄂᆞᆫ 날의 쇼비(小婢)의 ᄆᆞ음을 노흘디언졍 그 젼(前)은 ᄒᆞᆫ ᄊᆡ롤 방하(放下)치 못ᄒᆞ리로소이다."

소부인이 그 근신(謹愼)ᄒᆞ믈 더옥 아ᄅᆞᆷ다이 넉여 쇼왈(笑曰)

"슐위의 위인이 언ᄉᆡ(言辭) 위ᄐᆡᄒᆞ나 졔 쏘 사ᄅᆞᆷ이어니 쥬군(主君)긔 야ᄒᆡ롭게 ᄒᆞ랴?"

하날을 우러러 암튝(暗祝)ᄒᆞᄂᆞᆫ ᄇᆡ 밍츄와 왕슐위 크게 셩ᄉᆞ(成事)ᄒᆞ 67면
여 닌셩 등을 업시ᄒᆞ믈 착급(着急)히 바라ᄃᆡ 외모(外貌)의 온슌ᄒᆞ며 말ᄉᆞᆷ의 손근(遜謹)ᄒᆞ믈 날노 더어 쥬야(晝夜)의 동동쵹쵹(洞洞屬屬)

152 즐기: 규장각본에는 '즐기미'로 되어 있음.

ᄒᆞ여 ᄆᆞᄋᆞᆷ을 노치 못ᄒᆞ미 됴셕(朝夕) 증상(烝嘗)을 밧들 여가(餘暇)의 쳐ᄉᆞ의 듁음을 딘졍(眞情)으로 ᄇᆞ라ᄂᆞᆫ ᄃᆞᆺᄒᆞ고 태부인을 영모(永慕)ᄒᆞ고 닌셩 남ᄆᆡᄅᆞᆯ 못 니져 우우(憂虞)히[153] 슬허ᄒᆞ믈 마디 아니니 쳔가디 어딘 ᄆᆞᄋᆞᆷ과 만 가지 덕 된 거동을 갓초 디으니 샤광지춍(師曠之聰)과 니루디명(離婁之明)을 가딘 ᄌᆞ도 져 소시 심쳔(深淺)을 알기 어려온디라. ᄌᆞ고로 흉교간활(凶狡奸猾)ᄒᆞᆫ 위인이 ᄂᆡ외(內外)ᄅᆞᆯ 달니ᄒᆞ여 ᄉᆞ오나온 거ᄉᆞᆯ 곱초고 어딘 거ᄉᆞᆯ 낫타ᄂᆡ거니와 소시의 ᄒᆞᄂᆞᆫ 거동은 어질믈 낫타ᄂᆡ고ᄌᆞ ᄒᆞᄂᆞᆫ 사ᄅᆞᆷ도 갓디 아냐 쳔연(天然)ᄒᆞ고 안상(安常)ᄒᆞ며 고요ᄒᆞ여 쳥졍ᄒᆞᆫ ᄃᆞᆺ 남이 ᄌᆞ긔ᄅᆞᆯ 칭찬ᄒᆞ미 이시면 딘졍으로 블감(不堪)ᄒᆞ여 당(當)치 못ᄒᆞᆯ ᄃᆞᆺ 비복(婢僕)이라도 혹 ᄌᆞ긔 ᄉᆡᆼ각디 아닌 일을 거두어 쁠 만ᄒᆞ면 용납기ᄅᆞᆯ 넉넉히 ᄒᆞ며 입을 여ᄂᆞᆫ 빈ᄌᆞᆨ
68면 효우(孝友)와 녜졀(禮節)의 말ᄉᆞᆷ이오 움ᄌᆞᆨ인즉 법도의 가ᄌᆞᆨᄒᆞ여 만ᄉᆡ졀듕(切中)ᄒᆞ고 뎡대ᄒᆞ며 강명인화(剛明仁化)ᄒᆞ니 왕망(王莽)의 겸공이쇽(謙恭而束)[154]으로 견즐 ᄇᆡ라. 그 작픔긔딜(作品氣質)이 고ᄌᆞ(古者) 간웅쇼인(奸雄小人)의 셰 번 더으니 뉘 능히 그 흔구(痕垢)ᄅᆞᆯ 잡으리오? 하쳔(下賤) 비ᄇᆡ(婢輩)의 니ᄅᆞ히 소부인의 효위(孝友) 츌뉴(出類)ᄒᆞᆷ과 덕ᄒᆡᆼ이 슉딘(淑眞)ᄒᆞ믈 칭복ᄒᆞ여 스ᄉᆞ로 감격히 넉이고 그 강명찰찰(剛明察察)ᄒᆞ믈 신명(神明)갓치 아라 범ᄇᆡᆨ(凡百)[155]의 긔망

153 우우(憂虞)히: 근심하고 걱정하는 모습.

154 왕망(王莽)의 겸공이쇽(謙恭而束): 왕망은 전한 시대의 관리로 신(辛)나라를 세우고 스스로 황제가 된 인물. 그는 자신이 권력을 얻을 때까지 겸공, 즉 남을 높이고 자신은 낮추는 방법으로 스스로를 단속하여 주변의 신임을 얻었다고 함.

155 범ᄇᆡᆨ(凡百): 범백. 상도를 벗어나지 않는 말과 행동.

(欺罔)ᄒᆞᆯ 의ᄉᆞᄅᆞᆯ 못 ᄒᆞ더라.

얼픗 ᄉᆞ이의 삼ᄒᆡ(三夏) ᄃᆡᆫ(盡)ᄒᆞ고 초츄(初秋)의 밋ᄎᆞ니 념녈(炎熱)이 다 딘ᄒᆞ고 신냥(新凉)이 니러나 번열(煩熱)을 ᄡᅵ셔바리니 원간 금년 졀셰(節序) 일즉ᄒᆞ여 초하(初夏)로브터 의법ᄒᆞᆫ 여ᄅᆞᆷ 일긔(日氣) 되여 또 칠월 일긔 녜ᄉᆞ 듕츄(仲秋)만 ᄒᆞ니 경샤(京師) 졍아(程衙)의셔 하향디심(下鄕之心)이 시위 쎠난 살 갓ᄐᆞ니 이 굿ᄐᆞ여 경ᄉᆞᄅᆞᆯ 바리고 고향으로 나려오믈 즐겨 그런 거시 아니라 ᄉᆞ셰(事勢) 마지못ᄒᆞ여 모ᄌᆞ형뎨(母子兄弟) 각거(各居)치 아니려 ᄒᆞ미라. ᄒᆞ믈며 셔태부인이 소시의 ᄡᅡᆼᄌᆞ(雙子)ᄅᆞᆯ 슌산(順産)ᄒᆞ여 ᄉᆡᆼᄋᆡ(生兒) 긔골(氣骨)이 69면 비범(非凡)ᄒᆞ믈 드ᄅᆞᄆᆡ 태부의 보지 못ᄒᆞ시믈 슬허ᄒᆞ나 상셔의 슬ᄒᆡ(膝下) 션션(詵詵)ᄒᆞᆯ 바ᄅᆞᆯ 만심다ᄒᆡᆼ(滿心多幸)ᄒᆞ고 즉시 보디 못ᄒᆞ믈 심히 답답이 넉일 ᄡᅳᆫ 아니라 쳐ᄉᆞ 그리ᄂᆞᆫ 회푀(懷抱) 더옥 ᄎᆞ아(嵯峩)ᄒᆞ니 상셰 소시의 ᄡᅡᆼ남(雙男)을 밧비 보고ᄌᆞ 뜻이 젹으ᄃᆡ ᄌᆞ위(慈闈)의 굼거이 넉이심과 아[156]의 영모디졍(永慕之情)이 간졀ᄒᆞ믈 ᄉᆡᆼ각ᄒᆞᄆᆡ 경샤(京師)의 일시 머믈미 삼츄(三秋) 갓ᄐᆞᆫ 바의 시랑 곤계와 시독 염이 벼ᄉᆞᆯ을 바리고 ᄒᆞᆫ가디로 귀향ᄒᆞᆯ 뜻이 급ᄒᆞ니 상셰 더옥 든든ᄒᆞ미 ᄆᆞᄋᆞᆷ의 듕보(重寶)ᄅᆞᆯ 어든 ᄃᆞᆺᄒᆞ더니 시의 됴졍ᄉᆡ(朝政事) 날노 ᄒᆡ이(解弛)ᄒᆞ고 텬춍(天聰)이 점점 흐리샤 환ᄌᆞ(宦者) 왕진을 툥용(寵用)ᄒᆞ시미 만됴공경(滿朝公卿)의 비길 ᄇᆡ 아니오 쇼언[157]을 개죵(皆從)ᄒᆞ시니 왕진이 졍각노·양츄밀이 기셰(棄世)ᄒᆞ믈 인ᄒᆞ여 시졀을 만나니

156 아: 아우, 동생.

157 쇼언: 규장각본에는 '소원'으로 되어 있음.

긔운을 쩔쳐 졍ᄉᆞ(政事)ᄅᆞᆯ 참논(潛論)ᄒᆞ여 졈졈ᄒᆞᄆᆡ 묘당(廟堂)[158]을 능경ᄒᆞ고 언노(言路)ᄅᆞᆯ 막잘나 ᄇᆡᆨᄉᆞ(百司)ᄅᆞᆯ 져의 노예갓치 호령ᄒᆞᄃᆡ 70면 텬심(天心)이 왕진의게 상(傷)ᄒᆞ샤 일월디명(日月之明)이 부운(浮雲)의 옹폐(壅蔽)ᄒᆞ믈 면치 못ᄒᆞ샤 진을 가지록 통우(寵遇)[159]ᄒᆞ시고 딘신(縉臣)이 그 허믈을 감히 니ᄅᆞ디 못ᄒᆞ게 ᄒᆞ시니 졍상셰 국ᄉᆡ(國事) ᄒᆡ이ᄒᆞ믈 개연통셕(慨然痛惜)ᄒᆞ여 죵뎨(從弟) 냥인(兩人)과 ᄌᆡ죵뎨(再從弟)[160]ᄅᆞᆯ ᄃᆡᄒᆞ여 탄식왈(嘆息曰)

"삼뎨 각각 딕ᄉᆞ(職司)ᄅᆞᆯ ᄇᆞ려 귀향ᄒᆞᆯ 의ᄉᆡ 급ᄒᆞ니 내 ᄯᅩ 쳐음은 깃브믈 닐넛더니 당금(當今)의 국ᄉᆡ 날노 그ᄅᆞᆺ되믈 보건ᄃᆡ 식녹(食祿) 됴신(朝臣)이 믈너날 ᄡᅵ 아니라. 몸을 임의 나라ᄒᆡ 허ᄒᆞᄆᆡ 엇디 ᄉᆞᄉᆞ(私事)ᄅᆞᆯ 뉴렴(留念)ᄒᆞ며 ᄯᅩ 편키ᄅᆞᆯ 위ᄒᆞ여 어ᄌᆞ러온 거ᄉᆞᆯ 피ᄒᆞ여 향니(鄕里)로 도라가리오? 비록 경향(京鄕)의 난호이ᄂᆞᆫ 심ᄉᆡ(心思) 니ᄅᆞᆯ 거시 업고 여러 가디로 슬프고 난안(難安)ᄒᆞ나 삼뎨ᄂᆞᆫ 아딕 경샤의 이셔 딕임(職任)을 다ᄉᆞ리고 셩샹이 젼니(田里)로 ᄂᆡ치디 아니시거든 스ᄉᆞ로 퇴(退)키ᄅᆞᆯ 강쳥(强請)치 말나."

시랑이 쳑연이 안식을 곳치고 몸을 니러 졀ᄒᆞ여 슈명(受命)ᄒᆞ더라.

(책임교주 조혜란)

---

158 묘당(廟堂): 의정부의 다른 말. 의정부는 조선 시대 행정부의 최고 기관으로 영의정, 좌의정, 우의정의 합의에 따라 국사를 결정했고 그 아래에 육조(六曹)를 두었음.

159 통우(寵遇): 총우. 좋아하며 특별히 대우함.

160 죵뎨(從弟) 냥인(兩人)과 ᄌᆡ죵뎨(再從弟): 종제 두 사람은 정흠과 정겸이고, 재종제는 정염.

완월회밍연
玩月會盟宴

권디ᄉᆞ
卷之四

어시(於是)의 시랑이 셕연(釋然)이[1] 안ᄉᆡᆨ(顏色)을 곳치고 몸을 니러 1면
절ᄒᆞ여 왈

"쇼뎨(小弟) 등이 블튱무상(不忠無狀)ᄒᆞ여 국ᄉᆡ(國事) 요란ᄒᆞ믈 보고 ᄌᆞ젼(自全)키ᄅᆞᆯ ᄉᆡᆼ각ᄒᆞ여 딕ᄉᆞ(職司)ᄅᆞᆯ 바리고 귀향ᄒᆞᆯ 뜻이 급ᄒᆞ더니 형댱(兄長) 명교(明教)ᄅᆞᆯ 밧ᄌᆞ오ᄆᆡ 일이 과연 그러ᄒᆞ고 쇼뎨 등이 튱녈(忠烈)이 업ᄉᆞ믈 슈괴(羞愧)ᄒᆞᄂᆞ니 엇디 다시 믈너날 뜻을 두리오? 맛당이 경샤(京師)의 이셔 군샹(君上)의 실덕(失德)을 간(諫)ᄒᆞ고 왕딘(王振)[2]의 양양(揚揚)ᄒᆞᆫ 의긔ᄅᆞᆯ 졀억(折抑)ᄒᆞ여 딕분(職分)을 다ᄒᆞ리이다."

시독과 한님이 니러 ᄇᆡ샤왈(拜謝曰)

"형댱의 디괴(指教) 디극 맛당ᄒᆞ시니 쇼뎨 등이 엇디 굿ᄐᆞ여 귀향키ᄅᆞᆯ 우기리잇고? 근슈교의(勤受教義)리니 쇼뎨 등의 용우쇼암(庸愚疎暗)ᄒᆞ미 능히 왕딘을 졔어치 못ᄒᆞ면 군덕(君德)을 돕디 못ᄒᆞ고 쇽졀업시 국녹(國祿)만 허비ᄒᆞ믈 슈괴ᄒᆞᄂᆞᆫ ᄇᆡ라. 원ᄂᆡ 비록 군ᄌᆡ(君子) 튱간(忠諫)을 ᄌᆞ임(自任)ᄒᆞ나 군신(君臣)의 계합(契合)이 당뎨(唐帝)
위징(魏徵)을 허(許)ᄒᆞᆷ과 광무(光武)의 ᄌᆞ릉(子陵)[3]을 우ᄒᆞᆷ 갓ᄐᆞᆫ 연후 2면
의 비로소 어슈(魚水)의 환(歡)[4]이 상허(相許)ᄒᆞ여 님군을 요슌(堯舜)의 닐위고 몸이 딕셜(稷契)의 긔약(期約)ᄒᆞ려니와 블ᄒᆡᆼ(不幸)ᄒᆞ여 유

1 셕연(釋然)이: 석연하다. 꺼림칙한 마음 없이 환하다.
2 왕딘(王振): 왕진. 명나라 6대 황제 영종 때의 환관. 환관 전횡의 효시로 알려짐.
3 ᄌᆞ릉(子陵): 자릉. 엄자릉. 동한 때의 인물 엄광, 광무제의 친구이자 직언하는 신하.
4 어슈(魚水)의 환(歡): 물과 물고기의 만남 같은 즐거움.

확(油鑊)의 횡ᄉᆞ(橫死)[5]ᄒᆞ고 칠심(七心)[6]을 ᄂᆡ여 님군을 위ᄒᆞ여 허믈을 드러ᄂᆡ고 ᄒᆞᆫ갓 일홈이 쳔츄(千秋)의 젼(傳)ᄒᆞᆯ ᄯᆞ롬이니 출하리 양광ᄌᆞ폐(佯狂自廢)[7]ᄒᆞ고 기이디지(器以之地)[8]ᄒᆞ미 밋디 못ᄒᆞᆯ가 ᄒᆞᄂᆞ이다."

상셰 시랑의 손을 잡고 시독과 한님의 팔흘 무마왈(撫摩曰)

"슈빅[9]과 은빅[10]은 뜻 잡음과 몸가디미 완젼(完全)ᄒᆞ여 맛춤ᄂᆡ 경위(傾危)ᄒᆞᆫ 곳의 나아가디 아니리니 우형(愚兄)의 힝심(幸甚)[11]ᄒᆞ믈 엇디 다 니ᄅᆞ리오마ᄂᆞᆫ 만빅[12]이 너모 격녈(激烈)ᄒᆞ고 쵸쥰(峭峻)[13]ᄒᆞ여 셩졍(性情)이 딜악(疾惡)을 여슈(如讎)[14]ᄒᆞ미 긔량(器量)[15]이 화홍(和弘)치 못ᄒᆞ고 의논이 강항(强杭)ᄒᆞ여 돈후(敦厚)ᄒᆞ믈 일흐니 션군(先君)[16]이 님휘디시의도 념녀ᄒᆞ샤 근신(謹愼)키를 경계ᄒᆞ신 ᄇᆡ라.

---

5 유확(油鑊)의 횡ᄉᆞ(橫死): 기름 가마솥에 삶겨 비명에 죽음.

6 칠심(七心): 충신의 심장에는 구멍이 일곱 개 있다는 말. 상나라 주왕의 숙부 비간이 간언하자 주왕이 비간의 심장을 꺼내 죽이며 한 말.

7 양광ᄌᆞ폐(佯狂自廢): 양광자폐. 거짓으로 미친 척하여 스스로 유폐함. 상나라 주왕의 숙부 기자가 간언하다 받아들여지지 않자 미친 척하여 유폐됨.

8 기이디지(器以之地): 기이지지. 제기를 들고 봉지로 간다는 뜻. 주왕의 이복형 미자는 주왕에게 천명이 떠난 것을 알고 제기를 가지고 봉지로 피함.

9 슈빅: 수백. 정겸의 자.

10 은빅: 은백. 정염의 자.

11 힝심(幸甚): 행심. 다행으로 여김.

12 만빅: 만백. 정흠의 자.

13 쵸쥰(峭峻): 초준. 성품이 과도하게 곧고 각박함.

14 딜악(疾惡)을 여슈(如讎): 악한 사람 미워하기를 원수처럼 여김.

15 긔량(器量): 기량. 사람의 도량과 재주를 말함.

16 션군(先君): 선군. 돌아가신 부친. 여기에서는 정한을 가리킴.

모로미 ᄃᆡᆨᄉᆞ(職司)ᄅᆞᆯ 조심ᄒᆞ믈 각별이 ᄒᆞ여 유교(遺敎)ᄅᆞᆯ ᄇᆡ반(背叛)[17]치 말나. 우형이 ᄃᆡᆨᄉᆞᄅᆞᆯ ᄇᆞ리디 말고ᄌᆞ ᄒᆞ미 인신분의(人臣分義)ᄅᆞᆯ 다ᄒᆞ여 어ᄌᆞ러온 ᄣᆡᄅᆞᆯ 좃ᄎᆞ 샤ᄃᆡᆨ(社稷)을 븟들고 군샹(君上)의 허 3면
믈을 ᄀᆞ리오믈 바라미오 브졀업시 언ᄉᆞ(言辭)ᄅᆞᆯ 초쥰(峭峻)이 ᄒᆞ며 분노(憤怒)ᄅᆞᆯ 나ᄂᆞᆫ ᄃᆡ로 ᄒᆞ여 사ᄅᆞᆷ을 믜이과져[18] 아니 ᄒᆞᄂᆞ니 현뎨(賢弟)ᄂᆞᆫ 운ᄇᆡᆨ과 슈ᄇᆡᆨ으로ᄡᅧ 놉흔 스싱을 삼아 신여명(身與名)[19]을 갓초 보젼(保全)ᄒᆞ라."

삼인(三人)이 다시 긔이ᄇᆡ샤슈명(起而拜謝受命)ᄒᆞ고 일노조ᄎᆞ 귀향(歸鄕)ᄒᆞᆯ 뜻을 긋치나 시랑이 소부인 쌍남(雙男) ᄉᆡᆼ(生)ᄒᆞ믈 듯고 ᄇᆡᆨ부(伯父) 유교(遺敎)ᄅᆞᆯ 일ᄏᆞᄅᆞ ᄒᆞ나흘 계후(繼後)[20]코져 ᄒᆞᄂᆞᆫ 뜻을 빗최니 상셰 조곰도 디란디ᄉᆡᆨ(遲難之色)[21]이 업셔 닐너 왈

"현뎨(賢弟)야, 화쉬(花嫂)[22] 금년이야 삼십이 ᄎᆞᆺᄂᆞᆫ디라. 맛ᄎᆞᆷᄂᆡ ᄋᆞᄃᆞᆯ을 두디 못ᄒᆞᆯ딘ᄃᆡ 내 엇디 쌍ᄋᆞ 듕 ᄒᆞ나흘 계후로 뎡케 아니리오마ᄂᆞᆫ 신ᄉᆡᆼᄋᆞ(新生兒)의 작셩(作性)을 내 아딕 보디 못ᄒᆞ엿고 현뎨 ᄯᅩᄒᆞᆫ 아모리[23] 삼겨시믈 보디 못ᄒᆞ여셔 대ᄉᆞ(大事)ᄅᆞᆯ 결(決)치 못ᄒᆞ리니 혹ᄌᆞ 신ᄉᆡᆼᄋᆡ 여인(如人)ᄒᆞ면 만ᄒᆡᆼ(萬幸)이어니와 누악블민(陋惡不敏)ᄒᆞᆫ

17 ᄇᆡ반(背叛): 배반. 의리를 저버리고 돌아선다는 뜻.

18 믜이과져: 믜이다. 미움을 사다.

19 신여명(身與命): 몸과 명예.

20 계후(繼後): 양자로 들임. 양자를 두어 대를 잇게 함.

21 디란디ᄉᆡᆨ(遲難之色): 지란지색. 주저하고 난처해하는 기색.

22 화쉬(花嫂): 화수. 화씨 제수씨. 정흠의 아내 화부인을 말함.

23 아모리: 어떻게.

긔딜(氣質)일진ᄃᆡ 엇디 ᄎᆞ마 계부(繼父) 종ᄉᆞ(宗嗣)를 욕되게 ᄒᆞ리
4면 오? 아모 졔[24]라도 현뎨 친히 보고 ᄆᆞ음의 들거든 계ᄌᆞ(繼子)를 삼고 흡연(洽然)치 못ᄒᆞ거든 ᄋᆞ의[25] 닌경[26]으로 ᄋᆞ돌을 삼ᄋᆞ라."

시랑이 호호(浩浩)히[27] 우셔 왈

"형댱(兄長)이 신ᄋᆞ(新兒)를 블관(不關)ᄒᆞ여 쇼뎨(小弟) 주믈 듕난(重難)ᄒᆞ여 아니실가 모로거니와 여ᄇᆡᆨ[28]은 다만 삼ᄌᆞ(三子)의 ᄒᆞ나흘 형댱긔 드리고 두 ᄋᆞ돌을 두어 만금디보(萬金之寶)ᄀᆞᆺ치 넉이니 쇼뎨를 허소히[29] ᄂᆡ여 줄가 시브니잇가?"

상셰 탄왈(嘆曰)

"ᄋᆞ이 닌광만 두어시면 현뎨 오히려 계후로 의논치 못ᄒᆞ려니와 닌경이 또 이시니 빵ᄋᆡ 또 나디 아냐신들 셰히 ᄒᆞ나식 난화 가지디 못ᄒᆞᆯ가 근심ᄒᆞ리오? 이졔ᄂᆞᆫ 이러나져러나 현뎨의 ᄋᆞ돌 ᄌᆡ목(材木)이 여러히니 현뎨 갈희여[30] ᄆᆞ음의 맛당ᄒᆞᆫ ᄋᆞ히로 뎡(定)ᄒᆞ미 가(可)ᄒᆞ도다."

시랑이 상셔의 이 ᄀᆞᆺᄐᆞᆫ 뜻을 더옥 감복(感服)ᄒᆞ나 굿ᄐᆞ여 언간(言間)의 치샤(致謝)ᄒᆞ미 업ᄉᆞ니 돈목(敦睦)ᄒᆞᄂᆞᆫ 졍이 엇디 동긔(同氣)와 죵형뎨(從兄弟)며 ᄌᆡ죵(再從)이를 간격(間隔)ᄒᆞ리오? 고로 피ᄎᆞ(彼

---

24 아모 졔: 아무 때.

25 ᄋᆞ의: 아의. '아우의'라는 뜻. 여기서는 정삼을 가리킴.

26 닌경: 정인경. 정삼의 둘째 아들. 자는 운보, 호는 청암.

27 호호(浩浩)히: 넓고 큰 모습.

28 여ᄇᆡᆨ: 여백. 정삼의 자.

29 허소히: 허소이. '쉽게'라는 뜻.

30 갈희여: 갈희다. 고르다.

此)의 먹음은 쓰이 업고 반ᄃᆞ시 감샤(感謝)ᄒᆞ여 ᄒᆞ믈 칭디(稱之)ᄒᆞᆯ ᄯᆞ롬이오 언언(言言)이 치샤ᄒᆞ미 업ᄉᆞ니 그 픔딜(稟質)을 아디 못ᄒᆞᄂᆞᆫ ᄌᆞᄂᆞᆫ 도로혀 괴히 넉여보믈 면(免)치 못ᄒᆞ더라. 츄칠월(秋七月) 초슌(初旬)의 발힝(發行)키를 뎡(定)ᄒᆞᄆᆡ 상부인이 ᄎᆞ마 모친을 ᄯᅥ나디 못ᄒᆞᆯ 쁜 아니라 야야(爺爺) 쟝후증상(葬後蒸嘗)[31]을 ᄒᆞᆫ가디로 공향졍셩(供香精誠)을 펴디 못ᄒᆞ믈 디통을 삼아 존고(尊姑)긔 졍ᄉᆞᄅᆞᆯ ᄋᆡ고(哀告)ᄒᆞ여 ᄌᆞ모ᄅᆞᆯ 븟드러 귀향ᄒᆞ여 ᄆᆡᆼ부(亡父)의 초긔(初忌)나 ᄒᆞᆫ가[32] 디닌 후 도라오믈 ᄋᆡ고ᄒᆞ니 부인이 ᄯᅥ나믈 결연(缺然)ᄒᆞ나[33] 졍태부 초긔 디닌 후 다려오려 ᄒᆞ므로 마디못ᄒᆞ여 허ᄒᆞ니 상부인이 셩덕(盛德)을 ᄇᆡ샤(拜謝)ᄒᆞ고 하딕(下直)고 도라올ᄉᆡ 다ᄅᆞᆫ ᄌᆞ녀ᄂᆞᆫ 어리디 아니므로 다 머므러 두니 녀교 쇼졔 년보뉵셰(年甫六歲)[34]의 부인의 필ᄋᆡ(畢兒)[35]라. 각별 ᄌᆞᄋᆡᄒᆞ므로 모친을 일시(一時)도 ᄯᅥ나디 아니려 ᄒᆞᄂᆞᆫ디라. 부인이 ᄯᅩᄒᆞᆫ 두고 가디 못ᄒᆞ여 다리고 태쥬로 향ᄒᆞ려 ᄒᆞᆯᄉᆡ 상공이 여ᄉᆞᆺ ᄌᆞ녀 듕 녀교 ᄉᆞ랑이 읏듬이라. 쳔만고(千萬古)의 다시 잇디 아닌 보화(寶貨)로 귀듕(貴重)ᄒᆞ니 년셩디벽(連城之璧)[36]과 됴승디쥬(照乘之珠)[37]로 비(比)ᄒᆞ다가 부인이 먼니 다려가믈 한(恨)ᄒᆞ여 날마

5면 6면

31 쟝후증상(葬後蒸嘗): 장후증상. 장례 후의 제사. '증상'은 원래 가을과 겨울의 제사를 말함.

32 ᄒᆞᆫ가: 규장각본에는 'ᄒᆞᆫ가지'로 되어 있음.

33 결연(缺然)ᄒᆞ나: 결연하다. 서운하거나 불만족스럽다.

34 년보뉵셰(年甫六歲): 연보육세. 나이가 겨우 여섯 살이라는 뜻.

35 필ᄋᆡ(畢兒): 필아. 막내.

36 년셩디벽(連城之璧): 연성지벽. 여러 개의 성을 합친 것만큼이나 귀한 보물이라는 뜻. 《사기》 〈염파인상여열전〉.

다 졍부(程府)의 니ᄅᆞ러 녀교롤 슬샹(膝上)의 언져 슌협(脣頰)을 졉(接)ᄒᆞ여 왈

"악댱(岳丈) 초긔(初忌) 이졔 삼ᄉᆞ 삭(朔)이 격(隔)ᄒᆞ여시니 내 당당이 초긔 밋쳐 나려가 참ᄉᆞ(參祀)ᄒᆞ고 내 ᄯᆞᆯ을 인ᄒᆞ여 다려오려니와 그 ᄉᆞ이 그리온 졍을 엇디 ᄎᆞᆷ으리오?"

ᄒᆞ여 아모 쳘도 모로ᄂᆞᆫ 유녀(幼女)롤 다리고 니졍(離情)의 결연ᄒᆞ믈 베프러 도로혀 실업기[38]의 갓가오니 샹부인이 ᄀᆞ장 민망ᄒᆞ고 졍시랑 등은 그 모양을 닙ᄂᆡ[39] ᄂᆡ여 웃기롤 마디 아니ᄃᆡ 샹공이 녀교 ᄉᆞ랑이 딘실노 병(病) 된디라 시랑 등의 우으믈 보나 교ᄋᆞ롤 슬샹(膝上)의 ᄒᆞᆫ ᄢᆡ도 나리올 젹이 업더라. 됴학ᄉᆞ 부인 명염이 고모(姑母) 부인이 ᄒᆞᆫ가디로 귀향코ᄌᆞ ᄒᆞ믈 보ᄆᆡ ᄌᆞ긔도 ᄯᆞ라가 조부(祖父) 초긔롤 디ᄂᆡ고 슉모롤 뫼시고 도라오고져 ᄒᆞ여 시랑긔 쳥ᄒᆞ여 존구(尊舅)긔 허락을 7면 어더 주쇼셔 ᄒᆞᆫᄃᆡ 시랑이 됴태우롤 보고 ᄇᆡᆨ뫼(伯母) ᄎᆞ마 죵딜녀(從姪女)롤 이곳의셔 ᄯᅥ나디 못ᄒᆞ샤 잠간 태쥬로 다려가고져 ᄒᆞᄂᆞᆫ 뜻을 일ᄏᆞ라 허락기롤 쳥ᄒᆞ니 됴태위 ᄯᅩᄒᆞᆫ ᄋᆞ부(兒婦)의 졍니(情理)롤 혜아려 태ᄉᆞ[40] 부부긔 고(告)ᄒᆞ고 허락ᄒᆞ엿더니 됴학ᄉᆡ 나갓다가 도라와 졍시(程氏) 태쥬로 가고져 ᄒᆞ믈 듯고 만분블열(萬分不悅)ᄒᆞ여 부모 모로시게 졍부 유모롤 블너 뎡ᄉᆡᆨ엄교(正色嚴敎) 왈

37 됴승디쥬(照乘之珠): 조승지주. 수레를 비추는 구슬이라는 뜻. 조승지벽(照乘之璧)이라고도 함. 위나라 혜왕의 구슬이 수레 12대를 비출 정도로 환했다고 함.

38 실업기: 실없다. 말과 행동이 실답지 못하다.

39 닙ᄂᆡ: 입내. 흉내.

40 태ᄉᆞ: 태사. 벼슬 이름. 여기서는 조세창의 조부이자 조정의 부친인 조겸을 말함.

"녀ᄌᆞ유힝(女子有行)이 원부모형뎨(遠父母兄弟)오[41] ᄇᆡᆨ니블분상(百里不奔喪)[42]이어ᄂᆞᆯ 맛츰 집이 디쳑(咫尺)의 잇기로 네 쥬인(主人)이 악모(岳母) 삼상(三喪)의 왕ᄂᆡ(往來)ᄒᆞ미 빈빈(頻頻)ᄒᆞ엿거니와 태쥬ᄂᆞᆫ 뇨원(遼遠)ᄒᆞ니 맛당이 구가(舅家)ᄅᆞᆯ 바리고 갈 ᄇᆡ 아니라. 네 쥬인이 브ᄃᆡ 가고ᄌᆞ ᄒᆞᆯ딘ᄃᆡ 내 ᄀᆞᆺᄐᆞ여 막디 아니려니와 녀ᄌᆞ의 구가 셤기ᄂᆞᆫ 되(道) 아니라."

ᄒᆞᆫᄃᆡ 유랑이 황공샤죄(惶恐謝罪)ᄒᆞ고 쇼저긔 이 말ᄉᆞᆷ을 고ᄒᆞ니 쇼졔 결연(缺然)ᄒᆞ나 감히 다시 갈 의ᄉᆞᄅᆞᆯ ᄂᆡ디 못ᄒᆞ고 쥬야(晝夜) 읍읍울울(悒悒鬱鬱)ᄒᆞ여 식블감(食不甘)·침블안(寢不安)ᄒᆞ여 화용월ᄐᆡ(花容月態) 날노 쇠잔(衰殘)ᄒᆞᄂᆞᆫ디라. 태부인이 이ᄅᆞᆯ 보ᄆᆡ ᄆᆞᄋᆞᆷ이 버히ᄂᆞᆫ ᄃᆞᆺᄒᆞ여 쇼져ᄅᆞᆯ 나호여 집슈무마(執手撫摩) 왈 8면

"이 니별이 언마[43] 오ᄅᆡ디 아닐디라."

쇼졔 함누쳑연(含淚慽然) 브복슈명(俯伏受命)이라. 이ᄯᆡ 됴태위 ᄌᆞ부(子婦)의 과상훼쳑(過傷毁瘠)[44]ᄒᆞ믈 ᄋᆡ련(哀憐)ᄒᆞ여 거교(車轎)ᄅᆞᆯ 보ᄂᆡ여 다려다가 ᄋᆡ듕(愛重)ᄒᆞ미 비길 ᄃᆡ 업더라. 상셰 가ᄉᆞ(家事)ᄅᆞᆯ 슈렴(收斂)ᄒᆞ며 힝니(行李)ᄅᆞᆯ ᄎᆞᆯ힐ᄉᆡ 됴학ᄉᆞ 부인 명염쇼졔 ᄯᅩᄒᆞᆫ 니ᄅᆞ러 존당태모(尊堂太母)와 야야(爺爺)의 니측(離側)ᄒᆞ믈 슬허 쥬뤼

---

41 녀ᄌᆞ유힝(女子有行)이 원부모형뎨(遠父母兄弟)오: 여자가 출가하면 부모 형제를 멀리한다는 뜻. 《시경》〈국풍〉·〈패풍〉'천수(泉水)'에 나오는 구절.

42 ᄇᆡᆨ니블분상(百里不奔喪): 백리불분상. 부모의 상이 나도 백 리 거리를 빨리 달려가지 않는다는 뜻.

43 언마: 얼마나. 여기서는 문맥상 '그다지'로 번역함.

44 과상훼쳑(過傷毁瘠): 과상훼척. 지나치게 상하고 수척해짐.

(珠淚) ᄒᆡ음업시[45] 부용냥협(芙蓉兩頰)을 젹셔 능히 말을 일우디 못ᄒᆞ거ᄂᆞᆯ 태부인이 기리 늣겨 집슈탄왈(執手嘆曰)

"금일의 슉딜(叔姪)과 부녀형뎨(父女兄弟) 후회디쇽(後會遲速)[46]을 뎡(定)치 못ᄒᆞᄂᆞᆫ 먼 니별이 아득ᄒᆞ리니 너의 뇨됴(窈窕)ᄒᆞᆫ 셩음(聲音)을 내 듯고ᄌᆞ ᄒᆞ여도 능히 못 ᄒᆞᆯ ᄇᆡ오 내 얼골을 네 ᄯᅩ 보고ᄌᆞ ᄒᆞ여도 못 ᄒᆞ리니 피ᄎᆞ의 몽혼(夢魂)이 경경(耿耿)ᄒᆞᆯ[47] ᄲᆞ롬이라. 이 심ᄉᆞ(心思)ᄅᆞᆯ 장ᄎᆞᆺ 비ᄒᆞᆯ 곳이 업거니와 녀필죵부(女必從夫)의 부모ᄅᆞᆯ 먼니ᄒᆞ
9면 므 져마다 면(免)치 못ᄒᆞᆯ ᄇᆡ라. 오ᄋᆞ(吾兒)ᄂᆞᆫ 젹은 ᄉᆞ졍(私情)을 쥬리ᄌᆞᆸ고[48] 부녀ᄉᆞ덕(婦女四德)을 ᄭᆞᆺ다이 닷가 먼니 잇ᄂᆞᆫ 어버이게 아ᄅᆞᆷ다온 말이 도라오게 ᄒᆞ라."

쇼졔(小姐) 셩안(星眼)의 츄패(秋波) 징동(瑅動)ᄒᆞ여 홍협(紅頰)을 젹실 ᄲᅳᆫ이오 경열블능어(哽咽不能語)ᄒᆞᄂᆞᆫ 듯 월염쇼졔 ᄯᅩᄒᆞᆫ 븟들고 실셩오읍(失聲嗚泣)ᄒᆞ더니 상셰 시랑 등과 닌셩을 다리고 드러와 모친 긔후(氣候)ᄅᆞᆯ 뭇ᄌᆞᆸ고 도라 냥녀(兩女)의 슬허ᄒᆞᄆᆞᆯ 보ᄆᆡ 심회(心懷) 더옥 ᄎᆞ아(嗟訝)ᄒᆞᄃᆡ 모부인의 비회(悲懷)ᄅᆞᆯ 돕디 못ᄒᆞ여 도로혀 냥녀ᄅᆞᆯ 칙왈(責曰)

"명염의 ᄒᆞᆯ노 ᄯᅥ러디ᄂᆞᆫ 심ᄉᆡ(心思) 즐거오리라 ᄒᆞ믄 아니로ᄃᆡ 당당이 그 갈 곳이 이셔 태산의 무거온 의앙(依仰)[49]이 잇고 ᄉᆞ졍의 젹은 니별

---

45 ᄒᆡ음업시: 하염없이.

46 후회디쇽(後會遲速): 후회지속. 다시 만날 날이 늦거나 빠름.

47 경경(耿耿)ᄒᆞᆯ: 경경하다. 마음에 잊히지 않고 염려가 되다.

48 쥬리ᄌᆞᆸ고: 주리 잡다. '줄여 잡다' 혹은 '누그러뜨리다'의 뜻.

49 의앙(依仰): 의지하고 앙모함.

을 니ᄅᆞᆯ 거시 아니오 월염은 어미ᄅᆞᆯ 여희고도 오히려 슬프믈 견ᄃᆡ여 ᄉᆞ라 잇거ᄂᆞᆯ 잠간 니별이 ᄉᆞ별(死別)이 아니오 만날 긔약이 블원(不遠)ᄒᆞ리니 엇디 이ᄃᆡ도록 통도(痛悼)ᄒᆞ여 ᄌᆞ위(慈闈)의 비회ᄅᆞᆯ 돕ᄂᆞ뇨? 모로미 어ᄌᆞ러온 거동을 다시 말나.”

10면

이녜(二女) 슬프미 막힐 ᄃᆞᆺᄒᆞ나 강인(强忍)ᄒᆞ여 쳬루(涕淚)ᄅᆞᆯ 거두고 블초(不肖)ᄒᆞ믈 샤죄(謝罪)ᄒᆞ더라. 이윽고 뎡국공과 됴학ᄉᆡ 니ᄅᆞ러 태부인긔 뵈읍고 일가졔인(一家諸人)이 다 태원뎐의 모다 니별의 슬프믈 니를ᄉᆡ 면면(面面)이 쳑연(慽然)ᄒᆞ믈 띄여 톄뤼(涕淚) 산산(潸潸)ᄒᆞ고 회푀(懷抱) 암암(暗暗)ᄒᆞ여 비풍(悲風)이 니러나고 셰위(細雨) 비비(霏霏)ᄒᆞ니 셕일(昔日) 즐겁던 가듕(家中)이 일됴(一朝)의 변ᄒᆞ여 슬픈 경ᄉᆡᆨ(景色)이 이의 더으미 업ᄂᆞᆫ디라. ᄒᆞ믈며 화부인은 이친(二親)을 일시(一時)의 여희고 죵텬디통(終天之痛)[50]이 구곡(九曲)의 ᄉᆞᄆᆞᆺ거ᄂᆞᆯ 동긔친쳑(同氣親戚)으로 ᄉᆞᄉᆡᆼ(死生)의 아득ᄒᆞ미 ᄉᆞ별(死別)의 감(減)치 아닌디라. ᄉᆡ로이 오ᄂᆡ여할(五內如割)ᄒᆞ여 오딕 죵형(從兄) 시랑 부인[51]과 시독 부인[52]으로 더브러 니별을 슬허ᄒᆞᆯᄉᆡ 원ᄂᆡ(原來) 화부인(花夫人)의 팔남ᄆᆡ(八男妹) 화공(花公)[53]을 슈상(隨喪)[54]ᄒᆞ여 의양의 시묘(侍墓)ᄒᆞ고 오딕 시독 부인이 쳐ᄉᆞ 부인으로 더브러 일ᄐᆡᆨ디상(一宅之上)의 머므ᄂᆞᆫ ᄇᆡ러니 이졔 경향(京鄕)의 분슈

50 죵텬디통(終天之痛): 종천지통. 부모님이 돌아가신 아픔.

51 시랑 부인: 시랑 정흠의 부인 화씨. 대화부인이라고도 함.

52 시독 부인: 시독 정염의 부인 화씨. 소화부인이라고도 함.

53 화공(花公): 좌각로 화첨. 정삼의 장인이자 화부인의 부친.

54 슈상(隨喪): 수상. 장사 지내는 데 따라감.

11면 (分手)ᄒᆞ믈 당ᄒᆞᄆᆡ 당ᄒᆞᄆᆡ 슬프믈 형상(形象)치 못ᄒᆞᆯ디라. 화부인은 오히려 존고(尊姑) 면젼(面前)의 디통(至痛)을 금억(禁抑)ᄒᆞ여 경슌위열(敬順慰悅)ᄒᆞᄆᆡ 동동쵹쵹(洞洞屬屬)ᄒᆞ여 ᄉᆞ심(私心)을 결을치[55] 못ᄒᆞ고 관인(寬忍)ᄒᆞ믈 위쥬(爲主)ᄒᆞᄃᆡ 시독 부인은 연연옥댱(軟軟玉腸)이 촌할(寸割)ᄒᆞ믈 니긔지 못ᄒᆞ여 화부인 손을 잡고 우러 왈

"셰간(世間)의 어ᄂᆞ 사ᄅᆞᆷ이 업ᄉᆞ리오마ᄂᆞᆫ 쇼뎨(小弟) 빵ᄐᆡ동복(雙胎同腹)으로 부모의 일편(一偏)된[56] ᄌᆞᄋᆡ(慈愛)ᄅᆞᆯ 밧ᄌᆞᆸ다가 구가(舅家)의 도라오ᄆᆡ 금장(錦帳)의 의(義)[57]ᄅᆞᆯ 겸(兼)ᄒᆞ니 ᄆᆞᆯ너가ᄆᆡ 나아오ᄆᆡ 일ᄐᆡᆨ디샹(一宅之上)의 그림ᄌᆡ 얼골을 ᄯᆞᆯ옴 갓ᄐᆞ여 피ᄎᆞ 상니(相離)ᄒᆞ미 업다가 창텬(蒼天)이 화벌(火罰)을 나리오샤 쳡봉변고(疊逢變故)의 호텬디통(呼天之痛)이 궁양망극(穹壤罔極)이어ᄂᆞᆯ 져졔(姐姐)마ᄌᆞ 태쥬로 향ᄒᆞ시니 쇼뎨 장ᄎᆞᆺ ᄂᆞᆯ을 의디ᄒᆞ여 ᄆᆞ음을 위로ᄒᆞ며 셰월을 보ᄂᆡ리오?"

ᄒᆞ며 늣기믈 마디 아니니 화부인이 ᄆᆡᄆᆡ(妹妹)의 손을 잡고 경열(硬

12면 咽)ᄒᆞ여 능히 말을 일우디 못ᄒᆞᄃᆡ ᄯᅩᄒᆞᆫ 눈믈을 ᄀᆞ리와 태부인 보시ᄂᆞᆫ 바의 비식(悲色)을 뵈지 아니니 시독이 ᄆᆞᆫ득 빵광(雙光)을 흘니 ᄡᅧ 부인을 완시냥구(惋視良久)의 뎡식왈(正色曰)

"슈슈(嫂嫂)의 하향(下鄕)ᄒᆞ시ᄂᆞᆫ 심ᄉᆞ(心思)의 비통(悲痛)ᄒᆞ시미 셰군(細君)[58]의 졍ᄉᆞ(情事)의 셰 번 더으시거ᄂᆞᆯ 오히려 관인(寬仁)을 위

---

55 결을치: 결을ᄒᆞ다. 틈내다.

56 일편(一偏)된: 치우쳐 지나친.

57 금장(錦帳)의 의(義): 비단 휘장 속 시누이와 동서 간의 정과 의리.

쥬(爲主)ᄒᆞ샤 슉모의 통도(痛悼)ᄒᆞ시믈 돕디 아니시거ᄂᆞᆯ 그ᄃᆡᄂᆞᆫ 엇지 슬프믈 나ᄂᆞᆫ ᄃᆡ로 ᄒᆞ여 존젼(尊前)의셔 ᄉᆞ졍(私情)을 존졀(撙節)치 아니ᄒᆞᄂᆞ뇨?"

화시 크게 숑황(悚惶)ᄒᆞ여 비식을 거두고 운환(雲鬟)을 슉여 말이 업ᄉᆞ니 상부인이 참다 못ᄒᆞ여 쇼이농왈(笑而弄曰)

"현뎨(賢弟) 오날 화뎨(花弟)를 ᄎᆡᆨ(責)ᄒᆞ미 실(實) 희귀ᄒᆞᆫ 일이라. 화뎨 반ᄃᆞ시 ᄆᆞ음의 분(憤)ᄒᆞ고 노(怒)ᄒᆞ여 못 드롬ᄀᆞᆺ치 ᄒᆞᄂᆞᆫ도다."

원ᄂᆡ 시독이 부인을 만나므로브터 이제 니ᄅᆞ히 여러 셰월이 될ᄉᆞ록 은졍(恩情)이 여산약ᄒᆡ(如山若海)ᄒᆞᆯ ᄲᅳᆫ 아니라 부인의 은은(誾誾)[59]ᄒᆞᆫ ᄒᆡᆼᄉᆞ(行事)와 슉아(淑雅)ᄒᆞᆫ 덕셩(德性)이 덕요(德耀)[60]의 거안(擧案)과 진희(晉姬)[61]의 어딜믈 겸(兼)ᄒᆞ여 ᄉᆡᆨ염(色艶)이 초미(超美)ᄒᆞ니 고산
(高山) 갓튼 안견(眼見)과 태악(泰嶽) 갓튼 ᄆᆞ음이로ᄃᆡ 항복(降服)되 13면
며 아름다오믈 니긔디 못ᄒᆞᆯ 뵌 고로 평ᄉᆡᆼ의 ᄌᆞ의(慈意) 실화(失和)ᄒᆞ미 업셔 금슬(琴瑟)의 낙(樂)이 관져(關雎)의 시(詩)를 화(和)ᄒᆞᄂᆞᆫ 고로 상부인이 이러틋 됴희ᄒᆞ니[62] 시독이 화연쇼왈(和然笑曰)

---

58 셰군(細君): 세군. 제후의 부인을 뜻하던 말로, 동방삭이 자신의 처를 '세군'이라고 부른 뒤로 아내를 가리키는 말이 됨.

59 은은(誾誾): 온화한 모습.

60 덕요(德耀): 후한 때 맹광의 자(字). 양홍의 아내. '거안제미(擧案齊眉)' 고사가 《후한서》 〈양홍열전〉에 나옴.

61 진희(晉姬): 진문공(晉文公)의 딸. 조최와 혼인해 '조희(趙姬)'라고도 함. 조최가 적(狄) 땅에서 숙외와 혼인하자 그녀에게 정실 자리를 양보하고 자신의 세 아들 대신 숙외의 아들 조둔을 적장자로 삼음.

62 됴희ᄒᆞ니: 됴희ᄒᆞ다. 조희(調戲)하다. 놀리다.

"져졔 쇼뎨로뼈 안히[63]게 밋치다[64] ᄒᆞ미로소이다. 쇼뎨 본뜻이 가옹(家翁)의 소임(所任)은 벽ᄌᆞ(壁者)[65]와 폐밍(廢盲)[66]의 비기리라 ᄒᆞ여 일ᄌᆞᆨ 거가(擧家)의 화긔(和氣)를 일흐미 업거니와 져를 긔특(奇特)이 넉여 그러ᄒᆞ미 아니오 졔 또 ᄉᆞ리(事理)를 아지 못ᄒᆞ나 쇼뎨를 엇디 노예(奴隸)로 알미 이시리잇고?"

상부인이 우쇼왈(又笑曰)

"화뎨(花弟) 셜ᄉᆞ 현뎨를 노예갓치 넉여도 현뎨 그 만ᄉᆞ(萬事)를 복복흠칭(僕僕欽稱)ᄒᆞ므로 ᄊᆡ닷디 못ᄒᆞ며 아디 못ᄒᆞ미 딘짓 벽ᄌᆞ와 폐밍 갓ᄐᆞ리라."

시독이 흔연(欣然)이 웃고 유열(愉悅)이 담화(談話)ᄒᆞ여 태부인 비회(悲懷)를 위로(慰勞)ᄒᆞ더니 이에 거장(車帳)을 출혀 발졍(發程)ᄒᆞᆯ ᄉᆡ 졍시랑은 슈월(數月) 말미를 어더 션셰ᄉᆞ묘(先世四廟)와 태부인
14면 을 뫼셔 태쥬로 향ᄒᆞ려 ᄒᆞ므로 몬져 샤묘(祀廟)를 뫼셔 발ᄆᆞ(發馬)ᄒᆞ고 상셔ᄂᆞᆫ 모부인(母夫人)을 뫼시며 슈ᄆᆡ(嫂妹)[67]를 호ᄒᆡᆼ(護行)ᄒᆞ고 ᄋᆞ쇼(兒少)를 거ᄂᆞ려 써날ᄉᆡ 태부인이 명염쇼져를 안고 삼딜부(三姪婦)를 압히 안쳐 탄셩오열(嘆聲嗚咽)의 엄읍뉴톄(掩泣流涕)ᄒᆞ여 ᄎᆞ마 써나디 못ᄒᆞ고 월염쇼져와 닌셩공ᄌᆡ 명염쇼져의 손을 붓드러 별노(別路)의 슬프믈 뎡치 못ᄒᆞᆯ 쁜 아니라 심ᄉᆡ(心思) 참참열열(慘慘裂裂)

63 안히: 아내.
64 밋치다: 미치다. 정신이 나가다.
65 벽ᄌᆞ(壁者): 벽자. 귀머거리.
66 폐밍(廢盲): 폐맹. 눈먼 소경.
67 슈ᄆᆡ(嫂妹): 슈매. 제수와 누이동생.

ᄒᆞ여 망망통하(茫茫痛駭)ᄒᆞ여 ᄉᆞ디(死地)로 향ᄒᆞᄂᆞᆫ ᄃᆞᆺ 안쉬(眼水) 여우(如雨)ᄒᆞ고 한숨이 비풍(悲風)을 니ᄅᆞ혀니[68] 경식(景色)의 참담(慘憺)ᄒᆞ미 일광(日光)이 침침(沈沈)ᄒᆞᆫ디라. 명염쇼졔 모친(母親) ᄉᆞ당(祀堂)을 곡결(哭訣)ᄒᆞ고 조모(祖母)와 냥(兩) 슉모(叔母)며 뎨남(弟男)[69]을 븟드러 통읍이호(痛泣哀號)의 긔운(氣運)이 딘(盡)ᄒᆞᆯ ᄃᆞᆺᄒᆞ니 상셰 그 거동(擧動)을 ᄎᆞ마 보디 못ᄒᆞ여 태부인을 븟드러 관위왈(款慰曰)

"상니디회(相離之懷)를 니ᄅᆞ려 ᄒᆞ시미 날이 딘(盡)ᄒᆞ고 밤이 다ᄒᆞ여도 그음이 업ᄉᆞ오리니 복원(伏願) ᄌᆞ위(慈闈)ᄂᆞᆫ 관인(寬仁)ᄒᆞ샤 거장(車帳)의 오ᄅᆞ쇼셔."

ᄯᅩ 슈미를 향ᄒᆞ여 샹교(上轎)ᄒᆞ믈 ᄌᆡ촉ᄒᆞ니 화·상 이(二) 부인(夫人)이 힝거(行車)를 능히 더ᄃᆡ지 못ᄒᆞ여 태부인을 밧드러 거장(車帳)의 뫼실ᄉᆡ 태부인이 슬프믈 강인(强忍)ᄒᆞ여 명염쇼져를 향ᄒᆞ여 됴히[70] 이시믈 당부(當付)ᄒᆞ니 거류(去留)의 니한(離恨)이 비기셕목(非其石木)이라 하릉인지(何能忍之)리오? 쇼졔 ᄯᅩᄒᆞᆫ 원노(遠路)의 셩톄(聖體)를 보듕(保重)ᄒᆞ샤 안녕(安寧)이 득달(得達)ᄒᆞ시믈 쳥(請)ᄒᆞ나 셩음(聲音)이 경열(硬咽)ᄒᆞ여 말숨을 ᄌᆞ셔히 일우디 못ᄒᆞ니 상·화 이 부인이 손을 난호며[71] 쳬읍왈(涕泣曰) 15면

68 니ᄅᆞ혀니: 니ᄅᆞ혀다. 일으키다.

69 뎨남(弟男): 제남. 여동생과 남동생.

70 됴히: 좋이. 잘.

71 난호며: 난호다. 나누다.

"현마 이 ᄒᆞᆫ 니별이 후회(後會) 업지 아닐디라. 오딜(吾姪)은 심ᄉᆞ(心思)ᄅᆞᆯ 굿게 잡아 슬프믈 ᄎᆞᆷ고 구고(舅姑)로ᄡᅧ 친부모의 디나게 아라 의앙(依仰)ᄒᆞᄂᆞᆫ 경셩과 봉슌(奉順)ᄒᆞᄂᆞᆫ 효되(孝道) 가ᄌᆞᆨᄒᆞ면 ᄉᆞ심(私心)을 결을치 못ᄒᆞ리니 ᄌᆞ연 친졍(親庭)을 니ᄌᆞ미 되리라. 녀ᄌᆞ유ᄒᆡᆼ(女子有行)이 원부모형뎨(遠父母兄弟)니 이 갓ᄐᆞᆫ 니별을 현딜(賢姪)이 혼ᄌᆞ 당ᄒᆞ디 아니믈 혜아려 금억(禁抑)기ᄅᆞᆯ 위쥬(爲主)ᄒᆞ고 ᄉᆞ졍(私情)을 버히라.[72]"

쇼졔 오열쳥교(嗚咽聽敎)의 쳬읍ᄇᆡ별(涕泣拜別)ᄒᆞ고 닌셩과 월염을 븟드러 실셩ᄋᆡ읍(失聲哀泣)ᄒᆞ니 상셰 ᄌᆞ녀(子女)ᄅᆞᆯ ᄀᆡ유(開諭)ᄒᆞ여
16면 손을 난호게[73] ᄒᆞᆫ 후 월염을 교듕(轎中)의 올니고 닌셩과 닌광을 ᄒᆞᆫ가디로 편ᄒᆞᆫ 술위[74]의 올니며 도라 명염쇼져ᄅᆞᆯ 어로만져 왈

"부녀의 졍과 텬눈ᄌᆞᄋᆡ(天倫慈愛)로ᄡᅧ 먼 니별이 엇디 상회(傷懷)치 아니리오마ᄂᆞᆫ 네 아비 무디완독(無知頑毒)ᄒᆞ여 션군(先君)을 여희ᄋᆞᆸ고 각골지통(刻骨之痛)이 궁텬무ᄋᆡ(窮天無涯)ᄒᆞᆷ도 견ᄃᆡ거ᄂᆞᆯ ᄒᆞ믈며 ᄉᆞ랏ᄂᆞᆫ 아비ᄅᆞᆯ 다시 보디 못ᄒᆞᆯ가 슬허ᄒᆞ랴? 모로미 구고ᄅᆞᆯ 디효(至孝)로 밧들고 군ᄌᆞᄅᆞᆯ 승슌(承順)ᄒᆞ여 슉흥야ᄆᆡ(夙興夜寐)의 무위궁ᄉᆞ(無違宮事)[75]ᄒᆞ라."

---

72 버히라: 버히다. 베다.

73 손을 난호게: '난호다'는 '나누다(分)'의 뜻으로, '손을 나누다'는 '이별하다'의 뜻.

74 술위: 수레.

75 슉흥야ᄆᆡ(夙興夜寐)의 무위궁ᄉᆞ(無違宮事): 아침저녁으로 집안일에 어긋남이 없게 하라는 뜻. 《의례》 〈사혼례(士昏禮)〉에 "부지런하고 공경히 하여 아침저녁으로 집안일에 어긋남이 없게 하라(勉之敬之 夙夜無違宮事)."라는 말이 나옴.

쇼제 ᄇᆡ읍슈명(拜揖受命)이러니 발셔 됴부의셔 거교(車轎)ᄅᆞᆯ 보ᄂᆡ며 쇼져긔 뎐어(傳語)ᄒᆞ여 '태쥬 ᄒᆡᆼᄎᆡ 발ᄒᆞᆫ 후 훌연(欻然)[76] ᄒᆞᆫ ᄇᆡᆫ집의 이셔 심회(心懷)ᄅᆞᆯ 상ᄒᆡ오디 말고 이졔 도라오라.' ᄌᆡ쵹ᄒᆞ엿ᄂᆞᆫ디라. 상셰 가장 맛당이 넉여 녀ᄋᆞ(女兒)ᄅᆞᆯ ᄒᆡ유(解諭)ᄒᆞ여 도라보ᄂᆡ고 비로소 화·셔 이슈(二嫂)[77]ᄅᆞᆯ 상별(相別)ᄒᆞᆫ 후 ᄒᆡᆼᄆᆞ(行馬)ᄅᆞᆯ ᄌᆡ쵹ᄒᆞ여 강두(江頭)의 다ᄃᆞ라ᄂᆞᆫ 일가친쳑(一家親戚)과 문ᄉᆡᆼ고리(門生故吏)[78] 운집(雲集)ᄒᆞ여 니회(離懷)ᄅᆞᆯ 필ᄉᆡ 부인ᄂᆡ 거교(車轎)ᄅᆞᆯ 집잡아 삼간 뫼시고 한님과 시독이 됴학ᄉᆞ 뎡국공이며 셔부 졔인(諸人)으로 더브러 17면 태부인긔 뵈읍고 원노ᄒᆡᆼ역(遠路行役)의 셩톄디안(聖體至安)ᄒᆞ시믈 쳥ᄒᆞᆯᄉᆡ 태부인이 시독과 한님의 손을 잡아 ᄯᅥ나믈 슬허ᄒᆞ미 슉딜(叔姪)노ᄡᅧ 모ᄌᆞ(母子)의 졍을 다ᄒᆞ고 뎡국공과 됴학ᄉᆞᄅᆞᆯ 향ᄒᆞ여 니별의 슬프믈 니ᄅᆞ며 졔셔(諸婿)[79]ᄅᆞᆯ 도라보아 눈믈을 나리오며 후회(後會) 아득ᄒᆞ믈 통상(痛傷)ᄒᆞ니 졔셰 셔태부인긔 동긔슉딜(同氣叔姪)이 아니면 죵형뎨간(從兄弟間)이라 상니(相離)ᄒᆞᄂᆞᆫ 비뤼(悲淚) 년낙(連落)ᄒᆞ여 옷ᄉᆞᆯ 젹시고 뎡국공과 됴학ᄉᆡ 또ᄒᆞᆫ ᄀᆡ용비쳑(改容悲慽)ᄒᆞᄂᆞᆫ ᄃᆞᆼ상공이 녀교ᄅᆞᆯ 안아 근근(懃懃)ᄒᆞᆫ ᄉᆞ랑과 쳬쳬(棣棣)ᄒᆞᆫ 졍이 텬늉(天倫) 밧긔 ᄌᆞ별ᄒᆞ니 뎡히 인ᄉᆞ(人事)ᄅᆞᆯ 일흘디라. 교ᄋᆡ 또ᄒᆞᆫ 옥져(玉楮)[80] 갓ᄐᆞᆫ 셤슈(纖手)로 야야(爺爺)의 삼각슈(三角鬚)ᄅᆞᆯ 달호며[81] ᄭᅩᆺ 갓ᄐᆞᆫ

76 훌연(欻然): 갑자기. 문득. 어떤 일이 생각할 겨를도 없이 급히 일어나는 모양.

77 화·셔 이슈(二嫂): 화·서 이수. 정염 부인 화씨와 정겸 부인 서씨. 서씨는 서소랑.

78 문ᄉᆡᆼ고리(門生故吏): 문생고리. 문하생과 그 지역의 오래된 친분 있는 관리.

79 졔셔(諸婿): 제서. 여러 사위.

낫츨 부친(父親) 풍협(豊頰)의 다혀 별 갓ᄐᆞᆫ 빵안(雙眼)의 쥬루(珠淚)ᄅᆞᆯ 먹음고 왈

"야애 외왕부(外王父)[82] 초긔(初忌)의 와셔 쇼녀ᄅᆞᆯ 다려가렷노라 ᄒᆞ시거니와 쇼녜 그 ᄉᆞ이 야야ᄅᆞᆯ 그리워 엇디 견ᄃᆡ리잇고? 쳥컨ᄃᆡ 야야

18면 션ᄌᆞ(扇子)의 옥션초(玉扇貂)[83]ᄅᆞᆯ 글너 주시면 쇼녜 고ᄅᆞᆷ의 ᄎᆞ고 야야의 ᄉᆞ랑ᄒᆞ시던 거시니 ᄌᆞ로 만져보다가 야애 태쥬로 오시거든 도로 드리리이다."

낭낭ᄒᆞᆫ 셩음(聲音)이 아릿답고 긔이(奇異)ᄒᆞ여 단혈(丹穴)의 어린 봉(鳳)이 울고 금반(金盤)의 대쥬소쥬(大珠小珠)ᄅᆞᆯ 구을니ᄂᆞᆫ[84] ᄃᆞᆺ 그 ᄐᆡ도(態度)의 교려절츌(嬌麗絶出)ᄒᆞ미 만고(萬古)ᄅᆞᆯ 기우려 다시 잇디 아닐 풍용아딜(風容雅質)이라. 상공이 즉시 금션(錦扇)을 드러 옥션초ᄅᆞᆯ 글너 주며 봉안(鳳眼)의 신쳔(辛泉)[85]이 어ᄅᆡ믈 면(免)치 못ᄒᆞ여 왈

"어린 ᄋᆞ희 아비 써나믈 ᄎᆞ마 못 ᄒᆞ여 이 갓ᄐᆞ니 엇디 가련(可憐)치 아니리오?"

졔인(諸人)이 도로혀 쇼왈(笑曰)

---

80 옥저(玉楮): 옥으로 만든 닥나무 잎사귀. 여기서는 나뭇잎 모양의 하얗고 고운 어린아이의 손을 가리킴. 송나라 사람이 임금을 위해 옥으로 닥나무 잎사귀를 만든 내용이《열자(列子)》〈설부(說符)〉에 나옴.

81 달호며: 달호다. '다루다'의 옛말. 여기서는 '만지다'의 뜻.

82 외왕부(外王父): 외할아버지.

83 옥션초(玉扇貂): 옥선초. 부채의 고리에 다는 옥 장식품. '선추(扇錘)'라고도 함.

84 구을니ᄂᆞᆫ: 구을니다. 굴리다.

85 신쳔(辛泉): 신천. 매운맛이 나는 샘물이라는 뜻으로, 쓰라린 눈물의 비유로 쓰임.

"무슉을 싀싀훈 댱부(丈夫)로 아랏더니 엇디 져디도록 셜셜용녈(屑屑庸劣)ᄒᆞ여 어린 ᄯᆞᆯ이 ᄌᆞ모(慈母)를 조ᄎᆞ 잠간 ᄯᅥ나ᄂᆞᆫ 바의 쳑비함누(慽悲含淚)ᄒᆞ미 이의 밋쳣ᄂᆞ뇨? ᄋᆞ히를 ᄯᅥ나노라 그러ᄒᆞ미 아니라 아모(兒母)의 먼니 가므로 여ᄎᆞ(如此)ᄒᆞ도다."

상공이 십분강작(十分强作)ᄒᆞ여 화이쇼왈(和而笑曰)

"ᄋᆞ모ᄂᆞᆫ 태쥐 아냐 만 니를 간다 ᄒᆞ여도 ᄆᆞ음이 훌훌ᄒᆞ믄[86] 업거니와 녀교ᄂᆞᆫ 나의 반금농쥐(萬金弄珠)라. 일시(一時) ᄯᅥ나미 과연 절박(切迫)ᄒᆞ니 내 눈믈을 금(禁)ᄒᆞ리오?" 19면

졔인(諸人)이 쇼왈(笑曰)

"모ᄋᆡᄌᆞ푀(母愛子抱)[87]라. ᄋᆞ히(兒孩)를 안고 져러틋 슬허ᄒᆞ미 기모(其母)를 과ᄋᆡ(過愛)ᄒᆞ미 비로ᄉᆞ미라."

상공의 구구(區區)ᄒᆞ믈 그ᄋᆞᆨ이 쥬을드리[88] 넉이ᄃᆡ 상공이 능히 황홀년ᄋᆡ(恍惚戀愛)ᄒᆞ믈 억제(抑制)치 못ᄒᆞ더니 졔위(諸位) 상·화 이 부인을 ᄎᆞᄌᆞ믹 두 부인이 나아와 셔로 ᄇᆡ견(拜見)홀ᄉᆡ 상공이 부인을 ᄃᆡ(對)ᄒᆞ여 믄득 안ᄉᆡᆨ(顔色)이 싀싀 엄녈(嚴烈)ᄒᆞ여 셜풍(雪風)이 한텬(寒天)의 은은(殷殷)ᄒᆞ니 향ᄌᆞ(向者) 어린 사ᄅᆞᆷ 갓던 ᄇᆡ 금시의 변ᄒᆞ여 사ᄅᆞᆷ 보기의 어렵고 두려온디라. 부인이 비록 눈이 상공의게 밋디[89] 아니

86 훌훌ᄒᆞ믄: 훌훌하다. 서운한 모양.

87 모ᄋᆡᄌᆞ푀(母愛子抱): 모애자포. 어미를 사랑하여 그가 낳은 자식을 아낀다는 뜻. 《한주선생문집》에 한(漢) 고조가 여의(如意)를 태자로 세우고자 한 것이 그 모친에 대한 사랑 때문이라고 하며 '모애자포'라는 표현을 사용함.

88 쥬을드리: 주을들다. 주접들다, 주접스럽게 여기다. 규장각본에는 '죽을쓰리'로 되어 있음.

89 밋디: 밋다. 어떠한 수준이나 정도에 도달하다.

ᄒᆞ나 ᄌᆞ연 튝쳑(踧踖)[90]ᄒᆞᆫ 빗치 이시니 시독 등이 그윽이 우어 상공을 향ᄒᆞ여 왈

"형은 엇디 ᄆᆡ져(妹姐)긔 별회(別懷)를 베프디 아니시ᄂᆞ뇨? 이제 힝거(行車)를 ᄒᆞᆫ번 두로치면[91] 만쳡소회(萬疊所懷) 이셔도 펴디 못ᄒᆞ고

20면

쇽졀업시 관산(關山)의 가ᄂᆞᆫ ᄉᆡ를 바라 한(恨)이 길며 남텬(南天)의 소릐ᄒᆞᄂᆞᆫ 빵연(雙燕)을 졷ᄎᆞ 회푀(懷抱) 더으리니 비록 이목(耳目)이 번거ᄒᆞ나 딘졍소회(眞情所懷)를 베플믈 뉘 괴이히 넉이리잇가?"

상공이 완이쇼왈(莞爾笑曰)

"홀 말이 이시ᄆᆡ 엇디 이목의 번거ᄒᆞ믈 거리ᄶᅵ리오마ᄂᆞᆫ 진실노 홀 말이 업고 관산비됴(關山飛鳥)와 남운빵연(南雲雙燕)을 ᄇᆞ라 회푀 더을 거시 업노라."

언파(言罷)의 녀교의 유모(乳母)를 블너 졍셩엄교(正聲嚴敎)ᄒᆞ여 녀ᄋᆞ(女兒) 보호(保護)ᄒᆞ믈 등한(等閑)이 말나 ᄒᆞ고 부인을 향ᄒᆞ여ᄂᆞᆫ 일언(一言)을 븟치미 업더니 태부의 뎨ᄌᆞ(弟子) 태우 당헌이 셔태부인 뵈오믈 쳥ᄒᆞᄂᆞᆫ 고로 화·상 이(二) 부인(夫人)이 댱ᄂᆡ(帳內)로 피ᄒᆞ고 태부인이 당헌을 마ᄌᆞ 볼ᄉᆡ 당헌이 쳬뤼(涕淚) 년낙(連落)ᄒᆞ여 혈심(血心)으로 훌연비결(欻然悲訣)ᄒᆞ미 시독 등의 감(減)치 아니터라. 셔부인이 ᄯᅩᄒᆞᆫ 당헌을 무양(撫養)ᄒᆞᆫ ᄇᆡ ᄌᆞ딜(子姪) ᄀᆞᆺᄐᆞᆫ 고로 녜ᄉᆞ(例事) 문ᄉᆡᆼ(門生)의 셔어(齟齬)ᄒᆞ미 업ᄂᆞᆫ디라. 눈믈을 ᄲᅳ리고 말ᄉᆞᆷ을 펴 ᄌᆞ녀(子女)를 거ᄂᆞ리고 기리 복녹(福祿)을 누리믈 니ᄅᆞ니 당헌

90 튝쳑(踧踖): 축척. 조심스럽게 걷는 모양.

91 두로치면: 두로치다. 돌리다.

이 함누고왈(含淚告曰)

"ᄉᆞ뷔(師父) 기셰(棄世)ᄒᆞ시고 ᄇᆡᆨ뫼(伯母) 하향(下鄕)ᄒᆞ시니 쇼ᄌᆡ(小 21면 子) 장ᄎᆞᆺ 의앙(依仰)ᄒᆞᆯ 곳이 업ᄉᆞ온디라. 만일 미관(微官)의 걸니미 아니오면 태쥬의 나려가 ᄇᆡᆨ모를 뫼시며 운ᄇᆡᆨ 형뎨로 상의(相依)ᄒᆞ와 지ᄂᆡ올 거시로ᄃᆡ 부운(浮雲) ᄀᆞᆺᄐᆞᆫ ᄃᆡᆨ임(職任)으로 능히 ᄯᅳᆺ 갓디 못ᄒᆞ오니 더옥 비졀(悲切)ᄒᆞ믈 니긔디 못ᄒᆞ리로소이다."

인ᄒᆞ여 닌광을 어로만져 황홀이 귀듕(貴重)ᄒᆞ미 친ᄉᆞ(親子)의 감(減)치 아니코 언언(言言)이 ᄉᆞ회라 칭(稱)ᄒᆞ니 상공과 한님이 쇼왈(笑曰)

"후ᄇᆡᆨ이 귀녀(貴女)를 가져 향니(鄕里)의 볼 것 업시 도라가ᄂᆞᆫ ᄋᆞᄒᆡ를 셤기고져 ᄒᆞ니 완월회ᄆᆡᆼ(玩月會盟)이 듕(重)ᄒᆞ믈 알거니와 형의 ᄆᆞᄋᆞᆷ이 굿디 못ᄒᆞ니 타일 실신(失信)치 아닐 줄 어이 긔필(期必)ᄒᆞ리오?"

당헌이 탄왈(嘆曰)

"고인(古人)이 디긔(知己)를 귀(貴)타 ᄒᆞ믄 더옥 이런 곳의 ᄭᆡ다ᄅᆞᆯ디라. 무슉과 슈ᄇᆡᆨ이 날을 아디 못ᄒᆞ미 심ᄒᆞ니 헌의 디긔ᄂᆞᆫ 오ᄃᆡᆨ 운ᄇᆡᆨ과 녀ᄇᆡᆨ이라 ᄆᆞᄋᆞᆷ의 엇디 귀(貴)치 아니리오? 텬디개벽(天地開闢)ᄒᆞ고 대ᄒᆡ상젼(大海桑田)이 되나 완월ᄃᆡ(玩月臺) ᄆᆡᆼ약(盟約)은 져바리디 아니리니 닌광이 내 ᄉᆞ회 아니오 그 뉘며 ᄋᆞ네 녀ᄇᆡᆨ의 며나리 아니오 22면 그 뉘리오?"

상공과 한님이 헌의 무실(無實)ᄒᆞ믈 우이 넉여 왈

"아등(我等)은 군ᄌᆞ의 뉘(類) 아니라 후ᄇᆡᆨ으로 디긔(知己) 되지 못ᄒᆞᄂᆞ니 형은 다만 유신(有信)ᄒᆞ여 아등의 오날 말을 기리 ᄊᆞ지ᄌᆞ라."

헌이 다시 닷토디 아니나 상공과 한님이 이러구ᄂᆞᆫ 줄 ᄀᆞ장 밋치게[92] 넉여 아딕 ᄆᆞ음은 괴로이 아라 실신ᄇᆡ약(失信背約)디 아닐 ᄃᆞᆺᄒᆞ더라.
이윽고 당헌이 ᄌᆡᄇᆡ(再拜) 퇴(退)ᄒᆞᄆᆡ 상셰 ᄒᆡᆼ거(行車)의 느ᄌᆞ믈 일
ᄏᆞ라 모부인(母夫人)을 븟드러 거교(車轎)의 오ᄅᆞ시게 ᄒᆞᆯᄉᆡ 한님과
시독이 거교(車轎) 압ᄒᆡ셔 쳬읍ᄇᆡ별(涕泣拜別)ᄒᆞ니 태부인이 읍읍뉴
쳬(泣泣流涕)ᄒᆞ여 일ᄌᆞᆨ이 귀가(歸家)ᄒᆞ믈 니ᄅᆞ더라. 상·화 이(二) 부
인(夫人)과 월염쇼제 교듕(轎中)의 ᄃᆞᆯᄉᆡ 상공이 녀교ᄅᆞᆯ 안고 못ᄂᆡ 연
연ᄒᆞ다가 졍한님의 ᄌᆡ촉으로 마디못ᄒᆞ여 유모ᄅᆞᆯ 맛져 부인 교듕(轎
中)의 너흘ᄉᆡ 심회(心懷) 각별ᄎᆞ아(各別嗟哦)ᄒᆞ여 울울(鬱鬱)히 디
향(指向)ᄒᆞᆯ ᄇᆡ 업ᄂᆞᆫ ᄃᆞᆺᄒᆞ니 이ᄂᆞᆫ 부인을 써나ᄆᆡ 홀연ᄒᆞ미 아니오 젼혀[93]
23면 녀ᄋᆞᄅᆞᆯ 위ᄒᆞ미니 ᄒᆞᆫ갓 ᄌᆞᄋᆡ(慈愛) 각별ᄒᆞ여 이러ᄒᆞᆷ도 아니라 인심(人
心)이 디령(至靈)인 고로 부녀(父女)의 졍과 텬뉸(天倫)의 ᄌᆞᄋᆡ로 이
ᄒᆞᆫ 니별이 블과 ᄉᆞ오 삭이로ᄃᆡ 기간(其間) 아득히 실니(失離)ᄒᆞ여 ᄉᆞ
별(死別)의 더으게 슬허ᄒᆞᆯ 연괴(緣故)러라. 상셰 한님 등과 친우붕당
(親友朋黨)으로 읍별분슈(泣別分手)ᄒᆞ고 거교(車轎)ᄅᆞᆯ 호ᄒᆡᆼ(護行)ᄒᆞ
여 태쥬로 향(向)ᄒᆞ니 비록 고ᄌᆞ(孤子)와 과모(寡母)의 ᄒᆡᆼ게(行車) 즐
겁디 아니며 가ᄂᆞᆫ 심ᄉᆡ(心思) 슬프미 가득ᄒᆞ나 이 당당ᄒᆞᆫ 상국부인
(相國夫人) ᄒᆡᆼ치며 경상(卿相)의 가솔(家率)이라 그 위의(威儀) 엇디
범연ᄒᆞ리오[94]? 녈노쥬현(沿路州縣)이 여료(熱鬧)[95]ᄒᆞ여 녜믈(禮物)을

92 밋치게: 밋치다. 거리나 수준이 일정 수준에 닿다.

93 젼혀: 전혀. 오로지.

94 범연ᄒᆞ리오: 범연하다. 평범하다, 소홀하다. 여기서는 '평범하다'의 뜻으로 쓰임.

95 여료(熱鬧): 열요. 시끄럽고 떠들썩함.

드리고 명쳡(名帖)을 올니며 힝도(行途)의 위의(威儀)ᄅᆞᆯ 도으니 녀관
(旅館)의 머믈ᄆᆡ 각현(各縣) 디뷔(知府) 알현문후(謁見問候)ᄒᆞ며 금
거옥뉸(金車玉輪)의 뉵ᄆᆞ(六馬)ᄅᆞᆯ 갓초와 드리니 쳥은구(青雲駒)와
ᄇᆡᆨ셜춍(白雪驄)이라. 창ᄒᆡ(滄海)의 셩닌 농(龍) 갓고 태악(泰嶽)의 ᄯᅱ
ᄂᆞᆫ 범 갓거ᄂᆞᆯ 녜믈의 쟝(壯)ᄒᆞ믄 일필난긔(一筆難記)라. 상셔ᄂᆞᆫ 모부
인을 뫼셔 녀관(旅館)의 머므러 밧긔 머리ᄅᆞᆯ ᄂᆡ와드미 업고 시랑이
젼후(前後) 후의(厚意)ᄅᆞᆯ 사(謝)ᄒᆞᆯ디인졍 호리미믈(毫厘微物)도 미므 24면
ᄅᆞ미 업ᄂᆞᆫ디라. 졔읍현관(諸邑縣官)이 오ᄃᆡᆨ 영숑(迎送)ᄒᆞ믈 못 밋촐
ᄃᆞᆺᄒᆞᆯ디언졍 다시 녜믈을 드리디 못ᄒᆞ더라.

션셜(先說). ᄆᆡᆼ취 도라가 경왕(景王)긔 졍녜부(程禮部)의 ᄎᆞ녜(次女) 년보십세(年甫十歲)의 텬향국식(天香國色)이 폐월슈화디틔(蔽月羞花之態)[96]오 팀어낙안디용(沈魚落雁之容)이믈 갓초 고ᄒᆞ여 슉셩긔이(熟成奇異)ᄒᆞ미 만고무비(萬古無比)ᄒᆞ믈 일ᄏᆞᄅᆞ니 경왕은 본시 탐음호방(耽淫豪放)ᄒᆞᆯ ᄲᆞᆫ 아니라 능녀교활(能慮狡猾)ᄒᆞ여 ᄆᆞ옴이 측냥(測量)치 못ᄒᆞᆯ ᄇᆡ오 긔운이 스ᄉᆞ로 태산(泰山)을 녑ᄒᆡ ᄭᅵ고 븍ᄒᆡ(北海)ᄅᆞᆯ 넘ᄯᅱᆯ ᄃᆞᆺ 평ᄉᆡᆼ(平生)의 두리며 조심ᄒᆞᄂᆞᆫ 일이 업ᄉᆞᄃᆡ 샹(上)이 디셩디우(至誠至遇)로ᄡᅧ 각별 통ᄋᆡ(寵愛)ᄒᆞ시니 경왕이 더옥 방ᄌᆞ무긔(放恣無忌)ᄒᆞ고 만되(滿朝) 두려ᄒᆞ나 문쳥공 ᄌᆡ시(在時)의 경왕을 긔탄(忌彈)ᄒᆞ미 업고 쳥계 ᄯᅩᄒᆞᆫ 도어ᄉᆞ(都御使)로 이실 ᄯᆡ의 경왕을 논힉(論劾)ᄒᆞᄃᆡ 그 음일방ᄌᆞ(淫逸放恣)ᄒᆞ믈 일ᄏᆞ라 쥬소(周召)[97]의 노

96 폐월슈화디틔(蔽月羞花之態): 폐월수화지태. 달빛을 가리고 꽃을 부끄럽게 만들 정도의 아름다움.

국디튱(勞國之忠)이 아니믈 쥬(奏)ᄒᆞ온ᄃᆡ 샹(上)이 비록 디극(至極)
25면 ᄒᆞ신 셩우(聖遇)로 툥우(寵遇)ᄒᆞ시나 그 방ᄌᆞᄒᆞ믈 칙ᄒᆞ샤 ᄎᆞ후 그ᄅᆞ
미 업게 ᄒᆞ라 ᄒᆞ시고 녜부ᄅᆞᆯ 죄쥬디 아니시니 경왕이 블승앙통(不勝
怏痛)ᄒᆞᄃᆡ 황샹(皇上)이 문쳥공을 녜우(禮遇)ᄒᆞ심과 졍잠을 툥우ᄒᆞ
시미 고종(高宗)의 부열(傅說)과 문왕(文王)의 녀상(呂尙)도곤 더ᄒᆞ
시니 감히 ᄒᆡ(害)ᄒᆞᆯ 의ᄉᆞ(意思)ᄅᆞᆯ 못 ᄒᆞ고 함분앙통(含憤怏痛)ᄒᆞ던
바의 운계 기형(其兄) 쳥계의 경왕을 논힉(論劾)ᄒᆞᄂᆞᆫ 말ᄉᆞᆷ이 오히려
범연(泛然)ᄒᆞ믈 니ᄅᆞ며 쥬공(周公)·소공(召公)을 드노화[98] 엇디 경왕
의게 의논ᄒᆞ리오 ᄒᆞ엿더니 무죡디언(無足之言)이 원비쳔니(遠飛千
里)[99]라. 이 말이 경왕의 귀예 들니니 경왕이 졀치교아(切齒咬牙)[100] 왈
"과인(寡人)이 졍ᄌᆞᆷ 형뎨ᄅᆞᆯ 죽여 원슈(怨讎)ᄅᆞᆯ 갑흘딘ᄃᆡ ᄉᆡᆼ셰(生世)
의 남은 한이 업ᄉᆞᆯ노다."
ᄒᆞ더니 태뷔(太傅) 기셰(棄世)ᄒᆞ고 쳥계 형뎨 아딕 묘하(墓下)의 들
므로[101] 갑흘 조각이 업셔 분(憤)ᄒᆞ믈 ᄎᆞᆷ고 잇던 바의 ᄆᆡᆼ츄의 말을 드ᄅᆞ
ᄆᆡ 졍녀(程女)의 ᄉᆡᆨ염(色艷)은 실노 바리기 앗가오나 그 부슉(父叔)
26면 을 다 죽이고ᄌᆞ ᄒᆞ며 그 ᄯᆞᆯ을 아ᄉᆞ다가 졍을 ᄆᆡᄌᆞ믄 일이 만만블가(萬
萬不可)ᄒᆞᆫ디라. 침ᄉᆞ냥구(沈思良久)의 일계(一計)ᄅᆞᆯ ᄉᆡᆼ각고 가마니
ᄆᆡᆼ츄다려 왈

---

97 쥬소(周召): 주소. 주나라 주공과 소공. 조카 성왕을 도와 정사를 바로잡음.

98 드노화: 드놓다. '들어 놓다' 혹은 '가져오다'의 뜻.

99 무죡디언(無足之言)이 원비쳔니(遠飛千里): 발 없는 말이 천 리 간다는 뜻.

100 졀치교아(切齒咬牙): 절치교아. 몹시 분해서 이를 갊.

101 묘하(墓下)의 들므로: 묘하에 들다. 상중(喪中)에 있다는 뜻. '묘하'는 조상의 산소가 있는 땅.

"경이 본ᄃᆡ 효용(驍勇)이 결뉸(絶倫)ᄒᆞ고 두 팔의 쳔근(千斤) 힘이 이시니 군ᄉᆞ(軍士) 삼ᄇᆡᆨ 명만 다려도 죡히 졍잠의 ᄒᆡᆼ거(行車)ᄅᆞᆯ 도륙(屠謬)ᄒᆞᆯ디라. 각별이 용ᄆᆡᆼ(勇猛)ᄒᆞᆫ 군ᄉᆞᄅᆞᆯ ᄲᆡ 졍ᄌᆞᆷ의 가ᄂᆞᆫ 길흘 범(犯)ᄒᆞ여 남녀노쇼(男女老少)ᄅᆞᆯ 헤디 말고 뉵장(肉醬)[102]을 ᄆᆡᆫ드ᄃᆡ 졍잠의 ᄯᆞᆯ을 남겨 여ᄎᆞ여ᄎᆞᄒᆞ여 아ᄉᆞ 오면 과인(寡人)이 거ᄌᆞᆺ 의긔(義氣)로 구(救)ᄒᆞᄂᆞᆫ ᄃᆞ시 ᄒᆞ여 녀ᄌᆞ의 ᄆᆞ음이 감동케 ᄒᆞ리니 경은 나의 골경디신(骨鯁之臣)[103]이라. 여러 말 낭부ᄅᆞᆯ 아냐도 일을 그ᄅᆞ세 아닐 거시니 셩공(成功)ᄒᆞ여 도라오면 과인이 크게 갑흐리라."

ᄆᆡᆼ취 순순슈명(順順受命)ᄒᆞ고 졍댱군(丁壯軍) 삼ᄇᆡᆨ 명을 거ᄂᆞ리고 졍부 ᄒᆡᆼ거ᄅᆞᆯ ᄯᆞ올ᄉᆡ 낫이면 각각 흣터져 삼ᄉᆞ 인식 오륙 인식 녜ᄉᆞ(例事) ᄒᆡᆼ인(行人) 모양으로 나아가며 혹 걸인(乞人)의 모양으로 길가의셔 밥을 빌고 형셰(形勢)ᄅᆞᆯ ᄉᆞᆯ펴 범(犯)코자 ᄒᆞᆯᄉᆡ ᄆᆡᆼ츄ᄂᆞᆫ 디뫼(知謀)유여(有餘)ᄒᆞᆫ디라 가ᄇᆡ야이 동(動)치 동치 아니코 십여(十餘) 일(日) 27면 을 ᄯᆞ라 은교역의 니ᄅᆞ러ᄂᆞᆫ 역졈(驛店)이 블과 ᄇᆡᆨ여(百餘) 호(戶)오 산뇌(山路) 긔구(崎嶇)ᄒᆞ여 깁흔 믈과 놉흔 뫼히며 그윽ᄒᆞᆫ 골이 다 복병(伏兵)ᄒᆞ염 ᄌᆞᆨᄒᆞᆫ지라. 양능 ᄌᆞᄉᆞ(刺史) 츄관이 역졈의 나아가 ᄒᆡᆼᄎᆞᄅᆞᆯ 디영(祗迎)[104]ᄒᆞᄃᆡ 그 소솔(所率)[105]이 블과 무용(無用)ᄒᆞᆫ 관쇽(官屬)ᄒᆞᆫ[106] 관쇽이라. 이날 ᄆᆡᆼ취 졍부(程府) ᄒᆡᆼᄎᆡ(行差) 졈ᄉᆞ(店舍)의 들믈 보

102 뉵장(肉醬): 육장. 고기로 만든 젓갈. 사람을 잔인하게 죽이는 것을 말함.

103 골경디신(骨鯁之臣): 골경지신. 뼈나 생선 가시 같은 신하. 권력을 두려워하지 않고 바른말을 하는 강직한 신하.

104 디영(祗迎): 지영. 환영하여 맞이함.

105 그 소솔(所率)이: 규장각본에는 '쇼솔이'로 되어 있음.

고 비로소 졔군(諸軍)을 모화 의논 왈
"금야(今夜)ᄅᆞᆯ 가히 허숑(虛送)치 못ᄒᆞ리니 졔군은 장쇽(裝束)[107]을 날
ᄂᆡ게 ᄒᆞ여 일을 브ᄃᆡ 일워 뎐하(殿下)의 깃거ᄒᆞ시믈 뵈오라."
ᄒᆞ고 쉬 스ᄉᆞ로 참혹(慘酷)ᄒᆞᆫ 병인(病人)의 모양으로 ᄒᆞᆫ 눈 ᄀᆞᆷ고 ᄒᆞᆫ
팔흘 ᄯᅧᆯ며 ᄒᆞᆫ 다리 졀고 막ᄃᆡᄅᆞᆯ 집허 역졈의 나려와 밥을 비니 져마다
블상이 넉여 밥을 주ᄂᆞᆫ디라. ᄆᆡᆼ취 거ᄌᆞᆺ 먹ᄂᆞᆫ 쳬ᄒᆞ며 눈을 둘너 졍부
ᄒᆡᆼᄎᆞ 든 졈ᄉᆞ(店舍)ᄅᆞᆯ ᄉᆞᆯ핀 후 밤 들기ᄅᆞᆯ 기다려 화약(火藥)을 가디고
28면 샹하(上下) 졈ᄉᆞ의 블을 노흐ᄃᆡ ᄒᆡᆼ디여신(行之如神)[108]ᄒᆞ여 사ᄅᆞᆷ이 알
니 업더라. 삼십여(三十餘) 호(戶) 졈ᄉᆞ의 블이 니러나니 화광(火光)
이 삼녈(森列)ᄒᆞ고 연염(煙炎)이 창텬(漲天)ᄒᆞ여 졈졈 여러 졈ᄉᆞᄅᆞᆯ
범ᄒᆞ니 각각 졈쥐(店主) 망극(罔極)ᄒᆞ여 믈노뼈 구코져 ᄒᆞ나 ᄎᆞ소위
(此所謂) 홍노졈셜(紅爐點雪)[109]이라. 경ᄀᆡᆨ(頃刻)[110]의 졈ᄉᆡ ᄉᆞᄒᆡ여[111] 혹 사
ᄅᆞᆷ이 ᄆᆡᆺ쳐 피치 못ᄒᆞ고 화셰(火勢) ᄆᆡᆼ녈(猛烈)ᄒᆞ여 능히 구ᄒᆞᆯ 길히 업
ᄉᆞ니 남ᄌᆞ(男子)·녀인(女人)이 텬디망망(天地茫茫)ᄒᆞ여 늙으니ᄅᆞᆯ 붓
들며 어리니ᄅᆞᆯ ᄂᆡᆺ그러 슈산돈죡(手散頓足)[112]ᄒᆞ고 통곡비졀(痛哭悲絶)
ᄒᆞ여 혹 어미ᄅᆞᆯ 브ᄅᆞ고 ᄌᆞ식을 ᄎᆞᄌᆞ며 디아비ᄅᆞᆯ 브ᄅᆞ고 계집을 ᄎᆞᄌᆞ

106 무용(無用)ᄒᆞᆫ 관쇽(官屬) ᄒᆞᆫ 관쇽: '무용(無用)ᄒᆞᆫ 관쇽(官屬)'의 중복 필사 오기. 규장각본에는 '무용ᄒᆞᆫ 관쇽'으로 되어 있음.

107 장쇽(裝束): 장속. 차림새.

108 ᄒᆡᆼ디여신(行之如神): 행지여신. 행동이 귀신 같다는 뜻.

109 홍노졈셜(紅爐點雪): 홍로점설. 뜨거운 화로 위의 눈송이라는 뜻으로, 금방 없어짐을 말함.

110 경ᄀᆡᆨ(頃刻): 경각. '순식간'이라는 뜻.

111 ᄉᆞᄒᆡ여: ᄉᆞᄒᆡ다. 사르다. 불에 타다.

112 슈산돈죡(手散頓足): 수산돈족. 손을 어디에 둘 줄 모르고 발을 구름.

화염(火焰) 듕 소신(燒身)ᄒᆞᆫ가 망극통할(罔極痛割)ᄒᆞ여 하날을 블너 창황분쥬(蒼黃奔走)ᄒᆞ니 온젼ᄒᆞᆫ 심ᄉᆞ와 병 업ᄉᆞᆫ 사ᄅᆞᆷ이라도 이 경상(景狀)을 당ᄒᆞ여ᄂᆞᆫ 역시 경황(驚惶)ᄒᆞ믈 니긔디 못ᄒᆞᆯ ᄇᆡ어ᄂᆞᆯ ᄎᆞ일 맛초와 졍상셰 신긔(身氣) 대단이 블평ᄒᆞᄆᆡ 모부인 누으시믈 ᄉᆞᆯ피고 믈너 ᄒᆞᆫ번 회구(廻嘔)[113]ᄒᆞᄆᆡ 냥구혼혼(良久昏昏)ᄒᆞ여 인ᄉᆞᄅᆞᆯ 모로니 닌 29면
셩공ᄌᆡ 블승초조ᄒᆞ여 븟드러 구호ᄒᆞ며 시랑이 약음(藥飮)을 년슉(練熟)ᄒᆞ여[114] 게오 딘뎡(鎭靜)고ᄌᆞ ᄒᆞᆯ 즈음의 샹하 점ᄉᆞ의 화굉(火光)이 됴요(照耀)ᄒᆞ니 상셰 대경(大驚)ᄒᆞ여 ᄭᆡ니 니러나며 왈

"ᄌᆞ졍(慈情)이 반ᄃᆞ시 놀나시리니 내 드러가 ᄌᆞ위(慈闈)ᄅᆞᆯ 밧드러 산샹(山上)의 가 피화(避火)ᄒᆞᆯ디라. 현뎨(賢弟)ᄂᆞᆫ 슈ᄆᆡ(嫂妹)와 졔ᄋᆞ(諸兒)ᄅᆞᆯ 다려 미(尾)조ᄎᆞ 오라."

시랑이 응낙고 닌셩 등과 상셔 셔긔(書記) 홍윤 등을 ᄎᆞᄌᆞ 밧비 피ᄒᆞᆯᄉᆡ 상셰 밧비 드러가 모젼(母前)의 고왈(告曰)

"졈촌샹하(店村上下)의 화셰(火勢) 급(急)ᄒᆞ여 졈ᄉᆡ ᄉᆞ회기ᄅᆞᆯ 면(免)치 못ᄒᆞ오리니 ᄌᆞ위ᄂᆞᆫ 잠간 거교(車轎)의 오ᄅᆞ쇼셔. 맛당이 산샹으로 피ᄒᆞ샤이다."

태부인이 놀나온 듕 ᄋᆞᄌᆞ의 심녀(心慮)ᄅᆞᆯ 허비(虛費)치 아니려 급히 거륜(車輪)의 오ᄅᆞᆯᄉᆡ ᄎᆞ시 화부인이 신긔(神氣) 신녕(神靈)ᄒᆞ미 귀신(鬼神)을 족히 예탁(豫度)ᄒᆞᆯ디라. 졈ᄉᆞ 샹하의 블이 닐믈 보고 믄득 월염쇼져의 의상(衣裳)을 벗겨 ᄋᆞ시비(兒侍婢) 셤옥을 닙히고 쇼져ᄂᆞᆫ 30면

113 회구(廻嘔): 구토.

114 년슉(練熟)ᄒᆞ여: 규장각본에는 '젼슉ᄒᆞ여'로 되어 있음.

닌셩의 옷솔 닙히니 쇼졔 블승의아(不勝疑訝)ᄒᆞ거놀 부인 왈

"져 화셰(火勢) 심상(尋常)치 아니니 피화(避火)홀 즈음의 너ᄂᆞᆫ 더옥 규슈(閨秀)의 쳐신(處身)이 난편(難便)[115]ᄒᆞᆯ디라. 셤옥으로뼈 너의 ᄃᆡ신(代身)을 ᄒᆞ고 너ᄂᆞᆫ 잠간 남장(男裝)을 의디(依支)ᄒᆞ여 유모 츈파롤 다리고 몬져 피ᄒᆞ라."

쇼졔 블열왈(不悅曰)

"ᄌᆞ고로 군ᄌᆞ쳘부(君子哲婦)ᄂᆞᆫ 환난(患亂)을 만나나 졍(正)ᄒᆞ믈 곳치지 아니코 졀(節)을 밧고디 아니므로 증ᄌᆡ(曾子) 님셔(臨逝)의 역칙(易簀)ᄒᆞ시고[116] ᄇᆡᆨ희(伯姬) 듕야(中夜)의 블하당(不下堂)ᄒᆞ여시니[117] 셩현(聖賢)의 님난(臨難)의 도(道)롤 어ᄌᆞ러이지 아니코 녈뷔(烈婦) 도로(道路)의 분쥬(奔走)ᄒᆞ여 듕야(中夜)의 뜰 븗으미 업거놀 이제 쇼딜(小姪)이 녀ᄌᆞ의 몸으로뼈 남의(男衣)롤 닙으니 그 되(道) 아니오 쏘 듕야의 나가라 ᄒᆞ시니 ᄌᆞ로(子路)의 결영이ᄉᆞ(結纓而死)[118]와 ᄇᆡᆨ희의 소화(燒火)ᄒᆞ믈 ᄉᆡᆼ각ᄒᆞ오ᄆᆡ 실노 븟그러온디라. 화셰롤 보아 피ᄒᆞ고 즈레 동(動)치 말미 올흘가 ᄒᆞᄂᆞ이다."

---

115 난편(難便): 불편하다는 뜻.

116 증ᄌᆡ(曾子) 님셔(臨逝)의 역칙(易簀)ᄒᆞ시고: 증자가 임종 시에 깔개를 바꾸었다는 뜻. 증자가 분수에 맞지 않는다며 화려한 깔개를 바꾸게 하고 죽은 데서 유래함.《예기》〈단궁(檀弓)〉.

117 ᄇᆡᆨ희(伯姬) 듕야(中夜)의 불하당(不下堂)ᄒᆞ여시니: 백희가 한밤중에 마루 아래를 내려가지 않았다는 뜻. 백희는 춘추시대 노나라 선공(宣公)의 딸이자 송나라 공공(共公)의 부인. 송나라 궁에 불이 났으나 "부인의 도리는 부모(傅母)가 없으면 밤에 당을 내려가지 않는다(婦人之義 傅母不在 宵不下堂)."라고 말하며 나오지 않고 타 죽었다고 함.《춘추곡량전(春秋穀梁傳)》.

118 ᄌᆞ로(子路)의 결영이ᄉᆞ(結纓而死): 자로가 갓끈을 매고 죽었다는 뜻. 위(衛)나라 괴외의 난 때 자로가 싸우다가 갓끈을 고쳐 매고 죽었던 일.《춘추좌전(春秋左傳)》.

부인이 착급(着急)ᄒᆞ여 왈

“너의 말이 녜의(禮儀)와 ᄉᆞ리(事理)의 당연(當然)ᄒᆞ나 공ᄌᆡ(孔子) 미복과숑(微服過宋)[119]ᄒᆞ시니 셩문(聖門)의도 권되(權道) 업디 아니미오 31면 공ᄌᆡ(孔子) 왈 유힝경권(有行經權)[120]이라 ᄒᆞ시니 셩인(聖人)도 위란(危亂)을 당ᄒᆞ여 권도ᄅᆞᆯ 쓰시거ᄂᆞᆯ 이제 져 화변(火變)이 심상치 아ᄂᆡᆫ디라 엇디 셩인의 미복과숑ᄒᆞ시믈 법(法)밧디 아니리오?”

일변(一邊) 니ᄅᆞ며 일변 츈파ᄅᆞᆯ 인가(人家) 장확(臧獲)[121]의 복ᄉᆡᆨ(服色)으로 쇼져ᄅᆞᆯ 업어 피ᄒᆞ라 ᄒᆞ니 츈패 창황(蒼黃)[122] 듕 부인의 원녀(遠慮)[123]ᄒᆞ시믈 탄복(歎服)ᄒᆞ며 표연(飄然)이 쇼져ᄅᆞᆯ 업고 ᄂᆡ닷거ᄂᆞᆯ[124] 화부인이 또 셤옥을 당부왈(當付曰)

“네 나히 십삼(十三)의 만ᄉᆡ(萬事) 영오(穎悟)ᄒᆞ여 하류쳥의(下類靑衣)[125]의 무식(無識)ᄒᆞ미 업ᄂᆞᆫ디라. 모로미 쇼져ᄅᆞᆯ ᄃᆡ(代)ᄒᆞ여 긔댱군(紀將軍)[126]의 뇽안디상(龍顏之相)[127]이 패공(沛公)[128]이 아니믈 ᄭᆡ닷디 못ᄒᆞ

---

119 공ᄌᆡ(孔子) 미복과숑(微服過宋): 공자가 미복 차림으로 송나라를 지나갔다는 뜻. 공자가 송나라를 지나갈 때 환사마가 길목에서 죽이려 하자 변복(變服)을 하고 송나라 땅을 지나간 일. 《맹자》 〈만장(萬章)〉.

120 유힝경권(有行經權): 유행경권. 상도(常道)와 권도(權道)를 행할 때가 있다는 뜻.

121 장확(臧獲): 노비. ‘장획’이라고도 함.

122 창황(蒼黃): 미처 어찌할 사이도 없이 급작스러움.

123 원녀(遠慮): 원려. 먼 앞일을 생각함.

124 ᄂᆡ닷거ᄂᆞᆯ: ᄂᆡ닷다. 내달리다.

125 하류쳥의(下類靑衣): 하류청의. 푸른 옷을 입는 하층의 신분.

126 긔댱군(紀將軍): 기장군. 기신(紀信) 장군. 유방이 형양에서 항우에게 포위당했을 때, 기신이 유방의 모습을 하고 군사로 꾸민 여자 이천 명과 동문으로 나가 거짓 항복하는 사이 유방은 서문으로 탈출함. 《사기》 〈고조본기〉.

게 ᄒᆞ라.”

셤옥이 아모 곡졀(曲折)인 줄 아디 못ᄒᆞ나 ᄇᆡ샤슈명(拜謝受命)ᄒᆞ니 상부인은 도로혀 이상히 넉이더라. 시랑이 ᄉᆞ묘(四廟)ᄅᆞᆯ 뫼시며 화·상 이 부인과 월염쇼져ᄅᆞᆯ 거교(車轎)의 오ᄅᆞ라 ᄒᆞ여 요요황황(擾擾遑
32면 遑)ᄒᆞᆯ 즈음의 셤옥이 교듕(轎中)의 드니 시랑도 오히려 ᄭᆡ닷디 못ᄒᆞ고 닌셩 등 졔ᄋᆞ(諸兒)ᄅᆞᆯ 거ᄂᆞ려 상셰 태부인을 뫼셔 오ᄅᆞᆫ[129] 산샹(山上)으로 향ᄒᆞᆯᄉᆡ 이 산은 곳 ᄆᆡᆼ츄의 둔병(屯兵)ᄒᆞᆫ 산 마ᄌᆞᆫ편이라. 이ᄯᆡ ᄆᆡᆼ취 졈샤(店肆)의 두로 블을 노코 졍부 ᄒᆡᆼᄎᆞ 머므ᄂᆞᆫ 졈ᄉᆞ(店舍)ᄅᆞᆯ ᄉᆞᆯ필ᄉᆡ 졍상셰 쇼장(素帳)[130] 두른 거교(車轎)ᄅᆞᆯ 붓드러 십여(十餘) 장확(臧獲)과 뉵칠(六七) ᄎᆞ환(叉鬟)으로 호위(護衛)ᄒᆞ여 몬져 산샹의 오ᄅᆞ믈 보ᄆᆡ 비록 경왕(景王)의 분부ᄂᆞᆫ 졍부 일ᄒᆡᆼ을 남녀노유(男女老幼) 업시 다 죽이라 ᄒᆞ여시나 계월의 획계(劃計)ᄒᆞᆫ ᄇᆡ 닌셩을 죽이고 쇼져ᄅᆞᆯ 아ᄉᆞ 갈디언졍 쥬군(主君)을 ᄉᆡᆼ심(生心)도 범(犯)치 말나 ᄒᆞ여시므로 감히 태부인을 ᄒᆡ(害)ᄒᆞᆯ 의ᄉᆡ(意思) 업셔 산샹의 오ᄅᆞᆫ ᄃᆡ로 두고 공ᄌᆞ 등과 쇼져의 나오기만 기다리더니 이윽고 졍시랑이 거교ᄅᆞᆯ 호ᄒᆡᆼ(護行)ᄒᆞ여 공ᄌᆞ 등을 거ᄂᆞ리고 ᄉᆞ묘(四廟)ᄅᆞᆯ 밧드러 산샹으로 향코ᄌᆞ ᄒᆞᄂᆞᆫ디라. ᄆᆡᆼ취 비로소 일셩고함(一聲鼓喊)의 삼ᄇᆡᆨ(三百) 댱졍군(壯丁軍)을 거ᄂᆞ리고 표연(飄然)이 ᄂᆡ다ᄅᆞ니 흰 날이 야ᄉᆡᆨ(夜色)

127 농안디상(龍顔之相): 용안지상. 용을 닮은 얼굴. 한 고조 유방의 얼굴을 가리킴.

128 패공(沛公): 한 고조 유방.

129 오ᄅᆞᆫ: 오른. ‘오른쪽의’라는 뜻.

130 쇼장(素帳): 소장. 흰색 장막.

을 빗최고 군ᄉᆞ(軍士)마다 비로소 긔운을 발ᄒᆞ여 바로 공ᄌᆞ 형뎨(兄 33면
弟)ᄅᆞᆯ 취(取)ᄒᆞ거ᄂᆞᆯ 시랑이 쳔만녀외(千萬慮外)의 이변(異變)을 만나 아모리 ᄒᆞᆯ 줄 모로더니 도젹이 칼흘 두로며 대호왈(大號曰)

"닌셩 등 쇼ᄋᆞ(小兒)ᄂᆞᆫ 창승(蒼蠅)의 머리ᄅᆞᆯ 굽혀 내 칼흘 바드라."

ᄒᆞ며 다라드니 셤옥의 탄 거괴(車轎) 뉴의(留意) 젹을 쓴 아니라 알플 당ᄒᆞ엿고 화·상 이 부인 거장(車帳)은 뒤ᄒᆡ 이셔 쇼당(素帳)을 둘넛고 압ᄋᆡ 거장은 빗난 듕 노복이 황황(遑遑)이 닐니 왈

"쇼져의 거교ᄅᆞᆯ 도로 역졈(驛店)의 뫼시ᄌᆞ."

ᄒᆞ거ᄂᆞᆯ 밍취 손의 젹은 긔(旗)ᄅᆞᆯ 드러 졔군(諸軍)을 가ᄅᆞ쳐 압ᄋᆡ 거교ᄅᆞᆯ 몬져 아ᄉᆞ가라 ᄒᆞ고 흰 날이 졍히 닌셩 등을 ᄒᆡ케 되엿더니 쳔만 ᄉᆡᆼ각디 아닌 닌광이 원비(猿臂)[131]ᄅᆞᆯ 디ᄅᆞ고ᄌᆞ ᄒᆞᄂᆞᆫ 칼흘 아ᄉᆞ 들고 봉안(鳳眼)을 놉히 뜨며 가월쳥산(佳月靑山)[132]을 거ᄉᆞ려[133] 도젹을 향ᄒᆞ여 치며 녀셩대즐(厲聲大叱) 왈

"오문(吾門)이 본ᄃᆡ 사ᄅᆞᆷ으로 더브러 젹원(積怨)ᄒᆞ미 업거ᄂᆞᆯ 너희 엇던 흉젹(凶賊)이완ᄃᆡ 감히 우리 ᄒᆡᆼ거(行車)ᄅᆞᆯ 범ᄒᆞᄂᆞ뇨? 우리 비록
튱년쇼ᄋᆡ(冲年小兒)나 너개[134] 갓ᄐᆞᆫ 도젹을 두리지 아닛노라." 34면

ᄒᆞ고 젼후(前後)로 어ᄌᆞ러이 쳐 도젹이 갓가이 범치 못ᄒᆞ게 ᄒᆞ니 밍취 낫ᄎᆡ 븕은 칠 ᄒᆞ고 ᄒᆞᆫ 눈을 ᄢᅵ그리고 소ᄅᆡᄅᆞᆯ 디ᄅᆞ 드ᄃᆡ게 ᄆᆡ이[135] 질너 졍

131 원비(猿臂): 원숭이처럼 긴 팔. 보통 무장의 팔을 비유함.

132 가월청산(佳月靑山): 가월청산. 초승달 같고 산처럼 푸른 눈썹을 뜻함.

133 거ᄉᆞ려: 거ᄉᆞ르다. '거스르다' 혹은 '위로 올리다'의 뜻.

134 너개: 너희.

135 ᄆᆡ이: 맵게. 심하게. 몹시.

부 장확(臧獲) 듕 아ᄂᆞᆫ ᄌᆡ 잇셔도 ᄊᆡ닷디 못ᄒᆞ게 ᄒᆞ고 다ᄅᆞ니ᄂᆞᆫ ᄒᆡ(害)치 아냐 다만 닌셩 등을 죽이고 졍쇼져ᄅᆞᆯ 아ᄉᆞ 도라가면 계월의 쳥(請)을 좃고 경왕(景王)긔도 졍상셔ᄅᆞᆯ ᄒᆡ치 못ᄒᆞ믄 미딘(未盡)ᄒᆞ나 졀ᄉᆡᆨ미ᄋᆞ(絶色美兒)ᄅᆞᆯ 헌(獻)ᄒᆞ면 공(功)이 듕(重)ᄒᆞᆯ 거시오 닌셩 등 쇼ᄋᆞ(小兒)야 ᄲᅳ리치미[136] 창승(蒼蠅)이나 다ᄅᆞ리오 ᄒᆞ엿더니 무심결의 칼ᄒᆞᆯ 아이고 쑤짓ᄂᆞᆫ 말을 드ᄅᆞᄆᆡ 졍공ᄌᆞᄂᆞᆫ 져ᄅᆞᆯ 본 ᄇᆡ 업ᄉᆞ나 져ᄂᆞᆫ 졍공ᄌᆞ 등을 여러 번 본 바로 이갓치 비상(非常)ᄒᆞᆫ ᄌᆡ인(才人)을 죽이면 텬앙(天殃)이 이실가 두리나 가위(可謂) 쥬란디셰(累卵之勢)라 이의 군ᄉᆞᄅᆞᆯ 호령(號令)ᄒᆞ여 냥ᄋᆞ(兩兒)ᄅᆞᆯ 죽이라 ᄒᆞ니 도젹의 흉냥(凶狼)ᄒᆞᆫ[137] 셰와 공ᄌᆞ 등의 미약(微弱)ᄒᆞ므로 엇디 셔로 결을 의ᄉᆞ(意思)ᄅᆞᆯ ᄒᆞ리오마ᄂᆞᆫ 모든 장확(臧獲)과 졍시랑이 도젹의 말을 듯고 혹ᄌᆞ 닌셩 등을
35면 •젹슈(賊手)의 맛ᄎᆞᆯ가[138] 경황ᄎᆞ악(驚惶嗟愕)ᄒᆞ여 죽으믈 헤디 아니코 각각 패도(佩刀)ᄅᆞᆯ ᄲᆡ혀 도젹을 막ᄌᆞᄅᆞ며 쳥계의 셔긔(書記) 홍윤이 쏘ᄒᆞᆫ 효용(驍勇)ᄒᆞᆫ디라 분연이 댱검(長劍)을 ᄲᆡ혀 들고 다라드니 ᄆᆡᆼ취 대로(大怒)ᄒᆞ여 마ᄌᆞ ᄡᆞ흘ᄉᆡ 장확(臧獲) 슈인(數人)이 ᄆᆡᆼ츄의 칼ᄒᆡ 딜녀 듕상(重傷)ᄒᆞ고 져마다 명(命)을 도모(圖謀)코져 ᄒᆞᄂᆞᆫ 듕 젹되(賊徒) 홍윤을 겹겹이 ᄡᆞ고 급히 치니 ᄆᆡᆼ츄의 강ᄆᆡᆼ(强猛)은 ᄇᆡᄇᆡ(倍倍)ᄒᆞ고 홍윤의 긔력(氣力)은 졈쇠(漸衰)ᄒᆞ여 위급(危急)ᄒᆞ미 시ᄀᆡᆨ(時刻)의 잇더라. ᄎᆞ시(此時) 졍상셰 산샹(山上)의셔 젹셰(賊勢) 흉댱(凶壯)ᄒᆞ

---

136 ᄲᅳ리치미: ᄲᅳ리치다. 쓸어버리다.

137 흉냥(凶狼)ᄒᆞᆫ: 규장각본에는 '흉댱ᄒᆞᆫ'으로 되어 있음.

138 맛ᄎᆞᆯ가: 맛ᄎᆞ다. 마치다, 죽다.

믈 만분착급(萬分着急)ᄒᆞ며 태부인이 거륜(車輪)을 두다 려 왈
“젹셰 ᄲᆞᄅᆞ미 졈촌(店村) 화셰(火勢)의 더은디라. 딜ᄋᆞ(姪兒) 흠이 문장(文章)을 ᄌᆞ허(自許)ᄒᆞᆯ ᄲᅳᆫ이언졍 조고만 용ᄆᆡᆼ(勇猛)이 업ᄉᆞ니 제ᄋᆞ(諸兒)ᄅᆞᆯ 구치 못ᄒᆞ고 제 몸이 ᄯᅩᄒᆞᆫ 위ᄐᆡ(危殆)ᄒᆞᆯ디라. 네 비록 참최(斬衰)ᄅᆞᆯ ᄡᅳ으러 흉젹(凶賊)으로 교봉(交鋒)치 못ᄒᆞᆯ 도리나 네 아니 가면 제ᄋᆞᄅᆞᆯ 젹슈(賊手)의 맛ᄎᆞ리니 고집(固執)히 일도(一道)ᄅᆞᆯ 딕희여 참화(慘禍)ᄅᆞᆯ 취ᄒᆞ리오? 오ᄋᆞ(吾兒)ᄂᆞᆫ 노모(老母)ᄅᆞᆯ 보젼(保全)콰
져 ᄒᆞ거든 손ᄋᆞ(孫兒) 등을 구ᄒᆞ여 오라.” 36면
상셰 ᄃᆡ왈(對曰)
“쇼ᄌᆡ(小子) 엇디 일도ᄅᆞᆯ 딕희여 제ᄋᆞᄅᆞᆯ 구(救)치 아니리잇고마ᄂᆞᆫ ᄌᆞ위(慈闈)ᄅᆞᆯ 시위(侍衛)ᄒᆞ미 노복(奴僕) 밧긔 업ᄉᆞ오니 ᄒᆡᄋᆡ(孩兒) ᄯᅥ나미 졀박(切迫)ᄒᆞ와이다.”
태부인이 ᄌᆡ촉ᄒᆞ여 왈
“네 엇디 한만(閑漫)ᄒᆞᆫ 셜화(說話)로 제ᄋᆞ와 슈ᄆᆡ(嫂妹)의 급(急)ᄒᆞ믈 념(念)치 아니ᄒᆞᄂᆞ뇨? 노모ᄂᆞᆫ 위ᄐᆡᄒᆞ미 업ᄂᆞ니 ᄲᆞᆯ니 ᄒᆡᆼ(行)ᄒᆞ라.”
상셰 혜오ᄃᆡ ‘모친의 ᄌᆡ촉이 급ᄒᆞ시고 실노 내 가디 아니면 만금소듕(萬金所重)을 젹슈(賊手)의 맛ᄎᆞᆯ디라.’ 이에 비복(婢僕)을 당부(當付)ᄒᆞ여 일시(一時)ᄅᆞᆯ ᄯᅥ나지 말나 ᄒᆞ고 삼십여(三十餘) 명 장확(臧獲)을 거ᄂᆞ려 표풍취우(飄風聚雨)[139]갓치 산하(山下)로 나려갈ᄉᆡ 이ᄯᅢ 시랑이 도젹(盜賊)의 창(槍)의 좌비(左臂)ᄅᆞᆯ ᄆᆡ이 딜녀 젹혈(赤血)이 옷

139 표풍취우(飄風聚雨): 표풍취우. 회오리바람과 소나기. 갑자기 몰아쳤다가 흔적 없이 사라짐을 비유함.

우희 ᄉᆞ못고[140] 홍윤이 공ᄌᆞ를 보호(保護)ᄒᆞ여 댱검(長劍)을 둘너 ᄃᆡ젹(對敵)ᄒᆞ나 ᄒᆞᆫ 몸으로 엇디 삼ᄇᆡᆨ(三百) 명(名) 젹도(賊徒)를 당ᄒᆞ리오? ᄆᆡᆼ츄의 칼흘 마ᄌᆞ 엇게[141] ᄆᆡ이 상ᄒᆞ고 여러 장확이 ᄯᅩᄒᆞᆫ 당치 못ᄒᆞ여 홍윤을 구(救)치 못ᄒᆞ고 다만 공ᄌᆞ 등을 에워ᄡᆞ 창검(槍劍)을 가리오
37면 ᄃᆡ 젹되 브ᄃᆡ[142] 공ᄌᆞ 등을 죽이려 ᄒᆞᄆᆡ 군(軍)을 호령(號令)ᄒᆞ여 홍윤을 ᄇᆞ리고 바로 공ᄌᆞ를 취ᄒᆞ니 ᄂᆡᆫ광이 블승분노(不勝憤怒)ᄒᆞ여 일변(一邊) 칼흘 드러 압ᄒᆡ 오ᄂᆞᆫ 도적 이인(二人)을 ᄇᆡ롤 딜너 것구ᄅᆞ치니 위풍(威風)이 규규(赳赳)[143]ᄒᆞ여 번연(翻然)이 용협(勇俠)을 겸(兼)ᄒᆞ엿ᄂᆞᆫ디라. 그 거동(擧動)이 왕왕(往往) 블측(不測)ᄒᆞᆫᄃᆡ 풍운(風雲)을 졔작(制作)ᄒᆞᄂᆞᆫ 교룡(蛟龍)과 태산(泰山)이 최외(崔嵬)ᄒᆞᆫᄃᆡ 호피(虎豹) 딘풍(震風)ᄒᆞ여 ᄇᆡᆨ싊(百獸) 딘공(震恐)ᄒᆞᄂᆞᆫ 듯 그 상셔로오미 기산(岐山)의 단봉(丹鳳)[144]이오 교야(郊野)의 긔린(麒麟)이라. 댱공ᄌᆞ(長公子) ᄂᆡᆫ셩은 텬디(天地)의 호연디긔(浩然之氣)를 일편(一偏)도이[145] 타나 오악(五嶽)의 졍긔(精氣)를 거두어 팔황(八荒)을 통복(通復)[146]ᄒᆞ

140 ᄉᆞ못고: ᄉᆞ못다. 사무치다. 깊이 스며들거나 멀리까지 퍼지다. 여기에서는 '피가 옷에 번지다'의 뜻.

141 엇게: 어깨.

142 브ᄃᆡ: 부디. 제발, 기어코.

143 규규(赳赳)ᄒᆞ여: 규규하다. 씩씩하고 당당하다.

144 기산(岐山)의 단봉(丹鳳): 주나라 문왕(文王)의 덕치로 나라가 잘 다스려지자 기산에 봉황새가 날아와 울었다고 함.

145 일편(一偏)도이: '몰아서 치우치게'라는 뜻. 여기서는 과도하다는 의미.

146 통복(通復): 통하여 돌아옴. 주자의 "태극이 움직임은 성이 통하는 것(誠之通)이고 … 고요함은 성이 돌아오는 것(誠之復)이다."라는 말에서 나옴. 《근사록(近思錄)》〈태극도설(太極圖說)〉 주(註).

고 만방(萬方)을 협화(協和)ᄒᆞᆯ ᄃᆞᆺ 신신요요(申申夭夭)[147]ᄒᆞ며 온냥공검(溫良恭儉)ᄒᆞ미 공부ᄌᆞ(孔夫子)로 방블(髣髴)ᄒᆞ니 기뎨(其弟)의 픔슈(稟受)로ᄂᆞᆫ 잠간 다ᄅᆞᆫ디라. 이의 소ᄅᆡᄅᆞᆯ 뎡(正)히 ᄒᆞ여 왈

"오문(吾門)이 션셰(先世)로브터 사ᄅᆞᆷ과 원쉬(怨讎) 업고 아등(我等)은 더옥 십 셰 젼(前) 동치(童稚)로 일ᄌᆞᆨ 초목곤튱(草木昆蟲)도 상(傷)ᄒᆡ오미 업거ᄂᆞᆯ 너의 우리ᄅᆞᆯ 취ᄒᆞ여 죽이기ᄅᆞᆯ 니ᄅᆞ니 내 실노 아디 못ᄒᆞᆯ 일이라. 그 곡졀(曲折)을 ᄇᆞᆰ히 니ᄅᆞ면 ᄉᆞᄉᆡᆼ(死生)을 쾌결(快 38면
決)ᄒᆞ여 죄악(罪惡)이 죽엄 ᄌᆞᆨᄒᆞ거든 네 칼흘 피(避)치 아닐 거시오 굿ᄐᆞ여 죽을 일이 업ᄉᆞᆯ딘ᄃᆡ 네 만군(萬軍)을 거ᄂᆞ려 와도 내 ᄌᆞ연 피ᄒᆞᆯ디라. 야텬(爺天)이 됴림(照臨)ᄒᆞ시고 신명(神明)이 ᄌᆡ방(在傍)ᄒᆞ시니 여등(汝等)이 흉젹(凶賊)이 블의(不義)ᄅᆞᆯ 이갓치 ᄒᆡᆼᄒᆞᄆᆡ 스ᄉᆞ로 두립디 아니랴?"

제젹(諸賊)이 쳠망일견(瞻望一見)[148]의 심신(心神)이 숑연(悚然)ᄒᆞ여 감히 갓가이 범치 못ᄒᆞ더니 졍상셰 니ᄅᆞ러 도젹을 헤치고 친히 교봉(交鋒)코져 ᄒᆞ나 용녁(勇力)이 밋디 못ᄒᆞᆯ ᄲᅳᆫ 아냐 집상거려(執喪居廬)[149]ᄒᆞᄂᆞᆫ 도리(道里)의 만만블가(萬萬不可)ᄒᆞᆫ디라. 가마니 하날을 우러러 딘언(眞言)을 념(念)ᄒᆞ니 홀연 운뮈(雲霧) ᄌᆞ옥ᄒᆞ며 광풍(狂風)이 대작(大作)ᄒᆞᄂᆞᆫ 듕 신병귀졸(神兵鬼卒)이 쳡쳡층츌(疊疊層出)ᄒᆞ

---

147 신신요요(申申夭夭): 마음에 개의하는 바가 없이 즐거운 모양. "공자는 한가히 거처할 때 마음이 활짝 풀어진 듯하고 즐거운 듯했다(子之燕居 申申如也 夭夭如也)."라는 말에서 나옴. 《논어》 〈술이(述而)〉.

148 첨망일견(瞻望一見): 첨망일견. 우러러 한 번 봄.

149 집상거려(執喪居廬): 상례를 집행하고 여막에 머문다는 뜻으로, 상중에 있음을 말함.

여 젹군(賊軍)을 ᄯᆞ로며 비ᄉᆞ쥬셕(飛沙走石)[150]ᄒᆞ여 젹군의 낫출 상ᄒᆡ오니 ᄆᆡᆼ취 대경실ᄉᆡᆨ(大驚失色)ᄒᆞ여 일시(一時)의 군을 믈녀 산지ᄉᆞ방(散之四方)[151]ᄒᆞ여 창황분쥬(蒼黃奔走)ᄒᆞ거ᄂᆞᆯ 쳥계 비로소 졔인(諸人)을 ᄎᆞᄌᆞ볼ᄉᆡ 시랑의 좌비(左臂) 상(傷)ᄒᆞᆫ 바의 도젹이 쇼교(小
39면 轎)[152]룰 아ᄉᆞ가시믈 만심ᄎᆞ악(滿心嗟愕)ᄒᆞ여 손으로 가ᄉᆞᆷ을 만디며 말을 못 ᄒᆞ더니 닌셩이 압ᄒᆡ 나아와 나즉이 븟드러 고왈(告曰)

“쇼교(小轎)룰 비록 도젹이 아ᄉᆞ가오나 ᄒᆞᆫ ᄎᆞ환(叉鬟)을 일흘 ᄲᅳᆫ이오니 대인(大人)은 믈녀(勿慮)ᄒᆞ시고 왕뫼(王母) 산샹(山上)의셔 기다리실디라 밧비 올나가시면 슉모[153]와 모친 ᄒᆡᆼ거(行車)ᄂᆞᆫ 쇼ᄌᆡ 호ᄒᆡᆼ(護行)ᄒᆞ리이다.”

상셰 급문왈(急問曰)

“여ᄎᆞ족 여ᄆᆡ(汝妹) 어ᄃᆡ 잇ᄂᆞ뇨?”

ᄃᆡ왈(對曰)

“잠간 피(避)ᄒᆞ엿ᄉᆞ오니 츈파의 튱근(忠勤)ᄒᆞ미 ᄆᆡ져(妹姐)룰 위ᄐᆡ(危殆)케 아니 ᄒᆞ오리이다.”

상셰 비로소 심신(心神)을 뎡(靜)ᄒᆞ고 시랑을 보아 왈

“ᄌᆞ위(慈闈) 기ᄃᆞ리시미 간졀(懇切)ᄒᆞ실디라 현뎨(賢弟)의 상(傷)ᄒᆞ믈 구호(救護)치 못ᄒᆞᄂᆞ니 모로미 샤묘(祀廟)룰 뫼시고 슈ᄆᆡ(嫂妹)룰

150 비ᄉᆞ쥬셕(飛沙走石): 비사주석. 모래와 돌이 여기저기 날아다님.

151 산지ᄉᆞ방(散之四方): 산지사방. 사방으로 흩어짐.

152 쇼교(小轎): 소교. 작은 가마.

153 슉모: 숙모. 숙부의 아내. 여기서는 고모를 가리킴.

호ᄒᆡᆼᄒᆞ여 ᄲᆞᆯ니 오라."

ᄒᆞ며 즉시 산샹으로 향ᄒᆞ니 시랑 앏흐믈 딘뎡(鎭靜)ᄒᆞ고 화·상 이 부인과 제ᄋᆞ(諸兒)ᄅᆞᆯ 호ᄒᆡᆼᄒᆞ여 산샹을 향ᄒᆞᆯᄉᆡ 졈ᄉᆞ(店舍) ᄇᆡᆨ여(百餘)[154] 회(戶) 다 ᄌᆡ 되고 디영(祇迎)ᄒᆞ던 ᄌᆞᄉᆞ(刺史)[155]·츄관(秋官)[156]이 봉두젹신(蓬頭赤身)[157]으로 계오 블을 면(免)ᄒᆞ여시나 그 경상이 ᄒᆡ괴(駭怪)ᄒᆞ더라. 이ᄯᆡ 츈패 쇼져ᄅᆞᆯ 업고 어두온 구셕을 취ᄒᆞ며 황초(荒草) 무셩(茂盛)ᄒᆞᆫ ᄂᆡ와 밧 가온ᄃᆡ 숨어시미 두렵고 위ᄃᆡ(危殆)ᄒᆞ더니 도젹 40면
(盜賊)이 믈너간 후 태부인 계신 곳을 ᄎᆞᄌᆞ 향ᄒᆞ니라. ᄎᆞ시(此時) 셔태부인이 젹셰(賊勢) 흉댱(凶壯)ᄒᆞ므로 상셔ᄅᆞᆯ ᄌᆡ촉ᄒᆞ여 보ᄂᆡ여시나 념녀황황(念慮遑遑)ᄒᆞ더니 상셰 믄득 올나와 이셩화ᄉᆡᆨ(怡聲和色)으로 도젹이 물너가믈 쥬(奏)ᄒᆞ고 미조ᄎᆞ[158] 시랑이 일ᄒᆡᆼ(一行)을 호ᄒᆡᆼ(護行)ᄒᆞ여 니ᄅᆞ러 태부인 긔운(氣運)을 뭇ᄌᆞ오나 혈흔(血痕)이 옷ᄉᆡ 가득ᄒᆞ고 신ᄉᆡᆨ(神色)이 오히려 ᄎᆞ악(嗟愕)ᄒᆞ믈 뎡(靜)치 못ᄒᆞᄂᆞᆫ 거동(擧動)이라. 태부인이 대경(大驚)ᄒᆞ여 그 상(傷)ᄒᆞᆫ 팔흘 븟들고 앗기며 슬프믈 니긔디 못ᄒᆞ여 휘루탄왈(揮淚嘆曰)

"현딜(賢姪)이 블의(不意)예 흉젹(凶賊)을 당ᄒᆞ여 이러ᄐᆞᆺ 듕상(重傷)ᄒᆞ니 엇디 ᄎᆞ악디 아니리오?"

시랑이 이셩화긔(怡聲和氣)로 ᄃᆡ왈(對曰)

---

154 ᄇᆡᆨ여(百餘): 여기에서부터 2면 정도 분량은 장서각본에 결락되어 규장각본으로 대체함.

155 ᄌᆞᄉᆞ(刺史): 자사. 지방 행정자치를 담당하는 관리.

156 츄관(秋官): 추관. 형부 소속으로 형벌을 주관하는 관리.

157 봉두젹신(蓬頭赤身): 봉두적신. 헝크러진 머리와 맨몸.

158 미조ᄎᆞ: 미좇다. 뒤미처 좇다. 여기에서는 '이어서'라는 뜻.

“유ᄌᆡ(幼子) 암용(暗庸)ᄒᆞ와 좌비(左臂) 상(傷)ᄒᆞ오니 블인블(不忍不)이오【어린 거ᄉᆞᆯ 용으로ᄡᅧ 못 ᄒᆞ고】 의(義)ᄂᆞᆫ 블의(不毅)라【의ᄂᆞᆫ 힘으로ᄡᅧ 못 ᄒᆞ단 말이라】 흉젹이 비록 한포(漢暴)ᄒᆞ나 강도(强盜)의 뉴(類) 아니라 유ᄌᆞ(儒者)ᄅᆞᆯ 간ᄃᆡ로[159] 죽이디 아닐 줄 아랏ᄉᆞᆸ더니 죵ᄇᆡᆨ
41면 (從伯)[160]이 니ᄅᆞ러 여ᄎᆞ여ᄎᆞ 신병귀졸(神兵鬼卒)노 도젹을 믈니치ᄆᆡ 과연 젹ᄒᆡ(賊害)ᄅᆞᆯ 면(免)ᄒᆞ온디라. 잠간 상(傷)ᄒᆞ미 므ᄉᆞᆷ ᄃᆡ단ᄒᆞᆫ 념녜(念慮) 잇ᄉᆞ오리잇가?”

태부인이 그 팔흘 어ᄅᆞ만져 참연(慘然)이 앗기며 놀나믈 뎡(靜)치 못ᄒᆞ니 상셰 호언(好言)으로 념녀 마ᄅᆞ시믈 쳥ᄒᆞᄃᆡ 태부인이 ᄀᆞ장 오린 후 상·화 이(二) 부인(夫人)을 ᄃᆡ(對)ᄒᆞ여 도젹의 흉당(凶壯)턴 말을 일어 셔로 위로ᄒᆞ며 월염을 ᄎᆞᄌᆞ니 상부인이 나즉이 고왈(告曰)

“딜녀(姪女)ᄂᆞᆫ 화뎨(花弟) 여ᄎᆞ여ᄎᆞᄒᆞ여 몬져 피ᄒᆞ고 거듕(車中)의 시ᄋᆞ(侍兒) 셤옥을 너헛ᄉᆞᆸ더니 도젹이 아ᄉᆞ가온디라. 딜녜 비록 화뎨지교(花弟之敎)로 욕을 면ᄒᆞ오나 그 놀나오미 오죽ᄒᆞ리잇가?”

태부인이 더옥 경ᄒᆡ왈(驚駭曰)

“도젹이 ᄒᆡᆼ듕긔물(行中器物)을 탐(貪)치 아니ᄒᆞ고 월ᄋᆞ의 교ᄌᆞ(轎子)ᄅᆞᆯ 아ᄉᆞ가믄 심상치 아닌 의ᄉᆡ(意思)라. 엇디 ᄉᆡᆼ각디 못ᄒᆞᆯ 변(變)이 이러틋 심ᄒᆞ뇨?”

인ᄒᆞ여 화부인 디모(智謀)ᄅᆞᆯ 칭션(稱善)ᄒᆞ니 화부인이 블감ᄉᆞ샤(不堪辭謝)ᄒᆞ고 ᄌᆞ긔 ᄯᅳᆺ인즉 월ᄋᆞᄅᆞᆯ 아조 실산(失散)타 거ᄌᆺ 두로 ᄎᆺ

159 간ᄃᆡ로: 간대로. 마음대로, 함부로.

160 죵ᄇᆡᆨ(從伯): 종백. 사촌 맏형을 남에게 이르는 말. 여기서는 정잠을 말함.

ᄂᆞᆫ 쳬ᄒᆞ여 헷소문을 ᄂᆡ여 ᄂᆡ두(來頭)ᄅᆞᆯ ᄉᆞᆯ피고져 ᄒᆞ나 졍부(程府) 42면
졔인(諸人)이 본ᄃᆡ 은은미약(闇闇微弱)ᄒᆞ여 나아갈 ᄃᆡ도 것칠 거시
잇ᄂᆞᆫ ᄃᆞᆺ 쇼견(所見)이 남ᄌᆞ의 넘디 아냐 ᄌᆡ죄 녀공방젹디임(女工紡
織之任)의 션능(善能)ᄒᆞᆯ 쁜이오 문식(文識)이 《녈녀젼(列女傳)》 밧
근 아니 ᄒᆞ나니ᄅᆞᆯ 취ᄒᆞ고 녈부(烈婦)의 견식(見識)과 ᄌᆡ녀(才女)의
경발(警拔)[161]ᄒᆞ믈 블열(不悅)ᄒᆞ므로 상셰 월염의 일치 아닌 쇼문 ᄂᆡ디
말믈 ᄌᆞ긔 뜻을 빗최여 슉슉(叔叔)의 넘게 넉이믈 어들믈 아니라 쳐
ᄉᆞᄅᆞᆯ 가장 두려 ᄉᆞᄉᆞ쇼견(私私所見)을 발(發)치 못ᄒᆞ니 상셰 날호여
왈

"슈슈(嫂嫂)의 신긔디혜(神奇之慧) 아니면 월ᄋᆞᄂᆞᆫ 젹ᄒᆡ(賊害)ᄅᆞᆯ 면치
못ᄒᆞᆯ너니 이졔 도젹이 비ᄌᆞ(婢子)ᄅᆞᆯ 월ᄋᆞ로 아라 다려가 욕된 말이
비경(非輕)ᄒᆞᆯ던ᄃᆡ 비ᄌᆡ 출하리 근본을 쾌히 니ᄅᆞ면 깃브려니와 블연
즉(不然則) 욕셜(辱說)이 블측(不測)ᄒᆞᆯ디라. 월ᄋᆡ 도라오거던 그 의
장(衣裝)[162]을 도로 곳치고 읍듕(邑中)의 거교(車轎)ᄅᆞᆯ 어더 ᄒᆡᆼ도(行途)
ᄅᆞᆯ 여젼(如前)이 ᄒᆞᆯ 거시라."

시랑 왈

"형댱(兄長)이 범ᄉᆞ(凡事)의 뎡도(正道)ᄅᆞᆯ 쥬(主)ᄒᆞ샤 곡녜권도(曲禮
權道)ᄅᆞᆯ ᄉᆡᆼ각디 아니시니 흉젹(凶賊)이 우리 ᄒᆡᆼ도(行途)의 보홰(寶
貨) 업ᄉᆞ믈 알ᄃᆡ 갑쥬(甲冑)ᄅᆞᆯ 갓초고 길히셔 ᄲᅡ화 딜ᄋᆞ(姪兒)의 거 43면
교(車轎)ᄅᆞᆯ 탈취(奪取)ᄒᆞ니 기의(其意) 흉측(凶測)ᄒᆞ고 발셔 간모곡

161 경발(警拔): 발군의 자질 혹은 빼어남.

162 의장(衣裝): 몸에 걸치는 옷.

계(奸謀曲計)[163]ᄅᆞᆯ 운동(運動)ᄒᆞ여 우리 ᄒᆡᆼ도(行途)ᄅᆞᆯ 여으미[164] 오ᄅᆡᆫ디라. 이졔 그만ᄒᆞ여 긋치디 아니리니 만일 딜ᄋᆞ의 ᄃᆡ신(代身)으로 셤옥이 가시믈 알딘ᄃᆡ 그 홰(禍) 더옥 급(急)ᄒᆞᆯ디라. 모로미 헛쇼문을 ᄂᆡ여 딜녀(姪女)ᄅᆞᆯ 일타 ᄒᆞ고 넌ᄌᆞ시 ᄇᆡᆨ모(伯母)의 교듕(轎中)의 너허 가미 올흐리니 원(願) 형댱은 ᄂᆡᆨ이 ᄉᆡᆼ각ᄒᆞ샤 ᄒᆡᆼ도의 다시 경ᄒᆡ(驚駭)[165]ᄒᆞ미 업게 ᄒᆞ쇼셔.”

상셰 왈

“현뎨(賢弟) ᄋᆞ시(兒時)로브터 사ᄅᆞᆷ의 브졍궤ᄉᆞ(不正詭詐)[166]ᄒᆞᆫ 거ᄉᆞᆯ 취(取)치 아니터니 금일(今日) 말이 여ᄎᆞ(如此)ᄒᆞ니 팔흘 상ᄒᆡ오ᄆᆡ 긔운(氣運)이 최졀(摧折)ᄒᆞ여 도적을 두리미냐? 쥬편(主便)ᄒᆞᆯ 도리ᄅᆞᆯ ᄉᆡᆼ각ᄒᆞ여 ᄒᆡᆼ도의 무ᄉᆞ(無事)코ᄌᆞ ᄒᆞ미냐?”

시랑이 쇼이ᄃᆡ왈(笑而對曰)

“팔이 듕상(重傷)ᄒᆞ여 긔운이 최찰(摧巀)ᄒᆞᄆᆡ 도적을 두리미 깁고 일이 평안(平安)ᄒᆞ여 ᄒᆡᆼ도의 무ᄉᆞ코져 ᄒᆞᆷ도 괴이치 아니커ᄂᆞᆯ 형댱이 엇디 이상히 넉이시ᄂᆞ니잇고?”

상셰 왈

44면 “현뎨 말이 맛당ᄒᆞᄃᆡ 오ᄂᆞᆫ ᄋᆡᆨ(厄)은 셩인(聖人)도 면치 못ᄒᆞ시ᄂᆞ니 우리 므ᄉᆞᆫ 사ᄅᆞᆷ이라 잘 면ᄒᆞ리오? 도적이 우리 ᄒᆡᆼ도(行途)ᄅᆞᆯ ᄯᆞ라 난

---

163 간모곡계(奸謀曲計): 간사하고 바르지 않은 계교.

164 여으미: 여으다. 엿보다.

165 경히(驚駭): 경해. 뜻밖의 일을 당해 놀람.

166 브졍궤ᄉᆞ(不正詭詐): 부정궤사. 바르지 않고 거짓된 것.

(亂)을 디으미 심상치 아닌 흉의(凶意) 그만ᄒᆞ여 믈너나디 아닐 거시오 반ᄃᆞ시 쇼쇼미ᄉᆡ(小小微事)라도 다 여ᄋᆞ리니 암밀(暗密)이 여ᄋᆞᄂᆞᆫ 바의 모롤 니 이시리오? 월ᄋᆞ롤 실산(失散)타 ᄒᆞ여도 허ᄉᆡ(虛事) 될디라. 다시 변(變)을 만나나 구ᄎᆞ(苟且)ᄒᆞ미 업고ᄌᆞ ᄒᆞ노라."

시랑이 쇼왈(笑曰)

"형댱(兄長)이 만ᄉᆞ(萬事)의 광명뎡대(光明正大)ᄒᆞ믈 쥬(主)ᄒᆞ시니 쇼데(小弟)의 궤사(詭詐)ᄒᆞᆫ 계교(計巧)롤 헌(獻)ᄒᆞ비 도로혀 참괴(慚愧)ᄒᆞ온디라. 아모리나[167] ᄒᆞ쇼셔."

태부인이 상셔와 시랑을 보아 왈

"닌셩 등이 깁히 놀나 상(傷)ᄒᆞ미 업더냐?"

시랑이 인ᄒᆞ여 닌광의 댱밍강용(壯猛强勇)과 닌셩의 온침견고(溫沈堅固)ᄒᆞ믈 만구칭션(萬口稱善)ᄒᆞ여 도젹을 ᄭᅮ딧던 말이며 닌광이 칼노 도젹의 ᄇᆡ롤 질너 죽인 바롤 갓초 고ᄒᆞ니 태부인이 닌셩의 위인(爲人)을 못ᄂᆡ[168] 두굿기나 닌광이 팔셰튱년(八歲沖年)의 사ᄅᆞᆷ 죽이믈 놀나 왈

"도젹이 공연이 우리롤 범ᄒᆞ믄 만살무셕(萬殺無惜)의 죄악(罪惡)이나 닌광이 튱년쇼ᄋᆞ(沖年小兒)로 손의 칼흘 잡아 도젹을 죽이미 도로혀 놀나온디라. ᄋᆞ히(兒孩)ᄂᆞᆫ 삼가고 조심ᄒᆞ여 아븨 슉연(肅然)ᄒᆞᆫ 도학(道學)을 ᄯᆞ로고 망녕(妄靈)된 거조(擧措)롤 다시 말나." 45면

공ᄌᆡ ᄀᆞ장 황연(惶然)ᄒᆞ여 ᄌᆡᄇᆡ왈(再拜曰)

167 아모리나: 아무렇게나.

168 못ᄂᆡ: 못내. '이루 다 말할 수 없이' 혹은 '계속해서'의 뜻.

"쇼손(小孫)의 어린 나히 인명(人命)을 상(傷)히오미 가졍(家庭)의 명훈(明訓)이 아니믈 엇디 모로리잇고마는 젹되(賊徒) 쇼손형뎨(小孫兄弟)롤 브딕 죽이고 말녀 ᄒᆞ오니 디은 원싊(怨讎) 업시 그리ᄒᆞ오믈 통분(痛憤)ᄒᆞ와 졔 손의 내 목숨을 맛ᄂᆞ니[169] 내 몬져 져희롤 죽여보고ᄌᆞ 시험ᄒᆞ여 비롤 딜너 죽이미오니 그 죄(罪) 당연이 죽엄 즉ᄒᆞ오나 쇼손이 악ᄉᆞ(惡事)롤 힝홈과 다ᄅᆞ오니 왕모(王母)는 과려(過慮)치 마ᄅᆞ쇼셔."

태부인이 그 손을 어로만져 왈

"너의 강밍(强猛)이 금고(今古)의 희헌(稀罕)[170]ᄒᆞ오니 한미[171] ᄆᆞ음의 엇디 두굿겁디 아니리오마는 내 집은 본시 명현후예(明賢後裔)로 도학(道學)을 슈련(修鍊)ᄒᆞᄂᆞ니 너의 졀등(絶等)ᄒᆞᆫ 용밍을 내 드ᄅᆞ미 놀나온디라. 션군(先君)이 츌댱입상(出將入相)ᄒᆞ샤 위엄(威嚴)이 ᄉᆞ힉(四海)롤 드레시딕[172] 일즉 친히 손으로 사롬을 죽이신 일이 업고 칼노

46면

디ᄅᆞ시다 ᄒᆞ믈 듯디 못ᄒᆞ엿ᄂᆞ니 가법(家法)은 죵션죄(從先祖)[173]오 국법은 젼녜(前例)[174]라. 너의 셜ᄉᆞ 항왕(項王)[175]의 용녁(勇力)이 잇셔도 스ᄉᆞ로 장툭(藏蓄)[176]ᄒᆞ고 공밍(孔孟)을 쳐신(處身)ᄒᆞ여 셩문(聖門)의 츅

---

169 맛ᄂᆞ니: 맛다. 마치다, 끝내다.

170 희헌(稀罕): 규장각본에는 '희ᄒᆞᆫ'으로 되어 있음.

171 한미: 할미.

172 드레시딕: 드레다. '들레다'의 옛말. 야단스럽게 떠들다.

173 가법(家法)은 죵션죄(從先祖): 가법은 선조의 것을 따른다는 뜻.

174 국법은 젼녜(前例): 국법은 전례를 따른다는 뜻. 규장각본에는 '국법은 의젼녜'로 되어 있음.

175 항왕(項王): 초패왕 항우.

176 장툭(藏蓄): 장축. 숨기어 저장함.

쳬 되리니 엇디 어린 ᄋᆞᄒᆡ 인명(人命)을 쳐살(處殺)ᄒᆞ리오? 군ᄌᆞ(君
子)의 덕이 호연(浩然)ᄒᆞ여 크면 만ᄆᆡᆨ(蠻貊)[177]의 교홰(敎化) ᄒᆡᆼᄒᆞᄂᆞ니
젹되(賊徒) 궁흉극악(窮凶極惡)ᄒᆞ나 역시 사ᄅᆞᆷ이라. 엇디 사ᄅᆞᆷ을 손
으로 죽인 후 믈너나리오? ᄎᆞ후(此後)나 그런 거조(擧措)ᄅᆞᆯ 다시 말
나."
공ᄌᆡ ᄇᆡ이슈명(拜而受命)이어ᄂᆞᆯ 상셰 날호여 왈
"ᄌᆞ괴(慈敎) 디당(至當)ᄒᆞ오시니 가히 봉ᄉᆞᆼ(奉承)ᄒᆞ오려니와 만일 말
노뼈 믈니치디 못ᄒᆞ고 져의 ᄒᆡ(害)ᄅᆞᆯ 바들 디경의 다ᄃᆞ라ᄂᆞᆫ 굿ᄐᆞ여
용ᄆᆡᆼ을 장툭ᄒᆞᆯ 일이 아니오니 ᄒᆞᆫ번 시험ᄒᆞ여 젹도로 ᄒᆞ여곰 가ᄇᆡ야
이 범(犯)치 못ᄒᆞ게 ᄒᆞᆷ도 괴이(怪異)치 아니ᄒᆞ온디라. 제 아비라도 오
히려 ᄎᆡᆨ(責)디 아니리이다."
태부인이 그러히 넉이나 공ᄌᆞᄅᆞᆯ 경계(警戒)ᄒᆞ여 긔운(氣運)을 나ᄂᆞᆫ
ᄃᆡ로 ᄡᅳ리디 말나 ᄒᆞ니 공ᄌᆡ 슌슌슈명(順順受命)ᄒᆞ더라. 졍언간(正言
間)의 츈패 월염쇼져ᄅᆞᆯ 업어 니ᄅᆞ거ᄂᆞᆯ 태부인과 상셰 깃거 피(避)ᄒᆞ 47면
엿던 곳을 므ᄅᆞ니 쇼제 츄연블낙(惆然不樂)ᄒᆞ여 왈
"계뫼(季母)[178] ᄌᆡ촉ᄒᆞ여 남의(男衣)로뼈 ᄂᆡ여보ᄂᆡ시니 브득이 유모ᄅᆞᆯ
다리고 밧[179] 가온ᄃᆡ 숨엇던 ᄇᆡ오나 ᄇᆡᆨ희(伯姬)의 죄인(罪人)이 되오니
엇디 븟그럽디 아니리잇고?"
상셰 그 머리ᄅᆞᆯ ᄡᅳ다ᄃᆞᆷ아 왈

177 만ᄆᆡᆨ(蠻貊): 만맥. 만족과 맥족. 여기서는 오랑캐를 가리킴.
178 계뫼(季母): 계모. 숙모. 원래는 막내 숙부의 아내를 말함.
179 밧: 밭.

"슈슈(嫂嫂)의 디교(智巧)ᄒᆞ시미 아니런들 네 하마 젹슈(賊手)의 참욕(慘辱)을 면(免)치 못ᄒᆞᆯ 번ᄒᆞ니 엇디 ᄎᆞ악(嗟愕)디 아니리오? 일시 황극(荒棘) ᄀᆞ온ᄃᆡ 숨엇던 바ᄂᆞᆫ 슈치(羞恥)로 니ᄅᆞᆯ 거시 아니니 ᄋᆞ히ᄂᆞᆫ 놀난 거ᄉᆞᆯ 딘졍(鎭靜)ᄒᆞ라."

이의 태부인 거듕(車中)의 너코 노복(奴僕)을 명(命)ᄒᆞ여 산샹(山上)의 ᄌᆞ리ᄅᆞᆯ 베플고 잠간 쉴ᄉᆡ 상셰 시랑의 상쳐(傷處)ᄅᆞᆯ 어로만져 앗기미 스ᄉᆞ로 몸이 압흔 줄 ᄭᆡᄃᆞᆺ디 못ᄒᆞ더라. 본읍(本邑) 현관(縣官)이 다시 관복(官服)을 ᄀᆞᆺ초고 됴반(早飯)을 나아오며 놀나시믈 치위(致慰)ᄒᆞ니 상셰 비록 제읍(諸邑) 현관의 녜믈(禮物)을 츄호(秋毫) 바드미 업ᄉᆞ나 금일(今日) 됴반을 당ᄒᆞ여ᄂᆞᆫ 능히 샤양(辭讓)치 못ᄒᆞ여 태
48면 부인ᄀᆡ 나오고 일힝(一行)이 다 요긔(療飢)ᄒᆞ나 모든 쟝확(臧獲) 등이 흉젹(凶賊)의게 넉ᄉᆞᆯ 일허 수리게 뽓친 병아리갓치[180] 어릿어릿ᄒᆞ니 시랑이 힝도(行途)ᄅᆞᆯ 근심ᄒᆞ여 왈

"우리 오히려 갈 길이 머릿거ᄂᆞᆯ 일힝이 피뢰(疲勞)ᄒᆞ여 시노(侍奴)·하리(下吏) 원촌(遠村)의 짓거리ᄂᆞᆫ 소ᄅᆡ만 나도 경겁(驚怯)ᄒᆞ리니 ᄎᆞᆯ하리 두어 ᄇᆡᄅᆞᆯ 어더 슈로(水路)로 평안(平安)이 힝(行)ᄒᆞᆷ만 갓디 못ᄒᆞ니 슌풍(順風)을 만나면 뉵노(陸路)로 십여(十餘) 일(日) 힝되(行途) 슈일(數日)만 ᄒᆞ여도 태쥬ᄅᆞᆯ 득달(得達)ᄒᆞᆯ디라. 형댱(兄長) 쳐의(處意)[181] 하여(何如)오?"

상셰 왈

180 수리게 뽓친 병아리갓치: 수리에게 쫓긴 병아리같이. 매우 놀란 모습.

181 쳐의(處意): 처의. 생각.

"우형(愚兄)이 길 날 졔브터 슈로(水路)로 ᄒᆡᆼ코ᄌᆞ ᄒᆞᄃᆡ 슈천(水遷)[182]이 위ᄐᆡ(危殆)ᄒᆞ여 뉵노로 ᄒᆡᆼᄒᆞᆫ ᄇᆡ니 이제 일ᄒᆡᆼ이 편ᄒᆞ고 쉽기ᄅᆞᆯ 의논(議論)ᄒᆞ면 슈로로 ᄒᆡᆼᄒᆞ미 맛당ᄒᆞᄃᆡ 샤묘(祀廟)와 ᄌᆞ위(慈闈)ᄅᆞᆯ 밧들며 ᄋᆞ쇼(兒小)ᄅᆞᆯ 거ᄂᆞ려 망망ᄒᆡ샹(茫茫海上)의 두어 닙 널조각의 오로미 아마도 당황(唐慌)ᄒᆞᆯ가 ᄒᆞ노라."

희(噫)라! 졍문(程門) 쳥덕(淸德)으로뼈 여ᄎᆞ(如此) 낭패디지(狼狽之地)ᄅᆞᆯ 당ᄒᆞ니 엇디 텬니(天理)ᄅᆞᆯ 측냥(測量)ᄒᆞᆯ ᄇᆡ리오? 연(然)이나 49면
ᄂᆡ두화ᄋᆡᆨ(來頭禍厄)[183]과 ᄂᆡᆫ셩 등의 셩명(性命)[184]이 엇디 된고?

ᄎᆞ셜. 시랑이 쇼왈(笑曰)

"위ᄐᆡᄒᆞ오나 거야화란(去夜禍亂)의 더ᄒᆞ리잇가마ᄂᆞᆫ 형댱(兄長)이 결(決)치 아니시니 쇼뎨(小弟) 욱이디 못ᄒᆞᄂᆞ이다."

상셰 왈

"아ᄃᆡᆨ ᄒᆡᆼ도(行途)의 의논(議論)으란 날회고 녀샤(旅舍) 남은 곳이 이시면 일ᄒᆡᆼ(一行)이 잠간 쉬여 명일(明日) 발ᄒᆡᆼ(發行)ᄒᆞ렷마ᄂᆞᆫ ᄇᆡᆨ여(百餘) 호(戶) 졈ᄉᆡ(店舍) 다 ᄌᆡ 되여시니 머믈 곳이 업셔 민망ᄒᆞ도다."

졍언간(正言間)의 본읍디뷔(本邑知部) 읍져(邑邸) 갓가이 머므실 곳을 뎡(定)ᄒᆞ여시믈 고(告)ᄒᆞ니 일ᄒᆡᆼ이 뎡ᄒᆞᆫ 곳의 니ᄅᆞ러 슈일(數日)을 편히 쉬고 장ᄎᆞ 발ᄒᆡᆼᄒᆞᆯᄉᆡ 본현(本縣)의 거교(車轎)ᄅᆞᆯ 비러 월염쇼져ᄅᆞᆯ ᄐᆡ여 여젼(如前)히 ᄒᆡᆼᄒᆞ니 도로(道路)의 보ᄂᆞᆫ ᄌᆡ 므러 왈

182 슈천(水遷): 수천. 물의 이동. 물살 혹은 물길을 말함.

183 ᄂᆡ두화ᄋᆡᆨ(來頭禍厄): 내두화액. 앞으로 다가올 재앙.

184 셩명(性命): 성명. '생명'이라는 뜻.

“이 힝ᄎᆡ(行次) 젹화(賊禍)를 만나 쇼교(小轎) ᄒᆞ나흘 일흐신가 ᄒᆞ엿더니 엇디 거괴 여젼ᄒᆞ뇨?”

노복(奴僕)이 임의 상셔의 명(命)을 드럿ᄂᆞᆫ디라 즉시 답왈(答曰)

50면 “그 병든 비ᄌᆞ(婢子)의 술위니 유뮈(有無) 블관(不關)ᄒᆞᆫ디라. 일흐미 므슴 대ᄉᆞ(大事)리오?”

ᄒᆞ거ᄂᆞᆯ 화부인이 거듕의셔 그 답언(答言)을 못ᄂᆡ 민망이 넉이나 슉슉(叔叔)의 엄명딕ᄇᆡᆨ(嚴明直白)ᄒᆞᆫ 뜻을 간(干)치 못ᄒᆞᆯ디니 일노조ᄎᆞ 작변(作變)이 더ᄒᆞᆯ가 녕신(靈神)ᄒᆞᆫ 심디(心智)로ᄡᅧ 졔젹(諸賊)의 등한(等閑)치 아니믈 보건ᄃᆡ 념녜(念慮) 허다(許多)ᄒᆞ여 간위(肝胃) ᄌᆞ로 놀나오믈 이긔디 못ᄒᆞ더라. 젹은듯 힝ᄒᆞ여 녀관(旅館)의 다ᄃᆞ라ᄂᆞᆫ 태부인을 븟드러 안휴(安休)ᄒᆞ시게 ᄒᆞ고 상·화 이 부인이 졔ᄋᆞ(諸兒)를 거ᄂᆞ려 시위(侍衛)ᄒᆞ니 태부인이 상셔를 명(命)ᄒᆞ여 시랑과 ᄒᆞᆫ가디로 외실(外室)의 나가 편히 쉬라 ᄒᆞᆫᄃᆡ 상셰 시랑만 ᄂᆡ여보ᄂᆡ고 ᄌᆞ긔ᄂᆞᆫ 갓브디[185] 아니믈 일ᄏᆞ라 믈너나디 아니터라.

션시(先時)의 밍쉬 졍상셔의 신병귀졸(神兵鬼卒)의 뽗치여[186] 황망(慌忙)이 분쥬(奔走)ᄒᆞᆯᄉᆡ 십여(十餘) 리(里)를 믈너 산곡(山谷)의 둔취(頓聚)ᄒᆞ고 졍쇼져의 거교(車轎)를 안둔(安屯)ᄒᆞᆫ 후 젹졸(賊卒) 한 악의 쳐 교시로 ᄒᆞ여곰 구호(救護)ᄒᆞ라 ᄒᆞ니 셤옥이 쇼졘 쳬ᄒᆞ고 거
51면 장(車帳)의 머리를 브ᄃᆡ이져 죽고져 ᄒᆞ니 밍쉬 민망(憫惘)ᄒᆞ여 교시를 당부(當付)ᄒᆞᄃᆡ 졍쇼져를 위ᄐᆡ(危殆)ᄒᆞᆫ 곳의 니ᄅᆞ게 말나 ᄒᆞ고 일

185 갓브디: 규장각본에는 ‘갓부디’로 되어 있음.

186 뽗치여: 뽀치이다. 쫓기다.

변(一邊) 영니(怜悧)훈 군수 수오(四五) 인(人)으로 후여곰 조셔히 쳥탐(聽探)후니 즉시 도라와 보(報)후디

"정상셔 일힝(一行)이 읍져(邑底)의 집 잡아 머므디 쇼져롤 실니(失離)후미 업고 훈 병든 비주(婢子)롤 일타 후더이다."

밍쉬 쳥파(聽罷)의 의혹난측(疑惑難測)후여 즉시 교시롤 블너 교듕(轎中) 쇼져의 용모복식(容貌服色)을 므루니 교시 만구칭찬(萬口稱讚) 알

"그 고으미 셔주왕댱(西子王嬙)[187]의 나리지 아니후고 의상(衣裳)은 녜수(例事) 규슈(閨秀)의 복식(服色)이로디 긔복디인(忌服之人)[188]이라 빗난 거술 닙디 아녓더이이다."

밍쉬 심니(心裏)의 혜오디

'우리 힝계(行計)는 귀신도 측냥(測量)치 못후리니 정상셰 몬져 알고 녀오(女兒)롤 밧고와 디신(代身)홀 니 만무(萬無)훈디라. 이눈 필연(必然) 상문규수(相門閨秀)[189]로 젹슈(賊手)의 일타 후미 실노 븟그러오미 짐즛 병든 비주(婢子)롤 일타 후미니 거듕(車中)의 든 지 졍시(程氏) 아닌가 념녀(念慮)는 업거니와 닌셩 등을 죽이디 못후고 그만후여 도라가디 못후리니 졍부(程府) 일힝(一行)이 써날 만후거든 다시 쏘라 변(變)을 디으리라.' 52면

후고 한악 등 십여(十餘) 인(人)과 교시롤 아오라[190] 졍쇼져롤 호힝(護

---

187 셔주왕댱(西子王嬙): 서자왕장. 서시와 왕소군. 왕장은 왕소군의 본명.

188 긔복디인(忌服之人): 기복지인. 상복 입은 사람. 상주.

189 상문규수(相門閨秀): 재상가의 딸.

行)ᄒᆞ여 샹경(上京)케 ᄒᆞᆯᄉᆡ 쳔만보호(千萬保護)ᄒᆞ여 엄호로 나아가 경왕(景王)을 마ᄌᆞ라 ᄒᆞ고 이에 남은 군ᄉᆞ(軍士)ᄅᆞᆯ 거ᄂᆞ려 졍부 일힝을 ᄯᆞ라 브ᄃᆡ 닌셩 등을 죽이고ᄌᆞ ᄒᆞ니 일ᄌᆞ(一者)ᄂᆞᆫ 계월의 당부ᄅᆞᆯ 져바리디 아니미오 이ᄌᆞ(二者)ᄂᆞᆫ 경왕의 분부(分付)ᄅᆞᆯ 시힝코져 ᄒᆞ미러라. ᄎᆞ시(此時) 졍부 일힝이 읍져(邑底)의셔 슈일(數日)을 머므러 시랑의 상쳐(傷處)ᄅᆞᆯ 됴리(調理)ᄒᆞ며 노마(奴馬)ᄅᆞᆯ 쉬여 뎨삼일(第三日)의 발힝(發行)ᄒᆞᆯᄉᆡ 시랑 등은 슈로(水路)로 힝(行)코ᄌᆞ ᄒᆞ나 상셰 쳔니힝션(千里行船)을 위ᄐᆡ(危殆)이 넉여 뉵노(陸路)로 힝ᄒᆞᆫ 디 ᄉᆞ오(四五) 일(日)의 화부인이 일향(一向) 방심(放心)치 못ᄒᆞ나 디혜(知慧) 남ᄌᆞ(男子)의 디나믈 낫타ᄂᆡ디 아냐 다시 계교(計巧)ᄅᆞᆯ 베프미 업ᄉᆞᄃᆡ 심니(心裏)의 블평(不平)ᄒᆞ더라. 뎨뉵일(第六日)의 계람현 졈ᄉᆞ
53면 (店舍)의 니ᄅᆞ러ᄂᆞᆫ 큰 뫼흘 등디고 월쳔강을 압ᄒᆞ여 졈ᄉᆡ(店舍) 이시ᄃᆡ 심히 소조(蕭條)[191]ᄒᆞ고 임의 일ᄉᆡᆨ(日色)이 져므러 월강(越江)[192]치 못ᄒᆞᆯ디라. 일힝(一行)이 웃듬 졈ᄉᆞᄅᆞᆯ 잡아 머믈ᄉᆡ 계람현 읍져(邑底) 삼십(三十) 니(里)ᄅᆞᆯ 격(隔)ᄒᆞ고 태슈 병득(病得)ᄒᆞ여 ᄉᆞᄉᆡᆼ(死生)의 이시므로 졍부(程府) 일힝을 나와 맛디 못ᄒᆞᄂᆞᆫ디라. 시랑이 상셔긔 고왈(告曰)

“형댱(兄長)이 쳔니힝션(千里行船)을 위ᄐᆡ이 넉이시나 명일(明日) 월쳥강을 잠간 건널 일이 쇼뎨의 ᄆᆞᄋᆞᆷ이 위ᄐᆡᄒᆞ온디라. 슌풍(順風)

---

190 아오라: 아울러. 함께.

191 소조(蕭條): 한적하고 쓸쓸함.

192 월강(越江): 강을 건넘.

을 만나면 ᄒᆡᆼ(幸)이어니와 혹ᄌᆞ ᄇᆞᄅᆞᆷ이 블슌(不順)ᄒᆞ면 져 강쉬(江水) 여러 곳으로 통(通)ᄒᆞ여시니 아모 곳으로 갈 줄 아디 못ᄒᆞᆯ ᄲᅳᆫ 아니라 본읍(本邑) 태쉬 공교(工巧)히 병득ᄒᆞ여 나와 맛디 못ᄒᆞ고 촌졈(村店)이 여ᄎᆞ 소조ᄒᆞ니 무용다겁(無用多怯)ᄒᆞᆫ 노복(奴僕)만 다리고 경야(經夜)ᄒᆞᆯ 일이 졀박(切迫)ᄒᆞ여이다.”

상셰 빈미왈(顰眉曰)

“아등(我等)이 쇼시(小時)브터 타향(他鄕)의 왕ᄂᆡ(往來)ᄒᆞ여 슈륙(水陸)으로 단니미 ᄒᆞᆫ두 번이 아니로ᄃᆡ 이번쳐로 위ᄐᆡᄒᆞ고 념녀(念慮)로오미 업도다. 월쳥강을 건너미 쏘ᄒᆞᆫ 슈(數)[193]ᄅᆞᆯ 혜디 못ᄒᆞᆯ디라. 굿ᄐᆞ여 현뎨(賢弟) 의심(疑心)ᄒᆞ미 업더니 이에 다ᄃᆞ라 그 념녀ᄒᆞ미 ᄆᆞᄋᆞᆷ이 녕(盈)ᄒᆞ여 ᄌᆞ연 안졍(安靜)치 못ᄒᆞ미니 우형(愚兄)이 엇디 방심(放心)ᄒᆞ리오? 만일 월쳥강을 무ᄉᆞ히 건너면 태쉬 블과(不過) 오륙일(五六日) 졍(程)이 되련마ᄂᆞᆫ 노듕젹변(路中賊變)이 쳔만몽상디외(千萬夢想之外)니 쏘 므ᄉᆞᆷ 괴이(怪異)ᄒᆞᆫ 일이 이실 줄 알니오?”

졍언간(正言間)의 ᄂᆡ광이 급히 나와 태모(太母) 긔운(氣運)이 블평(不平)ᄒᆞ시믈 고(告)ᄒᆞ거ᄂᆞᆯ 상셔와 시랑이 경황(驚惶)ᄒᆞ여 ᄲᆞᆯ니 드러가니 태부인이 화부인긔 븟들녀 회구(廻嘔)ᄒᆞ며 상부인은 손을 밧드러 블승초조(不勝焦燥)ᄒᆞ니 상셰 황망(慌忙)이 슈슈(嫂嫂)ᄅᆞᆯ 믈너 안ᄌᆞ쇼셔 ᄒᆞ고 나아가 모부인(母夫人)을 븟들며 상부인다려 왈

“우형(愚兄)이 ᄌᆞ위(慈闈)의 딘반(進飯)이 여젼(如前)ᄒᆞ시믈 뵈ᄋᆞᆸ고

54면

193 슈(數): 수. 운수.

퇴(退)ᄒᆞ미 블과 두어 시ᄀᆞᆨ(時刻)이어ᄂᆞᆯ 그 ᄉᆞ이 엇디 블평ᄒᆞ시뇨?"

상부인이 ᄃᆡ왈(對曰)

"태ᄐᆡ(太太) 딘반(進飯)을 여젼이 ᄒᆞ시나 거게(哥哥) 나가시며 즉시 한튝(寒縮)[194]ᄒᆞ믈 니ᄅᆞ시거ᄂᆞᆯ 화뎨(花姐) 금금(錦衾)을 나오고 온ᄎᆞ
55면 (溫茶)롤 나오ᄃᆡ 한긔(寒氣)롤 딘뎡(鎭靜)치 못ᄒᆞ샤 이러ᄐᆞᆺ 긋치디 아니시니 황민(慌憫)ᄒᆞ여이다."

상세 시랑으로 약(藥)을 갈나 ᄒᆞ고 블승경황(不勝驚惶)ᄒᆞ여 봉안(鳳眼)의 신쳔(辛泉)이 어ᄅᆡ니 태부인이 그 초황(焦遑)ᄒᆞ믈 민망(憫惘)ᄒᆞ여 스ᄉᆞ로 강작왈(强作曰)

"블시(不時)의 비위 거ᄉᆞ려 회구(廻嘔)ᄒᆞ미오 깁흔 병이 아니라. 일시(一時) 한튝(寒縮)ᄒᆞ나 알픈 ᄃᆡ 업ᄉᆞ니 모로미 놀나디 말나."

쳥계 모친(母親) 말ᄉᆞᆷ을 듯ᄌᆞ오나 엇디 놀난 념녀(念慮)롤 딘뎡(鎭靜)ᄒᆞ리오? 스ᄉᆞ로 황황(遑遑)ᄒᆞ여 안ᄉᆡᆨ(顏色)이 여회(如灰)ᄒᆞ여 왈

"블효쳔박(不孝淺薄)ᄒᆞ와 ᄌᆞ위롤 일노(一路)의 안뎡(安靜)이 밧드ᄋᆞᆸ디 못ᄒᆞ오니 ᄋᆞᄒᆡ 죄(罪) ᄡᆞ흘 곳이 업도소이다."

셜파(說罷)의 안쉬(眼水) 여우(如雨)ᄒᆞ니 태부인이 ᄋᆞᄌᆞ(兒子)의 심녀(心慮) 동(動)ᄒᆞ믈 졀박(切迫)ᄒᆞ여 대단치 아니믈 ᄌᆡ삼(再三) 니ᄅᆞ며 시랑의 가ᄂᆞᆫ 약을 ᄌᆡ촉ᄒᆞ여 마신 후 회구ᄒᆞ믈 긋치나 한튝ᄒᆞ믈 니긔디 못ᄒᆞ여 비각(臂脚)[195]이 썰니믈 딘뎡치 못ᄒᆞ니 상세 붓드러 안와(安臥)ᄒᆞ시게 ᄒᆞ고 슈족(手足)을 쥐믈너 초황ᄒᆞᆫ 심ᄉᆡ(心思) 경ᄀᆞᆨ(頃

194 한튝(寒縮): 한축. 추위로 몸이 움츠러듦.

195 비각(臂脚): 팔과 다리.

刻)의 스러질 ᄃᆞᆺᄒᆞ니 상·화 이 부인과 ᄂᆡ셩 등의 초조(焦燥)ᄒᆞ미 비 56면
(比)ᄒᆞᆯ 곳 이시리오? 야심(夜深)ᄒᆞ믈 ᄭᆡ닷디 못ᄒᆞ더니 월염의 유모 츈패 황망(慌忙)이 드러와 고왈(告曰)

“샹하(上下) 졈ᄉᆞ(店肆)의 블이 니러나ᄂᆞ이다.”

블언죵시(不言終時)의 함셩(喊聲)이 대딘(大震)ᄒᆞ며 쳔병만ᄆᆡ(千兵萬馬) 바로 ᄌᆞᆺ쳐오ᄂᆞᆫ ᄃᆞᆺᄒᆞ거ᄂᆞᆯ 태부인이 블평(不平) 듕 ᄎᆞᄉᆞ(此事)ᄅᆞᆯ 당ᄒᆞᄆᆡ 블승망극(不勝罔極)ᄒᆞ여 급(急)히 금금(錦衾)을 믈니치고 니러나고ᄌᆞ ᄒᆞ니 상셰 급히 븟드러 왈

“ᄒᆡᄋᆡ(孩兒) 블초(不肖)ᄒᆞ미 남다ᄅᆞ오니 혹ᄌᆞ(或者) 사ᄅᆞᆷ으로 더브러 결원(結怨)ᄒᆞ미 잇ᄉᆞ올디라도 실노 이ᄃᆡ도록 딜디이심(疾之已甚)ᄒᆞ오믈 아디 못ᄒᆞᄋᆞᆸᄂᆞ니 블쵀 비록 무용(無用)ᄒᆞ오나 여ᄎᆞ(如此) 흉젹(凶賊)은 두리디 아니ᄒᆞᄋᆞᆸᄂᆞᆫ지라. ᄌᆞ위(慈闈) 셩톄(聖體)ᄅᆞᆯ 안연(晏然)ᄒᆞ실딘ᄃᆡ 쇼ᄌᆡ(小子) 나아가 도젹(盜賊)을 믈니치리이다.”

태부인이 미급답(未及答)의 시랑이 급히 드러오며 블너 왈

“도젹이 산샹(山上)으로브터 졈ᄉᆞ 밧긔 듕듕쳡쳡(重重疊疊)ᄒᆞ고 ᄯᅩ 외실(外室)의 블을 디ᄅᆞ니 장ᄎᆞ ᄂᆡ실(內室)의 다ᄅᆡ게 되여시니 이ᄅᆞᆯ 엇디ᄒᆞ리오?”

태부인이 쳥미필(聽未畢)의 손으로 가ᄉᆞᆷ을 치고 왈 57면

“피창(彼蒼)[196]이 오문(吾門)의 화ᄅᆞᆯ 나리시미 이 갓ᄐᆞ여 도듕젹변(道中賊變)이 셰간(世間)의 희한(稀罕)ᄒᆞ니 나의 일누(一縷)[197]ᄅᆞᆯ 보젼(保

196 피창(彼蒼): ‘저 푸른 하늘’이라는 뜻. ‘유유피창(悠悠彼蒼)’에서 온 말.

197 일누(一縷): 일루. 한 가닥 목숨.

全)치 못ᄒᆞᆯ가 슬허ᄒᆞ미 아니라 졍문(程門)의 삼ᄀᆡ긔린(三個麒麟)을 위ᄐᆡᄒᆞᆫ ᄃᆡ ᄇᆞ릴가 슬허ᄒᆞᄂᆞ니 오ᄋᆞ(吾兒)ᄂᆞᆫ 어미ᄅᆞᆯ 붓들고 안ᄌᆞᆺ디 말고 ᄲᆞᆯ니 나아가 손ᄋᆞ(孫兒) 등의 위ᄐᆡ(危殆)ᄒᆞ믈 구(救)ᄒᆞ라.”

언파(言罷)의 엄혈뉴톄(奄血流涕)ᄒᆞ여 긔운(氣運)이 막힐 ᄃᆞᆺᄒᆞ니 ᄎᆞ시(此時)ᄅᆞᆯ 당ᄒᆞ여ᄂᆞᆫ 냥평(良平)[198]의 디모(知謀)와 항왕(項王)의 용녁(勇力)이나 능히 ᄒᆡ올 ᄇᆡ 업ᄂᆞᆫ디라. 상셰 만일 졈촌의 블이 아닐딘ᄃᆡ 쳔군만ᄆᆡ(千軍萬馬) ᄌᆞᆺ쳐올디라도 이의 당ᄒᆞᆯ 거시로ᄃᆡ 화셰(火勢) ᄂᆡ실을 범ᄒᆞ여 위ᄐᆡᄒᆞ미 누란(累卵) ᄀᆞᆺᄐᆞ니 창황(蒼黃)이 몸을 니러 태부인을 업으며 ᄀᆞᆯ오ᄃᆡ

“젹도(賊徒)ᄂᆞᆫ 오히려 놀납디 아니ᄒᆞᄃᆡ 화환(火患)이 급(急)ᄒᆞ니 아니 피치 못ᄒᆞ올디라. 흉젹(凶賊)이 간ᄃᆡ로 사ᄅᆞᆷ을 ᄒᆡ치 못ᄒᆞ오리니 ᄌᆞ졍(慈庭)은 과도(過度)히 놀나디 마ᄅᆞ쇼셔.”

부인이 급ᄒᆞᆫ 소ᄅᆡ로 닐오ᄃᆡ

58면 “노모의 피화(避火)ᄒᆞ미 대ᄉᆡ(大事) 아니니 오ᄋᆞ(吾兒)ᄂᆞᆫ 슈ᄆᆡ(嫂妹)와 졔ᄋᆞ(諸兒)ᄅᆞᆯ 념(念)ᄒᆞ라.”

상셰 시랑을 향왈(向曰)

“슈닉(嫂溺)이여든 슉이슈이원디(叔以手而援之)[199] ᄒᆞᄂᆞ니 이런 급ᄒᆞᆫ ᄣᆡᄅᆞᆯ 당ᄒᆞ여 녜졀(禮節)을 도라보디 못ᄒᆞ리니 모로미 ᄉᆞ묘(四廟)ᄅᆞᆯ 밧들며 슈슈(嫂嫂)와 쇼ᄆᆡ(小妹)ᄅᆞᆯ 붓드러 내 뒤흘 조ᄎᆞ라.”

---

198 냥평(良平): 양평. 장량과 진평. 한 고조의 지혜로운 신하들.

199 슈닉(嫂溺)이여든 슉이슈이원디(叔以手而援之): 제수가 물에 빠지면 시숙이라도 손으로 구조한다는 뜻. 원문은 “嫂溺援之以手(수익원지이수)”로 《맹자》 〈이루 상(離婁上)〉에 나옴.

시랑이 미쳐 답디 못ᄒᆞ고 ᄉᆞ묘ᄅᆞᆯ 젹은 ᄎᆡ여(彩輿)[200]의 뫼셔 친히 븟들
고 상·화 이 부인과 졔ᄋᆞᄅᆞᆯ ᄌᆡ촉ᄒᆞ여 상셔의 뒤흘 조ᄎᆞᆯᄉᆡ 닌셩과 닌
광은 상셔와 부인 ᄂᆡ힝(內行)ᄒᆞᄂᆞᆫ ᄉᆞ이의 드러가고 츈파ᄂᆞᆫ 월염을 업
고 ᄃᆡ월은 녀교ᄅᆞᆯ 업으며 츄홍·빙셤은 닌경·ᄌᆞ염을 업어 일시의 블을
피ᄒᆞᆯᄉᆡ 이리ᄒᆞᆯ 즈음의 화셰(火勢) 안ᄎᆡ의 다ᄅᆡ여 연염(煙炎)[201]이 창텬
(漲天)ᄒᆞ고 도젹이 졈샤 젼후좌우(前後左右)로 텰통(鐵桶)갓치 에워
ᄡᆞ고 창검(槍劍)이 셔리 갓ᄐᆞ여 비됴(飛鳥)라도 ᄂᆡ닷기 어려오ᄃᆡ 상
셰 태부인을 업고 압흘 당ᄒᆞ여시니 만일 젹이 상셔ᄅᆞᆯ ᄒᆡᄒᆞᆯ 뜻이 이실
딘ᄃᆡ 엇디 상셔의 강용(强勇)이 셰ᄃᆡ무젹(世代無敵)이라도 밍츄·술
위의 군ᄉᆡ(軍士) 동심합녁(同心合力)ᄒᆞ니 능히 창잉(槍刃)을 버셔나 59면
디 못ᄒᆞᆯ 거시로ᄃᆡ 졔젹(諸賊)이 발셔 흉계(凶計)ᄅᆞᆯ 베퍼 공ᄌᆞ 등만 ᄒᆡ
(害)ᄒᆞ려 ᄒᆞ여시므로 짐즛 먼니셔 짓궤여[202] 요란이 소ᄅᆡ ᄒᆞᆯ ᄡᅳᆫ이오 갓
가이 나아와 범(犯)치 아니ᄒᆞ니 일노 드ᄃᆡ여 상셔와 시랑이 부인(夫
人)·ᄋᆞ쇼져(兒小姐)로 더브러 무ᄉᆞ히 문 밧글 나ᄃᆡ 산샹산하(山上山
下)의 젹군이 듕쳡(重疊)ᄒᆞ니 일시(一時)라도 머믈 곳이 업ᄂᆞᆫ디라. 졍
히 민민(悶悶)ᄒᆞ여 아모리 ᄒᆞᆯ 줄 모로더니 홀연 월쳥강 ᄉᆞ변(沙邊)의
두어 낫 져근 ᄇᆡ의셔 큰 소ᄅᆡ ᄒᆞ여 오ᄅᆞ기ᄅᆞᆯ 쳥(請)ᄒᆞ리 이시니 ᄎᆞ하
인애(此何人也)오? 하회(下回)ᄅᆞᆯ 셕남(釋覽)ᄒᆞ라.

션시(先時)의 왕술위 젹한(賊漢)이 녹빙의 당부ᄅᆞᆯ 드러 졍상셔 일힝

---

200 ᄎᆡ여(彩輿): 채여. 위패 등을 실어 옮길 때 사용하는 채색 교자 모양의 기구.

201 연염(煙炎): 연기와 불꽃.

202 짓궤여: 짓궤다. 요란하게 소리를 지르다.

을 ᄒᆡ코져 ᄒᆞᆯᄉᆡ 젹괴(賊魁) 댱손슐은 신ᄒᆡᆼ법술(神行法術)이 당시(當時)의 ᄲᅱ여난 고로 졔젹(諸賊)이 밧들기ᄅᆞᆯ 신명(神明)ᄀᆞᆺ치 ᄒᆞᄂᆞᆫ디라. 슐위 댱손슐을 ᄃᆡ(對)ᄒᆞ여 졍상셔 ᄒᆡᆼᄎᆞ(行次)의 작변(作變)ᄒᆞᆯ 바ᄅᆞᆯ 의논(議論)ᄒᆞ니 슐위 용약대희(踊躍大喜)[203]ᄒᆞ여 왈

60면 "이 ᄀᆞ장 비란지ᄉᆡ(非難之事)라. 다만 졍쳐ᄉᆞ 압ᄒᆡ셔 ᄉᆞ후(伺候)ᄒᆞᄂᆞᆫ 노ᄌᆞ(奴子)ᄅᆞᆯ 아ᄂᆞᆫ다?"

슐위 왈

"영ᄌᆡ·계튱이라 ᄒᆞ더이다."

댱손슐이 흔열(欣悅)ᄒᆞ여 몸을 두다려 공듕(空中)의 올나 태쥐 니ᄅᆞ러 다시 날즘ᄉᆡᆼ이 되여 ᄒᆡᆼ각(行閣)과 ᄂᆡ외(內外)로 단니며 녕ᄌᆡ와 계튱을 눈닉여 보고 도라오ᄃᆡ 운계의 졍명디긔(正明之氣)ᄅᆞᆯ 괴로와 녀막(旅幕)의ᄂᆞᆫ 감히 뵈지 못ᄒᆞ고 급급(急急)히 도라와 슐위ᄅᆞᆯ 보아 왈

"내 임의 녕ᄌᆞ·계튱을 보앗노라. 졍상셔 일ᄒᆡᆼ(一行)을 ᄒᆡ(害)ᄒᆞ미 죡히 근심되디 아니토다."

슐위 왈

"폐쳬(嬖妻) 쳔 번 당부(當付)ᄒᆞ여 졍상셔의 모ᄌᆞ(母子)ᄅᆞᆯ ᄒᆡ치 말고 그 계후(繼後)ᄒᆞᆫ 바 ᄂᆡ셩만 죽이라 ᄒᆞ여시니 삼가 ᄒᆡᆼᄉᆞ(行事)ᄒᆞ미 올토다."

댱손괴 쇼왈(笑曰)

"연즉 그리ᄒᆞ려니와 내 법슐(法術)을 ᄒᆞᆫ번 발(發)ᄒᆞ면 물 우희 기름

203 용약대희(踊躍大喜): 뛸 듯이 기뻐함.

ᄀᆞᆺ튼 ᄋᆞ히ᄂᆞᆫ ᄡᅳ리치미 여반댱(如反掌)이라.”

ᄒᆞ고 졔젹으로 더브러 ᄒᆡ듕(海中)의 츌몰(出沒)ᄒᆞ여 졍부 일힝을 기다리더니 ᄎᆞ일(此日) 댱괴[204] 뎡부 일힝이 월쳥강변 졈샤(店舍)의 들믈 61면 보고 즉시 몸을 흔드러 변(變)ᄒᆞ여 비됴(飛鳥) 되여 졍부 일힝이 머므ᄂᆞᆫ 졈샤의 니ᄅᆞ러 안흐로 ᄉᆞᄆᆞᆺᄎᆞ[205] 드러가고져 ᄒᆞ더니 ᄯᅳᆺ 아닌 샹셔 문광(文光)이 휘휘(輝輝)ᄒᆞ여 졈샤를 둘너시니 요슐(妖術)노 변화(變化)ᄒᆞᆫ 부졍ᄉᆞ긔(不正邪氣)를 벗최지 못ᄒᆞ여 므릅ᄡᅥ 외실(外室) 모ᄌᆞ(母子) ᄉᆞ이의 ᄭᅵ이여 안ᄌᆞᆺ더니 안흐로조ᄎᆞ 졍시랑이 두어 ᄋᆞ동(兒童)으로 더브러 나오니 그 두 공ᄌᆞ의 풍의신광(風儀身光)이 만고(萬古)를 녁상(歷詳)ᄒᆞ나[206] 다시 잇디 아니ᄒᆞ니 ᄒᆞᆫ 번 보ᄆᆡ 눈이 어리고 두 번 보ᄆᆡ 졍신(精神)이 황홀(恍惚)ᄒᆞ여 변화요슐(變化妖術)이 온젼치 못ᄒᆞᆯ ᄃᆞᆺᄒᆞ믈 보ᄆᆡ 밧비 날개를 붓쳐 도라와 슐위를 ᄃᆡᄒᆞ여 왈

“아디 못게라. 여쳬(汝妻) 졍공ᄌᆞ를 브ᄃᆡ 죽이라 ᄒᆞ믄 엇디 ᄯᅳᆺ이뇨?”

슐위 ᄃᆡ왈(對曰)

“쇼졸(小卒)이 소활(疎闊)ᄒᆞ여 녀ᄌᆞ로 더브러 잔[207] 곡졀과 암ᄆᆡ(暗昧)ᄒᆞᆫ 말을 뭇디 못ᄒᆞ므로 그 쥬의(主意)ᄂᆞᆫ 뭇디 못ᄒᆞ고.[208]”

댱손괴 침음냥구(沈吟良久)의 웃고 왈

“여쳬 졍샹셔 부인 소시(蘇氏)[209]의 비ᄌᆡ(婢子)라. 일죽 쥬인(主人)의 복

204 댱괴: 장괴. 괴(魁)는 ‘우두머리’라는 뜻으로, 장손술을 가리킴.

205 ᄉᆞᄆᆞᆺᄎᆞ: ᄉᆞ못ᄎᆞ다. ‘뚫다(貫)’의 뜻.

206 녁상(歷詳)ᄒᆞ나: 역상하다. 하나하나 자세히 살피다. 역력히 상고하다.

207 잔: 자잘한.

208 못ᄒᆞ고: 규장각본에는 ‘못ᄒᆞ엿노라’로 되어 있음.

심(腹心)이냐?"

62면 ●슐위 ᄃᆡ왈(對曰)

"소부인이 ᄒᆞᆫ갓 복심을 삼을 쁜 아냐 노쥐(奴主) 향규마역(香閨莫逆)[210]이 되엿다 ᄒᆞ더이다."

댱손슐 왈

"연(然)타. 여체 닌셩을 브ᄃᆡ 죽이라 ᄒᆞ고 졍상셔 모ᄌᆞ(母子)ᄂᆞᆫ ᄒᆡ치 말나 ᄒᆞ미 발셔 소시디교(蘇氏之教)ᄅᆞᆯ 드ᄅᆞ미 적실(適實)ᄒᆞ도다."

슐위 왈

"소시 어이 계ᄌᆞ(繼子)ᄅᆞᆯ 죽이라 ᄒᆞ여시리오?"

댱괴 쇼왈(笑曰)

"너ᄂᆞᆫ 무식필뷔(無識匹夫)라. 엇디 사ᄅᆞᆷ의 계교ᄅᆞᆯ ᄭᆡᄃᆞᄅᆞ리오? ᄌᆞ고로 계뫼(繼母) 의ᄌᆞ(義子)ᄅᆞᆯ 깃거ᄒᆞ리 드므니 소시 일졍(一定) 닌셩을 업시코져 여쳐(汝妻)ᄅᆞᆯ 식여 대ᄉᆞ(大事)ᄅᆞᆯ 네게 부탁ᄒᆞ미라. 블연(不然)즉 공ᄌᆞ만 죽이라 ᄒᆞ미 만무(萬無)ᄒᆞ니 ᄎᆞᄂᆞᆫ 블문가디(不問可知)로다."

슐위 왈

"쇼인(小人)이 우암(愚暗)ᄒᆞ여 ᄭᆡᄃᆞᆺ디 못ᄒᆞ엿더니 쥬공(主公)의 말ᄉᆞᆷ을 드ᄅᆞᆫ즉 과연 소시의 가ᄅᆞ치민가 ᄒᆞᄂᆞ이다."

댱괴 우왈(又曰)

"내 졍ᄋᆞ(程兒)ᄅᆞᆯ ᄡᅳ리치미 창승(蒼蠅) 갓ᄐᆞᆯ가 ᄒᆞ엿더니 향ᄌᆞ(向者)

---

209 소시(蘇氏): 소씨. 소교완을 가리킴. 소교완은 송나라 소동파의 후손으로 나옴.

210 향규마역(香閨莫逆): 규장각본에는 '향규막역'으로 되어 있음.

졍ᄌᆞ(程子)ᄅᆞᆯ 보건ᄃᆡ 실노 셩인디상(聖人之相)이오 대귀디격(大貴之格)이라. 범쇽용ᄋᆞ(凡俗庸兒)와 달나 잡슐(雜術)노 업시치 못ᄒᆞᆯ디라. 계교ᄅᆞᆯ 쓰디 아니면 거우기 어려오리니 여ᄎᆞ여ᄎᆞᄒᆞ여 그 일힝(一行)을 쇽이리라." 63면

슐위 ᄇᆡ샤(拜謝)ᄒᆞ고 즉시 졔젹(諸賊)으로 더브러 졈ᄉᆞ(店舍)의 블을 노흘ᄉᆡ 강젹(强賊)과 악뉴(惡類) 상봉(相逢)ᄒᆞ미 공교(工巧)ᄒᆞ여 슐위ᄂᆞᆫ 졈샤 우흐로브디 블을 노코 밍츄ᄂᆞᆫ 졈ᄉᆞ 아릐로브터 블을 노흐니 슐위 쳐음은 져의 동뉴(同類)만 넉엿다가 졈졈 갓가오ᄆᆡ 셔로 보며 놀나 집슈희왈(執手喜曰)

"이ᄂᆞᆫ 하날이 상봉케 ᄒᆞ미로다."

밍취 역시 반겨 왈

"쇼뎨(小弟)ᄂᆞᆫ 브득이 이의 온 일이 잇거니와 왕군은 므슴 연고(緣故)로 이의 오뇨?"

슐위 쇼왈(笑曰)

"다ᄅᆞ미 ᄋᆞ니라 져 즈음긔 태쥐 니ᄅᆞᄆᆡ 폐쳬(嬖妻) 당부ᄒᆞ여 여ᄎᆞ여ᄎᆞᄒᆞ라 ᄒᆞᄆᆡ 계집의 말을 조ᄎᆞᆯ 거ᄉᆞᆫ 아니나 대댱뷔(大丈夫) 강용(强勇)을 이런 곳의 쓰디 아니코 므엇 ᄒᆞ리오? ᄎᆞ고(此故)로 이의 니ᄅᆞ괘라."

밍취 손을 져으며 왈

"쥬어(晝語)ᄂᆞᆫ 문됴(聞鳥)ᄒᆞ고 야어(夜語)ᄂᆞᆫ 문셔(聞鼠)라[211] ᄒᆞᄂᆞ니 왕

211 쥬어(晝語)ᄂᆞᆫ 문됴(聞鳥)ᄒᆞ고 야어(夜語)ᄂᆞᆫ 문셔(聞鼠)라: 낮말은 새가 듣고 밤말은 쥐가 듣는다는 뜻.

군이 겻틔 사ᄅᆞᆷ이 업다 ᄒᆞ고 소ᄅᆡ를 쾌(快)히 ᄒᆞᄂᆞ뇨? 나도 역시 폐
64면 쳐의 말을 드러 ᄇᆞ득이 졍부(程府) 일힝을 ᄯᆞ라 은교역의셔 여ᄎᆞ여ᄎᆞ
작변(作變)ᄒᆞᄃᆡ 셩ᄉᆞ(成事)치 못ᄒᆞ고 괴로이 이의 니ᄅᆞ괘라."

슐위 박장대쇼(拍掌大笑) 왈

"졍상셰 신병귀졸(神兵鬼卒) 아냐 보텬졔셩(普天諸聖)과 옥황(玉皇)을 부리ᄂᆞᆫ 법슐이 이시나 금일의 우리 동심합녁(同心合力)ᄒᆞ고 쥬공(主公) 댱손 노애(老爺) 긔계신통(奇計神通)으로 쇽이고ᄌᆞ ᄒᆞ시니 져의 능(能)히 면(免)치 못ᄒᆞᆯ디라. 닌셩 쇼ᄋᆞ(小兒)야 창승(蒼蠅)이나 다ᄅᆞ리오? 밧비 졈ᄉᆞ(店舍)를 에우고 그 일힝(一行)을 놀ᄂᆡ미 가(可)ᄒᆞ도다."

밍취 쇼왈(笑曰)

"우리 드레디 아냐도 졈촌(店村)의 블을 노화 졍부 햐쳐(下處)[212]가지 년(連)ᄒᆞ여시미 졍상셰 일졍(一定)[213] 모친(母親)과 일힝을 위ᄐᆡᄒᆞᆫ 곳의 두디 아니리니 ᄌᆞ연 피화(避火)ᄒᆞ리로다."

슐위 왈

"그러나[214] 그 ᄆᆞ음을 경황창겁(驚惶愴怯)게 ᄒᆞ여 쳔병만ᄆᆡ(千兵萬馬) 드레ᄂᆞᆫ ᄃᆞ시 ᄒᆞ라."

밍취 드ᄃᆡ여 졔졸(諸卒)을 녕(令)ᄒᆞ고 슐위 ᄯᅩᄒᆞᆫ 동뉴(同類)를 가ᄅᆞ쳐 샹하 졈샤를 에워ᄡᆞ고 창검(槍劍)을 빗기며 일시의 납함(吶喊)ᄒᆞ

212 햐쳐(下處): 하처. 거처, 숙소.

213 일졍(一定): 일정. '분명히'라는 뜻.

214 그러나: 규장각본에는 빠져 있음.

여 강댱(强壯)ᄒᆞ믈 뵈니 ᄎᆞ시(此時) 상셰 젹도(賊徒)ᄅᆞᆯ 두리미 아니
로ᄃᆡ 태부인을 뫼시며 일힝을 거ᄂᆞ려 피화(避火)ᄒᆞ노라 뎡히 초황(焦 65면
遑)ᄒᆞ더니 월쳥강 ᄉᆞ변(沙邊)의셔 슈ᄀᆡ(數個) 장확(臧獲)이 슬힝계
슈(膝行稽首)[215]ᄒᆞ며 ᄇᆡ의 오ᄅᆞ시믈 쳥(請)ᄒᆞ거ᄂᆞᆯ 얼골과 어음(語音)이
노ᄌᆞ(奴子) 녕ᄌᆡ·계튱이라. 이의 쥬왈(奏曰)

"쇼복(小僕) 등이 쳐ᄉᆞ 노야(老爺) 명(命)을 밧ᄌᆞ와 이의 ᄇᆡᄅᆞᆯ 다히고
뎜촌(店村)ᄋᆞ로 들고ᄌᆞ ᄒᆞᄋᆞᆸ더니 의외(意外)의 힝ᄎᆡ(行次) 이의 밋ᄎᆞ
시고 젹환(賊患)을 만나시니 쳐ᄉᆞ 노야 말ᄉᆞᆷ이 어긔디 아니신디라. 밧
비 승션(乘船)ᄒᆞ시믈 ᄇᆞ라ᄂᆞ이다."

상셰 미급답(未及答)의 시랑이 요젹(妖賊)의 변화(變化)ᄅᆞᆯ 아디 못ᄒᆞ
고 크게 깃거 상셔ᄅᆞᆯ 향(向)ᄒᆞ여 왈

"젹셰 흉댱(凶壯)ᄒᆞ고 일시 머믈 곳이 업ᄉᆞ니 ᄇᆡ의 오로미 가ᄒᆞ이다."

상셰 왈

"아이[216] 녕ᄌᆡ 등을 보ᄂᆡ미 반ᄃᆞ시 셔간(書簡)이 이시리니 ᄎᆞᄌᆞ보라."

시랑이 냥노(兩奴)ᄅᆞᆯ 명ᄒᆞ여 셔간을 드리라 ᄒᆞᆫᄃᆡ 냥뇌 ᄃᆡ왈(對曰)

"챵황 듕 셔간을 션듕(船中)의 두고 밋쳐 가져오디 못ᄒᆞ엿ᄉᆞ오니 ᄇᆡ
의 오ᄅᆞ샤 보쇼셔." 66면

이러 굴 제 도젹이 드레며 낫ᄎᆡ 나모 광ᄃᆡ 쁜 ᄌᆡ 소ᄅᆡ 딜너 왈

"너희 사ᄅᆞᆷ으란 간ᄃᆡ로 상ᄒᆡ오디 말고 져 노랑(老娘)의게 금ᄉᆞ보(錦
絲褓)ᄒᆞᆯ 므ᄅᆞᆸᄡᅳ고 업된 녀ᄌᆞ(女子)ᄅᆞᆯ 아ᄉᆞ 교ᄌᆞ(轎子)의 너흐라."

215 슬힝계슈(膝行稽首): 슬행계수. 무릎을 꿇고 머리를 조아림.

216 아이: 아우. 여기에서는 정삼을 가리킴.

ᄒᆞ거ᄂᆞᆯ 춘패 졈듕(店中)의셔 쇼져(小姐)ᄅᆞᆯ 업으랴 급히 달녀드다가 황망듕(慌忙中) 업더져 무릅흘 ᄆᆡ이 닷쳐시므로 ᄒᆡᆼ뵈(行步) 온젼치 못ᄒᆞᄂᆞᆫ 듕 ᄎᆞ언(此言)을 듯고 더옥 경황망극(驚惶罔極)ᄒᆞ며 태부인이 통흉대곡(痛胸大哭) 왈

"흉젹이 쳐음브터 월ᄋᆞᄅᆞᆯ ᄒᆡ ᄒᆞ려 ᄒᆞ미 심상치 아니니 이ᄅᆞᆯ 엇디ᄒᆞ리오?"

시랑이 ᄯᅩᄒᆞᆫ 돈족왈(頓足曰)

"형댱(兄長)이 오히려 경동(輕動)치 아니시고 ᄇᆡ의 오ᄅᆞ기ᄅᆞᆯ 졀박히 넉이시니 그 ᄯᅳᆺ을 아디 못ᄒᆞᆯ ᄇᆡ오 ᄉᆞ쇼(些少) 노복(奴僕)이 엇디 당ᄒᆞ며 져마다 넉ᄉᆞᆯ 일허시니 이ᄅᆞᆯ 장ᄎᆞᆺ 엇디코ᄌᆞ ᄒᆞ시ᄂᆞ니잇고?"

상셰 쳔만졀박(千萬切迫)ᄒᆞ나 브득이 승션(乘船)ᄒᆞᆯᄉᆡ 녕ᄌᆡ·계튱이 67면 ᄒᆡᆼᄎᆞ(行次) 오ᄅᆞ실 긔구(器具)ᄅᆞᆯ ᄎᆞᆯ혓거ᄂᆞᆯ 태부인이 착급(着急)ᄒᆞ여 월ᄋᆞᄅᆞᆯ 몬져 건네라 ᄒᆞ니 상셰 즉시 교ᄌᆞ(轎子)ᄅᆞᆯ 가져오라 ᄒᆞ여 녀ᄋᆞᄅᆞᆯ 올닐ᄉᆡ 녀괴 왈

"나ᄂᆞᆫ 유모의게 업혀 하[217] 무셔오니 져져(姐姐)의 교듕(轎中)의 ᄒᆞᆷ긔 드샤이다."

청계 즉시 ᄇᆡ의 올니고 태부인을 뫼실ᄉᆡ 상부인다려 왈

"ᄌᆞ위(慈闈) 과도히 놀나시니 교듕이 비록 옹ᄉᆡᆨ(壅塞)ᄒᆞ나 ᄆᆡ뎨(妹弟)ᄂᆞᆫ 교듕의 드러 ᄌᆞ위ᄅᆞᆯ 븟드오라."

상부인이 즉시 교듕의 들고 쟝(帳)을 디우니[218] 화부인이 ᄯᅩ ᄌᆞ염을 다

217 하: 매우.

218 디우니: 지우다. '가리다' 혹은 '치다'의 뜻.

리고 ᄇᆡ의 오ᄅᆞ미 상셰 시랑다려 왈

"ᄌᆞ위와 슈ᄆᆡ(嫂妹)ᄂᆞᆫ 우형(愚兄)이 뫼시리니 현뎨(賢弟)ᄂᆞᆫ 닌셩 등 제ᄋᆞ(諸兒)ᄅᆞᆯ 다리고 압ᄒᆡ ᄇᆡ의 오ᄅᆞ라."

시랑이 조ᄎᆞ ᄉᆞ묘(四廟)ᄅᆞᆯ 상셔ᄅᆞᆯ 맛디고 졔ᄋᆞᄅᆞᆯ 거ᄂᆞ려 ᄇᆡ의 오ᄅᆞᆯᄉᆡ 닌경이 모친과 조모ᄅᆞᆯ ᄯᅥ나기ᄅᆞᆯ 즐겨 아녀 장ᄎᆞ 울고ᄌᆞ ᄒᆞ거ᄂᆞᆯ 시랑이 심ᄉᆡ(心思) 블호(不好)ᄒᆞᆫ 바의 ᄋᆞᄒᆡ 우ᄅᆞᆷ소ᄅᆡ 듯기 슬히 넉여 닌경을 상셔 오른 ᄇᆡ로 보ᄂᆡ고 ᄉᆞ공을 ᄌᆡ촉ᄒᆞ여 두 ᄇᆡᄅᆞᆯ 함긔 ᄯᅴ오라 ᄒᆞ니 68면 ᄎᆞ시(此時) 상셔 오ᄅᆞᆫ ᄇᆡᄂᆞᆫ 뒤ᄒᆡ 잇고 시랑의 탄 ᄇᆡᄂᆞᆫ 압ᄒᆡ 이실 ᄲᅮᆫ 아니라 녕ᄌᆡ·계ᄐᆞᆼ이 ᄒᆞᆷ긔 올나시니 흉젹(凶賊)이 셔로 귀ᄅᆞᆯ 맛초와[219] 쳥계의 탄 ᄇᆡᄂᆞᆫ 얼프시[220] 건너 ᄉᆞ변(沙邊)의 다히고 시랑의 탄 ᄇᆡᄂᆞᆫ 거ᄌᆞᆺ 움ᄌᆞᆨ이ᄂᆞᆫ 쳬ᄒᆞ나 망망(茫茫)이 강슈(江水)의 ᄯᅴ여 다만 히앗칠 ᄯᆞᄅᆞᆷ이라. 상셰 크게 의심ᄒᆞ여 셔동(書童)으로 ᄒᆞ여곰 녕ᄌᆡ·계ᄐᆞᆼ을 블너 ᄇᆡᄅᆞᆯ 어셔 건네라 ᄒᆞ더라.

(책임교주 김수연)

---

219 귀를 맛초와: 귀를 맞추다. 서로 계교를 짜다.

220 얼프시: 얼핏. 금세.

완월회맹연

玩月會盟宴

권디오

卷之五

화셜. 졍상셰 크게 의심ᄒᆞ여 셔동으로 ᄒᆞ여곰 녕ᄌᆡ·계듕을 블너 ᄇᆡᄅᆞᆯ 1면
어셔 건네라 ᄒᆞ며 ᄌᆞ셔히 보ᄆᆡ ᄉᆞ이 계오 슈십 간 동안이라. 엇디 그
브졍음흉(不正陰凶)ᄒᆞᆫ 긔운이 면모의 낫타나시믈 모로리오? 만심(滿
心)이 ᄎᆞ악(嗟愕)ᄒᆞ여 모친과 슈ᄆᆡᄅᆞᆯ ᄉᆞ변(沙邊)의 뫼시고 스ᄉᆞ로 ᄇᆡ
ᄅᆞᆯ 타 시랑의 일ᄒᆡᆼ을 다려오려 홀ᄉᆡ 짐ᄌᆞᆺ 녕ᄌᆡ의 말을 듯고ᄌᆞ ᄒᆞ여 셔
동으로 ᄒᆞ여곰 크게 블너 셔간(書簡)을 ᄂᆡ라 ᄒᆞ니 녕ᄌᆡ 웨여 왈
"ᄇᆡ 듕(中) 뉴(留)ᄒᆞ여시니[1] 건니가셔 드리리이다."
공ᄌᆞ 등이 말을 듯고 즉시 셔간을 ᄂᆡ라 ᄒᆞ니 원ᄂᆡ 녕ᄌᆡᄂᆞᆫ 댱손슐이오
계듕은 슐의 ᄋᆞ오 댱손셜이라. 모다 여의ᄀᆡ용단(如意改容丹)을 삼켜
녕ᄌᆡ·계듕이 되엿더라. 공ᄌᆞ의 셔간 ᄎᆞᄌᆞ믈 보고 그 졍명디긔(正明之
氣)ᄅᆞᆯ 괴로이 넉이나 그 년쇼ᄒᆞ믈 업슈히 넉여 쇼왈(笑曰)
"셔간 ᄎᆞᄌᆞ보기도 경(景)업ᄉᆞ니[2] 잠간 놀난 거시나 딘뎡(鎭靜)ᄒᆞ시고 2면
믈이나 건너가 보시미 엇더ᄒᆞ니잇고?"
닌광이 믄득 봉미(鳳眉)ᄅᆞᆯ 거ᄉᆞ리고 발연노즐(勃然怒叱) 왈
"쳔뇌(賤奴) 대인(大人) 셔찰을 밧드러 와시면 즉시 드리미 올커ᄂᆞᆯ 온
가지로 핑계ᄒᆞ고 언ᄉᆡ(言辭) 괴이ᄒᆞ니 필연(必然) 간샤(奸詐)ᄒᆞ미 잇
도다."
이리 니ᄅᆞ며 냥공ᄌᆡ(兩公子) 봉졍(鳳精)을 흘녀 ᄉᆞᆯ피니 댱괴ᄂᆞᆫ 요슐
이 신ᄒᆡᆼ(神行) 특츌(特出)ᄒᆞᆫ디라. 졍공ᄌᆞ 등의 무심히 보디 아니믈 슬

1 ᄇᆡ 듕(中) 뉴(留)ᄒᆞ여시니: 규장각본에는 'ᄇᆡ 즁의 뉴ᄒᆞ엿시니'로 되어 있음.

2 경(景)업ᄉᆞ니: 경없다. 경황없다. 몹시 괴롭거나 바쁘거나 하여 다른 일을 생각할 겨를이나 흥미가 전혀 없다.

히 넉여 즉시 셔로 눈 주어 션창(船窓) 밧그로 나가며 왈

"조고만 셔찰이니 어ᄃᆡ 드럿ᄂᆞᆫ디 어더 보ᄉᆞ이다."

ᄒᆞ거ᄂᆞᆯ 공ᄌᆡ 셩화ᄀᆞᆺ치 ᄌᆡ쵹ᄒᆞᆫᄃᆡ 슐이 심니(心裏)의셔 ᄂᆡᆼ쇼왈(冷笑曰)

'ᄎᆞ(此) 쇼ᄋᆡ(小兒) 브ᄃᆡ 내 손의 명을 맛촐노다.'

ᄒᆞ고 셜을 눈 주니 셜은 슐의 신힝을 밋디 못ᄒᆞ나 무ᄌᆞ미[3] ᄒᆞ기ᄂᆞᆫ 졔젹(諸賊) 듕(中) 졔일(第一)이라. 거ᄌᆞᆺ ᄇᆡ 가의 위ᄐᆡ히 셧다가 실족(失足)ᄒᆞᆫ 쳬ᄒᆞ고 딤ᄌᆞᆺ ᄲᅧ디니 슐은 급히 븟드ᄂᆞᆫ 쳬ᄒᆞ다가 ᄒᆞᆷ긔 ᄲᅳ갈녀
3면 ᄲᅧ디니 시랑이 대경ᄎᆞ악(大驚嗟愕)ᄒᆞ여 션인(船人)으로 급히 건디라 ᄒᆞᆯ 즈음의 상셔 믈을 건너 일힝을 안둔ᄒᆞ고 ᄇᆡᄅᆞᆯ 도로 타 시랑 등을 구ᄒᆞ려 ᄒᆞ더니 션인 등이 본시 젹뉴(賊類)로 슐의 ᄃᆡ휘ᄅᆞᆯ 드럿ᄂᆞᆫ디라 엇디 졍상셔 명(命)을 조ᄎᆞ리오? 상셔 ᄂᆡᄉᆞ(內事)ᄅᆞᆯ 보ᄉᆞᆯ필 ᄉᆞ이의 ᄇᆡᄅᆞᆯ 업쳐 믈의 잠으고 져의ᄂᆞᆫ 일시의 믈의 ᄲᅱ여들거ᄂᆞᆯ 쳥계 무ᄌᆞ미 ᄒᆞᆯ 줄 모로거니 엇디 건너며 황ᄎᆞ(況且) 태부인이 구토(嘔吐)ᄒᆞ고 긔운이 혼혼(昏昏)ᄒᆞ니 상셔 황황망극(遑遑罔極)ᄒᆞ미 텬디(天地) 아득ᄒᆞᆫ디라. 다만 시노(侍奴)로ᄡᅧ 시랑의 ᄇᆡ 건너믈 웨나 죵뎨(從弟)와 ᄌᆞ녀의 무ᄉᆞ히 건너오믈 긔필(期必)치 못ᄒᆞ여 초젼(焦煎)ᄒᆞᄂᆞᆫ 간위(肝胃) 이울기의 밋고 상·화 이 부인의 경경ᄎᆞ악(耿耿嗟愕)ᄒᆞᆫ 심회 ᄌᆞ못 황난(慌亂)ᄒᆞ더라. 어시(於是)의 졍공ᄌᆞ 등이 조(祖)의 오ᄅᆞ신 ᄇᆡ 무ᄉᆞ히 건너믈 힝심(幸甚)ᄒᆞ나 션인이 ᄇᆡᄅᆞᆯ 잠으며 일시의 믈의 들믈 보ᄆᆡ 발셔 그 흉심(凶心)이 블측(不測)ᄒᆞ믈 대경ᄎᆞ악(大驚嗟愕)ᄒᆞ여

3 무ᄌᆞ미: 무자미. '무자맥질' 혹은 '자맥질'과 같은 말. '헤엄'을 말함.

시랑긔 고왈(告曰) 4면

"향ᄌᆞ(向者) 녕ᄌᆡ·계튱이 공연이 믈의 ᄲᅧ러지믈 괴이히 넉엿더니 이제 져 거동을 보건ᄃᆡ 흉젹이 혜음ᄒᆞᄂᆞᆫ 무리라. 우리 져의 간계의 쇽아 누란(累卵)의 급ᄒᆞ미 잇고 져져(姐姐)ᄂᆞᆫ 녀ᄌᆡ라 변을 만나면 그 욕되미 비ᄒᆞᆯ ᄃᆡ 업ᄉᆞ리니 이ᄅᆞᆯ 장ᄎᆞᆺ 엇디ᄒᆞ리잇가?"

시랑이 실ᄉᆡᆨ왈(失色曰)

"앗가 녕ᄌᆡ 등이 목젼의 믈의 ᄲᆡ디ᄃᆡ 션인(船人) 등이 젼연 브동(不動)ᄒᆞ기로 극악(極惡)ᄒᆞ다 ᄒᆞ엿더니 필연 무ᄌᆞ미 ᄒᆞᄂᆞᆫ ᄂᆔ(類)로다. 그 흉심이 아모 곳의 밋ᄎᆞᆯ 줄 아디 못ᄒᆞ고 딜녀의 면욕(免辱)ᄒᆞᆯ 도리 망연(茫然)ᄒᆞ니 엇디 이런 통ᄒᆡ(痛駭)ᄒᆞᆫ 변을 당ᄒᆞᆯ 줄 뜻ᄒᆞ여시리오?"

월염쇼졔 교듕의셔 ᄋᆡ읍왈(哀泣曰)

"흉젹의 간뫼(奸謀) 여ᄎᆞᄒᆞ여 악ᄉᆡ(惡事) 아모 곳의 밋ᄎᆞᆯ 줄 아디 못ᄒᆞ오니 쇼딜(小姪)이 ᄎᆞᆯ하리 져 강슈(江水)의 몸을 ᄀᆞᆷ초아 괴롭고 놀나오믈 모로고ᄌᆞ ᄒᆞᄂᆞ이다."

시랑 왈

"엇디 이런 말을 ᄒᆞᄂᆞ뇨? 네 목숨을 ᄇᆞ려 면욕(免辱)ᄒᆞᆯ 터히면 우슉(愚叔)이 굿ᄐᆞ여 말뉴(挽留)치 아니려니와 흉젹이 강심(江心)의 숨기 5면
ᄅᆞᆯ 평디(平地)갓치 ᄒᆞᄂᆞᆫ디라 네 만일 믈의 들진ᄃᆡ 건디믈 슈고로이 아니 넉이리니 여ᄎᆞ즉 몸이 열 번 죽으나 삣디 못ᄒᆞᆯ 참욕(慘辱)이라. 아딕 ᄉᆞ셰(事勢)ᄅᆞᆯ 보아 욕이 밋디 아닐셰면 네 몸을 편안케 ᄒᆞ리라."

쇼졔 블승비읍(不勝悲泣)ᄒᆞ고 녀괴 ᄯᅩᄒᆞᆫ 놀나 크게 우니 시랑이 참연(慘然)ᄒᆞ여 녀교ᄅᆞᆯ 가ᄉᆞᆷ의 픔고 광슈(廣袖)로 두로 가리며 다ᄅᆡ더니 홀연(忽然) 일진괴풍(一陣怪風)이 닐며 시랑의 관(冠)이 버셔져

션창의 구으ᄂᆞᆫ디라. 시랑이 더옥 경ᄒᆡᄒᆞ여 거두어 다시 ᄡᅳ고 초조ᄒᆞ
믈 인(因)ᄒᆞ여 구갈(口渴)이 심ᄒᆞ거ᄂᆞᆯ 우년(偶然)이 눈을 드러 ᄉᆞᆯ피
니 쥬호(酒壺) ᄒᆞ나히 겻ᄐᆡ 노혓ᄂᆞᆫ디라. 소활(疎闊)ᄒᆞᆫ ᄆᆞ음의 독쥬(毒
酒)ᄅᆞᆯ 아디 못ᄒᆞ고 노ᄌᆞ(奴子) 등의 가져온 거신가 ᄒᆞ여 일 죵을 마시
고 녀괴 ᄯᅩ 믈을 ᄎᆞᄌᆞᄆᆡ 다ᄅᆞᆫ 믈은 업고 술마시 가장 감녈(甘悅)ᄒᆞ거
ᄂᆞᆯ 쳔만(千萬) 무심(無心)ᄒᆞ고 두어 슐을 ᄶᅧ 먹인 후 댱연을 ᄌᆡ쵹ᄒᆞ여
6면 ᄇᆡᄅᆞᆯ 밧비 져으라 ᄒᆞ니 댱연 등이 응슌(應順)ᄒᆞᄂᆞᆫ 쳬ᄒᆞ고 짐ᄌᆞᆺ 디지
ᄒᆞᆯ ᄌᆞ음의 믄득 시랑과 녀괴 면ᄉᆡᆨ(面色)이 여회(如灰)ᄒᆞ고 눈을 감으
며 입으로 무슈히 구토ᄒᆞ고 아모란 줄 모로ᄂᆞᆫ디라. 냥 공ᄌᆡ 이 경상을
보ᄆᆡ 더옥 ᄎᆞ악(嗟愕)ᄒᆞ여 급히 슈족(手足)을 쥐므ᄅᆞ나 ᄒᆞᆫ낫 약환(藥
丸)이 업ᄉᆞ니 아모리 ᄒᆞᆯ 줄 모로ᄂᆞᆫ 바의 ᄯᅩ 일딘ᄂᆡᆼ풍(一陣冷風)이 브
러 션듕(船中) 쵹화(燭火)ᄅᆞᆯ 모다 멸(滅)ᄒᆞ고 상광(祥光)이 ᄌᆞ로 번득
이니 대월·츈파 등은 놀나 긔졀ᄒᆞ고 홍윤이 계오 졍신을 ᄎᆞᆯ혀 션창의
드러가 공ᄌᆞᄅᆞᆯ 보호ᄒᆞ니 냥 공ᄌᆡ 과도히 경겁(驚怯)ᄒᆞᆫ 빗치 업셔 졍
셩왈(正聲曰)

"요블승덕(妖不勝德)이오 ᄉᆞ블범졍(邪不犯正)이라. 흉젹이 간모요슐(奸謀妖術)을 온가디로 발ᄒᆞ나 무죄ᄒᆞᆫ 사ᄅᆞᆷ을 간ᄃᆡ로 ᄒᆡ치 못ᄒᆞ리니 홍군은 과겁(過怯)디 말고 창검(槍劍)을 가져 도젹을 막으라."

블언죵시(不言終時)의 믈쇽으로조ᄎᆞ 창인(槍刃)을 번득이며 크게 소
ᄅᆡ 디ᄅᆞ고 ᄇᆡᄅᆞᆯ 븟드러 올나오ᄂᆞᆫ ᄌᆡ 삼십여 명이나 ᄒᆞᆫᄃᆡ ᄒᆞᆫ갈갓치 신
7면 댱(身長)이 팔구 쳑식 되고 몸픠 셰 아름이나 ᄒᆞᆫᄃᆡ 낫치 검고 븕으며
더러온 나롯시 누루고 기러 댱부의 톄(體)와 용댱(勇將)의 거동이라.
홍윤의 강ᄆᆡᆼ(强猛)이나 이 거동을 보ᄆᆡ 당ᄒᆞᆯ 의ᄉᆡ 업고 졍신이 흐리

이니 졔젹이 승승(乘乘)ᄒᆞ여 ᄇᆡᄅᆞᆯ 도로 져으며 일변 교ᄌᆞ(轎子)ᄅᆞᆯ 아ᄉᆞ갈 의ᄉᆡ 분분(紛紛)ᄒᆞ여 일호 긔탄(忌憚)ᄒᆞ미 업거ᄂᆞᆯ 냥 공ᄌᆡ 죽으믈 무롭ᄡᅳ고 교ᄌᆞᄅᆞᆯ 둘너막아 도적의 칼흘 방비ᄒᆞᆯ ᄌᆞ음의 믄득 ᄒᆞᆫ마ᄃᆡ 괴이ᄒᆞᆫ 소ᄅᆡ의 시랑과 녀교ᄅᆞᆯ 거두쳐 가ᄃᆡ 경ᄀᆡᆨ(傾刻)의 그 간 바ᄅᆞᆯ 아디 못ᄒᆞᆯ디라. ᄂᆡ셩공ᄌᆡ 분완통ᄒᆡ(憤惋痛駭)ᄒᆞ고 비상ᄎᆞ악(非常嗟愕)ᄒᆞ여 텬셩(天性)의 온듕겸퇴(穩重謙退)ᄒᆞ믈 바리고 놉흔 셩이 쳘골(徹骨)ᄒᆞ니 하날이라도 ᄯᅱ여오ᄅᆞᆯ ᄃᆞᆺᄒᆞᆫ디라. ᄲᆞᆯ니 션창 밧글 향ᄒᆞ여 공듕을 우러러보니 범인은 비록 아디 못ᄒᆞ나 공ᄌᆞ의 안광(眼光)이 이상특츌(異常特出)ᄒᆞᆫ디라. 요경(妖賊)이[4] 발셔 죵슉(從叔)과 녀교ᄅᆞᆯ 거두쳐 녑ᄒᆡ ᄭᅵ고 곤두쳐 계람 ᄉᆞ변(沙邊)의 니ᄅᆞ러시믈 보ᄆᆡ 상게(相距) 블과 ᄇᆡᆨ여 보(步) 동안이라. 급히 홍윤의 찬 궁시(弓矢)ᄅᆞᆯ 아ᄉᆞ 용녁(勇力)을 다ᄒᆞ여 요ᄉᆞ(妖邪)의 긔운을 ᄇᆞ라고 ᄲᅩ니 팔 셰 ᄋᆞ동(兒童)의 ᄉᆞ법(射法)이 이ᄃᆡ도록 긔이ᄒᆞ리오? ᄎᆞ시 댱손슐이 믈속의 드럿다가 졔졸(諸卒)노 창검을 가져 ᄇᆡ의 오ᄅᆞ라 ᄒᆞ고 몬져 괴풍(怪風)을 디어 졍부 시노양낭(侍奴養娘)을 놀나 긔졀케 ᄒᆞᆫ 후 시랑과 녀괴 독쥬(毒酒)의 혼혼(昏昏)ᄒᆞ믈 타 가바야이 ᄭᅵ고 ᄂᆡ다ᄅᆞᆯ가 ᄒᆞ엿더니 공ᄌᆞ의 졍광(睛光)이 실노 두리오며 시랑과 녀교의 위인이 ᄯᅩᄒᆞᆫ 블범(不凡)ᄒᆞ여 무거오미 태산 ᄀᆞᆺᄐᆞ여 먼니 가디 못ᄒᆞ고 ᄉᆞ변의 나리와 노코 뎡히 쥬져ᄒᆞᆯ ᄌᆞ음의 흐ᄅᆞᄂᆞᆫ 살이 엇게ᄅᆞᆯ ᄯᅮᄅᆞ니 그 앏흐고 놀나오미 어ᄃᆡ 비ᄒᆞ리오? 범범(凡凡)ᄒᆞᆫ 악당일딘ᄃᆡ 살기ᄅᆞᆯ 긔필치 못

8면

4 요경(妖賊)이: 규장각본에는 '요적이'로 되어 있음.

ᄒᆞᆯ 거시로ᄃᆡ 대흉대독(大凶大毒)이 젼후 무비(無比)ᄒᆞ고 ᄯᅩ 졔 아ᄌᆞ비 태허도인(太虛道人)이 온갓 환약(丸藥)을 ᄆᆡᆫᄃᆞ라 주니 살 마즌 ᄯᅮᆯ닌 ᄃᆡ라도 ᄒᆞᆫ 번 바ᄅᆞ면 효험이 신긔ᄒᆞᆫ 약이 이시므로 즉시 ᄂᆡ여 상쳐의 바ᄅᆞ고 졔졸을 블너 왈

9면 “졍시랑은 굿ᄐᆞ여 죽여 브졀업ᄉᆞ니 독쥬의 혼침(昏沈)ᄒᆞᆫ ᄎᆡ 바려두고 이 쇼져ᄂᆞᆫ 길너ᄂᆡ면 쳔금은 말 아니코 바드리니 ᄒᆡ독단(解毒丹)을 먹여 구ᄒᆞ라.”

ᄒᆞ고 살 마즌 엇게ᄅᆞᆯ 뵈여 왈

“내 동셔남븍으로 ᄒᆡᆼᄒᆡᆼ(橫行)ᄒᆞᄃᆡ 일즉 몸 상ᄒᆡ오미 업더니 금일 엇게ᄅᆞᆯ 이ᄀᆞᆺ치 상ᄒᆞᆫ디라 엇디 분완(憤惋)치 아니리오? 져 션듕의셔 날 ᄲᅩᆫ ᄌᆞᄅᆞᆯ ᄎᆞᄌᆞ 만단(萬端)의 ᄢᅵᄌᆞ리라.”

ᄒᆞ고 도로 그 ᄇᆡ의 다라들며 소ᄅᆡᄅᆞᆯ ᄆᆡ이 딜너 활 ᄲᅩᆫ ᄌᆞᄅᆞᆯ ᄎᆞᄌᆞ니 그 셰 흉녕(凶獰)ᄒᆞᆫ디라. 닌셩이 노목(怒目)이 딘녈(震裂)ᄒᆞ여 녀셩대즐(厲聲大叱) 왈

“이 궁흉극악(窮凶極惡)ᄒᆞᆫ 강도놈아! 네 반ᄃᆞ시 취당악뉴(聚黨惡類)로 촌가의 ᄌᆡ믈을 노략(擄掠)ᄒᆞᄂᆞᆫ 더러온 도젹이어ᄂᆞᆯ 므ᄉᆞᆷ 연고로 우리 ᄒᆡᆼ도(行途)의 작난(作亂)ᄒᆞ고 죵슉(從叔)과 죵ᄆᆡ(從妹)ᄅᆞᆯ 아ᄉᆞ가뇨? 그 죄악이 만살무셕(萬殺無惜)이라. 엇디 ᄒᆞᆫ 엇게ᄅᆞᆯ ᄲᅩᆯ ᄲᅳᆫ이리오? 내 비록 튱년(沖年)이나 ᄒᆞᆫ칼노ᄡᅧ 너ᄅᆞᆯ 만단의 ᄡᅧ흐니라.”

셜파(說罷)의 댱검을 빗겨 술을 취(取)코ᄌᆞ ᄒᆞ니 위풍(威風)이 규규

10면 (赳赳)ᄒᆞ여 동ᄒᆡ대양(東海大洋)의 창농(蒼龍)이 운예(雲霓)ᄅᆞᆯ 디으며 븍텬셜한(北天雪寒)의 녈일(熱日)이 최외(崔嵬)ᄒᆞᆫ ᄃᆞᆺ 엄듕(嚴重)ᄒᆞ미 졔젹의 심경이 숑연(悚然)ᄒᆞ니 비록 독ᄉᆞ 갓튼 대악(大惡)이나

칼흘 들고 나아드디 못ᄒᆞᆯ 거시오 닌광이 ᄯᅩᄒᆞᆫ 당션(當先)ᄒᆞ여 졔젹을 ᄡᅮ디ᄌᆞᄆᆡ 댱엄ᄒᆞᆫ 긔상과 존위(尊威)ᄒᆞᆫ 위풍이 됴둔(趙盾)의 하일디위(夏日之威)[5]와 당뎨(唐帝)의 텬일디풍(天日之風)[6]이라. 댱손 흉젹이 신긔히 넉여 혜오ᄃᆡ

‘이런 비상ᄒᆞᆫ ᄋᆞᄒᆡᄅᆞᆯ 일시의 죽이면 텬앙(天殃)이 두리오니 닌셩만 믈의 드리쳐 내 위엄을 뵌 후 닌광을 ᄌᆞᆸ아다가 슉부긔 드리리라.’

ᄒᆞ고 졔젹을 호령ᄒᆞ여 왈

“ᄎᆞᄋᆡ(此兒) 날을 ᄡᅩ아시니 그 죄 열 번 버히나 쇽디 못ᄒᆞᆯ디라. 여등은 ᄲᆞᆯ니 닌셩을 ᄌᆞᆸ아 믈의 너흐라.”

ᄒᆞ고 일시의 에워ᄡᆞ니 홍윤과 닌광이 죽기ᄅᆞᆯ 그음ᄒᆞ여 닌셩을 구ᄒᆞᆯ ᄉᆡ 홍윤은 댱괴의 밀치믈 닙어 믈의 써러디고 닌광은 여러 번 믈의 써러딜 번ᄒᆞ다가 계오 듕젹(衆賊)을 ᄯᅮᆲ고 형을 븟드러 ᄉᆞᄉᆡᆼ을 ᄒᆞᆫ가디로 11면
ᄒᆞ려 ᄒᆞ더니 닌셩이 졔젹의 이 ᄀᆞᆺᄐᆞ믈 보ᄆᆡ ᄯᅩᄒᆞᆫ 삼갈 일이 업셔 칼흘 날녀 젹졸 ᄉᆞ오 명을 딜너 것구ᄅᆞ치니 비록 죽든 아냐시나 모다 ᄡᅳ러디ᄂᆞᆫ디라. 댱괴 대로(大怒)ᄒᆞ여 스ᄉᆞ로 다라드러 그 칼흘 앗고 졔젹을 호령ᄒᆞ여 공ᄌᆞᄅᆞᆯ 잡아 믈의 더디니 희(噫)라! 닌셩공ᄌᆡ 위인이 비록 영위ᄒᆞ고 웅침뎡대(雄沈正大)ᄒᆞ미 ᄌᆞᄉᆡᆼ민(自生民) 이ᄅᆡ로 홀

---

5 됴둔(趙盾)의 하일디위(夏日之威): 조둔의 여름 해와 같은 위엄. 조둔은 조선자(趙宣子)라고도 함. 춘추시대 진(晉)나라 사람으로, 부친 조최와 더불어 유명한 재상이었음. 풍서(酆舒)라는 인물이 가계(賈季)에게 조최와 조둔 중 누가 더 어진가를 묻자 ‘조최는 겨울의 해(冬日之日)이고 조둔은 여름날의 해(夏日之日)’라고 답했다고 함. 《춘추좌씨전》 〈문공(文公)〉.

6 당뎨(唐帝)의 텬일디풍(天日之風): 당 태종의 천자가 될 기풍. 천일지풍은 천일지표(天日之表)라는 말로, 사해(四海)에 군림할 상(相)이라는 뜻.

노 ᄒᆞᆫ 사ᄅᆞᆷ이로ᄃᆡ 나힌ᄌᆞᆨ 팔 셰 듕년이라 아딕 혈긔미뎡(血氣未定)ᄒᆞ
여시니 댱손젹의 만부브당(萬夫不當)이며 졔젹의 강ᄆᆡᆼ을 어이 당ᄒᆞ
리오? 홍윤이 낙슈(落水)ᄒᆞ고 졔노ᄌᆞ(諸奴子) 긔졀ᄒᆞᆫ 듕 닌광이 홀노
딘녁튱돌(盡力衝突)ᄒᆞ여 형을 구코ᄌᆞ ᄒᆞ나 다ᄅᆞᆫ 우익(羽翼)이 업ᄉᆞ
니 쇽졀업시 독슈(毒手)의 ᄒᆡ(害)ᄅᆞᆯ 면치 못ᄒᆞ여 닉슈(溺水)ᄒᆞᆫ ᄇᆡ 되
니 ᄎᆞ호셕ᄌᆡ(嗟乎惜哉)라! 졍상셰 양부인을 상(喪)ᄒᆞᄆᆡ 다시 의가디
락(宜家之樂)[7]을 뉴렴(留念)치 아냐 신취(新娶)ᄅᆞᆯ 블호(不好)ᄒᆞ믄 비
12면 록 여ᄎᆞ(如此) 참변이 이시믈 ᄉᆡᆼ각디 아니ᄒᆞ나 혹ᄌᆞ 블냥디인(不良之
人)을 취(娶)ᄒᆞ여 ᄌᆞ녀의게 괴로오믈 닐윌가 념녀ᄒᆞ미러니 소시의 간
흉교특(奸凶狡慝)ᄒᆞ미 ᄒᆞᆫ번 획계(劃計)ᄒᆞᄆᆡ 졍샹셔의 만금듕탁(萬金
重托)과 쳔금교ᄋᆞ(千金嬌兒)ᄅᆞᆯ 술연이[8] 어복(魚腹)의 쟝(葬)ᄒᆞ미 된
가 통의셕ᄌᆡ(痛矣惜哉)라! 소시 닌셩 남ᄆᆡᄅᆞᆯ 향ᄒᆞ여 칼흘 픔으며 살
흘 결운 ᄆᆞ옴이 아니면 ᄇᆡᆨᄒᆡᆼ딘션(百行盡善)의 만ᄉᆡ(萬事) 츌뉴(出類)
ᄒᆞ니 므어ᄉᆞᆯ 하ᄌᆞ(瑕疵)ᄒᆞ며 댱부의 셩ᄒᆡᆼ을 그ᄅᆞᆺᄒᆞᆯ가 념(念)ᄒᆞ리오
마ᄂᆞᆫ 의ᄌᆞ녀(義子女)ᄅᆞᆯ 업시코ᄌᆞ ᄒᆞᄂᆞᆫ ᄆᆞ옴이 녀후(呂后)[9]의 됴왕(趙
王)을 짐살(鴆殺)ᄒᆞᆷ과 녀희(驪姬)[10]의 신ᄉᆡᆼ(信生)을 죽이ᄆᆡ 더으니 만
일 ᄉᆞ라나믈 엇디 못ᄒᆞᆯ딘ᄃᆡ ᄒᆞᆫ갓 졍문(程門)의 블ᄒᆡᆼᄒᆞ믄 니ᄅᆞ도 말고
방국(邦國)의 블ᄒᆡᆼᄒᆞᆷ과 창ᄉᆡᆼ(蒼生)의 무복(無福)ᄒᆞ미 이의 더으미 업

7 의가디락(宜家之樂): 의가지락. 혼인하여 집안을 잘 다스리는 즐거움.

8 술연이: 대번에, 한순간에, 곧바로, 선뜻.

9 녀후(呂后): 여후. 한 고조 유방의 비(妃)로서 척부인의 아들 조왕을 독살함.

10 녀희(驪姬): 여희. 진 헌공의 총첩으로 태자 신생을 모함하여 죽게 함.

ᄂᆞᆫ디라. 소시의 ᄒᆡ음업시 정문을 업치미여! 녀후의 한실(漢室)을 기
우리침과 측텬(則天)의 당업(唐業)을 문흐치므로 다ᄅᆞ리오? ᄎᆞ시 졔
젹이 닌셩을 믈의 더디고 닌광과 교ᄌᆞ롤 졍히 앗고ᄌᆞ ᄒᆞ더니 믄득 슈
듕(水中)으로조ᄎᆞ 므어시 ᄂᆡ다라 톱을[11] 버려 댱괴롤 므러 것구ᄅᆞ치니 13면
낫가죡과 일신(一身)이 즁상(重傷)ᄒᆞ여 뉴혈(流血)이 님니(淋灕)ᄒᆞ고
슐의 흉당요슐(凶壯妖術)노도 졍신을 일흐니 그거시 슐을 므러 강슈
(江水)의 더딜ᄉᆡ 젹되 ᄉᆞᄉᆞ로 살기롤 도모ᄒᆞ여 강심(江心)으로 쒸여
드니라. ᄎᆞ시 닌광이 형의 닉슈ᄒᆞ믈 보고 ᄒᆞᆫ번 블너 통곡의 것구러져
혼졀(昏絶)ᄒᆞ고 월염쇼졔 역시 엄홀(奄忽)[12]ᄒᆞ여시니 션듕의 뉘 이셔
구ᄒᆞ리오? 이씌 슈신(水神)이 조화롤 디어 졔젹을 믈니치고 닌광의
급화(急禍)롤 구ᄒᆞ여시나 졔인이 다 죽엄이 되엿고 급ᄒᆞᆫ 바ᄅᆞᆷ과 ᄇᆡᆨ낭
(白浪)이[13] 뫼 갓ᄐᆞ여 셕범(席帆)[14]이 써러디고 ᄇᆡ 강심의 츌몰ᄒᆞ여 위ᄐᆡ
ᄒᆞ미 경ᄀᆡᆨ의 이시나 졔인이 아디 못ᄒᆞ더라. 식경(食頃) 후 닌광이 ᄉᆞᄉᆞ
로 ᄊᆡ여 눈을 들ᄆᆡ 션듕이 황연ᄒᆞ여 제젹이 간ᄃᆡ업고 졔노(諸奴)롤 브
ᄅᆞ나 ᄒᆞ나토 응ᄒᆞ리 업ᄂᆞᆫ디라. 형의 닉슈ᄒᆞ믈 ᄉᆡᆼ각ᄒᆞᄆᆡ 흉격(胸隔)이
엄ᄉᆡᆨ(奄塞)ᄒᆞ고 구곡(九曲)이 여할(如割)ᄒᆞ여 홀노 ᄉᆞᆯ고져 ᄯᅳᆺ이 업
ᄉᆞᄃᆡ ᄆᆡ져(妹弟)의[15] ᄉᆞᄉᆡᆼ(死生)을 아디 못ᄒᆞ니 쥬렴(珠簾)을 들고 보니 14면
혼졀ᄒᆞ엿ᄂᆞᆫ디라. 츈파롤 몬져 ᄊᆡ여 ᄆᆡ져롤 구코져 ᄒᆞ나 광풍이 긋치디

11 톱을: 규장각본에 '발톱을'이라고 되어 있음.

12 엄홀(奄忽): 갑자기 숨이 막힘.

13 급ᄒᆞᆫ 바ᄅᆞᆷ과 ᄇᆡᆨ낭(白浪)이: 규장각본에는 '급ᄒᆞᆫ 바ᄅᆞᆷ의 물결이'로 되어 있음.

14 셕범(席帆): 석범. 자리돛.

15 ᄆᆡ져(妹弟)의: 규장각본에는 'ᄆᆡ뎨의'로 되어 있음.

아니ᄒᆞ고 돗 업ᄉᆞᆫ ᄇᆡ 탕탕이 풍셰(風勢)ᄅᆞᆯ 조ᄎᆞ 거ᄉᆞ리 ᄒᆡᆼᄒᆞ여 닷기ᄅᆞᆯ 흐ᄅᆞᄂᆞᆫ 별ᄀᆞᆺ치 ᄒᆞᄃᆡ 믈의 잠기도 아니ᄒᆞ고 어ᄌᆞ러이 홍[16]치도 아니ᄒᆞ여 가기ᄅᆞᆯ ᄲᆞᆯ니 ᄒᆞ니 츈패 계오 졍신을 ᄎᆞᆯ혀 공ᄌᆞᄅᆞᆯ 븟들고 왈

“이 ᄇᆡᄂᆞᆫ 엇디ᄒᆞ여 이ᄃᆡ도록 가며 시랑 노야와 대공ᄌᆞ(大公子)ᄂᆞᆫ 어ᄃᆡ 가시니잇고?”

공ᄌᆡ 가ᄉᆞᆷ을 어로만디며 젼후ᄉᆞᄅᆞᆯ 니ᄅᆞ니 츈패 블승망극ᄒᆞ여 크게 울거ᄂᆞᆯ 공ᄌᆡ 급히 말녀 왈

“져져(姐姐)ᄅᆞᆯ 구ᄒᆞ미 만분(萬分) 급ᄒᆞᆫ디라. 내 몸이 강심의 드러 형댱 시신(屍身)이나 ᄎᆞᆺ고져 ᄒᆞᄂᆞ니 어ᄌᆞ러이 구디 말나.”

ᄒᆞ고 션듕(船中)을 더듬어 초ᄅᆞᆯ 어더 간신이 블을 ᄇᆞᆰ히며 강슈(江水)ᄅᆞᆯ ᄡᅧ ᄆᆡ져(妹姐)의 입의 드리오니 그 ᄒᆡᆼ동톄모(行動體貌)와 화란(禍亂) 듕 ᄆᆡ져ᄅᆞᆯ 위ᄒᆞᆫ 졍이 친동긔의 감(減)치 아닐ᄲᅳᆫ더러 남녀의 녜뫼
15면 (禮貌) 혼잡디 못ᄒᆞ여 블을 ᄇᆞᆰ히기 젼은 븟드러 구호치 못ᄒᆞ고 츈파ᄅᆞᆯ 명ᄒᆞ니 그 삼엄ᄒᆞᆫ 녜절(禮節)이 현셩여ᄆᆡᆨ(賢聖餘脈)과 법문계츌(法門系出)이믈 알너라. ᄀᆞ장 오ᄅᆡ게야 쇼졔 인ᄉᆞᄅᆞᆯ ᄎᆞᆯ혀 닌광과 츈파ᄅᆞᆯ 븟들고 통곡왈(痛哭曰)

“흉젹(凶賊)이 닌셩을 믈의 드리치ᄂᆞᆫ 소ᄅᆡ의 넉ᄉᆞᆯ 일헛더니 닌셩의 ᄉᆞᄉᆡᆼ이 엇디 되뇨?”

닌광이 통곡왈

“사ᄅᆞᆷ이 ᄒᆞᆫ번 망망ᄒᆡ듕(茫茫海中)의 ᄡᅥ러디ᄆᆡ 엇디 ᄡᅱ여나믈 어드리

16 홍: 규장각본에는 ‘ᄒᆡᆼ’으로 되어 있음.

오? 믈 밧긔 나디 못ᄒᆞᆫ 젼은 속졀업시 맛ᄎᆞ려니와 형댱의 풍위덕질(風威德質)이 힘힘이 스러지디 아닐 ᄃᆞᆺᄒᆞ나 망망ᄒᆞᆫ 텬니(天理)ᄅᆞᆯ 엇디 알니잇가? 목젼(目前)의 흉화(凶禍)ᄅᆞᆯ 당ᄒᆞᆯ ᄯᆡ의 쇼뎨의 몸으로뼈 밧고믈 젹뉴의게 비러보디 못ᄒᆞ미 한이로소이다."

언파의 남ᄆᆡ 장통ᄒᆞ여 닌셩을 ᄋᆡ호ᄒᆞ니 셩음(聲音)이 비졀(悲絶)ᄒᆞ여 구츄(九秋)의 외로온 기러기 항녈(行列)을 일코 듁님(竹林)의 어린 봉이 어이[17]ᄅᆞᆯ ᄯᅥ난 ᄃᆞᆺ 옥음(玉音)이 비졀ᄒᆞ고 단슌(丹脣)이 쳐황(凄荒)ᄒᆞ니 츈패 역시 통곡(痛哭)ᄒᆞ여 유유창텬(悠悠蒼天)을 원(怨)ᄒᆞᆯ ᄲᆞᆫ이 16면
러라. 이러ᄐᆞᆺ 비황(悲慌) 듕 ᄇᆡ 닷기ᄅᆞᆯ 한업시 ᄒᆞ여 동방이 ᄇᆞᆰ기의 니ᄅᆞ도록 긋치디 아니커ᄂᆞᆯ 공ᄌᆞ와 소졔 다만 죽기ᄅᆞᆯ 그음ᄒᆞ나[18] 망망ᄒᆡ 듕의 이 갓ᄐᆞᆫ 위경(危境)을 당ᄒᆞ니 엇디 두렵디 아니리오? 공ᄌᆡ 도로혀 져져(姐姐)ᄅᆞᆯ 위로왈(慰勞曰)

"하날이 우리 남ᄆᆡ와 츈파ᄅᆞᆯ 남겨 ᄇᆡ 업치지 아니코 한업시 가게 ᄒᆞ미 오히려 살 ᄯᆞ흘 빌녀 죽으믈 명(命)치 아니시니 만ᄉᆡ 다 텬의(天意)라. 형댱(兄丈)의 닉슈지화(溺水之禍)와 존당부모(尊堂父母)의 각골참상(刻骨慘傷)ᄒᆞ시믈 혜아리건ᄃᆡ 구곡(九曲)이 븡산(崩散)ᄒᆞ고 오ᄂᆡ여할(五內如割)ᄒᆞ니 ᄎᆞᆯ하리 강심(江心)의 드러 형댱 뒤흘 ᄯᆞ라 슬프믈 모로고ᄌᆞ ᄒᆞᄃᆡ ᄎᆞ신(此身)이 죽ᄂᆞᆫ 거ᄉᆞᆫ 더옥 블회라. 쳔만 비황난쳐(悲惶難處)ᄒᆞᆫ 가온ᄃᆡ 우리 남ᄆᆡ 몸을 여린 옥ᄀᆞᆺ치 ᄒᆞ여 존당부모긔 산 낫ᄎᆞ로 ᄇᆡ알ᄒᆞᄂᆞᆫ 거시 회(孝)니이다."

---

17 어이: 짐승의 어미.

18 그음ᄒᆞ나: 그음ᄒᆞ다. 한정하다.

쇼제 닌광의 쳑용슈안(瘠容瘦顔)과 읍톄비셩(泣涕悲聲)을 ᄃᆡᄒᆞ미 닌
17면 셩의 쳑안비용(瘠顔悲容)을 보ᄂᆞᆫ ᄃᆞᆺ 블승통할(不勝痛割)ᄒᆞ여 실셩ᄋᆡ호(失性哀號) 왈

"현뎨ᄂᆞᆫ 몸이 남ᄌᆡ라 하날이 브ᄃᆡ 죽이려 아니시면 쳔금디구(千金之軀)ᄅᆞᆯ 보젼ᄒᆞ여 친측(親側)의 도라가려니와 나의 쳐신은 극난(極難)이라. 만일 ᄇᆡᆨ희(伯姬)ᄅᆞᆯ ᄯᆞ라 쳥개(淸介)ᄒᆞᆫ 녀ᄌᆡ 되고ᄌᆞ ᄒᆞᆯ딘ᄃᆡ 은교역 화환(火患)의 구ᄎᆞ히 피치 아냐시리니 나의 집녜(執禮)ᄒᆞᄂᆞᆫ ᄇᆡ 실노 븟그럽고 이 변(變)을 당ᄒᆞ여 필경이 엇디 될 줄 아디 못ᄒᆞ니 현뎨ᄂᆞᆫ 날을 ᄉᆞᆯ니고ᄌᆞ ᄒᆞ미 올흐냐?"

공ᄌᆞ와 츈패 오열통읍(嗚咽痛泣) 왈

"니ᄅᆞ신 ᄇᆡ 맛당ᄒᆞ시나 범ᄉᆞᄅᆞᆯ 일졀노 딕히디 못ᄒᆞ리니 ᄇᆡᆨ희 화염(火焰) 듕 소신(燒身)ᄒᆞ미 집녜의 긔특ᄒᆞ나 쇼뎨ᄂᆞᆫ 그 일편(一偏)되믈 괴이히 넉이ᄂᆞ니 셩인도 경권(經權)을 두샤 부ᄌᆡ(夫子) 미복과숑(微服過宋)ᄒᆞ시니 신톄발뷔(身體髮膚) 그 엇디 듕대ᄒᆞ관ᄃᆡ 굿ᄐᆞ여 화신(火身)ᄒᆞ미 가ᄒᆞ리잇가? 아딕 ᄂᆡ두(來頭)ᄅᆞᆯ 보아 ᄉᆞ싱을 결ᄒᆞ미 올흐니이다."

셜파(說罷)의 남ᄆᆡ 셔로 븟드러 통곡(痛哭)ᄒᆞ니 ᄋᆡ셩(哀聲)이 참참
18면 (慘慘)ᄒᆞ여 쳥산(靑山)이 위비(爲悲)ᄒᆞ고 ᄇᆡᆨ일(白日)이 위감(爲感)ᄒᆞ며 텬ᄉᆡᆨ이 무광(無光)ᄒᆞ고 슈운(愁雲)이 ᄉᆞ긔(四起)ᄒᆞ더라. ᄎᆞ일 반오(半午)[19]의 ᄇᆡ ᄒᆞᆫ곳의 부ᄃᆡ치거ᄂᆞᆯ 공ᄌᆡ ᄉᆞᆯ펴보나 아모 곳인 줄 아디

19 반오(半午): 오시(오전 11시에서 1시)의 반쯤. 정오를 가리킴.

못ᄒᆞ고 ᄉᆞ변(沙邊)의 ᄉᆞ오 리ᄂᆞᆫ 믈너 일좌신산(一座岫山)이 의연이 반공(半空)의 년(連)ᄒᆞ엿더라. 츈패 공ᄌᆞ긔 고왈(告曰)

“이곳이 아모 ᄃᆡ믈 모로거니와 져 뫼흘 넘으면 혹 인가(人家)와 암ᄌᆞ도관(庵子道館)이 이실 거시니 잠간 머므러 태쥐로 ᄎᆞᄌᆞ 향ᄒᆞ샤이다.”

공ᄌᆡ 빈미왈(顰眉曰)

“녜ᄉᆞ 사ᄅᆞᆷ을 만나면 됴흐려니와 암ᄌᆞ도관을 만나면 나의 거쳬 어려오리니 잠간 산곡(山谷) 간의 머므럿다가 태쥬ᄅᆞᆯ ᄎᆞᄌᆞ가리라.”

ᄒᆞ고 ᄉᆞ변의 나릴ᄉᆡ 쇼제 왈

“이곳이 계람셔 몃 니나 되ᄂᆞᆫ디 모로거니와 이러ᄐᆞᆺ 표풍(飄風)ᄒᆞ고 닌셩이 닉슈(溺水)ᄒᆞᆫ 후 야애 아등의 거쳐ᄅᆞᆯ 모로샤 초젼(焦煎)ᄒᆞ시미 극ᄒᆞ샤 힝도(行所)[20]ᄅᆞᆯ 계람[21] 근쳐의 머므시리니 이 ᄇᆡ 블과 일야반일(一夜半日)을 와시ᄆᆡ 먼니 아니 와실디라. 계람을 ᄎᆞᄌᆞ 힝ᄒᆞ미 가ᄒᆞ도다.”

공ᄌᆡ 왈

“사ᄅᆞᆷ을 만나면 므러 ᄎᆞ디명(此地名)을 알고 계람이 갓가오면 그리로 힝ᄒᆞ려니와 ᄇᆡ 닷기ᄅᆞᆯ 살과 별 갓ᄐᆞ여 일시 디쳬ᄅᆞᆯ 아냐시니 쇼뎨 혜아리ᄆᆡᄂᆞᆫ 뉵노(陸路)로 슈십일졍(數十日程)을 일야반일의 왓ᄂᆞᆫ가 하ᄂᆞ이다.” 19면

쇼졔 읍탄왈(泣嘆曰)

“여ᄎᆞᄌᆞᆨ 즉시 도라가미 올토다.”

---

20 힝도(行所): 규장각본에는 ‘힝소’로 되어 있음.

21 계람: 규장각본에는 ‘졔람’으로 되어 있음.

졍언간의 산샹(山上)으로셔 ᄎᆡ약(採藥)ᄒᆞᄂᆞᆫ 녀도인(女道人) 슈십 인이 무리 디어 나려오ᄃᆡ 용뫼 ᄀᆡ개히 졀셰(絶世)ᄒᆞ고 의복이 졍졔ᄒᆞ더라. 츈패 마조 나아가 졀ᄒᆞ여 왈

“속ᄀᆡᆨ(俗客)이 길흘 그ᄅᆞᆺ 드러 션경(仙境)을 범ᄒᆞ오니 외람ᄒᆞ거니와 이곳 디명(地名)을 알고ᄌᆞ ᄒᆞᄂᆞ이다.”

녀되(女道) 놀나 일시의 읍ᄒᆞ고 왈

“이곳 디명은 조쥐오 져 뫼흔 계힝산이어니와 일즉 힝ᄀᆡᆨ(行客)의 ᄌᆞ최 님(臨)치 아냐 셰샹을 ᄉᆞᆺᄎᆞ미 디부음관(地府陰關)으로 다ᄅᆞ미 업더니 이졔 말노ᄂᆞᆫ 길흘 그ᄅᆞᆺ 드럿노라 ᄒᆞ나 실노 괴이ᄒᆞᆫ 일이로다.”

츈패 왈

“이곳셔 태쥐 엇마나 머니잇가?”

기듕 일 녀되 태쥐란 말을 듯고 츄연(惆然)이 반겨 왈

20면 “노ᄆᆡ(老妹) 태쥐 말을 ᄒᆞ니 반가온디라. 슬프미 극ᄒᆞ도다. 나의 고향이 태쥐엿마ᄂᆞᆫ 이곳의셔 졍되(程途) 만여 리라. 쳑신(尺身)이 엇디 고향의 도라가기ᄅᆞᆯ ᄇᆞ라리오? 쇽졀업시 조쥐 고혼(孤魂) 되기ᄅᆞᆯ 긔약ᄒᆞ노라.”

셜파(說罷)의 상연츌톄(傷然出涕)ᄒᆞ니 츈패 그 슬허ᄒᆞᄆᆞᆯ 보ᄆᆡ ᄆᆞᄋᆞᆷ이 홀연 동ᄒᆞ여 눈을 드러 ᄌᆞ시 보건ᄃᆡ 아마도 졔 일흔 아ᄋᆞ 경파 ᄀᆞᆺᄐᆞ니 ᄋᆡ황비졀(哀惶悲絶)ᄒᆞ여 혼ᄌᆞ말노 닐오ᄃᆡ ‘경파 ᄀᆞᆺᄐᆞᆫ 얼골도 잇도다.’ 그 녀ᄌᆡ 츈파의 말을 듯고 대경쳐황(大驚悽惶)ᄒᆞ여 드립써 븟들고 소ᄅᆡᄅᆞᆯ 급히 ᄒᆞ여 왈

“나ᄂᆞᆫ 화음현 만홍곡 졍각노ᄃᆡᆨ 슈로(首奴) 황은복의 녜(女)러니 샤형(舍兄) 츈파로 더부러 쇼쥬군 입장 밋쳐 앙역ᄒᆞ려 샹경ᄒᆞ엿다가 젹환

(賊患)을 만나 부모 동긔를 실니(失離)ᄒᆞ고 조쥐 산샹(山上)의 뉴우(留隅)ᄒᆞ연 디 이십 년이 거의로ᄃᆡ 내 일홈을 알 ᄌᆡ 업고 얼골을 희미히도 알 니 업더니 마ᄆᆡ 이러ᄐᆞᆺ ᄇᆞᆰ히 아ᄅᆞ시니 젼일의 날을 보아 계시 21면
더니잇가?"

츈패 쳥흘(聽訖)의 낫출 다히고 크게 통곡왈(痛哭曰)

"나ᄂᆞᆫ 과연 츈패어니와 내 나히 이륙이오 네 계오 십 셰 되여 괴이ᄒᆞᆫ 젹환으로 너ᄅᆞᆯ 일호ᄆᆡ 기시(其時)의 죽은 줄노 아랏더니 금일 만나 타향의셔 골육이 상봉ᄒᆞᆯ 줄 아라시리오?"

인ᄒᆞ여 셔로 븟들고 울기를 마디 아니니 졔되 일시의 위로ᄒᆞ며 동긔(同氣) 상봉(相逢)ᄒᆞ믈 치하(致賀)ᄒᆞ니 냥패(兩婆) 비회(悲懷)를 딘뎡ᄒᆞ고 별회(別懷)를 펼ᄉᆡ 경패 왈

"쇼뎨ᄂᆞᆫ 심산벽쳐의 뭇치여 산금야슈(山禽野獸)와 벗이 되고 쳔ᄌᆡ빅초(千材百草)의 쁠희를 ᄏᆡ기를 소임(所任)ᄒᆞ여 셰샹을 ᄉᆞᆺ쳔 디 십여 ᄌᆡ의 눈의 닉은 거ᄉᆞᆫ 도관이오 귀예 듯ᄂᆞᆫ 거ᄉᆞᆫ 법문이라. 부모 동긔라도 면모를 긔억디 못ᄒᆞ더니 형이 능히 소뎨를 아라보시니 안춍(眼聰)이 긔특ᄒᆞ믈 알니로소이다. 연이나 쇼뎨 이의 뉴우(留偶)홈도 원통망극ᄒᆞ거ᄂᆞᆯ 형은 므ᄉᆞᆷ 일 이에 니ᄅᆞ러 셰샹을 샤졀(辭絶)코ᄌᆞ ᄒᆞ시
ᄂᆞ뇨?" 22면

츈패 경왈(驚曰)

"사ᄅᆞᆷ이 셜혹 길흘 그ᄅᆞᆺ 드러 이의 와신들 엇디 도라가지 못ᄒᆞ리라 ᄒᆞᄂᆞ뇨?"

인ᄒᆞ여 쥬군(主君)이 기셰(棄世)ᄒᆞ시고 양부인의 삼상(三喪)을 디님과 태쥬로 향ᄒᆞ다가 은교역의셔 봉젹(逢賊)ᄒᆞ고 또 계람현의 니ᄅᆞ러

굿기던[22] 셜화(說話)와 ᄎᆞ공ᄌᆞ(次公子) 남ᄆᆡᄅᆞᆯ 뫼셔 표류ᄒᆞ여 이에 니ᄅᆞ러시믈 젼ᄒᆞ니 경패 언언(言言)이 경ᄒᆡ(驚駭)ᄒᆞ고 ᄉᆞᄉᆞ(事事)의 슬프믈 니긔디 못ᄒᆞ여 ᄒᆞᄂᆞᆫ 듕 ᄂᆡ두(來頭)의 슌(順)치 못ᄒᆞᆯ 일을 ᄉᆡᆼ각ᄒᆞᄆᆡ 더옥 근심이 깁흔디라. 이에 츈파ᄅᆞᆯ ᄂᆡᆺ글고 나아가 공ᄌᆞ긔 알현ᄒᆞᆯᄉᆡ 공ᄌᆞ의 셩명디표(聖明之表)와 쇼져의 셩덕긔딜(聖德氣質)을 쳠망(瞻望)ᄒᆞᄆᆡ 졔되(諸道) 모다 실ᄉᆡᆨ경의(失色驚疑)ᄒᆞ여 샹션(上仙)이 하강ᄒᆞᆫ가 ᄒᆞ더라. 경패 읍고왈(泣告曰)

"쳔비 박복(薄福)ᄒᆞᆫ 연고로 젹화(賊禍)ᄅᆞᆯ 인ᄒᆞ여 ᄎᆞ쳐의 뭇치오니 금누화당(金樓華堂)의 쥬인을 뫼시디 못ᄒᆞ고 ᄉᆞ라시믈 아븨게 통(通)치 못ᄒᆞ여 디부음관(地府陰關)의 고초ᄅᆞᆯ 겻그미 슈십 ᄌᆡ의 고토(故土) 23면 의 도라갈 계교ᄅᆞᆯ 못 ᄒᆞᄋᆞᆸ더니 오날ᄂᆞᆯ 형을 만나ᄋᆞᆸ고 공ᄌᆞ와 쇼져긔 ᄇᆡ알ᄒᆞ오니 셕ᄉᆡ(夕死)라도 무한(無恨)이오ᄃᆡ 다만 ᄎᆞ쳐의 니ᄅᆞ시ᄆᆡ 도라가시기 어려오실디라 일노뼈 근심이로소이다."

공ᄌᆞ와 쇼졔 ᄉᆞ변의 안ᄌᆞᆺ기ᄅᆞᆯ 오ᄅᆡᄒᆞᄃᆡ 사ᄅᆞᆷ을 만나디 못ᄒᆞ여 이곳 디명을 아디 못ᄒᆞ니 답답ᄒᆞ더니 녀도의 무리의 츈파의 아이 잇셔 긔특이 상봉ᄒᆞ믈 깃거 도라가미 쉬올가 ᄒᆞ엿다가 ᄎᆞ언을 듯고 경아왈(驚訝曰)

"엇디 도라가기 어렵다 ᄒᆞᄂᆞ뇨?"

경패 졔도의 드ᄅᆞ믈 민망이 넉이나 마디못하여 ᄃᆡ왈(對曰)

"이곳이 일홈이 조쥐나 셰계졀원(世界絶遠)ᄒᆞ여 쇽긱의 ᄌᆞ최 ᄌᆞ로

22 굿기던: 굿다. 궂다. 궂기다. 좋지 않다. 고생하다.

님치 아니ᄒᆞ니 실노 하날과 바ᄒᆞᆫ[23] 가히라. 계힝산과 태항산이 텬궁(天穹)에 년ᄒᆞ여 ᄎᆡ약(採藥)ᄒᆞᄂᆞᆫ ᄌᆞ최쁜이오 딘셰인(塵世人)의 ᄌᆞ최ᄂᆞᆫ 밋디 아닛ᄂᆞᆫ디라. 오히려 태항산의 오ᄂᆞ니ᄂᆞᆫ 슌히 도라가믈 어드ᄃᆡ 계힝산 하의[24] 오ᄂᆞ니ᄂᆞᆫ 져마다 도인이 되여 도라가디 못ᄒᆞᄂᆞ니 져 뫼 24면
ᄒᆞᆯ 너머가면 쳥션관과 태쳥관이 이셔 태쳥관 슈도(首道)의 법호ᄂᆞᆫ 태허ᄌᆡ오 셩명은 당손활[25]이오 쳥션관 법ᄉᆞ의 별호ᄂᆞᆫ 운화션이오 셩명은 딘쇼ᄋᆡ니 딘우량(陳友諒)[26]의 손네라. 신힝법슐(神行法術)이 반괴(萬古)의 ᄒᆞ나히어ᄂᆞᆯ 태허ᄌᆞ의 신힝법슐이 거의 운화션을 ᄯᆞᄅᆞ니 일노 조ᄎᆞ 의ᄉᆡ 외월(猥越)[27]ᄒᆞ여 텬하 억만 듕ᄉᆡᆼ으로뼈곰 모다 그 도ᄅᆞᆯ 힝콰져 ᄒᆞᄆᆡ 무론존비남녀(毋論尊卑男女)ᄒᆞ고 이의 니ᄅᆞᄂᆞᆫ ᄌᆞᄂᆞᆫ 모다 잡아 뎨ᄌᆞᄅᆞᆯ 삼으ᄃᆡ 그 말을 좃디 아닌즉 참형(慘刑)으로 보ᄎᆡ고 셕혈누옥(石穴陋獄)의 가도아 뼉이ᄂᆞ니 엇디 공ᄌᆞ와 소져ᄅᆞᆯ 슌히 도라 보ᄂᆡ리잇가?"

말이 맛디 못ᄒᆞ여셔 남도(男道) 십여 인과 녀도 슈십 인이 산샹으로좃ᄎᆞ 오ᄂᆞᆫ디라. 경패 이ᄅᆞᆯ 보고 면ᄉᆡᆨ(面色)이 여토(如土)ᄒᆞ더니 졔되 일시의 나려와 공ᄌᆞ긔 녜ᄒᆞ고 태허ᄌᆞ의 쳥ᄒᆞᄂᆞᆫ 뜻을 젼ᄒᆞ며 녀도 등은 발연(勃然)이[28] 다라드러 경파ᄅᆞᆯ 결박ᄒᆞ고 경파와 ᄒᆞᆷ긔 왓던 녀도 등을 25면

23 바ᄒᆞᆫ: 규장각본에는 '다ᄒᆞᆫ'로 되어 있음.

24 계힝산 하의: 규장각본에는 '계힝산의'로 되어 있음.

25 당손활: '당손활'에 대한 표기가 당손환, 당손화 등으로 나타남.

26 딘우량(陳友諒): 진우량(1316-1363). 원나라 말 대표 군웅 중 하나. 주원장에게 패함.

27 외월(猥越): 외람되게 분수를 넘음.

28 발연(勃然)이: 왈칵 성을 내거나 세차고 갑작스럽게.

향ᄒᆞ여 왈

"ᄉᆞ형(師兄) 등이 엇디 한만(閑漫)[29]이 이셔 경파의 잡셜(雜說)만 듯더뇨? ᄎᆞᄉᆡ(此事) 발셔 도관의 니ᄅᆞᄆᆡ ᄉᆞ뷔 노ᄒᆞ샤 경파ᄅᆞᆯ 잡아오고 ᄉᆞ형 등으로ᄂᆞᆫ 졍쇼져의 교ᄌᆞ(轎子)ᄅᆞᆯ 메여 오라 ᄒᆞ시더라."

ᄒᆞ니 졔녜되 일시의 허리ᄅᆞᆯ 굽혀 명을 듯고 교ᄌᆞᄅᆞᆯ 아ᄉᆞ랴 달녀들거ᄂᆞᆯ 공ᄌᆡ 십분통완(十分痛惋)ᄒᆞ여 딘목대즐(震目大叱) 왈

"태허ᄌᆞᄂᆞᆫ 엇던 거시완ᄃᆡ 이러ᄐᆞᆺ 무례ᄒᆞ뇨? 경파ᄂᆞᆫ 내 집 비ᄌᆞ오 너희 도가(道家)의 죵이 아니라 임의 결박ᄒᆞ믈 임의(任意)로 ᄒᆞ며 황ᄎᆞ(況且) 아등이 표류ᄒᆞ여 이에 니ᄅᆞ러시나 인가ᄅᆞᆯ 어더 쉬고 도관의 나아가디 아니려 ᄒᆞ거든 여등이 엇디 교ᄌᆞ 메기ᄅᆞᆯ 슈히 ᄒᆞ리오? 딘실로 여ᄎᆞ 방ᄌᆞᄒᆞᆯ딘ᄃᆡ 본읍 현관(縣官)과 졀도ᄉᆞ긔 통ᄒᆞ여 관군(官軍)을 비러 도관을 뭇지ᄅᆞ리라."

26면 셩음이 ᄆᆡᆼ녈ᄒᆞ고 위풍이 당당ᄒᆞ여 사ᄅᆞᆷ이 ᄇᆞ라보ᄆᆡ 숑연튝쳑(悚然蹴踖)ᄒᆞ여 창ᄒᆡ노룡(滄海老龍)이오 공산ᄆᆡᆼ호(空山猛虎) 갓ᄐᆞᆫ디라. 졔되 대황대숑(大惶大悚)ᄒᆞ여 셔연이[30] 믈너셔거ᄂᆞᆯ 공ᄌᆡ 다시 ᄌᆡ쵹ᄒᆞ여 경파ᄅᆞᆯ 글너노코 문왈(問曰)

"태쳥관 쳥션관은 일시라도 머믈 곳이 아니니 어나 곳의 인개(人家) 잇ᄂᆞ뇨?"

경패 ᄃᆡ왈(對曰)

"계힝산 아ᄅᆡᄂᆞᆫ 인개 업고 태항산 아ᄅᆡᄂᆞᆫ 인개 이시나 엇디 가시리잇

29 한만(閑漫): 한가하고 느긋함.

30 셔연이: 규장각본에는 '셔인이'로 되어 있음.

고?”

공ᄌᆡ 우문기고(又問其故)ᄒᆞᆫᄃᆡ[31] 고왈(告曰)

“이곳의셔 삼십 니만 가면 인개 이시ᄃᆡ 가려 ᄒᆞ시면 계힝산을 넘어야 가ᄂᆞ이다. 연이나 표풍ᄒᆞ여 오실 ᄯᅴ 태힝[32] 경셜암의 ᄇᆡ ᄌᆞ로 ᄇᆞᄃᆡ치ᄂᆞᆫ 유명ᄒᆞᆫ 바회로ᄃᆡ 경셜암을 디나 취운암의 ᄇᆡ 다ᄒᆞ미 ᄀᆞ장 신긔ᄒᆞ여이다.”

졍이 말ᄒᆞᆯ 셰 믄득 일진괴풍(一陣怪風)이 삽던(颯振)ᄒᆞ며 거믄 구름
이 얼픗ᄒᆞᄂᆞᆫ ᄉᆞ이의 경파의 몸을 둘너 간ᄃᆡ업고 쇼져의 교ᄌᆡ ᄒᆡ음업
시 공듕의 ᄠᅥ가랴 ᄒᆞᄂᆞᆫ디라. 공ᄌᆡ 목젼(目前)의 요ᄉᆞ(妖邪)ᄅᆞᆯ 보ᄆᆡ 통 27면
분ᄒᆞᆫ 듯 급히 몸을 니러 교ᄌᆞᄎᆡ[33]ᄅᆞᆯ 눌너 안ᄌᆞ니 비로소 교ᄌᆡ 움ᄌᆞᆨ이지 못ᄒᆞ더라. 이ᄯᅵ 쇼졔 교듕의셔 경파의 간ᄃᆡ업슴과 교ᄌᆡ 움ᄌᆞᆨ이믈 보ᄆᆡ 또 므ᄉᆞᆷ 괴변을 만날가 심신(心神)이 ᄎᆞ악경ᄒᆡ(嗟愕驚駭)ᄒᆞ며 ᄎᆞᆫ패 놀나 ᄉᆞ상(死狀)이 되여시니 공ᄌᆡ 비록 슉셩ᄒᆞ나 년유동몽(年幼童蒙)이라. 쳡쳡 요도(妖道)ᄅᆞᆯ 믈니칠 계교(計巧) 업셔 뎡히 망조(罔措)ᄒᆞ더니 믄득 남도(男道) 십여 인이 각각 창검을 빗기고 나려와 태허ᄌᆞ의 말을 젼ᄒᆞ여 왈

“만일 도관으로 아니 올던ᄃᆡ 시직(時刻)의 죽여 ᄇᆡᆨ골도 남기디 아니ᄒᆞ고 쇼져ᄅᆞᆯ 아ᄉᆞ다가 뉴구국(流球國)·몽고(蒙古)의게 쳔금을 밧고 팔니라.”

---

31 우문기고(又問其故)ᄒᆞᆫᄃᆡ: 규장각본에는 ‘그 연고를 무른ᄃᆡ’로 되어 있음.

32 태힝: 규장각본에는 ‘태항’이라고 되어 있음.

33 교ᄌᆞᄎᆡ: 교자채. 가마채. 가마를 멜 때 멜빵을 걸거나 어깨에 올리는 기다란 나무.

ᄒᆞ며 교ᄌᆞ를 아ᄉᆞ려 다라드ᄂᆞᆫ 거동과 언ᄉᆡ 참측ᄒᆞ미 ᄎᆞ마 눈을 보며 귀로 듯디 못ᄒᆞᆯ ᄇᆡ라.[34] 공ᄌᆡ 블승분노(不勝憤怒)ᄒᆞ여 젼후좌우(前後左右)로 졔도(諸道)를 ᄉᆞ디져 믈니치고ᄌᆞ ᄒᆞ나 팔 셰 쳑동(尺童)[35]이
28면 므ᄉᆞᆷ 용녁으로 져 강한(强悍)ᄒᆞᆫ 오십여 요도(妖道)를 당ᄒᆞ리오? 장차 교ᄌᆞ를 아이게 되엿더니 ᄎᆞ시 쇼졔 ᄎᆞ경(此境)을 당ᄒᆞ여 은교역 화환(火患)의 소신(燒身)치 못ᄒᆞ믈 ᄇᆡᆨ 번 뉘웃고 쳔 번 ᄋᆡ돌오나 어이 밋ᄎᆞ리오? 황망이 공ᄌᆞ의 패도(佩刀)를 닛그러 실셩ᄋᆡ호(失聲哀號) 왈 “아등의 죄악(罪惡)이 잔혹(殘酷)ᄒᆞ여 하날이 작별(作罰)ᄒᆞ시미 여ᄎᆞᄒᆞ시니 구ᄎᆞ히 투ᄉᆡᆼ(偸生)코ᄌᆞ ᄒᆞ나 ᄎᆞ마 셩문유도(聖門儒道)를 상ᄒᆡ오디 못ᄒᆞ고 공후(公侯)를 갑뎨(甲第)를 더러이디 못ᄒᆞ리니 금일이 나의 명을 맛ᄂᆞᆫ 날이라. ᄉᆡᆼ(生)은 긔야(寄也)오 ᄉᆞ(死)ᄂᆞᆫ 귀애(歸也)니 므어ᄉᆞᆯ 거리ᄭᅵ리오마ᄂᆞᆫ 다만 ᄎᆞᆷ디 못ᄒᆞᆯ 바ᄂᆞᆫ 셔하(西河)의 탄(嘆)[36]이 거야(去夜)의 닌셩이 슈ᄉᆞ(水死)ᄒᆞ고 아등의 거쳐를 몰나 태모(太母)의 통상(痛傷)ᄒᆞ시미 ᄌᆞ하(子夏)의 상명(喪明)[37]을 효측(效則)ᄒᆞ시리니 피창(彼蒼)이 엇디 이디도록 무심ᄒᆞ샤 우리 존당부모(尊堂父母)의 셩덕(聖德)으로 이에 니ᄅᆞ게 ᄒᆞ시뇨?”

---

34 거동과 언ᄉᆡ ~ 못ᄒᆞᆯ ᄇᆡ라: 규장각본에는 ‘거동 ᄎᆞ마 목불닌견이라’로 되어 있음.

35 쳑동(尺童): 척동. 열 살 안팎의 어린아이.

36 셔하(西河)의 탄(嘆): 서하의 탄. 자식을 잃은 슬픔. 서하는 공자 제자 자하(子夏)가 살았던 곳. 자하는 아들이 먼저 죽자 지나치게 슬퍼해 실명했음. ‘상명지통(喪明之痛)’이라고도 함. 《예기》 〈단궁 상(檀弓上)〉.

37 ᄌᆞ하(子夏)의 상명(喪明): 자하의 상명. 자하가 자식을 잃고 슬피 울어 눈이 먼 것을 말함. ‘서하지탄(西河之嘆)’이라고도 함.

ᄒᆞ고 셜파(說罷)의 옥슈(玉手)의 상광(霜光)이 번득ᄒᆞ며 응디(凝脂)
갓튼 가ᄉᆞᆷ의 홍혈(紅血)이 소ᄉᆞ나니 공ᄌᆡ 미쳐 붓드디 못ᄒᆞ여 ᄎᆞ경을 29면
당ᄒᆞᄆᆡ 구곡(九曲)이 촌단(寸斷)ᄒᆞ고 오ᄂᆡ(五內) 붕삭(崩削)ᄒᆞ여 일
셩통곡(一聲痛哭)의 엄격(掩膈)ᄒᆞ여 ᄉᆞ변의 구러디니 졔되 역시 경참
위쳑(驚慘爲慽)ᄒᆞ여 낫빗ᄎᆞᆯ 곳치고 츈파의 슬허ᄒᆞ미 고ᄃᆡ ᄯᆞᆯ와 죽을
ᄃᆞᆺᄒᆞ니 졔되 ᄲᆞᆯ니 도라가 졍쇼져의 ᄌᆞ결ᄒᆞ믈 고ᄒᆞ려 ᄒᆞ더니 믄득 공
듕으로셔 운화션이 나려와 니ᄅᆞᄃᆡ

"쳥혜 등 녀도ᄂᆞᆫ 졍녀(程女)의 시신을 교ᄌᆞ의 시러 오고 원앙 졔도ᄂᆞᆫ
졍ᄌᆞ의 엄격ᄒᆞ믈 타 태쳥관으로 다려가라."

졔되 일시의 브복쳥명(俯伏聽命)ᄒᆞ고 원앙 등은 공ᄌᆞᄅᆞᆯ 업어 태쳥관
으로 향ᄒᆞ며 쳥혜 등은 쇼져의 교ᄌᆞᄅᆞᆯ 메여 쳥션관으로 드러가니 츈
패 통곡ᄒᆞ며 뒤흘 ᄯᆞ라 고산쥰녕(高山峻嶺)의 긔구험노(崎嶇險路)ᄅᆞᆯ
업더디며 급더져 간고(艱苦)히 쳥션관의 니ᄅᆞ니라.

각셜. 태쳥관 슈도(首道) 당손환은 태ᄉᆞ 유긔디ᄌᆞ[38]로 ᄌᆡ풍이 츌발ᄒᆞ
고 긔위(氣宇) 찬연(燦然)ᄒᆞᄃᆡ 집심(執心)이 브졍ᄒᆞ여 셩문유도(聖門 30면
儒道)ᄅᆞᆯ ᄇᆡ쳑ᄒᆞ고 심산요도(深山妖道)의 뎨ᄌᆡ 되여 삼강오상(三綱五
常)을 멸졀(滅切)ᄒᆞ며 부모동긔(父母同氣)ᄅᆞᆯ ᄇᆞ리고 요슐신ᄒᆡᆼ(妖術
神行)을 공부ᄒᆞ여 산슈의 오유(遨遊)ᄒᆞ믈 즐기며 ᄇᆡᆨ초(百草)ᄅᆞᆯ 모화
약(藥)을 디으ᄃᆡ ᄒᆞᆫ갓 사ᄅᆞᆷ을 보원익긔(補元益氣)ᄒᆞ고 고항디딜(膏
肓之疾)을 곳칠 ᄲᅳᆫ 아냐 쳔방ᄇᆡᆨ약(千方百藥)이 다 요ᄉᆞ음악(妖邪淫

38 유긔디ᄌᆞ: 유기지자. 유기의 아들. 명나라 개국공신 유기(劉基)로 추정되나 확정하기 어려움.

惡)ᄒᆞᆫ 졔작(制作)이라 사ᄅᆞᆷ의 셩졍(性情)을 곳치며 얼골을 변ᄒᆞ여 인명을 즈레 긋ᄂᆞᆫ 약이 블가승쉬(不可勝數)오 탐ᄌᆡ(貪者) 욕심이 궁흉극악(窮凶極惡)ᄒᆞ여 셰간의 투긔ᄒᆞᄂᆞᆫ 녀ᄌᆞ와 투현딜능(妬賢嫉能)ᄒᆞᄂᆞᆫ 쇼인을 다 쳐결ᄒᆞ여 요약으로ᄡᅥ 현ᄌᆞ(賢者)를 ᄒᆡᄒᆞ며 젹당(敵黨)을 업시케 ᄒᆞ니 은금(銀金)이 누거만(累巨萬)이 뫼히ᄃᆡ 가지록 긋칠 줄 모로고 뎨ᄌᆞ를 구ᄒᆞᄂᆞᆫ ᄇᆡ 화풍긔질(和風氣質)을 갓초 보아 둔용(鈍庸)ᄒᆞᆫ ᄌᆞᄂᆞᆫ 왕공후ᄇᆡᆨ(王公侯伯)의 ᄌᆞ데라도 머므디 아니ᄒᆞ고 의용(儀容)이 갓초 슈미(秀美)ᄒᆞᆫ죽 브ᄃᆡ ᄉᆞ랑ᄒᆞ여 뎨ᄌᆞ를 삼더라. 그 딜

31면 ᄌᆞ(姪子) 당손슐과 다 악측ᄒᆞᆫ 대젹으로 ᄌᆡ믈을 탈취ᄒᆞᆯ ᄲᅮᆫ 아니라 인가의 어린 ᄌᆞ녀를 도젹ᄒᆞ여 혹 쳥의(青衣)를 닙혀 술잔을 잡히며 혹 창창누의[39] 갑ᄉᆞᆯ 츼ᄒᆞᄂᆞᆫ 줄 알고 ᄆᆡ양 비상ᄒᆞᆫ ᄋᆞᄒᆡ를 어더달나 쳥ᄒᆞ엿더니 임의 신ᄒᆡᆼ법슐(神行法術)이 만 니를 겻 보ᄃᆞᆺ ᄒᆞ고 미ᄅᆡᄉᆞ(未來事)를 다 알고 텬문셩슈(天文星宿)를 ᄇᆞᆰ히 통ᄒᆞᄂᆞᆫ디라. 거야(去夜)의 텬샹(天象)을 앙관(仰觀)ᄒᆞ여 남두규셩(南斗奎星)과 문월셩이 져의 쥬셩(主星)과 운화의 쥬셩 살긔(殺氣)의 ᄃᆞᆯ니여 흑긔(黑氣) 미만(彌滿)ᄒᆞ여시믈 보고 뎡히 의아ᄒᆞ더니 운홰 녀동(女童)으로 말ᄉᆞᆷ을 젼ᄒᆞᄃᆡ

"빈되(貧道) 건상(乾象)을 잠간 ᄉᆞᆯ피니 규셩과 문월셩이 계ᄒᆡᆼ산으로 향ᄒᆞ여 규셩은 존ᄉᆞ(尊師)의 쥬셩 살긔의 ᄃᆞᆯ녓고 문월셩은 빈도의 쥬셩 살긔의 에워시니 이 가장 범연(泛然)치 아닌 일이라. 빈되 셩문디슈(星文之數)로 츄졈(推占)[40]ᄒᆞᆫ죽 규셩이 졍가(程家) ᄌᆡ(子) 되고 문월

---

39 창창누의: '창'은 중복 표기. 규장각본에 '청누의'라고 되어 있음.

40 츄졈(推占): 추점. 점을 침.

셩이 졍가 녜(女) 되여 표풍ᄒᆞ여 명일 ᄉᆞ말오초(巳末午初)의 취운암 32면
ᄉᆞ변의 니ᄅᆞ리니 존ᄉᆞ와 빈되 일야튝원(一夜祝願)ᄒᆞ여 어진 뎨ᄌᆞ 엇
기ᄅᆞᆯ 바라던 ᄇᆡ 헛되디 아닌디라. 규셩과 문월셩을 우리 두 관의 난화
둘딘ᄃᆡ 도문(道門)의 대뵈(大寶)라. 명일 각별 ᄃᆡᆨ희여 실니(失離)치
아닛ᄂᆞᆫ 거시 맛당ᄒᆞ니이다.”
태허ᄌᆡ 대희ᄒᆞ여 운화의 헤아림의 밋디 못ᄒᆞ믈 일ᄏᆞᆺ고 명일 브ᄃᆡ 직희
여 다려오ᄉᆞ 언약ᄒᆞ니 대져 운화션 딘쇼ᄋᆞ의 춍명이 댱손환의 더으미
잇더라. 명일 운홰 쳥혜 등 뎨ᄌᆞᄅᆞᆯ 짐ᄌᆞᆺ ᄎᆡ약(採藥)ᄒᆞ라 보ᄂᆡ고 몸이
운무의 ᄡᆞ히여 문월셩과 규셩의 니ᄅᆞ러시믈 환희ᄒᆞ나 그 ᄯᅳᆺ이 도관의
머므디 아니려 ᄒᆞ믈 알고 ᄀᆞ장 분완(憤惋)ᄒᆞ여 태쳥관의 니ᄅᆞ러 원앙
등 졔도로 닌광을 다려오라 ᄒᆞ고 녀도 십여 인으로 경파ᄅᆞᆯ ᄆᆡ여 오라
ᄒᆞ며 졍시의 든 교ᄌᆞᄅᆞᆯ 급히 메여 오라 ᄒᆞᆫ 후 공듕의 올나 그 거동을
볼ᄉᆡ 당당ᄒᆞᆫ 졍홰(精華) 텬디의 슈츌(秀出)ᄒᆞᆫ ᄀᆡ운과 일월(日月) 졍ᄎᆡ 33면
(精彩)ᄅᆞᆯ 온젼이 거두어시니 빵광명환(雙光明環)이 년화 ᄀᆞᄐᆞᆫ 귀ᄲᅳᆯ
을 쎄여시니 팔ᄎᆡ문명(八彩文明)이 형산의 밋친 ᄀᆡ운을 거두어 상셔
(祥瑞)의 안개와 빗난 ᄀᆡ운이 어ᄅᆡ여시니 귀격달상(貴格達相)이 젼쥬
졍명디긔(專主正明之氣)라. 운화의 뽁 업ᄉᆞᆫ 요슐이 공ᄌᆞ 남ᄆᆡ의 셩신
졍긔(聖神精氣)ᄅᆞᆯ 범치 못ᄒᆞ여 경파ᄅᆞᆯ ᄡᅳ어올니고 평ᄉᆡᆼ 신통을 다ᄒᆞ
여 쇼교ᄅᆞᆯ ᄌᆡ촉ᄒᆞ여 공듕으로 올니고져 ᄒᆞ더니 공ᄌᆡ ᄎᆡᄅᆞᆯ 눌러 안ᄌᆞ니
남ᄆᆡ의 졍긔 아오로ᄆᆡ 다시 범ᄒᆞᆯ 길히 업ᄂᆞᆫ디라. ᄎᆞᆯ하리 요슐을 ᄆᆞᆯ니
치고 위력으로 다려오고져 ᄒᆞ여 태쳥관 도인을 검극(劒戟)[41]을 주어 왈
“졍공ᄌᆞᄅᆞᆯ 죽디 아닐 만치 ᄌᆞᆺ치고 오라.”
ᄒᆞ며 쇼져ᄂᆞᆫ 다리고 오라 ᄒᆞ엿더니 졍쇼졔 스ᄉᆞ로 딜너 죽기ᄅᆞᆯ 도라

감ᄀᆞᆺ치 녁이고 공ᄌᆡ 엄홀ᄒᆞ믈 인ᄒᆞ여 즉시 도관으로 남ᄆᆡᄅᆞᆯ 다려올
34면 ᄉᆡ 운홰 졍쇼져ᄅᆞᆯ 하실쇼당(下室小堂)의 나리와 ᄉᆞᆯ피니 창황 듕 빗딜
너 깁히 상(傷)치 아냣고 아조 졀명(絶命)치 아냐 긔운이 막혓ᄂᆞᆫ디라.
칼ᄒᆞᆯ ᄲᆡ히고 상쳐의 약을 븟쳐 구호ᄒᆞ며 일변 회ᄉᆡᆼ(回生)ᄒᆞᆯ 약을 ᄀᆞ
라 입의 드리올ᄉᆡ 츈패 머리ᄅᆞᆯ 브ᄃᆡ잇고 ᄯᆞᆯ와 죽으려 ᄒᆞ더니 운홰 쳥
혜 등으로 ᄒᆞ여곰 졍쇼져ᄅᆞᆯ 구호ᄒᆞ고 인ᄒᆞ여 다ᄅᆡ여 도문의 도라오게
ᄒᆞ라 ᄒᆞ며 안흐로 드러가거ᄂᆞᆯ 쳥혜 등이 만단구호(萬端救護)ᄒᆞ여 이
윽고 쇼졔 졍신을 딘뎡ᄒᆞ거ᄂᆞᆯ 이에 호담미언(好談美言)으로 다ᄅᆡᄂᆞᆫ
디라. 쇼졔 블승통완ᄒᆞ여 뎡ᄉᆡᆨ왈(正色曰)

"나의 명되(命途) 긔박(奇薄)ᄒᆞ여 몸이 친측(親側)을 ᄯᅥ나 만 니 ᄒᆡ
외의 표박ᄒᆞ나 근본이 교목디가(喬木之家)오 유문계츌(儒門系出)이
어ᄂᆞᆯ 엇디 ᄉᆞᆯ기ᄅᆞᆯ 탐ᄒᆞ여 션조(先祖)의 명훈(命訓)을 져ᄇᆞ리며 가졍
유풍(家庭遺風)을 욕ᄒᆞ리오? 이러므로 부모의 ᄉᆡᆼ휵디신(生育之身)
을 칼ᄭᅳᆺᄐᆡ 맛ᄎᆞᆺ더니 뉘 날을 다려다가 ᄉᆞᆯ나ᄂᆡ며 몽니(夢裏)의도 듯기
슬흔 말을 ᄒᆞᄂᆞ뇨? 발셔 죽기ᄅᆞᆯ 뎡ᄒᆞ여시ᄆᆡ 혼ᄇᆡᆨ은 쳔양하(泉壤下)
35면 의 도라갓ᄂᆞᆫ디라 ᄌᆞ최 엇디 도가의 님ᄒᆞ리오? 진황(秦皇)·한무(漢武)
의 위엄으로도 블ᄉᆞ약을 구치 못ᄒᆞ고 신션을 보디 못ᄒᆞ엿거ᄂᆞᆯ 요도
(妖道)의 허무(虛無)ᄒᆞ미 심산의 ᄎᆡ약ᄒᆞ여 음화지초(淫花之草)와 브
졍지술(不正之術)노 환난작변(患亂作變)ᄒᆞ여 사ᄅᆞᆷ을 속이고 호ᄋᆞ(胡
兒)의 ᄇᆡᆨ골 ᄡᅳᄂᆞᆫ 변화ᄅᆞᆯ 신통이라 일ᄏᆞ라 군ᄌᆞ와 셩유(聖儒)의게 감

41 검극(劍戟): 칼날이 붙은 창.

히 요젹(妖跡)을 발뵈지 못ᄒᆞ리니 날노뼈 어린 녀ᄌᆞ라 ᄒᆞ여 다ᄅᆡ거니와 내 몸이 셩도(聖道)의 나고 ᄯᅳᆺ이 유도(儒道)의 이시니 엇디 긴 셜화ᄅᆞᆯ ᄒᆞ리오?”

셜파(說罷)의 싁싁녈슉[42]ᄒᆞᆫ디라. 쳥혜 등이 다시 ᄒᆞᆯ 말이 업셔 능히 다ᄅᆡ지 못ᄒᆞᆯ 줄 알고 도라가 운화의게 졍쇼져의 ᄒᆞ던 말을 셰셰히 고ᄒᆞᆫᄃᆡ 운홰 대로왈(大怒曰)

“이 녀ᄌᆞ 태을딘군(太乙眞君)으로 디브리 인연이 이시니 내 이ᄉᆞ 뎨ᄌᆞᄅᆞᆯ 삼으랴 ᄒᆞ거ᄂᆞᆯ 졔 언ᄉᆡ(言辭) 패만(悖慢)ᄒᆞ여 우리 큰 도ᄅᆞᆯ 존슝(尊崇)치 아니코 도로혀 욕ᄒᆞ니 엇디 통분치 아니리오? 슈일을 구호ᄒᆞ여 그 ᄯᅳᆺ을 보려 ᄒᆞ미러니 업슈히 넉이미 이 ᄀᆞᆺᄐᆞᆯ딘ᄃᆡ 엇디 다ᄉᆞ 36면
리디 아니리오? ᄲᆞᆯ니 졍녀 등을 셕혈(石穴)의 가도고 경파ᄂᆞᆫ 듕형(重刑) 일ᄎᆞ(一次)의 그 입을 디져 도문(道門) 위엄을 뵌 후 셕혈의 ᄒᆞᆫᄃᆡ 드리치라.”

졔되 일시의 슈명ᄒᆞ고 경파ᄅᆞᆯ 형벌ᄒᆞᆯᄉᆡ 악착ᄒᆞ미 ᄒᆞᆫ 조각 인졍이 업ᄂᆞᆫ디라. 경패 참형(慘刑)을 바다 입을 ᄡᅵᄌᆞ니 죽엄이 되여 ᄯᆞᄒᆡ 구러지니 거동의 참혹ᄒᆞ미 눈으로 ᄎᆞ마 보디 못ᄒᆞᆯ ᄇᆡ로ᄃᆡ 졔인의 안연 괄시ᄒᆞ미 져의 머리ᄅᆞᆯ 버혀 드리라 ᄒᆞ여도 운화의 명인ᄌᆞᆨ 역디 못ᄒᆞᆯ너라. 졔되 경파와 츈파ᄅᆞᆯ 드리치고 쇼져ᄅᆞᆯ 구박ᄒᆞ여 가돈 후 돌문을 다드니 이곳은 계힝산 아ᄅᆡ 바회 굼글 ᄯᅮᆲ고 슈간누옥(數間陋獄)을 ᄆᆡᆫᄃᆞ라 ᄉᆞ죄(死罪)ᄅᆞᆯ 지은 ᄌᆡ면 가도ᄂᆞᆫ 셕혈이러라. ᄉᆞ시(四時)의 양긔

42 싁싁녈슉: 규장각본에는 ‘슥슥열슉’으로 되어 있음.

(陽氣) 빗최ᄂᆞᆫ 일이 업고 삼동(三冬)의 ᄡᆞ힌 눈이 삼ᄉᆞ월의 녹디 아
니ᄒᆞ며 훈풍염열(薰風炎熱)이라도 셕혈의ᄂᆞᆫ ᄂᆡᆼ긔(冷氣) 골졀을 브
37면 니[43] 늉동셩한(隆冬盛寒)이야 엇디 일ᄀᆡᆨ(一刻)을 견ᄃᆡ리오? 어둡기 칠
야(漆夜) ᄀᆞᆺᄐᆞ여 ᄃᆡ쳑을 블분ᄒᆞ고 독ᄉᆞ의 굴혈(窟穴)이 되여 사ᄅᆞᆷ이
안졸 틈이 업고 흉ᄉᆞ누튱(凶蛇陋蟲)이 무더기로 ᄡᆞ혀시며[44] 돌문 밧긔
ᄂᆞᆫ 호푀(虎豹) 파람ᄒᆞ고 산졔야록(山猪野鹿)이 왕ᄂᆡᄒᆞ여 간간이 돌
문을 밀며 머리ᄅᆞᆯ 드리미ᄂᆞᆫ디라. 이ᄯᅢ 경파ᄂᆞᆫ 죽엄이 되엿고 츈파ᄂᆞᆫ
졍신을 일치 아녀시나 어두은 굴쇽의셔 디향ᄒᆞᆯ 길이 업셔 안도 셔도
못ᄒᆞ며 경파ᄅᆞᆯ 보고ᄌᆞ ᄒᆞᄃᆡ 어나 구셕의 잇ᄂᆞᆫ디 아디 못ᄒᆞ여 두로 더
듬으ᄆᆡ 만치ᄂᆞᆫ 거시 독ᄉᆞ의 어롬ᄀᆞᆺ치 찬 거시며 흉ᄒᆞᆫ 모양이오 그밧
누츙이 빈틈업시 ᄡᆞ혀시니 츈패 비록 하류쳥의(下類靑衣)나 쥬루화
당(朱樓華堂)의 팔좌디존(八座至尊)[45]을 시위(侍衛)ᄒᆞ여 여ᄎᆞ 누츄흉
괴(陋醜凶怪)ᄅᆞᆯ 몽니(夢裡)의나 보아시리오? 무셥고 더러오믈 니긔
디 못ᄒᆞ여 크게 ᄒᆞᆫ 소ᄅᆡᄅᆞᆯ 디ᄅᆞ고 혼졀ᄒᆞ엿거ᄂᆞᆯ 졍쇼졔 졔도의 구박
을 닙어 셩ᄌᆞ난딜(盛姿蘭質)이 누옥(陋獄)의 ᄲᅥ러지며 돌문을 구지
38면 다ᄃᆞ니 ᄉᆞ면이 칠ᄒᆞᆫ ᄃᆞᆺᄒᆞ여 츈파 형데 어ᄃᆡ 잇ᄂᆞᆫ 줄 아지 못ᄒᆞᆯ ᄇᆡ로ᄃᆡ
쇼져의 신상을 호위ᄒᆞᆫ 경운셔ᄎᆡ(慶雲瑞彩)와 ᄡᅡᆼ안영ᄎᆡ(雙眼英彩) 샤
일츄광(斜日秋光)이 벽파(碧波)의 바ᄋᆡᄂᆞᆫ[46] ᄃᆞᆺᄒᆞ므로 디함셕혈(地陷

---

43 골졀을 브니: 규장각본에는 '쳘골ᄒᆞ니'로 되어 있음.

44 무더기로 ᄡᆞ혀시며: 규장각본에는 'ᄊᆞ혀시며'로 되어 있음.

45 팔좌디존(八座至尊): 팔좌지존. 판서 이상의 고관. 팔좌는 판서 반열을 말함.

46 바ᄋᆡᄂᆞᆫ: 바ᄋᆡ다. 부서지다. 부시다.

石穴)이 황연(晃然)이 붉아 일월이 써러짐 ᄀᆞᆺ거ᄂᆞᆯ 슈간셕옥(數間石獄)의 ᄡᆞ힌 거시 다 흉ᄒᆞᆫ 즘ᄉᆡᆼ이오 사ᄅᆞᆷ의 죽엄이라. ᄇᆡᆨ골만 남은 것도 이시며 혹 머리 업ᄉᆞᆫ 것도 잇셔 흉참ᄒᆞ고 놀나온 듕 유뫼(乳母) 혼졀ᄒᆞ여시며 경패 참형을 바다 죽엄이 된 바의 독ᄉᆞ대망(毒蛇大蟒)이 경파 몸의 덥혓고 좌우로 둘너시니 쇼졔 역시 놀납고 무셔오미 긔운이 막힐 ᄃᆞᆺ 터럭이 숫그러ᄒᆞ여[47] 숨을 크게 쉬지 못ᄒᆞ더라. 이윽고 츈패 ᄉᆞᄉᆞ로 ᄊᆡ여 홀연 옥듕(獄中)이 명낭ᄒᆞ믈 경의(驚疑)ᄒᆞ여 눈을 드러 쇼져ᄅᆞᆯ 보다가 드립더 븟들고 통곡왈(痛哭曰)

"피창(彼蒼)이 ᄎᆞᆯ하리 우리 노쥬(奴主)로 ᄒᆞ여곰 강심의 몸을 ᄀᆞᆷ초게 ᄒᆞ여실딘ᄃᆡ 이 ᄀᆞᆺᄐᆞᆫ 누옥흉디(陋獄凶地)의 욕을 보지 아닐디라. 쇼졔 능히 졍신을 출혀 안ᄌᆞ 계시니잇가? 시금[48] 경계 ᄉᆞᄂᆞᆫ 거시 죽음만 ᄀᆞᆺ디 못ᄒᆞ오나 쇼졔 ᄌᆞ결ᄒᆞ신 바의 긔특이 회ᄉᆡᆼ(回生)ᄒᆞ시니 일노 볼딘ᄃᆡ 조요박복(早夭薄福)든 아니실디라. ᄎᆞ환(此患)을 버셔나 텬일(天日)을 다시 볼가 ᄇᆞ라ᄂᆞ이다."

쇼졔 유모ᄅᆞᆯ 븟들고 탄셩뉴톄(嘆聲流涕)의 브릉셩셜(不能成說)이어ᄂᆞᆯ 츈패 쇼져의 안광(眼光)이 명쵹(明燭)을 ᄃᆡᄒᆞᆫ ᄃᆞ시 비로소 유골 흉ᄒᆞᆫ ᄆᆡ골과[49] 무셔온 즘ᄉᆡᆼ을 ᄌᆞ셔히 보ᄆᆡ 손으로 ᄇᆡ얌을 달호고 실식ᄒᆞ믄 도로혀 범연(泛然)ᄒᆞᆫ디라. 고ᄃᆡ[50] 죽을 ᄃᆞ시 놀나오며 더럽고 눅눅ᄒᆞ

39면

47 숫그러ᄒᆞ여: 숫그리다. 곤두서다. 주뼛거리다.

48 시금: 규장각본에는 '지금'으로 되어 있음.

49 유골 흉ᄒᆞᆫ ᄆᆡ골과: 규장각본에는 '흉ᄒᆞᆫ ᄇᆡᆨ골과'로 되어 있음.

50 고ᄃᆡ: 곧장. 금방.

여 구역(嘔逆)이 ᄒᆡ음업시 나더니 홀연 흉ᄉᆞ누츙(凶蛇陋蟲)이 각각 굼글 ᄎᆞᄌᆞ 뭉게뭉게 나아갈ᄉᆡ 아니ᄭᅩ은[51] ᄂᆡ음ᄉᆡ 코흘 디ᄅᆞᄂᆞᆫ디라. 츈패 치마롤 버셔 쇼져롤 ᄊᆞ라 안치고 ᄆᆡ골을 휘모라 ᄒᆞᆫ편으로 ᄎᆡ오고 ᄒᆞᆫ구셕의 맛촘 초셕(草席)[52] ᄒᆞᆫ 닙히 잇거놀 덥친 후[53] 비로소 경파롤 쥐믈너 ᄭᆡ오나 긔식이 졈졈 엄엄(奄奄)ᄒᆞ여 인ᄉᆞ롤 모로니 츈패 ᄎᆞ악비통(嗟愕悲痛)ᄒᆞ나 쇼져롤 위ᄒᆞ여 셜우믈 쳔만금억(千萬禁抑)ᄒᆞ더라.

40면

ᄎᆞ셜. 운화션이 쇼져롤 가돈 후 ᄒᆞ로 두 번 ᄆᆡᆨ듁(麥粥)을 굼그로 드려보ᄂᆡ니 쇼져ᄂᆞᆫ 아이의 먹을 의ᄉᆞ롤 아니 ᄒᆞ고[54] 츈패 역시 ᄎᆞ마 역시[55] 먹디 못ᄒᆞ여 노쥐(奴主) 아ᄉᆞ(餓死)키롤 긔약ᄒᆞ더라. 운화션의 뎨ᄌᆞ듕 묘혜션은 ᄌᆞ비현심(慈悲賢心)이 츌뉴(出類)ᄒᆞ더니 경파의 참형(慘刑) 바듬과 졍쇼져 노쥬의 긔아(飢餓)롤 블상이 넉여 ᄀᆞ마니 반깅(飯羹)과 건육(乾肉)을 쥰비ᄒᆞ여 가지고 틈을 타 셕혈(石穴) 밧긔 니ᄅᆞ니 ᄎᆞ시 졍쇼졔 석혈누디(石穴陋地)의 슈계(囚繫)ᄒᆞ여 곡긔(穀氣)롤 굿쳔 지 오륙 일의 슈양산 ᄎᆡ미(採薇)롤 블워ᄒᆞ믄 ᄇᆡᆨ이슉졔(伯夷叔齊)ᄂᆞᆫ 셩ᄌᆞ디셩(聖者之聖)이라 만고빵졀(萬古雙節)이 억만년의 멸치 아닌 바로 고듁쳥풍(孤竹淸風)이 후셰의 일킷ᄂᆞᆫ ᄇᆡ오 초부목동(樵夫牧童)이라도 슈양산 긔아(饑餓)롤 슬허ᄒᆞ미 디우금(至于今) ᄒᆞᆫ가지어놀 쇼져 노쥬ᄂᆞᆫ 이 갓튼 디부음관(地府陰關)의 슈계ᄒᆞ믈 부모 존

51 아니ᄭᅩ은: 아니꼽다. 역겹고 불쾌하다.

52 초셕(草席): 초석. 짚으로 엮어 만든 자리. 짚자리.

53 ᄒᆞᆫ 닙히 잇거놀 덥친 후: 규장각본에는 'ᄒᆞᆫ닙을 어더 업흔 후'로 되어 있음.

54 쇼져ᄂᆞᆫ 아이의 먹을 의ᄉᆞ롤 아니 ᄒᆞ고: 규장각본에는 '소져ᄂᆞᆫ 먹을 의ᄉᆡ 업고'로 되어 있음.

55 츈패 역시 ᄎᆞ마 역시: 규장각본에는 '츈픽 역시 ᄎᆞ마'로 되어 있음.

당도 아지 못ᄒᆞᆯ ᄇᆡ니 뉘 이셔 긔아ᄅᆞᆯ 슬허ᄒᆞ며 요도(妖道)의 강핍(强 41면
逼)ᄒᆞ믈 두로혀리오? 쇽졀업시 셕옥닝디(石獄冷地)의셔 초목ᄀᆞᆺ치 ᄉᆞ러질 바ᄅᆞᆯ 통완분개(痛惋憤慨)ᄒᆞ여 ᄎᆞᆯ하리 밧비 죽어 긴 셰월의 괴롭고 욕되믈 당치 말고ᄌᆞ ᄒᆞᄂᆞᆫ 가온ᄃᆡ나 닌광 ᄉᆞ싱을 아지 못ᄒᆞ여 더옥 슬픈 념녀 무궁ᄒᆞ니 옥골(玉骨)이 슈뷔(瘦膚)ᄒᆞ고 화안(花顔)이 초쵀(憔悴)ᄒᆞ여 긔운이 엄엄(奄奄)ᄒᆞᆫ지라. 츈패 쇼져의 쳔금귀골(千金貴骨)노 디란(芝蘭) 갓ᄐᆞᆫ 몸이 디금(至今)의 보젼ᄒᆞ믈 도로혀 텬디신명(天地神明)의 보호ᄒᆞ민가 넉이더니 일일은 홀연 밧그로좃ᄎᆞ 문을 여ᄂᆞ니 잇거ᄂᆞᆯ 놀나 ᄉᆞᆯ피니 일개녀되(一個女道) 쇼안(素顔)이 교교(皎皎)ᄒᆞ여 ᄇᆡᆨ셜이 탁ᄒᆞ고[56] 눈셥이 ᄉᆡᆼ혀나 초월(初月)[57]이 셤농(孅濃)ᄒᆞ며 냥안(兩眼)이 영명(玲明)ᄒᆞ여 츄슈졍신(秋水精神)을 거두어시니 의긔로온 거동과 어딘 셤졍이[58] 외모의 낫타난디라. 이의 반ᄌᆡᆼ과 건어·미시[59]ᄅᆞᆯ 밧드러 옥듕의 너코 쇼져ᄅᆞᆯ 향ᄒᆞ여 공슌히 녜ᄒᆞ고 왈

"귀인이 일시 험ᄋᆡᆨ(險厄)으로 광도(狂徒)의 핍박ᄒᆞ믈 당ᄒᆞ여 이곳의 42면
슈계ᄒᆞ시ᄃᆡ 빈되 힘이 미(微)ᄒᆞ고 말이 효험이 업셔 ᄉᆞ싱을 능히 간치 못ᄒᆞ고 이목이 번다ᄒᆞ므로뼈 ᄒᆞᆫ번 나아와 현알(見謁)ᄒᆞ믈 졍셩과 ᄀᆞᆺ디 못ᄒᆞ오니 기리 탄셕(嘆惜)ᄒᆞ고 위ᄒᆞ여 근심ᄒᆞ미 일시ᄅᆞᆯ 방하(放下)치 못ᄒᆞ던 바ᄅᆞᆯ 엇디 다 아ᄅᆞ시리잇가? 비인(鄙人)도 쳔누(賤

---

56 탁ᄒᆞ고: 탁하다. 닮다.

57 초월(初月): 초승달.

58 셤졍이: 규장각본에는 '셩졍이'라고 되어 있음.

59 미시: 미숫가루.

陋)키ᄅᆞᆯ 면ᄒᆞ여 국초(國初) 한국공(韓國公) 태ᄉᆞ 니션장(李善長)[60]의 증손녜라. 증죄(曾祖) 참ᄉᆞ(慘死)[61] 후 조뷔(祖父) 님호(林湖)의 도라와 셰월을 보ᄂᆡ더니 가친(家親)의 니ᄅᆞ러ᄂᆞᆫ 님호ᄅᆞᆯ 써나 낙양으로 올믈ᄉᆡ 기시(其時)의 빈되 계오 십ᄉᆞ 셰라. 박명험흔(薄明險釁)ᄒᆞ여 쥬가의 빙폐(聘幣)ᄅᆞᆯ 바든 후 쥬랑이 죽으니 튱신(忠臣)은 블ᄉᆞ이군(不事二君)이오 녈녀(列女)ᄂᆞᆫ 블경이뷔(不更二夫)라. 교목(喬木)의 고벌(高閥)노뼈 다시 텬가디엽(天家之葉)[62]을 겸ᄒᆞ여 금디여ᄆᆡᆨ(金枝餘脈)이라 엇디 ᄎᆞ마 혼셔빙믈(婚書聘物)을 두 번 문호의 드려 더러오미 잇게 ᄒᆞ리오? 고로 폐륜(廢倫)키ᄅᆞᆯ 결단ᄒᆞᆫ 바의 운홰 낙양 노듕(路

43면 中)의셔 신힝법슐노 비인(鄙人)을 후려 오니 비인이 쇼져의 청상을 능쥬ᄒᆞ고 ᄇᆡᆨ옥을 유화ᄒᆞᄂᆞᆫ 곳의 댱녈(壯烈)을 ᄯᆞ로디 못ᄒᆞ고 ᄒᆞᆫ갓 광도의 험악ᄒᆞᆫ 위엄을 두려 힘힘히 뎨ᄌᆡ 되기ᄅᆞᆯ 면치 못ᄒᆞ오니 유가(儒家)의 대도(大道)ᄅᆞᆯ 난상(亂常)ᄒᆞ고 문호의 욕되미 태심ᄒᆞᆫ디라. 스ᄉᆞ로 ᄉᆡᆼ블여ᄉᆞ(生不如死)ᄅᆞᆯ 아오나 몸이 심산궁곡(深山窮谷)의 누년(累年) 요도(妖道)ᄅᆞᆯ 존숭(尊崇)ᄒᆞᄆᆡ 엇디 무들기ᄅᆞᆯ 면ᄒᆞ리잇고? 셰렴(世念)을 슷쳐 타인의 번화부귀(繁華富貴)ᄅᆞᆯ 듯고 보디 못ᄒᆞ오니 도로혀 황양(黃壤)의 이심 ᄀᆞᆺᄐᆞ여 거리ᄭᅵᆫ 근심이 업ᄉᆞ나 시시로 부모의 슬허ᄒᆞ심과 동긔의 형용(形容)을 ᄉᆡᆼ각ᄒᆞᄆᆡ 가ᄉᆞᆷ이 막히고

---

60 니션장(李善長): 이선장(1314-1390). 명나라 개국공신이자 초대 승상, 한국공의 작위를 받음.

61 증죄(曾祖) 참ᄉᆞ(慘死): 증조가 비참하게 죽다. 1380년 이선장의 후배 호유용 등이 북원 및 왜국과 내통한 죄로 죽자 이선장도 의심받았고, 1390년에 재수사에서 조카 이존의가 호유용과 밀통한 것이 드러나자 자결함.

62 텬가디엽(天家之葉): 천가지엽. '금지옥엽'이라는 뜻.

압히 어두온디라. 쇼져ᄂᆞᆫ ᄒᆞ믈며 젼졍(前程)이 만 니오 비인의 명박(命薄)ᄒᆞᆷ과 도ᄒᆞ시니[63] 요믈승덕(妖不勝德)[64]이오 샤블범졍(邪不犯正)[65]이라. 광되(狂徒) 이곳의 너흐나 간ᄃᆡ로 ᄒᆡ치 못ᄒᆞ리니 심ᄉᆞᄅᆞᆯ 널니 ᄒᆞ여 됴히 도라가실 ᄣᆡᄅᆞᆯ 기다리미 맛당ᄒᆞᆯ가 ᄒᆞᄂᆞ이다."

또 츈파ᄅᆞᆯ 향ᄒᆞ여 간난비고(艱難悲苦)ᄅᆞᆯ 일ᄏᆞ라 인심의 ᄎᆞ악(嗟愕)
ᄒᆞ믈 니ᄅᆞ며 반ᄀᆡᆼ(飮羹)을 나와 쇼져의 요긔(療飢)ᄒᆞ시믈 간쳥ᄒᆞ니 44면
쇼제 쳐음은 요되(妖道) 드러와 ᄌᆞ긔ᄅᆞᆯ 다ᄅᆡ민가 넉여 통ᄒᆡ(痛駭)ᄒᆞ다가 밋 그 언ᄉᆞᄅᆞᆯ 드ᄅᆞᄆᆡ 근본이 혁혁ᄒᆞ고 비록 광도(狂徒)의 협죵(脅從)[66]일디언졍 본심이 요도(妖道)와 ᄂᆡ도ᄒᆞ믈 혜아려 즉시 니러 답녜ᄒᆞ고 의기현심(義氣賢心)을 샤례ᄒᆞᆯᄉᆡ 슈려(秀麗)ᄒᆞᆫ 풍모와 ᄌᆞ약(自若)ᄒᆞᆷ[67] 염광(艶光)이 셕혈 고목(枯木)을 황연(晃然)이 ᄇᆞᆰ히ᄂᆞᆫ디라. 프른 눈셥은 원산(遠山)을 향ᄒᆞ고 ᄆᆞᆰ은 안광(眼光)은 징파(澄波)ᄅᆞᆯ 묘시(藐視)ᄒᆞ니 므ᄅᆞ녹은 옥빈(玉鬢)[68]이 향운(香雲)을 농ᄇᆡᆨ(弄白)[69]ᄒᆞ며 됴요(照耀)ᄒᆞᆫ 안ᄉᆡᆨ은 화시벽(和氏璧)을 다ᄃᆞᆷ은 ᄃᆞᆺ ᄇᆡᆨᄐᆡ(百態) 묘염ᄒᆞ고 만광(萬光)이 긔려(奇麗)ᄒᆞ거ᄂᆞᆯ 슬픈 빗ᄎᆞᆫ 빵환(雙鬟)을 둘너시며 ᄋᆡ원(哀怨)ᄒᆞᆫ 졍은 옥모(玉貌)의 어ᄅᆡ여시니 묘혜 황홀ᄋᆡ복(恍

63 도ᄒᆞ시니: 규장각본은 '내도하니'로 되어 있음.

64 요믈승덕(妖不勝德): 규장각본에는 '요블승덕'으로 되어 있음.

65 샤블범졍(邪不犯正): 규장각본에는 'ᄉᆞ블범뎡'으로 되어 있음.

66 협죵(脅從): 남의 위협에 눌리어 복종한다는 뜻.

67 ᄌᆞ약(自若)ᄒᆞᆷ: 자약하다. 침착하다. 규장각본에는 'ᄌᆞ약ᄒᆞᆫ'으로 되어 있음.

68 옥빈(玉鬢): 옥 같은 귀밑머리. 젊고 아름다운 여인의 얼굴이라는 뜻.

69 농ᄇᆡᆨ(弄白): 흰 것을 희롱함.

惚愛服)ᄒᆞ믈 니긔디 못ᄒᆞ여 위로ᄒᆞ며 눈믈을 흘녀 딘반(進飯)ᄒᆞ시믈 쳥ᄒᆞᄂᆞᆫ디라. 쇼졔 유디심[70]ᄒᆞ고 무ᄉᆡᆼ지긔(無生之氣)ᄒᆞ나 닌광의 ᄉᆞᄉᆡᆼ을 아디 못ᄒᆞ고 ᄯᅩ 광도의 거동을 보아 이에셔 더은 욕이 업ᄉᆞᆯ던ᄃᆡ
45면 일누(一縷)ᄅᆞᆯ 디팅(支撑)ᄒᆞ여 존당 부모 좌젼의 산 낫ᄎᆞ로 봉ᄇᆡ(奉拜)코져 ᄒᆞ므로 묘혜의 권ᄒᆞ믈 거졀치 못ᄒᆞ여 탄식뉴톄(嘆息流涕) 왈

"쳡이 이에 슈계ᄒᆞ므로 광도의 주ᄂᆞᆫ 더러온 음식을 나오디 말고 슈히 아ᄉᆞ(餓死)ᄒᆞ여 내 ᄆᆞ음을 세오고ᄌᆞ ᄒᆞ더니 현되(賢道) 화미옥식(華味玉食)을 권ᄒᆞ시ᄆᆡ 쳡이 이졔(夷齊)의 블식쥬ᄉᆞᆨ(不食周粟)[71]ᄒᆞᄂᆞᆫ 탄탄쳥심(坦坦淸心)과 고고쳥졀(孤高淸節)을 ᄯᆞ로디 못ᄒᆞ거니와 이거시 도관 음식이라 ᄒᆞ여 어이 믈니치리오? 맛당이 후의(厚意)ᄅᆞᆯ 밧들녀니와 쳡의 간졀ᄒᆞᆫ 소회(所懷)로ᄡᅧ 현도긔 고ᄒᆞᄂᆞ니 뎨남(弟男) 닌광이 반ᄃᆞ시 광도의 ᄒᆡ(害)ᄅᆞᆯ 면치 못ᄒᆞ여실디라. 현되 그 ᄉᆞᄉᆡᆼ을 아라 쳡의게 젼ᄒᆞ시믈 ᄇᆞ라ᄂᆞ이다."

묘혜 믄득 셕연(釋然)ᄒᆞᆫ 빗치 이셔 왈

"빈되 작일(昨日) 드ᄅᆞ니 졍공ᄌᆡ 명ᄆᆡᆨ(命脈)을 ᄭᅳᆫ튼 아냐 계시ᄃᆡ 태쳥관 슈도(首道) 태허ᄌᆡ 말노ᄡᅧ 다ᄅᆡ여 뎨ᄌᆞᄅᆞᆯ 삼을 길히 업ᄉᆞᄆᆡ 독약(毒藥)을 먹여 셕갑(石匣)의 가도다 ᄒᆞ던디라. 빈도의 어린 뎨ᄌᆞ 유
46면 란이 쳥허ᄌᆞ의 셔딜녜(庶姪女)오니 두어 줄 글노ᄡᅧ 졍공ᄌᆞ긔 븟치시면 빈되 유란을 식여 답셔ᄅᆞᆯ 어더 보시게 ᄒᆞ리이다."

70 유디심: 규장각본에는 '유ᄉᆞ지심'으로 되어 있음. 유사지심(有死之心)은 죽고자 하는 마음이라는 뜻.

71 블식쥬ᄉᆞᆨ(不食周粟): 불식주속. 주나라 곡식은 먹지 않는다는 뜻.

쇼졔 년망이 샤례ᄒᆞ고 즉시 츈파의 ᄇᆡᆨ포군(白布裙) 일복(一幅)을 쎠히며 손을 ᄊᆡ무러 젼후 ᄀᆞᆺ기ᄂᆞᆫ 셜홰며 공ᄌᆞ의 쳔금디구(千金之軀)ᄅᆞᆯ 보젼ᄒᆞ여 친당(親堂)의 도라가믈 어들가 ᄇᆞ라믈 쳔만 당부ᄒᆞᆫ 후 ᄡᅳ기ᄅᆞᆯ 다ᄒᆞᄆᆡ 긴긴히 봉ᄒᆞ여 묘혜션을 맛디니 묘혜 바다 들고 경파ᄅᆞᆯ 향ᄒᆞ여 츄연탄왈(惆然嘆曰)

"도관은 본ᄃᆡ ᄉᆞᄉᆡᆼ(死生)으로 일되ᄅᆞᆯ 삼고 귀쳔(歸天)으로 동귀ᄒᆞ여 ᄒᆞᆫ 스ᄉᆡᆼ의 뎨신족 근본 손비(尊卑)ᄅᆞᆯ 블논ᄒᆞ고 이졔 경낭의 참ᄋᆡᆨ이 엇디 내 몸의 당ᄒᆞ나 다ᄅᆞ리오? 모로미 상쳐ᄅᆞᆯ 됴리ᄒᆞ고 심ᄉᆞᄅᆞᆯ 널니ᄒᆞ여 ᄉᆞᆯ기ᄅᆞᆯ 위쥬(爲主)ᄒᆞ고 쇼져ᄅᆞᆯ 보호ᄒᆞ여 태운(泰運)을 만난 후 됴히 도라가믈 계교(計巧)ᄒᆞ라."

이ᄊᆡ 경패 잠간 인ᄉᆞᄅᆞᆯ ᄎᆞᆯ혀 비로소 몸이 셕옥(石獄)의 슈계ᄒᆞ믈 ᄊᆡᄃᆞᆺ고 묘혜션의 덕의(德義)ᄅᆞᆯ 감격ᄒᆞ여 머리 조아 ᄌᆞ비현심(慈悲賢心)을 칭샤ᄒᆞ니 묘혜 블감ᄉᆞ샤(不堪謝辭)ᄒᆞ고 이에 돌문을 젼ᄃᆡ로 잠 47면
은 후 쎌니 도라와 뎨ᄌᆞ 유란으로ᄡᅧ 졍쇼져 셔간을 주어 태청관으로 보ᄂᆡ니라.

어시의 졍공ᄌᆡ 엄홀(奄忽)ᄒᆞ여 인ᄉᆞᄅᆞᆯ 아지 못ᄒᆞᄂᆞᆫ 듕 졔되(諸道) 업어 도라와 관듕(觀中)의 누이고 구호ᄒᆞᆯᄉᆡ 태허ᄌᆡ 그 작셩긔질(作性氣質)을 ᄉᆞᆯ펴 복복칭찬(僕僕稱讚)ᄒᆞ여 환환희열(歡歡喜悅)ᄒᆞ여 도관의 딘짓 태허딘인(太虛眞人)이 하강(下降)ᄒᆞ믈 니ᄅᆞ더니 이윽고 졍공ᄌᆡ 눈을 쎠 좌우ᄅᆞᆯ 보ᄆᆡ 발셔 ᄌᆞ긔 도관(道觀)의 와시믈 뭇디 아냐 알디라. 만분블열(萬分不悅)ᄒᆞ고 깁히 통ᄒᆡ(痛駭)ᄒᆞ나 ᄒᆞᆫ번 도라가믈 쳥ᄒᆞ여 졔도의 답언(答言)을 듯고 다시 ᄆᆡ져의 ᄉᆞᄉᆡᆼ을 알고ᄌᆞ ᄒᆞ여 이에 몸을 니러 졔도ᄅᆞᆯ 향ᄒᆞ여 왈

"내 몸이 이에 니ᄅᆞ믄 능히 아디 못ᄒᆞ거니와 그ᄃᆡ 등이 실노 날을 머므러 도관의 유익(有益)ᄒᆞ믄 업고 ᄒᆡᄅᆞᆯ 널위ᄂᆞᆫ 작시니 모로미 일ᄌᆞᆨ 도라가믈 엇게 ᄒᆞ라."

태허ᄌᆡ 좌(座)의 잇다가 공ᄌᆞ의 쇄락(灑落)ᄒᆞᆫ 셩음(聲音)이 단혈(丹
48면 穴)의 봉이 브ᄅᆞ디지니 금종(金鍾)을 ᄯᆞ리ᄂᆞᆫ ᄃᆞᆺ 음뉼(音律)이 팔음
(八音)을 됴화(調和)ᄒᆞᄆᆡ 션학(仙鶴)이 잠교의 우ᄅᆞᆷ을 발ᄒᆞᄂᆞᆫ ᄃᆞᆺ 굉
걸웅침(宏傑雄沈)ᄒᆞ며 광명딘슉(光明振肅)ᄒᆞ며 엇디 팔 셰 ᄋᆞ동의
유튱미약(幼冲微弱)ᄒᆞ미 이시리오? 침ᄉᆞ냥구(沈思良久)의 완이쇼왈
(莞爾笑曰)

"ᄋᆞᄒᆡ 망녕되고 인ᄉᆞᄅᆞᆯ 모로미 이 갓ᄐᆞ여 도문(道門)의 인연(因緣)이 산ᄒᆡ(山海)갓치 무겁고 깁흐믈 아디 못ᄒᆞ여 유도(儒道)ᄅᆞᆯ 존슝(尊崇)ᄒᆞ노라 ᄒᆞ나 그 미혹(迷惑)ᄒᆞ미 ᄒᆞ나흘 알고 둘흘 모로미라. 당외(唐堯)[72] 셩인이샤ᄃᆡ 다남ᄌᆞ즉다구(多男子則多懼)ᄒᆞ고 슈즉다욕(壽則多辱)이라[73] ᄒᆞ시니 요(堯) ᄀᆞᆺᄐᆞᆫ 대셩인도 향슈다남ᄌᆞ(享壽多男子)ᄒᆞ믈 두리신디라. 시금[74] 말쇽(末俗)의 교박무식(敎薄無識)ᄒᆞ여 믈욕(物慾)의 교폐(交蔽)ᄒᆞᄆᆡ 분운미각(紛紜未覺)ᄒᆞ여 부유(蜉蝣)[75]의 ᄉᆡᆼ(生)이

---

72 당외(唐堯): 규장각본에는 '당요난'으로 되어 있음.

73 다남ᄌᆞ즉다구(多男子則多懼)ᄒᆞ고 슈즉다욕(壽則多辱)이라: 화 땅의 봉인(封人)이 요임금에게 장수〔壽〕, 부유〔富〕, 아들 많은 것〔多男子〕을 축원하자, 요임금이 "아들이 많으면 두려움이 많아지고, 부유하면 일이 많아지고, 장수하면 욕됨이 많아진다(多男子則多懼 富則多事 壽則多辱)."라고 함. 《장자》 〈천지(天地)〉.

74 시금: 규장각본에는 '지금'으로 되어 있음.

75 부유(蜉蝣): 하루살이.

며 역녀(逆旅)의 셰(世)믈 분변치 못ᄒᆞ고 남ᄌᆞᆫ즉 유건유의(儒巾儒
衣)ᄒᆞ여 거ᄌᆞᆺ 공시(孔氏)의 유ᄌᆡ(儒者)로라 칭ᄒᆞ며 녀ᄌᆞᆫ즉 화관계ᄎᆞ
(花冠笄釵)ᄒᆞ여 져마다 임ᄉᆞ디덕(妊姒之德)[76]을 셰울 ᄃᆞ시 ᄒᆞᄂᆞᆫ 바ᄅᆞᆯ
내 실노 우이 넉이ᄂᆞᆫ디라. 딘짓 셩인군ᄌᆡ(聖人君子)[77]라도 도션(道鮮)
ᄒᆞ고[78] 도탄(道嘆)ᄒᆞᄂᆞ니 ᄒᆞ믈며 너희 갓ᄐᆞᆫ 쇼쇼미혼박명(少小未婚薄 49면
命)ᄒᆞ미냐? 내 임의 큰 도ᄅᆞᆯ 닷가 딘념(塵念)과 믈욕을 슷고 ᄊᆡᄊᆡ 승
피ᄇᆡᆨ운(乘彼白雲)ᄒᆞ고 학가난참(鶴駕鸞驂)[79]ᄋᆞᆯ 어려이 넉이지 아닛
ᄂᆞ니 보텬셩슈(普天星宿)와 인간만억듕ᄉᆡᆼ(人間萬億衆生)의 고황(苦
況)을 알오미 목젼의 ᄃᆡ홈 갓ᄐᆞᆫ디라. 너의 졍가(程家)의 젼신(前身)
이 도솔텬(兜率天) 요리(料理)ᄒᆞ던 동ᄌᆡ라. 샹뎨(上帝) 너ᄅᆞᆯ 졍삼의
게 ᄂᆡ실 졔 나히 초칠(初七)을 디나거든 나의 뎨ᄌᆡ(弟子) 되여 극딘히
도ᄅᆞᆯ 닷가 젼죄(前罪)ᄅᆞᆯ 쇽(贖)ᄒᆞᆫ 후 옥경(玉京)의 됴회(朝會)ᄒᆞ고 도
솔텬의 웃듬 도군(道君)이 되여 태상노군(太上老君)과 픔(品)을 갓게
ᄒᆞ라 ᄒᆞ여 계시니 역텬ᄌᆞ(逆天者)ᄂᆞᆫ 망(亡)이오 슌텬ᄌᆞ(順天者)ᄂᆞᆫ 챵
(昌)이니 네 만일 텬의(天意)ᄅᆞᆯ 역ᄒᆞ여 도라가고ᄌᆞ ᄒᆞ나 텬병(千病)
이 ᄌᆞ최ᄅᆞᆯ ᄯᆞ로고 ᄇᆡᆨ망(白蝄)이 몸을 조ᄎᆞ 죽기도 임의(任意)치 못ᄒᆞ

---

76 임ᄉᆞ디덕(妊姒之德): 임사지덕. 태임과 태사의 덕. 태임은 주 문왕의 어머니이고, 태사는 주 문왕의 아내임.

77 셩인군ᄌᆡ(聖人君子): 규장각본에는 '셩현군ᄌᆞ'로 되어 있음.

78 도션(道鮮)ᄒᆞ고: 도선하고. 도를 체득한 자가 드물다는 뜻. "백성은 날마다 쓰되 그 공(功)을 알지 못한다. 그러므로 군자의 도를 체득한 자가 드물다(百姓日用而不知 故君子之道鮮矣)." 《주역》〈계사전(繫辭傳)〉.

79 학가난참(鶴駕鸞驂): 학과 난새가 끄는 수레로, 신선의 수레를 말함.

고 여홰(餘禍)[80] 네 부모 동긔의게 밋출디니 니ᄒᆡ(利害)를 닉이 ᄉᆡᆼ각ᄒᆞ라. 너의 학골봉형(鶴骨鳳形)으로 션안도골(仙顔道骨)이 도관의 족ᄒᆞ

50면 여 공부를 힘ᄡᅳᆫᄌᆞᆨ 승피ᄇᆡᆨ운은 쉬오려니와 공명현달(功名顯達)ᄒᆞᆯ 골격이 아니라 만일 유건유건으로[81] 셩문(聖門)의 학뎨(學弟) 되고져 ᄒᆞᆫᄌᆞᆨ ᄒᆡ(害) 무궁ᄒᆞ리니 호발만치도 ᄯᅳᆺ을 일우디 못ᄒᆞ고 ᄲᅡᆨ 업ᄉᆞᆫ 궁민(窮民)으로 텬디(天地)의 무가ᄀᆡᆨ(無家客)이오 맛ᄎᆞᆷᄂᆡ 와셕죵신(臥席終身)도 못 ᄒᆞ리니 가히 두렵디 아니랴?"

경공ᄌᆡ 듯기를 다 못 ᄒᆞ여 노발(怒髮)이 샹지(相持)ᄒᆞ고 목ᄌᆡ(目眥)[82] 딘녈(震裂)ᄒᆞ여 녀셩대즐(厲聲大叱) 왈

"내 쳣 말의 슌히 도라가기를 쳥ᄒᆞ엿거ᄂᆞᆯ 요괴로온 도ᄉᆞ놈이 감히 긴 부리를 놀니며 비얌의 혀를 나붓기고 쥐 닛발을 드러ᄂᆡ여 요언(妖言)이 브졀여루(不絶如流)ᄒᆞ니 엇디 통ᄒᆡ치 아니리오? 나의 본ᄯᅳᆺ이 셩니(性理)를 ᄯᆞ라 효뎨튱신(孝悌忠信)으로 몸을 가져 빈쳔즉(貧賤則) 안연(顏淵)의 블염조강(不厭糟糠)ᄒᆞ고 안빈낙도(安貧樂道)ᄒᆞᆷ을 효측ᄒᆞ고 부귀즉(富貴則) 일홈을 낭묘(廊廟)의 걸고 권을 ᄌᆞ팔의 쳔ᄌᆞ하여[83] 졍튱딕시(貞忠直視)ᄒᆞ며[84] 보샤명교(輔社明教)ᄒᆞ여 손으로 팔황(八荒)을 ᄡᅳ리쳐[85] ᄆᆞᆰ히고 입으로 만고를 곳쳐 ᄇᆞᆰ힐 즈음의 ᄒᆞᆫ갓 됴

80 여홰(餘禍): 여화. 남은 재앙. 규장각본에는 '앙홰'라고 되어 있음.

81 유건유건으로: '유건'은 오자임. 규장각본에는 '유건유의로' 되어 있음.

82 목ᄌᆡ(目眥): 목자. 눈에서 귀 쪽으로 째진 구석 부분을 말함.

83 권을 ᄌᆞ팔의 쳔ᄌᆞ하여: 규장각본에는 '공을 죽ᄇᆡᆨ의 드리여'로 되어 있음.

84 졍튱딕시(貞忠直視)ᄒᆞ며: 규장각본에는 '졍튱직졀과'로 되어 있음.

85 ᄡᅳ리쳐: 쓰리치다. 싹쓸다. 'ᄡᅳ리쳐'는 '모조리'의 뜻.

경의 요ᄉᆞ(妖邪)ᄒᆞᆫ ᄌᆞ최ᄅᆞᆯ 용납디 아닐 ᄲᅳᆫ 아니라 심산의 너 갓ᄐᆞᆫ 요 51면
도ᄅᆞᆯ 일일히 탕멸(蕩滅)ᄒᆞ여 창승의 머리ᄅᆞᆯ 남기디 아니리니 네 비
록 소진(蘇秦)의 뉵국상인(六國相印)[86] ᄒᆞ던 언변(言辯)과 댱의(張儀)
의 약죵(約從) 파(破)ᄒᆞ던 구셜(口舌)이라도 날을 능히 다ᄅᆡ여 네 뎨
ᄌᆞᄅᆞᆯ 삼디 못ᄒᆞ리니 모로미 부리ᄅᆞᆯ 닥치고 이실디라. 도(道)고란 거
ᄉᆞᆯ[87] 내 ᄯᅩ[88] 니ᄅᆞ리니 네 맛당이 혜아려 가치 아닌가 ᄉᆡᆼ각ᄒᆞ라. 도ᄉᆞᄂᆞᆫ
믈외(物外)의 쇼유(逍遊)ᄒᆞ여 앗ᄎᆞᆷ의 동ᄒᆡ상(東海上)의 ᄂᆞᆯ고 저녁의
창오(蒼梧)의 도라오며 븍면(北面)의 요얼(妖孽)을 장관(掌管)ᄒᆞ고
남면의 유됴ᄅᆞᆯ 깃드려[89] 셔로 곤뉸(崑崙)을 ᄎᆞᆺ고[90] 남으로 형산(衡山)의
니ᄅᆞ며 븍으로 항산(恒山)의 ᄌᆞ최ᄅᆞᆯ 붓치고[91] 동으로 슝산(崇山)의 다
ᄃᆞᄅᆞ며 다시 태산(泰山)의 올나 너ᄅᆞᆫ 텬하ᄅᆞᆯ 좁게 단니며 깁흔 바다
ᄒᆞᆯ 엿게 보미 올커ᄂᆞᆯ 거ᄌᆞᆺ 도ᄉᆞ의 일홈을 도젹ᄒᆞ여 몸의 도의(道衣)
ᄅᆞᆯ 가ᄒᆞ여시나 심ᄉᆞᆯ의 궁흉파측(窮凶叵測)ᄒᆞ믄 믈외의 쇼유ᄒᆞ여 고
고쳥쳥(孤高淸淸)이 셰쇽딘념(世俗塵念)을 더러이 넉이ᄂᆞᆫ 뉴(類)와 52면
ᄂᆡ도ᄒᆞᆫ지라. 너의 셤삭(閃爍)ᄒᆞᆫ 눈빗ᄎᆞ로 날을 보ᄂᆞᆫ ᄇᆡ 셩ᄂᆡ괴[92] 쥐엿
ᄂᆞᆫ ᄃᆞᆺᄒᆞ고 블갓ᄐᆞᆫ 욕심이 아모 몹쁠 노로시라도 샤양치 아닐 ᄃᆞᆺᄒᆞ니

86 뉵국상인(六國相印): 육국상인. 6국의 재상이 됨. 전국시대 소진이 6국의 공동 재상이 되어 종횡을 추진한 데서 나온 말.

87 도고란 거ᄉᆞᆯ: 규장각본에는 '도라 ᄒᆞᄂᆞᆫ 거ᄉᆞᆯ'로 되어 있음.

88 내 ᄯᅩ: 규장각본에는 'ᄂᆡ ᄯᅩᄒᆞᆫ'으로 되어 있음.

89 븍면(北面)의 요얼(妖孽)을 장관(掌管)ᄒᆞ고 남면의 유됴ᄅᆞᆯ 깃드려: 규장각본에는 빠져 있음.

90 셔로 곤뉸(崑崙)을 ᄎᆞᆺ고: 규장각본에는 '셔으로 곤륜과'로 되어 있음.

91 븍으로 항산(恒山)의 ᄌᆞ최ᄅᆞᆯ 붓치고: 규장각본에는 '븍으로 항산과'로 되어 있음.

92 셩ᄂᆡ괴: 규장각본에는 '셩ᄂᆡ고'로 되어 있음.

이 결단ᄒᆞ여 녜ᄉᆞ 도인도 아니오 약간(若干) 신힝법슐(神行法術)이란 ᄇᆡ 또 요악으로 비롯고 냥쥬(楊朱)의 허무탄망(虛無誕妄)ᄒᆞ믈 ᄇᆡ홧ᄂᆞᆫ가 시브니 군ᄌᆞ의 졍시(正視)ᄒᆞᆯ ᄇᆡ 아니라. 내 힘이 약ᄒᆞ여 즉긱의 도륙(屠戮)디 못ᄒᆞ믈 탄ᄒᆞᄂᆞ니 내 명되 너의 니롬의 열 번 더 험조ᄒᆞ미 잇셔도 ᄯᅳᆺ을 결ᄒᆞ여 도문(道門)의 잇디 아니ᄒᆞ리니 다시 니ᄅᆞ디 말나."

셜파(說罷)의 좌우ᄅᆞᆯ 장목시지(張目視之)ᄒᆞ니 위풍이 늠늠ᄒᆞ고 ᄉᆡᆨ위
(色威) 참엄(參嚴)ᄒᆞ여 삼춘셔일(三春瑞日)이 밧괴여 삭풍이 녈녈ᄒᆞ
고 븍텬(北天)의 음운(陰雲)이 니러시며 한일(寒日)이 엄엄(晻晻)ᄒᆞ
여 쇼셜(素雪)을 날니ᄂᆞᆫ ᄃᆞᆺ 창패(蒼波) 호탕ᄒᆞ여 노룡(老龍)이 풍동
(風動)ᄒᆞ고 태산이 옹울(蓊鬱)ᄒᆞ여 노회(老虎) 음즐(陰叱)ᄒᆞᄂᆞᆫ ᄃᆞᆺ 즐
53면 풍뇌우(疾風雷雨)가 딘진쳡쳡(震震疊疊)ᄒᆞ니 댱손환이 졍공ᄌᆞ의 탁
초(卓超)ᄒᆞᆫ 위인과 츌셰ᄒᆞᆫ 긔딜을 ᄋᆡ복흠찬(愛服欽讚)ᄒᆞ미 젹은 거
시 아니로ᄃᆡ 져ᄅᆞᆯ ᄉᆞ디져 ᄒᆞᆫ 조각 요ᄃᆡ(饒貸)[93]ᄒᆞ미 업ᄉᆞ믈 만분대로
(萬分大怒)ᄒᆞ여 졔도ᄅᆞᆯ 호령왈(號令曰)

"무례ᄒᆞᆫ ᄋᆞᄒᆡ 날을 업슈히 넉이미 이 ᄀᆞᆺᄐᆞ여 참욕(慘辱)이 나ᄂᆞᆫ ᄃᆡ로 ᄒᆞ니 즉긱의 만단(萬端)의나 ᄡᅳ져[94] 분을 플 거시로ᄃᆡ 오히려 옥뎨(玉帝)긔 알외지 아니ᄒᆞ고 쳐살(處殺)치 못ᄒᆞ리니 여등은 이거ᄉᆞᆯ 몬져 먹여 그 잡셜(雜說)을 못 ᄒᆞ게 ᄒᆞ라."

이에 ᄉᆞᄆᆡ로좃ᄎᆞ 두낫 프른 환약을 ᄂᆡ여 밧비 ᄀᆞ라 졍공ᄌᆞ 입의 나리

---

93 요ᄃᆡ(饒貸): 요대. 너그러이 용서함.

94 만단(萬端)의나 ᄡᅳ져: 규장각본에는 '만단의 씨져'로 되어 있음. ᄡᅳ져: 쯪다. 찢다.

브으라 ᄒᆞ니 원ᄂᆡ 이 약은 사ᄅᆞᆷ이 ᄒᆞᆫ번 후셜(喉舌)을 넘기면 슈삼 월[95]디나[96] 장뷔(臟腑) 칼노 뼈흐ᄂᆞᆫ ᄃᆞᆺ 알프고 쁠히며 정신 인ᄉᆡ 쏘 어리고 언에(言語) 분명치 아냐 능히 ᄒᆞ고 시븐 말도 못 ᄒᆞ고 긔운이 날노 ᄉᆡ진ᄒᆞᄂᆞᆫ ᄃᆞᆺ 혼혼블셩(昏昏不醒)ᄒᆞ여 아모란 줄을 모로다가 잠간 나은ᄌᆞᆨ ᄆᆞᄋᆞᆷ이 밧괴여 아모 쳘석간장이라도 손환의 도ᄅᆞᆯ 존슝(尊崇)이 셰간의 젼ᄒᆞᄂᆞᆫ 도봉잠·회심단(回心丹) ᄂᆔ(類) 아니라 각별이 음화디초 54면 (陰花之草)와 요괴로온 ᄌᆡ류(材類)ᄅᆞᆯ 모화 작환(作丸)ᄒᆞ니 약명(藥名) 왈 환장변졍단(換腸變情丹)[97]이라. 졔되 일시의 약을 화ᄒᆞ여 졍공ᄌᆞᄅᆞᆯ 붓들고 우김딜노[98] 브으려 ᄒᆞ니 공ᄌᆡ 혜오ᄃᆡ

'져 요도놈이 오히려 날을 아조 죽이믄 앗기ᄂᆞᆫ 빗치 이셔 이 약을 주니 결단ᄒᆞ여 먹고 죽ᄂᆞᆫ 약은 아니라. 져의게 우김딜노 붓들녀 마시ᄂᆞ니 내 ᄎᆞᆯ하리 져희 보ᄂᆞᆫ ᄃᆡ 쾌히 먹으리라.'

ᄒᆞ고 발연(勃然)이 졔도ᄅᆞᆯ 밀쳐 ᄎᆡ여셔라[99] ᄒᆞ고 약을 스ᄉᆞ로 구ᄒᆞ여 ᄀᆞᆯ오ᄃᆡ

"오년(吾年)이 팔 셰나 몸이 남ᄌᆡ 되여 요도(妖道)의 핍박을 버셔나디 못ᄒᆞ여 독약을 먹고져 ᄒᆞᄂᆞᆫ 거시 암용(暗庸)ᄒᆞ고 잔졸(孱拙)ᄒᆞ나 몸을 이에 ᄲᆡ혀나디 못ᄒᆞᆫ 후ᄂᆞᆫ ᄎᆞᆯ하리 죽으미 살미의셔 쾌ᄒᆞᆫ지라. 엇디 괴로이 투ᄉᆡᆼᄒᆞ기ᄅᆞᆯ 빌니오?"

---

95 월: 문맥상 '일'의 오기로 추정.

96 디나: 규장각본에 '지난 후'로 되어 있음.

97 환장변졍단(換腸變情丹): 규장각본에는 '환장변셩단'으로 되어 있음.

98 우김딜노: 우김질로. 우격다짐으로. 강제로.

99 ᄎᆡ여셔라: 규장각본에 'ᄎᆡ워시라'로 되어 있음.

셜파(說罷)의 약 그ᄅᆞᄉᆞᆯ 가져 머믓기지 아냐 거후로니 태허ᄌᆡ 심니
55면 (心裏)의 대열(大悅)ᄒᆞ여 반ᄃᆞ시 슈삼 일 후ᄂᆞᆫ ᄆᆞᄋᆞᆷ이 변ᄒᆞ리라 ᄒᆞ여 졔도인(諸道人)으로 ᄒᆞ여곰 졍공ᄌᆞᄅᆞᆯ 써어 셕갑으로 향ᄒᆞᆯᄉᆡ 용ᄆᆡᆼᄒᆞᆫ 도인 ᄉᆞ십여 인이 가기ᄅᆞᆯ ᄌᆡ촉ᄒᆞ니 공ᄌᆡ 나히 어린 연고로 졔도ᄅᆞᆯ 살육(殺戮)디 못ᄒᆞ고 아니 가려 ᄒᆞ여 피치 못ᄒᆞᆯ 거시므로 가연이 몸을 움ᄌᆞᆨ여 셕갑의 니ᄅᆞ니 이 믄득 굴 ᄀᆞ온ᄃᆡ 옥을 일워 ᄉᆞ죄(死罪)ᄅᆞᆯ 디은 죄인을 셕갑의 너허 뼉여 죽이ᄂᆞᆫ 곳이라. 그 누츄ᄒᆞ미 어이 니ᄅᆞᆯ 거시 이시며 사ᄅᆞᆷ의 죽엄이 ᄡᆞ히고 더러온 즘ᄉᆡᆼ이 굴혈을 삼아시니 맛치 쳥션관 셕혈과 ᄒᆞᆫ가디니 공ᄌᆡ ᄉᆡᆼ지팔년(生之八年)의 엇디 이런 흉ᄒᆞ고 무셔온 ᄃᆡᄅᆞᆯ 보아시리오마ᄂᆞᆫ 힝혀[100] 텬ᄉᆡᆼ 긔픔작셩(氣稟作性)이 견고신명(堅固神明)ᄒᆞ며 침위졍슉(沈威整肅)ᄒᆞ므로 가바야이 슬픈 빗과 셜셜ᄒᆞ믈 나토디 아니ᄒᆞ고 사ᄅᆞᆷ의 시신(屍身)이 셕갑 ᄃᆡᆼ의 더디여 골슈ᄅᆞᆯ[101] 더러온 즘ᄉᆡᆼ이 파먹으믈 츄연ᄒᆞ여 졔도ᄅᆞᆯ 도라보아 ᄀᆞᆯ오ᄃᆡ

56면 "이 ᄀᆞ온ᄃᆡ 참혹히 죽은 뉴(類)의 죄악은 어나 곳의 ᄆᆡᆺ쳣던디 모로거니와 ᄒᆞᆫ 조각 흙 구뎡이의 ᄇᆡᆨ골도 ᄀᆞᆷ초믈 엇디 못ᄒᆞ여 셕갑의 더디여시믈 인심의 참연ᄒᆞ니 졔되 비록 사ᄅᆞᆷ의 ᄆᆞᄋᆞᆷ이 머므디 아냐시나 나의 금낭(錦囊) 가온ᄃᆡ ᄇᆡᆨ옥 건잠(巾簪)이 죵슉(從叔)의 거시러니 이졔 젼ᄒᆞᆯ 길히 업ᄉᆞ니 졔되 갓다가 여라믄 닙 삿[102]출 밧고와 오면 져 시신을

100 힝혀: 행여. 다행히.

101 사ᄅᆞᆷ의 시신(屍身)이 셕갑 ᄃᆡᆼ의 더디여 골슈ᄅᆞᆯ: 규장각본에는 'ᄉᆞ람의 시신골슈를'로 되어 있음.

102 삿: 삿자리. 거적자리.

ᄲᆞ 싸 쇽의 너흘가 ᄒᆞᄂᆞ니 졔도의 ᄯᅳᆺ이 져 시신을 ᄇᆞ려두고 시브냐?"
셜파(說罷)의 금낭을 글너 건잠 ᄌᆡ 주니 건잠이 ᄉᆞ오 냥 은ᄌᆞ(銀子)나 바들 거시라. 졔되 공ᄌᆞ의 어딘 말솜을 드ᄅᆞᄆᆡ ᄯᅩᄒᆞᆫ 시신을 보아 츄연위쳑(惆然爲慽)ᄒᆞ고 삿츌 어더 뭇기를 게얼니 못ᄒᆞ여 슈십 인이 이에 ᄃᆡ희여 잇고 슈십여 인은 삿츌 어더와 여러 시신을 ᄆᆡ동혀 셕갑 밧긔 ᄂᆡ여 무드려 홀ᄉᆡ 공ᄌᆡ 션ᄌᆞ(扇子)로 잔풍향양(殘風向陽)ᄒᆞᆫ 곳을 ᄀᆞᄅᆞ쳐 왈
"죽엄이 양긔(陽氣)를 보디 못ᄒᆞ고 셕갑 듕의 맛ᄎᆞᄆᆡ 잔인ᄒᆞ니[103] 그 ᄇᆡᆨ골이나 양긔를 보게 무드라." 57면
일일히 다 싸 쇽의 곰초고 가연이 ᄉᆞᄆᆡ를 ᄯᅥᆯ쳐 셕갑의 들ᄉᆡ 명도(命途)의 조험긔구(阻險崎嶇)ᄒᆞ믈 ᄎᆞ셕ᄒᆞ고 격분강개(激憤慷慨)ᄒᆞᆫ 통원(痛冤)이 우음을 화ᄒᆞ여 기리ᄎᆞ게 우어 왈
"셔ᄇᆡᆨ(西伯)이 유리(羑里)의 칠 년을 곤(困)ᄒᆞ시고 셩탕(聖湯)이 하ᄃᆡ(下臺)의 슈계ᄒᆞ나 오히려 님군의 브리신 바로 튱졀(忠節)을 나타ᄂᆡ려 ᄒᆞ니 족히 한홉디[104] 아니며 뇌잔(惱孱)치 아니ᄃᆡ 나의 오날놀 광도(狂徒)의 핍박(逼迫)을 만나 ᄎᆞ쳐(此處)의 슈계ᄒᆞ믄 우통(尤痛)ᄒᆞ고 뇌잔ᄒᆞ여 비록 ᄉᆞ라도 사ᄅᆞᆷ을 ᄃᆡ홀 낫치 업ᄉᆞ리도다."
하니 도인 ᄀᆞ온ᄃᆡ 쳥허ᄌᆞ란 도ᄉᆞᄂᆞᆫ 근본이 쳐ᄉᆞ(處士) 두쳥의 증손(曾孫)이니 명은 보현이오 ᄌᆞ(字)ᄂᆞᆫ 양익이니 년(年)이 이팔(二八)이라. 태허ᄌᆡ 공교로온 언변(言辯)과 간활(奸猾)ᄒᆞᆫ ᄭᅬ로ᄡᅧ 두보현의 아

103 잔인ᄒᆞ니: 규장각본에는 '장닌ᄒᆞ니'로 되어 있음.
104 한홉디: 한홉다. 한스럽다.

ᄌᆞ비를 보고 보현으로ᄡᅧ 뎨ᄌᆞ를 삼아디라 ᄒᆞ니 보현이[105] 슉당(叔堂)이 무부모(無父母)ᄒᆞᆫ 딜ᄋᆞ(姪兒)를 긴 셰월의 다리고 이시미 괴로와 술
58면 연이 ᄂᆡ여주니 보현의 년긔 초팔(初八)의 호시(怙恃)[106]를 홈긔 여희고 이뉵(二六)의 샤ᄇᆡᆨ(舍伯)이 망(亡)ᄒᆞ니 과쉬(寡嫂) 블인음악(不仁淫惡)ᄒᆞ고 샤슉(舍叔)이 부ᄌᆞ(父子)[107] 포한(暴悍)ᄒᆞ니 장ᄎᆞ 의디ᄒᆞᆯ 곳이 업고 망형(亡兄)의 쳔산(賤產)[108] 유란이 젹모(嫡母)[109]의 ᄒᆡ를 바다 죽게 되여시믈 참연ᄒᆞ여 비록 쳔ᄒᆞ나 망형의 일(一)[110] 골육이믈 늣겨 거두어 도라와 청션관 도인 묘혜션의 긔특ᄒᆞ믈 듯고 아ᄃᆡᆨ 뎨ᄌᆞ를 삼아 두라 ᄒᆞ고 태쳥관의 이시나 태허ᄌᆞ의 ᄒᆞᄂᆞᆫ 일마다 블복(不服)ᄒᆞ고 그윽이 셰샹이 ᄉᆞᆺ쳐디믈 슬허 공교로이 도인 조촐 뜻이 업더니 졍공ᄌᆞ의 특이ᄒᆞᆫ 위인과 엄위ᄆᆡᆼ녈(嚴威猛烈)ᄒᆞᆫ 언ᄉᆞ를 드ᄅᆞ미 항복(降服)되믈 니긔디 못ᄒᆞ고 셕갑이 음ᄂᆡᆼ누츄(陰冷陋醜)ᄒᆞ여 사ᄅᆞᆷ이 ᄇᆞᆯ을 드ᄃᆡ디 못ᄒᆞᆯ 곳이믈 아라 힘ᄡᅧ 구호ᄒᆞ여 ᄃᆡ로 엿근 상과 침구를 어더 셕갑 듕의 드리고 져의 근본을 고ᄒᆞ며 졍회(情懷)를 베퍼 피ᄎᆡ 각별ᄒᆞ미 젼ᄌᆞ(前者)의 아던 바 ᄀᆞᆺ튼디라. 졍공ᄌᆡ 만일 범연(泛然)ᄒᆞᆯ딘ᄃᆡ 환당변
59면 셩단을 먹어 후셜을 넘겨시니 ᄒᆞᆫ갓 어림장이 되여 쇽을 알흘 ᄲᅳᆫ이오

---

105 보현이: 규장각본에는 '보현의'라고 되어 있음.

106 호시(怙恃)를: 규장각본에는 '부모를'로 되어 있음. '호시'는 믿고 의지한다는 뜻으로, 부모를 말함.

107 샤슉(舍叔)이 부ᄌᆞ(父子): 규장각본에는 'ᄉᆞ숙의 부ᄌᆡ'로 되어 있음.

108 쳔산(賤產): 천산. '천비 소생'이라는 뜻.

109 젹모(嫡母): 적모. 서자나 서모가 정실부인을 이르는 말. 큰어머니라고 함.

110 일(一): 규장각본에는 생략되어 있음.

것ᄎᆞ로 말을 쾌히 못ᄒᆞᆯ ᄇᆡ로ᄃᆡ 요탄(妖誕)ᄒᆞᆫ 경긔와 음화디초를 모흔 ᄌᆡ류(材類)를 아모리 뉵십 일을 고아 작환(作丸)ᄒᆞ여시나 현명귀인(賢明貴人)의 정양영긔(正陽靈氣)와 일건대복(一件大福)의 범치 못ᄒᆞ여 후셜을 너멋다가 약이 도로혀 못 견ᄃᆡ여 일일히 회구(廻嘔)ᄒᆞ미 되니 공ᄌᆞ의 졍신이 셕셕홈과 긔운이 안안(安安)ᄒᆞ믄 젼일노 다ᄅᆞ미 업ᄉᆞᄃᆡ 태평셩시(太平聖時)의 공연ᄒᆞᆫ 난니를 만나 부모의 슬하를 ᄯᅥ나 귀부음실(鬼府陰室)의 슈계홈과 동긔지친(同氣至親)이 각분기탁(各分寄託)ᄒᆞ여 ᄉᆡᆼᄉᆞ존망(生死存亡)을 셔로 알 길히 업ᄉᆞ믈 통할(痛割)ᄒᆞ고 ᄆᆡ져의 ᄉᆞᄉᆡᆼ을 졔도다려 므ᄅᆞ죽 다 초월(楚越)ᄀᆞᆺ치 ᄃᆡ답ᄒᆞ니 분에(憤恚)ᄒᆞᆫ 긔운이며 원한이 가ᄉᆞᆷ의 막히믈 면치 못ᄒᆞᄃᆡ 쳥허ᄌᆡ 틈을 ᄐᆞ면 ᄌᆞ로 니ᄅᆞ러 졍셩으로 위로ᄒᆞ고 음식을 가져 권ᄒᆞ니 공ᄌᆡ 급히 셔도라 죽든 아니려 ᄒᆞ여시므로 쳥허ᄌᆞ의 권ᄒᆞᄂᆞᆫ 바ᄂᆞᆫ 됴히 딘식 60면
(進食)ᄒᆞ고 간졀이 쳥ᄒᆞ여 ᄆᆡ져의 ᄉᆞᄉᆡᆼ을 아라달나 ᄒᆞ니 쳥허ᄌᆡ 뎡히 쳥션관의 나아가 알고ᄌᆞ ᄒᆞᆯ ᄌᆞ음의 유란이 졍쇼져 셔간을 가져 니ᄅᆞ러시니 만분다ᄒᆡᆼ(萬分多幸)ᄒᆞ여 즉시 셕갑 쇽의 나아가 셔간을 젼ᄒᆞ니 공ᄌᆡ 반겨 ᄯᅥ혀 보니 그 ᄉᆞ라시미 다ᄒᆡᆼᄒᆞ나 고상의 가업ᄉᆞᆷ과 요도(妖道)의 핍박ᄒᆞ미 ᄌᆞ가의 더으믈 비분통완(悲憤痛惋)ᄒᆞ고 셔ᄉᆞ(書辭)의 ᄋᆡ원쳐졀(哀怨凄切)ᄒᆞᆫ 가온ᄃᆡ도 광달(曠達)ᄒᆞᆫ 소회와 명셩(明誠)ᄒᆞᆫ 의리 홍원(弘遠)ᄒᆞ고 침웅(沈雄)ᄒᆞ여 ᄒᆞᆨ니군ᄌᆞ(學理君子)도 ᄉᆡᆼ각디 못ᄒᆞᆯ ᄇᆡ 만흐믈 셕연(釋然)이 공경ᄒᆞ고 할연이 흠복(欽服)ᄒᆞ여 ᄌᆡ삼 ᄉᆞᆯ필ᄉᆡ 손을 ᄭᆡ므러 혈셔(血書)를 뼈 깃치믈 더옥 통도(痛悼)ᄒᆞ여 집셔(執書) 뉴톄(流涕)ᄒᆞ믈 마디 아니ᄒᆞ더니 날호여 누슈(淚水)를 거두고 비황(悲惶)ᄒᆞ믈 뎡ᄒᆞ여 답셔를 닷가 긴긴히 봉ᄒᆞ고 쳥허ᄌᆞ의

61면 게 디필(紙筆)을 어더 보ᄂᆡ여 ᄎᆞ후ᄂᆞᆫ 손을 상ᄒᆡ오디 마ᄅᆞ시믈 쳥ᄒᆞ고 두보현을 기리 샤례왈(謝禮曰)

"ᄂᆡᆫ광이 현ᄉᆞ(賢士)의 디셩(至誠)으로 구활(救活)ᄒᆞᄂᆞᆫ 덕음(德陰)을 깁히 ᄡᅧ의 삭이ᄂᆞ니 혹ᄌᆞ 텬일(天日)을 다시 보디 못ᄒᆞ미 잇셔도 화산(華山)의[111] 플흘 밋고[112] 슈호(隋侯)의 구ᄉᆞᆯ을 먹음으리니[113] 현ᄉᆞᄂᆞᆫ ᄒᆞᆫ갓 ᄂᆡᆫ광만 구ᄒᆞ디 말고 쳥션관 녀도ᄅᆞᆯ 알오미 잇거든 죵ᄆᆡ(從妹)의 위ᄐᆡᄒᆞ믈 구ᄒᆞᆯ딘ᄃᆡ 타일의 샤슉(舍叔)이 ᄯᅩᄒᆞᆫ 현ᄉᆞ디덕을 감골ᄒᆞ미 이시리라."

보현이 ᄀᆞ장 깃거 아ᄂᆡᆺᄂᆞᆫ 빗치 이셔 ᄀᆞᆯ오ᄃᆡ

"보현이 슈블인(雖不仁)이나 사ᄅᆞᆷ의 위ᄐᆡᄒᆞ고 잔인ᄒᆞᆫ 형셰ᄅᆞᆯ 참연ᄒᆞ여 구코져 ᄒᆞ미오 타일의 밧기ᄅᆞᆯ ᄇᆞ라디 아니리니 공ᄌᆡ 엇디 이런 말ᄉᆞᆷ을 ᄒᆞᄂᆞ뇨? 쳥션관 녀도ᄂᆞᆫ 다만 셔딜(庶姪)의 스싱 묘혜션이라 ᄒᆞᄃᆡ 어질믈 아ᄂᆞ니 녕져(令姐) 쇼져ᄅᆞᆯ 보호ᄒᆞᄂᆞᆫ 말을 깃칠디언졍 그 밧근 현인을 븟들 니 잇디 아니ᄒᆞ니 부탁이 업ᄂᆞ이다."

62면 공ᄌᆡ 그 위인이 쇽셰의 교샤(狡邪)ᄒᆞᆫ 무리 아니믈 ᄇᆰ히 알ᄆᆡ 다시 샤례ᄒᆞᄂᆞᆫ 말을 ᄂᆡ디 못ᄒᆞ고 다만 회셔(回書)ᄅᆞᆯ 젼ᄒᆞ믈 쳥ᄒᆞᆫᄃᆡ 보현이 즉시 유란을 주어 보ᄂᆡᆯᄉᆡ 두어 필 능나(綾羅)ᄅᆞᆯ 보ᄂᆡ여 묘혜로 ᄒᆞ여곰 동뉴(同類) 녀도(女道)의게 파라 졍쇼져 냥ᄌᆞ(糧資)ᄅᆞᆯ 보ᄐᆡ라 ᄒᆞ

111 화산(華山)의: 규장각본에는 '환산의'로 되어 있음. 규장각본이 오자로 보임.

112 화산(華山)의 플흘 밋고: 결초보은(結草報恩)을 말함.

113 슈호(隋侯)의 구ᄉᆞᆯ을 먹음으리니: 수후지주(隋侯之珠). 수나라 임금의 구슬을 먹는다는 것은 은혜를 갚겠다는 뜻임. 수후가 큰 뱀의 상처에 약을 발라주니, 뒤에 뱀이 강 속에서 큰 구슬을 물고 나와 은덕을 갚았다는 이야기가 《회남자(淮南子)》 〈남명훈(覽冥訓)〉에 나옴.

니 묘혜 쳥허ᄌᆞ의 졍공ᄌᆞ 보호ᄒᆞ믈 유란의 고ᄒᆞ므로조ᄎᆞ 알고 현인을 븟들 니 이시믈 ᄒᆡᆼ희(幸喜)ᄒᆞ나 능나ᄅᆞᆯ 보ᄂᆡ여시믈 심심블열(深深不悅)ᄒᆞ여 혜오ᄃᆡ

'졍쇼져 녈녈딕개(熱烈直介)ᄒᆞᆷ과 상셜빙심(霜雪氷心)이 남도(男道)의 보ᄐᆡᄂᆞᆫ 냥ᄌᆞᄅᆞᆯ 깃거 아니리니 이ᄅᆞᆯ 도로 쳥허ᄌᆞ의게 보ᄂᆡ고 오딕 졍셩과 힘을 다ᄒᆞ여 구호ᄒᆞ리라.'

이의 능나ᄅᆞᆯ ᄲᆞᆯ니 환숑(還送)ᄒᆞ고 ᄐᆞᆷ을 타 셕혈의 나이갈ᄉᆡ 두이 닙초셕(草席)을 엇고 ᄌᆞ라금ᄎᆡ화침(紫羅錦彩華寢)을 간신이 일워 스ᄉᆞ로 들고 셕옥(石獄)의 나아가니 츈·경 이파의 반기믄 니ᄅᆞ지 말고 쇼
졔 밧비 공ᄌᆞ의 회셔 맛다온가 므ᄅᆞ니 묘혜 ᄲᆞᆯ니 회셔ᄅᆞᆯ ᄂᆡ여노흐며 63면
쳥허ᄌᆞ의 현심을 젼ᄒᆞ니 쇼졔 그 ᄉᆞ라시믈 만분 다ᄒᆡᆼᄒᆞ여 봉셔ᄅᆞᆯ 급히 ᄣᅧ혀 보니 광도의 핍박을 인ᄒᆞ여 누옥(陋獄)의 슈계ᄒᆞᆫ 비분통원은 ᄌᆞ긔 회포로 다ᄅᆞ디 아니ᄒᆞᄃᆡ[114] 오히려 남ᄌᆡ라 살 ᄆᆞ음이 굿고 죽을 뜻이 업셔 요도(妖道)ᄅᆞᆯ 즛치고 도라갈 시졀을 기다리쇼셔 ᄒᆞ여 ᄌᆞ보디도(自保之道)ᄅᆞᆯ 쳔만궁ᄉᆞ(千萬窮思)ᄒᆞ기로ᄡᅧ[115] 쳥ᄒᆞ고 ᄀᆞ바야이 죽기ᄅᆞᆯ 일ᄏᆞᆺ디 말나 ᄒᆞ고 악졍ᄌᆞ츈(樂正子春)[116]은 ᄇᆞᆯ이 상ᄒᆞᄆᆡ 두 ᄃᆞᆯ을 근심ᄒᆞ미 부모 유톄(遺體)ᄅᆞᆯ 공경ᄒᆞᄂᆞᆫ 뜻이어ᄂᆞᆯ 져져ᄂᆞᆫ 슈디(手指)ᄅᆞᆯ 상

---

114 슈계ᄒᆞᆫ 비분통원은 ᄌᆞ긔 회포로 다ᄅᆞ디 아니ᄒᆞᄃᆡ: 규장각본에는 '슈계ᄒᆞᆫ 비 ᄌᆞ긔로 ᄃᆞ르지 아니ᄒᆞ되'로 되어 있음.

115 궁ᄉᆞ(窮思)ᄒᆞ기로ᄡᅧ: 규장각본에는 'ᄉᆡᆼ각ᄒᆞ기를'로 되어 있음.

116 악졍ᄌᆞ츈(樂正子春): 악정자춘. 춘추시대 노나라 사람. 악정자춘이 발을 다쳐 몇 달 동안 문밖을 나가지 않고 근심하니 제자가 그 이유를 묻자, "신체를 훼손하지 않고 몸을 욕되게 하지 않는 것이 효를 온전히 하는 것이고 군자는 한두 걸음 옮길 때에도 효를 잊지 않아야 하는데 나는 효의 도리를 잊어버렸기에 근심하는 것이다."라고 말함. 《소학》〈계고〉'명륜'.

ᄒᆡ와 피ᄅᆞᆯ ᄂᆡ미 니(理)의 ᄒᆞᆯ ᄇᆡ 아니믈 간ᄒᆞ고 부모존당의 ᄉᆡᆼ존을 고
치 못ᄒᆞ여 무한ᄒᆞᆫ 비회(悲懷)ᄅᆞᆯ 기치오미 블회(不孝) 죽어 뭇칠 짜히
업ᄉᆞᆯ ᄇᆡ니 타일의 산 낫ᄎᆞ로 봉ᄇᆡ(奉拜)ᄒᆞ미 일분(一分)이나 블효디
죄(不孝之罪)ᄅᆞᆯ 쇽(贖)ᄒᆞᆯ 마ᄃᆡ믈 ᄀᆞᆺ초 베퍼 억슈만한(億愁萬恨)을 소
격(疏隔)ᄒᆞ여 스ᄉᆞ로 살기ᄅᆞᆯ 위쥬홈만 간졀이 비러시니 ᄉᆞ에(辭語)
활연관통(豁然貫通)ᄒᆞ여 흉금(胸襟)이 상활(爽闊)ᄒᆞ니 쾌히 참참ᄒᆞᆫ
64면 비원(悲怨)과 앙앙통ᄒᆡ(怏怏痛駭)ᄒᆞᆫ 거ᄉᆞᆯ 니ᄌᆞᆯ ᄃᆞᆺ[117] 필법(筆法)의 긔
이홈과 발쉐 특이ᄒᆞ미[118] 공ᄌᆞ의 위인으로 방블(髣髴)ᄒᆞ여 디샹의 창농
(蒼龍)이 셔리고 봉황이 춤추며 긔린이 셔ᄋᆡ(曙靄)[119]ᄅᆞᆯ 토홈 갓ᄐᆞ니[120] 쇼
졔 반기고 아ᄅᆞᆷ다오믈 결을치 못ᄒᆞ여 ᄌᆡ삼 보아오나 그 텬양경일디풍
(天壤傾日之風)[121]을 ᄃᆡᄒᆞᆯ 길히 업ᄉᆞ니 어나 날 음실(陰室)을 버셔나 남
ᄆᆡ 츤딘(親進)ᄒᆞ나[122] 친당(親堂)으로 도라가기ᄅᆞᆯ 의논ᄒᆞᆯ 길히 이시리
오? ᄉᆡ로온 비분을 니긔디 못ᄒᆞ여 셔간을 븟들고 탄셩체읍(嘆聲涕泣)
ᄒᆞ여 긔운이 엄ᄋᆡ(奄隘)ᄒᆞᆯ ᄃᆞᆺᄒᆞ니 묘혜 위로ᄒᆞ믈 마디 아니ᄒᆞ고 ᄎᆞ후
셔신을 통ᄒᆞ미 어렵디 아니믈 일ᄏᆞ라 공ᄌᆞ의 셔ᄉᆡ(書辭) 디극히 맛당
ᄒᆞ니 과도히 통상(痛傷)치 말믈 쳥ᄒᆞᆫᄃᆡ 쇼졔 기리 탄식ᄒᆞ고 ᄋᆡ루(哀

117 앙앙통ᄒᆡ(怏怏痛駭)ᄒᆞᆫ 거ᄉᆞᆯ 니ᄌᆞᆯ ᄃᆞᆺ: 규장각본에는 '앙앙ᄒᆞᆫ 통ᄒᆡ를 이ᄌᆞᆯ ᄃᆞᆺᄒᆞ며'로 되어 있음.

118 필법(筆法)의 긔이홈과 발쉐 특이ᄒᆞ미: 규장각본에는 '필법의 긔이ᄒᆞ미'로 되어 있음.

119 셔ᄋᆡ(曙靄): 서애. 새벽 안개나 아침 노을을 말함.

120 봉황이 춤추며 긔린이 셔ᄋᆡ를 토홈 갓ᄐᆞ니: 규장각본에는 '봉황이 춤츄는 ᄃᆞᆺᄒᆞ니'로 되어 있음.

121 텬양경일디풍(天壤傾日之風): 천양경일지풍. 천지가 해를 향해 기울여 공경하는 기풍. 천자가 될 기풍을 말함. '천일지풍(天日之風)' 혹은 '천일지표(天日之表)'라고도 함.

122 츤딘(親進)ᄒᆞ나: 규장각본에는 빠져 있음.

淚)ᄅᆞᆯ 거두어 ᄀᆞᆯ오ᄃᆡ

"쳡이 현도로 더브러 일면(一面)의 분(分)과 쳑촌(尺寸)의 은(恩)이 업시셔 현도의 쳡을 구활(救活)ᄒᆞ미 도로혀 이상ᄒᆞᆫ 일이어ᄂᆞᆯ 쳥허ᄌᆞ란 도인은 ᄯᅩ 엇던 현ᄉᆞ(賢士)완ᄃᆡ 죵뎨(從弟)ᄅᆞᆯ 구활ᄒᆞᆷ과 의긔현심 65면
(義氣賢心)이 긔특ᄒᆞ니 ᄎᆞ은(此恩)은 우리 남ᄆᆡ ᄉᆡᆼ셰(生世)의 다 갑디 못ᄒᆞ리니 후ᄉᆡᆼ의 견ᄆᆡ(犬馬) 되여 일분이나 갑기ᄅᆞᆯ 원ᄒᆞ노라."

묘혜 블감ᄒᆞ믈 일ᄏᆞᆺ고 날호여 도리갈ᄉᆡ 침구(寢具)ᄅᆞᆯ ᄉᆡ로 일운 ᄇᆡ니 믈니치디 말믈 쳥ᄒᆞᆫᄃᆡ 쇼졔 순순샤례(順順謝禮)ᄒᆞ고 이후ᄂᆞᆫ 묘혜의 현심을 힘닙어 긔아(饑餓)의 근심을 면ᄒᆞ고 침귀 이시므로 좌와(座臥) 잠간 편ᄒᆞ니 츈·경 이파의 감골ᄒᆞ미 그 무스 거ᄉᆡ 비기리오? 다만 결초보은(結草報恩)ᄒᆞ기ᄅᆞᆯ 긔약ᄒᆞ더라. 태쳥관의 묘혜션과 쳥션관의 쳥허ᄌᆞᄂᆞᆫ 하날이 졍ᄌᆞ 남ᄆᆡᄅᆞᆯ 위ᄒᆞ여 ᄂᆡ신 바 굿ᄐᆞ여 쥬쥬야야(晝晝夜夜)의 가ᄌᆞᆨᄒᆞᆫ 거ᄉᆞᆫ 공ᄌᆞ와 쇼져ᄅᆞᆯ 위ᄒᆞ여 보젼ᄒᆞᆯ 도리ᄅᆞᆯ 계교ᄒᆞᄆᆡ 풍우상셜(風雨霜雪)을 므롭ᄡᅧ 셕옥(石獄)의 음식을 가져 왕ᄂᆡᄅᆞᆯ 긋치지 아니ᄒᆞ니 태허ᄌᆞᄂᆞᆫ 간활블인(奸猾不仁)ᄒᆞᆫ 인믈이나 졍공ᄌᆞᄅᆞᆯ 긔이히 넉여 깁히 ᄉᆞ랑ᄒᆞᄂᆞᆫ 의ᄉᆡ 이셔 위엄을 뵈여 셕갑의 너흐나 일단(一段) 측은디심(惻隱之心)이 잇고 환장변셩단을 먹으나 알ᄂᆞᆫ 66면
곳이 업셔 안일평상(安逸平常)ᄒᆞ니 더옥 이상히 넉여 만일 셕갑 듕의셔 ᄉᆞ디 못ᄒᆞ면 져의게 ᄌᆡ앙이 젹지 아닐가 두리므로 쳥허ᄌᆞ의 구호ᄒᆞᄂᆞᆫ 바ᄅᆞᆯ 잠간이라도 굿ᄐᆞ여 막ᄌᆞᄅᆞ디[123] 아니ᄒᆞᄃᆡ 운화션은 심술의

---

123 막ᄌᆞᄅᆞ디: 막ᄌᆞᄅᆞ다. 막고 못 하게 하다.

궁흉악착(窮凶齷齪)ᄒᆞ미 댱손환의 더으므로 묘혜 졍쇼져를 위ᄒᆞᆫ 졍셩이 죽기를 도라보디 아니믈 디긔ᄒᆞᄆᆡ ᄀᆞ장 믜이 넉이ᄃᆡ 기리 명운디니(命運之理)를 ᄉᆞᆯ핀즉 졍공ᄌᆞ 쥬셩(主星)의ᄂᆞᆫ 쳥허ᄌᆞ의 쥬셩이 호위ᄒᆞ고 먼니 쎄친 길긔(吉氣) 아으라ᄒᆞ여[124] 상운셔믜(祥雲瑞霧) 춍농(叢濃)ᄒᆞ니 일시 셕갑의 슈계ᄒᆞ미 셩탕(成湯)의 하ᄃᆡ(夏臺) ᄀᆞᆺ고 졍쇼져 쥬셩 문월셩의ᄂᆞᆫ 묘혜션의 쥬셩이 조ᄎᆞ 졍긔를 밧들고 당당ᄒᆞᆫ 귀복(貴福)이 묘혜의 귀ᄒᆞ미 아니라도 텬디신명의 보호ᄒᆞ미 범연(泛然)치 아닌디라. 운홰 앙관텬샹(仰觀天象)즉 댱태식희허왈(長太息噫嘘曰)

"내 텬슈(天數)와 사ᄅᆞᆷ 팔ᄌᆞ 길흉(吉凶)을 모로미 아니로ᄃᆡ 졍ᄋᆞ 남
67면 ᄆᆡ를 도라보ᄂᆡ디 못ᄒᆞ믄 ᄎᆞ마 그 긔특ᄒᆞ믈 샤(捨)치 못ᄒᆞ여 닛디 못ᄒᆞ미오 ᄯᅩ 나의 위엄이 조고마ᄒᆞᆫ 두 ᄋᆞ희를 구쇽디 못ᄒᆞ여 슌히 도라보닌즉 졔도의 업슈히 넉이믈 닐위리니 아딕 가도아 여러 셰월을 ᄂᆡ여노치 아니미 맛당ᄒᆞ고 두 ᄋᆞ희 고싱이 졈졈 비상ᄒᆞᆫ즉 혹 견ᄃᆡ디 못ᄒᆞ여 니릉(李陵)의 샤항(詐降)을 효측ᄒᆞ여 ᄉᆞ셰 딘항(眞降)으로 다ᄅᆞ디 아니리니 일졀 샤ᄒᆞᄂᆞᆫ 말을 발치 아니미 올타."

ᄒᆞ여 가디록 셕혈(石穴)을 에워ᄡᅡ 비됴(飛鳥)라도 드나드디 못ᄒᆞ게 ᄒᆞ여 묘혜로 ᄒᆞ여곰 ᄒᆞ로 ᄒᆞᆫ 번식 왕ᄂᆡ를 식이ᄃᆡ 묘혜를 각별 믜워ᄒᆞ미 쳡쳡ᄒᆞᆫ 역ᄉᆞ(役使)를 결을 업시 식여 견ᄃᆡ디 못ᄒᆞ게 ᄒᆞ나 묘혜 능난(能爛)ᄒᆞ여 원망치 아니코 다만 졍쇼져를 위ᄒᆞᆫ 졍셩이 디극ᄒᆞᄆᆡ 졔

---

124 아으라ᄒᆞ여: 아으라ᄒᆞ다. 아스라하다.

몸의 괴로오믈 니ᄌᆞ니 운홰 묘혜의 졍시 위ᄒᆞᆫ 졍은 하날이 식이민 줄 ᄊᆡ닷고 비록 믜워ᄒᆞᆯ디언졍 경파ᄀᆞᆺ치 참형을 더으디 아니ᄒᆞ니 드ᄃᆡ여 보명(保命)ᄒᆞ믈 엇고 공ᄌᆡ ᄯᅩᄒᆞᆫ 쳥허ᄌᆞ의 은혜로 보젼ᄒᆞ고 아ᄉᆞ(餓 68면
死)ᄒᆞ믈 면ᄒᆞᆯ 쁜 아니라 ᄌᆞ로 셔찰(書札) 왕복ᄒᆞ여 남ᄆᆡ 셔로 ᄉᆞᆯ기ᄅᆞᆯ 당부ᄒᆞ더라.

션시의 졍상셔 쳥계공이 모부인의 긔운이 위름(危懍)ᄒᆞ시믈 황황초민(遑遑焦悶)ᄒᆞ여 아모리 ᄒᆞᆯ 줄 모로ᄂᆞᆫ 바의 시랑이 졔ᄋᆞ(諸兒)ᄅᆞᆯ 거ᄂᆞ려 오ᄂᆞᆫ 일이 업고 광풍이 대작ᄒᆞ여 급위(急雨) 나리고 뇌졍벽녁(雷霆霹靂)이 어ᄌᆞ러워 텬디딘녈(天地震裂)ᄒᆞ니 비록 삼ᄉᆞ 니(里) 동안이라도 ᄒᆡᆼ션(行船)의 무ᄉᆞ키ᄅᆞᆯ 긔필치 못ᄒᆞᆯ디라. 상셰 더옥 초민착급(焦悶促急)ᄒᆞ여 장확(臧獲)을 년ᄒᆞ여 셰워 월쳥강을 무ᄉᆞ히 건네ᄂᆞᆫ가 아라 오라 ᄒᆞ고 태부인이 잠간 나오시믈 기다려 친히 월쳥강을 보려 나아갈ᄉᆡ 믈이 칠팔 보ᄅᆞᆯ 넘디 못ᄒᆞ여셔 시랑이 졔ᄋᆞᄅᆞᆯ 거ᄂᆞ려 무ᄉᆞ히 오ᄂᆞᆫ가 보라 갓던 죵이 참참호곡(慘慘號哭)ᄒᆞ여 슈산돈족(手散頓足)ᄒᆞ고 흉금이 젼ᄉᆡᆨ(塡塞)ᄒᆞ여 ᄯᆞ흘 두다려 셜워ᄒᆞ미 스ᄉᆞ로
죽고ᄌᆞ ᄒᆞ다가 상셔의 오믈 보고 계오 우룸을 긋치며 무릅 압ᄒᆡ 일시 69면
의 브복ᄒᆞ여 탄셩읍쥬(嘆聲泣奏)ᄒᆞ니 상셰 듯기ᄅᆞᆯ 다 못 ᄒᆞ여셔 구곡(九曲)이 붕쇄(崩衰)ᄒᆞ며 흉금이 젼ᄉᆡᆨ(塡塞)ᄒᆞ니 므ᄉᆞᆷ 말이 나리오? ᄒᆞᆫ 소ᄅᆡᄅᆞᆯ 기리 늣기ᄆᆡ 거의 마하(馬下)의 ᄯᅥ러딜 ᄃᆞᆺᄒᆞ더니 노복 등이 계오 구호ᄒᆞ여 ᄀᆞ장 이윽ᄒᆞᆫ 후 졍신을 슈습ᄒᆞ여 강변의 니ᄅᆞᄆᆡ 임의 오던 ᄇᆡ 간 곳이 업고 풍위(風雨) 긋치ᄆᆡ 운뮈(雲霧) 거두며 텬ᄉᆡᆨ(天色)이 ᄇᆞ야흐로 효신(曉晨)을 당ᄒᆞ여 동방이 잠간 부희고져 ᄒᆞ고 원근의 계셩(鷄聲)이 악악(喔喔)ᄒᆞ여 절 븍을 맛초ᄂᆞᆫ디라. 은하(銀河)

ᄂᆞᆫ 담담ᄒᆞ여 슈졍(水晶)을 ᄉᆞ라시니 만광옥됴(萬光玉照)[125]ᄅᆞᆯ 썰쳐시며 금닌(錦鱗)은 뛰노라 노패(怒波) 탕탕(蕩蕩)ᄒᆞ니 셜홰(雪花) 빈빈(頻頻)ᄒᆞ여 텬탑을 드레며 녈풍을 조ᄎᆞᆺᄂᆞᆫ ᄃᆞᆺᄒᆞᆯ 쁜이언졍 시랑과 공ᄌᆞ·쇼져의 거쳐ᄅᆞᆯ 향ᄒᆞ여 므ᄅᆞᆯ 곳이 업ᄉᆞ니 상셔의 촌할(寸割)ᄒᆞᆫ 슬픔과 측냥치 못ᄒᆞᆯ 심회ᄅᆞᆯ 므어ᄉᆞ로뼈 견조리오? 녕ᄌᆡ·계튱이 딘짓 노ᄌᆡ

70면 (奴子) 아니믈 디긔(知機)ᄒᆞᄆᆡ 흉젹(凶賊)의 간뫼(奸謀) 궁흉ᄎᆞ악(窮凶嗟愕)ᄒᆞ여 졍가의 쳔니긔린(千里麒麟)[126]과 ᄌᆞ가의 만금교ᄋᆞ(萬金嬌兒)ᄅᆞᆯ 일시의 ᄉᆞ디(死地)의 밀치믈 ᄉᆡᆼ각ᄒᆞᄆᆡ 오장을 뻐흐ᄂᆞᆫ ᄃᆞᆺ 일신을 붕삭(崩削)ᄒᆞᄂᆞᆫ디라. 상·화 두 부인긔 시랑이 제ᄋᆞᄅᆞᆯ 거ᄂᆞ려 오던 ᄇᆡ 간 곳이 업ᄉᆞ믈 고ᄒᆞᄃᆡ 태부인이 아딕 모로시게 ᄒᆞ라 ᄒᆞ여 나ᄌᆞᆨ이 닐너 드려보ᄂᆡ고 ᄇᆡᄅᆞᆯ 어더 비록 흉젹을 ᄯᆞ로디 못ᄒᆞ나 시랑과 ᄌᆞ녀의 ᄉᆞᄉᆡᆼ을 알기ᄅᆞᆯ 위ᄒᆞ여 강두(江頭)의 쥬류코져 ᄒᆞᆯ시 노복으로 ᄒᆞ여곰 ᄇᆡᄅᆞᆯ 어드라 ᄒᆞᄃᆡ 능히 쉽디 못ᄒᆞ더라.

(책임교주 김수연)

125 만광옥됴(萬光玉照)ᄅᆞᆯ: 규장각본에는 '만광옥토을'로 되어 있음.

126 쳔니긔린(千里麒麟): 천리기린. 하루에 천 리를 달리는 기린. 《전국책》 〈제책〉.

완월회뮝연
玩月會盟宴

권디뉵
卷之六

화표. 경상셰 시랑과 ᄌᆞ녀의 ᄉᆞ싱을 알기를 위ᄒᆞ여 강두(江頭)의 쥬 1면
류(駐留)코져 홀ᄉᆡ 노복(奴僕)으로 ᄒᆞ여곰 ᄇᆡ를 어드라 ᄒᆞᄃᆡ 능히 쉽디 못ᄒᆞ더니 ᄀᆞ장 오란 후 션인(船人)이 일엽쇼션(一葉小船)을 가져 오ᄂᆞᆫ디라. 상셰 착급(着急)히 ᄌᆡ촉ᄒᆞ여 ᄇᆡ의 오ᄅᆞ며 션인을 향ᄒᆞ여 만금 상을 긔약ᄒᆞ고 강파(江波)의 ᄯᅥ딘 신톄(身體) 잇거든 어드라 ᄒᆞᄃᆡ 션인이 능히 일인(一人)도 엇디 못ᄒᆞᄂᆞᆫ디라. 상셰 ᄇᆡ를 사변(沙邊)으로 셔으라 ᄒᆞ여 통알(痛割)ᄒᆞ믈 참디 못ᄒᆞ여 참참호곡(慘慘號哭)ᄒᆞ니 기셩(其聲)이 앙장쳐초(鞅掌凄楚)[1]ᄒᆞ여 샹쳘운소(上徹雲霄)ᄒᆞ고 하달궁양(下達窮壤)ᄒᆞ니 구츄(九秋)의 무리를 일흔 고안(孤雁)과 공산(空山)의 삿기를 일흔 학(鶴)이라. 참졀(慘絶)ᄒᆞ고 비ᄋᆡ(悲哀)ᄒᆞ미 ᄎᆞ마 듯디 못홀 ᄇᆡ니 보ᄂᆞᆫ ᄌᆡ 위ᄒᆞ여 막블식비라[2]. 모든 노복이 ᄯᅩᄒᆞᆫ 호곡ᄋᆡ혈(號哭哀血)ᄒᆞ니 경ᄉᆡᆨ(景色)이 참담ᄒᆞ여 참블인견(慘不忍
見)이라. 뉴싊(淚水) 오열(嗚咽)이[3] 블뉴(不紐)ᄒᆞ며 창패(滄波) 요연 2면
이 듕오ᄒᆞ니 쳥산(靑山)이 비위애[4] 텬ᄉᆡᆨ(天色)이 위감(爲感)ᄒᆞ여 셔운됴일(瑞雲照日)이 광휘를 발치 아니니 하날이 놉흐나 ᄉᆞᆯ피미 쇼쇼(昭昭)ᄒᆞ믈 알니러라. ᄇᆡ를 ᄯᅢ니 져어 계변(溪邊)의 니ᄅᆞ니 시시(是時)의 댱손슐의 여당(餘黨)과 밍츄 등 졔적이 풍위(風雨) 어ᄌᆞ럽고 뇌졍벽녁(雷霆霹靂)이 즛울히믈[5] 인ᄒᆞ여 각각 디은 죄 가바얍디 아니코 일

---

1 앙장쳐초(鞅掌凄楚): 앙장처초. 앙장은 일이 바빠 가다듬을 겨를이 없다는 뜻. 처초는 슬프고 괴로움을 뜻함. 여기서는 슬픔으로 마음이 급한 모양. 앙장은 《시경》 〈북산〉에 나옴.

2 막블식비라: 규장각본에는 '막블쳐비라'로 되어 있음.

3 오열(嗚咽)이: 규장각본에는 '오렬'로 되어 있음.

4 비위애: 규장각본에는 '위비ᄒᆞ고'로 되어 있음. 위비(爲悲)는 '슬프게 여기다'의 뜻.

ᄉᆡᆼ 블인악ᄉᆞ(不仁惡事)ᄅᆞᆯ ᄌᆞ심히 힝ᄒᆞ여시믈 그윽이 두리ᄂᆞᆫ 의ᄉᆡ 이셔 터럭이 ᄉᆞᆺ그러ᄒᆞ믈 ᄭᆡ닷디 못ᄒᆞ더니 이윽고 뇌위(雷雨) ᄀᆞᆺ치ᄆᆡ 잠간 ᄆᆞ음을 뎡ᄒᆞ여 ᄉᆞ변 모다 보ᄆᆡ 정시랑과 ᄉᆞ오 셰 ᄂᆞᆫ ᄒᆞᆫ ᄋᆞ쇼졔(兒小姐) 정부(程府) 노ᄌᆞ 등과 양낭(養娘)[6] 일인으로 더브러 반ᄉᆡᆼ반ᄉᆞ(半生半死)ᄒᆞ여 흔흔블셩(昏昏不省)일 ᄲᅳᆫ 아니라 당손슐이 만신(滿身)의 젹혈(赤血)을 흘니고 ᄒᆞᆫ 죽엄이 되여 ᄉᆞ변의 ᄇᆞ리여시니 졔젹이 의황난측(疑惶難測)ᄒᆞ고 십분경동(十分驚動)ᄒᆞ여 괴슈(魁帥) 져
3면 ᄀᆞᆺᄐᆞ믈 아니 놀나리 업ᄉᆞᆫ디라. 왕슐위 동뉴(同類)ᄅᆞᆯ 향ᄒᆞ여 ᄀᆞᆯ오ᄃᆡ

"당군의 디모용녁(智謀勇力)은 당세의 독보(獨步)ᄒᆞ니 사ᄅᆞᆷ의 ᄒᆡ(害)ᄂᆞᆫ 결단ᄒᆞ여 만나디 아니리니 반ᄃᆞ시 텬신(天神)의 딘노(震怒)ᄅᆞᆯ 만나 귀톄(貴體)ᄅᆞᆯ 상ᄒᆡ와 계신가 시브니 우리 ᄒᆞᆫ갓 경황(驚惶)ᄒᆞ고 ᄎᆞ악(嗟愕)ᄒᆞ여 브졀업시 딋궤다가[7] 경가의 ᄒᆡᄅᆞᆯ 밧기 쉬오니 밧비 ᄇᆡᄅᆞᆯ 어더 쥬공(主公)을 싯고 동ᄂᆔ ᄌᆞ최ᄅᆞᆯ 곰초미 맛당ᄒᆞᆯ가 ᄒᆞ노라."

졔젹(諸賊)이 일시의 응명(應命)ᄒᆞ여 ᄇᆞᆰ기ᄅᆞᆯ 기ᄃᆞ려 숨으믈 일ᄏᆞᄅᆞ니 슐위 즉시 방포(放砲)ᄒᆞᄆᆡ 원ᄂᆡ 젹당이 먼니 ᄇᆡᄅᆞᆯ ᄃᆡ후(待候)ᄒᆞ엿다가 방포로조ᄎᆞ 브ᄅᆞᄂᆞᆫ ᄯᅳᆺ을 알고 즉시 ᄇᆡᄅᆞᆯ 져어 ᄉᆞ변의 다ᄃᆞᄅᆞᄆᆡ 슐위 당손슐을 븟드러 ᄇᆡ의 싯고 다시 녀교 쇼져와 ᄃᆡ월을 ᄒᆞᆫ가디로 ᄇᆡ의 올니니 졔젹이 웃고 ᄀᆞᆯ오ᄃᆡ

"우리 ᄒᆞᆫ가디로 뫼셔 가 쥬공을 구호ᄒᆞᄂᆞᆫ 슈고ᄅᆞᆯ 피치 못ᄒᆞ려니와 죽

---

5 즛울히믈: 즛울히다. 자주 울리다, 세게 울리다. 규장각본에는 '즛우리믈'로 되어 있음.

6 양낭(養娘): 유모.

7 딋궤다가: 짓궤다. 짓괴다. 지껄이다.

엄이 된 ᄋᆞᄒᆡ와 양낭을 다려가 무어ᄉᆡ ᄡᅳ려 ᄒᆞᄂᆞ뇨?" 4면

슐위 쇼왈(笑曰)

"우이 넉여 보디 말나. 이 ᄋᆞ쇼졔 만고졀염(萬古絶艶)이니 낙양(洛陽) 즈음 가셔 창모(娼母)의게 팔면 금은(金銀)은 슈고 아냐 ᄀᆞ득이 바들 거시오 이 양낭이 블과 삼십 셰ᄂᆞᆫ ᄒᆞ여 뵈고 츈ᄉᆡᆨ(春色)이 쇠(衰)치 아냐 안뫼(顔貌) 교려(嬌麗)ᄒᆞ니 풍뉴의 환거(鰥居)ᄒᆞᆫ ᄌᆡ 잇셔 금현(琴絃)이 단졀ᄒᆞ믈[8] 슬허ᄒᆞ리 ᄒᆞ나 둘히 아니니 원을 소ᄎᆞ 거문 줄을 니으면 그만 됴흔 일이 업ᄉᆞ니 일시(一時) 구호의 어려이 넉이랴?"

셜파(說罷)의 밍츄룰 작별ᄒᆞ니 밍취 오히려 졍공ᄌᆞ 등의 죽으믈 눈으로 보디 못ᄒᆞ엿ᄂᆞᆫ디라 ᄆᆞ음의 밋브미 업셔 ᄀᆞᆯ오ᄃᆡ

"왕군이 졍공ᄌᆞ의 죽엄을 보디 아니ᄒᆞ고 그만ᄒᆞ여 믈너나ᄂᆞ냐?"

슐위 쇼왈

"우리 쥬공의 ᄌᆡ조로 창승(蒼蠅)을 ᄡᅳ리치기룰 근심ᄒᆞ리오? 발셔 강어복식(江魚腹食)이 되디 아녀시면 엇디 우리 머리룰 보젼치 못ᄒᆞ여시리니 밍군은 념녀 말나. ᄲᆞᆯ니 도라가ᄂᆞᆫ 거시 맛당ᄒᆞᆫ져." 5면

취 ᄯᅩᄒᆞᆫ 그러히 넉여 군을 거두어 쥐 숨ᄃᆞᆺ 도라가 ᄌᆞ최룰 ᄀᆞᆷ초니 슐위ᄂᆞᆫ 동뉴로 더브러 ᄇᆡ룰 져어 깁히 드러가니라. 상쇼져 녀괴 젹혈(賊穴)의 드러가 허다 비원고상(悲怨苦狀)을 당ᄒᆞ여 유모 ᄃᆡ월노 더브러 험난을 경녁(經歷)ᄒᆞᆫ 바ᄂᆞᆫ 하회(下回)의 ᄒᆡ비ᄒᆞ므로 몬져 ᄀᆡ록디 아니ᄒᆞ노라.[9] 상셰 계림 ᄉᆞ변의 님ᄒᆞ여 노복 등의 ᄡᅳ러딤과 시랑의 팔쳑

8 금현(琴絃)이 단졀ᄒᆞ믈: 거문고 줄이 끊어졌다는 말로, 아내와 사별함을 말함.

9 ᄒᆡ비ᄒᆞ므로 몬져 ᄀᆡ록디 아니ᄒᆞ노라: 규장각본에는 '비ᄒᆡᄒᆞ니라'로 되어 있음.

당신(八尺長身)이 죽엄ᄀᆞᆺ치 구러져시믈 보ᄆᆡ 더옥 참연통졀ᄒᆞᄃᆡ 오히려 시신(屍身)이나 잇ᄂᆞᆫ 거ᄉᆞᆯ 다힝ᄒᆞ여 ᄯᅥᆯ니 나아가 간ᄆᆡᆨ(看脈)ᄒᆞᆫ 후 ᄉᆡᆼ각ᄒᆞ니

'일시 독긔ᄅᆞᆯ 니긔디 못ᄒᆞ여 ᄡᅳ러져실디언졍 아조 여디업든 아닌디라. 졈ᄉᆡ(店舍) 낫낫치 소화(燒火)ᄒᆞ고 일시도 머믈 곳이 업ᄂᆞᆫ디라. ᄎᆞᆯ하리 션창의셔 구호ᄒᆞ미 올타.'

ᄒᆞ여 시랑을 친히 ᄇᆡ의 올녀 약을 드리오며 슈족을 쥐믈너 구호ᄒᆞᆯᄉᆡ

6면 비록 시랑의 ᄉᆞ라시믈 ᄒᆡᆼ심(幸甚)ᄒᆞ나 ᄌᆞ딜(子姪)과 녀ᄋᆞ의 거쳐ᄅᆞᆯ 모로ᄂᆞᆫ 심ᄉᆡ 장ᄎᆞᆺ ᄉᆡᆺ거지며 ᄆᆡ여지믈 면치 못ᄒᆞᄂᆞᆫ디라. 이윽ᄒᆞᆫ 후 시랑이 입으로 무슈ᄒᆞᆫ 독긔(毒氣)ᄅᆞᆯ 토(吐)ᄒᆞ고 눈을 ᄯᅥ 상셔ᄅᆞᆯ 보고 경의(驚疑)ᄒᆞ여 어득ᄒᆞᆫ 졍신을 슈습ᄒᆞ여 계오 소ᄅᆡᄅᆞᆯ 일워 ᄀᆞᆯ오ᄃᆡ

"형당아! 딜ᄋᆞ(姪兒) 등이 어ᄃᆡ 가니잇가?"

상셰 가ᄉᆞᆷ을 어로만져 능히 말을 일우디 못ᄒᆞ다가 날호여 제ᄋᆞ의 간 곳이 업ᄉᆞ믈 니ᄅᆞᆯᄉᆡ 오읍통졀(嗚泣痛切)ᄒᆞ여 셩음(聲音)이 블셩쳘(不成輟)ᄒᆞ니 시랑이 긔운이 현혼(眩昏)ᄒᆞ여 죽엄이 되엿다가 ᄭᆡ미 심신이 요요(擾擾)ᄒᆞ믈[10] 뎡치 못ᄒᆞ나 닌셩 등의 간 곳이 업ᄉᆞ믈 드ᄅᆞᄆᆡ ᄎᆞ악발비(嗟愕發悲)ᄒᆞ여[11] 니러나 일장(一場)을 통곡(痛哭)ᄒᆞ고 상셔ᄅᆞᆯ 향ᄒᆞ여 ᄀᆞᆯ오ᄃᆡ

"쇼뎨 혼암블민(昏暗不敏)ᄒᆞ여 흉젹의 극악ᄒᆞᆫ ᄯᅳᆺ을 아디 못ᄒᆞ고 형당이 ᄇᆡ의 오ᄅᆞ기ᄅᆞᆯ 의려(疑慮)ᄒᆞ미 극ᄒᆞ시믈 내 도로혀 호의(狐疑)[12] 만

10 요요(擾擾)ᄒᆞ믈: 요요하다. 어지럽고 우왕좌왕하다.

11 ᄎᆞ악발비(嗟愕發悲)ᄒᆞ여: 규장각본에는 'ᄎᆞ악ᄒᆞ여'로 되어 있음.

케 넉이고 졔젹의 에워ᄡᆞᄂᆞᆫ 바ᄅᆞᆯ 착급ᄒᆞ여 딜ᄋᆞ 등을 ᄃᆞ리고 ᄇᆡ의 올 7면
낫다가 쇼뎨 몸이 위ᄐᆡᄒᆞ믄 젹은 일이어니와 딜ᄋᆞ 등의 거쳐ᄅᆞᆯ 모로니 반ᄃᆞ시 젹슈(賊手)의 몸을 맛ᄎᆞ 강파(江波)의 ᄶᅥ러지디 아냐시면 상인(霜刃)의 앗가온 목숨을 맛ᄎᆞᆯ디라. 네 ᄋᆞ히 일시의 ᄉᆞ디(死地)의 ᄶᅥ러디ᄆᆡ 그 잔잉코 참졀ᄒᆞ미 어ᄂᆡ 더ᄒᆞ며 뉘 덜ᄒᆞ리오마ᄂᆞᆫ 디어(至於) 닌셩ᄒᆞ여ᄂᆞᆫ 문호(門戶)의 가ᄇᆡ야온 ᄌᆡ 아니라. ᄇᆡᆨ뷔(伯父) ᄌᆡ시(在時)의 취듕교ᄋᆡ[13]ᄒᆞ시던 비ᄅᆞᆯ 니ᄅᆞ디 말고 일가의 대망(人望)이러니 오날ᄂᆞᆯ의 거쳐ᄅᆞᆯ 모로ᄂᆞᆫ 바로 그 ᄉᆞ싱을 졈복(占卜)ᄒᆞ니 문운(門運)의 블힝이 이에 더으미 업ᄂᆞᆫ디라. 쇼뎨 ᄉᆞ라셔 딜ᄋᆞ 등을 ᄎᆞᆺ디 못ᄒᆞᆯ딘ᄃᆡ 참통지한(慘痛至恨)이 구원(九原)의 눈 ᄀᆞᆷ기ᄅᆞᆯ ᄀᆡ필치 못ᄒᆞᆯ ᄲᅳᆫ 아니라 ᄇᆡᆨ부모와 조션(祖先)의 뵈올 낫치 업ᄉᆞ니 유유텬디(悠悠天地)의 이 슬픔과 잔잉ᄒᆞ믈 엇디 ᄡᆞ흘 곳이 이시리잇가?”

셜파(說罷)의 다시 실셩댱통(失聲長痛)ᄒᆞ니 상셰 ᄯᅩᄒᆞᆫ 붓들고 통곡
(痛哭)ᄒᆞ기ᄅᆞᆯ 긋치디 아니ᄒᆞ다가 날호여 슬프믈 쳔만 강인(强忍)ᄒᆞ여 8면
시랑의 우롬을 긋치라 ᄒᆞ고 일쳔 줄 안슈(眼水)ᄅᆞᆯ 거두어 ᄀᆞᆯ오ᄃᆡ

“졔ᄋᆞ(諸兒)의 실니(失離)ᄒᆞ믄 나의 젹앙(積殃)이 ᄐᆡ심(太甚)ᄒᆞᆫ 연괴오 현뎨의 쇼리(疏理)ᄒᆞᆫ 타시 아니라. 엇디 슬프믈 금억(禁抑)디 못ᄒᆞ여 우형(愚兄)의 심ᄉᆞᄅᆞᆯ 돕ᄂᆞ뇨? 우형이 ᄌᆞ위ᄅᆞᆯ 도라보옵디 아닐딘ᄃᆡ 대ᄒᆡ슈의 ᄇᆡᄅᆞᆯ ᄯᅴ여 ᄉᆞᄒᆡ의 두로 돌디라도 졔ᄋᆞ의 시신이나 어더

12 호의(狐疑): 여우가 의심이 많다는 뜻으로, 매사에 지나치게 의심함을 이르는 말.

13 취듕교ᄋᆡ: 규장각본에는 ‘최즁극ᄋᆡ’로 되어 있음. 최중극애(最重極愛)는 가장 귀중히 여기고 지극히 사랑한다는 뜻.

볼 거시로ᄃᆡ ᄌᆞ정(慈庭)의 무한ᄒᆞᆫ 블효ᄅᆞᆯ 돕디 못ᄒᆞ여 이ᄅᆞᆯ 능히 결
단치 못ᄒᆞ고 도라 햐쳐(下處)의 가 ᄌᆞ위긔 고ᄒᆞᆯ 말ᄉᆞᆷ이 업ᄉᆞ니 이ᄅᆞᆯ
장ᄎᆞᆺ 엇디ᄒᆞ리오?"

시랑이 ᄯᅩᄒᆞᆫ 태부인긔 고ᄒᆞᆯ 바ᄅᆞᆯ ᄉᆡᆼ각디 못ᄒᆞ여 통곡비졀(痛哭悲絶)
ᄒᆞᆯ ᄲᅳᆫ이러니 혼졀(昏絶)ᄒᆞ엿던 노복이 ᄯᅩᄒᆞᆫ ᄭᆡ여 작야(昨夜) 후로 인
ᄉᆞᄅᆞᆯ 몰나시므로 공ᄌᆞ 등과 쇼져의 거쳐 업ᄉᆞᄆᆞᆯ 듯고 ᄯᅩᄒᆞᆫ 실셩통곡
9면 (失聲痛哭)ᄒᆞᆯ ᄯᆞᄅᆞᆷ이라. 상셰 변고ᄅᆞᆯ 당ᄒᆞ여 참졀ᄒᆞᆫ 슬프미 고ᄃᆡ 강
심(江心)의 ᄯᅱ여드러 ᄂᆡᆺ고ᄌᆞ ᄒᆞ나 ᄌᆞ위긔 측냥업ᄉᆞᆫ 블효ᄅᆞᆯ 깃치디 못
ᄒᆞ여 오ᄂᆡ(五內) 분붕(分崩)ᄒᆞᄂᆞᆫ 비회(悲懷)ᄅᆞᆯ 쳔만관인(千萬寬忍)
ᄒᆞ고 노ᄌᆞ 칠팔 인을 ᄉᆞ쳐(四處)로 헤쳐

"공ᄌᆞ와 쇼져의 ᄉᆡᆼᄉᆞ존망(生死存亡)을 아라 시신이라도 ᄎᆞᄌᆞ오ᄂᆞᆫ ᄌᆞ
면 일ᄉᆡᆼ을 방냥(放良)[14]ᄒᆞ고 쳔금 상을 더으리라."

ᄒᆞ니 노복 등이 태부와 셔부인의 셩덕인화(聖德仁和)로ᄡᅧ 각별이 주
ᄂᆞᆫ 거시 업ᄉᆞ나 ᄌᆞ연이 감은(感恩)ᄒᆞ고 의앙(依仰)ᄒᆞ여 젹ᄌᆡ(赤子)
ᄌᆞ모(慈母)ᄅᆞᆯ ᄇᆞ람 ᄀᆞᆺ다가 태뷔(太夫) 기셰(棄世)ᄒᆞ미 ᄋᆡ통망극(哀
痛罔極)ᄒᆞ미 효도의 ᄌᆞ식이 부모ᄅᆞᆯ 여힘과 일반이오 상셔의 홍혜디
인(弘惠至仁)ᄒᆞ미 일즉 미말쳔노(微末賤奴)의 다 도라도 발연ᄒᆞᆫ 노
즐(怒叱)과 쥰급(峻急)ᄒᆞᆫ 치칙(治責)[15]이 업ᄉᆞ므로 노복이 ᄇᆞ라ᄆᆞᆯ 부
모갓치 ᄒᆞᄂᆞᆫ디라. 공ᄌᆞ·쇼져의 ᄉᆞᄉᆡᆼ거쳐(死生去處)ᄅᆞᆯ 알고ᄌᆞ ᄒᆞᄂᆞᆫ
ᄆᆞ음이 엇디 쳔금 상을 희망ᄒᆞ며 방냥의 편키ᄅᆞᆯ ᄉᆡᆼ각ᄒᆞ리오? 일시의

14 방냥(放良): 방량. 주인이 노비를 놓아주어 양인이 되게 하는 것.

15 치칙(治責): 치책. 꾸짖고 다스림.

울며 하딕ᄒᆞ여 십 년을 그음ᄒᆞ여도 공ᄌᆞ와 쇼져의 싱ᄉᆞ존망을 알고[16] 도라오기ᄅᆞᆯ 결단ᄒᆞ니 상셰 졔노(諸奴)의 튱셩을 아ᄂᆞᆫ디라 딘녁(盡力) 10면 히 ᄎᆞᆺ다가 도로의셔 죽고 도라오디 아닐가 념녀ᄒᆞ여 다시 분부왈(分付曰)

"졔ᄋᆞ(諸兒)의 싱존을 아디 못ᄒᆞ여도 힝거(行車)ᄅᆞᆯ 디류(遲留)ᄒᆞ미 어려오니 슈삼 일을 긔약ᄒᆞ여 ᄎᆞᄌᆞ보고 브졀업시 먼니 가디 말나."

시랑이 ᄯᅩᄒᆞᆫ 힝거의 쥬변(周變)ᄒᆞ여[17] 길 길히 입ᄉᆞ믈 널너 슈히 도라오라 ᄒᆞ니 노복(奴僕) 등이 마디못ᄒᆞ여 슈명(受命)ᄒᆞ나 그 듕 운학·경농이 일싱(一生)을 두로 도라도 공ᄌᆞ와 쇼져의 싱존ᄒᆞᆫ 소식을 못 드ᄅᆞᆫ즉 쾌히 죽어 셜우믈 닛고 다시 ᄐᆡᆨ하(宅下)의 드러가디 아닐 바ᄅᆞᆯ 주(奏)ᄒᆞ고 쵸연이[18] ᄂᆡᄃᆞᄅᆞ니 상셰 능히 머믈디 못ᄒᆞ고 시랑으로 더브러 통곡(痛哭)ᄒᆞ여 도로 월쳥강을 건너 햐쳐(下處)의 니ᄅᆞ니 시시(是時)의 상·화 이 부인은 노ᄌᆞ의 고ᄒᆞ믈 조ᄎᆞ 냥 공ᄌᆞ와 이 쇼져며 시랑의 거쳐 업ᄉᆞ믈 듯고 놀나며 슬프미 구곡(九曲)이 여쇄(如碎)ᄒᆞ고 흉금(胸襟)이 젼식(塡塞)ᄒᆞ니 망망(茫茫)ᄒᆞ여 텬디 혼흑(昏黑)ᄒᆞ고 11면 참참(慘慘)ᄒᆞ여 일월(日月)이 무광(無光)ᄒᆞ니 경ᄀᆡᆨ의 것구러질 ᄃᆞᆺ 가업ᄉᆞᆫ 심ᄉᆞᄅᆞᆯ 엇디 니ᄅᆞᆯ 거시 니시리오마ᄂᆞᆫ 태부인의 놀나시믈 밧비 돕디 못ᄒᆞ여 소ᄅᆡᄅᆞᆯ 먹음고 눈믈을 ᄂᆞ리와 과도ᄒᆞᆫ 거조ᄅᆞᆯ 아니 ᄒᆞᄃᆡ ᄌᆞ연이 화긔(和氣) 소삭(消索)ᄒᆞ여 ᄋᆡ상(哀傷)ᄒᆞᄂᆞᆫ 빗치 나타나믈 면

---

16 그음ᄒᆞ여도 공ᄌᆞ와 쇼져의 싱ᄉᆞ존망을 알고: 규장각본에는 '그음ᄒᆞ고 ᄎᆞᄌᆞ'로 되어 있음.

17 쥬변(周變)ᄒᆞ여: 주변하다. 두루 변통하다.

18 쵸연이: 초연이. 일없이, 아랑곳없이.

치 못ᄒᆞ니 태부인이 상셰 ᄋᆞ쇼를 다리라 간 디 오ᄅᆡᄃᆡ 긔쳑이 업ᄉᆞᆷ과 녀부(女婦)의 ᄉᆞ식이 다ᄅᆞ믈 만분 의려(疑慮)ᄒᆞ여 ᄀᆞᆯ오ᄃᆡ

"잠이 졔ᄋᆞ의 더ᄃᆡ 오믈 굼거이 넉여 가던 거시 발셔 날이 ᄇᆞᆰ기의 밋ᄎᆞᄃᆡ 긔쳑이 업고 현부(賢婦)와 녀ᄋᆞ의 ᄉᆞ식(辭色)이 심히 비황(悲惶)ᄒᆞ니 노뫼 심신이 당황ᄒᆞ도다."

이 부인이 상셔의 오기 젼 ᄌᆞ긔 등이 즈레 고치 못ᄒᆞ여 다만 시봉의 졍
셩이 ᄐᆡ만ᄒᆞ여 화긔롤 일흐므로뼈 쳥죄ᄒᆞ니 태부인이 다시 뭇디 못
ᄒᆞ고 의아ᄒᆞ믈 마디 아니ᄒᆞ더니 밋 됴반(朝飯)이 다ᄃᆞᄅᆞᄆᆡ 상·화 이
12면 부인이 ᄎᆞ마 엇디 밥이 목의 넘으리오? 능히 ᄒᆞᆫ 술을 나오디 못ᄒᆞ고
태부인은 긔운이 블평ᄒᆞ므로뼈 식반(食盤)을 믈니치고 듁음(粥飮)을 나와 두어 번 쳘음(啜飮)ᄒᆞ니 상부인이 나아 안ᄌᆞ 일죵이나 마시믈 쳥ᄒᆞ더니 상셔와 시랑이 도라오믈 비ᄇᆡ(婢輩) 몬져 고ᄒᆞ니 상·화 이 부인이 시랑 두 ᄌᆞ의 반가오미 도로혀 금즉ᄒᆞ여[19] 혹ᄌᆞ 졔ᄋᆡ 시랑과 ᄒᆞᆫ가디로 도라오ᄂᆞᆫ가 의ᄉᆡ 초갈(焦葛)ᄒᆞ여 간위(肝胃) ᄌᆡ 되기의 밋쳣더니 이윽고 상셔와 시랑이 드러오니 졔ᄋᆡ ᄒᆞ나토 ᄯᆞᆯ오니 업ᄉᆞᆯ ᄲᅮᆫ 아니라 시랑의 초조망극ᄒᆞᆫ ᄉᆞ식이 일야디간(一夜之間)의 다ᄅᆞᆫ 사ᄅᆞᆷ이 되여 영풍옥골(英風玉骨)이 낫낫치 소삭(消索)ᄒᆞ엿고 상셔의 싀훼골닙(柴毁骨立)ᄒᆞᆫ 바의 다시 참디 못ᄒᆞᆯ 참통(慘痛)을 겸ᄒᆞ여 엄엄위
악(奄奄危惡)[20]ᄒᆞᆫ 거동이 고ᄃᆡ 스러딜 ᄃᆞᆺ 능히 목 우ᄒᆡ 실 ᄀᆞᄐᆞᆫ 목숨이
13면 걸니ᄆᆡ 괴이ᄒᆞᆫ디라. 화·상 이 부인이 일견 쳠망(瞻望)의 발셔 졔ᄋᆞ롤

19 금즉ᄒᆞ여: 금즉ᄒᆞ다. 끔찍하다.

20 엄엄위악(奄奄危惡): 숨이 끊어질 듯 위태로울 정도로 악화됨.

ᄎᆞᆺ디 못ᄒᆞᆫ 줄 알고 참통ᄒᆞ미 형상치 못ᄒᆞ나 오히려 관잉키를 위쥬ᄒᆞ고 안셔히 니러 마ᄌᆞ 좌를 일우ᄆᆡ 태부인이 쇼ᄅᆡ 급ᄒᆞᆷ을 ᄭᆡᄃᆞᆺ디 못ᄒᆞ여 ᄀᆞᆯ오ᄃᆡ

“현딜과 ᄋᆞᄌᆡ 도라오ᄃᆡ 엇디 닌셩 남ᄆᆡ 도라오디 아닛ᄂᆞ뇨?”

시랑은 복슈궤좌(伏首跪坐)의 눈믈이 쳔항(千行)이오 능히 ᄃᆡ(對)치 못ᄒᆞᄃᆡ 상셰 오히려 눈믈을 ᄂᆞ리오고 궤복(跪伏)ᄒᆞ여 몬져 존후(尊候)ᄅᆞᆯ 뭇ᄌᆞ오며 닌셩다히 말ᄉᆞᆷ을 아니니 태부인이 더옥 경의비도(驚疑悲悼)ᄒᆞ여 므러 왈

“현딜(賢姪)은 무ᄉᆞᆷ 연고로 ᄉᆡ로이 슬허ᄒᆞ며 ᄋᆞᄌᆞᄂᆞᆫ ᄯᅩ 엇디 닌셩 남ᄆᆡ ᄒᆞᆫ가디로 오디 아닌 바ᄅᆞᆯ 답디 아닛ᄂᆞ뇨?”

상셰 몸을 니러 졀ᄒᆞ여 ᄀᆞᆯ오ᄃᆡ

“쇼ᄌᆡ 블초무상(不肖無狀)ᄒᆞ와 ᄌᆞ위예 ᄒᆞᆫ 일 위회(慰懷)ᄒᆞ실 바ᄅᆞᆯ ᄉᆡᆼ각디 못ᄒᆞᄋᆞᆸ고 이졔 졔ᄋᆞ(諸兒)ᄅᆞᆯ 일시의 실니ᄒᆞ온 변을 ᄌᆞ졍(慈庭)의 알외와[21] 비회(悲懷)ᄅᆞᆯ 깃치오니 블초의 블효ᄒᆞᆫ 죄 셰간(世間)의 잇디 아니ᄒᆞ올디라.[22] ᄌᆞ위의 셩덕으로ᄡᅧ 블초의 텬디 망망ᄒᆞᆫ 졍ᄉᆞᄅᆞᆯ 구버ᄉᆞᆯ피샤 힝혀 ᄒᆞ시ᄂᆞᆫ 일이 업ᄉᆞ실가 ᄇᆞ라오나 졔ᄋᆞᄅᆞᆯ 극ᄋᆡ(極愛)ᄒᆞ시던 바로 일시의 슬하ᄅᆞᆯ ᄯᅥ나오니 비록 져히 작셩긔딜(作性氣質)을 미더 명박요슈(命薄夭壽)ᄒᆞ올가 념녀ᄂᆞᆫ 아니 ᄒᆞ오나 상통(傷痛)ᄒᆞ시미 여러 가디로 딘뎡치 못ᄒᆞ샤 셩톄ᄅᆞᆯ 상히오실가 초황(焦遑)ᄒᆞᆷ을 니긔디 못ᄒᆞ리로소이다.” 14면

21 실니ᄒᆞ온 변을 ᄌᆞ졍(慈庭)의 알외와: 규장각본에는 ‘실니ᄒᆞᆫ 변을 알외와’로 되어 있음.

22 아니ᄒᆞ올디라: 규장각본에는 ‘아닐지라’로 되어 있음.

태부인이 쳥미파(聽未罷)의 ᄎᆞ악대경(嗟愕大驚)ᄒᆞ여 손을 드러 가ᄉᆞᆷ을 쳐 왈

“ᄋᆡ(哀)라, 텬도여! 졍문(程門)을 벌ᄒᆞ시미 므ᄉᆞᆷ 연고로 이ᄃᆡ도록 편심(偏甚)ᄒᆞ샤 십 셰도 ᄎᆞ디 못ᄒᆞᆫ ᄋᆞ쇼(兒小)ᄅᆞᆯ 죽이시ᄂᆞ뇨? 이 반ᄃᆞ시 노모의 블인(不仁)이 신명(神明)의 외오넉이믈[23] 인ᄒᆞ여 사ᄅᆞᆷ의 견ᄃᆡ디 못ᄒᆞᆯ 참경을 당케 ᄒᆞ미라. 스ᄉᆞ로 명완블ᄉᆞ(命頑不死)ᄒᆞ고 구연시식(苟延視息)[24]ᄒᆞ여 텬븅디탁(天崩地坼)ᄒᆞᄂᆞᆫ 변의 죽디 못ᄒᆞ여 ᄉᆞ라시미 한이라. 이 슬프믄 비기셕비기쳘(非其石非其鐵)[25]인 후ᄂᆞᆫ 참디 못ᄒᆞᆯ ᄇᆡ로다.”

15면 셜파(說罷)의 공ᄌᆞ와 쇼져 등을 브ᄅᆞ디져 참참ᄋᆡ곡(慘慘哀哭)ᄒᆞ니 상·화 이 부인이 ᄯᅩᄒᆞᆫ 일장ᄋᆡ곡(一場哀哭)을 ᄎᆞᆷ디 못ᄒᆞ여 발ᄒᆞ니 좌우 시ᄋᆡ(侍兒) 다 통곡(痛哭)ᄒᆞᄂᆞᆫ디라. 상셰 ᄌᆞ위의 이 ᄀᆞᆺᄐᆞ시믈 보ᄆᆡ 더옥 초황망극(焦遑罔極)ᄒᆞ믈 니긔디 못ᄒᆞ여 밧비 ᄌᆞ위ᄅᆞᆯ 븟들고 화·상 이 부인을 ᄃᆡᄒᆞ여 ᄀᆞᆯ오ᄃᆡ

“녯사ᄅᆞᆷ이 나치 아닌 ᄌᆞ식을 위ᄒᆞ여 우디 아니터라 ᄒᆞ니 닌셩 남ᄆᆡ ᄉᆞ라 도라오면 ᄒᆡᆼ(幸)이오 블ᄒᆡᆼᄒᆞ여 ᄉᆡᆼᄉᆞ의 시신을 ᄎᆞᆺ디 못ᄒᆞᆯ디라도 아이의 아니 삼긴 거ᄉᆞ로 아라 슬허치 아니미 맛당ᄒᆞ니 ᄆᆡ데(妹弟)[26]와 현슈(賢嫂)ᄂᆞᆫ 관억블비(寬抑不悲)ᄒᆞ여 ᄌᆞ위의 통상ᄒᆞ시ᄂᆞᆫ 심회ᄅᆞᆯ 더

---

23 외오넉이믈: 외오넉이다. 그릇되게 여기다.

24 구연시식(苟延視息): 구차히 목숨을 이어감.

25 비기셕비기쳘(非其石非其鐵): 비기석비기철. ‘돌과 철이 아니다.’라는 뜻.

26 ᄆᆡ데(妹弟): 매제. 여동생.

으디 마ᄅᆞ쇼셔."

화·상 이 부인이 참졀ᄋᆡ상(慘絶哀傷)ᄒᆞᆫ 뜻을 그 만의 ᄒᆞ나흘 펴리오마ᄂᆞᆫ 실노 참디 못ᄒᆞ여 발셩통곡(發聲痛哭)ᄒᆞ미러니 상셔의 말ᄉᆞᆷ이 이 ᄀᆞᆺᄐᆞ니 엇디 무익디통(無益之痛)을 과히 ᄒᆞ여 태부인 심ᄉᆞᄅᆞᆯ 도ᄋᆞ미 블가ᄒᆞᆫ 고로 ᄆᆞᄋᆞᆷ을 쳘옥(鐵玉)ᄀᆞᆺ치 졉아 우롬을 긋치나 일만창검(一萬槍劍)이 장부(臟腑)ᄅᆞᆯ ᄶᅵ치ᄂᆞᆫ ᄃᆞᆺᄒᆞᆫ 슬픔과 골슈ᄅᆞᆯ 여쇄(如碎)ᄒᆞ 16면
ᄂᆞᆫ 참잔(慘殘)ᄒᆞ믈 엇디 억제ᄒᆞ리오? ᄡᅡᆼ셩봉안(雙星鳳眼)의 츄쉬(秋水) 줄줄ᄒᆞ여 옥면화싀(玉面花顋)ᄅᆞᆯ 젹실 ᄲᅳᆫ이오 능히 ᄒᆞᆫ 말을 못 ᄒᆞ더니 상부인이 날호여 시랑을 향ᄒᆞ여 졔ᄋᆞᄅᆞᆯ 실니ᄒᆞᆫ 곡졀을 ᄆᆞᄅᆞ니 시랑이 초두(初頭) 션듕(船中)의셔 녕ᄌᆡ·계튱이란 거ᄉᆡ[27] 괴이ᄒᆞᆫ 거동과 믈의 ᄲᅥ러디믈 용이히 ᄒᆞ던 바와 녀교ᄅᆞᆯ 안고 안ᄌᆞᆺ다가 인ᄒᆞ여 혼혼망망(昏昏茫茫) 아모란 줄 모로ᄂᆞᆫ 바ᄅᆞᆯ ᄃᆡ강 니ᄅᆞ고 계림 ᄉᆞ변의 죽엄ᄀᆞᆺ치 바리엿ᄂᆞᆫ 거ᄉᆞᆯ 상셰 구ᄒᆞ여 계오 인ᄉᆞᄅᆞᆯ ᄎᆞᆯ히나 딜ᄋᆞ 등의 거쳐ᄅᆞᆯ 모로믄 이의 잇던 ᄆᆡ쟈(妹姐)나 다ᄅᆞ지 아니믈 니ᄅᆞ니 이 부인이 드ᄅᆞᆯᄉᆞ록 참통ᄒᆞ믈 니긔디 못ᄒᆞ고 태부인은 곡셩이 씃ᄎᆞ락 니으락 시직으로셔 긔운이 딘ᄒᆞᆯ ᄃᆞᆺᄒᆞ더니 ᄯᅩ 혼졀ᄒᆞ여 슈족이 어름 갓고 신ᄉᆡᆨ(神色)이 여ᄒᆡ(如灰)ᄒᆞ니 상셰 텬디망망(天地茫茫)ᄒᆞ여 밧비 약믈(藥物)노ᄡᅧ 구호ᄒᆞ여 슈ᄆᆡ(嫂妹)ᄅᆞᆯ 향ᄒᆞ여 통흉쳬읍(痛胸涕泣)[28] 왈

"우형디심이 비기셕얘(非其石也)며 비기쳘(非其鐵)이라. 만금쇼듕 17면
(萬金所重)과 쳔금교와(千金嬌瓦)의 ᄉᆞ싱을 모로ᄂᆞᆫ ᄆᆞᄋᆞᆷ이 엇디 ᄉᆡᆺ

27 거ᄉᆡ: 규장각본에는 '거ᄌᆡ'로 되어 있음.

28 통흉쳬읍(痛胸涕泣): 규장각본에는 생략되어 있음.

거디며 ᄉᆞ라디믈 면ᄒᆞ리오마ᄂᆞᆫ ᄎᆞ마 ᄌᆞ위의 비회ᄅᆞᆯ 더으디 못ᄒᆞ여 됴흔 ᄃᆞ시 도라왓ᄂᆞ니 현ᄆᆡ(賢妹)ᄂᆞᆫ 교ᄋᆞᄅᆞᆯ 죽으니로 아라 슬프믈 관억(寬抑)ᄒᆞ고 수수(嫂嫂)ᄂᆞᆫ 닌광 등을 업ᄉᆞ니로 아ᄅᆞ샤 관인(寬忍)을 위쥬(爲主)ᄒᆞ샤미 대효ᄅᆞᆯ 완젼ᄒᆞ시ᄂᆞᆫ ᄇᆡ라. 다ᄅᆞᆫ ᄋᆞ히ᄂᆞᆫ 힝혀 ᄉᆞ라시믈 어덧ᄂᆞᆫ가 그 만의 ᄒᆞ나흘 밋거니와 닌셩과 월ᄋᆞᄂᆞᆫ 죄ᄉᆡᆼ(罪生)의 젹악으로 죽어시미 반ᄃᆞᆺᄒᆞ리니 유유텬디(悠悠天地)의 이 참통비한(慘痛悲恨)을 엇디 ᄡᆞ흘 곳이 이시리잇가? 쇼ᄉᆡᆼ이 혼용(昏庸)ᄒᆞ고 블명(不明)ᄒᆞ여 능히 ᄭᆡᄃᆞᆺ디 못ᄒᆞᄂᆞᆫ가 모로거니와 실노 사ᄅᆞᆷ으로 더브러 결원(結怨)ᄒᆞ미 오날ᄂᆞᆯ 화의 니ᄅᆞ도록 ᄒᆞᆯ 바ᄅᆞᆯ 궁극심ᄉᆞ(窮極深思)ᄒᆞ여도 아디 못ᄒᆞᄋᆞᆸᄂᆞ니 졀졀이 명도(命途)의 긔구(崎嶇)ᄒᆞ미 망문난가(亡門亂家)의 장본(張本)을 만난 연괴로소이다."

18면 셜파(說罷)의 분개통셕(憤慨痛惜)ᄒᆞ미 더으니 그 말ᄉᆞᆷ이 비록 발간(發奸)[29]ᄒᆞ기ᄅᆞᆯ 명ᄇᆡᆨ히 아니 ᄒᆞ나 그윽이 의심ᄒᆞᄂᆞᆫ 곳이 됴치 아니코 깃브디 아니ᄒᆞᆫ디라. 상부인의 명혜(明慧)ᄒᆞᆷ과 화부인의 신명(神明)ᄒᆞ므로 엇디 상셔의 말ᄉᆞᆷ의 마ᄃᆡᄅᆞᆯ ᄭᆡ치지 못ᄒᆞ리오마ᄂᆞᆫ 스ᄉᆞ로 아ᄅᆞᆫ톄ᄒᆞ여 그러치 아니믈 닷토미 도로혀 죄루(罪累)ᄅᆞᆯ 밀위ᄂᆞᆫ ᄃᆞᆺᄒᆞ므로 몰나듯건 톄ᄒᆞ고 다만 젹은 ᄉᆞ졍의 참변ᄒᆞᆫ 슬프미 억제치 못ᄒᆞ여 태부인이 비회ᄅᆞᆯ 더으시니 블초ᄒᆞ믈 샤죄ᄒᆞᆯ 쁜이라. ᄀᆞ장 오란 후 태부인이 ᄭᆡ여 졍신을 슈습ᄒᆞ나 ᄉᆡ로이 졔손(諸孫)을 블너 통곡(痛哭)ᄒᆞ믈 마디 아니니 상셰 이ᄯᆡᄅᆞᆯ 당ᄒᆞ여ᄂᆞᆫ 일흔 ᄌᆞ녀ᄂᆞᆫ 도로혀 닛치이고

29 발간(發奸): 잘못한 사람을 드러냄.

초조착급(焦燥着急)ᄒᆞ미 흉격의 블이 니러 장부(臟腑)ᄅᆞᆯ ᄉᆞᆯ오ᄂᆞᆫ ᄃᆞᆺ 태부인의 곡셩을 니긔여 ᄎᆞ마 듯디 못ᄒᆞ니 이러코 또 엇디 딘뎡ᄒᆞ여 견ᄃᆡ며 갓득ᄒᆞᆫ 긔운의 병이 아니 나리오? 믄득 후간(喉間)[30]의 아닛ᄭᅩ
은 ᄂᆡ음이 니러나며 입을 버리ᄂᆞᆫ 바의 무슈ᄒᆞᆫ 피ᄅᆞᆯ 토ᄒᆞ니 태부인이 19면
보시ᄂᆞᆫ 바ᄅᆞᆯ 민망ᄒᆞ여 고개ᄅᆞᆯ 도로혀 삼키기ᄅᆞᆯ ᄌᆞ로 ᄒᆞ나 능히 나오ᄂᆞᆫ 바ᄅᆞᆯ 잘 막디 못ᄒᆞ고 면ᄉᆡᆨ의 ᄒᆞᆫ 조각 ᄉᆡᆼ긔 업ᄉᆞ니 태부인이 이 거동을 보ᄆᆡ 놀납고 슬프미 더어 친히 ᄉᆡᆼ셔ᄅᆞᆯ 붓들고 아모리 ᄒᆞᆯ ᄌᆞᆯ 모로니 상셰 일마다 초민(焦悶)ᄒᆞ미 극ᄒᆞ여 계오 피ᄅᆞᆯ 삼키고 소ᄅᆡᄅᆞᆯ 화히 ᄒᆞ여 ᄀᆞᆯ오ᄃᆡ

"쇼ᄌᆡ 근간(近間)의 토혈(吐血)이 무상(無常)ᄒᆞ니 졸연(猝然)이 이러ᄒᆞ온 ᄇᆡ 아니라. ᄀᆞᆺ치면 관겨치 아니ᄒᆞ오니 셩녀(聖慮)ᄅᆞᆯ 요동치 마ᄅᆞ쇼셔."

태부인이 붓들고 우러 왈

"사ᄅᆞᆷ의 ᄉᆞᆨ이 셩ᄒᆞ면 엇디 이런 피ᄅᆞᆯ 흘니리오? 반ᄃᆞ시 큰 병이 나리로다."

상셰 ᄌᆡ삼 그러치 아니믈 고ᄒᆞ고 흉장(胸臟)이 ᄣᅵ여디ᄂᆞᆫ 슬프믈 쳔만억졔(千萬抑制)ᄒᆞ여 모친을 위로ᄒᆞ며 타ᄉᆞᄅᆞᆯ 능히 ᄉᆡᆼ각디 못ᄒᆞ나 화긔(和氣)ᄅᆞᆯ 작위(作爲)ᄒᆞ여 유열(愉悅)ᄒᆞᆫ 말ᄉᆞᆷ이 ᄉᆞᆺ디 아니나 태부인의 ᄉᆞᆯᄂᆞᆫ 심장과 참졀ᄒᆞᆫ 회포ᄅᆞᆯ 어이 딘뎡ᄒᆞᆯ 길히 이시리오? 실셩댱통
(失聲長痛)의 긔운이 딘(盡)ᄒᆞᆯ ᄃᆞᆺ 실노뼈 죽기ᄅᆞᆯ ᄇᆞ야고 살기ᄅᆞᆯ 원치 20면

---

30 후간(喉間): 규장각본에는 '인후'로 되어 있음.

아니니[31] 상·화 이 부인의 쳡쳡히 통할(痛割)ᄒᆞᆫ 심회ᄅᆞᆯ ᄯᅩ 엇디 견줄 곳이 이시리오? 시랑이 태부인긔 고왈(告曰)

"딜ᄋᆞ 등의 ᄉᆞᄉᆡᆼ존망(死生存亡)을 모로미 각골참통(刻骨慘痛)ᄒᆞ오니 유ᄌᆡ(猶子) 삼 일을 심방(尋訪)ᄒᆞ다가 도라오리이다."

상셰 시랑의 나가나 ᄎᆞᆺ디 못ᄒᆞᆯ 줄 아ᄃᆡ ᄌᆞ위 ᄎᆞᆺ고져 ᄒᆞ시믈 능히 막디 못ᄒᆞ니 시랑이 슬프며 참졀ᄒᆞ미 심ᄉᆞᄅᆞᆯ 촘디 못하여 딜ᄋᆞ 등을 ᄎᆞᄌᆞ려 태부인과 상셔긔 하ᄃᆡᆨ고 나가 ᄉᆞ쳐(四處)로 방문ᄒᆞᄃᆡ ᄉᆞᄉᆡᆼ거쳐(死生去處)ᄅᆞᆯ 알 길히 업ᄉᆞ니 날이 맛고 밤이 ᄉᆡ도록 초조(焦燥)ᄒᆞ여 슈삼일디간(數三日之間)의 식반(食盤)을 나오디 아니ᄒᆞ고 ᄒᆞᄅᆞᄂᆞᆫ 술노 목을 젹시니 풍광(風光)이 환탈(換奪)ᄒᆞ고 긔뷔(肌膚) 슈고(瘦枯)ᄒᆞ여 쇠약ᄒᆞ미 놀나이 될 ᄲᅳᆫ이라. 시러곰[32] 여러 날을 도들 못ᄒᆞ여[33] 도라오ᄆᆡ 노복 등이 ᄯᅩᄒᆞᆫ 공ᄌᆞ·쇼져의 ᄉᆞᄉᆡᆼ거쳐ᄅᆞᆯ 아디 못ᄒᆞ고 ᄒᆞᆫ갓 심녁
21면 (心力)만 허비 초조망망(焦燥忙忙)이 도라오ᄃᆡ 다만 운학·경농이 도라오디 아냣더라. 태부인이 시랑과 노복의 헛도이 도라오믈 보ᄆᆡ 더옥 바라미 ᄉᆞᆺ쳐져 ᄒᆞᆫ갓 오ᄂᆡ여졀(五內如絶)ᄒᆞ고 구곡(九曲)이 소삭(銷鑠)ᄒᆞ여 ᄋᆡ통망망(哀痛茫茫)ᄒᆞ믈 니긔디 못ᄒᆞ니 상셔와 화·상 이 부인이 혹ᄌᆞ(或者) 네 ᄋᆞᄒᆡ 가온ᄃᆡ ᄒᆞ나히나 ᄉᆞᄉᆡᆼ을 아라 시신이나 ᄎᆞᄌᆞ올나 만분의 일이나 ᄇᆞ라다가 망망이 쇼문도 모르고 도라오니 목젼(目前)의 죽엄을 노화실딘ᄃᆡ 도로혀 이ᄃᆡ도록디 아닐디라. 층봉(層

---

31 실셩댱통(失聲長痛)의 ~ 원치 아니니: 규장각본에는 빠져 있음.

32 시러곰: 능히.

33 여러 날을 도들 못ᄒᆞ여: 규장각본에는 '여러 날 지유치 못ᄒᆞ여'로 되어 있음.

峯)의 우ᄅᆞᆷ[34]을 블워ᄒᆞ믄 그 시톄ᄅᆞᆯ 안장(安葬)ᄒᆞ미오 ᄌᆞ하(子夏)의 상
명(喪明)으로도 죽엄을 보디 못ᄒᆞ여시니 심ᄉᆞᄅᆞᆯ 장ᄎᆞᆺ 므어ᄉᆡ 견조리
오? 딘실노 셰샹을 니져 참통(慘痛)ᄒᆞ믈 닛고져 ᄒᆞᄃᆡ ᄎᆞ마 모부인의
비회ᄅᆞᆯ 더으디 못ᄒᆞ여 심장을 ᄒᆞᆫ 조각 돌노 씻ᄂᆞᆫ디라. 일흔 ᄌᆞ녀들의
작픔긔상(作稟氣像)이 결단(潔端)ᄒᆞ여 부ᄋᆔ(蜉蝣) 져녁의 나 밤의 스
러디고 ᄆᆡ얌이 녀ᄅᆞᆷ의 나 ᄀᆞ을이 다 못 가셔 번ᄉᆡᆼ(翻生)[35]ᄒᆞᆷ ᄀᆞᆺ디 아닐 22면
줄 고ᄒᆞ여[36] 화셩유어(和聲柔語)로 태부인 슬프시믈 온가지로 위회(慰
懷)ᄒᆞ며 듁음(粥飮)을 상셔 남ᄆᆡ 쾌히 마셔 모부인 쳘음(啜飮)ᄒᆞ시믈
권ᄒᆞ여 츌텬ᄒᆞᆫ 대효와 동동쵹쵹(洞洞屬屬)ᄒᆞᆫ 경셩이 경순위열(敬順
爲悅)ᄒᆞ여 ᄉᆞ심(私心)을 결을치 못ᄒᆞ니 태부인이 상셔와 녀부(女婦)
의 디효디셩을 도라보아 곡긔ᄅᆞᆯ 믈니치지 못ᄒᆞ고 통할(痛割)ᄒᆞ믈 참
고 견ᄃᆡ여 모ᄌᆞ형뎨(母子兄弟) 상의위명(相依爲命)ᄒᆞ나 흉장(胸臟)
의 만검(萬劍)이 막힌 슬프믄 미ᄉᆞ지젼(未死之前)의 플닐 길히 업고
비록 죽어도 눈을 곰디 못ᄒᆞᆯ디라. 반졈셰렴(半點世念)이 업ᄉᆞ므로 태
향원들 도라가고ᄌᆞ 쁫이 이시리오마ᄂᆞᆫ 듕노(中路)의 브졀업시 머므
지 못ᄒᆞ여 시러곰 니발ᄒᆞᆯᄉᆡ 계림 현관(縣官)은 유딜(有疾)ᄒᆞ여 영숑
(迎送)치 못ᄒᆞ나 졔읍 쥬현(州縣)이 졍상셔 일힝이 젹환(賊患)을 만
나 ᄌᆞ녀ᄅᆞᆯ 참혹히 실산(失散)ᄒᆞ믈 듯고 져마다 경악ᄒᆞ믈 니긔디 못ᄒᆞ 23면

---

34 층봉(層峯)의 우ᄅᆞᆷ: 층봉의 울음. 어린 딸을 잃은 슬픔. 한유가 조주 자사(刺史)로 쫓겨나 임지로 가는 도중 어린 딸이 죽어, 층봉역 근처에 임시로 묻었다고 함. 《한창려집》.

35 번ᄉᆡᆼ(翻生): 번생. 곤충이 변태를 하는 것.

36 부ᄋᆔ(蜉蝣) 저녁의 ~ 아닐 줄 고ᄒᆞ여: 규장각본에는 '부유의 계월과 혜고의 츈츄 ᄀᆞᆺ지 아닐 줄노 고ᄒᆞ여'로 되어 있음.

여 관군(官軍)을 발ᄒᆞ여 도젹을 잡으라 ᄒᆞ며 일변(一邊)으로 방방곡곡이 졍공ᄌᆞ 등의 거쳐존망(去處存亡)을 아라드리라 ᄒᆞ여 각각 딘심갈녁(盡心竭力)ᄒᆞ여 골육디친(骨肉之親)을 실니(失離)ᄒᆞᆷ ᄀᆞᆺ치 넉이믄 졍상셔의 열의(熱意)ᄅᆞᆯ 일위고져 ᄒᆞ나 표풍츄우(飄風驟雨)[37]ᄀᆞᆺ치 ᄒᆡ듕으로 피ᄒᆞ며 산듕으로 도망ᄒᆞ고 샹경ᄒᆞᆫ ᄆᆡᆼ츄와 슐위 당(黨)을 잡을 길히 업고 대ᄒᆡ의 평초(萍草) 갓튼 공ᄌᆞ·쇼져의 거쳐ᄅᆞᆯ 알 길히 업ᄉᆞᆫ디라. ᄒᆞᆫ갓 태부인 ᄒᆡᆼ거(行車)ᄅᆞᆯ 숑영(送迎)ᄒᆞ며 젹환(賊患)의 흉ᄒᆡ(凶害)ᄒᆞ미 공ᄌᆞ 등을 참혹히 실산ᄒᆞ믈 치위(致慰)ᄒᆞ여 무론원근(毋論遠近)ᄒᆞ고 졔읍 쥬현이 모드니 상셰 어득ᄒᆞᆫ 심ᄉᆞ의 요란이 못ᄂᆞᆫ 바ᄅᆞᆯ 더옥 깃거 아냐 시랑으로 ᄒᆞ여곰 졔읍 현관을 ᄃᆡ졉ᄒᆞ여 도라보ᄂᆡ게 ᄒᆞ고 상부인으로뼈 모친을 븟드러 ᄒᆞᆫ 슈ᄅᆡ의 올나ᄐᆞ고 화부

24면 인은 닌경과 ᄌᆞ염을 거ᄂᆞ려 교듕의 오로게 ᄒᆞᆯᄉᆡ 두 공ᄌᆞ 두 쇼져의 ᄉᆞᄉᆡᆼ거쳐ᄅᆞᆯ 모로고 이곳을 ᄯᅥ나ᄂᆞᆫ 심ᄉᆡ 그 엇더ᄒᆞ리오? 태부인은 거듕(車中)의셔 소ᄅᆡ 나믈 ᄭᆡ닷디 못ᄒᆞ여 통곡(痛哭)ᄒᆞ고 화부인은 존괴(尊姑) 드ᄅᆞ실가 져허[38] 비읍ᄒᆞ믈 마디 아니ᄒᆞ니 흐ᄅᆞᄂᆞᆫ 안쉬(眼水) 피ᄅᆞᆯ 화하고 한숨이 바ᄅᆞᆷ을 화ᄒᆞ거ᄂᆞᆯ 상부인은 쳔만관인(千萬寬忍)ᄒᆞ여 모친을 븟들고 안ᄌᆞ시나 말을 일우고져 ᄒᆞᄃᆡ 소ᄅᆡ 경열(硬咽)ᄒᆞ고 ᄌᆞ염의 모친을 브ᄅᆞ믈 드ᄅᆞᆫ즉 아홉 구뷔 열두 번 ᄭᅳᆺ쳐디니 경샤의 이변(變)을 통ᄒᆞᆯ 말이 업셔 상셰 뎡국공과 시독 등의게 셔간(書簡)을 븟

37 표풍츄우(飄風驟雨): 표풍취우. 회오리바람과 소나기. 갑자기 몰아쳤다가 흔적 없이 사라짐을 비유함.

38 져허: 져허하다. 저어하다. 두려워하다.

치고 장확을 보ᄂᆡᄃᆡ 부인은 ᄎᆞ마 일ᄌᆞ셔(一字書)ᄅᆞᆯ 붓치디 못ᄒᆞ고 일힝이 태쥬로 향ᄒᆞᆯᄉᆡ 긔구산곡(崎嶇山谷)이 졈졈 험쥰ᄒᆞ니 상셔와 시랑이 태부인을 평안이 뫼시디 못ᄒᆞᆯ가 근심ᄒᆞᄆᆡ 타ᄉᆞ(他事)ᄅᆞᆯ 결을치 못ᄒᆞ고 쳔비억슈(千悲億愁)ᄅᆞᆯ 니ᄌᆞᆫ ᄃᆞᆺᄒᆞ나 영영이 ᄇᆞ랄 거시 업고 졔ᄋᆞ의 거쳐도 ᄎᆞᆺ디 못ᄒᆞ고 힝거ᄅᆞᆯ 두로혀믈 ᄉᆡᆼ각ᄒᆞᄆᆡ 구곡(九曲)이 촌 25면
단(寸斷)ᄒᆞ고 오ᄂᆡ비황(五內悲惶)ᄒᆞᆫ 바의 슈운(愁雲)이 동학(洞壑)의 무로녹고 연취(煙炊) 양양(洋洋)ᄒᆞ여 창산(蒼山)을 잠갓ᄂᆞᆫ ᄃᆞᆺ 시ᄅᆞᆷᄒᆞᄂᆞᆫ 날이 동곡(洞谷)의 쳐음으로 엿고[39] 근심ᄒᆞᄂᆞᆫ 하날이 침엄(沈掩)ᄒᆞ여 졍긔(精氣)ᄅᆞᆯ 발(發)치 아니ᄒᆞ니 비풍(悲風)이 쇼쇼(蕭蕭)ᄒᆞ여 님목(林木)을 취요(吹裊)ᄒᆞ니 기셩(其聲)이 참참녈녈(慘慘咽咽)ᄒᆞᆫᄃᆡ 일ᄇᆡᆨ 됴쉬(鳥獸) 디져괴니 ᄌᆞ금취슈(紫禽翠獸)와 현원ᄇᆡᆨ연(玄猿白狿)이 졔혈(啼血)ᄒᆞ고 황갈을 우러 슈인(愁人)의 장위(腸胃)ᄅᆞᆯ ᄉᆞᆯ오고 원슈의 한을 더으며 극격[40] 통함의 츄패(秋波) 옹옹ᄒᆞ여 흐ᄅᆞ기ᄅᆞᆯ 잔잔이 ᄒᆞ니 거목쵹쳐(擧目觸處)의 ᄋᆡ간이 삐여디고 애 믜여질 ᄇᆡ로ᄃᆡ 오히려 슬프믈 그 만의 ᄒᆞ나흘 펴디 못ᄒᆞ고 ᄎᆞᆷ으며 셔리담으믈 공부ᄒᆞᄆᆡ 안흐로 젹취(積聚)[41]·ᄒᆞᆫ딜(寒疾)[42]이 니러 일죵 듁음이 슌히 나리믈 엇디 못ᄒᆞ고 토혈이 무상ᄒᆞ니 일흔 공ᄌᆞ·쇼져 등은 다시 니ᄅᆞᆯ 거시 업거니와 상셰 능히 ᄉᆞ디 못ᄒᆞ게 되여시니 시랑이 더옥 참연비 26면

39 엿고: 엿다. 엿보다.

40 극격: 규장각본에는 '극겸'으로 되어 있음.

41 젹취(積聚): 적취. 체증.

42 ᄒᆞᆫ딜(寒疾): 한질. 감기.

통ᄒᆞ고 블승ᄎᆞ셕(不勝嗟惜)ᄒᆞᄆᆡ 보호ᄒᆞ여 태쥬로 향ᄒᆞ니 시노(侍奴) 등이 일일을 나오혀[43] 드러가 공ᄌᆞ와 쇼져 등의 실니ᄒᆞᆫ 바ᄅᆞᆯ 쳐ᄉᆞ긔 고ᄒᆞ니라.

션시(先時)의 졍쳐ᄉᆞ 운계션ᄉᆡᆼ이 ᄋᆡ훼골닙(哀毁骨入)ᄒᆞ며 죵텬영모(終天永慕)ᄒᆞ여 쳬형여우ᄒᆞ미 여디업더니 훼쳑(毁瘠)ᄒᆞ믈 인ᄒᆞ여 딜(疾)이 일ᄆᆡ 통셰(痛勢) 가ᄇᆡ얍디 아니ᄒᆞᄃᆡ 오히려 ᄉᆞ시곡읍(四時哭泣)을 폐치 못ᄒᆞ니 니학ᄉᆡ ᄌᆞ로 왕ᄂᆡᄒᆞ여 보며 그 위ᄐᆡᄒᆞ미 살기 어려오믈 일ᄏᆞ라 '훼블멸셩(毁不滅性)이 녜디시애(禮之始也)'믈 니ᄅᆞ며 위로ᄒᆞ믈 간졀이 ᄒᆞ고 듁음을 권ᄒᆞᆯᄉᆡ 디극ᄒᆞᆫ 졍이 동포골육(同胞骨肉)의 감(減)치 아니ᄒᆞ나 쳐ᄉᆡ 능히 슬프믈 금억디 못ᄒᆞ여 병셰 졈졈 더으믈 인ᄒᆞ여 몸을 소금의 말니며 머리ᄅᆞᆯ 집벼개의 더져 졍신이 ᄌᆞ로 혼미(昏迷)ᄒᆞ고 긔운이 실낫ᄀᆞᆺᄐᆞ여 씨씨 인ᄉᆞᄅᆞᆯ 되ᄎᆞ디[44] 못ᄒᆞ더니 27면 노ᄌᆡ(奴子) 드러와 힝듕젹변(行中賊變)을 고(告)ᄒᆞ여 이ᄌᆞ(二子)와 냥딜녀(兩姪女)의 거쳐ᄅᆞᆯ 모ᄅᆞᆫ다 ᄒᆞ기의 다ᄃᆞ라ᄂᆞᆫ 놀나오미 념뼈 도로혀 슬프믈 닛고 모친과 형댱(兄丈)의 초젼비통(焦煎悲痛)ᄒᆞ시믈 ᄉᆡᆼ각ᄒᆞᄆᆡ 졀박ᄒᆞᆫ 근심이 흉ᄒᆡ요요(胸海擾擾)[45]ᄒᆞ니 어히업고 ᄎᆞ악(嗟愕)ᄒᆞ여 눈믈도 가바야이 나디 아닛ᄂᆞᆫ디라. ᄒᆞᆫ낫 어린[46] ᄉᆞᄅᆞᆷ이 되여 계오 니러 안ᄌᆞ 태부인 긔운과 형댱의 톄후(體候)ᄅᆞᆯ 뭇고 오ᄅᆡ도

43 나오혀: 나오혀다. 인접하다.

44 되ᄎᆞ디: 되채다. 말을 똑똑히 하다. 규장각본에는 '되치지'로 되어 있음.

45 흉ᄒᆡ요요(胸海擾擾): 흉해요요. 마음이 어지러움.

46 어린: 어리석은.

록 말이 업다가 날호여 최복(衰服)[47]을 쓰어 힝보(行步)를 옴기미 능히 업더디기를 면치 못ᄒᆞ여 계오 입닉(入內)ᄒᆞ여 소부인긔 힝듕변고(行中變故)를 젼ᄒᆞ니 흉인(凶人)이 흉계(凶計)를 빅포(排布)ᄒᆞ여 간계(奸計)를 베플미 심듕(心中)의 여ᄎᆞ 희보(喜報)를 현망(懸望)ᄒᆞ연 디임의 오란디라. ᄎᆞ언을 드ᄅᆞ미 엇디 깃브디 아니리오마ᄂᆞᆫ 춍오열달ᄒᆞ고 다모웅심(多謀雄心)[48]이며 디략(智略)이 굉원(宏遠)ᄒᆞ고 언ᄉᆡ(言辭) 유족(有足)ᄒᆞ여 ᄇᆡᆨ힝(百行)이 극딘특이(極盡特異)ᄒᆞᆫ디라. 엇디 가바야이 ᄂᆡ심(內心)의 현슉(賢淑)디 못ᄒᆞ믈 낫타ᄂᆡ리오? 쳐ᄉᆞ의 젼어(傳語)를 다 못 드러 흐ᄅᆞᄂᆞᆫ 안슈(眼水) 일쳔 줄 딘쥬(珍珠)를 부용(芙蓉) 일디(一枝)의 흣터시니 얼프시 태딘(太眞)이 마외역(馬嵬驛)[49]의셔 죽으며 소군(昭君)[50]이 단봉(丹鳳)을 하딕(下直)ᄒᆞ던 바로 흡ᄉᆞᄒᆞᆫ디라. 놉흔 골슈의 상연(爽然)ᄒᆞᆫ 졍신은 태딘과 쇼군을 비루(鄙陋)히 넉이니 위휘(衛侯)[51] 대규(戴嬀)를 니별ᄒᆞ고 연연(戀戀)ᄒᆞ시던 얼골노 방블ᄒᆞ여 싹ᄂᆞᆫ ᄃᆞ시 슬허ᄒᆞ며 구곡이 최졀(摧折)ᄒᆞᄂᆞᆫ 형상이오 녹ᄂᆞᆫ ᄃᆞ시 앗기미 오ᄂᆡ(五內) 붕쇄(崩碎)ᄒᆞᄂᆞᆫ 모양이니 화부인이 두 ᄋᆞ돌을 일코 통졀홈과 상부인의 별눈ᄌᆞᄋᆡ(別倫慈愛)[52]로 녀교를 실니ᄒᆞ고 28면

47 최복(衰服): 부모 상중에 입는 상복. 여기서는 정한의 상중임을 드러냄.

48 다모웅심(多謀雄心): 꾀가 많고 뜻이 웅대함.

49 마외역(馬嵬驛): 안녹산의 난 때 당 현종과 함께 도망치던 양귀비가 죽임을 당한 곳.

50 소군(昭君): 왕소군. 한(漢)나라 원제의 후궁. 흉노와의 친화정책으로 흉노국에 보내짐.

51 위휘(衛侯): 위후. 위장공(衛莊公, BC. 757-BC. 735 재위). 제나라 장강과 혼인 후 아들을 낳지 못하자 진(陳)나라의 려규와 대규를 맞이하고 장강을 냉대함. 대규는 태자 완(完)을 낳고 몇 년 뒤에 죽음. 《사기》 〈위세가(衛世家)〉.

참연비ᄋᆡ(慘然悲哀)ᄒᆞ미라도 이에 더으디 못ᄒᆞᆯ디라. 니루디명(離婁之明)과 샤광디총(師曠之聰)이라도 져의 구밀복검(口蜜腹劍)이 왕망(王莽)의 겸공(謙恭)ᄒᆞᆷ과 님보(林甫)[53]의 심장(心臟)을 아디 못ᄒᆞᆯ ᄇᆡ로ᄃᆡ 쳐ᄉᆞ의 안광(眼光)인족 ᄒᆞᆫ빵 됴마경(照魔鏡)[54] 거울노 광명(光明)을 흘니ᄂᆞᆫ 바의 일만 ᄉᆞ긔(邪氣)로온 ᄌᆞ최ᄅᆞᆯ 빗최니 져 부인의 흉심
29면 (凶心)을 모로리오마ᄂᆞᆫ 흉젹(凶賊)을 쳐결ᄒᆞ여 힝도(行途)의 작변(作變)ᄒᆞ믄 귀신도 측냥치 못ᄒᆞᆯ ᄇᆡ오 ᄒᆞ믈며 녜의(禮儀) 삼엄(森嚴)ᄒᆞ여 노복(奴僕)이 듕문(中門)을 넘으미 업고 안히셔 ᄉᆞ후(伺候)ᄒᆞᄂᆞᆫ 비ᄌᆞ(婢子) 간ᄃᆡ로 밧문을 나미 업ᄉᆞ니 어ᄃᆡ로조ᄎᆞ 군흉대젹(群凶大賊)을 ᄉᆞ괴여 작변(作變)ᄒᆞ미 잇다 ᄒᆞ리오? 아디 못게라. 하회(下回)ᄅᆞᆯ ᄎᆞᄎᆞ볼디어다.

어시의 쳐ᄉᆡ 날호여 밧그로 나올ᄉᆡ 소부인이 긔이숑디(起而送之)ᄒᆞ고 방듕(房中)의 드러와 호통ᄋᆡ곡(號痛哀哭)ᄒᆞ며 참참비졀(慘慘悲節)ᄒᆞ니 녹빙·계월이 ᄯᅩᄒᆞᆫ 소시ᄅᆞᆯ 응(應)ᄒᆞ여 난 요믈(妖物) 간비(奸婢)라. 일시의 실셩통곡(失聲痛哭)ᄒᆞ니 이 우롬이 긔모비계(奇謀秘計)[55]ᄅᆞᆯ 운동ᄒᆞ여 소원을 쾌히 일운 하셩(賀聲)인 줄 뉘 알니오? 쳐ᄉᆡ

---

52 별뉸ᄌᆞᄋᆡ(別倫慈愛): 별륜자애. 보통의 부모가 자식을 생각하는 인륜의 정을 넘어 특별히 사랑함.

53 님보(林甫): 이임보. 당 현종 때의 권간(權姦)으로, 아첨하여 총애를 얻은 뒤 권세를 휘둘러 안사의 난이 일어나는 빌미를 제공함.

54 됴마경(照魔鏡): 조마경. 요괴의 본성을 비추어 보인다는 신이한 거울.

55 긔모비계(奇謀秘計): 기모비계. 기이하고 비밀스러운 계략. 여기서는 정인성 형제들을 죽이려는 계획.

심회 장ᄎᆞᆺ 미칠 ᄃᆞᆺᄒᆞ여 셕곡(夕哭)[56]을 파(罷)ᄒᆞᆫ 후 션인(先人)의 유셔(遺書) 너흔 상협(箱篋)을 밧드러 상(床) 우희 노코 공경ᄒᆞ여 ᄉᆞᆯ피니 봉피(封皮)의 글이 잇셔 '닌셩 등을 실니ᄒᆞᆫ 후 개간(開看)ᄒᆞ라' ᄒᆞ엿거ᄂᆞᆯ 션인의 션견디명(先見之明)을 더옥 비통감읍(悲痛感泣)ᄒᆞ여 혈누(血淚)ᄅᆞᆯ 쓰리며 봉피ᄅᆞᆯ 쎠혀 보니 기셔(其書)의 왈 30면

'ᄌᆞ고로 셩현도 오ᄂᆞᆫ ᄋᆡᆨ(厄)을 면치 못ᄒᆞ샤 문왕(文王)이 유리셩(羑里城) 칠 년의 곤(困)ᄒᆞᆯ 바ᄅᆞᆯ 모로디 아니시고 부ᄌᆡ(夫子) 철환텬하(轍環天下)[57]ᄒᆞ샤 광인(狂人)의 핍박(逼迫)과 딘ᄎᆡ(秦蔡)의 졀냥(絶糧)을 당ᄒᆞ시니 그윽이 혜건ᄃᆡ 만믈(萬物)이 귀화(歸化)ᄒᆞ여도 하날의 깃거 아니시미 잇ᄂᆞ니 사ᄅᆞᆷ이 귀ᄒᆞᄆᆡ 엇디 텬니(天理)의 싀극(猜克)ᄒᆞ믈 면ᄒᆞ리오? 이 ᄯᅩᄒᆞᆫ 역슈(易數)[58]의 ᄇᆞᆰ히신 ᄇᆡ라. 닌셩 등이 ᄉᆞ문(斯文)을 니이ᄂᆞᆫ 셩인으로 부ᄌᆞ(夫子)의 니은 덕이 잇고 안ᄆᆡᆼ(顏孟)의 니은 학(學)이 잇셔 풍ᄎᆡ용홰(風采容華)[59] 궁만고(亘萬古) 통텬하(統天下)[60]ᄒᆞ여도 다시 잇디 아니ᄒᆞ니 엇디 능히 초년(初年)이 괴로오믈 면ᄒᆞ리오? 연이나 위경(危境)을 겻거 무ᄉᆞᄒᆞ미 문왕이 병이의 난[61]을 만나심과 듕니(仲尼)의 화산의 급ᄒᆞ믈 버셔나심과 ᄀᆞᆺᄐᆞ리니 일시 실니ᄒᆞ믈 과도히 통졀치 말디니 그러치 아닌ᄌᆞᆨ 닌셩으로브터 월염이 ᄉᆞ디 못ᄒᆞᆯ

56 셕곡(夕哭): 석곡. 소상 때까지 저녁마다 상제가 신주 앞에서 소리를 내어 우는 일.

57 철환텬하(轍環天下): 철환천하. 수레를 타고 세상을 돌아다님.

58 녁슈(易數): 역수. 역학과 상수학을 결합한 것으로, 사람의 길흉화복을 미리 알 수 있는 법.

59 풍ᄎᆡ용홰(風采容華): 풍채용화. 곱고 멋진 얼굴과 모습.

60 궁만고(亘萬古) 통텬하(統天下): 궁만고 통천하. 만고에 이어지고 천하를 통괄한다는 뜻.

61 병이의 난: 규장각본에는 '변이의 난'으로 되어 있음.

거시오 녀교 쇼ᄋᆡ 또ᄒᆞᆫ 초년(初年)의 졔 부모 슬하롤 아니 쩌난즉 평안(平安)이 댱셩(長成)ᄒᆞ믈 엇디 못ᄒᆞ리라.'

31면 ᄒᆞ엿더라. 쳐ᄉᆡ 공경ᄒᆞ여[62] 보기롤 다ᄒᆞᄆᆡ 션인의 명견달식(明見達識)이 이러톳 ᄒᆞ샤믈 ᄉᆡ로이 통졀ᄒᆞ여 츄원영모(追遠永慕)ᄒᆞᄂᆞᆫ 심ᄉᆡ 죵야토록 혈읍뉴톄(血泣流涕)ᄒᆞ여 디통(至痛)을 금억(禁抑)디 못ᄒᆞ더니 신됴(晨朝)롤 님ᄒᆞ여 곡ᄇᆡ(哭拜)ᄒᆞ고 또 앗참 증상(烝嘗)을 파(罷)ᄒᆞᄆᆡ 엄엄(奄奄)이 몰ᄀᆡ 실니여 모친과 샤우(祠宇)롤 마ᄌᆞ며 형뎨 밧비 반기려 홀ᄉᆡ 오ᄂᆞᆫ ᄆᆞ옴과 맛ᄂᆞᆫ 회푀 통할비도(痛割悲悼)ᄒᆞ믈 다시 닐너 알 ᄇᆡ 아니라. 이에 ᄉᆞ오십 니ᄂᆞᆫ 힝ᄒᆞ여 딘퇴(塵土) ᄎᆞ텬(遮天)ᄒᆞ여 틔양을 ᄀᆞ리오ᄂᆞᆫ 바의 ᄎᆡ게(彩車) 아오라이[63] 븟치이고 쥬부하관ᄇᆡ리(主簿下官輩吏) ᄉᆞ묘(四廟)롤 뫼신 화여(華輿)롤 호위ᄒᆞ여 믈미돗 나오고 뒤히 쇼거(小車)롤 나족이 모라 창두(蒼頭) ᄉᆞ십여 인이 조심ᄒᆞ여 나오니 쳥계와 문계 좌우로 좃ᄎᆞᆺ고 화부인 수ᄅᆡᄂᆞᆫ 잠간 써져 오더라. 쳐ᄉᆡ 황망이 하마(下馬)ᄒᆞ여 밧비 태부인 거젼(車前)의 츄이딘(趨而進)ᄒᆞ여 녀졍(旅程)의 존후(尊候)롤 뭇ᄌᆞ올ᄉᆡ 상셔와 시랑이 또

32면 ᄒᆞᆫ 몰을 나려 쳐ᄉᆞ롤 악슈상봉(握手相逢)ᄒᆞ여 흐ᄅᆞᄂᆞᆫ 누쉬 오월(五月) 댱슈(長水) 갓ᄐᆞ니 쳐ᄉᆡ 냥형(兩兄)긔 ᄇᆡ례(拜禮)ᄒᆞ고 ᄌᆞ안(慈顔)과 형댱의 긔력이 엄엄(奄奄)ᄒᆞ시믈 쳠망일견(瞻望一見)의 통할(痛割)ᄒᆞᆫ 심ᄉᆡ 더어 손을 븟들고 경열(硬咽)ᄒᆞ여 블셩셜(不成說)ᄒᆞ니 경식(景色)의 참담ᄒᆞ미 엇디 비홀 곳이 이시리오? 태부인이 거듕(車中)

62 공경ᄒᆞ여: 규장각본에 빠져 있음.

63 아오라이: 규장각본에는 '아울나'로 되어 있음.

의셔 ᄋᆞᄌᆞᄅᆞᆯ 보ᄆᆡ 반기ᄂᆞᆫ 졍이 슬픈 회포ᄅᆞᆯ 더옥 요동ᄒᆞ여 실셩뉴톄(失聲流涕) 왈

"노모의 젹앙(積殃)이 닌셩 등을 보젼치 못ᄒᆞ나 너ᄅᆞᆯ ᄃᆡᄒᆞ나 니ᄅᆞᆯ 말이 업ᄉᆞᆫ디라. 더옥 형용이 환탈(換奪)ᄒᆞ여 슈쳑초븨(瘦瘠憔憊)ᄒᆞᆫ 거동이 만분엄엄(萬分奄奄)ᄒᆞ니 여형(汝兄)의 위위ᄒᆞ믈 두리던 바로뼈 다시 네 거동을 보니 노모의 심장이 샛거디믈[64] 참디 못ᄒᆞ리로다."

쳐ᄉᆡ 이셩화긔(怡聲和氣)ᄒᆞ여[65] ᄃᆡ왈(對曰)

"졔ᄋᆞᄅᆞᆯ 실니ᄒᆞ오믄 ᄉᆞ졍의 참연경악(慘然驚愕)ᄒᆞ오나 져의 긔딜이 슈화(水火)의 잠겨도 위ᄐᆡᄒᆞ오믈 면ᄒᆞ여 필경 산 낫ᄎᆞ로 어버이ᄅᆞᆯ 반기고 존당의 봉ᄇᆡᄒᆞ오리니 ᄌᆞ졍은 믈비쇼려(勿費小慮)ᄒᆞ샤 닌ᄋᆞ 등이 아이의 업던 바로 아ᄅᆞ시고 타일 ᄉᆞ라 도라올 ᄯᅢ의 깃브믄 아니 일 33면
헛던 바로 더을 줄 ᄉᆡᆼ각ᄒᆞ샤믈 ᄇᆞ라옵ᄂᆞ니 일노뼈 엇디 과도히 통상(痛傷)ᄒᆞ시ᄂᆞ니 블초의 슈고ᄒᆞ오믄 본ᄃᆡ 비탁(鄙濁)ᄒᆞᆫ 뉘 아닌디라 조곰도 위ᄐᆡᄒᆞ미 업ᄉᆞ리니 복원 ᄌᆞ위ᄂᆞᆫ 이런 일의 셩녀ᄅᆞᆯ 번거롭게 마ᄅᆞ쇼셔."

태부인이 탄셩오읍(嘆聲嗚泣)ᄒᆞ믈 참디 못ᄒᆞ니 상셔와 쳐ᄉᆡ 민박(憫迫)ᄒᆞ믈 니긔디 못ᄒᆞ여 이에 집을 좁아 잠간 쉴ᄉᆡ 화부인은 딴 방의 쉬게 ᄒᆞ고 모ᄌᆞ 형뎨 셔로 븟드러 통절ᄒᆞ믈 형상치 못ᄒᆞᄆᆡ 눈이 결을 업고 목이 메여 말을 일우디 못ᄒᆞ니 밋쳐 ᄉᆞᆯ피디 못ᄒᆞ엿더니 ᄌᆞ염과 닌경이 임의 ᄇᆡ례ᄒᆞ고 슬허ᄒᆞᄂᆞᆫ 거동이 갓초 긔특ᄒᆞ니 뉵칠삭디

64 샛거디믈: 규장각본에는 '석거질 ᄃᆞᆺᄒᆞ믈'로 되어 있음.

65 이셩화긔(怡聲和氣)ᄒᆞ여: 규장각본에는 빠져 있음.

ᄂᆡ(六七朔之內)의 킈 ᄂᆡ도히 ᄌᆞ라고 인ᄉᆡ(人事) 딘취(進就)ᄒᆞ여 완연이 이셩규슈ᄒᆞ니 구름 머리ᄂᆞᆫ 돌 갓튼 니마의 영ᄡᅵ고 츈산이 아연(峨然)ᄒᆞ여 팔ᄎᆡ문명(八彩文明)을 씌여시니 교연(皎然)ᄒᆞᆫ 안ᄉᆡᆨ이 화
34면 시(和氏)의 보벽(寶璧)으로 얼골을 긔작(旣作)ᄒᆞᆫ ᄃᆞᆺ 완혜(婉慧)ᄒᆞᆫ ᄌᆞ픔(姿稟)이 향슈(香水)의 부용(芙蓉)이 남풍(南風)의 흔득이고[66] 쳥고(淸高)ᄒᆞᆫ 긔상이 옥셜ᄆᆡ홰(玉雪梅花) 동군(東君)을 만ᄂᆞᆫ ᄃᆞᆺ 향긔 만신(滿身)ᄒᆞ고 셔애(瑞靄) 영영(盈盈)ᄒᆞ니 셩인의 픔격과 츈산의 화ᄒᆞᆫ 빗치 딘실노 져근 닌셩이오 왕양발췌(汪洋拔萃)ᄒᆞ여 슈형(秀炯)ᄒᆞᆫ 안ᄎᆡ(眼彩)와 녕농ᄒᆞᆫ 광휘(光輝) 교교발월(皎皎發越)ᄒᆞ믄 결군(結裙)ᄒᆞᆫ 닌광이라. 쳐ᄉᆡ 최후의 비로소 눈을 드러 ᄌᆞ녀ᄅᆞᆯ 보고 ᄉᆡ로이 아ᄅᆞᆷ다오믈 니긔디 못ᄒᆞ나 이ᄌᆞ(二子)와 냥 딜녀의 형영이 아득ᄒᆞ믈 심니(心裏) 참통ᄋᆡ상(慘痛哀傷)ᄒᆞ여 손을 잡고 츄연이 됴흔 빗치 업셔 말을 아니 ᄒᆞ니 상부인이 빵누ᄅᆞᆯ 쓰려 ᄀᆞᆯ오ᄃᆡ

“내 심장이 셕목(石木)이 아니어니 ᄌᆞ염을 볼 젹마다 교ᄋᆞᄅᆞᆯ ᄎᆞ마 니ᄌᆞ랴.”

쳐ᄉᆡ 탄식왈(嘆息曰)

“현마 엇디ᄒᆞ리잇가? 져제(姐姐) 세 ᄋᆞ돌과 두 ᄯᆞᆯ이 이시니 교ᄋᆞᄂᆞᆫ 아이의 아니 삼긴 거ᄉᆞ로 아ᄅᆞ쇼셔.”

인ᄒᆞ여 션인의 유셰(遺書) 여ᄎᆞ여ᄎᆞᄒᆞ믈 젼ᄒᆞ여 통읍(痛泣)ᄒᆞ니 태
35면 부인과 상셰며 시랑과 상부인으로 더브러 태부의 명견달식(明見達

---

66 흔득이고: 흔득이다. 흔들리다.

識)이 다닷디 아닌 일을 미리 아ᄅᆞ시던 바 ᄀᆞᆺᄐᆞᄆᆞᆯ 감읍상도(感泣傷悼)ᄒᆞᄂᆞᆫ 듯 깁히 든든ᄒᆞ여[67] 닌셩 등 남ᄆᆡ 죽든 아닐가 ᄇᆞ라미 듕ᄒᆞ나 인ᄉᆞ로 니ᄅᆞ면 흉젹이 딜디이심(疾之已甚)ᄒᆞ니 십 셰 젼 쇼ᄋᆞᄅᆞᆯ 죽이미 슈고롭디 아닐 ᄇᆡ오 월염은 스ᄉᆞ로 죽어실디라 ᄎᆞᆯ하리 잇기ᄅᆞᆯ 공부ᄒᆞ고 ᄉᆡᆼ각디 말기로 공부ᄒᆞ나 ᄒᆡ음업시 ᄉᆞ라져 ᄌᆡ 되기ᄅᆞᆯ 면치 못ᄒᆞᄂᆞᆫ디라. 쳐ᄉᆡ 형당의 엄엄위악(奄奄危惡)ᄒᆞ시미 ᄎᆞ마 보디 못ᄒᆞᆯ 바ᄅᆞᆯ ᄀᆞᆫ심ᄒᆞ니 ᄉᆞᆼ세 탄왈(嘆曰)

"현뎨 엄엄ᄒᆞᆫ 거동을 스ᄉᆞ로 보디 못ᄒᆞᄆᆡ 우형의 슈쳑ᄒᆞᆷ을 니ᄅᆞ거니와 현뎨의 거동은 우형의 셰 번 더을가 ᄒᆞ노라."

남ᄆᆡ 형뎨 ᄃᆡᄒᆞ여 이러ᄐᆞᆺ 슈고엄엄(瘦枯奄奄)ᄒᆞᆷ을 셔로[68] 념녀ᄒᆞ며 태부인의 긔력이 위위ᄒᆞᆷ을 초황(焦遑)ᄒᆞ고 말이 일흔 ᄌᆞ녀의게 밋ᄎᆞ미 업셔 무ᄉᆞ무려(無思無慮)ᄒᆞᆫ ᄃᆞᆺᄒᆞ니 태부인이 이ᄌᆞ(二子)의 ᄌᆞᄋᆡ로 이 갓ᄐᆞ미 ᄌᆞ긔ᄅᆞᆯ 위ᄒᆞᆷ인 줄 엇디 모로리오? 톄뤼(涕淚) ᄒᆡᆼ뉴(行流)[69] 왈

"긔셩[70] 작인이 탁츌ᄒᆞᆫ 것도 노모의 젹앙으로 헛도이 일허 ᄉᆞᄉᆡᆼ존망을 미가분(未可分)이니 ᄆᆞᆯ 우히 기ᄅᆞᆷ 갓ᄐᆞᆫ 작셩(作性)을 ᄆᆞ러 엇디ᄒᆞ리오마ᄂᆞᆫ 능히 셔열(暑熱)을 무ᄉᆞ히 디ᄂᆡ고 됴히 ᄌᆞ라ᄂᆞ냐?" 36면

쳐ᄉᆡ 궤복ᄃᆡ왈(跪伏對曰)

"이졔 가시면 보시려니와 빵ᄋᆞᄂᆞᆫ 딘실노 경문의 긔린(麒麟)이라. 나

67 든든ᄒᆞ여: 규장각본에는 '든든'으로 되어 있음.

68 슈고엄엄(瘦枯奄奄)ᄒᆞᆷ을 셔로: 규장각본에는 빠져 있음.

69 ᄒᆡᆼ뉴(行流): 규장각본에는 '횡류'로 되어 있음.

70 긔셩: 규장각본에는 '닌셩'으로 되어 있음.

죵 난 ᄋᆞᄒᆡ 오히려 더 긔이ᄒᆞ오니 존슈(尊嫂)의 늉복(隆福)이 문호(門戶)ᄅᆞᆯ 흥긔(興起)ᄒᆞᆯ가 블승흔열(不勝欣悅)이로소이다.”

태부인과 상부인이 크게 깃거ᄒᆞᄃᆡ 오딕 상셔ᄂᆞᆫ 빵ᄋᆞ 유무(有無)와 작셩 호부(好否)ᄅᆞᆯ 일호(一毫) 유의(有意)ᄒᆞ미 업더라. 두어 시ᄀᆡᆨ을 쉬여 환가(還家)ᄒᆞᆯᄉᆡ ᄒᆞᆫ 조각 호흥(豪興)이 업고 반졈셰렴(半點世念)이 업ᄉᆞᄃᆡ 인심은 권위(權威)ᄅᆞᆯ 븟조ᄎᆞ며[71] ᄯᆞ로ᄂᆞᆫ디라. 상셰 비록 ᄋᆡ려디듕(哀慮之中)의 이시나 삼상(三喪)을 필ᄒᆞᆫ 후ᄂᆞᆫ 됴졍이 튱신녈ᄉᆞ(忠臣烈士)ᄅᆞᆯ 오ᄅᆡ 향니(鄕里)의 ᄇᆞ려두디 아니실디라. ᄒᆞᆫ번 젹거ᄉᆞ륜(翟車四輪)[72]으로 경셩의 님ᄒᆞᆫ즉 텬하ᄉᆡᆼ녕(天下生靈)을 션졍(善
37면 政)ᄒᆞ고 팔황문ᄉᆞ(八荒文士)ᄅᆞᆯ 춍졔(總制)ᄒᆞ여 옥당난좌(玉堂蘭座)의 웃듬 쥬인이며 영쥬봉각(瀛州鳳閣)[73]의 머리 디은 태학실 쁜 아니라 풍헌(風憲)[74] 댱관(長官)의 놉흔 위망(威望)이 아니면 옥당한원(玉堂翰苑)의 ᄆᆰ은 믈망이 션태부 뎡튱위덕(貞忠偉德)이 아니라도 츄앙ᄒᆞ며 경복(敬服)ᄒᆞ미 블범(不凡)ᄒᆞᆯ ᄇᆡ어ᄂᆞᆯ ᄒᆞ믈며 션태뷔 덕홰 쥬소(周召)와 이부(伊傅)의 ᄌᆞ최ᄅᆞᆯ 닛던 ᄇᆡ니 초부목동(樵夫牧童)이라도 그 부인과 ᄌᆞ녀의 ᄒᆡᆼᄎᆞᄅᆞᆯ 맛고져 ᄒᆞᄂᆞᆫ디라. 향듕고리(鄕中故吏)와 친쳑븡ᄇᆡ(親戚朋輩) 낙역여운(絡繹如雲)ᄒᆞ고 졔도방ᄇᆡᆨ(諸道方伯)과 녈읍쥬현(列邑州縣)이 쳔니ᄅᆞᆯ 갓가이 니ᄅᆞ러시니 이 실노 본ᄃᆡ 남창

71 븟조ᄎᆞ며: 브좇다. 붙좇다. 붙따르다.

72 젹거ᄉᆞ륜(翟車四輪): 적거사륜. 꿩 깃털로 장식한 사륜마차.

73 영쥬봉각(瀛州鳳閣): 영주봉각. 신선이 사는 영주의 봉새 누각. 조정의 내각을 가리킴.

74 풍헌(風憲): 사헌부를 가리킴.

(南昌)의 녯고을이 아니오 홍도(洪都)의 ᄉᆡ마을이 아니로ᄃᆡ 별이 익(翼)과 딘(軫)의 난호엿고 ᄡᅡᄒᆡ 형산(衡山)과 녀산(廬山)이 졉ᄒᆞ여[75] 삼강(三江)을 옷깃ᄒᆞ여 오호(五湖)ᄅᆞᆯ ᄃᆡ(帶)하엿고 만형(蠻荊)을 다ᄅᆡ여 구월(甌越)을 인(引)ᄒᆞ여시니 믈화텬보(物華天寶)의 뇽광(龍光)이 우두(牛斗)의 ᄡᆞ혓고 인걸디령(人傑地靈)의 셔위(徐孺) 딘번(陳蕃)의 탑(榻)을 나려시니 웅당ᄒᆞᆫ 고올이 안개 버ᄃᆞᆺ ᄒᆞ여 쥰슈ᄒᆞᆫ 빗치 별이 달니ᄂᆞᆫ ᄃᆞᆺᄒᆞᆫ디라.[76] 이에 환가(還家)ᄒᆞ여 비로 졔쳥(祭廳)의 드러가 38면
녕하(靈下)의 ᄇᆡ곡ᄒᆞᆯᄉᆡ ᄋᆡ셩(哀聲)이 딘텬(振天)ᄒᆞ고 디통(至痛)이 흉격(胸膈)을 ᄡᅵᄂᆞᆫ디라. 화·상 이 부인과 상셰 능히 참디 못ᄒᆞᆯ ᄇᆡ로ᄃᆡ 태부인 엄엄(奄奄)ᄒᆞ시믈 황황ᄒᆞ여 디통을 금억ᄒᆞ고 븟드러 뎡당(正堂)의 뫼시ᄆᆡ 상셰 이의 이시므로 소시 알현치 못ᄒᆞ고 태부인의 소시의 쌍ᄋᆞ(雙兒)ᄅᆞᆯ 몬져 ᄎᆞᄌᆞ니 시녜 안아 웂히 노코 션후ᄉᆡᆼ(先後生)을 고ᄒᆞ거ᄂᆞᆯ ᄒᆞᆫ번 눈을 들ᄆᆡ 션ᄉᆡᆼᄋᆞ(先生兒)ᄂᆞᆫ 옥모화풍(玉貌花風)으로 영ᄎᆡ(映彩) 동인(動人)ᄒᆞ고 골격이 슈연(粹然)ᄒᆞ여 학샹(鶴上)의 션동(仙童)이 하계(下界)의 님ᄒᆞᆫ ᄃᆞᆺ 후ᄉᆡᆼᄋᆞ(後生兒)ᄂᆞᆫ ᄀᆡ골이 쥰위(俊偉)ᄒᆞ며 구각(軀殼)이 셕대(碩大)ᄒᆞ여 신ᄀᆡ로오미 쳔니(千里)의 닷ᄂᆞᆫ ᄆᆡ야디오[77] 풍운을 가다ᄃᆞᆷᄂᆞᆫ 교룡(蛟龍)이라. ᄀᆡ운이 호호발양(浩浩發揚)ᄒᆞ여 만니창ᄒᆡ(萬里滄海) 연운(煙雲)을 ᄡᅳ리쳐 왕왕이 ᄶᅳᆺ글이[78] 시

75 ᄡᅡᄒᆡ 형산(衡山)과 녀산(廬山)이 졉ᄒᆞ여: 규장각본에는 'ᄯᆞ히 형녀을 졉ᄒᆞᆫ디라'로 되어 있음.

76 삼강(三江)을 옷깃ᄒᆞ여 ~ 달니ᄂᆞᆫ ᄃᆞᆺᄒᆞᆫ디라: 규장각본에는 빠져 있음. '남창의'부터 여기까지는 왕발의 〈등왕각서〉임.

77 ᄆᆡ야디: 매애지. 망아지.

78 ᄶᅳᆺ글이: 티끌이. 규장각본에는 'ᄶᅵᆨ글이'로 되어 있음.

이디 아닌 거동이오 ᄇᆡᆨ운이 딘탕(震蕩)ᄒᆞ고 셤뉸(蟾輪)[79]이 광화(光華)
39면 ᄒᆞᆫᄃᆡ 츄텬상노(秋天霜露)의 만 니ᄅᆞᆯ 통일ᄒᆞᆯ 긔상이라. 늉쥰일각(隆
準一角)[80]의 뇽미봉안(龍眉鳳眼)이며 호비쥬슌(皓臂朱脣)이 탁호기셩
(卓乎其性)ᄒᆞ고 츌호기류(出乎其類)ᄒᆞ니 긔린디어쥬슈(麒麟之於走
獸)와 봉황디어비됴(鳳凰之於飛鳥)의 ᄶᅡᆨ이 업ᄉᆞ니[81] 태부인이 신연(新
然)이[82] 낫빗츨 곳치고 화·상 이 부인이 긔이ᄒᆞ믈 니긔디 못ᄒᆞ여 칭ᄋᆡ
ᄒᆞ믈 마디 아니ᄒᆞᄃᆡ 상셔ᄂᆞᆫ 신ᄉᆡᆼᄋᆞᄅᆞᆯ 볼ᄉᆞ록 닌셩 등을 ᄉᆡᆼ각ᄒᆞ여 심
장이 쳐절ᄒᆞ니 반졈 ᄌᆞᄋᆡᄅᆞᆯ 동치 아닐 ᄲᅮᆫ 아니라 몬져 난 ᄋᆞᄒᆡᄂᆞᆫ 용의
골상(容儀骨相)이 젼습기모(傳襲其母)ᄅᆞᆯ 깃거 아니 ᄒᆞ고 허탄(虛誕)
ᄒᆞᆫ 몽ᄉᆞ(夢事)ᄅᆞᆯ ᄆᆞᄋᆞᆷ의 머므ᄅᆞᆯ 거시 아니로ᄃᆡ 몬져 난 ᄋᆞᄒᆡ 결단ᄒᆞ
여 문듕의 셩명인ᄌᆞ(聖明仁慈)ᄒᆞᆷ과 ᄂᆡ도ᄒᆞᆯ 바ᄅᆞᆯ 근심도이 넉이니 어
ᄃᆡ로조ᄎᆞ 텬뉸의 졍을 발ᄒᆞ리오? ᄒᆞᆫ번 보ᄆᆡ 눈을 낫초아 다시 보미
업ᄉᆞ니 태부인이 빵ᄋᆞᄅᆞᆯ 안고 비회교집(悲懷交集)ᄒᆞ여 ᄀᆞᆯ오ᄃᆡ
“신ᄉᆡᆼᄋᆞ의 아ᄅᆞᆷ다오믈 노뫼 보니 슬플 ᄲᅮᆫ 아니라 어린 ᄋᆞᄒᆡ 교연(皎然)
40면 ᄒᆞ믈 당ᄒᆞᄆᆡ 참연(慘然)ᄒᆞᆫ 회포 니러나거니와 ᄌᆞᆷ이 엇디 텬뉸의 ᄌᆞᄋᆡ
와 부ᄌᆞ의 졍으로ᄡᅧ 빵ᄋᆞ의 아ᄅᆞᆷ다오믈 일분 가ᄋᆡ(嘉愛)[83]ᄒᆞ미 업ᄂᆞ뇨?”
상셰 피셕ᄃᆡ왈(避席對曰)
“쇼ᄌᆡ 슈블인(雖不仁)이나 싀호(豺虎)의 포ᄌᆞ(胞子)ᄅᆞᆯ ᄋᆡᄒᆞ던 ᄆᆞᄋᆞᆷ

---

79 셤뉸(蟾輪): 섬륜. 달을 비유함.

80 늉쥰일각(隆準一角): 융준일각. 오뚝하게 솟은 코. 한 고조가 코가 높아 융준공이라 불림.

81 츄텬(秋天) 상노(霜露)의 ~ ᄶᅡᆨ이 업ᄉᆞ니: 규장각본에는 빠져 있음.

82 신연(新然)이: 규장각본에는 '산연이'로 되어 있음.

83 가ᄋᆡ(嘉愛): 가애. 어여삐 여겨 사랑함.

만 ᄀᆞᆺ디 못ᄒᆞ여 ᄌᆞ식을 무심히 ᄇᆞ리잇고마ᄂᆞᆫ 그윽이 ᄉᆡᆼ각건ᄃᆡ 업던 ᄌᆞ식이 아니 삼겻던들 잇던 ᄋᆞ히롤 실산ᄒᆞᄂᆞᆫ ᄒᆡ 업ᄉᆞ리니 젼혀 쇼ᄌᆞ의 명되 긔구ᄒᆞᆫ 연괴라. 셰 아ᄃᆞᆯ을 온젼이 두디 못ᄒᆞ미 한 되디 아니리잇가? 고로 ᄋᆞ히롤 보아도 흔흡(欣洽)ᄒᆞᆫ ᄌᆞᄋᆡ 업도소이다."

태부인이 쳥파의 ᄀᆞ장 경아ᄒᆞ고 더옥 블열(不悅)ᄒᆞᄃᆡ 상셔의 말을 ᄭᆡ쳐 명상이 듯고 그러치 아니믈 니ᄅᆞᄂᆞᆫ ᄌᆞ음이면 말솜이 만코 쳥문이 괴로외 ᄌᆞ연 셔로 젼셜(傳說)ᄒᆞ여 가ᄂᆡ의 화긔롤 상ᄒᆞ올가 념너ᄒᆞ므로 술연이 ᄡᅳ리쳐 ᄀᆞᆯ오ᄃᆡ

"일흔 ᄋᆞ히ᄂᆞᆫ ᄉᆡᆼ각ᄒᆞ면 ᄆᆞ음이 버히ᄂᆞᆫ 듯ᄒᆞ나 이 ᄋᆞ히 거의 위로ᄒᆞ미 되리니 므ᄉᆞ 일 흔흡히 ᄌᆞᄋᆡ치 못ᄒᆞᆯ 일이 이시리오?"

상셰 믁연이 듯ᄌᆞ올 ᄯᅳᆫ이러니 날호여 시랑을 도라보아 ᄀᆞᆯ오ᄃᆡ 41면

"ᄎᆞ(此) 냥ᄋᆞ(兩兒)ᄂᆞᆫ 우형으로 더브러 부ᄌᆞ의 친(親)과 텬뉸의 졍(情)일디언졍 그 유뮌(有無)즉 블관(不關)ᄒᆞ니 현데(賢弟) ᄉᆞᄉᆞ로 갈희잡으라."

시랑이 빵ᄋᆞ롤 ᄒᆞᆫ번 보ᄆᆡ 졍신과 의ᄉᆡ 황홀ᄒᆞ여 후의 난 ᄋᆞ히롤 계후(繼後)코져 ᄯᅳᆺ이 착급ᄒᆞᄃᆡ 상셰 ᄒᆞᆫ 조각 셰렴이 업셔 ᄒᆞ니 감히 몬져 발셜치 못ᄒᆞ더니 이 말을 드ᄅᆞᄆᆡ 환힝감골(歡幸感骨)ᄒᆞ믈 니긔디 못ᄒᆞ여 년망(連忙)이 ᄌᆡᄇᆡᄒᆞ고 태부인긔 궤이딘왈(跪而進曰)

"형당 말솜이 이 ᄀᆞᆺᄐᆞ시니 유ᄌᆡ(猶子) 다시 ᄇᆡᆨ모 말솜을 기다리ᄂᆞ이다."

태부인이 탄왈(嘆曰)

"션군(先君) 님죵지시(臨終之時)의 현딜(賢姪)의 후ᄉᆞ(後嗣)롤 념녀ᄒᆞ샤 명ᄒᆞ미 계시고 ᄇᆡᆨᄋᆞ(伯兒)의 말이 ᄯᅩ 이 ᄀᆞᆺᄐᆞ니 노뫼 엇디 다ᄅᆞᆫ

의논이 이시리오?"

시랑이 ᄇᆡ샤ᄒᆞ고 도라 상셔를 향ᄒᆞ여 왈

"형당이 쾌허(快許)ᄒᆞ시니 쇼뎨 ᄆᆞ음의 흡연(洽然)ᄒᆞᆫ ᄌᆞ를 취ᄒᆞ여 후
42면 의 난 아ᄒᆡ를 뎡ᄒᆞ여 아ᄃᆞᆯ을 삼ᄂᆞ니 형뎨 항녈(行列)을 ᄯᆞ라 몬져 난
ᄋᆞᄒᆡ를 일홈을 주시면 쇼뎨 ᄯᅩ 일홈을 디으리이다."

상셰 왈

"현뎨 ᄋᆞᄃᆞᆯ을 현뎨 일홈을 지으리니 우형이 산난ᄒᆞᆫ 심ᄉᆞ로ᄡᅧ 엇디 명ᄌᆞ(名字)를 아라 디으리오? 그러나 몬져 난 ᄋᆞᄒᆡ 일홈은 닌듕이라 ᄒᆞᄂᆞ니 현뎨 ᄯᅩ 디으라."

시랑이 즉시 후의 난 ᄋᆞᄒᆡ로ᄡᅧ 일홈을 닌웅이라 ᄒᆞ고 ᄌᆞ(字)를 상보라 ᄒᆞ여 맛춤 잉혈(鶯血)이 뉴리종의 담겨시믈 보고 붓슬 드러 잉혈을 흐억히 직어 닌웅의 좌비(左臂)의 ᄡᅳᄃᆡ '모년월일의 양부(養父) 문계ᄂᆞᆫ ᄋᆞᄒᆡ 문ᄌᆞ를 주노라' ᄒᆞ고 우비(右臂)의ᄂᆞᆫ '닌웅상보' 네 ᄌᆞ를 ᄡᅳ니 상부인이 ᄀᆞᆯ오ᄃᆡ

"거거의 쳐ᄉᆡ 소활(疎闊)ᄒᆞ시므로 후ᄉᆞ를 뎡ᄒᆞ미 다ᄃᆞ라ᄂᆞᆫ 만분 착실ᄒᆞ여 강보히ᄌᆞ(襁褓孩子)의 비샹(臂上)의 쥬필(朱筆)노 깃치니 ᄋᆞᄒᆡ 남ᄌᆞ의 몸으로ᄡᅧ 도로혀 규녀(閨女) 쥬푀(朱表) 이실노소이다."

시랑이 인ᄒᆞ여 닌웅을 안고 근근쳬(懃懃棣)[84]ᄒᆞᆫ 졍이 그음업셔 왈
43면 "슉질(叔姪)노ᄡᅧ 다시 부ᄌᆞ를 뎡ᄒᆞᄂᆞᆫ 일이 져근 일이 아니라. 우형이
비록 소활ᄒᆞ나 ᄌᆞ식의 다ᄃᆞ라[85] 범연(泛然)ᄒᆞᆯ ᄇᆡ 아닌 고로 ᄋᆞᄒᆡ 인ᄉᆞ

84 근근쳬(懃懃棣): 근근체. 근근체체(懃懃棣棣). 정성스럽고 은근한 모습.

85 다ᄃᆞ라: 규장각본에는 '도라'로 되어 있음.

(人事) 알기가디 오날놀 부ᄌᆞ대륜(父子大倫)을 명ᄒᆞᄆᆞᆯ 알과져 ᄒᆞ미니 현ᄆᆡ(賢妹)ᄂᆞᆫ 괴이히 넉이디 말나."

태부인이 ᄀᆞᆯ오ᄃᆡ

"웅모ᄂᆞᆫ ᄋᆞᄒᆡ 발셔 남의 ᄋᆞ돌 삼아심도 아디 못ᄒᆞ미 블가ᄒᆞ고 내 완디 오라ᄃᆡ 보디 못ᄒᆞ니 잠은 나가라."

상셰 마디못ᄒᆞ여 퇴ᄒᆞᄆᆡ 소부인이 비로소 존고긔 ᄇᆡ알ᄒᆞ고 금장쇼고(錦帳小姑)로 셔로 볼ᄉᆡ 시랑이 ᄯᅩᄒᆞᆫ 이에 녜ᄫᅵᆯ ᄉᆈ명의 소시 팔ᄎᆡ아황(八彩蛾黃)의 슬픈 빗출 두ᄅᆞ고 쌍셩명안(雙星明眼)의 츄쉬(秋水) 징동(琤動)ᄒᆞ여 계오 존고(尊姑) 톄후(體候)ᄅᆞᆯ 뭇ᄌᆞᆸ고 졔ᄋᆞᄅᆞᆯ 실니ᄒᆞᆫ 바의 다ᄃᆞ라 경열(硬咽)ᄒᆞ여 블셩셜(不成說)ᄒᆞᆯ ᄲᅮᆫ 아니라 옥용(玉容)이 젹막ᄒᆞ고 화안(花顔)이 쳑쳑(慽慽)ᄒᆞ여 니홰(梨花) 츈우(春雨)ᄅᆞᆯ 마져 광풍의 휘듯고 츄월이 시름ᄒᆞ여 안개ᄅᆞᆯ 씌인 ᄃᆞᆺ 교옥(皎玉)이 다ᄉᆞᄒᆞ여 남젼(藍田)의 빗나믈 ᄌᆞ랑ᄒᆞ니 풍골(風骨)이 초븨(憔憊)ᄒᆞ고 셤외(纖腰) 능쥰ᄒᆞ여[86] 표연(飄然)이 우화(羽化)ᄒᆞᆯ ᄃᆞᆺ 듕니(中裏)의 슬프미 얽히고 태부인 존안을 우러러 반기미 디효(至孝)의 비로ᄉᆞ니 친싱 ᄌᆞ모ᄅᆞᆯ ᄃᆡᄒᆞᆫ ᄃᆞᆺ 은은간간(誾誾懇懇)ᄒᆞ여 여집우목(如集于木)[87]ᄒᆞ고 긍긍췌췌(兢兢惴惴)[88]ᄒᆞ여 여림박빙(如臨薄氷)ᄒᆞᄂᆞᆫ 녜졀과 조심이 도로혀 인약(仁弱)기의 갓갑고 묘려졀츌(妙麗絶出)ᄒᆞ여 볼ᄉᆞ록 아 44면

86 셤외(纖腰) 능쥰ᄒᆞ여: 규장각본에는 '셤위 늠쥰ᄒᆞ여'로 되어 있음. '능준하다'는 표준에 차고 남아 넉넉하다는 뜻.

87 여집우목(如集于木): 나무 위에 앉아 있는 것처럼 함. 공경하고 조심하는 모습을 나타냄. 《시경》〈소완(小宛)〉.

ᄅᆞᆷ답고 ᄃᆡ홀ᄉᆞ록 정신이 어리니 태부인이 ᄯᅩᄒᆞᆫ 반기ᄂᆞᆫ 빗촐 동ᄒᆞ여 눈믈을 흘니고 도로젹변(道路賊變)을 니ᄅᆞ며 신ᄉᆡᆼᄋᆞ의 아ᄅᆞᆷ다오믈 일ᄏᆞᆺ고 ᄂᆡ웅으로ᄡᅧ 시랑의 ᄋᆞ돌 삼아시믈 니ᄅᆞ니 소부인이 밋쳐 말을 못 ᄒᆞ여셔 시랑이 몸을 니러 궤이념슬(跪而斂膝) 왈

"쇼ᄉᆡᆼ이 형댱의 허ᄒᆞ심과 ᄇᆡᆨ모의 명을 밧ᄌᆞ와 신ᄉᆡᆼᄋᆞ로ᄡᅧ 부ᄌᆞ대륜을 뎡ᄒᆞ니 쇼ᄉᆡᆼ이 ᄉᆞ심이 만ᄒᆡᆼ(萬幸)일 ᄲᅮᆫ 아니오라 빵ᄋᆞ의 작셩이
45면 츌뉴특이(出類特異)ᄒᆞ와 범용쇽ᄋᆞ(凡庸俗兒)의 ᄂᆡ도ᄒᆞ니 존슈(尊嫂)의 긔특ᄒᆞ신 태교(胎教) 태임(太妊) ᄀᆞᆺᄐᆞ시믈 뭇디 아냐 아올디라. 문호의 늉경(隆慶)이 이에 더으미 업고 쇼ᄉᆡᆼ의 신후ᄉᆡ(身後事) 쾌(快)ᄒᆞ오리니 셕ᄉᆡ(夕死)나 무한(無恨)이로소이다."

인ᄒᆞ여 ᄂᆡ셩 등 실산(失散)ᄒᆞᆫ 바ᄅᆞᆯ 슬허ᄒᆞ고 태부인과 상셔의 긔력이 엄엄(奄奄)ᄒᆞ시믈 우려ᄒᆞ니 소부인이 공경ᄒᆞ여[89] 듯기ᄅᆞᆯ 맛ᄎᆞᄆᆡ 돗글 피ᄒᆞ여 블감(不堪)ᄒᆞ믈 샤ᄒᆞ고 ᄂᆡ셩 등 실니ᄒᆞ믈 통졀ᄒᆞ니[90] 화슌(和順)ᄒᆞᆫ 거동은 애ᄋᆡ(靄靄)히[91] 삼츈도홰(三春桃花) 츈풍을 ᄯᅴ엿ᄂᆞᆫ ᄃᆞᆺ ᄋᆡ랑(靄朗)ᄒᆞᆫ 단슌(丹脣)과 ᄂᆡ션(乃鮮)ᄒᆞᆫ 호치(皓齒)며 딘슈아미(螓首蛾眉)[92]와 미미ᄒᆞᆫ 셩안(星眼)이 묏 그림ᄌᆡ 강한(江漢)의 써러딘 ᄃᆞᆺ 교교

---

88 긍긍췌췌(兢兢惴惴): 긍긍췌췌. 삼가고 무서워함. "온유하고 공경하기를 나무 위에 앉아 있는 것처럼. 무서워하며 조심하기를 골짜기를 굽어보는 것처럼. 전전긍긍하기를 살얼음을 밟고 있는 것처럼(溫溫恭人 如集于木 惴惴小心 如臨于谷 戰戰兢兢 如履薄氷)."에서 온 말. 《시경》〈소완〉.

89 공경ᄒᆞ여: 규장각본에는 '우려 즁 공경ᄒᆞ여'로 되어 있음.

90 통졀ᄒᆞ니: 규장각본에는 '통졀ᄒᆞ여 안싊 피을 화홀 ᄃᆞᆺᄒᆞ니 피 ᄂᆞ오ᄂᆞᆫ 조 눈ᄡᆞᆯ이냐'로 되어 있음.

91 애ᄋᆡ(靄靄)히: 애애히. 평화로운 기운이 있는 모양을 나타냄.

아셩(咬咬雅聲)이 쳥아쇄연(淸雅灑然)ᄒᆞ여 져비 말ᄒᆞ고[93] 쇠ᄉᆞ리 우
ᄂᆞᆫ ᄃᆞᆺ ᄇᆡᆨᄐᆡ(百態) 딘미(盡美)의 쳔상(千狀)이[94] 딘션(盡善)ᄒᆞ여[95] 닌셩
등 일흐믈 통도ᄋᆡ상(痛悼哀傷)ᄒᆞᆯ디언졍 닌웅으로ᄡᅧ 시랑의 계후ᄒᆞ믈
조곰도 거리ᄭᅵ디 아닛ᄂᆞᆫ ᄃᆞᆺ 태부인 긔력이 엄엄(奄奄)ᄒᆞ시믈 초황(焦
遑)ᄒᆞᄆᆡ 셩회 동쵹(洞屬)ᄒᆞ여 스ᄉᆞ로 살흘 헐울[96] ᄃᆞᆺ 뎐도(顚倒)히 낣 46면
쓰디 아니며 셔도디 아냐도 ᄌᆞ연 긔이ᄒᆞ미 본나고 남달니 안셔(安舒)
ᄒᆞᆫ 가온ᄃᆡ 만ᄉᆡ 특츌ᄒᆞ니 대져 픔슈긔딜(稟受氣質)이 용인쇽ᄌᆞ(庸人
俗者)와 ᄂᆡ도ᄒᆞᆫ디라. 만일 심ᄉᆞ 가디믈 녜ᄉᆞ로이 ᄒᆞᆯ딘ᄃᆡ 이 갓ᄐᆞᆫ 용
화긔딜(容華氣質)노[97] 엇디 일셰ᄅᆞᆯ 광구(廣求)ᄒᆞ고 쳔고ᄅᆞᆯ 녁상(歷詳)
ᄒᆞ여 그 ᄧᆞᆨ이 여러히리오마ᄂᆞᆫ ᄒᆞᆫ 조각 심니(心裏) 현슉ᄒᆞ믈 엇디 못
ᄒᆞ여 궁흉악ᄉᆞ(窮凶惡事)ᄅᆞᆯ 슐연이 ᄒᆡᆼᄒᆞ니 가히 한홉디 아니리오?
졍부 남ᄌᆞ·녀인이 개ᄀᆡ히 ᄉᆞ광(師曠)의 ᄎᆞᆼ(聰)과 니루(離婁)의 명(明)
이 이시므로 소부인을 임ᄉᆞ(任姒) 갓ᄐᆞᆫ 셩녀로 밀위디 아니ᄒᆞ고 맛참
ᄂᆡ 양부인의 것과 안히 츄슈빙쳥(秋水氷淸) ᄀᆞᆺ고 쳐음과 나죵이 여일
디인(如一至仁)ᄒᆞ믈 ᄭᆞ로디 못ᄒᆞᆯ가 넉이거니와 범안쇽심(凡眼俗心)
의 우연이 보ᄂᆞᆫ ᄌᆞ로 니ᄅᆞᆯ딘ᄃᆡ 소시 ᄌᆡ용아딜(才容雅質)이 엇디 양부

92 딘슈아미(螓首蛾眉): 진수아미. '매미의 이마에 나방의 눈썹'이라는 뜻으로, 미인을 형용하여 이르는 말.

93 말ᄒᆞ고: 규장각본에는 '밀ᄒᆞ'로 되어 있음.

94 쳔상(千狀)이: 규장각본에는 '쳔상'으로 되어 있음.

95 딘션(盡善)ᄒᆞ여: 규장각본에는 '딘션ᄒᆞ야 아마 ᄃᆞᆼ졸 블녀호로다'라고 되어 있음.

96 헐울: 헐우다. 헐게 하다.

97 이 갓ᄐᆞᆫ 용화긔딜(容華氣質)노: 규장각본에는 빠져 있음.

인 우ᄒᆡ 잇다 아니 ᄒᆞ며 상셔긔 디나다 아니 ᄒᆞ리오? 시랑 쏘ᄒᆞᆫ 심니
47면 의 총오발췌(聰悟拔萃)ᄒᆞ미 남다ᄅᆞᆫ 부인인 줄 ᄭᆡ닷고 상·화 이 부인
이 별ᄂᆡ(別來) 회포ᄅᆞᆯ 베퍼 반기고 슬프믈 니긔디 못ᄒᆞ더라. 시랑이
웅으로 ᄋᆞᄃᆞᆯ을 삼으ᄆᆡ 만념(萬念)이 프러져 깃브고 다힝ᄒᆞ미 이에 더
으미 업ᄉᆞ니 도라갈 쯧이 ᄉᆞ연ᄒᆞ나 아딕 머므러 태부 쇼긔(小朞)[98]ᄅᆞᆯ
디ᄂᆡ고 가려 ᄒᆞᆯᄉᆡ 웅ᄋᆡ ᄉᆡᆼ디삼ᄉᆞ삭(生之三四朔) 유ᄌᆡ(幼子)로ᄃᆡ 쏘
ᄒᆞᆫ 디각이 잇ᄂᆞᆫ ᄃᆞᆺ 시랑이 무ᄅᆞᆸ 우ᄒᆡ 교무(交撫)ᄒᆞᆫᄌᆞᆨ 옥져(玉楮) ᄀᆞᆺᄐᆞᆫ
셤슈(纖手)로 시랑의 쳥슈(靑鬚)ᄅᆞᆯ 다ᄃᆞᆷ고 빵빈(雙鬢)을 어로만져 웃
고 즐기미 타인의셔 ᄂᆡ도히 다ᄅᆞᆫ디라. 하날이 시기ᄂᆞᆫ 졍이 아니면 이
러치 못ᄒᆞᆯ ᄇᆡ오 시랑의 그음업ᄉᆞᆫ 졍과 측냥치 못ᄒᆞᆯ ᄉᆞ랑이 상셔의 닌
셩을 교무홈과 ᄀᆞᆺᄐᆞ며 쳐ᄉᆡ 빵ᄋᆞᄅᆞᆯ 디극히 ᄉᆞ랑ᄒᆞᄃᆡ 상셰 ᄌᆞ젼(慈殿)
을 님ᄒᆞᆫ 곳 아니면 입을 열미 업셔 닌셩 등 실니 후로 졔ᄋᆞ의 거동을
보고져 아니 ᄒᆞ여 닌경이 알패 니ᄅᆞ러도 가ᄎᆞ(假借)ᄒᆞ미[99] 업거ᄂᆞᆯ 져
ᄉᆡᆼ디삼ᄉᆞ삭(生之三四朔) 유ᄌᆞᄅᆞᆯ 본 쳬나 ᄒᆞ리오? 다만 곤계(昆季) 두
48면 몸이 그림ᄌᆞᄅᆞᆯ 조ᄎᆞ 믈너오며 나아가믈 일쳬로 ᄒᆞ고 상부인과 시랑으
로 더브러 비회ᄅᆞᆯ 위로ᄒᆞ여 일월을 보ᄂᆡᄂᆞᆫ ᄇᆡ라. 졍신의ᄉᆡ(精神意思)
날노 소삭(消索)ᄒᆞ여 비황(悲惶) 듕 통졀ᄒᆞ미 시시의 층가ᄒᆞ니 신샹
의 셩질(成疾)ᄒᆞ미 되여 초침(草枕)의 머리ᄅᆞᆯ 더디ᄆᆡ 신고(辛苦)ᄒᆞ여
니러나고 거ᄅᆞᆷ을 옴기ᄆᆡ 업드러 긔운을 슈습디 못ᄒᆞ니 운계 이ᄌᆞ(二
子)ᄅᆞᆯ 일코 참졀ᄒᆞ미 칼흘 삼키고 돌을 먹음은 ᄃᆞᆺ 좌와슉식간(坐臥宿

98 쇼긔(小朞): 소기. 죽은 지 1년 만에 지내는 제사. 소상(小祥)이라고도 함.

99 가ᄎᆞ(假借)ᄒᆞ미: 가차하다. 사정을 보아주다. 여기서는 '관심을 갖다'의 의미.

食間)의 ᄋᆡ상ᄒᆞ미 ᄆᆡᆺ쳐시나 모친과 형댱의 슬프믈 돕디 못ᄒᆞ여 ᄒᆞᆫ갈ᄀᆞᆺ치 관인ᄒᆞ믈 위쥬ᄒᆞ고 상셔의 과도ᄒᆞ믈 간ᄒᆞᄃᆡ ᄲᅧᄅᆞᆯ 바으고 살을 녹일 ᄃᆞᆺ 간위(肝胃) 졈졈 니울ᄆᆡ[100] 만신을 딜통(疾痛)ᄒᆞ믄 상셔의 더으니 상셰 ᄯᅩᄒᆞᆫ 아을 위ᄒᆞ여 스ᄉᆞ로 몸을 죽기의 니ᄅᆞ디 아니려 ᄒᆞ더라.

니학ᄉᆡ 닌셩 남ᄆᆡ의 실산ᄒᆞ믈 드ᄅᆞᄆᆡ 대경ᄎᆞ악(大驚嗟愕)ᄒᆞ며 참잔비절ᄒᆞ여 쳐ᄉᆞ 곤계ᄅᆞᆯ ᄃᆡᄒᆞ여 슬허ᄒᆞ미 친ᄌᆞᄅᆞᆯ 일흠 ᄀᆞᆺᄐᆞ나 젹슈(賊 49면
手)의 닌ᄋᆞ 등ᄋᆡ 죽은가 념너ᄂᆞᆫ 두디 아냐 타일의 산 낫ᄎᆞ로 도라오미 이시리라 ᄒᆞ니 상셔와 쳐ᄉᆡ 탄왈(嘆曰)

“망망(茫茫)ᄒᆞᆫ 댱ᄂᆡᄉᆞ(將來事)ᄅᆞᆯ 미리 알기 어렵거니와 션군이 여ᄎᆞ여ᄎᆞᄒᆞᆫ 글을 깃치신 ᄇᆡ 이시니 죄데(罪弟) 등이 ᄯᅩᄒᆞᆫ 만분디일을 ᄇᆞ라 ᄉᆡᆼ환(生還)ᄒᆞ미 이실가 ᄒᆞᄃᆡ 흉적이 모로ᄂᆞᆫ ᄀᆞ온ᄃᆡ 아등(我等)을 믜워ᄒᆞ미 질디이심(疾之已甚)ᄒᆞ여 닌ᄋᆞ 등을 브ᄃᆡ ᄒᆡ코ᄌᆞ ᄒᆞ니 엇디 화ᄅᆞᆯ 버셔 살기ᄅᆞᆯ ᄇᆞ라리오?”

니학ᄉᆡ 션태부 유셔ᄅᆞᆯ 구ᄒᆞ여 보고 ᄯᅩᄒᆞᆫ 감상(感傷)ᄒᆞ믈 니긔디 못ᄒᆞ여 상연 타루왈(墮淚曰)

“션대인의 미ᄅᆡᄉᆞᄅᆞᆯ 혜아리샤 이러ᄐᆞᆺ 글을 깃쳐 두신 ᄇᆡ 형등의 참연비려ᄅᆞᆯ 더ᄅᆞ신 ᄯᅳᆺ이니 형등은 일노ᄡᅧ 닌ᄋᆞ 등의 셩명이 그ᄅᆞᆺ된가 념녀란 마ᄅᆞ쇼셔.”

시랑이 탄왈(嘆曰)

“셩인을 상(相)을 보디 아닛ᄂᆞᆫ다[101] ᄒᆞ니 닌셩 등의 긔딜픔슈(氣質稟受)

---

100 니울ᄆᆡ: 니울다. ‘이울다’의 고어. 시들다, 쇠하다.

101 셩인을 상(相)을 보디 아닛ᄂᆞᆫ다: 규장각본에는 ‘셩인은 상보지 아닌ᄂᆞᆫᄃᆞ’라고 되어 있음.

결단ᄒᆞ여 부유(蜉蝣)ᄀᆞᆺ치 스러디지 아니리니 타일(他日) ᄉᆡᆼ환(生還)
50면 은 디ᄌᆞ(智者)ᄅᆞᆯ 기ᄃᆞ리디 아냐 알녀니와 아딕 졍경의 참담ᄒᆞ미 셰간의 다시 잇디 아닌디라. 샤슉뫼(舍叔母) 닌ᄋᆞ 등을 실산 후로 식음을 젼폐ᄒᆞ샤 상회(傷懷)[102] 과도ᄒᆞ시니 더옥 초민(焦悶)ᄒᆞ믈 니긔디 못ᄒᆞ리로다."

니학ᄉᆡ 통탄ᄒᆞ믈 마디 아냐 우우(憂虞)히 눈섭을 펴디 못ᄒᆞ더라. 훌훌ᄒᆞᆫ 일월이 ᄇᆡᆨ구(白駒)의[103] 틈 ᄀᆞᆺᄐᆞ여 태부의 쇼긔(小朞) 다ᄃᆞᄅᆞᄆᆡ 경샤(京師)로조ᄎᆞ 시독과 한님 등이며 뎡국공이 나려와 녕하(靈下)의 곡ᄇᆡᄒᆞ고 태부인긔 ᄇᆡ견ᄒᆞ며 상셔 곤계로 셔로 볼ᄉᆡ 피ᄎᆡ ᄃᆡᄒᆞᄆᆡ 비ᄉᆡ(悲思) 쳡쳡ᄒᆞ여 흉금이 젼ᄉᆡᆨ(塡塞)ᄒᆞ니 벼곰 므ᄉᆞᆷ 말을 ᄒᆞ리오? ᄒᆞᆫ갓 누쉬(淚水) 여우(如雨)ᄒᆞ여[104] 풍화ᄒᆞᆫ 얼골과 긴 슈염을 젹실 ᄡᅳᆫ이오 쥬ᄀᆡᆨ(主客)이 믁믁(默默)ᄒᆞ여 위언(慰言)이 나디 아닛ᄂᆞᆫ디라. ᄒᆞ믈며 뎡국공이 텬샹인간(天上人間)을 궁ᄉᆡᆨ(窮索)ᄒᆞ고 고금ᄂᆡ력(古今來歷)을 상고(詳考)ᄒᆞ여 비우(譬偶)ᄒᆞᆯ ᄇᆡ 업ᄉᆞᆫ 만금 교ᄋᆞ의 ᄉᆞᄉᆡᆼ존몰(死生存沒)을 모로ᄂᆞᆫ 비희 장ᄎᆞᆺ 견줄 거시 업ᄉᆞ니 임의 실산ᄒᆞᆫ 소식을 드ᄅᆞᆫ
51면 후로 참연비ᄋᆡ(慘然悲哀)ᄒᆞ미 목젼의 죽엄을 노흠 ᄀᆞᆺᄐᆞ여[105] 침식을 일우디 못ᄒᆞ고 여러 일월의 거긔(居起) 여취여광(如醉如狂)ᄒᆞ여 흐ᄅᆞᄂᆞᆫ 술노 타ᄂᆞᆫ 간위(肝胃)ᄅᆞᆯ 젹시고 초젼망통(焦煎亡痛)ᄒᆞᄂᆞᆫ 눈믈이 ᄌᆞ

---

102 상회(傷懷): 규장각본에는 '상희'로 되어 있음.

103 ᄇᆡᆨ구(白駒)의: 규장각본에는 '긔긔의'로 되어 있음.

104 여우(如雨)ᄒᆞ여: 규장각본에는 '여우ᄒᆞ여 우람도 ᄒᆞᆫ량 잇지 그만 울면 조흘 듯'이라고 되어 있음.

105 노흠 ᄀᆞᆺᄐᆞ여: 규장각본에는 '노흔 ᄃᆞᆺ'으로 되어 있음.

하(子夏)의 상명(喪明)을 효측ᄒᆞ여 풍광(風光)이 환탈(換奪)ᄒᆞ고 긔뷔(肌膚) 초췌(憔悴)ᄒᆞ여 슈약(瘦弱)ᄒᆞ미 놀나이 되여시니 태부인이 더옥 슬프고 근심되믈 니긔디 못ᄒᆞ여 빵톄(雙涕)롤 드리워 골오ᄃᆡ "미망인싱(未亡人生)이 텬디신명(天地神明)의 믜이믈 인ᄒᆞ여 도로젹변(道路賊變)이 쳔고의 다시 잇디 아닌디라. 네낫 손ᄋᆞ롤[106] 일시의 실산(失散)ᄒᆞ여 싱ᄉᆞ거쳐(生死去處)롤 디금의 알 길히 업ᄉᆞ니 이 젼혀 노쳡의 젹악이 편혹(偏惑)ᄒᆞ여 이의 밋ᄎᆞᆫ디라. 일누(一縷)롤 쯧디 못ᄒᆞ미 통박(痛迫)홀디언졍 하날과 귀신을 원(怨)홀 거시 업셔 일흔 ᄋᆞ히롤 블너 쥬쥬야야(晝晝夜夜)의 흉금이 젼식(塡塞)ᄒᆞ여 크게 슈패(受敗)[107]ᄒᆞ시믈 보건ᄃᆡ 노쳡이 더옥 심ᄉᆡ(心思) 여할(如割)ᄒᆞ고 참황(慙惶)[108]ᄒᆞ미 층가ᄒᆞᆫ디라. 녀식이 노쳡을[109] 조ᄎᆞ미 아니런들 엇디 녀교롤 실니ᄒᆞ미 이시리잇고? 녀식이[110] 션군의 초긔(初朞) 갓가오믈 인ᄒᆞ여 어미롤 조ᄎᆞ 이의 나려오다가 적변의 ᄋᆞ히롤 일흐미 되니 노쳡이 스ᄉᆞ로 녀교롤 업시홈과 다ᄅᆞ리잇고? 그러나 졔ᄋᆞ의 죽으믈 목젼의 당치 아냐시니 혹ᄌᆞ 싱환ᄒᆞ미 이실가 만분의 일을 아쇠이[111] ᄇᆞ라ᄂᆞ니 명공(名公)[112]의 홍원관대(弘遠寬大)ᄒᆞ시므로 화복(禍福)이 관슈(關數) 52면

106 손ᄋᆞ롤: 규장각본에는 '손ᄌᆞ를'로 되어 있음.
107 슈패(受敗): 수패. 패망을 받음. 화를 입음.
108 참황(慙惶): 참황육니(慙惶忸怩). 부끄럽고 당혹스러움.
109 녀식이 노쳡을: 규장각본에는 '이 노쳡을'로 되어 있음.
110 녀식이: 규장각본에는 '녁시이'로 되어 있음. 오자로 보임.
111 아쇠이: 아쉽게. 규장각본에는 '아싀여'라고 되어 있음.
112 명공(名公): 재상이라는 뜻. 여기서는 상연을 가리킴.

ᄒᆞ고 니합(離合)이 ᄣᆡ 이시믈 ᄉᆡᆼ각ᄒᆞ샤 과도히 통상치 마ᄅᆞ시미 ᄒᆡᆼ심일가 ᄒᆞᄂᆞ이다."

뎡국공이 궤복문파(跪伏聞罷)의 긔이ᄇᆡ(起而拜)ᄒᆞ고 피셕공슈(避席拱手) 왈

"츄조(秋朝)의 존안을 ᄇᆡ별(拜別)ᄒᆞ와 하향(下鄕)ᄒᆞ시ᄂᆞᆫ 위의 ᄒᆞᆫ번 남으로 두로혀시ᄆᆡ 애각(涯角)[113]이 졀원(絶遠)ᄒᆞ고 앙모ᄒᆞ옵ᄂᆞᆫ 졍셩과 창연(愴然)ᄒᆞᆫ 비회ᄅᆞᆯ 니긔디 못ᄒᆞ오ᄃᆡ 쇼셔(小壻)[114]의 미신(微身)이 명니(名利)의 ᄡᅵ혀 능히 ᄒᆡᆼ거ᄅᆞᆯ ᄒᆞᆫ가디로 못 ᄒᆞ옵고 악댱(岳丈) 초긔ᄅᆞᆯ 님ᄒᆞ와 나려와 알현ᄒᆞ기ᄅᆞᆯ 긔약ᄒᆞ오ᄆᆡ 그 ᄉᆞ이 블과 삼ᄉᆞ 삭이ᄋᆞᆸ거ᄂᆞᆯ 도듕적환(途中賊患)이 만분경참(萬分驚慘)ᄒᆞ와 닌셩 등을 실
53면 산ᄒᆞᆫ 소식이 니ᄅᆞ오니 ᄎᆞ악(嗟愕)ᄒᆞ여 경달(驚怛)[115]ᄒᆞ온 바의 악모의 상도(傷悼)ᄒᆞ심과 운빅 등의 ᄋᆡ상(哀喪)[116]ᄒᆞ미 망극디통(罔極之痛) 가온ᄃᆡ 더으믈 ᄉᆡᆼ각ᄒᆞ옵건ᄃᆡ 참연비졀ᄒᆞ믈 니긔디 못ᄒᆞ옵더니 이제 니ᄅᆞ와 녕하(靈下)의 ᄇᆡ곡(拜哭)ᄒᆞ고 악모긔 현알(見謁)ᄒᆞ오니 비모(悲慕)ᄒᆞ옵던 회포ᄅᆞᆯ 위로ᄒᆞ올 ᄇᆡ오ᄃᆡ 닌셩 등과 교ᄋᆞ의 형영(形影)이 아득ᄒᆞ오니 져의 긔셩픔도(氣性稟度)ᄅᆞᆯ ᄉᆡᆼ각ᄒᆞ옵건ᄃᆡ 요슈박명(夭壽薄命)ᄒᆞᆯ 뉴ᄂᆞᆫ 아니오나 그 듕 교ᄋᆞᄂᆞᆫ 어린디라 흉적의 ᄒᆡᄅᆞᆯ 만난즉 결단ᄒᆞ여 ᄉᆞ디 못ᄒᆞ올 ᄇᆡ 참연(慘然)ᄒᆞ오니 쇼셔의 졍경이 층봉의 우

---

113 애각(涯角): 멀리 떨어져 있어 외지고 먼 땅.

114 쇼셔(小壻): 소서. 사위가 자신을 가리키는 말.

115 경달(驚怛): 가까운 사람이 죽었다는 소식을 듣고 놀람.

116 ᄋᆡ상(哀喪): 애상. 상사를 당하여 슬퍼함.

ᄅᆞᆷ을 도로혀 블워ᄒᆞ옵ᄂᆞᆫ 바ᄂᆞᆫ 그 ᄇᆡᆨ골을 장(葬)치 못ᄒᆞ미라. 그러나 화복이 ᄌᆡ텬ᄒᆞ고 ᄉᆞᄉᆡᆼ이 유명ᄒᆞ니 실산ᄒᆞᆫ 졔ᄋᆡ 약녕춍댱슈명앤ᄌᆞᆨ(若靈寵長壽命也則) 유텬(幽天)이 블멸(不滅)ᄒᆞᆯ ᄇᆡ오[117] 약단명인ᄌᆞᆨ(若短命也則)[118] 비록 젹환을 만나디 아냐도 보젼치 못ᄒᆞ리니 현마 엇디ᄒᆞ리 잇고? 교ᄋᆞ의 조셰험악(早歲險惡)이[119] 여산ᄒᆞ미오 실인의 귀근(歸覲) ᄒᆞᆫ 타시 아니오니 복망 악모ᄂᆞᆫ 믈녀ᄒᆞ시고 셩톄ᄅᆞᆯ 안보ᄒᆞ샤 운ᄇᆡᆨ 등의 초황ᄒᆞ믈 ᄉᆞᆯ피쇼셔.” 54면

태부인이 엄혈뉴톄(奄血流涕)ᄒᆞ여 다시 말을 못 ᄒᆞ니 한님과 시독이 말ᄉᆞᆷ을 니어 닌셩 등의 작인긔셩(作人氣性)을 일ᄏᆞ라 힘힘이 젹슈(賊手)의 맛디[120] 아닐 바ᄅᆞᆯ 고ᄒᆞ여 위로ᄒᆞ니 부인이 통상ᄒᆞᆫ 가온ᄃᆡ도 졔딜과 상공이 니ᄅᆞ니 퍽 든든ᄒᆞ여 위회(慰懷)ᄒᆞ미 잇더라. 임의 초긔(初忌) 다ᄃᆞᄅᆞᄆᆡ 샹(上)이 듕사(中使)[121]ᄅᆞᆯ 보ᄂᆡ샤 초긔 갓가오믈 ᄉᆡ로이 슬허ᄒᆞ시고 졔젼(祭奠)을 도으실ᄉᆡ 은영(恩榮)이 ᄉᆡᆼᄉᆞ의 이갓ᄐᆞ여 사ᄅᆞᆷ의 엇기 어려온 늉복영녹(隆福榮祿)이로ᄃᆡ 쳥계 형뎨ᄂᆞᆫ 갈ᄉᆞ록 ᄉᆡᆨ거디며 믜여디ᄂᆞᆫ 디통을 니긔디 못ᄒᆞᄂᆞᆫ디라. 원근친쳑(遠近親戚)과 문ᄉᆡᆼ고리(門生故吏) 일시의 모다 초긔ᄅᆞᆯ 디닐ᄉᆡ 녜부와 쳐ᄉᆞ의 ᄋᆡ훼골닙(哀毁骨立)ᄒᆞ믄 보ᄂᆞᆫ ᄌᆞ로 ᄒᆞ여곰 눈믈 나리오믈 ᄭᆡ닷디 못

117 약녕춍댱슈명앤ᄌᆞᆨ(若英聽長壽命也則) 유텬(幽天)이 블멸(不滅)ᄒᆞᆯ ᄇᆡ오: 규장각본에는 '만일 영춍댱슈ᄒᆞᆯ 상인ᄌᆞᆨ 황쳔이 블멸ᄒᆞ실 ᄇᆡ오'라고 되어 있음.

118 약단명인ᄌᆞᆨ(若短命也則): 규장각본에는 '만일 단명ᄒᆞᆫ ᄌᆞᆨ'으로 되어 있음.

119 조셰험악(早歲險惡)이: 규장각본에는 '조셰휴악이'로 되어 있음.

120 맛디: 맛다. 마치다, 죽다.

121 듕사(中使): 중사. 환관, 내시.

ᄒᆞ고 태부인의 엄엄(奄奄)ᄒᆞᆫ 긔력과 소·화·상 삼부인의 ᄋᆡ통ᄒᆞ믄 인심의 감쳑(感慽)ᄒᆞ믈 니긔디 못ᄒᆞᆯ ᄇᆡ어ᄂᆞᆯ 소부인의 츌뉸(出倫)ᄒᆞᆫ 효
55면 의(孝義) 증상디절(蒸嘗之節)의 동쵹ᄒᆞᆫ 졍셩은 니ᄅᆞ도 말고 태부인을 밧드러 녜되(禮道) 갈ᄉᆞ록 신신이이(申申怡怡)ᄒᆞ여 범용쇽인(凡庸俗人)의 ᄉᆡᆼ각디 못ᄒᆞᆯ ᄇᆡ 만흐니 상부인이 비록 태부인 친ᄉᆡᆼ(親生)으로 특이ᄒᆞᆫ 인믈과 동쵹ᄒᆞᆫ 효셩이 조아(曹娥)[122]의 디나고 봉양디도(奉養之道)의 다ᄃᆞ라 소시의 신긔로이 ᄯᅳᆺ 맛침과 쥬쥬야야(晝晝夜夜)의 가ᄌᆞᆨ이 밧드러 ᄒᆞᆫᄡᅵ도 게어ᄅᆞ디 아니믄 오히려 밋디 못ᄒᆞᆯ ᄇᆡ니 그 춍오민달(聰悟敏達)ᄒᆞ미 영민신이(英敏神異)ᄒᆞ므로[123] 가ᄉᆞ(家事)ᄅᆞᆯ 션치(善治)ᄒᆞ고 친쳑을 돈목(敦睦)ᄒᆞ며 빈ᄀᆡᆨ을 졉ᄃᆡᄒᆞ믄 ᄉᆡ로이 일ᄏᆞᆯ ᄇᆡ 아니니 ᄉᆡᆼ어부(生於富) 댱어귀(長於貴)ᄒᆞ여[124] 셰간 괴로온 근심과 사ᄅᆞᆷ의 졀박ᄒᆞᆫ 간고(艱苦)ᄅᆞᆯ 모ᄅᆞᆯ ᄃᆞᆺᄒᆞᄃᆡ 쳔만인을 얼프시 ᄃᆡᄒᆞ여도 그 심회(心懷)와 우락(憂樂)을 신통이 혜아려 이에 온 후ᄂᆞᆫ 금은(金銀)과 필ᄇᆡᆨ(疋帛)을 ᄂᆡ여 계활(計活)의 난감ᄒᆞᆫ 뉴ᄅᆞᆯ 구졔ᄒᆞ미 ᄒᆞ나둘히 아니로ᄃᆡ 비아히 명예ᄅᆞᆯ[125] 취ᄒᆞᆷ도 아니오 스ᄉᆞ로 덕을 ᄌᆞ랑ᄒᆞᆷ 갓디 아냐 온슌ᄌᆞ인(溫順慈仁)ᄒᆞ미 ᄒᆞᆫ갈ᄀᆞᆺᄐᆞ니 향니친쳑(鄕里親戚)이 소부
56면 인 덕화셩의(德化誠意)ᄅᆞᆯ 복복흠송(僕僕欽頌)ᄒᆞ여 은혜ᄅᆞᆯ 고무감덕

122 조아(曹娥): 중국 동한(東漢) 때의 효녀. 부친이 강에 빠져 죽은 뒤 시신을 찾지 못하자 14세의 조아가 스스로 강에 빠져 죽은 뒤 부친의 시신을 업고 떠올랐다고 함.

123 춍오민달(聰悟敏達)ᄒᆞ미 영민신이(英敏神異)ᄒᆞ므로: 규장각본에는 '춍오민ᄃᆞᆯᄒᆞ므로'라고 되어 있음.

124 ᄉᆡᆼ어부(生於富) 댱어귀(長於貴)ᄒᆞ여: 규장각본에는 'ᄉᆡᆼ장부귀ᄒᆞ여'로 되어 있음.

125 비아히 명예ᄅᆞᆯ: 규장각본에는 '그 명예를'로 되어 있음.

(鼓舞感德)ᄒᆞ미 되니 예셩(譽聲)이 훤ᄌᆞ(喧藉)ᄒᆞᄃᆡ 태부인이 그읏이 그 ᄂᆡ외(內外) ᄀᆞᆺ디 아니믈 슷치고[126] 상부인과 화부인의 비상ᄒᆞᆫ 춍명인 고로 얼프시 심디(心志)ᄅᆞᆯ 혜아릴디언졍 그 밧 졔인이야 엇디 ᄭᆡᄃᆞᄅᆞ리오? 닙마다 칭숑ᄒᆞ고 눈마다 용의ᄌᆞ질(容儀資質)을 완경(玩景) 삼아[127] 긔이히 녁이고 효우셩ᄒᆡᆼ(孝友聖行)을 항복ᄒᆞ여 초긔의 모닷던 친척이 흠복디 아니리 업더라. 임의 초긔ᄅᆞᆯ 디ᄂᆡ고 시랑 등과 뎡국공이 도라가려 ᄒᆞᆯᄉᆡ 상부인이 박브득이(迫不得已) 샹경케 되니 무녀 남ᄆᆡ와 슉딜 형뎨 그음업ᄉᆞᆫ 비회와 참연ᄒᆞᆫ 니졍(離情)이 엇디 긔록ᄒᆞᆯ 말이 이시리오? ᄒᆞ믈며 초동일긔(初冬日氣)ᄅᆞᆯ 당ᄒᆞ니 태부인이 원노ᄒᆡᆼ역(遠路行役)을 념녀ᄒᆞ여 여러 가디로 심ᄉᆡ 버히ᄂᆞᆫ ᄃᆞᆺᄒᆞ니 이ᄣᆡ ᄯᅥ나ᄂᆞᆫ 슬프믄 아이의 경샤(京師)의셔 아니 와심만 ᄀᆞᆺ디 못ᄒᆞᆫ디라. 이에 상부인이 거거 등으로 더브러 션산(先山)의 나아가 ᄇᆡ현(拜見)ᄒᆞ고 부군(父君) 묘젼(墓前)의 통곡(痛哭)ᄒᆞ여 하딕ᄒᆞᆯᄉᆡ 누ᄃᆡ 션능의 슈쳑 57면 봉분(數隻封墳)이 눌눌ᄒᆞᆫᄃᆡ[128] 황개(黃蓋) 무길ᄒᆞ고 님목(林木)이 창창ᄒᆞ여 하날빗촐 ᄀᆞ리와시니 봉만(峯巒)이 ᄲᆡ혀나고 긔ᄆᆡᆨ(氣脈)이 녕슈(英秀)ᄒᆞᆫᄃᆡ 풍쉬 졀승ᄒᆞ니 쳔츄명문디은(千秋名門之恩)이[129] 만ᄃᆡ 셩인이 유ᄉᆡᆼᄒᆞ여 문호ᄅᆞᆯ 흥긔ᄒᆞᆯ 줄 알디라. 무영산원의 삼쳑들이 유연ᄒᆞ고 인믈우마(人物牛馬)와 상탁졔귀(床卓祭具) 다 양양졔졔(揚揚齊

126 슷치고: 슷치다. 알아채다, 눈치채다, 대략 알다.

127 용의ᄌᆞ질(容儀資質)을 완경(玩景) 삼아: 규장각본에는 '눈마ᄃᆞ 완경ᄒᆞ야'로 되어 있음.

128 눌눌ᄒᆞᆫᄃᆡ: 눌눌하다. 털이나 풀 따위가 누르스름하다.

129 쳔츄명문디은(千秋名門之恩)이: 규장각본에는 '쳥슈명산긔운이'로 되어 있음.

齊)ᄒᆞ여 딘짓 사ᄅᆞᆷ 갓ᄐᆞᆫ디라. 부인이 ᄋᆡ호통곡(哀號痛哭)ᄒᆞ여 ᄀᆡ운이 막힐 ᄃᆞᆺᄒᆞ니 시랑과 한님이 븟드러 긋치믈 니ᄅᆞ고 시독이 손을 드러 양부인 묘젼을 ᄀᆞᄅᆞ치믈 조ᄎᆞ 허ᄇᆡ(虛拜)[130]ᄒᆞᆯᄉᆡ 읍혈뉴톄(泣血流涕)ᄒᆞ여 츈광이 져므디 아닌 년긔(年紀)예 쇽졀업시 황양(黃壤)의 도라가 션풍이딜(仙風異質)과 슉ᄌᆞ인덕(淑姿仁德)을 기리 ᄀᆞᆷ초ᄆᆡ 얼픗ᄒᆞᆫ ᄉᆞ이의 삼긔(三忌)ᄅᆞᆯ 맛ᄎᆞ니 유음봉셩(遺音鳳聲)은 오히려 귀가의 머믄 ᄃᆞᆺᄒᆞ나 이에 와 묘젼을 두다려 슬허ᄒᆞ나 ᄒᆞᆫ마ᄃᆡ 알오미 업고 셜부ᄋᆡ용(雪膚愛容)이 눈 가온ᄃᆡ 삼삼ᄒᆞᄃᆡ 발셔 쳔츄 녯사ᄅᆞᆷ이 되여 얼
58면 골을 반길 길 업ᄉᆞ니 ᄒᆞᆫ갓 통상ᄒᆞ미 극ᄒᆞ니 졍녕이 쏘ᄒᆞᆫ 이실딘ᄃᆡ 눈믈을 먹음을디라. 비ᄉᆡ(悲思) 가ᄉᆞᆷ이 막혀 슈히 니러나디 못ᄒᆞ니 시랑이 날이 느ᄌᆞ믈 일ᄏᆞ라 ᄌᆡ쵹ᄒᆞ여 도라와 태부인긔 하딕을 고ᄒᆞᆯᄉᆡ 모녀 남ᄆᆡ ᄃᆡᄒᆞ여 회푀 암암ᄒᆞ고 톄뤼 산산(潸潸)ᄒᆞ여 능히 말을 일우디 못ᄒᆞ고 후회(後會) 아득ᄒᆞ믈 더옥 통상ᄒᆞ니 뎡국공이 부인의 고집이 상녜(常禮)ᄅᆞᆯ 어그ᄅᆞᆺ디 아냐 녀ᄌᆞ의 ᄒᆡᆼᄉᆡ 남ᄌᆞ 갓ᄐᆞ믈 도로혀 괴로이 넉여 미온(未穩)ᄒᆞ던 ᄇᆡ나 이ᄣᆡᄅᆞᆯ 당ᄒᆞ여 부인이 교ᄋᆞᄅᆞᆯ 일코 초젼망통(焦煎亡痛)ᄒᆞ미 간위(肝胃)ᄅᆞᆯ 낫낫치 살오고 다시 부친 초긔ᄅᆞᆯ 디닌 후 삼일의 모친을 ᄇᆡ별ᄒᆞ여 남ᄆᆡ 아득히 분슈(分手)ᄒᆞ며 상측(喪側)을 써나ᄂᆞᆫ 심ᄉᆡ ᄀᆞᆺ초 슬픈디라. 본ᄃᆡ 산비ᄒᆡ박(山卑海薄)ᄒᆞᆫ 은졍으로뼈 엇디 브졀업시 견집(堅執)ᄒᆞ리오? 이에 미온ᄒᆞ던 ᄉᆞ식을 플고 날호여 ᄀᆞᆯ오ᄃᆡ

130 허ᄇᆡ(虛拜): 허배. 신위에 하는 절.

“악모(岳母)의 보ᄂᆡ시ᄂᆞᆫ 심ᄉᆡ 부인의 가ᄂᆞᆫ 마ᄋᆞᆷ의셔 슬프미[131] 더으시 59면
거ᄂᆞᆯ 엇디 위로ᄒᆞ여 하딕디 아니코 무익디비(無益之悲)ᄅᆞᆯ 과도히 ᄒᆞ
시ᄂᆞ뇨? ᄋᆞᄌᆞ[132]의 가연(佳緣)을 뎡약(定約)ᄒᆞᆫ 곳이 업거니와 셰말명츈
간(歲末明春間)으로 식부(息婦)ᄅᆞᆯ 보리니 며ᄂᆞ리ᄅᆞᆯ 어더 부인의 쇼
임을 젼ᄒᆞ고 명년(明年) ᄌᆡ긔(再朞)[133] 밋쳐 ᄯᅩ 나려와 악모ᄅᆞᆯ 뫼실디
라. 그 ᄉᆞ이 언마 오랄 거시 아니어ᄂᆞᆯ 져근 니별을 참디 못ᄒᆞ미 ᄉᆞ쳬
(事體)ᄅᆞᆯ 모로ᄆᆡ 갓가오니이다.”
부인이 념용(斂容) 문파의 비록 말이 업ᄉᆞ나 녀교ᄅᆞᆯ 일흔 ᄇᆡ 상공긔
큰 죄ᄅᆞᆯ 디은 ᄃᆞᆺᄒᆞ여 다시 귀령(歸寧)을 ᄇᆞ라디 아녓더니 뎡국공의 말
ᄉᆞᆷ이 이 ᄀᆞᆺᄐᆞ니 심니(心裏) 다힝ᄒᆞ고 태부인이 눈믈을 드리워 관인대
덕(寬仁大德)을 샤례ᄒᆞ니 상공이 블감ᄉᆞ샤(不堪謝辭)ᄒᆞ더라. 이에 날
이 느ᄌᆞᄆᆡ 무궁ᄒᆞᆫ 졍을 참아 니별ᄒᆞᆯᄉᆡ 시랑은 닌웅을 안고 능히 ᄯᅥ나
디 못ᄒᆞᆯ 쁜 아니라 ᄋᆞᄒᆡ ᄉᆡᆼ디뉵삭(生之六朔)의 조셩긔이(早成奇異)ᄒᆞ
미 능히 말을 옴기고져 ᄒᆞ며 거ᄅᆞᆷ을 ᄇᆡ호고져 ᄒᆞᄂᆞᆫ디라. 시랑을 각별 60면
이 ᄯᆞ로믈 병이 되여 먼니셔 시랑의 소ᄅᆡ 날 만ᄒᆞ여도 드ᄃᆡ여 ᄎᆞᄌᆞ 긔
여 가ᄂᆞᆫ디라. 이날 시랑이 무릅ᄒᆡ 나리지 못ᄒᆞ여 년년ᄒᆞ믈 마디 아니
ᄒᆞ니 쳐ᄉᆡ ᄋᆞᄒᆡᄅᆞᆯ 옴겨 안고 상셰 시랑을 ᄌᆡ촉ᄒᆞ니 닌웅이 두 팔흘 치
며 호셔(瓠犀)[134] 갓ᄐᆞᆫ 손을 버려 시랑을 오라 디져괴ᄂᆞᆫ 말이 ᄎᆞ셰(次序)

131 슬프미: 규장각본에는 빠져 있음.

132 ᄋᆞᄌᆞ: 아자. 아들. 상연과 정태요의 장자 상안국을 말함.

133 ᄌᆡ긔(再朞): 재기. 죽은 지 만 2년째 지내는 제사. 대기(大朞) 혹은 대상(大祥)이라고도 함.

134 호셔(瓠犀): 호서. 박의 속과 씨.

분명ᄒᆞ고 교연(皎然) 특이홈과 낭낭쳥월(朗朗淸越)ᄒᆞᆫ 셩음이 단혈(丹穴)의 어린 봉이 울고 취쥭(翠竹)의 난곡(鸞鵠)이 춤추ᄂᆞᆫ ᄃᆞᆺ 조홰 신긔ᄒᆞ고 탁툐(卓超)ᄒᆞ여 바야흐로 삼 셰 동(童)이나 다ᄅᆞ디 아니ᄒᆞ니 시랑이 ᄎᆞ마 거ᄅᆞᆷ을 두로혀디 못ᄒᆞ여 셰 번 도로 안ᄌᆞ ᄋᆞᄒᆡᄅᆞᆯ 교무ᄒᆞ니 상공이 쇼왈(笑曰)

"만ᄇᆡᆨ의 거동이 아마도 오날 니별이 어려오니 오날 홀노 쳐져 잇다가 오고시분 ᄯᆡ의 오라."

상셰 ᄌᆡ촉왈

"십 년을 더 잇다가 ᄯᅥ나도 결연(缺然)ᄒᆞ믄 ᄒᆞᆫ가디니 그만ᄒᆞ여 니러나라."

61면 시랑이 마디못ᄒᆞ여 한님과 시독으로 더브러 태부인긔 ᄌᆡᄇᆡ 하딕홀ᄉᆡ 쳐ᄉᆞ와 상셔의 나가기ᄅᆞᆯ 쳥ᄒᆞ여 일당 가온ᄃᆡ셔 ᄇᆡ별홀ᄉᆡ 태부인이 녀ᄋᆞ의 낫출 다히고 삼딜(三姪)의 손을 잡아 ᄎᆞ마 ᄯᅥ나디 못ᄒᆞ니 상부인은 다시음 일ᄏᆞᆺᄂᆞᆫ 말이

"셩톄(聖體)ᄅᆞᆯ 디안(至安)ᄒᆞ쇼셔."

ᄒᆞ고 태부인은 원노힝도(遠路行途)ᄅᆞᆯ[135] 무ᄉᆞ히 ᄒᆞ라 당부ᄒᆞ여 모녀 형뎨와 슉딜 슈(嫂)이 별회ᄅᆞᆯ 능히 펴디 못ᄒᆞ고 뎡국공이 태부인긔 하딕ᄒᆞ며 소·화 이 부인을 ᄇᆡ별ᄒᆞ여 일시의 거ᄅᆞᆷ을 두로혀 녕궤(靈几)의 하딕홀ᄉᆡ ᄉᆡ로이 참참ᄋᆡ곡(慘慘哀哭)ᄒᆞ여 상부인의 무ᄋᆡ디통(無涯之痛)과 시랑 등 통할(痛割)ᄒᆞᆫ 심ᄉᆡ 비길 곳이 업더라. 밧긔 나와 남

135 원노힝도ᄅᆞᆯ: 규장각본에는 '원노힝역을'로 되어 있음.

ᄆᆡ 형뎨 쳔항안슈(天行眼水)를 쓰려 계오 분슈ᄒᆞ여 상부인이 거듕(車
中)의 오ᄅᆞ니 시랑 등과 상공이 일시의 발마(發馬)ᄒᆞ여 경ᄉᆞ로 향하
야 가니 태부인이 녀셔(女壻)와 삼딜을 보ᄂᆡ고 심ᄉᆡ 디향ᄒᆞᆯ ᄃᆡ 업셔
ᄉᆡ로이 통읍ᄒᆞ믈 마디 아니니 쳥계 형뎨 졀민(絶悶)ᄒᆞ믈 니긔디 못ᄒᆞ 62면
여 ᄌᆞ가 등의 쳔비억슈(千悲億愁)와 무한(無限)ᄒᆞᆫ 디통(至痛)을 셔리
담고 모친의 위회(慰懷)ᄒᆞ실 바ᄅᆞᆯ 온가디로 ᄒᆞ고 소·화 이 부인의 효
의 동촉ᄒᆞ니 ᄌᆞ부(子婦)의 셩효ᄅᆞᆯ 의디ᄒᆞ여 일월을 보ᄂᆡ며 씽ᄋᆞ와 닌
경·ᄌᆞ염으로 위로ᄒᆞ나 일흔 손ᄋᆞ 등을 ᄉᆡᆼ각ᄒᆞᄆᆡ 칼흘 삼킨 ᄃᆞᆺ 그 ᄉᆞ
ᄉᆡᆼ거쳐(死生去處)를 모로ᄂᆞᆫ ᄆᆞ음이 장ᄎᆞᆺ 밋치기의 니ᄅᆞᆯ ᄃᆞᆺ 능히 디향
(指向)치 못ᄒᆞ더라.

어시의 상부인이 시랑 삼 인과 뎡국공으로 더브러 슈쳔 니 험도(險
道)ᄅᆞᆯ 무ᄉᆞ히 득달ᄒᆞ여 시랑 등은 태운산으로 도라가고 상공과 부인
은 상부로 도라와 니부인긔 뵈알ᄒᆞ니 부인이 ᄌᆞ부ᄅᆞᆯ 반기미 극ᄒᆞ나
녀교ᄅᆞᆯ 실산ᄒᆞ믈 각골참통(刻骨慘痛)ᄒᆞ고 일월이 훌훌ᄒᆞ여 초긔(初
忌) 덧업시 디ᄂᆡ믈 일ᄏᆞᄅᆞ니 졍부인이 쥬뤼(珠淚) 년낙(連落)ᄒᆞ여 말
을 못 ᄒᆞ더라. ᄢᅵ의 뎡국공의 댱ᄌᆞ 안국의 년(年)이 십삼의 표치풍광 63면
(標致風光)이 쇄락(灑落)ᄒᆞ고 문댱 ᄌᆡ홰(才華) 니두(李杜)ᄅᆞᆯ 압두(壓
頭)ᄒᆞᆯ ᄲᅮᆫ 아니라 위인(爲人)이 돈후(敦厚)ᄒᆞ여 효우인명(孝友仁明)ᄒᆞ
미 고셰군ᄌᆞ(古世君子)의 풍이 ᄀᆞ족ᄒᆞ니 부뫼 취듕과ᄋᆡ(就中過愛)ᄒᆞ
고 조모 니태부인이 편ᄋᆡᄒᆞ여 너비 미부(美婦)ᄅᆞᆯ 퇴ᄒᆞ여 어ᄉᆞ 소운디
녀ᄅᆞᆯ 취ᄒᆞ니 이 곳 상공의 뎨슈 소시의 딜녜라. 신뷔 화모월틔(花貌月
態) 가장 특츌ᄒᆞ여 완연이 월뎐항ᄋᆡ(月殿姮娥) 딘토(塵土)의 나린 ᄃᆞᆺ
범ᄇᆡᆨ(凡百)의 녜뫼(禮貌) 빈빈(彬彬)ᄒᆞ여 ᄇᆡᆨ녜대졀(百禮大節)이 가

족ᄒᆞ니 유한졍뎡(幽閒貞靜)ᄒᆞ여 시쇽(時俗)의 무드디 아니니 존당구괴(尊堂舅姑) 만심경ᄋᆡ(滿心敬愛)ᄒᆞ고 친녀(親女)ᄀᆞᆺ치 ᄌᆞᄋᆡ(慈愛)ᄒᆞ며 금슬종괴(琴瑟鍾鼓) 관져(關雎)의 노ᄅᆡ 화ᄒᆞ더라. 이러구러 ᄒᆡ 밧괴여 명년신졍(明年新正)을 당ᄒᆞ니 태쥬 졍부와 경샤 상부인의 디통이 셰월노조ᄎᆞ 더으고 닌셩 등을 실니ᄒᆞ여 ᄒᆡᄅᆞᆯ 변ᄒᆞᄃᆡ 싱ᄉᆞ거쳐ᄅᆞᆯ 아디 못ᄒᆞᆫ 참통비졀ᄒᆞ미 시시의 층가ᄒᆞ더라.

64면 이젹의 됴학ᄉᆞ 셰챵의 딕졀쳥망(直節淸望)이 됴야(朝野)ᄅᆞᆯ 드레여 벼ᄉᆞᆯ이 어ᄉᆞ태우(御使大夫)[136] 비셔각(祕書閣) 태ᄒᆞᆨᄉᆞ(太學士) 톄찰ᄉᆞ(體察使)ᄅᆞᆯ 겸ᄒᆞ여 봉각(鳳閣)의 관ᄉᆡᆫ을 ᄯᅥᆯ치고 난좌(鸞座)의 붓ᄉᆞᆯ 잡아 셕실금궤(石室金櫃)의 만셰ᄅᆞᆯ 뉴젼(遺傳)ᄒᆞ고 텬문구듕(天門九重)[137]의 영툥(榮寵)을 근근(勤謹)ᄒᆞ니 ᄒᆞᆫ 말의 죽을 사ᄅᆞᆷ을 능히 ᄉᆞᆯ오고 살 사ᄅᆞᆷ을 쾌히 죽여 쳔츄의 큰 법을 삼고[138] 쳑필(隻筆)노 긔록ᄒᆞᄆᆡ 텬하 문발이 손 아ᄅᆡ 나ᄂᆞᆫ디라. 일일의 왕졔ᄅᆞᆯ 결ᄒᆞ고[139] 국녹(國祿)을 쐬ᄒᆞᄆᆡ 먼 긔약이 공부의 큰 그ᄅᆞᆺ시오 동냥의 아ᄅᆞᆷ다온 ᄌᆡ목이라. 뎡대(正大)ᄒᆞᆫ 논ᄎᆡᆨ(論策)이 요샤(妖邪)ᄅᆞᆯ 딘뎡(鎭定)ᄒᆞ고 춍명ᄒᆞᆫ 안견(眼見)이 요마(妖魔)ᄅᆞᆯ 쳑별ᄒᆞ며 쳔언만소(千言萬疏)의 긋칠 날이 업시 풍화(風化)ᄅᆞᆯ 가다ᄃᆞᆷ으며 녜졍(禮政)을 ᄇᆞᆰ히니 일족 됴회ᄅᆞᆯ 님ᄒᆞᄆᆡ 만되(滿朝) 기운이 날연져상(苶然沮喪)ᄒᆞ고 황샹(皇上)이 ᄯᅩᄒᆞᆫ 그ᄃᆡᄒᆞ

---

136 어ᄉᆞ태우: 어사태우. 어사대부(御使大夫)를 말함.

137 텬문구듕(天門九重): 천문구중. 천자가 있는 구중궁궐. 여기서는 천자를 말함.

138 큰 법을 삼고: 규장각본에는 '큰 법을 ᄉᆞᆷ고 ᄉᆞ람 싱ᄉᆞ가 엇더키 쇼즁ᄒᆞ기의 셰ᄎᆞᆼ의 ᄒᆞᆫ 말노 싱ᄉᆞ가 돌녀 큰 법을 ᄉᆞᆷᄂᆞᆫᄃᆞ ᄒᆞᄂᆞ뇨'라고 되어 있음.

139 결ᄒᆞ고: 규장각본에는 '폐결ᄒᆞ고'로 되어 있음.

시니 그 항항강ᄃᆡᆨ(抗抗剛直)ᄒᆞᆫ 풍의(風儀)를 우러ᄂᆞᆫ 지 급댱위(汲長孺) 환ᄉᆡᆼᄒᆞ고 댱구령(張九齡)[140]이 다시 도라왓다 ᄒᆞᄂᆞᆫ디라. ᄒᆞ믈며 됴공이 벼ᄉᆞᆯ을 올마 ᄃᆡᆨ금오(直金吾) 듕셔령(中書令)의 이시니 부ᄌᆞ의 65면 위망(威望)이 일셰를 경동(驚動)ᄒᆞᄂᆞᆫ디라. 됴태ᄉᆞᄂᆞᆫ 공검졀ᄎᆞ(恭儉切磋)ᄒᆞ며 근신명달(謹愼明達)ᄒᆞ여 농ᄇᆡᆨ구(龍伯高)의 돈후ᄒᆞ믈 효측ᄒᆞ고 두계량(杜季良)의 호협(豪俠)ᄒᆞ믈 깃거 아니 ᄒᆞᄂᆞᆫ디라[141]. ᄆᆡ양 금오 부ᄌᆞ를 경계왈(警戒曰)

“네 나의 독ᄌᆞ독손(獨子獨孫)으로 노부의 만금듕탁(萬金重託)이 ᄉᆡᆼ젼의디(生前依支)와 ᄉᆞ후향화(死後香火)를 다 너의 부ᄌᆞ의게 미든 ᄇᆡ 되엿ᄂᆞᆫ디라. ᄃᆡᆨᄌᆡ(職者) 몸을 나라ᄒᆡ 허(許)ᄒᆞᄆᆡ ᄉᆞᄉᆞ(私事)를 도라볼 거시 아니로ᄃᆡ 노뷔 너희 부ᄌᆞ로ᄡᅧ 명을 삼아 됴회를 조ᄎᆞ 늦게야 도라오면 의문(倚門)ᄒᆞ미 기ᄃᆞ리미 뎡히 왕손가(王孫賈)의 어미 갓ᄐᆞᆫ디라. 말셰(末世) 창양(搶攘)[142]ᄒᆞ니 화복이 ᄣᆡ업시 비롯고 븡당(朋黨)을 호착(互着)ᄒᆞ여 사ᄅᆞᆷ의 ᄉᆡ오ᄂᆞᆫ[143] 바를 당치 아니ᄆᆡ 맛당ᄒᆞ니 브ᄃᆡ 애ᄌᆞ(睚眦)의 혐원(嫌怨)이 망신멸족(亡身滅族)을 닐위고 남기 놉흐ᄆᆡ 풍소(風騷)를 근심ᄒᆞ니 최졀(摧折)ᄒᆞ미 쉬오며 믈이 깁흐면 반

140 댱구령(張九齡): 장구령. 당나라 현종 때의 대신. 문벌파인 이임보와 대립하다 참소를 받아 좌천됨.

141 농ᄇᆡᆨ구(龍伯高)의 ~ 아니 ᄒᆞᄂᆞᆫ디라: 용백고는 한(漢) 문제 때 사람이고 두계량은 한(漢) 무제 때의 사람. 후한 광무제 때 마원이 조카 마엄·마돈에게 후덕하고 치밀한 용백고를 본받고 호협한 두계량을 본받지 말라고 경계함. 《소학》 〈가언(嘉言)〉.

142 창양(搶攘): 어지럽고 횡행함.

143 ᄉᆡ오ᄂᆞᆫ: ᄉᆡ오다. 시기하다.

66면 ᄃᆞ시 풍낭이 요리ᄒᆞᄂᆞ니 텬하의 가득ᄒᆞᆫ 믈망(物望)을 바드미 됴흔 노
ᄅᆞ시 아니라. 너의 부ᄌᆡ 작위(爵位) 고듕(高重)ᄒᆞ고 위인이 쥰격(峻
激)ᄒᆞ여[144] 언논이 곳기ᄅᆞᆯ 위쥬ᄒᆞ니 사ᄅᆞᆷ의 믜이믈 밧디 아니리오? ᄒᆞ
믈며 셰챵은 ᄒᆞᆫ 무리 딕신녈ᄉᆞ(直臣烈士)로뼈 붕당을 디어 사ᄅᆞᆷ의 브
졍궤휼(不正詭譎)ᄒᆞᆫ 거ᄉᆞᆯ 용납디 아니니 쥬의 아ᄅᆞᆷ답디 아니미 아니
로ᄃᆡ 은발위견이 젼찰ᄒᆞ여 홍ᄒᆡᄒᆞᆫ 도량이 아니니 노뷔 깁히 우려ᄒᆞ
ᄂᆞᆫ ᄇᆡ라. 모로미 겸퇴비약(謙退卑弱)ᄒᆞ여 공검(恭儉)키ᄅᆞᆯ[145] 힘ᄡᅳ고 강
녈딕개(强烈直慨)ᄒᆞ믈 나ᄂᆞᆫ ᄃᆡ로 말디어다."

금오와 어ᄉᆡ 계훈(戒訓)을 조ᄎᆞ 츄연감오(惆然感悟)ᄒᆞ여 ᄇᆡ샤슈명
(拜謝受命)ᄒᆞ고 금오ᄂᆞᆫ 인ᄒᆞ여 유딜(有疾)ᄒᆞ믈 일ᄏᆞ라 벼ᄉᆞᆯ의 나디
아니코 이친(二親)을 밧드러 반ᄎᆡ(斑彩)의 노ᄅᆞᆷ과 딜츄(疾趨)의 회
고인을 효측ᄒᆞ니 니학ᄉᆡ 부인이 ᄌᆞ로 왕ᄂᆡ하여 부모ᄅᆞᆯ 뫼셔 즐기ᄃᆡ
67면 어ᄉᆞᄂᆞᆫ 딕임을 무고히 ᄇᆞ리디 못ᄒᆞ여 됴졍의 나ᄆᆡ 텬셩이 강항(剛抗)
ᄒᆞ믈 능히 곳치디 못ᄒᆞ더니 이ᄯᆡ의 븍노(北奴) 먀션이 드러와 도적질
ᄒᆞ니[146] 환ᄌᆞ(宦者) 왕딘이 뎨(帝)ᄅᆞᆯ 권ᄒᆞ여 친뎡(親征)키ᄅᆞᆯ 쳥ᄒᆞᄂᆞᆫ디
라. 됴어ᄉᆡ 황샹(皇上)이 왕딘 통용(寵用)ᄒᆞ시믈 깁히 ᄋᆡ달와ᄒᆞ던 바
됴금애 왕딘이 대ᄉᆞ(大事)ᄅᆞᆯ 쥬론(主論)ᄒᆞ여 친뎡을 쥬ᄒᆞ믈 만분통
ᄒᆡ(萬分痛駭)ᄒᆞ여 년뎐(輦前)의셔 왕딘을 쥬륙(誅戮)기ᄅᆞᆯ 쥬ᄒᆞ여 통
분(痛憤)을 발ᄒᆞᄆᆡ 급댱유(汲長孺)의 당당홈과 위현셩(魏賢成)[147]의 딕

144 쥰격(峻激)ᄒᆞ여: 준격하다. 엄하고 격렬하다.

145 공검(恭儉)키ᄅᆞᆯ: 규장각본에는 '공금키ᄅᆞᆯ'로 되어 있음.

146 븍노(北奴) 먀션이 드러와 도적질ᄒᆞ니: 1449년 오이라트 예센의 국경 침범을 말함.

개(直概)ᄅᆞᆯ 겸ᄒᆞ여 면졀졍징(面折廷爭)이 텬뇌(天怒) 딘쳡(震疊)ᄒᆞ시기의[148] 니ᄅᆞᄃᆡ 안ᄉᆡᆨ을 블변ᄒᆞ고 ᄒᆞᆫ갈ᄀᆞᆺ치 왕딘을 죽이기로 닷토니 이ᄣᆡ의 왕딘이 통셰(寵勢) 일셰ᄅᆞᆯ 기우리ᄂᆞᆫ디라. 됴어ᄉᆞ 일인이 왕딘 쥬륙기ᄅᆞᆯ 닷톨디언졍 기여(其餘)ᄂᆞᆫ 일반 쇼인이 아니면 오딕 득실(得失)을 져허ᄒᆞᄂᆞᆫ 비뷔(鄙夫)오 화란(禍亂)을 고의(故意)ᄒᆞᄂᆞᆫ 좀무리라. 혹ᄉᆞ 니빈이 유딜ᄒᆞ여 집의 잇고 간의태우(諫議大夫) 졍흠 등이 슈삭(數朔) 말ᄇᆡᄅᆞᆯ 어더 한식졀ᄉᆞ(寒食節祀)ᄅᆞᆯ 디ᄂᆡ려 션산(先山)의 68면 가시니 뉘 이셔 됴셰챵을 구ᄒᆞ리오? 임의 텬뇌 딘쳡ᄒᆞ시ᄆᆡ 젼일 통우(寵遇)ᄒᆞ시미 업ᄉᆞᆯ 쁜 아니라 왕딘의 당뉴(黨類) 믄득 됴셰챵의 죄ᄅᆞᆯ 논ᄒᆞ여 무상부도디언(無狀不道之言)이 인신(人臣)의 되(道) 아니라 ᄒᆞ여 역뉼(逆律)노 다ᄉᆞ리믈 쳥ᄒᆞ니 셩뇌(聖怒) 일시의 쵹발ᄒᆞ샤 됴어ᄉᆞᄅᆞᆯ 대리시(大理寺)[149]의 나리오시니 아디 못게라! 됴셰챵의 셩명(性命)이 하여(何如)[150]오?

(책임교주 김수연)

147 위현셩(魏賢成): 위현성. 당 태종 때의 명신 위징. 현성은 그의 자(字).

148 딘쳡(震疊)ᄒᆞ시기의: 진접하다. 존귀한 사람이 몹시 화를 내어 그치지 아니하다.

149 대리시(大理寺): 형옥(刑獄)을 맡아보던 관아.

150 하여(何如)오: 규장각본에는 'ᄒᆞ여오 하회를 분ᄒᆡᄒᆞ라'라고 되어 있음.

완월회맹연
玩月會盟宴

권디칠
卷之七

ᄎᆞ셜. 만셰황애(萬歲皇爺) 셩뇌(聖怒) 일시의 딘발(震發)ᄒᆞ샤 됴어ᄉᆞᄅᆞᆯ 대리시(大理寺)의 나리오시니 어ᄉᆡ 옥폐(玉陛)[1]의 홀(笏)을 밧드러 슉위(肅威)[2]ᄅᆞᆯ 시위(侍衛)ᄒᆞ엿던 바로 오ᄉᆞ(烏紗)로뼈 삼목(三木)[3]을 밧고고 ᄌᆞ푀(紫袍)[4] 변ᄒᆞ여 ᄌᆞ의(紫衣)[5] 되여 상간(象玕)을 더디고 목삭(木槊)을 바드ᄆᆡ 우러러 슉위ᄅᆞᆯ 쳠망(瞻望)ᄒᆞ고 구버 몸을 찰시(察視)ᄒᆞᄆᆡ 경ᄀᆡᆨ의 농(龍)이 변ᄒᆞ여 언(鰋)이 되고 신션이 화ᄒᆞ여 귀신이 되여ᄂᆞᆫ니라. 기리 강개(慷慨)ᄒᆞ고 왕닌을 통히ᄒᆞᄂᆞᆫ 분(憤)이 쳘골(徹骨)ᄒᆞᄆᆡ 노발(怒髮)이 상디(上指)애 목ᄌᆡ(目眥) 딘녈(震裂)ᄒᆞ여[6] 손으로뼈 왕딘을 가ᄅᆞ쳐 녀셩대ᄆᆡ(厲聲大罵) 왈 1면

"ᄌᆞ고로 환관(宦官)이 졍ᄉᆞ(政事)ᄅᆞᆯ 간예(干預)ᄒᆞ여 나라흘 그ᄅᆞᆺ ᄆᆡᆫᄃᆞ지 아닌 ᄌᆡ 업ᄉᆞᆫ디라. 이졔 나ᄅᆞᆺ ᄆᆡᆫ 도젹이 일셰현냥(一世賢良)을 함멸(咸滅)ᄒᆞ고 셩툥(聖寵)을 ᄀᆞ리와 일월디명(日月之明)이 부운(浮雲)의 옹폐(壅蔽)[7]ᄒᆞᄆᆞᆯ 면치 못ᄒᆞ시니 졍ᄉᆡ 엇디 젼일(前日) 갓ᄐᆞ시ᄆᆞᆯ ᄇᆞ라리오? 비록 부월(斧鉞)[8]의 쥬(誅)ᄒᆞ고 정확(鼎鑊)[9]의 ᄑᆡᆼ(烹)ᄒᆞ나 2면

---

1 옥폐(玉陛): 대전 앞 섬돌. 대궐이나 조정을 말함.

2 슉위(肅威): 숙위. 엄숙한 위엄. 황제나 궁궐을 말함.

3 삼목(三木): 죄인의 목·손·발에 채우는 형구.

4 ᄌᆞ푀(紫袍): 자포. 왕이나 제후가 입는 자주색 도포.

5 ᄌᆞ의(紫衣): 자의. 황제가 고승(高僧)에게 하사하는 자주색 가사(袈裟). 여기에서는 죄수의 옷을 말함.

6 노발(怒髮)이 상디(上指)애 목ᄌᆡ(目眥) 딘녈(震裂)ᄒᆞ여: 화가 난 머리털이 곤두서고 매서운 눈초리가 찢어질 정도로 사나움. 몹시 화가 난 모양을 말함. 《사기》 〈항우본기〉의 "머리털이 곤두서고 눈초리가 다 찢어졌다(頭髮上指 目眥盡裂)."에서 유래함.

7 옹폐(壅蔽): 윗사람의 총명을 가리어 막음.

8 부월(斧鉞): 작은 도끼와 큰 도끼. '중형, 형벌, 형륙'이라는 뜻.

너 흉젹(凶賊)을 버혀 샤딕(社稷)의 근심을 덜딘ᄃᆡ 녕ᄇᆡᆨ(靈魄)이라도 즐거온 우음을 먹음을디라. 너희 간흉극악(奸凶極惡)ᄒᆞ미 겸겸ᄒᆞ여 디록위마(指鹿爲馬)ᄒᆞ기의 ᄆᆡᆺ쳐도 셩샹이 ᄭᆡᄃᆞᆺ디 못ᄒᆞ시나 엇디 간(諫)치 못ᄒᆞ리니[10] 엇디 통ᄒᆡ치 아니리오? 네 딘실노 됴고(趙高)의 심장(心臟)이니 우리 태조 고황뎨 근노(勤勞)ᄒᆞ샤 어드신 텬하ᄅᆞᆯ 져 나롯 믠[11] 흉젹으로 그ᄅᆞᆺ될 바ᄅᆞᆯ 혜건ᄃᆡ 너ᄅᆞᆯ 만단의 ᄲᆞᆺ고 댱부(腸腑)ᄅᆞᆯ 회(膾)ᄒᆞ여도 죄ᄅᆞᆯ 쇽(贖)디 못ᄒᆞ리니 너ᄒᆡ 삼족(三族)이 멸ᄒᆞ리라."

ᄒᆞ니 어시의 왕딘이 됴어ᄉᆞ의 면졀졍징(面折廷爭)ᄒᆞᄂᆞᆫ 언논튱졀(言論忠節)이 먼니 농방(龍逄)의 ᄃᆞᆺ글 블으며 비간(比干)의 ᄌᆞ최ᄅᆞᆯ ᄯᆞᄅᆞ고 갓가이 급댱유(汲長濡)의 강딕항항(強直抗抗)ᄒᆞᆷ과 댱구령(張九齡)의 튱셩이 졀졀(切切)ᄒᆞ믈 효측(效則)ᄒᆞ여 숑ᄇᆡᆨ(松栢) ᄀᆞᆺᄐᆞᆫ 녈졀(烈節)이 기ᄅᆞᆷ 가마ᄅᆞᆯ 붓드러 의상(義殤)ᄒᆞᆯ ᄯᅳᆺ이 죽기 보기ᄅᆞᆯ 도라감 ᄀᆞᆺ치 ᄒᆞ여 텬위(天威) 딘노ᄒᆞ시ᄆᆡ 뇌졍(雷霆)[12]이 딘쳡(震疊)ᄒᆞ기의 ᄆᆡᆺ쳐 오ᄉᆞ로뼈 삼목을 밧고고 ᄌᆞ푀(紫袍) 변ᄒᆞ여 ᄌᆞ의(紫衣) 되여 상간(象干)을 더디고 목삭(木槊)을 바드ᄃᆡ ᄉᆞ긔(辭氣) ᄒᆞᆫ갈ᄀᆞᆺ치 당당녈일(堂堂烈日)ᄒᆞ여 져ᄅᆞᆯ 즐ᄆᆡ(叱罵)ᄒᆞ미 용납ᄒᆞᆯ ᄯᆞ히 업게 ᄒᆞ니 독ᄉᆞ(毒蛇)의 셩과 일희의 ᄉᆞ오나오미 ᄒᆞᆷ긔 발ᄒᆞ니 고ᄃᆡ[13] 됴어ᄉᆞᄅᆞᆯ 므러

3면

9 정확(鼎鑊): 정확. 발 있는 솥과 발 없는 솥. 전국시대에 죄인을 삶아 죽이던 큰 솥으로, 극형을 뜻함.

10 엇디 간(諫)치 못ᄒᆞ리니: 규장각본에는 빠져 있음.

11 나롯 믠: 나롯 민. 수염이 없는.

12 뇌졍(雷霆): 뇌정. 천둥. 임금의 분노를 뜻함.

13 고ᄃᆡ: 고대. 지금 막, 반드시, 기어코.

삼키디 못ᄒᆞ믈 한ᄒᆞᄃᆡ 그 위인을 두려 감히 닷톨 의ᄉᆞ롤 못 ᄒᆞ고 ᄒᆞᆫ갓 단폐(段陛)의 읍혈뉴톄(泣血流涕)ᄒᆞ여 명을 ᄃᆡᄒᆞ고 죄롤 쳥ᄒᆞᆯᄉᆡ 언ᄉᆡ(言辭) 요악(妖惡)ᄒᆞ여 됴셰챵이 져롤 됴고의게 비기ᄂᆞᆫ 거시 딤ᄌᆞᆺ 황야(皇爺)롤 이셰(二世)[14]의게 견조미라 ᄒᆞ여 텬의(天意)롤 온가디로 도도니 샹뇌(上怒) 시ᄀᆡᆨ(時刻)의 층심(層深)ᄒᆞ샤 왕딘을 위로ᄒᆞ여 안심믈ᄃᆡ(安心勿待)ᄒᆞ라 ᄒᆞ시고 됴어ᄉᆞ의 ᄃᆡᆨ간(直諫)을 도로혀 무상부도니언(無狀不道之言)이라 ᄒᆞ샤 내리시의 나리오시ᄂᆞᆫ 병을 거두시고 바로 형위(刑威)롤 녈셜(列設)ᄒᆞ여 대신졔ᄌᆡ(大臣諸子)롤 모흐시고 황극뎐의 셜좌(設座)ᄒᆞ샤 됴셰챵의 무상부도디셜(無狀不道之說) 4면
ᄒᆞᆫ 거ᄉᆞᆯ 대역(大逆) 일톄로 다ᄉᆞ리믈 하령(下令)ᄒᆞ시니 일반 현냥디ᄉᆡ(賢良之士) 셔로 도라보아 탄ᄒᆞ여 ᄀᆞᆯ오ᄃᆡ

"국강(國綱)이 ᄒᆡ이(解弛)ᄒᆞ여 환관이 됴졍 권을 잡아 ᄇᆡᆨ뇨(百僚)의 머리롤 디으ᄆᆡ 간신녈ᄉᆡ(諫臣烈士)[15] 죄의 나아가니 셰ᄉᆡ(世事) 거의라. 됴후암이【셰챵의 별호(別號) 후암(後黯)이니 ᄃᆡᆨ졀언논(直節言論)이 급암(汲黯)의 후라 ᄒᆞ샤 샹이 젼일 샤호(賜號)ᄒᆞ시니라】 엇디 보젼ᄒᆞ믈 어드리오?"

ᄒᆞ여 일뉴ᄉᆞ문(一流士門)이 죽마디붕(竹馬之朋)과 쳥ᄆᆡ디위(靑梅之友) ᄒᆞᆫ가디로 ᄂᆞᆺ출 ᄀᆞ리와 ᄎᆞ마 보디 못ᄒᆞ고 위ᄒᆞ여 한숨디ᄃᆡ 감히 입을 여러 구ᄒᆞᆯ ᄠᅳᆺ을 두디 못ᄒᆞ고 왕딘의 당뉴(黨類)ᄂᆞᆫ 의논을 죄와

14 이셰(二世): 이세. 진나라 이세황제.

15 간신녈ᄉᆡ(諫臣烈士): 간신열사. 왕 앞에 바른말하는 신하와 국가 위기 시에 절개를 지키는 선비.

됴셰챵의 죄룰 일워니여 악역(惡逆)의 감치 아닌디라. 임의 형위(刑威)롤 베프고 됴어ᄉᆞ롤 친국엄문(親鞫嚴問)ᄒᆞ시믜 셰챵이 ᄉᆞ긔 타연ᄒᆞ고 안쇡이 ᄌᆞ약(自若)ᄒᆞ여 친문(親問)ᄒᆞ시ᄂᆞᆫ 바의 ᄃᆡᄒᆞ여 ᄀᆞᆯ오ᄃᆡ "신슈블초무상(臣雖不肖無狀)이나 일즉 힝실의 패려(悖戾)ᄒᆞ미 업고 악역(惡逆)의 죄롤 범ᄒᆞᆫ 바ᄂᆞᆫ 쳔만몽니(千萬夢裡)의도 ᄉᆡᆼ닷디 못
5면 ᄒᆞ옵ᄂᆞ니 엄문디하(嚴問之下)의 ᄃᆡᄒᆞᆯ ᄇᆡ 업ᄉᆞ오ᄃᆡ 다만 신이 비부(鄙夫) 갓ᄐᆞᆫ 긔딜과 누의(螻蟻)[16] 갓ᄐᆞᆫ ᄌᆡ조롤 혜아리디 못ᄒᆞ고 ᄒᆞᆫ 조각 탕광ᄒᆞᆫ 뜻이 하날의 오ᄅᆞ미 다리 업ᄉᆞᆫ 줄 모로고 외람이 구름이 쳥난ᄒᆞ믈 ᄉᆞ모ᄒᆞ여 동치(童稚)의 나흐로 비루ᄒᆞᆫ ᄌᆞ최 경악(經幄)의 츌입(出入)ᄒᆞ와 폐하 늉우(隆遇)롤 밧ᄌᆞ오미 망극ᄒᆞ오ᄃᆡ 호발도 셩은을 보(報)치 못ᄒᆞ옵고 폐히 환관의 무리롤 듕용(重用)ᄒᆞ시ᄃᆡ 블가ᄒᆞ믈 알외여 효험을 엇디 못ᄒᆞ와 왕딘 흉젹을 업시치 못ᄒᆞ온 연고로 폐하 실덕(失德)이 이에 밋ᄎᆞ샤 간관(諫官) 언노(言路)롤 참늌(慘戮)고져 ᄒᆞ시니 이 쏘 신의 블초무상(不肖無狀)ᄒᆞ미라. ᄉᆞᄉᆞ로 죄 죽으미 가ᄒᆞ오나 년젼(輦前)의 브도디셜(不道之說)을 발ᄒᆞ오미 업ᄉᆞ오니 무ᄉᆞ 거ᄉᆞ로쎠 죄라 ᄒᆞ며 쏘 본뜻이 왕딘 흉젹을 만단의나 뼈흘고져 ᄒᆞ미오 다ᄅᆞᆫ 뜻이 업ᄉᆞ오니 소근(所根)을 알욀 거시 업셔이다.[17]"
쥬파(奏罷)의 왕딘을 디슈대믜(指手大罵)ᄒᆞ여 언ᄉᆡ 가디록 당당강항
6면 (堂堂剛抗)ᄒᆞ여 분발(奮髮)이 샹디(上指)ᄒᆞ며 노ᄒᆞᄂᆞᆫ 눈이[18] 쯰여질

16 누의(螻蟻): 땅강아지와 개미라는 뜻으로, 작은 힘을 비유적으로 이르는 말.

17 소근(所根)을 알욀 거시 업셔이다: 규장각본에는 '다시 알욀 거시 업셔이ᄃᆞ'로 되어 있음.

18 노ᄒᆞᄂᆞᆫ 눈이: 규장각본에는 '노안이'로 되어 있음.

ᄃᆞᆺ 위풍(威風)이 규규(赳赳)ᄒᆞ여 번연이 웅협(雄俠)의 풍치ᄅᆞᆯ 아오로니 늠늠ᄒᆞᆫ 긔상이 노졔(魯齊) 회좌(會座)의 환공(桓公)을 위셰(威勢)ᄒᆞ던 조ᄌᆞ말(曹子沫)[19]의 디나고[20] 홍문연(鴻門宴) 샹의 항왕(項王)을 딘목시(瞋目視)ᄒᆞ여 아부(亞父)의 긔운을 쳑툑(斥逐)ᄒᆞ던 번댱군(藩將軍)의 우히니 몸이 비록 형양(刑壤)의 당ᄒᆞ여 일개 죄슈로 독장(毒杖)을 면치 못ᄒᆞ나 표일(飄逸)ᄒᆞᆫ 거동이 닷ᄂᆞᆫ 범을 ᄯᅩᆯ오며 나ᄂᆞᆫ ᄆᆡᄅᆞᆯ 디위칠[21] ᄃᆞᆺ 힝힝(抗抗)ᄒᆞ며[22] 쥰격(峻激)ᄒᆞ미 목을 느리혀 길흘 빗고 가ᄉᆞᆷ을 혜쳐 살흘 바드며 옷ᄉᆞᆯ 거두드러[23] 유확(油鑊)의 개연(介然)이[24] 디란치[25] 아닐 ᄇᆡ니 농방(龍逄)이 다시 살고 비간(比干)이 도라왓ᄂᆞᆫ디라. 왕딘의 간독(奸毒)ᄒᆞ미나 그음이 쳑툑구숑(踧踖懼悚)[26]ᄒᆞ여 말을 못ᄒᆞᄃᆡ 텬심이 익노층심(益怒層甚)ᄒᆞ샤 농상(龍床)을 쳐 ᄀᆞᆯ오샤ᄃᆡ

"셰챵 흉젹이 언ᄉᆡ 가디록 브도패만(不道悖慢)ᄒᆞ여 왕딘을 됴고로 밀위고 딤(朕)을 이셰(二世)로 비겨 군신의 분의(分義)ᄅᆞᆯ 아지 못ᄒᆞ니

---

19 조ᄌᆞ말(曹子沫): 조자말. 춘추시대 노나라 장수 조말. '조귀(曹劌)'라고도 함. 제 환공(齊桓公)과 노 장공(魯莊公)이 가(柯)에서 회맹할 때, 조말이 비수를 들고 환공을 위협하자 환공은 노나라가 빼앗긴 땅을 모두 돌려주겠다고 약속하고 이행함. 이것을 '조가지맹(曹柯之盟)' 혹은 '가회지맹(柯會之盟)'이라고 함.

20 노졔 회자의 환공(桓公)을 위셰(威勢)ᄒᆞ던 조ᄌᆞ말의 디나고: 규장각본에는 '가란의 졔환공을 위졔ᄒᆞ던 조말의 지나고'로 되어 있음.

21 더위칠: 더위치다. 잡다, 움켜잡다.

22 항항(抗抗)ᄒᆞ며: 항항하다. 막다, 들다, 들어올리다.

23 거두드러: 거두들다. 걷다. 규장각본에는 '거더드러'라고 되어 있음.

24 개연(介然)이: 외로이. 굳게.

25 디란치: 규장각본에는 '두리디'로 되어 있음.

26 쳑툑구숑(踧踖懼悚): 척축구송. 두려워 몸이 움츠러듦.

7면 엇디[27] 브도패셜(不道悖說)ᄒᆞᄂᆞᆫ 흉신(凶臣)을 죽이디 못ᄒᆞ면 후셰 젹신(賊臣)을 징계치 못ᄒᆞ리라.”

ᄒᆞ시고 ᄌᆡ촉ᄒᆞ여 형벌을 엄히 ᄒᆞ실ᄉᆡ 됴어ᄉᆡ 긔위(氣宇) 쥰엄ᄒᆞ고 톄되(體度) 언건(偃蹇)ᄒᆞ여[28] 댱부(丈夫) 장속(裝束)ᄒᆞ믈 다ᄒᆞ여시나 셜부옥골(雪膚玉骨)[29]노 깁[30]갓치 연ᄒᆞᆫ 가족과 슈졍(水晶)갓치 ᄆᆞᆰ은 몸이 소상(瀟湘)의 쳥빙(淸氷)이 탁ᄒᆞᆫ디라. 일시의 참독(慘毒)ᄒᆞᆫ 형벌을 당ᄒᆞ여 피육(皮肉)이 후란(朽爛)[31]의 젹혈(赤血)이 먼니 쓰리니 엇디 능히 견ᄃᆡ리오마ᄂᆞᆫ 견고댱ᄆᆡᆼ(堅固壯猛)ᄒᆞ미 츌어범뉴(出於凡類)ᄒᆞ여 ᄒᆞᆫ 조각 구구비만(區區痞滿)[32]ᄒᆞ여 ᄋᆡ쳑통디(哀慽痛之)ᄒᆞᄂᆞᆫ ᄇᆡ 업셔 타연안상(妥然安祥)[33]ᄒᆞ미 남의 몸의 당ᄒᆞ여시면 그 의긔현심(義氣賢心)과 언논딕졀(言論直節)[34]노 만일 타인의 원억(怨抑)히 이런 독장을 당ᄒᆞ여시면 군샹(君上)긔 실덕(失德)을 간(諫)ᄒᆞ여 죽어 닷톨 거시로ᄃᆡ ᄌᆞ긔 당ᄒᆞᆫ 화ᄅᆞᆯ ᄌᆞ긔 입을 열ᄆᆡ 셩뇌(聖怒) ᄒᆞᆫ층이 더을디라 원혹(冤惑)ᄒᆞ믈 일ᄏᆞ라 텬위(天位)ᄅᆞᆯ 두로혈 길히 업ᄉᆞ므로 부모의 젼(前)이 ᄉᆡᆼ디(生之)ᄒᆞᆫ[35] 바로 훼ᄉᆞ(毁死)ᄒᆞᆯ[36] 슬프믈 영영 모ᄅᆞᆷ ᄀᆞᆺᄐᆞ여 ᄉᆡᆨ위

27 엇디: 어찌. 여기서는 문맥상 ‘이다지’ 혹은 ‘이처럼’의 뜻.

28 언건(偃蹇)ᄒᆞ여: 언건하다. 언연하다. 거만하다.

29 셜부옥골(雪膚玉骨): 설부옥골. 눈처럼 흰 피부와 옥처럼 맑은 골격.

30 깁: 비단.

31 후란(朽爛): 물러 터짐.

32 구구비만(區區痞滿): 작은 일에 가슴 답답해 하고 호흡이 급해짐.

33 타연안상(妥然安祥): 태연하고 찬찬함.

34 언논딕졀(言論直節): 언론직절. 바른말을 하는 절개.

35 ᄉᆡᆼ디(生之)ᄒᆞᆫ: 생지하다. 낳다.

36 훼ᄉᆞ(喙死)ᄒᆞᆯ: 규장각본에는 ‘훼ᄌᆞᄒᆞᆫ’으로 되어 있음.

(色威) ᄌᆞ약(自若)ᄒᆞ고 일셩(一聲)을 브동(不動)ᄒᆞ니 뎐샹뎐ᄒᆞ(殿上殿下)의 ᄀᆞ득이 보ᄂᆞᆫ ᄌᆡ 도로혀 이상히 넉이디 아니리 업고 나졸이 ᄆᆡᄅᆞᆯ 들ᄆᆡ 팔히 무겁고 몸이 알프믈 니긔디 못ᄒᆞᄃᆡ 텬뇌(天怒) 딘쳡(震疊)ᄒᆞ시ᄆᆡ ᄒᆞᆫ 조각 인졍을 두디 못ᄒᆞᆯ디라. 어ᄉᆡ 임의 살기ᄅᆞᆯ 구구히 ᄇᆞ라디 아니코 오히려 분뇌 프러질 길히 업ᄂᆞᆫ디라. 소ᄅᆡᄅᆞᆯ 뎡히 ᄒᆞ여 다시 쥬ᄒᆞᄃᆡ

"ᄌᆞ고로 원현신(遠賢臣) 친쇼인(親小人)[37]은 혼군(昏君)[38]의 망국니되(亡國之兆)니 이졔 폐ᄒᆡ 양영(楊英)·양ᄉᆞ긔(楊士奇)·양보(楊溥)[39] 등이 혹 죽고 늙어 국ᄉᆞᄅᆞᆯ 돕디 못ᄒᆞ고 졍한이 죽으ᄆᆡ 하날 굿칠[40] 쇄약(鎖鑰)이 잇디 아니ᄒᆞ고 태공(太空)을 밧칠 동냥(棟樑)이 다시 잇디 아니니 혁혁(赫赫) ᄉᆞ윤(師尹)의 민구어쳠(民具爾瞻)[41][42]을 보디 못ᄒᆞᆯ디라. 일셰창ᄉᆡᆼ(一世蒼生)을 졈복비육ᄒᆞᆯ 보신(輔臣)[43]이 잇디 아니니 음양(陰陽)이 니(理)치 아니며 ᄉᆞ시(四時) 실셔(失序)ᄒᆞ며 텬변(天邊)의 ᄌᆡ이(災異) 공극(孔劇)ᄒᆞᄃᆡ[44] 폐ᄒᆡ 능히 아디 못ᄒᆞ샤 ᄉᆞᆺ 우ᄒᆡ ᄉᆡᆼ

---

37 원현신(遠賢臣) 친쇼인(親小人): 어진 신하를 멀리하고 소인을 가까이함. 제갈량의 〈출사표〉에 나옴.

38 혼군(昏君): 사리에 어두운 우매한 임금.

39 양영(楊英)·양ᄉᆞ긔(楊士奇)·양보(楊溥): 양영·양사기·양보. 명나라 4대 인종황제가 중용한 명신. '삼양(三楊)'이라 불림.

40 굿칠: 굿치다. 굳게 하다.

41 혁혁(赫赫) ᄉᆞ윤(師尹)의 민구어쳠(民具爾瞻): "빛나고 빛나는 태사(太師) 윤씨(尹氏)여, 백성들이 모두 그대를 바라본다(赫赫師尹 民具爾瞻)."라는 말이 《시경》 〈소아(小雅)〉 '절남산(節南山)'에 나옴.

42 민구어쳠(民救御帖)을: 규장각본에는 '민구이쳠'으로 되어 있음.

43 보신(輔臣): 보필지신(輔弼之臣). 임금을 보좌하는 신하를 말함.

이 울믈 두려[45] 티경(治政)이 더옥 슉연(蕭然)이[46] ᄒᆞ믈 ᄉᆡᆼ각디 아니시

9면 고 왕딘 흉젹을 통용(寵用)ᄒᆞ시미 만됴(滿朝)의 소ᄉᆞ나[47] 언쳥계용(言聽計用)[48]ᄒᆞ시니 져 흉젹이 녯날 됴괴오 이제 유용(劉用)이라. 오히려 셩명(聖明)이 일월의 광휘(光輝)ᄅᆞᆯ 두어 계시므로 됴졍 정ᄉᆡ 망국디쥬(亡國之主)와 ᄀᆞᆺ디 아니시나 졈졈 기러 튱신녈ᄉᆞ(忠臣烈士)ᄂᆞᆫ 빗최도 못ᄒᆞ고 녕신흉젹(佞臣凶賊)은 나날 셩ᄒᆞᆯ 바의[49] 거개(車駕) 친뎡(親征)코져 ᄒᆞ신ᄌᆞᆨ 국가 안위(安危) 됴셕(朝夕)의 잇ᄂᆞᆫ디라. 신이 이 마ᄃᆡᄅᆞᆯ ᄉᆡᆼ각ᄒᆞᄆᆡ 격졀감분(激切感憤)ᄒᆞ와 흉젹을 버혀 군부(君父)의 근심을 덜고 종샤(宗社)[50]의 홍복(洪福)을 일위면 신이 복죄이ᄉᆞ(伏罪而死)ᄒᆞ나 쾌ᄒᆞᆫ 넉시 될가 ᄒᆞᄋᆞᆸᄂᆞ니 폐ᄒᆡ ᄌᆞ고왕ᄉᆞ(自古往事)[51]ᄅᆞᆯ 녁상(歷詳)ᄒᆞ시건ᄃᆡ 환관의 뉴ᄅᆞᆯ 통용(寵用)ᄒᆞᄂᆞᆫ 님군이 능히 요슌디티(堯舜之治)ᄅᆞᆯ 어덧더니잇가?[52] 실노 왕딘 흉뎍을 앗길 거시 업ᄉᆞᆸᄂᆞ니 밧비 ᄂᆡ여 버히샤 장망디국(將亡之國)의 친쇼인(親小人)

---

44 공극(孔劇)ᄒᆞᄃᆡ: 공극하다. 몹시 심하고 지독하다.

45 솟 우ᄒᆡ ᄭᅯᆼ이 울믈 두려: 은나라 고종이 융제(肜祭)를 지낼 때 꿩이 정(鼎)의 귀에 앉아 우는 이변이 있자 현신 조기(祖己)가 "먼저 왕의 그릇된 마음을 바로잡고 그 일을 바르게 하리라."라고 함. 《서경》 〈고종융일(高宗肜日)〉에 나옴. '정치(鼎雉)의 변'이라고 함.

46 슉연(蕭然)이: 숙연이. 적막하게.

47 소ᄉᆞ나: 솟다. 무리 중의 최고임을 말함.

48 언쳥계용(言聽計用): 언청계용. 말하면 들어주고 계책을 올리면 써줌. 항우가 한신에게 한 고조를 배신하고 천하를 삼분하자 제의했을 때 한신은 한 고조가 "자기 옷을 벗어 나에게 입히고, 자기 음식을 나에게 먹였으며, 말을 말하면 들어주고 계책을 올리면 써주었다(解衣衣我 推食食我 言聽計用)."라고 하며 거절함. 《사기》 〈회음후열전(淮陰侯列傳)〉.

49 나날 셩ᄒᆞᆯ 바의: 규장각본에는 '나올 바의'라고 되어 있음.

50 종샤(宗社): 종사. 종묘와 사직.

51 ᄌᆞ고왕ᄉᆞ(自古往事): 자고왕사. 예부터의 지나간 일. 역사를 말함.

살간신(殺諫臣)ᄒᆞᄂᆞᆫ 블샹징조(不詳徵兆)ᄅᆞᆯ 더ᄅᆞ시고[53] 디용(智勇)이 가ᄌᆞᆫ 댱좌(將佐)[54]로 ᄒᆞ야곰 마션을 쳐 믈니치쇼셔."

샹이 더옥 대로ᄒᆞ샤 녀셩즐왈(厲聲叱曰)

"흉젹이 가디록 언ᄉᆡ 패흉(悖凶)ᄒᆞ여 딤(朕)으로 원현신(遠賢臣) 친쇼인(親小人)ᄒᆞᄂᆞᆫ 혼군(昏君)이라 ᄒᆞ여 종ᄉᆡ(宗社) 멸(滅)ᄒᆞᆯ 바로 밀위니 ᄎᆞ젹(此賊)의 패만극악(悖慢極惡)ᄒᆞ믄 조조(曹操)·동탁(董卓)의 더으니 왕안셕(王安石)·ᄎᆡ경(蔡京)·댱돈(章惇)이 뉴 아닌디라. ᄎᆞ젹의 죄ᄅᆞᆯ 엇디 다ᄉᆞ려야 가ᄒᆞ리오?" 10면

됴어ᄉᆡ 개연(慨然)[55]이 ᄎᆞ게 웃고 ᄀᆞᆯ오ᄃᆡ

"신이 하죄(何罪)리잇고? 다만 위인(爲人)이 블튱무샹(不忠無狀)ᄒᆞ고 용녈쇼암(庸劣疎暗)ᄒᆞ여[56] 왕젹을 일ᄌᆞᆨ 더디 못ᄒᆞ연 고로 셩명(聖明)이 부운(浮雲)의 옹폐(壅蔽)ᄒᆞᄆᆞᆯ 면치 못ᄒᆞ샤 참ᄌᆞᆨᄒᆞ고 ᄒᆡ텬(害天)ᄒᆞᄂᆞᆫ 흉젹을 통용ᄒᆞ시ᄆᆡ 간관(諫官) 언노(言路)ᄅᆞᆯ 참뉵(斬戮)고져 ᄒᆞ시니 신(臣) 일인(一人)의 원앙이ᄉᆞ(寃殃而死)ᄒᆞ믄 죡히 창승(蒼蠅)의 죽엄을 알녀니와 폐하의 실덕(失德)이신ᄌᆞᆨ 만ᄃᆡ(萬代)의 살ᄉᆞ디명(殺死之命)을 면치 못ᄒᆞ시리이다."

---

52 능히 요순디티(堯舜之治)를 어덧더니잇가?: 규장각본에는 이 부분이 빠져 있고, '망국지 아니ᄒᆞ니 져근니'로 되어 있음.

53 장망디국(將亡之國)의 ~ 더ᄅᆞ시고: 규장각본에는 이 부분이 빠져 있고, '왕법을 발키시고'로 되어 있음.

54 댱좌(將佐): 장좌. 보좌하는 장군. 고위 무관.

55 개연(慨然)이: 억울하고 분에 찬 모습.

56 블튱무샹(不忠無狀)ᄒᆞ고 용녈쇼암(庸劣疎暗)ᄒᆞ여: 규장각본에는 '블츙이 심ᄒᆞ와'로 되어 있음.

샹이 됴어ᄉᆞ의 말ᄉᆞᆷ을 드르실ᄉᆞ록 익익분노(益益憤怒)ᄒᆞ샤 농상을 ᄌᆞ로 치시며 금의(禁義) 졔졸(諸卒)을 녕ᄒᆞ여 각별 힘을 다ᄒᆞ여 됴ᄌᆞᄅᆞᆯ[57] 형벌케 ᄒᆞ시니 젼일 은영(恩榮)과 통ᄋᆡ(寵愛)ᄒᆞ시던 ᄇᆡ 터럭 11면 씃만치나 머믈니오? 텬심(天心)이 딘노(震怒)ᄒᆞ샤 그 ᄉᆞ싱을 도라보디 아니ᄒᆞ시니 삼ᄎᆞ(三次) 듕형(重刑)을 일시의 더어 쇄골혈뉴(碎骨血流)ᄒᆞ여 나졸(羅卒)의 의슈(衣袖)로브터 싸ᄒᆡ 홍화(紅花)ᄅᆞᆯ 씻친 ᄃᆞᆺᄒᆞ니 시위(侍衛) 졔신(諸臣)과 허다(許多) 나졸이 낫ᄎᆞᆯ 두로혀 ᄎᆞ마 보디 못ᄒᆞᄃᆡ 됴ᄌᆞ의 항항댱밍(抗抗壯猛)ᄒᆞ미 오히려 일뉘(一縷) 걸녀시시므로[58] 간간이 셩샹(聖上)의 실덕(失德)을 간(諫)ᄒᆞ며 왕딘의 머리 버히기ᄅᆞᆯ 쳥ᄒᆞ여 격앙(激昻)ᄒᆞᆫ 논ᄉᆞ(論事)와 강개(慷慨)ᄒᆞᆫ 언에(言語) ᄒᆞᆫ갈ᄀᆞᆺ치 변치 아니ᄒᆞ니 이러ᄒᆞᆯ 즈음의 발셔 날이 어둡고 셩뇌(聖怒) 딘쳡ᄒᆞ샤 슈라(水剌)[59]ᄅᆞᆯ 폐ᄒᆞ시니 듕신(衆臣)이 일시의 과도ᄒᆞ시믈 알외여 슈라ᄅᆞᆯ 쳥ᄒᆞ고 영국공(英國公) 댱보(張輔)와 상셔 광야(鄺埜)[60]와 혹ᄉᆞ 조졍 등 십여 명뉘(名儒)[61] 맛참 교외의 잇더니 일시의 봉궐(鳳闕)의 다ᄃᆞ라 쳥ᄃᆡ(請待)ᄒᆞ여 쇄두혈간(碎頭血諫)[62]ᄒᆞᄆᆡ 됴셰챵의 튱의딕졀(忠義直節)을 주ᄒᆞ고 참형(斬刑)을 더ᄒᆞ시미 셩쥬(聖

57 됴ᄌᆞᄅᆞᆯ: 규장각본에는 빠져 있음.

58 걸녀시시므로: 규장각본에는 '걸녀시므로'로 되어 있음. '시'가 중첩된 듯함.

59 수라(水剌): 임금의 식사.

60 광야(鄺埜): 명나라 성조·선종·영종 때 사람으로 벼슬이 병부상서에 이름. 야선(也先)의 침입 때 출정하여 전사함. 《명사(明史)》 〈광야열전(鄺埜列傳)〉.

61 명뉘(名儒): 명유. 이름난 유학자.

62 쇄두혈간(碎頭血諫): 규장각본에는 '고두혈간'으로 되어 있음.

主)의 ᄎᆞ마 ᄒᆞ실 ᄇᆡ 아니믈 일ᄏᆞ라 셰챵의 목숨을 빌ᄉᆡ ᄒᆞᆫ갓 셰챵을 12면
위ᄒᆞᆫ 뜻이 아니오 셩쥬(聖主)의 실덕을 슬허ᄒᆞ며 종샤(宗社)를 위ᄒᆞ여 통곡(痛哭)고져 ᄒᆞ니 결졀한 튱의와 심곡(心曲)으로 비로ᄉᆞᆫ 졍논(正論)이 각각 님군을 위ᄒᆞ여 죽기를 도라감ᄀᆞᆺ치 녁이고 샤딕(社稷)의 간셩디ᄌᆡ(干城之才)를 ᄉᆞᆯ오고져 ᄒᆞᄃᆡ 목숨을 드려 ᄃᆡ코져 ᄒᆞ니 원ᄂᆡ 영국공 댱보(張輔)ᄂᆞᆫ 사ᄅᆞᆷ되오미 쥬신명달(主信明達)[63]ᄒᆞ고 돈후인ᄌᆞ(敦厚仁慈)ᄒᆞ여 군샹(君上)을 돕ᄉᆞ오ᄆᆡ 말숨과 안식이 온화ᄒᆞ고 조심ᄒᆞ여 요슌(堯舜)의 도로뼈 알외고 어딘 졍ᄉᆞ(政事)를 닷그시게 ᄒᆞ고 텬하의 딜고(疾苦)로뼈 들니와[64] 괴로오믈 ᄭᆡ치샤 패도(覇道)[65]의 졍ᄉᆞ(政事)를 아니시게 ᄒᆞ여 은은이 군덕(君德)의 유익ᄒᆞ고 아ᄅᆡ로 ᄇᆡᆨ뇌(百僚) 항복(降服)게 ᄒᆞᄃᆡ 구ᄐᆞ여 면졀졍징(面折廷爭)을 ᄌᆞ임(自任)ᄒᆞ미 업ᄉᆞ니 샹이 크게 듕히 녁이시ᄂᆞᆫ ᄇᆡ오 학ᄉᆞ 조졍과 상셔 광야(鄺埜) 등은 보과습야(補過拾遺)[66]의 못 밋츨 듯ᄒᆞ나 샹의(上意)를 ᄉᆡᆨ거 간ᄒᆞ기를 구실[67] 삼디 아니니 샹이 또 그 온냥(溫良)ᄒᆞ믈 깃거ᄒᆞ시던 ᄇᆡ라. 금일 됴셰챵의 목숨을 구ᄒᆞ미 이 ᄀᆞᆺᄐᆞ여 디극고 간졀ᄒᆞ미 13면
젼혀 종샤를 위ᄒᆞ며 셩쥬의 실덕을 간ᄒᆞ니 샹이 침음냥구(沈吟良久)의 영국공 댱보를 븟드러 과도ᄒᆞ믈 니ᄅᆞ시고 조졍·광야 등을 ᄒᆞᆫ가디로 뉴혈징디(流血爭之)[68]ᄒᆞ믈 긋치라 ᄒᆞ샤 됴셰챵의 패만브도디셜(悖

63 쥬신명달(主信明達): 주신명달. 신의를 주장하고 사리에 밝게 통달함.

64 들니와: 들니오다. 들리게 하다.

65 패도(覇道): 인의가 아니 무력으로 다스리는 것.

66 보과습야(補過拾遺): '보과습유'의 오기. 규장각본에는 '보과습유'로 되어 있음. '

67 구실: 자신이 해야 할 일.

慢不道之說)을 니ᄅᆞ시고 ᄀᆞᆯ오샤ᄃᆡ

"딤이 셰챵을 통ᄋᆡᄒᆞ던 바ᄂᆞᆫ 겨되(擧朝) 쇼공지(所共知)라.[69] 엇디 무고히 참뉵(斬戮)고져 ᄒᆞ리오마ᄂᆞᆫ 언ᄉᆡ 패만ᄒᆞ믈 인ᄒᆞ여 ᄉᆞ로고져[70] 뜻이 업더니 댱영 등과 조졍 등이 이러틋 난신(亂臣)을 ᄉᆞ로기로 쳥ᄒᆞ니 딤이 능히 죽이기롤 뎡치 못ᄒᆞᄂᆞ니 오ᄃᆡᆨ 대리시의 나리왓다가 죵용이 샤(赦)ᄒᆞ리라."

댱공이 머리 디어 셩덕(聖德)을 샤(謝)ᄒᆞ니 샹이 이에 됴셰챵을 대리시의 나리오라 ᄒᆞ시고 ᄂᆡ뎐(內殿)으로 드ᄅᆞ시니 듕신(衆臣)이 비로소 퇴ᄒᆞᆯᄉᆡ 금문(禁門) 밧긔 됴금외[71] 거젹을 닛글고 명을 ᄃᆡ(待)ᄒᆞ더

14면 니 샹이 믈ᄃᆡ(勿待)ᄒᆞ믈 두 번 명ᄒᆞ시니 디리히 ᄃᆡ명(待命)[72]ᄒᆞ미 도로혀 역졍(逆情) 갓ᄐᆞᆫ 고로 문 밧긔 집 잡아 결말죵시(結末終始)롤 보려 ᄒᆞ나 텬뉸ᄌᆞᄋᆡ(天倫慈愛)와 부ᄌᆞ디졍(父子之情)으로 독ᄌᆞ(獨子)의 명ᄆᆡᆨ(命脈)이 형장(刑場)의 맛게 되믈 ᄉᆡᆼ각ᄒᆞ니 심원(心源)[73]이 여촌(如忖)ᄒᆞ고 혼ᄇᆡᆨ이 경월(驚越)ᄒᆞ여 훤위(萱闈)[74] 쌍친(雙親)을 도라보디 아닐딘ᄃᆡ ᄋᆞᄌᆞ와 ᄒᆞᆫ가디로 죽을 뜻이 시위 쎠난 살 ᄀᆞᆺᄐᆞ나 디셩대효(至誠大孝)로 훤위에 혹ᄌᆞ 상명(喪明)을 널월가 두리ᄂᆞᆫ ᄆᆞ음

---

68 조졍·광야 등을 ᄒᆞᆫ가디로: 규장각본에는 '조졍·광야 등의 간간이 간ᄒᆞ여'로 되어 있음.

69 겨되(擧朝) 쇼공지(所共知)라: 규장각본에는 '그ᄃᆡ 등이 아ᄂᆞᆫ ᄇᆡ라'로 되어 있음.

70 ᄉᆞ로고져: 규장각본에는 '술오고져'로 되어 있음.

71 됴금외: 조금오. 집금오 조정. 조세창의 부친.

72 ᄃᆡ명(待命): 대명. 관원이 과실이 있을 때 상부의 처분을 기다리는 일. 여기서는 황제의 처분을 기다림.

73 심원(心源): 마음.

74 훤위(萱闈): 천자의 모친이 있는 궁궐. 모친.

이 ᄋᆞᄌᆞ의 참형(慘刑)도곤 더 슬허ᄒᆞᄂᆞᆫ ᄇᆡ라. 여취여광(如醉如狂)ᄒᆞ여 아모란 상(想)이 업시 ᄌᆞᆼᄌᆡ 듁음(粥飮)으로 가져 니ᄅᆞ면 맛ᄉᆡ 유무(有無)와 슈(數)의 다쇼(多少)ᄅᆞᆯ 모로고 다만 그ᄅᆞᆺ시 ᄇᆡ기ᄅᆞᆯ 한(限)ᄒᆞ여 거후ᄅᆞ고 밧비 니학ᄉᆞ 부인긔 셔간을 븟쳐 학ᄉᆡ 비록 유딜(有疾)ᄒᆞ나 근신(謹愼)ᄒᆞᆫ 비ᄇᆡ(婢輩)로 구호케 ᄒᆞ고 급히 부모ᄅᆞᆯ 가 뫼셔 이런 변을 아딕 알외디 말나 ᄒᆞ니 니학ᄉᆞ 부인이 태운산으로 가 태ᄉᆞ와 ᄉᆞᆼ노부인을 뫼시나 ᄋᆡ 변(變)이 일일디간(一日之間)의 닛고 금외(金 15면
吾) 부모ᄅᆞᆯ 뫼셧다가 ᄃᆡ명(待命)ᄒᆞ라 가ᄃᆡ 부모긔 슈일만 나가 단녀오믈 일ᄏᆞ라 됴흔 말ᄉᆞᆷ으로 하딕(下直)ᄒᆞ니 노공(老公) 부뷔 아디 못ᄒᆞ고 금오 부인 쥬시ᄂᆞᆫ 그 부친 쥬각노 긔일(忌日)이라 셩ᄂᆡ(城內) 쥬부의 와 남ᄆᆡ 형뎨 모다 향ᄉᆞ(享祀)ᄅᆞᆯ 맛고 밋쳐 운산의 도라오디 못ᄒᆞ여셔 ᄋᆞᄌᆞ의 변을 만나ᄆᆡ 텬디망망(天地茫茫)ᄒᆞ고 일월(日月)이 무광(無光)ᄒᆞ여 블승엄호운졀(不勝奄號殞絶)[75]ᄒᆞᆯ 쓴이오 ᄒᆞᆫ 조각 ᄉᆞᆯᄆᆞ음이 업ᄉᆞ니 흉ᄒᆡ(胸海)의 결닌 ᄇᆡᆨ검(白劒)을 ᄲᆡ히디 못ᄒᆞ고 산비(散飛)ᄒᆞᆫ[76] 혼ᄇᆡᆨ(魂魄)을 모호디 못ᄒᆞᆫ 바의 운산의 나아가 구고(舅姑)의 모로시ᄂᆞᆫ 바ᄅᆞᆯ 들추어 그음업ᄉᆞᆫ 브효ᄅᆞᆯ[77] 일위디 못ᄒᆞᆯ 거시므로 능히 졍신을 슈습ᄒᆞ여 됴부로 도라오디 못ᄒᆞ니 니학ᄉᆞ 부인이 홀노 부모ᄅᆞᆯ 뫼셔 그 아득히 모로시믈 더옥 슬허ᄒᆞ고 필경(畢境)을 념녀ᄒᆞᄆᆡ 심붕담녈(心崩膽裂)ᄒᆞ여 ᄎᆞ마 딘졍치 못ᄒᆞᄃᆡ 사ᄅᆞᆷ되오미 결군(結 16면

75 블승엄호운졀(不勝奄號殞絶): 규장각본에는 '엄호운졀'로 되어 있음.

76 산비(散飛)ᄒᆞᆫ: 규장각본에는 '허여딘'으로 되어 있음.

77 브효ᄅᆞᆯ: 규장각본에는 '블효ᄅᆞᆯ'로 되어 있음.

裙)ᄒᆞᆫ 영웅(英雄)이오 계ᄎᆞ(笄釵)[78]ᄒᆞᆫ 군ᄌᆡ(君子)라. ᄉᆞᄉᆞ로 온온슉혜
(穩穩淑慧)ᄒᆞ믈 다ᄒᆞ여 쳘부(哲婦)의 견식(見識)을 구(求)치 아니ᄃᆡ
심디(心志)즉 굉원(宏遠)ᄒᆞ여 부인 녀ᄌᆞ의 암용무디(暗庸無知)ᄒᆞᆷ
과 ᄀᆞᆺ디 아니므로 셰챵의 작인긔셩(作人氣性)이 결단ᄒᆞ여 원혹요졀
(冤惑夭折)ᄒᆞ미 되디 아닐 줄 혜아려 ᄉᆞᄉᆞ로 위로억졔(慰勞抑制)ᄒᆞ
여 괴이ᄒᆞᆫ 빗ᄎᆞᆯ 낫토디 아니ᄒᆞ고 졍쇼져ᄂᆞᆫ 이에 이시나 ᄯᅩᄒᆞᆫ 아득히
모로ᄂᆞᆫ ᄇᆡ 되여시니 쇼졔 비록 범ᄇᆡᆨ(凡百)의 아ᄅᆞᆫ 쳬ᄅᆞᆯ 아닛ᄂᆞᆫ 셩졍
(性情)이나 만일 듕회(衆會)[79]의 날딘ᄃᆡ[80] 비ᄌᆞ(婢子) 등의 졍경(情景)
과 긔식(氣色)을 본들 엇디 망극화환(罔極禍患)이 뇌졍(雷霆)의 딘쳡
(震疊)ᄒᆞ여 어ᄉᆞ의 몸이 ᄉᆞ디(死地)의 ᄲᆡ디믈 모로리오마ᄂᆞᆫ 쇼졔 디
극(至極)ᄒᆞᆫ 셩효우ᄌᆞ(誠孝友慈)로뼈 친부(親府)[81]의셔 ᄒᆞᆫ번 하향(下
鄕)의 뎨(弟)와 남(男)을 일시의 실산ᄒᆞ여 ᄉᆞᄉᆡᆼ거쳐(死生去處)ᄅᆞᆯ 모로
믈 드ᄅᆞ미 오ᄂᆡ여할(五內如割)ᄒᆞ고 구촌이 욕녈(欲裂)ᄒᆞ여 참통ᄋᆡ상
17면 (慘痛哀傷)ᄒᆞ미 ᄒᆞᆫ갓 일흔 ᄌᆞᄅᆞᆯ 위ᄒᆞᆯ ᄲᅮᆫ 아니라 조모와 부슉(父叔)의
과도 비통ᄒᆞ시믈 혜아려 쥬쥬야야의 흉금이 젼식(塡塞)ᄒᆞ니 능히 슉
식(宿食)을 평상(平常)이 못 ᄒᆞ미 여러 일월(日月)의 졈졈 더으니 디란
(芝蘭) ᄀᆞᆺ튼 약딜(弱質)이 형고의식(形枯意塞)[82]ᄒᆞ여 풍젼(風前)의 ᄇᆞᆺ
치일 ᄃᆞᆺ 위ᄐᆡᄒᆞᆫ 거동(擧動)이 보기의 두려오니 됴태ᄉᆞ 부부(夫婦)와

---

78 계ᄎᆞ(笄釵): 계차. 비녀.

79 듕회(衆會): 중회. 사람이 모이는 모임.

80 날딘ᄃᆡ: 날진데. 나다. 나오다.

81 친부(親府): 친정.

82 형고의식(形枯意塞): 형고의색. 몸이 야위고 뜻이 막힘.

금오 부체(夫妻) 위ᄒᆞ여 잔인ᄒᆞ며 슬허ᄒᆞ여 위ᄐᆡᄒᆞᆫ 거동을 ᄃᆡᄒᆞᄆᆡᄂᆞᆫ
식블감미(食不甘味)ᄒᆞ고 침블안셕(寢不安席)ᄒᆞ믈 ᄭᆡ닷디 못ᄒᆞ니 됴
어ᄉᆡ 쇼져의 정ᄉᆡ(情事) 그러ᄒᆞ믈 모로디 아니ᄒᆞᄃᆡ 존젼(尊前)의 화
ᄀᆡ(和氣)ᄅᆞᆯ 작위(作爲)치 못ᄒᆞ여 ᄉᆞᄉᆞ디통(私私之痛)을 강인(强忍)
치 못ᄒᆞ고 무익디녀(無益之慮)ᄅᆞᆯ 허비ᄒᆞᄆᆡ 먹디 못ᄒᆞ고 ᄌᆞ디 못ᄒᆞ
여 존당부모(尊堂父母)의 이우(貽憂)[83]ᄒᆞᄂᆞᆫ ᄇᆡ 되믈 블열미흡(不悅未
洽)ᄒᆞ더니 이월(二月) ᄀᆡ망(旣望)[84]의 셩태부 탄강일(誕降日)을 당ᄒᆞ
ᄆᆡ 쇼제 슈삼 년 젼 조부 탄강일의 닌셩으로뼈 야야(爺爺) 계후(繼
後)ᄅᆞᆯ 뎡ᄒᆞ고 부모의 즐기시던 일을 ᄉᆡᆼ각고 통도(痛悼)ᄒᆞ믈 니ᄀᆡ디 18면
못ᄒᆞ여 침소(寢所)의셔 탄셩오읍(嘆聲嗚泣)ᄒᆞᆯ 즈음의 쥬부인이 니
ᄅᆞ러 보고 어로만져 위로ᄒᆞ고 역시 눈믈을 나리와 슬피 넉이믈 마디
아니니 쇼제 ᄯᅩᄒᆞᆫ 존고(尊姑)ᄅᆞᆯ 우러ᄂᆞᆫ 정셩이 ᄌᆞ모의 감(減)치 아
니므로 나ᄌᆞᆨ이 정ᄉᆞ(情事)ᄅᆞᆯ ᄋᆡ고(哀告)ᄒᆞ고 년ᄌᆞ(憐慈)ᄒᆞ시ᄂᆞᆫ 셩
은을 샤ᄒᆞ더니 어ᄉᆡ 됴당(朝堂)으로셔 도라와 모친이 정시(程氏) 침
소의 가시믈 듯고 취경각[85]의 니ᄅᆞ니 부인이 쇼져의 슬프믈 위ᄒᆞ여 상
연츌체(傷然出涕)ᄒᆞ믈 금치 못ᄒᆞ고 쇼제 옥용(玉容)이 쳑쳑(慽慽)ᄒᆞ
여 옥셩(玉聲)이 비절(悲絶)ᄒᆞ며 간간이 경열블셩셜(哽咽不成說)ᄒᆞ
여 효셩빵안(曉星雙眼)의 징패(澄波) 징낙(爭落)ᄒᆞᄂᆞᆫ디라. 상봉(相
逢) ᄉᆞᄌᆡ(四載)의 혹 존당(尊堂)의셔 나ᄌᆡ ᄃᆡᄒᆞ미 이시나 피ᄎᆡ(彼此)

83 이우(貽憂): 근심을 끼침.

84 ᄀᆡ망(旣望): 기망. 음력 16일.

85 취경각: 취경각. 조씨네 집에 있는 정명염의 처소 이름.

눈을 드ᄂᆞᆫ 일이 업ᄉᆞ니 무려무심(無慮無心)히 그 아모란 줄 아디 못ᄒᆞ고 ᄉᆞ실(私室)의ᄂᆞᆫ 나ᄌᆡ 드러와 ᄃᆡᄒᆞᆫ ᄇᆡ 더옥 흔치 아니ᄒᆞ다가 금
19면 일(今日) 그 비졀ᄒᆞᆫ ᄉᆞᄉᆡᆨ(辭色)과 경열ᄒᆞᆫ 소ᄅᆡᄅᆞᆯ 얼프시 드ᄅᆞ며 보ᄆᆡ 그 슬픈 졍을 츄연(惆然)ᄒᆞᄃᆡ 존젼(尊前)의 이셩화긔(怡聲和氣)로 승안위열(承顏爲悅)[86]ᄒᆞᄂᆞᆫ 도ᄅᆞᆯ 일허 져근 ᄉᆞ졍(私情)을 참디 못ᄒᆞ믈 깁히 브족(不足)ᄒᆞ여 이날 셕식(夕食) 후 쇼져의 유모ᄅᆞᆯ 셔헌(書軒)으로 블너 쇼져ᄀᆡ 젼어(傳語)ᄒᆞᄃᆡ 존젼의 쳬타오읍(涕沱嗚泣)ᄒᆞ여 존당 부모의 우려ᄒᆞ시미 침블안셕(寢不安席)ᄒᆞ시며 식블감미(食不甘味)ᄒᆞ시미 블회 비경(非輕)ᄒᆞ믈 졀칙(切責)ᄒᆞ고 ᄎᆞ후란 부모존당(父母尊堂)의 문후(問候)ᄅᆞᆯ 긋쳐 침실의 깁히 이셔 블효ᄅᆞᆯ ᄌᆞ칙(自責)ᄒᆞᆫ 후 듕회(衆會)의 나라 ᄒᆞ니 쇼제 황연경괴(晃然驚愧)ᄒᆞ며 츅연브ᄌᆞ안(蹙然不自安)ᄒᆞ여 감히 침당(寢堂)의도 잇디 못ᄒᆞ여 비실(鄙室)의 나려 셕고ᄃᆡ명(席藁待命)ᄒᆞ고 존당의 뵈디 못ᄒᆞ연 디 슈삼 일이라. 쥬부인이 쇼져 ᄃᆡ명뎐(待命前) 취경각의셔 고뷔(姑婦) 졍회ᄅᆞᆯ 니ᄅᆞ고 쥬부로 가시므로 능히 아디 못ᄒᆞ고 존당(尊堂)은 쇼제 유질(有
20면 疾)ᄒᆞ므로 아라 ᄌᆞ로 알ᄂᆞᆫ 곳을 뭇고 금오ᄂᆞᆫ 거의 짐ᄌᆞᆨᄒᆞ나 쇼제 일노뼈 슬픈 거ᄉᆞᆯ 강인ᄒᆞ여 슉식(宿食)의 ᄆᆞᄋᆞᆷ이 이시면 초뷔슈고(憔顦瘦枯)ᄒᆞᆷ도 져기 나을가 ᄒᆞ여 아ᄅᆞᆫ 쳬 아니 ᄒᆞ더니 어ᄉᆡ 참화(慘禍)의 쪄러디ᄆᆡ 정시 연연약딜(軟軟弱質)이 ᄆᆡᆺ쳐 결말도 보디 못ᄒᆞ고 초ᄉᆞ(焦思)ᄒᆞ여 딘(盡)ᄒᆞᆯ가 참연비졀(慘然悲絶)ᄒᆞ여 시녀(侍女) 복부

86 승안위열(承顏爲悅): 어른의 얼굴빛을 살피며 즐겁게 해드림.

(僕夫)를 엄히 당부ᄒᆞ여 ᄎᆞ변(此變)을 쇼져 귀에 가게 말나 ᄒᆞ여시므로 졍시 아득히 모로고 ᄒᆞᆫ갓 엄졍(嚴正)ᄒᆞᆫ 군ᄌᆞ의 칙(責)ᄒᆞ믈 인ᄒᆞ여 비실(鄙室)의 셕고ᄃᆡ명(席藁待命)ᄒᆞᆯ 쁜이로ᄃᆡ 녕신(靈神)ᄒᆞᆫ 심졍이 공연이 ᄌᆞ로 놀납고 ᄯᅩ 요요(擾擾)ᄒᆞ여 측냥(測量)치 못ᄒᆞ여 황황(遑遑)ᄒᆞ여[87] 팔히 ᄯᅥᆯ니고 혼혼(昏昏)ᄒᆞ여[88] 졍신이 혼난(昏亂)ᄒᆞ니 ᄒᆡ음업시 두통은 염딜(染疾) 어든 ᄌᆞ의 더으고 긔운은 쳑츅(蹴踖)ᄒᆞ여 고요히 누엇고져 ᄒᆞ나 흉ᄒᆡ(胸海)의 진납이 뛰노ᄂᆞᆫ ᄃᆞᆺ 놀납고 ᄎᆞ악(嗟愕)ᄒᆞ여 고요히 눕디 못ᄒᆞ고 빵슬(雙膝)을 븟안고 졍신을 뎡(定)ᄒᆞ여 안ᄌᆞᆺ고져 ᄒᆞ나 두통으로브터 ᄉᆞ디(四肢) 만톄(萬體) 다 아니 알픈 곳이 업ᄉᆞ니 ᄯᅩ 능히 안ᄌᆞᆺ기도 ᄆᆞ음ᄃᆡ로 못 ᄒᆞ고 죵일토록 심신을 잡디 못ᄒᆞᄂᆞᆫ 바의 니학ᄉᆞ 부인이 니ᄅᆞ러 보고 딘실노 통셰(痛勢) 비경(非輕)ᄒᆞ믈 념녀ᄒᆞ여 미듁(糜粥)을 가져 권ᄒᆞ여 먹이고 비실의 관패(冠珮)를 업시ᄒᆞ여 복식이 녜를 일코 거쳬 괴이ᄒᆞ믈 좌우다려 므ᄅᆞ니 유랑(乳娘)이 어ᄉᆞ의 칙ᄒᆞ므로조ᄎᆞ 안연(晏然)치 못ᄒᆞ믈 ᄃᆡᄒᆞ니 쇼졔 황난(遑亂)ᄒᆞᆫ 심신 가온ᄃᆡ도 슈괴(羞愧)ᄒᆞ믈 니긔디 못ᄒᆞ고 부인이 딜ᄌᆞ(姪子)의 위인이 너모 엄슉(嚴肅)ᄒᆞ고 셩되(性度) 태강(太強)ᄒᆞ여 온냥디덕(溫良之德)이 브죡ᄒᆞ므로 졍시 ᄀᆞᆺᄐᆞᆫ 슉염(淑艶)미쳐(美妻)를 어더 종요로이 화락(和樂)ᄒᆞ미 업셔 위의(威儀) 고듕(高重)ᄒᆞ고 녀ᄌᆞ의 ᄌᆞ비(慈悲)를 ᄉᆞᆯ피미 업셔 믁믁녈일(默默烈日)ᄒᆞ

21면

87 요요(擾擾)ᄒᆞ여 측냥(測量)치 못ᄒᆞ여 황황(遑遑)ᄒᆞ여: 규장각본에는 '혼혼황황ᄒᆞ야'로 되어 있음.

88 혼혼(昏昏)ᄒᆞ여: 규장각본에는 빠져 있음.

기롤 위쥬ᄒᆞ다가 이졔 참화의 쎠러져 형장의 급ᄒᆞᆫ 목숨이 부월과 경확을 버려 아모 곳의 맛ᄎᆞᆯ 줄 아디 못ᄒᆞ니 비록 그 긔딜작셩(氣質作
22면 性)과 쇼져의 복녹완젼디상(福祿完全之相)을 미드나 참졀(慘絶)ᄒᆞᆫ 회푀(懷抱) 칼흘 삼키고 돌흘 먹음은 ᄃᆞᆺ 가ᄉᆞᆷ이 앏흐고 압히 어두오나 정시 영혜민달(怜慧敏達)[89]ᄒᆞ니 혹ᄌᆞ 의심ᄒᆞᆯ가 ᄒᆞ여 쳔만 강인(强忍)ᄒᆞ여 괴이ᄒᆞᆫ ᄉᆞ식을 발치 아니코 ᄒᆞᆫ갓 쇼져롤 어로만져 친녀(親女)ᄀᆞᆺ치 ᄌᆞ이ᄒᆞᆯ 쁜이라. 이날 밤의 태ᄉᆡ ᄂᆡ헌(內軒)의셔 ᄌᆞ므로 니부인이 ᄌᆞ녀로 뫼셔 ᄌᆞ라 ᄒᆞ고 ᄌᆞ긔ᄂᆞᆫ 정시 잇ᄂᆞᆫ 곳의셔 ᄒᆞᆫ가디로 밤을 다ᄂᆡ니 쇼졔 크게 황공블안(惶恐不安)ᄒᆞᄃᆡ 부인이 겻ᄐᆡ셔 ᄌᆞ로 어로만져 알픈 곳을 ᄆᆞ라며 인화(仁和)ᄒᆞᆫ 긔운과 슌화(順和)ᄒᆞᆫ 말ᄉᆞᆷ으로 그 ᄆᆞᄋᆞᆷ을 위로ᄒᆞ니 ᄯᅩᄒᆞᆫ 든든ᄒᆞ여 ᄌᆞ뫼 겻ᄐᆡ 누어시나 다ᄅᆞ디 아니ᄒᆞ더라. 명일은 샹휘(上候) 블평(不平)ᄒᆞ시므로 됴회(朝會)롤 밧디 아니ᄒᆞ시니 댱공 등이 됴셰챵 ᄉᆞ로시믈[90] 쳥치 못ᄒᆞ엿더니 우명일(又明日)[91]의 샹이 됴회롤 님ᄒᆞ시니 댱보(張輔) 등이 다시 됴셰챵 ᄉᆞ로시믈 힘뼈 쳥ᄒᆞᄃᆡ 셰챵의 딕졀(直節)노뼈 원억참ᄉᆞ(怨抑慘死)ᄒᆞᆫ즉 셩
23면 쥬티화(聖主治化)의[92] 대흠(大欠)이라. ᄒᆞ믈며 샤딕(社稷)의 간셩(干城)과 암낭(巖廊)의 대보(臺輔)[93]롤 일흐시믈 년ᄒᆞ여 알외온ᄃᆡ 샹뇌(上怒) 잠간 플니샤 감샤뎡ᄇᆡ(減死定配)ᄒᆞ여 졀도(絶島)의 안치(安

89 영혜민달(怜慧敏達): 영리하고 지혜롭고 민첩하고 사리에 통달함.

90 ᄉᆞ로시믈: ᄉᆞ로시다. 살려주시다.

91 우명일(又明日): 모레.

92 셩쥬티화(聖主治化)의: 규장각본에는 '셩덕의'로 되어 있음.

93 대보(臺輔): 삼공의 지위에서 천자를 돕는 신하.

置)[94]ᄒᆞ라 ᄒᆞ시니 댱보 등이 셩덕을 샤(謝)ᄒᆞ고 왕단은 깁히 앙앙(怏怏)ᄒᆞᆫ 의ᄉᆡ 이시ᄃᆡ 영국공은 왕단이라도 구ᄐᆞ여 업시코ᄌᆞ 뜻이 ᄲᆡᄅᆞ디 아니ᄒᆞᆫ 고로 댱공(張公)의 구ᄒᆞᄂᆞᆫ 바ᄅᆞᆯ 졔 감히 혐극(嫌隙)[95]으로 죽이기ᄅᆞᆯ 닷토디 못ᄒᆞ여 다만 ᄇᆡ소(配所)ᄅᆞᆯ 븍변(北邊)의 뎡키로 결단ᄒᆞ니 이ᄂᆞᆫ 븍뇌(北奴) 변경(邊境)가디 도젹질ᄒᆞᄂᆞᆫ 즈음이니 셰챵을 비록 죽이디 못ᄒᆞ나 ᄌᆞ연 흉노(凶奴)의 죽이미 될 거오 혹ᄌᆞ 흉뇌 죽이니 아냐도 셰챵이 븍노의게 두항(投降)ᄒᆞ다 밀을 디어 텬의(天意)ᄅᆞᆯ 혼동ᄒᆞᆫ즉 됴가 구족(九族)을 셤멸ᄒᆞᆯ 마ᄃᆡ라 ᄒᆞ여 븍변의 ᄇᆡ소ᄅᆞᆯ 뎡ᄒᆞ고 됴시ᄅᆞᆯ ᄒᆡᄒᆞᆯ 근졔(根底)ᄅᆞᆯ 삼고ᄌᆞ ᄒᆞ니 의ᄉᆡ(意思) 궁흉(窮凶)ᄒᆞ고 간계(奸計) 교밀(巧密)ᄒᆞ더라. 시시(是時)의 됴어ᄉᆡ 참형여ᄉᆡᆼ(斬刑餘生)이 븍변원디(北邊遠地)의 뎡ᄇᆡᄒᆞ시ᄂᆞᆫ 명을 인ᄒᆞ여 24면
옥문 밧긔 나ᄆᆡ 친쳑제위(親戚諸友) 작별운집(作閥雲集)[96]ᄒᆞ여 일시의 븟들고 슬픈 말과 블힝 듕 깃분 바ᄅᆞᆯ 닐너 일뉘(一縷) 보젼(保全)ᄒᆞ믈 환희(歡喜)ᄒᆞ니 반기고 슬허ᄒᆞ미야 ᄃᆡ인이 다시 니ᄅᆞ고[97] 황양(黃壤) 사ᄅᆞᆷ이 도라온 ᄃᆞᆺᄒᆞ나 쳔금디긔(千金之軀)의 참형 바드믈 위ᄒᆞ여 츌톄(出涕)치 아니리 업고 븍변을 념녀ᄒᆞᄆᆡ ᄉᆞ랏ᄂᆞᆫ 깃브미 젹은디라. 범연(泛然)ᄒᆞᆫ 남의 ᄆᆞ음과 등한(等閑)ᄒᆞᆫ 원촌(遠寸)의 졍도 이러커든 ᄒᆞ믈며 텬셩(天性)의 친(親)과 부ᄌᆞ의 뉸(倫)이 그 엇더ᄒᆞ리

94 안치(安置): 귀양 간 사람의 거주를 제한하는 일.

95 혐극(嫌隙): 갈등하여 생기는 틈.

96 작별운집(作閥雲集): 떼를 이루어 구름처럼 모임.

97 반기고 슬허ᄒᆞ미야 ᄃᆡ인이 다시 니ᄅᆞ고: 규장각본에는 '반기고 슬허ᄒᆞ미야 이ᄅᆞᆯ 게시 업고 ᄃᆡ인이 이ᄅᆞ고'로 되어 있음.

오마ᄂᆞᆫ 됴금오와 어ᄉᆞᄂᆞᆫ 뎐실노 난부난ᄌᆡ(難父難子)라. 셩뇌 뎐쳡ᄒᆞ신 ᄡᅵ의 그 아비 집금오(執金吾)ᄅᆞᆯ 디ᄂᆡ여시므로 나졸이 ᄒᆞᆫ 조각 인졍을 머므롤가 의심ᄒᆞ시ᄆᆡ 각별이 고찰(考察)ᄒᆞ여 일장(一杖)의 피육(皮肉)이 ᄯᅥ러디고 슈삼장(數三杖)의 쇄골(碎骨)ᄒᆞᆯ ᄇᆡ니 녕한(獰悍)ᄒᆞ고 무디(無知)ᄒᆞᆫ 쳔인(賤人)이라도 삼ᄉᆞ ᄎᆞᄅᆞᆯ 일시의 밧고 견ᄃᆡ디 못ᄒᆞᆯ 거시로ᄃᆡ 됴어ᄉᆡ 연연유각(軟軟柔殼)의 피육(皮肉)이 낫
25면 낫치 ᄯᅥ러디고 쳥빙(清氷)을 삭인 골졀(骨節)이 ᄇᆞᄋᆞ디믈[98] 면치 못ᄒᆞᄃᆡ 항항(抗抗)ᄒᆞᆫ ᄀᆡ운이 능히 알픈 거ᄉᆞᆯ 견ᄃᆡ여 송빅(松栢)이 셰한(歲寒)을 당ᄒᆞ니 블피상셜(不避霜雪)ᄒᆞ여[99] ᄉᆞ시(四時)의 빗ᄎᆞᆯ 변치 아니ᄒᆞᄂᆞᆫ ᄀᆡ졀(氣節)을 ᄯᆞ로고 왕뎐의 머리ᄅᆞᆯ 버히디 못ᄒᆞᆫ 분ᄒᆞᆫ 의ᄉᆡ 먹디 아니나 ᄀᆡ아(饑餓)의 괴로오미 업고 금샹(今上)의 실덕(失德)을 슬허ᄒᆞᆷ과 종샤(宗社)ᄅᆞᆯ 위ᄒᆞᆫ 근심이 ᄉᆞᄉᆞ(私私)ᄅᆞᆯ 니져 십월회듕(十月懷中)의 구로(劬勞)ᄒᆞᆫ 은혜와 삼 년 슬하(膝下)의 ᄌᆞ무ᄒᆞᆫ 은ᄋᆡ(恩愛)ᄅᆞᆯ 버히고 텬셩(天性)의 친(親)[100]이 만믈디듕(萬物之中)의 비길 곳 업시 귀듕ᄒᆞ므로 홀연 망극디은(罔極之恩)을 난연(赧然)이 니ᄌᆞᆫ ᄃᆞᆺ ᄒᆞᆫ갓 우국(憂國)ᄒᆞᄂᆞᆫ 튱의(忠義)와 시롬ᄲᅳᆫ이니 ᄉᆞᄉᆞ의 근심이 밋디 아냐 반졈 ᄋᆡ쳑통비(哀慽痛悲)ᄒᆞ미 업ᄉᆞ니 조필이 위ᄒᆞ여 쳬타비읍(涕沱悲泣)ᄒᆞ여 딘반(進飯)ᄒᆞ믈 쳥ᄒᆞ미 졍셩을 갈(渴)ᄒᆞ나 어ᄉᆡ 허

---

98 ᄇᆞᄋᆞ디믈: ᄇᆞᄋᆞ디다. 부서지다. 규장각본에는 'ᄡᅵ여지믈'로 되어 있음.

99 블피상셜(不避霜雪)ᄒᆞ여: 불피상설하여. 눈서리를 피하지 않음. 규장각본에는 '상셜을 능멸ᄒᆞ야'로 되어 있음.

100 텬셩(天性)의 친(親): 천성의 친. 천성지친(天性之親). 부자간의 친함.

핍(虛乏)ᄒᆞ미 업ᄉᆞ믈 닐너 딘식(進食)디 아니터니 임의 옥문 밧글 나 친붕졔우(親朋諸友)와 일가족친(一家族親)을 상면(相面)ᄒᆞ여 반가 오믄 의논치 말고 부친이 이에 니ᄅᆞ러 계시니 효ᄌᆞ의 ᄆᆞ옴이 됴흔 일 26면
노 나갓다가도 친을 알(謁)ᄒᆞᄆᆡ[101] 반가오미 극ᄒᆞ려든 ᄒᆞ믈며 텬위(天威) 엄문디하(嚴問之下)의 뇌졍(雷霆)이 딘쳡(震疊)기ᄅᆞᆯ 당ᄒᆞ여 살기ᄅᆞᆯ 몽니(夢裡)의도 ᄉᆡᆼ각디 못ᄒᆞ여시미리오? 딘실노 부ᄌᆡ 산 얼골노 ᄃᆡᄒᆞ미 희한ᄒᆞᆫ 복이라. 어ᄉᆡ 능이 몸을 움ᄌᆞᆨ여 부젼(父前)의 두 번 절ᄒᆞ고 화안이셩(和顔怡聲)으로 슈일디간(數日之間) 존후(尊候)ᄅᆞᆯ ᄆᆞᆺᄌᆞᆸ고 블초(不肖)의 블효무상(不孝無狀)ᄒᆞᆫ 연고(緣故)로 친위(親闈)[102]예 놀나시믈 닐위니 블회 ᄇᆞᆺ흘 곳이 업ᄉᆞ믈 청죄(請罪)ᄒᆞᆯᄉᆡ 은은긍긍(誾誾兢兢)ᄒᆞ여 조심ᄒᆞ미 능히 니긔디 못ᄒᆞᆯ ᄃᆞᆺ 튝쳑여야(踧踖如也)[103]ᄒᆞ며 호흡여야ᄒᆞ여[104] 반기ᄂᆞᆫ ᄀᆞ온ᄃᆡ 삼엄(森嚴)ᄒᆞᆫ 녜졀과 디극(至極)ᄒᆞᆫ 셩회 문왕(文王)이 계력(季歷)을 뫼시며 무왕(武王)이 문왕을 뫼심 갓ᄐᆞ니 그 슌ᄒᆞ고 가득이 브드러오미 슈셰쇼ᄋᆞ(數歲小兒)의 온화ᄒᆞᆫ ᄉᆡᆨ위(色威)와 유열(愉悅)ᄒᆞᆫ 셩음(聲音)으로 블튱블효(不忠不孝)ᄅᆞᆯ 일ᄏᆞᄅᆞᆯ ᄲᅳᆫ이라. 금외(金吾) ᄎᆞ마 그 상쳐ᄅᆞᆯ 보디 못ᄒᆞᆯ 거시므로 능
히 ᄆᆞᆺ디 못ᄒᆞ더니 표슉(表叔)[105] 쥬ᄂᆡᄉᆞ와 시랑이[106] 어ᄉᆞᄅᆞᆯ 븟드러 일장 27면

101 알(謁)ᄒᆞᄆᆡ: 규장각본에는 '뵈오ᄆᆡ'로 되어 있음.

102 친위(親闈): 부모가 거처하는 방. 부모.

103 튝쳑여야(踧踖如也): 축척여야. 임금이 계실 때 신하가 공경하는 모습. 《논어》 〈향당〉.

104 튝쳑여야(踧踖如也)ᄒᆞ며 호흡여야ᄒᆞ여: 규장각본에는 빠져 있음.

105 표슉(表叔): 표숙. 외삼촌, 외숙.

106 쥬ᄂᆡᄉᆞ와 시랑: 주내사와 시랑. 주성과 주필.

통읍(一場痛泣)의 졍신을 계오 슈습(收拾)ᄒᆞ여 장쳐(杖處)ᄅᆞᆯ 보ᄌᆞ ᄒᆞᆫᄃᆡ 후암(後黯)[107]이 ᄌᆞ긔 장쳐ᄅᆞᆯ ᄂᆡ여 사ᄅᆞᆷ의 놀나믈 도음도 블가ᄒᆞ고 ᄒᆞ믈며 가군(家君)이 ᄌᆡ좌(在座)의 무궁ᄒᆞᆫ 블회 참독(慘毒)ᄒᆞ믈 뵈디 못ᄒᆞ여 이연ᄃᆡ왈(怡然對曰)

"혈육디신(血肉之身)이 삼ᄎᆞ(三次) 형장(刑杖)의 상(傷)치 아닐 거시 아니로ᄃᆡ 보셔 무익(無益)ᄒᆞ고 고인(古人)이 볼이 상ᄒᆞᄆᆡ 두 달을 근심ᄒᆞ던 바[108]ᄅᆞᆯ ᄉᆡᆼ각ᄒᆞᄆᆡ 블초누딜(不肖陋質)이 구로ᄉᆡᆼ디지은(劬勞生之之恩)[109]을 니져 몸을 스ᄉᆞ로 상케 ᄒᆞᆫ ᄇᆡ 블튱디죄(不忠之罪)의 다시 블효의 허믈이 듕ᄒᆞᆫ디라. 감히 장쳐ᄅᆞᆯ 드러ᄂᆡ여 ᄂᆡ구대인(內舅大人)[110]긔 뵈디 못ᄒᆞᄂᆞ이다."

쥬공 곤계(昆季) 그 ᄯᅳᆺ을 아라 다시 보아디라 말을 못 ᄒᆞᄃᆡ 셜국엄문(設鞫嚴問)ᄒᆞ실 ᄢᅵ의 입시(入侍)ᄒᆞ엿던 졔ᄌᆞ(諸子)ᄂᆞᆫ 임의 참독ᄒᆞ믈 보앗ᄂᆞᆫ디라. 능히 일뉘 보젼ᄒᆞ미 이상ᄒᆞ거ᄂᆞᆯ ᄒᆞ믈며 타연안상(妥然安詳)ᄒᆞ여 쇄락ᄒᆞᆫ[111] 용모와 쳑탕(滌蕩)ᄒᆞᆫ 풍뉘 헌앙쥰ᄆᆡ(軒昂俊邁)[112]
28면 ᄒᆞ여 범이 다ᄅᆞ며 놓이 나ᄂᆞᆫ 거동이 일셰ᄅᆞᆯ 압두ᄒᆞᆯ 튱텬댱긔(衝天壯

107 후암(後黯): 조세창의 호.

108 고인(古人)이 볼이 상ᄒᆞᄆᆡ 두 달을 근심ᄒᆞ던 바: 춘추시대 노나라 악정자춘이 발을 다쳐 몇 달 동안 문 밖을 나가지 않고 근심하니 제자가 그 이유를 묻자, "신체를 훼손하지 않고 몸을 욕되게 하지 않는 것이 효를 온전히 하는 것이고, 군자는 한두 걸음 옮길 때에도 효를 잊지 못해야 하는데 나는 효의 도리를 잊어버렸기에 근심하는 것이다."라고 말한 내용이 《소학》 〈계고〉 '명륜'에 나옴.

109 구로ᄉᆡᆼ디지은(劬勞生之之恩)을: 규장각본에는 '구로ᄒᆞ신 은혜를'로 되어 있음.

110 ᄂᆡ구대인(內舅大人): 내구대인. 외숙, 외삼촌.

111 쇄락ᄒᆞᆫ: 쇄락하다. 기운이나 몸이 시원하고 상쾌하다.

112 헌앙쥰ᄆᆡ(軒昂俊邁): 헌앙준매. 풍채 좋고 의기가 당당하며 재주와 지혜가 매우 뛰어남.

氣)[113]ᄅᆞᆯ 일치 아냐시믈 도로혀 놀나고 측냥(測量)치 못ᄒᆞ여 져마다 칭찬(稱讚)ᄒᆞ여 그 항항쥰격(抗抗峻激)ᄒᆞ미 알픈 거ᄉᆞᆯ 니ᄌᆞ며 협태산초븍히(挾泰山超北海)[114]ᄒᆞ미 후암의 긔상을 의논ᄒᆞᆯ ᄇᆡ라 ᄒᆞ더라. 됴금외 초교(草轎)[115]ᄅᆞᆯ 가져오라 ᄒᆞ여 ᄋᆞᄌᆞ(兒子)ᄅᆞᆯ 시러 운산의 나아가 비로소 태ᄉᆞ 부부긔 원젹(遠謫)ᄒᆞᄂᆞᆫ 소유(所由)ᄅᆞᆯ 고ᄒᆞ려 ᄒᆞᆯᄉᆡ 어ᄉᆡ 또ᄒᆞᆫ 마샹(馬上)의 힝ᄒᆞᆯ 길히 업ᄉᆞ므로 초교(草轎)의 올나 본아(本衙)로 도리갈ᄉᆡ 붕당친쳑(朋黨親戚)이 ᄒᆞᆫ가디로 조ᄎᆞ 운산으로 힝ᄒᆞ믄 니ᄅᆞ도 말고 녀항시민(閭港市民)이 늙으니ᄅᆞᆯ 븟들며 어리니ᄅᆞᆯ 닛그러 어ᄉᆞᄅᆞᆯ 에워ᄡᆞ 톄타오읍(涕唾嗚泣) 왈

“상공이 셩동지시(成童之時)[116]의 농닌(龍鱗)을 밧들고 봉익(鳳翼)을 츄(追)ᄒᆞ여[117] 일셰ᄅᆞᆯ 경인(驚人)ᄒᆞᆯ 문댱과 만고ᄅᆞᆯ 곳쳐 묽힐 긔딜이 봉각(鳳閣)의 휘필(揮筆)ᄒᆞ고 난좌(鸞座)의 논ᄉᆞ(論事)ᄒᆞ여 문명(文名)이 ᄉᆞ히(四海)의 가음열고 ᄉᆞ덕(四德)이 ᄉᆞ류(士類)의 쒸여나 딕임(職任)이 간관(諫官)의 뎡대(正大)ᄒᆞᆫ 논칙(論責)이 음ᄉᆞ(陰邪)ᄅᆞᆯ 29면
딘탕(震蕩)[118]ᄒᆞ고 신긔ᄒᆞᆫ 안녁(眼力)이 요ᄆᆡ(妖魔)ᄅᆞᆯ 쳑벌(斥伐)ᄒᆞ여

---

113 튱텬댱긔(衝天壯氣): 충천장기. 하늘을 찌를 듯 건장하고 왕성한 기운.

114 협태산초븍히(挾泰山超北海): 협태산초북해. 태산을 겨드랑이에 끼고 북해를 뛰어넘는다는 뜻으로, 용력이 썩 장대함을 비유함. 《맹자》 〈양혜왕 상〉.

115 초교(草轎): 뚜껑 없는 가마.

116 셩동지시(成童之時): 성동지시. 15세 때. 규장각본에는 빠져 있음.

117 농닌(龍鱗)을 밧들고 봉익(鳳翼)을 츄(追)ᄒᆞ여: 황제에게 의탁해서 공명(功名)을 이루는 것. 한(漢)나라 양웅이 지은 《법언(法言)》 〈연건(淵騫)〉에 “용의 비늘을 더위잡고 봉의 날개에 붙는다(攀龍鱗 附鳳翼).”라는 말이 있음.

118 딘탕(震蕩): 진탕. 뒤흔들림. 요동침.

만언소(萬言疏)의 긋칠 날이 업셔 풍화(風化)ᄅᆞᆯ 가다ᄃᆞᆷ고 녜졍(禮政)을 ᄇᆞᆰ히니 우리 시민도 노야(老爺)의 딕졀풍녁(直節風力)[119]을 앙복칭희(仰服稱喜)ᄒᆞ여 한(漢) 급어ᄉᆞ(汲御使)ᄂᆞᆫ 덕이 브죡ᄒᆞ고 상공의 홍냥대도(弘量大道)ᄅᆞᆯ 밋디 못ᄒᆞᆯ가 ᄒᆞ엿더니 엇디 일됴(一朝)의 나ᄅᆞᆺ 믠 환ᄌᆞ(宦者)ᄅᆞᆯ 논죄(論罪)ᄒᆞ미 이 화ᄅᆞᆯ 만나 쳔금 귀톄의 참벌(慘罰)을 바드샤 븍변호디(北邊胡地)의 원뎍(遠謫)ᄒᆞ시니 통원(痛冤)ᄒᆞ미 우리 녀항(閭巷) 쇼민(小民)[120]도 졍히 창합(閶闔)을 두다려 노야(老爺)의 원앙(冤殃)을 할고져 시븐디라. 원(願) 노야ᄂᆞᆫ 쳔금 존톄ᄅᆞᆯ 보듕ᄒᆞ샤 우리 시민의 ᄌᆞ모(慈母)갓치 ᄇᆞ라ᄂᆞᆫ ᄆᆞᄋᆞᆷ을 슷게 마ᄅᆞ쇼셔.”

이러틋 분분(紛紛)[121]이 니ᄅᆞ며 유유히 짓궤여 슬허ᄒᆞ미 골육의 화ᄅᆞᆯ 당ᄒᆞᆷ ᄀᆞᆺᄐᆞ니 됴금의 ᄋᆞᄃᆞᆯ의 져 갓튼 덕망이 더옥 화ᄅᆞᆯ 닐윌가 ᄒᆞ여 창두(蒼頭)로 ᄒᆞ여곰 시민을 ᄃᆡᄒᆞ여 분난(紛亂)ᄒᆞ믈 긋치라 ᄒᆞᄃᆡ 능히 긋치디 못ᄒᆞ여 좌우 젼후로 ᄯᆞᆯ와 운산가디 나아오니 대뢰(大路) 좁기ᄅᆞᆯ 30면 면치 못ᄒᆞ더라. 힝ᄒᆞ여 운산의 쥬부인이 ᄋᆞᄌᆞ의 일뉘 보젼ᄒᆞ믈 듯고 계오 신졍(神精)을 슈습ᄒᆞ여 바야흐로 운산의 다ᄃᆞ랏더니 어ᄉᆞ의 오ᄅᆞᆫ 초교ᄅᆞᆯ 보고 ᄉᆡ로이 흉ᄒᆡ(胸海) 젼ᄉᆡᆨ(塡塞)ᄒᆞ여 일ᄇᆡᆨ 줄 비루(悲淚)ᄅᆞᆯ 드리오고 부문(府門)의 밋ᄎᆞᄆᆡ 태ᄉᆡ ᄂᆡ헌(內軒)의 잇고 니부인이 오히려 고치 아냐시므로 잠간 딘뎡(鎭靜)ᄒᆞ여 알현(謁見)코져 ᄂᆡ

---

119 딕졀풍역(直節風力): 직절풍력. 곧은 절개와 교화력. 풍력은 사람을 변화시키는 힘. 풍력관(風力官)은 백성들의 침체한 기풍과 위력을 떨쳐 일으킬 수 있는 벼슬아치.

120 쇼민(小民): 소민. 상사람. 백성.

121 분분(紛紛)이: 규장각본에는 ‘분분’으로 되어 있음.

헌 갓가온 송듁헌의 부부 모ᄌᆡ 나릴ᄉᆡ 어ᄉᆡ 평ᄉᆡᆼ 긔운을 다ᄒᆞ여 모친긔 ᄇᆡ례(拜禮)ᄅᆞᆯ 베플고져 ᄒᆞᄆᆡ 쥬부인이 ᄋᆞᄌᆞ의 졀ᄒᆞᄂᆞᆫ ᄉᆞ이ᄅᆞᆯ 기다리디 못ᄒᆞ여 황망이 븟드러 편히 안치며 밧비 손을 ᄌᆞᆸ고 낫ᄎᆞᆯ 다혀 블승엄홀운졀(不勝奄忽殞絶)ᄒᆞ니 슈일 ᄉᆞ이 부인이 옥골(玉骨)이 초고(憔枯)ᄒᆞ고 용안(容顔)[122]이 환탈(換奪)ᄒᆞ여 엄엄위위(奄奄危危)ᄒᆞᆫ 거동이 장ᄎᆞᆺ 딘(盡)ᄒᆞᆯ ᄃᆞᆺ ᄎᆞ마 보디 못ᄒᆞ게 되여시니 어ᄉᆡ 이에 다ᄃᆞ라 ᄌᆞ긔 블회 ᄇᆞᆺ흘 곳이 업ᄉᆞ믈 ᄭᆡᄃᆞ라 ᄯᅩᄒᆞᆫ 모부인 낫ᄎᆞᆯ 다히고 봉인(鳳眼)의 누쉬(淚水) 삼삼ᄒᆞ여 ᄀᆞᆯ오ᄃᆡ

“블최 부모의 구로디혜(劬勞之惠)와 ᄉᆡᆼ지디은(生之之恩)을 져ᄇᆞ려
텬디간의 ᄇᆞᆺ흘 곳 업ᄉᆞᆫ 블효ᄅᆞᆯ 깃치오니 비록 몸을 일만 번 죽이오나 31면
죄ᄅᆞᆯ 속기 어렵도소이다. 연이나 신ᄌᆡ(臣者) 몸을 나라ᄒᆡ 허ᄒᆞᄆᆡ ᄉᆞᄉᆞᄅᆞᆯ 도라보기 어렵ᄉᆞ온디라. ᄋᆞᄒᆡ 셜ᄉᆞ 참벌을 바다 부월(斧鉞)의 쥬(誅)ᄒᆞ고 유확(油鑊)의 슉ᄑᆡᆼ(熟烹)ᄒᆞ나 블튱(不忠)이 죡히 죽으ᄆᆡ 가ᄒᆞ오니 ᄌᆞ위(慈闈) 우흐로 왕부모의 통상ᄒᆞ시믈 위로ᄒᆞ시며 아ᄅᆡ로 ᄒᆡᄋᆞ(孩兒)의 블효디죄(不孝之罪)ᄅᆞᆯ 더으디 마ᄅᆞ샤 셩후(聖候)ᄅᆞᆯ 안보ᄒᆞ시미 맛당ᄒᆞᄋᆞᆸ거ᄂᆞᆯ 엇디 결말이 나믈 보디 아니시고 과도히 셩녀(聖慮)ᄅᆞᆯ 허비ᄒᆞ샤 슈삼 일 ᄂᆡ의 존안(尊顔)이 환탈ᄒᆞ여 ᄎᆞ마 보ᄋᆞᆸ디 못ᄒᆞ올 ᄇᆡ니 ᄋᆞᄒᆡ 쳠망(瞻望)ᄒᆞ오ᄆᆡ 놀나옴과 슬프믈 니긔디 못ᄒᆞ리로소이다.”

부인이 고흉통디(叩胸痛之) 왈

122 용안(容顔)이: 규장각본에는 ‘용뫼’로 되어 있음.

“일일디ᄂᆡ(一日之內)의 참홰(慘禍) 망극ᄒᆞᄆᆡ 내 ᄋᆞᄒᆡ ᄉᆞ디의 ᄶᅥ러디니 여모(汝母)의 심장이 비기쳘(非其鐵) 비기셕(非其石)이라 스ᄉᆞ로 흉ᄒᆡ코[123] 참졀(慘絶)ᄒᆞ믈 딘뎡코ᄌᆞ ᄒᆞ나 오ᄂᆡ(五內) ᄇᆡᆨ인(百刃)의 ᄀᆡ야이고[124] 만톄(萬體) 쳔검(千劍)의 삭(削)ᄒᆞ니 원앙비한(寃殃悲恨)을

32면 하이인디(何以忍之)리오[125]? 만일 내 ᄋᆞᄒᆡ 보젼ᄒᆞ믈 엇디 못ᄒᆞ여 형장의 맛촐딘ᄃᆡ 여뫼(汝母) 뒤흘 조ᄎᆞ 쾌히 죽기롤 결ᄒᆞ고 ᄉᆞᆯ기롤 ᄇᆞ라디 아니ᄒᆞᆯ와.”

셜파(說罷)의 어ᄉᆞ의 젼각(前脚)이 남디 아냐시믈 통앙비원ᄒᆞ여 운환(雲鬟)을 벽샹의 브드잇고[126] 엄홀긔식(奄忽氣塞)ᄒᆞ니 어ᄉᆡ 참형을 당ᄒᆞ여 쇄골혈뉴(碎骨血流)ᄒᆞᄃᆡ 강ᄆᆡᆼ녈일(强猛烈日)ᄒᆞ여 ᄒᆞᆫ번 낫빗출 변ᄒᆞ미 업셔 식식 뎡엄(正嚴)ᄒᆞ더니 모친의 이 갓ᄐᆞ시믈 당ᄒᆞ여ᄂᆞᆫ 구촌(九寸)이 욕녈(欲裂)ᄒᆞ여 블효롤 슬허ᄒᆞᄂᆞᆫ 눈믈이 니음ᄎᆞᄃᆡ 또 몸을 가ᄇᆞ야이 움즉여 약음(藥飮)으로 구호ᄒᆞ며 ᄒᆞᆫ갓 좌우롤 도라보아 밧비 약환(藥丸)을 가져오라 ᄒᆞ여 급히 가라 입의 드리올ᄉᆡ 창황(蒼黃)ᄒᆞ믈 어이 비ᄒᆞᆯ 곳이 이시리오? 이윽ᄒᆞᆫ 후 부인이 인ᄉᆞ롤 ᄎᆞᆯ히ᄆᆡ 공이 광미(廣眉)롤 찡긔고 ᄀᆞᆯ오ᄃᆡ

“부인이 비록 ᄌᆞ모의 약ᄒᆞᆫ 심ᄉᆞ로ᄡᅧ 독ᄌᆞ(獨子)의 화익(禍厄)을 슬허ᄒᆞ나 거죄 도로혀 괴이ᄒᆞ미 갓가와 훤위(萱闈)롤 도라보옵디 아니ᄒᆞ

123 흉히코: 규장각본에는 ‘흉회코’로 되어 있음.

124 ᄀᆡ야이고: ᄀᆡ야이다. 으깨지다.

125 하이인디(何以忍之)리오: 규장각본에는 ‘그 엇지 ᄎᆞᆷ으리오’로 되어 있음.

126 브드잇고: 브드잇다. 부딪치다.

고 복(僕)의 이시믈 싱각디 아니ᄒᆞ니 실노 괴이토다." 33면

인ᄒᆞ여 어ᄉᆞ다려 왈

"너의 어미롤 위ᄒᆞᆫ 졍이 디극ᄒᆞ믈 인ᄒᆞ여 비쳬(悲涕)롤 금치 못ᄒᆞ나 여부(汝父)의 심ᄉᆡ(心思) 쏘ᄒᆞᆫ 아룹답디 아니ᄒᆞ니 무익ᄒᆞᆫ 슬프므로뼈 아비 회포(懷抱)롤 동(動)ᄒᆞ고 너희 긔운을 더옥 히롭게 ᄒᆞ미 가ᄒᆞ랴?"

어ᄉᆡ 브복문파(俯伏聞罷)의 계슈샤죄(稽首謝罪)ᄒᆞ고 쥬부인이 쳔만(千萬)[127] 비원(悲寃)올 억졔ᄒᆞ나 능히 침달(慘怛)ᄒᆞᆫ 회포롤 뎡치 못ᄒᆞ니 어ᄉᆡ 민망비졀(憫惘悲絶)ᄒᆞ여 ᄌᆞ가(自家)의 몸인즉 조곰도 위ᄐᆡ치 아니믈 일ᄏᆞ라 위로ᄒᆞ더라. 금외 뎡당(正堂)의 드러가 빵친 슬하의 졀ᄒᆞ고 뷰슈(附隨)ᄒᆞ여 슈삼 일간 존후롤 뭇ᄌᆞ오며 ᄆᆡ뎨(妹弟)로 반기ᄂᆞᆫ 졍을 다ᄒᆞ여 이셩화긔(怡聲和氣) 츈양(春陽)이 훈풍을 인ᄒᆞᄂᆞᆫ 돗 승안위열(承顔爲悅)[128]ᄒᆞᄆᆡ ᄉᆞ심(私心)을 결을치 못ᄒᆞ니 엇디 독ᄌᆞ롤 참화의 ᄲᅧ져 슈일 간위(肝胃)롤 ᄉᆞᆯ오미 방촌(方寸)[129]이 ᄌᆡ 되기의 밋쳐시믈 알니오? 그러나 잠간 슈고(瘦枯)ᄒᆞ여 초븨(憔憊)ᄒᆞᆫ 돗ᄒᆞ더라. 태ᄉᆞ 부뷔 그 ᄉᆞ이라도 반기미 십 년이나 ᄯᅥ난 돗ᄒᆞ여 손을 잡아 ᄀᆞᆯ오ᄃᆡ 34면

"셰창이 비셔각의 입번(入番)ᄒᆞ연 디 삼 일이되 ᄌᆡ 도라오디 아니코 너희 부뷔 집을 ᄯᅥ나니 녀ᄋᆡ(女兒) 비록 창ᄋᆞ[130] 등을 거ᄂᆞ려 이에 와시나 우리 부뷔 훌연(欻然)ᄒᆞᆫ 회푀(懷抱) 쳐황(凄惶)ᄒᆞ믈[131] 니긔디 못ᄒᆞ

127 쳔만(千萬): 천만. 비할 데 없음. 아주. 전혀. 썩 많음.

128 승안위열(承顔爲悅): 안색을 살피며 기쁘게 해드림.

129 방촌(方寸): 마음속.

130 창ᄋᆞ: 창아. 학사 이빈과 조부인의 양자 이창린과 친자 이창현 등을 말함.

131 훌연(欻然)ᄒᆞᆫ 회푀(懷抱) 쳐황(凄惶)ᄒᆞ믈: 규장각본에는 '쳐황ᄒᆞᆫ 회푀 훌연ᄒᆞ믈'로 되어 있음.

더니 이졔 너희 도라오니 졍히 ᄆᆞᄋᆞᆷ을 위로ᄒᆞ리로다."

금외 부모의 이 ᄀᆞᆺᄐᆞ시믈 드라ᄆᆡ 더옥 감오(感悟)ᄒᆞ고 셰챵의 슈형(受刑)ᄒᆞ믈 고치 못ᄒᆞ나 일이 죵시 은휘(隱諱)치 못ᄒᆞᆯ디라. 이에 니셕ᄇᆡ샤(離席拜謝) 왈

"블최 셰챵의 젹힝(謫行)을 근ᄇᆡ샤이쥬(謹拜謝而奏)ᄒᆞᄋᆞᆸᄂᆞ니 져의 일누(一縷)ᄅᆞᆯ 보젼ᄒᆞ미 셩쥬(聖主)의 호ᄉᆡᆼ디덕(好生之德)[132]이라. 인신(人臣)의 ᄃᆡᆨ분(職分)을 다ᄒᆞ고 일시 셩위(聖威)ᄅᆞᆯ 쵹휘(觸諱)ᄒᆞ여 잠간 원도(遠島)의 찬젹(竄謫)ᄒᆞᄂᆞᆫ 거시야 므ᄉᆞᆷ 놀나미 잇ᄉᆞ리잇가?"

태ᄉᆞ 부뷔 쳥파의 변ᄉᆡᆨ대경(變色大驚) 왈

"셰챵의 젹힝이란 말이 엇던 말이뇨? 므ᄉᆞᆷ 변이 잇ᄂᆞ냐?"

금외 낫빗ᄎᆞᆯ 더옥 화(和)히 ᄒᆞ며 소ᄅᆡᄅᆞᆯ 유열(愉悅)이 ᄒᆞ여 ᄋᆞᄌᆞ(兒
35면 子)의 븍변(北邊) 찬젹사(竄謫事)ᄅᆞᆯ 주ᄒᆞ고 제 위인(爲人)으로 시졀의 브득디(不得志)ᄒᆞ여 이 화(禍) 만나미 놀납디 아니믈 주ᄒᆞ니 태ᄉᆡ 듯기ᄅᆞᆯ 다 ᄒᆞᄆᆡ 기리 읍탄(泣嘆)ᄒᆞ여 ᄀᆞᆯ오ᄃᆡ

"우리 부ᄌᆡ 져의 위인을 알며 일ᄌᆞᆨ이 과갑(科甲)의 참예(參預)케 ᄒᆞ여 이 화ᄅᆞᆯ 취ᄒᆞ니 ᄌᆞ취기홰(自取其禍)라. 슈원슈한(誰怨誰恨)이리오?"

부인은 목이 메여 말을 일우디 못ᄒᆞ니 금외 착급민황(着急憫惶)ᄒᆞ여 됴흔 말ᄉᆞᆷ으로 위로ᄒᆞ며 니부인이 딜ᄌᆞ의 작픔긔상(作稟氣像)을 일ᄏᆞ라 단연이 념녀(念慮)ᄒᆞᄂᆞᆫ 빗ᄎᆞᆯ 뵈디 아니ᄒᆞᄃᆡ 칼흘 삼킨 ᄃᆞᆺᄒᆞ더라. 쥬부인이 구고긔 알현ᄒᆞ고 어ᄉᆡ 명일 죽어도 ᄉᆞ라신 제 놀나온 거

132 호ᄉᆡᆼ디덕(好生之德): 호생지덕. 생명을 살리기 좋아하는 덕.

동을 뵈디 아니려 듕문(中門)가디 븟들녀 니ᄅᆞ러 것고져 ᄒᆞ나 딘실노 ᄒᆡᆼ보(行步)키 어려온디라. ᄂᆡ부인이 ᄀᆡ식을 ᄉᆞᆺ치ᄆᆡ 잔인코 슬프미 간격(肝膈)[133]이 터디ᄂᆞᆫ[134] ᄃᆞᆺᄒᆞ여 밧비 몸을 니러 마조 나와 어ᄉᆞ를 븟들ᄆᆡ 신뉴(新柳) ᄀᆞᆺ튼 약ᄒᆞᆫ 허리와 뉵쳑셰신(六尺細身)의 ᄉᆡᆼ각디 못ᄒᆞᆯ 녀력이 과인(過人)ᄒᆞᄃᆡ 듕인(衆人)이 모로나 홀노 금외 ᄆᆡ뎨(妹弟)ᄅᆞᆯ 36면
ᄇᆞᆰ히 알고 녀듕녁ᄉᆡ(女中力士)라 웃더니 금일 어ᄉᆞᄅᆞᆯ 븟들ᄆᆡ 힘을 다ᄒᆞ니 ᄉᆡᆼ(生)이 ᄯᅩᄒᆞᆫ 거ᄅᆞᆷ ᄇᆡ호ᄂᆞᆫ 유ᄋᆡ(幼兒) 어룬의게 ᄉᆞᆫ을 ᄌᆞᆸ히고 것ᄃᆞᆺ 두 ᄇᆞᆯ을 슉모(叔母)[135]의 발 우희 언져 슉모ᄅᆞᆯ 의디ᄒᆞ여 승당ᄇᆡ알(昇堂拜謁)ᄒᆞᆯᄉᆡ 작위화ᄉᆡᆨ(作爲和色)ᄒᆞᄆᆡ 풍위골상(風威骨相)인ᄌᆞᆨ 슈쳑(瘦瘠)ᄒᆞ미 업ᄂᆞᆫ디라. 태ᄉᆞ 부뷔 져기 ᄆᆞᄋᆞᆷ을 딘뎡(鎭靜)ᄒᆞ나 만니텬애(萬里天崖)의 원별(遠別)을 당ᄒᆞᆫ 회푀 참참녈녈(慘慘裂裂)ᄒᆞ니 손을 밧비 잡고 등을 어로만져 ᄋᆡ영삼셩(哀詠三聲)[136]의 톄ᄉᆞ(涕泗) 방타(滂沱)[137]ᄒᆞ여 오ᄅᆡ 말을 일우디 못ᄒᆞ니 어ᄉᆡ 블효ᄅᆞᆯ 슬허ᄒᆞ나 화ᄀᆡ(和氣)ᄅᆞᆯ 변치 아니코 일시 젹별(謫別)의 과도히 상비(傷悲)치 마ᄅᆞ시믈 쳥ᄒᆞ여 츈풍ᄀᆡ상(春風氣像)의 유열(愉悅)ᄒᆞᆫ 말ᄉᆞᆷ이 인심(人心)을 즐겁게 ᄒᆞ니 노공 부뷔 ᄯᅩᄒᆞᆫ 억졔ᄒᆞ여 댱탄왈(長嘆曰)

"말셰(末世) 창양(搶攘)ᄒᆞ므로 화복(禍福)이 ᄣᆡ업시 비로ᄉᆞ니[138] 우리

---

133 간격(肝膈): 마음속. 진심.

134 터디ᄂᆞᆫ: 규장각본에는 'ᄯᅥ러지난 ᄃᆞᆺ'으로 되어 있음.

135 슉모(叔母): 숙모. 숙부의 아내. 여기서는 고모를 말함.

136 ᄋᆡ영삼셩(哀詠三聲): 애영삼성. 슬픈 소리 세 번.

137 방타(滂沱): 눈물이 끊임없이 흘러내림.

138 비로ᄉᆞ니: 비로ᄉᆞ다. 비롯하다, 시작하다.

37면 부뷔 너의 강개(慷慨)ᄒᆞᆫ 딕졀(直節)이 취화(取禍)ᄒᆞᆯ가 념녀ᄒᆞ더니 오
날 젹별(謫別)이 만 니ᄅᆞᆯ 그음ᄒᆞ여 다시 보기ᄅᆞᆯ 밋디 못ᄒᆞ니 이 심ᄉᆞ
ᄅᆞᆯ 엇디 위로ᄒᆞ며 ᄒᆞ믈며 븍뇌(北奴) 드러와 도젹질ᄒᆞ니 그 셰(勢) 강
광(强狂)ᄒᆞ고 흉악(凶惡)ᄒᆞᆫ디라. 네 일신(一身)이 노(奴)의 화(禍)ᄅᆞᆯ
바드미 쳡경(捷徑)[139]이라. 우리 부뷔 너ᄅᆞᆯ 보젼치 못ᄒᆞ면 네 부모ᄅᆞᆯ 보
젼치 못ᄒᆞ리니 누ᄅᆞᆯ 의디ᄒᆞ리오? 원간 노ᄌᆡ(老者) 블쇠강강(不衰强
强)ᄒᆞ고 쇼ᄌᆡ(少者) 조쇠블강(早衰不强)ᄒᆞᄂᆞᆫ 거시 길죄(吉兆) 아닌
거ᄉᆞᆯ 우리 부부ᄂᆞᆫ 뉵십디년(六十之年)이로ᄃᆡ 일발이블ᄇᆡᆨ(一髮而不
白)이어ᄂᆞᆯ 너ᄒᆡ 부모ᄂᆞᆫ ᄉᆞ십도 못ᄒᆞᆫ 나ᄒᆡ 조쇠(早衰)ᄒᆞ미 심ᄒᆞ니 내
가장 두리ᄂᆞᆫ ᄇᆡ라. 너ᄅᆞᆯ 텬애(天涯)의 원별ᄒᆞ고 간위(肝胃)ᄅᆞᆯ ᄉᆞᆯ와 감
슈(甘受)ᄒᆞᆯ 징조(徵兆)ᄂᆞᆫ 니ᄅᆞ도 말고 목금(目今) 여모의 경상이 놀
나이 되여시니 큰 근심이 아니리오?”

금오 남ᄆᆡ 호언낭변(好言朗辯)으로 ᄌᆡ삼 위로ᄒᆞ며 어ᄉᆡ ᄯᅩᄒᆞᆫ 슬픈
빗ᄎᆞᆯ 뵈ᄋᆞᆸ디 아니ᄒᆞ고 고ᄌᆞ(古者) 현인군ᄌᆞ(賢人君子)의 튱녈디ᄉᆞ
38면 (忠烈之事)와 험흔긔곤(險釁己困)ᄒᆞᆫ 뉴(類)ᄅᆞᆯ ᄀᆞᆺ초 일ᄏᆞ라 ᄌᆞ긔 찬
젹(竄謫)이 놀납디 아니코 븍변(北邊)이 비록 만 니의 아득ᄒᆞ미 이시
나 ᄉᆞ디(死地) 아니오 븍노 ᄒᆡ코ᄌᆞ ᄒᆞ나 인명(人命)이 ᄌᆡ텬(在天)이오
니 현마 엇디ᄒᆞ리잇가? 일후(日後) 은샤(恩赦)ᄅᆞᆯ 닙ᄉᆞᆸᄂᆞᆫ 날은 슬하(膝
下)의 봉시(奉侍)ᄒᆞ와 완젼여구(宛轉如球)ᄒᆞᆯ 바ᄅᆞᆯ 여러 가디로 일ᄏᆞ
라 달니(達理)ᄒᆞᆫ 말ᄉᆞᆷ과 명쾌ᄒᆞᆫ 의견이 딘실노 븍변 슈졸(戍卒)[140]노 맛

---

139 쳡경(捷徑): 첩경. 지름길, 분명한 일.

140 슈졸(戍卒): 수졸. 수자리 서는 군사.

디 아닐디라. 조부모ᄂᆞᆫ 그 낫ᄎᆞᆯ 우러러 아ᄅᆞᆷ다오믈 니긔디 못ᄒᆞ고 슉모와 부모ᄂᆞᆫ 한숨디어 통도비절(痛悼悲絶)ᄒᆞ더라. 쥬부인이 쇼고(小姑)[141]ᄅᆞᆯ 도라보아 ᄀᆞᆯ오ᄃᆡ

“ᄋᆞ뷔(兒婦)[142] 어ᄃᆡ 유딜(有疾)ᄒᆞ니잇가? 보디 못ᄒᆞᆯ 소니잇고?”

니부인이 강쇼왈(强笑曰)

“져져ᄂᆞᆫ ᄋᆞᄃᆞᆯ의 ᄒᆡᆼᄉᆞ(行事)ᄅᆞᆯ 아디 못ᄒᆞ관ᄃᆡ 며ᄂᆞ리 비실(鄙室)의 셕고ᄃᆡ명(席藁待命)ᄒᆞ믈 ᄉᆡᄃᆞᆺ디 못ᄒᆞ시ᄂᆞ니잇가?”

부인이 미쇼왈(微笑曰)

“정시 므ᄉᆞᆷ 연고로 셕고ᄃᆡ죄(席藁待罪)ᄒᆞᄂᆞ니잇고? 쳡이 우용(愚庸)ᄒᆞ여 아디 못ᄒᆞᄂᆞ이다.”

니부인이 그 연유ᄅᆞᆯ ᄌᆞ시 젼ᄒᆞ고 어ᄉᆞ의 샤명(赦命)이 잇셔야 듕회(衆會)의 나리라 ᄒᆞᆫᄃᆡ 태부인이 어ᄉᆞᄅᆞᆯ 어로만져 ᄀᆞᆯ오ᄃᆡ 39면

“너의 관대(寬大)ᄒᆞ므로ᄡᅧ 정ᄋᆞ(程兒)[143]ᄅᆞᆯ 샤(赦)콰져 니ᄅᆞ디 아냐도 노모(老母)의 ᄯᅳᆺ이 정ᄋᆞᄅᆞᆯ 이갓치 년셕(憐惜)[144]ᄒᆞᆫ 후ᄂᆞᆫ 큰 허믈이 잇셔도 샤ᄒᆞᆯ디라. ᄒᆞ믈며 져의 탁뉸(卓倫)ᄒᆞᆫ 효셩으로ᄡᅧ 그 친(親)을 영모(永慕)ᄒᆞᆷ과 동긔ᄅᆞᆯ 실니(失離)ᄒᆞᆫ 슬프미 침좌(寢座)의 니ᄌᆞᆯ ᄇᆡ리오? ᄋᆞ뷔(兒婦) 셩문긔츌(聖門己出)[145]과 댱인디녀(長人之女)[146]로 평ᄉᆡᆼ 작픔

---

141 쇼고(小姑): 소고. 시누이.

142 ᄋᆞ뷔(兒婦): 아부. 며느리.

143 정ᄋᆞ(程兒): 정아. 정씨 집 아이. 여기서는 정명염을 가리킴.

144 년셕(憐惜): 연석. 불쌍히 여겨 아낌.

145 셩문긔츌(聖門己出): 성문기출. 성인 집안의 자손. 기출(己出)은 친자식을 말함.

146 댱인디녀(長人之女): 장인지녀. 세상 사람의 존경을 받는 어른의 딸. “군자가 인을 체득하면 사람들의 어른 노릇을 할 수가 있다(君子體仁 足以長人).”라는 말이 《주역》 〈건괘〉에 나옴.

[147](作稟)이 아름다오믈 다시 보고 ᄌᆞ란 ᄇᆡ 인효목족(仁孝睦族)과 녜졀션ᄒᆡᆼ(禮節善行)이 빗나고 긔특ᄒᆞ미 옥(玉)을 탁마(琢磨)ᄒᆞ고 혜쥐(蕙珠) 셔애(瑞靄)ᄅᆞᆯ ᄡᅧ심 갓ᄐᆞ여 우리ᄅᆞᆯ 밧드ᄂᆞᆫ 효ᄒᆡᆼ이 네게셔 더으니 므어ᄉᆞᆯ 하ᄌᆞ(瑕疵)ᄒᆞᆯ ᄇᆡ리오? 밧비 샤(赦)ᄒᆞ여 좌(座)의 나게 ᄒᆞ라.”

태ᄉᆡ 또 샤ᄒᆞ믈 ᄌᆡ촉ᄒᆞ니 어ᄉᆡ 승명(承命)ᄒᆞ여 쇼져의 유모ᄅᆞᆯ 블너 존당의 입시ᄒᆞ믈 명ᄒᆞ니 금오ᄂᆞᆫ 다ᄅᆞᆫ 말이 업시 ᄋᆞᄌᆞ의 장쳐(杖處)ᄅᆞᆯ 근심ᄒᆞ여 심ᄉᆡ 참담ᄒᆞ믈 면치 못ᄒᆞ니 학ᄉᆞ 부인이 잠간 웃고 ᄀᆞᆯ오ᄃᆡ

40면 “거게(哥哥) ᄆᆡ양 며ᄂᆞ리 ᄉᆞ랑이 ᄋᆞ돌의셔 더ᄒᆞᆯ와 ᄒᆞ시ᄃᆡ ᄋᆞ돌의 온냥치 못ᄒᆞ미 며나리ᄅᆞᆯ 블평케 ᄒᆞᄃᆡ 년셕(憐惜)ᄒᆞᄂᆞᆫ 의ᄉᆡ 업셔 오히려 ᄋᆞ돌의 위의(威儀) ᄑᆡ강(霸强)ᄒᆞ믈 두굿기시니 구부(舅婦)가 거ᄌᆞᆺ 거시로소이다.”

금외 강작쾌쇼(强作快笑) 왈

“현ᄆᆡ디언(賢妹之言)이 올커니와 우형(愚兄)은 며ᄂᆞ리ᄅᆞᆯ ᄉᆞ랑ᄒᆞᄂᆞᆫ 졍이 ᄋᆞᄌᆞ(兒子)의 위엄(威嚴)을 두려 슬픈 거ᄉᆞᆯ ᄎᆞᆷ아 침식(寢食)을 녜ᄉᆞ로이 ᄒᆞᆯ가 ᄇᆞ라고 ᄌᆡ작을 당ᄒᆞ여 ᄋᆞ뷔 깁히 잇ᄂᆞᆫ 줄이 다ᄒᆡᆼᄒᆞ여 딤ᄌᆞᆺ 브ᄅᆞ디 말나 ᄒᆞ엿더니 현ᄆᆡ(賢妹) 브ᄌᆞ(不慈)히 넉이니 동긔디간(同氣之間) ᄆᆞᄋᆞᆷ 모로미 심토다.”

니부인이 쇼왈(笑曰)

“원[148] 딜ᄋᆞᄅᆞᆯ ᄉᆞ랑ᄒᆞ시미 쥬을드러[149] 평ᄉᆡᆼ 크게 니ᄅᆞ미 업고 ᄒᆡᆼᄉᆞ(行事)

147 작픔(作稟): 작품. 사람의 성품.

148 원: 규장각본에는 빠져 있음.

149 쥬을드러: 주을들다. ‘주접들다’의 뜻.

ᄅᆞᆯ 암암칭ᄋᆡ(暗暗稱愛)ᄒᆞ시며 두굿구시ᄆᆡ 부형(父兄)의 교ᄋᆡ(驕兒)[150]의 띄여[151] 양양(揚揚)ᄒᆞ미 쳐실(妻室)[152] ᄃᆡ졉이 박졀(迫切)ᄒᆞ고[153] 인졍(人情)의 가(可)치 아니미 잇ᄂᆞ니이다."

금외 답쇼왈(答笑曰)

"내 블명ᄒᆞ여 내 ᄋᆞᄒᆡ 쇼댱(所長)을 알고 쇼단(所短)을 모로더니 이제여 ᄭᆡ치리로다. 연이나 만니원(萬里遠)을 당ᄒᆞ여시니 디난 일을 칙(責)기 어렵도다." 41면

인ᄒᆞ여 부모긔 고왈(告曰)

"셰ᄋᆡ[154] 슈일 누옥(陋獄)의 곤(困)ᄒᆞ엿던 ᄇᆡ오니 그 몸이 반ᄃᆞ시 블안(不安)ᄒᆞ올디라. 송듁헌이 갓가오니 그곳의 쉬여 우명일(又明日) 발힝(發行)케 ᄒᆞ샤이다."

태부인 왈

"취셩각의 가 안휴(安休)ᄒᆞᆯ딘ᄃᆡ 노뫼 왕ᄂᆡᄒᆞ여 보고져 ᄒᆞ노라."

금외 취셩각의 머므ᄅᆞᆯ 줄 모로디 아니ᄒᆞᄃᆡ ᄋᆞ부(兒婦)의 약ᄒᆞᆫ 심졍이 그 상쳐ᄅᆞᆯ 보고 혼도(昏倒)ᄒᆞᆯ가 두려 송듁헌의셔 됴리(調理)코져 ᄒᆞ엿더니 모명(母命)이 이 ᄀᆞᄐᆞ시니 다시 우기디 못ᄒᆞ여 슈명ᄒᆞᆫᄃᆡ 어ᄉᆡ 쥬왈(奏曰)

"왕뫼(王母) 쇼손(小孫)을 움즉이디 말과져 ᄒᆞ시니 취셩각의셔 갓가

150 교ᄋᆡ(驕兒): 교아. 사랑을 받아 버릇없는 아이.
151 띄여: 띄다. 뜨이다. 여기에서는 '눈에 띄어 알아채다'의 뜻.
152 쳐실(妻室): 처실. 아내.
153 박졀(迫切)ᄒᆞ고: 박절하다. 인정 없고 야박하다.
154 셰ᄋᆡ: 세아가. 세창이가. 아(兒)는 아이라는 뜻.

온 휘각의셔 쉬고져 ᄒᆞᄂᆞ이다."

원ᄂᆡ 어ᄉᆡ 몸 우ᄒᆡ 참형(慘刑)을 밧고 텬애디각(天崖之角)의 찬젹(竄
謫)ᄒᆞᄂᆞᆫ 심ᄉᆡ ᄀᆞᆺ초 아롬답디 아니ᄒᆞ니 쇼져 침소(寢所)의 가 부부의
졍을 셜셜이 니ᄅᆞᆯ 거시 업ᄉᆞ므로 다ᄅᆞᆫ 당(堂)의 쉬고져 ᄒᆞ미니 부뫼
42면 그 ᄯᅳᆺ을 더옥 슬피 넉이고 조모ᄂᆞᆫ 갓가이 두고 슈일 ᄉᆞ이나 가보려 깃
거ᄒᆞ고 태ᄉᆞᄂᆞᆫ 쳔금쇼ᄋᆡ(千金所愛)와 만금듕탁(萬金重託)의 독손(獨
孫)이 원도(遠島)의 안치ᄒᆞ믈 슬허ᄒᆞ나 몸의 참형(慘刑)을 바다시믈
아디 못ᄒᆞ여 졍시의 침금(寢衾)을 휘각으로 옴기고 ᄉᆡᆼ을 그리 보ᄂᆡ라
ᄒᆞ며 그 ᄉᆞ이라도 부뷔 ᄒᆞᆫ가디로 이시믈 보고져 ᄒᆞ고 젼일 ᄉᆡᆼ이 녀관
의 셩을 기우릴가 념녀ᄒᆞ던 일을 뉘웃더라. 금오와 부인이 ᄋᆞᄌᆞ의 견
ᄃᆡ여 안ᄌᆞᆺᄂᆞᆫ 일을 이상히 넉여 ᄌᆡ촉ᄒᆞ여 응휘각의 가 쉬라 ᄒᆞ니 니부
인이 닛그러 디게[155]ᄅᆞᆯ 나ᄆᆡ ᄉᆡᆼ의 유모와 부인이 븟드러 휘각의 니ᄅᆞ러
슉뫼 통읍뉴톄(痛泣流涕)ᄒᆞ믈 마디 아니ᄒᆞ니 ᄉᆡᆼ이 도로혀 위로ᄒᆞ고
유랑이 침금을 베플ᄆᆡ 어ᄉᆡ 슉모의 드러가시믈 쳥ᄒᆞ여 부인이 니러
나니 어ᄉᆡ 즉시 머리ᄅᆞᆯ 벼개의 더져 눈을 ᄀᆞᆷ고 혼혼(昏昏)이 인ᄉᆞ(人
事)ᄅᆞᆯ 되ᄎᆞ디 못ᄒᆞ더라. 졍쇼졔 금일(今日)이야 어ᄉᆞ의 듕형(重刑)
43면 삼ᄎᆞᄅᆞᆯ 당ᄒᆞ여 븍변(北邊)의 안치(安置)ᄒᆞ믈 드ᄅᆞᄆᆡ 놀나오미 쳥텬
(晴天)의 급(急)ᄒᆞᆫ 뇌우(雷雨) 마ᄌᆞᆷ ᄀᆞᆺᄐᆞ여 일신이 져리고 ᄯᅥᆯ니믈 면
치 못ᄒᆞ나 그으이 어ᄉᆞ의 긔딜픔슈(氣質稟受)ᄅᆞᆯ 혜건ᄃᆡ 븍변 슈졸(戍
卒)노 맛촐 ᄇᆡ 아니오 임의 뇌졍(雷霆)이 딘쳡(震疊)ᄒᆞ신 바의 긔특

---

155 디게: 지게. 지게문. 마루와 방 사이의 문.

이 면ᄉᆞ(免赦)ᄒᆞ미 되여시니 이졔 슈화(水火)의 잠겨도 위ᄐᆡ치 아닐
디라. ᄆᆞᄋᆞᆷ을 쳘옥(鐵玉)ᄀᆞᆺ치 뎡ᄒᆞ고 존당구고(尊堂舅姑)긔 알현(謁
見)ᄒᆞᄆᆡ 존당(尊堂)이 나오혀[156] 년ᄋᆡ(戀愛)ᄒᆞ믈 강보유ᄋᆞ(襁褓乳兒)ᄀᆞᆺ
치 ᄒᆞ고 금오와 쥬부인은 만심(滿心)이 여할여삭(如割如削)ᄒᆞ여 ᄇᆡᆨ
검(百劍)이 침노(侵擄)ᄒᆞᄂᆞᆫ ᄃᆞᆺ 통졀(痛切)ᄒᆞ믈 형상치 못ᄒᆞᄂᆞᆫ 바의
쇼져를 ᄃᆡᄒᆞᄆᆡ 온화(溫和)ᄒᆞᆫ 안ᄉᆡᆨ과 단일ᄒᆞᆫ 거동이 무ᄉᆞ무려(無思無
慮)ᄒᆞ어 세샹 우고(憂苦)와 념녀를 ᄉᆡᄃᆞᆺ니 못ᄒᆞᄂᆞᆫ ᄃᆞᆺ 유한ᄒᆞᆫ 넉과 비
약ᄒᆞᆫ ᄒᆡᆼᄉᆡ(行事) 득듕(得中)ᄒᆞ고 극딘ᄒᆞᆫ 복녁(福力)[157]을 타난 상격을
보건ᄃᆡ ᄋᆞᄌᆞ의 ᄉᆞᄉᆡᆼ(死生)이 근심되디 아닌 ᄃᆞᆺ 잠간 위로ᄒᆞ미 되나
져 ᄀᆞᆺᄐᆞᆫ 작셩픔딜(作性禀質)노 초년의 남 ᄀᆞᆺ디 아니믈 더옥 슬피 넉
이더라. 금외 셔헌(書軒)의 손이 가득 모혀시믈 인ᄒᆞ여 밧그로 나가 44면
고 쥬·니 이(二) 부인(夫人)이 ᄌᆞᆼ일토록 졍쇼져로 더브러 태ᄉᆞ 부부를
뫼셧더니 야심(夜深) 후 금외 드러와 ᄆᆡ뎨로 더브러 부모의 침금(寢
衾)을 바로 ᄒᆞᄆᆡ 안휴(安休)ᄒᆞ시믈 쳥ᄒᆞ여 취침(就寢)ᄒᆞ시ᄆᆡ 금외 퇴
(退)ᄒᆞ여 부인과 ᄋᆞ부(兒婦)를 응휘각으로 오라 ᄒᆞ고 친히 와 ᄋᆞᄌᆞ를
볼ᄉᆡ 어ᄉᆡ 바야흐로 상체 ᄲᅧ흐ᄂᆞᆫ ᄃᆞᆺ 알프믈 니긔디 못ᄒᆞ여 간간이 졍
신을 슈습기 어려온 ᄯᆡ 만흐니 혹 ᄇᆡ소(配所)의 ᄆᆡᆺ쳐 가디 못ᄒᆞ여셔
위ᄐᆡᄒᆞ여 블효를 더을가 우려ᄒᆞᄆᆡ 남이 권(勸)치 아냐셔 미듁(糜粥)
을 ᄌᆞ로 나오고 좌위(左右) 업ᄉᆞᆫ ᄯᆡ 상쳐를 친히 ᄲᆞᄆᆡ고 인ᄒᆞ여 혼혼
(昏昏)ᄒᆞ여 눈을 ᄀᆞᆷ고 사ᄅᆞᆷ의 츌입을 아디 못ᄒᆞ니 금외 이 거동을 보

156 존당(尊堂)이 나오혀: 규장각본에는 '구괴'로 되어 있음.

157 복녁(福力): 복력. 누리는 복의 힘.

ᄆᆡ 통할(痛割)ᄒᆞᆫ 심ᄉᆡ 미칠 ᄃᆞᆺ 능히 엄부(嚴父)의 위의(威儀)ᄅᆞᆯ 딕히디 못ᄒᆞ여 밧비 낫ᄎᆞᆯ 다히고 손을 ᄌᆞᆸ아 기리 늣겨 왈

45면 "오ᄋᆡ 졍신을 ᄎᆞᆯ히디 못ᄒᆞᆯ소냐? 엇디 아븨 니ᄅᆞ믈 아디 못ᄒᆞᄂᆞ뇨?"
셜파(說罷)의 쳬ᄉᆡ(涕泗) 방타(滂沱)ᄒᆞ니 어ᄉᆡ 혼혼(昏昏) ᄃᆞᆼ 부친의 소ᄅᆡᄅᆞᆯ 드ᄅᆞᄆᆡ 알픈 거시 나은 ᄃᆞᆺ 졍신이 ᄉᆡᆨᄉᆡᆨᄒᆞ여 ᄲᆞᆯ니 니러 안고져 ᄒᆞ니 금외 벼개ᄅᆞᆯ 년ᄒᆞ여 누으며 슌협(脣頰)을 졉ᄒᆞ여 ᄀᆞᆯ오ᄃᆡ

"훤젼(萱前)의 ᄎᆞ마 슈형(受刑)ᄒᆞᆫ 바ᄅᆞᆯ 고치 못ᄒᆞ여시나 여부(汝父)ᄂᆞᆫ 오ᄋᆡ ᄉᆞ디 못ᄒᆞᆯ 바ᄅᆞᆯ 아ᄂᆞ니 엇디 긔운을 강작(强作)ᄒᆞ여 니러 안ᄌᆞ리오? 부ᄌᆡ 이ᄀᆞᆺ치 졍을 니롬도 슈일(數日)ᄲᅮᆫ이니 내 ᄆᆞ음이 여할취광(如割醉狂)ᄒᆞ여 텬뉸ᄌᆞᄋᆡ(天倫慈愛)의 극딘(極盡)ᄒᆞ믈 펴디 아니코 고쳬(固滯)ᄒᆞᆫ 녜문(禮文)으로뼈 ᄆᆞ음을 ᄂᆡ외(內外)ᄒᆞ미 가ᄒᆞ리오?"

어ᄉᆡ 부친의 말ᄉᆞᆷ을 듯고 구회(九廻)[158]의 녕원(靈源)[159]이 최할(摧割)[160]ᄒᆞ니 ᄯᅩᄒᆞᆫ 부친 낫ᄎᆞᆯ 다히고 부친 몸을 븟드러 쳬읍ᄃᆡ왈(涕泣對曰)

"블최 ᄉᆞ 셰로브터 셩현셔(聖賢書)ᄅᆞᆯ 학(學)ᄒᆞ고 엄훈(嚴訓)[161]을 밧드러 스ᄉᆞ로 블튱블효(不忠不孝)의 ᄲᆞ디지 말기ᄅᆞᆯ 밍셰ᄒᆞ엿ᄉᆞᆸ더니 이제 군샹(君上)긔 득죄(得罪) 태심(太甚)ᄒᆞ고 부모긔 블회 무궁(無窮)

46면 ᄒᆞ와 튱(忠)·효(孝) 두 가디의 버셔나미 되오니 슬프미 가득ᄒᆞᆯ디언졍 다시 ᄉᆡᆼ각ᄒᆞᄋᆞᆸ건ᄃᆡ 쇼ᄌᆞ(小子)의 슈형(受刑)ᄒᆞ믄 인신(人臣)의 분

158 구회(九廻): 아홉 번 뒤틀림. '구곡간장, 구회장(九廻腸)'이라고도 함.

159 녕원(靈源): 영원, 마음, 심령.

160 최할(摧割): 꺾이고 잘려나감.

161 엄훈(嚴訓): 엄부의 가르침. 엄부(嚴父)는 부친을 말함.

(分)을 다ᄒᆞ고져 ᄒᆞ다가 화(禍)의 ᄲᅡ디오니 몸 우히 죄를 바드나 ᄆᆞᄋᆞᆷ 가온ᄃᆡ 죄 업고 ᄋᆞ히 ᄯᅩ 부모의 ᄉᆡᆼ디(生之)ᄒᆞ신 대은(大恩)을 밧ᄌᆞ와 별이(別異)ᄒᆞᆫ 근녁(筋力)이 슈화(水火)의 잠겨도 곳쳐 ᄉᆞ라날 ᄃᆞᆺᄒᆞ고 요슈단명(夭壽短命)ᄒᆞᆯ가 근심이 잇디 아니ᄒᆞ니 어이 ᄇᆡ소(配所)를 디팅(支撐)ᄒᆞ여 가디 못ᄒᆞ며 ᄯᅩ 일만 번 어려온 일이 이신들 힘힘히 일명(一命)을 ᄇᆞ려 훤위[162](萱闈)로 ᄒᆞ여곰 ᄌᆞ하의 상명(喪明)ᄒᆞᄂᆞᆫ 통(痛)을 깃치디 아니ᄒᆞ고 도라오리니 원(願) 임위(嚴闈)ᄂᆞᆫ 졀너(絶慮)ᄒᆞ쇼셔. 칠팔ᄌᆡ(七八載) 셩상[163](星霜)이 그 언마리잇가? 블쵸(不肖)의 도라오미 결단코 십 년 안히 잇ᄉᆞ올 거시니 훤젼(萱前)의 등ᄇᆡ[164](登拜)ᄒᆞᄋᆞᆸᄂᆞᆫ 날은 그 즐거오미 쳐음의 이런 화를 아니 만나ᄆᆡ 더ᄒᆞᆯ디니이다."

금외 슬프믈 강인ᄒᆞ여 어로만져 ᄀᆞᆯ오ᄃᆡ

"내 말이 다 극ᄒᆞᆯ 달논(達論)이오 션언이로다. 금년 셰초(歲初)의 내 우리 부ᄌᆞ의 운슈(運數)를 츄졈(推占)ᄒᆞᄆᆡ 네 몸의 놀나온 홰(禍) 이시나 나죵이 길(吉)ᄒᆞ고 ᄯᅩ 뉵칠 년 상니(相離)ᄒᆞᆯ ᄋᆡᆨ(厄)이 이시니 심니(心裏)의 놀나오미 업디 아니ᄒᆞᄃᆡ 허탄(虛誕)ᄒᆞᆫ 졈ᄉᆞ(占事)를 일ᄏᆞ라 가듕제인(家中諸人)의 ᄆᆞᄋᆞᆷ을 경동(驚動)ᄒᆞ미 가치 아냐 니ᄅᆞ디 아녓더니 내 ᄋᆞ히 ᄆᆞᄋᆞᆷ이 ᄇᆰ으니 다시 념녀ᄒᆞᆯ ᄇᆡ 아니로ᄃᆡ ᄉᆞ졍이 괴로이 버히기 어려온디라. 비록 일월이 믈갓치 흐ᄅᆞᆫ다 ᄒᆞ나 칠팔 년이 아득ᄒᆞ니 그 ᄉᆞ이 상니디회(相離之懷) 어려올가 ᄒᆞ노라." 47면

---

162 훤위(萱闈): 천자의 모친이 있는 궁궐. 모친. 여기에서는 '부모'라는 뜻.

163 셩상(星霜): 성상. 한해. 햇수.

164 등ᄇᆡ(登拜): 등배. 절을 올림.

인ᄒᆞ여 먹은 슈ᄅᆞᆯ 뭇고 어로만져 ᄉᆞ랑ᄒᆞ나 ᄎᆞ마 슬각(膝脚) 즈음은 손이 밋디 못ᄒᆞ고 장쳐(杖處)ᄅᆞᆯ 보디 아냐 부ᄌᆡ ᄒᆞᆫ 벼개ᄅᆞᆯ 베고 근근(懃懃)ᄒᆞᆫ ᄉᆞ랑과 쳬쳬(棣棣)ᄒᆞᆫ 졍을 니긔디 못ᄒᆞ더니 부인이 쇼져의 손을 ᄌᆞᆸ고 입실ᄒᆞ니 공이 날호여 긔신(起身)ᄒᆞ여 벼개 가의 안ᄌᆞ며 손으로 ᄋᆞᄌᆞᄅᆞᆯ 눌너 니러나디 말나 ᄒᆞ니 부인이 ᄯᅩᄒᆞᆫ 겻ᄐᆡ 나아가 손을 ᄌᆞᆸ고 쳬혈읍왈(涕血泣曰)

"ᄋᆞᄒᆡ 죵일 미듁(糜粥)을 ᄎᆞᆺᄂᆞᆫ 쉬 ᄌᆞᄌᆞ니 쇽이 그ᄅᆞᆺ되여시믈 알니로다."

어ᄉᆡ 비황(悲惶)ᄒᆞᆫ 듕이나 이셩화긔(怡聲和氣)로 ᄃᆡ왈(對曰)

48면 "스ᄉᆞ로 허ᄒᆞᆯ가 두려 식보(食補)[165]ᄅᆞᆯ 각별이 ᄒᆞ고져 ᄒᆞ미오니 셩녀(聖慮)ᄅᆞᆯ 허비치 마ᄅᆞ쇼셔."

부인이 쇼져ᄅᆞᆯ ᄀᆞᄅᆞ쳐 왈

"ᄋᆞ뷔 금일이야 너의 화변(禍變)을 아랏ᄂᆞ니 그 심ᄉᆞᄅᆞᆯ 뭇디 아냐 알거시로ᄃᆡ 안졍유열(安定愉悅)ᄒᆞ여 존당과 우리의 ᄆᆞᄋᆞᆷ을 요동(搖動)케 ᄒᆞ미 업ᄉᆞ니 여모(汝母)의 침침(沈沈)[166]ᄒᆞᆫ 심ᄉᆞ로도 ᄋᆞ부ᄅᆞᆯ ᄃᆡᄒᆞᄆᆡ 그 복녹완젼디상(福祿完全之相)과 슉혜(淑惠)ᄒᆞᆫ 덕이 나죵이 ᄆᆡ몰치 아닐가 ᄇᆞ라미라. ᄎᆞ시ᄅᆞᆯ 당ᄒᆞ여 칙ᄒᆞᆯ ᄇᆡ 아니나 그 셩덕을 모로고 칙망(責望)이 과도(過度)ᄒᆞ여 괴롭게 ᄒᆞ다가 이제 상니(相離)ᄒᆞᄂᆞᆫ 슬프미 후ᄅᆡ(後來) 디쇽(遲速)[167]을 뎡(定)치 못ᄒᆞ니 통졀(痛切)ᄒᆞ미 더으믄 독ᄌᆞ(獨子)의 부뷔 화락(和樂)ᄒᆞ믈 보디 못ᄒᆞ고 농손(弄孫)[168]의 ᄌᆞ미

---

165 식보(食補): 음식 보양.

166 침침(沈沈)ᄒᆞᆫ: 침침하다. 어두컴컴하다. 흐릿하다.

167 디쇽(遲速): 지속. 늦고 빠름.

아득ᄒᆞ미라. 네 ᄯᅩ 인졍(人情)이니 현쳐(賢妻)의 졍ᄉᆞ(情事)ᄅᆞᆯ 위ᄒᆞ여 잔인치 아니냐?"

어ᄉᆡ 이셩ᄃᆡ왈(怡聲對曰)

"블최 평ᄉᆡᆼ의 삼강오상(三綱五常)[169]이 두렷ᄒᆞ기ᄅᆞᆯ ᄉᆡᆼ각ᄒᆞ와 스ᄉᆞ로 몸을 닷가 이ᄉᆞ군튱(以事君忠)ᄒᆞ고 ᄋᆡ친경댱(愛親敬長)의 ᄒᆡᆼ의(行義)ᄅᆞᆯ 어그ᄅᆞᆺ디 말고져 ᄒᆞᄋᆞᆸ더니 이졔 무궁(無窮)ᄒᆞᆫ 블효ᄅᆞᆯ 깃치오ᄆᆡ 디극히 삼가던 ᄇᆡ 그림의 ᄯᅥᆨ 깃도소이다. ᄒᆞ믈며 부부ᄂᆞᆫ 인뉸(人倫)의 대관(大關)[170]이라. 비록 블초ᄒᆞ오나 인도ᄒᆞ여 화목(和睦)ᄒᆞ고 화긔(和氣)ᄅᆞᆯ 일코ᄌᆞ 아니 ᄒᆞ오ᄃᆡ 녀ᄌᆞ의게 위의(威儀)ᄅᆞᆯ 프러ᄇᆞ리믈 깃거 아니 ᄒᆞᄋᆞᆸᄂᆞ니 구ᄐᆞ여 정시 져근 허믈을 과칙(過責)ᄒᆞ미 업ᄉᆞ오ᄃᆡ 그대의와 ᄉᆞ쳬 모로믈 잠간 니ᄅᆞ미ᄋᆞᆸ더니 일노ᄡᅧ ᄌᆞ위(慈闈)에 블열(不悅)ᄒᆞ시믈 깃치오미 ᄯᅩᄒᆞᆫ 블초ᄒᆞ미로소이다. 연(然)이나 쇼ᄌᆡ 고인의 유취디년(幼稚之年)이 아니오 정시 계ᄎᆞ(笄釵)ᄒᆞᆯ 년긔(年紀) 아니오니 녹발(綠髮)이 방셩(方盛)ᄒᆞ고 젼졍(前程)이 만 니라. 친측(親側)을 아득히 ᄯᅥ나오미 인ᄌᆞ의 참디 못ᄒᆞᆯ ᄇᆡ오나 부부의 상니(相離)ᄂᆞᆫ 죡히 니ᄅᆞᆯ ᄇᆡ 아니오니 그 언마ᄒᆞ여 모드리잇고? 쇼ᄌᆡ 블인박덕(不仁薄德)이나 ᄯᅩ 사ᄅᆞᆷ의 신셰명도(身世命途)[171]ᄅᆞᆯ ᄆᆡ몰(埋沒)케 아니 ᄒᆞ오리니 졔 만일 쳘부(哲婦)의 견식이 이신즉 져근 ᄋᆡᆨ회(厄會)[172]ᄅᆞᆯ 쳑비(慽

49면

---

168 농손(弄孫): 손자를 봄.

169 삼강오상(三綱五常): 삼강오륜.

170 대관(大關): 큰 관문.

171 신셰명도(身世命途): 신세명도. 처지와 운명.

172 ᄋᆡᆨ회(厄會): 액회. 재앙이 닥치는 기회. 불행한 고비.

悲)치 아니ᄒᆞ고 진효부(陳孝婦)[173]의 셩효ᄅᆞᆯ 본바다 존당부모(尊堂父
50면 母)긔 동쵹(洞屬)ᄒᆞᆫ 효셩이 이실딘ᄃᆡ 쇼ᄌᆞᄅᆞᆯ 져ᄇᆞ리디 아니미오 쇼ᄌᆡ
ᄯᅩᄒᆞᆫ 져ᄇᆞ리디 아니ᄒᆞ와 디아비 영화로올 시졀의 기쳬(其妻) 귀(貴)
키ᄅᆞᆯ 갑흐리이다."

셜파(說罷)의 화긔 우흴 ᄃᆞᆺᄒᆞᆫ디라. 부뫼 역시 비회ᄅᆞᆯ 딘뎡(鎭靜)ᄒᆞ여
반얘(半夜) 되도록 어로만져 귀듕홈과 참연ᄒᆞᆫ 회포ᄅᆞᆯ 형상치 못ᄒᆞ니
어ᄉᆡ ᄌᆞ로 드러가 취침ᄒᆞ시믈 쳥ᄒᆞᆫᄃᆡ 금오 부뷔 니러나ᄆᆡ 쇼졔 뫼셔
듕계(中階)의 나리거ᄂᆞᆯ 부인이 어로만져 도로 드러가라 ᄒᆞ니 쇼졔 역
(逆)디 못ᄒᆞ여 도로 방듕으로 드러가ᄆᆡ ᄎᆞ시 어ᄉᆡ 부모의 뎡침(正寢)
으로 드ᄅᆞ시믈 인ᄒᆞ여 ᄉᆡ로이 장쳬 ᄲᅧ흐ᄂᆞᆫ ᄃᆞᆺ 앏흔 심회 갓초 블호(不
好)ᄒᆞᆫ디라. 좀을 드러 닛고져 ᄒᆞ여 침병(枕屛)[174]을 다릐여 쵹광(燭光)
을 ᄀᆞ리오고[175] 향벽잠와(向壁蠶臥)ᄒᆞ여시며 쇼졔 ᄯᅩᄒᆞᆫ 먼니 좌ᄅᆞᆯ 일
워 숨소릐도 놉디 아닌 고로 어ᄉᆞᄂᆞᆫ 쇼져의 이시믈 아디 못ᄒᆞ더니 ᄀᆞ
장 오란 후 어ᄉᆡ 목이 갈(渴)ᄒᆞ여 ᄎᆞᄅᆞᆯ ᄎᆞᆺ고져 ᄒᆞᄃᆡ 사ᄅᆞᆷ이 업ᄂᆞᆫ가 쥬
51면 져(躊躇)ᄒᆞ고 장쳐의 뉴혈(流血)이 ᄡᆞ민 후의 ᄉᆞᄆᆞᆺ기ᄅᆞᆯ 면(免)치 못
ᄒᆞ니 약을 다히고져 ᄒᆞ여 계오 니러 안ᄌᆞ ᄡᆞ민 거ᄉᆞᆯ 그ᄅᆞᆯᄉᆡ[176] 그 참독
ᄒᆞ고 경악ᄒᆞ믈 능히 보디 못ᄒᆞᆯ 비라. ᄲᆞᆯ니 약을 ᄀᆞ리오ᄆᆡ ᄌᆞ연 ᄒᆞᆫ탄셩
(恨嘆聲)이 니러나 희허댱탄(噫噓長嘆) 왈

173 진효부(陳孝婦): 전한(前漢) 문제(文帝) 때의 사람. 변방 수비군으로 떠난 남편이 죽은 후 주위의 개가 권유를 듣지 않고 끝까지 시어머니를 잘 모심. 《소학》 〈선행(善行)〉.

174 침병(枕屛): 머릿병풍.

175 ᄀᆞ리오고: ᄀᆞ리다. 가리다.

176 그ᄅᆞᆯᄉᆡ: 그ᄅᆞ다. 끄르다. 맨 것을 풀다. 잠긴 것을 열다.

“화복(禍福)이 유명(有命)ᄒᆞ고 니합(離合)이 ᄯᆡ 이시니 나의 만난 ᄇᆡ 일시 긔흉험조(奇凶險阻)ᄒᆞ미라 족히 슬허ᄒᆞᆯ ᄇᆡ 아니오. 비록 도궤(刀几)[177]의 오ᄅᆞ며 유확(油鑊)의 님(臨)ᄒᆞ나[178] 인신(人臣)의 딕분(職分)을 다ᄒᆞᆫᄌᆞᆨ 남은 한이 업고 슬프미 업ᄉᆞᆯ디라. 휴휴(休休)[179]히 가득ᄒᆞᆫ 근심과 셜셜이 무궁ᄒᆞᆫ 비원을[180] ᄡᆞ하 남ᄋᆞ의 긔운이 졀(絶)ᄒᆞ고 부인의 션회(旋回)ᄅᆞᆯ 효측ᄒᆞ미 용녈ᄒᆞ미 용녈ᄒᆞ니[181] 내 평ᄉᆡᆼ의 그런 사ᄅᆞᆷ을 괴이히 넉이ᄂᆞᆫ디라[182]. 엇디 이런 저근 궁익을 늣기리오미ᄂᆞᆫ 우리 부모의 ᄉᆡᆼ휵ᄒᆞ신 몸으로 혹상(酷傷)[183]ᄒᆞ여 악정ᄌᆞ츈(樂正子春)의 죄인이 되엿도다.[184] 스ᄉᆞ로 보호ᄒᆞᄆᆞᆯ 여린 옥(玉)ᄀᆞᆺ치 ᄒᆞᆯ딘ᄃᆡ[185] 우리 부모긔 디통(至痛)을 더으디 아니리니 일뉘 보젼ᄒᆞᄆᆞᆯ 어더 타일의 튱효ᄅᆞᆯ 다ᄒᆞ리라.” 52면

셜파(說罷)의 ᄉᆡᆼ각ᄒᆞᄃᆡ 유뫼 댱외(帳外)의셔 잠드러시므로 ᄊᆡ오기 괴로와ᄒᆞ더니 쇼졔 어ᄉᆞ의 갈ᄒᆞ여 ᄒᆞᄆᆞᆯ 짐작고 ᄎᆞᄅᆞᆯ 나오고ᄌᆞ ᄒᆞ나 졔구(求)치 아닛ᄂᆞᆫᄃᆡ 즈레 나오미 넘나므로 이에 몸을 니러 금노(金爐)

---

177 도궤(刀几): 도마.

178 도궤(刀几)의 오ᄅᆞ며 유확(油鑊)의 님(臨)ᄒᆞ나: 규장각본에는 ‘부월이 당젼ᄒᆞ나’로 되어 있음.

179 휴휴(休休): 마음이 아름다운 모습으로, 남을 포용하는 도량을 뜻함. 《대학》에 나옴.

180 휴휴(休休)히 가득ᄒᆞᆫ 근심과 셜셜이 무궁ᄒᆞᆫ 비원을: 규장각본에는 ‘휴휴ᄒᆞᆫ 근심과 셜셜ᄒᆞᆫ 비원을’로 되어 있음.

181 션회(旋回)ᄅᆞᆯ 효측ᄒᆞ미 용녈ᄒᆞ미 용녈ᄒᆞ니: 규장각본에는 ‘용녈ᄒᆞᄆᆞᆯ 효측ᄒᆞ리오’로 되어 있음.

182 괴이히 넉이ᄂᆞᆫ디라: 규장각본에는 ‘웃ᄂᆞᆫ디라’로 되어 있음.

183 혹상(酷傷): 혹독하게 다침.

184 악정ᄌᆞ츈(樂正子春)의 죄인이 되엿도다: 규장각본에는 ‘악명ᄌᆞ의 죄인이 되미 블가ᄒᆞ니’로 되어 있음.

185 여린 옥(玉)ᄀᆞᆺ치 ᄒᆞᆯ딘ᄃᆡ: 규장각본에는 빠져 있음.

의 블을 헤치고 미음을 더하니 어ᄉᆡ 쇼져의 이시믈 알고 날호여 병풍을 믈니며 빵안봉졍(雙眼鳳睛)을 잠간 흘녀 보건ᄃᆡ 쇼져의 옥안(玉顔)이 쳑연(慽然)ᄒᆞ여 부용(芙蓉)이 녹파(綠波)의 소ᄉᆞ 광풍을 시ᄅᆞᆷᄒᆞᄂᆞᆫ ᄃᆞᆺ 동졍츄월(洞庭秋月)이 야ᄉᆡᆨ(夜色)을 근심ᄒᆞᄂᆞᆫ ᄃᆞᆺ 효셩빵안(曉星雙眼)이 화관(華冠) 아ᄅᆡ 고요ᄒᆞ고 유졍유일(惟精惟一)[186]ᄒᆞ여 쳑(慽)ᄒᆞᆷ과 ᄋᆡ(哀)ᄒᆞ믈 얼골의 낫타ᄂᆡ미 업ᄉᆞ니 그 쇽이 ᄯᅩᄒᆞᆫ 어ᄅᆞᆷ이 틔업ᄉᆞ며 빙옥이 무하(無瑕)ᄒᆞᆷ ᄀᆞᆺ타여 진ᄋᆡ(塵埃)의 무들미 업ᄂᆞᆫ디라. 어ᄉᆡ 비록 부인의 안화미용(顔華美容)을 블열(不悅)ᄒᆞ나 그 현혜(賢慧)ᄒᆞᆫ 슉덕(淑德)과 효슌특이(孝順特異)ᄒᆞ믈 흠션경ᄋᆡ(欽羨敬愛)ᄒᆞᄃᆡ 텬픔(天稟)의 항댱녈일(抗壯烈日)ᄒᆞ미 규ᄂᆡ(閨內)의 구구ᄒᆞ믈 괴
53면 이히 넉이므로 상봉ᄉᆞᄌᆡ(相逢四載)의 흔연다셜(欣然多說)[187] ●ᄒᆞ미 업셔 셔로 ᄃᆡᄒᆞᄆᆡ 빈쥬(賓主)의셔 더ᄒᆞ미 잇더니 ᄎᆞ시 원별(遠別)을 당ᄒᆞ여 친측(親側)을 ᄯᅥ나ᄂᆞᆫ 회푀 갓초 통할(痛割)ᄒᆞ므로뼈 부부의 상니(相離)ᄅᆞᆯ 죡히 의논ᄒᆞᆯ ᄇᆡ 아니로ᄃᆡ 쇼져의 졍니(情理) 여러 가디로 슬프믈 헤아리ᄆᆡ 츄연ᄋᆡ셕(惆然愛惜)ᄒᆞ여 침ᄉᆞ냥구(沈思良久)의 미음을 구(求)ᄒᆞ여 마시고 쇼져ᄅᆞᆯ 쳥ᄒᆞ여 갓가이 안ᄌᆞ믈 니ᄅᆞ니 쇼졔 크게 황괴(惶愧)ᄒᆞ나 어ᄉᆞ의 ᄒᆞᄂᆞᆫ ᄇᆡ 희롱된 거죄(擧措) 업고 ᄇᆞ졀업시 발셜(發說)ᄒᆞ미 업ᄂᆞᆫ 고로 ᄇᆞ득이 나아가ᄃᆡ 군ᄌᆞ의 침엄믁믁(沈嚴默默)ᄒᆞᆷ

---

186 유졍유일(惟精惟一): 유정유일. 오직 정밀하고 일관되다는 뜻. 《서경》〈대우모(大禹謨)〉에 "인심은 위태하고 도심은 미세하니, 오직 정밀하고 일관되게 하여 그 중도(中道)를 진실로 잡아야 한다(人心惟危 道心惟微 惟精惟一 允執厥中)."라는 말이 나옴.

187 흔연다셜(欣然多說): 규장각본에는 '흔연ᄉᆞᆼ졉(欣然相接)'으로 되어 있음.

과 슉녀의 쳥한졍뎡(淸閑貞靜)ᄒᆞ미 좌우의 다른 사ᄅᆞᆷ이 업ᄉᆞᆯᄉᆞ록 더옥 녜(禮)를 잡고 혼야(昏夜)의 삼가미 극ᄒᆞ여 좌ᄎᆡ(坐差) 갓가올ᄉᆞ록 냥인(兩人)의 빵광(雙光)이 나ᄌᆞᆨᄒᆞ고 긔운이 싁싁ᄒᆞ여 화ᄒᆞᆫ 빗치 츈풍 갓ᄐᆞ나 늠늠이 조심ᄒᆞ고 슉엄(肅嚴)이 법을 잡으미 규문(閨門) 안ᄒᆡ 됴졍(朝庭) 갓ᄐᆞᆫ디라. 어ᄉᆡ 이에 말ᄉᆞᆷ을 펴 ᄀᆞᆯ오ᄃᆡ

"ᄉᆡᆼ이 블튱블효(不忠不孝)ᄒᆞ여 간관(諫官)의 쇼임(所任)을 다ᄒᆞ고ᄌᆞ ᄒᆞ다가 군샹(君上)긔 득죄(得罪)ᄒᆞ여 몸 우ᄒᆡ 참ᄒᆡᆼ(慘刑)을 맛고 나 54면 시 븍변(北邊) 안치(安置) 죄인(罪人)이 되니 신ᄌᆡ(臣者) 됴졍(朝廷)의 샤환(仕宦)ᄒᆞᄆᆡ 이런 화ᄅᆞᆯ 만나믄 놀나온 ᄇᆡ 아니라. 쥬공(周公)이 동관의 경거ᄒᆞ시고 샤안(謝安)이 쳥탁의 쳬읍ᄒᆞ며 소ᄒᆡ(蕭何)[188] 하옥(下獄)ᄒᆞ고 방현령(房玄齡)[189]이 ᄉᆞ제의 도라가며 우리 시죄(始祖) 보승의 츌딘ᄒᆞ시며[190] 댱슌이 회람(淮南)의 젹거(謫居)ᄒᆞ고 당개(唐介)[191] 쳥ᄒᆡ(青海)의 귀향 가며 이쳔(伊川)이 원디(遠地)의 폄츌(貶黜)ᄒᆞ니 이 다 명죄 아니미 아니오 졍시ᄅᆞᆯ 막디 못ᄒᆞ미 아니로ᄃᆡ[192] 혹 참언(讒言)이 망극ᄒᆞ고 혹 삼디지변(三指之變)이 이셔 셩쥬의 흔극(釁隙)을 닐위미니 후셰 위ᄒᆞ여 시비ᄒᆞᄂᆞᆫ디라. 이졔 ᄉᆡᆼ이 엇디 쥬공을 우러러 ᄇᆞ

188 소ᄒᆡ(蕭何): 소하. 중국 전한의 정치가. 유방을 도와 한나라의 기틀을 세웠으며, 율구장(律九章)이라는 법률을 만들었음.

189 방현령(房玄齡): 당 태종 때의 충신.

190 주공이 동관의 ~ 보승의 츌딘ᄒᆞ시며: 규장각본에는 빠져 있음.

191 당개(唐介): 송나라의 강직한 관리. 재상 문언박 등을 탄핵하다가 영주 별가로 좌천되었으나, 문언박이 그를 다시 조정으로 불러들임. 《송사(宋史)》 〈당개열전〉.

192 졍시ᄅᆞᆯ 막디 못ᄒᆞ미 아니로ᄃᆡ: 규장각본에는 빠져 있음.

라며 긔량이 쏘[193] 엇디 이 사ᄅᆞᆷ들을 ᄯᆞ로리오마ᄂᆞᆫ 스ᄉᆞ로 급암(汲黯)의 강딕(强直)ᄒᆞᆷ과 댱구령(張九齡)의 튱셩(忠誠)이 졀졀(切切)ᄒᆞ믈 효측(效則)고져 ᄒᆞᄃᆡ 화호블셩(畫虎不成) 반유구야(反猶狗也)[194]로 이[195]의 니ᄅᆞ러시니 브죡한 이오 셩쥬(聖主)의 여텬대은(如天大恩)으로 일명을 빌니시니 금일디후(今日之後)ᄂᆞᆫ 셩샹(聖上)의 주시미라. ᄒᆡ
55면 신분골(解身粉骨)ᄒᆞ나 셩은을 다 갑ᄉᆞᆸ디 못ᄒᆞᆯ ᄇᆡ오 븍변 찬츌(竄黜)은 친쳑졔위(親戚諸友) 다 근심ᄒᆞ나 내 ᄆᆞ옴의 깃거ᄒᆞ믄 호발(毫髮)이라도 국은을 보ᄒᆞᆯ가 ᄒᆞ거니와 다만 도라오미 칠팔 년을 그음ᄒᆞ리니 그 ᄉᆞ이 븍당(北堂)[196] 우려(憂慮)ᄅᆞᆯ ᄉᆡᆼ각건ᄃᆡ 블회 더옥 큰디라. 그ᄃᆡ ᄒᆡᆼ(幸)혀 ᄉᆡᆼ의 뜻을 아라 부부의 져근 ᄉᆞ졍(私情)과 일시 니별의 결연(缺然)ᄒᆞᆫ 거ᄉᆞᆯ ᄆᆞ옴의 머믈디 말고 븍당 훤위ᄅᆞᆯ 밧드러 셩효ᄅᆞᆯ 갈녁(竭力)ᄒᆞᆯ딘ᄃᆡ ᄉᆡᆼ이 결단코 ᄌᆞ(子)[197]로 ᄒᆞ야곰 뎨셩(齊城)을 문흐치ᄂᆞᆫ 우롬이 잇게 아니리니 ᄉᆡᆼ이 도라오는 날 즐거오미 이 길흘 당치 아니ᄆᆡ셔 더을디라. ᄉᆡᆼ의 당뷔 이러치 아니ᄒᆞᆫ들 ᄌᆡ[198] 엇디 ᄉᆡᆼ의 심ᄉᆞᄅᆞᆯ 모로리오마ᄂᆞᆫ ᄌᆡ 오히려 삼오튱년(三五冲年)을 면치 못ᄒᆞ여 듕이 굿디

---

193 엇디 쥬공을 우러러 ᄇᆞ라며 긔량이 쏘: 규장각본에는 빠져 있음.

194 화호블셩(畫虎不成) 반유구야(反猶狗也): 뜻만 높이 세웠을 뿐 성취한 것이 없어서 남의 조롱을 받는 신세가 되었다는 뜻. 후한 때 마원이 호협하고 의리를 중시하는 두보를 본받으려는 조카들에게 "범을 그리다가 이루지 못하면 도리어 개처럼 된다(畫虎不成 反類狗)."라며 경계시킨 내용이 《후한서》 〈마원열전〉에 나옴.

195 화호블셩(畫虎不成) 반유구야(反猶狗也)로 이의: 규장각본에는 '화호블셩의'로 되어 있음.

196 븍당(北堂): 주부의 거실. 모친의 거처. 여기에서는 '부모님의 거처'를 뜻함.

197 ᄌᆞ(子)로: 규장각본에는 '그ᄃᆡ로'로 되어 있음.

198 ᄌᆡ: 규장각본에는 '그ᄃᆡ'로 되어 있음.

못ᄒᆞ고 ᄉᆞ경을 존절(撙節)치 아니므로 ᄉᆡᆼ이 블가케 넉이ᄂᆞ니 악댱(岳丈)이 ᄋᆡ려디듕(哀廬之中)의 계시고 닌셩 곤계(昆季)와 녕뎨(令弟)[199] 쇼져롤 참혹히 실니ᄒᆞ여 ᄉᆞᄉᆡᆼ거쳐롤 모로미 졍니의 통졀ᄒᆞ나 악댱도 오히려 견ᄃᆡ시고 운계공 ᄂᆡ외(內外)도 녕존당(令尊堂)[200] 태부인을 위ᄒᆞ여 금억(禁抑)ᄒᆞᄂᆞᆫ 도리 이시니 범ᄉᆞ(凡事) 경듕(輕重)이 잇고 ᄉᆞ체(事體)[201] 져근 ᄉᆞ졍(私情)을 쥬(主)ᄒᆞᆯ 거시 아니라. 우리 존당 부뫼 만일 디셩디덕(至誠至德)이 아니시면 엇니 ᄌᆞ의 인ᄉᆞ 업시 ᄉᆞ셩만 슈ᄒᆞ믈 미안치 아니시리오마ᄂᆞᆫ 여러 셰월의 ᄒᆞᆫ갈ᄀᆞᆺ치 ᄌᆞᄋᆡ 근근(懃懃)ᄒᆞ시믄 강보(襁褓) 쇼ᄆᆡ(小妹)의 더으신디라. ᄌᆡ 홀노 감은ᄒᆞ미 업ᄉᆞ며 의앙(依仰)ᄒᆞᄂᆞᆫ 졍셩이 박ᄒᆞ시냐? ᄌᆞ위 혈긔 쇠ᄒᆞ신 후 쇼ᄆᆡ롤 ᄉᆡᆼᄒᆞ시니 거동 이후로 딜환(疾患)이 ᄌᆞᄌᆞ신디라. ᄉᆡᆼ이 이제 젹별(謫別)을 고ᄒᆞ고 시봉(侍奉)의 졍셩을 펼 길히 업ᄉᆞᄆᆡ ᄒᆞᆫ갓 셰군(細君)을 미드미 등한(等閑)치 아니니 셰군은 ᄉᆡᆼ의 부탁을 져바리디 말나."

쇼졔 공경 문파의 피셕념임(避席斂衽) ᄃᆡ왈(對曰)

"부ᄌᆡ(夫子) 간관녈ᄉᆞ(諫官烈士)의 쇼임을 다ᄒᆞ샤 면졀졍징(面折廷爭)의 보과습유(補過拾遺)[202]ᄒᆞ시미 급댱유(汲長孺)와 위현셩(魏賢成)의 겸연(歉然)ᄒᆞ실[203] ᄇᆡ 아니러니 일됴(一朝)의 셩의(聖意)롤 쵹휘(觸諱)[204]ᄒᆞ샤미 문득 존톄(尊體)의 참화롤 당ᄒᆞ시ᄃᆡ 쳡이 혼암ᄒᆞ와 아득히

56면 57면

199 녕데(令弟): 영제. 남의 동생.

200 녕존당(令尊堂): 영존당. 상대방의 부모나 조부를 높이는 말.

201 ᄉᆞ체(事體): 사체. 사리와 체면. 사태나 일.

202 보과습유(補過拾遺): 규장각본에는 빠져 있음.

203 겸연(歉然)ᄒᆞ실: 겸연하다. 면목없다. 여기에서는 '부족하다'의 뜻.

ᄭᆡ닷디 못ᄒᆞ고 무익ᄒᆞᆫ 근심도 난호디 못ᄒᆞ여 이제 환이 블측(不側)ᄒᆞᄆᆡ 니ᄅᆞ러 븍변 원찬ᄒᆞ시미 더옥 위ᄐᆡᄒᆞ오니 훤위(萱闈)의 참연비우(慘然悲憂)ᄒᆞ심과 일가(一家)의 경녀(驚慮)ᄒᆞ시미 등한치 아닌디라. 쳡슈블민(妾雖不敏)이나 엇디 황황(遑遑)ᄒᆞᆫ 근심이 업ᄉᆞ리잇고마ᄂᆞᆫ 우견(愚見)의 ᄉᆡᆼ각건ᄃᆡ 샤블범졍(邪不犯正)이오 요블승덕(妖不勝德)이라. 부ᄌᆡ 극명쥰덕(克明俊德)ᄒᆞ시미 족히 이젹(夷狄)의 흉광(凶狂)ᄒᆞᆫ ᄒᆡᄅᆞᆯ 면ᄒᆞ시리니 ᄋᆡᆨ경(厄境)이 딘ᄒᆞ고 태운길시(泰運吉時)[205]ᄅᆞᆯ 기다릴 밧 다ᄅᆞᆫ 계괴 업ᄉᆞ오며 존당의 봉시(奉侍)ᄒᆞ믄 쳡이 비록 블초ᄒᆞ나 엇디 져근 ᄉᆞ졍으로ᄡᅧ 부ᄌᆞ의 계훈(戒訓)을 져ᄇᆞ리리잇고? 원(願) 부ᄌᆞ(夫子)ᄂᆞᆫ 만ᄉᆞᄅᆞᆯ 파탈(罷脫)ᄒᆞ샤 귀톄ᄅᆞᆯ ᄌᆞ보(自保)ᄒᆞ시고 타일 영화로이 환래(還來)ᄒᆞ시믈 쳔만 ᄇᆞ라ᄂᆞ이다."

어ᄉᆡ 그 옥비셤슈(玉臂纖手)ᄅᆞᆯ 잡아 근이좌(近而坐)ᄒᆞ고 그 삭춍(削
58면 葱)[206] 갓ᄐᆞᆫ 셤슈와 초옥(楚玉)으로 싹근 ᄃᆞᆺᄒᆞᆫ 팔이 손이 잡으ᄆᆡ[207] 휘드러 ᄉᆡᆨ거질 ᄃᆞᆺ 연약ᄒᆞ미 셩혼(成婚) ᄉᆞᄌᆡ(四載)의 ᄒᆞᆫ갈ᄀᆞᆺᄐᆞ믈 도로혀 념녀ᄒᆞ여 왈

"ᄌᆞ(子)의 슈약(瘦弱)ᄒᆞ미 졈졈 더으니 아디 못게라. 식침(食寢)을 남과 ᄀᆞᆺ치 못ᄒᆞᄂᆞᆫ 연괴냐? 므ᄉᆞᆷ 딜(疾)이 이셔 그러ᄒᆞ미냐?"

쇼제 크게 슈치(羞恥)ᄒᆞᆫ 듕 나ᄌᆞᆨ이 ᄃᆡ왈(對曰)

---

204 촉휘(觸諱)ᄒᆞ샤미: 촉휘하다. 거스르다. 저촉하다.

205 태운길시(泰運吉時): 태평한 운수와 길한 때.

206 삭춍(削葱): 삭총. 파의 흰 부분인 총백(葱白)처럼 길고 가는 손가락.

207 팔이 손이 잡으ᄆᆡ: 규장각본에는 '팔의 숀을 ᄃᆞ히ᄆᆡ ᄀᆞ장'으로 되어 있음.

“딜이 업고 식침(食寢) 감ᄒᆞ미 업셔이다.”

어ᄉᆡ ᄋᆡ련ᄒᆞ믈 니긔디 못ᄒᆞ여 오ᄅᆡ도록 손을 노치 아니코 그윽이 간ᄆᆡᆨ(看脈)ᄒᆞᄆᆡ 쇼졔 ᄯᅩᄒᆞᆫ 병이 업디 아니믈 념녀ᄒᆞ여 쉬기ᄅᆞᆯ 니ᄅᆞᄃᆡ 쇼졔 침구ᄅᆞᆯ 옴겨오미 업ᄉᆞ므로 ᄃᆡᄒᆞ니 어ᄉᆡ 왈

“태얘(太爺) ᄌᆞ의 금침(衾寢)을 이의 옴기라 ᄒᆞ시더니 ᄌᆞ의게 명(命)치 못ᄒᆞ시도다.”

인ᄒᆞ여 셔안(書案)의 ᄉᆞ오 권(券) ᄎᆡᆨ을 ᄂᆡ여 벼개 밋ᄐᆡ 노코 침병(枕屛)의 ᄌᆞ긔 져포(紵布)[208]ᄅᆞᆯ 나ᄅᆡ여 쇼져의 눕기ᄅᆞᆯ ᄌᆡ촉ᄒᆞ니 쇼졔 딘실노 민황난안(憫惶爛顔)[209]ᄒᆞ믈 니긔디 못ᄒᆞ니 ᄉᆡᆼ이 두 팔히 용녁(勇力)이 이시니 두어 번 눕기ᄅᆞᆯ ᄌᆡ촉ᄒᆞ다가 개연이 팔흘 드러 용이히 ᄡᅳ리 59면
쳐 누이기ᄅᆞᆯ 어린ᄋᆞ히ᄀᆞᆺ치 ᄒᆞ고 허리의 져포ᄅᆞᆯ 덥허 ᄀᆞᆯ오ᄃᆡ

“츈한(春寒)이 심ᄒᆞ니 약질이 안ᄌᆞ ᄉᆡ오미 괴로올디라. 져푀 연년(娟娟)[210]ᄒᆞ믄 고인(故人)[211]의 졍이니 내 몸의 븟치던 거시오 다ᄅᆞᆫ ᄌᆡ 닙디 아냐시니 믈니치디 말나.”

이리 니ᄅᆞ며 그 옥딜(玉質)이 초븨(憔憊)ᄒᆞ믈 ᄋᆡ련 잔인히 넉일디언졍 조곰도 음황(淫荒)ᄒᆞ며 난일(亂佚)ᄒᆞ미 업ᄉᆞ니 쇼졔 가득이 븟그리고 두릴디언졍 ᄯᅩ 감히 ᄯᅥᆯ치고 니러나디 못ᄒᆞ더니 효계(曉鷄) 창명(唱鳴)ᄒᆞᄆᆡ 쇼졔 댱외(帳外)의 나와 ᄒᆞᆫ 우흠[212] 믈노 신셩(晨省)ᄒᆞ라 드

208 져포(紵布): 저포. 모시옷.

209 민황난안(憫惶爛顔): 매우 민망하고 당황하며 얼굴이 붉어짐.

210 연년(娟娟)ᄒᆞ믄: 규장각본에는 ‘념념ᄒᆞ믄’으로 되어 있음.

211 고인(故人): 오랜 벗. 여기서는 부부를 말함.

212 우흠: 움큼.

러가니 어ᄉᆡ 혼ᄌᆞ 누어 심ᄉᆡ 더옥 훌훌이[213] 초황(焦遑)ᄒᆞ여 딘뎡치 못ᄒᆞ더니 날이 ᄇᆞᆰ으며 조부뫼 친히 나와 보고 슈야(數夜)ᄅᆞᆯ 누옥(陋獄)의셔 디ᄂᆡ다 ᄒᆞ여 됴리ᄒᆞ믈 쳔번 당부ᄒᆞ니 엇디 ᄎᆞ악(嗟愕)히 슈형ᄒᆞ여시믈 알니오? 금오ᄂᆞᆫ 부뫼 ᄊᆡᄃᆞᆺ디 못ᄒᆞ시믈 흔힝(欣幸)ᄒᆞ여 가디록
60면 됴흔 말ᄉᆞᆷ으로 위로ᄒᆞ고 틈을 어든ᄌᆞᆨ 드러와 ᄋᆞᄌᆞ의 낫ᄎᆞᆯ 다히고 몸을 어로만져 명일은 아득히 원별(遠別)ᄒᆞᆯ 바ᄅᆞᆯ 슬허 밤을 부부·모ᄌᆞ·슉딜(叔姪)이 쵹(燭)을 ᄇᆞᆰ혀 쎠나ᄂᆞᆫ 졍을 기리 늣기며 ᄇᆡ소(配所)의 득달(得達)치 못ᄒᆞᆯ 바ᄅᆞᆯ 념녀ᄒᆞ여 참연비우(慘然悲憂)ᄒᆞ니 어ᄉᆡ 슌슌(諄諄)이 부모와 슉모ᄅᆞᆯ 위로ᄒᆞ여 과려(過慮)치 마ᄅᆞ시믈 쳥ᄒᆞ더니 동방이 긔ᄇᆡᆨ(旣白)ᄒᆞᄆᆡ 공ᄎᆡ(公差)[214] 발셔 문의 니ᄅᆞ러 승도니발(乘道離發)ᄒᆞ믈 니ᄅᆞᄂᆞᆫ디라. 엄졍(嚴程)[215]이 유한(有限)ᄒᆞ니 ᄉᆞ졍(私情)을 쥬(主)ᄒᆞ리오? 됴반(早飯)을 파ᄒᆞ고 부ᄌᆞ조손(父子祖孫)과 모ᄌᆞ슉딜(母子叔姪)이 그음업ᄉᆞᆫ 졍과 참연ᄒᆞᆫ 비회ᄅᆞᆯ 억졔ᄒᆞ여 니별코져 ᄒᆞᄆᆡ 경열ᄒᆞ여 블셩셜(不成說)ᄒᆞ니 능히 무ᄉᆞ히 힝ᄒᆞ믈 당부치 못ᄒᆞ고 그 얼골을 보고져 ᄒᆞᄆᆡ 별누쳔항(別淚千行)이 폐식냥목(閉塞兩目)ᄒᆞ니 ᄇᆡᆨ일(白日)이 무광(無光)ᄒᆞ여 슈운(愁雲)이 ᄉᆞ긔(四起)ᄒᆞ고 츈셜(春雪)이 셰우(細雨)조ᄎᆞ ᄲᅳ리니 일ᄉᆡᆨ(日色)이 더옥 통원ᄒᆞᆫ 심ᄉᆞᄅᆞᆯ 돕ᄂᆞᆫ
61면 디라. 어ᄉᆡ ᄆᆞ옴을 구지 잡아 슬프믈 ᄉᆞᄉᆡᆨ디 말고져 ᄒᆞᄃᆡ 존당이 ᄇᆡᆨ슈(白首)의 셔리 ᄆᆡᆺ쳐 통읍비도(痛泣悲悼)ᄒᆞ심과 부모의 여할여삭(如

213 훌훌이: 가볍게 나는 모양. 안정되지 않는 모양.

214 공치(公差): 공채. 공무로 차출된 관리.

215 엄정(嚴程): 엄정. 기한을 엄격히 정함.

割如削)호 심ᄉᆞ를 보건ᄃᆡ 쳘셕간장(鐵石肝腸)이나 구촌(九寸)이 욕녈(欲裂)ᄒᆞ니 ᄌᆞ연 항뉘(降淚) 쳠금(沾衾)ᄒᆞ여 조부모를 븟드러 남산디강(南山之岡)과 븍히디슈(北海之水)를 기리 영안(寧安)ᄒᆞ시고 블초손(不肖孫)을 거리ᄭᅵ디 마ᄅᆞ시믈 쳔만 당부ᄒᆞ고 부모긔 고별(告別)홀시 금외 계오 무ᄉᆞ히 득달(得達)ᄒᆞ라 니ᄅᆞ며 또 허희왈(歔欷曰)

"내 ᄋᆞ희 결단ᄒᆞ여 븍당훤초(北堂萱草)[216]를 쇽이옵디 아니ᄒᆞ리니 여부(汝父)ᄂᆞᆫ 오딕 됴히 도라올 ᄯᅵ를 문의 비겨 기다리리라."

모친은 가슴이 막혀 일언(一言)을 못 ᄒᆞ고 슉모ᄂᆞᆫ 만 니 험노의 무ᄉᆞ히 힝ᄒᆞ여 됴히 잇다가 즐거이 환쇄(還刷)[217]ᄒᆞ라 니ᄅᆞ며 톄루(涕淚) ᄇᆡᆨ여(百餘) 항(行)이 비갓치 ᄯᅥ러디니 슬픈 경식(景色)이 능히 사ᄅᆞᆷ이 ᄉᆞ라가ᄂᆞᆫ 줄 아디 못홀디라. 어시 유ᄆᆡ(幼妹)를 안아 낫출 다혀 골오ᄃᆡ

"남녀 간 동긔슈죡(同氣手足)의 졍을 모로다가 다힝이 너를 ᄌᆞ위(慈闈) 망단디여(望斷之餘)[218]의 어드시니 긔딜용홰(氣質容華) 만고(萬古)를 기우려 다시 잇디 아닐디라. 비록 아이[219] 되디 못ᄒᆞ믈 한ᄒᆞ나 골육(骨肉)의 졍은 남녀 간의 잇디 아닌디라. 너의 긔특이 ᄌᆞ라믈 보지 못ᄒᆞ고 우형(愚兄)이 만 니의 젹거(謫居)ᄒᆞ니 어나 날 도라와 친위(親闈)예 봉ᄇᆡ(奉拜)ᄒᆞ고 너를 볼 줄 알니오?" 62면

말을 맛ᄎᆞᄆᆡ 유ᄋᆡ(乳兒) 믄득 디각(知覺)이 잇셔 긔묘교염(奇妙嬌艶)

---

216 븍당훤초(北堂萱草): 북당훤초. 모친 처소 앞의 풀. 여기서는 '부모'를 말함.

217 환쇄(還刷): 동포를 이끌고 고국에 돌아옴. 쇄환(刷還).

218 망단디여(望斷之餘): 망단지여. 희망이 끊어진 나머지. 늦은 나이.

219 아이: 사내아이. 남자.

ᄒᆞᆫ 옥슈(玉手)로 어ᄉᆞ의 낫ᄎᆞᆯ 만디며 늣겨 울기ᄅᆞᆯ 마디 아니니 금외 깃거 아냐 유모ᄅᆞᆯ 블너 유ᄋᆞᄅᆞᆯ 맛디고 ᄀᆞᆯ오ᄃᆡ

"사ᄅᆞᆷ이 텬니(天理)의 ᄲᅱ여난즉 듕도(中道)의 어긔미 되니 뎨곡(帝嚳)이 나며 일홈을 브ᄅᆞ고 노ᄌᆡ(老子) 삼 세의 텬슈(天數)ᄅᆞᆯ 통ᄒᆞ니 이 곳 대인이라. 녀ᄋᆡ 비록 망단이나[220] 망단디여(望斷之餘)의 어더 귀듕ᄒᆞ미 타인의 ᄋᆞᄃᆞᆯ의 디나다가도 ᄋᆞ히 조셩신이(早成神異)ᄒᆞ미 ᄇᆡᆨ분(百分) 뉴(類) 다ᄅᆞ믈 보건ᄃᆡ 실노 실노 깃븐 의ᄉᆡ ᄉᆞ라디ᄂᆞᆫ디라. ᄉᆡᆼ디오삭(生之五朔)의 강보(襁褓) 미ᄋᆡ(迷兒)[221] 므ᄉᆞᆷ ᄯᆡᄅᆞᆯ 아라 능히 이러ᄒᆞᆫ고 아디 못하리로다."

63면 인ᄒᆞ여 날이 느ᄌᆞ믈 닐너 어ᄉᆞᄅᆞᆯ 권ᄒᆞ니 어ᄉᆡ 쳔비억슈(千悲億愁)와 울읍ᄒᆞ믈 쥬리ᄌᆞᆸ아 태부모와 부모긔 하딕ᄒᆞᆯᄉᆡ 태ᄉᆡ 실셩뉴체(失聲流涕)ᄒᆞ고 숑부인은 통곡(痛哭)ᄒᆞᆯ ᄃᆞᆺ 오읍ᄒᆞᄂᆞᆫ 소ᄅᆡ 놉흐믈 ᄭᆡ닷디 못ᄒᆞ니 금오와 니부인이 부모ᄅᆞᆯ 븟드러 딘뎡ᄒᆞ시게 ᄒᆞ며 ᄇᆡᆨ단간위(百段懇慰)ᄒᆞ고 쥬부인이 쳬루ᄅᆞᆯ 거두어 구고(舅姑)의 심회ᄅᆞᆯ 돕디 아니ᄒᆞ니 어ᄉᆡ 계오 몸을 ᄲᆡ혀 모든 ᄃᆡ 하딕ᄒᆞ고 고개ᄅᆞᆯ 두로혀ᄆᆡ 졍쇼제 션매(襈袂)ᄅᆞᆯ 나ᄌᆞᆨ이 븟치고 단졍이 셧ᄂᆞᆫ디라. 말업시 댱읍(長揖)ᄒᆞᄆᆡ 쇼제 텬연(天然)이 답녜ᄒᆞᆯ ᄲᅳᆫ이라. 어ᄉᆡ 힝혀도 쇼져ᄅᆞᆯ 년년(戀戀)ᄒᆞᄂᆞᆫ 빗치 업셔 노복의게 븟들녀 초교의 올나 븍으로 힝ᄒᆞᆯᄉᆡ 하리(下吏) 슈인과 창두(蒼頭) 오뉵 인이 힝거ᄅᆞᆯ 조ᄎᆞ니 안치 죄인의 힝되 부려(富麗)ᄒᆞ며 당ᄒᆞᆫ 위의(威儀) 업ᄉᆞᆯ 거시로ᄃᆡ 일세 명뉴(名儒)ᄂᆞᆫ 제

220 망단이나: 규장각본에는 빠져 있음.

221 미ᄋᆡ(迷兒): 미아. 못난 아이. 자기 자식에 대한 겸칭.

졔(濟濟)[222]히 강외(江外)의 젼별(餞別)홀시 글을 가져 니졍(離情)과 어ᄉᆞ의 튱녈(忠烈)[223]을 일ᄏᆞᆮ고 쥬효(酒肴)로 닛그러 ᄇᆡ작(杯酌)을 날니며 영화로이 모드믈 긔약ᄒᆞᄃᆡ 어ᄉᆡ 졀음(絶飮)을 심히 ᄒᆞ여 일작(一酌)을 블음(不飮)ᄒᆞ고 녀리(閭里)[224] 시민이 노유(老幼) 블논(不論)ᄒᆞ고 십니댱졍(十里長亭)의 ᄇᆡ별ᄒᆞ고 슬허ᄒᆞ미 젹ᄌᆡ(赤子) ᄌᆞ모(慈母)롤 떠남 ᄀᆞᄐᆞ니 어ᄉᆞ의 일가친쳑(一家親戚)과 친븡졔우(親朋諸友) 셔로 도라보아 골오ᄃᆡ

"후암이 닙됴(入朝) 후로 긔졀쳥망(氣節淸望)이 ᄉᆞ셔(士庶)롤 드레고 강확(剛確)ᄒᆞ고 녈일ᄒᆞᆫ 의논이 ᄌᆞ로 텬의(天意)롤 ᄉᆡᆨ디ᄅᆞ며 블의패려디언(不義悖戾之言)을 칙망ᄒᆞ미 태과(太過)ᄒᆞ여 질악(疾惡)을 여슈(如讎)ᄒᆞ니 아등은 풍녁긔졀(風力氣節)을 흠앙(欽仰)홀디언졍 녀민(黎民)의 ᄇᆞ라미 져ᄃᆡ도록 ᄒᆞ믈 ᄉᆡᆼ각디 못ᄒᆞ엿더니 금번 화의 ᄲᅥ러디믈 인ᄒᆞ여 녀리 시졍(市井)[225]이 ᄒᆞᆫ갈ᄀᆞᆺ치 슬허ᄒᆞ믈 보건ᄃᆡ 강엄녈슉(强嚴烈肅)ᄒᆞᄃᆡ 덕홍관대(德弘寬大)ᄒᆞ여 가히 낭묘(郎廟)의 큰 그ᄅᆞᆺ시오 샤딕(社稷)의 됴흔 ᄌᆡ목이니 ᄒᆞᆫ갓 간관딕신(諫官直臣)ᄲᅮᆫ 아니라 족히 병길(丙吉)의 음양(陰陽)을 니(利)히 ᄒᆞᄂᆞᆫ ᄌᆡ조와 덕을 가딘 빈 줄 알니로다."

ᄒᆞ고 져마다 톄루(涕淚)롤 드리워 숑별ᄒᆞ니 작ᄎᆞ(爵次)의 놉흠 나즘

64면

222 졔졔(濟濟)히: 많고 성한 모습. 삼가고 조심하여 엄숙한 모습.

223 튱녈(忠烈)을: 규장각본에는 '츙의을'로 되어 있음.

224 녀리(閭里): 여리. 여항. 여염. 백성이 사는 마을.

225 녀리 시졍(市井)이: 규장각본에는 '시민이'로 되어 있음.

65면 [226]과 년긔(年紀)의 노쇼(老少)ᄅᆞᆯ 도라보디 아니코 왕딘의 당이 아닌 후ᄂᆞᆫ 다 모다시ᄃᆡ 홀노 당헌이 젹ᄒᆡᆼ(謫行)을 치위(治慰)ᄒᆞᆷ도 업고 숑별ᄒᆞᆷ도 업더라. 어ᄉᆡ 공경(公卿)·녈후(列侯)와 븡당(朋黨)·명뉴(名儒)ᄅᆞᆯ 면면(面面)이 니별ᄒᆞ여 후의(厚意)ᄅᆞᆯ 샤례ᄒᆞᄃᆡ 죄인의 ᄒᆡᆼ거의 너모 번요(煩擾)ᄒᆞ미 편치 아니믈 니ᄅᆞ고 별댱(別章)[227]을 바드나 술을 졉구(接口)치 아니ᄒᆞ여 날이 느ᄌᆞᄆᆡ 초교의 올나 길흘 난홀ᄉᆡ 각각 별누(別淚)ᄅᆞᆯ 비갓치 ᄲᅳ려 만 니 험노(險路)의 무ᄉᆞ 득달(得達)ᄒᆞ믈 원(願)ᄒᆞ고 어ᄉᆞᄂᆞᆫ 븍을 향ᄒᆞ고 졔인(諸人)은 도셩(都城)으로 드러오니라.

어시의 왕딘이 됴어ᄉᆞᄅᆞᆯ ᄆᆞ음과 ᄀᆞᆺ치 쥬륙(誅戮)디 못ᄒᆞ나 븍변의 보ᄂᆡᄆᆡ 그 위ᄐᆡᄒᆞ미 누란(累卵) ᄀᆞᆺᄐᆞ니 죽으미 반ᄃᆞᆺᄒᆞᆯ디라. 심니(心裏)의 암희(暗喜)ᄒᆞ믈 니긔디 못ᄒᆞ나 그 쳥망긔절(淸望氣節)이 혁혁(赫赫)[228]ᄒᆞᆷ과 문덕ᄌᆡ예(文德才藝) 울연(鬱然)ᄒᆞ므로 일셰(一世) 명뉴(名儒)와 녀항(閭巷) 시민이 그 원뎍(遠謫)을 슬허ᄒᆞ미 골육의 ᄋᆡᆨ화(厄禍) ᄀᆞᆺᄐᆞ믈 드ᄅᆞᄆᆡ 통완(痛惋)ᄒᆞᆫ 의ᄉᆡ 니러나 됴태ᄉᆞ 부ᄌᆞᄅᆞᆯ 마ᄌᆞ 경
66면 져(京邸)[229]의 머므ᄅᆞ디 말고져 ᄒᆞ여 언노(言路)[230]ᄅᆞᆯ 쵹(觸)ᄒᆞ여 젼태ᄉᆞ 됴겸과 젼금오 됴현[231]이 셰챵의 원뎍을 인ᄒᆞ여 국가ᄅᆞᆯ 원망ᄒᆞ미 인신의 도ᄅᆞᆯ 일헛다 ᄒᆞ여 극변(極邊)의 안치ᄒᆞ믈 계샤(啓辭)[232]ᄒᆞ니 샹이 됴

---

226 놉흠 나ᄌᆞᆷ과: 규장각본에는 '고하와'로 되어 있음.
227 별댱(別章): 별장. 이별의 시문.
228 혁혁(赫赫): 크고 아름답고 성하고 빛남.
229 경져(京邸): 경저. 서울 집.
230 언노(言路)ᄅᆞᆯ: 규장각본에는 '언관을'로 되어 있음.
231 됴현: 조현. '조정'을 가리킴.

셰챵의 과격ᄒᆞᆫ 언ᄉᆞᄅᆞᆯ 노ᄒᆞ샤 듕형을 더어 븍변의 원찬(遠竄)ᄒᆞ시나
태ᄉᆞ와 금오ᄅᆞᆯ 통우(寵遇)ᄒᆞ시믄 범연(泛然)치 아니시므로 원찬(遠
竄) 소계(疏啓)ᄅᆞᆯ 죵블윤(終不允)ᄒᆞ시더니 왕딘이 ᄡᅵ로 도도아 됴겸
부ᄌᆞᄅᆞᆯ 향니(鄕里)로 도라가라 ᄒᆞ시나 찬츌ᄒᆞ실 의ᄉᆡ 업ᄉᆞ니 왕딘이
ᄉᆞ셰(事勢)ᄅᆞᆯ 보아 됴어ᄉᆞᄅᆞᆯ 함디깅참(陷地坑塹)ᄒᆞ여 븍노(北奴)의
죽디 아냐도 흉역의 죄명을 나리 ᄢᅵ오려 아딕 참으미 되엿더라.

시시(是時)의 됴부의셔 이ᄉᆞᄅᆞᆯ 보ᄂᆡ고 합문샹히(闔門上下) 통졀(痛
切)ᄒᆞᆫ 심회와 경경(耿耿)ᄒᆞᆫ 념네 무궁ᄒᆞᆫ 듕 태ᄉᆞ와 금오ᄅᆞᆯ 원찬(遠竄)
소계(疏啓) 이시니 부인ᄂᆡᄂᆞᆫ 비분(悲憤)ᄒᆞ믈 니긔디 못ᄒᆞ고 금오ᄂᆞᆫ
도로혀 어히업셔 일이 되여가믈 볼 ᄲᅳᆫ이러니 샹이 젼니(田里)의 도라
가 안과케 ᄒᆞ라 ᄒᆞ시ᄂᆞᆫ 괴(敎) 나리니 인신(人臣)의 되(道) 일시나 머
믈니오? 고향이 녀강 쳥유현인 고로 쇽쇽히 하강(下降)ᄒᆞᆯᄉᆡ 시(時)의 67면
니학ᄉᆡ 질환(疾患)이 비경(非輕)ᄒᆞ니 태ᄉᆞ 부뷔 우려ᄒᆞ거ᄂᆞᆯ 금외 학
ᄉᆞ의 긔딜이 그런 병의 념녀 업ᄉᆞ믈 주ᄒᆞ여 부모ᄅᆞᆯ 위로ᄒᆞ고 남ᄆᆡ 분
슈(分手)ᄒᆞᆯᄉᆡ 부인의 부모와 동긔ᄅᆞᆯ 니별ᄒᆞᄂᆞᆫ 심ᄉᆡ 아득ᄒᆞ나 ᄉᆞ셰 ᄯᆞ
라가디 못ᄒᆞᆯ디라. ᄒᆞᆫ갓 별뉘 쥬줄ᄒᆞ여[233] 통도(痛悼)ᄒᆞᆯ ᄲᅳᆫ이라. 태ᄉᆡ 부
뷔 녀ᄋᆞᄅᆞᆯ 원별(遠別)ᄒᆞᄂᆞᆫ 회푀(懷抱) 암암ᄒᆞ고 톄뤼(涕淚) 산산ᄒᆞ
여 능히 ᄆᆞ음을 잡디 못ᄒᆞ니 부인이 위로ᄒᆞ고 금외 빵친을 밧드러 부
인과 식부(息婦)로 더브러 니발승도(離發乘道)ᄒᆞ니 친쳑븡위(親戚朋
友) 쥬호(酒壺)ᄅᆞᆯ 닛그러 니별ᄒᆞᄂᆞᆫ 눈믈이 한삼을 젹시니 태ᄉᆞ 부ᄌᆡ

---

232 계샤(啓辭): 계사. 논죄에 대해 임금에게 올리던 글.

233 쥬줄ᄒᆞ여: 규장각본에는 '주주ᄒᆞ여'로 되어 있음.

졔인의 후의(厚意)ᄅᆞᆯ 샤ᄒᆞ고 표연이 힝ᄒᆞ더니 슈일졍(數日程)의 밋쳐 도듕의셔 졍태우 등이 한식(寒食) 졀향(節享)을 맛고 도라오ᄂᆞᆫ 위ᄅᆞᆯ 만나 피ᄎᆡ 반기미 무궁ᄒᆞ나 어ᄉᆞ의 젹힝(謫行)을 치위(致慰)ᄒᆞ고 금외 향니(鄕里)의 도라가믈 개연(慨然)ᄒᆞᆯ ᄲᅳᆫ 아니라 텬변죄이(天邊
68면 災異)[234] 공극(孔劇)ᄒᆞ거ᄂᆞᆯ 먀션이 틈을 타 도젹질ᄒᆞᄂᆞᆫ 바의 샹이 왕딘의 말을 신쳥(信聽)ᄒᆞ샤 친뎡(親征)ᄒᆞ신ᄌᆞᆨ 종ᄉᆡ(宗社) 호흡간(呼吸間)의 위ᄐᆡᄒᆞᆯ 바ᄅᆞᆯ 근심ᄒᆞ여 슈미(愁眉)ᄅᆞᆯ 펴디 못ᄒᆞᄂᆞᆫ디라. 일야(一夜)ᄅᆞᆯ 녀관의 벼개ᄅᆞᆯ 년ᄒᆞ여 졍을 펼ᄉᆡ 졍태우의 강개격상(慷慨激上)ᄒᆞᆫ 의논이 곤계(昆季) 듕 과격ᄒᆞ여 딜악(疾惡)을 여슈(如讐)ᄒᆞᄂᆞᆫ 픔도(稟度)와 군샹(君上)의 허믈을 죽어 간(諫)코져 ᄒᆞᄂᆞᆫ ᄆᆞ음이 튱의(忠義)예 졀졀(切切)ᄒᆞᆯ ᄉᆞᄅᆞᆷ이오 ᄉᆞᄉᆞ로 터럭ᄭᅳᆺ도 도라보디 아니ᄒᆞ니 됴금외 탄식왈(嘆息曰)

"만ᄇᆡᆨ의 딕졀풍녁(直節風力)이 아ᄅᆞᆷ다오나 이ᄣᆡᄅᆞᆯ 당ᄒᆞ여 말ᄉᆞᆷ이 나ᄂᆞᆫ ᄃᆡ로 ᄒᆞ여 보과습유(補過拾遺)ᄅᆞᆯ 극딘히 ᄒᆞ고져 ᄒᆞᆯ딘ᄃᆡ 도로혀 미돈(迷豚)의 화(禍)ᄅᆞᆯ 만나기 쉬오니 모로미 너모 격상강녈(激上强烈)코져 말고 삼갈디어다."

문계공이 개연쇼왈(慨然笑曰)

"셩방이 본셩이 항당(抗壯)ᄒᆞ고 의리 명달ᄒᆞ더니 금번 녕윤(令允)의 ᄋᆡᆨ화(厄禍)ᄅᆞᆯ 인ᄒᆞ여 심히 소삭(消索)ᄒᆞ엿도다."

ᄒᆞ더라.

(책임교주 김수연)

234 텬변죄이(天邊災異): 규장각본에는 '텬변ᄌᆡ이'로 되어 있음. 장서각본의 오기.

완월회맹연 玩月會盟宴

권디팔 卷之八

화셜. 졍태우 문계공[1]이 개연쇼왈(介然笑曰) 1면

“셩방이 본셩이 항댱(抗壯)ᄒᆞ고 의리명달(義理明達)ᄒᆞ더니 금번 녕윤(令允)의 ᄋᆡᆨ화(厄禍)[2]를 인ᄒᆞ여 심히 소삭(消索)ᄒᆞ엿도다. 쇼뎨ᄂᆞᆫ 졍확(鼎鑊)과 부월(斧鉞)을 두리디 아냐 간당(奸黨)을 두려 머리를 숙이고 낫빗ᄎᆞᆯ 디어 쳠요(諂訞)ᄒᆞ여 부귀작녹(富貴爵祿)을 구ᄒᆞ여 일ᄉᆡᆼ을 안과(安過)코져 뜻이 업ᄉᆞ니 쇼인의게 아요쳠녕(訝訞諂佞)ᄒᆞᄂᆞ니 ᄎᆞᆯ하리 ᄃᆡᆨ졀(直節)을 다ᄒᆞ다가 군의(君意)를 엇디 못ᄒᆞ면 죽으미 올흘가 ᄒᆞ노라.”

졍시독 의계공[3]이 탄왈(嘆曰)

“형댱(兄丈) 말ᄉᆞᆷ이 올흐시나 쇼뎨 ᄉᆡᆼ각건ᄃᆡ ᄒᆞᆫ ᄌᆞ로 흙으로 바다흘 막디 못ᄒᆞ고 ᄒᆞᆫ낫 기동으로 문허져가ᄂᆞᆫ 집을 괴오디 못ᄒᆞ리니 니(利)를 탐(貪)ᄒᆞ고 살기를 구ᄒᆞᆯ 거시 아니라 말ᄉᆞᆷ이 효험(效驗)이 업고 힘이 약ᄒᆞ여 방실(邦室)을 굉쥬(肱柱)[4]치 못ᄒᆞᆫᄌᆞᆨ ᄎᆞᆯ하리 셰샹을 샤(捨)ᄒᆞ여 산야(山野)의 ᄌᆞ최를 붓쳐 ᄇᆡᆨ운마을[5]•의 ᄌᆞ디(紫芝)[6]를 ᄏᆡ고 져녁 ᄃᆞᆯ의 황졍경(黃庭經)을 외옴만 ᄀᆞᆺ디 못ᄒᆞᆯ가 ᄒᆞᄂᆞ니 엇디 구ᄐᆞ여 칠심 2면

---

1 졍태우 문계공: 정태우 문계공. 정흠. ‘문계’는 정흠의 호.

2 녕윤(令允)의 ᄋᆡᆨ화(厄禍): 영윤의 액화. 조정의 아들 조세창이 간신 왕진에 대해 영종황제에게 간언하다 북쪽 변방으로 귀양을 가게 된 일.

3 졍시독 의계공: 정시독 의계공. 정염. ‘의계’는 정염의 호.

4 굉주(肱柱): ‘고굉주석(股肱柱石)’의 뜻. ‘고굉’은 임금에게 다리와 팔같이 중요한 신하를 뜻하며, ‘주석’은 기둥과 주춧돌처럼 중요한 자리를 맡은 사람을 뜻하므로, ‘굉주’는 한 나라를 떠받치는 것.

5 ᄇᆡᆨ운마을: 백운마을. ‘백운’은 ‘청운’에 상대되는 개념으로서 ‘백운마을’은 정계와 거리가 있는 탈속적 공간을 뜻함.

6 ᄌᆞ디(紫芝): 자지. 자주색 영지.

(七心)을 드러닋여[7] 유확(油鑊)의 핑ᄉ(烹死)ᄒ여[8] 일홈을 쳔츄(千秋)의 젼ᄒ고 님군의 허믈이 만딗(萬代)의 니ᄅ도록 ᄉ디ᄌ믈 니ᄅ미 튱녈(忠烈)이리잇가?"

졍도헌 냥계공[9]이 칭도왈(稱道曰)

"형댱의 말숨이 올흐셔이다. 샤빅(舍伯)의 쥬의 밋양 녈일격상(烈日激上)ᄒ므로 웃듬ᄒ샤 튱의(忠義)에 다ᄃ라는 ᄉ싱(死生)을 도라보디 아니ᄒ시나 은삼현(殷三賢)[10]의 일홈이 다 ᄒ가디니 양광위로(佯狂爲虜)[11]홈과 졔긔(祭器)를 픔고 다ᄅ미[12] 엇디 구ᄐ여 간이ᄉ(諫而死)ᄒ는 바의 만히 ᄯ러디리잇가?"

문계 쇼왈(笑曰)

"다시 니ᄅ디 말나. 동긔(同氣)와 디친(至親)이라도 셩졍이 다 각각이

---

7 칠심(七心)을 드러닋여: 구멍이 일곱 개인 심장을 드러낸다는 것. 간언을 하다 극형을 당하는 일을 뜻함. 은나라 주왕의 폭정에 대해 숙부 비간이 간언을 계속하자 주왕은 화를 내며 "성인(聖人)의 심장에는 구멍이 일곱 개나 있다고 들었다."라며 비간의 충심이 진짜인지를 확인하겠다고 그를 해부하여 심장을 꺼내도록 한 일에서 비롯된 말.

8 유확(油鑊)의 핑ᄉ(烹死)ᄒ여: 기름솥에 삶겨 죽는다는 뜻. 하나라 걸왕 때의 충신 관용방이 직간하다 기름솥에 삶겨 죽은 일에서 유래하여, 죽음을 무릅쓰고 직간하는 일을 뜻함.

9 졍도헌 냥계공: 정도헌 양계공. 정흠의 동생 정겸. '양계'는 정겸의 호.

10 은삼현(殷三賢): 은나라 말기 세 명의 어진 사람으로, 비간·기자·미자를 아울러 일컫는 말.

11 양광위로(佯狂爲虜): 거짓으로 미친 척하여 사로잡힘. 상나라 말기 주왕의 폭정에 대해 간언하다 비간이 잔인하게 살해되자 기자가 두려운 나머지 미친 척하다가 주왕에게 사로잡혀 갇힌 일.

12 졔긔(祭器)를 품고 다ᄅ미: 제기를 품고 달아남. 상나라 말기 주왕의 폭정에 대해 미자가 여러 차례 간언했으나 받아들여지지 않자 미자는 상나라를 떠나 봉지(封地)인 미(微)로 돌아갔는데, 은이 멸망한 뒤 주 무왕에게 투항하며 상의 종사(宗祀)를 유지할 수 있도록 간청하여 주왕의 아들인 무경이 종사를 잇도록 한 일. 나중에 무경이 반란을 일으켜 주살되고 미자가 송나라에 봉해져 상의 종사를 잇게 됨.

니 ᄆᆞ옴ᄃᆡ로 힝셰(行世)홀 ᄲᅮᆫ이라. 다만 고금이 다ᄅᆞ고 사ᄅᆞᆷ이 쏘 그 사ᄅᆞᆷ이 아니라. 간이ᄉᆞ롤 효측ᄒᆞ여 죽기 보기롤 도라감ᄀᆞᆺ치 ᄒᆞ여야 튱신(忠臣)과 녈ᄉᆞ(烈士)의 홀 ᄇᆡ어니와 양광위라[13]ᄒᆞ미 죵신(終身)토록 참덕(慙德)을 시러 동방의 도망홈과 미ᄌᆞ(微子)의 숑(宋)의 보ᄂᆡ미 므어시 영화로오리오? 그러나 은삼인(殷三仁)을 다 ᄀᆞᆺ치 니ᄅᆞ나 쇽셰용인(俗世庸人)이 위회양광(爲懷佯狂)[14]과 졔긔롤 픔어 도귀(逃歸)롤 니ᄅᆞ나 화호블셩(畫虎不成)이 반유구야(反猶狗也)니 어이 두 사ᄅᆞᆷ의 홍혜(弘慧)롤 밋ᄎᆞ리오?” 3면

됴금외 탄왈(嘆曰)

“텬셩(天性)을 곳칠 ᄇᆡ 아니오 형의 ᄆᆞ옴ᄃᆡ로 ᄒᆞ려니와 미돈(迷豚)의 익화(厄禍)로 항댱(抗壯)ᄒᆞ미 소삭(消索)홈도 아니라. 녕ᄇᆡᆨ부(令伯父) 션태부 대인[15] 상ᄉᆡᆼ디시(象生之時)[16]의 만ᄇᆡᆨ을 징계ᄒᆞ시던 바롤 ᄉᆡᆼ각ᄒᆞ여 형의 격앙쥰녈(激昂俊烈)ᄒᆞ믈 잠간 곳치고져 ᄒᆞ미로다.”

이러ᄐᆞᆺ 담화ᄒᆞ여 밤을 다 보ᄂᆡ미 명신(明晨)의 문계공 삼 인이 쇼져롤 드러가 볼ᄉᆡ 쇼졔 맛춤 어린 쇼고(小姑)롤 겻ᄐᆡ 안치고 삼슉(三叔)을 ᄇᆡ견홀ᄉᆡ 반기는 졍이 말솜 밧긔 나타나고 슬픈 심회 듕원을 요동ᄒᆞ나 존귀(尊舅) ᄒᆞᆫ가디로 드러와시므로 감히 쳑비(慽悲)ᄒᆞᆫ ᄉᆞ식을 못ᄒᆞ고 나즉이 시좌(侍坐)ᄒᆞ미 삼슉을 향ᄒᆞ여 존문(存問)[17]을 뭇ᄌᆞ

---

13 양광위라: ‘양광위로(佯狂爲虜)’의 오기. 규장각본에는 ‘양광위로’로 되어 있음.

14 위회양광(爲懷佯狂): 품은 뜻을 이루기 위해 거짓으로 미친 척함.

15 녕ᄇᆡᆨ부(令伯父) 션태부 대인: 영백부 선태부 대인. 정한.

16 상ᄉᆡᆼ디시(象生之時): 상생지시. 상생은 살아 있을 때의 일을 본떠서 한다는 뜻. 망자가 아직 살아 있는 것으로 간주하여 의식을 진행하는 것을 말하므로 ‘상생지시’는 살아 계실 때를 뜻함.

오나 뎨여남(弟與娚)[18]의 ᄉᆞ싱거쳐(死生去處)를 모로믄 유명(幽明)을
4면 격ᄒᆞ미 다ᄅᆞ디 아니믈 더옥 통졀ᄒᆞ더니 도헌과 시독이 이 듕의도 희어(戱語)를 발ᄒᆞ여 ᄀᆞᆯ오ᄃᆡ

"현딜(賢姪)이 쳔쳔만만(千千萬萬) 몽상디외(夢想之外)의 ᄋᆡᆨ회(厄會)를 당ᄒᆞ여 군ᄌᆞ를 만니변븍(萬里邊北)의 원별(遠別)ᄒᆞ니 산호댱니(珊瑚帳裏)의 홍진(紅塵)이 ᄡᆞ히고 구슬 계젼(階前)의 ᄯᅥ러진 ᄭᅩᆺ출 ᄡᅳᆯ 니 업ᄉᆞᆫ디라. 후회(後會)의 조만(早晩)을 뎡치 못ᄒᆞ니 니별ᄒᆞᆫ 넉시 놀나기를 언마나 ᄒᆞ뇨? 아디 못게라. 창ᄒᆡ(滄海)의 돌이 되고져 ᄒᆞᄂᆞ냐 녕두(嶺頭)의 구롬이 되고져 ᄒᆞᄂᆞ냐? 반ᄃᆞ시 호박침(琥珀枕) ᄌᆞ라금(紫羅衾)의 눈믈이 어롱딜디라. ᄒᆞ믈며 너의 화안(花顔)이 초쳬(憔悴)ᄒᆞ고 옥용(玉容)이 젹막ᄒᆞ여 별슈(別愁)의 ᄌᆞᆷ겨시니 우슉(愚叔)이 근심되믈 니긔디 못ᄒᆞ노라."

쇼졔 아미(娥眉) 나족ᄒᆞ고 ᄡᅡᆼ안(雙眼)이 미미ᄒᆞ여 오딕 존젼(尊前)의 경근디녜(敬謹之禮)를 잡을 ᄲᅳᆫ이오 냥슉(兩叔)의 말ᄉᆞᆷ을 못 드롬 ᄀᆞᆺ거놀 금외 흔연쇼왈(欣然笑曰)

"은빅 등은 실노 경(景)업ᄉᆞᆫ 희언(戱言)도 ᄒᆞᄂᆞᆫ도다. 미돈이 도라올 디쇽(遲速)을 아디 못ᄒᆞ거니와 ᄋᆞ부(我婦)ᄂᆞᆫ 경뎡ᄒᆞᆫ 슉완(淑婉)이며 쳥개(淸介)ᄒᆞᆫ 녈뷔(烈婦)니 엇디 니별의 쳑비(慽悲)ᄒᆞ미 이시리오?
5면 돈ᄋᆞ(豚兒) 젹ᄒᆡᆼ(謫行) 후 효셩이 ᄉᆡ로이 빗나니 쇼뎨 며ᄂᆞ리 잘 어드믈 ᄉᆞ양치 아니ᄒᆞ노라."

17 존문(存問): 웟사람의 안부.

18 뎨여남(弟與娚): 제여남. 동생과 오라버니.

문계공이 쇼져 겻ᄐᆡ 안ᄌᆞᆫ 유녀(幼女)ᄅᆞᆯ 보고 대경문왈(大驚問曰)
"이 엇던 ᄋᆞᄒᆡ완ᄃᆡ 작픔긔셩(作稟氣性)이 져ᄃᆡ도록 츌뉴비상(出類非常)ᄒᆞ뇨?"
금외 미쇼답왈(微笑答曰)
"쇼데 이십의 셰챵을 나코 그 후 ᄒᆡᄅᆞᆯ 년ᄒᆞ여 두어ᄒᆞᆯ 기ᄅᆞ디 못ᄒᆞ여 요쳑(夭慽)을 보앗더니 폐합(弊閤)이 단산(斷産)ᄒᆞ연 디 십뉵 년 만의 기동초(去冬初)의 미녀(迷女)ᄅᆞᆯ ᄉᆡᆼᄒᆞ니 가듕의 ᄋᆡ이 업넌 바로 비록 녀ᄋᆡ나 빵친이 과ᄋᆡ(過愛)ᄒᆞ시고 쇼데 ᄯᅩᄒᆞᆫ ᄉᆞ랑이 쥬을들기[19]의 밋쳐거니와 너모 딘ᄐᆡ(塵態) 업ᄉᆞ니 혹ᄌᆞ 층봉(層峯)의 우룸이 이실가 두리노라."
말노조ᄎᆞ 시독과 도헌이 ᄒᆞᆫ가디로 보건ᄃᆡ 딘실노 이상특이(異常特異)ᄒᆞᆫ디라 만구칭션(滿口稱善) 왈
"형의 쇼교ᄂᆞᆫ 아등이 본 바 쳐음이라 타인의 용상(庸常)ᄒᆞᆫ 십ᄌᆞ(十子)와 밧고디 못ᄒᆞᆯ디라. 셩방의 복이 놉흔 연고로 ᄌᆞ의[20] 갓ᄐᆞᆫ ᄋᆞ돌과 이런 긔녀(奇女)ᄅᆞᆯ 두엇ᄂᆞᆫ디라. 아ᄅᆞᆷ답디 아니리오?"
금외 기리 ᄉᆞ양ᄒᆞ고 너모 비상(非常)ᄒᆞ미 슈한(壽限)의 ᄒᆡ로오미 이 6면
실가 두리온디라. 문계공이 더옥 보기ᄅᆞᆯ 닉이ᄒᆞ여 긔이ᄒᆞ믈 결을치 못ᄒᆞᄂᆞᆫ 바의 깁히 ᄉᆡᆼ각ᄂᆞᆫ ᄇᆡ 이셔 우음을 먹음고 니ᄅᆞᄃᆡ
"녕ᄋᆡ(令愛) 이러ᄐᆞᆺ 비상ᄒᆞ니 반ᄃᆞ시 아ᄅᆞᆷ다이 일홈을 주어시리로다."

19 쥬을들기: 주을들다. '주접들다'의 뜻. 규장각본에는 '죽을들기'로 되어 있음.
20 ᄌᆞ의: 자의. 조정의 아들 조세창의 자. 1권에서는 조세창의 자가 '자보'로 나오지만 이후 '자의'로 되어 있음.

금외 답쇼왈(答笑曰)

"미ᄋᆡ(迷兒) 블미간(不美間)의 디금 일홈 업시 유ᄋᆡ라 브ᄅᆞᄂᆞ니라."

시랑이 쇼왈(笑曰)

"가치 아니타. 이 ᄀᆞᄐᆞᆫ 긔녀(奇女)의 명(名)을 빗나게 딧디 아니리오? 원간 ᄋᆞᄒᆡ 명ᄌᆞ(名字)ᄂᆞᆫ 그 아비 짓ᄂᆞ니 쇼뎨 외람ᄒᆞ나 구부(舅父)로 뼈 친부(親父)를 ᄃᆡ(代)[21] 녕녀(令女)의 명ᄌᆞ를 헌코져 ᄒᆞ노라."

금외 빈아왈(嚬蛾曰)

"만ᄇᆡᆨ디언을 ᄭᆡ닷디 못ᄒᆞᄂᆞ니 유녀(幼女)를 보고 스ᄉᆞ로 구뷔라 ᄒᆞ믄 엇디오?"

문계 나아안ᄌᆞ ᄀᆞᆯ오ᄃᆡ

"쇼뎨 딘실노 허언(虛言)을 아니 ᄒᆞ리니 죵ᄇᆡᆨ(從伯)의 계ᄌᆞ(季子)로 쇼뎨 후ᄉᆞ(後嗣)를 뎡ᄒᆞ여시ᄃᆡ ᄋᆞᄒᆡ 작셩긔딜(作性氣質)이 과연 특뉸비상(特倫非常)ᄒᆞ여 말쇽(末俗)의 ᄲᅱ여나미 잇더니 녕녀를 보건ᄃᆡ
7면 타일 무ᄉᆞ히 댱셩ᄒᆞᆫᄌᆞᆨ 그 빵을 일치 아냐시니 형이 임의 죵ᄇᆡᆨ(從伯)으로ᄂᆞᆫ 진딘(秦晉)의 호연(好緣)을 ᄆᆡᄌᆞ시니 쇼뎨를 나모라 아닐딘ᄃᆡ 인호(姻好)의 두터오믈 ᄆᆡᄌᆞ 겹겹 인친(姻親)이 되고져 원ᄒᆞᄂᆞ니 태의(太意) 하여(何如)오?"

금외 쳥파(聽罷)의 호연쇼왈(浩然笑曰)

"유ᄌᆞ유녀(幼子幼女)를 가져 혼인을 뎡ᄒᆞ미 난(難)될 쁜 아니라 왕셰년전(往歲年前)의 운ᄇᆡᆨ 곤계(昆季) 셕보와 당헌으로 더브러 ᄌᆞ녀를

---

21 ᄃᆡ(代): 대. 대신한다는 뜻. 규장각본에는 'ᄃᆡ하여'로 되어 있음.

밧고아 인호의 두터오믈 언약ᄒᆞᄆᆡ 금셕(金石)의 구드미 잇더니 블힝
ᄒᆞ여 녕딜(令姪) 등을 실산(失散)ᄒᆞ니 셕보ᄂᆞᆫ 뎡ᄒᆞ여 닌셩의 ᄉᆞ싱을
모ᄅᆞᆯ딘ᄃᆡ ᄯᆞᆯ은 폐륜(廢倫)ᄒᆞ고 ᄋᆞᄃᆞᆯ은 이십을 그음ᄒᆞ여 졍쇼져의 거
쳐ᄅᆞᆯ 모로면 타문(他門)의 취실(娶室)케 ᄒᆞ렷노라 ᄒᆞ고 당헌은 그 듕
밍(重盟)과 뎡약(定約)을 니졋ᄂᆞᆫ디 거디(擧止) 졈졈 괴이ᄒᆞ여 존부
(尊府) 은혜ᄅᆞᆯ 니ᄌᆞ미 만흔가 시브니 피ᄎᆞ의 블힝이 뎡약을 쳐음 아
냐심반 ᄀᆞᆺ디 못ᄒᆞᆫ디라. 완월ᄃᆡ(玩月臺) ᄀᆞ온ᄃᆡ 언약으로 호연을 일우 8면
믄 미돈(迷豚)과 ᄋᆞ뷔(我婦)오 타일 무ᄉᆞ히 댱셩ᄒᆞ여 셩녜ᄅᆞᆯ 긔약ᄒᆞᆫ 바
ᄂᆞᆫ 셕보의 ᄋᆞᄃᆞᆯ과 운계의 녀ᄌᆡ니 그 밧근 작셩긔딜(作性氣質)을 미더
슈히 ᄎᆞᄌᆞ미 이시면 됴히 녜ᄅᆞᆯ 일울가 ᄒᆞ거니와 망망ᄒᆞᆫ 댱ᄂᆡᄉᆞ(將來
事)ᄅᆞᆯ 미리 알기 어려오니 언약ᄒᆞ미 만만블ᄉᆞ(萬萬不似)ᄒᆞᆯ가 ᄒᆞ노라.
타일 냥ᄋᆡ 댱셩ᄒᆞ믈 어들진ᄃᆡ 아등의 졍분으로ᄡᅧ 뜻을 뭇고 결ᄒᆞ랴?”
문계 그 말을 올히 넉이나 ᄀᆞ장 굼거이 넉여 다시음 ᄌᆞ긔 ᄋᆞᄌᆞ의 긔이
ᄒᆞ믈 니ᄅᆞ고 ᄋᆞ쇼져의 비상ᄒᆞ미 이 갓ᄐᆞ니 조곰도 념녀 업ᄉᆞ믈 일ᄏᆞ
라 잔 호의(狐疑)ᄅᆞᆯ 두디 말고 결단ᄒᆞ라 ᄒᆞ니 금외 쇼왈(笑曰)
“쇼뎨 실노 말을 ᄭᅮ며 믈니치고져 ᄒᆞ미 아니어ᄂᆞᆯ 형이 이러ᄐᆞᆺ ᄎᆞᆷ디
못ᄒᆞᄂᆞ뇨? 타일 냥ᄋᆡ 무ᄉᆞ히 ᄌᆞ랄진ᄃᆡ 쇼뎨ᄂᆞᆫ 형언(兄言)을 져바리
지 아냐 타쳐의 텬션(天仙) ᄀᆞᆺᄐᆞᆫ 낭ᄌᆞᄅᆞᆯ 두고 구ᄒᆞ미 잇셔도 뜻을 변
치 아니ᄒᆞ리니 형이 ᄯᅩ 쇼뎨만치 뜻을 뎡ᄒᆞ라.”
문계 대열과망(大悅過望)ᄒᆞ여 흔흔칭샤(欣欣稱辭)ᄒᆞ고 손으로 ᄋᆞ쇼 9면
져ᄅᆞᆯ ᄀᆞᄅᆞ치며 눈으로 시독과 도헌을 보아 ᄀᆞᆯ오ᄃᆡ
“됴ᄋᆞ의 초싱디셩(初生之性)이 엄연이 셩인디풍(聖人之風)이니 ᄒᆞᆫ갓
규측(閨則)의 셩범(聖範)이 될 쁜 아닌디라. 엇디 녀ᄌᆞ 되오미 앗갑디

아니리오? 반ᄃᆞ시 요텬ᄌᆞ(堯天子)의 여텬(如天)ᄒᆞ신 어지ᄅᆞᆷ과 슌황뎨(舜皇帝)의 덕이 이시리니 그 명(名)을 셩외[22]라 ᄒᆞ고 ᄌᆞ(字)ᄅᆞᆯ 혜슌[23]이라 ᄒᆞ미 맛당ᄒᆞ도다."

이뎨(二弟) ᄯᅩ 가(可)ᄒᆞ므로ᄡᅧ ᄃᆡ(對)ᄒᆞ니 금외 쇼왈(笑曰)

"블가(不可)ᄒᆞ다. 녀ᄌᆞ의 긔상덕ᄒᆡᆼ(氣象德行)이 황영(皇英)[24]과 삼모(三母)[25]ᄅᆞᆯ ᄯᆞᄅᆞᆷ도 그 만(萬)의 ᄒᆞ나히 잇디 아니커든 엇디 요슌(堯舜) ᄀᆞᆺᄐᆞᆫ ᄌᆡ 이시리오? ᄒᆞ믈며 쇼뎨 이시니 그 일홈을 구쳬[26]로 디어도 못 디을 ᄇᆡ 아니어ᄂᆞᆯ 문계 엇디 외람ᄒᆞᆫ 명ᄌᆞ(名字)ᄅᆞᆯ 주ᄂᆞ뇨? 내 ᄯᅩ 쳔고(千古)ᄅᆞᆯ 녁상(歷想)ᄒᆞ고 금셰(今世)ᄅᆞᆯ 광계(廣啓)ᄒᆞ나 싀아븨 될 ᄌᆡ 며ᄂᆞ리 일홈 주믈 듯디 못ᄒᆞ과라."

문계 흔흔쇼왈(欣欣笑曰)

"형은 고집(固執)디 말디어다. 녕녀의 작셩긔딜(作性氣質)이 결단ᄒᆞ
10면 여 녀듕요슌(女中堯舜)이니 맛당이 요슌으로ᄡᅧ 일홈 주미 올흘가 ᄒᆞ노라."

---

22 셩외: 성요. 해당 한자는 '聖堯'로 추정.

23 혜슌: 혜순. 해당 한자는 '慧舜'으로 추정.

24 황영(皇英): 중국 고대 요임금의 두 딸인 아황과 여영. 자매가 모두 순(舜)에게 시집갔는데, 순이 천자가 되자 아황은 후(后)가 되고 여영은 비(妃)가 됨. 그 후 순이 죽자 자매가 함께 강에 빠져 죽어 상군(湘君)이 됨.

25 삼모(三母): 주나라 왕실의 태강(太姜), 태임(太任), 태사(太姒). 태강은 태왕 고공단보의 비인데 주 문왕의 아버지인 왕계의 어머니로 덕이 넓었고, 태임은 문왕의 어머니로 태교를 잘했으며, 태사는 무왕의 어머니로 어질고 도리에 밝았으며 문덕(文德) 있는 여자라 하여 문모(文母)라고도 불렸고 문왕은 바깥일을 다스리고 문모는 안의 일을 다스림.《열녀전》등에서 여성의 모범이 되는 대표적 인물로 여김.

26 구쳬: 문맥상 '입말투'의 뜻으로 보임.

인ᄒᆞ여 셩요롤 안고져 ᄒᆞ미 ᄋᆞ히 믄득 졍쇼져 무릅히 낫출 박고 가디 아니ᄒᆞ니 태위 쳔단(千端)[27] 다리ᄂᆞᆫ 말이 혜곱고 신졍(神精)이 농난(濃爛)ᄒᆞ여 식경(食頃) 후 셩외 ᄇᆞ야흐로 낫출 드니 안화(顔華)의 애애ᄒᆞᆫ 화긔와 쇄연ᄒᆞᆫ 광치 텬디졍믹(天地精脈)과 산쳔졍화(山川精華)롤 오로디 모화 샹셔(祥瑞)의 문광(紋光)을 일워시니 얼프시 보ᄆᆡᄂᆞᆫ 냥안빵셩(兩眼雙星)이 현요(眩耀)ᄒᆞᆯ ᄯᆞ롬이오 이목구비(耳目口鼻)롤 ᄌᆞ시 아니 못ᄒᆞᆯ ᄇᆡ로ᄃᆡ ᄀᆞ장 ᄌᆞ시 ᄉᆞᆯ피션ᄃᆡ 일신골상(一身骨相)이 용인쇽녀(庸人俗女)와 ᄂᆡ도ᄒᆞ여 쳔틱만염(千態萬艶)이 아니 일ᄏᆞ롬 즉ᄒᆞ미 업ᄉᆞ니 태위 만분 황홀경ᄋᆡ(恍惚敬愛)ᄒᆞ며 션ᄌᆞ(扇子)의 다랏던 ᄇᆡᆨ옥난화션츄(白玉蘭花扇錘)[28]롤 글너 그 골홈[29]의 ᄎᆡ오니 션츄(扇錘) 범믈(凡物)이 아니라 옥이 됴시(趙氏)의 년셩(連城)ᄒᆞ던 보홰(寶華)[30]오 난(蘭)과 ᄭᅩᆺ출 삭여 졔작이 긔묘ᄒᆞ고 오ᄎᆡ(五彩) 녕농(玲瓏)ᄒᆞ니 태위 미양 빗난 줄을 깃거 아냐 션셰(先世)로브터 젼ᄒᆞᄂᆞᆫ 보홰로ᄃᆡ 일즉 션ᄌᆞ의 달미 업더니 맛츰 상셔공의 궤듕의 드러 태쥬 나려간 ᄇᆡ 되여시므로 태위 션능(先陵)의 한식젼향(寒食典享)을 맛고 도라오기롤 님ᄒᆞ여 말솜이 쳐초ᄒᆞ고 ᄉᆞ싀이 비졀ᄒᆞ니 상셰 더옥 슬프미 가 11면

27 쳔단(千端): 천단. '여러모로'의 뜻. 규장각본에는 '쳔만(千萬)'으로 되어 있음.

28 ᄇᆡᆨ옥난화션츄(白玉蘭花扇錘): 백옥난화선추. 백옥에 난초꽃을 새긴 부채 장식.

29 골홈: 고름. 옷고름.

30 됴시(趙氏)의 년셩(連城)ᄒᆞ던 보홰(寶華): 조씨의 연성하던 보화. 조왕이 가지고 있던 여러 성과 바꿀 만한 보화라는 뜻으로, 연성벽(連城璧)을 말함. 진(秦) 소왕이 자기 나라의 15성과 조왕이 가졌던 화씨벽(和氏璧)을 바꾼 것에서 유래한 말. 화씨벽은 춘추시대 초나라 변화(卞和)라는 사람이 발견한 귀한 보옥. 《사기》 〈염파인상여열전〉.

득ᄒᆞ여 션츄ᄅᆞᆯ 다라주며 ᄀᆞᆯ오ᄃᆡ

“ᄎᆞ믈(此物)이 근본이 이쳔공(伊川公)[31] 어드신 바로 누셰(累世)의 젼ᄒᆞ여 현뎨의게 밋ᄎᆞ니 현뎨 비록 보화ᄅᆞᆯ 염(厭)ᄒᆞ나 ᄒᆞᆫ번 션ᄌᆞ의 아니 다라보디 못ᄒᆞᆯ디라.”

ᄒᆞ니 문계 ᄃᆡ왈(對曰)

“션취 이쳔(伊川) 션죄(先祖)【명도(明道)와 이쳔(伊川)이 형뎨로 이쳔 ᄌᆞ손의 니ᄅᆞ러 두 번 계후(繼後)ᄒᆞᄃᆡ 다 명도 후손으로 니으니 문계 부군이 이쳔공 봉ᄉᆞ(奉祀)ᄅᆞᆯ 뎡ᄒᆞ미 되여 태우긔 밋쳐 ᄯᅩ 닌웅으로 계후ᄒᆞ니 셰 번이 다 명도 후손으로 ᄒᆞ니라】 어드신 ᄇᆡ올ᄉᆞ록 쇼뎨ᄂᆞᆫ 가질 날이 젹으니 당당이 내 ᄋᆞ히 닌웅을 주샤미 올흐니이다.”

상셰 왈

“닌ᄋᆞᄅᆞᆯ 주어도 가질 ᄯᅴ 주ᄂᆞᆫ 거시 올흐니 현뎨 달고 ᄯᅩ 님박셔산(臨迫西山)[32]ᄒᆞᆫ 노인이 아니니 블길디셜(不吉之說)을 말디어다.”

문계 츄연왈(惆然曰)

“인싱이 역녀부유(逆旅蜉蝣)[33]라. 혜고(蟪蛄)의 녀ᄅᆞᆷ의 나 ᄀᆞ을을 밋디
12면 못ᄒᆞ여 변싱(變生)[34]ᄒᆞᆷ ᄀᆞᆺᄐᆞ니 구ᄐᆞ여 년긔노쇼(年紀老少)의 잇디 아

---

31 이쳔공(伊川公): 이천공. 정흠의 선조인 정이(1033-1107).

32 님박셔산(臨迫西山): 임박서산. 서산이 임박했다는 것으로 죽을 날이 가깝다는 뜻.

33 역녀부유(逆旅蜉蝣): 역려부유. 나그네와 하루살이. 모두 인생의 덧없음을 비유함.

34 혜고(蟪蛄)의 녀ᄅᆞᆷ의 나 ᄀᆞ을을 밋디 못ᄒᆞ여 변싱(變生)ᄒᆞᆷ: 혜고가 여름에 태어나 가을에 미치지 못하여 죽는다는 뜻. 혜고는 여치. 《장자》 〈소요유(逍遙遊)〉에 “아침에 나서 저녁에 스러지는 버섯은 그믐과 초하루를 모르고, 여치는 봄가을을 알지 못하니 이는 짧은 목숨이다(朝菌不知晦朔 蟪蛄不知春秋 此小年也).”라고 하여 ‘조균’이나 ‘혜고’가 짧은 인생을 비유하는 표현으로 쓰임.

니니이다.”

ᄒᆞ고 션츄(扇錘)ᄅᆞᆯ 두고 가지 못ᄒᆞ여 다나 웅ᄋᆞᄅᆞᆯ 안아 ᄌᆞ연 말이 쳐초(悽憔)ᄒᆞ니 상셔와 운계 깁히 근심ᄒᆞ고 슬허ᄒᆞ미 쳔비억슈(千悲億愁)와 호텬디통(昊天之痛) 가온ᄃᆡ도 일층익심(一層益深)ᄒᆞ여 분슈(分手)키ᄅᆞᆯ 당ᄒᆞ여 흉히젼요(胸骸纏繞)키ᄅᆞᆯ 면치 못ᄒᆞᆯ 비라. 태위 스ᄉᆞ로 알오미 ᄇᆞᆰ아 션츄 듕보(重寶)로ᄃᆡ 금일 강보히제(襁褓孩提)ᄅᆞᆯ 구든 ᄆᆡᆼ약을 두고 션츄ᄅᆞᆯ 치오ᄃᆡ 유ᄋᆡ 범쇽 ᄋᆞ히 고은 빗촐 취ᄒᆞ여 가디고져 ᄒᆞᆷ ᄀᆞᆺ디 아냐 무심무려(無心無慮)히 션츄ᄅᆞᆯ 볼 쁜이니 공이 황홀ᄋᆡ듕(恍惚愛重)ᄒᆞ미 능히 슈히 니러나디 못ᄒᆞ나 피ᄎᆡ 다 ᄒᆡᆼ게(行車) 급ᄒᆞ므로 분슈ᄒᆞᆯᄉᆡ 삼공이 딜녀ᄅᆞᆯ 년년ᄋᆡ셕(戀戀愛惜)ᄒᆞ니 부녀의 감치 아니미 잇고 문계공은 유ᄋᆞᄅᆞᆯ ᄯᅥ나믈 앗겨 금오ᄅᆞᆯ 도라보아 녀듕요슌(女中堯舜)을 조심ᄒᆞ여 잘 길너 타일 나의 ᄇᆞ라ᄂᆞᆫ 바ᄅᆞᆯ 슷디 말나 ᄒᆞ고 ᄯᅩ 쇼져다려 웃고 니ᄅᆞᄃᆡ

“션츄ᄂᆞᆫ 우리 집 듕뵈(重寶)믈 현딜이 알거니 이제 너의 쇼고ᄅᆞᆯ 주미 13면
나의 오날놀 ᄉᆞ랑ᄒᆞ던 졍을 아라 타일의 내 비록 얼골을 보디 못ᄒᆞ나 그 범연(泛然)ᄒᆞᆫ 구뷔(舅父) 아니런 줄 알게 ᄒᆞᄂᆞ니 현딜은 닛디 말나.”

쇼졔 공경문파(恭敬聞罷)의 ᄀᆞ장 경아ᄒᆞ여 츄파(秋波)ᄅᆞᆯ 드러 죵슉(從叔)을 쳠망(瞻望)ᄒᆞ고 놀나며 쳑연(惕然)ᄒᆞᆫ 빗치 이시니 태위 더옥 ᄋᆡ디(愛之)ᄒᆞ여 흔연이 무위(撫慰)ᄒᆞ여 무ᄉᆞ히 도라가 됴히 이시믈 당부ᄒᆞ고 길흘 ᄯᅥ나 경ᄉᆞ로 향ᄒᆞ니 됴부 일ᄒᆡᆼ이 ᄯᅩᄒᆞᆫ 녀강으로 ᄒᆡᆼᄒᆞ여 고ᄐᆡᆨ(古宅)의 니ᄅᆞ니 풍경(風景)이 의구(依舊)ᄒᆞᆫᄃᆡ 슈졈쳥산(數點青山)이 뒤흘 등디고 ᄒᆞᆫ 줄 계쉬(溪水) 알플 님ᄒᆞ여 창봉(蒼峯)이

표묘(縹眇)ᄒᆞ고 ᄇᆡᆨ운(白雲)이 침건(沈蹇)ᄒᆞ여 만학(巒壑)이 묘연ᄒᆞ며
연홰(煙火) 미미히 니러나믄 ᄉᆡ로온 ᄃᆞᆺ 츈화(春花)ᄂᆞᆫ 징발(爭發)ᄒᆞ여
홍ᄇᆡᆨ(紅白)이 아당(阿黨)ᄒᆞ고[35] 요초(瑤草)ᄂᆞᆫ 긔긔(奇奇)ᄒᆞ여 연향이
울울ᄒᆞᆫᄃᆡ 폭포ᄂᆞᆫ 잔잔ᄒᆞ여 음뉼을 맛초ᄂᆞᆫ ᄃᆞᆺ 뇨뇨(廖廖)ᄒᆞᆫ 힝원과 작
14면 작(灼灼)ᄒᆞᆫ 도리(桃梨)의 쳥구ᄇᆡᆨ견(青狗白犬)이 머리ᄅᆞᆯ 그덕이며 ᄭᅩ
리ᄅᆞᆯ 둘너 경경이 ᄌᆞᄌᆞ며 고쥬(古主)ᄅᆞᆯ 반기ᄂᆞᆫ 형상이오 치던 비둘기
와 반휵(飯畜)ᄒᆞ던 ᄃᆞᆰ이 ᄯᅩᄒᆞᆫ 반기ᄂᆞᆫ ᄃᆞᆺ 쥐집이 시ᄂᆡᄅᆞᆯ 님ᄒᆞ고 솔울
히 한가ᄒᆞ믈 ᄌᆞ랑ᄒᆞᄂᆞᆫᄃᆡ ᄉᆞ립을 널니 열고 향당제인(鄕黨諸人)이 작
벌운집(作閥雲集)ᄒᆞᆫ 바의 오덕(五德)[36]이 방초(芳草) 우히 춤추어 ᄎᆡ
식이 이상ᄒᆞ고 계셩(鷄聲)이 츈일(春日)의 댱원(長遠)ᄒᆞ니 ᄃᆡ요ᄅᆞᆯ 보
ᄒᆞᄂᆞᆫ ᄉᆞ이 오션(午饍)을 올니니 조두(俎豆) 그릇ᄉᆡ 듁슌ᄎᆡ(竹筍菜)와
ᄎᆡ강(菜薑)이며 금니탕(金鯉湯)과 셰린회(細鱗膾)와 연계종(軟鷄蒸)
이 다 마시 쳥열쇄연(淸烈灑然)ᄒᆞᆫ디라. 태ᄉᆡ 믄득 긴 슈염의 비뤼(悲
淚) 뜻드러 ᄀᆞᆯ오ᄃᆡ

"노뷔 이곳을 기리 ᄃᆡ희여시면 셰챵의 젹힝(謫行)이 업ᄉᆞ리니 비로소
동문(洞門)의 누른 기ᄅᆞᆯ 닛그디 못ᄒᆞ믈 슬허ᄒᆞᆫ들[37] 밋ᄎᆞ랴?"

숑부인이 엄연뉴톄(奄然流涕) 왈

---

35 아당(阿黨)ᄒᆞ고: 아당하다. 남의 비위를 맞추거나 환심을 사려고 아첨한다는 뜻으로, 여기서는 봄꽃의 붉은빛과 흰빛이 서로 어울리는 모양을 형용한 것.

36 오덕(五德): 닭. 닭이 다음의 다섯 가지 덕을 갖추었다는 말에서 유래. 머리에 갓을 쓴 것은 문(文), 발에 며느리발톱이 생긴 것은 무(武), 적을 만나 용감히 싸우는 것은 용(勇), 먹을 것이 있으면 서로 부르는 것은 인(仁), 새벽에 반드시 우는 것은 신(信)이라고 함.《한시외전(韓詩外傳)》.

"우리ᄂᆞᆫ 믈너오나 거쳬(居處) 이ᄀᆞᆺ치 편ᄒᆞ고 의식(衣食)이 근심이 업거ᄂᆞᆯ 나의 쳔금쇼듕(千金所重)은 오히려 븍변(北邊)을 드ᄃᆡ디 못ᄒᆞᆯ ᄲᅳᆫ 아니라 그 가ᄂᆞᆫ ᄇᆡ 위ᄐᆡᄒᆞ미 누란(累卵)의 더으니 이 슬픈 념녀ᄅᆞᆯ 15면
엇디 비ᄒᆞᆯ 곳이 이시리오?"

금외 고향의 도라와 츈경(春景)을 아름다이 ᄃᆡᄒᆞ나 ᄋᆞᄌᆞ의 만니ᄒᆡᆼ도(萬里行途)ᄅᆞᆯ 념녀ᄒᆞ미 간졀ᄒᆞ니 심ᄉᆡ 색거디며 믜여딜 ᄃᆞᆺᄒᆞ나 부모의 비회ᄅᆞᆯ 돕디 못ᄒᆞ여 화히 위로ᄒᆞ고 셩요ᄅᆞᆯ 가ᄎᆞ(假借)ᄒᆞ며 향니친쳑(鄕里親戚)의 두어 ᄋᆞᄒᆡ로 집의 두어 문ᄌᆞᄅᆞᆯ ᄀᆞᄅᆞ치며 박혁유희(博奕遊戲)ᄒᆞ여 부모의 소희(所戲)ᄅᆞᆯ 구ᄒᆞᄆᆡ 감디(甘旨)[38]의 양이 증삼(曾參)의 ᄯᅳᆺ 밧ᄌᆞ오므로ᄲᅧ[39] 흡흡(恰恰)ᄒᆞ니 승슌위열(承順爲悅)ᄒᆞᄆᆡ 능히 니긔디 못ᄒᆞᆯ ᄃᆞᆺ ᄉᆞ심을 결을치 못ᄒᆞ니 부인이 ᄋᆞᄌᆞᄅᆞᆯ 위ᄒᆞᆫ 근심과 그리ᄂᆞᆫ 회푀 ᄯᅩᄒᆞᆫ 억제치 못ᄒᆞ나 구고(舅姑)ᄅᆞᆯ 효봉(孝奉)ᄒᆞᄆᆡ 일양 화열온유(和悅溫柔)ᄒᆞ기ᄅᆞᆯ 쥬ᄒᆞ여 슬픈 빗ᄎᆞᆯ 뵈디 아니니 ᄒᆞ믈며

37 동문(洞門)의 누른 ᄀᆡᄅᆞᆯ 닛그디 못ᄒᆞ믈 슬허ᄒᆞᆫ들: 동네 어귀에서 누런 개나 이끌고 다니지 못함을 슬퍼한다는 것. 진(秦)나라 승상 이사(李斯)가 무고로 사형을 당하게 되자 자기 아들에게 말하기를, "내가 너와 함께 다시 누렁이를 끌고 다 같이 상채의 동문을 나가서 약삭빠른 토끼를 쫓으려고 한들 할 수 있겠느냐?(吾欲與若復牽黃犬 俱出上蔡東門 逐狡兔 豈可得乎)"라고 탄식했다는 전고가 있음.《사기》〈이사열전〉.

38 감디(甘旨): 감지. 달고 맛있는 음식이라는 뜻으로, 특히 부모님이 좋아하는 음식을 말함.《예기》〈내칙(內則)〉의 "새벽에 어버이에게 아침 문안을 하고 좋아하는 음식을 올리며, 해가 뜨면 물러 나와 각자 일에 종사하다가, 해가 지면 저녁 문안을 하고 좋아하는 음식을 올린다(昧爽而朝 慈以旨甘 日出而退 各從其事 日入而夕 慈以旨甘)."라는 말에서 유래함.

39 증삼(曾參)의 ᄯᅳᆺ 밧ᄌᆞ오므로ᄲᅧ: 증삼이 부모의 뜻을 받들어 봉양한 것을 가리킴. 증삼은 효로 이름난 공자의 제자로 그가 부모를 봉양한 것은 그 뜻을 받들었다고 하여 '양지(養志)'라고 함.《맹자》〈이루(離婁)〉.

졍쇼져의 동동(洞洞)ᄒᆞᆫ 셩효(誠孝)와 쵹쵹(屬屬)ᄒᆞᆫ 경슌(敬順)은 부
ᄌᆞ의 계쵹(戒囑)을 호발(毫髮)의 어그ᄅᆞᆺ디 아니ᄒᆞᄂᆞᆫ디라. ᄆᆡ양 ᄉᆞ실
16면 (私室)을 구치 아냐 존당(尊堂)을 시침(侍寢)ᄒᆞ며 존당을 뫼시고 쇼고
(小姑)ᄅᆞᆯ 픔어 밤을 디ᄂᆡ니 그 몸의 슈고로오미 쇼ᄎᆞ환(少叉鬟) ᄋᆞ시
비(兒侍婢)의 쇼임을 당ᄒᆞ여 스ᄉᆞ로 일시ᄅᆞᆯ 한가치 아니ᄒᆞ여 츌쳔(出
天)ᄒᆞᆫ 셩회(誠孝) 갓브며[40] 괴로오믈 아디 못ᄒᆞ니 존당의 ᄋᆡ디년디(愛
之戀之)ᄒᆞᆷ과 구고의 과ᄋᆡ귀듕(過愛貴重)ᄒᆞ믄 부녀모녀(父女母女)의
감치 아닌디라. 향당 친쳑이 칭도ᄒᆞ여 셩회 딘효부(陳孝婦)[41]의 더으다
ᄒᆞ더라. 금의 부모ᄅᆞᆯ 밧드러 삭야(朔野)[42]의 형비츅싀(荊扉築柴)ᄅᆞᆯ 한
가히 ᄒᆞᄆᆡ 삼슌구식(三旬九食)[43]의 낙ᄌᆡ기듕(樂在其中)ᄒᆞ고 무초강능
(蕪草岡陵)의 한ᄃᆡ쳥풍(閑臺淸風)을 노ᄅᆡᄒᆞ니 듁님칠현(竹林七賢)[44]
을 상우(尙友)ᄒᆞᄃᆡ ᄒᆡ강(嵇康)이 쇽졀업시 동녁 져ᄌᆞ의 ᄒᆞᆫ 곡됴ᄅᆞᆯ ᄐᆞ
고 광능산(廣陵散)[45]의 신션 되믈 우이 넉이니 븍으로 ᄋᆞᄌᆞᄅᆞᆯ 념녀ᄒᆞ미
업ᄉᆞ면 거리ᄭᆡᆫ 근심이 업ᄉᆞᆯ 거시로ᄃᆡ 만금듕탁(萬金重托)이 참형여
ᄉᆡᆼ(慘刑餘生)으로 험노별원(險路別原)을 능히 무ᄉᆞ히 득달ᄒᆞ믈 긔필

---

40 갓브며: 갓브다. 힘에 겹다.

41 딘효부(陳孝婦): 진효부. 한(漢)나라 때 진효부는 16세에 시집을 갔는데 얼마 되지 않아 남편이 홀어머니를 부탁하며 수자리 살러 가서 돌아오지 못했으나 끝내 개가하지 않고 시어머니를 지극정성으로 봉양함. 유가의 규범서에서 이상적인 여성상으로 다루는 인물.

42 삭야(朔野): 북방의 황야.

43 삼슌구식(三旬九食): 삼순구식. 삼십 일 동안 아홉 끼니밖에 먹지 못한다는 뜻으로, 몹시 가난함을 이르는 말.

44 듁님칠현(竹林七賢): 죽림칠현. 진(晉)나라 초기에 노자와 장자의 무위사상을 숭상하여 죽림에 모여 청담으로 세월을 보낸 일곱 명의 선비. 곧 산도, 왕융, 유영, 완적, 완함, 혜강, 상수.

치 못ᄒᆞᆯ ᄲᅳᆫ 아니라 븍노(北奴)의 작난이 ᄇᆞ야흐로 셩ᄒᆞ니 그 ᄒᆡᄅᆞᆯ 버
셔나기ᄅᆞᆯ 미드리오? 냥친의 알플 믈너난ᄌᆞᆨ 심원(心源)이 통할(痛割) 17면
ᄒᆞ믈 니긔디 못ᄒᆞ고 텬변(天變)의 ᄌᆡ이(災異) 무궁(無窮)ᄒᆞ니 국가의
장ᄎᆞᆺ 변괴 이시믈 디긔(知機)ᄒᆞᄆᆡ 비록 젼니(田里)의 ᄂᆡ친 몸이나 우
국ᄒᆞᄂᆞᆫ ᄉᆞᄅᆞᆷ이 ᄯᅩ 범연(泛然)하리오? 합문샹하(闔門上下)의 어ᄉᆞ의
슈형(受刑)ᄒᆞ고 원젹(遠謫)ᄒᆞ믈 슬허ᄒᆞ미 져마다 ᄉᆞᆯ흘 ᄡᆞᆨᄂᆞᆫ ᄃᆞᆺᄒᆞᄃᆡ
미말쳔비(微末賤婢)라도 감히 나라ᄒᆞᆯ 한(恨)ᄒᆞᄂᆞᆫ 말이 업ᄉᆞ니 원국
(怨國)ᄒᆞ므로ᄡᅧ 젼니(田里)의 ᄂᆡ치믄 더옥 통원(痛冤)ᄒᆞ더라.
셜화. 졍태우 문계공의 곤계 삼 인이 샹경ᄒᆞ여 태운산의 도라오ᄆᆡ 어
린 ᄌᆞ녜 문의 나 마ᄌᆞ 알현ᄇᆡ필(謁見拜畢)의 옷기ᄉᆞᆰ을 븟들고 각각
부안(父顔)을 우러러 반기믈 니긔디 못ᄒᆞ고 승당입실(昇堂入室)ᄋᆡ 냥
(兩) 화부인과 셔부인이 슉슉(叔叔)과 가군(家君)을 마ᄌᆞ 녜파좌뎡
(禮罷座定)ᄒᆞ니 문계공이 졔딜과 녀ᄋᆞ 긔염을 어로만져 그 ᄉᆞ이 슈
영발췌(秀形拔萃)ᄒᆞ미 더ᄒᆞ믈 두굿기고 이슈(二嫂)와 부인을 향ᄒᆞ여
슈월디간(數月之間)의 안녕턴 바ᄅᆞᆯ 일ᄏᆞ라 깃거ᄒᆞ니 이 화부인과 셔 18면
부인이 ᄯᅩᄒᆞᆫ 왕환(往還)을 무ᄉᆞ히 ᄒᆞ믈 치하ᄒᆞ고 태부인 존후와 합문
(闔門)의 무양(無恙)ᄒᆞ믈 므ᄅᆞ며 ᄂᆡ셩 등의 ᄉᆡᆼᄉᆞ거쳐(生死去處) 업
ᄉᆞ믈 슬허ᄒᆞ미 친ᄉᆡᆼᄌᆞ녀(親生子女)의 실산ᄒᆞᆷ 갓ᄐᆞᆫ 가온ᄃᆡ ᄂᆡ웅의 발

45 ᄒᆡ강(嵆康)이 쇽졀업시 ~ 신션 되믈: 혜강이 속절없이 처형장인 동쪽 저자에서 광릉산 한 곡조를 연주하고 죽었다는 뜻. 광릉산은 거문고 곡조 이름으로, 죽림칠현 중 하나인 혜강이 낙서(洛西)의 화양정에서 신선으로 보이는 어떤 객에게 전수받았다고 함. 혜강이 죽을 때 마지막으로 그 곡을 연주하면서 "광릉산 곡조가 이제는 없어지는구나(廣陵散 於今絶矣)."라고 탄식했다는 고사가 《진서(晉書)》에 나옴.

쵞특이(拔萃特異)ᄒᆞ미 실비범ᄋᆡ(實非凡兒)믈 드ᄅᆞ미 대화부인이 ᄋᆞ돌 두디 못ᄒᆞ믈 한치 아냐 깃브믈 아롬다옴을 니긔디 못ᄒᆞ니 시독이 듕노(中路)의셔 됴부 하향(下鄕)ᄒᆞᄂᆞᆫ 힝거(行車)롤 만나 명염을 보고 됴공의 유녀와 닌웅으로뻐 타일 젹승(赤繩)의 가연(佳緣)[46] 밋기롤 언약ᄒᆞ여 됴급의 쏘 허락ᄒᆞᆫ 바롤 화부인긔 고ᄒᆞ니 부인이 듯ᄂᆞᆫ 말마다 힝열(幸悅)ᄒᆞ니 젼일(前日) 닌셩 등을 완월ᄃᆡ 샹의셔 댱·니 이공이 쥬딘(朱陳)의 호연(好緣)을 긔약ᄒᆞ여 인호(姻好)의 두터오믈 닐너 희열ᄒᆞ던 바롤 싱각ᄒᆞ여 유시(幼時)의 뎡혼밍약(定婚盟約)이 구ᄐᆞ여 길됴(吉兆) 아닌가 넉이니 문계공이 긔식을 아라보고 우어 골오ᄃᆡ

19면 "됴가 녀ᄋᆞ롤 보건ᄃᆡ 딘실노 웅ᄋᆞ의 ᄧᅡᆨ이라. ᄒᆞ날이 유의ᄒᆞ여 ᄂᆡ신 듯ᄒᆞ니 강보히졔(繈褓孩提)롤 가져 혼인을 의논ᄒᆞ미 블가ᄒᆞ믈 모로디 아니ᄒᆞᄃᆡ 이씨의 구든 밍약을 두디 아니ᄒᆞ면 타일의 호연(好緣)을 일우기 어려오므로 됴셩방이 날을 괴이히 넉일 바롤 모로디 아니ᄒᆞᄃᆡ 여ᄎᆞ여ᄎᆞ 쳥ᄒᆞ엿ᄂᆞ니 이졔 긔염을 위ᄒᆞ여 옥인군ᄌᆞ(玉人君子)롤 마ᄌᆞ 갈히리라."

부인은 비록 ᄆᆞ옴의 블가히 넉이나 대ᄉᆞ(大事)의 간예(干預)ᄒᆞ미 업과져 ᄒᆞ므로 말을 아니 ᄒᆞᄃᆡ 시독이 쇼왈(笑曰)

"형댱이 어린 ᄌᆞ녀롤 두시고 퇵부퇵셔(擇婦擇婿)롤 급히 ᄒᆞ시미 과시(過時)ᄒᆞᆫ 혼인 ᄌᆡ목을 두심 갓ᄐᆞ믄 엇디미니잇고?"

태위 탄왈(嘆曰)

---

46 젹승(赤繩)의 가연(佳緣): 적승의 가연. '적승'은 월하노인이 가지고 다니며 남녀의 인연을 맺어준다고 하는 붉은 끈이므로, 적승의 좋은 인연이란 혼인의 좋은 인연을 뜻함.

"인심(人心)이 디인이라. 현뎨 그 아디 못ᄒᆞᄂᆞ냐?"

한님과 시독이 고개ᄅᆞᆯ 숙여 ᄌᆞ상ᄒᆞᆫ 빗출 곰초디 못ᄒᆞ고 부인이 경아
ᄒᆞ믈 마디 아냐 믁연(默然)ᄒᆞ고 태위 ᄌᆞ긔 명슈(命數)ᄅᆞᆯ 알오미 목젼
(目前)의 손금 보ᄃᆞᆺ ᄒᆞᄃᆡ 다ᄃᆞᆺ디 아닌 일을 미리 슈우(愁憂)치 아니ᄒᆞ
며 텬슈(天數)와 ᄃᆡ명(大命)을 한ᄒᆞ미 블가타 ᄒᆞ여 일ᄌᆞᆨ 나타ᄂᆡ여 니 20면
ᄅᆞ미 업더니 금년의 다ᄃᆞ라ᄂᆞᆫ ᄒᆡ음업시 언간(言間)의 빗최믈 면치 못
ᄒᆞᄃᆡ 일뎨(一弟)와 ᄌᆡ죵(再從)의 슬허ᄒᆞᄂᆞᆫ 빗과 부인의 놀니믈 보ᄆᆡ
ᄌᆞ긔 경셜(輕說)ᄒᆞ믈 뉘웃ᄂᆞᆫ 얼골노뼈 제ᄋᆞᄅᆞᆯ 가ᄎᆞᄒᆞᆯ 쁜이러라. 원
노(遠路)의 구치(驅馳)ᄒᆞ므로 슈일(數日)을 쉬여 딕ᄉᆞ(職司)의 나아
갓더니 슌망(旬望)이 넘디 못ᄒᆞ여셔 샹이 시독 경염으로뼈 강셔 안무
ᄉᆞᄅᆞᆯ ᄒᆞ이시고 한님 경혐[47]으로 어ᄉᆞ태우ᄅᆞᆯ 도도시고 다시 남월국의 샤
(使)ᄅᆞᆯ 보ᄂᆡ시니 ᄯᆡ의 남월왕이 븍노의 졔어ᄒᆞ인 ᄇᆡ 되여 됴공(朝貢)
을 폐ᄒᆞ고 븍노ᄅᆞᆯ 도으미 잇다 ᄒᆞᄂᆞᆫ 고로 됴졍이 문죄(問罪)ᄒᆞ믈 의논
ᄒᆞ다가 ᄌᆡ덕(才德)이 가ᄌᆞᆨᄒᆞᆫ 군ᄌᆞᄅᆞᆯ 보ᄂᆡ여 문죄교유(問罪敎諭)ᄒᆞᄂᆞᆫ
ᄠᅳᆺ을 뵈여 남월국쥬ᄅᆞᆯ 회과(悔過)케 ᄒᆞ미 가타 ᄒᆞ시고 강셰(江西) 누
년(累年)을 흉황(凶荒)ᄒᆞ여 크게 요란ᄒᆞ므로 ᄯᅩ 경염의 ᄌᆡ조와 덕화
ᄅᆞᆯ 아ᄅᆞ시므로 특별이 졀월(節越)[48]과 됴셔(詔書)ᄅᆞᆯ 주어 강셔 안무ᄉᆞ
ᄅᆞᆯ ᄒᆞ이여 긔민(饑民)을 딘졔(賑濟)ᄒᆞ고 일방(一方)을 딘무(鎭撫)ᄒᆞ 21면

---

47 경혐: 정혐. 규장각본에도 동일하게 '경혐'으로 표기되어 있으나 문맥상 정흠의 동생 '정겸'으로 보아야 함.

48 졀월(節越): 절월. 관찰사 등의 지방관들이 지방에 부임할 때에 임금이 내어주던 물건. 절은 수기(手旗)와 같이 만들고 부월은 도끼와 같이 만든 것으로, 군령을 어긴 자에 대한 생살권을 상징함.

라 ᄒᆞ신ᄃᆡ 냥인이 뎐폐(殿陛)의 하딕ᄒᆞ고 수ᄅᆡᄅᆞᆯ 두로혀 강셔와 남월
노 향ᄒᆞᆯ시 문계공이 이뎨(二弟)ᄅᆞᆯ 원별(遠別)ᄒᆞᄂᆞᆫ 심ᄉᆡ 훌훌 ᄎᆞ악ᄒᆞ
여 회픠 쳐챵ᄒᆞ니 톄뤼(涕淚) 가ᄇᆡ야이 써러디믈 면치 못ᄒᆞ니 졔붕졔
위(諸朋諸友) 과도ᄒᆞ믈 일ᄏᆞ라 위로ᄒᆞ며 잔을 잡아 가ᄂᆞ니ᄅᆞᆯ 니별ᄒᆞ
고 잇ᄂᆞ니ᄅᆞᆯ 관위(寬慰)ᄒᆞᆯ시 텬샤(天使)와 안찰(按察)의 ᄒᆡᆼᄒᆞᄂᆞᆫ ᄇᆡ
셩듀(聖主)의 은영(恩榮)을 씌여 금인옥졀(金印玉節)[49]노 허다위의(許
多威儀)ᄅᆞᆯ 잡아 안찰ᄉᆞ(按察使)의 쳥덕(淸德)과 텬샤의 위강이 늉듕
(隆重)ᄒᆞ니 족히 근심되디 아니ᄒᆞ며 슬프디 아닐 ᄇᆡ로ᄃᆡ 강셔의 흉참
ᄒᆞᆫ 인심과 남월의 간ᄉᆞᄒᆞ미 측냥키 어려오니 가ᄂᆞᆫ 몸이 위ᄐᆡᄒᆞᆯ ᄲᆞᆫ 아
니라 잇ᄂᆞᆫ ᄌᆞᄅᆞᆯ 위ᄒᆞ여 심ᄉᆡ 각별쳐황(各別悽惶)ᄒᆞ니 이 ᄯᅩ ᄆᆞ음이 녕
이(靈異)ᄒᆞᆫ 연괴(緣故)라. 문계공이 비록 강보(襁褓)의 호시(怙恃)ᄅᆞᆯ
참별(慘別)ᄒᆞ여 뉵아(蓼莪)의 통(痛)[50]이 궁텬극디(窮天極地)ᄒᆞ기의
밋ᄎᆞ나 ᄇᆡᆨ부모의 디셩극ᄋᆡ(至誠極愛)ᄒᆞ시믈 밧ᄌᆞ와 무ᄎᆡ(舞彩)의 영
22면 화(榮華)와 딜츄(跌墜)의 회포(懷抱)[51]ᄅᆞᆯ 두미 아니로ᄃᆡ 의앙(依仰)이
듯텁고 군죵형뎨(群從兄弟) 돈목(敦睦)ᄒᆞ여 쳑영(隻影)의 외로오믈

---

49 금인옥졀(金印玉節): 금인옥절. 황금으로 만든 도장과 옥으로 만든 부신(符信). 모두 관직을 받은 증서.

50 뉵아(蓼莪)의 통(痛): 육아의 통. 부모를 제대로 모시지 못한 슬픔을 일컫는 육아지통(蓼莪之痛)을 말함. '육아'는 《시경》 〈소아〉의 편명으로 자식이 부모를 추모하면서 살아생전에 제대로 봉양하지 못한 것을 후회하는 내용.

51 무ᄎᆡ(舞彩)의 영화(榮華)와 딜츄(跌墜)의 회포(懷抱): 색동옷을 입고 화려하게 춤추고, 넘어져 떨어지는 일을 하고 싶은 생각이라는 뜻으로, 노래자의 효행을 의미함. 노래자는 춘추시대 초나라 사람인데, 늙으신 부모님을 즐겁게 해드리려고 일흔이라는 나이에도 어린아이가 입는 색동옷을 입고 춤을 추고 물그릇을 들고 가다 넘어져 엉엉 울기도 했다 함.

아디 못ᄒᆞ다가 일됴(一朝)의 ᄇᆡᆨ부ᄅᆞᆯ 여희고 ᄇᆡᆨ모와 이죵(二從)을 누쳔 니의 분니(分離)ᄒᆞ여 ᄉᆞ모ᄒᆞᄂᆞᆫ 듕 일뎨와 ᄌᆡ죵뎨ᄅᆞᆯ 또 원노험디(遠路險地)의 손을 난호게 되니 침상(寢床)을 님ᄒᆞ여 광금(廣衾)의 외로온 바와 됴셕(朝夕)을 당ᄒᆞ여 훈디(壎篪)의 낙(樂)[52]을 엇디 못ᄒᆞᆯ ᄲᆞᆫ 슬플 쁜 아니라 훌훌이 믈너가며 나아오ᄆᆡ 엇게ᄅᆞᆯ 갈을 ᄌᆡ 업ᄉᆞ니 안항(雁行)의 긴 거ᄉᆞᆯ 블워ᄒᆞ고 이 ᄒᆞᆫ 니별이 아득ᄒᆞ여 웃ᄂᆞᆫ 얼골과 깃븐 ᄉᆞ식으로 반기믈 엇디 못ᄒᆞᆯ 바ᄅᆞᆯ ᄇᆞᆰ히 디긔(知機)ᄒᆞᄂᆡ 동상(痛傷)ᄒᆞᆫ 회포ᄅᆞᆯ 억제치 못ᄒᆞ여 냥뎨(兩弟)ᄅᆞᆯ 븟들고 휘루비읍(揮淚悲泣)이러니 냥공의 가ᄂᆞᆫ 심ᄉᆡ 여할여삭(如割如削)ᄒᆞ믈 혜아려 계오 쳬루(涕淚)ᄅᆞᆯ 거두고 원노흉디(遠路凶地)의 몸을 보듕ᄒᆞ여 국ᄉᆞ(國事)ᄅᆞᆯ 션치(善治)ᄒᆞ고 슈히 도라오믈 당부ᄒᆞ며 또 ᄀᆞᆯ오ᄃᆡ

“인ᄉᆡᆼ이 손 갓고 죽으미 도라감 갓ᄐᆞ여 슈외(壽夭) 무뎡(無定)ᄒᆞ니 달인(達人)이 대관(大觀)ᄒᆞ미 ᄑᆡᆼ상(彭殤)이 ᄒᆞᆫ가디[53]라. 긔세초초(棄世草草)ᄒᆞ믈 슬허ᄒᆞ미 무익ᄒᆞ고 즐거오미 ᄒᆞᆫ갈ᄀᆞᆺ기 어려온ᄌᆞᆨ 흉ᄒᆞ미 23면 니ᄅᆞ고 원망ᄒᆞ미 디극ᄒᆞ나 궁통(窮通)이 ᄯᆡ 이시니 텬운(天運)의 굴ᄒᆞ미 ᄆᆡ양이 아닐디라. 현뎨 등이 도라오나 혹ᄌᆞ 인ᄉᆡ 변ᄒᆞ미 될디라

52 훈디(壎篪)의 낙(樂): 훈지의 낙. 질나팔과 저를 부는 즐거움. ‘질나팔과 저가 서로 화음을 이룬다.’라는 뜻의 ‘훈지상화(壎篪相和)’는 소공(蘇公)이 지었다고 하는 《시경》 〈하인사(何人斯)〉에서 유래하여 형제간의 사이가 화목한 것을 비유하는 말로 쓰임.

53 ᄑᆡᆼ상(彭殤)이 ᄒᆞᆫ가디: 팽상이 한가지. 팽상은 팽조(彭祖)와 상자(殤子). 팽조는 700년을 넘게 살았다 하고, 상자는 어려서 죽은 아이이므로, 수명(壽命)의 장단(長短)을 뜻함. 무한한 본체의 생명에 비하면 팽조의 700세도 무(無)와 다를 바 없고, 어려서 죽은 사람도 아지랑이나 하루살이에 비하면 아주 오래 산 것이 되므로, ‘팽(彭)’과 ‘상(殤)’은 같다 하여 ‘제팽상(齊彭殤)’이라 함.

도 조곰도 한치 말고 과도히 슬허 말나."

냥공(兩公)이 듯기를 다 ᄒᆞᄆᆡ 블승엄호읍혈(不勝奄號泣血)ᄒᆞ여 상니
(相離)의 슬프미 병 되ᄆᆡ 밋쳐 댱부의 긔운이 셜셜(屑屑)ᄒᆞ고[54] 영웅의
댱심(壯心)이 연연(軟軟)ᄒᆞ니 범연(泛然)이 보ᄂᆞᆫ ᄌᆞᄂᆞᆫ 근어부인(近於
婦人)이라 ᄒᆞ여 나모라 ᄒᆞᆯ ᄇᆡ로ᄃᆡ 이에 모든 바ᄂᆞᆫ 인셩ᄒᆞᆫ 군ᄌᆞ와 특
달ᄒᆞᆫ 댱뷔라 문계 등의 통도(痛悼)ᄒᆞ믈 거의 ᄉᆞᆺ쳐 괴이히 넉이디 아
니ᄒᆞ더라. 일ᄉᆡᆨ(日色)이 느ᄌᆞᄆᆡ 무한ᄒᆞᆫ 졍과 그음업ᄉᆞᆫ 회포를 금억
(禁抑)ᄒᆞ여 분슈(分手)ᄒᆞᆯᄉᆡ 가ᄂᆞᆫ 심ᄉᆞ와 보ᄂᆡᄂᆞᆫ 졍이 다 ᄒᆞᆫ가디로 비
졀ᄒᆞᄃᆡ 문계공이 ᄆᆞ옴을 구지 잡아 이뎨(二弟)를 ᄌᆡ삼 위로ᄒᆞ여 남
월과 강셔로 길흘 분케 ᄒᆞ고 제우(諸友)로 더브러 집의 도라와 쥰(樽)
24면 의 남은 술을 거후ᄅᆞ고 쳐황비졀(悽惶悲絶)ᄒᆞᆫ 심회를 ᄉᆞᄉᆞ로 위로ᄒᆞ
여 괴로이 우슈울억(憂愁鬱抑)기를 아니 ᄒᆞᄃᆡ[55] 다만 밤을 당ᄒᆞ여 긴
벼개 남은 모히 이시며 너른 니불이 빈 구셕이 만흔디라. 평ᄉᆡᆼ 부인을
공경듕ᄃᆡ(恭敬重待)ᄒᆞ미 금슬이 화명(和鳴)ᄒᆞ고 ᄋᆡᄌᆞ의 신화ᄒᆞ미 업
셔 부신쳐졍(夫信妻貞)ᄒᆞᆯ ᄲᅮᆫ이언졍 구구(區區)히 ᄂᆡ당의 침닉(沈溺)
기를 아니 ᄒᆞᄂᆞᆫ 셩픔인 고로 셔ᄌᆡ의 외로이 쳐ᄒᆞ여 군죵과 일뎨를 ᄉᆞ
상ᄒᆞᄆᆡ 쳑연(慽然)이 안슈(眼水)를 나리와 침금을 젹시니 쇼화부인
과 셔부인이 슉슉(叔叔)의 심회를 혜아려 각각 유ᄌᆞ를 ᄂᆡ여보ᄂᆡ여 시
침(侍寢)케 ᄒᆞ니 태위 친딜과 죵딜을 간격디 아냐 ᄋᆡ듕ᄒᆞ미 디극ᄒᆞ더
라. 문계공이 녀ᄋᆞ의 혼인을 미리 뎡약(定約)고져 ᄒᆞᄃᆡ 뇽닌(龍麟) ᄀᆞᆺ

54 셜셜(屑屑)ᄒᆞ고: 설설하다. 자질구레하다. 침착하지 못하다.

55 아니 ᄒᆞᄃᆡ: 규장각본에는 '마니 ᄒᆞᄃᆡ'로 되어 있음.

ᄐᆞᆫ 긔딜을 보디 못ᄒᆞ니 긔염을 ᄇᆡ홀 옥인군ᄌᆡ(玉人君子) 업ᄉᆞᆯ가 근심ᄒᆞ더니 일일(一日)은 경태부 문쳥공 문싱 한님 양셩을 ᄎᆞᄌᆞ 양아의 니ᄅᆞ니 이 곳 쳥계공[56]의 쳐남이라. 양한님이 곤계 ᄎᆞ례의 말ᄌᆡ어ᄂᆞᆯ 또 그 계ᄌᆞ 양필광이 시년(是年)이 팔 셰의 만고(萬古)ᄅᆞᆯ 기우릴 풍뉴 25면 신ᄎᆡ(風流身體)와 일셰(一世)ᄅᆞᆯ 경동(驚動)ᄒᆞᆯ 문필ᄌᆡᄒᆞᆨ(文筆才學)ᄲᅮᆫ 아니라 호화ᄒᆞᆫ 풍뉘 딘평(陳平)의 부귀디격(富貴之格)과 숑홍(宋弘)[57]의 덕 된 용의 이셔 셔ᄇᆡᆨ(西伯)[58]의 나남ᄌᆞ(多男子)와 곽녕공(郭令公)[59]의 ᄌᆞ손 버리믈 효측ᄒᆞᄂᆞᆫ 복녹디상(福祿之相)이라. 태위 안공일셰(眼空一世)[60]ᄒᆞ여 열인(閱人)이 무궁(無窮)ᄒᆞᄃᆡ 이ᄀᆞᆺ치 ᄀᆞᆺ초 삼긴 긔동(奇童)은 딘실노 쳐음 보ᄂᆞᆫ ᄇᆡ라. 밧문의셔 긔특이 만나 다리고 드러가 양한님을 ᄃᆡᄒᆞ여 공ᄌᆞ의 년긔(年紀)ᄅᆞᆯ 뭇고 작셩(作性)의 츌어범뉴(出於凡類)ᄒᆞ믈 만구칭션(滿口稱善)ᄒᆞ여 인ᄒᆞ여 ᄌᆞ긔 녀ᄋᆡ 칠 셰믈 니ᄅᆞ고 타일 ᄌᆞ라믈 기다려 젹승(赤繩)의 가연(佳緣)을 쳥(請)ᄒᆞ

56 쳥계공: 청계공. 정잠.

57 숑홍(宋弘): 송홍. 후한(後漢)의 명신. 광무제 때 대사공(大司公)을 지내고 선평후(宣平侯)에 봉해짐. 광무제가 과부가 된 누이 호양공주의 배필로 송홍을 생각하고, "귀하게 되면 친구도 바꿀 수 있고, 부유해지면 아내도 바꿀 수 있다(貴易交 富易妻)."라고 하면서 그 의중을 알아보려고 했는데, 이에 그는 "빈천할 때 사귄 친구는 잊어서는 안 되고, 어려움을 함께한 아내는 버려서는 안 된다(貧賤之交不可忘 糟糠之妻不下堂)."라고 대답함.

58 셔ᄇᆡᆨ(西伯): 서백. 주(周) 문왕(文王).

59 곽녕공(郭令公): 곽영공. 당나라의 공신 곽자의(697-781). 분양왕에 봉해졌기 때문에 '곽분양'이라고도 함. 곽자의는 무과 장원 출신으로 재상의 자리에까지 올랐고 당대 최고의 명신이라 칭송받았으며, 8명의 아들과 7명의 사위가 모두 입신출세하여 장수와 번영의 상징이 됨.

60 안공일셰(眼空一世): 안공일세. 온 세상이 눈 안에 들어온다는 뜻으로, 세상 사람을 업신여김을 이르는 말이지만, 여기서는 세상을 두루 보고 겪었다는 뜻으로 쓰임.

니 양한님이 비록 ᄆᆡ져의 기셰(棄世) 후로 졍아 ᄂᆡ당 왕ᄂᆡ를 긋쳐시나 양부인 ᄌᆡ시의 긔염쇼졔 밋쳐 낫 ᄀᆞ리오ᄂᆞᆫ 녜를 ᄎᆞᆯ히디 못ᄒᆞ여셔 우연이 영일졍의 왓다가 양한님이 본 ᄇᆡ라. 특이(特異)ᄒᆞᆫ 긔딜(氣質)과 초군(超群)ᄒᆞᆫ 작셩(作性)이 딘실노 월염 등의 나리디 아니턴 바롤

26면 혜아려 흔연이 샤례ᄒᆞ고 쾌허(快許)ᄒᆞ여 금셕(金石) ᄀᆞᆺ튼 뎡약(定約)이 피ᄎᆞ(彼此)의 변치 아닐 바를 니ᄅᆞ니 문계 대열(大悅)ᄒᆞ여 이후로 더옥 빈빈이 양아의 단니며 필광을 순순(諄諄)이 ᄎᆞᄌᆞ ᄉᆞ회라 칭ᄒᆞ고 녀ᄋᆞ의 골홈의 ᄎᆞᆺᄂᆞᆫ 금어(金魚)를 넌ᄌᆞ시 글너 양공ᄌᆞ를 주고 공ᄌᆞ의 가졋ᄂᆞᆫ 금션(錦扇)을 밧골ᄉᆡ 필광이 비록 나히 어리나 셩신광명(聖神光明)ᄒᆞᆫ 긔딜이 셩인 가온ᄃᆡ 영웅이오 호걸 무리의 군ᄌᆡ라.

화셜. 문계공이 양공ᄌᆞ 필광의 금션을 가디고 부듕(府中)의 도라와 쇼져 유모 난셩을 주어 쇼져 협ᄉᆞ의 두라 ᄒᆞ고 부인을 ᄃᆡᄒᆞ여 필광의 긔특ᄒᆞ믈 칭션ᄒᆞ니 부인이 다만 문왈(問曰)

"양ᄌᆡ 넌셩 등으로 엇더ᄒᆞ더니잇고?"

공 왈

"작픔긔셩(作稟氣性)의 신긔로오믄 잠간 나리다 ᄒᆞ려니와 슈복(壽福)으로 의논ᄒᆞ면 오히려 나으미 만흘가 ᄒᆞᄂᆞ이다."

부인이 우문왈(又問曰)

"군ᄌᆡ 웅ᄋᆞ를 흠업시 칭찬ᄒᆞ시던 거시니 양ᄌᆞ와 비홀딘ᄃᆡ 고하(高下)업ᄉᆞ리잇가?"

27면 공이 다른 ᄃᆡ를 보아 침음ᄒᆞ기를 마디 아니ᄒᆞ다가 날호여 답왈(答曰)

"웅ᄋᆞᄂᆞᆫ 블셰긔린(不世麒麟)이로ᄃᆡ 양ᄌᆞ의 호호(浩浩)ᄒᆞᆫ 영녹(榮祿)과 부귀를 능히 밋디 못ᄒᆞ리니 웅이 오가(吾家)의 보ᄇᆡ로ᄃᆡ 딘실노

명젼만셰(名傳萬世)홀 쁜이오 금셰슈복(今世壽福)은 닌셩만도 못홀 디라. 엇디 양즈롤 ᄇᆞ라리오? 연이나 타일의 보면 알녀니와 웅ᄋᆞ의 셩학대도(聖學大道)ᄂᆞᆫ 양즈의 우히 되리니 양즈ᄂᆞᆫ 죵뵉(從伯)의 명ᄒᆞ신 바 챵닌 ᄀᆞᆺ고 웅ᄋᆞᄂᆞᆫ 션뵉부 대인을 만히 픔슈(稟受)ᄒᆞ여시ᄃᆡ 슈형(秀炯)ᄒᆞᆫ 미우(眉宇)와 텬디간 호연디긔(浩然之氣)롤 일편도이 모화 조화의 버셔나미 만ᄒᆞ니 만믈이 니극(二極)ᄒᆞ미 텬디(天地)의 싀이(撕捱)ᄒᆞ믈[61] 면치 못ᄒᆞ여 역학(易學)의 재려 념녜 무궁ᄒᆞ거니와 ᄯᅵ도 득실(得失)이 잇고 명(命)도 궁달(窮達)이 이시니 화복길흉(禍福吉凶)이 하날의 잇고 인녁으로 용납디 못홀 ᄇᆡ라. 사ᄅᆞᆷ이 비록 부귀홀디라도 진상 ᄉᆞ이의 황금을 ᄌᆞ랑ᄒᆞ며 여호 갓옷술 ᄯᅥᆯ치고 빗난 장쇽(裝束)의 살딘 믈을 달녀 고기 주머니와 술잘[62]니 되여 일싱을 화월춍듕(花月叢中)의 영노ᄒᆞ믈 즐겁다 홀딘ᄃᆡ 누뵉셰(累百歲)롤 ᄉᆞ라 핑조(彭祖)의 댱슈(長壽)ᄒᆞ믈 효측(效則)ᄒᆞ여도 그 ᄌᆞ최 누의(螻蟻)예다 ᄃᆞᄅᆞ미 업ᄉᆞ니 인싱이 견마(犬馬)의 나ᄌᆞ롭기로 흡ᄉᆞᄒᆞ고 죽은 후 무명(無名)ᄒᆞ미 초목이 스러디므로 다ᄅᆞ디 아니ᄒᆞ니 복의 알오믄 이부(伊傅)[63]와 쥬소(周召)의 튱의덕힝(忠義德行)을 ᄯᆞᄅᆞ디 못ᄒᆞ나 농방(龍逄)이 유확(油鑊)의 핑(烹)홈과 비간(比干)이 칠심(七心)을 드러닉미 튱녈(忠烈)을 다ᄒᆞ니 일싱일ᄉᆡ(一生一死) 텬니(天理)의 상ᄉᆡ(常 28면

61 싀이(撕捱)ᄒᆞ믈: 시애하다. '서로 자기주장만을 고집하여 문제를 끌면서 결정짓지 못하다'의 뜻인데, 서로 다른 두 대상이 화합하지 못하고 대립하는 상황을 표현함.

62 술잘: 술자루. '잘'은 '자루'.

63 이부(伊傅): 이윤과 부열. 두 사람 모두 은나라의 재상으로, 이윤은 탕 임금을 도와 은을 세웠고, 부열은 고종의 정사를 도와 은의 중흥에 공을 세운 인물.

事)라. 놉흔 관과 비단 의금(衣衾)의 보드라온 미듁(糜粥)과 보긔(補氣)ᄒᆞᆯ 찬션(饌繕)이며 녕규(靈葵)와 신초(神草)로뼈 약셕(藥石)[64]을 ᄀᆞᆺ초와 다ᄋᆞᆫ 명(命)을 능히 느추디 못ᄒᆞ며 딘(盡)ᄒᆞᄂᆞᆫ 긔력(氣力)을 붓드디 못ᄒᆞ여 양츈(陽春)을 회복디 못ᄒᆞᆫ 후ᄂᆞᆫ ᄀᆞᆺ 혼ᄇᆡᆨ이 구름ᄀᆞᆺ치 흣터디고 ᄇᆡᆨ골이 짜 쇽의 감초이니 이 ᄒᆞᆫ낫 죽엄이오 별도로온 거시 아니라. ᄉᆡᆼ셰(生世)의 셰운 일이 업ᄉᆞᆫ즉 그 일홈 업ᄉᆞ미 금슈(禽獸)와 일반이오 ᄯᅩ 현인군ᄌᆞ(賢人君子)와 튱신녈ᄉᆡ(忠臣烈士) 긔궁험흔(奇
29면 窮險釁)ᄒᆞ미 시졀을 만나디 못ᄒᆞ여 혹 쇼강(蔬糠)[65]을 념(厭)치 아니ᄒᆞ고 혹 도치[66]를 벼개ᄒᆞ고 혹 화염(火焰)의 써러져 포락(炮烙)의 형을 당ᄒᆞ미 이셔도 그 죽으미 졀녈(節烈)을 다ᄒᆞᆫ즉 족히 와셕죵신(臥席終身)을 못 ᄒᆞᆫ 슬프미 잇디 잇디[67] 아니ᄒᆞ리니 스ᄉᆞ로 일 엇기를 취ᄒᆞ미 아니라 사ᄅᆞᆷ이 나ᄆᆡ 금슈와 다ᄅᆞ고져 ᄒᆞ미니 군신의 계합이 당뎨(唐帝) 위징(魏徵)을 허홈과 광뮈(光武) ᄌᆞ릉(子陵)을 우(遇)ᄒᆞᆷ[68] ᄀᆞᆺ디 못ᄒᆞ여도 위인신ᄌᆞ(爲人臣者)ᄂᆞᆫ 목숨을 ᄇᆞ려 님군을 갑ᄂᆞᆫ 거시 튱녈이라. 죽으ᄆᆡ 녕ᄇᆡᆨ(靈魄)이 쾌ᄒᆞ니 고루ᄎᆡ각(高樓彩閣)의 즐거이 맛ᄎᆞᆫ 혼신(昏臣)의 가히 디ᄂᆞ디 아니리잇가?"

---

64 약셕(藥石): 약석. 약과 침. 여러 가지 약제를 칭함.

65 쇼강(蔬糠): 소강. 나물과 쌀겨.

66 도치: 도채. '도끼'의 옛말.

67 잇디: 중복 필사.

68 광뮈(光武) ᄌᆞ릉(子陵)을 우(遇)ᄒᆞᆷ: 광무제가 엄자릉을 대우함. 자릉은 동한(東漢)의 은자(隱者)인 엄광의 자(字). 광무제와 엄광은 동학한 사이였는데 은거 중인 엄광을 광무제가 세 번이나 조정으로 불렀으며 신하로서가 아닌 옛 친구로서 대우함.

화부인이 공으로 상봉 슈십 년의 금슬은정(琴瑟恩情)이 산비히박(山菲海薄)ᄒᆞ나 부뷔 디심디긔(知心知己)로 말을 발치 아냐셔 뜻을 알오미 이시니 오직 부화쳐슌(夫和妻順)ᄒᆞᆯ 쁜이오 공경ᄒᆞᄂᆞᆫ 녜롤 잡아 상경여빈(相敬如賓)ᄒᆞ니 일즉 잔 셜화와 잡ᄉᆞ연이 업ᄉᆞ므로 피ᄎᆞ의 오날놀갓치 즐겨홈도 잇디 아닌 바의 공의 말솜이 쇼존을 다ᄒᆞ여 쥬의비록 튱녈격상(忠烈激上)ᄒᆞ나 맛ᄎᆞᆷᄂᆡ 복되기의 멀믈 혜아리ᄆᆡ 슬프고 근심되미 비길 거시 업ᄉᆞᆫ디라. 이에 피셕왈(避席曰) 30면

“명공이 블민ᄒᆞᆫ 쳡을 ᄃᆡᄒᆞ샤 평ᄉᆡᆼ쥬의(平生主義)롤 ᄀᆞ초 니ᄅᆞ시니 이 견혀 튱녈노 비로ᄉᆞ미라. 쳡이 우러러 감탄경복(感歎敬服)ᄒᆞ거니와 시셰(時勢) ᄒᆞᆫ갈ᄀᆞᆺ디 못ᄒᆞ고 고금(古今)이 다ᄅᆞᆫ디라. ᄡᅴ 삼긴 후야 이윤(伊尹)이 도롤 펴고 태갑(太甲)의 동궁(東宮)의 슈졸(戍卒)ᄒᆞ려니와 셰강쇽말(世降俗末)ᄒᆞᆫ 시졀의 이윤을 비ᄒᆞᆫ 지 왕망(王莽)[69]·동탁(董倬)[70]의 흉역디명(凶逆之名)을 면키 어렵고 댱구령(張九齡)의 규감(規鑑)[71]을 드림과 한챵녀(韓昌黎)의 블골표(佛骨表)[72]롤 올니미 튱셩과 졀의 쳔츄 대댱부의 당당ᄒᆞᆫ 붉은 덕과 아름다온 힝ᄉᆡ로ᄃᆡ 텬운(天

69 왕망(王莽): 전한(前漢) 말기에 전한을 멸망시킨 권신(權臣).

70 동탁(董倬): 후한 말기 무장으로 소제(少帝)를 강제로 폐위시키고 헌제(獻帝)를 옹립한 뒤에 공포정치를 행해 후한(後漢)의 멸망을 초래함.

71 댱구령(張九齡)의 규감(規鑑): 장구령의 〈규감〉. 장구령은 당 현종 때 '개원지치(開元之治)'를 이끌었던 명재상. 천자의 생일에 〈천추금감록(千秋金鑑錄)〉이라는 글을 올려 전 왕조의 흥망성쇠를 논함으로써 귀감을 삼고자 하였으나 현종의 비위를 거슬러 현종이 그를 멀리함.

72 한챵녀(韓昌黎)의 블골표(佛骨表): 한창려의 〈불골표〉. '창려'는 한유의 호. 〈불골표〉는 한유가 당 헌종에게 올린 글로, 부처의 사리(舍利)를 숭배하는 신앙 태도를 비판하는 표문. 이 표문으로 한유는 헌종의 노여움을 사 조주로 좌천됨.

運)이 브됴(不助)ᄒᆞ고 시셰 긔험ᄒᆞ여 능히 도ᄅᆞᆯ 펴디 못ᄒᆞ고 ᄒᆞᆫ갓 님군의 과실을 드러닐 ᄲᅳᆫ이니 당뷔 슈신거셰(修身居世)의 딘평(陳平)의 샤딕(社稷)을 보호ᄒᆞᆷ[73]과 젹인걸(狄仁傑)[74]의 듕종(中宗)을 복위(復
31면 位)ᄒᆞᄂᆞᆫ 튱냥ᄌᆡ덕(忠良才德)[75]을 ᄊᆞ로디 못ᄒᆞᆯ진ᄃᆡ ᄎᆞᆯ하리 누샤덕(婁師德)[76]의 관후(寬厚)ᄒᆞ믈 ᄇᆡ호고 니필(李泌)[77]의 공후(公侯)ᄅᆞᆯ ᄉᆞ양ᄒᆞ고 ᄇᆡᆨ의(白衣)로 산듕의 도라오믈 효측(效則)ᄒᆞ리니 신여명(身與命)을 ᄀᆞᆽ초 보젼ᄒᆞ다 튱냥(忠良)이 되디 못ᄒᆞᆯ 거시 아니어ᄂᆞᆯ 구ᄐᆞ여 유확(油鑊)의 ᄑᆡᆼᄉᆞ(烹死)ᄒᆞ며 칠심(七心)을 드러ᄂᆡ여 부모의 ᄉᆡᆼ디ᄒᆞ신 형톄ᄅᆞᆯ 온젼이 못ᄒᆞᆫ 후의 튱녈을 낫타ᄂᆡᆫ다 ᄒᆞ리잇가? 양가ᄌᆡ 힝혀 복녹을 타나시면 힝이어니와 웅ᄋᆡ 긔질이 조화의 너므미 도로혀 근심이라. 부ᄌᆞ의 ᄇᆞᆰ으시므로ᄡᅧ 그러ᄒᆞ믈 더옥 깃거ᄒᆞ시믄 ᄠᅳᆺᄒᆞ디 아닌 ᄇᆡ로소이다."

셜파(說罷)의 안ᄉᆡᆨ이 유화ᄒᆞ나 듕졍(中情)이 쳑ᄋᆡ(慽哀)ᄒᆞ니 ᄌᆞ연 초챵(憔愴)ᄒᆞ믈 면치 못ᄒᆞ니 시랑의 여산약ᄒᆡ(如山若海)ᄒᆞᆫ 은졍으로

---

73 딘평(陳平)의 샤딕(社稷)을 보호ᄒᆞᆷ: 진평이 사직을 보호함. 진평이 유방을 도와 한(漢)나라를 건국한 일을 말함.

74 젹인걸(狄仁傑): 적인걸(630-700). 당나라 측천무후 시대의 재상. 어머니 측천무후에 의해 폐위되었던 중종을 다시 태자로 세워서 당 왕조의 부활에 공을 세우고 많은 인재를 천거함.

75 튱냥ᄌᆡ덕(忠良才德): 충량재덕. '충량'은 충성스럽고 어질다는 뜻이고, '재덕'은 재주와 덕행을 아울러 이르는 말.

76 누샤덕(婁師德): 누사덕. 당 측천무후의 신하로 사람됨이 신중하고 도량이 넓었다고 하는데, 출세한 아우에게 누가 얼굴에 침을 뱉더라도 그 자리에서 닦지 말고 저절로 마르게 두라고 당부한 '타면자건(唾面自漧)'의 고사로 유명함.

77 니필(李泌): 이필(722-789). 당나라 현종·숙종·대종·덕종 4대에 걸쳐 관료 생활을 하면서 진퇴를 거듭함. 지위는 재상 및 한림학사에 이르렀고 업현후(鄴縣侯)에 봉해짐.

그 답언이 엇더ᄒᆞ며 녈일격졀(烈日激切)ᄒᆞᆫ 튱심으로뻐 필경이 무ᄉᆞ ᄒᆞᆫ가 ᄎᆞ하분ᄒᆡ(此下分解)ᄒᆞ며 황명(皇命)·샤딕(社稷) 안위(安危)며 왕딘의 쳐ᄉᆞᄅᆞᆯ ᄀᆞᆺ초 ᄉᆞᆯ필디어다. 시시(是時)의 졍시랑이 부인의 초챵ᄒᆞᆫ 긔ᄉᆡᆨ을 짐작고 흔연쇼지(欣然笑之) 왈

"복(僕)이 부인을 갑흐미 업고 져ᄇᆞ리미 만흘 거시므로 웅ᄋᆞᄅᆞᆯ 어더 영효(榮孝)ᄅᆞᆯ 다ᄒᆞ게 ᄒᆞ엿ᄂᆞ니 부인은 녀ᄋᆞ의 미려(美麗)홈과 닌웅의 츌뉴(出類)ᄒᆞ믈 의디ᄒᆞ여 즐길디리. 엇디 다ᄃᆞᆺ디 아닌 근심과 회포ᄅᆞᆯ 미리 요동ᄒᆞ리오? 복이 평ᄉᆡᆼ 소집(所執)을 부인긔 베퍼ᄂᆞ니 부인이 셜ᄉᆞ 미ᄅᆡᄉᆞᄅᆞᆯ 혜아리미 이실디라도 ᄉᆡᆼ의 셩졍을 ᄉᆡ로이 곳칠 ᄇᆡ 아니믈 ᄉᆡᆼ각ᄒᆞ고 나의 강협(强狹)ᄒᆞᆫ 긔량(器量)으로뻐 구ᄐᆞ여 누ᄉᆞ덕(婁師德)의 관후ᄒᆞ믈 권치 말디어다. 복이 부인 미드믈 맛ᄎᆞᆷᄂᆡ 져ᄇᆞ리디 마라 나의 쳔니구(千里駒)[78]ᄅᆞᆯ 보호ᄒᆞ미 올흐니이다."

32면

언흘(言訖)의 야심(夜深)ᄒᆞ믈 일ᄏᆞᆺ고 부인을 븟드러 상요[79]의 나아가니 은졍(恩情)이 늉흡(隆洽)ᄒᆞ나 부인은 공의 말ᄉᆞᆷ마다 구곡(九曲)이 최졀(摧折)ᄒᆞ여 ᄎᆞ악(嗟愕)ᄒᆞᆫ 심ᄉᆞ(心事)ᄅᆞᆯ 니긔디 못ᄒᆞ더라.

ᄎᆞ시 만셰 황애 특디(特旨)로 시랑을 도도아 녜부상셔ᄅᆞᆯ ᄒᆞ이시니 문계 ᄌᆡ죄 미ᄒᆞ고 작위 넘ᄧᅵ믈 일ᄏᆞ라 구디 ᄉᆞ양ᄒᆞᄃᆡ 샹이 죵블윤(終不允)ᄒᆞ시니 브득이 ᄒᆡᆼ공찰딕(行公察職)ᄒᆞᆯᄉᆡ 이ᄣᅵ의 텬변(天變)과 ᄌᆡ리(災異) 공극(孔劇)ᄒᆞ여 긔강 소흥산이 평디(平地)의 옴고 ᄯᅩ 디딘

33면

78 쳔니구(千里駒): 천리구. 뛰어나게 잘난 자손을 칭찬하여 이르는 말로, 여기서는 자기 자식을 의미함.

79 상요: 침상에 편 요. 잠자리를 이르는 말.

(地震)ᄒᆞ여 ᄇᆡᆨ뷔(百阜) 펴이며 남여·협셔 두 곳 뫼히 문허져 인가(人家) 슈ᄇᆡᆨ 호ᄅᆞᆯ 함몰(陷沒)ᄒᆞ고 ᄯᅩᄒᆞᆫ 뫼히 울니ᄆᆡ 소ᄅᆡ 슈십 니의 들니며 ᄯᅩ 황하쉬(黃河水) 창일(漲溢)ᄒᆞ여 민가(民家)ᄅᆞᆯ 함몰ᄒᆞ고 ᄯᅩ 왕딘의 집으로브터 블이 니러 남셩뎐을 다 ᄉᆞᆯ와 ᄌᆡ 되고 니튼날 집터 우ᄒᆡ 가ᄉᆡ 남기 나 기ᄅᆡ 두어 ᄌᆞ히나 된디라. 녜부상셔 태학ᄉᆞ 졍흠이 표(表)ᄅᆞᆯ 올녀 ᄌᆡ리디변(災異之變)이 블상디죄(不祥之兆)믈 알외며 셩ᄃᆡ디치(聖代之治)ᄅᆞᆯ 효측(效則)ᄒᆞ시믈 ᄀᆞᆺ초 쥬ᄒᆞ여 튱셩된 말ᄉᆞᆷ과 웅문건필(雄文健筆)이 더옥 ᄲᅢ혀나니 가의(賈誼)의 만언소(萬言疏)[80]와 제갈(諸葛)의 츌샤표(出師表)[81]ᄅᆞᆯ 쏠올디라. 샹이 쳐음은 졍흠의 소(疏)ᄅᆞᆯ 좃ᄎᆞ샤 졍ᄉᆞ(政事)ᄅᆞᆯ 브ᄌᆞ러니 ᄒᆞ시더니 왕딘이 졍샹셔의 녈일격샹(烈日激上)ᄒᆞ믈 슬히 넉여 깁히 ᄒᆡᄒᆞᆯ ᄯᅳᆺ을 둘 ᄲᅳᆫ 아니라 븍노의 쟉
34면 난이 졈졈 더으니 텬ᄌᆞᄅᆞᆯ 권ᄒᆞ여 친뎡(親征)코져 ᄒᆞᄃᆡ 만되(滿朝) 함구(緘口)ᄒᆞ믄 됴셰챵을 ᄉᆡᆼ각ᄒᆞ미라. 이ᄢᅵᄅᆞᆯ 타 졍흠의 블인ᄒᆞ믈 ᄌᆞ로 쥬ᄒᆞ여 무근ᄆᆡᆼ낭디셜(無根孟浪之說)이 브졀(不絶)ᄒᆞᄆᆡ 능히 흰 거ᄉᆞᆯ 검게 다히며 고든 거ᄉᆞᆯ 굽게 비겨 사ᄅᆞᆷ의 업ᄉᆞᆫ 죄와 아닌 말을 디어ᄂᆡ미니 셰 당연ᄒᆞ니 쥬(周) 셩왕(成王) 갓ᄐᆞᆫ 셩군(聖君)도 참언(讒言)이 뉴힝ᄒᆞᄆᆡ 쥬공(周公) 갓ᄐᆞᆫ 셩인(聖人)을 의심ᄒᆞ신 ᄇᆡ니 텬ᄌᆡ 비록 졍흠을 툥우(寵遇)ᄒᆞ시ᄂᆞᆫ 은전(恩典)이 늉늉(隆隆)ᄒᆞ시나 간흉교특(奸

80 만언소(萬言疏): 가의가 비통한 심정으로 한 문제에게 올린 치안을 위한 대책문으로, 정치의 득실을 일일이 논함. 《한서》 〈가의전(賈誼傳)〉.

81 제갈(諸葛)의 츌샤표(出師表): 제갈의 〈출사표〉. 동한(東漢) 말 촉(蜀)의 승상 제갈량이 위(魏)를 토벌하러 떠날 때 임금인 후주(後主) 유선에게 올린 글로, 뜻이 간절하고 문장이 유창함.

凶巧慝)ᄒᆞᆫ 환ᄌᆞ(宦者)의 참언이 엇디 증모(曾母)의 투져(投杼)[82]ᄒᆞ믈 면ᄒᆞ리오? 믄득 날이 오라디 아냐셔 졍샹셔롤 툥우(寵遇)ᄒᆞ시던 은영(恩榮)이 변ᄒᆞ니 일언(一言)을 ᄎᆡ용(採用)ᄒᆞ시미 업고 왕딘을 툥우ᄒᆞ시미 날노 더으시니 문계공이 텬의(天意)롤 숫치ᄆᆡ 능히 ᄒᆡ올 ᄇᆡ 업ᄉᆞᄃᆡ 본심이 튱딕ᄒᆞ니 엇디 함믁(喊黙)ᄒᆞ여 긋치리오? 날노 셩심을 쵹휘(觸喙)ᄒᆞ고 왕딘을 업시키롤 쥬(奏)ᄒᆞ여 강개격절(慷慨激切)ᄒᆞ며 고상쥰딕(高尙俊直)ᄒᆞ미 시시(時時)의 디은디라. 텬인(天顔)이 만 35면
분블예(萬分不豫)ᄒᆞ샤 ᄌᆞ로 옥ᄉᆡᆨ(玉色)을 변ᄒᆞ시고 튱간(忠諫)을 용납(容納)디 아니시니 또 오ᄅᆡ디 아냐셔 왕딘이 샹을 권ᄒᆞ여 친영[83]ᄒᆞ시믈 결단ᄒᆞ여 됴졍의 슈의(隨意)ᄒᆞ미 업시 ᄐᆡᆨ일(擇日)ᄒᆞ니 만되 블승경악(不勝驚愕)ᄒᆞ여 샹표극간(上表極諫)ᄒᆞᆯ시 졍샹셰 ᄉᆞᄉᆡᆼ(死生)을 결ᄒᆞ여 닷토고져 ᄒᆞ므로 잠간 부듕(府中)의 도라와 쳐ᄋᆞ(妻兒)롤 면결(面訣)ᄒᆞᆯ시 ᄉᆞ긔(辭氣) 안안(晏晏)ᄒᆞ고 안ᄉᆡᆨ(顔色)이 ᄌᆞ약(自若)ᄒᆞ여 부인다려 왈

"소문(所聞) 경강(敬姜)이 문ᄇᆡᆨ(文伯)의 쳐쳡(妻妾)다려 니라ᄃᆡ '계집을 ᄉᆞ랑ᄒᆞ면 계집이 위ᄒᆞ여 죽고 벗을 ᄉᆞ랑ᄒᆞ면 벗이 위ᄒᆞ여 죽ᄂᆞ니 너희 셜워 ᄯᆞᆯ와 죽으면 내 ᄋᆞᄃᆞᆯ노뼈 호ᄉᆡᆨ(好色)ᄒᆞᆫ다 ᄒᆞᆯ가 ᄒᆞ노라.'[84] ᄒᆞ

---

82 증모(曾母)의 투져(投杼): 증모의 투저. 증삼의 어머니가 베틀의 북을 내던진다는 말로, 남의 말을 듣고 의심을 품는다는 뜻. 공자의 제자인 증삼과 같은 이름을 가진 자가 있었는데, 어떤 사람이 베를 짜고 있는 증삼의 어머니에게 와서 증삼이 사람을 죽였다고 하니 증삼의 어머니가 처음에는 믿지 않다가 세 번 반복하여 사람을 죽였다고 하자 베 짜던 북을 던지고 일어나서 달려갔다는 고사에서 유래.

83 친영: '친뎡(親征)'의 오기. 규장각본에는 '친졍'으로 되어 있음.

니 이 ᄒᆞᆫ갓 ᄋᆞ들을 ᄉᆞ랑ᄒᆞᆯ 쁜 아니라 곳 녀ᄌᆞ의 념치의 말이라. 부인이 능히 복의 미드믈 도라보아 브졀업시 뒤흘 좃디 말고 어린 명녕(螟蛉)의 ᄌᆞ라믈 기다려 모ᄌᆞ모녜(母子母女) 상의위명(相依爲命)ᄒᆞ고 누ᄃᆡ봉ᄉᆞ(累代奉祀)를 밧드러 무고히 절ᄉᆞ(絶祀)ᄒᆞᄂᆞᆫ 블효를 면케 ᄒᆞ시랴?”

36면 다시 녀ᄋᆞ를 어로만져 됴히 ᄌᆞ라믈 니ᄅᆞᄂᆞᆫ 말이 다 쳔츄(千秋) 그음 업ᄉᆞᆫ 영결(永訣)이라. ᄎᆞ시 화부인이 오ᄂᆡ(五內) ᄇᆡᆨ인(白刃)의 마으고 만톄(萬體) 쳔검(千劍)의 삭(削)ᄒᆞ니 고ᄃᆡ 죽어 모로고ᄌᆞ ᄒᆞ여 블승통호운졀(不勝痛號殞絶)ᄒᆞᄂᆞᆫ디라. 샹셰 다시 졍ᄉᆡᆨ왈(正色曰)

“부뷔 길흉우락(吉凶憂樂)이 일쳬즉 ᄉᆡᆼ이 슬허 아니 ᄒᆞ고 ᄆᆞᄋᆞᆷ이 안안ᄒᆞ거ᄂᆞᆯ 어이 이런 거조를 ᄒᆞ여 댱부(丈夫)를 ᄃᆡᄒᆞ미 가ᄒᆞ리오? 부인이 비록 규각(閨閣)의 ᄋᆞ녀ᄌᆡ나 식견(識見)이 광달(廣達)ᄒᆞ고 금회(襟懷)[85] 할연(豁然)ᄒᆞᆫ디라. 누ᄃᆡ향ᄉᆞ(累代享祀)와 ᄌᆞ녀휵양(子女畜養)을 다 부인긔 부탁ᄒᆞᄂᆞ니 복의 뒤흘 ᄯᆞᆯ오미 ᄡᆡᆯ딘ᄃᆡ 복이 결단코 구쳔하(九泉下)의 셔로 보디 아니리니 녀ᄋᆞ를 양가의 도라보ᄂᆡ고 웅ᄋᆞ를 길너 됴ᄋᆞ를 마존 후 텬년(天緣)을 다ᄒᆞ여 황양(黃壤)의 니ᄅᆞᆯ딘

84 경강(敬姜)이 ~ ᄒᆞᆯ가 ᄒᆞ노라: 경강이 문백의 처첩들에게 말하기를 ‘계집을 사랑하면 계집이 그를 위하여 죽고, 벗을 사랑하면 벗이 그를 위하여 죽는 것이니 너희가 서러워하며 따라 죽으면 사람들이 내 아들에 대해 호색한다고 할까 하노라.’라는 것으로, 《예기》 〈공자가어〉에 나오는 말. 경강은 노(魯) 애공(哀公) 때의 대부(大夫)인 공보문백의 어머니인데, 문백이 죽자 그의 처첩들이 모두 목놓아 곡을 하니 이렇게 말했다고 함. 정흠이 이 말을 인용하는 것은 자신이 죽은 뒤 화부인이 따라 죽으면 경강의 말과 같이 오히려 자신에게 누가 된다는 뜻.

85 금회(襟懷): 마음속에 깊이 품은 회포.

ᄃᆡ 복이 우음을 먹음어 흔하칭덕(欣賀稱德)ᄒᆞᆯ디니 엇디 밧비 셔드러 딘(盡)키ᄅᆞᆯ 구ᄒᆞ리오?"

인ᄒᆞ여 부인의 답언(答言)을 ᄌᆡ촉ᄒᆞᆫᄃᆡ 부인이 흉체젼요(胸體纏繞)ᄒᆞ여 구곡(九曲)이 소삭(銷鑠)ᄒᆞ나 부ᄌᆞ의 녜듕ᄒᆞ믈 아ᄂᆞᆫ 고로 계오 딘뎡ᄒᆞ여 부탁을 져ᄇᆞ리디 말므로 ᄃᆡᄒᆞ니 공이 크게 깃거 미위(眉宇) 37면
화연왈(和然曰)

"ᄉᆡᆼ이 부인으로 결발(結髮) 슈십 ᄌᆡ의 부인의 덕힝으로 족히 복녹을 바담 즉ᄒᆞᄃᆡ 복이 블인(不仁)ᄒᆞ여 부인의 셩덕인의(盛德仁義)ᄅᆞᆯ 져ᄇᆞ리고 필경 뎨셩(齊城)을 문흐치는 우롬으로뼈 극원디통(極怨之痛)을 일위거니와 복이 실노 부인을 져ᄇᆞ리고져 ᄒᆞᆫ ᄇᆡ 아니니 기리 슬프믈 강인(强忍)ᄒᆞ고 ᄌᆞ녀의 낫출 보아 일식(一息)을 디보(支保)ᄒᆞᆯ딘ᄃᆡ 타일의 일분 바드미 이시리니 부인은 본ᄃᆡ 단듕(端重)ᄒᆞᆫ디라 엇디 ᄉᆡᆼ을 ᄃᆡᄒᆞ여 말을 ᄭᅮ며 ᄭᅩᆨ이미 이시리오? 깁히 밋고 먼니 ᄇᆞ라노라."

언흘(言訖)의 필연(筆硯)을 나와 일봉셔ᄅᆞᆯ 닷가 태쥬의 보ᄂᆡ고 ᄯᅩ ᄒᆞᆫ 댱 글노뼈 냥뎨(兩弟)의 도라오ᄂᆞᆫ 날 셔로 반기디 못ᄒᆞᆯ 바ᄅᆞᆯ 베퍼 부인긔 젼ᄒᆞ여 ᄋᆞ이 오거든 주쇼셔 ᄒᆞ며 태쥬 션능(先陵)을 향ᄒᆞ여 망ᄇᆡ(望拜)ᄒᆞᆫ 후 부부슈슉(夫婦嫂叔)이 장ᄎᆞᆺ 졀ᄒᆞ여 면결(面訣)ᄒᆞᆯ 즈음의 긔염쇼졔 부친 광슈(廣袖)ᄅᆞᆯ 븟들고 일셩ᄋᆡ호(一聲哀號)의 혼도 38면
(昏倒)ᄒᆞ여 구러디니 공이 평일 녀ᄋᆞᄅᆞᆯ ᄉᆞ랑ᄒᆞ미 비ᄒᆞᆯ ᄃᆡ 업셔 됴승디쥬(照乘之珠)와 년셩디벽(連城之璧)의 더으미 잇던 바로 목젼의 혼졀ᄒᆞ믈 보ᄆᆡ 참연ᄒᆞᆫ 의ᄉᆡ 골졀이 져리나 ᄊᆡ 텬ᄌᆡ 친뎡(親征)키ᄅᆞᆯ 뎡ᄒᆞ시ᄆᆡ 됴졍이 믈 ᄭᅳᆯ틋 ᄒᆞ니 딘신당뷔(縉紳丈夫) 집의 이셔 셜셜(屑屑)이 ᄉᆞ졍(私情)을 펼 ᄊᆡ 아니라. 밧비 약궤ᄅᆞᆯ 가져오라 ᄒᆞ여 냥슈

(兩嫂)긔 젼ᄒᆞ여 왈

“실인(室人)의 ᄆᆞᄋᆞᆷ이 온젼치 못ᄒᆞ여 ᄋᆞ히ᄅᆞᆯ 구호치 못ᄒᆞ오리니 이ᄉᆔ(二嫂) 맛다 구ᄒᆞ쇼셔.”

셜파(說罷)의 팔흘 드러 녜ᄒᆞ고 개연이 츌외(出外)ᄒᆞᄆᆡ 힝뵈(行步) ᄌᆞ연ᄒᆞ여 평일노 다ᄅᆞ미 업더라. 이ᄯᅴ 화부인의 심ᄉᆞᄂᆞᆫ 다시 니ᄅᆞᆯ ᄇᆡ 업거니와 쇼화부인과 셔부인의 비통디졀(悲痛至切)ᄒᆞ미 동긔(同氣)의 영결(永訣)을 당ᄒᆞᆷ 갓ᄐᆞᄃᆡ 화부인 모녀ᄅᆞᆯ 더져두디 못ᄒᆞ여 슬프믈 강인(强忍)ᄒᆞ고 긔염을 구ᄒᆞ며 부인을 위로ᄒᆞ여 슉슉(叔叔)의 현명통
39면 텰(賢明洞徹)ᄒᆞ시미 하날의 보시(普施)ᄒᆞᆯ 도ᄅᆞᆯ 어긔디 아니ᄒᆞᆯ 바ᄅᆞᆯ 일ᄏᆞ라 만단관위(萬端寬慰)ᄒᆞᄃᆡ 화부인이 부ᄌᆞ(夫子)ᄅᆞᆯ 영별ᄒᆞᄆᆡ 임의 텬디븡탁(天地崩坼)ᄒᆞᄂᆞᆫ 변이 이실 바ᄅᆞᆯ 혜아려 쳔비촌ᄋᆡ(千悲寸哀)ᄒᆞ고 ᄇᆡᆨ통(百痛)이 튱격(衝擊)ᄒᆞ니 두 졔ᄉᆞ(娣姒)의 위로ᄒᆞ믈 드ᄅᆞ나 다만 피ᄅᆞᆯ 쎰고 가ᄉᆞᆷ을 고(敲)ᄒᆞᆯ 쁜이로ᄃᆡ 공의 뒤흘 좃고ᄌᆞ ᄒᆞ나 ᄌᆞ긔 유약ᄒᆞ므로 쾌단치 못ᄒᆞᆯ ᄇᆡ오 ᄒᆞᆫ갓 혼ᄇᆡᆨ이 경월(驚越)ᄒᆞ고 심원(心源)이 여촌(如忖)ᄒᆞᆯ 쁜이어ᄂᆞᆯ 긔염쇼져의 망망ᄒᆞᆫ 디통(至痛)이 견ᄃᆡ여 보기 어려오니 졀졀이 간위(肝胃) ᄌᆡ 되고 흉금(胸襟)이 젼ᄉᆡᆨ(塡塞)ᄒᆞ더라.

어시(於是)의 졍상셔 문계공이 부인과 이슈(二嫂)ᄅᆞᆯ 면결ᄒᆞ고 가연이[86] ᄉᆞᄆᆡᄅᆞᆯ 쩔쳐 궐하의 니ᄅᆞ니 만됴(滿朝) 국공녈후(國公列侯)로브터 쇼년명ᄂᆔ(少年名儒) 왕딘의 당이 아닌 ᄌᆞᄂᆞᆫ 븍으로 친뎡(親征)ᄒᆞ

86 가연이: 가연히. 흔쾌히.

시믈 간ᄒᆞᄂᆞᆫ 표문(表文)이 분분ᄒᆞ되 ᄉᆞ의(辭意) 평평ᄒᆞ여 격졀(激切)ᄒᆞ미 브죡ᄒᆞᆫ디라. 문계 격분강개(激憤慷慨)ᄒᆞ믈 더어 튱곡(衷曲)[87]의 비로ᄉᆞ므로조ᄎᆞ 심혈(心血)을 ᄲᅢ혀 황샹의 실덕(失德)을 알외며 왕딘의 궁흉교특(窮凶狡慝)ᄒᆞ미 나라흘 병드리고 굿칠 줄을 일ᄏᆞ라 밧비 왕딘 흉젹의 머리롤 븍시(北市)의 다라 인심을 딘뎡ᄒᆞ고 강병밍댱(强兵猛將)을 보ᄂᆡ여 먀션의 죄롤 므ᄅᆞ시믈 쥬ᄒᆞ여 소픠(疏表) 농탑(龍榻)의 오ᄅᆞ미 텬의 바야흐로 블예(不豫)ᄒᆞ시미 기득ᄒᆞ샤 친뎡(親征)을 제신(諸臣)이 만뉴(挽留)ᄒᆞ믈 분완(憤惋)ᄒᆞ시더니 밋 졍흠의 표롤 보시미 텬심의 크게 블합ᄒᆞ실 ᄲᅮᆫ 아니라 소ᄉᆡ(疏辭) 과도격상(過度激上)ᄒᆞ여 텬의롤 ᄭᅥᆨ거 실덕ᄒᆞ신 바롤 셰셰히 베퍼 졍ᄉᆡ 날노 망국디쥬(亡國之主)롤 본바드시고 삼ᄃᆡ디티(三代之治)롤 쳑ᄌᆞ반호(隻字半毫)[88]도 효측(效則)디 못ᄒᆞ시믈 골돌이 간ᄒᆞ며 왕딘을 버히디 아니시고 거개(車駕) 친뎡ᄒᆞ신즉 종샤(宗社)의 위태ᄒᆞ미 이의 더은 블힝이 업ᄉᆞ믈 졀〃이 알외여시니 ᄎᆞ시롤 당ᄒᆞ여 셩심의 통ᄋᆡᄒᆞ시미 왕딘밧긔 더은 ᄌᆡ 업ᄂᆞᆫ디라. 밋고 듕히 넉이시미 고종(高宗)의 부열(傅說)과 문왕(文王)의 녀상(呂尙) 갓ᄐᆞᆫ 바의 이러틋 죽이기롤 쳥ᄒᆞᄆᆡ 어ᄃᆡ 가 호발(毫髮)이나 효험을 보리오? 텬노(天怒) 딘쳡(震疊)ᄒᆞ시나 오히려 졍흠을 평일의 우ᄃᆡᄒᆞ시미 심상치 아니시던 바로 비록 만승(萬乘)의 위엄이나 간ᄃᆡ로 죄롤 쓰디 못ᄒᆞ샤 다만 상소롤 도로 ᄂᆡ여주라 ᄒᆞ시니 졍

40면

41면

87 튱곡(衷曲): 충곡. 간절하고 애틋한 마음. 심곡.

88 쳑ᄌᆞ반호(隻字半毫): 척자반호. '척자'는 한 글자, '반호'는 아주 적은 양을 뜻함. 척자편언(隻字片言)이나 척자편제(隻字片蹏)와 같은 말.

상셔 문계 년ᄒᆞ여 다ᄉᆞᆺ 번을 밧드러 슌슌(諄諄)이 텬의ᄅᆞᆯ ᄉᆡᆨ금과 왕딘 버히기ᄅᆞᆯ 쳥ᄒᆞ미 당당이 더은디라. 왕진이 졍상셔ᄅᆞᆯ 극원졀치(極怨切齒)ᄒᆞ믈 됴어ᄉᆞ의 더어 졔 당뉴(黨類)ᄅᆞᆯ 쵹(囑)ᄒᆞ여 졍흠을 죽이라 ᄒᆞ며 져ᄂᆞᆫ ᄃᆡ명(待命)ᄒᆞ나 온가디로 셩의(聖意)ᄅᆞᆯ 도도니 텬심(天心)이 졍흠을 통한ᄒᆞ시고 왕딘을 툥우ᄒᆞ시미 졔 업ᄉᆞ면 국디대ᄉᆡ(國之大事) 그ᄅᆞᆺ될가 깁히 우려ᄒᆞ시ᄆᆡ 졍흠을 죽여 왕딘을 위로ᄒᆞ고 듕신의 간표(諫表)ᄅᆞᆯ 막아 쾌히 친뎡(親征)코져 ᄒᆞ시므로 셩뇌 딘딘쳡쳡(震震疊疊)ᄒᆞ샤 즉시 위샤(衛士)[89]ᄅᆞᆯ 발(發)ᄒᆞ여 졍흠을 나ᄅᆡ(拿來)

42면 ᄒᆞ라 ᄒᆞ시고 황극뎐의 셜좌(設座)ᄒᆞ샤 대신졔ᄌᆡᄅᆞᆯ 모호시니 ᄯᆡ의 하날이 슈ᄉᆡᆨ(愁色)ᄒᆞ며 ᄡᅡ히 시ᄅᆞᆷᄒᆞ고 일월(日月)이 무ᄉᆡᆨ(無色)ᄒᆞ며 산쳔(山川)이 위비(爲悲)ᄒᆞ니 가히 튱신녈ᄉᆞ(忠臣烈士)의 원억(冤抑)히 죽ᄂᆞᆫ 날인 줄 알너라. 위ᄉᆡ 졍흠을 닛그러 졍하의 ᄭᅮᆯ니ᄆᆡ 뇌졍(雷霆)이 딘쳡(震疊)ᄒᆞ신 바의 일개 죄슈 되여 삼목낭두(三木囊頭)[90]ᄒᆞᄆᆡ 일신이 경ᄀᆡᆨ의 위ᄐᆡᄒᆞ고 화복(禍福)의 밧고이미 젼후(前後)의 다ᄅᆞᆫ 사ᄅᆞᆷ이 되여시ᄃᆡ 고고항항(孤高抗抗)ᄒᆞᆫ 텬셩이 조곰도 격상과도(激上過度)ᄒᆞ믈 뉘웃디 아냐 안안ᄌᆞ약(晏晏自若)ᄒᆞ며 명텰인명(明哲仁明)ᄒᆞ고 튱녈신의(忠烈信義)ᄒᆞ미 방가(邦家)ᄅᆞᆯ 굉쥬(肱柱)ᄒᆞ던 딘번(陳蕃)·두무(竇武)[91]의 일뉴(一類)어ᄂᆞᆯ 셩명(聖明)이 부운(浮雲)의 옹폐(壅蔽)ᄒᆞ믈 면치 못ᄒᆞ샤 졍흠을 죽이고 왕딘의 ᄆᆞ음을 편케 ᄒᆞ

89 위샤(衛士): 위사. 대궐, 능, 관아, 군영 따위를 지키던 군사.

90 삼목낭두(三木囊頭): 죄인이 형구(刑具)를 착용한 모양. '삼목'은 목·손·발에 형틀을 채우는 것이고, '낭두'는 머리에 형구를 씌우는 것.

여 친뎡(親征)ᄒᆞᄂᆞᆫ 대ᄉᆞᄅᆞᆯ 헛트ᄅᆞ디 말고져 ᄒᆞ시ᄆᆡ 바로 극형을 더어 왕딘을 ᄒᆡ코져 ᄒᆞᄂᆞᆫ 뜻을 ᄆᆞᄅᆞ시미 죄에 말놀 삼으시고 버거 군신의 분을 몰나 부도패만(不道悖慢)ᄒᆞᆫ 소ᄉᆡ(疏辭) 괴ᄒᆡ극악(怪駭極惡)ᄒᆞ믈 슈죄ᄒᆞ시ᄆᆡ 텬뇌(天怒) 옥음(玉音)으로조ᄎᆞ 더으시니 문계 참형 43면
을 당ᄒᆞ나 안식을 블변ᄒᆞ고 항항격상(抗抗激上)ᄒᆞᆫ 긔운이 ᄒᆞᆫ갈ᄀᆞᆺᄐᆞ여 왕딘 흉적을 위ᄒᆞ여 튱신녈ᄉᆞ(忠臣烈士)ᄅᆞᆯ 년ᄒᆞ여 ᄒᆡᄒᆞ심과 금일 미신(微臣)[92]을 다ᄉᆞ리ᄂᆞᆫ 죄목이 왕딘의 극악을 알외므로뼈 웃듬 죄목을 삼으시미 만만블가(萬萬不可)ᄒᆞ믈 쥬ᄒᆞ여 친뎡(親征)ᄒᆞ시ᄂᆞᆫ 바의 샤딕이 위ᄐᆡᄒᆞ믈 ᄀᆞᆺ초 베프니 일언만ᄉᆞ(一言萬辭)ᄅᆞᆯ 구겁(懼怯)ᄒᆞ미 업셔 강개녈일(慷慨烈逸)ᄒᆞ미 실노 대댱부의 쳥텬ᄇᆡᆨ일디ᄒᆡᆼ(靑天白日之行)이 신명(神明)의 붓그러오미 업ᄉᆞᆫ디라. 졈졈 샹의ᄅᆞᆯ 쵹노(觸怒)ᄒᆞᄆᆡ 엇디 포락디형(炮烙之刑)을 면ᄒᆞ리오? 텬뇌 시ᄌᆡᆨ의 ᄎᆞᆼ가(層加)ᄒᆞ샤 낙형(烙刑)을 명ᄒᆞ시니 ᄎᆞ시 니빈·양션·광야·조경·셔옥 등 일반명뉴(一般名儒) 친뎡의 블가ᄒᆞ믈 소ᄅᆞᆯ 올녀 간ᄒᆞ다가 텬노ᄅᆞᆯ 만나 취리(就理)[93]ᄒᆞ고 친국(親鞠)의 시위ᄒᆞᆫ ᄌᆡ 반나마 왕딘의 동당
(同黨)이라. 샹의ᄅᆞᆯ ᄉᆞᆺ치며 왕딘의 원을 맛쳐 졍흠을 형뉵(刑戮)ᄒᆞ시 44면
미 가ᄒᆞᆫ 바ᄅᆞᆯ 쥬ᄒᆞ니 이 듕의 문계ᄅᆞᆯ 위ᄒᆞ여 앗기고 슬허 혈심(血心)으로 구코져 ᄒᆞ리 이시나 샹노(上怒)ᄅᆞᆯ 두려 능히 효험을 엇디 못ᄒᆞ

---

91 딘번(陳蕃)·두무(竇武): 진번과 두무. 진번은 후한 환제 때 태위로서 환관의 전횡을 규탄했고, 영제 때에는 외척인 두무와 같이 환관 조절, 왕보 등을 몰아내려 했으나 사전에 발각되어 두무가 살해됨.

92 미신(微臣): 미천한 신하. 신하가 임금을 상대하여 자기를 낮추어 이르는 일인칭 대명사.

93 취리(就理): 취리. 죄를 지은 벼슬아치가 의금부에 나아가 심리를 받던 일.

고 문계의 화ᄅᆞᆯ 몸의 옴길가 감히 입을 여디 못ᄒᆞ더니 최후의 ᄉᆞ오딘신(四五縉紳)이 경흠의 목숨을 빌고 낙형(烙刑)이 법의 과ᄒᆞ시믈 간ᄒᆞᄃᆡ 샹이 대로ᄒᆞ샤 ᄀᆞᆯ오샤ᄃᆡ

"다시 경흠을 구ᄒᆞᄂᆞᆫ ᄌᆞᄂᆞᆫ 일역(一逆)으로 다ᄉᆞ리리라."

ᄒᆞ시고 관작을 아ᄉᆞ 문외(門外)의 ᄂᆡ치시니 일노조ᄎᆞ 득실(得失)을 져허ᄒᆞᄂᆞᆫ 비부(鄙夫)와 환ᄌᆞ(宦者)ᄅᆞᆯ 공의(共議)ᄒᆞᄂᆞᆫ 좀무리 므ᄉᆞᆷ 말을 발ᄒᆞ리오? 각각 머리ᄅᆞᆯ 움치고[94] 숨을 낫초아 경셔의[95] 참뉵(斬戮)의 니ᄅᆞ믈 ᄎᆞ마 보디 못ᄒᆞᄂᆞᆫ디라 문계 엇디 일누(一縷)ᄅᆞᆯ 보젼ᄒᆞ리오? 독형(毒刑) 슈ᄎᆞ의 다시 낙형을 당ᄒᆞᄃᆡ ᄉᆞ긔(士氣) 굴치 아냐 언졀(言節)이 강개ᄒᆞ고 의리 당당ᄒᆞ며 셩명(聖明)의 실덕ᄒᆞ심과 ᄉᆞᆯ피디 못ᄒᆞ시믈 년ᄒᆞ여 알욀 ᄲᅳᆫ이오 괴로이 독장(毒杖)과 낙형의 알프믈 일
45면 ᄏᆞᄅᆞ미 업셔 구구(區區)히 ᄉᆞᆯ기ᄅᆞᆯ 탐치 아니ᄒᆞ고 누누히 원ᄉᆞ(寃死)ᄒᆞ믈 굴치 아니니 실노 금옥(金玉) ᄀᆞᆺᄐᆞᆫ 군ᄌᆡ오 녈일뎡튱(烈日貞忠)ᄒᆞᆫ 댱뷔로ᄃᆡ 임의 긔운을 다ᄒᆞ고 일명이 목 우ᄒᆡ 실낫ᄀᆞᆺᄐᆞ여 장ᄎᆞᆺ 딘(盡)코져 ᄒᆞᄆᆡ 능히 말을 일우디 못ᄒᆞ여 ᄒᆞᆫ 빵 월아(月蛾)[96]ᄅᆞᆯ 잠간 ᄧᅵᆼ긔며 냥정봉안(兩精鳳眼)을 셔연이 ᄀᆞᆷ으ᄆᆡ 엄연운졀(奄然殞絶)ᄒᆞᄃᆡ 옥안(玉顔)이 블변(不變)ᄒᆞ고 화긔(和氣) 브딘(不盡)ᄒᆞ여 년긔(年紀) 뎡셩(鼎盛)ᄒᆞᄆᆡ 긔운이 왕양(汪洋)ᄒᆞ미라. 샹이 경흠의 아조 딘ᄒᆞᄂᆞᆫ

94 움치고: 움치다. '움츠리다'의 준말.

95 경셔의: '경상셔의'의 오기. 규장각본에는 '경상셔의'로 되어 있음.

96 월아(月蛾): 눈썹. 눈썹의 모양을 형용할 때 초승달 같다고 하거나 아미(蛾眉)라고 한 데서 유래한 것으로 보임.

거동을 보시나 그 딕절언논(直節言論)이 강확(强確)ᄒᆞ고 항댱(抗壯)ᄒᆞ여 모딜미 ᄲᅧᆨ 업ᄉᆞ믈 아ᄅᆞ샤 이의 하옥ᄒᆞ라 ᄒᆞ시니 정샹셰 진시(辰時)로브터 듕형(重刑)을 당ᄒᆞ여 다시 낙형(烙刑)을 당ᄒᆞᄆᆡ 술시(戌時)의 운졀ᄒᆞᆫ디라. 비로소 정형(停刑)ᄒᆞ니 나졸이 븟드러 바로 대리시(大理寺)로 나릴ᄉᆡ 대쇼하리(大小下吏) 등이 비원통졀(悲寃痛切)ᄒᆞ믄 괴이치 아니ᄒᆞ거니와 녀리 시졍(市井)이 위ᄒᆞ여 통도(痛悼)ᄒᆞ미 가가 몸으로ᄡᅧ 공의 명을 ᄉᆞ고져 ᄒᆞ나 능히 빗디 못ᄒᆞ여 슬허ᄒᆞ니 어딘 ᄌᆡ상의 덕졍(德政)이 ᄒᆡ음업시 인심을 감복ᄒᆞ게 ᄒᆞᆫ 연괴러라. 도필니(刀筆吏)[97]의 무디흉완(無知兇頑)ᄒᆞ므로도 공을 븟드러 그 딘ᄒᆞᄂᆞᆫ 명을 닛고져 ᄒᆞ미 졍셩을 갈(竭)ᄒᆞ여 착급초조(着急焦燥)ᄒᆞᄆᆡ 밋ᄎᆞᄃᆡ 문계의 대명이 임의 다ᄒᆞ엿ᄂᆞᆫ디라 엇디 회소ᄒᆞ믈 어드리오? 죵야(終夜)토록 신고(辛苦)ᄒᆞ여 명일(明日) ᄉᆞ말오초디간(巳末午初之間)의 ᄒᆞᆫ 그ᄅᆞᆺ 피ᄅᆞᆯ 토ᄒᆞ고 엄연별셰(奄然別世) 슈연귀텬(隨緣歸天)ᄒᆞᆯᄉᆡ 님셔(臨逝)의 다만 손을 두다려 왕딘 흉젹을 업시치 못ᄒᆞ여 국가의 위ᄐᆡᄒᆞ믈 닐위고 셩쥬(聖主)로 ᄒᆞ여곰 븍호(北胡)의 욕을 면치 못ᄒᆞ실 바ᄅᆞᆯ 졀졀통분(節節痛憤)ᄒᆞ더라. ᄎᆞ시 왕딘이 정샹셔의 신슈(身首) 이쳐(離處)치 못ᄒᆞ믈 통한ᄒᆞ여 말을 디어 졍흠이 죽기ᄅᆞᆯ 당ᄒᆞᄆᆡ 격분절치(激憤切齒)ᄒᆞᄂᆞᆫ 말이 다 부도패만디셜(不道悖慢之說)노 셩쥬의 응보(應報)ᄒᆞ믈 니ᄅᆞ더라 ᄒᆞ여 맛당이 그 머리ᄅᆞᆯ 버히시믈 쥬(奏)ᄒᆞ니 샹이 졍흠의 죽으믈 드ᄅᆞ시나 과연 그 시신을 ᄂᆡ여줄 뜻

46면 47면

97 도필니(刀筆吏): 도필리. '구실아치'를 낮잡아 이르던 말. 아전이 죽간(竹簡)에 잘못 기록된 글자를 칼로 긁고 고치는 일을 했던 데서 유래.

이 업스샤 그 머리ᄅᆞᆯ 븍시(北市)의 달고져 ᄒᆞ시니 왕딘의 쾌열(快悅) ᄒᆞᆫ 심ᄉᆞᄅᆞᆯ 어ᄃᆡ 비ᄒᆞ리오? ᄎᆞ시 일반 현명디ᄉᆡ(賢明之士) 이의 다ᄃᆞ라ᄂᆞᆫ 왕딘 젹의 ᄒᆡᄅᆞᆯ 밧고 죽기ᄅᆞᆯ 그음ᄒᆞ여 옥계(玉階)의 뉴혈징디(流血爭之)ᄒᆞ나 샹뇌(上怒) 더으실 쁜이오 응윤(應允)ᄒᆞ시미 업더니 믄득 금문(禁門)의 븍소ᄅᆡ 딘동(震動)ᄒᆞ니 군신샹ᄒᆡ(君臣上下) 경의(驚疑)ᄒᆞᄂᆞᆫ 바의 위ᄉᆡ(衛士) 일개 쇼녀ᄅᆞᆯ 인도ᄒᆞ여 뎐폐(殿陛)의 다ᄃᆞᄅᆞ니 모다 보건ᄃᆡ 그 신댱이 팔구 셰ᄂᆞᆫ ᄒᆞᆫ 바의 운발(雲髮)을 삽삽(颯颯)히 흣터 화시벽(和氏璧) 갓ᄐᆞᆫ 안화(顔華)ᄅᆞᆯ ᄀᆞ리와시니 동졍츄월(洞庭秋月)이 ᄶᅧ러딘 ᄃᆞᆺ 옥폐(玉陛)의 고두뉴혈(叩頭流血)ᄒᆞᄆᆡ 길과 가ᄌᆞᆨᄒᆞᆫ 두발(頭髮)이 ᄒᆞᆫ ᄶᅦ 구ᄅᆞᆷ이 덥히고 셰ᄅᆔ(細柳) 광풍(狂風)의 ᄉᆡᆨ거디ᄂᆞᆫ ᄃᆞᆺ 졀셰(絶世)ᄒᆞ고 특미(特美)ᄒᆞ여 동쥬슌이셔언(動朱脣而敍言)애 텬디(天地)의 무ᄋᆡ(无涯)ᄒᆞᆫ 원상(寃狀)을 할ᄉᆡ 아븨 젹심단튱(赤心丹衷)[98]이 일월(日月)의 빗최여 보ᄉᆞ명뉸(保社明倫)ᄒᆞ며
48면 ᄋᆡ군위국(愛君爲國)ᄒᆞ기로뼈 간ᄉᆞ(諫辭)의 큰 원을 ᄆᆡᄌᆞ 소(疏)ᄅᆞᆯ ᄒᆞᄆᆡ 폐함ᄒᆞᄂᆞᆫ[99] 말니 되어 망신멸셩(亡身滅性)ᄒᆞ기의 밋쳐 형양디하(桁楊之下)[100]의 포통참ᄉᆞ(抱痛慘死)ᄒᆞ믈 딜텬호원(叱天號怨)ᄒᆞ여 민흉원억(愍凶冤抑)[101]을 알외며 믈고(物故)[102]ᄅᆞᆯ 쥬ᄒᆞᄃᆡ 시슈(屍首)ᄅᆞᆯ ᄂᆡ여주믈 명치 아니샤 임의 포락(炮烙)과 독장(毒杖)의 맛ᄎᆞᆫ 몸을 다시 벌ᄒᆞ

---

98 젹심단튱(赤心丹衷): 적심단충. 참된 정성.

99 폐함ᄒᆞᄂᆞᆫ: 폐함하다. '함해(陷害)하다'의 뜻으로 추정. 규장각본에는 '혜함ᄒᆞᄂᆞᆫ'으로 되어 있음.

100 형양디하(桁楊之下): 형양지하. 형양의 아래라는 뜻. '형양'은 죄인의 목에 씌우던 칼과 발에 채우던 차꼬를 아울러 이르는 말로 '항양'이라고도 함.

여 죄ᄅᆞᆯ 악역(惡逆)과 ᄀᆞᆺ치 밀위시믄 셩쥬의 ᄎᆞ마 못 ᄒᆞ실 ᄇᆡ믈 졀졀이 언쥬파(言奏罷)의 픔 ᄉᆞ이로조ᄎᆞ 혈표(血表)ᄅᆞᆯ 밧드러 텬감(天監)의 하람(下覽)ᄒᆞ시믈 기다릴ᄉᆡ 그 만 가지 민흉(憫凶)과 쳔 가디 원혹(寃酷)이 고디(叩地)ᄒᆞ여 통(通)치 못ᄒᆞ고 규텬(叫天)ᄒᆞ여 ᄉᆞᄆᆞᆺ디 못ᄒᆞ니 텬디망망(天地茫茫)이 혈읍(血泣)ᄒᆞ여 연신[103]을 효측(效則)ᄒᆞ며 일월(日月)이 혼혼(昏昏)ᄒᆞ여 셔여[104]ᄅᆞᆯ 법바드ᄃᆡ 맛ᄎᆞᆷᄂᆡ 호텬(昊天)을 감동치 못ᄒᆞ여 아비ᄅᆞᆯ 형양(桁楊)의 맛ᄎᆞ 녕어(囹圄)의 욕을 버셔나게 못 ᄒᆞ고 죽엄을 다시 벌ᄒᆞ여 신슈(身首)ᄅᆞᆯ 이쳐(移處)ᄒᆞᆯ 의논이 이시믈 더옥 통혹원한(痛酷怨恨)ᄒᆞ여 혈표ᄅᆞᆯ 뎐폐의 밧들고 읍혈고두(泣血叩頭)ᄒᆞᄆᆡ 원(冤)ᄒᆞᄂᆞᆫ 소ᄅᆡ와 통(痛)ᄒᆞᄂᆞᆫ 피눈믈이 샹텰운 49면
소(上徹雲霄)ᄒᆞ고 하통궁양(下通窮壤)ᄒᆞ여 엄홀(奄忽)ᄒᆞ며 분개ᄒᆞ여 ᄉᆞᆺ쳐디ᄃᆡ 그 가온ᄃᆡ도 법귀(法規) 잇고 쥰승(準繩)[105]이 가족ᄒᆞ여 문명(文明)이 긔운을 ᄐᆞ시니 셩인의 픔이 현연(顯然)이 ᄉᆡᆼ디(生知)ᄒᆞᄂᆞᆫ ᄌᆞ픔(姿稟)이믈 알디라. 한님학ᄉᆞ 소쳔이 혈표(血表)ᄅᆞᆯ 바다 츄이딘젼(趨而進前)ᄒᆞ여 옥상하(玉床下)의 궤복(跪伏)ᄒᆞ여 고셩독디(高聲讀之)ᄒᆞᆯᄉᆡ 이 믄득 죄ᄉᆞ(罪死)ᄒᆞᆫ 경흠의 칠 셰 유녀(遺女)의 아비 포통원ᄉᆞ(抱痛冤死)ᄒᆞᆫ 비원(悲冤)을 베픈 ᄉᆞ의(辭意)라. 문댱(文章)

---

101 민흉원억(愍凶冤抑): '민흉'은 딱하고 흉하다는 뜻으로, 부모와 사별(死別)하는 불행. '원억'은 억울함의 뜻.

102 믈고(物故): 죄를 지은 사람이 죽음. 또는 죄를 지은 사람을 죽임.

103 연신: 미상.

104 셔여: 미상.

105 쥰승(準繩): 준승. 경사를 재는 먹줄. 전하여 일정한 법식을 뜻함.

이 텬디(天地)의 슈월(秀越)ᄒᆞ여 몬져 안젼(眼前)의 광ᄎᆡ(光彩) 현난
(眩亂)ᄒᆞ니 위부인(衛夫人)[106]의 이운체[107]ᄅᆞᆯ 족히 우을디라. 일만 줄 진
쥬(珍珠)ᄅᆞᆯ 드리오고 금ᄌᆞ(金字)ᄅᆞᆯ 엿것ᄂᆞᆫ ᄃᆞᆺ 운영(雲影)이 취디(聚
之)ᄒᆞᆯ 쁜 아니라 아븨 젹심단튱(赤心丹衷)을 할고[108] 원통이 죄ᄉᆞ(罪死)
ᄒᆞ믈 베퍼 문ᄉᆡ(文辭) 비원(悲寃)ᄒᆞ고 ᄋᆡ졀(哀切)ᄒᆞᄃᆡ 근원이 강하
의 드리윗고 격녈(激烈)ᄒᆞ며 쥰상(俊尙)ᄒᆞ여 도장[109] 소작(所作)이 아
닌ᄌᆞᆨ 태ᄉᆞ공(太史公)[110]의 운몽(雲夢)[111]이 박남(博覽)ᄒᆞᆫ 학(學)이며 한창
녀(韓昌黎)[112]의 셩문궁슈(成文窮數)ᄒᆞᆫ ᄒᆡᆼ문(行文)의 디나니 원혹(寃
50면 酷)ᄒᆞ고 통만(痛懣)ᄒᆞᄃᆡ 구ᄎᆞ키의 버셔나고 셩쥬(聖主)의 실덕(失德)
이 튱냥디신(忠良之臣)을 심학참벌(甚虐慘罰)ᄒᆞ시믈 일ᄏᆞᄅᆞ미 업
디 아니ᄒᆞᄃᆡ 의ᄉᆡ(意思) 원하(遠遐)ᄒᆞ고 곡졀(曲折)이 명ᄇᆡᆨ(明白)ᄒᆞ
여 일월디광(日月之光)이 부운(浮雲)의 옹폐(壅蔽)ᄒᆞ믈 인ᄒᆞ민 줄 베
퍼 녕신흉젹(佞臣凶賊)이 ᄃᆡ(代)마다 업디 아니므로 당우디치(唐禹

106 위부인(衛夫人): 동진(東晉)의 서예가 위삭(272-349). 전수서로 〈필진도(筆陣圖)〉가 있으며, 서성 왕희지의 스승임.

107 이운쳬: 미상. 필체의 일종으로 추정.

108 할고: 할다. 하소하다, 참소하다, 하소연하다.

109 도장: 규방. 부녀자가 거처하는 방.

110 태ᄉᆞ공(太史公): 태사공. 《사기》를 저술한 전한 시대의 역사가 사마천을 이름.

111 운몽(雲夢): 초나라의 큰 연못 7개 중 하나인 운몽택(雲夢澤). 학식이 풍부하며 기개가 강하고 가슴이 넓은 것을 비유함. 한(漢)나라 사마상여의 〈자허부(子虛賦)〉에 "운몽과 같은 것 여덟아홉 개를 한꺼번에 집어삼키듯, 그 흉중이 일찍이 막힘이 없었다(呑若雲夢者八九 於其胸中 曾不蔕芥)."라는 표현이 나옴.

112 한창녀(韓昌黎): 한창려. 한유(768-824). 당나라 때의 문장가. '창려'는 그의 선조가 살던 곳에서 유래한 그의 호.

之治)의 ᄉᆞ흉(四凶)[113]이 이시니 금(今)ᄋᆡ 환관의 작얼(作孼)이 현냥디
ᄉᆞ(賢良之士)ᄅᆞᆯ ᄒᆡᄒᆞᆫ 바도 쳔고의 잇디 아닌 변괴로ᄃᆡ 아븨 원앙(寃
殃)ᄒᆞ믄 실노 금셰(今世)의 희한(稀罕)ᄒᆞ믈 쥬ᄒᆞ여 시슈(屍首)도 즉
시 ᄂᆡ여주디 아니시미 셩덕(聖德)의 대흠(大欠)이믈 일ᄏᆞ라시니 셩
효(誠孝)의 츌텬(出天)ᄒᆞ믄 ᄌᆞ고왕ᄉᆞ(自顧往事)ᄒᆞ고 보뎨의 능검ᄒᆞ
나[114] 칠 셰 녀ᄌᆞ의 이 ᄀᆞᆺᄐᆞ니ᄅᆞᆯ 듯디 못ᄒᆞᆫ ᄇᆡ오 ᄉᆞ의뎡대(辭意正大)ᄒᆞ
고 문니밀찰(文理密察)ᄒᆞ믄 셩현의 도통(道統)을 니으니 그 ᄋᆡ샹(哀
愴)ᄒᆞ고 비원(悲寃)ᄒᆞᆫ 소ᄉᆞ(疏辭)ᄅᆞᆯ ᄒᆞᆫ번 드ᄅᆞᄆᆡ 삼ᄃᆡ구슈(三代仇
讐)와 ᄇᆡᆨ년ᄃᆡ쳑(百年大隻)이라도 위ᄒᆞ여 감동ᄒᆞ미 이실 ᄇᆡ니 ᄆᆞ옴이
오확(烏獲)[115]의 ᄆᆡᆼ(猛)과 ᄇᆡᆨ균(百鈞)의 듕(重)을 가딘 ᄌᆡ라도 위ᄒᆞ여
참연비졀(慘然悲切)ᄒᆞ여 눈믈이 써러지믈 면치 못ᄒᆞᆯ디라. 소한님이 51면
디존엄위디젼(至尊嚴威之前)의 셩뇌 익익ᄒᆞ신 ᄊᆡᄅᆞᆯ 당ᄒᆞ여 비록 디
은 죄 업ᄉᆞ나 뉼뉼췌췌(慄慄惴惴)ᄒᆞ여 ᄇᆡ한(背汗)이 쳠의(沾衣)ᄒᆞ니
감히 남을 위ᄒᆞ여 슬픈 빗출 낫토디 못ᄒᆞ나 혈표ᄅᆞᆯ 닑어오ᄆᆡ ᄌᆞ연 경
열(哽咽)ᄒᆞ여 능히 참졀ᄒᆞ믈 강인치 못ᄒᆞ니 뎐샹뎐하(殿上殿下)의
쳥문ᄌᆡ(聽聞者) 또ᄒᆞᆫ 상연낙누(傷然落淚)ᄒᆞ여 졍쇼져 긔염의 ᄉᆡᆨ거디
며 ᄆᆡ여디ᄂᆞᆫ ᄃᆞᆺ ᄋᆡ통엄읍(哀痛奄泣)ᄒᆞ여 민한(憫恨)과 극통(極痛)을
니긔디 못ᄒᆞ믈 ᄎᆞ마 니긔여 보디 못ᄒᆞᄂᆞᆫ 바의 그 어린 나흘 놀나고 힝

---

113 당우디치(唐禹之治)의 ᄉᆞ흉(四凶): 당우지치의 사흉. 요임금과 순임금이 다스리던 시대의 네 사람의 악인(惡人)인 공공, 환도, 삼묘, 곤.

114 보뎨의 능검ᄒᆞ나: 미상.

115 오확(烏獲): 진(秦)나라 무왕의 장사로, 천 균 무게의 구정을 들었다고 함. '오획'이라고도 함.

ᄉᆞ롤 아니 긔이히 넉이리 업더라. 텬안(天顔)이 졍시 유녀(幼女)의 ᄋᆡ원참참(哀怨慘慘)ᄒᆞᆫ 거동을 보시ᄆᆡ 셩심의 츄연(惆然)ᄒᆞ미 계시더니 밋 그 혈소(血疏)롤 드ᄅᆞ시ᄆᆡ 더옥 감동ᄒᆞ고 셕연(釋然)ᄒᆞ샤 졍흠을 죽이도록 ᄒᆞ미 과도ᄒᆞᆯ ᄲᅮᆫ 아니라 셩덕(聖德)의 유ᄒᆡ(有害)ᄒᆞ믈 만히 ᄭᆡ다ᄅᆞ샤 뉘웃ᄂᆞᆫ 빗치 계신디라. 이에 옥음(玉音)을 나리와 므러 ᄀᆞᆯ오ᄉᆞᄃᆡ

52면 "네 유하(乳下)롤 계오 면ᄒᆞᆫ 년긔(年紀)로ᄡᅧ 므ᄉᆞᆷ 씨롤 아노라 ᄒᆞ고 뉘 가ᄅᆞ치관ᄃᆡ 이런 대단ᄒᆞᆫ 작용을 두려 아닛ᄂᆞ뇨? 소표(疏表)롤 디어 주며 등문고(登聞鼓)롤 울녀 아븨 시슈(屍首)롤 ᄎᆞᄌᆞᄂᆡ라 디휘ᄒᆞ던 ᄌᆞ롤 바로 알외라."

졍시 긔염이 민통과 극원을 픔어 흉장(胸臟)이 촌촌여졀(寸寸如切)ᄒᆞ고 오ᄂᆡ(五內) 참참여쇄(慘慘如碎)ᄒᆞ니 비원쳘텬(悲冤徹天)ᄒᆞ고 분통쳘디(憤痛徹地)ᄒᆞᆫ 가온ᄃᆡ 셩교(聖敎)롤 듯ᄌᆞ오ᄆᆡ 더옥 통앙(痛怏)ᄒᆞ여 엄읍고두(奄泣叩頭) 왈

"부ᄌᆞ(父子)ᄂᆞᆫ 텬셩디친(天性之親)이라 그 귀ᄒᆞ며 듕ᄒᆞ미 만믈의 비ᄒᆞᆯ 거시 업ᄉᆞ니 인싱이 금슈와 다ᄅᆞ믄 는강(倫綱)이 잇ᄂᆞᆫ 연괴라. 신(臣) 슈(雖) 유튱미녜(幼冲迷女)나 나히 임의 초칠(初七)의 밋쳐시니 아비 원앙(冤殃)ᄒᆞᄆᆡ 엇디 그 민통(愍痛)과 극슈(極愁)롤 아디 못ᄒᆞ리잇고? 나룻 ᄆᆡᆫ 도젹으로 더브러 하날을 ᄒᆞᆫ가디로 이디 못ᄒᆞᆯ 바롤 ᄭᆡ닷줍ᄂᆞ니 아비 임의 젹심튱녈(赤心忠烈)노ᄡᅧ 그릇 간ᄉᆞ(奸邪)의 함ᄒᆡ(陷害)ᄒᆞ믈 만나 뇌졍(雷霆)의 텬위(天威) 딘쳡(震疊)ᄒᆞ시니 능

53면 히 보명(保命)ᄒᆞ믈 엇디 못ᄒᆞ여 포통조ᄉᆞ(抱痛早死)ᄒᆞ미 되옴도 텬디의 궁극ᄒᆞᆫ 디원극통(至冤極痛)이어ᄂᆞᆯ 셩명(聖明)이 부운(浮雲)의

옹폐(壅蔽)ᄒᆞ믈 면치 못ᄒᆞ시므로 텬일(天日)이 무광(無光)ᄒᆞ고 요얼
(妖孼)이 셩ᄒᆡᆼ(盛行)ᄒᆞ미 흉젹이 가디록 방ᄌᆞ(放恣)ᄒᆞ믈 ᄉᆞᆯ피디 못
ᄒᆞ시고 원왕(冤枉)ᄒᆞᆫ 시톄도 온젼이 ᄂᆡ여주믈 허치 아니실ᄉᆡ 유녀
(幼女) ᄒᆞᆫ갓 ᄉᆞ졍의 망극통할(罔極痛割)ᄒᆞᆯ ᄲᅮᆫ 아니라 셩쥬의 일월디
덕(日月之德)이 졈졈 간신흉젹(奸臣凶賊)으로ᄡᅧ 빗출 일흐샤 그 참
극ᄒᆞ며 ᄒᆡ현ᄒᆞᄂᆞᆫ 요언(妖言)을 슌슌계용(順順計用)ᄒᆞ시믈 격졀감분
(擊節感憤)ᄒᆞ와 금문(禁門)의 븍을 울녀 아븨 시슈(屍首)나 ᄂᆡ여주샤
믈 빌거ᄂᆞᆯ 믄득 유녀의 져근 나흘 의심ᄒᆞ샤 남이 디휘ᄒᆞ여 식인 ᄌᆡ 잇
ᄂᆞᆫ가 므ᄅᆞ시니 텬뉸의 ᄌᆞ이와 부녀의 졍을 어이 사ᄅᆞᆷ이 디휘ᄒᆞ며 ᄀᆞ
ᄅᆞ치미 이시리잇가? 신(臣)이 블초무상(不肖無狀)ᄒᆞ와 아비 참뉵(斬
戮)의 니ᄅᆞ믈 오히려 아디 못ᄒᆞ와 제영(緹縈)[116]의 예궐(詣闕)ᄒᆞᆷ과 목난
(木蘭)[117]의 죵군(從軍)ᄒᆞᄂᆞᆫ 효ᄅᆞᆯ ᄇᆡ호디 못ᄒᆞ고 오날ᄂᆞᆯ의 비로소 아븨 54면
원ᄉᆞ(冤死)ᄒᆞ믈 듯ᄌᆞᆸ고 시슈(屍首)나 ᄎᆞᆺ고져 옥폐(玉陛)의 더러온 ᄉᆞ
졍을 번득(飜得)ᄒᆞ오미러니 ᄯᅳᆺ밧긔 식인 ᄌᆞᄅᆞᆯ 므ᄅᆞ시니 그 누ᄅᆞᆯ ᄀᆞᄅᆞ
쳐 ᄃᆡᄒᆞ리잇가? 한(漢) 문시(文時)의 슌우(淳于) 경(卿)이 유죄당형
(有罪當刑)이어ᄂᆞᆯ 제영(緹縈)이 아븨 명(命)을 빌ᄆᆡ 문뎨(文帝) 년디
(憐之)ᄒᆞ여 그 죄ᄅᆞᆯ 샤ᄒᆞ시니 셩군(聖君)의 효로ᄡᅧ 티텬하(治天下)ᄒᆞ
시ᄂᆞᆫ 근본이라. 이졔 아비 작죄(作罪)ᄒᆞ미 업시 농방(龍逄)·비간(比

---

116 제영(緹縈): 제영. 한(漢)나라 문제 때의 효녀 순우제영. 그녀의 아버지 순우의가 형벌을 받게 되었는데 제영이 문제에게 상서(上書)하여 자신이 관비가 되어 아버지 죄를 속(贖)하겠다 하여 문제가 그 뜻을 동정하여 형을 감해줌.

117 목난(木蘭): 목란. 당나라 때의 효녀. 아버지를 대신하여 남복을 하고 12년 동안 변방에서 군역을 수행함.

干)의 뒤흘 니어 원앙피ᄉᆞ(寃殃被死)ᄒᆞ엿거ᄂᆞᆯ 그 시슈ᄅᆞᆯ ᄂᆡ여주시믈 빌ᄆᆡ 오히려 의심ᄒᆞ샤 블윤(不允)ᄒᆞ시고 유녀ᄅᆞᆯ ᄆᆡᆨ밧고져[118] ᄒᆞ시니 문뎨의 셩덕(聖德)으로 다ᄅᆞ시믈 알니로소이다."

셩음(聲音)이 분개쳘텬(憤慨徹天)ᄒᆞ믈 인ᄒᆞ여 ᄆᆡᆼ녈격상(猛烈激上)ᄒᆞ니 약츌금셕디셩(若出金石之聲)이 금난뎐 옥ᄇᆡ(玉杯)ᄅᆞᆯ 울니며 공산심곡(空山深谷)의 봉죄(鳳鳥) 실농ᄒᆞᆫ ᄃᆞᆺ 휘휘황황(輝輝煌煌)ᄒᆞᆫ 위의(威儀)와 엄엄슉슉(嚴嚴肅肅)ᄒᆞᆫ 법녕(法令)의 무고ᄒᆞᆫ ᄌᆡ라도 츅쳑여야(蹴踖如也)ᄒᆞ여 ᄇᆡ한(背汗)이 졈의(沾衣)로ᄃᆡ 졍쇼졔 민원극통
55면 (憫怨極痛)을 니긔디 못ᄒᆞ미 능히 두리온 거ᄉᆞᆯ 아디 못ᄒᆞ고 냥안봉졍(兩眼鳳精)이 좌우ᄅᆞᆯ ᄉᆞᆯ피ᄂᆞᆫ ᄇᆡ 업셔 오ᄃᆡᆨ 원셩(怨聲)이 하날의 ᄉᆞᄆᆞᆺ고 혈뉘(血淚) ᄯᆞ히 ᄉᆞᄆᆞᆺᄎᆞ 망망(忙忙)이 아비ᄅᆞᆯ ᄯᆞᆯ올 ᄃᆞᆺ 녈녈(烈烈)이 원슈의 고기ᄅᆞᆯ 너흘[119] ᄃᆞᆺ ᄃᆡᆨ개(直介)ᄒᆞ고 강ᄆᆡᆼ(強猛)ᄒᆞᆫ 긔상이 부습(父襲)ᄒᆞᄃᆡ 일월(日月)의 광휘(光輝)와 텬디의 홍대(弘大)ᄒᆞᆫ 거동은 언연(偃然)이 대현군ᄌᆞ(大賢君子)의 그음업ᄉᆞᆫ 도량과 덕위ᄅᆞᆯ 아오라시니 니ᄅᆞᆫ바 '십ᄌᆡ(十子) 블회(不孝)면 블여일녀영(不如一女英)이라.'[120] ᄒᆞ미 긔염 ᄀᆞᆺᄐᆞᆫ 위인을 의논ᄒᆞ염 즉ᄒᆞ니 졍상셰 비록 십ᄌᆞᄅᆞᆯ 두엇신들 그 인믈이 용상(庸常)홀딘ᄃᆡ 엇디 ᄒᆞᆫ 긔염을 ᄆᆡᆺᄎᆞ리오? 텬안이 쇄연역ᄉᆡᆨ(灑然易色)ᄒᆞ샤 망연ᄌᆞ실(茫然自失)ᄒᆞ시니 ᄎᆞᄂᆞᆫ 텬위 엄

---

118 ᄆᆡᆨ밧고져: ᄆᆡᆨ받다. 시험하다, 살피다.

119 너흘: 너흘다. '물다'의 옛말. 물어뜯다, 씹다.

120 십ᄌᆡ(十子) 블회(不孝)면 블여일녀영(不如一女英)이라: '열 명의 아들이라도 불효하다면 한 명의 뛰어난 딸만 못하다.'라는 뜻. 이백의 〈동해유용부(東海有勇婦)〉에 "열 명의 아들이라도 불초하다면, 한 용감한 딸만 못하리라(十子若不肖 不如一女英)."라는 구절이 나옴.

슉ᄒᆞ샤므로ᄡᅧ 져 유튱쇼녀(幼沖少女)의 블복면졀(不服面折)ᄒᆞᄂᆞᆫ 말ᄉᆞᆷ을 드ᄅᆞ시ᄆᆡ 스ᄉᆞ로 슈괴(羞愧)ᄒᆞ시ᄂᆞᆫ 의ᄉᆡ 뉴츌(流出)ᄒᆞ샤미러니 침ᄉᆞ냥구(沈思良久)의 졍시 유녀ᄅᆞᆯ 믄득 위유ᄒᆞ여 ᄀᆞᆯ오샤ᄃᆡ

“네 어린 나ᄒᆡ ᄉᆞ체(事體)ᄅᆞᆯ 모로고 ᄒᆞᆫ갓 아비 죄ᄉᆞᄒᆞ믈 원망ᄒᆞ며 통 56면
혹(痛酷)ᄒᆞ여 나라ᄒᆞᆯ 원망ᄒᆞ고 왕딘을 블공ᄃᆡ텬디슈(不共戴天之讎)로 알거니와 네 아비 님군을 아디 못ᄒᆞ고 패만브도디셜(悖慢不道之說)이 죄대악극(罪大惡極)ᄒᆞ여 흉역(凶逆)의 무ᄅᆡ로 다ᄃᆞ디 아니ᄒᆞ니 죽으ᄆᆡ 신쉬 온젼ᄒᆞ리오마ᄂᆞᆫ 너의 디효(至孝)ᄅᆞᆯ 감동ᄒᆞ여 참효(斬梟)ᄒᆞᄂᆞᆫ 벌을 덜게 ᄒᆞᄂᆞ니 딤으로ᄡᅧ 한문(漢文)[121]만 갓디 못ᄒᆞ게 넉이디 말나. 네 아비 비록 죄ᄉᆞᄒᆞ나 너의 긔특ᄒᆞ믄 딘실노 쳔ᄃᆡ의 다시 잇디 아니ᄒᆞ니 딤이 죵용이 군신(群臣)으로 의논ᄒᆞ여 여부(汝父)의 죄ᄅᆞᆯ 샤(赦)ᄒᆞ고 관작을 복(復)ᄒᆞ리니 모로미 딤을 원치 말고 믈너가 아비ᄅᆞᆯ 념장(殮葬)ᄒᆞ여 디효(至孝)ᄅᆞᆯ 다ᄒᆞ라.”

셩괴(聖敎) 온유(溫柔)ᄒᆞ시고 옥ᄉᆡᆨ이 츄연ᄒᆞ샤 즉ᄀᆡᆨ의 졍흠의 죄ᄅᆞᆯ 벗기고져 ᄒᆞ시ᄃᆡ 오히려 왕딘의 분울ᄒᆞ미 이실가 그 관작을 복(復)디 못ᄒᆞ시고 다만 타일 샤ᄒᆞᆯ 뜻을 빗최실 ᄲᅳᆫ이니 셩졍(聖情)의 병드ᄅᆞ시믈 알디라. 졍시 긔염이 읍혈호통(泣血號痛)ᄒᆞ여 아비 시슈(屍首)의 57면
참벌 더ᄅᆞ시믈 기리 샤은ᄒᆞᄃᆡ 원슈의 고기ᄅᆞᆯ 너흐디 못ᄒᆞ믈 졀졀통도(切切痛悼)ᄒᆞ며 셩명(聖明)이 부운(浮雲)의 옹폐(壅蔽)ᄒᆞ시믈 크게 ᄋᆡ돌와 혈뉘(血淚) ᄯᅡ히 비ᄀᆞᆺ치 ᄯᅥ러져 쥬왈(奏曰)

121 한문(漢文): 순우제영을 동정하여 그녀의 아버지 순우의의 형을 감해준 한 문제를 말함.

"아비 일ᄌᆞᆨ 신녀(臣女)ᄅᆞᆯ 교디왈(敎之曰) 'ᄇᆡᆨ희(伯姬)의 화신(火燼)ᄒᆞ미[122] 비록 고집다 ᄒᆞ려니와 그 녈졀(烈節)인ᄌᆞᆨ 실노 창송(蒼松)을 약(弱)히 녁이고 집녜(執禮)ᄒᆞ미 쳔균(千鈞)을 경(輕)히 아ᄂᆞ니 후셰 녀ᄌᆡ 가히 ᄇᆡ황 족ᄒᆞᄃᆡ 밋ᄎᆞᆯ ᄌᆡ 다시 잇디 아닐 ᄃᆞᆺᄒᆞ고 ᄉᆡᆼ디칠년(生之七年)이면 남녜(男女) 브동셕(不同席)이니 규녀(閨女)ᄂᆞᆫ 낫 가리오ᄂᆞᆫ 녜ᄅᆞᆯ 힘쓰고 부인은 도장 안ᄒᆡ 고요ᄒᆞ미 웃듬이니 션악 간의 그 일ᄒᆞᆷ이 요란ᄒᆞᆯ 거시 아니라.' ᄒᆞ여 상상(常常)의 경계ᄒᆞ던 말이 크게 규법(閨法)을 일위미어ᄂᆞᆯ 신녜 비록 유튱(幼沖)ᄒᆞ오나 나히 칠 셰의 거의 규녀의 도ᄅᆞᆯ ᄎᆞᆯ히고 부명을 져ᄇᆞ리디 아니미 올ᄉᆞᆸ거ᄂᆞᆯ 원혹(冤酷)ᄒᆞᆫ 화벌(禍罰)이 다시 시슈ᄅᆞᆯ 벌코져 ᄒᆞ시믈 망극통원(罔極痛冤)ᄒᆞ
58면 와 당돌이 금문의 븍을 울니고 누누ᄒᆞᆫ ᄉᆞ졍을 옥폐(玉陛)의 번득(飜得)ᄒᆞ오니 죄당만ᄉᆡ(罪當萬死)올 ᄲᅮᆫ 아니라 아비 ᄉᆞ라 ᄯᆡ 능히 목슘을 비디 못ᄒᆞ고 죽은 후 원슈의 고기ᄅᆞᆯ 가져 아비 원앙(冤殃)ᄒᆞᆫ 혼ᄇᆡᆨ을 위로치 못ᄒᆞ오니 블효의 크미 이의 더으미 업ᄉᆞᆸ고 규녀의 몸으로ᄡᅧ 만인 군졸의 셧겨 낫 가리오ᄂᆞᆫ 녜ᄅᆞᆯ 일ᄉᆞ오니 ᄒᆞᆫ갓 ᄇᆡᆨ희의 죄인이 될 ᄲᅮᆫ 아니라 아븨 경계ᄅᆞᆯ 져ᄇᆞ려시니 블쵸누ᄒᆡᆼ(不肖陋行)이 졀졀이 죽으ᄆᆡ 맛당ᄒᆞ온디라. 스ᄉᆞ로 죄ᄅᆞᆯ 다ᄉᆞ려 단검경혼(斷劍驚魂)이 되리이다."

셜파(說罷)의 픔 ᄉᆞ이로좇ᄎᆞ 삼 촌 비도(匕刀)ᄅᆞᆯ ᄂᆡ여 옥 갓ᄐᆞᆫ 손의 흰빗치 번득ᄒᆞᄆᆡ 응지(凝脂) 갓ᄐᆞᆫ 가ᄉᆞᆷ의 홍혈이 소ᄉᆞ나며 옥계(玉

122 ᄇᆡᆨ희(伯姬)의 화신(火燼)ᄒᆞ미: 백희의 화신함이. 백희는 춘추시대 노나라 선공(宣公)의 딸로, 송나라 공공에게 시집갔으나 남편이 세상을 떠나고 홀로 지내다 집에 불이 나서 사람들이 피하라고 했으나 한밤에 보모 없이 집을 나설 수 없다며 불 속에서 타 죽었다고 함.

階)의 ᄡᅳ러디니 그 ᄉᆡᆼᄅᆞ며 날ᄂᆡ미 흐ᄅᆞᄂᆞᆫ 별과 닷ᄂᆞᆫ 살 ᄀᆞᆺᄐᆞ여 밋쳐
손을 놀녀 구치 못ᄒᆞᆯ디라. 좌위 막블참비(莫不慘悲)ᄒᆞ고 상이 역시
참연경동(慘然驚動)ᄒᆞ샤 급히 녀의(女醫)로 구ᄒᆞ라 ᄒᆞ시며 졔신을
도라보아 ᄀᆞᆯ오샤ᄃᆡ

“졍흠의 소ᄉᆞ언논(疏辭言論)이 과격ᄒᆞ므로 죄의 죽으미 되나 그 유녀
의 긔특ᄒᆞ미 목난(木蘭)과 졔영(緹縈)의 디나므로 딤이 그 효셩을 감 59면
동치 아니ᄒᆞᆫᄌᆞᆨ 신노 효로ᄡᅧ 만민을 권당(勸獎)ᄒᆞᆯ 도리 아니라. 밧비
졍흠의 시슈(屍首)ᄅᆞᆯ ᄂᆡ여보ᄂᆡᄃᆡ 특은(特恩)으로 복관작(復官爵)ᄒᆞ
고 치상범ᄇᆡᆨ(治喪凡百)을 ᄌᆡ상디네(宰相之禮)로 ᄒᆞ여 효녀의 디통디
ᄋᆡ(至痛之哀)ᄅᆞᆯ 더으디 말 ᄲᅮᆫ 아니라 졍녀의 효ᄅᆞᆯ 문녀(門閭)의 졍표
(旌表)ᄒᆞ여 그 셩효덕ᄒᆡᆼ(誠孝德行)을 후셰의 알게 ᄒᆞ라.”

ᄒᆞ시니 졔신이 일시의 브복쥬왈(俯伏奏曰)

“셩은이 호탕ᄒᆞ샤 졍녀의 디효ᄅᆞᆯ 감동ᄒᆞ시며 졍흠의 녕ᄇᆡᆨ(靈魄)을 영
화롭게 ᄒᆞ시니 딘실노 고골(枯骨)의 은ᄐᆡᆨ(恩澤)이 밋ᄎᆞ미라. 졍흠의 녕
혼이 알오미 이실딘ᄃᆡ 셩쥬의 늉은혜ᄐᆡᆨ(隆恩惠澤)을 황공감은(惶恐
感恩)ᄒᆞ올디라. 신등이 셩명(聖明)의 일월디광(日月之光)이 졍흠의 참
ᄉᆞᄒᆞᆫ 곳의 도로혀시믈 흔하(欣賀)ᄒᆞᄋᆞᆸᄂᆞ니 졍녀ᄅᆞᆯ 표졍(表旌)ᄒᆞ심도
셩군의 효로ᄡᅧ 티텬하(治天下)ᄒᆞ시ᄆᆡ 어긋나미 업ᄉᆞᆯ가 ᄒᆞᄂᆞ이다.”

샹이 다시 모든 녀의로 ᄒᆞ여곰 졍녀ᄅᆞᆯ 븟드러 궐외(闕外)의 집 잡아 60면
구호ᄒᆞ라 ᄒᆞ시며 못ᄂᆡ 념녀ᄒᆞ샤 ᄌᆞ로 ᄉᆡᆼᄉᆞᄅᆞᆯ 므ᄅᆞ시니 뇌졍(雷霆)의
위엄으로ᄡᅧ 양츈혜ᄐᆡᆨ(陽春惠澤)을 밧고샤 ᄋᆞ쇼 쇼녀ᄌᆞ의 엇디 못ᄒᆞᆯ
영광이러라.

션시(先時)의 졍부의셔 상셔ᄅᆞᆯ 면결(面訣)ᄒᆞᄆᆡ 대화부인과 긔염쇼졔

텬디망망(天地茫茫)ᄒᆞ고 일월(日月)이 혼흑(昏黑)ᄒᆞᆫ 심사ᄂᆞᆫ 니ᄅᆞ도
말고 합문샹ᄒᆡ(闔門上下) 져마다 심원(心源)이 요요ᄒᆞ며 혼ᄇᆡᆨ이 경
월(驚越)ᄒᆞ여 능히 딘뎡치 못ᄒᆞ더니 화부인의 죵뎨남(從弟男) 냥인
(兩人)이 ᄇᆡᆨ부의 기셰(棄世)ᄒᆞ므로 벼ᄉᆞᆯ을 ᄇᆞ리고 죵형 등으로 더브
러 의양의 도라왓더니 텬변(天變)의 ᄌᆡ이(災異) 공극(孔劇)ᄒᆞ고 황샹
(皇上)이 친뎡(親征)코져 ᄒᆞ시믈 드ᄅᆞᄆᆡ 비록 젼임간관(前任諫官)이
나 도리의 무고히 믈너 잇디 못ᄒᆞ여 쎌니 경샤(京師)의 올나오ᄆᆡ 텬
ᄌᆞ의 실덕ᄒᆞ심과 왕젹의 함국(陷國)ᄒᆞ미 현인과 군ᄌᆡ 화(禍)의 써러
디고 녈ᄉᆞ와 튱신이 죄의 업ᄃᆡ여 됴애(朝野) 믈 쓸틋 ᄒᆞ니 경샹셔 문
계공이 임의 텬의(天意)ᄅᆞᆯ 쵹노(觸怒)ᄒᆞ여 독장(毒杖)의 위ᄐᆡᄒᆞ미 되
61면 엿다 ᄒᆞᄂᆞᆫ디라. 화도헌과 학ᄉᆡ 듯기ᄅᆞᆯ 다 못 ᄒᆞ여 녕원이 통할(痛割)
ᄒᆞ고 구회젼요(九廻纏繞)[123]ᄒᆞ니 거의 마하(馬下)의 써러질 ᄃᆞᆺ 엄연경
호(奄然驚呼)ᄒᆞ믈 마디 아니ᄒᆞ니 죵ᄌᆡ 계오 구호ᄒᆞ여 잠간 딘졍ᄒᆞᄆᆡ
도헌 화쥰[124]이 혹ᄉᆞ 화현을[125] 도라보아 통읍뉴체(痛泣流涕) 왈
“[126]션과 션ᄇᆡᆨ뷔(先伯父) 문계형을 보시던 날의 명젼만셰(名傳萬世)ᄒᆞᆯ
간신녈ᄉᆡ(諫臣烈士) 될 줄 아ᄅᆞ샤 긔허 ᄋᆡ듕ᄒᆞ시나 신여명(身與命)

---

123 구회젼요(九廻纏繞): 구회전요. 마음속에 시름이나 슬픔이 맺혀서 풀리지 않음을 뜻하는 말. 한나라 사마천이 〈보임소경서(報任少卿書)〉에서 자신의 극심한 심적 고통을 표현하면서 “이런 까닭에 시름이 창자에서 하루에 아홉 번 돈다(是以腸一日而九廻).”라고 한 데서 유래. ‘구회장(九廻腸)’이라고도 함.

124 화쥰: 규장각본에는 ‘화츈’으로 되어 있음.

125 화현을: 규장각본에는 ‘화현’으로 되어 있음. 규장각본의 오기.

126 션: ‘션인(先人)’의 오기. 규장각본에는 ‘션인’으로 되어 있음.

이 가ᄌᆞᆨᄒᆞ여 복녹이 완젼ᄒᆞᆯ 줄노ᄂᆞᆫ 아디 아냐 계시니 션군과 ᄇᆡᆨ부의 디인명감(知人明鑑)으로ᄡᅧ 엇디 그ᄅᆞᆺ 보시미 이시리오? 이졔 만ᄇᆡᆨ 형 ᄯᆞ름이 아니라 일반 현ᄂᆔ(賢儒) 다 죄의 나아가시니 져ᄅᆞᆯ 능히 힘으로ᄡᅧ 구ᄒᆞ며 말노ᄡᅧ ᄉᆞᆯ올 길히 업ᄉᆞᆫ디라. ᄒᆞ믈며 이쳔공(伊川公) 봉ᄉᆞ손ᄌᆡ(奉祀孫子) 만히 복을 누리디 못ᄒᆞ여 ᄌᆞ로 화의 ᄲᅧ져 문계의 부군으로브터 형양디하(桁楊之下)의 포통원요(抱痛寃夭)ᄒᆞ니 그 사ᄅᆞᆷ의 긔특ᄒᆞ민ᄌᆞᆨ 졍태부의 나리디 아니터라 ᄒᆞᄃᆡ 원굴(寃屈)ᄒᆞᆫ 화ᄅᆞᆯ 바드믄 편혹(偏酷)ᄒᆞ니 귀신이 싀긔ᄒᆞ고 조믈이 새리ᄂᆞᆫ 바ᄂᆞᆫ 심히 빗나고 극히 귀ᄒᆞ미라. 송쳥【문계의 부군 별호】공의 ᄌᆞ딜이 탁별긔이(卓別奇異)ᄒᆞ므로ᄡᅧ 한왕(漢王) 고구(高煦)의 함ᄒᆡ(陷害)ᄒᆞ믈 바드니 셰샹의 긔이홈과 희귀ᄒᆞ미 그 길ᄒᆞ미 아니라 됴시(趙氏) 년셩벽(連城璧)이 텬하(天下)의 난(亂)을 닐위고[127] 벽ᄒᆡ(碧海)의 됴승디쥐(照乘之珠) 위국(魏國)의 ᄌᆡ앙(災殃)이 되며[128] 딕묘(稷廟)의 놉흐미 냥공(梁公)의 닷토미 되고[129] 향초(香草)의 ᄭᅩᆺ다옴과 악초(惡草)의[130] 무셩ᄒᆞ믈 62면

127 됴시(趙氏) 년셩벽(連城璧)이 텬하(天下)의 난(亂)을 닐위고: 조왕이 가지고 있던 화씨벽을 서로 차지하고자 다투다 진(秦) 소왕이 자신의 15성과 화씨벽을 바꾼 일.

128 벽ᄒᆡ(碧海)의 됴승디쥐(照乘之珠) 위국(魏國)의 ᄌᆡ앙(災殃)이 되며: 전국시대에 위(魏) 혜왕과 제(齊) 위왕이 교외에서 만나 사냥할 때 위왕이 제왕에게 “왕에게도 보배가 있는가? 우리나라는 작지만 수레 12대의 앞뒤를 비추는 한 치쯤 되는 구슬 10개가 있다.” 하니, 제왕은 “나는 유능한 신하 네 사람으로 보배를 삼는다.”라고 했는데 후에 위나라는 제나라와 싸워 패함. 위 혜왕이 보배를 나라의 힘으로 생각한 것이 인재를 중시했던 제나라에 패하는 요인이 된 것을 가리킴. 《사기》 〈전경중완세가〉.

129 딕묘(稷廟)의 놉흐미 냥공(梁公)의 닷토미 되고: 당나라 무후(武后)가 당실(唐室) 이씨를 제거하고 무씨의 종묘를 세웠는데 적인걸의 무리가 중종을 받들어 당실을 회복시키고 적인걸을 양공(梁公)에 봉한 일을 가리킴.

밋디 못ᄒᆞ니 사ᄅᆞᆷ이 만믈노 다ᄅᆞ디 아니ᄒᆞᆫ디라. 그러나 명도션ᄉᆡᆼ(明
道先生) 후손은 각별이 복을 타나 비록 향슈(享壽)ᄅᆞᆯ 하원(遐遠)이 ᄒᆞᆫ
ᄌᆡ 업ᄉᆞ나 위국인신(爲國人臣)ᄒᆞ여 부귀 완젼ᄒᆞ고 홀노 이쳔션ᄉᆡᆼ(伊
川先生) 봉ᄉᆞ손(奉祀孫)은 부귀ᄅᆞᆯ 누린 ᄌᆡ 젹으니 냥셩(兩聖)의 젹덕
(積德)이 고ᄒᆡ(高下) 잇디 아니ᄒᆞᄃᆡ 후손의 다ᄃᆞ라 화복이 ᄂᆡ도ᄒᆞ믄
하날 됴홰(造化) 브됴(不調)ᄒᆞᆫ 연괴라. 우리 문계형으로 더브러 동긔
(同氣)의 의(義)와 디긔(知己)의 졍(情)을 아오라 피ᄎᆞ의 동포골육(同
胞骨肉) ᄀᆞᆺᄐᆞᆫ 뜻이 이시ᄃᆡ 이ᄣᆡ의 능히 화의 건지디 못ᄒᆞ니 딘실노
져ᄇᆞ리미 만흘 쁜 아니라 져져의 신셰ᄅᆞᆯ 도라보건ᄃᆡ 우흐로 친이 아
63면 니 계시고 아ᄅᆡ로 ᄋᆞᄃᆞᆯ이 업ᄉᆞ니 이졔 뎨셩(齊城)을 문흐치ᄂᆞᆫ 우ᄅᆞᆷ이
이신즉 삼죵디탁(三從之托)[131]을 의논ᄒᆞᆯ 거시 업ᄂᆞᆫ디라. ᄒᆞ믈며 긔딜
이 쳥슈미약(淸秀微弱)ᄒᆞ시니 이런 민통(憫痛)과 디원(至冤)을 견ᄃᆡ
여 디보(支保)ᄒᆞᆯ 길 업ᄉᆞᆯ디라. 현뎨 홀노 나아가 져져ᄅᆞᆯ 보고 여ᄎᆞ여
ᄎᆞ 위로ᄒᆞ면 우형이 슈삼 일 쳐져 만ᄇᆡᆨ의 결말을 보고 미조ᄎᆞ 운산으
로 나아가리라."

학ᄉᆡ 쳬읍슈명(涕泣受命)ᄒᆞ고 운산의 나아가니 대화부인과 긔염쇼졔
오히려 상셔의 참형을 아디 못ᄒᆞ나 필경의 화ᄅᆞᆯ 면치 못ᄒᆞᆯ 바ᄅᆞᆯ 혜아
려 흉장이 촌촌여졀(寸寸如切)ᄒᆞ고 오ᄂᆡ여쇄(五內如碎)ᄒᆞ니 그 참참
(慘慘)ᄒᆞᆫ 경상을 어이 비ᄒᆞ리오? 남ᄆᆡ슉딜(男妹叔姪)이 격셰원니(隔

---

130 악초(惡草)의: 규장각본에는 '약초의'로 되어 있음.

131 삼죵디탁(三從之托): 삼종지탁. 여자가 몸이나 마음을 의지하여 맡길 세 가지 대상. 어려서는 아버지를, 결혼해서는 남편을, 남편이 죽은 후에는 자식을 따라야 한다는 것.

世遠里)의 ᄃᆡᄒᆞ미 엇디 반갑디 아니리오마ᄂᆞᆫ 장ᄎᆞ 화변(禍變)을 슬허 흉금이 젼식(塡塞)ᄒᆞ니 학ᄉᆡ ᄆᆞ음을 구디 ᄌᆞᆸ아 ᄆᆡ져를 위로ᄒᆞ며 긔염을 어로만져 과거(過擧)를 긋치라 ᄒᆞ여 샹셔의 몸이 형쟝디하(刑杖之下)의 맛게 된 줄 ᄉᆞ식디 아니니 원ᄂᆡ 도헌이 ᄋᆞ을 ᄀᆞᄅᆞ쳐 져져로 ᄒᆞ여곰 샹셔의 형뉵(刑戮)을 모로게 ᄒᆞ믄 ᄊᆡ의 왕젹이 궁흉극악(窮凶極 64면
惡)ᄒᆞ미 현인녈ᄉᆞ(賢人烈士)를 온가디로 함ᄒᆡᄒᆞᄂᆞᆫ 독을 그 쳐ᄌᆞ의게 옴겨두어 간관현ᄉᆞ(諫官賢士)이 부인이 가부(家夫)의 디원극통(至寃極痛)이 죄의 ᄲᆡ디믈 격고등문(擊鼓登聞)코져 ᄒᆞ다가 도로혀 왕딘의 흉슈(凶手)를 만나 녀ᄌᆞ의 몸으로ᄡᅧ 악역디죄(惡逆之罪)를 시러 뉼(律)이 삼쳑(三尺)[132]을 면치 못ᄒᆞ여 신쉬(身首) 이쳐(離處)ᄒᆞ니 화공곤계 왕진을 두리미 아니로ᄃᆡ 당ᄎᆞ시ᄒᆞ여 그 흉독을 거으미[133] 참화를 취ᄒᆞᆯ 마ᄃᆡᆫ 고로 혹ᄌᆞ 져제 문계의 원통이 죄의 ᄲᆡ디믈 벗기고져 ᄒᆞ다가 이에셔 더은 화를 브를가 념녀ᄒᆞ여 결말이 나기가지 브ᄃᆡ 은닉(隱匿)고져 ᄒᆞ미라. 임의 샹셔공이 참형의 남은 넉솔 옥니의 원왕ᄒᆞᄃᆡ 시톄를 ᄂᆡ여주미 업시 죽은 몸을 다시 벌ᄒᆞ여 참효(斬梟)ᄒᆞᆯ 의논이 나ᄆᆡ 화학ᄉᆡ 이에 다ᄃᆞ라ᄂᆞᆫ 비록 ᄎᆞᆷ고져 ᄒᆞ여도 심담(心膽)이 쳔붕만녈(千崩萬裂)ᄒᆞ여 통흉돈족(痛胸頓足)ᄒᆞ여 졍신을 슈습디 못ᄒᆞ고 듕헌(中軒)의셔 ᄌᆞ로 엄졀ᄒᆞ니 의계공 부인이 죵형의 긔식이 ᄎᆞ악(嗟愕) 65면
ᄒᆞ믈 보ᄆᆡ 상셰 ᄉᆞ화(死禍)의 버셔나디 못ᄒᆞ믈 혜아려 가마니 듕헌의

132 삼쳑(三尺): 삼척. 삼척법(三尺法). 고대 중국에서 석 자 길이의 죽간(竹簡)에 법률을 적은 데서 유래하여, 명문화된 법률을 이르는 말.

133 거으미: 거으다. 거스르다.

나와 학ᄉᆞ를 ᄃᆡᄒᆞ여 슉슉의 화란이 어나 곳의 밋쳣ᄂᆞᆫ고 므ᄅᆞᆫᄃᆡ 혹ᄉᆡ ᄋᆡ호슈셩(哀號數聲)의 홍뉘(紅淚) 방타(滂沱)ᄒᆞ여 ᄀᆞᆯ오ᄃᆡ

“현ᄆᆡᄂᆞᆫ 다시 뭇디 말나. 우형이 ᄎᆞ마 이 변을 가져 져져ᄀᆡ 무어시라 고ᄒᆞ리오?”

셜파(說罷)의 하날을 블너 것구러지니 쇼화부인이 창황통혹(蒼黃痛酷)ᄒᆞ믈 니긔디 못ᄒᆞ여 좌우 시인(侍人)으로 ᄒᆞ여곰 혹ᄉᆞ 구호ᄒᆞ여 다시 연고를 므ᄅᆞᆫᄃᆡ 혹ᄉᆡ 비로소 문계의 참형을 바다 옥니의셔 맛츰과 즉금 참효홀 의논이 이셔 시슈(屍首)도 ᄂᆡ여주지 아니믈 니ᄅᆞ니 부인이 ᄯᅩᄒᆞᆫ 가ᄉᆞᆷ이 막혀 ᄒᆞᆫ갓 눈믈이 니음출 ᄲᅮᆫ이오 말을 일우디 못ᄒᆞᄂᆞᆫ디라. 맛초아 긔염쇼졔 표슉(表叔)의 드러오디 아니믈 의아ᄒᆞ여 ᄂᆡ루(內樓)로조ᄎᆞ 듕헌을 통ᄒᆞᄂᆞᆫ 쳥ᄉᆞ로 인ᄒᆞ여 잠간 나왓다가 학ᄉᆞ와 시독 부인의 ᄒᆞᄂᆞᆫ 말을 드ᄅᆞᄆᆡ ᄇᆡᆨ통(百痛)이 튱격ᄒᆞ고 만원(萬怨)
66면 이 촌ᄋᆡᄒᆞ여 부친의 시슈(屍首)를 즉시 ᄂᆡ여오디 못ᄒᆞᄂᆞᆫ ᄇᆡ 더옥 망극원혹(罔極寃酷)ᄒᆞ니 ᄉᆞᄉᆞ로 죽기를 그음ᄒᆞ여 격고등문(擊鼓登聞)ᄒᆞ여 부친의 시슈나 ᄎᆞᆺ기를 헤아리ᄆᆡ 보보급급(步步急急)히 후졍 그윽ᄒᆞᆫ 곳으로 도라올ᄉᆡ 텬디 븡탁(崩坼)ᄒᆞ고 일월이 혼흑(昏黑)ᄒᆞ여 능히 거롬을 일우디 못ᄒᆞ여 압흐로 업더디고 뒤흐로 잣바져 계오 후졍 쳥ᄉᆞ를 드ᄃᆡ여 ᄒᆞᆫ번 야야(爺爺)를 부ᄅᆞ고 입으로 피를 토ᄒᆞ고 것구러디니 유모 난경이 붓드러 구호ᄒᆞ여 이ᄃᆡ도록 ᄒᆞᆫ 연고를 므ᄅᆞᆫᄃᆡ 일이 급ᄒᆞ믈 인ᄒᆞ여 ᄃᆡ답디 못ᄒᆞ고 삭춍(削蔥) 갓ᄐᆞᆫ 셤슈(纖手)를 ᄊᆡ므러 혈표(血表)를 일우ᄆᆡ 머리를 프러 낫출 가리오고 삼 촌 단검을 픔 ᄉᆞ이의 ᄀᆞᆷ출ᄉᆡ 시녀 일 인과 유모의 손을 닛글고 ᄯᅩ 심복비ᄌᆞ(心腹婢子) 일 인을 머므러 모친이 ᄌᆞ긔를 ᄎᆞᆺ거든 일이 급ᄒᆞ므로ᄡᅧ 하딕디 못ᄒᆞ믈 알외라 ᄒᆞ고 원문(園門)으로조ᄎᆞ 표연이 ᄂᆡᄃᆞᄅᆞ니 유랑이 황황이 ᄯᆞ라 쇼져를 업으며 안아 셩ᄂᆡ 삼십 니를 능히 거러가디 못ᄒᆞᆯ 67면 바를 니ᄅᆞᄃᆡ 쇼졔 몸의 날개 업ᄉᆞ믈 한ᄒᆞ여 뒤흐로 밀며 압흐로 다릐ᄂᆞᆫ ᄃᆞ시 창황급급(愴惶急急)히 도셩의 니ᄅᆞ니 졍상셔의 원ᄉᆞᄒᆞ믈 셔로 닐러 슬허ᄒᆞ믈 골육의 상ᄉᆞ(喪事)갓치 ᄒᆞᆯ ᄲᆞᆫ 아니라 환관(宦官)의 작악(作惡)이 현신명상(賢臣名相)을 낫낫치 ᄒᆡᄒᆞ여 업시ᄒᆞ믈 ᄀᆞ마니 통한치 아니리 업ᄉᆞᆫ디라. 쇼졔 쳔고(千古)의 다시 잇디 아닌 민통(憫痛)과 극원(極寃)으로ᄡᅧ ᄒᆞᆫ마ᄃᆡ 우롬을 발치 못ᄒᆞ고 보보급급히 금문의 다ᄃᆞ라 븍을 울녀 임의 텬의 감동ᄒᆞ샤 아븨 시슈(屍首)를 ᄂᆡ여 주기로 허ᄒᆞ시나 오히려 왕딘 흉젹의 ᄯᅳᆺ을 어그ᄅᆞᆺ디 못ᄒᆞ샤 그 부친으로ᄡᅧ 죄대악극(罪大惡極)ᄒᆞ미 흉역(凶逆)으로 다ᄅᆞ미 업다 ᄒᆞ샤믈 드ᄅᆞᄆᆡ 분개쳘텬(憤慨徹天)ᄒᆞ여 스ᄉᆞ로 혜아리미 부친의 원앙(寃殃)ᄒᆞᆫ 죄명을 벗기디 못ᄒᆞᆫ즉 더옥 살미 죽음만 ᄀᆞᆺ디 못ᄒᆞ믈 ᄭᆡ다를 ᄲᆞᆫ 아니라 아딕 나히 초칠튱년(初七冲年)이오 가졍의 의방과 텬셩의 녜의를 심ᄉᆞᄒᆞ므로ᄡᅧ 규녀의 몸을 가져 만인 군졸 가온ᄃᆡ 섯기믈 참누(慙 68면 累)로 알고 또 강개격상(慷慨激上)ᄒᆞ여 싀싀녈일ᄒᆞ미 부습(父襲)이 이시므로 화변이 이 디경의 구ᄎᆞ히 살고져 아니 ᄒᆞ여 삼쵼셜인(三寸雪刃)으로ᄡᅧ 가슴을 디ᄅᆞ니 죽으미 반ᄃᆞᆺᄒᆞ고 ᄉᆞᆯ미 어려오ᄃᆡ 창명(蒼明)이 그 디효(至孝)를 감동ᄒᆞ고 하날긔 타난 복녹이 하원(遐遠)ᄒᆞ니 십 셰 젼 참화의 조몰요ᄉᆞ(早沒夭死)ᄒᆞᆯ ᄌᆡ 아니라. 셩명(聖命)이 여러 녀의(女醫)로 ᄒᆞ여곰 힘ᄡᅧ 구호ᄒᆞ여 ᄉᆞᆯ오기를 니ᄅᆞ시고 일월디광(日月之光)이 업더딘 곳의 두로혀샤 문계를 죽이샤미 크게 실덕을 면치 못ᄒᆞ믈 ᄭᆡ다ᄅᆞ샤 복기관작(復其官爵)ᄒᆞ여 치상송념(治喪送殮)의 ᄌᆡ

상디위(宰相之位)를 다ᄒᆞ게 ᄒᆞ시니 굴(屈)ᄒᆞ니 신(伸)ᄒᆞ고 왕(往)ᄒᆞ니 복(復)ᄒᆞ미 하날니라. 보시(普施)ᄒᆞᄂᆞᆫ 되(道) 비록 그 문(門)의 밋디 못ᄒᆞ나 문계공의 일녀(一女) 타인(他人)의 십ᄌᆞ(十子)를 압두(壓頭)홀 ᄇᆡ오 웅ᄋᆡ ᄋᆞ딕 강보(襁褓)의 이셔 양부(養父)의 원ᄉᆞᄒᆞ믈 아디 못ᄒᆞ여 텬도(天道)를 딜(叱)ᄒᆞ여 호원홀 줄을 밋쳐 ᄭᆡ닷디 못ᄒᆞ나

69면

타일의 반ᄃᆞ시 문(門)을 놉히고 후(後)를 빗ᄂᆡ여 계계승승(繼繼承承)홀 ᄇᆡ로ᄃᆡ 숑쳥공[134]의 원앙참ᄉᆞ(寃殃慘死)홈과 문계의 포통죄ᄉᆞ(抱痛罪死)ᄒᆞ미 ᄃᆡ롤 니어시니 탄돌위척(嘆突爲慽)홀 ᄇᆡ라. ᄎᆞ시 모든 녀의(女醫) 졍쇼져를 븟드러 궐외의 집 잡아 구호ᄒᆞ더라.

(책임교주 전진아)

134 숑쳥공: 송청공. 정선. 정한의 삼종제이자 정흠과 정겸의 아버지. 과거 한왕 고구의 모함을 입어 원통하게 죽음.

완월회맹연 玩月會盟宴

권디구 卷之九

ᄎᆞ셜. 모든 녀의(女醫) 졍쇼져[1]를 붓드러 궐외(闕外)의 집 잡아 구호 1면
(救護)ᄒᆞᆯᄉᆡ 맛초아 화도헌[2]의 햐쳐(下處)ᄒᆞᆫ 곳이라. 태의원(太醫院)
약음(藥飮)이 년쇽브졀(連續不絶)ᄒᆞ니 그 ᄉᆡᆼᄉᆞ를 므ᄅᆞ시ᄂᆞᆫ 환ᄌᆡ(宦
者) 니어시니 은영(恩榮)과 셩툥(聖寵)이 죄ᄉᆞᄒᆞᆫ ᄌᆞ의 ᄌᆞ녀 갓ᄐᆞ리
오? 칼이 비록 깁히 딜녀시나 오히려 빗딜녀 요ᄒᆡᆼ(僥倖) 명ᄆᆡᆨ(命脈)
이 긋디 아냐시므로 녀의 등의 의술이 화ᄐᆡ(華陀)와 편작(扁鵲)의 일
ᄂᆔ오 태의원 약음이 녕디(靈芝)와 신초(神草)의 긔이ᄒᆞᆯ 쁜 아니라 화
도헌의 의술이 신긔로오미 이시며 칼흘 ᄲᆡ히고 약이 당졔(當劑)[3]를 일
위니 반일(半日)의 니ᄅᆞ러 회소ᄒᆞ여 인ᄉᆞ를 ᄎᆞᆯ히ᄂᆞᆫ디라. 도헌이 그
어린 나ᄒᆡ 작용을 어히업시 넉이고 문계의 포원참ᄉᆞ(抱冤慘死)ᄒᆞ믈
각골통한(刻骨痛恨)ᄒᆞ여 흉ᄒᆡ젼식(胸骸塡塞)ᄒᆞ믈 니긔디 못ᄒᆞ나 딜
녀(姪女)의 엄엄위위(奄奄危危)ᄒᆞᆫ 경상을 아니 도라보디 못ᄒᆞ여 스
ᄉᆞ로 관인(寬忍)ᄒᆞ믈 위쥬(爲主)ᄒᆞ더니 쇼제 •계오 인ᄉᆞ를 ᄎᆞᆯ히ᄆᆡ 표 2면
슉(表叔)의 옷기ᄉᆞᆯ을 붓들고 ᄋᆡ호망통(哀號忙痛)ᄒᆞ여 긋쳐디ᄂᆞᆫ 소ᄅᆡ
와 ᄉᆡᆨ거디ᄂᆞᆫ 셜우미 능히 바로 보디 못ᄒᆞᆯ디라. 화공이 쇼져의 손을 ᄌᆞᆸ
고 일장(一場)을 대곡(大哭)ᄒᆞ여 크게 블너 왈

"유유창텬(悠悠蒼天)아, ᄎᆞ마 엇디 튱신녈ᄉᆞ(忠臣烈士)를 이ᄃᆡ도록 박히 ᄒᆞ시며 우리 져져(姐姐)의 인ᄌᆞ셩덕(仁慈盛德)으로ᄡᅧ ᄒᆞᆫ 조각 복을 바드미 업고 화얼(禍孽)[4]의 공참(恐慘)ᄒᆞ미 어이 이의 니ᄅᆞ시뇨?

1 졍소져: 정소저. 정흠의 딸 정기염.

2 화도헌: 도헌 화준. 정흠의 부인인 대화부인의 육촌.

3 당졔(當劑): 당제. 어떤 병에 딱 들어맞는 약.

ᄋᆡᄋᆡ통ᄌᆡ(哀哀痛哉)라. 긔염아 네 비록 만흉극통(滿胸極痛)을 ᄡᆞ흘 곳이 업ᄉᆞ나 져져로 ᄒᆞ여곰 붕셩디통(崩城之痛)[5]이 즉ᄌᆡᆨ의 딘(盡)ᄒᆞ실 ᄇᆡ어ᄂᆞᆯ 쏘다시 야곡(夜哭)의 셜우믈[6] 닐위여 상명디통(喪明之痛)을 더으고져 ᄒᆞᄂᆞ냐? 격고등문(擊鼓登聞)ᄒᆞ여 션형(先兄)의 시슈(屍首)ᄅᆞᆯ 온젼이 나오게 ᄒᆞ믄 효도ᄅᆞᆯ 다ᄒᆞ미어니와 칼흘 드러 목숨을 결ᄒᆞ여 죽기ᄅᆞᆯ 홍모(鴻毛)ᄀᆞᆺ치 녁이니 져져ᄅᆞᆯ 촉명(促命)ᄒᆞ미니 실노 블ᄒᆈ(不孝) 비경(非輕)ᄒᆞᆫ디라. 셩은이 고골(枯骨)[7]의 빗기 더으샤 복
3면 기관작(復其官爵)ᄒᆞ시고 치상(治喪)을 ᄌᆡ상녜(宰相禮)로 ᄒᆞ라 ᄒᆞ시니 원슈(怨讐)의 고기ᄅᆞᆯ 먹지 못ᄒᆞ미 한이나 현마 엇디ᄒᆞ리오? 텬야(天也)며 명애(命也)니 오딕 창텬(蒼天)이 브됴(不助)ᄒᆞ시믈 탄ᄒᆞᆯ ᄲᆞᆫ이라. 딜ᄋᆞ(姪兒)ᄂᆞᆫ ᄀᆞᄇᆞ야이 죽을 의ᄉᆞᄅᆞᆯ ᄀᆞᆺ치고 스ᄉᆞ로 몸을 보호ᄒᆞ여 모녜 상의위명(相依爲命)ᄒᆞ미 션형의 듕탁(重托)을 져바리디 아닛ᄂᆞᆫ 작시라. 져져로 니를디라도 구ᄐᆞ여 멸ᄉᆞ(滅私)ᄒᆞ시ᄂᆞᆫ 거시 녈졀(烈節)이 아니오 너의 도리로 닐너도 져져ᄅᆞᆯ 밧드러 션형(先兄)의 향ᄉᆞ(享祀)ᄅᆞᆯ ᄭᅳᆺ디 아닛ᄂᆞᆫ 거시 완젼ᄒᆞᆫ 셩ᄒᆈ 될가 ᄒᆞ노라.”

쇼졔 고디규텬(叩地叫天)ᄒᆞ여[8] ᄋᆡ호슈셩(哀號數聲)의 다시 운졀(殞

4 화얼(禍孽): 화를 끼치는 재앙.

5 붕셩디통(崩城之痛): 붕성지통. 성이 무너질 만큼 큰 슬픔이라는 뜻으로, 남편이 죽은 슬픔을 이르는 말. 여기서는 남편 정흠을 잃은 대화부인의 슬픔을 가리킴.

6 야곡(夜哭)의 셜우믈: 야곡의 설움을. '야곡의 설움'은 자식을 잃은 슬픔을 뜻함. 《공자가어》 〈곡례(曲禮)〉에 "목백(경강의 남편)의 상에는 경강이 낮에만 곡하였고 문백(경강의 아들)의 상에는 밤낮으로 곡하자, 공자께서 '예를 안다'고 하셨다(穆伯之喪 敬姜晝哭 文伯之喪 晝夜哭 孔子曰 知禮矣)."라고 한 것에서 유래.

7 고골(枯骨): 죽은 뒤에 살이 썩어 없어지고 남은 뼈. 여기서는 정흠을 의미.

絶)ᄒᆞ거ᄂᆞᆯ 화공이 황망이 약슈(藥水)ᄅᆞᆯ 드리워 구호ᄒᆞ니 ᄀᆞ장 오ᄅᆡ게 야 경신을 슈습ᄒᆞ여 고흉통디(叩胸痛之)ᄒᆞ거ᄂᆞᆯ 난경[9]이 가ᄉᆞᆷ을 두다려 통곡왈(痛哭曰)

“쇼져야, 부모의 구로디혜(劬勞之惠)와 ᄉᆡᆼ아디은(生我之恩)[10]이라 호텬망극(昊天罔極)이라. 그 갑ᄉᆞ오미 삼년상졔(三年喪制)의 잇거ᄂᆞᆯ 엇디 ᄒᆞᆫ갓 디통(至痛)을 ᄎᆞᆷ디 못ᄒᆞ여 원왕(寃枉)ᄒᆞ신 노야의 초죵디
졀(初終之節)[11]을 블고ᄒᆞ시며 부인의 만졀ᄀᆞᆼ원(萬絶窮怨)과 쳔비극통 4면
(千悲極痛)을 위로치 아니시ᄂᆞ니잇가?”

쇼졔 스ᄉᆞ로 관인금억(寬忍襟抑)고져 ᄒᆞᆫ ᄇᆡ로ᄃᆡ ᄒᆡ음업시 구곡(九曲)이 촌단(寸斷)ᄒᆞ고 흉금이 엄격ᄒᆞ여 슌슌(順順)이 혼도(昏倒)ᄒᆞ미러니 과연 유모의 말 갓ᄐᆞ여 부친의 초죵디졀(初終之節)과 모친 비회ᄅᆞᆯ 위로치 아니치 못ᄒᆞᆯ 고로 ᄒᆞᆫ갓 혈누ᄅᆞᆯ 쓰리며 표슉(表叔)을 향ᄒᆞ여 ᄌᆞ긔ᄅᆞᆯ 운산으로 보ᄂᆡ시믈 쳥ᄒᆞᆫᄃᆡ 화공이 즉시 쇼교ᄅᆞᆯ 어더 난경으로 ᄒᆞ여곰 쇼져ᄅᆞᆯ 뫼셔 가라 ᄒᆞ고 ᄌᆞ긔ᄂᆞᆫ 뒤흘 ᄯᆞ라 운산으로 향ᄒᆞᆯᄉᆡ 텬ᄌᆡ 졍녀(程女)의 ᄉᆡᆼ되(生途) 이시믈 십분 깃그샤 녀의(女醫) 슈인으로 ᄒᆞ여곰 운산가디 ᄯᆞ라 보ᄂᆡ샤 그 상쳐(傷處) 나으믈 보고 오

8 고디규텬(叩地叫天)ᄒᆞ여: 규장각본에는 ‘노긔쥬텬ᄒᆞ여’으로 되어 있음.

9 난경: 정기염의 유모.

10 구로디혜(劬勞之惠)와 ᄉᆡᆼ아디은(生我之恩): 구로지혜와 생아지은. 부모님이 나를 낳고 기르시며 수고한 은혜. 《시경》 〈소아(小雅)〉 ‘료아(蓼莪)’의 “슬프고 슬퍼라 부모님이여, 나를 낳고 기르시느라 수고로우셨다(哀哀父母 生我劬勞).”에서 유래.

11 초죵디졀(初終之節): 초종지절. 초상, 즉 사람이 죽어서 장사 지낼 때까지의 일에 관한 모든 절차.

라 ᄒᆞ시니 텬심이 졍쇼져의 특뉸(特倫)ᄒᆞᆫ 셩효(誠孝)와 위인(爲人)의 탁월(卓越)ᄒᆞ믈 깁히 긔이히 넉이시믈 알니러라. 졍부의 고디극통(苦之極痛)이며 왕젹의 간흉ᄉᆞ얼디ᄉᆡ(奸凶邪孼之事)며 텬ᄌᆞ의 친뎡(親征)ᄒᆞ시ᄂᆞᆫ 여부와 샤딕안위(社稷安危)와 븍젹(北狄)의 작난과 됴어
5면 ᄉᆞ 셰챵의 위쥬튱심(爲主忠心)이 엇더ᄒᆞᆫ고?

시시(是時)의 대화부인이 녀ᄋᆡ 안젼의 업ᄉᆞ믈 괴이히 넉여 좌우다려 브ᄅᆞ라 ᄒᆞ니 일개 쇼ᄎᆞ환(少叉鬟)이 딘젼고왈(進前告曰)

"쇼졔 일이 급ᄒᆞ여 밋쳐 하직디 못ᄒᆞ시고 여ᄎᆞ여ᄎᆞ 혈표(血表)ᄅᆞᆯ 밧드러 셩ᄂᆡ(城內)로 향ᄒᆞ시니이다."

부인이 쳥파의 초삭(憔索)ᄒᆞᆫ 심원(心源)이 낫낫치 긋쳐져 일셩댱통(一聲長慟)의 토혈운절(吐血殞絶)ᄒᆞ니 좌위 황망이 구호ᄒᆞ며 학ᄉᆡ 이에 다ᄃᆞ라ᄂᆞᆫ 긔(欺)이디 못ᄒᆞᆯ디라 크게 우러 ᄀᆞᆯ오ᄃᆡ

"져져야, 문계형이 튱의녈절(忠義烈節)노 몸을 맛ᄎᆞ시니 님위디시(臨危之時)의 한이 깁흐나 녕ᄇᆡᆨ(靈魄)이 비간(比干)[12]의 뒤흘 ᄯᆞ를디라. 유유피창(悠悠彼蒼)[13]이 션형(先兄)을 블우(不佑)ᄒᆞ시나 그 바드미 ᄌᆞ손을 긔필ᄒᆞᆯ ᄌᆡ오 ᄇᆡᆨ일(白日)이 업더딘 곳의 두로혀신즉 ᄉᆞᄌᆡ(死者) 브ᄉᆡᆼ(復生)치 못ᄒᆞ나 ᄉᆡᆼᄌᆡ(生者) 원슈의 고기ᄅᆞᆯ 너흘니니 텬야(天也) 명야(命也)라. 션군ᄌᆞ(先君子)의 뒤흘 ᄯᆞ라 훼샤멸셩(毁私滅性)ᄒᆞ미 구ᄐᆞ여 녈녜(烈女) 아니오 졀뷔(節婦) 아니니이다."

---

12 비간(比干): 중국 하나라 왕 태정(太丁)의 아들이며 주왕(紂王)의 숙부. 주왕의 폭정을 보고 목숨을 걸고 간하다가 죽임을 당함.

13 유유피창(悠悠彼蒼): 머나먼 저 푸른 하늘.

부인이 피발곡용(被髮哭踊)ᄒᆞ여 호텬딜원(呼天疾怨)ᄒᆞᆯᄉᆡ 학ᄉᆞ의 ᄉᆞᄆᆡᄅᆞᆯ ᄌᆞᆸ고 곡셩이 니으락 슺ᄎᆞ락 ᄒᆞ여 ᄀᆞᆯ오ᄃᆡ 6면

"현뎨(賢弟)야, ᄎᆞ하인ᄌᆡ(此何因哉)오? 유유창텬(悠悠蒼天)이 군ᄌᆞᄅᆞᆯ 원ᄉᆞ케 ᄒᆞ시고 엇디 우져(愚姐)의 잔쳔(殘喘)을 멸치 아니시ᄂᆞ뇨? 오호 현뎨야, 군ᄌᆡ 하고하죄(何故何罪)리오?"

언필의 ᄋᆡ호통곡(哀號痛哭)ᄒᆞ며 한노간비(漢奴奸婢)라도 상셔의 디인디덕(至仁至德)을 감은각골(感恩刻骨)ᄒᆞ던 고로 져마다 브ᄅᆞ디져 통도ᄒᆞ미 여상고비(如喪考妣)러라. 학ᄉᆡ 부인의 엄홀(奄忽)ᄒᆞ믈 초민(焦悶)ᄒᆞ여 모든 우룸을 긋치고 져져ᄅᆞᆯ 위로ᄒᆞ여 왈

"ᄉᆞ이디ᄎᆞ(事已至此)ᄒᆞ니 디통(至痛)을 관억ᄒᆞ시고 형의 시톄 나오시기ᄅᆞᆯ 기다려 무ᄉᆞ히 나오시면 이런 만힝(萬幸)이 업ᄉᆞ리이다."

이러틋 쳔만관위(千萬寬慰)ᄒᆞ더니 홀연 문졍(門庭)이 드레며 문계의 표죵(表從)[14] 뉴츄밀이 상셔의 시슈(屍首)ᄅᆞᆯ ᄎᆞᄌᆞ 도라올ᄉᆡ 녀리 시인(市人)이 닷토아 ᄎᆡ여(彩轝)ᄅᆞᆯ 메고 친붕졔위(親朋諸友位) 뒤흘 조ᄎᆞ 운산의 니ᄅᆞ니 딘퇴(進退) ᄎᆞ텬(遮天)ᄒᆞ고 인셩(人聲)이 훤동(喧動)ᄒᆞ며 져마다 상셔의 원앙(寃殃)ᄒᆞ믈 니ᄅᆞ고 쇼져의 셩효(誠孝)ᄅᆞᆯ 칭찬ᄒᆞ여 위비위쳑(爲悲爲慽)ᄒᆞ미 골육상변(骨肉喪變)으로 다ᄅᆞ디 아니터라. 시슈(屍首)ᄅᆞᆯ 븟들고 블승비도(不勝悲悼)ᄒᆞ니 그 친쳑가인(親戚家人)이야 엇디 니ᄅᆞ리오? 학ᄉᆡ 시슈ᄅᆞᆯ 밧드러 고듁헌의 뫼시니 ᄌᆡ비통곡(再拜痛哭)ᄒᆞ여 ᄋᆡ셩이 쳐졀ᄒᆞ니 훈ᄉᆞ의 곡셩이 동구(洞 7면

14 표죵(表從): 표종. 외종사촌.

口)롤 드레ᄂᆞᆫ디라. 이윽고 학ᄉᆡ ᄉᆞᄉᆞ로 딘뎡ᄒᆞ여 뉴츄밀을 도라보아 시싊 무ᄉᆞ히 나온 연고롤 므ᄅᆞ니 뉴공이 긔염쇼져의 혈표로조ᄎᆞ 셩의(聖意) 감동ᄒᆞ심과 ᄌᆞ초디죵을 니ᄅᆞ니 학ᄉᆡ 유녀(幼女)의 작용을 도로혀 이상히 넉이고 긔질픔싊(氣質稟受) 참변요ᄉᆞ(慘變夭死)치 아닐 줄 혜아려 비록 칼히 딜녀도 죽든 아니리라 혜아리더니 ᄆᆡ져(妹姐)긔ᄂᆞᆫ ᄎᆞᄉᆞ롤 긔이고 다만 쇼져의 디셩디효(至誠至孝)로 셩심을 감동ᄒᆞ여 복기관작(復其官爵)ᄒᆞ시며 치상디졀(治喪之節)을 지상녜로 ᄒᆞ라 ᄒᆞ시믈 젼ᄒᆞ여 부인의 ᄋᆡ원ᄒᆞᆫ 심ᄉᆞ롤 일분이나 위로코져 ᄒᆞᄃᆡ 부인
8면 이 공의 뒤흘 ᄯᆞᆯ오고져 ᄒᆞ나 공의 부탁을 ᄎᆞ마 져바리디 못ᄒᆞᆯ 거시오 칠 셰 유녀(幼女)의 고혈(孤孑)을 능히 아니 ᄉᆡᆼ각디 못ᄒᆞ여 칼과 노희명을 결치 못ᄒᆞ고 ᄒᆞᆫ갓 ᄋᆡ호망망(哀呼茫茫)ᄒᆞᄆᆡ 긔력이 엄엄(奄奄)ᄒᆞ여 초상을 브디키 어려온디라. 학ᄉᆡ 블승초조민박(不勝焦燥憫迫)ᄒᆞ여 쳔만관위(千萬寬慰)ᄒᆞ며 양계[15] 등이 먼니 잇고 쳥계[16] 등이 ᄐᆡ향의 잇셔 치상(治喪)의 쥬장ᄒᆞ리 업셔 져졔 ᄒᆞᆫ갓 민흉극통(愍凶極痛)을 안아 초죵디졀(初終之節)을 블고(不顧)ᄒᆞ시미 대의(大義)예 올치 아닌 바롤 고ᄒᆞ여 듁음(粥飮)을 권ᄒᆞ여 일신의 갓브믈 아디 못ᄒᆞ니 화풍이 소삭ᄒᆞ고 옥골(玉骨)이 초븨(憔悴)ᄒᆞᆫ디라. 부인의 디우(智愚)로뼈 ᄉᆞ뎨(舍弟)의 여ᄎᆞᄒᆞ믈 범연(泛然)이 알 ᄇᆡ 아니로ᄃᆡ 텬디극통이 만검(萬劍)이 일신(一身)을 뻐흐ᄂᆞᆫ ᄃᆞᆺ 타ᄉᆞ롤 결을치 못ᄒᆞ니 다만 학ᄉᆞ의 위로ᄒᆞᄂᆞᆫ 말이 피롤 ᄡᅳ리ᄂᆞᆫ ᄃᆞᆺ 가ᄉᆞᆷ을 두다려 왈

---

15 양계: 정겸의 호.

16 청계: 청계. 정잠의 호.

“현뎨야, 우져의 명완극악(命頑極惡)하믈 오히려 아디 못ᄒᆞ리니 과려(過慮)치 말고 치상의 온젼이 ᄒᆞ여 다ᄅᆞᆫ 한이나 업게 ᄒᆞ라.”

이리 니ᄅᆞ며 녀ᄋᆞ의 소식을 몰나 더옥 의려(疑慮)ᄒᆞ더니 날이 져믈 9면
ᄆᆡ 화도헌이 딜녀ᄅᆞᆯ 거ᄂᆞ리고 니ᄅᆞ러 몬져 공의 시상(屍牀)[17]의 곡ᄇᆡ(哭拜)ᄒᆞᆯᄉᆡ 쇼제 면건을 열고 부안(父顔)을 다혀 ᄋᆡᄋᆡ히 야야ᄅᆞᆯ 블너 ᄋᆡ셩이 엄연혼도(奄然昏倒)ᄒᆞ니 도헌이 역시 ᄋᆡ통ᄒᆞ여 긔운이 딘ᄒᆞᆯ ᄃᆞᆺᄒᆞ니 확ᄉᆡ 항망히 딜녀를 안고 형당을 구ᄒᆞᄆᆡ 게오 졍신을 딘뎡ᄒᆞ고 ᄂᆡ헌(內軒)의 드러가 모녀·남ᄆᆡ 상봉ᄒᆞ여 딜텬호원(叱天號冤)ᄒᆞᄂᆞᆫ 우룸이 피ᄎᆞ 말을 일우디 못ᄒᆞ여 읍혈통곡(泣血痛哭)디 아니면 혼도엄읍(昏倒奄泣)이오 졍신을 슈습ᄒᆞ면 고디규텬(叩地叫天)ᄒᆞ여 ᄋᆡ곡(哀哭)ᄒᆞᆯ ᄲᅳᆫ이니 경상의 참담ᄒᆞ미 참블인견(慘不忍見)이로ᄃᆡ 화부인이 녀ᄋᆞ의 상쳐ᄅᆞᆯ 보니 잔인참졀(殘忍慘絶)ᄒᆞ믈 니긔디 못ᄒᆞ며 쇼져ᄂᆞᆫ 모친의 엄엄ᄒᆞ시믈 ᄃᆡᄒᆞ니 ᄌᆞ긔 디통(至痛)을 나ᄂᆞᆫ ᄃᆡ로 못 ᄒᆞ여 관억ᄒᆞ미 만흐니 일노조ᄎᆞ 모녜 상의위명(相依爲命)ᄒᆞ여 디보(支保)ᄒᆞ미 되더라. 화도헌이 쳔비만통(千悲萬痛)을 셔리담아 져져ᄅᆞᆯ 관
위ᄒᆞᄆᆡ 학ᄉᆞ와 뉴츄밀 등으로 더브러 초죵디졀(初終之節)을 상의ᄒᆞᆯ 10면
ᄉᆡ 문계의 친붕제위(親朋諸友) 무고ᄒᆞᆫ ᄌᆞᄂᆞᆫ 다 일제히 니ᄅᆞ러 디졍을 펴고져 ᄒᆞ미 동긔의 감치 아니ᄒᆞᄃᆡ 홀노 태우 당헌이 왕딘의 ᄯᅳᆺ을 일흘가 두려 션태부 문쳥공의 산고ᄒᆡ활디덕(山高海濶之德)을 닛고 문계 등으로 더브러 듁마(竹馬)ᄅᆞᆯ 닛그러 쳥ᄆᆡ(青梅)ᄅᆞᆯ 희롱ᄒᆞ던 깁흔

17 시상(屍牀): 입관하기 전에 시체를 얹어놓는 긴 널.

[18]졍을 져바려 문계의 원앙참ᄉᆞ(冤殃慘死)ᄒᆞ믈 심듕의 일단 참연ᄒᆞᆯ디
언졍 상ᄎᆞ(喪次)의 ᄒᆞᆫ번 님ᄒᆞ미 업ᄉᆞ니 화도헌 곤계와 일셰명ᄂᆔ(一世
名儒) 분완통ᄒᆡ(憤惋痛駭)ᄒᆞ여 졀치욕ᄆᆡ(切齒辱罵)ᄒᆞᄃᆡ 당헌이 젼
일 됴왕모ᄅᆡ(朝往暮來)ᄒᆞ던 협문을 막고 츌입ᄒᆞᄆᆡ 졍부 문젼을 디나
ᄂᆞᆫ 고로 회곡(回曲)히 길흘 에워 단니니 그 ᄒᆡᆼ셰의 니욕(利慾)을 탐ᄒᆞ
ᄂᆞᆫ 비루(鄙陋)ᄒᆞ미 이러ᄒᆞ더라. 샹이 니빈을 다샤(多思)ᄒᆞ샤 친뎡(親
征)ᄒᆞ시ᄂᆞᆫ 바의 조ᄎᆞ ᄒᆡᆼ케 ᄒᆞ시니 니학ᄉᆞᄂᆞᆫ 딜병디여(疾病之餘)의
군샹(君上)의 실덕(失德)ᄒᆞ시믈 아니 간치 못ᄒᆞ여 소표(疏表)ᄅᆞᆯ 올니
11면 미 되엿더니 옥니(獄裏)의 곤(困)ᄒᆞᄆᆡ 그 신긔블평(身氣不平)ᄒᆞ믈 뭇
디 아냐 알더라. 문계의 포통원ᄉᆞ(抱痛冤死)ᄒᆞ미 ᄉᆡᆨ거지고 믜여디ᄂᆞᆫ
ᄃᆞᆺ 앗겨 옥문을 나ᄆᆡ 바로 졍부로 올ᄉᆡ 양한님·셔어ᄉᆞ 등 일반명ᄂᆔ
ᄯᅩᄒᆞᆫ 니어 운산의 니ᄅᆞ니 졍부 샹하의 쳘텬디원(徹天之怨)이 인심을
참연(慘然)케 ᄒᆞ니 ᄒᆡᆼ뇌(行奴)라도 눈믈 나리믈 금치 못ᄒᆞᆯ ᄇᆡ어ᄂᆞᆯ ᄒᆞ
믈며 관포디긔(管鮑知己)[19]의 디음(知音)으로ᄡᅧ 골육동긔 갓튼 ᄋᆞ시고
우(兒時故友)의 졍이리오? 니학ᄉᆞ·양한님 등이 밧비 ᄆᆞᆯ을 나려 졍부
문의 다ᄃᆞ라ᄂᆞᆫ 기리 실셩비호(失聲悲號)ᄒᆞ여 입 가온ᄃᆡ 만ᄇᆡᆨ 두 ᄌᆞ와
문계ᄅᆞᆯ 브ᄅᆞ며 밧비 고듁헌의 드러가니 친븡졔우(親朋諸友) 당헌 일

18 듁마(竹馬)를 닛그러 쳥ᄆᆡ(靑梅)를 희롱ᄒᆞ던 깁흔 정: 대나무 말을 타고 매실을 가지고 놀던 깊은 정. 이백의 〈장간행(長干行)〉에 나오는 "내 머리 이마를 막 덮을 적에 꽃을 꺾으며 문 앞에서 놀았네. 그대는 대나무 말을 타고 와서는 평상을 돌며 매실로 장난쳤지(妾髮初覆額 折花門前劇 郎騎竹馬來 遶床弄靑梅)."라는 구절에서 유래한 말로, 어린 시절에 같이 놀던 깊은 정이라는 뜻.

19 관포디긔(管鮑知己): 관포지기. 춘추시대 관중과 포숙아가 서로를 알아주던 우정.

인 밧근 ᄯᅥ러디니 업시 모혀 화도헌 등으로 더브로 치상(治喪)을 졍셩으로 ᄒᆞᄂᆞᆫ디라. 바야흐로 의금을 졈검ᄒᆞ여 습념(襲殮)코져 ᄒᆞ니 니·양 등이 쎨니 시상(屍牀)의 나아가 면건(面巾)을 여니 심의대ᄃᆡ(深衣大帶)[20]로 놉흔 관을 뎡히 결영(結纓)ᄒᆞ고 긴 팔흘 엄연이 디어시니 슈연(粹然)ᄒᆞᆫ 눈섭과 엄연ᄒᆞᆫ 용홰 오히려 젼연 ᄉᆡᆼ화(生化)ᄒᆞ며 강산슈긔(江山秀氣)와 오악(五嶽)의 뉴동ᄒᆞ믈 거두어 일월의 졍긔 암암히 소셰ᄒᆞᆫ ᄃᆞᆺ 쳥빈이 쇄쇄ᄒᆞ여 츈광이 져므디 아냐 삼십은 죡ᄒᆞ나 ᄉᆞ슌은 밋디 못ᄒᆞ여시ᄆᆡ 실노 긔운이 쇠치 아냣ᄂᆞᆫ디라. ᄉᆞᄒᆡᄅᆞᆯ 딘복(震服)ᄒᆞᆯ ᄆᆞ음과 텬디ᄅᆞᆯ ᄌᆞ부ᄒᆞ던 긔ᄌᆡ로 헛되이 츅굴(逐窟)ᄒᆞ여 원앙이ᄉᆞ(寃殃而死)ᄒᆞ고 함한졀ᄉᆞ(含恨節死)ᄒᆞ여시ᄆᆡ 흉듕의 통분을 ᄲᅡ하 냥목의 혈뉘(血淚) 흘너시니 디긔(知己)의 졍이 골육의 나리디 아니코 셰교의 ᄉᆞ괴미 교칠(膠漆) ᄀᆞᆺᄐᆞ여 쳥ᄆᆡ(靑梅)의 유희ᄂᆞᆫ 앗ᄎᆞᆷ의 디ᄂᆡᆫ 일이오 뉵마ᄅᆞᆯ 닛글믄 어졔 져녁의 긔록ᄒᆞᆫ ᄇᆡ라. 슬프미 구룸 ᄀᆞᆺ고 원억ᄒᆞ미 안개 갓ᄐᆞ여 양한님 등이 문계의 좌슈ᄅᆞᆯ ᄌᆞᆸ고 니학ᄉᆞᄂᆞᆫ 그 우슈ᄅᆞᆯ 잡아 크게 울며 블너 왈 12면

"만ᄇᆡᆨ아, 문계야, 형의 ᄃᆡᆨ졀튱녈(直節忠烈)노 엇디 일됴(一朝)의 아참 니ᄉᆞᆯ이 합연(溘然)ᄒᆞ엿ᄂᆞ뇨? 쇼뎨 니셕보와 양퇴디[21] 군으로 더브러 디긔(知己)의 졍이 골육의 감치 아닌 바로 ᄋᆞ시의 쳥ᄆᆡ와 뉵마로 ᄲᅧ 일일도 상슈(相隨)치 아니미 업고 ᄌᆞ라ᄆᆡ 우락(憂樂)의 셔로 근심 13면

20 심의대ᄃᆡ(深衣大帶): 심의대대. '심의'는 신분이 높은 선비들이 입던 웃옷으로 대개 넓은 소매에 검은 비단으로 가를 두른 흰색의 두루마기 모양. '대대'는 남자의 심의에 띠는 넓은 띠.

21 양퇴디: 양퇴지. '퇴지'는 양선의 호.

ᄒᆞ여 환난의 동고(同苦)코져 ᄒᆞ던 바로 이졔 형이 원앙참ᄉᆞ(寃殃慘死)ᄒᆞᄃᆡ 쇼뎨 등이 능히 구치 못ᄒᆞ고 튱녈신의(忠烈信義)ᄅᆞᆯ 좃디 못ᄒᆞ여 일월디광이 부운의 옹폐ᄒᆞ시믈 인ᄒᆞ여 튱현(忠賢)을 참벌(慘罰)ᄒᆞ샤ᄃᆡ 우흐로 셩쥬의 실덕ᄒᆞ시믈 간치 못ᄒᆞ고 그 아ᄅᆡ로 고우ᄅᆞᆯ 져바려 군이 원앙참ᄉᆞ(寃殃慘死)ᄒᆞᄃᆡ 쇼뎨 등이 영니의 ᄲᅡ히믈 면치 못ᄒᆞ니 구원(九原) 타일(他日)의 므ᄉᆞᆫ 낫ᄎᆞ로 셔로 ᄃᆡᄒᆞ리오? ᄃᆡᆫ실노 ᄉᆡᆼ블여ᄉᆞ(生不如死)ᄅᆞᆯ ᄭᆡ다를디라. 오호 만ᄇᆡᆨ아, 통의 문계야, 군이 명현후예(明賢後裔)로 학도션셰(學道先世)[22]ᄒᆞ고 훈ᄉᆞ현부형(訓師賢父兄)[23]ᄒᆞ여 뉵ᄒᆡᆼ(六行)[24]이 찬연(燦然)ᄒᆞᆷ과 문딜(文質)이 빈빈(彬彬)ᄒᆞ미 셩동디셰(成童之歲)[25]의 농닌(龍麟)을 밧들고 봉익(鳳翼)을 추ᄒᆞ여[26] 이졔 니ᄅᆞ히 문명(文明)이 ᄉᆞ히의 가음열고 덕이 ᄉᆞ류의 낫타나니 거
14면 셰흠숑(擧世欽頌)ᄒᆞ여 녕션대인(令先大人) 숑쳥션ᄉᆡᆼ[27]의 문덕ᄌᆡ예(文德才藝)로 밧디 못ᄒᆞ신 갑흐미 형의 곤계의 온젼ᄒᆞᆯ가 ᄒᆞ엿더니 뉘 도로혀 튱간딕긔(忠諫直氣)로 인ᄒᆞ여 비죄(非罪)로 원앙(寃殃)ᄒᆞᆫ 바ᄅᆞᆯ 긔약(期約)ᄒᆞ여시리오? 창창(蒼蒼)이 무디(無知)ᄒᆞ고 신기(神祇) 망망(茫茫)ᄒᆞ니 복션(福善)의 명응(冥應)[28]이 도상(倒常)ᄒᆞᆫ디라. 졍히 창

22 학도션셰(學道先世): 학도선세. 선세 조상의 도를 배움.

23 훈ᄉᆞ현부형(訓師賢父兄): 훈사현부형. 어진 아버지와 형의 가르침을 받음.

24 뉵ᄒᆡᆼ(六行): 육행. 여섯 가지의 덕행. 효(孝), 우(友), 목(睦), 인(仁), 임(任), 휼(恤)이 해당됨.

25 셩동디셰(成童之歲): 성동지세. '성동'은 열다섯 살이 된 소년을 이르는 말.

26 농닌(龍麟)을 밧들고 봉익(鳳翼)을 추ᄒᆞ여: '용린'과 '봉익'은 천자를 뜻하므로, 과거에 급제하여 관직을 수행했다는 의미.

27 숑쳥션ᄉᆡᆼ: 송청선생. 송청공 정선.

28 명응(冥應): 눈에 보이지 않지만 신령과 부처가 감응하여 이익을 주는 일.

합(闔闔)을 두다려 군의 원앙홈과 블녹(不祿)ᄒᆞ믈 뭇고져 ᄒᆞ나 피창(彼蒼)이 그 말이 업ᄉᆞ니 ᄒᆞᆫ갓 텬도(天道)의 괴이ᄒᆞ믈 탄ᄒᆞ고 슬허ᄒᆞᆯ 쁜이라. 군의 일녀(一女) 타인의 십ᄌᆞ(十子)ᄅᆞᆯ 블워 아닐 ᄇᆡ어니와 엇디 군의 인셩디현(人性之賢)으로 ᄇᆡᆨ도(伯道)의 무ᄌᆞ디탄(無子之嘆)[29]이 잇셔 이ᄡᅵ의 ᄒᆞᆫ낫 ᄋᆞ돌을 두디 못ᄒᆞ고 녕죵시(永終時)의 유ᄌᆞ(孺子)ᄅᆞᆯ 계후(繼後)ᄒᆞ나 명ᄋᆡ(螟兒) 강보(襁褓)의 잇셔 이 민흉을 아디 못ᄒᆞ니 타인 댱셩키ᄅᆞᆯ 기다려 문을 놉히믈 긔약ᄒᆞ나 ᄎᆞ디시(此之時)의 후ᄉᆡ 가히 쳐량치 아니랴? 통ᄌᆡ통ᄌᆡ(痛哉痛哉)! 만ᄇᆡᆨ아, 오호 문계야! 쇼뎨 등의 문ᄌᆡ 박녈용우(薄劣庸愚)ᄒᆞ믈 개연ᄒᆞ여 튱의혈심(忠義血心)으로 위국ᄋᆡ군(爲國愛君)ᄒᆞ여 보샤명눈(保社明倫)코져 ᄒᆞ미 도로혀 셩노(聖怒)ᄅᆞᆯ 촉ᄒᆞ여 나ᄅᆞᆺ 믠 흉젹(凶賊)[30]의 ᄆᆞ음을 맛ᄎᆞ미 되엿ᄂᆞ뇨? 금일 군을 보니 블과 삼ᄉᆞ일의 어이 잠연(潛然)이 누어 ᄒᆞᆫ 소ᄅᆡ 어딘 말노 쇼뎨 등을 ᄀᆞᄅᆞ치미 업ᄂᆞ뇨? 만ᄇᆡᆨ아, 그 알오미 잇ᄂᆞ냐? 쇼뎨 양퇴지ᄂᆞᆫ 피ᄎᆞ ᄌᆞ녀 밧고기ᄅᆞᆯ 언약ᄒᆞ여 인아의 두터오믈 뎡밍ᄒᆞ미 금셕의 구드미 잇더니 군이 어이 ᄉᆞ오ᄌᆡ(四五載) 셰월을 더 누리디 못ᄒᆞ여 혈혈상부(孑孑孀婦)와 고고유녀(孤孤幼女)의 만결궁원(萬結窮

15면

29 ᄇᆡᆨ도(伯道)의 무ᄌᆞ디탄(無子之嘆): 백도의 무자지탄. 백도가 아들을 두지 못한 안타까움이라는 뜻. 백도는 진(晉)나라 하동 태수를 지낸 등유의 자(字). 등유가 석늑 병란 때에 아들과 조카를 데리고 피란하다가 둘을 모두 보호할 수 없게 되자 자기 아들은 버려두어 죽게 하고 먼저 죽은 동생의 아들을 대신 살렸는데, 그 뒤에 끝내 후사를 얻지 못하자 사람들이 안타까워하며 "하늘이 무지해서 백도에게 아들이 없게 했다(皇天無知 使伯道無兒)."라고 탄식했다 함.《진서》〈등유전〉.

30 나ᄅᆞᆺ 믠 흉젹(凶賊): 나룻 민 흉적. '수염이 없는 흉적'이라는 뜻으로, 환관 왕진을 이름.

冤)과 쳔고극통(千苦極痛)을 깃치미 되엿ᄂᆞ뇨? 퇴디 녕쇼져의 금어ᄅᆞᆯ 심장ᄒᆞ여 타일 젹승(赤繩)의 가연(佳緣)을 일워 ᄒᆞᆫ 일이나 형을 져바리디 아니리라."

이러틋 브ᄅᆞ디져 원(冤)ᄒᆞᄂᆞᆫ 소ᄅᆡ와 통(痛)ᄒᆞᄂᆞᆫ 눈믈이 샹쳘운소(上徹雲霄)ᄒᆞ고 하달궁양(下達窮壤)ᄒᆞ니[31] ᄒᆞᆫ가지로 니ᄅᆞᆫ바 셔어ᄉᆞ·도학ᄉᆞ 등 십여 인의 슬허ᄒᆞ미 동긔(同氣)ᄅᆞᆯ 상(喪)ᄒᆞᆷ ᄀᆞᆺ고 화도헌·뉴츄밀 등의 통혹원민(痛酷冤憫)ᄒᆞᄂᆞᆫ 슬프미 더옥 비길 곳이 업ᄉᆞᆫ디라.
16면 니·양 등이 계오 통혹(痛酷)ᄒᆞᆫ 원곡(怨哭)을 긋치고 정신을 슈습ᄒᆞ여 화도헌을 ᄃᆡᄒᆞ여 문계의 디원참ᄉᆞ(至冤慘死)ᄅᆞᆯ 인ᄉᆞᄒᆞ고 치상범ᄇᆡᆨ(治喪凡百)을 므러 ᄒᆞᆫ가디로 숑념(送殮)ᄒᆞ믈 볼ᄉᆡ 양한님이 ᄂᆡ당 시비ᄅᆞᆯ 블너 쇼져의 상쳐ᄅᆞᆯ 뭇고 보호ᄒᆞᆯ 바ᄅᆞᆯ 당부ᄒᆞ고 심니의 참연ᄋᆡ셕(慘然哀惜)ᄒᆞ미 어든 ᄌᆞ부의 더으니 화학ᄉᆞ 등이 그 인현신의(仁賢信義)ᄅᆞᆯ 감격ᄒᆞ더라. 임의 치상이 녜ᄅᆞᆯ 다ᄒᆞ여 입념숑결(入殮送訣)ᄒᆞ미 셩복(成服)을 디ᄂᆡᆯᄉᆡ 공의 표문제인(表門諸人)과 고구친쳑(故舊親戚)이 위ᄒᆞ여 원민통상(冤憫痛傷)ᄒᆞ미 죽어 ᄯᆞᆯ오고져 ᄒᆞ며 화도헌 등의 참참비원(慘慘悲冤)ᄒᆞᆫ 심ᄉᆡ 엇디 동포골육(同胞骨肉)의 감(減)ᄒᆞ미 이시리오마ᄂᆞᆫ 일이 괴이ᄒᆞ고 ᄯᅢᄅᆞᆯ 만나디 못ᄒᆞ미 더옥 망극ᄒᆞ여 졍시 종족은 일 인도 경ᄉᆞ의 머믄 ᄌᆡ 업셔 양계와 의계[32]ᄂᆞᆫ 남월과 강셔의 이셔 민흉(愍凶)과 변상(變狀)을 아디 못ᄒᆞ여 슈족(手足)의 정

---

31 샹쳘운소(上徹雲霄)ᄒᆞ고 하달궁양(下達窮壤)ᄒᆞ니: 위로는 높은 하늘에 닿고, 아래로는 땅끝에 이른다는 뜻.

32 의계: 정염의 호.

과 특우별ᄋᆡ(特憂別哀)ᄅᆞᆯ 베프디 못ᄒᆞ고 쳥계 곤계ᄂᆞᆫ 태향의 이셔 아 17면
딕 흉음(凶音)을 듯디 못ᄒᆞ여시니 디친(至親)의 졍을 베프디 못ᄒᆞ고 그 일뎨(一弟)와 죵형뎨 삼 인이 ᄋᆡ졀ᄒᆞ믈 펴디 못ᄒᆞ니 ᄉᆞᄌᆞ(死者)로 ᄒᆞ여곰 슬픈 한을 먹음고 ᄉᆡᆼᄌᆞ(生者)로 ᄒᆞ여곰 만결궁원(萬結窮冤)과 쳔비참통(千悲慘痛)을 엇디 니길 ᄇᆡ리오? ᄎᆞ시 대화부인과 긔염쇼제 텬디궁극(天地窮極)ᄒᆞᆫ 디원을 셔리담고 혈〃 모녜(子子母女) ᄌᆞ연 상의위명(相依爲命)ᄒᆞ미 되여 임의 셩복(成服)을 디ᄂᆡ고 죠셕증상(朝夕烝嘗)을 밧드러 일월(日月)이 밧고일ᄉᆞ록 호텬디통(呼天之痛)이 궁양망극(穹壤罔極)ᄒᆞ니 이 ᄯᅩ 하날이 ᄉᆞᆯ오려 ᄒᆞ민 줄 알니러라.

쇼화부인과 셔부인이 날이 오랄ᄉᆞ록 슉슉(叔叔)의 원앙(寃殃)ᄒᆞ믈 통졀ᄒᆞ고 화부인 모녀의 위ᄐᆡᄒᆞ믈 초조ᄒᆞ여 낫으로ᄡᅧ 밤을 니어 화부인 침쳐(寢處)ᄅᆞᆯ ᄯᅥ나디 아냐 븟드러 위로ᄒᆞ며 죽음(粥飮)을 권ᄒᆞ여 가ᄌᆞᆨᄒᆞᆫ 졍셩이 시시(時時)의 더ᄒᆞ니 대화부인이 졔ᄉᆞ(娣姒)의 이 갓ᄐᆞ믈 감격디 아니미 아니로ᄃᆡ 듁음이 목을 넘지 못ᄒᆞ여 작슈(勺水)[33]ᄅᆞᆯ
갓가이 아니 ᄒᆞ니 쇼제 ᄯᅩᄒᆞᆫ 먹디 아니ᄒᆞ고 ᄌᆞ디 아니ᄒᆞ여 읍혈호통 18면
(泣血號痛)ᄒᆞᆯ ᄲᅮᆫ이러니 태쥬로좃ᄎᆞ 쳥계공이 흉음을 듯고 창황망극(蒼黃罔極)히 쥬야ᄇᆡ도(晝夜倍道)ᄒᆞ여 경샤(京師) 고ᄐᆡᆨ(古宅)의 니ᄅᆞ러 밋쳐 고듁헌을 드ᄃᆡ디 못ᄒᆞ여 기리 통흉극디ᄒᆞᄆᆡ 흉장이 촌촌(寸寸)이 여졀(如切)ᄒᆞ고 오ᄂᆡ(五內) 여쇄(如碎)ᄒᆞ니 ᄉᆡ로온 눈믈이 참최(斬衰)ᄅᆞᆯ 잠가 ᄒᆞᆫ 거ᄅᆞᆷ의 셰 번 업드ᄅᆞ니 죵ᄌᆡ 븟들며 화도헌 등

33 작슈(勺水): 작수. 한 모금의 물.

이 마조 나와 악슈통곡(握手痛哭)ᄒᆞᆯᄉᆡ 쳐졀ᄋᆡ원(凄切哀怨)ᄒᆞᆫ 소ᄅᆡ 하날을 ᄭᅢ쳐 뫼흘 문흐치고 ᄯᅡ히 ᄲᅴ여지ᄂᆞᆫ ᄃᆞᆺᄒᆞ니 신인이 ᄒᆞᆫ가지로 늣겨 통호ᄒᆞᄂᆞᆫ ᄃᆞᆺ 혼ᄉᆞ(渾舍)[34]의 쳘텬쳘디(徹天徹地)ᄒᆞᄂᆞᆫ 원곡(怨哭)이 일광이 회ᄉᆡᆨ(晦塞)ᄒᆞᆫ디라. 졍쳥계 심담이 쳔븅만녈(千崩萬裂)ᄒᆞ여 밧비 고듁헌의 드러가 눈을 들ᄆᆡ 소쟝이 븟치이ᄂᆞᆫ 곳의 븕은 명졍(銘旌)이 젹막ᄒᆞ고 믁향(墨香)이 웅비ᄒᆞᆫ 바의 거믄 관이 빗겨시니 상탁(床卓)의 ᄌᆞ옥이 버린 다과ᄂᆞᆫ 일믈이 업ᄉᆞ믈 아디 못ᄒᆞ고 원앙(寃

19면 殃)ᄒᆞᆫ 녕빅(靈魄)은 교위(交椅)[35]ᄅᆞᆯ 의디ᄒᆞ여 흰 상ᄌᆡ 빗겨시니 공의 평일 츌눈탁별(出倫卓別)ᄒᆞᆫ 목족ᄋᆡ우디심(睦族愛友之心)으로뼈 죵빅(從伯)의 니ᄅᆞ믈 알딘ᄃᆡ 어이 반기ᄂᆞᆫ 말이 업ᄉᆞ리오마ᄂᆞᆫ 잠잠혈혈(潛潛孑孑)이 디여브디(知與不知)[36]ᄅᆞᆯ 일ᄏᆞ라미 업ᄉᆞ니 유음(幽陰)의 멀미 아니면 엇디 이러ᄒᆞ리오? 쳥계공이 이 경상을 당ᄒᆞ여 삼혼칠빅(三魂七魄)[37]이 표탕(飄蕩)ᄒᆞ여 죵뎨로 더브러 갓치 죽어 졀명ᄒᆞᆯ ᄃᆞᆺ 블승엄호운졀(不勝奄號殞絕)ᄒᆞ여 ᄭᆡ니 문계의 관을 안고 실셩대호(失聲大呼) 왈

"오회(嗚呼)라, 만빅아! 네 엇디 이 경상(景狀)이 되엿ᄂᆞ뇨? 통의비ᄌᆡ(痛矣悲哉)라, 만빅아! 너의 튱녈신의(忠烈信義)와 강개튱딕(慷慨忠

---

34 혼ᄉᆞ(渾舍): 혼사. 온 집안.

35 교위(交椅): 교의. 제사를 지낼 때 신주를 모시는 다리가 긴 의자.

36 디여브디(知與不知): 지여부지. '(정잠이 온 것을) 아는지 모르는지'의 뜻.

37 삼혼칠빅(三魂七魄): 삼혼칠백. 삼혼은 사람의 마음에 있는 세 가지 영혼으로 태광(台光), 상령(爽靈), 유정(幽精)이고, 칠백은 사람의 몸에 있는 일곱 가지 넋으로 시구(尸拘), 복시(伏矢), 작음(雀陰), 탄적(呑賊), 비독(非毒), 제예(除穢), 취폐(臭肺)임. 즉 사람의 정신을 이르는 표현.

直)ᄒᆞ미 어이 도로혀 이 화ᄅᆞᆯ 만나 비죄(非罪)로 원앙(寃殃)ᄒᆞ미 되엿ᄂᆞ뇨? 텬여(天與)아, 딘여(眞與)아, 시여(是與)아? 내 ᄋᆞ이 텬딜(天質)이 인명효우(仁明孝友)ᄒᆞ고 탁초강녈(卓超剛烈)ᄒᆞ여 ᄇᆡᆨᄒᆡᆼ(百行)이 찬연(燦然)ᄒᆞ며 문딜(文質)이 빈빈(彬彬)ᄒᆞ니[38] 디인이 고위ᄒᆞ고 긔졀(氣節)이 항녀(抗厲)ᄒᆞ여 암암히 고인의 됴고디의 거동이 잇고 셰로(世路)의 악착비굴디ᄐᆡ(齷齪卑屈之態) 업시 고시(高柴)[39]ᄅᆞᆯ 암연(諳練)ᄒᆞ고 셰무(世務)ᄅᆞᆯ 빙통(旁通)ᄒᆞ여[40] ᄉᆞ문(斯文)의 긔틀을 믁논ᄒᆞ며 시비의 거울이 졍쵹ᄒᆞ여 튱간(忠諫)을 ᄌᆞ임(自任)ᄒᆞ미 스ᄉᆞ로 알고 범ᄒᆞ여 화ᄅᆞᆯ 바다 삼십을 계오 디나며 원앙(寃殃)ᄒᆞ믈 즐겨 나아가니 튱(忠)으로ᄡᅧ 몸을 맛ᄎᆞ미 농방(龍逢)·비간(比干)의 뒤흘 ᄯᆞ로려니와 신후(身後)ᄅᆞᆯ 도라보건ᄃᆡ ᄒᆞᆫ 일 일ᄏᆞᄅᆞ며 위로ᄒᆞᆯ 길히 업ᄉᆞ니 내 ᄋᆞ의 어딘 덕으로ᄡᅧ 엇디 그 슈(壽)ᄅᆞᆯ 누리디 못ᄒᆞᆷ과 복을 밧디 못ᄒᆞ미 이 디경의 밋ᄎᆞ뇨? 통의통ᄌᆡ(痛矣痛哉)라, 하날이 디공무ᄉᆞ(至公無私)ᄒᆞ시ᄃᆡ 내 ᄋᆞ의 어딘 덕으로ᄡᅧ 엇디 특화참벌(特禍慘罰)ᄒᆞ시리오? 아니 문운(門運)의 망극ᄒᆞ믈 인ᄒᆞ미냐 만나믈 그ᄅᆞᆺᄒᆞ미냐? 알과라, 오문(吾門)이 ᄌᆞ로 블힝ᄒᆞᆫ 시졀을 만나 계부대인이 흉얼(凶孼)의 독슈(毒手)로ᄡᅧ 참화ᄅᆞᆯ 바드샤 츈츄 삼팔(三八)을 디나디 못ᄒᆞ샤 포통원앙(抱痛寃殃)ᄒᆞ시니 하날이 박ᄒᆞ미 아니리오? 계부대인은 오

20면

38 문딜(文質)이 빈빈(彬彬)ᄒᆞ니: '문질빈빈'은 무늬와 바탕이 빛난다는 뜻으로, 형식과 내용이 잘 어우러져 조화로운 글 또는 성품과 몸가짐이 모두 바른 사람을 비유하는 말.

39 고시(高柴): 고시의 자는 자고(子羔). 공자의 제자 중 한 사람으로 키가 5척에도 미치지 못할 정도로 작고 못생겼지만 공자가 우직하고 성실하다고 평가함.

40 방통(旁通)ᄒᆞ여: 방통하다. 자세하고 분명하게 알다.

히려 현뎨 갓ᄐᆞᆫ 냥개 옥윤(玉胤)을 두신 ᄇᆡ니 후ᄉᆡ 빗나다 ᄒᆞ던 거시
21면 어니와 현뎨ᄂᆞᆫ 져 강보히ᄌᆞ(襁褓孩子)의게 후ᄉᆞᄅᆞᆯ 젼ᄒᆞ고 혈혈 일 쇼녀의 셩인(成人)ᄒᆞᆷ도 밋쳐 보디 못ᄒᆞ니 져 쥬곡(晝哭)[41]의 만결궁원(萬結窮冤)과 쳔고극통(千苦極痛)을 므어ᄉᆞ로뼈 위로ᄒᆞ리오? 오호 참의(慘矣)라, 한식졀향(寒食節享)[42]을 인ᄒᆞ여 니ᄅᆞ러 일슌(一旬)을 ᄒᆞᆫ가디로 디ᄂᆡ고 도라갈 ᄣᆡ 언ᄉᆡ 쳐졀비만ᄒᆞ니 인심이 디령인 고로 현뎨 본ᄃᆡ 오날놀을 모로디 아니ᄒᆞ기로뼈 우형은 뼈곰 그러치 아니타 ᄒᆞ엿더니 일월이 되디 못ᄒᆞ여 믄득 ᄒᆞᆫ 쟝 글을 더져 죽으ᄆᆡ 나아가믈 닐너시니 보기ᄅᆞᆯ 다 못 ᄒᆞ여 혼ᄇᆡᆨ(魂魄)이 경월(驚越)ᄒᆞ고 심원(心源)이 여촌(如忖)ᄒᆞ나 내 일즉 니ᄅᆞᆫ들 엇디 ᄋᆞ의 화ᄅᆞᆯ 건디며 ᄯᅩ 엇디 텬위(天威)ᄅᆞᆯ 늣추리오마ᄂᆞᆫ 화의 나아가디 아냐셔 면결ᄒᆞᆯ ᄯᅳᆺ이 급ᄒᆞᄃᆡ 도뢰 요원(遼遠)ᄒᆞ믈 인ᄒᆞ여 나라와 ᄋᆞ을 보디 못ᄒᆞ고 ᄒᆞᆫ갓 결셔ᄅᆞᆯ 븟들고 피ᄅᆞᆯ 흘니고 고흉(叩胸)ᄒᆞ연 디 일일이 못 ᄒᆞ여 홀연 흉음을 젼ᄒᆞᆯ ᄌᆡ 이시니 통ᄌᆡ라. 딘야(眞也)아, 몽야(夢也)아, 내 오히려 황당
22면 ᄒᆞ여 허언(虛言)인 ᄃᆞᆺ 창망(悵惘)ᄒᆞ여[43] 사ᄅᆞᆷ이 쇽이ᄂᆞᆫ ᄃᆞᆺ 밋디 못ᄒᆞᄃᆡ 일슈(日數)ᄅᆞᆯ 보건ᄃᆡ 현뎨의 고결셔ᄅᆞᆯ 보ᄂᆡᆫ 삼 일 후의 니발승도(離發乘道)ᄒᆞᆫ ᄌᆡ ᄒᆞᆫ날의 다ᄃᆞ라 시ᄀᆡᆨ의 션휘(先後) 이시나 통혹(痛酷)ᄒᆞ며 호원ᄒᆞᄂᆞᆫ 가온ᄃᆡ ᄌᆞ위의 과상ᄒᆞ시믄 더옥 극ᄒᆞ시니 우리 므ᄉᆞᆫ 말

---

41 쥬곡(晝哭): 주곡. 낮에 곡하는 것으로, 남편의 죽음을 슬퍼한다는 의미. 춘추시대에 경강이 남편 목백의 상을 당해서는 낮에만 곡을 하고, 아들 문백의 상을 당해서는 주야로 곡을 했는데, 공자가 이를 두고 예(禮)를 안다고 평함.

42 한식졀향(寒食節享): 한식절향. 한식날 제사 지내는 것.

43 창망(悵惘)ᄒᆞ여: 창망하다. 근심과 걱정으로 경황이 없다.

노뼈 관위ᄒᆞ오리오? 오호 현뎨야, 강보(襁褓)를 면치 못ᄒᆞ여셔 계부뫼(季父母) 년셰(連逝)ᄒᆞ시니 션군(先君)이 참연년셕(慘然憐惜)ᄒᆞ샤 귀듕과ᄋᆡ(貴重過愛)ᄒᆞ샤미 딘실노 아등(我等)의 더ᄋᆞ실 ᄲᅳᆫ 아니라 ᄌᆞ위 현뎨 등을 ᄋᆞ시(兒時)의 포휵(抱畜)ᄒᆞ시고 ᄌᆞ라미 무ᄋᆡᄒᆞ샤 모ᄌᆞ의 감치 아니미 이시니 현뎨 상시 효딜(孝姪) 되기롤 면치 아닐너니 아이 이ᄯᅴ의 다ᄃᆞ라 무궁ᄒᆞᆫ 통할(痛割)ᄒᆞ믈 닐위여 ᄌᆞ위로 ᄒᆞ여곰 너롤 우ᄅᆞ시ᄂᆞᆫ 눈믈이 피롤 화ᄒᆞ시게 ᄒᆞᄂᆞ뇨? 오호 현뎨야, 통의만빅아, 네 명이 어이 그ᄃᆡ도록 박ᄒᆞ고 궁ᄒᆞ뇨? 네 본ᄃᆡ 우ᄋᆡ돈목(友愛敦睦)이 탁월ᄒᆞ여 날 알오믈 동포(同胞)와 호발(毫髮)도 다ᄅᆞ디 아니터니 내 이졔 니ᄅᆞᄆᆡ ᄋᆞ이 ᄒᆞᆫ 말 반기믈 펴디 아냐 내 너롤 위ᄒᆞ여 쥬야블분(晝夜不分)ᄒᆞ고 창황망극(蒼黃罔極)히 니ᄅᆞᆫ 졍을 도라보디 아니ᄒᆞᄂᆞ뇨? 딘실노 알오미 이실진ᄃᆡ 이러ᄐᆺ 잠잠쳘쳘ᄒᆞ랴? 현뎨야, 내 와시믈 아ᄂᆞᆫ다? 통지라, 슈빅이 남월노조ᄎᆞ 도라온들 안항(雁行)의 머리롤 일허 외로온 그림ᄌᆡ 궁텬극디(窮天極地)ᄒᆞᆫ 통원을 픔어 스ᄉᆞ로 죽어 ᄯᆞ로고져 ᄒᆞ리니 현뎨의 디셩디우(至誠之友)로 엇디 ᄒᆞᆫ ᄋᆞ의 졍ᄉᆞ롤 도라보디 아니미 이 갓ᄐᆞ뇨? 비ᄌᆡ(悲哉)라, 우형이 너롤 갑흘 거시 업ᄉᆞ니 힝혀 현뎨 웅ᄋᆞ로뼈 후ᄉᆞ롤 탁ᄒᆞ미 잇ᄂᆞᆫ디라. 힘뼈 무양(撫養)ᄒᆞ여 원앙(寃殃)ᄒᆞᆫ 후롤 빗ᄂᆡ고 슈시(嫂氏)롤 관위ᄒᆞ며 딜녀롤 보호ᄒᆞ여 ᄒᆞᆫ 일이나 너의 바람과 고결셔의 븟친 바롤 져바리지 말고져 ᄒᆞ나 ᄯᅳᆺ 갓기롤 바라리오?"

이러ᄐᆺ 빅 번 브ᄅᆞ고 만 번 두다려 슬피 통곡ᄒᆞ니 원ᄒᆞᄂᆞᆫ 소ᄅᆡ 분개ᄒᆞ여 ᄭᅳᆺ쳐디ᄆᆡ 통ᄒᆞᄂᆞᆫ 눈믈이 피롤 화ᄒᆞ니 엄홀ᄒᆞ여 막히ᄂᆞᆫ디라. 좌위 호텬극통(呼天極痛)ᄒᆞ여 죽어 슬픔과 원억ᄒᆞ믈 닛고져 ᄒᆞ니 일식이

기울기의 니ᄅᆞ도록 우ᄅᆞᆷ을 긋치디 못ᄒᆞ다가 니학ᄉᆡ 청계의 손을 잡아 니ᄅᆞ혀 ᄀᆞᆯ오ᄃᆡ

"만ᄇᆡᆨ의 원앙(寃殃)ᄒᆞᆷ과 화벌(禍罰)이 엇디 죽어 좃고져 아니리오마ᄂᆞᆫ 이 ᄯᅩ 텬야(天也) 명야(命也)니 길흉화복(吉凶禍福)을 인녁으로 ᄒᆞᆯ ᄇᆡ 아니라. 문계 궁험(窮險)ᄒᆞ나 그 죽으미 간관녈ᄉᆞ(諫官烈士)의 풍을 다ᄒᆞ여시니 아ᄅᆞᆷ다온 일홈이 만ᄃᆡ의 뉴젼ᄒᆞ리니 형은 무익디통(無益之痛)을 긋치라."

청계 쳔만강인(千萬强忍)ᄒᆞ여 니러나ᄆᆡ 니·양 등이 졍쇼져의 젼후ᄉᆞᄅᆞᆯ 니ᄅᆞ니 청계 계오 슈어(數語)ᄅᆞᆯ ᄃᆡ(對)ᄒᆞ고 ᄂᆡ당(內堂)의 드러와 슈슉과 슉딜이 됴상(弔喪)ᄒᆞᆯᄉᆡ 화부인 모녀의 극디지통(極至之痛)이 어ᄃᆡ 비ᄒᆞ리오? 청계공이 딜녀ᄅᆞᆯ 어로만져 뉴쳬왈(流涕曰)

"죵뎨의 젹심튱녈(赤心忠烈)이 도로혀 신샹의 화ᄅᆞᆯ 바다 흉당의 잡히미 될 바ᄂᆞᆫ 션군ᄌᆡ시(先君在時)의 그윽이 념녀ᄒᆞ시던 ᄇᆡ어니와 엇디 흉홰(凶禍) 이ᄃᆡ도록 ᄲᆞᄅᆞ믈 ᄉᆡᆼ각ᄒᆞ여시리잇고? 존슈(尊嫂)의 궁원은 니ᄅᆞ도 말고 ᄌᆞ위 일노ᄲᅧ 상도ᄒᆞ시미 디통(至痛) 가온ᄃᆡ 더으샤 침식을 폐ᄒᆞ시니 거츄(去秋) 후로 더옥 긔력이 엄엄ᄒᆞ시거ᄂᆞᆯ 죵뎨의 흉음이 니ᄅᆞ므로조ᄎᆞ 통혹상회(痛酷傷懷)ᄒᆞ시미 ᄌᆞ못 과도ᄒᆞ실 ᄲᅮᆫ 아니라 죄ᄉᆡᆼ(罪生)이 하ᄃᆡᆨ을 고ᄒᆞᆯ ᄊᆡ의 쳔만당부(千萬當付)ᄒᆞ시ᄂᆞᆫ 말ᄉᆞᆷ이 ᄋᆞ의 녕구ᄅᆞᆯ 븟들고 존슈ᄅᆞᆯ 위회ᄒᆞ여 태향의 도라와 ᄇᆡ(夫) 비록 원ᄉᆞ(冤死)ᄒᆞ나 쳬ᄉᆞ(逮事)[44]라 딜과 며ᄂᆞ리ᄅᆞᆯ ᄃᆡ케 ᄒᆞ라 ᄒᆞ시니

25면

44 쳬ᄉᆞ(逮事): 체사. 선왕이나 조상이 살아 있을 때 그를 뵙거나 섬기는 것. 여기서는 살아서 서로 만나보는 것을 뜻함.

참연ᄋᆡ상(慘然哀傷)ᄒᆞ시ᄂᆞᆫ 가온ᄃᆡ 존슈ᄅᆞᆯ 기다리시미 졀ᄒᆞ실디라. 슈쉬 셩심인회(誠心仁孝) 탁아ᄒᆞ시므로 ᄌᆞ위ᄅᆞᆯ 의앙(依仰)ᄒᆞ시미 고부(姑婦)의 졍으로 다ᄅᆞ디 아니시던 ᄇᆡ니 여러 가지 ᄉᆞ셰 경져(京邸)의 홀노 머므디 못ᄒᆞ실디라. 향니(鄕里)의 도라가 상의(相依)ᄒᆞ여 일월(日月)을 보ᄂᆡ미 올흘가 ᄒᆞᄂᆞ이다."

부인이 읍혈호통(泣血號痛)ᄒᆞᆯ 쁜이오 능히 말을 못 ᄒᆞ나 셔부인이 쇼 26면
화시로 더브러 경뎨(京邸)의 머믈 ᄯᅳᆺ이 업ᄉᆞ믈 일ᄏᆞᆺ고 ᄒᆞᆫ가디로 하향ᄒᆞ믈 쳥ᄒᆞ며 금ᄎᆞ 상변(喪變)의 원혹통만(冤酷痛懣)ᄒᆞᆷ과 닌셩 등 형뎨와 월염·여교의 거쳐존망(去處存亡)을 모로미 참연통졀(慘然痛切)ᄒᆞ믈 베퍼 이윽이 비회ᄅᆞᆯ 열ᄉᆡ 됴어ᄉᆞ의 슈형(受刑)ᄒᆞ고 만니위디(萬里危地)의 찬츌(竄黜)ᄒᆞᆫ 바의 다ᄃᆞ라ᄂᆞᆫ 쳥계 도로혀 슬허 아냐 ᄀᆞᆯ오ᄃᆡ

"됴ᄌᆞᄂᆞᆫ 슈화(水火)의 잠겨도 셩명은 위ᄐᆡ치 아니ᄒᆞ리니 참형여ᄉᆡᆼ(慘刑餘生)이 만니위디의 안치(安置)ᄒᆞ미 쳥문(聽聞)의 놀나오나 죄ᄉᆡᆼ의 당ᄒᆞᆫ 바 층쳡ᄒᆞᆫ 디통(至痛)과 목금화변(目今禍變)이 됴ᄌᆞ의 찬젹(竄謫)을 결을ᄒᆞ여 ᄉᆡᆼ각디 못ᄒᆞ고 상무숙의 젼니(田里)의 ᄂᆡ치믈 ᄯᅩ 념녀치 못ᄒᆞ리로소이다."

원ᄂᆡ 뎡국공 상공이 슈월 젼의 텬노(天怒)ᄅᆞᆯ 만나 향니(鄕里)로 도라갓더라. 쳥계 좌우ᄅᆞᆯ 명ᄒᆞ여 듁음을 가져와 뎔녀ᄅᆞᆯ 권ᄒᆞ며 ᄡᅳ다ᄃᆞᆷ아 혈누ᄅᆞᆯ 드리워 ᄀᆞᆯ오ᄃᆡ 27면

"내 비록 네 아비로 죵형뎨나 그 졍이 친동긔의 더으미 이시니 너ᄂᆞᆫ 내 ᄯᆞᆯ이오 내 ᄋᆞᄃᆞᆯ은 여부디ᄌᆡ(汝父之子)라. 유녜(幼女) 날 보믈 네 아비와 달니 말나."

인ᄒᆞ여 셔부인을 도라보아 ᄀᆞᆯ오ᄃᆡ

"현ᄆᆡ(賢妹) 셩픔이 대쳬ᄒᆞ여 죵요롭디 못ᄒᆞᆫ디라. 슈슈의 위ᄐᆡᄒᆞ시믈 능히 잘 구호치 못ᄒᆞ리니 모로미 쥬야 ᄆᆞ음을 노치 말나."

셔부인이 화부인의 작슈(勺水)ᄅᆞᆯ 갓가이 아니 ᄒᆞ믈 젼ᄒᆞ고 탄ᄒᆞ여 왈

"쇼ᄆᆡ의 완둔(頑鈍)ᄒᆞᆷ과 셩졍의 쳔박ᄒᆞ미 져져의 디통을 위회ᄒᆞᆯ 도리 업ᄉᆞ니 밧비 태향의 도라가 ᄇᆡᆨ모 겻ᄐᆡ 이셔 져져ᄅᆞᆯ 구호코져 ᄒᆞᄂᆞ이다."

공이 대화부인긔 말ᄉᆞᆷ을 나와 디통을 관억ᄒᆞ고 듁음을 므니치디 말믈 쳥ᄒᆞᆯᄉᆡ 녜되(禮道) 삼엄ᄒᆞᆫ 가온ᄃᆡ도 관인돈후(寬仁敦厚)ᄒᆞ며 극딘홍혜(極盡弘惠)ᄒᆞ여 어딘 말ᄉᆞᆷ과 덕 된 거동이 인심을 감동ᄒᆞᆯ ᄲᅮᆫ 아니
28면 라 집상과훼(執喪過毁)ᄒᆞ여 멸셩(滅性)ᄒᆞ미 갓갑고 ᄇᆡᆨ통(百痛)이 구비(具備)ᄒᆞ며 참한(慘恨)이 만결(萬結)ᄒᆞ여 일월 갓ᄐᆞᆫ 봉안이 환탈(換脫)ᄒᆞ니 흰 옥이 바아디며 ᄆᆞᆰ은 어롬이 녹아디ᄂᆞᆫ ᄃᆞᆺ 실노 뼈 위ᄐᆡᄒᆞ미 됴셕의 엄엄ᄒᆞ니 그 일ᄆᆡᆨ이 ᄭᅳᆺ디 아냐시므로 능히 언어ᄅᆞᆯ 통하고 셰샹ᄉᆞᄅᆞᆯ ᄭᆡ쳐 괴로이 쳔비억슈(千悲億愁)ᄅᆞᆯ 시러시나 ᄒᆞᆫ번 업더진즉 다시 니디 못ᄒᆞᆯ ᄃᆞᆺ 보ᄆᆡ 두리오미 극ᄒᆞ니 셔·화 이 부인이 그윽이 근심ᄒᆞ고 더옥 놀나며 대화부인이 이 가온ᄃᆡ도 슉슉의 위ᄐᆡᄒᆞ믈 두리고 미셰ᄒᆞᆫ 일의 그 비회ᄅᆞᆯ 돕디 말고져 ᄒᆞ여 이날브터 두어 술 듁음을 나오미 잇더라. 상셔공이 밧긔 나와 화도헌 등으로 더브러 의논ᄒᆞ여 녕구(靈柩)ᄅᆞᆯ 븟드러 태쥬로 향ᄒᆞᆯᄉᆡ 날을 뎡ᄒᆞ고 녯집을 둘너보ᄆᆡ 심원(心源)이 ᄉᆡ로이 통할(痛割)ᄒᆞ여 문계의 관을 어로만져 읍혈
29면 통호(泣血痛呼)ᄒᆞ더니 화학ᄉᆡ 홀연 분개ᄒᆞᆫ 소ᄅᆡ로 닐오ᄃᆡ

"쇼뎨 문계형의 화변 후로 졍신이 쇼무ᄒᆞ여 향ᄀᆡᆨ디ᄉᆞ(向刻之事)라도

니ᄌᆞ미 되ᄂᆞᆫ 고로 ᄇᆡ은망덕(背恩忘德)ᄒᆞᆫ 츄셰니욕(趨勢利慾)[45]의 무거블측(無據不測)ᄒᆞᆫ 당헌 흉인의 소ᄒᆡᆼ을 즉시 젼치 못ᄒᆞ과라.”

인ᄒᆞ여 상셔ᄅᆞᆯ 닛글고 나와 당헌이 졍부로 통ᄒᆞᆫ 협문을 막고 ᄯᅩ 길흘 에워 졍부 문을 디나지 아니홈과 왕딘의게 온가디로 쳠요(諂妖)ᄒᆞ여 부귀ᄅᆞᆯ 도모ᄒᆞ고 현ᄌᆞ(賢者)의 망ᄒᆞ믈 달게 넉여 됴위(吊慰)치 아니ᄒᆞ믈 젼ᄒᆞ니 쳥계 구ᄐᆞ여 분ᄒᆞ여 ᄒᆞ며 ᄒᆡ연ᄒᆞᆫ ᄉᆞ식이 업셔 믁연이 말을 아니 ᄒᆞ더니 화도헌이 ᄯᅩᄒᆞᆫ 한ᄒᆞᄂᆞᆫ 말을 긋디 아니ᄒᆞ니 쳥계 날호여 ᄀᆞᆯ오ᄃᆡ

“명공 등은 셰쇽의 버셔나미 묘연고디(渺然高志)ᄒᆞᄆᆡ 사ᄅᆞᆷ 칙망이 도로혀 과도ᄒᆞᄆᆡ 잇도다. 당후ᄇᆡᆨ이 픔되(稟度) 허박(虛薄)ᄒᆞ여[46] 본ᄃᆡ 쳘셕심장(鐵石心腸)[47]이 아니니 환관을 믜이ᄆᆡᄂᆞᆫ 죵데의 화ᄅᆞᆯ 바들디라. 제 본ᄃᆡ 고로여ᄉᆡᆼ(孤露餘生)[48]이라 샹션부모(上鮮父母)ᄒᆞ고 하션형뎨 30면 (下鮮兄弟)ᄒᆞ여 녕졍일신(零丁一身)이 텬디간궁민(天地間窮民)을

45 츄셰니욕(趨勢利慾): 추세이욕. 세력에 붙어 따르며 사사로운 이익을 탐내는 모양.

46 허박(虛薄)ᄒᆞ여: 허박하다. 힘이나 기운이 없고 약하다.

47 쳘셕심장(鐵石心腸): 철석심장. 쇠나 돌과 같은 마음이라는 뜻으로, 본디 견강하고 깨끗한 지조를 형용한 말. 당 현종 때의 현상(賢相)으로 광평군공에 봉해진 송경이 일찍이 〈매화부〉를 지었는데, 뒤에 시인 피일휴가 자기 〈도화부서(桃花賦序)〉에서 송경의 〈매화부〉를 들어 말하기를, “내가 일찍이 재상 송 광평의 바르고 강직한 자질을 사모해 왔으니, 그의 철석같은 심장으로는 아마도 유순하고 애교 넘치는 말을 토해낼 줄 모르리라고 여겼었는데, 그의 글을 보다가 〈매화부〉가 있어 보니, 말이 통창하고도 풍부하고 화려하여 남조의 서유체를 꼭 닮아서, 그 사람됨과는 아주 달라 보였다(余嘗慕宋廣平之爲相 貞姿勁質 剛態毅狀 疑其鐵腸與石心 不解吐婉媚辭 然覩其文 而有梅花賦 淸便富艶 得南朝徐庾體 殊不類其爲人也).”라고 한 것에서 유래.

48 고로여ᄉᆡᆼ(孤露餘生): 고로여생. 어릴 때 부모를 여읜 사람.

면치 못ᄒᆞᆯ ᄇᆡ로ᄃᆡ 힝혀 일ᄌᆞᆨ 등양(騰揚)ᄒᆞ믈 인ᄒᆞ여 ᄌᆞ최 농누(龍樓)ᄅᆞᆯ 출입ᄒᆞ여 작위(爵位) 쳥현(淸顯)ᄒᆞ나 이 시졀을 당ᄒᆞ여 셔어히 고격ᄒᆞᆫ 의논을 ᄒᆞ여 화망의 ᄉᆡᆼ딘 ᄌᆞᄅᆞᆯ 븟드ᄂᆞᆫ 쳬ᄒᆞ여ᄂᆞᆫ 왕딘 흉젹의 독슈(毒手)ᄅᆞᆯ 버셔날 길히 업고 만일 화의 ᄉᆡᆼ딘ᄌᆞᆨ ᄒᆞᆫ 사ᄅᆞᆷ이 위ᄒᆞ여 구ᄒᆞᆯ ᄌᆡ 잇디 아니ᄒᆞ니 죽으미 창승의 스러디므로 일반이오 당시 후ᄉᆡ 복멸ᄒᆞ리니 그 가히 위ᄐᆡ롭디 아니ᄒᆞ랴? 졔 비록 튱의로 닙졀(立節)의 ᄉᆞᄒᆞ나 농방(龍逄)·비간(比干)의 만ᄃᆡᄅᆞᆯ 뉴젼ᄒᆞ고 놉흔 일홈을 ᄡᆞ로디 못ᄒᆞᆯ ᄇᆡ오 부귀ᄅᆞᆯ 탐ᄒᆞ여도 궁측ᄒᆞᆫ 형셰의 면치 못ᄒᆞ미니 깁히 허믈을 삼아 ᄭᅮ디ᄌᆞᆯ 거시 아니니 다시 니ᄅᆞ디 말나.”

니학ᄉᆡ 탄왈(歎曰)

“형언(兄言)이 졍합뎨의(正合弟意)라. 친붕고귀(親朋故舊) 다 ᄒᆞᆫ가지
31면 로 후ᄇᆡᆨ을 죽일 놈 벼ᄅᆞ듯 ᄒᆞ나 쇼뎨 홀노 ᄎᆡᆨ망치 아니ᄒᆞ노라.”

양한님이 ᄀᆞᆯ오ᄃᆡ

“사ᄅᆞᆷ이 남을 ᄎᆡᆨ망ᄒᆞ미 인니(人理)의 당연ᄒᆞᆫ 거ᄉᆞ로 니ᄅᆞ거ᄂᆞᆯ 쳥계형과 셕보ᄂᆞᆫ 댱헌을 ᄒᆞᆫ낫 즘ᄉᆡᆼ으로 아라 ᄎᆡᆨ망치 아니ᄒᆞ니 헌의게ᄂᆞᆫ 뇌잔(賴殘)ᄒᆞ미[49] 우리 ᄎᆡᆨ망ᄒᆞᆷ만 ᄀᆞᆺ디 못ᄒᆞᆫ가 ᄒᆞ노라.”

니학ᄉᆡ 왈

“므ᄉᆞ 일 그러ᄒᆞ리오? 더져두어 시비치 아니미 올흐니라.”

이러틋 답논ᄒᆞ여 밤이 깁흐ᄆᆡ 모다 침소의 나아가고져 ᄒᆞᄃᆡ 쳥계 통졀ᄒᆞᆫ 심회ᄅᆞᆯ 금치 못ᄒᆞ여 문계의 관을 어로만져 기리 호통ᄒᆞ여 망망

49 뇌잔(賴殘)ᄒᆞ미: 뇌잔하다. 문맥상 ‘내버려두다’의 뜻으로 추정.

이 유음(幽陰)이 멀믈 일ᄏᆞ라 원곡(怨哭)이 긋치디 못ᄒᆞ고 니학ᄉᆞ·양한님·화도헌 등이 휘루비읍(揮淚悲泣)이로ᄃᆡ 화학ᄉᆞᄂᆞᆫ 잠간 여측(如厠)고져 ᄒᆞ여 나오더니 홀연 눈을 드러 보ᄆᆡ 셧녁 장원을 넘ᄂᆞᆫ ᄌᆡ 잇거ᄂᆞᆯ 비록 얼골을 보디 못ᄒᆞ나 영달ᄒᆞᆫ 심졍이 발셔 디긔(知機)ᄒᆞ고 ᄒᆡ연분만(駭然憤懣)ᄒᆞ믈 니긔디 못ᄒᆞ여 겻ᄐᆡ 측목(側木)을 밧드럿ᄂᆞᆫ 동ᄌᆞᄅᆞᆯ 명ᄒᆞ여 져 월장(越墻)ᄒᆞᄂᆞᆫ 놈을 여ᄎᆞ여ᄎᆞ 결박ᄒᆞ여 마이 쇽이라 ᄒᆞ니 이 노ᄌᆞ 경산은 문계의 골경디신(骨鯁之臣)이라. 쥬군의 원앙(寃殃)을 쳘텬비원(徹天悲寃)ᄒᆞ고 변고의 뭇디 아닛ᄂᆞᆫ ᄌᆞᄅᆞᆯ 졀치교아(切齒咬牙)ᄒᆞ미 잇거니와 화학ᄉᆞ의 명ᄒᆞ믈 밧드디 아니리오? 나ᄂᆞᆫ ᄃᆞ시 셔장하의 나아가 허리의 ᄭᅳᄌᆞᆺ던 ᄉᆞ술을 ᄂᆡ여 월장ᄒᆞᄂᆞᆫ ᄌᆞᄅᆞᆯ 두 팔ᄒᆞᆯ ᄌᆞᆺ쳐 믈이 못 나게 동히며 냥안(兩眼)의 블이 나도록 ᄲᅣᆷ과 몸을 즛울혀 ᄀᆞᆯ오ᄃᆡ

"우리 ᄃᆡᆨ이 화흔(禍釁)[50]으로 변상은 만나시나 이 본ᄃᆡ 당당ᄒᆞᆫ 후문상가(候門相家)로 쳔문만호(千門萬戶)의 오히려 슌초군(巡哨軍)[51]이 업디 아니ᄒᆞ거ᄂᆞᆯ 네 엇던 당돌ᄒᆞᆫ 도젹이완ᄃᆡ 가듕(家中)이 망극소요(罔極騷擾)ᄒᆞ여 샹ᄒᆡ(上下) 분원비황(忿怨悲惶)ᄒᆞ믈 타 반ᄃᆞ시 ᄃᆡᆨ희리 업다 ᄒᆞ여 월장ᄒᆞᆯ 의ᄉᆞᄅᆞᆯ ᄂᆡᄂᆞ뇨? 이 쯧이 결단ᄒᆞ여 젹은 도젹이 아니라. 내 임의 너ᄅᆞᆯ 잡앗거니 엇디 젹심을 뭇디 아니리오? ᄆᆞᆺ당이 태쥬 노야긔 고ᄒᆞ고 네 발가락을 ᄲᅩᆸ아가며 월장ᄒᆞᄂᆞᆫ 흉의(凶意)ᄅᆞᆯ 뭇고 말니라."

32면

33면

50 화흔(禍釁): 재앙. 주로 집안의 화를 이름.

51 슌초군(巡哨軍): 순초군. 돌아다니며 적의 사정을 살피는 군사.

셜파(說罷)의 관을 벗기고 상토ᄅᆞᆯ 플쳐 손의 ᄀᆞᆷ으며 니ᄅᆞᄃᆡ

"도젹놈이 범남이 ᄉᆞ태우의 쓰ᄂᆞᆫ 관을 어ᄃᆡ 가 투디(偸之)ᄒᆞ여 ᄃᆡ골의 언젓ᄂᆞ뇨? 이런 놈이 뜻이 길고 늘면 역젹질도 어려워 아닛ᄂᆞ니라."

ᄒᆞ니 이 월장ᄌᆞᄂᆞᆫ 다ᄅᆞ니 아니라 당태위 청계의 와시믈 듯고 그 외입ᄒᆞᆫ ᄆᆞᄋᆞᆷ의도 청계ᄅᆞᆯ ᄎᆞ마 아니 보디 못ᄒᆞ며 ᄯᅩ 문계의 관을 비겨 아니 우디 못ᄒᆞ리라 ᄒᆞ여 구ᄎᆞ히 밤을 당ᄒᆞ여 사ᄅᆞᆷ이 모로게 넘으ᄃᆡ 오히려 일심이 민황(憫惶)ᄒᆞ고 츅연이 블안ᄒᆞ여 찬 ᄯᆞᆷ이 등의 ᄉᆞ못ᄎᆞ믄 혹 왕태감[52]의 알오미 될가 두리온 의ᄉᆡ 무궁ᄒᆞ니 슈족이 ᄯᅥᆯ니믈 면치 못ᄒᆞ던 바의 졸연이 ᄭᅳ드러 나리오며 ᄲᅣᆷ을 즛울히고 이러틋 욕ᄒᆞ며 ᄭᅮ디ᄌᆞ믈 드ᄅᆞ니 이 분명이 다ᄅᆞᆫ 사ᄅᆞᆷ이 아니오 ᄋᆞ시고우(兒時故友)
34면 졍문계의 복심노ᄌᆞ(腹心奴子) 경산이로ᄃᆡ 심니(心裏) 황황망극ᄒᆞ미 왕딘의 잡으라 보ᄂᆡᆫ 사람인 ᄃᆞᆺ 의ᄉᆡ 아득ᄒᆞ여 능히 말을 못 ᄒᆞ고 죽엄이 되엿더니 이윽ᄒᆞᆫ 후 목 안의 소ᄅᆡ로 ᄀᆞᆯ오ᄃᆡ

"나ᄂᆞᆫ 당태우 상공이러니 네 엇던 사ᄅᆞᆷ이완ᄃᆡ 감히 날을 잡아ᄆᆡ기ᄅᆞᆯ 잘 ᄒᆞᄂᆞ뇨?"

경산이 즐왈(叱曰)

"야ᄉᆡᆨ이 혼흑(昏黑)ᄒᆞ여 월광이 업ᄉᆞ므로 네 얼골을 보디 못ᄒᆞ거니와 원간 네 엇던 도젹이완ᄃᆡ 감히 당태우 노야로라 ᄒᆞ여 날을 쇽이고져 ᄒᆞᄂᆞ뇨? 당상공이 젼ᄌᆞᄂᆞᆫ 우리 부듕(府中)을 일튁디상(一宅之上)갓치 왕ᄂᆡᄒᆞ시더니 대노얘 별셰ᄒᆞ시고 냥 상공이 하향(下鄕)ᄒᆞ신 후ᄂᆞᆫ

52 왕태감: 왕진.

구ᄐᆞ여 ᄌᆞ로 오시ᄂᆞᆫ 일이 업다가 우리 노애 화흔(禍釁)ᄒᆞ시ᄆᆡ 협문을
막고 ᄌᆞ가의 가샤 문으로 단니ᄂᆞᆫ ᄃᆡ를 바리고 회곡히 협노로 휘도라
단니시며 즉금은 우리 ᄐᆡᆨ듕(宅中)을 쳔만니나 에워가고져 ᄒᆞ시거든
므ᄉᆞ 일 월장ᄒᆞ여 오실 거시라 네 믄득 댱태우로라 ᄒᆞᄂᆞ뇨? 내 우리 35면
화상공과 녜부 노야긔 알외기 젼의 너놈을 잡아 댱아의 가 태우 노야
긔 뵈옵고 흉젹이 댱 노야의 셩명을 빌믈 고ᄒᆞ여 각별엄치(各別嚴治)
ᄒᆞ시게 ᄒᆞ리라."

언필의 ᄒᆞᆯ 쓰을고 댱부로 가고져 ᄒᆞᄂᆞᆫ 톄ᄒᆞ니 헌이 도로혀 무뎐이 넉
이ᄃᆡ 쳥계ᄂᆞᆫ 마디못ᄒᆞ여 ᄒᆞᆫ번 볼 거시오 문계의 관 알패 울기도 아니
치 못ᄒᆞᆯ디라. 잠간 졍신을 슈습ᄒᆞᄆᆡ 경산이 왕딘을 알 일이 업ᄉᆞ니 딘
짓 댱태위믈 니ᄅᆞ미 ᄒᆡ롭디 아니타 ᄒᆞ여 소ᄅᆡᄅᆞᆯ 낫초아 ᄀᆞᆯ오ᄃᆡ

"내 분명 댱태우로ᄃᆡ 밤을 당ᄒᆞ여 니ᄅᆞ믄 시셰(時世) 바야흐로 믈 쓸
틋 ᄒᆞ니 내 본ᄃᆡ 너의 노야로 동긔 갓튼 ᄉᆞ이라 네 노야ᄅᆞᆯ 믜워ᄒᆞᄂᆞᆫ
ᄌᆡ 날을 아니 ᄒᆡᄒᆞᆯ 줄 긔필치 못ᄒᆞ므로 딤ᄌᆞᆺ 협문을 막고 ᄃᆡᆨ노(直路)
ᄅᆞᆯ 바려 회곡(回曲)히 에워 단니ᄂᆞ니 쳔인이 비록 무디(無知)ᄒᆞ나 엇
디 내 알패 ᄉᆞ령ᄒᆞ믈 각별이 ᄒᆞ던 노ᄌᆞ로 날을 몰나보고 욕ᄆᆡ분타(辱 36면
罵紛打)ᄒᆞ믈 이갓치 ᄒᆞᄂᆞ뇨?"

경산이 이에 다ᄃᆞ라ᄂᆞᆫ ᄒᆞᆫ갈ᄀᆞᆺ치 모로ᄂᆞᆫ 톄ᄒᆞ기 블가ᄒᆞ여 동뉴로 ᄒᆞ
여곰 블을 가져오라 ᄒᆞ여 ᄒᆞᆫ번 빗최여 보고 황망이 민 거술 그ᄅᆞ고 머
리ᄅᆞᆯ 두다려 죄ᄅᆞᆯ 쳥ᄒᆞ니 헌이 분ᄒᆞ미 져근 거시 아니로ᄃᆡ 졍가의 발
을 드ᄃᆡ여 오ᄅᆡ 잇기ᄅᆞᆯ 위ᄐᆡ로이 넉이고 경산을 다ᄉᆞ리다가 혹ᄌᆞ 말
이 퍼져 이에 왓던 줄 왕딘의게 젼ᄒᆞ리 이실가 두리므로 알고 범ᄒᆞ미
아니오 만만무졍디ᄉᆞ(萬萬無情之事)ᄅᆞᆯ 칙죄치 아닛노라 ᄒᆞ고 의관

을 슈습ᄒᆞ며 쳥계 잇ᄂᆞᆫ 곳을 므ᄅᆞ니 경산 왈 고듁헌의셔 통곡ᄒᆞ시ᄂᆞ니 녜부 노야시믈 ᄃᆡᄒᆞ니 헌이 황양길흘 드ᄃᆡᄂᆞᆫ ᄃᆞᆺ 만분졀박(萬分切迫)고 단졍으로 슬흔 거ᄉᆞᆯ 인ᄉᆞ의 마디못ᄒᆞ여 뒤흐로셔 ᄧᅩᆾᄎᆞ며 알프로셔 잡아다ᄅᆡ ᄃᆞ시 브디블각(不知不覺)의 쳥계공의 손을 잡고 분분
37면 급급(紛紛急急)히 고듁헌의 드리다라 문계의 녕궤(靈机)의 울ᄃᆡ 밤소ᄅᆡ 앙댱쳐초(仰長凄楚)[53]ᄒᆞ믈 인ᄒᆞ여 먼니 들니면 그 통곡ᄒᆞᄂᆞᆫ ᄌᆞᄅᆞᆯ 므러 졔 이에 와 문계의 관 알패 운 줄을 왕딘의게 니ᄅᆞᆯ가 두려 능히 우롬을 나ᄂᆞᆫ ᄃᆡ로 못 ᄒᆞ여 부인 녀ᄌᆞ의 가ᄂᆞᆫ 소ᄅᆡ갓치 미약히 우ᄂᆞᆫ 가온ᄃᆡ도 일단심이 졍은 깁고 은혜ᄂᆞᆫ 두터오믈 ᄉᆡᆼ각ᄒᆞ니 ᄌᆞ연 흐ᄅᆞᄂᆞᆫ 안슈(眼水)ᄅᆞᆯ 금치 못ᄒᆞ여 입 쇽의 가마니 니ᄅᆞᄃᆡ

"오호, 문계야! 군이 이럴 줄 어이 아라시리오? 통ᄌᆡ, 만ᄇᆡᆨ아! 나 당후ᄇᆡᆨ이 군을 숑념디시(送殮之時)의 ᄒᆞᆫ가지로 보디 못ᄒᆞᆫ 슬프미 극ᄒᆞᄃᆡ 내 ᄆᆞ음을 능히 펼 길히 업셔 야간의 니ᄅᆞ러 관을 비겨 통곡ᄒᆞ니 참연ᄒᆞ며 통셕ᄒᆞ미 미ᄉᆞ디젼(未死之前)의 틀니디 아니ᄒᆞ리로다."

ᄒᆞ고 날호여 쳥계로 더브러 쳥ᄉᆞ의 나와 참변을 인ᄉᆞᄒᆞᄃᆡ 말이 ᄒᆡᆼ혀도 왕딘의게 밋디 아니ᄒᆞ고 태향의 태부인 존후ᄅᆞᆯ 뭇ᄌᆞ오며 닌셩 등
38면 실니(失離)ᄒᆞᆫ 참졀ᄒᆞ믈 구ᄐᆞ여 일쿳디 아니ᄒᆞ며 향ᄌᆡᆨ 넘어오던 셔장을 ᄌᆞ로 도라보며 어셔 가고져 ᄒᆞ니 화도헌·양한님은 그 거동을 보ᄆᆡ 비위 아니ᄭᅩ와 졍시치 못ᄒᆞ고 니학ᄉᆞᄂᆞᆫ 닐너 유익디 아닐 바ᄅᆞᆯ 아ᄃᆡ 심니

53 앙댱쳐초(仰長凄楚): 앙장처초. 우러러 길게 슬퍼한다는 뜻. 삼국시대 조식의 〈삼량(三良)〉 중 "눈물을 훔치며 군의 무덤에 올라 무덤가에서 우러러 길게 탄식한다(攬涕登君墓 臨穴仰長嘆)."라는 표현이 있음.

(心裏)의 가연(可憐)ᄒᆞ믈 니긔디 못ᄒᆞ여 믄득 집슈탄왈(執手嘆曰)

"후ᄇᆡᆨ아, 네 거동을 보니 실노 문계의 죽으미 영화롭고 형의 살미 욕되믈 ᄭᆡ다를디라. 내 문계ᄅᆞᆯ 위ᄒᆞ여 ᄉᆞ싱의 다ᄅᆞ믈 븟그려 ᄯᆞᆯ오디 못ᄒᆞ믈 한ᄒᆞ더니 오날ᄂᆞᆯ 너ᄅᆞᆯ ᄃᆡᄒᆞ니 문계의 원앙(寃殃)ᄒᆞᆫ 슬프믄 다 ᄂᆞᆺ치이고 우리 부ᄌᆞ긔 훈학(訓學)ᄒᆞᆫ ᄌᆡ 빅여 인의 너 ᄒᆞᆫ 사ᄅᆞᆷ이 이ᄃᆡ도록 실셩외입(失性外入)ᄒᆞ여 나롯 ᄆᆡᆫ 도젹의 위엄을 두려 복복앙ᄉᆞ(僕僕仰事)ᄒᆞ미 대리(大理)와 블의(不義)ᄅᆞᆯ ᄉᆡᆼ각지 아니ᄒᆞ믈 실노 ᄲᅧ통곡ᄒᆞ여 됴상코져 ᄒᆞᄂᆞ니 아디 못게라. 네 져 흉젹을 셤기미 간혈(肝血)을 뽀다 타ᄉᆞ(他事)ᄅᆞᆯ 결을치 못ᄒᆞ다가 혹ᄌᆞ 타일 빙산(氷山)이라 39면 ᄒᆞ믈 당ᄒᆞ면[54] 그 누ᄅᆞᆯ 의디코져 ᄒᆞᄂᆞ뇨? 네 상뫼(相貌) 디극히 복되니 영녹(榮祿)이 무궁(無窮)ᄒᆞ려니와 망은ᄇᆡ덕(忘恩背德)ᄒᆞ여 무디블신(無知不信)ᄒᆞ미 ᄉᆞ류의 크게 죄ᄅᆞᆯ 엇고 만셰의 ᄆᆡ명(罵名)을 면치 못ᄒᆞ리니 비록 ᄑᆡᆼ조(彭祖)의 댱슈(長壽)홈과 만셕군의 부귀ᄅᆞᆯ 가져신들 즐거오미 이시리오? 모로미 ᄒᆡᆼ신의 젼후ᄅᆞᆯ ᄉᆞᆯ펴 악착비굴ᄒᆞ믈 잠간 긋치라."

헌이 듯기ᄅᆞᆯ 다 못 ᄒᆞ여셔 ᄉᆞ식이 크게 블호ᄒᆞ고 목ᄌᆡ(目子) 요요(搖搖)히 뒤룩여 ᄀᆞᆯ오ᄃᆡ

"명공ᄂᆡ 갓ᄐᆞ니ᄂᆞᆫ ᄃᆡᆨ젹풍녁(職籍風力)[55]이 거륵ᄒᆞ여 우흐로 황야(黃

---

54 빙산(氷山)이라 ᄒᆞ믈 당ᄒᆞ면: '왕진의 권세가 빙산처럼 녹아 없어지는 일을 당하면'이라는 뜻. 《자치통감》 〈당기(唐紀)〉에 "어떤 이들이 진사(進士) 장단(張彖)에게 양국충을 찾아가 인사하라고 권하자 장단이 말하기를 '여러분들은 그를 태산처럼 여길지 모르지만 내 눈엔 빙산으로 보일 뿐이다. 만약 해가 뜨면 여러분들이 의지하던 것이 없어지고 말 것이다.'라고 했다."라는 고사가 있음.

爺)를 업누ᄅᆞ거니와 날 갓ᄐᆞᆫ 쇽셰용인(俗世庸人)은 ᄌᆞ연이 셰리(世利)를 탐ᄒᆞ고 니ᄒᆡ(利害)를 도라보아 득실(得失)을 져허ᄒᆞᄂᆞ니 사ᄅᆞᆷ이 다 ᄒᆞᆫ갈갓ᄐᆞ량이면 엇디 공문(孔門)의 칠십ᄌᆡ(七十者) 다 공ᄌᆞ 갓디 못ᄒᆞ며 하혜(下惠)와 도쳑(盜跖)[56]이 이시리오? 헌이 임의 븡당(朋
40면 黨)의 바리믈 감슈(甘受)ᄒᆞᄂᆞ니 명공은 다시 근심치 말디어다."

니학ᄉᆡ 어히업셔 다시 말을 아니 ᄒᆞ니 헌이 쳥계를 향ᄒᆞ여 왕태감의 셰엄(勢嚴)이 듕외(中外)[57]를 기우리니 져 갓ᄐᆞᆫ 거ᄉᆞᆫ 혹ᄌᆞ 믜이믈 만날가 두려 문계의 숑념디시(送殮之時)의 니ᄅᆞ러 보디 못ᄒᆞᆷ과 밤을 타 월장ᄒᆞ여 니ᄅᆞ럿다가 경산의게 참욕 본 바를 춍춍이 니ᄅᆞ고 급급히 도라가믈 일ᄏᆞ라 문계의 녕구를 븟드러 원노의 무ᄉᆞ히 득달ᄒᆞ믈 쳥ᄒᆞ고 팔흘 드러 작별ᄒᆞᄆᆡ 셔장(西墻)을 너머 도라가니 그 힝디 밋친 ᄀᆡ 갓ᄐᆞ여 사ᄅᆞᆷ으로 ᄎᆡᆨ망ᄒᆞᆯ 거시 업ᄂᆞᆫ디라. 학ᄉᆡ 문계의 화변으로 간폐(肝肺) 낫낫치 스러[58] ᄌᆡ 되기를 면치 못ᄒᆞ고 쵹목디경(觸目之境)의 통졀ᄒᆞ미 더으니 아모 긔괴디ᄉᆞ(奇怪之事)를 보아도 우음이 발치 아니턴 ᄇᆡ로ᄃᆡ 향직 경산을 ᄀᆞᄅᆞ쳐 헌을 결박타협ᄒᆞᆫ 바를 ᄉᆡᆼ각ᄒᆞᄆᆡ 긔괴
41면 ᄒᆞ믈 니긔디 못ᄒᆞ고 헌의 거동이 망측ᄒᆡ괴ᄒᆞ믈 혜아려 가쇼로온 의ᄉᆡ 잇ᄂᆞᆫ디라 헌이 도라간 후 니창계를 도라보아 ᄀᆞᆯ오ᄃᆡ

"쇼뎨 쳥계와 셕보 곳 아니러면 월장(越墻)ᄒᆞᄂᆞᆫ 블인(不人)을 잡은 김

---

55 딕젹풍녁(職籍風力): 직적풍력. '직적'은 관직을, '풍력'은 사람의 위력을 뜻함.

56 하혜(下惠)와 도쳑(盜跖): 유하혜와 도척. 춘추시대 노나라 사람들로, 둘은 형제였는데 유하혜는 현인이고 도척은 천하의 대도였으며, 유하혜가 아우 도척을 감화시키지 못했음.

57 듕외(中外): 중외. 나라의 안팎이나 조정과 민간을 아울러 이르는 말.

58 스러: 슬다. 형체나 현상 따위가 차차 희미해지면서 없어지다.

의 만장회슈ᄒᆞ여 두발부예(頭髮扶曳)를 싀훤이 ᄒᆞ여 볼 거ᄉᆞᆯ 쳥계와 셕뵈 놀나 거죄 괴이ᄒᆞᆯ 거시므로 경산의 손을 비러 두어 번 ᄲᅣᆷ을 울히미 통완(痛惋)ᄒᆞᆷ만 더은디라. 쇼뎨 갓ᄐᆞ니ᄂᆞᆫ 평싱의 비위 결증이 져런 거ᄉᆞᆯ 바로 보디 못ᄒᆞᄂᆞ니 형이 그거ᄉᆞᆯ 집슈년비(執手聯臂)ᄒᆞ여 슈심션힝(修心善行)을 니ᄅᆞ미 욕되디 아니터냐?"

니학ᄉᆡ 헌의 ᄉᆞᆨ으믈 어히업셔 미쇼ᄒᆞ고 좌듕은 쾌히 넉이믈 마디 아니ᄒᆞ고 그 ᄲᅣᆷ이 부엇던 바를 ᄀᆞ장 징기리이 넉이ᄃᆡ 쳥계ᄂᆞᆫ 경산의 알고 범ᄒᆞᆫ 죄 가바압디 아니믈 닐러 화학ᄉᆞ의 명이 아냐 경산의 일일딘ᄃᆡ 뉼(律)이 듕ᄒᆞᆫ ᄇᆡ로ᄃᆡ 임의 학ᄉᆞ의 식인 ᄇᆡ니 다ᄉᆞ리믈 아닛노라 ᄒᆞ고 맛ᄎᆞᆷᄂᆡ 헌의 위인을 시비논난(是非論難)ᄒᆞ미 업더라. 이럿ᄐᆞᆺ 비요궁원(匪擾窮怨) 듕 ᄉᆞ오일을 디ᄂᆡ니 녕귀(靈柩) 발ᄒᆞᆯ 날이라. 쳥계공이 삼슈(三嫂)와 졔딜(諸姪)을 호힝(護行)ᄒᆞ며 문계의 관을 븟드러 태쥬로 향ᄒᆞᆯᄉᆡ 화부인과 긔염쇼졔 디통(至痛)은 ᄉᆡ로이 니ᄅᆞᆯ 거시 업고 텩듕을 ᄃᆡᆨ히ᄂᆞᆫ 비복의 ᄯᅥ러디ᄂᆞᆫ 슬픔과 경샤ᄅᆞᆯ 바리고 원혹화ᄅᆞᆯ[59] 인ᄒᆞ여 혈(孑) 쥬모(主母)와 고고(孤孤) ᄋᆞ쇼져(兒小姐)를 뫼시며 녕구를 븟드러 하향ᄒᆞᄂᆞᆫ 복쳡(僕妾)이 가히 산쳔을 움ᄌᆞ일 ᄃᆞᆺ 호통ᄒᆞᄂᆞᆫ 바의 졔우친븡(諸友親朋)이 만ᄉᆞ(挽詞)[60]로ᄡᅧ 댱셔(長逝)[61]의게 말을 ᄭᅵ치고 강외의 ᄉᆞᆼ별ᄒᆞᆯᄉᆡ 샹이 친뎡(親征)ᄒᆞ실 바ᄅᆞᆯ 결단ᄒᆞ샤 날이 갓 42면

59 원혹화ᄅᆞᆯ: 규장각본에는 '원혹화변을'로 되어 있음.

60 만ᄉᆞ(挽詞): 만사. 죽은 이를 슬퍼하여 지은 글. 또는 그 글을 비단이나 종이에 적어 기(旗)처럼 만든 것. 주검을 산소로 옮길 때에 상여 뒤에 들고 따라감.

61 댱셔(長逝): 장서. 영영 가고 돌아오지 아니한다는 뜻으로, 사람의 죽음을 완곡하게 이르는 말.

가오므로 니학ᄉᆞ·양한님·뉴츄밀·화도헌 등은 힝상(行喪)[62]을 ᄯᆞᆯ와 태
향의 나아가 장ᄉᆞ의 님광(臨壙)을 보디 못ᄒᆞ여 다 강외의셔 숑별ᄒᆞ미
극통비졀ᄒᆞ미 더으고 양한님은 ᄋᆞᄌᆞ(兒子) 필광으로 ᄒᆞ여곰 문계공
녕궤(靈几)의 ᄇᆡ곡(拜哭)ᄒᆞ기ᄅᆞᆯ 폐(廢)치 아니케 ᄒᆞ고 쳥계ᄅᆞᆯ ᄃᆡᄒᆞ여
43면 뎡혼(定婚)ᄒᆞᆫ ᄉᆞ단(事端)을 니ᄅᆞ고 ᄋᆞ부(兒婦)ᄅᆞᆯ 보호ᄒᆞ믄 형쥬(兄
主)[63]긔 밋노라 ᄒᆞ여 어든 ᄌᆞ부ᄀᆞᆺ치 ᄒᆞ여 화학ᄉᆞ 곤계ᄂᆞᆫ 져근 ᄉᆞ졍으로
뼈 대개(大駕) 츌뎡(出征)ᄒᆞ시는 바의 아니 나가디 못ᄒᆞᆯ 거시므로 이
에 져져ᄅᆞᆯ 니별ᄒᆞᄂᆞᆫ 심시 촌졀ᄒᆞ여 ᄒᆞᆫ갓 비만ᄒᆞᆯ 쁜이오 말을 일우디
못ᄒᆞᄃᆡ 일식이 느ᄌᆞ므로 힝거ᄅᆞᆯ 느추디 못ᄒᆞ여 ᄇᆞ득이 읍혈분슈(泣
血分手)ᄒᆞ니 쳥계공이 졔인을 지쵹ᄒᆞ여 ᄯᅥᆯ니 힝ᄒᆞᄂᆞᆫ 가온ᄃᆡ도 독ᄉᆞ
의 ᄒᆡᄅᆞᆯ 두려 그ᄋᆞᆨᄒᆞᆫ 가온ᄃᆡ 방비ᄒᆞ미 범연(泛然)치 아닐 쁜 아니라
닌셩 남ᄆᆡᄅᆞᆯ 실니(失離)ᄒᆞᆯ ᄡᅵ의 블측ᄒᆞᆫ 변을 보아시므로 념녀 궁극ᄒᆞ
여 도듕의셔 긔염이 상쳬 도로 덧나 능히 살믈 엇디 못ᄒᆞ다 ᄒᆞ여 쇼져
ᄅᆞᆯ 의쟝 속의 감초아 술위 우ᄒᆡ 힝케 ᄒᆞ고 의법히 관곽을 갓초아 쇼
져의 녕궤라 ᄒᆞ고 문계의 딘짓 관은 야반(夜半)을 당ᄒᆞ여 근신(謹愼)
44면 ᄒᆞᆫ 군관과 튱의예 노ᄌᆞ 등을 맛져 슈로(水路)로 힝케 ᄒᆞ고 헛관을 ᄆᆡᆫ
ᄃᆞ라 공의 신톄ᄅᆞᆯ 담은 ᄇᆡ라 ᄒᆞ야 의심 업시 힝ᄒᆞᄂᆞᆫ 위의ᄅᆞᆯ 다ᄒᆞ니 공
의 계교ᄅᆞᆯ 베펴 힝ᄒᆞᄂᆞᆫ ᄇᆡ 고요ᄒᆞ고 쥬밀(周密)ᄒᆞ여 능히 사ᄅᆞᆷ이 측
냥치 못ᄒᆞᆯ 거시므로 왕딘 흉적이 졍시 유녀ᄅᆞᆯ 뼈흘[64] ᄯᅳᆺ이 잇고 문계의

62 힝상(行喪): 행상. 상여 또는 주검을 산소로 나르는 일.

63 형쥬(兄主): 형주. '형님'의 뜻.

64 뼈흘: 뼈흘다. 썰다. 여기서는 '죽이다'의 뜻.

시슈(屍首)를 이쳐(離處)치 못ᄒᆞ여 도로혀 텬의 뉘웃ᄎᆞ시며 참연ᄒᆞ시
믈 보ᄆᆡ 분한ᄒᆞ믈 니긔디 못ᄒᆞᄃᆡ 져 칠 셰 유녀를 죄로뻐 얽어 ᄒᆡᄒᆞ믄
일이 되디 못ᄒᆞ고 텬심이 임의 긔특이 넉이시ᄆᆡ 져의 졍시(程氏) ᄆᆡ
워ᄒᆞᄂᆞᆫ 원을 프디 못ᄒᆞᆯ가 다만 그 졍문포댱(旌門褒獎)코져 ᄒᆞ시ᄂᆞᆫ 바
룰 늣추어 죵용이 녜부의 명ᄒᆞ샤 문녀(門閭)의 졍표(旌表)ᄒᆞ시고 아
딕은 국지대ᄉᆡ(國之大事) 이시니 그런 미셰ᄒᆞᆫ 일은 결을치 못ᄒᆞ리이
다 ᄒᆞ고 졍댱(丁壯)ᄒᆞᆫ 갑ᄉᆞ(甲士) 슈ᄇᆡᆨ 인을 ᄲᆡ ᄲᆞᆯ니 졍부 ᄒᆡᆼ거를 ᄯᆞ
로게 ᄒᆞ여 졍쇼져 긔염을 죽이고 졍문계 관을 아ᄉᆞ 블을 ᄉᆞᆯ오라 ᄒᆞ엿 45면
더니 젹이 밋쳐 졍부 ᄒᆡᆼᄎᆞ를 범치 못ᄒᆞ여셔 긔염쇼졔 죽다 ᄒᆞ여 일ᄒᆡᆼ
샹ᄒᆡ(一行上下) 참참호곡(慘慘號哭)ᄒᆞ고 길흘 머추어 초상긔구(初喪
器具)를 출혀 습념입관(襲殮入棺)ᄒᆞ믈 ᄉᆞᆺ치ᄆᆡ 져의 슈고를 허비치 아
냐셔 스ᄉᆞ로 죽은 ᄇᆡ 깃브고 왕딘다려 도라가 니ᄅᆞ기ᄂᆞᆫ 져ᄒᆡ ᄒᆡᄒᆞ여
그 명ᄆᆡᆨ을 긋쳣노라 ᄒᆞ고 다만 문계의 관을 아ᄉᆞ 블을 ᄉᆞᆯ오고져 ᄒᆞ여
촌낙(村落)이 소조(蕭條)ᄒᆞᆫ 곳의 밤 다ᄂᆡᄂᆞᆫ ᄣᆡ를 타 슈ᄇᆡᆨ강되(數百强
盜) 소ᄅᆡ치고 다라드러 의금(衣衾) 너흔 관을 아ᄉᆞ가ᄃᆡ 일ᄒᆡᆼ졔인(一
行諸人)이 감히 닷토디 못ᄒᆞᄂᆞᆫ ᄃᆞ시 ᄒᆞ므로 젹이 굿ᄐᆞ여 사ᄅᆞᆷ을 상ᄒᆡ
온 ᄇᆡ 업ᄉᆞᆫ디라. 젹이 흣터딘 후 ᄯᅩ 말을 펴지오ᄃᆡ 공의 신톄를 일타
ᄒᆞ여 샹ᄒᆡ 더옥 창황망극(蒼黃罔極)ᄒᆞ니 긔찰(譏察)ᄒᆞᄂᆞᆫ 무리 딘실
노 그런가 넉여 다시 ᄒᆡᆼ듕(行中)의 변(變)을 딧디 아니ᄒᆞ고 의금 너흔
관을 가져 깁흔 뫼ᄒᆡ 가 ᄉᆞᆯ오고 흔흔이 경샤로 도라가니라. 쳥계공이 46면
계교로뻐 대변을 졔방(除防)ᄒᆞ고 삼슈(三嫂)와 졔딜(諸姪)을 보호ᄒᆞ
여 일노(一路)의 무ᄉᆞ히 ᄒᆡᆼᄒᆞ믈 어더 태향의 니ᄅᆞ니 군관과 노ᄌᆞ 등
이 문계의 관을 븟드러 슈로로 ᄒᆡᆼᄒᆞᄆᆡ 슈일을 나호여 태쥐 니ᄅᆞ러 별

샤(別舍)의 녕연(靈筵)을 뫼시고 운계의 각골통은(刻骨痛慇)ᄒᆞᆷ과 졔부인의 참참ᄋᆡ상(慘慘哀傷)ᄒᆞ미 시시(是時)의 층가(層加)ᄒᆞ더니 쳥계공이 화부인 졔ᄉᆞ(娣姒) 삼 인과 졔딜노 더브러 현알ᄒᆞᄆᆡ 태부인이 대화부인을 븟들고 긔염을 안아 딜텬호원(叱天號冤)ᄒᆞᄂᆞᆫ 우롬이 긔운이 딘ᄒᆞᆯ ᄃᆞᆺᄒᆞ고 혼개(渾家) 곡디통(哭至痛)ᄒᆞ여 원격ᄒᆞᄂᆞᆫ 탄이 슈운(愁雲)을 니ᄅᆞ혀고 흐ᄅᆞᄂᆞᆫ 안쉬(眼水) 내흘 일워 좌셕의 괴이믈 면치 못ᄒᆞᄂᆞᆫ디라. 태부인이 대화부인을 븟든 지[65] 혼졀ᄒᆞ니 대화시 흉변 후로 혼도(昏倒)키ᄅᆞᆯ ᄒᆞ므로[66] 긔운이 막혀 인ᄉᆞᄅᆞᆯ 모로더니 모다 구호ᄒᆞ여 냥구(良久)의 회소ᄒᆞᄆᆡ 태부인이 다시 블승엄읍(不勝掩泣) 왈

47면 “현딜아, 그ᄃᆡ 덕셩으로ᄡᅧ 엇디 ᄎᆞ마 흉변을 당ᄒᆞ며 오딜(吾姪)의 튱녈딕도(忠烈直道)로ᄡᅧ ᄎᆞ디시(此之時)ᄅᆞᆯ 당ᄒᆞ여 화앙(禍殃)ᄒᆞ미 그 므ᄉᆞᆫ 텬의(天意)며 이 므ᄉᆞᆫ 인ᄉᆡ(人事)뇨? 노뫼 비록 져ᄅᆞᆯ 나치 아냐시나 슉딜의 졍이 모ᄌᆞ의 디지 아니턴 바로 이 민통과 디원을 당ᄒᆞ니 일마다 ᄉᆞ라시미 블힝코 한ᄒᆞ온디라. 져 창텬이 오딜(吾姪)을 원앙(冤殃)ᄒᆞ고 노모의 쇠쳔(衰喘)을 멸치 아냐 디통(至痛)을 괴로이 셔리담고 기리 여러 일월을 견ᄃᆡ게 ᄒᆞ믄 엇디뇨?”

인ᄒᆞ여 긔염을 안고 문계ᄅᆞᆯ 브ᄅᆞ디져 홍뉘 쳠의(沾衣)ᄒᆞ니 쳥계 곤계 통혹원만(痛酷冤滿)ᄒᆞ며 참졀비상ᄒᆞ미 범연(泛然)ᄒᆞᆫ 바의 잇디 아니ᄒᆞᄃᆡ 태부인이 과도ᄋᆡ상(過度哀傷)ᄒᆞ시믈 민황(憫惶)ᄒᆞ여 ᄇᆡᆨ단관위(百段寬慰)ᄒᆞ며 긔염의 셩회 특뉸ᄒᆞ믈 고ᄒᆞ여 문계의 ᄒᆞᆫ ᄯᆞᆯ이 타인

---

65 븟든 지: 규장각본에는 ‘븟드러’로 되어 있음.

66 ᄒᆞ므로: ᄒᆞ다. 하다. 많다.

의 십ᄌᆞ(十子)ᄅᆞᆯ 압두(壓頭)ᄒᆞᆯ 바ᄅᆞᆯ 일ᄏᆞᆺ고 웅ᄋᆞᄅᆞᆯ 다려오라 ᄒᆞ여 대화부인긔 뵐ᄉᆡ ᄋᆞᄒᆡ 임의 돌ᄉᆞᆯ 디나고 초ᄉᆡᆼ디경(初生之頃)의 슈형발췌(秀炯拔萃)ᄒᆞ미 ᄌᆞᄉᆡᆼ민이ᄅᆡ(自生民以來)로 일인이라. 츌어기류(出 48면
於其類)ᄒᆞ고 발호기셩(拔乎其性)ᄒᆞ여 ᄉᆡᆼ디(生知)[67]ᄒᆞᄂᆞᆫ 긔딜이 셩인의 픔되오 신셩ᄒᆞᆫ ᄌᆞ픔(資稟)[68]이 뎨곡(帝嚳)의 나며 일홈을 브ᄅᆞᆷ과 노ᄌᆞ의 삼 셰의 텬슈(天數)ᄅᆞᆯ 통ᄒᆞᄂᆞᆫ 이상ᄒᆞ미 잇ᄂᆞᆫ 고로 문계공의 화잉(禍殃) 후로 믄득 사ᄅᆞᆷ이 ᄀᆞᄅᆞ치니 아냐셔 즐기디 아니ᄒᆞ여 ᄉᆞ노 슬피 울기ᄅᆞᆯ 마디 아니ᄒᆞ더니 유뫼 다려와 좌듕의 노흐니 ᄲᆞᆯ니 거러 부공 슬하의 졀ᄒᆞ고 좌우ᄅᆞᆯ 둘너보아 경식이 참담ᄒᆞ믈 ᄉᆞᆯ피고 믄득 울고져 ᄒᆞ더니 태부인이 대화부인을 ᄀᆞᄅᆞ쳐 니ᄅᆞᄃᆡ

"이 곳 네의 모친이라."

ᄒᆞ고 손을 잡아 니ᄅᆞ혀 안치니 아ᄒᆡ 영긔(英氣)로온 눈을 드러 부인을 이윽이 쳠망ᄒᆞ다가 므ᄉᆞᆷ ᄆᆞᄋᆞᆷ이 잇ᄂᆞᆫ ᄃᆞ시 화부인 므ᄅᆞᆸ 우희 머리ᄅᆞᆯ 박고 이윽도록 낫ᄎᆞᆯ 드디 아냐 쳐엄 보ᄂᆞᆫ 셔의ᄒᆞᆷ 갓디 아니코 옥ᄀᆞᆺᄐᆞᆫ 손을 드러 호셔(瓠犀) 갓ᄐᆞᆫ 손가락으로 부인의 손을 어로만디니
그 작셩의 비상특이(非常特異)ᄒᆞ미 만믈디듕(萬物之衆)의 비우ᄒᆞ여 49면
갓ᄐᆞᆫ 거시 업ᄉᆞ니 다만 산의 녕과 믈의 슈ᄅᆞᆯ 거두고 일월의 광명ᄒᆞᆫ 졍화ᄅᆞᆯ 아ᄉᆞ 텬디의 긔ᄆᆡᆨ을 타나시니 닌셩의 긔질노 견조아도 나리디 아니니 화부인이 비록 칼과 노ᄒᆡ 결치 못ᄒᆞ나 궁원과 극통이 딘실노 유ᄉᆞ디심(有死之心)ᄒᆞ고 무ᄉᆡᆼ디긔(無生之氣)ᄒᆞ니 눈을 기우려 범ᄇᆡᆨ

---

67 ᄉᆡᆼ디(生知): 생지. 생이지지(生而知之). 삼지(三知)의 하나로 도(道)를 스스로 깨달음을 이름.

68 ᄌᆞ픔(資稟): 자품. 사람의 타고난 바탕과 성품.

의 ᄉᆞᆯ필 거시 업고 귀ᄅᆞᆯ 기우려 듯고 시븐 거시 업ᄉᆞᄃᆡ 오날ᄂᆞᆯ 유ᄌᆞᄅᆞᆯ
보ᄆᆡᄂᆞᆫ 만심의 긔이ᄒᆞ믈 결을치 못ᄒᆞ고 귀듕ᄒᆞᆫ 의ᄉᆡ 니ᄅᆞᆯ 거시 업ᄉᆞ
니 하날이 식인 졍이오 신명이 ᄀᆞᄅᆞ친 모ᄌᆡ라. 유ᄋᆡ 비록 소시[69]의 회
듕을 비러 십 삭 구로(劬勞)ᄒᆞᆫ 은혜ᄅᆞᆯ 바다시나 텬의 유의ᄒᆞ신 ᄇᆡ 문
계와 화부인의 ᄋᆞᄃᆞᆯ이오 쳥계와 소부인 죵효(終孝)[70]ᄒᆞᆯ ᄋᆞᄃᆞᆯ이 아니라
ᄒᆡ음업시 친ᄉᆡᆼ 모ᄌᆞ의 더은 별눈디ᄋᆡ(別倫之愛)라 일노 드ᄃᆡ여 화부
인이 보명(保命)ᄒᆞ믈 어더 나믄 셰월을 누리미 된디라. 이윽고 상셔
50면 곤계 밧그로 나가ᄆᆡ 소·화 이 부인이 뎡당의 드러와 태부인을 뫼ᄋᆞᆸ
고 문계 부인을 븟들고 무ᄋᆡ비통(無涯悲痛)ᄒᆞ여 흉금이 젼ᄉᆡᆨ(塡塞)
ᄒᆞ믈 면치 못ᄒᆞ고 대화부인은 슌슌(淳淳)[71] 피ᄅᆞᆯ 쓰려 엄홀(奄忽)ᄒᆞᆯ ᄲᅳᆫ
이니 운계 부인이 통곡ᄒᆞ여 죵져(從姐)의 험흔긔박(險釁奇薄)ᄒᆞᆫ 명도
ᄅᆞᆯ 위ᄒᆞ여 셜워ᄒᆞ미 각골ᄒᆞᄆᆡ 밋ᄎᆞᄃᆡ 태부인을 위ᄒᆞ여 관인(寬忍)ᄒᆞ
고 범ᄉᆡ(凡事) 경듕(輕重)과 졀되(節度) 잇ᄂᆞᆫ 고로 오히려 과도ᄒᆞᆫ 거
동이 업사ᄃᆡ 소부인의 화부인을 위ᄒᆞ여 슬허ᄒᆞᆷ과 죵슉의 화앙(禍殃)
ᄒᆞ믈 통만(痛懣)ᄒᆞ믄 ᄡᅧᄅᆞᆯ 마으ᄂᆞᆫ ᄃᆞᆺᄒᆞ며 곡진(曲盡)ᄒᆞᆫ 경셩을 발ᄒᆞ
믄 우ᄋᆡ(友愛)ᄒᆞᄂᆞᆫ 동긔의 더ᄒᆞ고 웅ᄋᆞᄅᆞᆯ 문계의게 도라보ᄂᆡ믈 조곰
도 ᄋᆡ달와 아닛ᄂᆞᆫ ᄃᆞᆺᄒᆞ여 언힝동지(言行動止) 볼ᄉᆞ록 인뉴의 소ᄉᆞ나
니 대화부인이 비록 춍명(聰明)ᄒᆞ나 소부인의 심긔ᄅᆞᆯ ᄊᆡ닷디 못ᄒᆞ여
ᄯᅩᄒᆞᆫ 명혜(明慧)ᄒᆞᆫ 부인으로 아더라. 흐ᄅᆞᄂᆞᆫ 셰월이 살 가ᄃᆞᆺ ᄒᆞ여 졍

---

69 소시: 소씨. 소교완.

70 죵효(終孝): 종효. 어버이의 임종 때에 곁에서 정성을 다함. 또는 그런 효성.

71 슌슌(淳淳): 순순. 액체가 흐르는 모양을 형용하는 말.

상셔 문계공의 댱일(葬日)이 다ᄃᆞᄅᆞᄆᆡ 비록 냥뎨(兩弟)의 오디 못ᄒᆞᆫ
젼이나 흉젹의 화ᄅᆞᆯ 디으믈 두려 녕구(靈柩)ᄅᆞᆯ 밧드러 궁딘의 쟝ᄒᆞ고 51면
양소(陽所)ᄅᆞᆯ ᄡᆞ흐ᄆᆡ 화부인 모녀의 궁텬통원(窮天痛冤)과 태부인의
참졀ᄋᆡ상(慘絶哀傷)ᄒᆞ믄 니ᄅᆞ도 말고 쳥계공과 운계의 안항(雁行)이
듕단(中斷)ᄒᆞᆫ 슬픔과 셰간(世間)의 잇디 아닌 원혹디통(冤酷之痛)이
초목을 나울게 ᄒᆞ니 ᄒᆞ믈며 신여인(神與人)의 다 ᄒᆞᆫ가디로 통ᄒᆞ미야
어이 니ᄅᆞ리오? 임의 안장복혈(安葬卜穴)의 졍셩을 디ᄒᆞ고 목묘(木
廟)ᄅᆞᆯ 밧드러 집의 도라와 됴셕증상(朝夕蒸嘗)을 일우ᄆᆡ 소부인의 극
딘인혜(極盡仁慧)ᄒᆞ미 문계공의 증상(蒸嘗)의 다ᄃᆞ라도 졍셩을 베프
미 태부 됴셕증상의 버금이 되니 화부인이 친집(親執)ᄒᆞ미라도 이에
셔 더을 거시 업고 웅ᄋᆞᄅᆞᆯ 유모ᄌᆡ 화부인 침소의 두고 긔염을 무ᄋᆡᄒᆞ
미 디극ᄒᆞ니 여러 일월의 유심ᄒᆞ여 그 허믈을 ᄌᆞᆸ고져 ᄒᆞ여도 가히 어
려오니 딘실노 셰샹의 업ᄉᆞᆫ ᄃᆞᆺᄒᆞᆫ디라. 엇디 간웅(奸雄)이 아니리오?
그러나 운계 부인 화시와 의계 부인 쇼화시 소부인이 맛ᄎᆞᆷᄂᆡ 녕(寧)치
아닌 ᄌᆡ믈 디긔(知機)ᄒᆞ고 태부인이 ᄆᆞ음의 듕히 넉이믈 ᄎᆞ부의 밋디 52면
못ᄒᆞᆯ ᄇᆡ로ᄃᆡ 홍혜(弘慧)ᄒᆞᆫ 덕(德)과 원하(遠遐)ᄒᆞᆫ 냥(量)이 평ᄉᆡᆼ의 나
타ᄂᆡ미 업ᄉᆞ므로 오딕 년ᄋᆡᄒᆞ믈 일체로 ᄒᆞ더라.

화표. 어시(於是)의 왕딘이 오국ᄒᆡ현(誤國害賢)ᄒᆞ미 날노 더어 텬통(天聰)을 ᄀᆞ리오고 셩졍을 병드리오ᄆᆡ 튱신녈ᄉᆡ(忠臣烈士) 개ᄀᆡ히 죄의 나아가고 요악쇼인(妖惡小人)이 제제(齊齊)히 득시(得時)ᄒᆞ여 양미토긔(揚眉吐氣)[72]ᄒᆞ니 됴졍 졍ᄉᆡ 한심괴ᄒᆡ(寒心怪駭)ᄒᆞ여 군샹(君上)의 실덕(失德)은 일일층쳡(日日層疊)ᄒᆞ고 쇼인(小人)의 부도(不道)ᄒᆞᆫ 졍틔(情態)난 두국착난(蠹國錯亂)ᄒᆞ미 블일이족(不日而足)ᄒᆞ

니 묘당(廟堂)은 날노 궤쳘(潰撤)ᄒᆞ고 암낭(巖廊)은 날노 와훼(瓦毁)ᄒᆞ여 긔강(紀綱)이 의ᄒᆡ(弛解)ᄒᆞ고 왕강(王綱)이 실어(失御)ᄒᆞ며 체풍(體風)이 유약ᄒᆞ니 학ᄉᆞ 니빈 등이 슉야(夙夜)[73]의 튱심갈망(忠心渴望)ᄒᆞ여 옥폐(玉陛)의 고두(叩頭)ᄒᆞᄆᆡ 뉴혈(流血)이 소ᄉᆞ나고 됴유(詔諭)ᄒᆞᄆᆡ 체ᄉᆡ(涕泗) 화혈(化血)ᄒᆞ니 튱담(忠談)이 딘토(塵土) ᄀᆞᆺᄐᆞᆫ디라. 엇디 호발(毫髮)이나 보익(輔翼)ᄒᆞᄆᆞᆯ 어드리오? 임의 튱현

53면 (忠賢)의 딕간(直諫)을 ᄇᆡ척ᄒᆞ시고 왕딘의 흉독(凶毒)ᄒᆞᆫ 요언(妖言)[74]을 슌슌계용(順順計用)ᄒᆞ샤 친뎡(親征)을 결단ᄒᆞ여 대개(大駕) ᄒᆡᆼᄒᆡᆼ(行幸)[75]ᄒᆞ샤 경왕으로ᄡᅧ 태감 김영보 등을 거ᄂᆞ려 황셩을 딕희게 ᄒᆞ시고 군관과 ᄉᆞ졸 오십여만을 거ᄂᆞ려 셰(歲) 긔ᄉᆞ삭(己巳朔) 십칠일의 믈미ᄃᆺ 나아갈ᄉᆡ[76] 왕진[77]이 협텬ᄌᆞ이평녈후(狹天子而平列候)ᄒᆞ니 위엄이 흉쟝(凶壯)[78]ᄒᆞᄃᆡ 댱졸(將卒)이 블복(不服)ᄒᆞ여 져마다 원망을 픔고 듕댱(衆將)이 귀슌(歸順)치 아니니 군듕ᄉᆡ(軍中事) ᄒᆡ이(解弛)ᄒᆞ미 디ᄌᆞ(知者)ᄅᆞᆯ 기다리디 아냐 알디라. 용관(庸關)[79]을 인ᄒᆞ여 셜보[80]의 니ᄅᆞ러ᄂᆞᆫ 년일(連日)ᄒᆞ여 대풍(大風)이 죵셔븍긔(從西北起)

72 양미토긔(揚眉吐氣): 양미토기. 눈썹을 휘날리며 기를 뿜는다는 것으로, 고개를 치켜들고 뽐낸다는 뜻.

73 슉야(夙夜): 숙야. 이른 아침부터 밤 늦게까지.

74 요언(妖言): 인심을 혼란하게 만드는 요사스러운 말.

75 ᄒᆡᆼᄒᆡᆼ(行幸): 행행. 임금이 대궐 밖으로 거둥함.

76 나아갈ᄉᆡ: 규장각본에는 '나가실ᄉᆡ'로 되어 있음.

77 왕진: 규장각본에는 '왕딘'으로 되어 있음.

78 흉쟝(凶壯): 흉장. 흉악하고 억셈.

79 용관(庸關): 역사상 '거용관(居庸關)'을 가리키는 것으로 보임.

80 셜보: 설보. 역사상 '선부(宣府)'를 가리키는 것으로 보임.

ᄒᆞ고 대위(大雨) 죵일(終日)이러라. 초목[81]의 니른 십ᄉᆞ 일의 뇌익이 ᄉᆞ면(四面)으로 에우거ᄂᆞᆯ 영국공 댱보와 학ᄉᆞ 됴경 등이 샹긔 쥬ᄒᆞ여 화친(和親)이 맛당ᄒᆞ시믈 일ᄏᆞᄅᆞ니 샹이 ᄯᅩ 셰(勢) 니(利)치 아니믈 보시고 퇴군(退軍)코져 ᄒᆞ샤 텬샤(天使)로 글을 가져 븍노(北奴) 야션 의게 화친을 쳥ᄒᆞ고 왕딘이 급히 녕(令)을 통ᄒᆞ여 힝ᄒᆞ미 삼사 니(里) 54면 ᄅᆞᆯ 못 ᄒᆞ여 뇌(奴) 다시 네 녁흐로 에워 급히 ᄯᅩᆯ와 명영(明營)을 튱살(衝殺)ᄒᆞ니 주검이 들히 덥히고 피 흘너 믈이 막히니 샹이 친통대군(親統大軍)ᄒᆞ시고 막힌 거ᄉᆞᆯ ᄯᅮᆲ다가[82] 긔운이 딘ᄒᆞ샤 니러나디 못ᄒᆞ시니 노(奴) 용위(龍位) ᄉᆡᆼ금(生擒)ᄒᆞ여 가고 ᄇᆡᆨ관 죽은 ᄌᆡ 영국공 댱보와 상셔 광야와 학ᄉᆞ 됴경 등 슈ᄇᆡᆨ 인이 젼장(戰場)의 맛고 그 아ᄅᆡ 슈ᄇᆡᆨ이 힝션ᄒᆞ여 봉두젹신(蓬頭赤身)으로 년ᄒᆞ여 유관의 득달ᄒᆞ니 보군(步軍) 이십만과 긔계츼듕(機械輜重)[83]이 호인(胡人)의 어든 ᄇᆡ 된디라. ᄌᆞ고로 오랑ᄏᆡ 듕국 니(利) 어드미 이 갓ᄐᆞᆯ 젹이 업고 명병(明兵)이 대패(大敗)ᄒᆞ미 샹이 흉노(匈奴)의 참욕을 면치 못ᄒᆞ시니 바야흐로 튱녈디신(忠烈之臣)의 혈셩고간(血誠苦諫)[84]을 ᄉᆡᆼ각ᄒᆞ샤 실덕을 뉘웃ᄎᆞ신들 엇디ᄒᆞ리오? 셜홰(說話) 임의 ᄉᆞ긔(史記)의 ᄒᆡ비(賅備)ᄒᆞ니 그 대략을 올니노라.

---

81 초목: 역사상 '토목보(土木堡)'를 가리키는 것으로 보임. 29권에는 '토목'으로 되어 있음.

82 ᄯᅮᆲ다가: ᄯᅮᆲ다. 뚫다.

83 긔계츼듕(機械輜重): 기계치중. 무기와 수레나 말에 실은 짐으로, 군대의 여러 가지 물품을 통틀어 이르는 말.

84 혈셩고간(血誠苦諫): 혈성고간. '혈성'은 진심에서 나오는 정성의 뜻이고, '고간'은 하기 어려움을 무릅쓰고 간절히 간한다는 뜻.

55면 ᄊᆡ의 학ᄉᆞ 니빈과 한님 양션이 대가(大駕)ᄅᆞᆯ 호위ᄒᆞ여 초목의 니ᄅᆞ기
젼 용관(庸關)의 뉴혈징디(流血爭之)ᄒᆞ여 어개(御駕) 도라가시믈 알
외여 앗ᄎᆞᆷ으로브터 저녁의 니ᄅᆞᄃᆡ 득간(得諫)치 못ᄒᆞ니 샹이 쳐엄은
눈 감고 팔장 ᄭᅩᄌᆞ 기리 연믁(連默)ᄒᆞ실 ᄲᅳᆫ이러니 날이 반오(半午)의
밋쳐ᄂᆞᆫ 핍박ᄒᆞ여 믈너가라 ᄒᆞ시며 무군무엄(無君無嚴)ᄒᆞ다 엄졀이
칙ᄒᆞ시나 졔신이 믈너가디 아니믈 보시ᄆᆡ 대로ᄒᆞ샤 ᄒᆞ옥(下獄)ᄒᆞ라
ᄒᆞ시니 냥공이 쳬혈(涕血)이 ᄉᆞ미ᄅᆞᆯ 젹셔 이의 나릴ᄉᆡ 양챵명[85]이 니
챵계[86]ᄅᆞᆯ 도라보아 가연통셕(可憐痛惜) 왈

“ᄋᆡᄌᆡ라. 우리 부ᄌᆡ ᄌᆡ시의 져 나롯 ᄆᆡᆫ 흉젹을 묘당(廟堂)의 두샤 국
개(國家) 장ᄎᆞᆺ 업치게 ᄒᆞ시뇨?”

챵계 탄왈(嘆曰)

“텬의(天意)며 대쉬(大壽)니[87] 부ᄌᆡ ᄌᆡ시의 금일을 모로시미 아니로ᄃᆡ
능히 흉젹을 믈니치디 못ᄒᆞ시니 이졔 한홀 거시 업거니와 아등이 위
인신(爲人臣)ᄒᆞ여[88] 오군(吾君)으로 흉노의 참욕을 당ᄒᆞ시게 ᄒᆞ니 하
56면 면목(何面目)으로 텬일(天日)을 ᄃᆡᄒᆞ리오? ᄎᆞ시ᄅᆞᆯ 당ᄒᆞ여 졍만ᄇᆡᆨ의
죽으미 더옥 쾌ᄒᆞ고 아등의 살미 만 번 블쾌ᄒᆞᆫ디라. 우퉁이 심혈노조
ᄎᆞ 바라나니 읍간(泣諫)ᄒᆞ여 텬의ᄅᆞᆯ 득디 못ᄒᆞ고 슌슌(順順)히 둥근
담 안ᄒᆡ 쇽슈(束手)ᄒᆞ여 흉젹의 모ᄒᆡ(謀害)ᄅᆞᆯ 닙으ᄆᆡ 옥니(獄吏)ᄅᆞᆯ

---

85 양챵명: 양창명. ‘창명’은 양선의 자.

86 니챵계: 이창계. ‘창계’는 이빈의 호.

87 대쉬(大壽)니: 대수이니. ‘대수’는 보통 대운의 뜻으로 아주 좋은 운수를 뜻하나, 여기서는 거스를 수 없는 국가의 운수를 뜻함.

88 위인신(爲人臣)ᄒᆞ여: 위인신하여. 인신이 되었다는 뜻. 인신은 신하.

보아 머리ᄅᆞᆯ 좃고 도예(徒隷)[89]ᄅᆞᆯ 보아 쳑심(刺心)ᄒᆞ니 긴 날의 괴로오미 졔근ᄃᆞᆺ 유확(油鑊)의 삼기고 잠간 ᄉᆞ이 칠심(七心)을 ᄲᆡᆷ만 ᄀᆞᆺ디 못할디라. 션ᄇᆡ ᄯᆞ흘 그어 옥(獄)을 ᄆᆡᆫᄃᆞ라도 드디 아니ᄒᆞ고 남글 ᄶᅡᆨ가 니(吏)ᄅᆞᆯ 삼아도 ᄃᆡ(對)치 말 거시라[90] ᄒᆞᆫ 바의 크게 어긔디 아니랴? 아등이 금일 옥의 나아가미 ᄯᅩᄒᆞᆫ 보명디되(保命之道) 되여 국공녈후(國公列侯)로 더브러 젼장의 ᄲᅧ흘니디 못ᄒᆞ미 익익참치(益益斬恥)여아?"

셜파(說罷)의 영이태식(永而太息)ᄒᆞ고 취리(就籬)ᄒᆞ니 튱분(忠憤)을 참디 못ᄒᆞᄂᆞᆫ 거동이 하날을 쎄칠 ᄃᆞᆺᄒᆞᄃᆡ 샹이 니·양 등을 방셕(放釋)디 아니시고 대군을 거ᄂᆞ려 노(奴)ᄅᆞᆯ 치고져 ᄒᆞ시다가 대패ᄒᆞ신 고 57면
로 니빈·양션이 흉봉(凶鋒)을 당치 아닌디라. 샹의 노(奴)의게 ᄂᆡᆺ글녀 마션의 셩의 니ᄅᆞ러 남(南)을 향ᄒᆞ여 굴슬(屈膝)ᄒᆞ고 안ᄌᆞ시ᄆᆡ[91] ᄒᆞᆫ 오랑ᄏᆡ 와 의갑(衣甲)을 달나 ᄒᆞᄃᆡ 주디 아니신ᄃᆡ 댱ᄎᆞᆺ 블궤디심(不軌之心)[92]을 픔어 위ᄐᆡ(危殆)키ᄅᆞᆯ 면치 못ᄒᆞ실너니 노(奴) 듕(中)의 상(相) 보ᄂᆞᆫ ᄌᆡ 이셔 말녀 왈

"ᄎᆞᄂᆞᆫ 범인(凡人)이 아니니 경이(輕易)히 ᄒᆡ치 말나."

---

89 도예(徒隷): 관아에 속한 노비.

90 션ᄇᆡ ᄯᆞ흘 ~ 말 거시라: '선비라면 땅에 금을 그어 감옥을 만들어도 들어가지 않고 나무를 깎아 형리를 삼아도 상대하지 말 것(畫地議不入 刻木期不對)'이라는 뜻.

91 남(南)을 향ᄒᆞ여 굴슬(屈膝)ᄒᆞ고 안ᄌᆞ시ᄆᆡ: '굴슬'은 무릎을 꿇어 절을 하는 것으로 남에게 굽히는 것을 의미하지만, 여기서 '남쪽을 향해 가부좌를 하고 앉았다'는 것은 천자처럼 앉아 있다는 뜻으로 봄.

92 블궤디심(不軌之心): 불궤지심. 마땅히 지켜야 할 법이나 도리에 어긋나는 마음. 모반하는 마음. 여기서는 천자를 죽이려고 하는 마음을 뜻함.

ᄒᆞ고 이에 뼈 먀션의 ᄋᆞ아 건간왕을 뵈니 샹이 문왈(問曰)

“네 노 먀션인다?”

건간왕이 대경ᄒᆞ여 달녀 먀션을 보아 왈

“부하의 일인을 어드니 ᄀᆞ장 긔이ᄒᆞᆫ디라. 이 반ᄃᆞ시 대명텬진(大明天子)가 ᄒᆞ노라.”

먀션이 급히 무릅흘 연ᄌᆞᆨ ᄒᆡ키ᄅᆞᆯ 더ᄃᆡ디 못ᄒᆞ리니 듕국 사ᄅᆞᆷ을 뵈여 텬ᄌᆡ(天子)며 아니믈 알니라 ᄒᆞ고 ᄉᆞᆯ오잡은 댱졸다려 므ᄅᆞᆫᄃᆡ 과연 황샹이라 ᄒᆞᄂᆞᆫ디라. 먀션의 골경디신(骨鯁之臣) ᄂᆡ공이 칼흘 춤추어 골오ᄃᆡ

58면 “이 칼노뼈 져 명(明) 텬ᄌᆞ(天子)ᄅᆞᆯ 시험ᄒᆞ여 오군(吾君)으로 ᄒᆞ여곰 멍에ᄅᆞᆯ 한단(邯鄲)의 머므ᄅᆞ고[93] ᄉᆞ슴을 듕원(中原)의 ᄯᆞ로ᄂᆞᆫ 슈괴[94] 업시 탑하(榻下)의 타인(他人)의 언식(偃息)[95]을 용납디 아니리니 이ᄂᆞᆫ 하날이 오군으로뼈 만니강산(萬里江山)을 쾌히 두게 ᄒᆞ미라.”

하고 칼흘 두로고 ᄲᅢᆯ니 ᄂᆡ닷거ᄂᆞᆯ ᄇᆡᆨ안쳠모ᄋᆡ[96] 면졀대즐(面折大叱)ᄒᆞ여 칼흘 머추라 ᄒᆞᆫᄃᆡ 먀션이 ᄂᆡ공을 눈 주어 ᄲᅢᆯ니 ᄒᆡ코져 ᄒᆞᄆᆡ 먀션

---

93 멍에를 한단(邯鄲)의 머므ᄅᆞ고: 수레의 멍에를 한단에 머무르게 한다는 것은 중원을 정벌하기 위해 원정을 떠나지 않고 한단에 머문다는 뜻.

94 ᄉᆞ슴을 듕원(中原)의 ᄯᆞ로ᄂᆞᆫ 슈괴: 사슴을 중원에서 따르는 수고. ‘중원의 사슴을 쫓는다’는 ‘중원축록(中原逐鹿)’의 뜻으로 중원에서 패권을 다툰다는 의미. 중원은 중국의 중심을, 사슴은 정권을 상징함. 한신의 몰락 이후 그의 책사 괴통이 유방에게 자신의 입장을 변론하면서 “진나라가 사슴을 잃자 천하가 함께 그것을 쫓는다(秦失其鹿 天下共逐之).”라고 한 데서 유래함. 《사기》 〈회음후열전〉.

95 언식(偃息): 걱정이 없어 편안하게 누워서 쉼.

96 ᄇᆡᆨ안쳠모ᄋᆡ: 백안첨모애. 흉노 마선의 동생. 역사상 실제 인물인 백안첩목아(伯顔帖木兒)를 소설화한 인물. ‘ᄇᆡᆨ안쳠모ᄋᆡ’, ‘ᄇᆡᆨ안’, ‘쳠모ᄋᆡ’, ‘쳠모’ 등으로 표기됨.

위ᄒᆞᆫ 튱셩은 죽기를 도라보디 아니코 쳐음브터 먀션을 권ᄒᆞ여 난을 디어 명국을 멸ᄒᆞ여 노방을 향코져 ᄒᆞ미 발분망식(發憤忘食)ᄒᆞ미 밋쳐시니 엇디 블궤디심(不軌之心)을 긋치리오? 쳠모의 보ᄂᆞᆫ ᄃᆡᄂᆞᆫ 칼흘 술연이 바리고 퇴ᄒᆞ여 밧긔 나와 빅여 긔를 거ᄂᆞ려 어좌를 향ᄒᆞ여 나아가니 샹이 노송(老松) 하의 외로이 남으로 낫ᄒᆞ여 냥슬(兩膝)을 셰려 좌를 일워 계신 바의 환관 일인도 좃ᄎᆞ니 업ᄉᆞ니 고약(孤弱)ᄒᆞᆫ 형세 ᄒᆞᆫ 창으로 햐슈(下手)ᄒᆞ나 능히 버셔날 길히 업셔 뵈ᄂᆞᆫ디라. ᄂᆡ공이 호탕이 달녀오다가 뎨(帝)의 외로오시믈 보고 가가대쇼(呵呵大笑) 왈 59면

"빅여 긔를 가히 쁠 곳이 업ᄉᆞᆯ ᄲᅳᆫ 아니라 나의 디용ᄌᆡ략(智勇才略)으로뼈 외로온 ᄌᆞ를 친히 칼노 시험ᄒᆞ미 창승(蒼蠅)을 보고 댱검(長劍)을 ᄲᅢ힘 ᄀᆞᆺᄐᆞ니 말지 쇼졸이라도 족히 당ᄒᆞ려니와 근본을 ᄉᆡᆼ각ᄒᆞᆫ즉 만승(萬乘)이니 비록 긔쉬(其數) 딘(盡)ᄒᆞ고 망ᄒᆞ믈 ᄌᆡ촉ᄒᆞ나 내 번국쇼댱(蕃國小將)으로 만승의 머리 버히미 딘실노 열 번 죽고 만 번 구ᄒᆞ여도 엇디 못ᄒᆞᆯ ᄇᆡ니 당당이 ᄒᆞᆫ번 시험ᄒᆞ여 져 머리로뼈 오군 탑하(榻下)의 헌(獻)ᄒᆞ리라."

설파(說罷)의 졸연이 에워ᄡᆞ니 ᄎᆞ시를 당ᄒᆞ여ᄂᆞᆫ 항우(項羽)의 강용(强勇)과 태종(太宗)의 영뮈(英武)라도 능히 손을 놀니디 못ᄒᆞᆯ ᄇᆡ어ᄂᆞᆯ 이 황샹은 용녁이 댱치 못ᄒᆞ신디라 힘힘히 맛ᄎᆞ실 바를 크게 슬허ᄒᆞ샤 창황이 소ᄅᆡᄒᆞ고 뇽긔(龍騎)를 움죽이시다가 것쳐 텬안(天顔)이 믄득 ᄯᅡ희 업더디시니 오호통의(嗚呼痛矣)라, 뎨(帝) 부유ᄉᆞᄒᆡ(富有四海)ᄒᆞ시고 귀위텬ᄌᆡ(貴位天子)시로ᄃᆡ 실덕ᄒᆞ샤 원현신친쇼인(遠賢臣親小人)의 신쳥요참(信聽訞讒)ᄒᆞ샤 상의 덕과 쥬의 졍ᄉᆞ를 60면

효측(效則)디 못ᄒᆞ시ᄆᆡ 만승의 디존디위(至尊之位)로뼈 흉노의 참욕을 바다 더러온 병긔의 농톄ᄅᆞᆯ 핍박ᄒᆞ미 이에 밋ᄎᆞ니 희(噫)라, 만셰의 씻디 못ᄒᆞᆯ 통한비분은 니ᄅᆞ도 말고 일인도 븟드러 젹을 막을 ᄌᆡ 업ᄉᆞ니 위ᄐᆡᄒᆞ미 호흡의 잇더니 홀연 남녁흐로조ᄎᆞ ᄉᆞ오 군졸을 거나린 ᄌᆡ 급히 튱돌ᄒᆞ여 드러올ᄉᆡ 그 의픠 당당ᄒᆞ고 신ᄎᆡ 쥰위(俊威)ᄒᆞ여 텬디ᄅᆞᆯ 두로혀고 건곤(乾坤)을 곳칠 슈단이 이시며 협태산초븍ᄒᆡ(挾泰山超北海)ᄒᆞᆯ 긔상이 이시니 쳑검(隻劒)으로 노군(奴軍)의 머리 참(斬)키ᄅᆞᆯ 플 ᄲᅢᄃᆞᆺ ᄒᆞ고 음아즐타(音訝叱咤)[97]의 만인(萬人)이 경동ᄒᆞᆯ 위풍으로 노발(怒髮)이 튱관(衝冠)ᄒᆞ고 목ᄌᆡ(目眥) 딘녈(震裂)ᄒᆞ여
61면 얼픗 ᄉᆞ이의 노군 삼십여 인을 참ᄒᆞ고 ᄲᅩᆯ니 드러오니 흉노군이 일시의 믈너 셕은 플 갓ᄐᆞᆫ디라. 기인이 ᄂᆡ공 흉노ᄅᆞᆯ 버히디 못ᄒᆞ고 다시 ᄆᆞᆯ을 나려 농톄(龍體)ᄅᆞᆯ 븟들ᄉᆡ 혼도(昏倒)ᄒᆞ신 바ᄅᆞᆯ 약믈노 드리워 구호ᄒᆞ여 이윽ᄒᆞᆫ 후 회소(回蘇)ᄒᆞ시ᄃᆡ 오히려 졍신을 슈습디 못ᄒᆞ샤 희미히 농안을 드러 ᄀᆞᆯ오샤ᄃᆡ

“딤을 구ᄒᆞᄂᆞᆫ ᄌᆞᄂᆞᆫ 엇던 사ᄅᆞᆷ이뇨? 흉노ᄂᆞᆫ 하고(何故)로 딤의 명을 남기ᄂᆞ뇨?”

기인이 ᄇᆡᆨ비계슈(百拜稽首)ᄒᆞ여 일만 번 죽기ᄅᆞᆯ 쳥ᄒᆞ니 ᄎᆞ하인야(此何人也)오? ᄎᆞ쳥하회(且聽下回)ᄒᆞ라.

화셜. 션시(先時)의 됴어ᄉᆞ 후암공 셰챵이 형양디하(桁楊之下)의 남은 목숨으로 계오 일신을 됴보(調保)ᄒᆞ여 븍ᄒᆡ의 안치ᄒᆞ시ᄂᆞᆫ 명으로

97 음아즐타(音訝叱咤): 음아질타. 큰 소리로 꾸짖는다는 뜻. “항우가 소리 질러 꾸짖으니, 천인이 그의 목소리에 놀라 쓰러졌다(項王 音訝叱咤 千人自廢).”에서 유래함. 《초한지》.

ᄌᆞ의(紫衣)ᄅᆞᆯ 메고 ᄇᆡ소(配所)의 나아갈ᄉᆡ 만니역경(萬里域境)의 참형여ᄉᆡᆼ(慘刑餘生)이 ᄒᆞᆫ낫 초교의 실니여 간고(艱苦)히 득달ᄒᆞ니 졀녁풍상(絶域風霜)의 오딕 ᄌᆞ보디도(自保之道)ᄅᆞᆯ 극딘히 ᄒᆞ여 왕존친위(王尊親位)로 ᄒᆞ여곰 상명(喪明)의 통(痛)을 깃치디 말고져 ᄒᆞᄆᆡ ᄌᆞ가의 몸을 보호ᄒᆞᄆᆞᆯ 여린 옥ᄀᆞᆺ치 ᄒᆞ나 죵일 ᄒᆡᆼᄒᆞ여 녀샤(旅舍)의 62면
드ᄃᆡ 벽경(僻境)[98]이 소슬ᄒᆞᆫ ᄯᆡ와 ᄉᆡ월이 비량(悲凉)ᄒᆞᆫ 밤의 믄득 낙경(洛京)[99]을 바라고 기리 회상ᄒᆞ여 영친디졍(榮親之情)이 일일층심(日日層深)ᄒᆞ고 ᄋᆡ군위국(愛君爲國)ᄒᆞᄂᆞᆫ 젹심단튱(赤心丹衷)이 ᄉᆞ군ᄒᆞᄆᆡ 왕딘 흉젹으로ᄡᅧ 튱녈디ᄉᆡ(忠烈志士) 죄륙(罪戮)ᄒᆞ고 간당이 양양(揚揚)이 득디(得志)ᄒᆞᄆᆡ 억만창ᄉᆡᆼ이 탕화(湯火)의 잠기고 텬춍(天聰)의 옹폐ᄒᆞᄆᆞᆯ 만나 경ᄉᆡ 괴란(潰亂)ᄒᆞᄆᆡ 종ᄉᆡ(宗社) 위틱ᄒᆞ고 만셩이 홍홍ᄒᆞᄆᆞᆯ[100] 혜아리ᄆᆡ 가연통셕(可憐痛惜)ᄒᆞ고 분개쳘텬(憤慨徹天)ᄒᆞ니 ᄌᆞ죠 손을 드러 가슴을 치고 피ᄅᆞᆯ ᄡᅳ려 음식을 거ᄉᆞ리니 만심이 우국ᄒᆞᄆᆡ 골돌ᄒᆞ니 미쳐 타ᄉᆞᄅᆞᆯ 결을치 못ᄒᆞ다가 고요히 ᄌᆞ긔 평ᄉᆡᆼ을 ᄉᆡᆼ각건ᄃᆡ 효ᄂᆞᆫ 힘을 다ᄒᆞ고 튱은 목슘을 ᄇᆞ려 튱효ᄅᆞᆯ 완젼코져 ᄒᆞ던 ᄇᆡ 당금ᄎᆞ시(當今此時)ᄂᆞᆫ 두 가디 다 어긋나 님군의 증염(憎厭)ᄒᆞ시미 욕살디(欲殺之)ᄒᆞ샤 참형여ᄉᆡᆼ(慘刑餘生)으로 븍변호디(北邊胡地)의 ᄂᆡ치이고 가졍의 비상ᄒᆞᆫ 블효ᄅᆞᆯ ᄭᅵ쳐 븍당ᄡᅡᆼ위(北堂雙位)예 슬 63면
하젹막(膝下寂寞)을 ᄭᅵ쳐 ᄉᆡᆼ니ᄉᆞ별(生離死別)의 참연통졀(慘然痛

---

98 벽경(僻境): 벽지. 으슥하고 외진 곳. 여기서는 변경을 뜻함.

99 낙경(洛京): '낙양(洛陽)'을 이르던 말.

100 홍홍ᄒᆞᄆᆞᆯ: 홍홍하다. 흉흉하다.

切)ᄒᆞ시미 됴모(朝暮)의 혈누ᄅᆞᆯ 쓰리시고 의탁 업ᄉᆞ신 심ᄉᆡ 집현촌
(集賢村) ᄀᆞ온ᄃᆡ ᄌᆞ긔(子期)ᄅᆞᆯ 우ᄂᆞᆫ 죵옹(鐘翁)[101]이 아니로ᄃᆡ 빵광(雙
眶)[102]의 피 소ᄉᆞ 졍ᄎᆡᄅᆞᆯ 일코 안시(顏氏) 노인(老人)의 셜우미[103] 업시
독ᄌᆞᄅᆞᆯ 만니위험디지(萬里危險之地)의 원별ᄒᆞᆫ 슬프미 흉장이 막히실
바ᄅᆞᆯ ᄉᆡᆼ각ᄒᆞᄆᆡ 구촌(九寸)이 욕녈(欲裂)ᄒᆞ여 쳘셕댱심(鐵石壯心)이
회젼(回轉)ᄒᆞ믈 ᄭᆡ닷디 못ᄒᆞ니 셩뎡디시(省定之時)[104]ᄅᆞᆯ 당ᄒᆞ여 아으
라ᄒᆞᆫ 셩효디셩(誠孝之性)이 촌심(寸心)이 여할(如割)ᄒᆞ고 신기(神祇)
감동(感動)ᄒᆞᆯ ᄇᆡ라. 일야(一夜)ᄂᆞᆫ 듕야(中夜)의 텬슈(天宿)ᄅᆞᆯ 앙쳠(仰
瞻)ᄒᆞ여 방국(邦國)의 길흉(吉凶)을 ᄉᆞᆯ피ᄂᆞᆫ 바의 그 가졍(家庭)의 쥬
셩(主星)을 보아 발셔 낙경(洛京)을 ᄯᅥ나 고토(故土)의 도라가믈 듯디
아냐 알고 도로혀 ᄒᆡᆼ심(幸甚)ᄒᆞ여 그윽이 혜오ᄃᆡ 부친이 빵봉훤위(雙
逢萱闈)ᄒᆞ여 고향의 도라가시미 간당(奸黨)의 ᄒᆡᄅᆞᆯ 인ᄒᆞ미나 안뎡ᄒᆞᆫ
64면 곳의 소ᄅᆞᆯ 뎡ᄒᆞ여 계시믈 ᄒᆡᆼ열ᄒᆞ나 골돌ᄒᆞᄂᆞᆫ 바ᄂᆞᆫ 님군의 실덕을 통
셕ᄒᆞ더라. 이러ᄐᆞᆺ 계오 초초(焦憔)히 젹소(謫所)의 무ᄉᆞ득달ᄒᆞ여ᄂᆞᆫ
이 곳 오랑ᄏᆡ 싸히라. 우밍(愚氓)의 춍듕(叢中)이오 이젹(夷狄)의 마

---

101 집현촌(集賢村) ᄀᆞ온ᄃᆡ ᄌᆞ긔(子期)ᄅᆞᆯ 우ᄂᆞᆫ 죵옹(鐘翁): 집현촌에서 아들 종자기의 죽음을 슬퍼하며 우는 종자기의 아버지라는 뜻으로, 아들의 죽음을 슬퍼하는 아버지라는 의미. 종자기는 초나라 나무꾼으로 음률에 정통하여 거문고를 연주하던 백아와 지음의 관계가 되었던 인물.

102 빵광(雙眶): 두 눈.

103 안시(顏氏) 노인(老人)의 셜우미: 안씨 노인의 설움이. 안씨 노인은 공자의 제자인 안연의 아버지 안로. 아들이 일찍 죽자 스승인 공자에게 수레를 팔아 아들의 덧관을 마련해 달라고 했으나 공자가 거절함. 《논어》 〈선진(先進)〉.

104 셩뎡디시(省定之時): 성정지시. 혼정신성(昏定晨省)의 때. '혼정신성'은 저녁에는 부모님의 잠자리를 보아드리고 아침에는 문안을 드린다는 뜻이므로, '성정지시'는 아침저녁으로 부모님의 안부를 살피는 때라는 의미.

을이라. 슈토(水土)의 괴이홈과 풍쇽의 블측ᄒᆞ미 일일 견ᄃᆡᆯ ᄇᆡ 아니로ᄃᆡ 됴어ᄉᆡ 신상화ᄋᆡᆨ은 조곰도 슬허 아니 ᄒᆞ고 평셕(平昔)[105]의 ᄂᆞᆺ기ᄂᆞᆫ ᄇᆡ 국가안위(國家安危)라. 우국ᄒᆞᄂᆞᆫ 결을의 태힝산 구름을 ᄇᆞ라며 븍신의 ᄂᆞᆺ기믈 더으니 ᄂᆞᆺ나라 술이 근심을 프디 못ᄒᆞ고 초나라 노ᄅᆡ 능히 즐기믈 엇디 못ᄒᆞ니 쳠망부혜(瞻望父兮)여 쳑리모혜 시[106]ᄅᆞᆯ 읇허 쳬영여우(涕零如雨)ᄒᆞᄆᆡ 형고의ᄉᆡᆨ(形枯意塞)ᄒᆞ여 춘장의 ᄑᆞᆷ은 원과 당ᄉᆞ의 ᄂᆞᆺ기ᄂᆞᆫ 탄이 간장의 죵긔 일고 쳑호(陟岵)의 눈 멀기ᄅᆞᆯ 면치 못ᄒᆞ니 튱효신의디도(忠孝信義之道)ᄅᆞᆯ 엇디 변븍우ᄆᆡᆼ(邊北愚氓)이 감동격절(感動擊節)ᄒᆞ여 학이습(學而習)디 아니리오? 일노 말ᄆᆡ암아 이젹(夷狄) 금슈디심(禽獸之心)이 풍쇽을 곳쳐 튱효(忠孝)ᄅᆞᆯ 본 65면 (本)ᄒᆞ고 우ᄋᆡ돈목(友愛敦睦)ᄒᆞ여 닌니상보(隣里相保)ᄒᆞ니 젹소(謫所)의 거ᄒᆞᆫ 슈월의 흉완(凶頑)ᄒᆞᆫ 인심이 대변(大變)ᄒᆞ여 믄득 듕화(中華)의 비길 ᄇᆡ니 덕힝이 광명ᄋᆡ 만ᄆᆡᆨ(蠻貊)이라도 흡연ᄒᆞ믈 알디라. 텬되(天道) 튱녈(忠烈)의 함원(含怨)ᄒᆞᆫ 죽엄이 업과져 ᄒᆞ므로 형하(刑下)의 상ᄒᆞᆫ 곳이 ᄌᆞ연 ᄎᆞ상(差常)ᄒᆞ여 임의 쾌소(快蘇)ᄒᆞ엿더니 홀연 먀션이 녜폐(禮幣)ᄅᆞᆯ 두터이 ᄒᆞ여 글을 보ᄂᆡ여 간졀이 닐위고져 ᄒᆞᄂᆞᆫ디라. 후암이 분ᄒᆡᄒᆞ믈 니긔디 못ᄒᆞ여 폐믈(幣物)을 형극(荊棘)

105 평셕(平昔): 평석. '이전부터'나 '계속하여 달라짐이 없이'의 뜻이 있는데, 여기서는 후자의 뜻.

106 쳠망부혜(瞻望父兮)여 쳑리모혜 시: 행역을 떠난 남자가 가족을 그리워하는 내용인 《시경》 〈위풍(魏風)〉 '척호(陟岵)'를 말함. 3장으로 구성된 〈척호〉는 각각 아버지, 어머니, 형을 그리워하는 내용인데, 그중 부모를 그리워하는 부분의 시구는 "척피호혜 첨망부혜(陟彼岵兮 瞻望父兮)"와 "척피기혜 첨망모혜(陟彼屺兮 瞻望母兮)"이므로 어머니에 대한 시구가 다르게 되어 있음.

안ᄒᆡ 드리디 아니코 ᄉᆞᄌᆞ(使者)ᄅᆞᆯ 즐퇴(叱退)ᄒᆞ니 먀션이 됴어ᄉᆞ의 형극을 즛ᄇᆞᆯ아[107] 남기디 말고져 ᄒᆞ니 ᄂᆡ공이 간왈(諫曰)

“텬ᄌᆞᄅᆞᆯ 업시ᄒᆞᆫ 후 만니강산(萬里江山)을 두시ᄂᆞᆫ 날은 보텬디ᄒᆡ(普天之下) 막비왕퇴(莫非王土)오 솔토디빈(率土之賓)이 막비왕신(莫非王臣)[108]이라. 됴셰챵이 비록 튱졀(忠節)을 굽히디 말고져 ᄒᆞ나 뎐ᄒᆡ 대

66면 위(大位)예 오ᄅᆞ신ᄌᆞᆨ 곳 뎐하의 신ᄌᆡ(臣者)라. 슈양산(首陽山) ᄎᆡ미(採薇)[109] 만고(萬古)의 일졀(一節)이나 초목(草木)도 역쳠쥬우뢰(亦沾周雨露)[110]오 니릉(李陵)의 목숨 ᄉᆞ랑ᄒᆞ미 한뎨(漢帝)ᄅᆞᆯ 갑고져 ᄒᆞ던 본의(本意)ᄅᆞᆯ ᄇᆞᆰ히디 못ᄒᆞ고 위률(衛律)의 딘항(眞降)으로 다ᄅᆞ디 아니ᄒᆞ니[111] 됴셰챵이 실노 튱녈(忠烈)이 명군(明君)을 위ᄒᆞ여 작신고톄(作身苦體)ᄒᆞ여 칠신위나(漆身爲癩)ᄒᆞ고 탄탄위아(呑炭爲啞)ᄒᆞ여

---

107 즛ᄇᆞᆯ아: 즛ᄇᆞᆲ다. 짓밟다.

108 보텬디ᄒᆡ(普天之下) 막비왕퇴(莫非王土)오 솔토디빈(率土之賓)이 막비왕신(莫非王臣): 온 천하가 왕의 땅이 아닌 곳이 없고 모든 백성이 왕의 신하가 아닌 사람이 없다는 뜻. 《시경》 〈소아〉 ‘북산(北山)’에 나오는 구절.

109 슈양산(首陽山) ᄎᆡ미(採薇): 수양산 채미. 수양산에서 고사리를 캔다는 뜻. 은나라 말 고죽군의 두 아들인 백이와 숙제가 주 무왕이 은나라를 멸망시키고 천하를 차지하자 주나라의 곡식을 먹을 수 없다며 수양산에 들어가서 고사리를 캐서 연명하다 주려 죽은 일.

110 초목(草木)도 역쳠쥬우뢰(亦沾周雨露)오: 초목도 또한 주나라의 비와 이슬을 맞고 자란다는 뜻. 주나라 곡식을 먹지 않겠다며 수양산의 고사리를 캐 먹고 연명하던 백이와 숙제에 대해 고사리도 주나라에 속한 것이라는 뜻으로 비난하는 말.

111 니릉(李陵)의 ~ 아니ᄒᆞ니: 이릉은 한나라의 장수로 흉노와 싸우다 항복하고 선우의 딸과 결혼해 왕이 되었고, 위율은 한나라 사신으로 흉노에 갔다가 항복하고 왕이 되었다. 그런데 사마천이 이릉의 항복은 중과부적의 상황에서 거짓으로 항복한 것이라 하고, 이에 비해 위율은 진짜로 항복한 것이라고 봄. 그런데 여기서는 이릉이 한제를 위하는 본의를 밝히지 않고 목숨을 아껴 거짓 항복한 것이나 위율이 진짜로 항복한 것이 다르지 않다고 함.

과복교하(過伏橋下)ᄒᆞ미 될딘ᄃᆡ[112] 뎐ᄒᆡ(殿下) 죽이디 아니셔도 능히 ᄉᆞ디 못ᄒᆞᆯ ᄇᆡ오 블연ᄌᆞᆨ(不然則) 신 등ᄋᆞ로 엇게ᄅᆞᆯ ᄀᆞᆯ와[113] 머리ᄅᆞᆯ ᄲᆞᆨ고 오군(吾君)으로 남면ᄉᆞ디(南面事之)ᄒᆞ리니 만일 셰챵을 어든ᄌᆞᆨ 됴시(趙氏) 년셩디벽(連城之璧)과 위혜(衛惠)의 됴승디쥬(照乘之珠)의 더을디라. 신이 비록 념파(廉頗)의 밋디 못ᄒᆞ나 닌상여(藺相如)ᄅᆞᆯ 존ᄒᆞ여[114] 하집ᄉᆞ의 튱슈(充數)ᄒᆞᄆᆞᆯ 평ᄉᆡᆼ 영화ᄅᆞᆯ 삼고 방연(龐涓)의 싀긔(猜忌)[115]와 뎡소의 참언(讒言)을 효측(效則)디 아니하오리니 원(願) 대왕(大王)은 노ᄅᆞᆯ 잠간 늣추시ᄆᆞᆯ ᄇᆞ라ᄂᆞ이다."

먀션이 과연기언(果然其言)ᄒᆞ여 다시 됴어ᄉᆞᄅᆞᆯ ᄒᆡ치 아니ᄒᆞ니 일노 조ᄎᆞ 됴어ᄉᆡ 보명ᄒᆞᆫ ᄇᆡ 되엿더니 대개(大駕) 친뎡(親征)ᄒᆞ샤 토목의 67면
셔 대패ᄒᆞ시고 녈후국공(列候國公)이 반 남아 젼장의 맛ᄎᆞ시ᄆᆞᆯ 드ᄅᆞᄆᆡ 능히 형극(荊棘)을 딕희고 잇디 못ᄒᆞ여 ᄲᆞᆯ니 슈개비복(數箇婢僕)

112 작신고톄(作身苦體)ᄒᆞ여 ~ 될딘ᄃᆡ: 일부러 몸을 해치기를 옻칠을 하여 문둥이가 되고 숯을 삼켜 벙어리가 된 뒤 지나가는 다리 밑에 숨어 있는 일을 한다면. 이는 춘추시대 말기 진(晉)의 경대부 지백의 가신이었던 예양이 지백의 원수를 갚기 위해 한 일. 조세창이 명 황제를 위해 충절을 지킨다면 예양이 조양자에게 충성하다 죽은 것과 같이 죽음에 이를 것이라는 뜻.

113 ᄀᆞᆯ와: 굷다. 나란하다.

114 념파(廉頗)의 밋디 못ᄒᆞ나 닌상여(藺相如)ᄅᆞᆯ 존ᄒᆞ여: 염파는 전국시대 조나라의 장수이고 인상여는 전국시대 조나라의 명신. 인상여가 공을 세워 염파보다 높은 위치에 있게 되자 염파가 이를 비판했는데, 인상여는 그를 피하며 상대하여 싸우지 않음. 나중에 염파가 이 일을 알고 가시나무를 짊어지고 가서 사죄함.

115 방연(龐涓)의 싀긔(猜忌): 방연의 시기. 방연이 손빈과 함께 귀곡자에게 병법을 배웠는데 위(魏)나라 장수가 된 방연이 손빈을 시기하여 그를 과형(발꿈치를 베는 형벌)과 묵형(이마에 죄명을 새기는 형벌)에 처함. 제나라로 탈출한 손빈은 수레에 누워 군사를 지휘했는데 아궁이의 숫자를 줄이는 계책〔減竈策(감조책)〕을 써서 방연을 마릉에서 크게 이김.

을 다리고 거러 ᄂᆡᄃᆞᄅᆞ니 이하의 댱정ᄒᆞᆫ 호한(豪漢) ᄉᆞ오 인이 쳔니구(千里駒)와 댱검(長劍)을 가져와 어ᄉᆞᄅᆞᆯ 믈긔 올니고 ᄯᆞ라가 죽기ᄅᆞᆯ 쳥ᄒᆞ니 어ᄉᆡ 밋쳐 ᄃᆡ답디 못ᄒᆞ고 급급히 흉노 영듕을 ᄉᆞ못ᄎᆞ 뎨(帝)의 계신 곳을 ᄎᆞᆺ다가 ᄂᆡ공의 흉ᄒᆞᆫ 병긔의 ᄲᆞ히시믈 보고 의ᄉᆡ 망망ᄒᆞ고 ᄆᆞ음이 착급ᄒᆞ여 몸을 ᄇᆞ려 노병(奴兵)을 믈니칠ᄉᆡ 임의 젹군이 허여지며 샹이 회소ᄒᆞ샤 옥톄ᄅᆞᆯ 슈습ᄒᆞ시니 어ᄉᆡ 비로소 계슈ᄇᆡᆨᄇᆡ(稽首百拜)ᄒᆞ여 ᄉᆞ죄ᄅᆞᆯ 쳥ᄒᆞ온ᄃᆡ 샹이 창황 듕 농안(龍眼)을 드러 보시ᄆᆡ 이 믄득 의희ᄒᆞ여 젼의 보던 사ᄅᆞᆷ ᄀᆞᆺᄐᆞ니 이 다ᄅᆞ니 아니라 젼일 왕딘 흉젹을 참ᄒᆞ여 군부의 근심을 덜고져 ᄒᆞ며 텬의ᄅᆞᆯ 색거

68면

급댱유(汲長孺)의 강딕ᄒᆞᆷ과 댱구령(張九齡)의 항항절절(抗抗節節)ᄒᆞᆫ[116] 튱셩을 겸ᄒᆞ여 일ᄌᆞᆨ이 운몽(雲夢)의 댱션[117]을 ᄯᅥᆯ치ᄆᆡ 마쳔(馬遷)[118]의 학식을 압두ᄒᆞ고 은ᄃᆡ ᄌᆞ팔[119]의 문명(文明)을 쳔ᄌᆞ(擅恣)ᄒᆞ여 봉각(鳳閣)[120]의 관ᄉᆡᆫ을 드리오고 난ᄃᆡ(蘭臺)[121]의 붓ᄉᆞᆯ 잡아 금궤셕실(金櫃石室)의 만셰ᄅᆞᆯ 유젼ᄒᆞ던 후암션ᄉᆡᆼ 됴셰챵이라. 튱녈딕간(忠烈直諫)으로 큰 죄ᄅᆞᆯ 삼아 정하(庭下)의셔[122] 그 의관을 벗기며 몸의 됴복(朝服)

116 항항절절(抗抗節節)ᄒᆞᆫ: 항항절절하다. '항절하다'의 강조형으로 '굽히지 않고 저항하다'의 뜻.

117 댱션: 규장각본에는 '댱셩'으로 되어 있음.

118 마쳔(馬遷): 마천. 사마천. 자는 자장(子長). 《사기》를 저술한 전한의 역사가.

119 은ᄃᆡ ᄌᆞ팔: 미상.

120 봉각(鳳閣): 당나라 측천무후 때 중서성의 별칭으로, 조정의 내각을 가리킴. 《신당서》 〈유의지열전〉.

121 난ᄃᆡ(蘭臺): 난대. 후한 때 반고가 난대영사(蘭臺令史)로서 《후한서》를 편찬한 까닭에, 흔히 사관(史官)의 별칭으로 쓰임. 《후한서》 〈광무제기〉.

122 정하(庭下)의셔: 규장각본에는 '정의셔'로 되어 있음.

을 아ᄉᆞ 참뉵(斬戮)고져 ᄒᆞ다가 일누(一縷)ᄅᆞᆯ 남겨 븍변(北邊)의 안치ᄒᆞᆫ ᄇᆡ라. 등한(等閑)ᄒᆞᆫ[123] 픔슈(稟受)[124]와 범연(泛然)ᄒᆞᆫ 위인이면 발셔 형양하(桁楊下)의 놀난 혼ᄇᆡᆨ이 운소(雲霄)의 한을 픔을 ᄇᆡ오 일신이 됴치 아니나 병잔디인(病殘之人)이 되여 변븍풍토(邊北風土)의 ᄒᆞᆫ낫 누귀(陋鬼)로 기ᄉᆡᆼ(寄生)이 괴롭고 슬프미 블여ᄉᆡ(不如死)로ᄃᆡ 텬ᄌᆞ긔딜(天資氣質)이 탁츌비상(卓出非常)ᄒᆞ므로뼈 참형의 헐은 곳이 쾌히 하리믈 엇고 슈토의 상ᄒᆞ미 업셔 옥면풍골(玉面風骨)이 영위ᄒᆞ미 젼일노 다ᄅᆞ디 아닌디라. 69면 태산이 쥰호(俊豪)[125]ᄒᆞ고 대ᄒᆡ(大海) 왕왕블요(汪汪不撓)ᄒᆞ니 슈연ᄒᆞᆫ 용의ᄂᆞᆫ 경젼의 셔리 ᄀᆞᆺ고 븍ᄒᆡ남명(北海南冥)이 호무ᄋᆡ안(浩無涯岸)ᄒᆞ며 츄상(秋霜)을 능모(凌侮)ᄒᆞᄂᆞᆫ 긔상이 위증(魏徵)을 압두ᄒᆞᆯ ᄇᆡ로ᄃᆡ 샤명이 업시 형극(荊棘) 밧긔 ᄭᅱ여나와 옥톄ᄅᆞᆯ 븟드오ᄆᆡ 황황젼뉼(遑遑戰慄)ᄒᆞ며 형용이 슈우(愁憂)ᄒᆞ여 디존(至尊)을 우러러 큰 죄ᄅᆞᆯ 디은 ᄃᆞᆺᄒᆞ니 늠늠이 어름을 ᄇᆞᆲ으며 못ᄉᆞᆯ 님ᄒᆞᆫ ᄃᆞᆺ 죽어 뭇칠 곳을 ᄉᆡᆼ각디 못ᄒᆞᄂᆞᆫ ᄃᆞᆺᄒᆞᆫ디라. 텬심이 ᄌᆞ시ᄅᆞᆯ 당ᄒᆞ여 일쳔 번 뉘웃고 일만 번 ᄋᆡ돌와 ᄒᆞ시나 어이 밋ᄎᆞ시리오? 됴졍(朝廷)의 튱냥(忠良)이 업ᄉᆞ미 아니로ᄃᆡ 오히려 이윤(伊尹)을 ᄇᆡᄒᆞᆯ ᄌᆡ 업ᄉᆞ므로 뇽톄(龍體)ᄅᆞᆯ 동궁(東宮)의 츌(出)치 아냐 이 디경(地境)의 니ᄅᆞᄆᆡᄂᆞᆫ 황연망극(惶然罔極)ᄒᆞ샤 블승슈괴(不勝羞愧)ᄒᆞ시며 뇽뉘(龍

---

123 등한(等閑)ᄒᆞᆫ: 등한하다. 무엇에 관심이 없거나 소홀하다. 규장각본에는 '등ᄒᆞᆫ'으로 되어 있음.

124 픔슈(稟受): 품수. 선천적으로 타고남.

125 쥰호(俊豪): 준호. 도량이 크고 호탕함.

淚) 소ᄉᆞ나 어의(御衣)ᄅᆞᆯ 젹시니 만승의 위엄이나 ᄒᆞᆫ번 실덕ᄒᆞ시므로 텬위ᄅᆞᆯ 참굴(慘屈)ᄒᆞ샤 이젹(夷狄)의 더러온 병긔의 위ᄐᆡᄒᆞᆯ 번ᄒᆞ여시니 각골통셕(刻骨痛惜)ᄒᆞ시다가 됴셰챵의 젹심단튱(赤心丹衷)으로

70면 옥톄(玉體)ᄅᆞᆯ 밧드러 딘뎡ᄒᆞ시게 ᄒᆞ니 샹이 ᄒᆞᆫ갓 반갑고 깃브시미 하ᄂᆞᆯ노조ᄎᆞ ᄯᅥ러딘 ᄃᆞᆺᄒᆞ시나 셰챵의 ᄋᆡ군튱녈(愛君忠烈)을 보실ᄉᆞ록 현신(賢臣)을 ᄒᆡ륙(害戮)ᄒᆞ믈 더옥 슈치ᄒᆞ샤 텬안이 크게 참괴비셕(慚愧悲惜)ᄒᆞ시며 팔ᄎᆡ농미(八彩龍眉)[126]의 츄패(秋波) ᄯᅥ러디샤 셰챵의 손을 잡으시고 영영 늣기시며 희허탄식(欷歔嘆息)ᄒᆞ시더라.

(책임교주 전진아)

126 팔ᄎᆡ농미(八彩龍眉): 팔채용미. 임금을 가리키는 말. 당요의 미간에 여덟 가지 색채가 있었다는 데서 유래.

완월회뮝연 玩月會盟宴

권디십 卷之十

ᄌᆡ셜. 텬ᄌᆡ 됴어ᄉᆞ의 손을 잡으시고 영영이 늣기시며 희허탄식(唏噓 1면
嘆息)ᄒᆞ샤 왈
"금일 만ᄃᆡ의 씻디 못ᄒᆞᆯ 참욕을 당ᄒᆞ여 딤의 실덕(失德)이 스ᄉᆞ로 이
화ᄅᆞᆯ 취ᄒᆞ고 튱현(忠賢)을 살뉵(殺戮)ᄒᆞ며 녕신흉당(佞臣凶黨)을 통
용(寵用)ᄒᆞᄆᆡ 딤이 몸을 맛ᄎᆞᆫ들 슈원슈한(誰怨誰恨)이리오마ᄂᆞᆫ 일
노조ᄎᆞ 우리 명실(明室)이 업쳐져 태조 고황뎨(高皇帝) 이젹(夷狄)의
비린 틋글을 쁠고 근노ᄒᆞ여 어드신 텬하ᄅᆞᆯ 헛곳의 바리고 숑(宋) 휘흠
(徽欽)[1]의 쳥의(青衣)[2]로 오국셩(五國城)[3]의셔 죵신ᄒᆞ믈 효측(效則)ᄒᆞᆯ
바ᄅᆞᆯ 망망이 통셕ᄒᆞ더니 경이 어ᄃᆡ로조ᄎᆞ 니ᄅᆞ러 딤의 급ᄒᆞ믈 구ᄒᆞ
ᄂᆞ뇨? 젼ᄌᆞ의 딤이 옹폐부운(壅蔽浮雲)ᄒᆞ여 경의 튱간(忠諫)을 블쳥
(不聽)ᄒᆞ고 도로혀 븍히 죄슈ᄅᆞᆯ ᄆᆡᆫ돌며 기여튱녈(其餘忠烈)을 무슈
히 죄륙(罪戮)ᄒᆞ엿거ᄂᆞᆯ 이제 딤의 고위(孤危)ᄒᆞ믈 조ᄎᆞ리 업ᄉᆞᄃᆡ 경
이 이러틋 고호(顧護)ᄒᆞ여 고인의 튱심을 다ᄒᆞ니 딤의 심담(心膽)이 2면
셕목(石木)이 아니어니 엇디 감은치 아니며 젼과(前過)ᄅᆞᆯ 슈괴(羞愧)
치 아니리오? 경은 딤의 그ᄅᆞᆺᄒᆞᆫ 허믈을 ᄇᆞ리고 군신이 ᄉᆡ로이 은ᄋᆡᄅᆞᆯ
결ᄒᆞ여 태산교악(太山喬嶽)의 밋브미 잇게 ᄒᆞ라."
어ᄉᆡ 셩교(聖教)의 간측(懇惻)[4]ᄒᆞ심과 텬안의 비쳑ᄒᆞ시미 간졀ᄒᆞ시믈

---

1 숑(宋) 휘흠(徽欽): 송 휘흠. 북송의 8대 황제 휘종과 9대 황제 흠종을 아울러 이르는 말. 금나라에 북송의 수도 개봉이 함락됐던 '정강의 변'에 금나라에 포로로 끌려가 치욕스러운 삶을 마침.

2 쳥의(青衣): 청의. 신분이 천한 사람을 의미. 옛날에 신분이 낮은 사람들이 푸른 옷을 입은 것에서 유래.

3 오국셩(五國城): 오국성. 송 휘종과 흠종이 금나라의 포로로 끌려가 살다 죽은 곳.

당ᄒᆞ여 튱담녈장(忠膽烈腸)이 낫낫치 ᄇᆞᄋᆞ디ᄂᆞᆫ ᄃᆞᆺ 능히 셩교(聖敎)ᄅᆞᆯ ᄃᆡ(對)치 못ᄒᆞ고 ᄒᆞᆫ갓 고두뉴혈(叩頭流血)ᄒᆞ여 블튱무상(不忠無狀)ᄒᆞᆫ 죄ᄅᆞᆯ 쳥ᄒᆞᆯ ᄲᅳᆫ이라. 샹이 그 옥비(玉臂)ᄅᆞᆯ 어로만져 위유(慰諭)ᄒᆞ샤 왈

"딤이 박덕블명(薄德不明)ᄒᆞ여 경을 져ᄇᆞ리미 남은 ᄯᆞ히 업거ᄂᆞᆯ 경은 딤을 위ᄒᆞᆫ 졍셩이 고ᄌᆞ(古者) 동냥디ᄌᆞ(棟樑之者)의 더으미 만흔디라. 경이 혼군(昏君)의 블명실덕(不明失德)을 한치 아니ᄒᆞ고 몸을 ᄇᆞ려 님군을 구ᄒᆞ니 가히 만고(萬古)의 뉴젼(遺傳)ᄒᆞᆯ디라. 모로미 당치

3면

아닌 죄ᄅᆞᆯ 일ᄏᆞᆺ디 말고 혹ᄌᆞ 딤이 이곳을 ᄯᅥ나 도라가ᄂᆞᆫ 날이 이시면 일등공훈(一等功勳)이 되기ᄅᆞᆯ ᄉᆞ양치 말디니 놀난 ᄆᆞ음을 딘뎡ᄒᆞ고 몸을 편히 ᄒᆞ여 딤의 참치슈괴(慙恥羞愧)ᄒᆞ믈 더으게 말나."

셩ᄀᆈ(聖敎) 간졀ᄒᆞ샤 여ᄎᆞ위유(如此慰諭)ᄒᆞ시니 어ᄉᆡ 감히 역(逆)디 못ᄒᆞ여 비로소 계슈샤은(稽首謝恩)ᄒᆞᆯᄉᆡ 국궁여야(鞠躬如也)ᄒᆞ며 호흡여야(呼吸如也)ᄒᆞ여[5] 젼일 만일[6] 시립(侍立)ᄒᆞ던 ᄣᆡ와 다ᄅᆞ미 업ᄉᆞᆫ디라. 이의 고두뉴쳬(叩頭流涕) 왈

"신등이 블튱무상ᄒᆞ여 튱년(冲年)의 뇽닌(龍鱗)을 밧드ᄋᆞᆸ고 샤딕(社稷)을 밧드와 경악(經幄)의 근시ᄒᆞᄋᆞᆸ고 옥당(玉堂)의 논ᄉᆞ(論史)ᄒᆞ오

---

4 간측(懇惻)ᄒᆞ심: 간측하다. 몹시 딱하고 가엾다.

5 국궁여야(鞠躬如也)ᄒᆞ며 호흡여야(呼吸如也)ᄒᆞ여: 몸을 굽히고 숨을 죽인다는 뜻으로, 임금 앞에서 삼가는 몸가짐을 형용한 것. 《논어》 〈향당〉의 "(공자께서) 옷자락을 잡고 당에 오르실 때에는 몸을 굽히시며, 숨을 죽이시어 숨을 쉬지 않는 것처럼 하셨다(攝齊升堂 鞠躬如也 屛氣似不息者)."라는 표현에서 유래.

6 만일: 규장각본에는 없는 글자이고 문맥상 뜻이 통하지 않으므로 오기로 봄.

ᄆᆡ 셩은(聖恩)이 늉듕(隆重)ᄒᆞ온 바의 일분도 왕좌를 보필치 못ᄒᆞ오
며 왕딘 흉젹을 더디 못ᄒᆞ와[7] 뇽톄 이 디경의 밋ᄎᆞ샤 만ᄃᆡ의 씻디 못
ᄒᆞᆯ 참욕을 당ᄒᆞ시나 블튱무샹ᄒᆞ온 신이 능히 소졀(紹絶)치 못ᄒᆞᆸ고
ᄯᅩ 텬문의 은샤(恩赦)를 기다리디 못ᄒᆞ와 방ᄌᆞ히 형극(荊棘) 밧글 ᄲᅱ
여나 뇽거를 우러러 샤죄를 등ᄃᆡᄒᆞᆸ더니 의외에 셩은이 호탕ᄒᆞ샤 4면
죄를 샤ᄒᆞ시고 텬츄의 시위ᄒᆞ믈 허ᄒᆞ시니 블승황공외람ᄒᆞ온디라. 금
일디젼(今日之前)은 부뫼(父母) ᄉᆡᆼ디(生之)ᄒᆞᆸ고 금일디후(今日之
後)ᄂᆞᆫ 폐ᄒᆡ(陛下) ᄉᆡᆼ디(生之)ᄒᆞ신 ᄇᆡ라. 망극ᄒᆞ온 늉은(隆恩)을 쇄신
분골(碎身粉骨)ᄒᆞ오나 갑ᄉᆞᆸ디 못ᄒᆞᆯ가 ᄒᆞᄂᆞ이다.”

샹이 기리 탄ᄒᆞ샤 왈

“왕젹이 딤을 권ᄒᆞ여 이에 니ᄅᆞ게 ᄒᆞ고 져ᄂᆞᆫ 난군 듕의 버셔나디 못
ᄒᆞ니 그 죄를 ᄉᆡᆼ각건ᄃᆡ 쳔참만뉵(千斬萬戮)ᄒᆞ나 오히려 브죡ᄒᆞᆫ디라.
딤의 블명실덕(不明失德)을 인ᄒᆞ여 억만창ᄉᆡᆼ이 탕화(湯火)의 잠기고
영국공 댱보[8] 등 슈ᄇᆡᆨ 인이 다 흉노의 ᄒᆡ를 바드니 항젹(項籍)은 녁발
산긔개셰(力拔山氣蓋世)로ᄃᆡ 팔쳔 ᄌᆞ뎨의 흣터디믈 인ᄒᆞ여 강동의
도라가믈 븟그려 ᄌᆞ문이ᄉᆞ(自刎而死)ᄒᆞ엿거ᄂᆞᆯ 딤은 ᄒᆡᆼ혀 텬우신됴
(天佑神助)ᄒᆞ시믈 어든들 하면목(何面目)으로 졔신을 ᄃᆡᄒᆞ리오?”

ᄒᆞ시며 뇽뉘(龍淚) 년낙(連落)ᄒᆞ시니 어ᄉᆡ 더옥 통할(痛割)ᄒᆞ나 셩심
을 동치 못ᄒᆞ여 혈누를 거두고 안위ᄒᆞ올ᄉᆡ 임의 일모셔령(日暮西嶺) 5면

---

7 더디 못ᄒᆞ와: 규장각본에는 ‘더지 못ᄒᆞ와’로 되어 있음.

8 영국공 댱보: 영국공 장보. 광야, 조정 등과 함께 황제 앞에서 조세창을 두둔하고, 황제를 따라 종군했다가 전사함.

ᄒᆞ고 비풍이 녈녈ᄒᆞ니 슈운이 위ᄒᆞ여 머므ᄂᆞᆫ ᄃᆞᆺ 낙낙ᄒᆞᆫ 창숑과 참참ᄒᆞᆫ 초목이 위ᄒᆞ여 슬허ᄒᆞᄂᆞᆫ ᄃᆞᆺᄒᆞᆫ디라. 샹이 경믈을 ᄃᆡᄒᆞ샤 더옥 슬허ᄒᆞ시고 날이 어두오나 일긔미듁(一器糜粥)도 딘어(進御)ᄒᆞ올 길히 업ᄉᆞ니 개ᄌᆞ츄(介子推)[9]의 튱의(忠義)나 무가ᄂᆡ하(無可奈何)라. 어ᄉᆡ 형극(荊棘) 듕의셔 나올 제 노ᄌᆞ(奴子) 밍탁·뉵ᄌᆡ 등이 각각 미시 두어 봉식 가져온 ᄇᆡ 잇거ᄂᆞᆯ 급히 졍ᄒᆞᆫ 믈의 타 샹긔 나오고 어ᄉᆡ 또 샹의 권하시므로 잠간 ᄒᆡ갈(解渴)ᄒᆞ니 그 누란(累卵) ᄀᆞᆺᄐᆞᆫ 형셰ᄅᆞᆯ 실노 참혹다 ᄒᆞ리러라.

션시(先時)의 ᄂᆡ공이 ᄇᆡᆨ여 긔ᄅᆞᆯ 거ᄂᆞ리고 명뎨(明帝)ᄅᆞᆯ 핍박고ᄌᆞ ᄒᆞ다가 블의예 됴어ᄉᆞ의 튱돌(衝突)ᄒᆞ믈 만나 군ᄉᆞ 삼십여 명을 죽이고 쥐 숨ᄃᆞᆺ 도라가 먀션을 보고 패ᄒᆞᆫ 연유ᄅᆞᆯ 고ᄒᆞ니 먀션이 외월(猥越)
6면 ᄒᆞᆫ 의ᄉᆡ 됴셰창을 져의 신하ᄅᆞᆯ 삼고ᄌᆞ ᄒᆞ여 장ᄎᆞ 블측디계(不測之計)ᄅᆞᆯ ᄒᆡᆼ코ᄌᆞ ᄒᆞ거ᄂᆞᆯ ᄇᆡᆨ안쳠모ᄋᆡ 블가(不可)ᄒᆞ믈 니ᄅᆞ고 ᄂᆡ공을 즐퇴(叱退)ᄒᆞ며 텬ᄌᆞᄅᆞᆯ ᄇᆡᆨ안영[10]으로 뫼시믈 쳥ᄒᆞ니 이 ᄇᆡᆨ안쳠모ᄋᆡᄂᆞᆫ 먀션의 아이오 흉노 듕 튱녈의긔(忠烈義氣) 가ᄌᆞᆨᄒᆞᆫ디라. 졔 형의 흉심이 됴어ᄉᆞᄅᆞᆯ 머므ᄅᆞ디 못ᄒᆞ면 대홰(大禍) 텬ᄌᆞ긔 밋ᄎᆞᆯ가 두려 이의 ᄀᆞᆯ오ᄃᆡ

“내 당당이 텬ᄌᆞᄅᆞᆯ 뫼ᄋᆞᆸ고 됴셰창을 머므ᄅᆞ쇼셔 ᄒᆞ여 만일 듯디 아니면 병긔ᄅᆞᆯ 드러 ᄒᆡᄒᆞ려니와 의논치 아니코 겁칙ᄒᆞ믄 영웅의 광달ᄒᆞ미

9 개ᄌᆞ츄(介子推): 개자추. 춘추시대 진(晉) 문공(文公)이 공자(公子)일 때 19년 동안 함께 망명 생활을 하며 고생한 신하.

10 ᄇᆡᆨ안영: 백안첨모애의 영지.

아니라."
ᄒᆞ여 먀션을 힘뼈 다ᄅᆡ고 듕신을 거ᄂᆞ려 텬ᄌᆞ롤 영듕(營中)으로 마ᄌᆞ 드릴ᄉᆡ 샹이 영듕으로 나아가믈 실노 위ᄐᆡ이 넉이샤 즐겨 아니시거ᄂᆞᆯ 어ᄉᆡ 쥬왈(奏曰)
"농게(龍車) 임의 호디(胡地)의 니ᄅᆞ신 후ᄂᆞᆫ 영듕을 드ᄃᆡ다 아니시나 고위(孤危)ᄒᆞ시믄 일양이오니 출하리 영듕의 드ᄅᆞ샤 풍한의 괴로오미나 면ᄒᆞ시미 맛당ᄒᆞᆯ가 ᄒᆞ오며 일시 국운이 블니(不利)ᄒᆞ와 참욕곡경(慘辱曲境)을 당ᄒᆞ시나 흉뇌 간ᄃᆡ로 블궤디심(不軌之心)을 픔디 못ᄒᆞ오리니 일이 망극ᄒᆞᄆᆡ 밋쳐ᄂᆞᆫ 셩녀ᄅᆞᆯ 믈니치샤 도로혀 안위ᄒᆞ시미 옥후(玉候)의 유익ᄒᆞᆯ가 ᄒᆞᄂᆞ이다." 7면
샹이 우슈탄식(憂愁嘆息)ᄒᆞ시거ᄂᆞᆯ 어ᄉᆡ 니빈·양션의 유무ᄅᆞᆯ 뭇ᄌᆞ온ᄃᆡ 샹이 농관(庸關)의 하옥ᄒᆞ믈 니ᄅᆞ시며 졀졀이 탄상ᄒᆞ시니 어ᄉᆡ 쥬왈(奏曰)
"니빈·양션을 샤명(赦命)을 나리오샤 밧비 브ᄅᆞ시미 맛당ᄒᆞᆯ가 ᄒᆞᄂᆞ이다."
샹이 당탄ᄒᆞ샤 왈
"딤이 니·양 등을 ᄃᆡᄒᆞᆯ 면뫼 업거니와 뉘 딤을 위ᄒᆞ여 용관(庸關)의 나아갈 ᄌᆡ 이시리오?"
어ᄉᆡ ᄃᆡ쥬왈(對奏曰)
"샤명을 나리오시고 겸ᄒᆞ여 패초(牌招)[11]ᄒᆞ신ᄌᆞᆨ ᄇᆡᆨ안이[12] 죡히 젼ᄒᆞ리

11 패초(牌招): 임금이 '命(명)' 자를 쓴 나무패에 신하의 이름을 써서 사람을 시켜 부르는 것.

이다."

뎨(帝) 응윤(應允)ᄒᆞ시고 인ᄒᆞ여 영듕의 드시니 ᄇᆡᆨ안이 번신디녜(蕃
8면 臣之禮)ᄅᆞᆯ 다ᄒᆞ고 봉공ᄒᆞᄂᆞᆫᄃᆡ 디극공슌ᄒᆞ니 농톄 잠간 위안ᄒᆞ시고 셰창을 태산의 의디와 교악의 밋브믈 삼으샤 안ᄌᆞ시ᄆᆡ 어ᄉᆞ의게 붓들니시고 누으시ᄆᆡ 어ᄉᆞ의 무릅흘 침(枕)ᄒᆞ시니 군신이 부ᄌᆞ일톄(父子一體)어니와 ᄎᆞ시ᄅᆞᆯ 당ᄒᆞ여ᄂᆞᆫ 어ᄉᆞ의 ᄒᆞᄂᆞᆫ ᄇᆡ 효ᄌᆞᄅᆞᆯ 슬하의 두심 ᄀᆞᆺ고 어ᄉᆞ의 위국ᄋᆡ군디튱(爲國愛君之忠)이 젼일의 항항딕졀(抗抗直節)은 니ᄅᆞ도 말고 완슌ᄒᆞᆫ 안ᄉᆡᆨ과 동쵹(洞屬)ᄒᆞᆫ 경셩이 문왕(文王)의 왕계(王季)ᄅᆞᆯ 뫼시며[13] 증ᄌᆡ(曾子) 증셕(曾晳)을 뫼심[14] ᄀᆞᆺᄐᆞ여 부ᄌᆞ의 은ᄋᆡ로 군신의 엄ᄒᆞ미 업ᄉᆞᆫ ᄃᆞᆺᄒᆞᄃᆡ 뎡대ᄒᆞᆫ 거동이 츄텬(秋天)이 고위(高威)ᄒᆞ여 셩교의 어긔오미 업ᄉᆞ니 ᄎᆞ인이 ᄌᆡ조ᄅᆞᆯ 펼딘ᄃᆡ 명실의 ᄉᆞᄉᆞ 업숌과 왕ᄌᆞ가의 종묘(宗廟) 다ᄉᆞ리ᄆᆡ 어질믈 ᄯᆞᆯ을 ᄇᆡ오 병법을 ᄉᆞ못ᄎᆞᆯ딘ᄃᆡ 냥평(良平)[15]의 ᄌᆡ조와 손무ᄌᆞ(孫武子)[16]의 슈단을 니을 ᄇᆡ니 원이망디(遠而望之)ᄒᆞᄆᆡ 유왕대ᄒᆡ라 ᄌᆞ연ᄒᆞᆫ 위의 하일(夏日)
9면 의 두리오미 이셔 블감앙시(不敢仰視)ᄒᆞᆯ디라. ᄇᆡᆨ안이 텬ᄌᆞ의 급ᄒᆞ시

---

12 ᄇᆡᆨ안: 백안. 마선의 동생 백안첩모애.

13 문왕(文王)의 왕계(王季)ᄅᆞᆯ 뫼시며: 주(周) 문왕이 세자일 때 아버지 왕계가 편안하지 않다는 보고를 들으면 "얼굴빛이 근심스럽고 다닐 때에는 발걸음도 편히 딛지 못했다(文王色憂行不能正履)."라고 함. 《예기》 〈문왕세자〉.

14 증ᄌᆡ(曾子) 증셕(曾晳)을 뫼심: 증석은 증자의 아버지. 증자는 부모를 모심에 있어 그 뜻을 받들었다고 함.

15 냥평(良平): 양평. 장량과 진평을 아울러 이르는 말. 모두 지략으로 유방의 천하통일을 도운 한(漢)나라의 개국공신.

16 손무ᄌᆞ(孫武子): 손무자. 보통 춘추시대에 손무가 쓴 병법서를 이르는 말이지만, 여기서는 손무를 가리킴.

믈 구ᄒᆞ고 됴후암[17]의 뜻을 므러 잠간 노영의 머므ᄅᆞ시믈 쳥코져 ᄒᆞ나 감히 발셜치 못ᄒᆞ다가 밋 텬ᄌᆡ 영듕의 드ᄅᆞ시며 니·양 등 패초ᄒᆞ시ᄂᆞᆫ 명을 밧ᄌᆞ와 용관(庸關)으로 향홀ᄉᆡ 어ᄉᆞ를 도라보아 문왈(問曰)

"니창계·양창명[18]의 녈졀이 후암을 밋ᄎᆞ랴?"

후암이 미쇼왈(微笑曰)

"셰챵은 ᄒᆞᆫ낫 블튱무식지인(不忠無識之人)이라. 오딕 밥 먹ᄂᆞᆫ 즘싱이오 옷 닙ᄂᆞᆫ 금싂니 엇디 니창계·양창명을 우러러보리오?"

ᄇᆡᆨ안이 우왈(又曰)

"연족 농톄를 보호ᄒᆞ미 챵계·창명이 더ᄒᆞ리잇가?"

어ᄉᆡ 답왈(答曰)

"가히 의논홀 ᄇᆡ 아니니라."

ᄇᆡᆨ안이 다시 말ᄒᆞ고ᄌᆞ ᄒᆞ다가 인ᄒᆞ여 용관으로 나아가니라.

션시(先時)의 니학ᄉᆞ·양한님·화도헌·뉴츄밀·화학ᄉᆞ·소시랑 등이 텬노(天怒)를 만나 용관의 츄리(就籬)ᄒᆞ엿더니 텬ᄌᆡ 노영의 잡혀가시믈 듯고 튱분(忠憤)을 니긔디 못ᄒᆞ여 스ᄉᆞ로 죽어 모로고ᄌᆞ ᄒᆞ더니 ᄇᆡᆨ안이 니ᄅᆞ러 샤명(赦命)을 젼(傳)ᄒᆞᄂᆞᆫ디라. 졔인(諸人)이 일시의 샤 10면
명을 ᄯᆞ라 노영의 드러가 텬ᄌᆞ긔 뵈올ᄉᆡ 고두뉴쳬(叩頭流涕)ᄒᆞ여 ᄉᆞ 죄를 쳥ᄒᆞ니 샹이 니·양 등의 딕간(直諫)을 믈니치신 연고로 이러틋 곤하시믈 실노 참괴(慙愧)ᄒᆞ샤 농뉘(龍淚) 어의(御衣)를 젹실 ᄲᅳᆫ이오 능히 옥음(玉音)을 일우디 못ᄒᆞ시다 날호여 탄식ᄒᆞ샤 왈

17 됴후암: 조후암. '후암'은 조세창의 호.

18 양창명: 양선. '창명'은 양선의 자.

"쥬우신욕(主愚臣辱)이 고ᄅᆡ(古來)의 잇거니와 딤의 혼암블명(昏暗不明)으로 튱냥(忠良)을 잔ᄒᆡ(殘害)ᄒᆞ고 녕신(佞臣)을 툥용(寵用)ᄒᆞ여 ᄎᆞ경(此境)의 니ᄅᆞ러시니 이졔 경등을 ᄃᆡᄒᆞᄆᆡ 참괴ᄒᆞ미 낫치 달호이고 말이 막히ᄂᆞᆫ디라. 이졔 됴경이 젼과(前過)ᄅᆞᆯ 치부(置簿)치 아니ᄒᆞ고 급화(急禍)ᄅᆞᆯ 구ᄒᆞ여 경등을 ᄃᆡ케 ᄒᆞ니 이ᄂᆞᆫ 젼혀 됴경의 튱의댱녈(忠義壯烈)이어ᄂᆞᆯ 연국공[19] 댱보 등이 동냥디ᄌᆡ(棟梁之材)로 난군듕의 시슈(屍首)도 거두디 못ᄒᆞ니 딤심(朕心)이 통할여삭(痛割如削)ᄒᆞᆫ디라. 딤이 명되 완이블ᄉᆞ(頑而不死)ᄒᆞ고 훌훌이 뉘웃ᄎᆞ며 ᄋᆡᄃᆞᆯ오
11면 믈 ᄲᆞ하 딘(晉) 민뎨(愍帝)[20]의 쳥의(靑衣)로 흉노(匈奴)의 ᄒᆡᄅᆞᆯ 바듬과 송(宋) 휘흠(徽欽)의 오국셩(五國城)의 죵신(終身)ᄒᆞ믈 효측(效則)게 되니 블민박덕(不敏薄德)을 텬되 벌ᄒᆞ실 거시오 우리 태조 고황뎨 근노ᄒᆞ여 어드신 텬하ᄅᆞᆯ 어나 곳의 두며 샤딕의 위ᄐᆡᄒᆞ믈 엇디 참을ᄇᆡ리오? 아디 못게라, 경왕(景王)[21]이 능히 궐졍(闕庭)을 어(御)ᄒᆞ여 만민을 평안케 ᄒᆞ며 종샤ᄅᆞᆯ 업치디 아니ᄒᆞ랴?"

인ᄒᆞ여 고흉톄타(叩胸涕墮)ᄒᆞ시니 니·양 등이 읍혈돈슈(泣血頓首)ᄒᆞ여 블튱을 쳥죄ᄒᆞ며 일이 이에 밋쳣ᄉᆞ오니 도라가실 바ᄅᆞᆯ 계교ᄒᆞᄋᆞᆸ고 무익히 통상(痛傷)ᄒᆞ시미 블가ᄒᆞ믈 일ᄏᆞ라 위회ᄒᆞ시믈 쳥ᄒᆞ더니 마션이 믄득 변ᄉᆞ(邊使)ᄅᆞᆯ 보ᄂᆡ여 샹긔 고ᄒᆞᄃᆡ

---

19 연국공: '영국공'의 오기. 규장각본에는 '영국공'으로 되어 있음.

20 딘(晉) 민뎨(愍帝): 진 민제. 민제는 13세에 진(晉) 황제가 되었으나 유총이 장안을 함락했을 때 포로로 잡혀 평양으로 압송되어 수모를 당하다가 다음 해에 피살됨.

21 경왕(景王): 영종의 동생.

“변ᄒᆡ(邊海) 삼쳔 니ᄅᆞᆯ 더 버히고 강명디ᄌᆡ(剛明之才)[22] 슈인(數人)을 주시면 뎨(帝)ᄅᆞᆯ ᄇᆡᆨ안녕으로 뫼셔 졈졈 황도(皇都)로 나아가시게 ᄒᆞ렷노라.”

ᄒᆞ거ᄂᆞᆯ 샹이 어히업셔 오ᄅᆡ 답디 못ᄒᆞ시고 소시랑 등이 블승통ᄒᆡ(不勝痛駭)ᄒᆞ여 먀션의 극악대죄(極惡大罪)ᄅᆞᆯ 니ᄅᆞᆯᄉᆡ 됴어ᄉᆡ 집필작셔 12면 (執筆作書)ᄒᆞ여 만디(滿紙)의 슈죄ᄒᆞᆫ 말이 강확(强確)ᄒᆞᆫ 심졍의 쥰격(峻激)ᄒᆞ믈 다ᄒᆞ미 ᄒᆞᆫ 조각 요ᄃᆡ(饒貸)ᄒᆞ미 업ᄂᆞᆫ디라. 먀션이 대로왈(大怒曰)

“명뎨 비록 만승의 존이나 목금형셰(目今形勢) 금농(禽籠)의 잉뮈 되여 우리 영듕의 드러시니 ᄎᆞ(此) 쇼위(所謂) ᄉᆞᆺ 가온ᄃᆡ 고기 숨으미어ᄂᆞᆯ 감히 황뎨로라 ᄒᆞ여 날을 범연ᄒᆞᆫ 뉴로 ᄃᆡ졉ᄒᆞ며 슈죄ᄒᆞ미 여ᄎᆞᄒᆞ니 이ᄂᆞᆫ 나의 됴히 보ᄂᆞᆫ 뜻이 아니라.”

ᄒᆞ고 크게 ᄉᆞ오나온 뜻을 발코ᄌᆞ ᄒᆞ거ᄂᆞᆯ ᄇᆡᆨ안쳠모ᄋᆡ 간왈(諫曰)

“현ᄇᆡᆨ대왕(賢伯大王)은 식노(息怒)ᄒᆞ쇼셔. 이 글을 보ᄂᆡ미 텬ᄌᆞ의 뜻이 아니오 시신(侍臣)의 ᄒᆞᆫ ᄇᆡ오니 문여필(文與筆)이 됴ᄌᆞ의 소작이라. 현ᄇᆡᆨ이 위엄을 발코져 ᄒᆞ시거든 됴ᄌᆞ 일인을 벌ᄒᆞ시고 텬ᄌᆞᄅᆞᆯ ᄒᆡ치 마ᄅᆞ쇼셔.”

먀션이 쇼왈(笑曰)

“우형이 당당이 텬명을 밧드러 ᄉᆞᄒᆡ팔황(四海八荒)을 어ᄅᆞ만디고ᄌᆞ ᄒᆞ미 명뎨 스ᄉᆞ로 나아와 나의긔 구ᄒᆞ미 되니 슌텬ᄌᆞ(順天者)ᄂᆞᆫ 챵

22 강명디ᄌᆡ(剛明之才): 강명지재. 성질이 곧고 두뇌가 명석한 인재.

13면 (昌)ᄒᆞ고 역텬ᄌᆞ(逆天者)ᄂᆞᆫ 망(亡)이라. 하날이 임의 우형을 명ᄒᆞ샤 만니강산(萬里江山)의 쥬(主)ᄅᆞᆯ 삼고ᄌᆞ ᄒᆞ시거ᄂᆞᆯ 우형이 고집히 허유(許由)의 셰이(洗耳)ᄅᆞᆯ 효측(效則)ᄒᆞ여 명데ᄅᆞᆯ 도라보ᄂᆡ미 텬브당만블ᄉᆞ(千不當萬不似)ᄒᆞᄃᆡ 현뎨의 간언(諫言)이 죡히 인덕의 맛당ᄒᆞ니 인군ᄌᆞᄂᆞᆫ 활냥대도(濶量大度)와 덕홍셩심(德弘聖心)이 읏듬이라. 한고죄(漢高祖) 의뎨(義帝)ᄅᆞᆯ 위ᄒᆞ여 거상 닙으ᄆᆡ 텬ᄒᆡ 븟좃고 패왕(覇王)은 무도ᄒᆞ므로 망ᄒᆞ엿ᄂᆞ니 우형이 응텬슌인(應天順人)ᄒᆞᆯ ᄉᆞᄅᆞᆷ이오 잔인박익(殘忍泊阨)을 피ᄒᆞᆯ디라. 현뎨 명군(明君)을 밧드러 ᄇᆡᆨ안영으로 가려니와 듕국의 보ᄂᆡ기ᄂᆞᆫ 내 말을 기다리고 됴ᄌᆡ 호발(毫髮)이나 이의 머믈기ᄅᆞᆯ 거ᄉᆞᆯ딘ᄃᆡ[23] 우형이 져ᄒᆡ 군신을 모다 육장(肉醬)[24]을 ᄆᆡᆫᄃᆞᆯ니니 텬ᄌᆞ의 도라가며 못 도라가미 됴ᄌᆞ의 이시믈 아ᄂᆞᆫ다?”

ᄇᆡᆨ안이 ᄇᆡ샤슈명(拜謝受命)ᄒᆞ고 뎨의 계신 곳의 나아가 양한님 등을 보고 황샹(皇上) 안위 됴후암긔 이시믈 일ᄏᆞ라 딘정으로 근심ᄒᆞ니 이
14면 ᄊᆡ의 니창계 등이 후암을 보ᄆᆡ 반기ᄂᆞᆫ 졍이 심혈노ᄌᆞᄎᆞ 나ᄃᆡ 디쳑텬안(咫尺天顔)의 ᄉᆞ졍(私情)을 베프디 못ᄒᆞ여 피ᄎᆞ 눈으로ᄡᅢ ᄉᆡᆼ존을 하례ᄒᆞ나 국운의 망극ᄒᆞ미 이의 밋ᄎᆞ믈 통곡고ᄌᆞ ᄒᆞ니 ᄋᆡ군우국(愛君憂國)ᄒᆞᄂᆞᆫ ᄆᆞ음이 형상(刑象)치 못ᄒᆞᄂᆞᆫ 바의 ᄇᆡᆨ안의 젼언을 드ᄅᆞᄆᆡ 목금형셰(目今形勢) ᄌᆞ방(子房)[25]의 디모(智謀)와 공명(孔明)[26]의 디

23 거ᄉᆞᆯ딘ᄃᆡ: 규장각본에는 ‘거ᄉᆞ일딘ᄌᆡ’로 되어 있음.

24 육장(肉醬): 규장각본에는 ‘육댱’로 되어 있음.

25 ᄌᆞ방(子房): 자방. 한(漢)나라 개국공신 장량의 자(字). ‘장자방의 꾀’라는 말이 있을 정도로 지략가로서의 명성이 높음.

략(智略)으로ᄡᅥ 패왕(霸王)의 용녁(勇力)을 겸ᄒᆞ엿셔도 위ᄐᆡᄒᆞ믈 면키 어려오니 ᄇᆡᆨ안영이 댱셩(長城)의 구드미 아니오 태산(泰山)의 밋브미 아니로ᄃᆡ 오히려 먀션의 영듕과ᄂᆞᆫ 잠간 나은디라. ᄂᆡ창계 됴후암을 도ᄅᆞ보아 ᄀᆞᆯ오ᄃᆡ

"군이 젹심단튱(赤心丹衷)으로ᄡᅥ 망신위국(亡身爲國)ᄒᆞ믈 발분망식(發奮忘食)ᄒᆞ미 기친샤가(棄親捨家)ᄒᆞ미 되엿ᄂᆞᆫ디라. 당ᄎᆞ시(當此時)ᄒᆞ여 오군(吾君)의 잠시라도 위안ᄒᆞ실 도리ᄅᆞᆯ 아니 도라보옵디 못ᄒᆞ리니 븍히샹(北海上)[27]의 십구 년 한졀(漢節)[28]을 잡아 슈양이 ᄉᆡᆼ휵(生慉)ᄒᆞ믈 능히 기다리랴?"[29]

어ᄉᆡ ᄌᆞ약히 ᄃᆡ왈(對曰)

"쇼딜이 블튱무상(不忠無狀)ᄒᆞ와 ᄒᆞᆫ 일도 방가(邦家)ᄅᆞᆯ 보휴(保携)치 15면
못ᄒᆞ고 오군이 만ᄃᆡ의 씻디 못ᄒᆞᆯ 욕을 당ᄒᆞ시ᄃᆡ 일식(一息)을 디연ᄒᆞ여 살기ᄅᆞᆯ 도모ᄒᆞ니 쥬욕신ᄉᆡ(主辱臣死)[30] 그 므어ᄉᆞᆯ 니ᄅᆞ미니잇고? ᄃᆡ실노 참괴ᄒᆞ온 듕 흉젹이 쇼딜의 년쇼무디(年少無知)ᄒᆞᆷ과 블튱미렬(不忠微劣)을 아라 젼육(羶肉)과 난장[31]으로ᄡᅥ 욕을 더으고ᄌᆞ ᄒᆞ오

---

26 공명(孔明): 중국 삼국시대 촉한의 정치가 겸 전략가였던 제갈량의 자(字). 별호는 와룡(臥龍).

27 븍히샹(北海上): 북해상. 북해는 지금의 바이칼호.

28 한졀(漢節): 한절. 한나라의 사신이 가지고 가는 부절(符節).

29 슈양이 ᄉᆡᆼ휵(生慉)ᄒᆞ믈 능히 기다리랴: 전한 때의 명신 소무가 무제의 명을 받고 흉노 지역에 사신으로 갔을 때, 선우에게 붙잡혀 복속할 것을 강요당했으나 굴복하지 않아 북해 부근에 19년간 유폐되었는데 이때 선우가 숫양이 새끼를 낳으면 풀어주겠다고 함.

30 쥬욕신ᄉᆡ(主辱臣死): 주욕신사. 임금이 치욕을 당하면 신하가 임금의 치욕을 씻기 위하여 목숨을 바치는 것.

31 젼육(羶肉)과 난장: 전육과 난장. 난장은 '낙장(酪漿)'으로 추정. '전육'은 양고기이고, '낙장'은 발효한 유즙.

니 쇼딜이 소무(蘇武)[32]의 졀개ᄅᆞᆯ 효측(效則)기 어려온ᄌᆞ 니릉(李陵)의 샤항(詐降)ᄒᆞ미 위률(衛律)의 딘항(眞降)으로 다ᄅᆞ디 아니코 오딕 한영(韓永)[33]의 졀ᄉᆞ(節死)ᄒᆞ미 최득디졀(崔得之節)이로ᄃᆡ ᄯᅩ 능히 결치 못ᄒᆞ믄 겁ᄒᆞ여 죽으며 분ᄒᆞ여 죽으미 장확(臧獲)의 일이라. 쇼딜이 비록 블민용우(不敏庸愚)ᄒᆞ오나 ᄉᆞᄉᆡᆼ을 경히 아니코 니(理)의 브당ᄒᆞᆫ ᄌᆞ 브ᄃᆡ 살고ᄌᆞ ᄒᆞᄋᆞᆸᄂᆞ니 노영이 위ᄐᆡᄒᆞ나 ᄉᆞ디(死地) 아니오 먀션이 흉악ᄒᆞ나 사ᄅᆞᆷ을 간ᄃᆡ로 ᄒᆡ치 못ᄒᆞ오리니 농거(龍車)ᄅᆞᆯ ᄇᆡᆨ안영의 안위ᄒᆞ올딘ᄃᆡ 쇼딜이 이에 쩌져 이시미 므어시 듕난(重難)ᄒᆞ리잇고?”

니·양 니공(二公)이 격졀탄상(擊節歎賞) 왈

16면 “후암은 딘실노 치셰(治世)의 튱냥(忠良)이오 난셰(亂世)의 녈ᄉᆡ(烈士)라. 명슈만ᄃᆡ(名垂萬代)ᄒᆞ리니 셩방이 가히 ᄋᆞᄃᆞᆯ을 두엇다 ᄒᆞ리로다.”

후암이 ᄆᆞᆫ득 슈려ᄒᆞᆫ 눈섭을 찡긔고 안ᄉᆡᆨ(顏色)이 쳑연(慽然)ᄒᆞ여 ᄃᆡ왈(對曰)

“쇼딜이 가졍(家庭)의 훈(訓)을 밧ᄌᆞ오ᄆᆡ 하ᄉᆞ비군(何事非君)이며 하ᄉᆞ비민(何使非民)이리오? 치역딘(治亦進)ᄒᆞ고 난역딘(亂亦進)ᄒᆞ리니 군이 유과(有過)ᄋᆡ 블이ᄉᆞ징(不以死爭)이면 ᄇᆡᆨ셩은 하괴오? ᄒᆞ며 간ᄒᆞ여 ᄇᆞ리ᄆᆡ 몸의 니(利)ᄒᆞ믈 더으고 군의 과(過)ᄅᆞᆯ 보ᄐᆡ믄 ᄎᆞ마 못

---

32 소무(蘇武): 전한의 명신. 흉노에 사신으로 갔다가 자신의 노복이 되라는 선우의 말에 굴복하지 않고 19년간 억류되었으나 절개를 지킴. 《한서》 〈소무전〉.

33 한영(韓永): 명나라 건문제(建文帝) 때 급사중(給事中). ‘정난의 변’ 당시 연왕의 군대가 입경(入京)하여 그에게 관직을 주고자 했지만 완강하게 거절하고 1402년 죽임을 당함.

ᄒᆞᆯ ᄇᆡ라. 망친ᄋᆡ군(忘親愛君)ᄒᆞ여 샤가위국(捨家爲國)ᄒᆞ라 ᄒᆞ믈 드
러시ᄃᆡ 블초딜(不肖姪)이 능히 봉힝치 못ᄒᆞ오니 블효블튱(不孝不忠)
이 그 죄ᄅᆞᆯ ᄇᆞᆺ흘 곳이 업ᄉᆞᆸ거ᄂᆞᆯ 슉쥬대인(叔主大人)[34]과 양년슉(緣叔)[35]
이 여ᄎᆞ 과장ᄒᆞ샤 쇼딜의 참괴(慙愧)ᄒᆞ믈 더으시니 평일 친ᄋᆡᄒᆞ시던
뜻이 아니로소이다."

니챵계 집슈탄왈(執手歎曰)

"후암은 과겸(過謙)치 말나. 녕존(令尊)[36]이 본뜻인즉 스ᄉᆞ로 튱즉딘명
(忠則盡命)ᄒᆞ여 위국샤절(爲國死節)코ᄌᆞ ᄒᆞᄃᆡ 븍당빵위(北堂雙闈)
ᄅᆞᆯ ᄎᆞ마 져바리디 못ᄒᆞ여 ᄌᆞ가ᄂᆞᆫ 효당갈녁(孝當竭力)ᄒᆞ고 ᄋᆞᄃᆞᆯ은 튱 17면
즉딘명(忠則盡命)을 닐너 텬눈디졍(天倫之情)과 부ᄌᆞ디의(父子之義)
ᄅᆞᆯ ᄉᆞᆽ쳐 현딜이 ᄉᆞ디의 나아가며 원변(遠邊)의 피젹(被謫)ᄒᆞ믈 심니
(心裏)의 거리씨디 아님ᄀᆞᆺ치 동동쵹쵹(洞洞屬屬)[37]ᄒᆞᆫ ᄇᆡ 빵친의 열의
ᄅᆞᆯ 구ᄒᆞ고 망ᄌᆞ안(望子眼)이 ᄯᅮ러디ᄂᆞᆫ ᄃᆞᆺᄒᆞᆫ 회포ᄅᆞᆯ 믈니쳐 반의(斑
衣)ᄅᆞᆯ 춤추어[38] 일월(日月)을 소견(消遣)ᄒᆞ나 기듕(其中)은 후암을 위
ᄒᆞ여 구회(九廻)의 녕원이 최렬(摧裂)ᄒᆞ믈 면치 못ᄒᆞ리니 ᄯᅩ 디ᄌᆞ(知
子)ᄂᆞᆫ 막여뷔(莫如父)라. ᄌᆞ의 젹심단튱(赤心丹衷)이 일월(日月)노
징광(爭光)ᄒᆞ믈 혜아려 스ᄉᆞ로 ᄋᆞᄃᆞᆯ 두믈 깃거ᄒᆞᆯ디라 군이 엇디 부훈
(父訓)을 일분이나 어그ᄅᆞᄎᆞ미 이시리오? 군이 죡히 한졀(漢節)을 ᄌᆞᆸ

34 슉쥬대인(叔主大人): 숙주대인. '숙부님'의 뜻. 여기서는 고모부를 지칭함.

35 양년슉(緣叔): 양연숙. '연숙'은 아저씨라고 부를 만한 친지.

36 녕존(令尊): 영존. 남의 아버지를 높여 이르는 말.

37 동동쵹쵹(洞洞屬屬): 규장각본에는 '동〃 쵹〃'으로 되어 있음.

38 반의(斑衣)ᄅᆞᆯ 춤추어: 어린아이처럼 색동옷을 입고 춤춘다는 뜻.

아 소무(蘇武)의 딕절(直節)을 ᄇᆡ호리니 ᄒᆞ믈며 구튱신(求忠臣)을 필어효ᄌᆞ디문(必於孝子之門)[39]이라. 녕존이 증시(曾氏)의 양디(養志)[40]ᄒᆞᆷ과 황향(潢香)의 션침(扇枕)을 ᄯᆞ로고 군의 관일디튱(貫一之忠)이 고인(古人)을 병구(竝驅)ᄒᆞ니[41] 우리 군샹이 딘짓 튱냥디신(忠良之臣)을 두시다 ᄒᆞ리로다.”

어ᄉᆡ 긔이ᄇᆡ샤(起而拜謝) 왈

18면 “존교(尊敎)ᄅᆞᆯ 하감승당(何敢勝當)이리잇고?”

인ᄒᆞ여 ᄇᆡᆨ안을 ᄃᆡᄒᆞ여 ᄌᆞ긔 이에 머믈고 황샹을 ᄇᆡᆨ안영의 위안ᄒᆞᆯ 뜻을 니ᄅᆞ니 ᄇᆡᆨ안이 크게 다힝이 넉이거ᄂᆞᆯ 샹이 블승참절(不勝慘絶)ᄒᆞ시며 상연하루(爽然下淚)[42]ᄒᆞ샤 왈

“딤의 급ᄒᆞ믈 구ᄒᆞ여 ᄉᆞᆺ촐 명을 니은 ᄌᆞᄂᆞᆫ 됴경 일인이어ᄂᆞᆯ 딤이 됴경의 늉공홍덕(隆功弘德)을 츄호(秋毫)도 표치 못ᄒᆞ고 ᄉᆞ디(死地)의 밀쳐 호혈(虎穴)의 더디고 ᄎᆞ마 엇디 딤의 편키ᄅᆞᆯ ᄉᆡᆼ각ᄒᆞ여 ᄇᆡᆨ안영을 향ᄒᆞ리오? 경등은 다시 편ᄒᆞᆯ 도리ᄅᆞᆯ ᄉᆡᆼ각ᄒᆞ여 딤으로 ᄒᆞ여곰 튱신현냥(忠臣賢良)을 살ᄒᆡ(殺害)ᄒᆞᆫ 허믈을 면케 ᄒᆞ라.”

됴어ᄉᆡ 계슈읍쥬(稽首泣奏) 왈

---

39 구튱신(求忠臣)을 필어효ᄌᆞ디문(必於孝子之門): 충신을 반드시 효자의 가문에서 찾아야 한다는 뜻. 어버이를 효성스럽게 섬기는 마음을 미루어 임금에게 충성을 다하기 때문.

40 증시(曾氏)의 양디(養志): 증씨의 양지. 증자의 양지. 증자가 아버지를 모심에 그 뜻을 받들어 섬긴 것.

41 병구(竝驅)ᄒᆞ니: 병구하다. 말 따위를 한꺼번에 나란히 몬다는 것으로, ‘어깨를 나란히 하다’의 뜻.

42 상연하루(爽然下淚): ‘상연’은 실심한 모양. ‘하루’는 눈물을 흘린다는 뜻.

“미신(微臣)이 셩샹을 위ᄒᆞ와 죽디 못ᄒᆞ오미 블튱무상(不忠無狀)이 옵거ᄂᆞᆯ 폐ᄒᆡ 쇼신을 여ᄎᆞ우ᄃᆡ(如此優待)ᄒᆞ시니 미신(微臣)이 열은 복(福)이 손ᄒᆞ와 더옥 ᄌᆡ앙이 다쳡(多疊)ᄒᆞᆯ가 두리옵ᄂᆞ니 복원 셩샹은 미신의 ᄉᆞᄉᆡᆼ유무(死生有無)ᄅᆞᆯ 거리씨디 마ᄅᆞ시고 농톄ᄅᆞᆯ ᄇᆡᆨ안영의 위안ᄒᆞ시면 쇼신이 셩쥬의 늉홍(隆洪)ᄒᆞ신 복덕을 무릅ᄡᅳ와[43] 비록 19면 노영의 ᄲᆡ디오나 쳔방ᄇᆡᆨ계(千方百計)로 살기ᄅᆞᆯ 도모ᄒᆞ와 다시 텬측의 시위ᄒᆞ리이다.”

니빈·양션 등이 됴셰창의 위인이 화ᄅᆞᆯ 밧디 아닐 바ᄅᆞᆯ 일ᄏᆞ라 셩심을 관위ᄒᆞ며 ᄇᆡᆨ안영으로 나아가시믈 쳥ᄒᆞ온ᄃᆡ 샹이 쳔만브득이 윤허ᄒᆞ시거ᄂᆞᆯ ᄇᆡᆨ안이 즉시 도라와 먀션을 보고 젼후ᄉᆞᄅᆞᆯ 셰셰히 젼ᄒᆞ니 먀션 왈

“됴ᄌᆡ 아국의 잇기ᄅᆞᆯ 즐겨 아니리니 현뎨 다시 가 명군을 보아 글노뼈 됴셰창을 볼모ᄅᆞᆯ 삼고 가ᄂᆞᆫ 줄을 ᄇᆰ히 ᄒᆞ여 일을 ᄆᆡᆼ낭(孟浪)이 말나.”

ᄇᆡᆨ안이 그 흉심을 간치 못ᄒᆞᆯ 줄을 혜아리고 마디못ᄒᆞ여 텬ᄌᆞ긔 다시 딘알(進謁)[44]ᄒᆞᆫ 후 슈말을 고ᄒᆞ온ᄃᆡ 샹이 언언이 통ᄒᆡᄒᆞ시며 화쥰 등이 ᄉᆞ셰 먀션을 거우디 못ᄒᆞᆯ ᄇᆡ오니 글을 깃쳐 져의 ᄯᅳᆺ을 쾌케 ᄒᆞ쇼셔 ᄒᆞ거ᄂᆞᆯ 샹이 쳔만함인(千萬含忍)ᄒᆞ샤 학ᄉᆞ 니빈으로 ᄒᆞ여곰 됴셰창을 노영의 볼모ᄒᆞᄂᆞᆫ ᄯᅳᆺ을 긔록ᄒᆞ여 주라 ᄒᆞ시니 학ᄉᆡ 역시 분완ᄒᆞ나 20면 농거ᄅᆞᆯ 잠간이라도 위안키ᄅᆞᆯ ᄋᆞᆺ듬ᄒᆞ여 즉시 글노뼈 븟치고 ᄇᆡᆨ안영으

---

43 무릅ᄡᅳ와: 무릅쓰다. ‘힘들고 어려운 일을 참고 견디다’의 뜻과 ‘뒤집어서 머리에 덮어쓰다’의 뜻이 있는데, 여기서는 후자의 뜻.

44 딘알(進謁): 진알. 높은 사람에게 나아가 뵘.

로 뫼실 바롤 니ᄅᆞ니 ᄇᆡᆨ안이 응낙고 총총이 도라가 먀션의게 글을 젼ᄒᆞ며 하딕왈(下直曰)

“명뎨 됴셰챵을 머므ᄅᆞ시ᄂᆞᆫ 뜻을 글노 깃치시니 이제ᄂᆞᆫ 현ᄇᆡᆨ대왕(賢伯大王)의 소욕(所欲)이 다ᄒᆞᆫ디라. 쇼뎨ᄂᆞᆫ 텬ᄌᆞ롤 뫼셔 본영으로 도라가옵나니 대왕은 다시 디란(遲亂)치 마ᄅᆞ쇼셔.”

먀션이 쇼왈(笑曰)

“현뎨의 말을 조ᄎᆞ 명뎨롤 무ᄉᆞ히 도라보ᄂᆡ거니와 그 여러 시신 듕 됴셰챵 일인을 볼모ᄒᆞ미 ᄀᆞ장 허슈ᄒᆞ도다. 니빈·양션·화쥰·소운·화쳔 등의 최현ᄌᆡ(最賢者) 그 뉘며 됴셰창의게 승ᄒᆞᆫ ᄌᆡ 그 뉜고? 내 니빈을 보니 가위(可謂) 현명군ᄌᆞ(賢明君子)라. 사ᄅᆞᆷ 되오미 엄(嚴)ᄒᆞᄃᆡ 화(和)ᄒᆞ고 뎡(正)ᄒᆞᄃᆡ 이(理)ᄒᆞ고 녈(烈)ᄒᆞᄃᆡ 온(溫)ᄒᆞ고 슉(肅)ᄒᆞᄃᆡ 냥(亮)ᄒᆞ고 강(强)ᄒᆞᄃᆡ 인(仁)ᄒᆞ니 ᄒᆞᆫ갓 됴ᄌᆞ의 상텬디상(霜天之像)과 하일디월(夏日之越)ᄲᅮᆫ 아니라. 니빈의 긔상을 의논ᄒᆞᆫ족 쳥텬ᄇᆡᆨ일
21면 (青天白日)이 확호창명(確乎彰明)ᄒᆞ고 금회(襟懷)롤 니롤딘ᄃᆡ 광풍졔월(狂風霽月)이 일ᄇᆡᆨ 뜻글을 ᄡᅳ리치며 도량을 니롤딘ᄃᆡ 븍ᄒᆡ남명(北海南冥)이 호무ᄋᆡ안(浩無涯岸)ᄒᆞ여 왕왕블측(汪汪不測)ᄒᆞ며 요디블탁(搖之不濁)[45]ᄒᆞ고 취디여일(就之如日)[46]ᄒᆞ며 용화(容華)[47]의 빗

---

45 요디블탁(搖之不濁): 요지불탁. 흔들어도 흐려지지 않음.

46 취디여일(就之如日): 취지여일. 가까이 다가가면 태양과 같다는 뜻. 《사기》〈오제본기(五帝本紀)〉에 “제요는 방훈이니, 어진 것은 하늘과 같고 아는 것은 신과 같으며, 가까이 나아가면 태양과 같고 멀리서 보면 구름과 같다(帝堯者放勳 其仁如天 其知如神 就之如日 望之如雲).”라는 구절이 있음.

47 용화(容華): 예쁘게 생긴 얼굴. 여기서는 외양의 의미.

나믄 화란츈셩(花爛春城)의 만홰(萬花) 방창(方暢)ᄒᆞ여 동풍십니(東風十里)의 온향(溫香)이 욱욱(郁郁)ᄒᆞ고 ᄲᆡ혀난 긔딜은 셜만궁학(雪滿窮壑)의 고송(孤松)이 특닙(特立)이오 봉비쳔인(鳳飛千刃)의 긔블탁쇽(氣不濁俗)이라. 과연 대현이니 숑(宋) 휘흠(徽欽)의 졀ᄉᆞᄒᆞᆫ 튱녈공 니약슈(李若水)의 후손이라 범범여엽(凡凡餘葉)과 다ᄅᆞ미오 ᄯᅩ 양션의 온냥공검(溫良恭儉)ᄒᆞᆷ과 돈후쥬신(敦厚周愼)[48]ᄒᆞ미 와룡(臥龍)·ᄌᆞ방(子房)의 디혜ᄅᆞᆯ 겸ᄒᆞ여 명슈듁ᄇᆡᆨ(名垂竹帛)ᄒᆞ고 위딘ᄒᆡᄂᆡ(威振海內)ᄒᆞ던 양모의 ᄌᆡ며 졍문쳥[49]의 문인이니 ᄎᆞ 냥인을 아ᄉᆞ 우리 영듕의 머므ᄅᆞ면 됴시(趙氏) 년셩벽(連城璧)과 혜왕(惠王)의 조승디쥬(照乘之珠)의 비기디 못ᄒᆞᆯ가 ᄒᆞᄂᆞ니 현뎨 ᄠᅳᆺ은 엇더ᄒᆞ뇨?”

ᄇᆡᆨ안이 니·양의 위인이 됴후암의 승ᄒᆞ미 잇고 나리미 업ᄉᆞ믈 모로미 아니로ᄃᆡ 만일 이 두 사ᄅᆞᆷ을 먀션의게 마ᄌᆞ 아인ᄌᆞᆨ 텬ᄌᆞ의 고위ᄒᆞ시 22면 미 더옥 니ᄅᆞᆯ 거시 업ᄉᆞ므로 이에 낭연쇼왈(琅然笑曰)

“현ᄇᆡᆨ대왕(賢伯大王)이 과연 아디 못ᄒᆞ시도다. 쇼뎨 우견(愚見)의ᄂᆞᆫ 니빈·양션 등이 가위 목후이관(沐猴而冠)이라. 됴셰창 갓ᄐᆞᆫ 인믈이 셰간의 ᄯᅩ 어이 이시리잇고? 쇼뎨 왕ᄂᆡᄒᆞ여 보온ᄌᆞᆨ 됴ᄌᆡ 니·양의게 극(克)ᄒᆞᆫ 시ᄉᆡᆼ이로ᄃᆡ 범ᄇᆡᆨ을 쥬론ᄒᆞ며 능당대ᄉᆞ(能當大事)ᄒᆞ니 졔인이 홀홀히 숨을 낫초고 됴ᄌᆞᄅᆞᆯ 대한의 비ᄅᆞᆯ 삼으며 국가의 쥬셕(柱石)을 삼아 쳔만ᄉᆞᄅᆞᆯ 됴ᄌᆞ의 디휘ᄅᆞᆯ 조ᄎᆞ니 그 실노 디식 업ᄉᆞ믈 알디라. 그런 뉴ᄅᆞᆯ 구ᄒᆞ려 ᄒᆞ시면 쇼뎨 영듕의도 거ᄌᆡ두량(車載斗

48 돈후쥬신(敦厚周愼): 돈후주신. 돈독하고 중후하며 주밀하면서도 근신함.

49 졍문쳥: 정문청. 정한.

量)[50]이라도 블가승ᄉᆔ(不可勝數)니이다.”

먀션이 니·양의 위인이 용암(庸暗)치 아니믈 아나 ᄇᆡᆨ안의 말이 이 ᄀᆞᆺ
ᄐᆞ믈 조ᄎᆞ 됴후암으로 ᄀᆞᆺᄐᆞᆫ ᄌᆡ 다시 업ᄉᆞᆯ가 넉여 그 머믈믈 환희ᄒᆞ며
ᄇᆡᆨ안으로 명데ᄅᆞᆯ 뫼셔 본영으로 가라 ᄒᆞ니 ᄇᆡᆨ안이 하딕고 나와 텬ᄌᆞ
23면 ᄅᆞᆯ 뫼셔 ᄇᆡᆨ안녕으로 향ᄒᆞᆯᄉᆡ 만승의 디존디위(至尊之威)로 ᄎᆞ시 힝거
ᄂᆞᆫ 일면 국왕과 ᄀᆞᆺ디 못ᄒᆞ니 시위제신(侍位諸臣)이 블승통졀(不勝痛
切)ᄒᆞ며 됴어ᄉᆡ 십 니 외의 나와 어가ᄅᆞᆯ 숑별ᄒᆞ올ᄉᆡ 젹심단튱(赤心丹
衷)으로ᄡᅧ 군샹(君上)의 파쳔(播遷)ᄒᆞ시믈 슬허 혈누ᄅᆞᆯ ᄡᅵᄉᆞᄆᆡ 홍화
ᄀᆞᆺ고 능히 뫼셔 힝치 못ᄒᆞ여 먀션의게 잡히ᄂᆞᆫ 통앙ᄒᆞ미 셜ᄇᆔ 훼졀ᄒᆞ
며 간격(肝膈)이 ᄲᅧ흐ᄂᆞᆫ ᄃᆞᆺᄒᆞ거ᄂᆞᆯ 셩심의 통도ᄒᆞ시미 농뉘(龍淚) 쳠
금(沾衾)ᄒᆞ샤 어ᄉᆞ의 손을 ᄌᆞᆸ으시고 쳔만당부(千萬當付)ᄒᆞ샤 보듕보
듕(保重保重)ᄒᆞ여 군신이 산 ᄂᆞᆺᄎᆞ로 ᄃᆡᄒᆞ믈 니ᄅᆞ시니 어ᄉᆡ ᄇᆡ이돈슈
ᄒᆞ여 셩교ᄅᆞᆯ 봉승ᄒᆞᆯ 바ᄅᆞᆯ 쥬ᄒᆞ고 농테(龍體) 만슈무강(萬壽無疆)ᄒᆞ
시믈 튝(祝)ᄒᆞ여 군신의 니졍(離情)이 부ᄌᆞ의 감ᄒᆞ미 업고 니·양 등
졔공이 손을 ᄌᆞᆸ아 참연의의(慘然猗猗)ᄒᆞ미 후회ᄅᆞᆯ 긔약디 못ᄒᆞᆯ ᄃᆞᆺᄒᆞ
나 ᄎᆞ공 등이 본ᄃᆡ 셩신특달(聖神特達)ᄒᆞ므로 미ᄅᆡᄅᆞᆯ 거의 예디(豫
知)ᄒᆞ미 잇ᄂᆞᆫ디라. 셔로 즐거이 못기ᄅᆞᆯ 일ᄏᆞ라 셩의ᄅᆞᆯ 관위ᄒᆞᄋᆞᆸ고 일
24면 ᄉᆡᆨ이 느ᄌᆞᄆᆡ 어ᄉᆡ 텬안을 우러러 ᄇᆡᆨᄇᆡ이퇴(百拜而退)ᄒᆞ니 샹과 니·
양 등 졔공이 슈루니별(垂淚離別)ᄒᆞ여 고개ᄅᆞᆯ 두로혀ᄆᆡ 회픠 암암ᄒᆞ
더라. 됴어ᄉᆡ 어개 힝ᄒᆞ시믈 기리 앙쳠ᄒᆞ여 빵광의 혈뉘 소ᄉᆞ나니 시

---

50 거ᄌᆡ두량(車載斗量): 거재두량. 수레에 싣고 말로 헤아린다는 뜻. 물건이나 인재 따위가 많아서 그다지 귀하지 않음을 이르는 말.

ᄅᆞᆷᄒᆞᄂᆞᆫ 하날이 음음ᄒᆞ고 근심ᄒᆞᄂᆞᆫ 구ᄅᆞᆷ이 만승의 파월ᄒᆞ심과 튱신의 비분ᄒᆞᄂᆞᆫ 회포ᄅᆞᆯ 위ᄒᆞ여 슬허 참참이 가디 아니커ᄂᆞᆯ 변븍ᄒᆡ풍(邊北海風)이 의슈(衣袖)ᄅᆞᆯ 븟치이고 ᄇᆡᆨ셜은 비비ᄒᆞ여 쳔야만산(千野萬山)의 ᄇᆡᆨ 깁을 펼친 ᄃᆞᆺᄒᆞᆫ디라. 셕일 태평시졀의 금난뎐의 됴회ᄒᆞ던 ᄣᆡᄅᆞᆯ 싱셰의 다시 보기 어려오니 명실이 뼈곰 듕흥(中興)ᄒᆞᄆᆞᆯ 긔필(期必)치 못ᄒᆞᆯ디라. 튱신의 비분ᄒᆞᄂᆞᆫ 두발(頭髮)이 샹디(上指)ᄒᆞ고 노목(怒目)이 딘녈ᄒᆞᆯ ᄃᆞᆺ 졀치부심(切齒腐心)ᄒᆞᄂᆞᆫ ᄇᆡ 먀션을 만단의 쇄분ᄒᆞ고 ᄂᆡ공을 졈졈이 싹가 죽이고ᄌᆞ ᄒᆞ나 ᄯᅩ 어이 ᄯᅳᆺ과 ᄀᆞᆺ기 쉬오리오? 임의 대개 힝ᄒᆞ시ᄆᆡ 애각(涯角)이 ᄀᆞ리오니 쇽졀업시 부심당탄(腐心長嘆)ᄲᅳᆫ이러라. 이ᄣᆡ 먀션이 명뎨 ᄇᆡᆨ안영으로 향ᄒᆞ시ᄆᆞᆯ 듯고 25면
됴셰창의 딘알(進謁)을 ᄌᆡ촉ᄒᆞᆫᄃᆡ 어ᄉᆡ 통완(痛惋)ᄒᆞᄆᆞᆯ 셔리담고 먀션의 궁실노 나아갈ᄉᆡ 큰 문을 막고 협문으로 들믈 쳥ᄒᆞ거ᄂᆞᆯ 후암이 딘목대즐(瞋目大叱) 왈

“내 비록 텬됴(天朝)[51] 쇼관이나 븍노의 ᄃᆡ졉인ᄌᆞ 당당이 존경ᄒᆞ미 가커ᄂᆞᆯ 네 님군이 역텬무도(逆天無道)ᄒᆞ여 군신대의(君臣大義)ᄅᆞᆯ 문허바리니 대국명환(大國名宦)을 블경ᄒᆞ미 부족칙(不足責)이어니와 여등이 엇디 이러ᄐᆞᆺ 무례ᄒᆞ여 당당이 드러가ᄂᆞᆫ 문을 막고 여등 쥐무리 츌입ᄒᆞᄂᆞᆫ 져근 문으로 어이 들니오?”

셜파(說罷)의 밍탁·뉵ᄌᆡ로 큰 문을 박ᄎᆞ 열나 ᄒᆞ며 문니(門吏)ᄅᆞᆯ 즐퇴ᄒᆞ고 바로 쎄쳐 드러가더니 믄득 일인이 발검당션(拔劍當先)ᄒᆞ여

51 텬됴(天朝): 천조. 천자의 조정을 제후의 나라에서 일컫던 말.

녀셩대호(厲聲大呼) 왈

"됴셰창 젹ᄌᆡ(賊子)[52]야, 네 엇디 군신대의와 존비귀천(尊卑貴賤)을 아디 못ᄒᆞᄂᆞ뇨? 여군(汝君)이 임의 너를 머므러 우리 군샹긔 신하를 삼
26면 앗거늘 감히 님군의 츌입ᄒᆞ시ᄂᆞᆫ 문을 박ᄎᆞ고 드러오ᄂᆞᆫ다? 네 져리ᄒᆞ고 가히 엇게 우히 머리를 보젼ᄒᆞ며 일가의 대화를 면홀다?"

ᄒᆞ고 칼흘 드러 치려 ᄒᆞ니 아디 못게라, 이 엇던 사ᄅᆞᆷ이며 됴후암의 셩명이 엇디 된고?

셜화. 됴어ᄉᆞ 셰챵을 히코ᄌᆞ ᄒᆞᄂᆞᆫ 사ᄅᆞᆷ은 븍흉노 마션의 심복 대댱 뇌공이러라. 칼흘 드러 급히 치거늘 어ᄉᆡ ᄒᆞᆫ번 보ᄆᆡ 분발이 샹디ᄒᆞ고 목ᄌᆡ 딘녈이라. 발연(勃然)이 요하(腰下)의 댱검을 ᄲᅢ혀 막으며 녀셩대즐(厲聲大叱) 왈

"흉노 악젹은 드ᄅᆞ라. 네 두샹(頭上)의 텬일이 됴림(照臨)ᄒᆞ고 볼 아ᄅᆡ 후퇴(后土) 잇거늘 흉역브도(凶逆不道)를 힝ᄒᆞ여 마션으로 더브러 텬됴의 난을 짓고 텬ᄌᆡ 외로오신 ᄣᅢ를 타 흉ᄒᆞᆫ 병긔로 범코져 ᄒᆞ니 그 죄를 ᄉᆡᆼ각건ᄃᆡ 쳔참만늌(千斬萬戮)ᄒᆞ나 엇디 쇽ᄒᆞ리오? 셩샹이 날을 이의 머므ᄅᆞ샤믄 여군이 이역디풍(異域之風)으로 난뉸패상(亂倫悖常)ᄒᆞ고 역텬무도(逆天無道)ᄒᆞ므로ᄡᅧ 날노 ᄒᆞ여곰 삼강오상(三
27면 綱五常)과 군신대의(君臣大義)를 ᄭᆡ닷게 교화ᄒᆞ라 ᄒᆞ시미어늘 감히 흉언으로 나의 귀를 더러이고ᄌᆞ ᄒᆞᄂᆞᆫ다? 내 본ᄃᆡ 문ᄉᆡ라 무비(武備)를 아디 못ᄒᆞ거니와 마디못ᄒᆞ여 네 머리를 시험ᄒᆞ니 대흉극악(大凶

52 젹ᄌᆡ(賊子): 적자. 불충하거나 불효한 사람.

極惡)의 죄ᄅᆞᆯ 밝히리라."

셜파(說罷)의 칼흘 춤추어 ᄂᆡ공의게 다라드니 ᄂᆡ공이 져의 강용이 세
ᄃᆡ무젹이믈 ᄌᆞ부ᄒᆞ고 됴어ᄉᆞ의 옥당명ᄉᆞ로 한원(翰院)의 죵ᄉᆞᄒᆞ여
동냥의 아ᄅᆞᆷ다온 ᄌᆡ목으로 은ᄃᆡ ᄌᆞ팔의 문명(文明)이 ᄌᆞ연ᄒᆞ며 쳥망
(淸望)이 혁혁ᄒᆞ나 맛ᄎᆞᆷᄂᆡ 한원의 붓ᄃᆡᄅᆞᆯ 니긔ᄂᆞᆫ ᄌᆞ로 무예 한슉(嫺
熟)디 못ᄒᆞ리라 ᄒᆞ여 칼흘 드러 어ᄉᆞᄅᆞᆯ 마ᄌᆞ 졉젼ᄒᆞᆯᄉᆡ 어ᄉᆞᄂᆞᆫ 딘졍으
로 ᄂᆡ공을 버힐 ᄯᅳᆺ이 급ᄒᆞ고 ᄂᆡ공은 ᄇᆞᄃᆡ 됴어ᄉᆞᄅᆞᆯ ᄉᆞ로잡아 먀션의 앏
히 가 온가지로 위엄을 뵈며 항복 바다 먀션의 신ᄌᆞᄅᆞᆯ 삼고ᄌᆞ ᄒᆞ엿더니
ᄯᅳᆺ 아닌 어ᄉᆞ의 무용이 졀뉸ᄒᆞ고 댱ᄆᆡᆼ(壯猛)이 초츌(超出)ᄒᆞᆫ디라. ᄉᆡᆼ
금ᄒᆞᆯ 의ᄉᆞᄅᆞᆯ 못 ᄒᆞ고 어ᄉᆞ의 급ᄒᆞᆫ 칼흘 피ᄒᆞ려 딘녁히 졉젼ᄒᆞᆯᄉᆡ 냥댱 28면
(兩將)의 용ᄆᆡᆼ이 븍히의 셩닌 뇽이 태산의 모딘 범과 ᄡᆞ호ᄂᆞᆫ ᄃᆞᆺ 텬디
번복ᄒᆞ고 ᄉᆞ히 뒤이ᄌᆞᆷ[53] ᄀᆞᆺᄐᆞ니 피ᄎᆞᄅᆞᆯ 분변치 못ᄒᆞ여 노병(奴兵)이
져의 쥬댱(主將)을 돕디 못ᄒᆞ믈 뎡히 황황ᄒᆞ니 됴어ᄉᆡ 크게 ᄒᆞᆫ소ᄅᆡᄅᆞᆯ
디ᄅᆞ며 검광(劍光)이 됴요ᄒᆞᆫ 곳의 ᄂᆡ공의 머리 ᄯᅡ히 구으ᄂᆞᆫ디라. 어ᄉᆡ
그 머리ᄅᆞᆯ 좌슈의 들고 칼노 ᄇᆡᄅᆞᆯ 헷쳐 오장뉵부ᄅᆞᆯ 칼히 ᄭᅦ여 우슈의
들고 바로 먀션의 잇ᄂᆞᆫ 곳의 ᄭᅦ쳐 드러가 녀셩대호(厲聲大呼) 왈

"왕이 비록 변븍이젹(邊北夷狄)의 일홈을 면치 못ᄒᆞ나 오히려 일변
군왕이 되여 텬됴의 번신디녜(藩臣之禮)ᄅᆞᆯ 폐치 아니커ᄂᆞᆯ ᄎᆞ젹이 궁
흉극악ᄒᆞ여 역텬무도ᄒᆞᆫ 젹심으로 왕을 그ᄅᆞᆺ 인도ᄒᆞ여 몬져 텬됴의 난
을 딧고 버거 텬ᄌᆡ 외로오신 ᄯᅢᄅᆞᆯ 타 여ᄎᆞ여ᄎᆞ 범코ᄌᆞ ᄒᆞ니 그 죄역

53 뒤이ᄌᆞᆷ: '뒤잊다'의 명사형. '뒤치다'의 뜻.

29면 (罪逆)[54]이 텬디의 관영(貫盈)ᄒᆞ고 쳔참만눅ᄒᆞ나 족디 못ᄒᆞᆯ디라. 우리 셩쥐 날을 이에 머므ᄅᆞ시믄 노방풍쇽(奴方風俗)을 곳치고 왕의 멸뉸패상(滅倫敗常)ᄒᆞᆫ 허믈을 ᄭᆡ닷도록 ᄒᆞ과ᄌᆞ ᄒᆞ실ᄉᆡ 내 한원의 붓ᄃᆡᄅᆞᆯ 희롱ᄒᆞ던 문ᄉᆞ(文士)로 무비(武備)ᄅᆞᆯ 아디 못ᄒᆞᄃᆡ ᄎᆞ젹의 죄ᄂᆞᆫ 용샤치 못ᄒᆞᆯ ᄇᆡ므로 머리와 장부ᄅᆞᆯ 가져와 왕긔 뵈고 오군긔 보ᄂᆡ여 젼후일이 왕의 ᄒᆞᆫ ᄇᆡ 아니오 ᄎᆞ젹의 죄믈 ᄇᆞᆰ히고ᄌᆞ ᄒᆞᄂᆞ니 왕은 그 엇더타 ᄒᆞᄂᆞ뇨?”

먀션이 밋쳐 말을 못 ᄒᆞ여셔 그 시위ᄒᆞᆫ ᄌᆡ 어ᄉᆞᄅᆞᆯ 미러 나리오고ᄌᆞ ᄒᆞ거ᄂᆞᆯ 어ᄉᆡ 녀셩즐퇴(厲聲叱退)ᄒᆞ니 위엄이 ᄉᆡᆼ풍(生風)ᄒᆞ고 호령이 규규(赳赳)ᄒᆞ여 구츄상텬(九秋霜天)이 녈녈(洌洌)ᄒᆞᄆᆡ 음ᄋᆡ(陰崖)[55]ᄅᆞᆯ 디으며 한일(寒日)이 의의(猗猗)ᄒᆞ여 우셜(雨雪)이 날니ᄂᆞᆫ ᄃᆞᆺ 녈풍뇌위(烈風雷雨) 딘딘쳡쳡(震震疊疊)[56]ᄒᆞ니 비록 좌우의 ᄒᆞᆫ낫 군댱이 ᄯᆞ로미 업ᄉᆞ나 그 엄슉ᄒᆞᆫ 호령과 당당ᄒᆞᆫ 위의 사ᄅᆞᆷ으로 ᄒᆞ여곰 블
30면 감앙시(不敢仰視)ᄒᆞ믄 니ᄅᆞ도 말고 비록 대담대악(大膽大惡)이나 ᄇᆡ한(背汗)이 쳠의(沾衣)ᄒᆞ믈 ᄭᆡ닷디 못ᄒᆞ니 이러므로 ᄂᆡ공의 ᄉᆞ졸(士卒)이나 샹댱(上將)의 경동치 아니믈 보고 감히 어ᄉᆞᄅᆞᆯ 범치 못ᄒᆞ니 먀션디심을 니ᄅᆞ리오? 평일 ᄂᆡ공을 언언이 간셩디신(干城之臣)[57]이라 ᄒᆞ여 툥우(寵遇)ᄒᆞᄆᆡ ᄇᆡᆨ뇨(百僚)의 밋ᄎᆞ리 업던 ᄇᆡ 금일 됴어ᄉᆞ의 참

54 죄역(罪逆): 마땅한 이치에 거스르는 큰 죄.

55 음ᄋᆡ(陰崖): 음애. 햇빛이 들지 않는 낭떠러지나 언덕.

56 딘딘쳡쳡(震震疊疊): 진진첩첩. ‘진첩’의 강조형. ‘진첩’은 존귀한 사람이 몹시 성을 내어 그치지 않음.

57 간셩디신(干城之臣): 간성지신. 나라를 지키는 믿음직한 신하.

눅ᄒᆞᆫ ᄇᆡ 되니 비록 대담극악(大膽極惡)이나 소ᄅᆡ 나믈 ᄊᆡ돗디 못ᄒᆞ여 방셩대곡(放聲大哭)ᄒᆞ니 건간왕과 대동왕이 간왈(諫曰)

"셕(昔)의 한신(韓信)이 ᄇᆡ로 귀한(歸漢)홀ᄉᆡ 초부(樵夫)의게 길흘 뭇고 후환을 ᄭᆞᆫ코ᄌᆞ ᄒᆞ여 초부ᄅᆞᆯ 죽엿ᄉᆞ오니 이졔 됴ᄌᆡ ᄇᆡᆨ형대왕(伯兄大王)긔 븍면칭신(北面稱臣)코ᄌᆞ 뜻이 이시므로 ᄃᆡᆷᄌᆞᆺ ᄂᆡ공을 버혀 공을 고쥬(古主)의게 낫토고 우리 변븍의 횡힝ᄒᆞ여 ᄂᆡ공의게 셰 번 더은 용무(勇武)ᄅᆞᆯ ᄌᆞ랑코ᄌᆞ ᄒᆞ미오니 대왕은 ᄂᆡ공의 죽으믈 슬허 마ᄅᆞ시고 됴셰챵을 어드미 방국(邦國)의 젹디 아닌 경ᄉᆞ로 아ᄅᆞ쇼셔." 31면

야션이 우ᄅᆞᆷ을 긋치거ᄂᆞᆯ 됴어ᄉᆡ 분연졍ᄉᆡᆨ(奮然正色)고 말ᄉᆞᆷ과 긔운이 당당녈녈(堂堂烈烈)ᄒᆞ며 엄엄슉슉(嚴嚴肅肅)ᄒᆞ여 소무(蘇武)의 딕졀(直節)과 니광(李廣)[58]의 풍ᄎᆡ 이시니 고고쳥쳥(孤孤靑靑)ᄒᆞ여 송ᄇᆡᆨ(松栢)을 능만(凌慢)ᄒᆞ고 항항딕딕(抗抗直直)ᄒᆞ여 안고경(顔杲卿)[59]의 살흘 색금[60]과 악비(岳飛)[61]의 등을 삭이ᄂᆞᆫ 튱(忠)을 가져시니 농방(龍逢)의 간장이오 비간(比干)의 ᄆᆞ옴이라. 야션의 모딘 셩과 악ᄒᆞᆫ 심

58 니광(李廣): 이광. 한 문제와 무제 때의 장군. 흉노를 상대로 무수한 전공을 세워 흉노가 그를 '비장군(飛將軍)'이라고 부르며 매우 두려워했다고 함.

59 안고경(顔杲卿): 당 현종 때의 충신. 상산 태수로 있을 때 안녹산이 반란을 일으키자 대항하여 싸우다가 사로잡혔는데, 안녹산의 회유에도 불구하고 그를 꾸짖고 욕하자 안녹산이 그의 살을 베어냈는데도 계속하여, 마침내 그의 혀를 잘라 죽였다고 함. 《신당서》 〈충의열전 안고경〉.

60 살흘 색금: 규장각본에도 '살흘 색금'으로 되어 있으나, 16권에서 안고경을 거론하며 '살흘 싹그믈'로 표기하고 있고 문맥상 '깎음'으로 보아야 하므로, '살흘 색금'의 오기로 보임.

61 악비(岳飛): 송나라 고종 때의 충신. 남송 초에 금군의 침략을 저지하는 전공을 세웠으나 주화파인 진회와의 불화로 무고한 누명을 쓰고 심문을 당하면서 옷을 찢어 등을 보여주었는데, 그의 등에는 '정충보국(精忠報國, 충성을 다해 나라에 보답한다)'이라는 네 글자가 새겨져 있었다고 함.

장으로 엇디 ᄂᆡ공의 원슈ᄅᆞᆯ 갑디 아니리오? 좌우ᄅᆞᆯ 호령ᄒᆞ여 어ᄉᆞᄅᆞᆯ 미러 나리오라 ᄒᆞ며 일변 독형참벌(毒刑慘罰)을 ᄀᆞᆺ초아 어ᄉᆞᄅᆞᆯ 죽이라 ᄒᆞ니 됴어ᄉᆡ 비록 협태산이초븍ᄒᆡ(挾泰山而超北海)ᄒᆞᆯ 댱긔와 텬디ᄅᆞᆯ 두로혈 슈단이 이시나 당ᄎᆞ시ᄒᆞ여ᄂᆞᆫ 군샹의 위ᄐᆡᄒᆞ시믈 ᄃᆡ(代)ᄒᆞ여 외로온 일신이 흉노의 영듕의 ᄲᅥ러졋다가 ᄂᆡ공을 참ᄒᆞᄆᆡ ᄉᆡ랑(豺狼)[62]의 셩과 악호(惡虎)의 노(怒)ᄅᆞᆯ 도앗ᄂᆞᆫ디라. ᄉᆞᆯ고져 ᄒᆞᆯ딘ᄃᆡ 졀

32면 을 굽혀 굴ᄒᆞ고 몸을 낫초아 산호ᄇᆡ무(山呼拜舞)[63]ᄒᆞᆫᄌᆞᆨ 져 흉심이 희희열열(喜喜悅悅)ᄒᆞ여 흡연듕대(洽然重待)ᄒᆞᆯ ᄇᆡ로ᄃᆡ 임의 죽기ᄅᆞᆯ 도라감갓치 아ᄂᆞᆫ디라 타연(妥然)이 블변안ᄉᆡᆨ(不變顔色)ᄒᆞ고 먀션의 군신과 졔졸을 호령ᄒᆞ여 어ᄌᆞ러이 달녀드디 못ᄒᆞ게 ᄒᆞ니 위풍이 규규ᄒᆞ고 긔상이 열녈ᄒᆞ여 스ᄉᆞ로 죽고ᄌᆞ ᄒᆞᄂᆞᆫ 거동이 시위 ᄲᅥ난 살 갓ᄐᆞᆫ디라. ᄶᆡ의 대동왕과 건간왕이 됴어ᄉᆞ의 위인을 갈ᄎᆡᄒᆞ며 그 튱의ᄅᆞᆯ 감동ᄒᆞ여 먀션을 간왈(諫曰)

"튱녈디신(忠烈之臣)을 블의로ᄡᅧ 핍박디 마ᄅᆞ쇼셔."

ᄒᆞᆫᄃᆡ 먀션이 ᄂᆡ공의 원슈ᄅᆞᆯ 갑고ᄌᆞ ᄠᅳᆺ이 블 ᄀᆞᆺᄐᆞᄃᆡ 후암이 혹ᄌᆞ ᄆᆞᄋᆞᆷ을 두로혀 져의게 븍면칭신(北面稱臣)[64]ᄒᆞᆯ진ᄃᆡ 방국의 측냥치 못ᄒᆞᆯ 경ᄉᆡ므로 독형을 날회고 좌우ᄅᆞᆯ 도라보아 됴후암을 ᄂᆡ그러 연쳔관[65]의 머

62 ᄉᆡ랑(豺狼): 시랑. 승냥이와 이리.

63 산호ᄇᆡ무(山呼拜舞): 산호배무. '산호'는 '산호만세(山呼萬歲)'의 뜻으로 황제의 만수무강을 축원하여 부르는 만세. '배무'는 '배례(拜禮)하고 무도(舞蹈)하다'의 뜻으로 꿇어앉아 절을 하고 춤을 추는 것. 모두 신하가 제왕을 뵙는 예절.

64 븍면칭신(北面稱臣): 북면칭신. '북면'은 신하로서 임금을 섬기는 것이고, '칭신'은 신하라고 칭한다는 뜻. 그러므로 '상대를 임금으로 삼고 그의 신하가 된다'는 의미.

므ᄅᆞ라[66] ᄒᆞ니 이ᄂᆞᆫ 븍뇌(北奴) 텬됴ᄅᆞᆯ 셤길 ᄊᆡ의 텬ᄌᆡ 샤신을 보ᄂᆡ시면 영텬관의 마ᄌᆞ 연향공궤(宴享供饋)[67] ᄒᆞ던 ᄇᆡ러니 밋 텬됴ᄅᆞᆯ ᄇᆡ반ᄒᆞ 33면
ᄆᆡ 연텬관을 뭇딜너 방ᄉᆞ청소(房舍廳所)ᄅᆞᆯ 업시ᄒᆞ고 굼글 ᄯᅮ러 디함(地陷)[68]을 ᄲᆞ며 우흐로 텬일(天日)을[69] 보디 못ᄒᆞ게 ᄒᆞ고 ᄋᆞᄅᆡ로 깁흔 굴헝[70]을 ᄆᆡᆫᄃᆞ라 호왈 만분이라 ᄒᆞ더니 됴어ᄉᆞ의 항딕ᄒᆞ믈 믜이 넉여 짐즛 만분의 너허 못 견ᄃᆡ도록 보ᄎᆡ려 ᄒᆞ미러라. 어ᄉᆡ 흉젹의 심술을 모로미 아니로ᄃᆡ 가연이 웃고 왈

"왕의 도린즉 날을 마ᄌᆞ 궁뎐의셔 몬져 연향ᄒᆞᄂᆞᆫ 상을 올닌 후 영텬관으로 도라보ᄂᆡ미 맛당ᄒᆞ거ᄂᆞᆯ 군이 임의 무디극악(無知極惡)ᄒᆞ여 군신대의도 ᄊᆡ닷디 못ᄒᆞ니 텬됴명환(天朝名宦)을 그 무엇만 넉이리오? 군이 날을 알오미 ᄒᆞᆫ낫 쳑동쇼ᄋᆞ(尺童小兒)ᄀᆞᆺ치 ᄒᆞ여 이젹(夷狄)의 참벌과 독형으로ᄡᅧ 져히고ᄌᆞ ᄒᆞ거니와 내 스ᄉᆞ로 결(決)ᄒᆞ여 흉젹의 더러온 형벌을 당치 아니리니 일명이 ᄭᅳᆺ촌즉 만ᄉᆡ 부운(浮雲)이라.
내 시신을 만단의 ᄂᆡᆫ들 ᄋᆞᆲ흐며 통완(痛惋)ᄒᆞ믈 알니오? 딘실노 나의 34면
셩혈(腥血)을 군의게 ᄲᅳ리ᄂᆞᆫ 즈음은 군이 ᄯᅩ 녕안(寧安)ᄒᆞ믈 엇디 못ᄒᆞᆯ가 ᄒᆞᄂᆞ니 모로미 흉심패언(凶心悖言)을 긋칠디어다. 영쳔관은 젼

---

65 연쳔관: 같은 공간을 '연쳔관', '연텬관', '영쳔관', '영텬관' 등으로 표기하고 있는데, '영텬관'으로 표기한 경우가 가장 많음.

66 머므ᄅᆞ라: 규장각본에는 '머무라라'로 되어 있음.

67 연향공궤(宴享供饋): '연향'은 국빈을 대접하는 잔치이고, '공궤'는 음식을 주는 것이므로, 국빈을 대접하는 잔치를 베푼다는 뜻.

68 디함(地陷): 지함. 땅을 파서 굴과 같이 만든 큰 구덩이. 땅굴.

69 텬일(天日)을: 규장각본에는 '텬일'로 되어 있음.

70 굴헝: 구렁.

일노브터 텬샤의 머므던 곳이니 왕이 시신(侍臣)으로 날을 닛글나 아니 ᄒᆞ여도 내 스ᄉᆞ로 나아가리라."

셜파(說罷)의 ᄉᆞᄆᆡᄅᆞᆯ 썰치고 니러나니 ᄌᆞᆼᄌᆡ 븟드러 영텬관의 니ᄅᆞᄆᆡ 일간 방샤(房舍)와 ᄒᆞᆫ 조각 쳥ᄉᆡ(廳事) 업셔 곳곳이 댱원(牆垣)이 긴긴ᄒᆞ여 은연이 누옥듕슈(陋屋重囚)의 이실 곳이오 디함(地陷) ᄀᆞᆺᄐᆞᆫ 굴헝이 흉참누츄(凶慘陋醜)ᄒᆞ미 대리시(大理寺)의 열 번 더으고 디부음관(地府陰關)의 풍도디옥(酆都地獄)이라도 이러튼 아닐다라. ᄌᆞ긔 명도ᄅᆞᆯ 탄ᄒᆞ나 ᄯᅩᄒᆞᆫ ᄌᆞ긔 이곳의 머무디 아닌즉 황샹의 위ᄐᆡᄒᆞ시믈 형용치 못ᄒᆞᆯ ᄇᆡ니 ᄌᆞ가의 당ᄒᆞᆫ 바 화ᄋᆡᆨ(禍厄)은 타연이 념녀ᄒᆞᆯ 거시 업ᄉᆞᆯ ᄃᆞᆺ 구구(區區)히 쳑감(慽感)치 아니ᄒᆞ고 ᄒᆞᆫ 조각 삿글 어더
35면 만분 듕의 펼친 후 날호여 드러가니 ᄆᆡᆼ탁·ᄂᆞᆨᄌᆡ 통곡ᄒᆞ며 조ᄎᆞ 드ᄂᆞᆫ디라. 어ᄉᆡ 요란ᄒᆞ믈 금ᄒᆞ고 고요히 좌ᄒᆞᄆᆡ 반ᄃᆞ시 뎨도(帝都)ᄅᆞᆯ 바라압두고 힝혀도 먀션의 궁실을 낫ᄒᆞ미 업더라. 명일 조됴(早朝)의 식반을 드리ᄂᆞᆫ ᄌᆡ 잇셔 은연이 죄인의 먹이ᄂᆞᆫ 거시라. 어ᄉᆡ 반긔(飯器)와 악초(惡草)ᄅᆞᆯ 모도 셔ᄅᆞ져 만분 밧긔 더디며 왈

"시졀이 태평ᄒᆞ고 ᄉᆞ이(四夷) 귀슌ᄒᆞᄂᆞᆫ 바의 당당이 황명을 밧드러 동이(東夷)·셔융(西戎)·남만(南蠻)·븍젹(北狄)의 곳이라도 니ᄅᆞ러시면 그 연향(宴享)ᄒᆞᄂᆞᆫ 바ᄅᆞᆯ 믈니칠 ᄇᆡ 아니로ᄃᆡ 국운의 블힝ᄒᆞ미 븍변 조고마ᄒᆞᆫ 이젹을 졔어치 못ᄒᆞ여 황샹이 노영의 곤ᄒᆞ시고 내 만분의 욕을 당ᄒᆞ니 실노 ᄉᆡᆼ블여ᄉᆡ(生不如死)오 ᄯᅩ 먀션의 신ᄌᆡ 아니어니 이젹이 날을 죄슈로 밀위여 주ᄂᆞᆫ 음식을 ᄎᆞ마 엇디 갓가이 ᄒᆞ리오? 네 도라가 먀션다려 니ᄅᆞ라. 보텬디ᄒᆡ(普天之下) 막비왕퇸(莫非王土)즉 븍변이 엇디 대명 ᄯᆞ히 아니며 솔토빈이 막비왕신(莫非王臣)인즉 븍

71

뇌(北奴) 어이 대명신ᄌᆡ(大明臣者) 아니리오? 임의 명국 토디와 명국 36면
신ᄒᆡ라. 내 쏘 이에 대명 신ᄌᆡ니 이 쇽반악최(粟飯惡草) 다 대명우로(大明雨露)의 져존 거시니 믈니칠 ᄇᆡ 아니로ᄃᆡ 먀션이 역텬무도(逆天無道)ᄒᆞ여 극악궁흉(極惡窮凶)이 발셔 군신대의(君臣大義)ᄅᆞᆯ 문허바린디라. 내 먀션으로 더브러 블공ᄃᆡ텬디쉬(不共戴天之讐) 이시니 스ᄉᆞ로 슈양산(首陽山)의 아ᄉᆞ(餓死)ᄅᆞᆯ 효측(效則)ᄒᆞᆯ디언졍 오랑ᄏᆡ 음식을 안연이 나오디 못ᄒᆞᄂᆞ니 금일노브터 이곳의 반여ᄀᆡᆼ(飯與羹)[72]을 일졀 보ᄂᆡ디 말나 ᄒᆞ라."

샤ᄌᆡ 숑연튝쳑(悚然蹴踖)ᄒᆞ여 즉시 도라가 이ᄃᆡ로 고ᄒᆞ니 먀션이 대로왈(大怒曰)

"젹ᄌᆡ 가지록 완악(頑惡)ᄒᆞ여 나ᄅᆞᆯ 욕ᄒᆞ기로 위쥬ᄒᆞ니 엇디 통ᄒᆡᄎᆡ 아니리오? 쇽어(俗語)의 아ᄉᆞ(餓死)ᄒᆞᄆᆞᆫ[73] 작위(爵位) 일존키도곤[74] 어렵다 ᄒᆞ니 이ᄂᆞᆫ 견ᄌᆞ디쳥이라. 영텬관 허러진 굴헝쁜이오 고ᄉᆞ리 나기 어려오니 졔 ᄉᆡᆼ댱부귀(生長富貴)ᄒᆞᆫ ᄋᆞᄒᆡ로 죽기 젼 긔아(饑餓)ᄅᆞᆯ 면키
어려오니 아모커나 음식을 주디 말고 그 거동을 ᄎᆡ 보아 졔 니긔나 내 37면
니긔나 보리라."

건간왕이 블가ᄒᆞᄆᆞᆯ 간(諫)ᄒᆞᄃᆡ 먀션이 블쳥ᄒᆞ고 일졀 아ᄅᆞᆫ 쳬ᄒᆞ미 업ᄉᆞ나 됴어ᄉᆡ 발셔 뜻을 결ᄒᆞ여 먀션이 금의옥식(錦衣玉食)으로 밧드

---

71 솔토빈이: 규장각본에는 '솔토빈'이 '솔토지빈(率土之賓)'으로 되어 있음.

72 반여ᄀᆡᆼ(飯與羹): 반여갱. 밥과 국.

73 아ᄉᆞ(餓死)ᄒᆞᄆᆞᆫ: 규장각본에는 '아ᄉᆞᄒᆞᄆᆞᆫ 아ᄉᆞᄒᆞᄆᆞᆫ'으로 되어 있는데, 이는 규장각본의 중복 필사.

74 일존키도곤: 규장각본에는 '일키도곤'으로 되어 있음.

러도 갓가이 아니려 ᄒᆞ므로 긔한(饑寒)의 괴로오믈 니져 좌와(坐臥)의 뎨도(帝都)ᄅᆞᆯ 압두어 ᄒᆞᆫ갈ᄀᆞᆺᄐᆞᆫ 튱의녈졀(忠義烈節)이 송ᄇᆡᆨ(松栢)을 압두ᄒᆞ니 임의 여러 날의 밋ᄎᆞᄆᆡ 강개ᄒᆞᆫ 튱분이 ᄐᆡᆼ듕(撐中)[75]ᄒᆞ여 ᄊᆡᄊᆡ 긔운이 오ᄅᆞ나 ᄯᅩ 엇디 허핍(虛乏)ᄒᆞ미 업ᄉᆞ리오? ᄆᆡᆼ탁·눅ᄌᆡᄅᆞᆯ 명ᄒᆞ여 젹셜(積雪)을 우희다가[76] ᄌᆞ긔 젼일 슈형디시(受刑之時)의 피ᄅᆞᆯ 바든 과의(胯衣)ᄅᆞᆯ 젹소(謫所)의 올 ᄊᆡ의 벗디 못ᄒᆞ고 이의 그져 닙은 ᄇᆡ라 피 무든 곳의 ᄇᆡᆨ셜을 노화 그 피ᄅᆞᆯ ᄲᆞ라 삼키니 냥뇌(兩奴) 호읍(號泣)[77]ᄒᆞ여 비위 더옥 상ᄒᆞ시믈 간ᄒᆞᆫᄃᆡ 어ᄉᆡ 타연이 니ᄅᆞᄃᆡ

"이 피ᄂᆞᆫ 곳 부모긔 밧ᄌᆞ온 피니 먹으ᄆᆡ 긔운을 븟들미 흉젹의 화미딘
38면 찬(華味珍饌)의 열 번 나을디라. 엇디 비위 상ᄒᆞ리오? 다만 여등이 아ᄉᆞᄒᆞ미 블가ᄒᆞ리니 만일 나ᄅᆞᆯ 위ᄒᆞ여 ᄉᆞ싱을 일쳬로 ᄒᆞ고ᄌᆞ ᄒᆞ거든 ᄌᆞ로 나아가 음식을 구ᄒᆞ여 요긔(療飢)ᄒᆞ고 필경(畢境)을 기ᄃᆞ리라."

냥뇌 복디호읍(伏地號泣) 왈

"쳔뇌(賤奴) 비록 블튱무상(不忠無狀)ᄒᆞ오나 엇디 노얘 딘식(進食)디 아니시ᄂᆞᆫ 음식을 스ᄉᆞ로 구ᄒᆞ여 포복(飽腹)ᄒᆞ오며 ᄯᅩ 엇디 나가 한유(閑遊)ᄒᆞ리잇고?"

어ᄉᆡ 빈미왈(顰眉曰)

"여등이 나의 니름을 아디 못ᄒᆞ고 엇디[78] 나ᄅᆞᆯ ᄯᆞ라 아ᄉᆞ코ᄌᆞ ᄒᆞᄂᆞ뇨?

75 ᄐᆡᆼ듕(撐中)ᄒᆞ여: 탱중하다. 화나 욕심 따위가 가슴속에 가득 차다.

76 우희다가: 우희다. '움키다'의 옛말.

77 호읍(號泣): 목놓아 큰소리로 욺. 또는 그런 울음.

78 엇디: 규장각본에는 '엇지'로 되어 있음.

나ᄂᆞᆫ 실노 음식을 오ᄅᆡ 딘(進)치 아냐도 경이히 병나며 ᄯᅩ 죽디 아니려와[79] 여등은 븍변호디(北邊胡地)의 엄한(嚴寒)을 당ᄒᆞ여 닝디누옥(冷地陋屋) 듕의 여러 날 블식(不食)ᄒᆞ면 결단코 죽을디라. 나의 ᄇᆡᆨ만심ᄉᆡ 여등을 념녀ᄒᆞᆯ 결을이 업거니와 여등이 나ᄅᆞᆯ 우러러 ᄉᆞᄉᆡᆼ을 결코ᄌᆞ ᄒᆞᆯ딘ᄃᆡ 아딕 보명(保命)ᄒᆞ여 날노 ᄒᆞ여곰 여등의 시신을 ᄎᆡ오ᄂᆞᆫ 괴로오믈 업게 ᄒᆞ미 튱(忠)이니 모로미 ᄂᆡᆨ이 ᄉᆡᆼ각ᄒᆞ라."

냥뇌 블승비통(不勝悲痛)ᄒᆞ여 능히 ᄃᆡ치 못ᄒᆞ더니 ᄎᆞ시 대동왕이 먀 39면
션의 포악ᄒᆞ미 됴어ᄉᆞᄅᆞᆯ 만분의 너허 아ᄉᆞ케 ᄒᆞ믈 참연ᄒᆞ여 먀션이 모로게 식반을 ᄀᆞᆺ초와 ᄌᆞᆼᄌᆞᄅᆞᆯ 들니고 친히 니ᄅᆞ러 됴어ᄉᆞᄅᆞᆯ 볼ᄉᆡ 필연 긔한의 디쳐 죽어시므로 아던 ᄇᆡ 믄득 긔운이 싁싁ᄒᆞ여 츄텬 ᄀᆞᆺ고 정신이 낭연(琅然)ᄒᆞ여[80] 츄슈(秋水)ᄅᆞᆯ 능만ᄒᆞ니 녈일(烈日)ᄒᆞᆫ 위의와 항ᄃᆡᆨᄒᆞᆫ 긔상이 향ᄌᆞ ᄂᆡ공 버히던 위풍이 그져 잇ᄂᆞᆫ디라. 대동왕이 놀나고 항복ᄒᆞ여 이에 음식을 밧드러 권ᄒᆞ며 모구(毛具)ᄅᆞᆯ 가져 어한(御寒)ᄒᆞ믈 쳥ᄒᆞᄃᆡ 어ᄉᆡ 맛춤ᄂᆡ 갓가이 아니코 모다 믈니치니 대동왕이 ᄒᆞᆯ일업셔 뉵ᄌᆡ 등을 권ᄒᆞᄃᆡ 냥뇌 ᄯᅩᄒᆞᆫ 먹디 아닛ᄂᆞᆫ디라. 어ᄉᆡ 냥뇌 죽을가 측은ᄒᆞ여 ᄌᆡ삼 먹으믈 명ᄒᆞ니 냥뇌 실노ᄡᅧ 쥬군이 딘치 아닛ᄂᆞᆫ 바ᄅᆞᆯ 후셜(喉舌)이 넘디 아니나 쥬군이 맛기 젼 져의 죽으미 되여
쥬군의 괴로오믈 ᄭᆡ칠가 브득이 딘식(進食)ᄒᆞ니 일노조ᄎᆞ 냥노ᄂᆞᆫ 보 40면
명(保命)ᄒᆞᆫ ᄇᆡ 되니라.

ᄎᆞ셜. 니학ᄉᆞ 창계공 등이 농가(龍駕)ᄅᆞᆯ 뫼셔 ᄇᆡᆨ안영 듕의 위안ᄒᆞ신

---

79 아니려와: 규장각본에는 '아니려니와'로 되어 있음.

80 낭연(琅然)ᄒᆞ여: 낭연하다. 구슬이 서로 부딪쳐 내는 소리처럼 맑다.

후 후암공의 위인이 반ᄃᆞ시 마션의 공궤(供饋)ᄅᆞᆯ 밧디 아냐 긔아ᄅᆞᆯ 면키 어려올 줄 짐작ᄒᆞ고 황샹의 딘ᄒᆞ시ᄂᆞᆫ 바 건어와 미시며 향온(香醞)을 출혀 ᄇᆡᆨ안쳠모ᄋᆡ로 ᄒᆞ여곰 후암의게 젼ᄒᆞᆯᄉᆡ 샹이 어찰(御札)을 나리오샤 만지(蠻地)의 보명ᄒᆞ믈 당부ᄒᆞ시고 니창계 등이 각각 글을 븟쳐 보젼ᄒᆞ여 다시 즐거이 만나기ᄅᆞᆯ 당부ᄒᆞ니 ᄇᆡᆨ안이 딘심(盡心)ᄒᆞ고 야반의 슌초군(巡哨軍)의 ᄆᆡᆫ도리ᄒᆞ고[81] 만분으로 향ᄒᆞ니라. ᄎᆞ시 됴어ᄉᆡ 과(袴)의 피ᄅᆞᆯ ᄲᆞ라 마시다가 혈젹(血跡)이 다 딘(盡)ᄒᆞ니 ᄂᆡᆼ옥빙상(冷獄氷上)의 작슈(勺水)ᄅᆞᆯ 나오디 못ᄒᆞᆫ 디 삼 일이오 졀식(絶食)ᄒᆞ연 디 일삭이 거의라. 강댱견고(强壯堅固)[82]ᄒᆞ미 남다ᄅᆞ나 그 엇디 오ᄌᆞᆨᄒᆞ리오? 긔운이 혼혼(昏昏)ᄒᆞ고 졍신이 아득ᄒᆞ여 팔쳑댱신(八尺長身)을 누옥 듕 ᄒᆞᆫ 닙 초셕(草席)의 더져 잠연이 눈을 ᄀᆞᆷ고 만

41면 ᄉᆡ 부운 ᄀᆞᆺᄐᆞ나 일단튱심은 ᄉᆡᆼᄉᆞ의 변치 아냐 ᄌᆞ긔 튱효ᄅᆞᆯ 펴디 못ᄒᆞᆯ가 희허탄식(欷歔嘆息)ᄒᆞᄆᆡ ᄇᆡᆨ통(百痛)이 구비ᄒᆞ고[83] 익비층ᄉᆡᆼ(益悲層生)ᄒᆞ니 쇽졀업시 안쉬(眼水) 피ᄅᆞᆯ 화ᄒᆞ고 한슘이 바람을 닐위여 간격이 치셩ᄒᆞᄂᆞᆫ 화ᄅᆞᆯ 더으더니 믄득 블빗치 뵈ᄂᆞᆫ 곳의 쇄약(鎖鑰)ᄒᆞᆫ 널문을 여디 아니코 담을 넘어 형극(荊棘)을 ᄯᅮᆲ고 ᄲᆞᆯ니 드러와 녜ᄒᆞᄂᆞ니 잇거ᄂᆞᆯ 눈을 드러 살피니 이 곳 쳠모ᄋᆡ라. 니러 답녜ᄒᆞ고 황샹의 옥후(玉候)ᄅᆞᆯ 뭇ᄌᆞᆸ고 졔공의 안부ᄅᆞᆯ 안 후 ᄇᆡᆨ안의 튱의ᄅᆞᆯ 칭션ᄒᆞ니 ᄇᆡᆨ안이 기리 사양ᄒᆞ고 어찰을 밧드러 와심과 졔공의 셔찰을 가져와시

81 ᄆᆡᆫ도리ᄒᆞ고: ᄆᆡᆫ도리ᄒᆞ다. '분장(扮裝)하다'의 뜻. 'ᄆᆡᆫ도리'는 차림새.

82 강댱견고(强壯堅固): 강장견고. 몸이 건강하고 혈기가 왕성하며 굳고 단단함.

83 구비ᄒᆞ고: 규장각본에는 '귀비ᄒᆞ고'로 되어 있음.

믈 젼ᄒᆞ니 어ᄉᆡ 년망(連忙)이 샷글 ᄡᅳᆯ고 ᄇᆡᆨ셜을 우희여 소셰(梳洗)ᄒᆞᆫ 후 어찰을 밧ᄌᆞ와 보기ᄅᆞᆯ 다 못 ᄒᆞ여 셩은을 감골ᄒᆞᄂᆞᆫ 누쉬 옥면화협(玉面花頰)의 비갓치 흐ᄅᆞᄂᆞᆫ디라. 보기ᄅᆞᆯ 맛ᄎᆞᄆᆡ 다시 ᄇᆡᆨ안영을 향ᄒᆞ여 ᄇᆡᆨᄇᆡ사은(百拜謝恩)ᄒᆞ고 니어 졔공의 셔간을 피람(披覽)ᄒᆞᆯᄉᆡ 반갑고 슬프믈 니긔디 못ᄒᆞ나 옥휘(玉候) 녕안(寧安)ᄒᆞ시믈 흔심희열 42면
(欣心喜悅)ᄒᆞ여 쳔비억슈(千悲億愁)ᄅᆞᆯ 소쳑(掃滌)ᄒᆞ고 이에 향온을 마시며 건어ᄅᆞᆯ 안쥬ᄒᆞ고 ᄇᆡᆨ안을 ᄃᆡᄒᆞ여 그 의긔ᄅᆞᆯ 못ᄂᆡ 칭샤ᄒᆞ며 뇽젼(龍前)의 표문(表文)을 밧들고 졔공긔 회셔ᄒᆞ여 주니 ᄇᆡᆨ안이 바다 도라갈ᄉᆡ 일삭(一朔)의 ᄒᆞᆫ 번식 니ᄅᆞᆯ 줄 일ᄏᆞᆺ고 존톄 보듕ᄒᆞ믈 당부ᄒᆞ니 후암이 슌슌응답(順順應答)ᄒᆞ며 ᄯᅩᄒᆞᆫ 깁히 당부ᄒᆞᄂᆞᆫ ᄇᆡ 텬측의 블의디변(不意之變)을 방비ᄒᆞ라 ᄒᆞ니 ᄇᆡᆨ안이 쇼왈(笑曰)

“존ᄉᆞᄂᆞᆫ 념녀치 마ᄅᆞ쇼셔. 창계와 창명이 이시니 태산의 밋브미 잇ᄂᆞ이다.”

ᄒᆞ고 춍망이 본영의 도라와 표문과 답간을 올니니 샹이 어ᄉᆞ의 웅문건필(雄文健筆)을 보샤 쥰위격상(俊威激上)ᄒᆞᆫ 위인을 ᄃᆡᄒᆞᄃᆞᆺ 반기시며 창계 등이 회간(回簡)을 잡아 반가온 ᄃᆞᆼ 그 만단고상 가온ᄃᆡ나 녈졀상ᄒᆡᆼ(烈節常行)이 ᄒᆞᆫ갈ᄀᆞᆺᄐᆞ니 양창명이 격졀탄상(擊節歎賞) 왈

“셩방은 딘실노 ᄋᆞᄃᆞᆯ을 잘 나하 긔특이 교훈ᄒᆞ엿ᄂᆞᆫ디라. 블ᄒᆡᆼ이 몰
(沒)ᄒᆞ여도 일홈이 만ᄃᆡ의 민멸(泯滅)치 아니ᄒᆞ리니 엇디 부귀공명 43면
(富貴功名)으로 죵신ᄒᆞᄆᆡ 낫디 아니리오?”

창계 왈

“셰창이 슈복(壽福)을 하원(遐遠)이 타낫거니와 뉵칠 년 운ᄋᆡᆨ(運厄)이 비상ᄒᆞ니 젼혀 국운의 달닌 ᄇᆡ라. 아등이 그 ᄉᆡᆼ도ᄅᆞᆯ 념녀치 아닌즉

위ᄐᆡᄒᆞ리라.”

ᄒᆞ고 이후ᄂᆞᆫ ᄇᆡᆨ안으로 ᄒᆞ여곰 일식[84]의 ᄒᆞᆫ 번식 건어·미시와 향온을 보ᄂᆡᄃᆡ 삼십 일 계용(計用)을 핍졀(乏絶)치 아니케 ᄒᆞ니 일노 드ᄃᆡ여 후암이 아ᄉᆞᄅᆞᆯ 면ᄒᆞ고 뉵ᄌᆡ·ᄆᆡᆼ탁 등은 대동왕의 은혜로 보명(保命)ᄒᆞ미 되니라.

션셜[85]. 남월 텬샤 양계션ᄉᆡᆼ 졍혐[86]이 월국의 나아가 삼강대의(三綱大義)ᄅᆞᆯ 베플며 인의녜디(仁義禮知)로뼈 교화ᄒᆞᆯᄉᆡ 놉흔 풍의ᄂᆞᆫ 츄텬졔월(秋天霽月)이오 격녈ᄒᆞᆫ 긔운은 한샹(寒霜)이 비비(霏霏)ᄒᆞ고 녈일(熱日)이 최외(崔嵬)ᄒᆞᆫ ᄃᆞᆺ 뎡대ᄒᆞᆫ 위의ᄂᆞᆫ 일신을 두로며 유법ᄒᆞᆫ 언ᄉᆞᄂᆞᆫ 산협쉬(山峽水) 흐ᄅᆞᄂᆞᆫ ᄃᆞᆺ 쥬론ᄆᆡᆼ변(注論孟辯)이라도 이의 더으
44면 디 못ᄒᆞᆯ ᄇᆡ어ᄂᆞᆯ 현덕대도(玄德大道)ᄂᆞᆫ ᄒᆡ음업시 인심을 감동ᄒᆞ니 남월왕이 비록 먀션으로 동심ᄒᆞ여 텬됴(天朝)ᄅᆞᆯ 반ᄒᆞ나 승패ᄅᆞᆯ 보아 거ᄉᆞ코져 ᄒᆞ더니 냥계공의 위덕을 인ᄒᆞ여 크게 회심ᄒᆞ며 스ᄉᆞ로 블튱을 칙ᄒᆞ고 텬샤(天使)ᄅᆞᆯ 공경ᄒᆞ여 복복승슌(僕僕承順)ᄒᆞ며 텬됴ᄅᆞᆯ 부모 ᄀᆞᆺ치 셤겨 ᄌᆞᄌᆞ손손이 됴공(朝貢)을 폐치 아닐 바ᄅᆞᆯ 닐너 회과(悔過)ᄒᆞ미 젼후의 다ᄅᆞᆫ 사ᄅᆞᆷ이 되여시니 텬ᄉᆡ 오ᄅᆡ 머믈미 무익ᄒᆞᆫ 고로 수ᄅᆡᄅᆞᆯ 두로혈ᄉᆡ 월왕이 강외의 ᄇᆡ별(拜別)ᄒᆞᄆᆡ 타루ᄒᆞ여 후회무긔(後會無期)ᄒᆞ믈 슬허ᄒᆞ니 텬ᄉᆡ 호언으로뼈 작별ᄒᆞ고 위의ᄅᆞᆯ 뎨도(帝都)로 향ᄒᆞᄆᆡ 동긔의 혈ᄆᆡᆼ(血盟)이 상응ᄒᆞ니 문계공의 흉음을 모로ᄂᆞᆫ ᄇᆡ

84 식: 규장각본에는 ‘삭’으로 되어 있음.

85 션셜: 규장각본에는 ‘젼시의’로 되어 있음.

86 졍혐: 정혐. 문맥상 정흠의 동생 ‘정겸’으로 보아야 함.

나 남월을 ᄯᅥ나오기ᄅᆞᆯ 당ᄒᆞ여ᄂᆞᆫ 심신이 쳐량ᄒᆞ여 ᄒᆡ음업시 구회(九迴)의 녕원이 최할(摧割)ᄒᆞ니 귀심(歸心)이 여시(如矢)ᄒᆞ여 만니힝션(萬里行船)이 위ᄐᆡᄒᆞ믈 모로디 아니ᄃᆡ 능히 참을 길히 업셔 일 쳑 대션(大船)을 잡아 슈로(水路)로 힝ᄒᆞᆯᄉᆡ 긔특이 순풍을 만난디라 뉵노(陸路)로ᄂᆞᆫ 일ᄇᆡᆨ오십 일경을 삼십 일 만의 낙경의 다ᄃᆞᄅᆞ니 밋쳐 샤 45면

ᄇᆡᆨ(舍伯)의 원앙(寃殃)ᄒᆞ믈 듯디 못ᄒᆞ고 국ᄉᆞ의 망극ᄒᆞ믈 어이 다 니ᄅᆞ리오? 황샹이 친뎡(親征)ᄒᆞ시다가 토목의셔 패ᄒᆞ샤 노영의 파월ᄒᆞ시고 궐졍(闕庭)의 어뎨(御弟) 경왕이 머므러 도하(都下) 인민의 황황망극(遑遑罔極)ᄒᆞ미 일필난긔(一筆亂記)라. 각노 우겸이 샤ᄃᆡᆨ(社稷)이 위ᄐᆡᄒᆞᆷ과 민심의 소요ᄒᆞ믈 딘뎡코져 ᄒᆞ여 태황태후(太皇太后)긔 일이 급ᄒᆞ믈 알외온ᄃᆡ 태휘 뉴톄왈(流涕曰)

"국운의 망극ᄒᆞ미 여ᄎᆞᄒᆞ니 비록 경왕을 셰오나 대개(大駕) 발셔 위ᄐᆡᄒᆞ미 누란(累卵) ᄀᆞᆺᄐᆞ니 인심의 흉흉ᄒᆞ미 일반이라. 딤의 ᄯᅳᆺ은 왕진의 삼족(三族)을 멸ᄒᆞ고 진으로 더브러 친뎡을 쳥ᄒᆞ던 쇼인의 머리ᄅᆞᆯ 버혀 븍노의게 보ᄂᆡ고 화친(和親)을 쳥ᄒᆞ여 황샹의 환국ᄒᆞ시믈 기ᄃᆞ리미 가ᄒᆞᆯ가 ᄒᆞ노라."

ᄒᆞ신ᄃᆡ 우겸이 착급ᄒᆞ믈 니긔디 못ᄒᆞ여 ᄇᆡᆨ뇨로 더브러 샤ᄃᆡᆨ의 위ᄐᆡ 46면

ᄒᆞ오미 황샹의 도라오시믈 기다리디 못ᄒᆞᆯ 바ᄅᆞᆯ 쥬ᄒᆞ니 태휘 브득이 윤허(允許)ᄒᆞ신ᄃᆡ 만되 경왕을 밧드러 보위(寶位)예 즉(卽)ᄒᆞ니 이 경태황뎨(景泰皇帝)라. 대샤텬하(大赦天下)ᄒᆞ여 ᄇᆡᆨ셩을 딘무ᄒᆞ니 인심이 비로소 안뎡ᄒᆞ여 쳐쳐의 호곡ᄒᆞᄂᆞᆫ 소ᄅᆡ 긋쳣더라. 신황뎨 하됴ᄒᆞ샤 왕진은 임의 젼진의셔 골슈(骨髓)도 남디 아냐시므로 그 삼족을 이ᄒᆞ며 여당을 쳐참(處斬)ᄒᆞ여 국뉼(國律)노 다ᄉᆞ리니 ᄇᆡᆨ셩이 왕

젹의 동당을 절치교아(切齒咬牙)ᄒᆞ다가 쾌히 넉이믈 마디 아니ᄒᆞ더
라. 상셔 당헌은 왕딘의게 쳠요ᄒᆞ여 벼슬이 뉵경(六卿)의 올나시나 실
노 흉ᄉᆞ를 모역(謀逆)ᄒᆞ믄 업ᄂᆞᆫ 고로 간신이 죄를 면ᄒᆞ고 우겸의 댱
녀 강원의 부인 디원극통(至冤極痛)을 신셜(伸雪)ᄒᆞ미 잇ᄂᆞᆫ 고로 우
겸이 당헌을 은인으로 아라 본ᄃᆡ 공부상셔를 도도아 녜부상셔 집금오
를 더으니 당ᄎᆞ디시(當此之時)ᄒᆞ여 문청션ᄉᆡᆼ 뎨ᄌᆞ ᄇᆡᆨ여 인 듕의 당헌
47면 일인이 부귀복녹(富貴福祿)이 극딘ᄒᆞ더라. 경상셔 냥계공이 강두(江
頭)의셔 ᄎᆞᄉᆞ를 듯고 능히 참디 못ᄒᆞ여 실셩통곡(失聲痛哭)이러니 태
운산 본부 ᄃᆡ희엿던 노ᄌᆞ 등이 일시의 나와 문계의 흉음을 고ᄒᆞ며 복
디통곡(伏地痛哭)ᄒᆞ거ᄂᆞᆯ 냥계 만여 리 힝역의 착급ᄒᆞ여 밤인즉 잠간
졉목(接目)ᄒᆞ고 효신(曉晨)의 비를 져어 ᄲᆞᆯ니 도라오ᄆᆡ 각읍을 들너
미 업고 고국 소식을 아득히 모로던 바의 여ᄎᆞ흉음(如此凶音)을 드ᄅᆞ
ᄆᆡ 샤ᄇᆡᆨ의 슈복(壽福)이 댱원치 못ᄒᆞᆷ과 디통(至痛)의 무ᄋᆡ(無涯)ᄒᆞ
미 텬디의 비홀 ᄃᆡ 업ᄂᆞᆫ디라. 손을 드러 가ᄉᆞᆷ을 치며 기리 형댱(兄丈)
을 블너 긔운이 막히고 옥면(玉面)이 찬 ᄌᆡ 갓ᄐᆞᆫ디라. 죵ᄌᆡ 황망이 구
호ᄒᆞ여 약슈(藥水)를 드리오나 반일이 되도록 회소치 못ᄒᆞ니 부텬ᄉᆞ
(副天使) 상샤(上使)의 병셰 위악ᄒᆞ여 궐하(闕下)의 복명(復命)치 못
ᄒᆞᆫ 죄를 쳥ᄒᆞᆫᄃᆡ 경태 본ᄃᆡ 경가의 무리를 블열디(不悅之)ᄒᆞ고 디어
(至於) 경쳥계 등의 다ᄃᆞ라ᄂᆞᆫ 욕살디(慾殺之)ᄒᆞᄃᆡ 난방(亂邦)을 당ᄒᆞ
48면 여 쳐음으로 무죄ᄌᆞ(無罪者)를 ᄉᆞ혐(私嫌)으로 죽이디 못ᄒᆞ고 각노
우겸이 한(漢) 젹 병길(丙吉) 승상(丞相)의 덕긔 아니오 강협ᄒᆞ미 잇
셔 경가를 소ᄃᆡᄒᆞ미 만터라. 경태 부텬샤(副天使)의 샹소의 비답(批
答)ᄒᆞᄃᆡ 경혐은 향니(鄕里)의 도라가 됴병(調病)ᄒᆞ고 부샤ᄂᆞᆫ 믈너가

편히 쉰 후 닙됴(入朝)ᄒᆞ라 ᄒᆞ니 부ᄉᆡ 개연분에(慨然憤恚)ᄒᆞ고 냥계 셕양(夕陽)의 비로소 졍신을 슈습ᄒᆞᄆᆡ 만결궁원(萬結窮冤)과 쳔고극통(千苦極痛)이 오ᄂᆡ(五內) 붕삭(崩削)ᄒᆞ고 흉장(胸臟)이 촌단(寸斷)ᄒᆞ니 망망(茫茫)ᄒᆞ여 션형(先兄)을 ᄯᆞᆯ올 ᄃᆞᆺᄒᆞ고 홀홀(忽忽)ᄒᆞ여 샤ᄇᆡᆨ(舍伯)을 ᄃᆡ홀 ᄃᆞᆺ 일신(一身)이 고고(孤孤)ᄒᆞ여 쳑영(鶺鴒)[87]이 ᄭᅳᆺ쳐디며 뉵친(肉親)이 희소(稀少)ᄒᆞ여 텬디(天地)의 궁민(窮民)이오 셰간(世間)의 다시 업ᄉᆞᆫ 디통(至痛)이라. 형댱을 브ᄅᆞᄆᆡ 젹혈이 입으로 소ᄉᆞ나믈 ᄭᆡ닷디 못ᄒᆞ니 하리노복(下吏奴僕) 등이 초조민황(焦燥憫惶)ᄒᆞ여 비답(批答)을 보ᄆᆡ ᄒᆞᆫ 일이나 쇼원이믈 오히려 힝열ᄒᆞ여 명일 니발(離發)ᄒᆞ여 태쥬로 나려가려 ᄒᆞᆯᄉᆡ 냥계 스ᄉᆞ로 긔운이 밋디 못ᄒᆞᆯ가 ᄒᆞ여 일긔미듁(一器糜粥)을 가져 두어 번 마시고 가ᄉᆞᆷ을 쳐 나리 49면 오고ᄌᆞ ᄒᆞ나 임의 칼흘 삼키며 돌흘 먹음은 ᄃᆞᆺᄒᆞᆫ디라 엇디 능히 슌강(順降)ᄒᆞ믈 어드리오? 젹혈이 셧거 ᄲᅩ다디고 혼침(昏沈)ᄒᆞ여 구러졋더니 홀연 통곡ᄒᆞ며 드러와 냥계의 손을 잡으며 왈

"슈ᄇᆡᆨ아, ᄎᆞ하인야(此何因也)며 ᄎᆞ하인ᄉᆡ(此何人事)고? 유유피창(悠悠彼蒼)이 오문(吾門)의 독벌(毒罰)을 나리오시미 이ᄃᆡ도록 ᄒᆞᆯ 줄 엇디 ᄯᅳᆺᄒᆞ여시리오?"

ᄒᆞ니 이 뉜고?

션시(先時)의 강셔 슌무샤 의계공 경염이 궐하의 하딕ᄒᆞ고 위의를 두로혀 강셔의 니ᄅᆞ러 몬져 글노ᄡᅧ ᄇᆡᆨ셩을 교화ᄒᆞ니 문댱은 팔두(八斗)

87 쳑영(鶺鴒): 척령. 할미새. 형제를 뜻함. 《시경》 〈상체(常棣)〉의 "저 할미새 들판에 있듯, 형제는 급할 때 돕는다네(鶺鴒在原 兄弟急難)."에서 유래.

ᄅᆞᆯ 기우리고 필법은 산악을 것구ᄅᆞ치니 곽계(㵎溪)의 고기 말을 듯고 믈너가며 남ᄒᆡ(南海)의 신령(神靈)이 글을 보고 춤춤 갓ᄐᆞᆫ디라. ᄇᆡᆨ셩이 홀홀 암복ᄒᆞ여 졔졔(齊齊)히 나아오ᄆᆡ 슌뮈 쥬육을 갓초와 긔민
50면 (饑民)을 딘궤(進饋)ᄒᆞ며 인ᄒᆞ여 의리로 교유ᄒᆞ니 말ᄉᆞᆷ이 고산뉴슈(高山流水) ᄀᆞᆺ고 덕홰(德化) 흡흡(洽洽)ᄒᆞᆫ디라. ᄇᆡᆨ셩이 머리ᄅᆞᆯ 두다려 은덕을 칭숑ᄒᆞ며 즐기ᄂᆞᆫ 소ᄅᆡ 양양(揚揚)ᄒᆞ거ᄂᆞᆯ 관곡(官穀) 십만셕을 ᄂᆡ여 ᄇᆡᆨ셩을 분급ᄒᆞ며 농업을 권장ᄒᆞ니 년ᄉᆡ(年事) 대풍(大豊)ᄒᆞ고 도젹이 화ᄒᆞ여 냥민이 되ᄆᆡ 슌뮈 다시 학교ᄅᆞᆯ 셰워 인의녜디(仁義禮智)ᄅᆞᆯ 슝상코ᄌᆞ ᄒᆞ더니 믄득 문계의 포원참ᄉᆞ(抱冤慘死)ᄒᆞᆫ 흉음(凶音)이 니ᄅᆞᄆᆡ ᄋᆡ호댱통(哀呼長痛)으로 날을 보ᄂᆡ여 능히 침식을 일우디 못ᄒᆞᄆᆡ ᄇᆡᆨ통(百痛)이 구비(具備)ᄒᆞ니 엇디 ᄌᆡ죵(再從)의 졍이나 동긔(同氣)의 감(減)ᄒᆞ미 이시리오마ᄂᆞᆫ 몸이 듕임(重任)을 당ᄒᆞ여시ᄆᆡ 능히 임의로 도라오디 못ᄒᆞ고 여러 일월을 쳔연(遷延)ᄒᆞ미 되엿더니 홀연 유질(有疾)ᄒᆞ여 병셰(病勢) 비경(非輕)ᄒᆞ므로 됴졍의 샹표쳥뉴(上表請由)ᄒᆞ온ᄃᆡ 텬ᄌᆡ 븍ᄒᆡᆼ(北行)ᄒᆞ실 즈음이라 즉시 하됴(下詔)ᄒᆞ샤 향니로 도라가라 ᄒᆞ시고 샤쳔(私薦)으로ᄡᅧ 졍염을 ᄃᆡ(代)ᄒᆞ
51면 여 안무ᄉᆞᄅᆞᆯ ᄒᆞ이시니 졍의계 즉시 태향으로 도라올ᄉᆡ 인민이 그 ᄯᅥ나믈 앗겨 먼니 나와 ᄇᆡ별(拜別)ᄒᆞ더라. 의계 ᄒᆡᆼᄒᆞᆫ 디 여러 날 만의 태향의 니ᄅᆞᄆᆡ 슉딜형뎨(叔姪兄弟) 셔로 븟드러 ᄋᆡ호통곡ᄒᆞ며 문계공 녕연(靈筵)의 님(臨)ᄒᆞ여ᄂᆞᆫ 긔운이 ᄉᆞᆺ쳐디고 것구러디믈 면치 못ᄒᆞ니 쳥계 쳔만관인(千萬寬忍)ᄒᆞ여 의계ᄅᆞᆯ 위로ᄒᆞ며 문계 님죵(臨終)의 냥뎨의게 븟친 글을 ᄂᆡ여 젼ᄒᆞ니 의계 바다보고 죵형을 면결치 못ᄒᆞᆫ 유한이 미ᄉᆞ디젼(未死之前)의 닛디 못ᄒᆞᆯ디라. 기리 통곡ᄒᆞᄆᆡ 슌슌(淳

淳)이 피ᄅᆞᆯ 쓰리고 긔염쇼져와 닌옹을 각별ᄋᆡ듕(各別愛重)ᄒᆞ여 친ᄌᆞ
녀의 감치 아니며 대화부인의 보명디도(保命之道)ᄅᆞᆯ 디셩간쳥(至誠
懇請)ᄒᆞ여 돈목(敦睦)ᄒᆞᄂᆞᆫ 인의와 상보(相補)ᄒᆞᄂᆞᆫ 도리 시시(是時)로
층가(層加)ᄒᆞ더라.

ᄎᆞ시 졍상셔 쳥계공과 쳐ᄉᆞ 운계 븍당편친(北堂偏親)을 우러러 디효
(至孝)ᄅᆞᆯ 다ᄒᆞᄆᆡ 쳔만디통(千萬至痛)을 관억(寬抑)ᄒᆞ여 야곡(夜哭)
의 슬프믈 더으디 말고ᄌᆞ ᄒᆞᄆᆡ 스ᄉᆞ로 보젼디도(保全之道)ᄅᆞᆯ ᄉᆡᆼ각ᄒᆞ 52면
더라. 광음(光陰)이 훌훌ᄒᆞ여 얼픗 ᄉᆞ이의 션태부 삼긔(三忌)ᄅᆞᆯ 맛ᄎᆞ
니 ᄉᆡ로온 디통이 고싀(高柴)의 혈읍삼년(血泣三年)[88]과 ᄇᆡᆨ유(伯瑜)[89]
의 눈 멀기의 더으니 신졍(神精)이 혼모(昏耗)ᄒᆞ고 긔식이 엄엄(奄奄)
ᄒᆞ여 됴셕의 디보(支保)키 어려올 ᄲᅳᆫ 아니라 국ᄉᆞ의 망극ᄒᆞ미 튱심
의 ᄎᆞ마 견딜 ᄇᆡ 아니라. 이윤(伊尹)의 무방ᄒᆞᆷ과 쥬공(周公)의 근뇌(勤
勞)ᄒᆞ시ᄆᆡ 디나믈 인ᄒᆞ여 슈려ᄒᆞ던 슈염은 ᄉᆞ슌(四旬)을 더위잡디[90]
못ᄒᆞ여셔 츄상(秋霜)이 섯거디고ᄌᆞ ᄒᆞ며 쳥운이 무셩ᄒᆞ던 귀밋ᄎᆞᆫ ᄇᆡᆨ
운이 화ᄒᆞᆫ ᄃᆞᆺ 일월 ᄀᆞᆺᄐᆞᆫ 신홰 낫낫치 소삭ᄒᆞ고 농호(龍虎) ᄀᆞᆺᄐᆞᆫ 긔상
이 창창이 쇠잔ᄒᆞ니 병셰의 위ᄐᆡᄒᆞᆷ과 근녁(筋力)의 면쳘(綿綴)ᄒᆞ미

---

88 고싀(高柴)의 혈읍삼년(血泣三年): 고시의 혈읍삼년. 고시는 자가 자고(子羔)인데 춘추시대 위(衛)나라 사람으로 부모상을 당하여 3년 동안 피눈물을 흘리며 슬퍼했고 한 번도 웃는 모습을 보인 적이 없었다고 함. 《예기》〈단궁 상(檀弓上)〉.

89 ᄇᆡᆨ유(伯瑜): 백유. 효성으로 이름난 한(漢)나라 한백유로 추정됨. 한백유는 어머니가 회초리로 때리는데 전에 비해 아프지 않자 어머니의 노쇠하심이 슬퍼서 울었다는 '백유읍장(伯瑜泣杖)'의 이야기로 알려져 있음. 다만 백유의 효와 관련하여 눈이 먼 이야기는 찾지 못함.

90 더위잡디: 더위잡다. 붙잡다, 끌어잡다.

일일층가(日日層加)ᄒᆞᆫ디라. 셔태부인이 텬디붕탁(天地崩坼)ᄒᆞᄂᆞᆫ 변고를 당ᄒᆞ므로 쥬곡(晝哭)의 슬프미 촌촌여졀(寸寸如切)ᄒᆞᆯ ᄲᅮᆫ 아니라 닌셩 등을 실니(失離)ᄒᆞᆫ 후 여러 세월의 ᄉᆞᄉᆡᆼ거쳐(死生去處)를 망
53면 연브디(茫然不知)ᄒᆞᆷ과 뎡국공이 텬노(天怒)를 만나 뎐니(田里)로 도라가ᄆᆡ 상부인이 션태부의 삼긔(三忌)의도 참예치 못ᄒᆞ니 ᄉᆡᆼ니(生離)의 아득ᄒᆞ미 ᄉᆞ별(死別)노 비기고 됴어ᄉᆡ 참형여ᄉᆡᆼ(慘刑餘生)으로 변븍(邊北)의 피젹(被謫)ᄒᆞᄆᆡ 명염쇼졔 구고(舅姑)를 뫼셔 녀강으로 나려가니 피ᄎᆞ의 유명(幽明)이 격ᄒᆞᆷ 갓거ᄂᆞᆯ 문계의 원앙치ᄉᆞ(寃殃致死)ᄒᆞᆷ과 대화부인의 붕셩디통(崩城之痛)과 긔염쇼져의 궁텬극디지통(窮天極地之痛)이 범연(泛然)ᄒᆞᆫ ᄌᆡ라도 막블ᄉᆡ비(莫不嘶悲)어ᄂᆞᆯ ᄒᆞ믈며 태부인 심회를 의논ᄒᆞᆯ ᄇᆡ리오? 쥬야(晝夜) 통도벽용(痛悼擗踊)ᄒᆞ여 완명(頑命)이 브딘(不盡)ᄒᆞ믈 한ᄒᆞ더니 밋 황샹이 븍노(北奴)의 참욕을 바드샤 만승디존(萬乘之尊)으로ᄡᅧ 노영(奴營)의 곤ᄒᆞ시믈 드ᄅᆞ미 블승망극(不勝罔極)ᄒᆞ여 급히 이ᄌᆞ(二子)의 쳐소로 나아올ᄉᆡ ᄎᆞ시 상셔 곤계 바야흐로 우튱(憂忠)이 격졀(激切)ᄒᆞ여 고흉톄타(叩胸涕墮)ᄒᆞ며 합연(溘然)이 몸을 망ᄒᆞ여 국ᄉᆞ의 망극ᄒᆞ믈 듯디 말고ᄌᆞ ᄒᆞ
54면 더니 닌경이 왕모(王母)의 나오시믈 고ᄒᆞᄂᆞᆫ디라 쳔만억심(千萬抑心)ᄒᆞ여 우롬을 긋치고 ᄌᆞ위를 마즐ᄉᆡ 부인이 탄식뉴톄(嘆息流涕) 왈

"종ᄉᆡ(宗社) 블힝ᄒᆞ고 국운이 망극ᄒᆞ여 황샹이 노영의 파쳔ᄒᆞ시니 쥬우신욕(主愚臣辱)이오 쥬욕신ᄉᆞ(主辱臣死)[91]ᄂᆞᆫ ᄌᆞ고로 당당ᄒᆞᆫ 일이라. 오ᄋᆞ(吾兒) 잠과 숨은 무익디녀(無益之慮)만 요동ᄒᆞ고 션군의 경계를 조ᄎᆞ 국가니신(國家利臣) 되기를 ᄉᆡᆼ각디 아니ᄒᆞᆯ 줄 아라시리오? 노뫼 평ᄉᆡᆼ 녀ᄌᆞ의 슬긔 남ᄌᆞ의 디나 ᄋᆞ돌을 창쥰(唱準)ᄒᆞ고 손ᄌᆞ를

치찰(致察)ᄒᆞ믈 넘나게 넉이ᄂᆞ니 왕손가(王孫賈)의 민왕(閔王)을 일
흠과 셔셔(徐庶)의 조시(曺氏)의게 도라오미 이셔도 감히 왕손가의
모의 경계ᄅᆞᆯ ᄯᆞ로디 못ᄒᆞᆯ ᄇᆡ오 셔모(徐母)의 만군진듕(萬軍陣中)의
님ᄒᆞᄂᆞᆫ 녈일디졀(烈日之節)은 더옥 ᄇᆞ라디 못ᄒᆞ리니 ᄲᅧ곰 가마니 니
ᄅᆞ고 조ᄎᆞ 죽어 븟그러오믈 니ᄌᆞᆯ ᄯᆞᆫ이라. 어믜 약ᄒᆞ므로ᄡᅥ ᄋᆞᄃᆞᆯ을 만
니위디(萬里危地)의 나아가라 권치 못ᄒᆞᆯ ᄇᆡ로ᄃᆡ 션군의 깃치신 말ᄉᆞᆷ 55면
을 헛도이 져바리디 말고져 ᄒᆞ므로 ᄎᆞᄋᆞ(次兒)ᄂᆞᆫ 노모와 쳐슈(妻嫂)
로 더브러 누ᄃᆡ샤묘(累代祀廟)ᄅᆞᆯ 밧드러 궁산심곡(窮山深谷)의 은신
샤셰(隱身捨世)ᄒᆞᆯ 바ᄅᆞᆯ ᄉᆡᆼ각ᄒᆞ고 ᄇᆡᆨᄋᆞ(伯兒)ᄂᆞᆫ 샤가니친(捨家離親)
ᄒᆞ여 위국딘튱(爲國盡忠)의 신ᄌᆞ지도(臣子之道)ᄅᆞᆯ 다ᄒᆞ미 ᄒᆡᆼ심일가
ᄒᆞ노라."

상셔 곤계 브복쳥교(俯伏聽敎)의 쳥계 ᄇᆡ이ᄃᆡ왈(拜而對曰)

"종샤의 블ᄒᆡᆼᄒᆞ며 국ᄉᆞ의 망극ᄒᆞ오믄 인신의 능히 ᄉᆞ라 참디 못ᄒᆞᆯ 분원(憤怨)이오니 엇디 다시 일ᄏᆞᄅᆞᆯ ᄇᆡ리잇고? 블초(不肖) 등이 무상(無狀)ᄒᆞ와 션인의 졍튱대졀(正忠大節)을 닛ᄌᆞᆸ디 못ᄒᆞ오므로 만승의 농거로ᄡᅥ 븍노의 참욕을 바드시ᄃᆡ ᄲᅧ곰 션군의 유탁(遺托)을 밧ᄌᆞ와 농톄ᄅᆞᆯ 븟드오믈 ᄡᅬᄒᆞ디 못ᄒᆞ옵고 ᄒᆞᆫ갓 공ᄉᆞ의 망극통할(罔極痛割)ᄒᆞ믈 ᄎᆞᆷ디 못ᄒᆞ올 ᄲᅳᆫ이러니 ᄌᆞ괴(慈敎) 여ᄎᆞ명셩(如此明聖)ᄒᆞ시ᄆᆡ 엇디 밧드디 아니ᄒᆞ리잇고? 맛당이 명ᄃᆡ로 ᄒᆞ오려니와 슈ᄇᆡᆨ이 아

91 쥬우신욕(主憂臣辱)이오 쥬욕신ᄉᆞ(主辱臣死): 임금이 근심하면 신하가 욕을 당해야 하고, 임금이 욕을 당하면 신하가 죽음으로써 그 죄를 받아야 한다는 말. 범휴의 말로 《사기》에 나옴.

56면 딕 도라오디 못ᄒᆞ엿ᄉᆞ오니 은빅으로 ᄒᆞ여 경샤의 올나가 슈ᄇᆡᆨ의 오ᄂᆞᆫ ᄡᆡᄅᆞᆯ 아라 급히 다려다가 은신샤셰(隱身捨世)ᄒᆞᆯ 곳을 뎡ᄒᆞ고 쇼ᄌᆞᄂᆞᆫ 노영으로 향ᄒᆞ오리니 ᄎᆞ시ᄅᆞᆯ 당ᄒᆞ여 ᄉᆞᄉᆞ(私事)ᄅᆞᆯ ᄉᆡᆼ각ᄒᆞ올 ᄇᆡ 아니오나 블초ᄌᆡ 혈혈(子子)이 편위(偏闈)ᄅᆞᆯ 우러와 강보(襁褓)의 ᄆᆞᄋᆞᆷ을 오히려 면치 못ᄒᆞᄋᆞᆸ던 바로 만니의 그음업시 하딕을 고ᄒᆞ올 ᄇᆡ 심담(心膽)이 붕녈(崩裂)ᄒᆞ믈 ᄭᆡᄃᆞᆺ디 못ᄒᆞ오ᄃᆡ 스ᄉᆞ로 위로ᄒᆞᄋᆞᆸᄂᆞᆫ ᄇᆡ 셩쥐(聖主) 일시실덕(一時失德)ᄒᆞ시므로ᄡᅧ 송(宋) 휘흠(徽欽)의 오국셩(五國城)의 맛ᄎᆞ믈 효측(效則)ᄒᆞ실 ᄇᆡ 아니오 쇼ᄌᆡ 또 션인과 ᄌᆞ위의 셩덕여음(聖德餘音)으로ᄡᅧ 위디ᄅᆞᆯ 님ᄒᆞ오나 일신(一身)을 디보(支保)ᄒᆞᄋᆞᆸ고 농테ᄅᆞᆯ 밧드와 고국의 도라오미 잇ᄉᆞ오면 슬하의 졀ᄒᆞ믈 어더 거의 딜츄(跌墜)의 희(戱)ᄅᆞᆯ 두미 이실가 ᄒᆞᄂᆞ이다.”

태부인이 어로만져 기리 탄왈(嘆曰)

57면 “ᄌᆞ고로 튱신이 효ᄌᆞ 되디 못ᄒᆞ다 ᄒᆞ거니와 내 ᄋᆞ희ᄂᆞᆫ 젹은 ᄉᆞ졍(私情)으로ᄡᅧ 심ᄉᆞᄅᆞᆯ 상손(傷損)ᄒᆞ여 튱녈(忠烈)을 버금코ᄌᆞ ᄒᆞ니 이ᄂᆞᆫ 실노 나의 밋던 ᄇᆡ 아니라. 딘실(晉室)의 시안공(始安公) 은교(溫嶠)[92]ᄂᆞᆫ 강동으로 향키ᄅᆞᆯ 님ᄒᆞ여 기뫼(其母) 머므ᄅᆞ고ᄌᆞ ᄒᆞᄆᆡ 졀(絶)ᄒᆞ여 보블환복(步不還復)ᄒᆞ니 죵신(終身)의 한이 되고 효ᄌᆡ라 일ᄏᆞᆺ디 못ᄒᆞ니 딘실의 딘심(盡心)ᄒᆞ여 국개(國家) 평안ᄒᆞ미 만히 은교의 힘을 비로ᄉᆞ미니 후인이 구ᄐᆞ여 회(孝)라 아니 ᄒᆞ나 댱부의 ᄒᆡᆼᄉᆡ 뇌뇌낙낙(磊磊落落)ᄒᆞ므로ᄡᅧ 큰 일을 당ᄒᆞ여 잔 곡졀(曲折)을 도라볼 거시 아

92 은교(溫嶠): 동진(東晉)의 장수 온교. 온교가 전쟁에 나갈 때 어머니가 소매를 잡고 만류하자 소매를 끊고 감. 규장각본에는 ‘온교’로 되어 있음.

니오 반표(班彪)의 ᄇᆡᆨ슈황반도 유관을 다시 드러 뎨향의 누엇거든 ᄒᆞ믈며 오ᄋᆡ(吾兒) ᄉᆞ슌(四旬)을 밋디 못ᄒᆞᆫ 년긔(年紀)냐? 모ᄌᆞ의 졍이 유유ᄒᆞ여 늙어가ᄆᆡ 더옥 뎐눈밧긔 ᄌᆞ별ᄒᆞ니 나ᄂᆞᆫ 널노뻐 낭패의 의탁(依托)을 삼아 비록 만 니의 가미 이시나 태산의 바라므로뻐 댱셩(長城)의 구드믈 기리 미들 거시오 너ᄂᆞᆫ 늙도록 강보의 ᄆᆞᄋᆞᆷ이 이셔 58면
ᄎᆡ무(彩舞)와 딜츄(跌墜)ᄅᆞᆯ 샤양치 아니면 노뫼 ᄯᅩᄒᆞᆫ 셩효(誠孝)ᄅᆞᆯ 감동ᄒᆞ여 복된 거ᄉᆞᆯ ᄌᆞ부ᄒᆞ고 측훤(側萱)의 혈혈(孑孑)ᄒᆞᆷ과 경강(敬姜)의 무탁(無託)ᄒᆞ미[93] 잇디 아닐가 ᄒᆞ노라."

샹셰 슌슌ᄇᆡ샤(順順拜謝)ᄒᆞ고 이셩화ᄉᆡᆨ(怡聲和色)ᄒᆞ여 모친의 통결ᄒᆞ시믈 위로ᄒᆞ여 듕니(中裏)의 가득ᄒᆞᆫ 쳔비억슈(千悲億愁)ᄅᆞᆯ 낫타ᄂᆡ디 아니ᄒᆞ니 부인이 임의 쳐참달도(悽慘達道)ᄒᆞ믈 위쥬ᄒᆞ여 이ᄌᆞ(二子)의 통혹비원(痛酷悲寃)을 더으디 아니코 의계공을 ᄌᆡ촉ᄒᆞ여 샹경(上京)케 ᄒᆞᆯ시 슌뮈 환가ᄒᆞᆫ 디 일슌(一旬)이 못 ᄒᆞ여 냥계공을 ᄌᆡ촉ᄒᆞ여 다려오기ᄅᆞᆯ 위ᄒᆞ여 ᄲᆞᆯ니 승도니발(乘道離發)ᄒᆞᆯ시 태부인과 쳥계 곤계 훌연(歘然)ᄒᆞ믈 니긔디 못ᄒᆞ나 부득이 분슈(分手)ᄒᆞᄆᆡ 졍시 문듕의 호화(豪華)ᄒᆞᆯ 시졀의ᄂᆞᆫ 집의 이시ᄆᆡ 미복딘식(美服珍食)으로 쳐ᄒᆞ고 힝ᄒᆞᄆᆡ 폐디와 거마(車馬)ᄅᆞᆯ 쁘나 가국(家國)이 망극산난(罔極散亂)ᄒᆞᆫ ᄣᆡᄅᆞᆯ 당ᄒᆞ여 호발(毫髮)의 부화(富華)ᄒᆞᆫ 뜻이 이시리오? 이에 갈
포야의(葛布野衣)로 일개 쳑동(尺童)과 일필 청녀(靑驢)ᄅᆞᆯ ᄎᆡ쳐[94] 표연 59면

93 경강(敬姜)의 무탁(無託)ᄒᆞ미: 경강은 노나라 애공(哀公) 때의 대부(大夫)인 공보문백의 어머니인데, 남편 목백과 아들 문백이 모두 죽었기 때문에 의탁할 곳이 없다고 한 것임.

94 ᄎᆡ쳐: ᄎᆡ치다. 채찍질하다.

이 ᄒᆡᆼᄒᆞ여 강남의 니ᄅᆞ러ᄂᆞᆫ 반일을 쥬인의 집의셔 머므ᄂᆞᆫ 즈음의 죵ᄌᆡ 보ᄒᆞᄃᆡ 남월 텬샤(天使)의 ᄒᆡᆼᄎᆡ(行次) 발셔 강두(江頭)의 다ᄃᆞ라 문계공의 흉음으로ᄌᆞᄎᆞ 냥계 ᄋᆡ통비졀(哀痛悲切)ᄒᆞ다 ᄒᆞ거ᄂᆞᆯ 의계 휘루냥구(揮淚良久)의 죵ᄌᆞᄅᆞᆯ 명ᄒᆞ여 이목(耳目)이 ᄎᆡ오기ᄅᆞᆯ 기다려 보(報)ᄒᆞ라 ᄒᆞ니 죵ᄌᆡ 나아와 ᄀᆞ장 오린 후 도라와 부텬ᄉᆡ 귀가(歸家)ᄒᆞ고 다만 텬샤의 심복 군관과 태운산 본아(本衙) 직흰 노ᄌᆞ 등이 이셔 냥계ᄅᆞᆯ 구호ᄒᆞᆫ다 고ᄒᆞᄂᆞᆫ디라. 의계 비로소 드러가 냥계ᄅᆞᆯ 볼ᄉᆡ 셔로 통곡비만ᄒᆞ믈 다시 의논ᄒᆞᆯ 거시 업ᄉᆞ니 ᄒᆞᆫ갓 호통규규ᄒᆞ여 실셩운졀(失聲殞絶)이러니 의계 십분관억(十分寬抑)ᄒᆞ며 냥계ᄅᆞᆯ 븟드러 우ᄅᆞᆷ을 딘졍ᄒᆞ나 만통이 무비ᄒᆞ니 장ᄎᆞ 므ᄉᆞᆷ 말이 이시리오? 냥계 계오 졍신을 슈습ᄒᆞ여 태쥬 합샤(闔舍) 평부(平否)ᄅᆞᆯ 므ᄅᆞ며 태부인 녕안ᄒᆞ시믈 이 듕의도 ᄒᆡᆼ심(幸甚)ᄒᆞ여 침슈음식디졀(寢睡飮食之節)[95]을 다시곰 므ᄅᆞ미 효ᄌᆡ ᄌᆞ모ᄅᆞᆯ 위ᄒᆞᆷ ᄀᆞᆺ더라. ᄎᆞ야의 냥공(兩公)이 셔로 ᄃᆡᄒᆞ여 호읍(號泣)으로 밤을 다ᄂᆡ고 계명(鷄鳴)을 인ᄒᆞ여 의계 일긔 듁음(一器粥飮)을 가져 ᄌᆞ긔 두어 번 마시고 냥계ᄅᆞᆯ 권ᄒᆞᆫ 후 ᄒᆡᆼ마(行馬)ᄅᆞᆯ 두로혀 태쥬로 향ᄒᆞᆯᄉᆡ 냥공(兩公)이 강샹의 실셩통곡(失聲痛哭)ᄒᆞ여 톄락(涕落) 만여항(萬餘行)이오 졈졈이 피 되믈 면치 못ᄒᆞ니 ᄒᆞᆫ갓 ᄉᆞᄉᆞ디통(私私之痛)쁜 아니라 튱신의 위국ᄒᆞᄂᆞᆫ ᄆᆞᄋᆞᆷ이 몸을 죽여 군샹 군샹[96]의 노영 가온ᄃᆡ 곤ᄒᆞ시믈 ᄃᆡ(代)코ᄌᆞ ᄒᆞ나 능히 밋디 못ᄒᆞ니 뫼구ᄅᆞᆷ이 창망ᄒᆞ여 ᄋᆡ도ᄒᆞ믈 돕고 강바ᄅᆞᆷ이 소슬ᄒᆞ여 창열ᄒᆞ믈

60면

95 침슈음식디졀(寢睡飮食之節): 규장각본에는 '침슈의음식디졀'로 되어 있음.

96 군샹 군샹: '군샹'의 중복 필사.

더으니 빅일이 무광훈디 슈운이 침침ᄒᆞ미 쵹쳐상비(觸處傷悲)오 거목층감(擧目層感)이라. 의계공이 날호여 우롬을 긋치고 희허태식(欷歔太息) 왈

"셕의 셔딘(西晋)이 망ᄒᆞ고 동딘(東晋)이 미뎡(未定)ᄒᆞ여셔 풍셩이 블슈훈디 거목은 강하디이라 ᄒᆞ고 인상시뉴쳬(人常時流涕)나 왕도(王導) 승상(丞相)[97]이 능히 딘실(晉室)의 듕복(重復)ᄒᆞ믈 닐위여 명신튱냥(名臣忠良)이 동심눅녁(同心戮力)[98]ᄒᆞ미 변곤(卞壼)[99]의 부ᄌᆞ 죽으믈 도라감ᄀᆞᆺ치 넉여 뼈 튱녈을 다ᄒᆞ엿거니와 당금디셰(當今之世)로 의논ᄒᆞ여는 튱신녈ᄉᆞ(忠臣烈士) 발셔 유확(油鑊)의 슉핑(熟烹)ᄒᆞ며 칠심(七心)을 ᄲᅢ히믈 효측(效則)ᄒᆞ여 간이ᄉᆞ(諫而死)훈 ᄌᆞ(者) 다다(多多)ᄒᆞ고 이윤(伊尹)의 태갑(太甲)을 훈홈과 쥬공(周公)의 근노ᄒᆞ시믈 효측(效則)홀 ᄌᆞ 잇디 아니ᄒᆞ며 왕도의 듕흥(中興)을 도모홀 ᄌᆞ략이 쏘다시 잇디 아니ᄒᆞ니 군샹의 노영의 곤ᄒᆞ시믈 장ᄎᆞᆺ 슬허ᄒᆞ고 근심홀 ᄌᆞ 업순디라. 아등 ᄀᆞᆺᄐᆞ니는 헛도이 초슈(楚囚)[100]의 ᄋᆡ읍(哀泣)을 본바들 ᄯᆞᄅᆞᆷ이오 만됴빅뇨(滿朝百僚)는 놓안이 변역(變易)ᄒᆞ시믈 61면

97 왕도(王導) 승상(丞相): 왕도(276-339)는 북중국의 호족(胡族)이 침입하여 316년 서진(西晉)이 멸망하자 사마예를 지지하여 동진(東晉)을 건국하는 데 공을 세운 개국공신.

98 동심눅녁(同心戮力): 동심육력. 마음을 같이하여 서로 힘을 모음.

99 변곤(卞壼): 중국 남북조시대 서진의 충신. 상서령 등을 지냈으며, '소준의 난' 때 반란군과 싸우다 죽었는데 그의 두 아들 진(眕)과 우(盱)가 뒤따라 적진에 뛰어들어 싸우다가 같이 죽음.

100 초슈(楚囚): 초수. 포로. 죄수 등 곤궁하고 급박한 상황에 처한 사람을 이르는 말. 《춘추좌전》에 초나라의 종의가 진(晉)나라에 포로가 되었는데 진후(晉侯)가 군영을 순시하던 중에 종의를 보고 유사에게 묻기를 "남관(南冠)을 쓰고 구속된 저자는 누구냐?" 하자, 대답하기를 "정(鄭)나라 사람이 바친 초수(楚囚)입니다." 하였고, 진후가 음악을 해보라고 시키므로 자기 고국 초나라 소리를 연주했다는 데서 유래.

슬허 아냐 거ᄌᆞᆺ 샤딕을 븟들기ᄅᆞᆯ 일흠ᄒᆞ고 만승옥톄(萬乘玉體) 노영
62면 의 곤ᄒᆞ시믈 죽기로뼈 ᄃᆡ코ᄌᆞ ᄒᆞ리 업ᄉᆞ니 개시(皆是) 진회(秦檜)[101]의
무리라. 니강(李綱)[102]·왕무복[103]이 이신들 뼈곰 엇디ᄒᆞ리오?"

냥계 영이태식(永而太息) 왈

"ᄎᆞ시ᄅᆞᆯ 당ᄒᆞ여ᄂᆞᆫ ᄉᆞ라시미 죽음만 갓디 못ᄒᆞ거니와 간ᄒᆞ여 효험을
엇디 못ᄒᆞ고 흉인간당(凶人奸黨)의 원을 맛쳐 부모의 ᄉᆡᆼ휵ᄒᆞ시믈 훼
ᄉᆞ(毁事)ᄒᆞ여 쇽졀업시 야ᄃᆡ튱혼(夜臺忠魂)이 농방(龍逢)·비간(比
干)의 뒤흘 ᄯᆞ로미 그 므ᄉᆞᆷ 유익ᄒᆞ미 이시리잇고? 오ᄇᆡᆨ(吾伯)이 ᄋᆡ군
위국(愛君爲國)ᄒᆞᄆᆡ 다ᄃᆞ라ᄂᆞᆫ 평ᄉᆡᆼ쥬의(平生主義) 죽기ᄅᆞᆯ 긔약ᄒᆞ던
ᄇᆡ어니와 ᄉᆞᄉᆞ(私事)ᄅᆞᆯ 너모 도라보디 아니ᄒᆞ여 쇼뎨로 ᄒᆞ여곰 텬디
의 궁극ᄒᆞᆫ 민흉과 통원ᄒᆞ믈 ᄀᆞᆺ초 당케 ᄒᆞ니 상상의 디우디ᄋᆡ(至友至
愛) 어ᄃᆡ 잇ᄂᆞ니잇고?"

셜파(說罷)의 다시 호통ᄋᆡ졀(號痛哀切)ᄒᆞ니 근녁(筋力)이 엄엄(奄奄)
ᄒᆞ여 원노(遠路)의 득달키 어려온디라. 의계 디극히 보호ᄒᆞ여 계오 태
63면 쥬 화뉴쳔의 다ᄃᆞ라ᄂᆞᆫ 가샤(家舍)ᄅᆞᆯ 밋쳐 님치 못ᄒᆞ여셔 문계공의 분

---

101 진회(秦檜): 남송의 정치가. 남침을 거듭하는 금군에 대처, 금과 중국을 남북으로 나누어 영유하기로 합의했으며 금나라에 대하여 신하의 예를 취하고 세폐(歲幣)를 바침.

102 니강(李綱): 이강. '정강의 변' 당시 금나라가 맹약을 어기고 남하할 때 혈서를 써서 휘종이 태자에게 선위할 것과 천하에 조서를 내려 근왕병을 모을 것을 청하여 흠종이 즉위했는데, 화의(和議)를 반대하고 결사 항전을 주장하다가 파직됨. 다시 금나라가 쳐들어와 도성이 함락되고 고종이 즉위했을 때 소명을 받고 상서우복야 겸 중서시랑에 임명되었으나 열 번 상소하여 사의를 표명함.《송사》〈이강열전〉.

103 왕무복: 미상. 송나라 효공제 때 초토사 왕입신으로 추정. 왕입신은 당시 재상 가사도에게 오랑캐를 방비할 방법을 건의했으나 받아들여지지 않아 오랑캐가 민(閩)과 절(浙) 지방까지 깊숙이 쳐들어오게 함.

뫼(墳墓) 몬져 뵈이ᄂᆞᆫ디라. 의계 구ᄐᆞ여 ᄀᆞᄅᆞ치디 아니나 냥계 스ᄉᆞ로 딤작ᄒᆞ고 동구의 밋쳐ᄂᆞᆫ 실셩대곡(失聲大哭)ᄒᆞ며 형댱을 브ᄅᆞ고 ᄯᆞᄒᆡ 구러디니 의계 황망(遑忙)이 구호ᄒᆞ며 청계 곤계 마조 나와 문계공 묘젼의셔 서로 볼ᄉᆡ 냥계 잠간 회소ᄒᆞᆷ을 조ᄎᆞ 실셩ᄋᆡ호(失聲哀號) 왈

"오희라, 우리 형댱의 여하뎡딕(如何正直)ᄒᆞ미 한챵녀(韓昌黎)의 우히오 튱녈의 당당ᄒᆞ미 급댱유(汲長孺)의 디나시거ᄂᆞᆯ 하죄(何罪)로 이에 밋ᄎᆞ시뇨? 통ᄌᆡ라, 형댱아, 쇼뎨 만 니ᄅᆞᆯ 힝션ᄒᆞ여 도라오ᄂᆞᆫ ᄆᆞᄋᆞᆷ이 살 갓ᄐᆞ믄 젼혀 우리 형댱의 반기시ᄂᆞᆫ 낫ᄎᆞᆯ 우러러 누월상니디회(累月相離之懷)ᄅᆞᆯ 펼가 ᄒᆞ미러니 경샤의 니ᄅᆞ러 방가의 망극ᄒᆞᆫ 변과 형댱의 원앙(寃殃)ᄒᆞ신 흉문이 간폐(肝肺)ᄅᆞᆯ 믜고 흉장(胸臟)을 ᄉᆞᆯ오니 단봉(丹鳳)을 우러러 농안을 앙됴(仰朝)치 못ᄒᆞ고 ᄉᆞ져(私邸)ᄅᆞᆯ 넘ᄒᆞ여 오ᄇᆡᆨ(吾伯)을 앙견(仰見)치 못ᄒᆞ니 오호통ᄌᆡ(嗚呼痛哉)라, 이 극통비원(極痛悲寃)을 ᄎᆞ마 엇디 견ᄃᆡ리오? 유유챵텬(悠悠蒼天)아, 챵챵명텬(蒼蒼明天)아, ᄎᆞᄒᆞ변야(此何變也)오? 블튱(不忠) 혐을 죽여 오ᄇᆡᆨ(吾伯)을 ᄃᆡ치 아니시고 엇디 도로혀 튱의녈ᄉᆞ(忠義烈士)ᄅᆞᆯ 화흔(禍釁)을 삼아 가국(家國)의 블힝ᄒᆞᆷ을 삼으시뇨?" 64면

인ᄒᆞ여 ᄇᆡᆨ 번 브ᄅᆞ고 쳔 번 두다려 곡디통호(哭之痛乎)ᄒᆞ니 셩음이 하날의 ᄊᆡ쳐 뫼흘 문희치고 ᄯᅡ히 ᄢᅵ여ᄂᆞᆫ ᄃᆞᆺᄒᆞᆫ디라. 청계 더옥 통앙ᄒᆞᆷ을 니긔디 못ᄒᆞ여 ᄒᆞᆫ가지로 븟드러 만단ᄋᆡ호(萬端哀呼)ᄒᆞ며 ᄇᆡᆨ번 통곡ᄒᆞ니 슬픈 소ᄅᆡ 능히 닛다히지 못ᄒᆞ고 위위ᄒᆞᆫ 긔운이 만분엄엄(萬分奄奄)ᄒᆞ니 의계 냥계ᄅᆞᆯ 븟드러 권유(勸誘)ᄒᆞ며 청계 곤계ᄅᆞᆯ 위로왈(慰勞曰)

"슈ᄇᆡᆨ을 ᄃᆡᄒᆞ미 심담이 비기셕목(非其石木)이라 ᄉᆡ로이 춤을 ᄇᆡ리잇

65면 고마ᄂᆞᆫ 국변과 망극ᄒᆞ미 니긔여 니ᄅᆞ기 어려오니 각각 보젼디계(保全之計)ᄅᆞᆯ ᄉᆡᆼ각ᄒᆞᆯ딘ᄃᆡ 슬픈 우롬이 도로혀 한만(閑漫)ᄒᆞ니 ᄉᆞᆨ모의 ᄇᆡᆨ통(百痛)이 구비(具備)ᄒᆞ심과 쳔비촌할(千悲寸割)ᄒᆞ시믈 도라보ᄋᆞᆸ건ᄃᆡ 이 형댱과 슈ᄇᆡᆨ이 비회ᄅᆞᆯ 관인ᄒᆞ여 승안이열(承顔怡悅)ᄒᆞ미 맛당ᄒᆞᆯ가 ᄒᆞᄂᆞ니 쳥컨ᄃᆡ 우롬을 긋치시고 부듕으로 도라가ᄉᆞ이다."

냥계 우롬을 쾌히 못 ᄒᆞ여 ᄇᆡᆨ검(百劒)이 디ᄅᆞᄂᆞᆫ ᄃᆞᆺ 능히 말을 일우디 못ᄒᆞ고 쳥계 곤계ᄂᆞᆫ 의계의 말노조ᄎᆞ 관비인통(寬悲忍痛)ᄒᆞ여 이에 냥계ᄅᆞᆯ 닛그러 부듕으로 도라오니 태부인은 냥계ᄅᆞᆯ 보고 능히 말을 못 ᄒᆞ고 통원ᄒᆞᆫ 비회ᄅᆞᆯ 참디 못ᄒᆞ여 실셩대곡(失聲大哭)ᄒᆞ며 대화부인과 긔염쇼뎨 딜텬호원(叱天號怨)ᄒᆞ여 ᄋᆡᄋᆡ비졀(哀哀悲絶)ᄒᆞ니 냥계 ᄯᆞᆯ니 드러와 태부인긔 알현ᄒᆞ고 대화부인으로 상됴(喪弔)ᄒᆞᆯᄉᆡ 쇼
66면 져ᄅᆞᆯ 어ᄅᆞ만디며 닌웅을 안고 피ᄅᆞᆯ ᄲᆞᆷ고 소ᄅᆡᄅᆞᆯ 먹음어 슬프믈 나ᄂᆞᆫ ᄃᆡ로 못 ᄒᆞᄆᆡ 그 만의 ᄒᆞ나흘 펴디 못ᄒᆞ고 도로혀 대화부인의 엄엄위악(奄奄危惡)ᄒᆞᆫ 거동과 ᄋᆡᄋᆡ졀졀(哀哀切切)ᄒᆞᆫ 긔력이 만분위ᄐᆡ(萬分危殆)ᄒᆞ믈 념녀ᄒᆞ여 계오 슈어(數語)ᄅᆞᆯ 일워 가운(家運)의 블힝망극(不幸罔極)ᄒᆞ미 흉화참변(凶禍慘變)이 ᄃᆡᄅᆞᆯ 니으믈 원호통디ᄒᆞ고 누ᄃᆡ향ᄉᆞ(累代享祀)와 긔염 등 보호ᄒᆞ믈 위ᄒᆞ여 기리 디보(支保)ᄒᆞ시며 션형(先兄)의 봉션디효(奉先之孝)ᄅᆞᆯ 져바리디 마ᄅᆞ쇼셔 ᄒᆞ며 태부인 손을 밧드러 긔부(肌膚)의 소삭ᄒᆞ심과 안화(顔華)의 환탈(換脫)ᄒᆞ시미 쳠망ᄒᆞ오ᄆᆡ 하졍(下情)[104]의 경황ᄒᆞ믈 쥬ᄒᆞ여 ᄉᆞᆨ딜의 유유ᄒᆞ미

104 하정(下情): 하정. 어른에게 대하여 자기 심정이나 뜻을 겸손하게 이르는 말.

모ᄌᆞ의 감치 아니ᄒᆞ니 태부인이 ᄯᅩᄒᆞᆫ 냥계의 손을 ᄌᆞᆸ고 누슈(淚水)ᄅᆞᆯ ᄡᅳ러 왈

“노뫼 블힝댱슈(不幸長壽)ᄒᆞ여 사ᄅᆞᆷ의 당치 못ᄒᆞᆯ 참경을 보고 텬상삼년(天喪三年)의 ᄇᆡᆨ훼구비(百卉具腓)[105]로ᄃᆡ 명완블ᄉᆞ(命頑不死)ᄒᆞ여 구연시식(苟延視息)ᄒᆞ고 디우금일(至于今日)ᄒᆞ니 문계ᄅᆞᆯ 우ᄂᆞᆫ 눈믈 67면
믈이 졈졈이 피 되여 냥안(兩眼)이 장ᄎᆞᆺ 혼암(昏暗)키ᄅᆞᆯ 면치 못ᄒᆞᄂᆞᆫ디라. 명완ᄒᆞ미 엇디 통완(痛惋)치 아니리오?”

냥계 청교(聽教)의 더옥 블효ᄅᆞᆯ 슬허 비황통졀(悲惶痛切)ᄒᆞ믈 마지 아니ᄒᆞ더라. 냥계의 답언(答言)과 쳥계의 위국샤가(爲國捨家)ᄒᆞᆷ과 운계의 은신샤셰(隱身捨世)ᄒᆞᆫ 셜화ᄂᆞᆫ ᄌᆡᄎᆞ하회(在次下回)ᄒᆞ니 찰디(察之)ᄒᆞ라.

(책임교주 전진아)

105 ᄇᆡᆨ훼구비(百卉具腓): 백훼구비. 온갖 초목이 시들었다는 뜻으로, 남편의 삼년상으로 치르는 슬픔을 표현한 것. 《시경》 〈소아〉 ‘사월(四月)’에 “가을날 쌀쌀하여 온갖 초목이 병들었네(秋日淒淒 百卉具腓).”라고 한 데서 온 말.

교주 완월회맹연 1

1판 1쇄 발행일 2022년 1월 17일

완월회맹연 번역연구모임

발행인 김학원
발행처 (주)휴머니스트출판그룹
출판등록 제313-2007-000007호(2007년 1월 5일)
주소 (03991) 서울시 마포구 동교로23길 76(연남동)
전화 02-335-4422 **팩스** 02-334-3427
저자·독자 서비스 humanist@humanistbooks.com
홈페이지 www.humanistbooks.com
유튜브 youtube.com/user/humanistma **포스트** post.naver.com/hmcv
페이스북 facebook.com/hmcv2001 **인스타그램** @humanist_insta

편집책임 문성환 **편집** 윤무재 **디자인** 박진영
조판 홍영사 **용지** 화인페이퍼 **인쇄** 청아디앤피 **제본** 민성사

ISBN 979-11-6080-793-6 94810
979-11-6080-792-9 (세트)